本书为国家社科基金重大项目"《歌德全集》翻译"（批准号 14ZDB090）的阶段性成果

———— 卫茂平 主编 ————

歌 德 全 集

JOHANN WOLFGANG GOETHE SÄMTLICHE WERKE.
BRIEFE, TAGEBÜCHER UND GESPRÄCHE

谷裕 分卷主编

青年维特的痛苦
亲和力、小散文、叙事诗

◆ 8 ◆

卫茂平　胡一帆　高中甫　黄明嘉　译

上海外语教育出版社
外教社 SHANGHAI FOREIGN LANGUAGE EDUCATION PRESS

图书在版编目(CIP)数据

歌德全集. 第 8 卷,作品集之小说(青年维特的痛苦、亲和力)、散文和叙事诗 / 卫茂平主编;卫茂平等译. —上海:上海外语教育出版社,2019
ISBN 978 - 7 - 5446 - 5822 - 5

Ⅰ. ①歌… Ⅱ. ①卫… Ⅲ. ①歌德(Goethe,Johann Wolfgang Von 1749—1832)—全集 Ⅳ. ①I516. 14

中国版本图书馆 CIP 数据核字(2019)第 077008 号

出版发行:**上海外语教育出版社**
（上海外国语大学内） 邮编:200083
电　　　话:021-65425300（总机）
电子邮箱:bookinfo@sflep.com.cn
网　　　址:http://www.sflep.com
项目负责:陈　懋
责任编辑:陈　懋
特约编辑:朱房煦
封面设计:周蓉蓉

印　　刷:上海中华商务联合印刷有限公司
开　　本:890×1240　1/32　印张 36.25　字数 874千字
版　　次:2019 年 9 月第 1 版　2019 年 9 月第 1 次印刷
印　　数:1 100 册

书　　号:ISBN 978-7-5446-5822-5 / I
定　　价:118.00 元
本版图书如有印装质量问题,可向本社调换
质量服务热线:4008-213-263　电子邮箱:editorial@sflep.com

汉译《歌德全集》主编序言

卫茂平

歌德(Johann Wolfgang Goethe,1749－1832)是德国文学史、思想史及精神史之俊才,也是欧洲乃至世界文坛巨擘。他还是自然研究者、文艺理论家和国务活动家,并对此留文遗墨,显名于世。

德国产生过众多文化伟人,但歌德显然是德国面对世界的第一骄傲,一如莎士比亚于英国。他在本土受到厚待,在中国亦同。撇开李凤苞(1834－1887)《使德日记》中提及"果次"(歌德)不论,首先以著作对他示出无比热情的,该是晚清名人辜鸿铭。他 1898 年由上海别发洋行出版的《论语》英译(*The Discourses and Sayings of Confucius*),副标题即是《引用歌德和其他西方作家的话注释的一种新的特别翻译》(*A New Special Translation*,*Illustrated with Quotations from Goethe and Other Writers*),颇有以德人歌德注中国孔子之势。另外,他 1901 年的《尊王篇》和 1905 年的《春秋大义》,同样频引歌德。到了 1914 年 1 月,中国第一部汉译德国诗歌选集、应时(应溥泉)的《德诗汉译》由浙江印刷公司印出,收有歌德叙事谣曲《鬼王》。同年 6 月,上海文明书局推出《马君武诗稿》,含歌德译作两篇:《少年维特之烦恼》选段《阿明临海岸哭女诗》和《威廉·迈斯特的学习年代》中的《米丽容歌》。此后,影响更大的是郭沫若所译《少年维特之烦恼》(上海泰东图书局 1922 年版)。此书首版后不仅重印数十次,而且引出众多重译,比如有黄鲁不(上海创造社 1928 年版)、罗牧(上海北新书局 1931 年版)、傅绍光(上海世界书局 1931 年版)、达观生(上海世界书局 1932 年版)、钱天佑(上海启明书局 1936 年版)、杨逸声(上海大通图书社 1938 年版)等译本。紧随其后的是郭沫若译《浮士德》第一部(上海创造社 1928 年版)。它带出周学普《浮士德》汉译全本(上海商务印书馆 1935 年版)。郭沫若的全译本随后跟进(群益出版社 1947 年版)。总之,在从 20 世纪初至 1949 年的五十年间,不少歌德代表作被译汉语,比如《史推拉》(1925)、《克拉维歌》(1926)、《哀格蒙特》(1929)、《铁手骑士葛兹》(1935)、《诗与真》(1936)以及《赫尔曼和窦绿苔》(1937)。据本人粗略统计,其中至少有中长篇小说及自传四部、剧本七部、诗歌上百首、诗集三部,另有一些短篇故事和童话。

新中国成立之后,尤其是 20 世纪 80 年代初以来,歌德作品汉译风光无限,很难在此细述。以《浮士德》为例。这部大作之重译在 20 世纪下半叶至少有五部,它们分别是董问樵(复旦大学出版社 1982 年版)、钱春绮(上海译文出版社 1989 年版)、樊修章(译林出版社 1993 年版)、绿原(人民文学出版社 1994 年版)、杨武能(安徽文艺出版社 1998 年版)的译本。进入 21 世纪,《浮士德》重译势头未减,仅本人所收就有陆钰明(长江文艺出版社 2012 年版)、潘子立(天津人民出版社 2013 年版)、马晓路(安徽师范大学出版社 2013 年版)和曹玉桀(北京联合出版公司 2015 年版)的同名译本。

而《少年维特之(的)烦恼》,自 20 世纪 80 年代初以来,复译愈炽。翻检个人所藏,已见有不同译本约二十种,译者分别为侯浚吉、杨武能、胡其鼎、黄甲年和马惠建、劳人、丁锡鹏、韩耀成、仲健和郑信、江雄、王凡、梁定祥、张佩芬、冀湘、成皇、贺松柏和李钥、徐帮学、王荫祺和杨悦等等。拙译《青年维特之烦恼》(北岳文艺出版社 1996 年版)属异名同书。

1999 年,当德国学界隆重纪念歌德 250 周年诞辰之时,我国歌德汉译出版,达其大盛。京沪等地共有三部歌德文集,不约而同,联袂而出。它们分别是:人民文学出版社的 10 卷本《歌德文集》、上海译文出版社的 6 卷本《歌德文集》以及河北教育出版社的 14 卷本《歌德文集》。

人民文学出版社版《歌德文集》，第 1 卷收《浮士德》，第 2 卷收《威廉·麦斯特的学习时代》，第 3 卷收《威廉·麦斯特的漫游时代》，第 4 卷和第 5 卷收《诗与真》（上、下），第 6 卷收《少年维特的烦恼》与《亲和力》，第 7 卷收《铁手葛茨·封·贝利欣根》等剧作四部，第 8 卷收诗歌两百余首，第 9 卷收叙述诗，内含《叙事谣曲》《赫尔曼和多罗泰》与《莱涅克狐》等三部，第 10 卷含歌德"论文学与艺术"的相关论述约六十篇。

上海译文出版社的《歌德文集》，为该出版社已出单行本之汇集，书名分别是《浮士德》《威廉·麦斯特》《少年维特的烦恼——歌德中短篇小说选》《歌德诗集》《亲合力》《歌德戏剧三种》（含《克拉维戈》《丝苔拉》和《哀格蒙特》）。

河北教育出版社的《歌德文集》，分为第 1 卷《诗歌》，第 2 卷《诗剧》（收《浮士德》），第 3 卷《长诗》（含《列那狐》《赫尔曼和多罗泰苔》），第 4 卷《小说》（收《少年维特的烦恼》与《亲合力》），第 5 卷《小说》（收《威廉·迈斯特的学习时代》），第 6 卷《小说》（收《威廉·迈斯特的漫游时代》），第 7 卷《戏剧》（收《情人的脾气》《铁手葛茨·封·贝利欣根》《克拉维戈》和《丝苔拉》等包括残篇在内的十二个剧本），第 8 卷《戏剧》（收《哀格蒙特》《伊菲格尼》《托尔夸托·塔索》与《私生女》等剧本），第 9 卷与第 10 卷同为《自传》（分别收《诗与真》的上、下两部），第 11 卷为《游记》（收《意大利游记》），第 12 卷题为《文论》（下分"艺术评论篇""文学评论篇""铭言与反思"，收文近六十篇），第 13 与第 14 卷同为《书信》，共收歌德书信数百封。

三地三套文集，如约而至，争奇斗艳，在我国歌德汉译史上，可谓赫赫可碑。但细细查检，仍见如下现实：重译居多，新译殊乏。纵观歌德全部作品，其大量的日记、书信和各类文牍，直至今天，依旧少有汉译；遑论其有些作品的原始版本或者异文；而对其自然科学领域著述的译介，依然乏善可陈。这种局部的复译不断和整体的残缺不全，既造成我们歌德阅读、理解与研究方面的巨大障碍，也有碍中国作为善于吸收世界优秀文明成果的文化大国地位。

其实早在近百年前，田汉、宗白华、郭沫若合著《三叶集》（亚东图书馆1920年版），已提建议："我们似乎可以多于纠集些同志来，组织个'歌德研究会'，先把他所有的一切名著杰作……和盘翻译介绍出来……"遗憾的是，此愿至今未成现实。笔者曾在这三套"歌德文集"出版前后，援引上文，难抑感叹："我们何时能够克服商业主义带来的浮躁，走出浪费人力物力的反复重译的怪圈，向中国读书界奉上一部中国的'歌德全集'，让读者一窥歌德作品的全貌，并了却80年前文坛巨擘们的夙愿？"①

此愿不孤。之后十年，偶见同调类似表述："最近在中国可以确定一种清晰趋势，总是聚焦于诸如《维特》和《浮士德》这样为数不多的作品，而它们早已为人熟知。难道我们不该终于思考一下，是否有必要去关注一下其他的、在中国一直还不为众人所知的歌德作品吗？与含有143卷的原文歌德全集相比，即使那至今规模最大的14卷汉语歌德文集，也仅是掉上一块烫石的一滴水珠。究竟还需要几代中国人，来完成这个巨大的使命？"②由此可见，歌德全集的汉译，越来越成为中德文学及文化交流过程中的学术召唤，并成为改革开放时代中国日耳曼学研究的具体要求。汉译《歌德全集》，若隐若现，有呼之欲出之势。

---

① 卫茂平：《歌德译介在中国——为纪念歌德二百五十年诞辰而作》。载：《文汇读书周报》1999年10月2号。
② 顾正祥编著：《歌德汉译研究总目》（1878—2008），中央编译出版社2009年版，第XIX页。原文为德语，由笔者译出。

　　完成这个使命，先得选定翻译蓝本。歌德十分珍视己作，身前就关注全集编纂。首部 13 卷的《歌德全集》1806 年至 1810 年出版。① 第二部 20 卷的《歌德全集》，1815 年至 1819 年刊行。② 他在晚年投入大量精力，从官方争取到当时未获广泛认知的作家版权，于迟暮之年，推出《歌德全集——完整的作者最后审定版》40 卷。③ 歌德身后，前秘书爱克曼和挚友里默尔，承其未竟，编就《歌德遗著》20 卷，作为上及"作者最后审定版"的 41 至 60 卷，同由歌德"御用"的科塔出版社出齐。④

　　规模更大的歌德全集，即所谓魏玛版《歌德全集》，由伯劳出版社 1887 年至 1919 年发行。⑤ 它分四个部分：一、作品集 55 卷（63 册）；二、自然科学文集 13 卷（14 册）；三、日记 15 卷（16 册）；四、书信 50 卷（按每年 1 卷编成，所以卷帙浩繁）。凡 133 卷（143 册）。

　　其实，歌德的各类著作包括书信等众多文字，即使在上及魏玛版全集中，也非全备无缺。另外，随着歌德作品发掘和研究的深入，新有成果，不断现身。所以，魏玛版之后，到了 20 世纪，歌德作品集或全集的出版，依旧代起不迭。主要有三：

---

① Goethes Werke, 13 Bde., Tübingen: J. G. Cotta, 1806 - 1810.

② Goethes Werke, 20 Bde., Stuttgart und Tübingen: J. G. Cotta, 1815 - 1819.

③ Goethes Werke. Vollständige Ausgabe letzter Hand, 40 Bde., Stuttgart und Tübingen: J. G. Cotta, 1827 - 1830.

④ Goethes Werke. Vollständige Ausgabe letzter Hand, Bde. 41 - 60, hg. v. Johann Peter Eckermann und Friedrich Wilhelm Riemer, Stuttgart und Tübingen: J. G. Cotta, 1832 - 1842.

⑤ Goethes Werke, 4 Abteilungen, 133 Bde., Weimar: Verlag Hermann Böhlau, 1887 - 1919.

　　一是汉堡版《歌德文集》,①按作品体裁分类编排,辑有歌德的主要作品,未录歌德日记、书信和文牍等,计 14 卷,是歌德作品选集,每卷均有评述。自 1964 年出齐后,历经多次修订,较新的有 1981 年慕尼黑版。

　　二是慕尼黑版《歌德全集》,②按作家创作年代的时间顺序编制,实际也是辑录歌德主体作品的文集,兼收部分书信,每卷均有评注。共计 21 卷(33 册),1985 年至 1998 年刊印。

　　三是法兰克福版《歌德全集》40 卷(44 册)。正文 39 卷 1985 年至 1999 年排印。③ 它显然与歌德亲自主持的最后一部全集形成呼应,同为“40 卷”,但在辑录规模和笺注水准上,远非昔日全集可比。

　　法兰克福版《歌德全集》,被誉为 20 世纪(目录卷出版于 21 世纪)最完善的歌德版本,亦即代表目前歌德全集编制的最高水平。它既是德国日耳曼学人及出版界匠心经营、与时俱进的成果,也是歌德全集出版史上承前启后的新碑,并有以下亮点:

　　第一,它对歌德文字收录相当完整,囊括了歌德不同体裁的文学作品,以及美学、哲学、自然科学等方面的文字,还有书信、日记、自传、游记、谈话录和翻译作品以及从政期间所产生的相关公文,集成正文,几近 3 万页,规模可谓庞大,内容更臻完备。

　　第二,作品或文本按体裁划分,同时又按照编年体编排,并收录

---

① Johann Wolfgang Goethe: Werke. Hamburger Ausgabe in 14 Bde., Hamburg, 1948 - 1964.

② Johann Wolfgang Goethe: Sämtliche Werke nach Epochen seines Schaffens. Münchener Ausgabe. München und Wien, 1985 - 1998.

③ Johann Wolfgang Goethe: Sämtliche Werke. 40 Bde., Frankfurt /Main: Deutscher Klassiker Verlag, 1985 - 1999. 第 40 卷即目录卷 2013 年改在柏林问世: Das Register zum Gesamtwerk von Johann Wolfgang Goethe, Berlin: Deutscher Klassiker Verlag, 2013.

重要作品的初版或异版,以此进一步全面呈现歌德的创作思想与生命历程。

第三,邀请德国文学研究专家五十余人,倾力二十余年,对歌德的各类文字,进行详尽评述与注解,提供众多辨证。仅笺注规模就达两万多页,实为歌德研究集大成者。

第四,它有目录卷上、下两册,置于卷末,以约 1555 页的篇幅,提供本《全集》所涉人名(包括写信人和收信人以及谈话对象的人名)、地名、作品名(包括诗歌题目及无题诗歌首行)的完整索引,给出其在本《全集》中的卷数和页码,所涉条目数逾百万,可为查检全集各种内容提供便利。

由此可见,将它选为本翻译项目的底本,既能最终推出一部汉语版《歌德全集》,让汉语读者有机会目睹歌德作为诗人、文学家、国务活动家和自然科学研究者的全貌,也可打造兼具学术性的评注版《歌德全集》汉译本,让我们的歌德研究同时跨上一个台阶。

2006 年初,笔者有幸获得这套法兰克福版《歌德全集》(德国博世基金会赠,2005 年 12 月 10 日由德寄出)。本该更早启动译事,了却已有心愿。只因歌德作品卷帙浩繁,规模庞大,内容复杂,涉及面广。兹事体大,让人踌躇。直到 2014 年,一则躬逢昌达的学术环境,二则得到同仁领导的大力托举,才鼓勇气,正式提出翻译歌德全集的建议。它当年就被国家社会科学基金重大项目(第二批)招标选题库采纳,显然获得学界同人高度认可。

最初想法,是仅做翻译。但考虑到国家社会科学基金重大项目通常涉及研究,所以起先提交的题目,含歌德翻译研究内容:"《歌德全集》翻译与歌德作品汉译研究"。有兄弟院校同行,见此招标,参与竞争。后经有关方面协调平衡,此题被分为"歌德翻译"和"歌德研究"两个独立项目,并在 2014 年 11 月同获立项。我们回到原点,专事翻译;竞标同行也有斩获,专事研究。结果可说各得其所,皆大欢喜。

本项目由本人作为首席专家,在上海外国语大学、北京大学和北京外国语大学多位同仁的热情帮助下,尤其在上外党委书记姜锋博士等党政领导的大力支持下,于 2014 年 8 月 24 日填表申请,2014 年 11 月 5 日由"全国哲学社会科学规划办公室"作为"2014 年国家社科基金重大项目(第二批)"批准立项。最终题目改为:"《歌德全集》翻译"。项目批准号 14ZDB090。

这部汉译《歌德全集》,将法兰克福版《歌德全集》作为蓝本,最终分为五个子课题:

一、歌德诗歌与格言(共 4 卷:卷 1、卷 2、卷 3、卷 13)。负责人:王炳钧。

二、歌德戏剧与叙事作品及翻译(共 9 卷:卷 4、卷 5、卷 6、卷 7、卷 8、卷 9、卷 10、卷 11、卷 12)。负责人:谷裕。

三、歌德自传、游记、谈话录与文牍(共 7 卷:卷 14、卷 15－1/15－2、卷 16、卷 17、卷 26、卷 27、卷 39)。负责人:李昌珂。

四、歌德书信、日记及谈话(共 11 卷:卷 28、卷 29、卷 30、卷 31、卷 32、卷 33、卷 34、卷 35、卷 36、卷 37、卷 38)。负责人:卫茂平(兼)。

五、歌德美学与自然科学作品(共 8 卷:卷 18、卷 19、卷 20、卷 21、卷 22、卷 23－1/23－2、卷 24、卷 25)。负责人:谢建文。

另加索引卷(卷 40－1/40－2:人名、地名、作品名)。负责人:卫茂平(兼)。

统计分析表明:法兰克福版《歌德全集》正文达 29972 页,汉译可能将达 20 000 千字。与此同时,全集由德国相关领域的权威专家对每一卷进行详尽严谨的注解与评述，共达 21790 页，汉字约有 13 000 千字。这部分内容，不会被逐字逐句地译成汉语，而会被作为译本注释和作品解读时的重要参考资料，得以使用。加上译文之外的这些添加内容，这部汉语版歌德全集，其总字数可能达到 30 000 千字左右。

截至目前，共有一百多位国内外日耳曼学人参与翻译，另有多位各领域的学者、专家等协助工作。整个项目组人员分别来自京、沪等地和德国的约四十家国内外大学与科研机构。而各位译者，大多是中国的德语教师，其中不乏年逾八旬的前辈名宿，也有三十上下的青年学子。至少在我国德语圈内，可谓老少咸集，群贤毕至。在时代飚进、人趋实惠的当下，有众多同道集聚一起，为这样一项理想主义色彩浓厚的事业出力，作为主持者，倍感信念之力、同道厚爱。每每思之，感喟无穷。谨借此序，深致谢意！

德汉两种语言，在语法、词汇、句法以及对事物的称谓和命名上，差异巨大。两个民族的文化道统，更是有别。加上歌德的文字距今久远，译者之路，榛莽密布，崎岖难行。虽歌德作品汉译非生荒之地，其主作大多已有汉译。但是，相对原语的唯一、永恒和不可改变性，翻译本质上只是某时某刻的选择性结果，都是暂时的，不具终极意义。对研究者来说，旧译本可能更有魅力，因为它蕴含这一代人的审美趣味和文学眼光。而对一般读者来讲，也许符合此时此刻语言发展的译语最为合适。遑论研究新见时常问世，甄别旧译，融合新知，成为必须。而对本项目而言，它其实还面对大量在汉语语境内尚处尘封湮没状态的歌德文字。也就是说，我们所做，绝非集丛拾残、辑佚补缺之事，而常为开启新篇、起例发凡之举。这让译事更加步履维艰。所以本全集的翻译，舛误不当之处，或许难免。也会有个别古奥之词,因目前无法移译,而不得不留存原文,以请明教,开启柴塞。还望读者见谅。

　　该项目的一大困难,在于逾百名译者之间人名、地名、作品名、标题以及诗歌标题的译文统一。外语中同一读音常可对应不同汉字,而歌德作品及作品人物等的已有译名,往往各不相同。因此,译事第一步是翻译法兰克福版《歌德全集》索引卷(包含全集中所有人名、地名、作品名以及诗歌标题或诗歌首行的索引),以此为基础,确保本全集中各种译名尽量做到统一、规范。这里既有"萧规曹随"的做法,比如"Goethe"依旧是"歌德";也有"不循旧习"的例子,比如"Lotte"不再是旧译"绿蒂"而是"洛特"。

　　我们计划,用五至十年时间完成这部《歌德全集》的翻译和出版工作。全力支持该项目实施的上海外语教育出版社,已在2016年8月19日上海书展上首发法兰克福版《歌德全集》德文影印版,为本全集助力开道。

　　德谚有言:Aller Anfang ist schwer. 汉语是:万事开头难。现在,第8、28和36卷组成的第一批译作终于竣事,拟先行推出。这意味着汉译《歌德全集》的实现,不再杳渺。"开头"之难,即将成为过去。

　　另有德谚云:Ende gut, alles gut. 汉译为:结果好,一切好。就此而言,开端远非全部,结果决定一切。如此说来,"革命尚未成功,同志仍须努力"。

2017年12月于上海外国语大学

青年维特的痛苦

1774 年稿和 1787 年稿平行对照版本

Die Leiden des jungen Werthers
Leiden des jungen Werthers
Paralleldruck
der Fassungen
von 1774 und 1787

卫茂平　胡一帆/译

目 录

青年维特的痛苦

——1774 年稿和 1787 年稿平行对照版本

版本一

第一编

10　　有关这可怜的维特的故事,我已尽己所能,努力搜集,把它向你们呈上。我知道,你们会为此谢我。对他的精神和品格以及他的命运,你们不会拒绝给以自己的敬意、爱怜和眼泪。

　　而你,正感受着同他一样的渴求的善良的灵魂,从他的痛苦中汲取安慰。让这本小书做你的朋友吧,倘若你由于命运不济或自身错过,寻觅不到一个更加亲近的朋友。

版本二　　　　　　　　　　**第一卷**

有关这可怜的维特的故事，我已尽己所能，努力搜集，把它向你　　11
们呈上。我知道，你们会为此谢我。对他的精神和品格以及他的命
运，你们不会拒绝给以自己的敬意、爱怜和眼泪。

　　而你，正感受着同他一样的渴求的善良的灵魂，从他的痛苦中汲
取安慰。让这本小书做你的朋友吧，倘若你由于命运不济或自身错
过，寻觅不到一个更加亲近的朋友。

1771年5月4日

我去了，我多么高兴！好朋友，人心是怎么回事！我那么爱你，曾同你亲密无间，离开你，竟会高兴！我知道，你会原谅我。命运安排我与别人认识，难道不是要折磨我这样一颗心？可怜的莱奥诺蕾！可我是无辜的。她妹妹那独特的魅力让我愉悦欢畅，可她那可怜的心中孕育着对我的爱，我能有什么办法？不过——难道我毫无过错？难道我不曾助长了她的情感？难道我没有拿她那常使我们忍俊不禁的自然的真情流露打趣，尽管那并不怎么可笑？难道我不曾——唉，人是怎么回事，会自责自怨！我要，亲爱的朋友，我向你保证，我要改弦更张，不再如往常那样，反复咀嚼命运安排给我的少许痛苦（das Bisgen Uebel）。我要享受眼前，过去的让它成为过去。的确，你说得对，我的挚友：（Gewiß Du hast recht, Bester：）要是人类不再如此执拗地专注于自己的想象力，唤醒对往日不幸的回忆（Uebels zurückzurufen）——上帝才知道，人为什么被塑造成这样——而是坦然地承受现实（ehe den ... Gegenwart zu tragen），人类的痛苦就会减少。

烦请告诉我母亲，我会尽力料理她的那件事（Geschäfte），并及早给她消息。我已同我的姑妈说过，发现她并非（habe bey weiten ... gefunden）我们那里所说的，是个恶妇，她是个好心肠的、快活和性急的女人。我与她谈了我母亲对她扣下那份遗产的不满；她对我讲了她的理由和原因，以及她在什么条件下才会交出（heraus zu geben）一切，这比我们所要求的要多——简言之，对此我现在（jezo）还不想写什么，请告诉我母亲，一切都会顺利进行。我亲爱的朋友！从这件小事（Geschäfte）中，我又发现，在这个世界上，误解与迟钝也许比欺诈和恶意（als List und Bosheit nicht thun）铸成的错误更多。当然，后两者（letztern）毕竟少见些。

另外，我在这里十分愉快（Uebrigens find ich mich ...）。在这

12

5月4日

　　我去了,我多么高兴! 好朋友,人心是怎么回事! 我那么爱你,曾同你亲密无间,离开你,竟会高兴! 我知道,你会原谅我。命运安排我与别人认识,难道不是要折磨我这样一颗心? 可怜的莱奥诺蕾! 可我是无辜的。她妹妹那独特的魅力让我愉悦欢畅,可她那可怜的心中孕育着对我的爱,我能有什么办法? 不过——难道我毫无过错? 难道我不曾助长了她的情感? 难道我没有拿她那常使我们忍俊不禁的自然的真情流露打趣,尽管那并不怎么可笑? 难道我不曾——唉,人是怎么回事,会自责自怨! 我要,亲爱的朋友,我向你保证,我要改弦更张,不再如往常那样,反复咀嚼命运安排给我的少许痛苦(ein bißchen Übel);我要享受眼前,过去的让它成为过去。的确,你说得对,我的挚友,(Gewiß du hast Recht Bester,)要是人类不再如此执拗地专注于自己的想象力,唤醒对往日不幸的回忆(Übels zurück zu rufen)——上帝才知道,人为什么被塑造成这样——而是坦然地承受现实(eher als ... Gegenwart zu ertragen),人类的痛苦就会减少。

　　烦请告诉我母亲,我会尽力料理她的那件事(Geschäft)并及早给她消息。我已同我的姑妈说过,发现她并非(bey weitem ... gefunden)我们那里所说的,是个恶妇。她是个好心肠的、快活和性急的女人。我与她谈了我母亲对她扣下那份遗产的不满;她对我讲了她的理由和原因,以及她在什么条件下才会交出(herauszugeben)一切,这比我们所要求的要多——简言之,对此我现在(jetzt)还不想写什么;请告诉我母亲,一切都会顺利进行。我亲爱的朋友,从这件小事(Geschäft)中,我又发现;在这个世界上,误解与迟钝也许比欺诈和恶意(als List und Boßheit)铸成的错误更多。当然,后两者(letzteren)毕竟少见些。

　　另外,我在这里十分愉快(Übrigens befinde ich mich ...),在

天堂般的地方,孤寂对我的心灵而言正是一种灵丹妙药。这个春光焕发的季节,将它全部的温暖注入了我这时常寒噤的心。每棵树、每个树篱,都花团锦簇(ein Straus von Blüten),让人真想化为一只金甲虫(Mayenkäfer),遨游于芬芳的花海,寻觅着全部的养料。

　　城市本身令人生厌(Die Stadt ist selbst ...),但四周却有一片难以形容的自然美景。这打动了已故的 M 伯爵的心,在一个山丘上建起了一座花园(von M ... einen Garten ...)。这里的山丘景色各异(Mannigfaltigkeit der Natur),美不胜收;它们交错纵横,组成一个个十分秀丽的山谷。花园布局质朴,一进园门就可以感到,绘制(bezeichnet)其蓝图的不是某一位园艺专家,而是一颗想在这里独享悠闲的敏感的心(das sein selbst ...)。这个颓败的园亭(Cabinetgen)以前是他的,现在则是我的(... mein's ist)心爱场所(Lieblingspläzgen)。我在这里为那位逝者洒下不少眼泪(... hab ich ...)。不久,我将成为花园的主人;只过了几天,园丁已对我颇有好感,而他在这里也会过得愉快(... nicht übel davon ...)。

14

这天堂般的地方,孤寂对我的心灵而言正是一种灵丹妙药。这个春光焕发的季节,将它全部的温暖注入了我这时常寒噤的心。每棵树、每个树篱,都花团锦簇(ein Strauß von Blüthen),让人真想化为一只金甲虫(Maykäfer),遨游于芬芳的花海、寻觅着全部的养料。

　城市本身令人生厌(Die Stadt selbst ist . . .),但四周却有一片难以形容的自然美景。这打动了已故的 M 伯爵的心,在一个山丘上建起了一座花园(von M . . . einen Garten . . .)。这里的山丘景色各异(Mannigfaltigkeit),美不胜收;它们交错纵横,组成一个个十分秀丽的山谷。花园布局质朴,一进园门就可以感到,绘制(gezeichnet)其蓝图的不是某一位园艺专家,而是一颗想在这里独享悠闲的敏感的心(das seiner selbst . . .)。这个颓败的园亭(Cabinetchen)以前是他的,现在则是我的(. . . meines ist)心爱场所(Lieblingsplätzchen)。我在这里为那位逝者洒下不少眼泪(. . . hab' ich . . .)。不久,我将成为花园的主人;只过了几天,园丁已对我颇有好感,而他在这里也会过得愉快(. . . nicht übel dabei . . .)。

15

5 月 10 日

　　一种奇妙的欢愉，就像我以全部身心享受（geniessen）这甜蜜的春晨，占据了我整个心扉。我独自一人，在这个专为我这样的灵魂所创造的地方，品尝着生活的乐趣。我真是太幸福了，我的挚友，完全沉醉在对宁静生活的感受中，以至于荒废了自己的艺术。眼下（jetzo）我无法作画，一笔也画不出，但比任何时候都感到自己配做一个更伟大的画家（... niemalen ein grösserer Mahler ...）。每当雾霭从我周围的山谷升起，高高的太阳悬挂在浓荫密布的森林上空，只有几缕阳光悄悄地射入林中的圣地，我便躺卧在飞落的溪流边和茂密的草丛里，贴近地面的小草（Gräsgen），它们千姿百态，令人惊异。我感到自己的心更贴近叶茎间这个喧嚷的小世界，贴近无以计数、神秘莫测的各类小虫（... all der Würmgen, der Mückgen），这时，我便会感到全能的上帝的存在，感到那博爱天下的上帝的气息，是他按照自己的形象创造了我们（... all uns ...），把我们支撑，并护住我们在永恒的欢乐中翱翔。我的朋友，当我眼前朦胧一片，周围的世界和天空犹如爱人的倩影完全在我的灵魂中静息（... ruht, wie ...）——这时，我常常满怀渴望地想（... sehn ich ...）：但愿你能把这如此丰富、如此温暖地活在心中的形象，重新表达，诉诸文字，使其成为你灵魂的镜子，正如你的灵魂是永恒的上帝的镜子一样。我的朋友！——但我会由此走向毁灭，我会在这壮丽景象的威力下一命呜呼。

5 月 10 日

　　一种奇妙的欢愉，就像我以全部身心享受（genießen）这甜蜜的春晨，占据了我整个心扉。我独自一人，在这个专为我这样的灵魂所创造的地方，品尝着生活的乐趣。我真是太幸福了，我的挚友，完全沉醉在对宁静生活的感受中，以至于荒废了自己的艺术。眼下（jetzt）我无法作画，一笔也画不出，但比任何时候都感到自己配做一个更伟大的画家（... nie ein größerer Mahler ...）。每当雾霭从我周围的山谷升起，高高的太阳悬挂在浓荫密布的森林上空，只有几缕阳光悄悄地射入林中的圣地，我便躺卧在飞落的溪流边和茂密的草丛里，贴近地面的小草（Gräschen），它们千姿百态，令人惊异；我感到自己的心更贴近叶茎间这个喧嚷的小世界，贴近无以计数、神秘莫测的各类小虫（... der Würmchen, der Mückchen），这时，我便会感到全能的上帝的存在，感到那博爱天下的上帝的气息，是他按照自己的形象创造了我们（... uns ...），把我们支撑，并护住我们在永恒的欢乐中翱翔；我的朋友！当我眼前朦胧一片而周围的世界和天空犹如爱人的倩影完全在我的灵魂中静息（... ruhn wie ...）——这时，我常常满怀渴望地想（... sehne ich ...）：但愿你能把这如此丰富、如此温暖地活在心中的形象，重新表达，诉诸文字，使其成为你灵魂的镜子，正如你的灵魂是永恒的上帝的镜子一样！——我的朋友！——但我会由此走向毁灭，我会在这壮丽景象的威力下一命呜呼。

5 月 12 日

16　　　不知附近是否有如此迷惑人的精灵飘荡,或是我心中热情奇妙的幻想,使我觉得身边的一切宛如天堂。就在城外不远处有口井(Brunn'),我像梅露茜①和她的姐妹们一样迷上了她。你走下一个小丘,来到一座拱形建筑前,再往下走二十级台阶,便有一股清澈(klarste)的泉水从大理石岩缝中喷涌而出。那绕井而筑的短墙(Das Mäuergen, das …),那浓荫密布的大树,那井台旁的凉爽,这一切让人着迷,又让人敬畏和战栗。我没有一天不在那儿坐(sizze)上一小时。常有城里的姑娘来此汲水。以前公主们也曾做过这最平凡而又最需要的工作。每当我安坐在那里,古代宗法社会的情景,便会在我眼前栩栩如生:似乎看见祖先们在井台旁结友联姻,而周围则漂浮着善意的精灵。啊!谁要是从未在艰辛的盛夏旅途后啜饮过清凉的井水,便无法享有同样的感受。

---

① 梅露茜:法国神话中的水中仙女。

5 月 12 日

　　不知附近是否有迷惑人的精灵飘荡，或是我心中热情奇妙的幻想，使我觉得身边的一切宛如天堂。就在城外不远处有口井（Brunnen），我像梅露茜①和她的姐妹们一样迷上了她。——你走下一个小丘，来到一座拱形建筑前，再往下走二十级台阶，便有一股清澈（klareste）的泉水从大理石岩缝中喷涌而出。那绕井而筑的短墙（Die kleine Mauer die ...），那浓荫密布的大树，那井台旁的凉爽；这一切让人着迷，又让人敬畏和战栗。我没有一天不在那儿坐（sitze）上一小时。常有城里的姑娘来此汲水。以前公主们也曾做过这最平凡而又最需要的工作。每当我安坐在那里，古代宗法社会的情景，便会在我眼前栩栩如生：似乎看见祖先们在井台旁结友联姻，而周围则漂浮着善意的精灵。啊！谁要是从未在艰辛的盛夏旅途后啜饮过清凉的井水，便无法享有同样的感受。

17

———————————

　　① 梅露茜：法国神话中的水中仙女。

5月13日

　　你问，是否需要寄（schikken）书给我？——亲爱的，求你看在上帝的分（um Gottes willen）上，别拿书来烦我（vom Hals）！我不愿再被引导、鼓舞和激励；我这颗心已经翻腾得够了。我需要的是催眠曲，并已经在我的荷马①那儿找到许多。我时常轻声吟唱（lull ich），使自己那沸腾的（empörendes）热血平静下来，因为这颗心如此变幻无常、反复不定（unstet），这是你从未见过的。亲爱的！难道需要（Brauch）我向你讲述这些？你曾常常看到我从郁闷转为狂欢，从懒懒的（süsser）忧伤转为恣意的激越，并时常为我担心。我对待（halt）我的心（Herzgen）如同对待一个病弱的孩子，任其（all sein）所欲，随其所为。别把这点传扬（Sag）出去，有人（es giebt）会为此见怪于我（mir's）。

---

① 荷马：传为公元前9世纪至公元前8世纪古希腊盲诗人，编有两大史诗《伊利亚特》和《奥德赛》。

5月13日

你问,是否需要寄(schicken)书给我? ——亲爱的,求你看在上帝的分(um Gotteswillen)上,别拿书来烦我(vom Halse)! 我不愿再被引导、鼓舞和激励;我这颗心已经翻腾得够了。我需要的是催眠曲,并已经在我的荷马①那儿找到许多。我时常轻声吟唱(lull' ich),使自己那沸腾的(empörtes)热血平静下来,因为这颗心如此变幻无常、反复不定(unstät),这是你从未见过的。亲爱的! 难道需要(brauch')我向你讲述这些? 你曾常常看到我从郁闷转为狂欢,从懒懒的(süßer)忧伤转为恣意的激越,并时常为我担心? 我对待(halte)我的心(Herzchen)如同对待一个病弱的孩子;任其(jeder)所欲,随其所为。别把这点传扬(Sage)出去,有人(es gibt)会为此见怪于我(mir es)。

---

① 荷马:传为公元前9世纪至公元前8世纪古希腊盲诗人,编有两大史诗《伊利亚特》和《奥德赛》。

5 月 15 日

18　　　本地的老百姓已认识我，他们喜欢我，尤其是孩子们。我曾有过一个伤心的发现：（Eine traurige Bemerkung hab ich gemacht.）当我开始接近他们，友好地向他们问这问那时，有些人以为，我要拿他们开心，便粗暴地（wol）打发我走。我并不气恼（verdriessen），只是对这种常见的情形有了最切身的体会（fühlt）：某些有身份的人，总对普通百姓采取淡然疏远的态度，似乎以为接近他们，会有失身份；然而也有（giebts）一些捣蛋鬼（Spasvögel），故意屈尊俯就（herabzulassen），使贫苦百姓更觉他们自命不凡（Uebermuth）。

　　我非常清楚，我们不一样，也不可能一样；（.）但（Aber）我觉得，那种自以为（der glaubt nöthig zu haben,）要保持尊严（Respekt）就必须同所谓的（sogenannten）下等人保持距离的人，与害怕失败而躲避对手（für seinem Feinde）的懦夫一样，该受谴责。

　　最近我去井边，看见一个年轻的女仆（Dienstmädgen），把水罐搁在最低一级台阶上，左顾右盼，看是否有女伴（Camerädin）走来，帮她（ihr's）把水罐顶在头上。我走下台阶，看着（sah）她。姑娘（ihr），要我帮你吗？她顿时满脸红晕。噢，不，先生（nein）！她说。别客气。她摆正（zurechte）头上的垫环，我帮她顶上水罐。她道了谢，登上台阶。

5 月 15 日

　　本地的老百姓已认识我，他们喜欢我，尤其是孩子们。当我开始
接近他们，友好地向他们问这问那时，有些人以为，我要拿他们开心，
便粗暴地（wohl）打发我走。我并不气恼（verdrießen），只是对这种
常见的情形有了最切身的体会（fühlte）：某些有身份的人，总对普通
百姓采取淡然疏远的态度，似乎以为接近他们，会有失身份；然而也
有（gibt's）一些捣蛋鬼（Spaßvögel），故意屈尊俯就（herab zu
lassen），使贫苦百姓更觉他们自命不凡（Übermuth）。

　　我非常清楚，我们不一样，也不可能一样；（;）但（aber）我觉得，
那种自以为（der nöthig zu haben glaubt,）要保持尊严（Respect）就
必须同所谓的（so genannten）下等人保持距离的人，与害怕失败而躲
避对手（vor seinem Feinde）的懦夫一样，该受谴责。

　　最近我去井边，看见一个年轻的女仆（Dienstmädchen），把水罐
搁在最低一级台阶上，左顾右盼，看是否有女伴（Kamerädinn）走来，
帮她（ihr es）把水罐顶在头上。我走下台阶，看着（sah'）她。姑娘
（Ihr），要我帮你吗？她顿时满脸红晕。噢，不，先生（mein）！她说。
别客气。她摆正（zurecht）头上的垫环，我帮她顶上水罐。她道了谢，
登上台阶。

5 月 17 日

我结识了各种各样的人(hab … gemacht)，但尚未找到伙伴(hab … gefunden)。我不知道，自己究竟有什么吸引人的地方。他们这么多人喜欢我，依恋我，正因为这样，我(mirs)为我们只能同行一小段(nur so eine kleine)路而感到悲伤。如果你问我，这里的人怎样，我只能说，同别处一样！人类(um's Menschengeschlecht)就像是一个模子(einförmig Ding)里铸出的。多数人为了谋生，大多数(grösten)时间用来干活，而剩下不多的(Bisgen)余暇却使他们犯愁，千方百计排遣时光(um's los zu werden)。唉，这就是人类的命运！

不过，他们都是极好的人！我时常忘记了自己的身份，和他们一起共享人类尚存的乐趣，坐在一张布置精巧的桌旁纵情笑谈(spassen)，或适时出游，举行舞会，如此等等。这使我获益不少。只是我不免要想起，我身上还潜伏着其他许多力量，没有发挥，日渐衰萎，不得不异常小心地藏匿起来。这揪紧了我的心——真是这样！遭人误解，这是我们这类人的命运。

唉！我青年时代的女友也已去世！唉！我曾与她相识(je gekannt habe)！——我真想说(zu mir sagen)，你是个傻瓜！你寻找的是尘世间没有的东西！但我曾经拥有(hab … gehabt)她，我感到过那颗心，那个伟大的灵魂。和她在一起，我感到自己充实了许多，因为我做到了自己所能做的一切。仁慈的上帝，难道我心灵中尚有一丝力量未曾利用？难道我在她跟前不能抒发以我的心拥抱自然的整个(all das)奇妙感情？难道我们的交往不是由最微妙的情感(feinster Empfindung)和最辛辣的幽默(schärfstem Witze)不断织就？这种幽默的变化，直到淘气，无不带有天才的印记。可是而今！——她比我年长几岁，而这些时光竟把她先我引入黄泉。我永远不会忘记她(ihrer)，不会忘记她那坚定的性格和非凡的毅力。

几天前，我遇见一个叫 V 的青年人。他真诚坦率(ein offner

5月17日

我结识了各种各样的人(habe … gemacht),但尚未找到伙伴(habe … gefunden)。我不知道,自己究竟有什么吸引人的地方。他们这么多人喜欢我,依恋我,正因为这样,我(mir's)为我们只能同行一小段(nur eine kleine)路而感到悲伤。如果你问我,这里的人怎样,我只能说,同别处一样!人类(ums Menschengeschlecht)就像是一个模子(einförmiges Ding)里铸出的。多数人为了谋生,大多数(größten)时间用来干活,而剩下不多的(Bißchen)余暇却使他们犯愁,千方百计排遣时光(um es los zu werden)。唉,这就是人类的命运!

不过,他们都是极好的人!我时常忘记了自己的身份,和他们一起共享人类尚存的乐趣,坐在一张布置精巧的桌旁纵情笑谈(spaßen),或适时出游,举行舞会,如此等等。这使我获益不少。只是我不免要想起,我身上还潜伏着其他许多力量,没有发挥,日渐衰萎,不得不异常小心地藏匿起来。这揪紧了我的心——真是这样!遭人误解,这是我们这类人的命运。

唉!我青年时代的女友也已去世!唉!我曾与她相识(gekannt habe)!——我真想说(sagen),你是个傻瓜!你寻找的是尘世间没有的东西!但我曾经拥有(habe … gehabt)她,我感到过那颗心,那个伟大的灵魂。和她在一起,我感到自己充实了许多,因为我做到了自己所能做的一切。仁慈的上帝,难道我心灵中尚有一丝力量未曾利用?难道我在她跟前不能抒发以我的心拥抱自然的整个(das ganze)奇妙感情?难道我们的交往不是由最微妙的情感(der feinster Empfindung)和最辛辣的幽默(dem schärfsten Witze)不断织就?这种幽默的变化,直到淘气,无不带有天才的印记。可是而今!——她比我年长几岁,而这些时光竟把她先我引入黄泉。我永远不会忘记她(sie),不会忘记她那坚定的性格和非

Junge)，模样幸福。他刚离开大学，虽不（nicht eben）妄自尊大，但也自以为比别人多些学问（wüßte）。我从各方面（allerley）感觉到，他曾下过苦功，一句话，他知识丰富（hatt' hüpsche Kenntnisse）。他听说我擅长绘画，还懂希腊文（Griechisch konnte）——这在当地（hier zu Land）算两样罕事——便来找（wandt er sich an）我，把一肚子的学问全翻腾出来。从巴妥①到伍德②（von Batteux bis zu Wood），从德皮勒③到温克尔曼④（de Pils zu Winkelmann），还向我保证，他已把祖尔策⑤（Sulzers）的《纯艺术通论》通读了一遍，还拥有海纳⑥（Heynen）研究古代文献的手稿。我姑妄听之。

　　我还认识了（hab ... kennen lernen）一位（Einen）正派男子（Kerl），侯爵在本地的行政官（den fürstlichen Amtmann）。人们说，无论谁看见他和自己的九个（neune）孩子在一起，都会打心眼里高兴；尤其（Besonders）是对他的大女儿，人们更是交口称赞。他已对我发出邀请，我也打算尽早前去拜访。他住在侯爵的猎庄，距此约一个半小时路程。他是在妻子亡故后获准迁往那里的，因为留在城里和官邸中（in dem Amthause）使他难受。

① 巴妥：法国美学家。
② 伍德：英国考古学家。
③ 德皮勒：法国文学家和画家。
④ 温克尔曼：德国考古学家和艺术史家。
⑤ 祖尔策：瑞士美学家。
⑥ 海纳：德国古典语言学家和古希腊文学研究者。

凡的毅力。

几天前,我遇见一个叫 V 的青年人。他真诚坦率(einen offnen Jungen),模样幸福。他刚离开大学,虽不(eben nicht)妄自尊大,但也自以为比别人多些学问(wisse)。我从各方面(Allerley)感觉到,他曾下过苦功,一句话,他知识丰富(hat hübsche Kenntnisse)。他听说我擅长绘画,还懂希腊文(griechisch könnte)——这在当地(hier zu Lande)算两样罕事——便来找(wandte er sich an)我,把一肚子的学问全翻腾出来。从巴妥①到伍德②(von *Batteux* bis zu *Wood*),从德皮勒③到温克尔曼④(*de Pils* zu *Winkelmann*),还向我保证,他已把祖尔策⑤(*Sulzers*)的《纯艺术通论》通读了一遍,还拥有海纳⑥(*Heynen*)研究古代文献的手稿。我姑妄听之。

我还认识了(habe ... kennen lernen)一位(einen)正派男子(Mann),侯爵在本地的行政官(den Fürstl. Amtmann)。人们说,无论谁看见他和自己的九个(neun)孩子在一起,都会打心眼里高兴;尤其(besonders)是对他的大女儿,人们更是交口称赞。他已对我发出邀请,我也打算尽早前去拜访。他住在侯爵的猎庄,距此约一个半小时路程。他是在妻子亡故后获准迁往那里的,因为留在城里和官邸中(im Amthause)使他难受。

①　巴妥:法国美学家。
②　伍德:英国考古学家。
③　德皮勒:法国文学家和画家。
④　温克尔曼:德国考古学家和艺术史家。
⑤　祖尔策:瑞士美学家。
⑥　海纳:德国古典语言学家和古希腊文学研究者。

　　此外，我也遇到几个怪人（… mir in Weg gelaufen），言谈举止让人不堪忍受，尤其是他们那股亲热劲儿（Freundschaftsbezeugungen）。

　　再见（Leb wohl）！ 这封信会让你喜欢，因为它完全是纪实。

　　此外，我也遇到几个怪人（mir … in den Weg gelaufen），言谈举止让人不堪忍受，尤其是他们那股亲热劲儿（Freundschaftsbezeigungen）。

　　再见（Leb' wohl）！　这封信会让你喜欢，因为它完全是纪实。

5 月 22 日

　　人生如梦，别人（manchem）早有此种感受。就是我，也时时颇有同感。我注意到（so ansehe），人的创造力和探索力受制于局限（in weiche … eingesperrt sind）；我看到，人的一切活动（alle Würkungsamkeit dahinaus läuft），都旨在满足某种需要，而这些需要，除了延长我们可怜的生存，别无任何目的。末了，人通过某些探索结果（Punkte）所得到的一切安慰，仅是一种梦幻般的顺应而已，如同人们在囚禁自己的四壁上统统画上了五彩的形象和明媚的景色。——这一切，威廉，令我闭口无言。我回过头来审视内心，发现了一个世界！从而又更多地依靠预感和朦胧的渴望，而不是创造和勃勃的生机。如此，一切在我的感官前活动飘移，我也梦幻般地想着世界继续微笑。

　　孩童不知所欲为何，对此（darinn），一切博学多识的教书先生没有异议。但大人同小孩一样（Daß aber …），在这块土地上到处跌撞乱跑；同小孩一样（gleichwie），不知道自己从何处来，到何处去，做人行事同样没有目的（Zwekken），同样受制于（regiert）饼干、糕点和桦木鞭子。可这没人愿意相信。但就我看来，这是显而易见的（man kann's mit …）。

　　我知道（weis）你对此会说些什么，所以乐意向你承认，那些（diejenige）像孩子一样无忧无虑生活的人是最幸福的。他们拖着布娃娃（Puppe）四处乱跑（herum schleppen），替它们把衣服脱下又穿上，要么就是乖乖地（mit großem Respekte）围着妈妈藏（verschlossen）甜面包的抽屉打转（herum schleichen），等到满心渴望的东西终于到手，便鼓着两颊（Bakken）大嚼起来，一边嚷嚷：还要！——这（das）真是些幸福的宠儿。还有一种人也不错（ists wohl），他们给自己微不足道的工作，甚至他们的狂热冠以富丽堂皇的名称，并且把这说成是对人类幸福安康的巨大贡献。——这样的

5 月 22 日

人生如梦,别人(manchen)早有此种感受。就是我,也时时颇有同感。我注意到(ansehe),人的创造力和探索力受制于局限(in welcher ... eingesperrt sind);我看到,人的一切活动(alle Wirksamkeit dahinausläuft),都旨在满足某种需要,而这些需要,除了延长我们可怜的生存,别无任何目的。末了,人通过某些探索结果(Puncte)所得到的一切安慰,仅是一种梦幻般的顺应而已,如同人们在囚禁自己的四壁上统统画上了五彩的形象和明媚的景色。——这一切,威廉,令我闭口无言。我回过头来审视内心,发现了一个世界!从而又更多地依靠预感和朦胧的渴望,而不是创造和勃勃的生机。如此,一切在我的感官前活动飘移,我也梦幻般地想着世界继续微笑。

孩童不知所欲为何,对此(darin),一切博学多识的教书先生没有异议。但大人同小孩一样(daß aber ...),在这块土地上到处跌撞乱跑;同小孩一样(und wie),不知道自己从何处来,到何处去,做人行事同样没有目的(Zwecken),同样受制于(regieret)饼干、糕点和桦木鞭子。可这没人愿意相信。但就我看来,这是显而易见的(man kann es mit ...)。

我知道(weiß)你对此会说些什么,所以乐意向你承认,那些(diejenigen)像孩子一样无忧无虑生活的人是最幸福的。他们拖着布娃娃(Puppen)四处乱跑(herumschleppen),替它们把衣服脱下又穿上,要么就是乖乖地(mit großem Respect)围着妈妈藏(geschlossen)甜面包的抽屉打转(umherschleichen),等到满心渴望的东西终于到手,便鼓着两颊(Backen)大嚼起来,一边嚷嚷:还要! ——这(Das)真是些幸福的宠儿。还有一种人也不错(ist's wohl),他们给自己微不足道的工作,甚至他们的狂热冠以富丽堂皇的名称,并且把这说成是对人类幸福安康的巨大贡献。——这样的人也是幸福的。但是，谁要是谦恭地认识到这一切导向何方，谁要是看到（der so sieht），每个优裕的市民，何等恭顺（dem's wohl ist），善于（weis）把他那小小的庭院变成（zuzustuzzen）天国，而不幸者则（dann doch auch）身负重荷，喘息在他的人生道上笃行不倦，并且人人都盼望多见一分钟太阳的光芒——是的（ja），这样的人也平静安宁，他从自己心中创造出他的世界，并为是人而感到幸福。尽管他身受束缚，心中却始终怀有自由的甜蜜（süsse）感觉，只要他愿意，他能随时脱离这个牢狱。

人也是幸福的。但是，谁要是谦恭地认识到这一切导向何方，谁要是看到（wer da sieht），每个优裕的市民，何等恭顺（dem es wohl ist），善于（weiß）把他那小小的庭院变成（zuzustutzen）天国，而不幸者则（auch）身负重荷，喘息在他的人生道上笃行不倦，并且人人都盼望多见一分钟太阳的光芒——是的（Ja），这样的人也平静安宁，他从自己心中创造出他的世界，并为是人而感到幸福。尽管他身受束缚，心中却始终怀有自由的甜蜜（süße）感觉，只要他愿意，他能随时脱离这个牢狱。

5月26日

你早就(von Alters her)熟悉我的脾性,愿在任何一个(irgend mir)喜欢的地方(Orte)搭座小屋住下,条件简陋一概不顾。就是在这里,我重又找到一个吸引我的地方(Ich habe auch hier ...)。

离城约一小时路程,有个去处,我们称它为瓦尔海姆①。它坐落在一个山丘上,地势喜人,沿着通向村子(zum Dorf heraus geht)的小径上去,整个山谷即刻(mit Einem)一览无遗。女店主(Wirthin)和蔼可亲,就其年龄而言,显得活泼愉快,请人喝葡萄酒、啤酒和咖啡;最妙不可言的是两棵菩提树,枝叶(Aesten)繁茂,浓荫遮蔽了教堂前的小场地,场地四周是农舍、谷仓和庭院。难得找到这样闲适静谧的地方(so heimlich hab ich ...),我便让人把我的桌椅从店中搬到那里,啜饮咖啡(und trinke meinen Caffee),品读荷马。第一次,当我在一个阳光明媚的下午偶然来到菩提树下,发现这地方十分幽静。人都下地去了,只有(Nur)一个约四岁的男孩坐在地上,两膝(Füssen)间坐着个约半岁的小儿。他用双臂把小儿搂在胸前,像是给他当一把座椅。他静静地坐着,一对黑眼珠活泼泼地乱转。我被这情景(Anblik)迷住了,便在对面的(der gegen über stund)一张犁上坐下(und ich ...),满心欢喜(mit vielem Ergözzen)地画起这小哥俩的形象。我给画面添上了近处的篱笆、一扇谷仓门(Tennenthor)及几只破(gebrochne)轴辘,一切(all)都按它们原先的位置(wie es ... hintereinander stund)。一小时后,我发现,自己完成(verfertigt)了一幅布局井然、情趣盎然的图画,没有掺入丝毫自己的想象。这加强了我的决心(Vorsazze)——今后仅以自然为本。只有它才是无比丰富的,只有它才能造就伟大的艺术家。对于规则的

---

① 读者不必花力气去寻找这里提到的地方;我觉得有必要,所以改掉了原来的真实地名。——作者注

5 月 26 日

你早就（von Altersher）熟悉我的脾性，愿在任何一个（mir irgend）喜欢的地方（Ort）搭座小屋住下，条件简陋一概不顾。就是在这里，我重又找到一个吸引我的地方（Auch hier hab ich ...）。

离城约一小时路程，有个去处，我们称它为瓦尔海姆①。它坐落在一个山丘上，地势喜人，沿着通向村子（zum Dorf herausgeht）的小径上去，整个山谷即刻（auf einmal）一览无遗。女店主（Wirthinn）和蔼可亲，就其年龄而言，显得活泼愉快，请人喝葡萄酒、啤酒和咖啡；最妙不可言的是两棵菩提树，枝叶（Ästen）繁茂，浓荫遮蔽了教堂前的小场地，场地四周是农舍、谷仓和庭院。难得找到这样闲适静谧的地方（so heimlich hab' ich），我便让人把我的桌椅从店中搬到那里，啜饮咖啡（trinke meinen Caffee），品读荷马。第一次，当我在一个阳光明媚的下午偶然来到菩提树下，发现这地方十分幽静。人都下地去了，只有（nur）一个约四岁的男孩坐在地上，两膝（Füßen）间坐着个约半岁的小儿。他用双臂把小儿搂在胸前，像是给他当一把座椅。他静静地坐着，一对黑眼珠活泼泼地乱转。我被这情景（Anblick）迷住了，便在对面的（der gegenüber stand）一张犁上坐下（ich ...），满心欢喜（mit vielem Ergetzen）地画起这小哥俩的形象。我给画面添上了近处的篱笆、一扇谷仓门（Scheunenthor）及几只破（gebrochene）轱辘，一切（alles）都按它们原先的位置（wie ... hintereinander stand）。一小时后，我发现，自己完成（verfertiget）了一幅布局井然、情趣盎然的图画，没有掺入丝毫自己的想象。这加强了我的决心（Vorsatze）——今后仅以自然为本。只有它才是无比丰富的，只有它才能造就伟大的艺术家。对于规则的好处，人们可以说

① 读者不必花力气去寻找这里提到的地方；我觉得有必要，所以改掉了原来的真实地名。——作者注

27

29

好处，人们可以说上许多话，几乎像对市民社会能致的颂词一样。一个按这种规则成长的人，永远不会创作出（hervor bringen）乏味无聊（abgeschmaktes）的作品，正如一个奉命（Gesezze）唯谨的人，永远不会成为一个惹人生厌的邻居和引人注目的恶棍；不过另一方面，不管你怎么说，一切规则都会破坏对自然的真实情感以及对它的真实表现！你大概会说（sagst du）这太过分了！规则仅起约束作用，并剪除枝蔓等等。——好朋友，要不要我给你打个比方？比如恋爱（es ist damit wie . . .）。一个（ein）年轻小伙子非常倾心于一个姑娘，整日（Tags）厮守在她身旁，耗尽了全部（all）精力和财富，以便时时刻刻（um ihr jeden Augenblick）向她表明（auszudrükken）自己对他的全部诚意（daß er . . . hingiebt）。这时来了个庸人，一个供职于衙门中的男人，对他说：可爱的（feiner）小伙子！恋爱是人之常情，只是你必须像常人那样去爱！分配一下你的时间，一部分用来工作，休息的时间献给你的姑娘。计算（berechnet）一下你的财产，除去必要的开支，我不反对（verwehr ich . . . nicht . . .）你从余额中取出些给她买件礼物。只是别太频繁，在她过生日或命名日送就够了。（Etwa zu . . .）——如果他听从劝告，便就又多了（giebts）一位有用的青年，我自己也愿意把他向任何一位侯爵引荐，让他有个职位（in ein . . . zu sezzen）。只是他的爱情也就完了。如果他是个艺术家，他的艺术同样完了。唉，我的朋友！天才的急流为什么难得涌现，难得汹涌奔腾（hereinbraust），震撼你们惊愕的灵魂？亲爱的朋友们，这是因为河岸两边住着些不动声色的先生（die glaßnen Kerls），他们担心自己的园亭、花坛和菜圃被毁于一旦，懂得未雨绸缪（und die . . .），及时筑堤挖沟（dämmen und ableiten）。

上许多话,几乎像对市民社会能致的颂词一样。一个按这种规则成长的人,永远不会创作出(hervorbringen)乏味无聊(abgeschmacktes)的作品,正如一个奉命(Gesetze)唯谨的人,永远不会成为一个惹人生厌的邻居和引人注目的恶棍;不过另一方面,不管你怎么说,一切规则都会破坏对自然的真实情感以及对它的真实表现!你大概会说(Sag' du)这太过分了!规则仅起约束作用,并剪除枝蔓等等。——好朋友,要不要我给你打个比方?比如恋爱(Es ist damit ...)。一个(Ein)年轻小伙子非常倾心于一个姑娘,整日(Tages)厮守在她身旁,耗尽了全部(alle)精力和财富,以便时时刻刻(um jeden Augenblick)向她表明(auszudrücken)自己对他的全部诚意(daß er ... hingibt)。这时来了个庸人,一个供职于衙门中的男人,对他说:可爱的(Feiner)小伙子!恋爱是人之常情,只是你必须像常人那样去爱!分配一下你的时间,一部分用来工作,休息的时间献给你的姑娘。计算(Berechnet)一下你的财产,除去必要的开支,我不反对(verwehr' ich ... nicht ...)你从余额中取出些给她买件礼物。只是别太频繁,在她过生日或命名日送就够了。(etwa zu ...)——如果他听从劝告,便就又多了(gibt's)一位有用的青年,我自己也愿意把他向任何一位侯爵引荐,让他有个职位(in ein ... zu setzen)。只是他的爱情也就完了。如果他是个艺术家,他的艺术同样完了。唉,我的朋友!天才的急流为什么难得涌现,难得汹涌奔腾(hereinbraus't),震撼你们惊愕的灵魂?亲爱的朋友们,这是因为河岸两边住着些不动声色的先生(die gelassenen Herren),他们担心自己的园亭、花坛和菜圃被毁于一旦,懂得未雨绸缪(die ...),及时筑堤挖沟(Dämmen und Ableiten)。

5 月 27 日

我发觉自己有些忘情（Verzükkung），尽打比方，光顾议论（Deklamation），竟然忘了告诉你，那两个孩子后来怎样了（weiter worden ist）。我完全沉醉在画境（Empfindungen）中，在犁上坐了近两小时。此中情形我在昨日的信中已多少作了描述。傍晚时分，一个少妇手中挎着（am Arme）个小篮子向这个一直坐着不动的孩子走去（die sich die Zeit），老远就嚷道：菲利普斯（Philips），你真听话！——她向我问好，我谢过，站起身走上前去，问她是不是孩子的母亲。她说是的，一边给大孩子（Aeltesten）半块白面包，一边抱起小孩子（Kleine），满怀母爱地亲了亲他。——我把小的孩子交给菲利普斯（Philips）照管。她说，并同老大进城买白面包（in die Stadt gegangen mit meinem Aeltesten，um weiß Brod zu holen）、糖（Zukker）和熬粥的砂锅去了。——篮盖（Dekkel）开着，我从中看到了一切。——今晚我（ich）要给汉斯（这是那最小的孩子的名字）熬些粥吃。老大是个淘气鬼，昨天和菲利普斯（Philipsen）争吃剩粥，把我的锅给砸了。——我问起老大（Aeltesten），他说他正在草地上放鹅（auf der Wiese sich mit ein Paar Gänsen herumjagte）。话音未落，老大已蹦蹦跳跳地跑来，还给老二带来一根榛树枝。我继续同那妇人闲聊，并得知，她是一位校长的女儿，男人去了瑞士，去接受一位堂兄（eines Vettern）的遗产。——他们想骗他。她说，不给他回信；所以他亲自去了。我一直没有他的消息，但愿他别遇到（passirt）什么不幸。同这位妇人告别时，我心头沉重，给了孩子们每人一枚硬币，把最小孩子的钱给了他母亲，让她下次进城（in die Stadt gieng）时，替他买块就着汤吃的小面包（Wek mitzubringen zur Gruppe），然后我们分了手。我告诉你，我亲爱的朋友（Schaz），每当我心神不定，一看见这样的人，烦乱的心绪便会变得平静（linderts）。这种人乐天知命（in der glüklichen Gelassenheit），满足于（ausgeht）自己窄小的

5 月 27 日

　　我发觉自己有些忘情（Zückungen），尽打比方，光顾议论（Declamation），竟然忘了告诉你，那两个孩子后来怎样了（weiter geworden ist）。我完全沉醉在画境（Empfindung）中，在犁上坐了近两小时。此中情形我在昨日的信中已多少作了描述。傍晚时分，一个少妇手中挎着（am Arm）个小篮子向这个一直坐着不动的孩子走去（die sich indeß），老远就嚷道：菲利普斯（Philipps），你真听话！——她向我问好，我谢过，站起身走上前去，问她是不是孩子的母亲。她说是的，一边给大孩子（ältesten）半块白面包，一边抱起小孩子（kleine），满怀母爱地亲了亲他。——我把小的孩子交给菲利普斯（Philipps）照管。她说，并同老大进城买白面包（mit meinem Aeltesten in die Stadt gegangen um Weiß-Brod zu holen）、糖（Zucker）和熬粥的砂锅去了。——篮盖（Deckel）开着，我从中看到了一切。——"今晚我（Ich）要给汉斯（这是那最小的孩子的名字）熬些粥吃。老大是个淘气鬼，昨天和菲利普斯（Philippsen）争吃剩粥，把我的锅给砸了。——我问起老大（Ältesten），他说他正在草地上放鹅（sich auf der Wiese mit ein Paar Gänsen herumjage）。话音未落，老大已蹦蹦跳跳地跑来，还给老二带来一根榛树枝。我继续同那妇人闲聊，并得知，她是一位校长的女儿，男人去了瑞士，去接受一位堂兄（eines Vetters）的遗产。——他们想骗他。她说，不给他回信；所以他亲自去了。我一直没有他的消息，但愿他别遇到（widerfahren）什么不幸。同这位妇人告别时，我心头沉重，给了孩子们每人一枚硬币，把最小孩子的钱给了他母亲，让她下次进城（in die Stadt ginge）时，替他买块就着汤吃的小面包（Weck zur Gruppe mitzubringen），然后我们分了手。我告诉你，我亲爱的朋友（Schatz），每当我心神不定，一看见这样的人，烦乱的心绪便会变得平静（lindert）。这种人乐天知命（in der glüklicher Gelassenheit），

31

33

生存空间,安度时日(von einem Tag zum anderen),看见树叶飘落,只会想到,冬日即将来临(kömmt)。

从这以后,我常出门(draus)。孩子们(die Kinder)同我完全熟识了。我喝咖啡时,他们(Sie)分糖(Zukker)吃,晚上还同我分享黄油面包和酸牛奶。每逢星期天,他们总会从我这儿得到硬币。要是我做完弥撒(Betstunde)还未返回,就会请房东太太代给(auszubezahlen)。

他们信赖我,对我无话不说。每当村里更多的孩子们欢聚一处,他们那热情和欲望的真实流露,尤其使我高兴(ergözz' ich)。

34　　孩子们的母亲担心他们打扰(inkommodiren)我这个少爷,我费了好大的劲,才打消(benehmen)了她的顾虑。

满足于(hingeht)自己窄小的生存空间,安度时日(von einem Tage zum anderen),看见树叶飘落,只会想到,冬日即将来临(kommt)。

从这以后,我常出门(draussen)。孩子们(Die Kinder)同我完全熟识了。我喝咖啡时,他们(sie)分糖(Zucker)吃,晚上还同我分享黄油面包和酸牛奶。每逢星期天,他们总会从我这儿得到硬币。要是我做完弥撒(Bethstunde)还未返回,就会请房东太太代给(auszuzahlen)。

他们信赖我,对我无话不说。每当村里更多的孩子们欢聚一处,他们那热情和欲望的真实流露,尤其使我高兴(ergetze ich)。

孩子们的母亲担心他们打扰(incommodiren)我这个少爷,我费了好大的劲,才打消(nehmen)了她的顾虑。

5 月 30 日

　　我最近对你说的关于绘画的那番话,不用说也适合诗歌艺术,只是人们要懂得此中奥妙并大胆说出。这当然说来简单,但含义深长。我今天见到一个场景,照实记录下,会是世界上最美的一首田园诗。不过诗歌也罢,场景和田园诗也罢,它们究竟有何意义? 难道要享受自然的景色,我们必须艺术化地矫揉造作?

　　如果你听了这个开场白,指望下面有何卓见宏论,那你又上当了;引起我这次感慨万分的,不过是一个年轻的庄稼汉。一如往常,我会讲得笨嘴笨舌,我想,你也会一如往常,觉得我言过其实;这事又发生在瓦尔海姆。总是在瓦尔海姆,这里奇事不断。

　　有一群人聚在菩提树下喝咖啡。我对他们无甚好感,故托辞避开了。

　　这时,从邻处一间农舍中走出一个年轻的农夫,修理起我最近画过的那张犁。我喜欢他的样子,便上前与他攀谈,打听他的境况。我们马上认识了,与我平时同这类人打交道一样,马上亲热起来。他告诉我,他受雇于一个寡妇,我立刻看出,他对她十分倾心。她已不很年轻,他说,并曾受到过第一个丈夫的虐待,所以不想再嫁人。从他的叙述中可以清楚地感到,她在他眼中是多么美丽,多么动人;他多么希望,她会选中他,让他来消除她对自己第一个丈夫过错的回忆。我必须逐字逐句重复他的话,才能向你生动地描述这个人的倾慕、爱情和忠诚。对,我还必须具有最伟大的诗人的天分,才能同时生动地向你展现他的神情姿态,他那悦耳的嗓音,他眼中隐含的火热的目光。不,任何语言都无法表达他那整个内心与表情中蕴含的柔情;我所能做的一切,仅是笨拙的重述而已。特别使我感动的是,他那样担心我会对他与她的关系产生不当的想法并怀疑她良好的品行。当他讲到她那容貌,她那虽已失却青春的魅力、但仍然强烈地吸引他的形体时,神情如此感人,我唯能在自己的灵魂深处将它重述。我在自己

36

的一生中,还从未见到这样纯净的激情和热望。是的,我也许可以这样说,我连想也未曾想、梦也未曾梦到这样的纯洁。请别责怪我,如果我告诉你,一想起这种纯朴和真诚,我内心的深处便会炽热万分,这幅忠诚和柔情的图景便会在我心头萦回不去,使我自己也燃起渴望和爱慕的激情。

37

　　我现在很想及早见到她,思忖之余,还是不见为妙。通过他情人的双眼看她岂非更好? 也许她在我眼前不像我现在想象的那样,我又何必去破坏这幅美丽的图像?

6月16日(am 16. Juny.)

　　为什么我不给你写信？——你这样提问，也就成了一个学究。你该猜想到，我过得不错，而且——干脆直说了吧，我认识了一个人，她更深地打动了我的心。我已经——我不知道(weis)该怎么说。

　　有条有理地告诉你，我怎样认识了这位(ein's)最最可爱的人儿，会是件难事。我快活、幸福，所以(und so)不能是个出色的小说家。

　　认识的是位天使！——嗳！谁都这样称呼自己的心上人，难道不是？但我还是无法告诉你，她有多么完美，为什么如此完美。简言之，她完全(all)俘获了我的心。

　　那么聪慧，却又那么质朴；那么刚毅，却又那么(so viel)善良；面对日常生计，却又心灵娴静。

　　我说她的这一切，全是些枯燥无味的废话(Gewäsche)。令人生厌的空谈(Abstraktionen)，丝毫没有反映(ausdrükken)出她本人。等下次再谈吧——不，不等下次，我现在(jezt)马上对你讲。现在不说(Thu ich's jezt)，就永远也说不成了(geschäh's niemals)。要知道，这只对你讲，我开始写这封信以来，已经有三次打算搁笔，让人备鞍，骑马而去(hinaus zu reiten)。虽然(und doch)我今天早上(heut früh)发誓不骑马外出(hinaus zu reiten)，但仍然不时走到窗边(ans Fenster)，看看(alle Augenblikke ... zu sehen)太阳还有多高。我没能控制自己，我非得去找她。此刻我回来了，威廉，准备吃晚餐的黄油面包(und will ...)，并给你写信。在那群可爱活泼的孩子中，在她那八个弟妹中见到她，我是何等的欣喜若狂！

　　假如我这样写下去，到最后你依然摸不着头脑。听着(höre denn)，我要迫使自己进入细节(ins Detail zu gehen)。

　　前些日子我曾告诉你，我认识了行政官S先生。他曾邀请我尽快去他的隐居地，确切地说去他的小王国中做客。我疏忽

6 月 16 日(am 16. Junius.)

为什么我不给你写信？——你这样提问，也就成了一个学究。你该猜想到，我过得不错，而且——干脆直说了吧，我认识了一个人，她更深地打动了我的心。我已经——我不知道(weiß)该怎么说。

有条有理地告诉你，我怎样认识了这位(eines)最最可爱的人儿，会是件难事。我快活、幸福，所以(und also)不能是个出色的小说家。

认识的是位天使！——嗳！谁都这样称呼自己的心上人，难道不是？但我还是无法告诉你，她有多么完美，为什么如此完美。简言之，她完全俘获了我的心。

那么聪慧，却又那么质朴；那么刚毅，却又那么(so viele)善良；面对日常生计，却又心灵娴静。

我说她的这一切，全是些枯燥无味的废话(Gewäsch)。令人生厌的空谈(Abstractionen)，丝毫没有反映(ausdrücken)出她本人。等下次再谈吧——不，不等下次，我现在(jetzt)马上对你讲。现在不说(Thu' ch's jetzt)，就永远也说不成了(geschäh es niemals)。要知道，这只对你讲，我开始写这封信以来，已经有三次打算搁笔，让人备鞍，骑马而去(hinauszureiten)。虽然(Und doch)我今天早上(heute frühe)发誓不骑马外出(hinauszureiten)，但仍然不时走到窗边(an's Fenster)，看看(alle Augenblick'... zu sehen)太阳还有多高。我没能控制自己，我非得去找她。此刻我回来了，威廉，准备吃晚餐的黄油面包(will ...)，并给你写信。在那群可爱活泼的孩子中，在她那八个弟妹中见到她，我是何等的欣喜若狂！

假如我这样写下去，到最后你依然摸不着头脑。听着(Höre denn)，我要迫使自己进入细节(in's Detail zu gehen)。

前些日子我曾告诉你，我认识了行政官 S 先生。他曾邀请我尽快去他的隐居地，确切地说去他的小王国中做客。我疏忽

（vernachläßigte）了此事。要不是由于一个偶然的机会，使我发现（entdekt）了隐蔽在那个静谧之地的珍宝（Schaz），我也许永远不会上那儿去。

这里的年轻人在村里举办一次舞会，我欣然前往。我邀请（bot）了本地一位美丽善良、此外（weiters）并不怎样的姑娘，并雇了一辆马车，带着这位舞伴及她的表妹（Baase）一起出城去那娱乐的地方，顺道还接一下夏洛特·S。您将认识一位漂亮的姑娘。当我们穿过被砍伐出一条宽敞大道的（den weiten schön ausgehauenen）森林向猎庄驰去时，我的舞伴说到。您可要留神了！她的表妹（Baase）插嘴道，别迷恋上她！为什么？我问（sagt' ich）。她已经许了人。她说，许给了一个非常可爱的男子，眼下他不在这里。他父亲去世了（nach seines Vaters Tod），他去料理后事并打算谋件体面的差事。这个消息当时对我无足轻重。

当我们到达猎庄门前时，离太阳下山（Gebürge）还有一刻钟。天气闷热（es war sehr schwühle），姑娘们表示（äusserten）担心，天边那铅灰色的云朵正在汇集（zusammen zu ziehen），像是孕育着一场暴雨（dumpfigen Wölkchen）。尽管我也马上感到（zu ahnden anfieng），我们的舞会将会受挫，还是以自己那胡编出的气象知识去消除她们的恐慌。

我下了车，一个女仆来到大门口，请我们稍候一下，说洛特小姐马上就来。我穿过院子，走向那座建造得很好的房子。就在我踏上台阶（die vorliegenden Treppen）、跨进门口（in die Thüre trat）的当儿，一幅我从未（jemals）见过的迷人景象映入眼帘。前厅中有六个从十一岁到两岁的孩子，围着一个姑娘。她模样秀美，身材适中（ein Mädchen von schöner mittlerer Taille），身穿一件朴素的白色（weisses）连衣裙，袖口和胸前配有粉红色的蝴蝶结。她手里拿着一

（vernachlässigte）了此事。要不是由于一个偶然的机会，使我发现（entdeckt）了隐蔽在那个静谧之地的珍宝（Schatz），我也许永远不会上那儿去。

这里的年轻人在村里举办一次舞会，我欣然前往。我邀请（both）了本地一位美丽善良、此外（übrigens）并不怎样的姑娘，并雇了一辆马车，带着这位舞伴及她的表妹（Base）一起出城去那娱乐的地方，顺道还接一下夏洛特·S。您将认识一位漂亮的姑娘。当我们穿过被砍伐出一条宽敞大道的（den weiten ausgehauenen）森林向猎庄驰去时，我的舞伴说到。您可要留神了！她的表妹（Base）插嘴道，别迷恋上她！为什么？我问（sagte ich）。她已经许了人。她说，许给了一个非常可爱的男子，眼下他不在这里。他父亲去世了（weil sein Vater gestorben ist），他去料理后事并打算谋件体面的差事。这个消息当时对我无足轻重。

当我们到达猎庄门前时，离太阳下山（Gebirge）还有一刻钟。天气闷热（Es war sehr schwühl），姑娘们表示（äußerten）担心，天边那铅灰色的云朵正在汇集（zusammenzuziehen），像是孕育着一场暴雨（dumpfichten Wölkchen）。尽管我也马上感到（zu ahnden anfing），我们的舞会将会受挫，还是以自己那胡编出的气象知识去消除她们的恐慌。

我下了车，一个女仆来到大门口，请我们稍候一下，说洛特小姐马上就来。我穿过院子，走向那座建造得很好的房子。就在我踏上台阶（die vorliegende Treppen）、跨进门口（in die Thür trat）的当儿，一幅我从未（je）见过的迷人景象映入眼帘。前厅中有六个从十一岁到两岁的孩子，围着一个姑娘。她模样秀美，身材适中（ein Mädchen von schöner Gestalt, mittlerer Größe），身穿一件朴素的白色（weißes）连衣裙，袖口和胸前配有粉红色的蝴蝶结。她手里拿

41

个黑面包,根据身边孩子们不同的年龄和胃口切成小片(Stük),亲切地分递给(gabs)他们,而每个小孩没等(eh)自己那块切下,早已把小手举得高高(lang in die Höh),然后真情地说:谢谢! 接着带上自己的晚餐高兴地蹦蹦跳跳着走开,有的天性文静,就稳稳地走到门边(davon nach dem Hofthore zugieng),打量着陌生人及要载他们的洛特姐姐出门的那辆马车。真对不起(Ich bitte um Ve[r]gebung)!她说,劳驾您进来,还让姑娘们久等。我光顾着(Ueber)换衣服和离开前料理一些家务,竟忘了给孩子们吃晚饭(Vesperstük)。而他们除了我,谁切的面包都不愿吃。我客套了几句。我的全部心思(und meine ganze Seele)全在她的容貌、嗓音和举止上了。一直到她奔进屋里取(nehmen)手套(Handschuh)和扇子,我才从惊喜(Ueberraschung)中恢复常态。小家伙们远远地站在一边注视着我,我走向(gieng auf)最小的那个,他长着一张挺讨人喜欢的脸蛋。他正想退身,洛特恰好从屋中出来。说道:路易斯,跟这位表兄拉拉手(gieb ... eine Hand)。小男孩非常爽快地听从了,我由衷地亲了他,根本没顾他的小鼻子上还挂着鼻涕。表兄? 我问着(sagt' ich)向她伸手过去,您以为,我真的有这福分,做您的亲戚? 噢,她莞尔一笑,我们的亲戚到处都是,如果您是其中最糟(der Schlimmste)的一个,那才会让我感到遗憾。临走时,她叮嘱最大的(der ältsten)妹妹索菲,一个约十一岁的女孩,好好照看弟妹(Kleinen),并在爸爸骑马溜达回来(zurükkäme)后向他问安(grüssen)。她还关照小家伙们,听索菲姐姐的话,把索菲当成她一样(selbst)。有几个孩子答应了。但一个约六岁的金发小顽童(eine kleine nasweise Blondine)却说:不过她不是你呀,洛特姐姐。我们更喜欢你。这时,两个大些的男孩(zwey ältsten der Knaben)已从后面(hinten)爬上马车。经我的请求,她才答应让他们坐到森林边上(bis vor den Wald mit zu

着一个黑面包，根据身边孩子们不同的年龄和胃口切成小片
（Stück），亲切地分递给（gab's）他们，而每个小孩没等（ehe）自己那块
切下，早已把小手举得高高（lange in die Höhe），然后真情地说：谢
谢！接着带上自己的晚餐高兴地蹦蹦跳跳着走开，有的天性文静，就
稳稳地走到门边（davonging nach dem Hofthore zu），打量着陌生人
及要载他们的洛特姐姐出门的那辆马车。真对不起（Ich bitte um
Vergebung）！她说，劳驾您进来，还让姑娘们久等。我光顾着
（Über）换衣服和离开前料理一些家务，竟忘了给孩子们吃晚饭
（Vesperbrod）。而他们除了我，谁切的面包都不愿意吃。我客套了
几句。我的全部心思（meine ganze Seele）全在她的容貌、嗓音和举
止上了。一直到她奔进屋里取（hohlen）手套（Handschuhe）和扇子，
我才从惊喜（Überraschung）中恢复常态。小家伙们远远地站在一边
注视着我，我走向（ging auf）最小的那个，他长着一张挺讨人喜欢的
脸蛋。他正想退身，洛特恰好从屋中出来。说道：路易斯，跟这位表
兄拉拉手（gib ... eine Hand）。小男孩非常爽快地听从了，我由衷
地亲了他，根本没顾他的小鼻子上还挂着鼻涕。表兄？我问着（sagte
ich）向她伸手过去，您以为，我真的有这福分，做您的亲戚？噢，她莞
尔一笑，我们的亲戚到处都是，如果您是其中最糟（der schlimmste）
的一个，那才会让我感到遗憾。临走时，她叮嘱最大的（der ältesten）
妹妹索菲，一个约十一岁的女孩，好好照看弟妹（Kinder），并在爸爸
骑马溜达回来（nach Hause käme）后向他问安（grüßen）。她还关照
小家伙们，听索菲姐姐的话，把索菲当成她一样（selber）。有几个孩
子答应了。但一个约六岁的金发小顽童（eine kleine naseweise
Blondine）却说：不过她不是你呀，洛特姐姐。我们更喜欢你。这时，
两个大些的男孩（zwey ältesten Knaben）已从后面（hinten）爬上马
车。经我的请求，她才答应让他们坐到森林边上（bis vor den Wald

43

fahren），只要他们保证不调皮，坐稳扶牢。

　　我们刚坐定，姑娘们还忙着互相寒暄（bewillkommt）、品评着各自的（wechselsweis）穿着、特别是帽子（und vorzüglich ...），并对眼前的晚会挑剔不停时（... die man zu finden erwartete），洛特已让（lies）马车停下，让她两个弟弟下车。他们再次要求吻一下她的手。大的（ältste）那个约十五岁，做得充满深情；另一个则毛手毛脚，草草了事。她让他们再向孩子们问好，然后我们继续前进。

　　那位表妹（Baase）问，最近寄给她的那本书看完了没有。还没有。洛特说，这本书我不喜欢，您可以（könnens）拿回去。上次那本也好不了许多。我问这是哪些书，她回答了我，这使我吃惊不小……①我发现，她所说的一切话中，都有那么多的个性；每听她讲一句话，我都从她脸庞上看到新的魅力、新的精神光华。她觉察到我是理解（verstund）她的，渐渐地显得更加容光焕发。

　　当我小的时候，她说，我就喜欢读小说（die Romanen），其他什么都不喜欢。每当我星期天（mich so Sonntags）坐在一个角落里（in ein Eckgen zu sezzen），用整个身心体味（zu nehmen）着一个叫燕妮②的姑娘的喜（Glükke）怒哀乐，上帝才知道（Weis），我有多么快活。我不否认，这类小说对我仍然有某种吸引力。不过，既然我现在很少有时间看书，那读的书必须十分合我的口味（Geschmakke）。我最喜欢这样的作家，我能在他那里重新发现我的世界，书中的情形（bey dem's）就像我身边的情形，他讲的故事使我感到有趣、亲切（so interessant so herzlich），和我自己的家庭生活一样，当然那不是天

---

　　① 为了避免引起别人的不满，不得不（genöthigt）删去信（Briefs）中这一段，尽管（Ob gleich）从根本上讲，任何一个作家都不会对一个姑娘（Mädgens）和一个尚未成熟（unsteten）的年轻人的意见耿耿于怀。——作者注
　　② 燕妮：当时一部流行的感伤主义小说中的女主人公。

mitzufahren），只要他们保证不调皮，坐稳扶牢。

我们刚坐定，姑娘们还忙着互相寒暄（bewillkommet）、品评着各自的（wechselsweise）穿着、特别是帽子（，vorzüglich ...），并对眼前的晚会挑剔不停时（... die man erwartete），洛特已让（ließ）马车停下，让她两个弟弟下车。他们再次要求吻一下她的手。大的（älteste）那个约十五岁，做得充满深情；另一个则毛手毛脚，草草了事。她让他们再向孩子们问好，然后我们继续前进。

那位表妹（Base）问，最近寄给她的那本书看完了没有。还没有。洛特说，这本书我不喜欢，您可以（können's）拿回去。上次那本也好不了许多。我问这是哪些书，她回答了我，这使我吃惊不小……①我发现，她所说的一切话中，都有那么多的个性；每听她讲一句话，我都从她脸庞上看到新的魅力、新的精神光华。她觉察到我是理解（verstand）她的，渐渐地显得更加容光焕发。

当我小的时候，她说，我就喜欢读小说（die Romane），其他什么都不喜欢。每当我星期天（wenn ich mich Sonntags so）坐在一个角落里（in ein Eckchen zu setzen），用整个身心体味（nehmen konnte）着一个叫燕妮②的姑娘的喜（Glück）怒哀乐，上帝才知道（Weiß），我有多么快活。我不否认，这类小说对我仍然有某种吸引力。不过，既然我现在很少有时间看书，那读的书必须十分合我的口味（Geschmack）。我最喜欢这样的作家，我能在他那里重新发现我的世界，书中的情形（bey dem es）就像我身边的情形，他讲的故事使我感到有趣、亲切（so interessant und herzlich），和我自己的家庭生活

<hr/>

① 为了避免引起别人的不满，不得不（genöthiget）删去信（Briefes）中这一段，尽管（Obgleich）从根本上讲，任何一个作家都不会对一个姑娘（Mädchens）和一个尚未成熟（unstäten）的年轻人的意见耿耿于怀。——作者注
② 燕妮：当时一部流行的感伤主义小说中的女主人公。

堂,不过总而言之是不可言喻的幸福的源泉。

　　我竭力掩饰自己对这些话产生的激动。这自然维持(gieng)不了多久,当我听她顺便提到《威克菲牧师传》①以及……②,意见如此中肯,我便再也不能控制自己(eben ausser mich),把憋在心中的话一股脑儿倒出(und sagte … ich mußte)。过了许久,洛特去和那两个姑娘(die andern)搭话,我才发觉,她们俩一直瞪大(offnen)眼睛干坐一旁,就像不在场一样。这个表妹(Baase)还不止一次用一种嘲笑的神情(Näsgen)看我,而我却全不在意。

　　话题转到了跳舞的乐趣上(auf das Vergnügen)。就算这种爱好是个缺点,洛特说,我也乐于向你们承认(gesteh),我最喜欢的就是跳舞(ich weis nichts …)。每当我心生烦恼,只要在我那走调的钢琴(Klaviere)上弹上一支英国乡村舞曲,便什么都好了。

　　说话间,我动情地专注着她那黝黑的双眸;她那生动的嘴唇和艳丽快活的脸庞把我的魂儿全勾去了! 我全然沉醉于她说话的神采中! 她说(ausdrukte)了些什么,有时根本就没听清! ——你是了解我的,也就可以想象出这样一种情景。简言之,当马车在别墅前无声地停下(hielten),我从车中跨出时,恍如梦游人。四周朦胧一片,我似梦非梦,几乎没有注意到,迎面灯火明亮的大厅(Saale)中,向我们传来的阵阵乐声。

　　两位先生(Herren),奥德兰和某某——谁记得住这许多名字,他们是表妹(Baase)和洛特的舞伴——在车旁迎接(empfiengen)我们,各自挽住了自己的女友,我也挽起我的舞伴走上前去。

---

①《威克菲牧师传》:英国著名作家哥尔德斯密斯的一部小说。
② 这里也删去(ausgelassen)了几个本国作家的名字(Namen)。谁能得到夏洛特的赞赏(Wer … Beyfall hatte),读到这里,便会心中有感。他人不用知道(Und sonst brauchts …)。——作者注

一样，当然那不是天堂，不过总而言之是不可言喻的幸福的源泉。

　　我竭力掩饰自己对这些话产生的激动。这自然维持（ging）不了多久，当我听她顺便提到《威克菲牧师传》①以及……②，意见如此中肯，我便再也不能控制自己（ganz außer mich），把憋在心中的话一股脑儿倒出（und sagte … ich wußte）。过了许久，洛特去和那两个姑娘（die anderen）搭话，我才发觉，她们俩一直瞪大（offenen）眼睛干坐一旁，就像不在场一样。这个表妹（Baase）还不止一次用一种嘲笑的神情（Näschen）看我，而我却全不在意。

　　话题转到了跳舞的乐趣上（auf's Vergnügen）。就算这种爱好是个缺点，洛特说，我也乐于向你们承认（gestehe），我最喜欢的就是跳舞（ich weiß mir nichts …）。每当我心生烦恼，只要在我那走调的钢琴（Clavier）上弹上一支英国乡村舞曲，便什么都好了。

　　说话间，我动情地专注着她那黝黑的双眸；她那生动的嘴唇和艳丽快活的脸庞把我的魂儿全勾去了！我全然沉醉于她说话的神采中！她说（ausdrückte）了些什么，有时根本就没听清！——你是了解我的，也就可以想象出这样一种情景。简言之，当马车在别墅前无声地停下（stille hielten），我从车中跨出时，恍如梦游人。四周朦胧一片，我似梦非梦，几乎没有注意到，迎面灯火明亮的大厅（Saal）中，向我们传来的阵阵乐声。

　　两位先生（Herrn），奥德兰和某某——谁记得住这许多名字，他们是表妹（Base）和洛特的舞伴——在车旁迎接（empfingen）我们，各自挽住了自己的女友，我也挽起我的舞伴走上前去。

①《威克菲牧师传》：英国著名作家哥尔德斯密斯的一部小说。
② 这里也删去（weggelassen）了几个本国作家的名字（Nahmen）。谁能得到夏洛特的赞赏（Wer … Beyfalle hat），读到这里，便会心中有感。他人不用知道（und sonst braucht es …）。——作者注

　　我们成双成对地转着身子,跳起了整齐的法国牟涅舞;我依次和姑娘对舞,偏偏就是那些最令人讨厌的人,不愿伸手与你道别。洛特和她的舞伴开始(fiengen)跳起一种英国(englischen)乡村舞,轮到她和我们对舞时(... mit uns anfieng),你可以想象,我是多么快活。真该看看她的舞姿!你瞧,她的整个身心都在起舞,她的整个身体就是一个和声(eine Harmonie),那么天真烂漫,那么洒脱大方,似乎跳舞就是一切,似乎她除此以外什么都不想,什么都感觉不到。此时(in dem Augenblikke),其他一切的一切自然都已在她眼前消失不见。

　　我邀请她跳第二轮英国乡村舞,她答应我第三轮跳,她以世界上最最和蔼可亲的坦率口吻对我说,她更乐意跳德国华尔兹舞(deutsch tanzte)。这里习惯这样,她继续说道,跳华尔兹舞时舞伴不再分开(jedes paar ... beym Deutschen ...),而我的舞伴华尔兹跳得太糟,就指望我免了他这份劳累。您的(ihr)女伴也跳得不好,又不喜欢跳。我从您跳英国舞的姿态中看出,您(sie)的华尔兹不错;如果您(sie)愿意做我华尔兹舞的舞伴(... fürs Deutsche),那您就去(gehn)求得我男伴的同意,而我去(gehn)和您的女伴(ihrer Dame)说。我向她保证,就这样办。我们商定(es wurde schon arrangirt),由她的男伴照料我的女伴(daß ihrem Tänzer inzwischen die Unterhaltung meiner Tänzerinn aufgetragen ward)。

　　就这样开始了(Nun giengs)。我们以各种姿势挽起手臂,尽兴欢舞(ergözten)。她的动作多么迷人,多么轻盈!接着(Und da ...)我们开始跳华尔兹,像流星一样回转着身子。因为很少有人会跳,所以起初(giengs freylich anfangs)自然有些(ein bisgen)乱。我们比较机灵,先让(liessen)别人去尽情乱蹦,等到(wie)这些笨手笨脚的

　　我们成双成对地转着身子,跳起了整齐的法国牟涅舞;我依次和姑娘对舞,偏偏就是那些最令人讨厌的人,不愿伸手与你道别。洛特和她的舞伴开始(fingen)跳起一种英国(Englischen)乡村舞,轮到她和我们对舞时(... mit uns anfing),你可以想象,我是多么快活。真该看看她的舞姿!你瞧,她的整个身心都在起舞,她的整个身体就是一个和声(Eine Harmonie),那么天真烂漫,那么洒脱大方,似乎跳舞就是一切,似乎她除此以外什么都不想,什么都感觉不到。此时(in dem Augenblicke),其他一切的一切自然都已在她眼前消失不见。

　　我邀请她跳第二轮英国乡村舞,她答应我第三轮跳,她以世界上最最和蔼可亲的坦率口吻对我说,她更乐意跳德国华尔兹舞(Deutsch tanze)。这里习惯这样,她继续说道,跳华尔兹舞时舞伴不再分开(jedes Paar ... bey'm Deutschen ...),而我的舞伴华尔兹跳得太糟,就指望我免了他这份劳累。您的(Ihr)女伴也跳得不好,又不喜欢跳。我从您跳英国舞的姿态中看出,您(Sie)的华尔兹不错;如果您(Sie)愿意做我华尔兹舞的舞伴(... für's Deutsche),那您就去(gehen ... aus)求得我男伴的同意,而(und)我去(gehen)和您的女伴(Ihrer Dame)说。我向她保证,就这样办。我们商定(wir machten aus),由她的男伴照料我的女伴(daß ihr Tänzer inzwischen meine Tänzerinn unterhalten sollte)。

　　就这样开始了(Nun ging's an)。我们以各种姿势挽起手臂,尽兴欢舞(ergetzten)。她的动作多么迷人,多么轻盈!接着(und da ...)我们开始跳华尔兹,像流星一样回转着身子。因为很少有人会跳,所以起初(ging's freylich anfangs)自然有些(ein bißchen)乱。我们比较机灵,先让(ließen)别人去尽情乱蹦,等到(als)这些笨手笨

49

人下场,我们才轻舞入池,并同另外一对,那时奥德兰和他的女伴,勇敢地跳到最后(wakker aus)。我从未跳得如此轻快(... vom Flekke ...),飘飘欲仙。臂中搂着一个可爱无比的人儿,带着她犹如疾风般地飞旋,周围的一切都消失了,而且——威廉,不瞒你说,我当时心中起誓,这样一个我所爱的、我有权爱的姑娘,决不能同除我以外的任何一个人再跳华尔兹,哪怕我为此得粉身碎骨。愿你理解我!

我们在大厅中缓步走了几圈,喘口气,然后她坐了下来。做潘趣酒时,我悄悄留下的柠檬,虽已所剩无几,但此时却帮了大忙。我把柠檬切成小片,加糖,专门为她解乏提神。因此,当她旁边的那位女士每从杯中拿出一小片,我的心就像是被刀扎了一下,当然,为了掩饰我的窘迫,我还必须得把柠檬片也递给她。(Dann sezte sie sich, und die Zitronen, die ich weggestohlen hatte beym Punsch machen, die nun ... waren, und die ich ihr in Schnittchen, mit Zukker zur Erfrischung brachte, thaten fürtrefliche Würkung, nur daß ... jedem Schnittgen ihre Nachbarinn ausder Tasse nahm, ein Stich durch's Herz gieng, der ich's nun freylich Schanden halber mit präsentiren mußte.)

跳第三轮英国乡村舞时(Beym dritten Englischen),我们是第二对。我们跳着穿过队伍,天知道(weis),我有多么快活。我手挽着她的胳膊(Arme ... hieng),眼盯着她那真诚地(wahrsten Ausdrukke)洋溢着最坦率、最纯净的欢乐的眸子。我们跳着靠近一位夫人,她那不再年轻的脸上带有一种可爱的表情(Mine),使我心中一动。她望着洛特微笑,警告似的竖起一个手指,在我们擦身而过时,两次念出了阿尔贝特这个名字(nennt ... mit viel Bedeutung)。

脚的人下场，我们才轻舞入池，并同另外一对，那时奥德兰和他的女伴，勇敢地跳到最后（wacker aus）。我从未跳得如此轻快（... vom Flecke ...），飘飘欲仙。臂中搂着一个可爱无比的人儿，带着她犹如疾风般地飞旋，周围的一切都消失了，而且——威廉，不瞒你说，我当时心中起誓，这样一个我所爱的、我有权爱的姑娘，决不能同除我以外的任何一个人再跳华尔兹，哪怕我为此得粉身碎骨。愿你理解我！

　　我们在大厅中缓步走了几圈，喘口气，然后她坐了下来，我特意留下，但现在已所剩无几的橘子（Orangen）帮了大忙。她出于礼貌，把橘子递给邻座一个不知趣的女士吃，每分一片，我的心就像是被刀扎了一下。（Dann setzte sie sich, und die Orangen, die ich beyseite gebracht hatte, die nun ... waren, thaten vortreffliche Wirkung, nur daß ... jedem Schnittchen, das sie einer unbescheidenen Nachbarinn Ehrenhalben zutheilte, ein Stich durch's Herz ging.）

　　跳第三轮英国乡村舞时（Beym dritten englischen Tanz），我们是第二对。我们跳着穿过队伍，天知道（weiß），我有多么快活。我手挽着她的胳膊（Arm ... hing），眼盯着她那真诚地（wahresten Ausdruck）洋溢着最坦率、最纯净的欢乐的眸子。我们跳着靠近一位夫人，她那不再年轻的脸上带有一种可爱的表情（Miene），使我心中一动。她望着洛特微笑，警告似的竖起一个手指，在我们擦身而过时，两次念出了阿尔贝特这个名字（nennt ... mit Bedeutung）。

谁是阿尔贝特？我对着洛特说，恕我冒昧问一下（wenns nicht ...）。她刚要回答（Sie war im Begriffe zu antworten），我们正好做八字交叉（... die grosse Achte zu machen），不得不分开一会儿。当我们互相侧身交叉时，我似乎看到她额上（Stirne）有几丝沉思的痕迹。我为什么要瞒您（ihnen），她说，一边让我拉着（bot）她的手缓步前进，阿尔贝特是个好人，我同他可以说已经订婚。这对我原本不是什么新闻（因为姑娘们已在路上告诉我了），但现在却如此新鲜，因为我当时没把这个消息（das）与她放在一起（im Verhältnisse）想，而此刻经过这短短的接触（in so wenig Augenblikke），她对我变得如此重要。够了，我心乱如麻，不知所措，竟窜到别人的队伍中，把整个队形搅得乱作一团（alles drunter und drüber gieng）。幸亏洛特在场，又扯又拉才迅速恢复了秩序（um's schnell ... zu bringen）。

我们早已看到了天边的闪电（Blizze），我一直把它解释为天要转凉的征兆。现在舞会尚未结束，闪电越发强烈（viel stärker ... anfiengen），雷声盖过了乐声。三位姑娘逃出了队伍，后面跟着她们的男伴（Herren）；接着是（ward）一片大乱，乐声停止。不用说，当我们纵情欢乐时，忽遇不幸（Unglük）或惊吓（etwas schrökliches），所得到的印象（Eindrükke）比平时来得强烈。这一则是由于那让人切身感受的对比（Gegensazze），二则是因为我们的感官此刻已为感知外界敞开大门，接受印象更快。一定是这些缘故，我看到好些姑娘脸色突变，模样怪异。那个最聪明的躲入屋角（Ekke），背朝（mit dem Rükken gegen ...）窗户，捂住耳朵。另一个（eine andere）跪在她身前（kniete sich vor ...），把头埋在她怀里。还有一个（eine dritte）挤到她俩中间，搂住自己的女伴，泪如雨下。有几个人叫嚷着想要回家；还有几个更加不知所措，失去了驾驭我们那些年轻崇拜者

　　谁是阿尔贝特？我对着洛特说，恕我冒昧问一下（wenn's nicht ...）。她刚要回答（Sie war im Begriff zu antworten），我们正好做八字交叉（... um die große Achte zu machen），不得不分开一会儿。当我们互相侧身交叉时，我似乎看到她额上（Stirn）有几丝沉思的痕迹。我为什么要瞒您（Ihnen），她说，一边让我拉着（both）她的手缓步前进，阿尔贝特是个好人，我同他可以说已经订婚。这对我原本不是什么新闻（因为姑娘们已在路上告诉我了），但现在却如此新鲜，因为我当时没把这个消息（das）与她放在一起（im Verhältniß）想，而此刻经过这短短的接触（in so wenig Augenblicken），她对我变得如此重要。够了，我心乱如麻，不知所措，竟窜到别人的队伍中，把整个队形搅得乱作一团（alles drunter und drüber ging）。幸亏洛特在场，又扯又拉才迅速恢复了秩序（um es schnell ... zu bringen）。

　　我们早已看到了天边的闪电（Blitze），我一直把它解释为天要转凉的征兆。现在舞会尚未结束，闪电越发强烈（viel stärker ... anfingen），雷声盖过了乐声。三位姑娘逃出了队伍，后面跟着她们的男伴（Herrn）；接着是（wurde）一片大乱，乐声停止。不用说，当我们纵情欢乐时，忽遇不幸（Unglück）或惊吓（etwas Schreckliches），所得到的印象（Eindrücke）比平时来得强烈。这一则是由于那让人切身感受的对比（Gegensatzes），二则是因为我们的感官此刻已为感知外界敞开大门，接受印象更快。一定是这些缘故，我看到好些姑娘脸色突变，模样怪异。那个最聪明的躲入屋角（Ecke），背朝（mit dem Rücken gegen ...）窗户，捂住耳朵。另一个（Eine andere）跪在她身前（kniete vor ...），把头埋在她怀里。还有一个（Eine dritte）挤到她俩中间，搂住自己的女伴，泪如雨下。有几个人叫嚷着想要回家；还有几个更加不知所措，失去了驾驭我们那些年轻崇拜者（unserer jungen Schlukker）的大胆（Keckheiten）轻佻的神智，容他们忙着从

　　51

（unserer jungen Schlukkers）的大胆（Kekheiten）轻佻的神智，容他们忙着从美丽的受难者唇上捕捉一切祷词（Gebete）。有几位先生（Herren）去下面静静地吸烟；其余的人都赞同女主人聪明的建议，到一间有百叶窗和窗帘的屋里待一会儿。刚进屋，洛特便忙着张罗（beschäftigt），把椅子围成一圈。等大家坐下后（die Gesellschaft zu sezzen），她说明了一种游戏的玩法。

　　我看到（sahe）已有人撅起（spizte）嘴唇，手脚不安（rekte），期待着挨一次温柔的惩罚。我们玩报数游戏！（... nun gebt Acht!）她说，我沿着圈子从右向左走（gehe），你们也就顺序报数，每个人要报出轮到他的那个数，要报得快，谁打顿（stokt）或报错，就挨一巴掌，一直数到一千。这一来可好看了。她伸着手臂（Arme）绕圈（im Kreise）走去，第一个报一（... fieng der erste an），边上一个报二，下一个报三，依次报去。然后她加快步子（dann fieng sie an ... geschwinder zu gehen），越走越快。这时有人报错（Da versahs einer）：啪（Patsch）！一个巴掌。下一个光顾大笑：啪（Patsch）！她走得更快。我自己也挨了两下，觉得这两下比她给别人的要重，暗自高兴。一千还没数到，大家已笑成一团（Geschlächter und Geschwärme），游戏也就结束了（machte dem Spiele ein Ende）。这时，雷雨已过，知己好友们三三两两走到边上，我随洛特走进大厅。路上她说：挨了巴掌，他们把狂风暴雨和一切都丢在了脑后！我无言回答。我也是个非常胆小的人。她接着说，可我装作勇敢，给别人鼓励，自己也就变得勇敢起来。我们走到窗前，远方雷声阵阵，大雨滂沱，唰唰地打落在地，暖洋洋的空气中，一股凉爽无比的（der erquikkendste）清香向我们扑面而来。她胳膊肘支在窗台上站着（Sie stand auf ihrem Ellenbogen gestüzt），极目（und ihr Blik）远眺；她望了望天，又看了看我；我看到她泪水满眶。她把自己的手放在我

美丽的受难者唇上捕捉一切祷词（Gebethe）。有几位先生（Herrn）
去下面静静地吸烟；其余的人都赞同女主人聪明的建议，到一间有百
叶窗和窗帘的屋里待一会儿。刚进屋，洛特便忙着张罗
（beschäftiget），把椅子围成一圈。等大家应她的要求坐下后（und
als sich die Gesellschaft auf ihre Bitte gesetzt hatte），她说明了一种
游戏的玩法。

　　我看到（sah）已有人撅起（spitzte）嘴唇，手脚不安（reckte），期待
着挨一次温柔的惩罚。我们玩报数游戏！（... Nun gebt Acht!）她
说，我沿着圈子从右向左走（geh'），你们也就顺序报数，每个人要报
出轮到他的那个数，要报得快，谁打顿（stockt）或报错，就挨一巴掌，
一直数到一千。这一来可好看了。她伸着手臂（Arm）绕圈（im
Kreis）走去，第一个报一（... fing der erste an），边上一个报二，下一
个报三，依次报去。然后她加快步子（dann fing sie an ...
geschwinder zu gehen），越走越快。这时有人报错（da versah's
einer）：啪（patsch）！一个巴掌。下一个光顾大笑：啪（patsch）！她
走得更快。我自己也挨了两下，觉得这两下比她给别人的要重，暗自
高兴。一千还没数到，大家已笑成一团（Geschlächter und
Geschwärm），游戏也就结束了（endigte das Spiel）。这时，雷雨已
过，知己好友们三三两两走到边上，我随洛特走进大厅。路上她说：
挨了巴掌，他们把狂风暴雨和一切都丢在了脑后！我无言回答。我
也是个非常胆小的人。她接着说，可我装作勇敢，给别人鼓励，自己
也就变得勇敢起来。我们走到窗前，远方雷声阵阵，大雨滂沱，唰唰
地打落在地，暖洋洋的空气中，一股凉爽无比的（der erquickendste）
清香向我们扑面而来。她胳膊肘支在窗台上站着（Sie stand auf
ihren Ellenbogen gestützt），极目（ihr Blick）远眺；她望了望天，又看
了看我；我看到她泪水满眶。她把自己的手放在我手上，叹声道：克

手上，叹声道：克洛普施托克①！

54　　　　我沉醉于她以这个词(Loosung)在我心头所唤起的情感的急流。我忍不住(Ich ertrugs nicht)俯下身去，亲吻了她的手，眼中淌下狂喜的(wonnevollesten)泪。然后我朝她的眼睛望去。——高贵的诗人！但愿你能在这月光中(in diesem Blikke)看到(gesehn)你变得如此神圣；而我从此刻起，再也不想(möcht)从别人那里听到你那常常受到亵渎的名字！

① 克洛普施托克：德国著名诗人。下文中"壮丽的颂歌"指他的《春天的庆典》（1759）。

洛普施托克①！

　　我立刻想起此时浮现在她脑海中的那首壮丽的颂歌（Ich erinerte mich sogleich der herrlichen Ode die ihr in Gedanken und ...），沉醉于她以这个词（Losung）在我心头所唤起的情感的急流。我忍不住（Ich ertrug's nicht）俯下身去，亲吻了她的手，眼中淌下狂喜的（wonnevollsten）泪。然后我朝她的眼睛望去。——高贵的诗人！但愿你能在这月光中（in diesem Blicke）看（gesehen）到你变得如此神圣；而我从此刻起，再也不想（möchte）从别人那里听到你那常常受到亵渎的名字！

55

————————————————

①　克洛普施托克：德国著名诗人。下文中"壮丽的颂歌"指他的《春天的庆典》（1759）。

6月19日(am 19. Juny.)

前一次讲到哪里，我记不清了(weis)，只记得(weis)，那天上床睡觉时已深夜两点。如果我当时能和你当面交谈(...vorschwäzzen)而不是写信，大概会留你坐到天亮(bis an Tag)。

舞会归途中发生了(passirt)什么事，我一直没讲，就是今天也不是说的时候(hab auch heut ...)。

那正是壮丽无比的(liebwürdigste)日出时刻。周围是挂满雨珠的树林和青翠一片的田野！我们的两个女伴已打起盹(nikten)来。她问我是否也想瞌睡一下，要我别为她操心。只要(So lang)我看到这双眼睛睁开，我紧紧注视她说(sagt' ich)，我就不会感到困倦(so lang hats ...)。我们两人一直坚持到她家的大门前，女仆轻轻地为她打开门，回答了她的询问，父亲和孩子们都好，还在睡梦中(...vom Vater und den Kleinen versicherte, daß alles wohl sey und noch schlief)。临别时，我求她允许我当天能再见她，她同意了我的请求。(Und da verließ ich sie mit dem Versicheren：sie selbigen Tags noch zu sehn, und hab mein Versprechen gehalten)此后，日月星辰依然忙着静起静落，而我却再也不辨(weis)昼夜，整个世界消失在我身边。

6 月 19 日(am 19. Junius.)

　　前一次讲到哪里,我记不清了(weiß),只记得(weiß),那天上床睡觉时已深夜两点。如果我当时能和你当面交谈(... vorschwatzen)而不是写信,大概会留你坐到天亮(bis an den Morgen)。

　　舞会归途中发生了(geschehen)什么事,我一直没讲,就是今天也不是说的时候(habe auch heute ...)。

　　那正是壮丽无比的(herrlichste)日出时刻。周围是挂满雨珠的树林和青翠一片的田野! 我们的两个女伴已打起盹(nickten)来。她问我是否也想瞌睡一下,要我别为她操心。只要(So lange)我看到这双眼睛睁开,我紧紧注视她说(sagte ich),我就不会感到困倦(so lange hat's ...)。我们两人一直坚持到她家的大门前,女仆轻轻地为她打开门,回答了她的询问,父亲和孩子们都好,还在睡梦中(... versicherte daß vom Vater und Kleine wohl seyen und alle noch schliefen)。临别时,我求她允许我当天能再见她。她同意了我的请求,我去了(Da verließ ich sie mit der Bitte: sie selbigen Tages noch sehn zu dürfen; sie gestand mir's zu und ich bin gekommen)。此后,日月星辰依然忙着静起静落,而我却再也不辨(weiß)昼夜,整个世界消失在我身边。

6 月 21 日(am 21. Juny.)

　　我过着幸福的日子,那就像上帝给他的圣徒安排(ausspart)的日子一样;不管我将来会怎样,反正我不能再说,我没有享受到欢乐,生命的最纯净的欢乐。你知道我的瓦尔海姆,我在那里(Dort)完全留了下来。从那里(Von dort)去探望洛特只需半小时,我在那里感受到(fühl)自己以及一个人所能享有的全部幸福(Glük)。

　　当我把瓦尔海姆选为自己散步的目的地(zum Zwekke)时,我何曾想到(Hätte ich gedacht)它离天国竟这么近! 在远足时,有时从山上,有时从河对岸的原野上(in der Ebne),我不知多少次地眺望过这座猎庄,而现在它包裹了我全部的希望!

　　亲爱的威廉,我思绪万千,我想到人类想扩展自身、有所发现(Entdekkungen)和漫游世界的欲求;又想到他们甘愿受缚、循规蹈矩和不闻世事的本能(... weder um rechts noch links ...)。

　　真是不可思议:我怎么会来到这里,从小山丘上眺望美丽的山谷,那四周的景致让我着迷。——那儿是一座小树林! ——啊,但愿你能置身于它的林荫中! ——那儿是山的顶峰(Spizze)! ——啊,但愿你能从那里俯瞰辽阔的原野! ——那儿是连绵的(gekettete)山丘,静谧的(vertrauliche)山谷! ——啊,但愿我能置身其间,忘却(verliehren)归途(kehrte zurük)! 我匆匆赶去,继而返回,没有找到所希望的东西。啊,远方犹如未来! 一个巨大的(Ein grosses)朦胧的整体,静卧在我们的灵魂前,我们的感觉如同我们的眼睛在其中变得恍惚(... verschwimmt sich darinne)。啊! 我们渴望着献出我们整个身心,让那唯一伟大而庄严的感情的全部欢乐充溢自己。——但是,哎! 每当我们匆匆赶去,那儿变成这儿,一切如旧,我们依然贫乏,仍然狭窄,我们的灵魂仍然企盼得到那流失的甘霖。

　　所以(Und so),不安分的游子,最终又会渴望故土,在草棚中,在妻子的怀抱里,在儿女的身边,在维持生计(und der Geschäfte)的操

6 月 21 日(am 21. Junius.)

我过着幸福的日子,那就像上帝给他的圣徒安排(aufspart)的日子一样;不管我将来会怎样,反正我不能再说,我没有享受到欢乐,生命的最纯净的欢乐。你知道我的瓦尔海姆,我在那里(dort)完全留了下来。从那里(von da)去探望洛特只需半小时,我在那里感受到(fühl')自己以及一个人所能享有的全部幸福(Glück)。

当我把瓦尔海姆选为自己散步的目的地(zum Zwecke)时,我何曾想到(Hätt' ich gedacht)它离天国竟这么近!在远足时,有时从山上,有时从河对岸的原野上(von der Ebne),我不知多少次地眺望过这座猎庄,而现在它包裹了我全部的希望!

亲爱的威廉,我思绪万千,我想到人类想扩展自身、有所发现(Entdeckungen)和漫游世界的欲求;又想到他们甘愿受缚、循规蹈矩和不闻世事的本能(... weder um Rechts noch um Links ...)。

真是不可思议:我怎么会来到这里,从小山丘上眺望美丽的山谷,那四周的景致让我着迷。——那儿是一座小树林!——啊,但愿你能置身于它的林荫中!——那儿是山的顶峰(Spitze)!——啊,但愿你能从那里俯瞰辽阔的原野!——那儿是连绵的山丘(geketteten),静谧的(vertraulichen)山谷!——啊,但愿我能置身其间,忘却(verlieren)归途(kehrte zurück)!我匆匆赶去,继而返回,没有找到所希望的东西。啊,远方犹如未来!一个巨大的(ein großes)朦胧的整体,静卧在我们的灵魂前,我们的感觉如同我们的眼睛在其中变得恍惚(... verschwimmt darin)。啊!我们渴望着献出我们整个身心,让那唯一伟大而庄严的感情的全部欢乐充溢自己。——但是,哎!每当我们匆匆赶去,那儿变成这儿,一切如旧,我们依然贫乏,仍然狭窄,我们的灵魂仍然企盼得到那流失的甘霖。

所以(So),不安分的游子,最终又会渴望故土,在草棚中,在妻子的怀抱里,在儿女的身边,在维持生计(in den Geschäften)的操劳

57

劳中，找到他在这广阔的世界上（in der weiten öden Welt）曾经徒劳地寻找过的欢乐（all die Wonne）。

58　　　清晨，我伴着朝霞（... so ... mit Sonnenaufgange）走向我的瓦尔海姆，在那店主的园子里摘采（pflükke）豌豆（Zukkererbsen），然后坐下（hinsezze）剥去豆筋（und sie abfädme），读我的荷马（lese in meinem Homer）；然后在小小的厨房中（wenn ich denn in der kleinen ...），挑上一只锅子，切下一块黄油，把锅（meine Schoten）放到火上，盖上锅盖（zudekke），自己坐（sezze）在一旁，不时搅动几下；就在这个时候（Da），我会感到（fühl ich）珀涅罗珀①那些忘乎所以的（herrlichen übermüthigen）求婚者们杀牛宰猪、去骨烤肉的情景，简直呼之欲出。感谢上帝，我竟能把这种古代宗法社会的特点十分自然地（ohne Affektation）织入我的生活方式。这比什么都更使我心中充溢着一种宁静实在的情感。

　　我真快活，心中还能感受到一个人把自己亲手栽种的卷心菜端上桌子时那种纯真的欢乐：此时端上桌的，可不单单是这卷心菜，还有那栽种的美丽清晨，那浇水的可爱黄昏，那些为不断生长（Wachsthume）而感到喜悦的时日，这一切都让我在这一瞬间（in einem Augenblikke）再次享受（geniest）到了。

---

① 珀涅罗珀：荷马史诗《奥德赛》中主人公奥德修斯的妻子。她美丽聪慧，摆脱了无耻的求婚者，直到丈夫归来。

中，找到他在这广阔的世界上（in der weiten Welt）曾经徒劳地寻找过的欢乐（die Wonne）。

　　清晨，我伴着朝霞（... mit Sonnen-Aufgange）走向我的瓦尔海姆，在那店主的园子里摘采（pflücke）豌豆（Zuckererbsen），然后坐下（hinsetze）剥去豆筋（sie abfädne），读我的荷马（in meinem Homer lese）；然后在小小的厨房中（wenn ich in der kleinen ...），挑上一只锅子，切下一块黄油，把锅（Schoten）放到火上，盖上锅盖（zudecke），自己坐（setze）在一旁，不时搅动几下；就在这个时候（da），我会感到（fühl' ich）珀涅罗珀①那些忘乎所以的（übermüthigen）求婚者们杀牛宰猪、去骨烤肉的情景，简直呼之欲出。感谢上帝，我竟能把这种古代宗法社会的特点十分自然地（ohne Affectation）织入我的生活方式。这比什么都更使我心中充溢着一种宁静实在的情感。

　　我真快活，心中还能感受到一个人把自己亲手栽种的卷心菜端上桌子时那种纯真的欢乐：此时端上桌的，可不单单是这卷心菜，还有那栽种的美丽清晨，那浇水的可爱黄昏，那些为不断生长（Wachsthum）而感到喜悦的时日，这一切都让我在这一瞬间（in Einem Augenblicke）再次享受（genießt）到了。

---

①珀涅罗珀：荷马史诗《奥德赛》中主人公奥德修斯的妻子。她美丽聪慧，摆脱了无耻的求婚者，直到丈夫归来。

6月29日(am 29. Juny.)

前天，本地那位医生（Medikus）来到行政官家（zum Amtmanne），正碰上我和洛特的弟妹们在地上玩。他们有的在我身上乱爬，有的在和我打闹（nekten），我去挠他们的痒痒（küzzelte），逗得（verführte）他们放声大笑（ein grosses Geschrey）。这位医生（Doktor）像是个非常古板的木头人，说话时（und im Diskurs）老是想去平整袖口上的褶痕（den Kräusel），扯一个没完没了的（bis zum Nabel）线球。我一眼就从他的脸上看出，他以为这有失一个聪明人的身份。我对此毫不理会（Ich lies mich aber in nichts stören），随他去阐述自己那十分明智的议论，重新给孩子们搭起了被他们弄得散了架的纸牌房子。回去后（Auch gieng er darauf），他在城里到处埋怨，说行政官家的孩子本来已缺少教养，现在更是被维特完全毁了（verdürbe）。

是的，亲爱的威廉，在这个世界上，孩子们离我的心最近。我常常会仔细打量他们（wenn ich so zusehe ...），在琐事中发现他们日后所需的一切道德和力量的萌芽，从执拗中发现未来的坚强和性格的刚毅，在任性中发现良好的幽默感和摆脱世间险恶的洒脱（wenn ich in dem Eigensinne, alle die künftige Standhaftigkeit und Festigkeit des Charakters, in dem Muthwillen, allen künftigen guten Humor und die Leichtigkeit, über alle die Gefahren der Welt hinzuschlüpfen, erblikke, ...）。一切都那么纯真无邪，白璧无瑕！每当这时，我就会一遍又一遍地吟诵（wiederhol）人类导师①的这句良言（die golden Worte）：你们若不回转，变成小孩子的样式！孩子是我们的同类（die unsers gleichen sind），本该被我们视为自己的楷模。然而现在，我的好友，我们对待他们就像对待奴仆一

60

---

① 人类导师：此处指耶稣，所引的话出自《圣经·新约全书·马太福音》。

6 月 29 日(am 29. Junius.)

　　前天,本地那位医生(Medicus)来到行政官家(zum Amtmann),正碰上我和洛特的弟妹们在地上玩。他们有的在我身上乱爬,有的在和我打闹(neckten),我去挠他们的痒痒(kitzelte),逗得(erregte)他们放声大笑(ein großes Geschrey)。这位医生(Doctor)像是个非常古板的木头人,说话时(unterm Reden)老是想去平整袖口上的褶痕(einen Kräusel),扯一个没完没了的(ohne Ende)线球。我一眼就从他的脸上看出,他以为这有失一个聪明人的身份。我对此毫不理会(Ich ließ mich aber in nichts stören),随他去阐述自己那十分明智的议论,重新给孩子们搭起了被他们弄得散了架的纸牌房子。回去后(Auch ging er darauf),他在城里到处埋怨,说行政官家的孩子本来已缺少教养,现在更是被维特完全毁了(verderbe)。

　　是的,亲爱的威廉,在这个世界上,孩子们离我的心最近。我常常会仔细打量他们(wenn ich ihnen zusehe ...),在琐事中发现他们日后所需的一切道德和力量的萌芽,从执拗中发现未来的坚强和性格的刚毅,在任性中发现良好的幽默感和摆脱世间险恶的洒脱(wenn ich in dem Eigensinne künftige Standhaftigkeit und Festigkeit des Charakters, in dem Muthwillen guten Humor, und Leichtigkeit, über alle die Gefahren der Welt hinzuschlüpfen, erblicke, ...)。一切都那么纯真无邪,白璧无瑕! 每当这时,我就会一遍又一遍地吟诵(wiederhole)人类导师①的这句良言(die goldenen Worte):你们若不回转,变成小孩子的样式! 孩子是我们的同类(die unseres Gleichen sind),本该被我们视为自己的楷模。然而现在,我的好友,我们对待他们就像对待奴仆一般。他们竟然不该有自己的意志! 仁慈的上帝,你从天上看到的仅是年长的孩子和

61

---

① 人类导师:此处指耶稣,所引的话出自《圣经·新约全书·马太福音》。

般。他们竟然不该有自己的意志！仁慈的上帝，你从天上看到的仅是年长的孩子和年幼的孩子，别无其他；而你更喜欢谁，你的圣子早已宣告。不过他们相信他，却并不听他——这也是老生常谈（das ist auch was alt's）！还是按照自己的模样教育自己的孩子以及……再见，威廉！对此我不再唠叨不休。

年幼的孩子,别无其他;而你更喜欢谁,你的圣子早已宣告。不过他们相信他,却并不听他——这也是老生常谈(das ist auch was altes)!还是按照自己的模样教育自己的孩子以及……再见,威廉! 对此我不再唠叨不休。

7月1日（am 1. Juli.）

对一个病人来说，洛特是多么重要，我从自己（eignen）这颗可怜的心上便能体知（fühl），它比某些呻吟病榻的心灵情况更加不妙。她要去城里，在一位贤惠的（rechtschaffenen）夫人那儿待几天。据医生（Aerzte）讲，她余日不多，希望洛特在这最后的时刻待在她身旁（und in diesen letzten Augenblikken will sie Lotten um sich haben）。

上星期，我曾陪她去圣 XX 看那里的牧师。那是个小地方（Oertgen），从山边（im Gebürge）走一个小时的路程。我们到那里时约下午四点（gegen viere）。洛特还带了她第二个妹妹。牧师家的院子里长着两棵高大的胡桃树（von zwey hohen Nußbäumen），浓荫蔽日。当我们进去时，这个善良的老人正坐在屋门前（vor der Hausthüre）的一只凳子上。一看见洛特，他就像重又变得生气勃勃（neubelebt），竟忘了自己那根多节的手杖（Knotenstok），起身迎上前来。洛特赶忙跑去，按他坐下（niederzusezzen），同时自己也坐到他身旁（sezte），向他转达自己父亲的热情问候（viel Grüsse），还把他暮年的心肝宝贝、他那既丑又脏的最小的孩子（Quakelgen）抱在怀里。你真该见识一下她如何对待这个老人。她提高（erhub）了嗓音，以使他那半聋的耳朵能听见她的话；她谈到（erzählte von ...）那些年轻力壮的人意外地死去；她谈到了卡尔斯巴德疗养地（des Carlsbades）的好处（Vortreflichkeit），赞扬他下个夏天去那儿的决定；她还说（und wie sie fand），他比她上次（leztemal）见到时气色更好，精神更佳。这段时间里，我对牧师夫人（der Frau Pfarrern）恭维（Höflichkeiten）了几句。老人兴致勃勃，我忍不住夸奖了那两棵可爱的替我们遮阴的漂亮的胡桃树，他便滔滔不绝（fieng er an），尽管有些口齿不清，讲起了这树的故事。那棵老树是谁种的，他说，我们不知道；有人讲这个牧师，有人讲那个牧师。但后面

7 月 1 日(am 1. Julius.)

对一个病人来说,洛特是多么重要,我从自己(eigenen)这颗可怜的心上便能体知(fühl'),它比某些呻吟病榻的心灵情况更加不妙。她要去城里,在一位贤惠的(rechtschaffnen)夫人那儿待几天。据医生(Ärzte)讲,她余日不多,希望洛特在这最后的时刻待在她身旁(und in diesen letzten Augenblicken Lotten um sich haben will)。

上星期,我曾陪她去圣 XX 看那里的牧师。那是个小地方(Örtchen),从山边(im Gebirge)走一个小时的路程。我们到那里时约下午四点(gegen vier)。洛特还带了她第二个妹妹。牧师家的院子里长着两棵高大的胡桃树(mit zwey hohen Nußbäumen),浓荫蔽日。当我们进去时,这个善良的老人正坐在屋门前(vor der Hausthür)的一只凳子上。一看见洛特,他就像重又变得生气勃勃(neu belebt),竟忘了自己那根多节的手杖(Knotenstock),起身迎上前来。洛特赶忙跑去,按他坐下(niederzulassen),同时自己也坐到他身旁(setzte),向他转达自己父亲的热情问候(viel Grüße),还把他暮年的心肝宝贝、他那既丑又脏的最小的孩子(Quakelchen)抱在怀里。你真该见识一下她如何对待这个老人。她提高(erhob)了嗓音,以使他那半聋的耳朵能听见她的话;她谈到(von ... erzählte)那些年轻力壮的人意外地死去;她谈到了卡尔斯巴德疗养地(des Karlsbades)的好处(Vortrefflichkeit),赞扬他下个夏天去那儿的决定;她还说(wie sie fand),他比她上次(letztemal)见到时气色更好,精神更佳。这段时间里,我对牧师夫人(der Frau Pfarrerinn)恭维(Höflichkeit)了几句。老人兴致勃勃,我忍不住夸奖了那两棵可爱的替我们遮阴的漂亮的胡桃树,他便滔滔不绝(fing er an),尽管有些口齿不清,讲起了这树的故事。那棵老树是谁种的,他说,我们不知道;有人讲这个牧师,有人讲那个牧师。但后面(dort hinten)那棵

（dorthinten）那棵树龄小的，同我妻子一样大，今年十月（Oktober）满五十年（funfzig Jahre）。她的父亲早上种下它，当天傍晚她就出生了。他是我的前任（Er war mein Vorfahr im Amte），对这棵树有着说不出的喜欢，自然我也不亚于他。当（als）我二十七年前作为一个穷学生初次（erstenmal）走进这个院子（in Hof kam）时，我的夫人（meine Frau）正坐在（sas）树下的一个木桩上织毛线（strikte）。洛特问起他的女儿，他说，她同施密特先生到草地上（auf der Wiese）的工人那儿去了。老人又继续讲起自己的故事：他的前任及其女儿怎样慢慢相中了他，他又怎样先当老牧师的助手（Vikar），后来又成了他的接任人。故事刚刚讲完，牧师的女儿（die Jungfer Pfarrern）就同那位（mit dem sogenannten）施密特先生穿过花园走来了。她非常亲热地欢迎洛特。我得承认，她给我的印象也不坏。她是个生性快活、匀称健美的褐发姑娘，能让一个暂时（Kur[z]zeit）借居乡间的人过得愉快。她的情侣（因为那位施密特先生马上就这样自我表明）文雅却又缄默。尽管洛特一再和他搭话，他却不愿加入我们的交谈。最让我不快的是（und was mich am meisten betrübte），我从他的表情中隐隐看出，妨碍他参与谈话的不是智力局限，而是脾性乖僻。后来这点不幸更加清楚。散步的时候（beym Spazierengehn）弗里德里克和洛特、时而（verschiedentlich）也同我走（gieng）在一起，这位先生那本来就是褐色的脸更加明显地阴沉下去（ohne das einer ... Farbe war），以至于洛特不时（beym Ermel）扯扯我的衣袖，暗示我别对弗里德里克过分殷勤（und mir das Artigthun mit Friederiken abrieth）。没有比人和人之间互相折磨更使我不悦了，特别是那些风华正茂的年轻人，他们尽可敞开胸怀，却彼此紧绷着脸儿，毁去这些美好的时光（gute Tage mit Frazzen verderben），日后一旦醒悟到，所糟蹋的无法补偿（unersezliche），已

64

树龄小的，同我妻子一样大，今年十月（October）满五十年（funfzig Jahr）。她的父亲早上种下它，当天傍晚她就出生了。他是我的前任（Er war mein Vorfahr im Amt），对这棵树有着说不出的喜欢，自然我也不亚于他。当我二十七年前作为一个穷学生初次（erstenmale）走进这个院子（in den Hof kam）时，我的夫人（Meine Frau）正坐在（saß）树下的一个木桩上织毛线（strickte）。洛特问起他的女儿，他说，她同施密特先生到草地上（auf die Wiese）的工人那儿去了。老人又继续讲起自己的故事：他的前任及其女儿怎样慢慢相中了他，他又怎样先当老牧师的助手（Vicar），后来又成了他的接任人。故事刚刚讲完，牧师的女儿（die Jungfer Pfarrerinn）就同那位（mit dem so genannten）施密特先生穿过花园走来了。她非常亲热地欢迎洛特。我得承认，她给我的印象也不坏。她是个生性快活、匀称健美的褐发姑娘，能让一个暂时（kurze Zeit）借居乡间的人过得愉快。她的情侣（因为那位施密特先生马上就这样自我表明）文雅却又缄默。尽管洛特一再和他搭话，他却不愿加入我们的交谈。最让我不快的是（Was mich am meistenbetrübte），我从他的表情中隐隐看出，妨碍他参与谈话的不是智力局限，而是脾性乖僻。后来这点不幸更加清楚。散步的时候（bey'm Spazierengehn）弗里德里克和洛特、时而（gelegentlich）也同我走（ging）在一起，这位先生那本来就是褐色的脸更加明显地阴沉下去（ohne dieß einer ... Farbe war），以至于洛特不时（bey'm Ermel）扯扯我的衣袖，暗示我别对弗里德里克过分殷勤（und mir zu verstehen gab daß ich mit Friederiken zu artig gethan）。没有比人和人之间互相折磨更使我不悦了，特别是那些风华正茂的年轻人，他们尽可敞开胸怀，却彼此紧绷着脸儿，毁去这些美好的时光（guten Tage mit Fratzen verderben），日后一旦醒悟到，所糟蹋的无法补偿（unersetzliche），已为时太晚。这让我心头

65

为时太晚。这让我心头火起。傍晚时分，我们回到（zurükkehrten）牧师的院中，坐在一张桌旁喝牛奶（gebroktes Brod in Milch assen）。当话题（der Diskurs）转到（roulirte）人世间的欢乐与痛苦时，我按捺不住，抢过话头，相当激烈地数落起脾性乖僻。我们人类常常抱怨，我开口说道，好日子太少而坏日子又太多，但我觉得，这多半没有道理。倘若我们一直敞开胸怀，享受（geniessen）上帝每天赐予我们的幸福，那么，我们也会有足够的力量去承受一旦发生的不幸（Uebel）。不过我们无力控制我们的情绪呀，牧师夫人（Pfarrern）插嘴道，有多少事受身体支配！ 如果一个人（man）身体不好，他在哪也不舒服。我同意（gestund）她的这种说法，接着说：我们要（Wir wollens also）把脾性乖僻视为一种疾病，并且发问，对此是否存有药方？ 这话不无道理。洛特说，我至少相信，许多事取决于我们自己。我有切身的体会。每当有事让我苦恼（nekt），使我生气（verdrüßlich），我便起身出去（spring ich auf），在花园里来来回回地哼上几首乡村舞曲，这一切便即刻无影无踪。这正是我想说的。我插话道，乖僻与惰性完全一样，因为它就是惰性的一种。我们的天性太倾向于此。

66　不过，只要我们一遭有鼓起勇气的力量，事情就很容易解决，我们会在行动中找到一种真正的乐趣。弗里德里克听得聚精会神，而那个年轻人则反驳我说，人无法掌握自己，更不用说控制（gebieten）自己的情感。这里说的是一种令人讨厌的情感。我回答（versezt）道，这可是人人都愿意（gern）摆脱的，但在做出尝试以前，谁都不知道（weis），自己的力量有多大。不用说，谁（einer der）病了都会四处求医（Aerzten），为了得到所希望的健康，禁忌再多，药物再苦，他都不会拒绝接受。我发觉，那位正直的老人也在侧耳倾听，想参与我们的讨论（Diskurs）。我提高（erhub）了嗓音，同时把话冲着他讲。人们在布道时谴责种种罪过，我说（sagt ich），可我从未听到有谁在布道火起。傍晚时分,我们回到(zurück kehrten)牧师的院中,坐在一张桌旁喝牛奶(Milch aßen)。当话题(das Gespräch)转到(sich wendete)人世间的欢乐与痛苦时,我按捺不住,抢过话头,相当激烈地数落起脾性乖僻。我们人类常常抱怨,我开口说道,好日子太少而坏日子又太多,但我觉得,这多半没有道理。倘若我们一直敞开胸怀,享受(genießen)上帝每天赐予我们的幸福,那么,我们也会有足够的力量去承受一旦发生的不幸(Übel)。不过我们无力控制我们的情绪呀,牧师夫人(Pfarrerinn)插嘴道,有多少事受身体支配! 如果一个人(einem)身体不好,他在哪也不舒服。我同意(gestand)她的这种说法,接着说:我们要(Wir wollen es also)把脾性乖僻视为一种疾病,并且发问,对此是否存有药方? 这话不无道理。洛特说,我至少相信,许多事取决于我们自己。我有切身的体会。每当有事让我苦恼(neckt),使我生气(verdrießlich),我便起身出去(spring' ich auf),在花园里来来回回地哼上几首乡村舞曲,这一切便即刻无影无踪。这正是我想说的。我插话道,乖僻与惰性完全一样,因为它就是惰性的一种。我们的天性太倾向于此。不过,只要我们一遭有鼓起勇气的力量,事情就很容易解决,我们会在行动中找到一种真正的乐趣。弗里德里克听得聚精会神,而那个年轻人则反驳我说,人无法掌握自己,更不用说控制(gebiethen)自己的情感。这里说的是一种令人讨厌的情感。我回答(versetzte)道,这可是人人都愿意(gerne)摆脱的,但在做出尝试以前,谁都不知道(weiß),自己的力量有多大。不用说,谁(wer)病了都会四处求医(Ärzten),为了得到所希望的健康,禁忌再多,药物再苦,他都不会拒绝接受。我发觉,那位正直的老人也在侧耳倾听,想参与我们的讨论(Discurse)。我提高(erhob)了嗓音,同时把话冲着他讲。人们在布道时谴责种种罪过,我说(sagte ich),可我从未听到有谁在布

67

台上谴责坏脾气①。这事得（müßten）由城里的牧师干。老人说，乡下人没有坏脾气；偶尔有也不是坏事（doch könnts auch nichts schaden zuweilen），至少对自己的妻子及对那位行政官会是个教训（Lektion）。在场的人都笑了起来，他自己也放声大笑，直到笑得他连声咳嗽。这使我们的谈话（Diskurs）中断了片刻。接着，那个年轻人又重新接过话头：您称坏脾气为罪过，我想，这有点过分。一点也不过分，我回答道，这既伤害自己，又伤害别人（seinen Nächsten），活该有这样的称呼（den Namen）。我们尚且不能使彼此幸福（glüklich），难道还必须互相剥夺对方心中偶尔（noch manchmal）得到的这点快乐？您告诉我，有没有这样的人，他脾性乖僻，而又规矩得藏而不露，独自忍耐，而不破坏周围人（die Freuden um sich her）的欢乐？坏脾气难道不正是我们对自己的（eigne）卑陋的一种内心的愤懑，一种对自己的不快（Misfallen）？这种不快往往与一种嫉妒相关，而嫉妒由一种愚蠢的（thörige）虚荣心引起（aufgehezt）。我们（wir）看到别人幸福，而别人的幸福并非由我们给予，这是让人不堪忍受的。看我说（redte）得这么激动，洛特望着我微微一笑。弗里德里克眼中则噙满了泪水。这鼓励我继续往下说（Weh denen sagt ich）：有人利用自己对一颗心灵的支配力，剥夺这颗心中自己萌发的纯真的快乐，真该得到报应。世间的一切礼物、一切善行，都无法补偿（ersezzen）我们这被暴君们的某种令人讨厌的嫉妒所破坏的瞬间（einen Augenblik）幸福。

　　霎时间（in diesem Augenblikke），我心潮起伏，往事的回忆压上

---

① 对此我们听过拉瓦特尔神父做过一次了不起的布道，他还提到了《约拿书》。——作者注（拉瓦特尔：瑞士神学家、哲学家和作家，歌德的朋友；《约拿书》：《圣经·旧约全书》中的一部分。）

道台上谴责坏脾气①。这事得（müssen）由城里的牧师干。老人说，乡下人没有坏脾气；偶尔有也不是坏事（doch könnt es auch zuweilen nicht schaden），至少对自己的妻子及对那位行政官会是个教训（Lection）。在场的人都笑了起来，他自己也放声大笑，直到笑得他连声咳嗽。这使我们的谈话（Discurs）中断了片刻。接着，那个年轻人又重新接过话头：您称坏脾气为罪过，我想，这有点过分。一点也不过分，我回答道，这既伤害自己，又伤害别人（seinem Nächsten），活该有这样的称呼（diesen Nahmen）。我们尚且不能使彼此幸福（glücklich），难道还必须互相剥夺对方心中偶尔（manchmal）得到的这点快乐？您告诉我，有没有这样的人，他脾性乖僻，而又规矩得藏而不露，独自忍耐，而不破坏周围人（die Freude um sich her）的欢乐？坏脾气难道不正是我们对自己的（eigene）卑陋的一种内心的愤懑，一种对自己的不快（Mißfallen）？这种不快往往与一种嫉妒相关，而嫉妒由一种愚蠢的（thöriche）虚荣心引起（aufgehetzt）。我们（Wir）看到别人幸福，而别人的幸福并非由我们给予，这是让人不堪忍受的。看我说（redete）得这么激动，洛特望着我微微一笑。弗里德里克眼中则噙满了泪水。这鼓励我继续往下说（Wehe denen, sagte ich）：有人利用自己对一颗心灵的支配力，剥夺这颗心中自己萌发的纯真的快乐，真该得到报应。世间的一切礼物、一切善行，都无法补偿（ersetzen）我们这被暴君们的某种令人讨厌的嫉妒所破坏的瞬间（einen Augenblick）幸福。

霎时间（in diesem Augenblicke），我心潮起伏，往事的回忆压上了心头，泪水盈眶。

69

---

① 对此我们听过拉瓦特尔神父做过一次了不起的布道，他还提到了《约拿书》。——作者注

了心头,泪水盈眶。

人们每天都在说,我高呼起来,你对朋友只该做一件事,即让他们获得快乐(Freude),增加幸福(Glük),并同他们共享(geniessest)幸福。倘若他们的灵魂深处(innre Seele)受着令人焦虑的激情的折磨,受着苦恼的骚扰,你能给他们点滴安慰吗?

如果这最后的(lezte)、最最可怕的疾病向那个被你葬送了青春年华的人儿袭来,她气息奄奄地躺在那里(liegt in dem erbärmlichen Ermatten),眼睛(und das Aug)木然朝天,虚汗(Todesschweis)在苍白的额头(auf ihrer Stirne)不断渗出,而你站在床头像个罪人,深深感到,你就是竭尽全力(mit all deinem Vermögen)也无济于事,这时你会深感恐惧,愿意献出一切,以给这个垂死的人儿(um dem untergehenden Geschöpf)注入(einflösen)点滴力量,一星勇气。

说着这些话,我猛然忆起自己曾经亲身经历的这样一个场景(da ich gegenwärtig war)。我掏出手帕,掩住双眼,离开了(verlies)众人,直到听到洛特叫我的声音,说我们该(wollten)走了,才把我唤回现实。归途中,她责备我对任何事都易过于动情,并说我这样会毁了我自己(und daß ich drüber zu Grunde ...)! 说我应该珍重自己(Daß ich ...)! ——啊,天使! 为了你,我必须好好生活下去!

　　人们每天都在说,我高呼起来,你对朋友只该做一件事,即让他们获得快乐(Freuden),增加幸福(Glück),并同他们共享(genießest)幸福。倘若他们的灵魂深处(innere Seele)受着令人焦虑的激情的折磨,受着苦恼的骚扰,你能给他们点滴安慰吗?

　　如果这最后的(letzte)、最最可怕的疾病向那个被你葬送了青春年华的人儿袭来,她气息奄奄地躺在那里(liegt in dem erbärmlichsten Ermatten),眼睛(das Auge)木然朝天,虚汗(Todesschweiß)在苍白的额头(auf der blassen Stirne)不断渗出,而你站在床头像个罪人,深深感到,你就是竭尽全力(mit deinem ganzen Vermögen),也无济于事,这时你会深感恐惧,愿意献出一切,以给这个垂死的人儿(dem untergehenden Geschöpfe)注入(einflößen)点滴力量,一星勇气。

　　说着这些话,我猛然忆起自己曾经亲身经历的这样一个场景(wobey ich gegenwärtig war)。我掏出手帕,掩住双眼,离开了(verließ)众人,直到听到洛特叫我的声音,说我们该(wollen)走了,才把我唤回现实。归途中,她责备我对任何事都易过于动情,并说我这样会毁了我自己(und daß ich darüber zu Grunde ...)! 说我应该珍重自己(daß ich ...)! ——啊,天使! 为了你,我必须好好生活下去!

71

7月6日(am 6. Juli.)

　　她一直还逗留在那位濒临死亡的女友身边。她自始至终是个随叫随到、亲切可爱的人儿。她的目光投向哪里,都能缓减痛苦,创造幸福。昨天晚上,她同玛莉安娜(Mariannen)和小玛尔馨(Malgen)出去(gieng)散步,我听说(wußt)后找到了她,我们一起散步(giengen)。走了一个半小时的路程后,我们返回城里,走到那口井旁。它曾对于我非常珍贵,现在更是(ward)千百倍的珍贵。洛特在井垣上坐下(als Lotte sich auf' Mäuergen sezte),我们站在她跟前。我环望四周,啊,往日我心情孤寂的那段时光在我眼前活生生地展现。亲爱的水井(Brunn),我说(sagt ich),从那以后我没有在你身边乘凉休憩,匆匆路过,有时也没顾得上看你(habe in ... nicht angesehn)。我往下看(blikte)去,只见玛尔馨(Malgen)端着一杯水,小心翼翼地走上来。我凝视着洛特,体味着我对她怀有的全部感情。这时,玛尔馨拿着杯子走近。玛莉安娜想(Marianne wollt es)伸手去接。不! 孩子带着最最甜美的(süßten Ausdrukke)表情叫着(rufte),不,洛特(Lottgen)姐姐,该你先喝! 她那叫嚷着的样子那么天真,那么可爱(über die Güte),我心醉神迷(entzückt),一时无法表达(ausdrücken)自己的感情,便从地上抱起孩子,热烈地吻她。她立刻哭叫起来(zu schreyen und zu weinen anfing)。您这可惹祸了! 洛特说。我惊慌失措。过来,玛尔馨(Malgen),她说着拉起她的手(an der Hand nahm),领她走下台阶,现在就用清凉的井水洗一下,快些,快些,这样就没事了。我呆站一旁(so da stund),看着这个孩子,用她那湿漉漉的双手(Händgen)使劲搓着自己的脸蛋(Bakken),她确信用这神奇的井水便可冲洗去一切污垢,并免受以后长出一脸难看的(häslichen)胡须的耻辱。尽管洛特说了声(Wie Lotte sagte):可以了! 可这孩子还一个劲儿地洗着(immer eifrig fort wusch),似乎多洗总比少洗好些。我告诉你,威廉,我从未怀着比这

7月6日(am 6. Julius.)

她一直还逗留在那位濒临死亡的女友身边。她自始至终是个随叫随到、亲切可爱的人儿。她的目光投向哪里,都能缓减痛苦,创造幸福。昨天晚上,她同玛莉安娜(Marianen)和小玛尔馨(Malchen)出去(ging)散步,我听说(wußte)后找到了她,我们一起散步(gingen)。走了一个半小时的路程后,我们返回城里,走到那口井旁。它曾对于我非常珍贵,现在更是(ist)千百倍的珍贵。洛特在井垣上坐下(als Lotte setzte sich aufs Mäuerchen),我们站在她跟前。我环望四周,啊,往日我心情孤寂的那段时光在我眼前活生生地展现。亲爱的水井(Brunnen),我说(sagte ich),从那以后我没有在你身边乘凉休憩,匆匆路过,有时也没顾得上看你(hab' in ... nicht angesehn)。我往下看(blickte)去,只见玛尔馨(Malchen)端着一杯水,小心翼翼地走上来。我凝视着洛特,体味着我对她怀有的全部感情。这时,玛尔馨拿着杯子走近。玛莉安娜想(Mariane wollt' es)伸手去接。不!孩子带着最最甜美的(süßesten Ausdrucke)表情叫着(rief),不,洛特(Lottchen)姐姐,该你先喝!她那叫嚷着的样子那么天真,那么可爱(die Güte),我心醉神迷(entzükt),一时无法表达(ausdrukken)自己的感情,便从地上抱起孩子,热烈地吻她。她立刻哭叫起来(zu schreien und zu weinen anfieng)。您这可惹祸了!洛特说。我惊慌失措。过来,玛尔馨(Malchen),她说着拉起她的手(bey der Hand nahm),领她走下台阶,现在就用清凉的井水洗一下,快些,快些,这样就没事了。我呆站一旁(da stand),看着这个孩子,用她那湿漉漉的双手(Händchen)使劲搓着自己的脸蛋(Backen),她确信用这神奇的井水便可冲洗去一切污垢,并免受以后长出一脸难看的(häßlichen)胡须的耻辱。尽管洛特说了声(wie Lotte sagte):可以了!可这孩子还一个劲儿地洗着(immer eifriger fortwusch),似乎多洗总比少洗好些。我告诉你,威廉,我从未怀着比这更深的敬

更深的敬畏之情（Respekt）参加过一次洗礼；当洛特走上来时，我真想跪倒在她面前，就像跪倒在一位替某个民族解除了罪孽的先知跟前一样。

　　那天晚上，我忍不住满心的喜悦，把这件事吐露给一个人听，他颇有头脑，所以我相信他懂得人情，可（Aber）我得到了怎样的反应！他说，洛特这样做很不好（das wäre sehr übel）；不该哄骗孩子（die Kinder）；这样会引起（gäbe）种种（unzählichen）误解和迷信，而孩子们从小就该受到保护，免受此类影响（müßte ... davor bewahren）。——这时我才想起，此人八天前受洗礼，所以我也就随他说去（drum läß ich's vorbey gehn），只是在自己的心中坚信这个真理：我们（wir）应该像上帝对待我们那样对待孩子，当上帝让我们沉醉于美好的幻觉中时，他也就使我们得到了最大的幸福。

畏之情(Respect)参加过一次洗礼；当洛特走上来时，我真想跪倒在她面前，就像跪倒在一位替某个民族解除了罪孽的先知跟前一样。

那天晚上，我忍不住满心的喜悦，把这件事吐露给一个人听，他颇有头脑，所以我相信他懂得人情，可(aber)我得到了怎样的反应！他说，洛特这样做很不好(das sey sehr übel)；不该哄骗孩子(die Kindern)；这样会引起(gebe)种种(unzähligen)误解和迷信，而孩子们从小就该(mäßte)受到保护，免受此类影响(wovor man ... bewahren müsse)。——这时我才想起，此人八天前受洗礼，所以我也就随他说去(drum läß ich's vorbeygehen)，只是在自己的心中坚信这个真理：我们(Wir)应该像上帝对待我们那样对待孩子，当上帝让我们沉醉于美好的幻觉中时，他也就使我们得到了最大的幸福。

7月8日(am 8. Juli.)

真是个孩子！如此地盼望那匆匆一瞥(Blikke)！真是个孩子！我们去了瓦尔海姆游玩。姑娘们是坐车去的。散步(Spaziergänge)时，我相信(glaubt)在洛特乌黑的双眼中——我真是个傻瓜，原谅我吧(verzeih mir's)！你真该看看(sehn)它们，这对眸子！恕我长话短说(因为我的眼睛困得直往下沉(vom Schlaf))：姑娘们上车了，青年W、塞尔斯塔特、奥德兰和我，都站在(stunden)马车旁。姑娘们从车窗中探出头来，和小伙子们(Kerlgens)闲聊，他们自然都够得上敏捷伶俐。我早找着洛特的目光，唉，它们瞅这儿望那儿(giengen von einem zum andern)，就是没有看我！看我！看我！(Mich! Mich!)我是唯一站在那里(dastund)绝望地(resignirt)盼着它们的人，可它们就是不落在我身上！——我的心千百次地对她道了再见，可她没有看我一眼！马车驰过，我的眼中挂着(stund)泪水。我目送(sah)着她，看见洛特的帽子露在窗外，她转回头望着，啊！(Ach!)难道是望我(Nach mir)？好朋友，我就在这种隐约不定中悬浮(schweb)；这(Das)是我的安慰：也许她回过头来是看我！也许！晚安！唉，我真是个孩子！

7月8日（am 8. Julius.）

真是个孩子！如此地盼望那匆匆一瞥（Blicke）！真是个孩子！我们去了瓦尔海姆游玩。姑娘们是坐车去的。散步（Spaziergänge）时，我相信（glaubte）在洛特乌黑的双眼中——我真是个傻瓜，原谅我吧（verzeih' mir's）！你真该看看（sehen）它们，这对眸子！恕我长话短说（因为我的眼睛困得直往下沉（vor Schlaf））：姑娘们上车了，青年 W、塞尔斯塔特、奥德兰和我，都站在（standen）马车旁。姑娘们从车窗中探出头来，和小伙子们（Kerlchens）闲聊，他们自然都够得上敏捷伶俐。我早找着洛特的目光，唉，它们瞅这儿望那儿（gingen von einem zum andern），就是没有看我！看我！看我！（mich! mich!）我是唯一站在那里（da stand）绝望地（resigniret）盼着它们的人，可它们就是不落在我身上！——我的心千百次地对她道了再见，可她没有看我一眼！马车驰过，我的眼中挂着（stand）泪水。我目送（sah'）着她，看见洛特的帽子露在窗外，她转回头望着，啊！（ach!）难道是望我（nach mir）？好朋友，我就在这种隐约不定中悬浮（schwebe）；这（das）是我的安慰：也许她回过头来是看我！也许！晚安！唉，我真是个孩子！

75

7 月 10 日(am 10. Juli.)

　　每当聚会时有人提到她,我便一副傻样,你真该见识一下! 尤其当有人问我如何喜欢她时。喜欢! 这个词我恨之入骨(haß ich in Tod)。还算是什么喜欢洛特的人(Kerl),如果他没有把全部的感情都倾注到她身上! 最近又有一个人问我,我怎样喜欢莪相①!

---

　　① 莪相:相传为 3 世纪爱尔兰吟游诗人。

7 月 10 日(am 10. Julius.)

每当聚会时有人提到她,我便一副傻样,你真该见识一下! 尤其当有人问我如何喜欢她时。喜欢! 这个词我恨之入骨(hasse ich auf den Tod)。还算是什么喜欢洛特的人(Mensch),如果他没有把全部的感情都倾注到她身上! 最近又有一个人问我,我怎样喜欢莪相①!

----

① 莪相:相传为 3 世纪爱尔兰吟游诗人。

7 月 11 日(am 11. Juli.)

M 夫人病危。我为她的生命祈祷(bete)，因为我分担着洛特的痛苦。我很少到一个(einer)女友那里去见(seh)洛特，今天(heut)去见她，她给我讲了一件奇事：这位 M 老头是个地地道道的吝啬鬼(Hund)，他的妻子受了他一辈子的折磨和限制。可是这位夫人总能安然过关。几天前(Vor wenig Tagen)，医生(Doktor)断定她余日不多，她便让人找来了她的丈夫(洛特也在屋里)，对他这样说(redte)：我必须向你交代一件事，这在我死后可能会引起混乱和麻烦。我操持家务至今，尽可能地节俭有序。只是你要原谅我，我这三十年来(dreyßig Jahre her)一直在欺瞒你。结婚(Heyrath)之时，你为伙食花费和其他家庭支出规定了一个微小的总额。但是，当我们家业增大、支出增多(Gewerb grösser)时，你却就是不肯酌情增加每星期的经费。简单地说，你知道，你在那些花销最大(am grösten)的日子里，要求我每星期只用七个古尔盾。我一声不吭地接受了，超支部分每月就从进款(Loosung)中提取。谁会想到，夫人会去偷钱。我丝毫没有挥霍。本来我用不着坦白这些，也能坦然地与世长辞。可是在我身后来管家务(Wesen)的那个人将无法应付。你会坚持(drauf bestehen)这么说，你的第一位夫人有这些钱就已经够用。

我和洛特谈到，人心的迷乱真是不可思议。一个人看到用七个古尔盾竟然能支付也许是加倍的开支，却毫不起疑，这后面必有隐情(stekken)。不过，我自己也曾认识某些人(Aber ich hab selbst ...)，他们毫不惊奇地以为，自己家中供有一只先知的取(statuirt)之不尽的油瓶(Oelkrüglein)①。

---

① 先知的取之不尽的油瓶：出自《圣经·旧约全书·列王纪上》。

7月11日(am 11. Julius.)

　　M夫人病危。我为她的生命祈祷(bethe)，因为我分担着洛特的痛苦。我很少到一个(meiner)女友那里去见(sehe)洛特，今天(heute)去见她，她给我讲了一件奇事：这位M老头是个地地道道的吝啬鬼(Filz)，他的妻子受了他一辈子的折磨和限制。可是这位夫人总能安然过关。几天前(Vor wenigen Tagen)，医生(Arzt)断定她余日不多，她便让人找来了她的丈夫(洛特也在屋里)，对他这样说(redete)：我必须向你交代一件事，这在我死后可能会引起混乱和麻烦。我操持家务至今，尽可能地节俭有序。只是你要原谅我，我这三十年来(dreyßig Jahre)一直在欺瞒你。结婚(Heirath)之时，你为伙食花费和其他家庭支出规定了一个微小的总额。但是，当我们家业增大、支出增多(Gewerbe größer)时，你却就是不肯酌情增加每星期的经费。简单地说，你知道，你在那些花销最大(am größten)的日子里，要求我每星期只用七个古尔盾。我一声不吭地接受了，超支部分每月就从进款(Losung)中提取。谁会想到，夫人会去偷钱。我丝毫没有挥霍。本来我用不着坦白这些，也能坦然地与世长辞。可是在我身后来管家务(Hauswesen)的那个人将无法应付。你会坚持(darauf bestehen)这么说，你的第一位夫人有这些钱就已经够用。

　　我和洛特谈到，人心的迷乱真是不可思议。一个人看到用七个古尔盾竟然能支付也许是加倍的开支，却毫不起疑，这后面必有隐情(stecken)。不过，我自己也曾认识某些人(Aber ich habe selbst ...)，他们毫不惊奇地以为，自己家中供有一只先知的取(angenommen)之不尽的油瓶(Öhlkrüglein)①。

77

---

① 先知的取之不尽的油瓶：出自《圣经·旧约全书·列王纪上》。

7 月 13 日(am 13. Juli.)

不，我没有欺骗自己！我在她那乌黑的双眼里，看到了她对我和我命运(Schicksaale)的真正同情。是的，我感觉到了，对此我可以相信我的心。她——哦，我可以，我能够用这些话来表达自己天堂般的欢乐？——她爱我！

这是痴心妄想，还是准确的感觉(Und ob ...)？——我不认识洛特心中那个使我胆怯的人。不过，每当她那么热烈(mit all der Wärme)、那么爱恋地(all der Liebe)谈起自己的未婚夫(wenn sie von ihrem Bräutigam spricht ...)，我便觉得自己(da ist mir's)像是一个被剥夺(entsezt)了全部荣誉、被摘去(abgenommen)了佩剑的男人一样。

7 月 13 日(am 13. Julius.)

不,我没有欺骗自己! 我在她那乌黑的双眼里,看到了她对我和我命运(Schicksal)的真正同情。是的,我感觉到了,对此我可以相信我的心。她——哦,我可以,我能够用这些话来表达自己天堂般的欢乐? ——她爱我!

爱我! ——我变得多么自负,我多么——这话我也许可以对你讲,因为你能理解这些——我多么崇拜自己,自从她爱上了我!

这是痴心妄想,还是准确的感觉(Ob ...)? ——我不认识洛特心中那个使我胆怯的人。不过,每当她那么热烈(mit solcher Wärme)、那么爱恋地(solcher Liebe)谈起自己的未婚夫(wenn sie von ihrem Bräutigam spricht ... von ihm spricht),我便觉得自己(da ist mir)像是一个被剥夺(entsetzt)了全部荣誉、被摘去(genommen)了佩剑的男人一样。

7月16日(am 16. Juli.)

　　每当我的手指无意中(unversehns)触碰到她的手指,每当我们的脚(Füsse)在桌下相碰,啊,我全身血液沸腾! 我会像遇到火那样缩回,而一种神秘的力量又把我重新牵扯过去。我的全部身心都迷醉了。啊! 她是那么纯洁无邪,她那坦荡的(unbefangene)心灵感觉不到那些细微的亲密举动给我造成了多少痛苦。有时在谈话中,她甚至把她的手放在我的手上,谈得兴起时身体也向我靠近,口中美妙的气息甚至吹上了(reichen)我的嘴唇。——我像是被闪电击中,觉得身体直往下沉。威廉啊,如果我哪一次壮着胆子,向这个天堂,这种信任……你懂我说什么。不,我的心不至于这么败坏! 软弱! 十足的软弱! ——难道这不是败坏?

　　她对我是神圣的。一切欲念在她面前都会默不作声。每当我在她身边,我总是不(nimmer)知道,我究竟是怎么回事,仿佛灵魂在我的每根神经上颠转。她会一支曲子,在钢琴(Clavier)上以天使般的力量奏出(spielt),是那么纯净,那么风趣。这(es)是她心爱的曲子。只要她弹出第一个音符,就会让我从一切苦痛、迷惘和忧愁中脱身而出。

　　关于古老音乐的魔力(der Zauberkraft der alten Musik)我不再觉得难以置信。这首淳朴的曲调已使我如此心醉。而且她懂得(weis)何时演奏,是我恨不能用一颗子弹射穿自己脑袋(vor'n Kopf schiessen)的时候! 那时,我心中的迷乱(Und all die Irrung ...)和黑暗即刻消散,呼吸重又自如。

78

7 月 16 日（am 16. Julius.）

　　每当我的手指无意中（unversehens）触碰到她的手指，每当我们的脚（Füße）在桌下相碰，啊，我全身血液沸腾！我会像遇到火那样缩回，而一种神秘的力量又把我重新牵扯过去。我的全部身心都迷醉了。

　　啊！她是那么纯洁无邪，她那坦荡的（unbefangne）心灵感觉不到那些细微的亲密举动给我造成了多少痛苦。有时在谈话中，她甚至把她的手放在我的手上，谈得兴起时身体也向我靠近，口中美妙的气息甚至吹上了（erreichen）我的嘴唇。——我像是被闪电击中，觉得身体直往下沉。威廉啊，如果我哪一次壮着胆子，向这个天堂，这种信任……你懂我说什么。不，我的心不至于这么败坏！软弱！十足的软弱！——难道这不是败坏？

　　她对我是神圣的。一切欲念在她面前都会默不作声。每当我在她身边，我总是不（nie）知道，我究竟是怎么回事，仿佛灵魂在我的每根神经上颤转。她会一支曲子，在钢琴（Claviere）上以天使般的力量奏出（spielet），是那么纯净，那么风趣。这（Es）是她心爱的曲子。只要她弹出第一个音符，就会让我从一切苦痛、迷惘和忧愁中脱身而出。

　　关于古老的音乐魔力（der alten Zauberkraft der Musik）我不再觉得难以置信。这首淳朴的曲调已使我如此心醉。而且她懂得（weiß）何时演奏，是我恨不能用一颗子弹射穿自己脑袋（vor den Kopf schießen）的时候！那时，我心中的迷乱（Die Irrung ...）和黑暗即刻消散，呼吸重又自如。

79

7月18日 (am 18. Juli.)

　　威廉，如果我们心中没有爱情，这还算什么世界！如果没有光亮，这还算什么幻灯！你刚把小灯 (Lämpgen) 放入，雪白的墙壁上便会给你映出五光十色的图像！即使这些仅是瞬息即逝的幻影，只要我们犹如初涉世事的少年 (Bubens) 站在前面，为这些奇妙的图像 (Wundererscheinungen) 欢欣雀跃 (entzükken)，它也总会使我们感到幸福 (so machts doch immer unser Glük)。今天 (Heut) 我没能 (konnt) 去看洛特，一次无法推辞的聚会拖住了我。怎么办？我派 (schikte) 了我的仆人 (Buben) 去，只是为了我身边有一个今天曾接近过她的人。我何等焦急地 (Mit weicher Ungedult) 等他 (den Buden) 回来，何等高兴地把他重见！要不是感到羞惭，我真想捧住他的头 (Kopf) 亲一下。

　　听说有一种博罗那石块 (Stein)①，如果放在太阳地里，它会吸收阳光，到了夜里会放出一会儿光。这个小伙子 (Jungen) 就是我的这种石块。我感到，她的眼光曾停留在他的脸庞 (Gesicht')、面颊 (Bakken)、他的上衣纽扣 (Rokknöpfen) 和外套领子上，这使我感到这一切 (all) 都那么神圣，那么珍贵！此刻 (in dem Augenblikke)，就算有人给我一千银塔勒 (vor tausend Thaler)，我也不会把这年轻人让给别人。在他跟前，我感到心情无比欢畅。——上帝保佑，你可别 (nicht) 笑话我。威廉，难道令我们心情欢畅的东西 (wenn es uns wohl wird)，会是幻影 (Phantomen)？

---

① 博罗那石块：一种会发光的矿石，首次发现在意大利博罗那附近。

7 月 18 日(am 18. Julius.)

　　威廉,如果我们心中没有爱情,这还算什么世界! 如果没有光亮,这还算什么幻灯! 你刚把小灯(Lämpchen)放入,雪白的墙壁上便会给你映出五光十色的图像! 即使这些仅是瞬息即逝的幻影,只要我们犹如初涉世事的少年(Jungen)站在前面,为这些奇妙的图像(Wundererscheinung)欢欣雀跃(entzücken),它也总会使我们感到幸福(so macht's doch immer unser Glück)。今天(Heute)我没能(konnte)去看洛特,一次无法推辞的聚会拖住了我。怎么办? 我派(schickte)了我的仆人(Diener)去,只是为了我身边有一个今天曾接近过她的人。我何等焦急地(Mit weicher Ungeduld)等他(ihn)回来,何等高兴地把他重见! 要不是感到羞惭,我真想捧住他的头(Kopfe)亲一下。

　　听说有一种博罗那石块(Steine)①,如果放在太阳地里,它会吸收阳光,到了夜里会放出一会儿光。这个小伙子(Burschen)就是我的这种石块。我感到,她的眼光曾停留在他的脸庞(Gesichte)、面颊(Backen)、他的上衣纽扣(Rockknöpfen)和外套领子上,这使我感到这一切(alles)都那么神圣,那么珍贵! 此刻(in dem Augenblick),就算有人给我一千银塔勒(um tausend Thaler),我也不会把这年轻人让给别人。在他跟前,我感到心情无比欢畅。——上帝保佑,你可别笑话我。威廉,难道令我们心情欢畅的东西(wenn es uns wohl ist),会是幻影(Phantome)?

81

①博罗那石块:一种会发光的矿石,首次发现在意大利博罗那附近。

7月19日(am 19. Juli.)

我将要见到她了！早上(Morgens)醒来，我怀着无比的喜悦，望着(blikke)美丽的晨日大声喊着(ruf ... aus)。我将要见到她了！此外我这一整天别无所求(Und da hab ich ...)。一切的一切，全都汇聚在这一期望中。

7 月 19 日(am 19. Julius.)

我将要见到她了！早上(morgens)醒来,我怀着无比的喜悦,望着(blicke)美丽的晨日大声喊着(ruf' ... aus)。我将要见到她了!此外我这一整天别无所求(Und da habe ich ...)。一切的一切,全都汇聚在这一期望中。

7 月 20 日（am 20. Juli.）

你的意见是，我该陪公使到某地去。这我还不想接受。我不喜欢任人差遣，加上我们都知道，他令人讨厌。你说，我的母亲希望我积极进取（in Aktivität）。这使我感到好笑。我现在不也忙个不停（bin ich ... aktiv）？不管我是摘豌豆还是摘扁豆，说到底（im Grund）不是一回事？世上的一切，结果都是小事一桩。一个人（Kerl）要是没有自己的热情，仅仅为了别人的缘故去苦苦地追名逐利或其他什么，那他永远是个傻瓜。

7 月 20 日（am 20. Julius.）

你的意见是，我该陪公使到某地去。这我还不想接受。我不喜欢任人差遣，加上我们都知道，他令人讨厌。你说，我的母亲希望我积极进取（in Activität）。这使我感到好笑。我现在不也忙个不停（Bin ich … activ）？不管我是摘豌豆还是摘扁豆，说到底（im Grunde）不是一回事？世上的一切，结果都是小事一桩。一个人（Mensch）要是没有自己的热情，没有自己的需要（sein eigenes Bedürfniß），仅仅为了别人的缘故去苦苦地追名逐利或其他什么，那他永远是个傻瓜。

7 月 24 日（am 24. Juli.）

你那么（so viel）关心，叫我不要荒废了画画。我本来不想提（möcht ... übergehn）此事，免得告诉你，我近来很少画画。

我从来没有这样幸福（glüklicher）过。我对自然的情感，直至一块碎石（Steingen）、一根细草（Gräsgen），从来没有这样充实和亲切。可是——我不知道（ich weis nicht）如何去表达（ausdrükken）自己的感受，我的想象力如此贫乏，一切在我心灵前漂浮不定，晃晃摇摇，竟使我把握（pakken）不住任何轮廓；不过我自信，倘若我（ich）有黏土或蜡泥，我或许会（wollt）塑造（herausbilden）出什么。如果黏土保存更久，我会取出黏土揉捏，哪怕它被捏成糕饼。

洛特的肖像（Porträt）我动手画了三次，但三次出乖露丑（prostituirt）；这件事令我十分懊丧，因为我前一阵子作画都非常成功（glüklich）。因此（darauf）我替她描了一幅剪影，聊堪自慰（genügen）。

7 月 24 日 (am 24. Julius.)

你那么(so sehr)关心,叫我不要荒废了画画。我本来不想提(möchte ... übergehen)此事,免得告诉你,我近来很少画画。

我从来没有这样幸福(glücklicher)过。我对自然的情感,直至一块碎石(Steinchen)、一根细草(Gräschen),从来没有这样充实和亲切。可是——我不知道(ich weiß nicht),如何去表达(ausdrücken)自己的感受,我的想象力如此贫乏,一切在我心灵前漂浮不定,晃晃摇摇,竟使我把握(packen)不住任何轮廓;不过我自信,倘若我(ich)有黏土或蜡泥,我或许会(wollte)塑造(heraus bilden)出什么。如果黏土保存更久,我会取出黏土揉捏,哪怕它被捏成糕饼。

洛特的肖像(Portrait)我动手画了三次,但三次出乖露丑(prostituiret);这件事令我十分懊丧,因为我前一阵子作画都非常成功(glücklich)。因此(Darauf)我替她描了一幅剪影,聊堪自慰(gnügen)。

7 月 26 日

　　好的,亲爱的洛特,我将照料和处理一切;您尽管多多给我事做,只是要常常这样。我只想求您一件事:不要再往您写给我的纸条上撒沙子。① 今天我急急把它按到嘴唇上,弄得满嘴牙齿沙沙作响。

---

　　① 当时人们常用此法,来吸干墨水。

7月26日(am 26. Juli.)

我已几次下决心,不再这么频繁地去看(sehn)她。可谁又能熬得住呢? 我每天都屈服于诱惑之下,同时又虔诚地发誓:明天就不去了。可这个明天一到,我又找到一个无法驳回的理由,转眼间又到了她身边。这或许是因为她昨天晚上讲过:您明天还来,是吗? ——而谁又会不来? 或许(Oder)是因为天气真的太美,我去了瓦尔海姆,而当我到了那里(und wenn ich so da bin),离她就只有半小时路程! ——近得使我感到了她的气息——一迈步(Zuk)! 我就到了那里。我祖母曾讲过一个磁石山的童话(Mährgen):船(Die Schiffe)靠它太近,所有的铁质部件都会被夺走,铁钉会向着山飞去,而那些可怜的船员也就从散了架的船板间落船遇难。

84

7 月 26 日(am 26. Julius.)

我已几次下决心,不再这么频繁地去看(sehen)她。可谁又能熬得住呢? 我每天都屈服于诱惑之下,同时又虔诚地发誓:明天就不去了。可这个明天一到,我又找到一个无法驳回的理由,转眼间又到了她身边。这或许是因为她昨天晚上讲过:您明天还来,是吗? ——而谁又会不来? 或是因为她托我办件事,而我觉得该自己亲自去给她一个回音(oder sie gibt mir einen Auftrag und ich finde schicklich, ihr selbst die Antwort zu bringen);或许(oder)是因为天气真的太美,我去了瓦尔海姆,而当我到了那里(und wenn ich nun da bin),离她就只有半小时路程! ——近得使我感到了她的气息——一迈步(Zuck)! 我就到了那里。我祖母曾讲过一个磁石山的童话(Mährchen):船(die Schiffe)靠它太近,所有的铁质部件都会被夺走,铁钉会向着山飞去,而那些可怜的船员也就从散了架的船板间落船遇难。

7 月 30 日 (am 30. Juli.)

阿尔贝特到了，而我将离去。就算他是最优秀、最高贵的人，我在各方面 (in allem Betracht) 也都准备对他甘拜下风，然而亲眼看见 (vor meiner Angesichte) 他占有 (im Besizze) 这么多的完美无瑕，让人难以忍受。——占有！——够了，威廉，那个未婚夫已经到了！一个和蔼可亲的人 (Kerl)，定能讨人喜欢。幸好 (Glüklicher weise) 迎接他时我不在场！要不，我的心都要碎了。他也够正直的，从未 (noch nicht einmal) 当着我的面吻过洛特。愿上帝替我报答 (lohn) 他！为了他对姑娘 (Mädgen) 表示出的尊重 (des Respekts)，我不能不爱他。他对我很好。我猜想，这与其说是他自己的情感，不如说是洛特的杰作。女人们精于此道 (denn darinn sind ...)，这也自有道理 (haben recht)。如果他们能使两个崇拜者 (zwey Kerls) 彼此相安 (in gutem Vernehmen mit einander halten können)，得益的总是她们 (ihre)，尽管这不十分容易。

然而我不得不对阿尔贝特表示我的敬意。他那沉静的外表 (seine gelassene Aussenseite) 恰恰同我无法掩饰的不安的性格形成鲜明对照。他 (er) 感情丰富，也懂得 (weis) 洛特对他的价值。他看上去没有什么坏脾气，而你知道 (weist)，没有什么比 (als alle andre) 坏脾气更令我憎恶了，这是罪孽。

他把我当作一个有理智的人；而我对洛特的依恋，我对她的举手投足 (an all ihren Handlungen) 所表示出的热情，更增加了他成功的喜悦，他由此更爱她了。他是否偶尔也带着妒忌折磨洛特 (Ob er sie nicht manchel heimlich ...)，这事我暂不评论 (das laß ich ...)，至少我处在他的位置 (an seinem Plazze würde ich)，难免会完全不受妒忌这魔鬼 (vor dem Teufel) 的干扰。

不管怎样，我待在洛特身边的快乐已成为过去。我该称这为愚蠢还是丧失理智？——名称又有何用？事实就是事实 (Erzählt die

7月30日(am 30. Julius.)

阿尔贝特到了,而我将离去。就算他是最优秀、最高贵的人,我在各方面(in jeder Betrachtung)也都准备对他甘拜下风,然而亲眼看见(vor meiner Angesicht)他占有(im Besitz)这么多的完美无瑕,让人难以忍受。——占有!——够了,威廉,那个未婚夫已经到了!一个和蔼可亲的人(Mann),定能讨人喜欢。幸好(Glücklicherweise)迎接他时我不在场!要不,我的心都要碎了。他也够正直的,从未(noch nicht ein einzigmal)当着我的面吻过洛特。愿上帝替我报答(lohn')他!为了他对姑娘(Mädchen)表示出的尊重(des Respects),我不能不爱他。他对我很好。我猜想,这与其说是他自己的情感,不如说是洛特的杰作。女人们精于此道(denn darin sind ...),这也自有道理(haben Recht)。如果他们能使两个崇拜者(zwey Verehrer)彼此相安(in gutem Vernehmen mit einander erhalten können),得益的总是她们(ihr),尽管这不十分容易。

然而我不得不对阿尔贝特表示我的敬意。他那沉静的外表(Seine gelassene Außenseite)恰恰同我无法掩饰的不安的性格形成鲜明对照。他(Er)感情丰富,也懂得(weiß)洛特对他的价值。他看上去没有什么坏脾气,而你知道(weißt),没有什么比(als alles andere)坏脾气更令我憎恶了,这是罪孽。

他把我当作一个有理智的人;而我对洛特的依恋,我对她的举手投足(an allen ihren Handlungen)所表示出的热情,更增加了他成功的喜悦,他由此更爱她了。他是否偶尔也带着妒忌折磨洛特(Ob er sie nicht manchel ...),这事我暂不评论(das lasse ich ...),至少我处在他的位置(würde ich an seinem Platze),难免会完全不受妒忌这魔鬼(vor diesem Teufel)的干扰。

不管怎样,我待在洛特身边的快乐已成为过去。我该称这为愚蠢还是丧失理智?——名称又有何用?事实就是事实(erzählt die

87

Sache an sich）！——我现在知道（wuste）的一切，阿尔贝特回来前（eh）我已知悉（weis）；我早就知道（wuste），我不能对她（auf sie）提出什么要求（Prätensionen），也不曾提出——也就是说（Heist das），尽管她那么可爱（Liebenswürdigkeiten），我尽可能地不去追求她。而现在（jezt）另一个人真的到来，夺走了他的姑娘，这个傻瓜（Frazze）只能干瞪双眼（grosse Augen）。

我咬（beisse）紧牙关，嘲笑自己的不幸，两倍三倍地嘲笑（und spotte über mein Elend，und spottete derer doppelt und dreyfach）那些可能说我应该死心、因为事（weil's）已无法扭转的人。让我摆脱这些没有主见的傀儡（Schafft mir die Kerls vom Hals）！——或在树林里到处乱跑。每当我到了洛特那儿，碰上阿尔贝特同她一起坐在园里的凉亭下（und Albert so bey ihr sizt im Gärtgen unter der Laube），而我则无法上前时，我便痴痴呆呆，闹出许多笑话（viel Possen），说出许多不着边际的蠢话。看在上帝的份儿上，洛特今天（heute）对我说，我求您别再像昨天那样吵吵嚷嚷！您情绪高涨时，模样真可怕。坦白地说，我在等待时机。每当他有事缠身，呼地一下我已跑去。只要见她独自一人，我心中总是非常高兴。

Sache an sich)！——我现在知道（wußte）的一切，阿尔贝特回来前（ehe）我已知悉（weiß）；我早就知道（wußte），我不能对她（an sie）提出什么要求（Prätension），也不曾提出——也就是说（das heißt），尽管她那么可爱（Liebenswürdigkeit），我尽可能地不去追求她。而现在（jetzt）另一个人真的到来，夺走了他的姑娘，这个傻瓜（Fratze）只能干瞪双眼（große Augen）。

我咬（beiße）紧牙关，嘲笑自己的不幸，两倍三倍地嘲笑（und spotte derer doppelt und dreyfach）那些可能说我应该死心、因为事（weil es）已无法扭转的人。让我摆脱这些没有主见的傀儡（Schafft mir diese Strohmänner vom Halse）！——或在树林里到处乱跑。每当我到了洛特那儿，碰上阿尔贝特同她一起坐在园里的凉亭下（und Albert bey ihr sitzt im Gärtchen unter der Laube），而我则无法上前时，我便痴痴呆呆，说出许多不着边际的蠢话。看在上帝的份儿上，洛特今天（heut）对我说，我求您别再像昨天那样吵吵嚷嚷！您情绪高涨时，模样真可怕。坦白地说，我在等待时机。每当他有事缠身，呼地一下我已跑去。只要见她独自一人，我心中总是非常高兴。

8 月 8 日(am 8. Aug.)

　　我请你原谅,亲爱的威廉。如果我写道:让那些说我该听天由命的人都滚开(wenn ich schrieb: schafft mir die Kerls vom Hals, die sagen,ich sollte mich resigniren),那一定不是对你而言。我真的没有以为,你会有类似的想法。实际上你是对的(recht)。只有一点(eins),我的好朋友! 世界上的事(in der Welt ist's)很少能用"非此即彼"(Entweder Oder)的方法来解决。人的情感和行为方式如此形形色色(es giebt so viel Schattirungen der Empfindungen und Handlungsweisen, ...),正如鹰钩鼻子和扁平鼻子间还有各式鼻子一样。

　　你大概不会见怪,倘若我承认你的整个论点,但又试图从"非此即彼"(Entweder Oder)间脱身而过。

　　你说,我要么有希望(Hofnung)得到洛特,要么没有希望。那好,在第一种情况(Im ersten Falle)下我该努力(such)促成它,努力去实现自己的愿望;在第二种情况(im andern Falle)下我该振作精神,设法摆脱这种定会耗去我全部精力(all deine Kräfte)的可悲情感。——好朋友,说得好听,而且——说得容易!

　　不过,对于这样一个其生命正在一种悄悄加剧的疾病折磨下不断死去的不幸者,你能要求他给自己捅上一刀(Dolchstos),马上结束痛苦(Quaal)? 耗去了他力量的不幸(Uebel),不也同时耗去(wegzehrt)了他自我解脱的勇气?

　　当然,你可以用这样一个类似的比喻回答我:谁不是宁可失去一条胳膊(Wer liesse sich nicht lieber ...),也不要踌躇不定,而冒生命危险(sein Leben auf's Spiel sezte)? 我不知道(weis)! ——我们也不要用比喻互相责难了。够了。是的,威廉,我有时在一瞬间(einen Augenblik)有过振奋而起、甩开一切的勇气(Muths),但是——要是我知道(wüste)该往哪走,我也许已经走了(gienge)。

8 月 8 日(am 8. August.)

我请你原谅,亲爱的威廉。如果我责骂那些要求我们屈服于不可抗拒命运的人面目可憎(wenn ich die Menschen unerträglich schalt die von uns Ergebung in unvermeidliche Schicksale fordern),那一定不是对你而言。我真的没有以为,你会有类似的想法。实际上你是对的(Recht)。只有一点(Eins),我的好朋友!世界上的事(In der Welt ist es)很少能用"非此即彼"(Entweder, Oder)的方法来解决。人的情感和行为方式如此形形色色(die Empfindungen und Handlungsweisen schattiren sich so mannichfaltig, ...),正如鹰钩鼻子和扁平鼻子间还有各式鼻子一样。

89

你大概不会见怪,倘若我承认你的整个论点,但又试图从"非此即彼"(Entweder, Oder)间脱身而过。

你说,我要么有希望(Hoffnung)得到洛特,要么没有希望。那好,在第一种情况(im ersten Falle)下我该努力(suche)促成它,努力去实现自己的愿望;在第二种情况(im anderen Falle)下我该振作精神,设法摆脱这种定会耗去我全部精力(alle deine Kräfte)的可悲情感。——好朋友,说得好听,而且——说得容易!

不过,对于这样一个其生命正在一种悄悄加剧的疾病折磨下不断死去的不幸者,你能要求他给自己捅上一刀(Dolchstoß),马上结束痛苦(Qual)?耗去了他力量的不幸(Übel),不也同时耗去(verzehrt)了他自我解脱的勇气?

当然,你可以用这样一个类似的比喻回答我:谁不是宁可失去一条胳膊(Wer ließe sich nicht lieber ...),也不要踌躇不定,而冒生命危险(sein Leben auf's Spiel setzte)?我不知道(weiß)!——我们也不要用比喻互相责难了。够了。是的,威廉,我有时在一瞬间(einen Augenblick)有过振奋而起、甩开一切的勇气(Muthes),但是——要是我知道(wüßte)该往哪走,我也许已经走了(ginge)。

晚上

一段时间以来，我冷落了自己的日记本，今天把它重又拿到手中，惊奇地发现，我是怎样有意识地、一步一步地陷入这一切之中。对自己的处境，我一直看得十分清楚，但一举一动像个孩子。我现在看得同样十分清楚，可仍未有任何悔改之意。

8 月 10 日(am 10. Aug.)

90 　　倘若我不是傻瓜，我原本可以过上最美好、最幸福的(glüklichste)生活。我现在生活在一个优美和令人愉快的环境中,这样的环境是不容易组合起来的(vereinigen sich nicht leicht zusammen)。是啊,一点不错,人之幸福(Glük),完全依赖于(ergözzen)心(Herz)之幸福。我成了这个可爱家庭中的一员了(Ein Glied der liebenswürdigen Familie auszumachen),被老人爱如儿子,被孩子爱如父亲,还有被洛特! ——接着(und nun)还有诚挚的阿尔贝特。他没有用任何乖张的无礼扰乱我的幸福(Glük),而是用真挚的友谊拥抱我;我是他除洛特以外在这个世界上最亲爱的(liebste)人! ——威廉,听一听我们散步(spazieren gehn)时怎样互相谈论洛特的吧,这是件乐事。世界上找不出比这种关系更可笑的事了,可我却常常为此热泪盈眶(und ... mir drüber die Thränen oft in die Augen)。

　　他向我讲起了她那本分的母亲:她临终前怎样把这个家(Hauß)和孩子们托付给了洛特,又托他照顾洛特。他又讲到,从那以后,洛特怎样为一种完全不同的精神所鼓舞,怎样操持(in Sorge)家务,兢兢业业(im Ernste),成了一个真正的母亲,又怎样无时无刻地付出爱心和劳作,但从未丧失她那愉快活泼的性情(all ihre Munterkeit, all ihr Leichtsinn sie nicht verlassenhabe)。我和他并肩而行,摘(pflükke)着路边的花朵,精心编成一个个花环(Straus),然后——把它们抛入路旁流经的河水(in den vorüberfliessenden Strohm),眼看着它们缓缓地向下游漂去。我记不得(Ich weis nicht)是否曾告诉你,阿尔贝特将留在这里,并从宫廷里得到一个收入颇丰的职位,他在那里很受欢迎。像他这样办事有条不紊和勤奋刻苦的人,我见得不多。

8 月 10 日(am 10. August.)

倾若我不是傻瓜，我原本可以过上最美好、最幸福的 91
(glücklichste)生活。我现在生活在一个优美和令人愉快的环境中，
这样的环境是不容易组合起来的(vereinigen sich nicht leicht)。是
啊，一点不错，人之幸福(Glück)，完全依赖于(ergetzen)心(Seele)之
幸福。我成了这个可爱家庭中的一员了(Ein Glied der
liebenswürdigsten Familie zu seyn)，被老人爱如儿子，被孩子爱如
父亲，还有被洛特！——接着(dann)还有诚挚的阿尔贝特。他没有
用任何乖张的无礼扰乱我的幸福(Glück)，而是用真挚的友谊拥抱
我；我是他除洛特以外在这个世界上最亲爱的(Liebste)人！——威
廉，听一听我们散步(spatzieren gehen)时怎样互相谈论洛特的吧，
这是件乐事。世界上找不出比这种关系更可笑的事了，可我却常常
为此热泪盈眶(und ... mir oft drüber die Thränen in die Augen)。

他向我讲起了她那本分的母亲：她临终前怎样把这个家(Haus)
和孩子们托付给了洛特，又托他照顾洛特。他又讲到，从那以后，洛
特怎样为一种完全不同的精神所鼓舞，怎样操持(in der Sorge)家
务，兢兢业业(in dem Ernste)，成了一个真正的母亲，又怎样无时无
刻地付出爱心和劳作，但从未丧失她那愉快活泼的性情(ihre
Munterkeit, ihr leicht Sinn sie nie dabey verlassen habe)。我和他
并肩而行，摘(pflücke)着路边的花朵，精心编成一个个花环
(Strauß)，然后——把它们抛入路旁流经的河水(in den
vorüberfließenden Strom)，眼看着它们缓缓地向下游漂去。我记不
得(Ich weiß nicht)是否曾告诉你，阿尔贝特将留在这里，并从宫廷
里得到一个收入颇丰的职位，他在那里很受欢迎。像他这样办事有
条不紊和勤奋刻苦的人，我见得不多。

8月12日

92   的确,阿尔贝特是天下最好的人。昨天,我们间出现过一个奇异的场景。我去同他告别(... zu nehmen),因为我心血来潮,想骑马进山(Gebürg),此刻(von daher)我正是从山里给你写信。我在他房间里踱来踱去,一眼看到了他的手枪。把手枪借(Borg)给我用一下,我说(sagt ich),旅途上用。可以(Meintwegen)。他说,如果你不嫌麻烦(die Mühe geben),自己装弹药;它们挂在我这里只是摆摆样子。我取下一支,他接着又说:自从我不小心出了一回乱子后,我再也不愿摆弄这些玩意儿了。我好奇心重,想知道这是怎么回事。他说:(Ich hielte mich ...)我曾在乡下一个朋友那里住了约三个月。我有一对手枪,没装弹药(ohngeladen),也睡得安安稳稳。一个雨后的下午(an einem regnigten Nachmittage),我闲坐着(sizze)没事,不知(weis)怎么突发奇想:我们可能会受到袭击,我们可能需要手枪(Terzerols)并还可能——你知道(weist)这是怎么回事。于是我把枪交给仆人,擦洗(puzzen)装弹。可他却拿枪和女仆们(Mädgen)闹着玩,想吓唬(erschrökken)她们。上帝知道(weis)是怎么回事,枪走火了,而通条(Ladstok)还在枪膛里(noch drinn stekt),结果打中一个女仆(Mädgen)右手的拇指肌,把她的大拇指击碎。我为此受到埋怨(Da hatt' ich das Lamentiren),而且还得支付医药费(Barbierer)。从那以后,我的枪支统统(all das Gewehr)不装弹药。亲爱的朋友(Schaz),小心有什么用?危险并非可以预防!虽然……你知道,我非常喜欢一个人,除了他的“虽然”(Zwar)。难道这不是明摆着,每种一般定律(Saz)都有例外?但此人太无懈可击了。每当(wenn)他觉得说话有些急躁、笼统或者模糊,他会不停地对你进行限定、修正、删减或补充,末了什么意思都不剩。他利用这个机会(bey diesem Anlasse)话越说越长,我终于不再听他讲些什么,陷于胡思乱想,以一个果断的动作(Gebährde),把枪口(die Mündung der

8月12日

的确,阿尔贝特是天下最好的人。昨天,我们间出现过一个奇异
的场景。我去同他告别(... von ihm zu nehmen),因为我心血来
潮,想骑马进山(Gebirge),此刻(von woher)我正是从山里给你写
信。我在他房间里踱来踱去,一眼看到了他的手枪。把手枪借
(Borge)给我用一下,我说(sagte ich),旅途上用。可以
(Meinetwegen)。他说,如果你不嫌麻烦(die Mühe nehmen),自己
装弹药;它们挂在我这里只是摆摆样子。我取下一支,他接着又说:
自从我不小心出了一回乱子后,我再也不愿摆弄这些玩意儿了。我
好奇心重,想知道这是怎么回事。他说:(Ich hielt mich ...)我曾在
乡下一个朋友那里住了约三个月。我有一对手枪,没装弹药
(ungeladen),也睡得安安稳稳。一个雨后的下午(an einem
regnichten Nachmittage),我闲坐着(sitze)没事,不知(weiß)怎么突
发奇想:我们可能会受到袭击,我们可能需要手枪(Terzerolen)并还
可能——你知道(weißt)这是怎么回事。于是我把枪交给仆人,擦洗
(putzen)装弹。可他却拿枪和女仆们(Mädchen)闹着玩,想吓唬
(erschrecken)她们。上帝知道(weiß)是怎么回事,枪走火了,而通
条(Ladstock)还在枪膛里(noch drin steckt),结果打中一个女仆
(Mädchen)右手的拇指肌,把她的大拇指击碎。我为此受到埋怨
(Da hatte ich das Lamentiren),而且还得支付医药费(Cur)。从那
以后,我的枪支统统(alles Gewehr)不装弹药。亲爱的朋友
(Schatz),小心有什么用? 危险并非可以预防! 虽然……你知道,我
非常喜欢一个人,除了他的"虽然"(Zwar)。难道这不是明摆着,每
种一般定律(Satz)都有例外? 但此人太无懈可击了。每当(wann)他
觉得说话有些急躁、笼统或者模糊,他会不停地对你进行限定、修正、
删减或补充,末了什么意思都不剩。他利用这个机会(bey diesem
Anlaß)话越说越长,我终于不再听他讲些什么,陷于胡思乱想,以一

Pistolen)对准(drukt)自己右眼(übers rechte Aug)上方的额头。哎！阿尔贝特叫着，把我的手枪拉下，这是干什么？它没装弹药。我说(sagt ich)。就算这样，你这是什么意思？他不耐烦地(ungedultig)说(versezt)，我真无法想象，一个人怎么会愚蠢(thörigt)到开枪自杀(sich zu erschiessen)；仅仅(blosse)这一想法已令我反感。

你们这些人，我嚷嚷道，谈到一件事，马上就会说，这是愚蠢的(Das ist thörig)，那是明智的，这是善良，那是罪恶！——这一切(das all)都意味着什么？你们是否就此(deßwegen)探究过一种行为的内在(innern)关系？你们懂不懂(Wißt)去确切地弄清事情的原委，它为什么发生(entwikkeln)，为什么一定发生？倘若你们这样做了，你们就不会如此性急地做出你们的评判。

你得承认，阿尔贝特说，某些行为，不管出于何种原因(sie mögen aus einem Beweggrunde geschehen, aus welchem sie wollen)，都是罪恶的。

我耸了耸肩(zukte)，承认他是对的(gabs es zu)。不过，亲爱的，我继续说，这里也有例外。不错，偷盗是一种罪恶：但有人为了避免自己和他的亲人马上(schmäligen)饿死，而去偷盗，那么他该得到同情还是惩罚？一个丈夫，出于义愤，杀死了他那不忠的妻子和她那卑鄙的奸夫，谁会捡起第一块石头打他①？或者这样对待一个在那狂喜的时刻失身于爱情那不可抑制的欢乐的姑娘(Mädgen)？甚至我们的法律本身、这些冷血的学究们(diese kaltblütigen Pedanten)，也会感动并不给予惩罚(halten ihre Strafe zurük)。

这完全是另外一回事。阿尔贝特答道(versezte)，因为一个受其激情驱使而丧失理智的人会被视为醉汉和疯子。嗨，你们这些理智

---

① 谁会捡起第一块石头打他：典出《圣经·新约全书·约翰福音》第八章。

个果断的动作（Geberde），把枪口（die Mündung der Pistole）对准（druckte）自己右眼（über's rechte Aug）上方的额头。哎！阿尔贝特叫着，把我的手枪拉下，这是干什么？它没装弹药。我说（sagte ich）。就算这样，你这是什么意思？他不耐烦地（ungeduldig）说（versetzte），我真无法想象，一个人怎么会愚蠢（thöricht）到开枪自杀（sich zu erschießen）；仅仅（bloße）这一想法已令我反感。

95

你们这些人，我嚷嚷道，谈到一件事，马上就会说，这是愚蠢的（das ist thöricht），那是明智的，这是善良，那是罪恶！——这一切（das alles）都意味着什么？你们是否就此（deswegen）探究过一种行为的内在（inneren）关系？你们懂不懂（wißt）去确切地弄清事情的原委，它为什么发生（entwickeln），为什么一定发生？倘若你们这样做了，你们就不会如此性急地做出你们的评判。

你得承认，阿尔贝特说，某些行为，不管出于何种原因（sie mögen geschehen aus welchem Beweggrunde sie wollen），都是罪恶的。

我耸了耸肩（zuckte），承认他是对的（gab's es zu）。不过，亲爱的，我继续说，这里也有例外。不错，偷盗是一种罪恶：但有人为了避免自己和他的亲人马上（gegenwertigen）饿死，而去偷盗，那么他该得到同情还是惩罚？一个丈夫，出于义愤，杀死了他那不忠的妻子和她那卑鄙的奸夫，谁会捡起第一块石头打他①？或者这样对待一个在那狂喜的时刻失身于爱情那不可抑制的欢乐的姑娘（Mädchen）？甚至我们的法律本身、这些冷血的学究们（diese kaltblütige Pedanten），也会感动并不给予惩罚（halten ihre Strafe zurück）。

---

① 谁会捡起第一块石头打他：典出《圣经·新约全书·约翰福音》第八章。

的人！我微笑地叫道，激情！迷醉！疯狂！你们如此置身事外，无动于衷，你们这些道貌岸然的人，咒骂醉汉，厌恶（verabscheuet）疯子，像那位祭师那样从旁走过①，又像法利赛人那样感激上帝②，他没有把你们造就成他们中的一个。我曾不止一次地醉倒，我的激情也与疯狂（Wahnsinne）相距不远，可对这两点我都不曾后悔：因为我根据自己的体会（in meinem Maasse）认识到，世人向来就把一切建立过伟大、非凡事业的杰出人物骂成醉汉和疯子（Wie man alle ausserordentliche Menschen, die etwas grosses, etwas unmöglich scheinendes würkten, ... ausschreien müßte）。

在日常生活中也是如此。几乎每个（einem Kerl）行为自由、高贵和出人意料的人，半道上都会听见有人从背后喊道：这人（Der Mensch）喝醉了，他是个傻瓜！真让人难以忍受。你们真可耻，你们这些清醒的人！你们真可耻，你们这些智者！瞧你又胡思乱想了。阿尔贝特说，你对一切都有些过分（Du überspannst alles）。你把现在谈到的自杀同伟大的行为相比，至少在这点上你是不对的（hast ... unrecht）：自杀只能被视为一种软弱。因为（denn），死显然比坚强地忍受一种苦难的生活容易得多（... wovon wir jetzo reden ... mit grossen Handlungen ...）。

我想（im Begriffe）中止谈话，因为世上没有什么比这种论调更使我气恼了（kein Argument in der Welt bringt mich so aus der Fassung）。我是敞开心扉说话（da ich aus ganzem Herzen rede），而别人却用一种不关痛痒的迂阔之论相对。但控制（faßt）住自己，因为对此我已听得多（schon öfter）了，也常常为此生气。我稍带激动

_____

① 像那位祭师那样从旁走过：典出《圣经·新约全书·路迦福音》第十章。
② 又像法利赛人那样感激上帝：典出《圣经·新约全书·路迦福音》第十八章。

　　这完全是另外一回事。阿尔贝特答道(versetzte)，因为一个受其激情驱使而丧失理智的人会被视为醉汉和疯子。嗨，你们这些理智的人！我微笑地叫道，激情！迷醉！疯狂！你们如此置身事外，无动于衷，你们这些道貌岸然的人，咒骂醉汉，厌恶(verabscheut)疯子，像那位祭师那样从旁走过①，又像法利赛人那样感激上帝②，他没有把你们造就成他们中的一个。我曾不止一次地醉倒，我的激情也与疯狂(Wahnsinn)相距不远可对这两点我都不曾后悔：因为我根据自己的体会(in meinem Maße)认识到，世人向来就把一切建立过伟大、非凡事业的杰出人物骂成醉汉和疯子(Wie man alle außerordentliche Menschen, die etwas Großes, etwas Unmöglichscheinendes wirkten, ... ausschreyen mußte)。

　　在日常生活中也是如此。几乎每个(fast einem jeden)行为自由、高贵和出人意料的人，半道上都会听见有人从背后喊道：这人(der Mensch)喝醉了，他是个傻瓜！真让人难以忍受。你们真可耻，你们这些清醒的人！你们真可耻，你们这些智者！瞧你又胡思乱想了。阿尔贝特说，你对一切都有些过分(du überspannst alles)。你把现在谈到的自杀同伟大的行为相比，至少在这点上你是不对的(hast ... Unrecht)：自杀只能被视为一种软弱。因为(denn)，死显然比坚强地忍受一种苦难的生活容易得多(... wovon jetzt ist die Rede, ... mit großen Handlungen ...)。

　　我想(im Begriff)中止谈话，因为没有什么比这种论调更使我气恼了(kein Argument bringt mich so aus der Fassung)。我是敞开心扉说话(wenn ich aus ganzem Herzen rede)，而别人却用一种不关

①像那位祭师那样从旁走过：典出《圣经·新约全书·路迦福音》第十章。
②又像法利赛人那样感激上帝：典出《圣经·新约全书·路迦福音》第十八章。

地问道(versezte)：你称自杀为软弱？我请你别为现象所迷惑。一个在暴君那无法忍受的桎梏(Joche)下呻吟的民族最终奋身而起,挣断锁链,你能称之为软弱吗？一个人家中失火,惊吓(Schrekken)中感到力大无比(zusammen gespannt),轻易地搬走他在头脑冷静时动不动不了的重物；一个(einer)在受辱的愤怒中的人,敢同六个人(Sechsen)较量,并把他们制服,你能说他们软弱吗？还有,我的好朋友,既然尽力便是刚强,为什么过分(Ueberspannung)只是它的对立面？阿尔贝特凝视着我说：请别见怪(nimm mirs nicht übel),你说的(giebst)这些例子,在这里(hierher)像是文不对题。也许是的,我说(sagt ich),人们常常(schon öfter)责备我,说我的联想方式有时近于荒谬。让我们来看,我们是否能以另外一个方式来设想。一个决定摆脱他的生活负担的人,而这种负担以前对他来说是愉快的,他的心情会怎样(wie es dem Menschen ...)。我们只有具备同样的感受(mit empfinden),才有资格议论一件事。

98

人的天性有其局限性。我继续说道,它能在一定限度内承受欢乐、忧伤和悲痛,一旦越过这个限度(sobald der überstiegen ist),它就会毁灭。

这里,问题不在于一个人软弱还是坚强,而在于他忍受痛苦的程度(Maas)。这种痛苦可能是道义上的,也可能是肉体上的(physikalisch)。所以我认为,说自杀的人懦弱(feig),这是不可思议的,正如把一个死于恶性热病的人成为懦夫同样是不得体的一样。

荒谬！太荒谬！阿尔贝特嚷了起来。没有你想象的那么荒谬。我答道(versezt),你该同意我的话(Du giebst mir zu),如果人体受到疾病侵袭,它的力量一部分被吞噬,一部分丧失作用(ausser Würkung gesezt),它已无法复原,人们也无法通过任何绝妙的革命手段重建其生命的正常轨道,我们就会称这种疾病为一种"死症"

痛痒的迂阔之论相对。但控制（faßte）住自己，因为对此我已听得多（schon oft）了，也常常为此生气。我稍带激动地问道（versetzte）：你称自杀为软弱？我请你别为现象所迷惑。一个在暴君那无法忍受的桎梏（Joch）下呻吟的民族最终奋身而起，挣断锁链，你能称之为软弱吗？一个人家中失火，惊吓（Schrecken）中感到力大无比（gespannt），轻易地搬走他在头脑冷静时动不动不了的重物；一个（Einer）在受辱的愤怒中的人，敢同六个人（sechsen）较量，并把他们制服，你能说他们软弱吗？还有，我的好朋友，既然尽力便是刚强，为什么过分（Überspannung）只是它的对立面？阿尔贝特凝视着我说：请别见怪（Nimm mir's nicht übel），你说的（gibst）这些例子，在这里（hieher）像是文不对题。也许是的，我说（sagte ich），人们常常（schon öfters）责备我，说我的联想方式有时近于荒谬。让我们来看，我们是否能以另外一个方式来设想。一个决定摆脱他的生活负担的人，而这种负担以前对他来说是愉快的，他的心情会怎样（wie dem Menschen ...）。我们只有具备同样的感受（mitempfinden），才有资格议论一件事。

　　人的天性有其局限性。我继续说道，它能在一定限度内承受欢乐、忧伤和悲痛，一旦越过这个限度（so bald *der* überstiegen ist），它就会毁灭。

　　这里，问题不在于一个人软弱还是坚强，而在于他忍受痛苦的程度（Maas）。这种痛苦可能是道义上的，也可能是肉体上的（körperlich）。所以我认为，说自杀的人懦弱（feige），这是不可思议的，正如把一个死于恶性热病的人成为懦夫同样是不得体的一样。

　　荒谬！太荒谬！阿尔贝特嚷了起来。没有你想象的那么荒谬。我答道（versetzte），你该同意我的话（Du gibst mir zu），如果人体受到疾病侵袭，它的力量一部分被吞噬，一部分丧失作用（außer

99

（zum Todte）。

　　现在，我亲爱的朋友，让我们把这个方法用在分析人的精神生活上（Sieh den Menschen an ...）。观察一个身受局限的人，看印象怎样对他施加影响（wie Eindrükke auf ihn würken），观念怎样在他身上凝固（fest sezzen），直到最后，日益增长的激情夺走他全部冷静的思考能力，使他崩溃。

　　一个冷静（gelaßne）理智的人对此洞若观火（den Zustand des Unglüklichen übersieht），但徒劳无用，去劝他，也是徒劳无用！这正如（eben als wie）一个健康者，他站在病榻前，却无法把自己的丝毫力量输给病人。

　　阿尔贝特认为这说得过于宽泛。我便让他回忆一位前些时被发现淹死在水中的姑娘（Mädgen），并把她的故事向他复述（wiederholt）了一遍。一个年轻的好姑娘（Ein gutes junges Geschöpf），在家庭的狭窄圈子里长大（so herangewachsen war），每星期做着同样的家务，没有其他什么娱乐，仅在星期天穿上她慢慢凑齐的漂亮衣服（Puzze），同她的女伴（mit ihres gleichen）一起去城外散步（spazieren），逢到盛大的节日，也许还跳回舞，或同一位女邻居（Nachbarin）聊天，对一次争吵、一种流言蜚语的起因（Anlas）兴致勃勃地谈上几小时。不过，她那火热的天性（deren feurige Natur）终于感到了更深刻的绝望，这种渴望在男人的奉承下不断增强。她那以往的欢乐（all ihre vorige Freuden）对她逐渐变得乏味（unschmakhaft）。最后，她遇上一个人，一种陌生的感觉不可抗拒地把她引向他身边。她把自己全部的希望（all ihre Hofnungen）寄托在他的身上，忘记了周围的世界，除了他，除了这一个人，什么也听不到，什么也看不见，什么也感觉不到，所渴求的只有他，这唯一的人。她没有被一种变化无常的虚假的（leere）空洞欢乐所迷惑，愿望径直

Wirkung gesetzt），它已无法复原，人们也无法通过任何绝妙的革命手段重建其生命的正常轨道，我们就会称这种疾病为一种"死症"（zum Tode）。

现在，我亲爱的朋友，让我们把这个方法用在分析人的精神生活上（Siehe den Menschen an ...）。观察一个身受局限的人，看印象怎样对他施加影响（wie Eindrücke auf ihn wirken），观念怎样在他身上凝固（festsetzen），直到最后，日益增长的激情夺走他全部冷静的思考能力，使他崩溃。

一个冷静（gelassene）理智的人对此洞若观火（den Zustand eines Unglüklichen übersieht），但徒劳无用，去劝他，也是徒劳无用！这正如（eben so wie）一个健康者，他站在病榻前，却无法把自己的丝毫力量输给病人。

阿尔贝特认为这说得过于宽泛。我便让他回忆一位前些时被发现淹死在水中的姑娘（Mädchen），并把她的故事向他复述（wiederhohlte）了一遍。一个年轻的好姑娘（Ein gutes Geschöpf），在家庭的狭窄圈子里长大（heran gewachsen war），每星期做着同样的家务，没有其他什么娱乐，仅在星期天穿上她慢慢凑齐的漂亮衣服（Putz），同她的女伴（mit ihres Gleichen）一起去城外散步（spatzieren），逢到盛大的节日，也许还跳回舞，或同一位女邻居（Nachbarinn）聊天，对一次争吵、一种流言蜚语的起因（Anlaß）兴致勃勃地谈上几小时。不过，她那火热的天性（Deren feurige Natur）终于感到了更深刻的绝望，这种渴望在男人的奉承下不断增强。她那以往的欢乐（ihre vorige Freuden）对她逐渐变得乏味（unschmackhaft）。最后，她遇上一个人，一种陌生的感觉不可抗拒地把她引向他身边。她把自己全部的希望（all ihre Hoffnungen）寄托在他的身上，忘记了周围的世界，除了他，除了这一个人，什么也听

101

(gerad)奔向目标(Zwecke)，她(Sie)想成为他的人，在永恒的结合中获得她所缺少的一切幸福，享受(geniessen)她所渴望的会集一处的全部欢乐。一遍又一遍的承诺使她对一切的希望(Hofnungen)深信不疑；大胆的爱抚更刺激了她的欲望，拥抱住她整个心灵。她预感到了全部的欢乐，神志恍惚，紧张万分，终于伸出双臂(wo sie endlich ihre Arme ausstrekt)，要搂住自己的一切愿望(all ihre Wünsche)。——可她的爱人却抛弃了她。——她惊呆了，站在深渊边上失魂落魄；她周围漆黑一片，没有希望，没有安慰，没有预感。因为那个唯一使她感觉到自己的存在的人(der)抛弃了她。她看不到自己眼前的广阔世界，看不到这许多能弥补(ersezzen)她损失的人。她感到孤独，感到被整个世界(von aller Welt)所遗弃，最后被心中巨大的(entsezlichen)痛苦逼入绝境，她紧闭双眼纵身跳下，以便在死神的怀抱中结束(erstikken)自己的苦难(all ihre Quaalen)。——你看，阿尔贝特，这就是有些人的身世！你说(sag)，这不也是一种疾病吗？自然在这由混乱和矛盾的力量组成的迷宫中找不到出路，人就必得去死。

102　　　但愿这种人受到报应。他袖手旁观并且说，这个傻瓜！她应该等待(hätte sie gewartet)，让时间来医治(würken)心灵创伤，绝望就会消失(es würde sich die Verzweiflung schon gelegt)，定会有另一个男子找上她给她以安慰。——这正像有人这么说：傻瓜，竟死于热病！他应该等待，当他力量恢复，液体好转①，血液循环稳定后，一切都会正常，他会活到今日。

　　　阿尔贝特觉得这个比喻还是不够明了，又提出几点反驳意见，其中有：我讲的是个头脑简单的姑娘(ich habe … Mädgen

---

　　① 液体好转：依照人们当时的认识，人之所以生病，是体内液体变坏所引起的。

不到,什么也看不见,什么也感觉不到,所渴求的只有他,这唯一的人。她没有被一种变化无常的虚假的(leeren)空洞欢乐所迷惑,愿望径直(gerade)奔向目标(Zweck),她(sie)想成为他的人,在永恒的结合中获得她所缺少的一切幸福,享受(genießen)她所渴望的会集一处的全部欢乐。一遍又一遍的承诺使她对一切的希望(Hoffnungen)深信不疑;大胆的爱抚更刺激了她的欲望,拥抱住她整个心灵。她预感到了全部的欢乐,神志恍惚,紧张万分,终于伸出双臂(Sie strekt endlich ihre Arme aus),要搂住自己的一切愿望(all' ihre Wünsche)。——可她的爱人却抛弃了她。——她惊呆了,站在深渊边上失魂落魄;她周围漆黑一片,没有希望,没有安慰,没有预感。因为那个唯一使她感觉到自己的存在的人(Der)抛弃了她。她看不到自己眼前的广阔世界,看不到这许多能弥补(ersetzen)她损失的人。她感到孤独,感到被整个世界(von der Welt)所遗弃,最后被心中巨大的(entsetzlichen)痛苦逼入绝境,她紧闭双眼纵身跳下,以便在死神的怀抱中结束(ersticken)自己的苦难(alle ihre Qualen)。——你看,阿尔贝特,这就是有些人的身世! 你说(sag'),这不也是一种疾病吗? 自然在这由混乱和矛盾的力量组成的迷宫中找不到出路,人就必得去死。

　　但愿这种人受到报应。他袖手旁观并且说,这个傻瓜! 她应该等待(Hätte sie gewartet),让时间来医治(wirken)心灵创伤,绝望就会消失(die Verzweifelung würde sich schon gelegt),定会有另一个男子找上她给她以安慰。——这正像有人这么说:傻瓜,竟死于热病! 他应该等待,当他力量恢复,液体好转①,血液循环稳定后,一切都会正常,他会活到今日。

① 液体好转:依照人们当时的认识,人之所以生病,是体内液体变坏所引起的。

gesprochen）；倘若这个人具有理智，又不那么狭窄，并能洞察（übersähe）世事，他就不理解，这样的人为何可以原谅。我的朋友，我叫了起来，人终究是人，一旦激情奔放，人类的局限受到冲击，一个人所能有的那么一点理智（das Bißgen Verstand）很少有用或几乎没用。相反——下次再谈吧。我说着（sagt ich）抓起（grif）自己的帽子。唉，我当时心中感慨万分！我们分别了（giengen auseinander），彼此没有沟通。在这个世界上要理解一个人，可真不容易。

　　阿尔贝特觉得这个比喻还是不够明了，又提出几点反驳意见，其中有：我讲的是个头脑简单的姑娘（ich hätte ... Mädchen gesprochen）；倘若这个人具有理智，又不那么狭窄，并能洞察（übersehe）世事，他就不理解，这样的人为何可以原谅。我的朋友，我叫了起来，人终究是人，一旦激情奔放，人类的局限受到冲击，一个人所能有的那么一点理智（das bißchen Verstand）很少有用或几乎没用。相反——下次再谈吧。我说着（sagte ich）抓起（griff）自己的帽子。唉，我当时心中感慨万分！我们分别了（gingen auseinander），彼此没有沟通。在这个世界上要理解一个人，可真不容易。

8 月 15 日

　　这是真的,在世界上,只有爱使人变得必不可少。我从洛特身上感到,她不愿(ungern)失去我,而孩子们更是只有一个愿望(keine andre Idee),那就是我每个明天都去(wiederkommen)。今天我去(Heut war ich hinausgegangen, ...)为洛特的钢琴校音,可是没干成(ich konnte aber nicht dazu kommen),因为孩子们缠着我讲一个童话(Mährgen)。洛特自己也说(sagte denn selbst),我该满足他们的愿望。我给他们切了晚饭的面包,他们从我手中拿过面包,几乎同从洛特手中得到一样高兴(das sie nun fast so gerne ...)。然后我给他们讲了一段那个得到妙手帮助的公主(Prinzeßinn)的故事(Hauptstückgen)。我从中学到很多,这我可向你保证(versichr')。我十分惊讶故事给他们所留下的印象(Eindrükke)。因为我有时不得不编造一个情节(Inzidenzpunkt),而第二次(bey'm zweytenmal)讲的时候往往又会忘记,这时他们马上会说,上次不是这样的(das vorigemal wär's anders gewest)。这迫使我现在反复练习,直到能以一种唱歌的声调毫无偏差地(an einem Schnürgen)背诵(rezitiren)故事。我从中得到一个教训:一个作家通过再版(Auflage)或修订对自己的故事进行改动,必然会对他的作品造成损害,哪怕故事诗意更浓(noch so poetisch)。我们乐于接受第一印象。人天生如此(der Mensch ist so gemacht),能相信最最离奇的事(daß man ihm das abenteuerlichste überreden kann),还会把它铭刻在心。谁想把这印象挖去(auskrazzen)和抹掉,只会自找倒霉!

8 月 15 日

这是真的，在世界上，只有爱使人变得必不可少。我从洛特身上感到，她不愿（ungerne）失去我，而孩子们更是只有一个愿望（keine andern Begriff），那就是我每个明天都去（wieder kommen）。今天我去（Heute war ich hinaus gegangen, ...）为洛特的钢琴校音，但孩子们缠着我讲一个童话（Mährchen）。洛特自己也说（sagte selbst），我该满足他们的愿望。我给他们切了晚饭的面包，他们从我手中拿过面包，几乎同从洛特手中得到一样高兴（das sie nun so gerne ...）。然后我给他们讲了一段那个得到妙手帮助的公主（Prinzessinn）的故事（Hauptstückchen）。我从中学到很多，这我可向你保证（versichre）。我十分惊讶故事给他们所留下的印象（Eindrücke）。因为我有时不得不编造一个情节（Incidentpunkt），而第二次（beym zweytenmal）讲的时候往往又会忘记，这时他们马上会说，上次不是这样的（das vorigemal wär' es anders gewesen）。这迫使我现在反复练习，直到能以一种唱歌的声调毫无偏差地（an einem Schnürchen）背诵（recitiren）故事。我从中得到一个教训：一个作家通过再版（Ausgabe）或修订对自己的故事进行改动，必然会对他的作品造成损害，哪怕故事诗意更浓（poetisch noch so）。我们乐于接受第一印象。人天生如此（der Mensch ist gemacht），能相信最最离奇的事（daß man ihn das abentheuerlichste überreden kann），还会把它铭刻在心。谁想把这印象挖去（auskratzen）和抹掉，只会自找倒霉！

105

8 月 18 日

　　难道事情非得如此，能使人幸福（Glükseligkeit）的东西，又能成为他不幸（seines Elends）的根源？

　　对于生气勃勃的大自然，我心中曾充溢着一股温暖的感情。它曾让我欣喜若狂（das mich mit so viel Wonne überströmte），把我周围的世界变成一个天堂，可如今它成了一个令人难以忍受的虐待狂，一个四处追逐我的折磨人的精灵（Geiste）。以前，我曾经从山岩上（vom Fels）眺望河那边那些山丘间肥沃的山谷，看到我四周的一切都在萌动发芽，欣欣向荣；我曾看到那些山岭，从山脚到峰顶都覆盖着高大茂密的树木；看到那些弯弯曲曲的山谷（all jene Thäler），隐蔽在最可爱的树林里，而平缓的河水从簌簌作声的芦苇丛（Rohren）中流过，映现出被轻柔的晚风在天空中吹拂的可爱云朵。我又听见，鸟儿在我身边的树林中鼓噪，亿万只虫豸（Mükkenschwärme）在落日的最后一道余晖中翩翩起舞，落日最后以闪动的一瞥（lezter zukkender Blik）解放了草丛中嗡嗡鸣叫的甲虫；那营营的声响（das Gewerbe）使我注意起身边的土地，看到苔藓从我脚下坚硬的岩石中逼取它们的养料，灌木丛扎入干燥的沙丘，向我显示（eröfnete）出大自然那内在的、炽热和神圣的生命（alles das ... Leben）。我把这一切揽入自己温暖的心中（wie umfaßt ich das all mit warmen Herzen），在这充盈富足中感到神圣无比（verlohr mich in derunendlichen Fülle），广阔世界那唤醒一切的（alllebend）壮丽景象在我心灵中不断浮动。巍巍的群山把我围抱，幽幽的山谷躺在我身前，道道瀑布飞泻而降，条条溪流奔腾脚下，森林和山岭（Gebürg）中鸣响阵阵。我目睹着（sah）这一切神秘的力量（all die Kräfte unergründlich）在大地深处互相作用（würken），互相创造；在大地上面和天宇下方则聚居着形形色色的各种生灵。一切的一切（... die Geschlechter der Geschöpfe all, und alles, alles ...）各以千姿百态

106

8 月 18 日

难道事情非得如此，能使人幸福（Glückseligkeit）的东西，又能成为他不幸（seines Elendes）的根源？

对于生气勃勃的大自然，我心中曾充溢着一股温暖的感情。它曾让我欣喜若狂（das mich mit so vieler Wonne überströmte），把我周围的世界变成一个天堂，可如今它成了一个令人难以忍受的虐待狂，一个四处追逐我的折磨人的精灵（Geist）。以前，我曾经从山岩上（vom Felsen）眺望河那边那些山丘间肥沃的山谷，看到我四周的一切都在萌动发芽，欣欣向荣；我曾看到那些山岭，从山脚到峰顶都覆盖着高大茂密的树木；看到那些弯弯曲曲的山谷（jene Thäler），隐蔽在最可爱的树林里，而平缓的河水从簌簌作声的芦苇丛（Röhren）中流过，映现出被轻柔的晚风在天空中吹拂的可爱云朵。我又听见，鸟儿在我身边的树林中鼓噪，亿万只虫豸（Mückenschwärme）在落日的最后一道余晖中翩翩起舞，落日最后以闪动的一瞥（lezter zuckender Blick）解放了草丛中嗡嗡鸣叫的甲虫；那营营的声响（das Schwirren und Weben）使我注意起身边的土地，看到苔藓从我脚下坚硬的岩石中逼取它们的养料，灌木丛扎入干燥的沙丘，向我显示（eröffnete）出大自然那内在的炽热和神圣的生命（das ... Leben）。我把这一切揽入自己温暖的心中（wie faßte ich das alles in meinwarmes Herz），在这充盈富足中感到神圣无比（fühlte mich in der überfließenden Fülle wie vergöttert），广阔世界那唤醒一切的（allbelebend）壮丽景象在我心灵中不断浮动。巍巍的群山把我围抱，幽幽的山谷躺在我身前，道道瀑布飞泻而降，条条溪流奔腾脚下，森林和山岭（Gebirg）中鸣响阵阵。我目睹着（sah'）这一切神秘的力量（alle die unergründlichen Kräfte）在大地深处互相作用（wirken），互相创造；在大地上面和天宇下方则聚居着形形色色的各种生灵。一切的一切（... die Geschlechter der mannichfaltigen Geschöpfe.

107

栖息于此，而人类则藏身斗室，以求安全，脑子里却以为自己统治着这个大千世界！可怜的笨蛋！你把一切看得如此微不足道（gering），因为你自己如此渺小。从难以达到的高山（Gebürge），越过人迹罕至的荒野，直至无人知晓的大洋（Ozeans）尽头，永恒的造物主的精神到处流动，并为每一感知他的具有生命的尘埃（Staubs）欣喜万分。啊，那时我常常渴望着，能借助从我头顶掠过的仙鹤的双翅，飞向荡荡大海的岸边，从泡沫飞溅的无尽酒杯中痛饮醉心的生命欢愉，并以我心中那有限的力量，感受一下那在自身中和通过自身创造一切的生灵的点滴幸福，哪怕只是瞬间。

　　兄弟，只要回忆起那些时刻，我就感到欢快。甚至这种竭力唤回（zurük）并重新道出那不可言说的感情的努力（selbst diese Anstrengung），也使我（mir）心情振奋，但同时也让我备感自己目前处境的（des Zustands）可怕（... der mich jezt umgiebt）。

　　在我心灵前似有一面帷幕拉开，无尽生命的舞台在我眼前化为一个永远敞开的（ewig offnen）坟墓的深渊。一切不都在消逝（vorübergeht）？一切不都以电闪雷鸣般的速度急驰而去，在生命存在的全部力量耗尽之前，唉，都被急流卷去，沉没和在岩石上撞得粉碎？您能说，这就是存在（Das ist!）？没有一个瞬间（Augenblik），你和你身边的亲人不被吞噬；没有一个瞬间（Augenblik），你不是和不得不是一个破坏者（Zerstöhrer）；一次最最无关紧要的（Der harmloseste）散步会夺去千百只可怜的小虫（Würmgen）的生命，每迈上一步（ein Fustritt），就会毁去蚂蚁苦心营造的巢穴并把一个小小的世界踏成一座耻辱的坟墓。哈！不过，不是这种世上少见的（seltene）灾难，这冲毁你们村庄（die eure Dörfer wegspülen）的洪水以及吞没你们城市的地震使我感动，而是隐藏在自然万物中的折磨人的力量销蚀了我的心，这种力量所造就的一切，无不损毁着它的近

Alles ...)各以千姿百态栖息于此,而人类则藏身斗室,以求安全,脑子里却以为自己统治着这个大千世界! 可怜的笨蛋! 你把一切看得如此微不足道(geringe),因为你自己如此渺小。从难以达到的高山(Gebirge),越过人迹罕至的荒野,直至无人知晓的大洋(Oceans)尽头,永恒的造物主的精神到处流动,并为每一感知他的具有生命的尘埃(Staubes)欣喜万分。啊,那时我常常渴望着,能借助从我头顶掠过的仙鹤的双翅,飞向荡荡大海的岸边,从泡沫飞溅的无尽酒杯中痛饮醉心的生命欢愉,并以我心中那有限的力量,感受一下那在自身中和通过自身创造一切的生灵的点滴幸福,哪怕只是瞬间。

兄弟,只要回忆起那些时刻,我就感到欢快。甚至这种竭力唤回(zurück)并重新道出那不可言说的感情的努力(Selbst diese Anstrengung),也使我(mich)心情振奋,但同时也让我备感自己目前处境的(des Zustandes)可怕(... der mich jetzt umgibt)。

在我心灵前似有一面帷幕拉开,无尽生命的舞台在我眼前化为一个永远敞开的(ewig offenen)坟墓的深渊。一切不都在消逝(vorüber geht)? 一切不都以电闪雷鸣般的速度急驰而去,在生命存在的全部力量耗尽之前,唉,都被急流卷去,沉没和在岩石上撞得粉碎? 您能说,这就是存在(Das ist!)? 没有一个瞬间(Augenblick),你和你身边的亲人不被吞噬;没有一个瞬间(Augenblick),你不是和不得不是一个破坏者(Zerstörer);一次最最无关紧要的(der harmloseste)散步会夺去千百只可怜的小虫(Würmchen)的生命,每迈上一步(ein Fußtritt),就会毁去蚂蚁苦心营造的巢穴并把一个小小的世界踏成一座耻辱的坟墓。哈! 不过,不是这种世上少见的(seltne)灾难,这洪水以及吞没你们城市的地震使我感动,而是隐藏在自然万物中的折磨人的力量销蚀了我的心,这种力量所造就的一切,无不损毁着它的近邻和它自己。我头昏目眩(taumle),惊恐万分

109

邻和它自己。我头昏目眩(taumele)，惊恐万分(beängstet)！身边环绕着的是苍天和大地及其活生生的力量(all die webenden Kräfte)；但我只看见一个永远吞食、永远反刍的怪兽，别无其他。

（beängstigt）！身边环绕着的是苍天和大地及其活生生的力量（ihre webenden Kräfte）；但我只看见一个永远吞食、永远反刍的怪兽，别无其他。

8 月 21 日

清晨,我从沉重的睡梦中似醒非醒(aufdämmere),徒劳地向她伸出(strekke)双臂。夜晚,每当幸福(glüklicher)无邪的睡梦把我欺骗,让我梦见在草地上与她并肩而坐(säß)并握住(dekte)她的手印上千百个甜吻,我会在床上白白地将她寻找(such)。啊,每当我在似梦非梦中(Ach wenn ich denn noch halb in Taumel des Schlafs)向她探手抓去,接着清醒时,如泉的泪水便从压抑的心中喷涌而出,我会面对漆黑一片的未来绝望地痛哭。

8 月 21 日

　　清晨,我从沉重的睡梦中似醒非醒(aufdämmre),徒劳地向她伸出(strecke)双臂。夜晚,每当幸福(glücklicher)无邪的睡梦把我欺骗,让我梦见在草地上与她并肩而坐(säß')并握住(deckte)她的手印上千百个甜吻,我会在床上白白地将她寻找(suche)。啊,每当我在似梦非梦中(Ach wann ich dann noch halb in Taumel des Schlafes)向她探手抓去,接着清醒时,如泉的泪水便从压抑的心中喷涌而出,我会面对漆黑一片的未来绝望地痛哭。

8 月 22 日

　　这是个不幸，威廉，我那充沛的精力（all meine thätigen Kräfte）废用后成了一种不安分的懒散。我不能游手好闲（müssig），但又（wieder kann ich）无事能干。我没有（hab）了想象力，没有了对自然的感情，而书籍也令我厌烦（... speien mich alle an）。一旦我们丢失了自己，也就失去了一切。我向你发誓，我有时想当个短工（Taglöhner），早上醒来（bey'm Erwachen）便对未来的一天有所指望，有一种渴求、一个希望（Hofnung）。我常常羡慕阿尔贝特，看到他埋头在文件堆里（in Akten begraben），暗自思忖，要是我处在他的位置，那有多好（mir wär's wohl）！已有几次我动了念头（Schon etlichemal ist mir's so aufgefahren），给你和部长写信，求得公使馆的那个职位（und um die Stelle ... anhalten）。你曾向我保证，这不会遭到拒绝。我自己也这么想，部长（der Minister）很久以来（seit lange）就喜欢我，早就劝我找个什么差事（ich sollte mich employiren）；有一阵子我也真乐意这么做（... ist mir's auch wohl ...）。后来（hernach），我考虑再三（wenn ich so wieder dran denke），想起了那个马的寓言，说马对自己的自由自在感到腻烦（ungedultig），让人给自己套上了鞍辔，被骑垮了身体——我不知道（weis），该如何是好。——我的好朋友！我心中那改变现状（des Zustands）的渴望，难道不就是一种到处追逐我的内心的（innre）和灼人的焦躁（Ungedult）？

8 月 22 日

　　这是个不幸,威廉,我那充沛的精力(meine thätigen Kräfte)废用后成了一种不安分的懒散。我不能游手好闲(müßig),但又(kann doch auch)无事能干。我没有(habe)了想象力,没有了对自然的感情,而书籍也令我厌烦(... eckeln mich an)。一旦我们丢失了自己,也就失去了一切。我向你发誓,我有时想当个短工(Tagelöhner),早上醒来(beym Erwachen)便对未来的一天有所指望,有一种渴求、一个希望(Hoffnung)。我常常羡慕阿尔贝特,看到他埋头在文件堆里(in Acten vergraben),暗自思忖,要是我处在他的位置,那有多好(mir wäre wohl)! 已有几次我动了念头(Schon etlichemal ist mirs so aufgefahren),给你和部长写信,求得公使馆的那个职位(um die Stelle ... anzuhalten)。你曾向我保证,这不会遭到拒绝。我自己也这么想,部长(Der Minister)很久以来(seit langer Zeit)就喜欢我,早就劝我找个什么差事(ich sollte irgend einem Gwschäfte widmen);有一阵子我也真乐意这么做(... ist mirs auch wohl ...)。后来(Hernach),我考虑再三(wenn ich wieder dran denke),想起了那个马的寓言,说马对自己的自由自在感到腻烦(ungeduldig),让人给自己套上了鞍辔,被骑垮了身体——我不知道(weiß),该如何是好。——我的好朋友! 我心中那改变现状(des Zustandes)的渴望,难道不就是一种到处追逐我的内心的(innere)和灼人的焦躁(Ungeduld)?

111

8 月 28 日

这是真的，倘若我的病还能治好，那得靠他们来治。今天（Heut）是我的生日，一大早我就收到了阿尔贝特的一个包裹（Päkgen）。打开（bey'm Eröfnen）包裹，一只粉红色的蝴蝶结马上映入眼帘。这是我初次见到洛特时她别在胸前（vorhatte）、以后我曾多次求她赠送给我的蝴蝶结。此外还有两本六十四开（duodez）的小书（Büchelgen），维特斯坦袖珍版的《荷马诗集》。这是我早就想买的一个版本（...ein Büchelgen, nach dem ich so oft verlangt），免得散步（Spaziergange）时老是拖带着艾尔涅斯特版的大部头书。你瞧！我还没开口，他们便抢先满足了我的愿望，表现出维系友谊的种种（all）微妙的友好行为。这比那些夺人耳目、赠予者借此以自己的虚荣心来凌辱我们的礼品贵重千百倍。我千遍万遍地吻着这只蝴蝶结，每一次呼吸都吮入了对那些幸福欢乐的回忆，这些欢乐曾充溢了我那为数不多、幸福美好和一去不返的日子。威廉，生活就是如此，我不抱怨，生命之花只是幻影！多少花朵凋零散落，没有留下丝毫痕迹，结成果子（sezzen Frucht an）是多么稀少，果实成熟的更为稀少！尽管如此，还有足够的果实留下；不过——啊，我的兄弟！难道我们可以对这些成熟的果实漠然置之，不屑一顾，不去享受，任其腐烂？

再见！这是个美丽的夏季，我常常坐在（sizze）洛特家果园（Baumstük）中的果树上，手拿摘果棒，用根长长的棍子从树梢上摘梨（hole die Birn）。她则站在树下接着我给她弄下的梨子。

8月28日

　　这是真的，倘若我的病还能治好，那得靠他们来治。今天（Heute）是我的生日，一大早我就收到了阿尔贝特的一个包裹（Päckchen）。打开（beym Eröffnen）包裹，一只粉红色的蝴蝶结马上映入眼帘。这是我初次见到洛特时她别在胸前（vor hatte）、以后我曾多次求她赠送给我的蝴蝶结。此外还有两本六十四开（Duodez）的小书（Büchelchen），维特斯坦袖珍版的《荷马诗集》。这是我早就想买的一个版本（... eine Ausgabe, nach der ich so oft verlangt），免得散步（Spatziergange）时老是拖带着艾尔涅斯特版的大部头书。你瞧！我还没开口，他们便抢先满足了我的愿望，表现出维系友谊的种种（alle）微妙的友好行为。这比那些夺人耳目、赠予者借此以自己的虚荣心来凌辱我们的礼品贵重千百倍。我千遍万遍地吻着这只蝴蝶结，每一次呼吸都吮入了对那些幸福欢乐的回忆，这些欢乐曾充溢了我那为数不多、幸福美好和一去不返的日子。威廉，生活就是如此，我不抱怨，生命之花只是幻影！多少花朵凋零散落，没有留下丝毫痕迹，结成果子（setzen Frucht an）是多么稀少，果实成熟的更为稀少！尽管如此，还有足够的果实留下；不过——啊，我的兄弟！难道我们可以对这些成熟的果实漠然置之，不屑一顾，不去享受，任其腐烂？

　　再见！这是个美丽的夏季，我常常坐在（sitze）洛特家果园（Baumstück）中的果树上，手拿摘果棒，用根长长的棍子从树梢上摘梨（hohle die Birnen）。她则站在树下接着我给她弄下的梨子。

113

8 月 30 日

　　不幸的人！你难道不是傻瓜？你难道不是在自我欺骗？这种疯狂（all diese tobende）不止的激情有何益处？除了向她，我不再向任何人祈祷（Gebet）；除了她，我的幻觉中也不会再出现其他形象，我仅在与她的联系中看到我周围世界的一切。与她相处，给了我那些多么幸福的（glükliche）时光——直到（Bis）最后我不得不重新与她分离（losreißen）！啊（ach），威廉，我的心不时地催促我去她那里！每当我两三小时地坐在她身旁，欣赏着她的身姿形态（an der Gestalt）、举手投足（an dem Betragen），她那美妙无比的谈吐方式（Ausdruk），我所有的感官会渐渐绷紧（mir's düster vor den Augen wird），眼前变得发黑，听力几乎丧尽（ich kaum was noch höre），似乎有一个刺客扼住了我的喉咙。然后（und nun so nach und nach）我的心儿一阵狂跳，想让被挤压的感官松口气，却使他们更加紊乱。——威廉，我常常不知道（weis），自己是否还在这个世上！有时忧郁过度（Uebergewicht），如果不是洛特施与我一些可怜的安慰，让我伏在她手上哭，释去我的抑郁，那我只有离开，只有出去，然后在田野中（im Felde）四处徘徊，攀上陡峭的山壁，穿过无路可走的森林，在弄伤（verlezzen）我身体、撕碎我衣裳的灌木（Hekken）荆棘中开出（durchzuarbeiten）一条路径！这样，我的心中就会好受些（Da wird mir's etwas besser!）！有时我又累又渴，卧倒途中；有时正值深夜，一轮满月高挂上空（wenn der hohe Vollmond ...），我在静寂的森林中，独坐在（sezze）盘曲的（krumgewachsnen）树干上，安抚我那伤痛的脚掌，然后在破晓（Dämmerscheine）时倦人的静谧中昏昏入睡。啊，威廉！寺院的一间寂寞的（Die einsame Wohnung）斗室、粗呢织成的（härne）大衣以及荆条编就的腰带，这些就是我那灵魂所渴求的清凉剂。再见！我看到痛苦没有尽头（Ich seh all dieses Elends ...），尽头只有坟墓。

8月30日

　　不幸的人！你难道不是傻瓜？你难道不是在自我欺骗？这种疯狂（diese tobende）不止的激情有何益处？除了向她，我不再向任何人祈祷（Gebeth）；除了她，我的幻觉中也不会再出现其他形象，我仅在与她的联系中看到我周围世界的一切。与她相处，给了我那些多么幸福的（glückliche）时光——直到（bis）最后我不得不重新与她分离（losreissen）！啊（Ach），威廉，我的心不时地催促我去她那里！每当我两三小时地坐在她身旁，欣赏着她的身姿形态（an ihrer Gestalt）、举手投足（an ihrem Betragen），她那美妙无比的谈吐方式（Ausdruck），我所有的感官会渐渐绷紧（mir es düster vor den Augen wird），眼前变得发黑，听力几乎丧尽（ich kaum noch höre），似乎有一个刺客扼住了我的喉咙。然后（nach und nach）我的心儿一阵狂跳，想让被挤压的感官松口气，却使他们更加紊乱。——威廉，我常常不知道（weiß），自己是否还在这个世上！有时忧郁过度（Übergewicht），如果不是洛特施与我一些可怜的安慰，让我伏在她手上哭，释去我的抑郁，那我只有离开，只有出去，然后在田野中（im Feld'）四处徘徊，攀上陡峭的山壁，穿过无路可走的森林，在弄伤（verletzen）我身体、撕碎我衣裳的灌木（Hecken）荆棘中开出（durch zu arbeiten）一条路径！这样，我的心中就会好受些（Da wird mirs etwas besser!）！有时我又累又渴，卧倒途中；有时正值深夜，一轮满月高挂上空（wann der hohe Vollmond ...），我在静寂的森林中，独坐在（setze）盘曲的（krummgewachsenen）树干上，安抚我那伤痛的脚掌，然后在破晓（Dämmerschein）时倦人的静谧中昏昏入睡。啊，威廉！寺院的一间寂寞的（die einsame Wohnung）斗室、粗呢织成的（härene）大衣以及荆条编就的腰带，这些就是我那灵魂所渴求的清凉剂。再见！我看到痛苦没有尽头（Ich sehe dieses Elendes ...），尽头只有坟墓。

115

9月3日

　　我必须离开了！谢谢你，威廉，是你坚定了我那动摇不定的决心。十四天来，我一直想着要离她而去（geh）。我必须离去（Ich muß.）。她又去了城里，住在一个女友那儿。而阿尔贝特——还有——我必须离去！

9 月 3 日

我必须离开了！谢谢你，威廉，是你坚定了我那动摇不定的决心。十四天来，我一直想着要离她而去（gehe）。我必须离去（Ich muß fort.）。她又去了城里，住在一个女友那儿。而阿尔贝特——还有——我必须离去！

9 月 10 日

那是怎样一个夜晚！威廉！现在我能克服（übersteh）一切。我不会再见到（wiedersehn）她了！啊，我的朋友，可惜我不能飞来把你拥抱，眼含千百串热泪向你诉说（ausdrükken）我的狂喜（Entzükkungen）以及那撞击心灵的情感。我坐在（sizz）这里，深深吸气，竭力镇定自己，等待着明天（und erwarte ...）。马车订在旭日东升（Sonnen Aufgang）的时辰。

啊，她静静安睡，没有想到，将永远不会再见到我。我脱身而出（losgerissen），足够坚强，在两个小时的谈话中（in einem Gespräche）没有泄露我的打算。上帝啊，这是怎样的一次谈话！

阿尔贝特答应我，晚饭后马上和洛特到花园中来。我站在高高的栗子树（Castanienbäumen）下的坡地上（auf der Terasse），目送着太阳西下，最后一次（zum letztenmal）看着它在可爱的山谷和平缓的小河（Flusse）后面隐没（untergieng）。就在这里，我曾多少次地同她站在一起，观赏这一壮丽景观。但是现在……我在我如此心爱的林荫道上徘徊。早（eh）在认识洛特前，一种神秘和令人神往的引力已常使我在此流连忘返。在相识之初，我们便发现我们对这个地方有着同样的倾慕（als im Anfange unserer Bekanntschaft wir die wechselseitige Neigung zu dem Pläzgen entdekten），我们多么高兴！这真是我所见过的（... die ich ... habe ... gesehen）最富浪漫情调的（der romantischten）艺术宝地之一。

身处栗子树（Castanienbäumen）间，你才能极目远望——啊，我想起了（denk ich），对此我已对你描述了许多（schon viel geschrieben davon）；那些高高的山毛榉树墙最后怎样把人围（entschliessen）在中间，林荫道怎样被两旁紧逼的小丛林（Bosquet）遮掩得愈加昏暗（düstrer），最后，一切都在一个幽闭的小地方（Pläzgen）终止，那里弥漫着一切孤寂的恐惧。我至今还能感到

9 月 10 日

那是怎样一个夜晚！威廉！现在我能克服（überstehe）一切。我不会再见到（wieder sehn）她了！啊，我的朋友，可惜我不能飞来把你拥抱，眼含千百串热泪向你诉说（ausdrücken）我的狂喜（Entzückungen）以及那撞击心灵的情感。我坐在（sitze）这里，深深吸气，竭力镇定自己，等待着明天（erwarte ...）。马车订在旭日东升（Sonnenaufgang）的时辰。

啊，她静静安睡，没有想到，将永远不会再见到我。我脱身而出（los gerissen），足够坚强，在两个小时的谈话中（in einem Gespräch）没有泄露我的打算。上帝啊，这是怎样的一次谈话！

阿尔贝特答应我，晚饭后马上和洛特到花园中来。我站在高高的栗子树（Kastanienbäumen）下的坡地上（auf der Terrasse），目送着太阳西下，最后一次（zum letztenmale）看着它在可爱的山谷和平缓的小河（Fluß）后面隐没（unterging）。就在这里，我曾多少次地同她站在一起，观赏这一壮丽景观。但是现在……我在我如此心爱的林荫道上徘徊。早（ehe）在认识洛特前，一种神秘和令人神往的引力已常使我在此流连忘返。在相识之初，我们便发现我们对这个地方有着同样的倾慕（als wir im Anfang unserer Bekanntschaft die wechselseitige Neigung zu diesem Plätzchen entdeckten），我们多么高兴！这真是我所见过的（... die ich ... gesehen habe）最富浪漫情调的（von den romantischten）艺术宝地之一。

117

身处栗子树（Kastanienbäumen）间，你才能极目远望——啊，我想起了（denk' ich），对此我已对你描述了许多（schon viel davon geschrieben）：那些高高的山毛榉树墙最后怎样把人围（entschließen）在中间，林荫道怎样被两旁紧逼的小丛林（Bosket）遮掩得愈加昏暗（düsterer），最后，一切都在一个幽闭的小地方（Plätzchen）终止，那里弥漫着一切孤寂的恐惧。我至今还能感到

（fühl），一天中午我初次走到这里，心情多么惊骇，我隐约地预感到，这将成为怎样一个欢乐和痛苦的场所（was das noch für ein Schauplaz ...）。

我沉浸在告别和重逢（des Wiedersehns）那感伤和甜蜜的感觉（in denen schmachtenden süssen Gedanken）中约半小时，然后听到他们走上土坡（Terasse）的声音。我向他们迎去，战栗地握住她的手亲吻。我们刚走上土坡，月亮就从灌木丛生的（büschigen）山后升起（aufgieng）。我们说这说那，不觉走近了这个幽静的凉亭。洛特迈步进去坐了下来，阿尔贝特坐在（sezte）她身边，我也一样。但是，我的焦躁不安没能让（lies）我久坐（sizzen）；我站起身来，走到她前面，徘徊不定（gieng auf und ab），然后又坐下（sezte）。那是个令人不安的情形。她让我们注意月光（des Mondenlichts）那无穷的魅力（Würkug），它在山毛榉树墙的尽头把我们面前的整个山坡（Terasse）映得通明。景色美不胜收（ein herrlicher Anblik），因为我们自己是被裹在这幽深的朦胧中，就更加光彩夺目。我们默不作声。过了一会儿，她开口说道（sie fieng nach einer Weile an）：每当我在月光中散步（geh ... spazieren），没有一次、没有一次不想起我那些故世的亲人；死亡和未来的感觉没有一次不袭上心头。我们都不免一死！她的声音中带着极其庄严的感情，继续说道，可是，维特，我们死后会再见面吗？会相认吗（und wieder erkennen）？您的预感怎样（Was ahnden sie）？您觉得怎样？

洛特，我说着（sagt ich）把手伸给她，泪水盈眶，我们会再见（sehn）的！在这里和那里再见（sehn）！我无法再说下去。——威廉，当我心怀这可怕的离愁别意时，难道她非得问我这些！

她又说道：这些可亲的逝者（Abgeschiednen）是否还知道我们的情况（wann's uns wohl geht）？他们是否能感觉到我们在幸福的

(fühle)，一天中午我初次走到这里，心情多么惊骇，我隐约地预感到，这将成为怎样一个欢乐和痛苦的场所（was für ein Schauplatz das noch ...）。

我沉浸在告别和重逢（des Wiedersehens）那感伤和甜蜜的感觉（in den schmachtenden süßen Gedanken）中约半小时，然后听到他们走上土坡（Terrasse）的声音。我向他们迎去，战栗地握住她的手亲吻。我们刚走上土坡，月亮就从灌木丛生的（buschigen）山后升起（aufging）。我们说这说那，不觉走近了这个幽静的凉亭。洛特迈步进去坐了下来，阿尔贝特坐在（setzte）她身边，我也一样。但是，我的焦躁不安没能让（ließ）我久坐（sitzen）；我站起身来，走到她前面，徘徊不定（ging auf und ab），然后又坐下（setzte）。那是个令人不安的情形。她让我们注意月光（des Mondenlichtes）那无穷的魅力（Wirkug），它在山毛榉树墙的尽头把我们面前的整个山坡（Terrasse）映得通明。景色美不胜收（ein herrlicher Anblick），因为我们自己是被裹在这幽深的朦胧中，就更加光彩夺目。我们默不作声。过了一会儿，她开口说道（sie fing nach einer Weile an）：每当我在月光中散步（gehe ... spatzieren），没有一次、没有一次不想起我那些故世的亲人；死亡和未来的感觉没有一次不袭上心头。我们都不免一死！她的声音中带着极其庄严的感情，继续说道，可是，维特，我们死后会再见面吗？会相认吗（wieder erkennen）？您的预感怎样（was ahnden Sie）？您觉得怎样？

洛特，我说着（sagte ich）把手伸给她，泪水盈眶，我们会再见（sehen）的！在这里和那里再见（sehen）！我无法再说下去。——威廉，当我心怀这可怕的离愁别意时，难道她非得问我这些！

她又说道：这些可亲的逝者（Abgeschiedenen）是否还知道我们的情况（wenns uns wohl geht）？他们是否能感觉到我们在幸福的时

119

时刻总是满怀炽热的爱心想念他们？啊！每当我在静静的夜晚（wenn ich so am stillen Abend）坐在（sizze）妈妈的孩子、坐在我的孩子们中间，而他们也像以前围在她身旁那样在我身边聚集，我妈妈的身影就会在我身边浮现。这时，我会眼含渴望的热泪仰望天空（wenn ich so mit ...），暗自希望，她能朝这里看上一眼（einen Augenblik），看我如何遵守了她临终时我对她许下的诺言：做她孩子的妈妈。我会深情地喊出（Hundertmal ruf ich aus）：原谅我吧（Verzeih mir's），最亲爱的妈妈，倘若我没能完全像你一样照料他们。啊！不过我已做（thu）了自己能做的一切：他们穿暖了衣服，吃饱了饭，啊，还有，远远不止这些，得到了关心和抚爱（geliebet）。但愿你能看到（sehn），我们多么和睦，亲爱的圣灵般的妈妈！你会以最最热烈的（heissesten）感激之情赞美上帝，你曾以临终的（lezten）、痛苦的眼泪祈求他保佑（batst）你孩子们的幸福。她说出了这样的话！啊，威廉，谁能重复！这冰冷僵死的字母怎么能表现出这天使的精神之花！阿尔贝特插话：您过于动情了，亲爱的洛特！我知道（weis）您对这些想法（ihre Seele）念念不忘。但我求您……阿尔贝特，她说，我知道（weis），你不会忘记那些夜晚。每当爸爸出门，我们把小家伙们打发（geschikt）上床，就坐在那张小圆桌（Tischgen）旁。你手中常常拿着一本书，但很少读——同这个美丽的灵魂交流难道不比一切更有价值？这个美丽、温柔、快活和终日操劳的妇女！上帝熟悉我们的眼泪，我常常在自己的床上哭着向他祈求：愿他把我变得像她一样！

　　洛特！我叫着扑倒在她面前，抓住她的手（Hände），成串的眼泪扑簌簌地将它打湿（nezte）。洛特！上帝的祝福保佑你，你母亲的灵魂护佑着你！如果您认识她该多好（Wenn sie sie gekannt hätten）。她说着握住（drükte）了我的手，她值得您认识！我感动得几乎不能刻总是满怀炽热的爱心想念他们？啊！每当我在静静的夜晚（wenn ich am stillen Abend）坐在（sitze）妈妈的孩子、坐在我的孩子们中间，而他们也像以前围在她身旁那样在我身边聚集，我妈妈的身影就会在我身边浮现。这时，我会眼含渴望的热泪仰望天空（wenn ich dann mit ...），暗自希望，她能朝这里看上一眼（einen Augenblick），看我如何遵守了她临终时我对她许下的诺言：做她孩子的妈妈。我会深情地喊出（Mit welcher Empfindung rufe ich aus）：原谅我吧（Verzeihe mirs），最亲爱的妈妈，倘若我没能完全像你一样照料他们。啊！不过我已做（thue）了自己能做的一切：他们穿暖了衣服，吃饱了饭，啊，还有，远远不止这些，得到了关心和抚爱（geliebt）。但愿你能看到（sehen），我们多么和睦，亲爱的圣灵般的妈妈！你会以最最热烈的（heißesten）感激之情赞美上帝，你曾以临终的（letzten）、痛苦的眼泪祈求他保佑（batest）你孩子们的幸福。她说出了这样的话！啊，威廉，谁能重复！这冰冷僵死的字母怎么能表现出这天使的精神之花！阿尔贝特插话：您过于动情了，亲爱的洛特！我知道（weiß）您对这些想法（Ihre Seele）念念不忘。但我求您……阿尔贝特，她说，我知道（weiß），你不会忘记那些夜晚。每当爸爸出门，我们把小家伙们打发（geschickt）上床，就坐在那张小圆桌（Tischchen）旁。你手中常常拿着一本书，但很少读——同这个美丽的灵魂交流难道不比一切更有价值？这个美丽、温柔、快活和终日操劳的妇女！上帝熟悉我们的眼泪，我常常在自己的床上哭着向他祈求：愿他把我变得像她一样！

　　洛特！我叫着扑倒在她面前，抓住她的手（Hand），成串的眼泪扑簌簌地将它打湿（netzte）。洛特！上帝的祝福保佑你，你母亲的灵魂护佑着你！如果您认识她该多好（Wenn Sie sie gekannt hätten）。她说着握住（drückte）了我的手，她值得您认识！我感动得几乎不能

121

自持。还从未有人对我说过比这更了不起（grösseres）、更使人骄傲的话。她继续说道：可这样一位夫人偏偏却在盛年去世，当时她最小的儿子还不满半岁（sechs Monathe）！她病倒的时间不长，临终前平静自若（resignirt），只是孩子们令她放心不下，特别是最小的那个孩子。弥留之际（gegen das Ende gieng），她对我说：把他们都给我叫来（Bring）！我把他们领进屋里，小的（die kleinen）还懵然无知，大的冒冒失失。他们围到床（Bett）边。她举起（aufhub）手来，为他们祈祷（betete），逐一亲吻他们，然后让他们出去（wegschikte），对我说：你要做他们的妈妈！——我向她起誓！——她说：许愿很多，我的女儿，要有一个母亲的心肠和一个母亲的眼睛（Aug）。我已不时从你那感激的泪水中看出，你已体会到，这意味着什么。就这样去对待你的弟妹；对待你的父亲则以一个女人的忠诚和顺从。你会给他安慰。她问起爸爸，他为了在我们面前隐藏起感到的难以忍受的悲痛，出去了。这个男子也已肠断魂消。

阿尔贝特，你当时也在屋中。她听见有人走动（gehn），便问是谁，并要你走近她（ihr）。她是怎样地凝视着你我，目光（Blikke）欣慰安详，像是祝愿我们幸福，共同幸福（glüklich）……

阿尔贝特一下拥抱住洛特，一边吻她一边喊着：

我们是幸福的（wir sinds）！我们将来也会幸福（wir werdens seyn）！冷静的阿尔贝特完全不能自制。我也手足无措。

维特，她接着说（fieng sie an），这样一位夫人却得离世！上帝！我时常想（wenn ich manchmal so denke）人们眼看着自己生活中最亲爱的人被抬走，没有谁比孩子们有更切肤的感受。他们很长时间一直诉说，是那些黑衣男人把妈妈（Mamma）抬走了。

她站起身（stund auf），我如梦初醒（erwekt），激动万分，继续坐着（sizzen）并握住她的手。我们该走了，她说，时间不早了。她想收自持。还从未有人对我说过比这更了不起(größeres)、更使人骄傲的话。她继续说道:可这样一位夫人偏偏却在盛年去世,当时她最小的儿子还不满半岁(sechs Monate)! 她病倒的时间不长,临终前平静自若(hingegeben),只是孩子们令她放心不下,特别是最小的那个孩子。弥留之际(gegen das Ende ging),她对我说:他们都给我叫来(Bringe)! 我把他们领进屋里,小的(die Kleinen)还懵然无知,大的冒冒失失。他们围到床(Bette)边。她举起(aufhob)手来,为他们祈祷(bethete),逐一亲吻他们,然后让他们出去(wegschickte),对我说:你要做他们的妈妈! ——我向她起誓! ——她说:许愿很多,我的女儿,要有一个母亲的心肠和一个母亲的眼睛(Aug')。我已不时从你那感激的泪水中看出,你已体会到,这意味着什么。就这样去对待你的弟妹;对待你的父亲则以一个女人的忠诚和顺从。你会给他安慰。她问起爸爸,他为了在我们面前隐藏起感到的难以忍受的悲痛,出去了。这个男子也已肠断魂消。

阿尔贝特,你当时也在屋中。她听见有人走动(gehen),便问是谁,并要你走近她(sich)。她是怎样地凝视着你我,目光(Blicke)欣慰安详,像是祝愿我们幸福,共同幸福(glücklich)……

阿尔贝特一下拥抱住洛特,一边吻她一边喊着:

我们是幸福的(wir sind es)! 我们将来也会幸福(wir werden es seyn)! 冷静的阿尔贝特完全不能自制。我也手足无措。

维特,她接着说(fing sie an),这样一位夫人却得离世! 上帝! 我时常想(wenn ichmanchmal denke)人们眼看着自己生活中最亲爱的人被抬走,没有谁比孩子们有更切肤的感受。他们很长时间一直诉说,是那些黑衣男人把妈妈(Mama)抬走了。

她站起身(stand auf),我如梦初醒(erweckt),激动万分,继续坐着(sitzen)并握住她的手。我们该走了,她说,时间不早了。她想收

123

回(zurük)手,但我把它握得更紧。我们会再见(wiedersehn)的,我叫道,我们会相遇,无论变成什么形象,我们都会相识,我走了。我继续说,我自觉自愿地走,不过,如果要我说永远,这我可无法忍受。保重,洛特! 保重,阿尔贝特! 我们会再见(Wir sehen uns wieder)的。我想(denk)就在明天。她开玩笑地应声说(versezte)。我担心的就是这个明天! 啊! 当她把手从我这里(meinigen)抽回时,还什么都不知道。他俩走出了林荫道,我呆站着,在月光中目送他们远去(sie giengen … hinaus),然后扑倒在地,失声痛哭,随后又跃身而起,跑上土坡(Terasse),看见下面高大的菩提树树影中,她那白色的(weisses)衣裙正向园门(Gartenthüre)方向闪动。我刚伸出(strekte … hinaus)双臂,已不见她的踪影。

回（zurück）手，但我把它握得更紧。我们会再见（wiedersehen）的，我叫道，我们会相遇，无论变成什么形象，我们都会相识，我走了。我继续说，我自觉自愿地走，不过，如果要我说永远，这我可无法忍受。保重，洛特！保重，阿尔贝特！我们会再见（Wir sehn uns wieder）的。我想（denke）就在明天。她开玩笑地应声说（versetzte）。我担心的就是这个明天！啊！当她把手从我这里（meinen）抽回时，还什么都不知道。他俩走出了林荫道，我呆站着，在月光中目送他们远去（Sie gingen ... hinaus），然后扑倒在地，失声痛哭，随后又跃身而起，跑上土坡（Terrasse），看见下面高大的菩提树树影中，她那白色的（weißes）衣裙正向园门（Gartenthür）方向闪动。我刚伸出（streckte ... aus）双臂，已不见她的踪影。

第二编

1771 年 10 月(Okt.)20 日

124　　　　我们昨天到过此地。公使感觉不适,将在家中待上几天。要是他脾气不那么粗暴,一切就好了(wär alles gut)。我觉得,我觉得命运(Schiksal)给我安排了种种艰难的考验。要鼓起勇气,思想放松便能承受一切! 思想放松? 这句话竟然出现在我的笔下,使我感到好笑。唉,心情稍微轻松一些(Bißgen),会使我成为天底下最最幸福的人(zum glüklichsten Menschen)。什么? 别人有那么一点(Bißgen)能力和才气便在我面前怡然自得(Da wo andre ...),夸夸其谈,而我却怀疑(verzweifl')自己的能力和天赋? 仁慈的上帝,你赐予我这一切,为什么不留下(hieltest ... zurük)其中的一半,而给我自信和知足?

　　　　耐心些! 耐心些! (Gedult! Gedult!)事情(Es)会好起来。我要告诉你,亲爱的,你说得对,自从我每天在众人间四处奔走(herumgetrieben),看到他们在做些什么和怎么做,我的情绪就好多了(steh ich viel besser)。的确,我们生来如此,把一切与自己、又把自己与一切相比。但幸福(Glük)与不幸往往取决于我们与之相比的对象。而最大的危险莫过于孤独。我们的想象力受天性所趋,不受拘羁,受到诗歌艺术的幻象的(die phantastische Bilder)滋养,便会臆想出一系列人物来,与他们相比,我们最最低贱,除去(ausser)我们自己,别人(jeder andre)显得光彩夺目,个个都是完美无缺。这种情形很自然。我们常常感到,自己有些缺陷,在我们看来,正是这些我们所缺少的东西常为别人占有(besizzen)。此外,我们还把一切我们(wir)所有的东西加在别人身上,并添上某种理想化的色彩。这样,这位幸福的人儿(der Glükliche),我们的创造物,便完全塑成。

126　　　　相反,尽管软弱无力,但我们只要坚持不懈地紧张工作(fortarbeiten),就常常能发现,虽然信马由缰,避风躲浪,也比那些

第二卷

1771 年 10 月(Oct.)20 日

　　我们昨天到过此地。公使感觉不适,将在家中待上几天。要是 125
他脾气不那么粗暴,一切就好了(wär' alles gut)。我觉得,我觉得命
运(Schicksal)给我安排了种种艰难的考验。要鼓起勇气,思想放松
便能承受一切! 思想放松? 这句话竟然出现在我的笔下,使我感到
好笑。唉,心情稍微轻松一些(bißchen),会使我成为天底下最最幸
福的人(zum Glücklichsten)。什么? 别人有那么一点(bißchen)能
力和才气便在我面前怡然自得(da wo andere ...),夸夸其谈,而我
却怀疑(verzweifle)自己的能力和天赋? 仁慈的上帝,你赐予我这一
切,为什么不留下(hieltest ... zurück)其中的一半,而给我自信和
知足?

　　耐心些! 耐心些! (Geduld! Geduld!)事情(es)会好起来。我
要告诉你,亲爱的,你说得对,自从我每天在众人间四处奔走(herum
getrieben),看到他们在做些什么和怎么做,我的情绪就好多了
(stehe ich viel besser)。的确,我们生来如此,把一切与自己、又把自
己与一切相比。但幸福(Glück)与不幸往往取决于我们与之相比的
对象。而最大的危险莫过于孤独。我们的想象力受天性所趋,不受
拘羁,受到诗歌艺术的幻象的(die phantastischen Bilder)滋养,便会
臆想出一系列人物来,与他们相比,我们最最低贱,除去(außer)我
们自己,别人(jeder andere)显得光彩夺目,个个都是完美无缺。这
种情形很自然。我们常常感到,自己有些缺陷,在我们看来,正是
这些我们所缺少的东西常为别人占有(besitzen)。此外,我们还把
一切我们(wir)所有的东西加在别人身上,并添上某种理想化的色
彩。这样,这位幸福的人儿(der Glückliche),我们的创造物,便完
全塑成。

　　相反,尽管软弱无力,但我们只要坚持不懈地紧张工作(fort 127
arbeiten),就常常能发现,虽然信马由缰,避风躲浪,也比那些有着风

有着风帆和桨橹的人（andre mit ihren Segeln und Rudern）走得更远——而且，当你同别人并驾齐驱或者后来居上（vorlauft），就会真正感到自身的力量。

帆和桨橹的人(andere mit ihrem Segeln und Rudern)走得更远——
而且,当你同别人并驾齐驱或者后来居上(vorläuft),就会真正感到
自身的力量。

11 月 10 日

我开始将就着在这里过下去。最使人高兴的是,这里有足够的事做;另外,这里有各式人物,这些各类新的人物在眼前展现出一种多彩的奇观。

我结识了 C 伯爵,对他的尊敬日益增长。他胸怀宽阔,品格高尚,因为见多识广,所以并不冷漠孤傲。他在与人交谈中闪现出自己对友谊和爱情的高度重视。有一次我向他报告一件公事,他对我表示出好感。初次谈话,他便感到我们相互理解,可以像朋友那样同我交谈。我也觉得,他对我的坦率态度,是怎样赞誉也不为过的。世间那真正的、暖人心怀的欢乐,恐怕莫过于见到一颗对别人敞开的伟大的心。

1771 年 11 月 10 日

　　我开始将就着在这里过下去。最使人高兴的是,这里有足够的事做;另外,这里有各式人物,这些各类新的人物在眼前展现出一种多彩的奇观。

　　我结识了 C 伯爵,对他的尊敬日益增长。他胸怀宽阔,品格高尚,因为见多识广,所以并不冷漠孤傲。他在与人交谈中闪现出自己对友谊和爱情的高度重视。有一次我向他报告一件公事,他对我表示出好感。初次谈话,他便感到我们相互理解,可以像朋友那样同我交谈。我也觉得,他对我的坦率态度,是怎样赞誉也不为过的。世间那真正的、暖人心怀的欢乐,恐怕莫过于见到一颗对别人敞开的伟大的心。

12 月 24 日

公使给我造成了许多烦恼,这我预料到了(ich hab es voraus gesehn)。他是世上能找到的最最拘泥的傻瓜(Es ist der pünktlichste Narre),按部就班,吹毛求疵,就像个老太婆(Baase);他对自己(selbst mit sich)从不满意,所以也没有人使他称心如意。我做事喜欢爽快,是怎么样,就怎么样(wie's steht so steht's);而他会把文章退给我(mir einen Aufsaz zurükzugeben)并说:不错,但请您(sie)再看一遍,总可以找到(findt)一个更合适的词句(ein besser Wort),一个更精确的小品词。——这真让人心烦。任何一个"和"字,任何一个连词都不能缺少(aussenbleiben),特别对我偶尔写出的倒装句,他更是恨之入骨(Todtfeind)。要是不持习惯的节奏去照搬他那些长句(Wenn man seinen Period ... heraborgelt),他会什么也看不懂(nichts darinne)。同这样一个人打交道,真是受罪。

C 伯爵的信任,是我得到的唯一补偿。最近,他对我开诚布公地说,他对我那位公使的迟钝(über die Langsamkeit)、拖沓和多疑十分不满。这种人给自己(sich's)制造麻烦,也把别人拖累。不过,他说(sagt er),我们不得不忍气吞声,就像一个必须翻山的旅行者。自然(Freylich),山不在,路会舒坦得多,也短得多;可它眼下在那里,就该翻越过去(drüber)!

我那位老头许是感到了,比起他来伯爵更喜欢我。这使他感到恼火,便抓住一切机会,在我面前讲伯爵的坏话。我当然为他辩解。这样一来事情更糟。昨天,我简直被激怒了,因为我也被捎带着骂了进去(bracht er mich auf)。他说,伯爵处理社交事务还算(wäre)在行,工作得心应手(hätte viel Leichtigkeit ...),文笔也还不错(und führte eine gute Feder),但同所有的文人(all den Bellettristen)一样,他缺少(mangelt)坚实高深的学问。说到这里,我真想痛揍他一顿,如此就不用跟这样的人废话了,然而不行,我只好激烈反驳

12月24日

公使给我造成了许多烦恼，这我预料到了（ich habe es voraus gesehen）。他是世上能找到的最最拘泥的傻瓜（Er ist der pünctlichste Narr），按部就班，吹毛求疵，就像个老太婆（Base）；他对自己（mit sich selbst）从不满意，所以也没有人使他称心如意。我做事喜欢爽快，是怎么样，就怎么样（wie es steht so steht es）；而他会把文章退给我（mir einen Aufsatz zurück zu geben）并说：不错，但请您（Sie）再看一遍，总可以找到（findet）一个更合适的词句（ein besseres Wort），一个更精确的小品词。——这真让人心烦。任何一个"和"字，任何一个连词都不能缺少（außenbleiben），特别对我偶尔写出的倒装句，他更是恨之入骨（Todfeind）。要是不持习惯的节奏去照搬他那些长句（wenn man seinen Perioden … herab orgelt），他会什么也看不懂（nichts drin）。同这样一个人打交道，真是受罪。

C伯爵的信任，是我得到的唯一补偿。最近，他对我开诚布公地说，他对我那位公使的迟钝（mit der Langsamkeit）、拖沓和多疑十分不满。这种人给自己（es sich）制造麻烦，也把别人拖累。不过，他说（sagte er），我们不得不忍气吞声，就像一个必须翻山的旅行者。自然（freylich），山不在，路会舒坦得多，也短得多；可它眼下在那里，就该翻越过去（hinüber）！

我那位老头许是感到了，比起他来伯爵更喜欢我。这使他感到恼火，便抓住一切机会，在我面前讲伯爵的坏话。我当然为他辩解。这样一来事情更糟。昨天，我简直被激怒了，因为我也被捎带着骂了进去（brachte er mich auf）。他说，伯爵处理社交事务还算（sey）在行，工作得心应手（habe viele Leichtigkeit …），文笔也还不错（und führe eine gute Feder），但同所有的文人（allen Belletristen）一样，他缺少（mangle）坚实高深的学问。说到这里，他摆出了一副神情，似

129

(Darüber hätt ich ihn gern ausgeprügelt, denn weiter ist mit den Kerls nicht zu raisonniren, da das aber nun nicht angieng, so focht ich ...)。我说(und sagt ihm)，无论就品性来说，还是就学识来讲，伯爵都是个理应(müßte)受到人们尊重的人。我说：在我结识的人中，没有一个人能像他那样(geglükt)，不断增加自己的智慧，并把它用在(für's)观察各种事物上，而在日常生活中同样如此。——这些话对他来说无异于对牛弹琴。为了避免听他下面的胡说八道，再找气受(schlukken)，我向他告辞。

　　这一切(all)都是你们的过错。是你们唠叨不停(geschwazt)，让我戴上这副桎梏，向我鼓吹了这么多关于有所作为(Aktivität)的话。有所作为！倘若一个种了(stekt)土豆并赶车进城去卖他收获物的农民，不比我做了更多的事，那我宁愿在目前锁住我的这条苦役船上再干十年苦工。

　　还有那些丑陋之众中的徒有其表和猥琐无聊，他们在这里互相窥视！还有他们中的等级癖好(Die Rangsucht)，瞅着看看，要抢先别人一步(ein Schrittgen abzugewinnen)；这种可悲至极、可怜至极的狂热表现得如此露骨(ohne Rökgen)。比如(zum Exempel)有一个女人，逢人(jederman)便说她的贵族称号和她的领地。每个外来人都会想(daß nun jeder Fremde denken muß)：这是个蠢女人，竟把那没什么了不起的(Bißgen)贵族称号和世袭领地看得如此非凡。——而更使人生气的是：这个女人只不过是邻近一位书记官的小姐。瞧，我真弄不懂这类人，怎么会如此没有头脑，做出这等平庸自贱的事。

　　亲爱的朋友，我一天比一天明白，以自己的要求去衡量别人(andre)，这有多么愚蠢。况且我自己诸事繁多，心神(dieses Herz und Sinn)激荡——唉，我乐意让别人走自己的路(ihres Pfads)，只要乎想说:"这把你刺痛了吗?"但我根本不听他的。我蔑视会这样思考和行事的人。我毫不示弱,激烈反驳(Dazu machte er eine Miene als ob er sagen wollte: Fühlst du den Stich? Aber es that bey mir nicht die Wirkung, ich verachtete den Menschen, der so denken und sich so betragen konnte. Ich hielt ihm Stand, und focht ...)。我说(Ich sagte),无论就品性来说,还是就学识来讲,伯爵都是个理应(müsse)受到人们尊重的人。我说:在我结识的人中,没有一个人能像他那样(geglückt),不断增加自己的智慧,并把它用在(fürs)观察各种事物上,而在日常生活中同样如此。——这些话对他来说同异于对牛弹琴。为了避免听他下面的胡说八道,再找气受(schlucken),我向他告辞。

　　这一切(alle)都是你们的过错。是你们唠叨不停(geschwatzt),让我戴上这副桎梏,向我鼓吹了这么多关于有所作为(Activität)的话。有所作为! 倘若一个种了(legt)土豆并赶车进城去卖他收获物的农民,不比我做了更多的事,那我宁愿在目前锁住我的这条苦役船上再干十年苦工。

　　还有那些丑陋之众中的徒有其表和猥琐无聊,他们在这里互相窥视! 还有他们中的等级癖好(die Rangsucht),瞅着看看,要抢先别人一步(ein Schrittchen ab zu gewinnen);这种可悲至极、可怜至极的狂热表现得如此露骨(ohne Röckchen)。比如(z. E.)有一个女人,逢人(jedermann)便说她的贵族称号和她的领地。每个外来人都会想(so daß jeder Fremde denken muß):这是个蠢女人,竟把那没什么了不起的(Bißchen)贵族称号和世袭领地看得如此非凡。——而更使人生气的是:这个女人只不过是邻近一位书记官的小姐。瞧,我真弄不懂这类人,怎么会如此没有头脑,做出这等平庸自贱的事。

131

他们也让我走（gehn）自己的路。

　　最使我恼火（nekt）的，是那种令人厌烦的市民社会关系。虽然我同别人一样清楚（weis），等级差别有多么必要，它也给我自己带来了许多好处。只是它不该对我造成妨碍（... nicht eben grad im Wege stehn），去享受（geniessen）这个世界上（auf dieser Erden）仅有的那么一点欢乐和少许幸福（Glük）。

　　最近，我散步（Spaziergange）认识了一个封·B小姐（ein Fräulein），一位可爱的姑娘，身处这死板的生活环境，却仍保持有许多自然天性（viele Natur）。我们谈得十分融洽，分手时，我请求她允许我去拜访她。她同意了，非常爽快（mit so viel Freymüthigkeit），这使我急不可待地等待约定时刻（schiklichen Augenblik）的到来，去见她。她不是本地人，住在一位姑母家里。老太太（der alten Schachtel）的相貌我不喜欢，不过我对她非常尊重。我多半在跟她交谈，不到半小时，便知道了她的大概情况，而姑娘事后（nachher）也向我承认（gestund）了。这位亲爱的姑妈到了这把年纪还两手空空（und dem Mangel von allem），既无像样的财产，也无智慧（vom anständigen Vermögen an bis auf den Geist），除了一连串的祖先名字，没有依靠（keine Stüzze）；除了那可以依仗的贵族地位（in dem sie sich verpallisadirt），没有庇护人；除了从自己的楼上（Stokwerk）扫视市民的脑袋，别无乐趣（Ergözzen）。她年轻时据说挺漂亮，但嬉戏人生，以自己的任性把一些可怜的小伙子大大折磨（so weggegaukelt）了一番。到了成熟的年龄（in reifern Jahren），她委身（gedukt）于一个老年军官，而他以顺服和一笔尚可的生活费作为代价与她度过了艰难的（ehrne）岁月，然后去世。现在她已风烛残年（und nun sieht sie ...），孤身一人，如若不是（wär）她的侄女那么可爱，大概没人会来看她。

亲爱的朋友，我一天比一天明白，以自己的要求去衡量别人（andere），这有多么愚蠢。况且我自己诸事繁多，心神（dieses Herz）激荡——唉，我乐意让别人走自己的路（ihres Pfades），只要他们也让我走（gehen）自己的路。

最使我恼火（neckt）的，是那种令人厌烦的市民社会关系。虽然我同别人一样清楚（weiß），等级差别有多么必要，它也给我自己带来了许多好处。只是它不该对我造成妨碍（... nicht eben grade im Wege stehen），去享受（genießen）这个世界上（auf dieser Erde）仅有的那么一点欢乐和少许幸福（Glück）。

最近，我散步（Spatziergange）认识了一个封·B小姐（eine Fräulein），一位可爱的姑娘，身处这死板的生活环境，却仍保持有许多自然天性（viel Natur）。我们谈得十分融洽，分手时，我请求她允许我去拜访她。她同意了，非常爽快（mit so vieler Freymüthigkeit），这使我急不可待地等待约定时刻（schicklichen Augenblick）的到来，去见她。她不是本地人，住在一位姑母家里。老太太（der Alten）的相貌我不喜欢，不过我对她非常尊重。我多半在跟她交谈，不到半小时，便知道了她的大概情况，而姑娘事后（hernach）也向我承认（gestand）了。这位亲爱的姑妈到了这把年纪还两手空空（Mangel an allem），既无像样的财产也无智慧（kein anständiges Vermögen, keinen Geist），除了一连串的祖先名字，没有依靠（und keine Stütze）；除了那可以依仗的贵族地位（in den sie sich verpallisadiret），没有庇护人；除了从自己的楼上（Stockwerk）扫视市民的脑袋，别无乐趣（Ergetzen）。她年轻时据说挺漂亮，但嬉戏人生，以自己的任性把一些可怜的小伙子大大折磨（weggegaukelt）了一番。到了成熟的年龄（in den reiferen Jahren），她委身（geduckt）于一个老年军官，而他以顺服和一笔尚可的生活费

133

作为代价与她度过了艰难的（ehrene）岁月，然后去世。现在她已风烛残年（Nun sieht sie ...），孤身一人，如若不是（wäre）她的侄女那么可爱，大概没人会来看她。

1772 年 1 月 8 日

　　这是些什么人,把整个身心全放在虚文浮礼上。他们成年累月的梦与追求只是怎样在餐桌边往上挪一个椅位! 他们(die Kerls)并非除此之外无事可干! 不,恰恰相反。正因为他们忙于那些无聊的小事(Verdrüßlichkeiten),而耽误了干重要的事情。上星期坐雪橇出游时便发生了争执(gabs ... Handel),结果扫兴(Spas)至极。

　　这些傻瓜,他们不明白,位置(Plaz)前后实际上并无意义,并且那个坐第一把交椅的人,很少起首要作用! 多少国王受他们的大臣、多少大臣又受他们的幕僚(Sekretär)所支配! 那么谁是首要人物(der Erste)? 我想是那个能明察他们、有足够的能力或智慧把别人(andern)的力量和热情用于实现他计划的人。

1772 年 1 月 8 日

这是些什么人，把整个身心全放在虚文浮礼上。他们成年累月的梦与追求只是怎样在餐桌边往上挪一个椅位！他们（sie）并非除此之外无事可干！不，恰恰相反。正因为他们忙于那些无聊的小事（Verdrießlichkeiten），而耽误了干重要的事情。上星期坐雪橇出游时便发生了争执（gab es … Handel），结果扫兴（Spaß）至极。

这些傻瓜，他们不明白，位置（Platz）前后实际上并无意义，并且那个坐第一把交椅的人，很少起首要作用！多少国王受他们的大臣、多少大臣又受他们的幕僚（Secretär）所支配！那么谁是首要人物（der erste）？我想是那个能明察他们、有足够的能力或智慧把别人（anderen）的力量和热情用于实现他计划的人。

1 月 20 日

我必须给您写信，亲爱的洛特，在这为躲避一场暴风雨逃入的一家乡村客栈的小屋里。只要我身处 D 这个小镇，我的心在完全陌生的人中间周旋不停，我就没有一刻时间有心思给您写信（hab' ich keinen Augenblik gehabt）。而眼下在这间茅舍（Und jezt in dieser Hütte）、这个孤寂狭窄的天地里，外面雪花冰雹（Schlossen）正撞击着小窗（Fenstergen），我首先想到的就是您。当我走进屋时，您的倩影便出现在我眼前。对您的回忆，啊，洛特！是如此神圣，如此温馨！仁慈的上帝，这是重返的第一个幸福时刻（glükliche Augenblik）。

我最亲爱的，但愿您能看见我身处这心神迷乱的波涛中！我的知觉多么迟钝（Wie ausgetroknet）！我的心灵没有一刻（Einen Augenblik）充实，没有一刻幸福（Eine selige thränenreiche Stunde）！没有！（Nichts! Nichts!）我仿佛站在一架西洋镜前，看到小人小马（die Männgen und Gäulgen）在我眼前旋转（herumrükken），便不时自问，这是不是（ob's）光学骗术。我也参加了这场游戏，不如说，我像一具木偶被人戏弄，偶尔抓到邻人的木手，便战栗（schaudere）着退缩。

我在这里仅结识了（hab ... gefunden）一位女子（weiblich Geschöpf），就是封·B 小姐。她很像您，亲爱的洛特，如果有人可以像您的话。您会说：哎，这人真会说恭维话（Komplimente）！这话不是（ist's）完全没有道理。近来我彬彬有礼，因为不得不如此，也挺风趣（viel Wiz），所以女士们在说，谁也不如我会讲奉承话。（还有会说谎，您会补充（sezzen Sie hinzu），不过不这样不行，您懂吗？）我想谈一下 B 小姐。她很重感情，这从她那双蓝色的眼睛中显露而出

1 月 20 日

我必须给您写信,亲爱的洛特,在这为躲避一场暴风雨逃入的一家乡村客栈的小屋里。只要我身处 D 这个小镇,我的心在完全陌生的人中间周旋不停,我就没有一刻时间有心思给您写信(habe ich keinen Augenblick gehabt)。而眼下在这间茅舍(und jetzt in dieser Hütte)、这个孤寂狭窄的天地里,外面雪花冰雹(Schloßen)正撞击着小窗(Fensterchen),我首先想到的就是您。当我走进屋时,您的倩影便出现在我眼前。对您的回忆,啊,洛特!是如此神圣,如此温馨!仁慈的上帝,这是重返的第一个幸福时刻(glückliche Augenblick)。

我最亲爱的,但愿您能看见我身处这心神迷乱的波涛中!我的知觉多么迟钝(wie ausgetroknet)!我的心灵没有一刻(einen Augenblick)充实,没有一刻幸福(Eine selige Stunde)!没有!(nichts! nichts!)我仿佛站在一架西洋镜前,看到小人小马(die Männchen und Gäulchen)在我眼前旋转(herumrücken),便不时自问,这是不是(ob es)光学骗术。我也参加了这场游戏,不如说,我像一具木偶被人戏弄,偶尔抓到邻人的木手,便战栗(schaudre)着退缩。晚上我们打算欣赏日出,但清晨却起不了床;白天我希望把玩月色,夜里却依旧待在屋中。我弄不明白,我为何起床,为何入睡。

少了使我的生命进入运动的酵母,使我深夜依旧清醒的刺激也就消失,使我清晨醒来的魅力也就无影。

我在这里仅结识了(habe ... gefunden)一位女子(weibliches Geschöpf),就是封·B 小姐。她很像您,亲爱的洛特,如果有人可以像您的话。您会说:哎,这人真会说恭维话(Complimente)!这话不是(ist es)完全没有道理。近来我彬彬有礼,因为不得不如此,也挺风趣(viel Witz),所以女士们在说,谁也不如我会讲奉承话。(还有会说谎,您会补充(setzen Sie hinzu),不过不这样不行,您懂吗?)我想谈一下 B 小姐。她很重感情,这从她那双蓝色的眼睛中显露而出

135

137

（hervorblikt）。她的（ihr）贵族地位只是她的累赘，因为这满足不了她心中的任何愿望。她渴望着挣脱这喧嚣的环境，我们曾几小时地在乡村的景色中幻想着那纯净无邪的幸福欢乐（Glükseligkeit）。啊！还有想您！她是多么经常地不得不对您表示敬意；不是不得不（Muß nicht），她是自愿地、非常欢喜地听我讲您（thut's freywillig），并且爱您。

　　哦，但愿我再能在那间可爱可亲的小屋（Zimmergen）中坐在（säs）您脚（Füssen）边，而身边是我们那些可爱的孩子们（kleinen Lieben）在打闹玩耍（wälzten sich miteinander）。倘若您嫌他们吵得厉害，我会（wollt）讲一个可怕的童话（Mährgen），使他们在我们身边静下来。壮丽的夕阳落在白雪皑皑的田野上，暴风雪过去了，而我（Und ich）——又必须把自己关入我那笼里去。再见！阿尔贝特在您身边吗？……怎样？上帝宽恕我提这个问题。

（hervor blickt）。她的（Ihr）贵族地位只是她的累赘，因为这满足不了她心中的任何愿望。她渴望着挣脱这喧嚣的环境，我们曾几小时地在乡村的景色中幻想着那纯净无邪的幸福欢乐（Glückseligkeit）。啊！还有想您！她是多么经常地不得不对您表示敬意；不是不得不（muß nicht），她是自愿地、非常欢喜地听我讲您（thut es freywillig），并且爱您。

　　哦，但愿我再能在那间可爱可亲的小屋（Zimmerchen）中坐在（säß）您脚（Füßen）边，而身边是我们那些可爱的孩子们（kleine Lieben）在打闹玩耍（wälzten sich mit einander）。倘若您嫌他们吵得厉害，我会（wollte）讲一个可怕的童话（Mährchen），使他们在我们身边静下来。壮丽的夕阳落在白雪皑皑的田野上，暴风雪过去了，而我（und ich）——又必须把自己关入我那笼里去。再见！阿尔贝特在您身边吗？……怎样？上帝宽恕我提这个问题。

2月8日

八天来我们这里的天气糟透了,但我却感到十分快活。因为,自从我到这里后,没有一个风和日暖的日子不是被人糟蹋或者败坏了。每当现在真的降雨、下雪、落霜和起露:哈! 我会想,我能待在家里,这不比外面差,或相反,这样正好。倘若晨日高照,预示着一个晴天,我总是忍不住喊道:这下他们又得到上天的一个恩惠,可以你争我夺了! 他们没有什么不争夺:健康、名誉、欢乐和休息! 而这样做大多是出于愚蠢、无知和狭隘,可听他们自己讲,是出于最好的意愿。有时我真想向他们跪膝哀求,请他们别再这样让自己发疯似的动怒上火。

2月17日

138　　　我担心,我与公使的共事时间不会太长了(haltens nicht lange mehr zusammen aus)。他(Der Mensch)简直让人无法忍受。他的工作和处事方式十分可笑,我时常忍不住提出异议,并按我的想法和方式(nach meinem Kopfe und Art)行事,这自然永远不会合他的心意。对此,他到宫中告了我,部长给了我一个警告,虽说相当温和,但毕竟是一个警告。我正打算提出辞呈(... mich niedergekniet),收到他的一封私人来信①。我对这封信中高尚、睿智的思想顶礼膜拜(angebetet),他对我表示尊重(wie er meine allzugrosse ... zurechte weißt),认为我在关于办事效率(Würksamkeit)、影响别人(andre)和处理事务等方面的偏激观念,是年轻人的良好气概的表现,不应抛弃,但该缓和(mildern)一下并把它们引导到能真正发挥作用(Würkung)和产生积极效果的地方去。整整八天来,我精神振奋,身心融洽。心灵的平静是个宝贝(ein herrlich Ding),就是欢乐本身。亲爱的朋友,但愿这件珍宝(das Ding)如同它的美丽和珍贵,不那么易碎。

---

① 出于对这个杰出人物(Mann)的尊重,我把这封信及后文还要提到的(erwehnt)另一封信抽去。因为我相信,不这样做,即使能得到读者(Publikums)的热忱感谢,也是不能原谅的。——作者注

2 月 17 日

　　我担心,我与公使的共事时间不会太长了(halten es zusammen nicht mehr lange aus)。他(Der Mann)简直让人无法忍受。他的工作和处事方式十分可笑,我时常忍不住提出异议,并按我的想法和方式(nach meinem Kopf und meiner Art)行事,这自然永远不会合他的心意。对此,他到宫中告了我,部长给了我一个警告,虽说相当温和,但毕竟是一个警告。我正打算提出辞呈(... niedergekniet),收到他的一封私人来信①。我对这封信中高尚、睿智的思想顶礼膜拜(angebethet),他对我表示尊重(Wie er meine allzugroße ... zurechtweiset),认为我在关于办事效率(Wirksamkeit)、影响别人(andere)和处理事务等方面的偏激观念,是年轻人的良好气概的表现,不应抛弃,但该缓和(milderen)一下并把它们引导到能真正发挥作用(Wirkung)和产生积极效果的地方去。整整八天来,我精神振奋,身心融洽。心灵的平静是个宝贝(ein herrliches Ding),就是欢乐本身。亲爱的朋友,但愿这件珍宝(das Klcinod)如同它的美丽和珍贵,不那么易碎。

---

① 出于对这个杰出人物(Herrn)的尊重,我把这封信及后文还要提到的(erwähnt)另一封信抽去。因为我相信,不这样做,即使能得到读者(Publicums)的热忱感谢,也是不能原谅的。——作者注

2 月 20 日

上帝保佑你们，我亲爱的朋友！愿他把从我这儿扣除的好日子，全部赐予(geb)你们。

谢谢你，阿尔贝特，你瞒了我。我等待着你们何时举行婚礼的消息，并打算在这天隆重地(feyerlichst)把洛特那张剪影像从墙上取下，把它放入其他的文稿中。现在你们已成了伴侣，而她的像仍在墙上！那么，就让它留在那里！为什么不？我知道(weis)，我也留在你们心中，没有损害你地留在洛特心中，并且(Habe)，并且占有第二个位置(... drinne)。我要，我必须保留这个位置，如果她把我忘了，我会发疯的……阿尔贝特，这个想法令人害怕。阿尔贝特！再见。再见,(Leb wohl. Leb wohl,)天使,再见(leb wohl),洛特！

2 月 20 日

上帝保佑你们,我亲爱的朋友! 愿他把从我这儿扣除的好日子,全部赐予(gebe)你们。

谢谢你,阿尔贝特,你瞒了我。我等待着你们何时举行婚礼的消息,并打算在这天隆重地(feierlichst)把洛特那张剪影像从墙上取下,把它放入其他的文稿中。现在你们已成了伴侣,而她的像仍在墙上! 那么,就让它留在那里! 为什么不? 我知道(weiß),我也留在你们心中,没有损害你地留在洛特心中,并且(habe),并且占有第二个位置(... darin)。我要,我必须保留这个位置,如果她把我忘了,我会发疯的……阿尔贝特,这个想法令人害怕。阿尔贝特! 再见。再见,(Lebwohl! Lebwohl,)天使,再见(lebwohl),洛特!

141

3月15日

我遇到了不快，它会促使我从这里离去。我恨得咬牙切齿！见鬼！事（Er）已无法补救（ersezzen）。这都是你们的错（schuld），是你们鼓动我、驱使我、纠缠我接受了一个不合我心意的职位。现在我倒了霉（Nun hab ich's）！你们也倒了霉！为了让我不再说，是我偏激的观念把一切弄糟，亲爱的先生，你在这里可以听一个故事，它简洁明了，就像一个编年史家的记录。

人们都知道，封·C（v. C.）伯爵喜欢我、器重（distingwirt）我。这我也已对你说过一百遍了（das hab ich ... gesagt）。昨天，我在他那儿吃饭（Nun war ich bey ihm zu Tische gestern），恰好当晚贵族社会的男女们（... von Herren und Frauen）在他那儿聚会。这我没想到，也没留意。我们这样的小老百姓是不能插足其内的。我在伯爵处吃了饭，饭后我们在大厅里（im grossen Saale）走来走去。我同伯爵（mit dem Obrist）、接着又同后来的 B 上校交谈。聚会的时间就到了（rükt die Stunde）。天知道（weis），我什么都没想到（gedacht hab）。这时那位最最友善的封·S 夫人同她的丈夫先生（Dero Herrn Gemahl）以及她那位孵化得极小的小鹅——胸部平平、紧束纤腰（niedlichem Schnürleib）的女儿走了进来。他们经过我身边时，高高地扬着他们那与生俱来的贵族（hochadlichen）眼睛和鼻孔。我从心底里厌恶这类人，正打算离开（wollt ich eben mich empfehlen），只等伯爵结束他与客人的寒暄。这时，我那位 B 小姐走了进来（als eben ... herein trat）。我每次见到她，心里总是一阵宽慰（da mir denn ... ein bißgen aufgeht），便留了下来，站到了她的椅后。过了不多时，我发觉她不像往常那样无拘无束，而是带着几分尴尬同我交谈（redte）。这引起了我的注意。难道她与别人（all das Volk）一样？想到这里，真见鬼（hohl sie der Teufel）！我像是被针扎了一下，顿时想走（gehn），但还是没动身子，因为我暗自思忖，想看

142

3月15日

我遇到了不快，它会促使我从这里离去。我恨得咬牙切齿！见鬼！事（er）已无法补救（ersetzen）。这都是你们的错（Schuld），是你们鼓动我、驱使我、纠缠我接受了一个不合我心意的职位。现在我倒了霉（Nun habe ichs）！你们也倒了霉！为了让我不再说，是我偏激的观念把一切弄糟，亲爱的先生，你在这里可以听一个故事，它简洁明了，就像一个编年史家的记录。

人们都知道，封·C（von C.）伯爵喜欢我、器重（distinguirt）我。这我也已对你说过一百遍了（das habe ich ... gesagt）。昨天，我在他那儿吃饭（Nun war ich gestern bey ihm zu Tafel），恰好当晚贵族社会的男女们（... von Herrn und Frauen）在他那儿聚会。这我没想到，也没留意。我们这样的小老百姓是不能插足其内的。我在伯爵处吃了饭，饭后我们在大厅里（in dem großen Saal）走来走去。我同伯爵（mit dem Obristen）、接着又同后来的B上校交谈。聚会的时间就到了（rückt die Stunde）。天知道（weiß），我什么都没想到（gedacht habe）。这时那位最最友善的封·S夫人同她的丈夫先生（Ihrem Herrn Gemahle）以及她那位孵化得极小的小鹅——胸部平平、紧束纤腰（niedlichem Schnürleibe）的女儿走了进来。他们经过我身边时，高高地扬着他们那与生俱来的贵族（hochadelichen）眼睛和鼻孔。我从心底里厌恶这类人，正打算离开（wollte ich mich eben empfehlen），只等伯爵结束他与客人的寒暄。这时，我那位B小姐走了进来（als eben ... hereintrat）。我每次见到她，心里总是一阵宽慰（Da mir denn ... ein bißchen aufgeht），便留了下来，站到了她的椅后。过了不多时，我发觉她不像往常那样无拘无束，而是带着几分尴尬同我交谈（redete）。这引起了我的注意。难道她与别人（alle das Volk）一样？想到这里，我像是被针扎了一下，顿时想走（gehen），但还是没动身子，因为我很想原谅她，也不相信这是真的，

143

看事情究竟是怎样的。(weil ich intriguirt war, das Ding näher zu beleuchten.)这时人都到齐了(Ueber dem ...)。F 男爵穿着参加弗朗茨一世加冕①时穿过的全套服装；官廷顾问 R，这里按头衔应称他为封·R 大人带着自己耳聋的妻子等。此外，不该忘了提及那位穿着寒酸的 J，他在自己那件带有窟窿的老式衣服上添了新式补丁(bey dessen Kleidung, Reste des altfränkischen mit dem neust aufgebrachten kontrastiren etc.)。这些人都聚到了一起(das kommt all)。我同几个熟人攀谈，他们都似理非理。我想——我只留意(gab nur auf ... acht)我的 B 小姐，没注意到大厅(des Saals)尽头的女人们在那里咬着耳朵，窃窃私语(pisperten)。这又影响(zirkulirte)到了男人，封·S 夫人还同伯爵说了话(redte)(这一切都是 B 小姐事后告诉我的)。最后(biß endlich)，伯爵自己向我走来(auf mich losgieng)，把我引到一扇窗前。他说(sagt er)：您了解我们这里的奇怪环境。我发觉(merk ich)聚会者不高兴看到您在场(sie hier zu sehn)。我自己无论如何不愿这样……

阁下(Ihro Exzellenz)，我打断了他的话，请您千万原谅，我早该想到这点。不过我知道(weis)，您会原谅我的失礼(Sie verzeihen mir diese Inkonsequenz)。我早就想告辞，一个恶神把我留住了(zurük gehalten)。我微笑地补充(sezte)道，同时鞠了一躬。伯爵深情地握了(drükte)我的手，一切都在这不言之中。我彬彬有礼地向这些高贵的聚会者告辞(Ich machte der vornehmen Gesellschaft mein Compliment)，走出大门，坐上一辆轻便马车(gieng und sezte mich ...)，驰向 M 地。我在那里从山上观赏着落日，一边诵读着荷马中的壮丽篇章，听他讲奥德修斯如何受到不凡的牧猪人的款待。

---

① 弗朗茨一世：神圣罗马帝国皇帝，1745 年加冕。

并希望从她那里听到句好话以及——随你怎样想（weil ich sie gerne entschuldigt hätte，und es sich nicht glaubte，und noch ein gut Wort von ihr hoffte und-was du willst.）。这时人都到齐了（Unterdessen ...）。F 男爵穿着参加弗朗茨一世加冕①时穿过的全套服装；宫廷顾问 R，这里按头衔应称他为封·R 大人带着自己耳聋的妻子等。此外，不该忘了提及那位穿着寒酸的 J，他在自己那件带有窟窿的老式衣服上添了新式补丁（der die Lücken seiner altfränkischen Garderobe mit neumodischen Lappenaudflickt）。这些人都聚到了一起（das kommt zu Hauf）。我同几个熟人攀谈，他们都似理非理。我想——我只留意（gab nur auf ... Acht）我的 B 小姐，没注意到，大厅（des Saales）尽头的女人们在那里咬着耳朵，窃窃私语（flüsterten）。这又影响（cirkulirte）到了男人，封·S 夫人还同伯爵说了话（redete）（这一切都是 B 小姐事后告诉我的）。最后（bis endlich），伯爵自己向我走来（auf mich los ging），把我引到一扇窗前。他说（sagte er）：您了解我们这里的奇怪环境。我发觉（merke ich）聚会者不高兴看到您在场（Sie hier zu sehen）。我自己无论如何不愿这样……

　　阁下（Ihro Excellenz），我打断了他的话，请您千万原谅，我早该想到这点。不过我知道（weiß），您会原谅我的失礼（Sie vergeben mir diese Inconsequenz）。我早就想告辞，一个恶神把我留住了（zurück gehalten）。我微笑地补充（setzte）道，同时鞠了一躬。伯爵深情地握了（drückte）我的手，一切都在这不言之中。我悄悄地从这帮高贵的聚会者中间抽身而出（Ich strich mich sacht aus der vornehmen Gesellschaft），走出大门，坐上一辆轻便马车（ging，

---

① 弗朗茨一世：神圣罗马帝国皇帝，1745 年加冕。

144　一切如此美妙(all gut)。

　　晚上我回去吃晚饭,客厅里还有不多的几个客人;他们在一个角落里(auf einer Ekke)掷骰子,桌布已被取下(zurük geschlagen)。这时,诚实的阿德林进来,脱下帽子,一看到我就走近向我轻声说:你遇到不高兴的事了? 我? 我问(sagt ich)。伯爵把你赶出了聚会。让他们见鬼去吧!(Hol sie der Teufel)我说(sagt ich),我倒是宁愿出去呼吸新鲜空气。好,他说,你不在乎(du's auf die leichte Achse nimmst)。可令我讨厌的是,事情已被到处张扬。这时我才开始(fieng … an)感到恼火起来。我想(dacht ich),所有来吃饭的人都盯着我看,正是为此。这让我怒火中烧(Das fieng an mir böses Blut zu sezzen)。

　　直到今天,无论我走到哪里,人们都对我示以同情。我还听见那些忌妒我的人现在洋洋得意地说道:这下可看见了(Da sähe man's, wo's mit den Uebermüthigen hinausgieng),这种目中无人的家伙得到了什么样的结果。他们自以为有点(bißgen)头脑,大言不惭,并以为凭此可以睥视(hinaussezzen)一切……诸如此类的狗屁话(Hundegeschwäzzes),让人真想把刀子刺进自己的心脏(Da möchte …);人们尽可以说什么独立自强(Denn man rede …),但我倒想看(sehn),谁能容忍对他占了上风的无赖们对他说三道四(eine Prise)。如果(Wenn)他们的闲言碎语(Geschwätz)是无中生有,唉,那倒也容易不去理睬。

setze mich …），驰向 M 地。我在那里从山上观赏着落日，一边诵读着荷马中的壮丽篇章，听他讲奥德修斯如何受到不凡的牧猪人的款待。一切如此美妙（alles gut）。

晚上我回去吃晚饭，客厅里还有不多的几个客人；他们在一个角落里（auf einer Ecke）掷骰子，桌布已被取下（zurück geschlagen）。这时，诚实的阿德林进来，脱下帽子，一看到我就走近向我轻声说：你遇到不高兴的事了？我？我问（sagte ich）。伯爵把你赶出了聚会。让他们见鬼去吧！（Hohle sie der Teufel）我说（sagt' ich），我倒是宁愿出去呼吸新鲜空气。好，他说，你不在乎（du es auf die leichte Achse nimmst）。可令我讨厌的是，事情已被到处张扬。这时我才开始（fing … an）感到恼火起来。我想（dachte ich），所有来吃饭的人都盯着我看，正是为此。这让我怒火中烧（Das gab böses Blut）。

直到今天，无论我走到哪里，人们都对我示以同情。我还听见那些忌妒我的人现在洋洋得意地说道：这下可看见了（da sähe man's, wo es mit den Übermüthigen hinausginge），这种目中无人的家伙得到了什么样的结果。他们自以为有点（bißchen）头脑，大言不惭，并以为凭此可以睥睨（hinaussetzen）一切……诸如此类的狗屁话（Hundegeschwätzes），让人真想把刀子刺进自己的心脏（da möchte …）；人们尽可以说什么独立自强（denn man rede …），但我倒想看（sehen），谁能容忍对他占了上风的无赖们对他说三道四（einen Vortheil）。如果（wenn）他们的闲言碎语（Geschwätze）是无中生有，唉，那倒也容易不去理睬。

3月16日

一切都让我恼火（hezt）！今天（Heut）我在林荫道上遇到（tref）B小姐，忍不住向她招呼。等到我们稍稍离开人群，我就（sobald）向她表示了我对她最近那次举动的不满。哦，维特，她以真挚的语调对我说，既然您了解我的心，怎么能这样理解我当时的慌乱？从我跨进大厅的一刻起，为了您的缘故（ihrentwillen），我忍受了多大的痛苦！我预见（sah'）到了一切。话到嘴边几百次，想告诉您。我知道，封·S和封·T宁可带着她们的男人离去，也不愿和您在一起；我知道，伯爵也不可以与他们闹僵（es nicht mit Ihnen verderben darf），——而现在（jezo）则满城风雨。怎么了，小姐？我问着（sagt' ich），同时掩饰起了自己的恐惧（Schrekken）；因为，阿德林前天（ehgestern）告诉我的话，此刻（Augenblikke）像沸腾的开水一样流过我的血管。我（mich's）为此付出了多少代价！这可爱的（süsse）人儿说着话，泪水满眶（stunden）。我再也不能控制自己（im Begriff），就想扑在她脚下（Füssen）。请您（sie）讲清楚！我叫道（ruft）。泪水从她脸颊上淌下。我已失去自制（ich war ausser mir）。她擦干了眼泪，一点不想掩饰自己。您（sie）知道我姑妈，她开始说到（fieng sie an），她也在场，并且——唉，以什么样的眼光看着这一切！维特，我昨天夜里熬了过来，今天一早又为同您交往而挨她训诫。我不得不听着您被贬斥（herabsezzen）、辱骂，却只能和只被允许为您稍稍申辩一二。

她说的每句话，都如同利剑穿过我的心（gieng mir wie Schwerder ...）。她没有感觉到，如果她隐瞒这一切，对我是何等慈悲。可她又补充说道（noch all dazu），还会有什么风言风语四处传扬，以及哪些人会对此得意洋洋（was die schlechten Kerls alle darüber triumphiren würden）。她说，有些人长久以来就指责我目中无人（Wie man nunmehro meinen Uebermuth und Geringschäzzung andrer），（das）现在我受到了惩罚，他们会暗自欣喜，高兴万分（gestraft, erniedrigt,

3 月 16 日

　　一切都让我恼火（hetzt）！今天（Heute）我在林荫道上遇到（treffe）B 小姐，忍不住向她招呼。等到我们稍稍离开人群，我就（sobald）向她表示了我对她最近那次举动的不满。哦，维特，她以真挚的语调对我说，既然您了解我的心，怎么能这样理解我当时的慌乱？从我跨进大厅的一刻起，为了您的缘故（Ihrentwillen），我忍受了多大的痛苦！我预见（sah）到了一切。话到嘴边几百次，想告诉您。我知道，封·S 和封·T 宁可带着她们的男人离去，也不愿和您在一起；我知道，伯爵也不可以与他们闹僵（es mit ihnen nicht verderben darf），——而现在（jetzt）则满城风雨。怎么了，小姐？我问着（sagte ich），同时掩饰起了自己的恐惧（Schrecken）；因为，阿德林前天（ehegestern）告诉我的话，此刻（Augenblicke）像沸腾的开水一样流过我的血管。我（mich es）为此付出了多少代价！这可爱的（süße）人儿说着话，泪水满眶（standen）。我再也不能控制自己（im Begriffe），就想扑在她脚下（Füßen）。请您（Sie）讲清楚！我叫道（rief）。泪水从她脸颊上淌下。我已失去自制（Ich war außer mir）。她擦干了眼泪，一点不想掩饰自己。您（Sie）知道我姑妈，她开始说到（fing sie an），她也在场，并且——唉，以什么样的眼光看着这一切！维特，我昨天夜里熬了过来，今天一早又为同您交往而挨她训诫。我不得不听着您被贬斥（herabsetzen）、辱骂，却只能和只被允许为您稍稍申辩一二。

　　她说的每句话，都如同利剑穿过我的心（ging mir wie ein Schwerdt ...）。她没有感觉到，如果她隐瞒这一切，对我是何等慈悲。可她又补充说道（noch dazu），还会有什么风言风语四处传扬，以及哪些人会对此得意洋洋（was eine Art Menschen darüber triumphiren würden）。她说，有些人长久以来就指责我目中无人（Wie man sich nunmehr über die Strafe meines Uebermuths und

147

ausschreien würde.）。威廉，听着她怀着最真诚的同情心说着这一切，我心肝碎裂，至今怒火中烧。我当时真希望有人站出来，当面指责我（mir's），那我就能把匕首刺穿（stossen）他的身体；（Wenn）也许要见到鲜血，我（mir's）才会好受一些。啊，我可以（hab）千百次地抓起刀子，去捅破这个憋闷的胸膛，让它透气。据说有一种马，当它热得难受（schröklich erhizt）或者被赶得太急时，会本能地咬破自己的一根血管，帮助自己呼吸。我的情形也常常如此。我真想打开一根血管，使自己获得永恒的自由。

meiner Geringschäzzung anderer)，(die)现在我受到了惩罚,他们会暗自欣喜,高兴万分(kitzeln und freuen würde.)。威廉,听着她怀着最真诚的同情心说着这一切,我心肝碎裂,至今怒火中烧。我当时真希望有人站出来,当面指责我(mir es),那我就能把匕首刺穿(stoßen)他的身体;(wenn)也许要见到鲜血,我(mir es)才会好受一些。啊,我可以(habe)千百次地抓起刀子,去捅破这个憋闷的胸膛,让它透气。据说有一种马,当它热得难受(schrecklich erhitzt)或者被赶得太急时,会本能地咬破自己的一根血管,帮助自己呼吸。我的情形也常常如此。我真想打开一根血管,使自己获得永恒的自由。

3 月 24 日

148　　　　我已向宫廷请求辞职（Dimißion bey Hofe verlangt），希望能得到准许。事先未征得你们的同意（Permißion dazu bey euch geholt habe），请你们原谅。我现在必须（mußte）离开。你们会说些什么来劝我留下，这我都知道（weis ich all）。对了——请把此事委婉地告诉我母亲（Bring … Säftgen …），我这也是出于无奈。如果我不能使她称心如意（also mag sie sich's …），只有请她任其如此。这件事自然会伤她的心（weh tun）。她的儿子刚开始他那通向枢密顾问（grad zum Geheimderath）和公使的美好前程，她却眼看着他突然停住，同他的马驹子一起退回马厩（Thiergen in Stall）！你们爱怎么说（draus was …）就怎么说，也可以推理出各种我能和应该留下的理由（und kombinirt die mögliche Fälle）。不管怎么说，我得（Genug）走。为了让你们知道，我上哪儿去，我告诉你们，这里有个侯爵，他很愿意（viel Geschmak）同我交朋友。当他听说了我的打算后，便邀请我去他的庄园度过这美好的春季。他向我保证，我在那里完全可以自己做主。我和他在很多方面有共同点（Punkt），（ich's）也就愿意碰碰运气，同他一块去。

3 月 24 日

　　我已向宫廷请求辞职（Entlassung vom Hofe verlangt），希望能得到准许。事先未征得你们的同意（Erlaubniß dazu bey euch gehohlt habe），请你们原谅。我现在必须（muß）离开。你们会说些什么来劝我留下，这我都知道（weiß ich alles）。对了——请把此事委婉地告诉我母亲（Bringe … Säftchen …），我这也是出于无奈。如果我不能使她称心如意（und sie mag sich …）只有请她任其如此。这件事自然会伤她的心（wehe thun）。她的儿子刚开始他那通向枢密顾问（gerade zum Geheimenrath）和公使的美好前程，她却眼看着他突然停住，同他的马驹子一起退回马厩（Thierchen in den Stall）！你们爱怎么说（daraus was …）就怎么说，也可以推理出各种我能和应该留下的理由（und combinirt die möglichen Fälle）。不管怎么说，我得（genug）走。为了让你们知道，我上哪儿去，我告诉你们，这里有个侯爵，他很愿意（vielen Geschmack）同我交朋友。当他听说了我的打算后，便邀请我去他的庄园度过这美好的春季。他向我保证，我在那里完全可以自己做主。我和他在很多方面有共同点（Punct），（ich es）也就愿意碰碰运气，同他一块去。

149

4月19日(den 19. April.)

附记

　　谢谢你的两封来信。我未做答复(diesen Brief)，因为我想等到宫廷(von Hofe)接受我的辞呈后再写这封信。我担心(weil ich fürchtete)母亲会去找部长，给我的打算造成困难。现在事已决定(ist's geschehen)，我的辞呈已经获准。我可能不该对你们说，人们多么不愿答应我的请求，部长又给我写了些什么——你们知道后又会抱怨。太子送给了我二十五个杜卡盾①，以示与我告别，还附了一句话(mit einem Wort)，使我感动得流下了眼泪。所以，我上次写信向母亲要的钱，现在不需要了(Also braucht die Mutter mir das Geld nicht zu shikken)。

---

　　① 杜卡盾：德国当时流通的金币名。

4 月 19 日(am 19. Aprill.)

附记

　　谢谢你的两封来信。我未做答复(dieses Blatt),因为我想等到宫廷(vom Hofe)接受我的辞呈后再写这封信。我担心(ich fürchtete)母亲会去找部长,给我的打算造成困难。现在事已决定(ist es geschehen),我的辞呈已经获准。我可能不该对你们说,人们多么不愿答应我的请求,部长又给我写了些什么——你们知道后又会抱怨。太子送给了我二十五个杜卡盾①,以示与我告别,还附了一句话(mit einem Worte),使我感动得流下了眼泪。所以,我上次写信向母亲要的钱,现在不需要了(also brauche ich von der Mutter das Geld nicht)。

---

　　① 杜卡盾:德国当时流通的金币名。

5月5日

150　　　明天我就要离开(geh)此地。因为我的出生地离这儿仅六英里，所以我打算再去看看，追忆一下过去充满幸福梦幻的日子。我要从母亲带着我坐车驰出(herausfuhr)的那个大门进去(hineingehn)。那时，父亲去世后，她就离开了那个可爱和亲切的地方，把自己关进了那个令人难以忍受的城市(unerträgliche Stadt)。再见，威廉，你会收到我旅途中给你的信。

5月5日

　　明天我就要离开（gehe）此地。因为我的出生地离这儿仅六英　　
里，所以我打算再去看看，追忆一下过去充满幸福梦幻的日子。我要
从母亲带着我坐车驰出（heraus fuhr）的那个大门进去（hinein
gehen）。那时，父亲去世后，她就离开了那个可爱和亲切的地方，把
自己关进了那个城市（Stadt）。再见，威廉，你会收到我旅途中给你
的信。

5月9日

　　带着一个朝圣者全部的虔诚,我结束了我的故乡朝圣,有些意想不到的感触。离去 S 地约一刻钟路程的城镇前,有棵大菩提树(grossen Linde),我让人在树旁停车,下车后让邮车继续前去,自己则步行(Fusse)往前走,以便尽情尽兴地品味每一丝回忆。我现在又站在了菩提树下,从前,孩童时,这曾是我散步的目的地和边界线。变化多大啊! 那时我带着幸福的无知,渴望着(sehnt)走向那陌生的世界,为我的心灵求得众多的养料、众多的享乐,以充实我那奋发向上的胸怀,去满足我那憧憬幸福的愿望(wo ich für mein Herz alle die Nahrung, alle den Genuß hoffte, dessen Ermangeln ich so oft in meinem Busen fühlte)。现在,我从遥远的世界回来了——啊,我的朋友,可带回了多少破灭的希望(Hofnungen),多少受挫的计划! 我看到眼前山岭(sah das Gebürge)依旧绵延,我曾千百次地对着它们倾吐愿望(gewesen ...)。我能(konnte)长达几小时地坐(sizzen)在这里,浮想联翩,心儿飞过山去,沉醉在森林里和山谷中(in denen Wäldern, denen Thälern verliehren, ...)。在我眼里,它们是那么亲切迷人(freundlich dämmernd)。每当到了必须回家的时刻(wenn ich dann um bestimmte Zeit wieder zurük mußte),我总是那么依依不舍,不愿离开这可爱的地方(Plaz)! 离城越来越近,一切旧的、熟悉的花园小屋(Gartenhäusgen)都得到了我的问候,新的则使我反感,包括其他一切人为的变化。我穿过城门(Thore),一下找回了自己,完全找回了自己。亲爱的,我不想谈得过细(gehn);一切如此令人神往,叙述出来恐怕平淡无味。我决定在邻近我们(unserm)旧居的广场边住下。在走过去的路上我发现,昔日的教室现在已变成一家杂货铺(Kram),我们曾被一位可敬的(ehrlich)老太太塞在里面度过了童年时代。我回忆起当时在这间小屋中经受过多少不安、流泪、发傻的心惊肉跳的日子。——我每走一步,都觉

5月9日

　　带着一个朝圣者全部的虔诚，我结束了我的故乡朝圣，有些意想不到的感触。离去 S 地约一刻钟路程的城镇前，有棵大菩提树（großen Linde），我让人在树旁停车，下车后让邮车继续前去，自己则步行（Fuße）往前走，以便尽情尽兴地品味每一丝回忆。我现在又站在了菩提树下，从前，孩童时，这曾是我散步的目的地和边界线。变化多大啊！那时我带着幸福的无知，渴望着（sehnte）走向那陌生的世界，为我的心灵求得众多的养料、众多的享乐，以充实我那奋发向上的胸怀，去满足我那憧憬幸福的愿望（wo ich für mein Herz so viele Nahrung, so vielen Genuß hoffte, meinen strebenden, sehnenden Busen auszufüllen und zu befriedigen）。现在，我从遥远的世界回来了——啊，我的朋友，可带回了多少破灭的希望（Hoffnungen），多少受挫的计划！我看到眼前山岭（sah’ das Gebirge）依旧绵延，我曾千百次地对着它们倾吐愿望（gewesen war ...）。我能（konnt）长达几小时地坐（sitzen）在这里，浮想联翩，心儿飞过山去，沉醉在森林里和山谷中（in den Wäldern, den Thälern verliehren, ...）。在我眼里，它们是那么亲切迷人（freundlich-dämmernd）。每当到了必须回家的时刻（wenn ich denn nun die bestimmte Zeit wieder zurück mußte），我总是那么依依不舍，不愿离开这可爱的地方（Platz）！离城越来越近，一切旧的、熟悉的花园小屋（Gartenhäuschen）都得到了我的问候，新的则使我反感，包括其他一切人为的变化。我穿过城门（Thor），一下找回了自己，完全找回了自己。亲爱的，我不想谈得过细（gehnen）；一切如此令人神往，叙述出来恐怕平淡无味。我决定在邻近我们（unserem）旧居的广场边住下。在走过去的路上我发现，昔日的教室现在已变成一家杂货铺（Kramladen），我们曾被一位可敬的（ehrliches）老太太塞在里面度过了童年时代。我回忆起当时在这间小屋中经受过多少不

153

得不同寻常。就是一个朝圣者在圣地,也不会碰到这么多有宗教纪念意义的地方(trifft nicht so viel Stäten religioser Erinnerung),他的心灵也很难如此充满神圣的激情。——再说一个例子以代替千百个其他的例子。我沿着河岸往下走(gieng),到了一个农庄;这也是我以前常去的地方,在这里(die Pläzgen da wir ...),我们男孩子曾练习着用扁平的石块在河面上打漂漂。我还能生动地回忆起(erinnere),我时常站在这儿目送着河水,带着美妙的预感追踪河水(das verfolgte),想象着它要流去的地方是多么离奇,很快,我就发现自己的想象力到达了尽头(Grenzen),但它还是继续顺流而下(gehn),一直下去,直到我在对一个看不见的远方的审视中沉醉。——你看,我亲爱的朋友,这就是我们那些伟大的祖先的感情!(Siehe mein Lieber, das ist doch eben das Gefühl der herrlichen Altväter!)当奥德修斯谈论那无穷无尽的大海(ungemessenen Meere)和无边无际的大地时,他的话难道不是比现在每一个小学生都自以为是、人云亦云地说地球是圆的,要更纯真、感人、亲切。(..., ist das nicht wahrer, menschlicher, inniger, als wenn jezzo jeder Schulknabe sich wunder weise dünkt, wenn er nachsagen kann, daß sie rund sey)。

　　此刻,我已在这个侯爵的猎庄上(fürstlichen Jagdschlosse)。和这位大人很容易相处,他相当坦诚随和。

　　另外(noch manchmal leid)使我感到遗憾的是(über Sachen

安、流泪、发傻的心惊肉跳的日子。——我每走一步，都觉得不同寻常。就是一个朝圣者在圣地，也不会碰到这么多有宗教纪念意义的地方（trifft nicht so viele Stätten religiöser Erinnerungen an），他的心灵也很难如此充满神圣的激情。——再说一个例子以代替千百个其他的例子。我沿着河岸往下走（ging），到了一个农庄；这也是我以前常去的地方，在这里（die Plätzchen wo wir ...），我们男孩子曾练习着用扁平的石块在河面上打漂漂。我还能生动地回忆起（erinnerte），我时常站在这儿目送着河水，带着美妙的预感追踪河水（es verfolgte），想象着它要流去的地方是多么离奇，很快，我就发现自己的想象力到达了尽头（Gränzen），但它还是继续顺流而下（gehen），一直下去，直到我在对一个看不见的远方的审视中沉醉。——你看，我亲爱的朋友，我们那些伟大的祖先如此浅陋，却如此幸福！他们的感情，他们的诗歌如此纯净！（Sieh' mein Lieber so beschänkt und so glücklich waren die herrlichen Altväter! so kindlich ihr Gefühl, ihre Dichtung!）当奥德修斯谈论那无穷无尽的大海（ungemeßnen Meere）和无边无际的大地时，他的话是那么纯真、感人、亲切、朴素和神秘。现在，我已能对每个小学生讲，地球是圆的，但这又有何用？（..., ist das so wahr, menschlich, innig, eng und geheimnißvoll; Was hilft mich's, daß ich jetzt mit jedem Schulknaben nachsagen kann, daß sie rund sey?）人只需少许土地，便可在上面安享人生；只需更少的地方，用来长眠安息。

　　此刻，我已在这个侯爵的猎庄上（Fürstlichen Jagdschloß）。和这位大人很容易相处，他坦诚随和。只是他周围有些我根本无法理解的怪人。他们似乎不是无赖，不过也没有正派人物的模样。有时我觉得他们正大光明，但还是不能信任他们。另外（noch leid）使我感到遗憾的是（von Sachen redet），他常常调嘴学舌，效尤他人，说些

155

redt)，他常常调嘴学舌，效尤他人，说些他只是听来或读来的事情（Gesichtspunkte，... darstellen mochte）。

　　还有，他看重我的智慧和才能（und Talente）胜过我的心灵（dies Herz），却不知心灵才是我唯一的骄傲，是我一切力量、一切幸福及一切痛苦（Elends）的源泉。啊，我所知道的（weis），每个人都能知道——我的（Mein）心却只为我一人所有（hab）。

他只是听来或读来的事情（Gesichtspuncte，... vorstellen
mochte）。

　　还有，他看重我的智慧和才能（und meine Talente）胜过我的心
灵（dieß Herz），却不知心灵才是我唯一的骄傲，是我一切力量、一切
幸福及一切痛苦（Elendes）的源泉。啊，我所知道的（weiß），每个人
都能知道——我的（mein）心却只为我一人所有（habe）。

5 月 25 日

我脑子里曾有一个想法，原打算事成之后再告诉你。现在事既未成，说也无妨(ist's eben so gut)。我想去当兵(in Krieg)；我心存这个念头已有时日(lang)，我跟随侯爵来这里的(hieher)主要原因是，他是某地的(in ＊＊＊ schen Diensten)现役将军。在一次散步时(Spaziergange entdekte ...)，我向他袒露了我的打算，他表示反对(mir's)，说我如果不想听他劝告的话，那就必须有更多的热情而不是古怪的念头。

5 月 25 日

　　我脑子里曾有一个想法，原打算事成之后再告诉你。现在事既未成，说也无妨(ist es eben so gut)。我想去当兵(in den Krieg)；我心存这个念头已有时日(lange)，我跟随侯爵来这里的(hierher)主要原因是，他是某地的(in ＊＊ Diensten)现役将军。在一次散步时(Spaziergang entdeckte . . .)，我向他袒露了我的打算，他表示反对(mir es)，说我如果不想听他劝告的话，那就必须有更多的热情而不是古怪的念头。

6 月 11 日(am 11. Juni.)

不管你会说什么(Sag was Du willst),我都不能再待下去了。我在这里干什么呢? 日子过得越来越乏味(Die Zeit ... lang)。侯爵待我够好了(... wie seines Gleichen gut),但我仍然觉得不舒服。从根本上来说(Und dann, wir ...),我们毫无共同之处。他是一个理智的人,但完全是普普通通的理智。与他交往所带来的愉快,不比我读一本写得不错的(wohlgeschrieben)书更多。我再待(bleib)上八天,然后继续我的流浪(zieh ... herum)生涯。我在这里干得最好的事,是绘画。侯爵(Und der Fürst)对艺术有所感受,如果他没有受到讨厌的科学概念和流行的术语所限制,他的感受还会更深。有时我满怀热情地带着他领略自然艺术的风光(Imagination so an Natur und Kunst herum führe ...),他却自以为是(... und er's ...)地抛出(tölpelt)一句艺术行话来,直恨得我牙根发痒(knirsch)。

156

6 月 11 日(am 11. Juni.)

　　不管你会说什么(Sage was du willst),我都不能再待下去了。我在这里干什么呢？日子过得越来越乏味(die Zeit ... lange)。侯爵待我够好了(... so gut man nur kann),但我仍然觉得不舒服。从根本上来说(Wir ...),我们毫无共同之处。他是一个理智的人,但完全是普普通通的理智。与他交往所带来的愉快,不比我读一本写得不错的(wohlgeschriebenes)书更多。我再待(bleibe)上八天,然后继续我的流浪(ziehe ... herum)生涯。我在这里干得最好的事,是绘画。侯爵(Der Fürst)对艺术有所感受,如果他没有受到讨厌的科学概念和流行的术语所限制,他的感受还会更深。有时我满怀热情地带着他领略自然艺术的风光(Imagination an Natur und Kunst herum-führe ...),他却自以为是(... und er es ...)地抛出(stolpert)一句艺术行话来,直恨得我牙根发痒(knirsche)。

157

6 月 16 日

是啊,我只是地球上的一个漫游者,一个过客! 你们难道不是?

6 月 18 日(am 18. Juni.)

我想到哪里去？让我对你(Das laß Dir ...)袒露吧。我在这里得再待上十四天,然后我考虑参观某地(in ＊＊schen)的矿山。但实际上又不是这么回事。我只是想离洛特更近些,这才是一切。我嘲笑着自己的心(eigen Herz)——但还是顺从(thu)了它的意志。

6 月 18 日(am 18. Junius.)

我想到哪里去? 让我对你(das laß dir ...)袒露吧。我在这里得再待上十四天,然后我考虑参观某地(im ＊＊schen)的矿山。但实际上又不是这么回事。我只是想离洛特更近些,这才是一切。我嘲笑着自己的心(eigenes Herz)——但还是顺从(thu')了它的意志。

7月29日(am 29. Juli.)

不,这很好!这(Es)非常好!——我——她的丈夫!啊上帝,是你创造了我,倘若你给了我这福分,我会一生向你不停地祈祷(Gebet)。我不愿与命运抗争,请宽恕(verzeih)我的这些眼泪,宽恕(verzeih)我那痴心妄想!她,我的妻子!倘若我能把这太阳底下最最可爱的人儿抱在怀里——每当阿尔贝特搂住她那苗条的身子,威廉,我全身就会一阵颤抖。

还有,我(ich's)可以这样说吗?为什么不,威廉?她和我在一起会比和他在一起更加幸福!啊,他不是那样的人,能满足这颗心的一切愿望。他缺乏某种敏感,缺乏——随你怎么想吧(nimm's wie du willst);在读到一本可爱的书(Buchs)某个——啊!(Oh!)——某个情节时,他的心并不同情地随之跳动,而我的心同洛特的心则碰到一处;在许多情况下(In hundert ...),当(wenn's)我们对第三者的某种行为发表感想时,事情也是如此。亲爱的威廉!他虽说用全部身心爱着她,但这样的爱不也可以获得其他什么东西!

一个令人讨厌的家伙打断了我的思路。我的眼泪已经擦干。我心乱如麻。再见,亲爱的!

7 月 29 日(am 29. Julius.)

不,这很好!这(es)非常好! ——我——她的丈夫!啊上帝,是你创造了我,倘若你给了我这福分,我会一生向你不停地祈祷(Gebeth)。我不愿与命运抗争,请宽恕(verzeihe)我的这些眼泪,宽恕(verzeihe)我那痴心妄想!她,我的妻子!倘若我能把这太阳底下最最可爱的人儿抱在怀里——每当阿尔贝特搂住她那苗条的身子,威廉,我全身就会一阵颤抖。

还有,我(ich es)可以这样说吗?为什么不,威廉?她和我在一起会比和他在一起更加幸福!啊,他不是那样的人,能满足这颗心的一切愿望。他缺乏某种敏感,缺乏——随你怎么想吧(nimm es wie du willst);在读到一本可爱的书(Buches)某个——啊!(oh!)——某个情节时,他的心并不同情地随之跳动,而我的心同洛特的心则碰到一处;在许多情况下(in hundert ...),当(wenn es)我们对第三者的某种行为发表感想时,事情也是如此。亲爱的威廉!他虽说用全部身心爱着她,但这样的爱不也可以获得其他什么东西!

一个令人讨厌的家伙打断了我的思路。我的眼泪已经擦干。我心乱如麻。再见,亲爱的!

159

8 月 4 日(am 4. August.)

　　不只我一个人有此遭遇，所有的人都受到希望(Hofnungen)、受到期待的耍弄。我去探望菩提树下那位善良的妇人。她的大儿子(ältste Bub)向我飞奔而来，他那高兴的欢呼声也把母亲引了出来。她看上去情绪低落。她的第一句话是：好心的先生，唉，我的汉斯死了！——汉斯(es)是她最小的儿子。我(ich)静默无声。——而(und ...)我的男人，她说，从瑞士回来了，两手空空(nichts mit gebracht)。如果不是路遇好人，他只得一路乞讨了。他半道上得了热病(Er hatte das Fieber kriegt unterwegs)。我无言相对，给了那孩子一点东西(kleinen was)。她请我收下几个苹果(Aepfel)，我答应了，离开了这个令人忧伤的地方。

8 月 4 日(am 4. Aug.)

不只我一个人有此遭遇,所有的人都受到希望(Hoffnungen)、受到期待的耍弄。我去探望菩提树下那位善良的妇人。她的大儿子(ältste Junge)向我飞奔而来,他那高兴的欢呼声也把母亲引了出来。她看上去情绪低落。她的第一句话是:好心的先生,唉,我的汉斯死了! ——汉斯(Es)是她最小的儿子。我(Ich)静默无声。——而(Und ...)我的男人,她说,从瑞士回来了,两手空空(nichts mitgebracht)。如果不是路遇好人,他只得一路乞讨了。他半道上得了热病(Er hatte das Fieber unterwegs gekriegt)。我无言相对,给了那孩子一点东西(Kleinen was)。她请我收下几个苹果(Äpfel),我答应了,离开了这个令人忧伤的地方。

8 月 21 日

　　一眨眼间,我的情绪马上起了变化(ist's anders mit mir)。人生的欢愉之光不时闪现(so ein freudiger Blik ...),唉,只不过转瞬即逝(Augenblik)! 每当我沉入梦幻,会禁不住产生这么个想法:如果阿尔贝特死了,那会怎样(Wie wenn ...)? 你就会……是,她(sie)就会——随后,我会顺着那胡思乱想追踪而去(lauf ... nach),最后被引到(führt)深渊的边上,吓得震身后退。

　　我走出城门(Thore),顺着第一次接(holen)洛特去跳舞的路走去,光景怎么会如此不同(wie war das all so anders)! 一切,一切都面目全非! 看不到往日世界的半点提示,把不到昔日感情的一点脉搏。我觉得自己恰似(Mir ist's, wie's ...)返回自己城堡的侯爵幽灵,他在自己的盛时建造了这座城堡,并把它装饰得富丽堂皇,临终前又满怀希望地把它遗留给自己的爱子(... hinterlassen)。城堡现在却已被烧成了废墟(... der in das versengte verstörte Schloß zurükkehrte ...)。

8 月 21 日

　　一眨眼间，我的情绪马上起了变化（ist es anders mit mir）。人生的欢愉之光不时闪现（wohl ein freudiger Blick ...），唉，只不过转瞬即逝（Augenblick）！每当我沉入梦幻，会禁不住产生这么个想法：如果阿尔贝特死了，那会怎样（wie wenn ...）？你就会……是，她（Sie）就会——随后，我会顺着那胡思乱想追踪而去（laufe ... nach），最后被引到（führet）深渊的边上，吓得震身后退。

　　我走出城门（Thor），顺着第一次接（hohlen）洛特去跳舞的路走去，光景怎么会如此不同（wie war das so ganz anders）！一切，一切都面目全非！看不到往日世界的半点提示，把不到昔日感情的一点脉搏。我觉得自己恰似（Mir ist es, wie es ...）返回自己城堡的侯爵幽灵，他在自己的盛时建造了这座城堡，并把它装饰得富丽堂皇，临终前又满怀希望地把它遗留给自己的爱子（... hinterlassen hätte）。城堡现在却已被烧成了废墟（... der in das ausgebrannte, zerstörte Schloß zurückkehrte ...）。

161

9 月 3 日(am 3. September.)

　　我有时不明白,怎么能有另一个人爱她,可以爱她。要知道,我爱她爱得如此专注,如此深情,如此投入,除了爱她,我什么都不知道(weis),什么也不了解,什么也不想要!

9 月 3 日 (am 3. Sept.)

我有时不明白,怎么能有另一个人爱她,可以爱她。要知道,我爱她爱得如此专注,如此深情,如此投入,除了爱她,我什么都不知道(weiß),什么也不了解,什么也不想要!

162

9月4日

是的,正是如此。自然界已转入秋季,我的心中和我的周围也被抹上了一片秋色。我的树叶将要枯黄,而邻近树木的叶子也已开始飘落。我上次一到这里,不是对你讲过一个青年农夫吗?这次我在瓦尔海姆又打听他;听人说,他被解雇了,此外没人愿意再讲些什么。昨天,我在去另一村子的路上与他偶然相遇。我同他攀谈,他向我讲述了自己的事,使我伤感不已。如果我向你复述一遍,你就会很容易明白,我为何如此。但这一切又有什么意义?我为什么不把这使我忧惧和伤感的事深藏心底?我为什么要因此也使你忧伤?我为什么要不断地给你机会,让你怜悯我和责骂我?除非是我命该如此!

开始回答我的问题时,他面带少许忧郁,我感到还有几分羞怯。但镇静下来并突然认出我后,他马上变得坦率起来。他承认了自己的过失,向我诉说了自己的不幸。我的朋友,我简直可以把他的每句话向法庭诉说!他承认,他带着一种追忆往事的满足与幸福对我讲述,他对自己女主人的感情与日俱增,最后魂不守舍,晕头转向,不知道自己在干什么,也不知道该如何表达自己的思想。他既不能吃,也不能喝,更不能睡,嗓子像是被堵住一样。没让他做的事他做了,让他做的事却被他置于脑后,犹似为恶鬼缠身。最后有一天,他知道她到楼上一间屋子里,便尾随其后,确切地说是被她吸引过去。由于她没答应他的请求,他竟想对她施以强暴。他自己也不知道,怎么会这样。不过,上帝可以作证,他对她的意图始终是诚实的,除了想让她嫁给自己,同他一起过日子,别无他望。因为说了好长时间的话,他开始结巴起来,就像一个还想说什么,但又没有勇气张口的人。最后,他有些腼腆地对我承认,她允许了他做出哪些小小的亲昵表示,赐予他何等程度的亲近。他有两三次停顿,反复激烈地声明,他讲这些,绝不想破坏她的名声,他表示,他爱她,同以前一样尊敬她。这些话他以前从未向人吐露,这次说给我听,只是想让我相信,他并非是

163

164

个颠三倒四、荒唐不经的人。我的好朋友，我在这里又得重弹那我将永远弹下去的老调！但愿我能向你展示，他曾经怎样站在我面前，现在又怎样站在我面前！但愿我能把一切如实地告诉你，让你感到，我是多么同情又不得不同情他的命运！够了，你知道我的命运，也知道我，那也自然十分了解，是什么让我同情一切不幸者，是什么让我特别同情这个不幸者。

　　当我重读此信时，发现，我忘了讲述这个故事的结局，不过这很容易猜知。她没有顺从他；她的兄弟早就对他怀恨在心，早就想把他赶走，进行了干预。因为他担心，姐姐结婚后，他的孩子就会丧失对她财产的继承权。她现在膝下犹虚，所以他们对此大有希望。此人很快把他逐出家门，并把这事闹得沸沸扬扬，使得这位夫人，就是自己愿意，也不能再找他回去。现在她又雇了一个长工，听人说，为了这个人，她同她兄弟闹翻了。人们有板有眼地肯定，她要嫁给他，可她兄弟坚决不答应。

　　我对你讲的这些话，没有夸大，也未添色。是的，我也许可以说，我叙述得太差，太差，因为我是用我们惯用的、无伤大雅的文字叙述的，所以显得粗陋。

　　这种爱情，这种忠贞，这种热情，绝非诗人的虚构，它们活生生地存在于我们称之为不开化、无教养的那个阶层最纯净的心灵中。我们这些有教养的人，被教育得一无是处！请凝神静气地读一读这个故事吧，我求你。今天，我在写下这些时，十分平静，这你可以从我的笔迹看出。我不像往常那样心神不定，东涂西抹。读吧，我亲爱的朋友，也请你想到，这也是你朋友的故事。是的，我有同样的经历，我的遭遇也会这样。但是，我没有那个可怜的不幸者一半的勇敢，一半的坚决。我简直没有把自己与他相比的勇气。

165

9月5日

　　她的丈夫留在乡下办事,她给他写了一张便条。它是这样开头的:最好的人,最亲爱的人,快些回来,我怀着万分喜悦等待着你。有位朋友进去,带来消息,说他因为有事还不能回家。纸条就一直留着未送走,晚上落入我的手中。我读后微微一笑。她问为什么笑。人的想象力真是天赐的礼物。我大声说道,我瞬息间仿佛觉得,这是写给我的。她不再说话,似乎不太高兴,我便也沉默无语。

9 月 6 日

166   非常不容易，但我最后还是下决心，换下了我第一次
(erstenmal)和洛特跳舞时穿的那件朴素的蓝色燕尾服(Frak)；它最
后(zulezt)已旧得不像样了。但我又让人做了(hab ... machen
lassen)一件，领子、袖口，还有黄色的背心和裤子(gelbe West und
Hosen dazu)，一切和原来的一模一样。

可穿上它我的感觉毕竟不一样(Ganz will's es doch nicht
thun)。我不知道(weis)——我想，过些时间我会觉得好些。

9 月 6 日

非常不容易，但我最后还是下决心，换下了我第一次 (erstenmale)和洛特跳舞时穿的那件朴素的蓝色燕尾服(Frack)；它最后(zuletzt)已旧得不像样了。但我又让人做了(habe ... machen lassen)一件，领子、袖口，还有黄色的背心和裤子(gelbe Weste und Beinkleider dazu)，一切和原来的一模一样。

可穿上它我的感觉毕竟不一样(Ganz will es doch die Wirkung nicht thun)。我不知道(weiß)——我想，过些时间我会觉得好些。

9 月 12 日

　　她要出门几天,去接阿尔贝特。今天我到她屋里,她迎面走来,我万分高兴地吻了吻她的手。

　　一只金丝雀从镜台飞来,落在她肩上。一个新朋友,她一边说着,一边把鸟儿逗到手上,是为小家伙们准备的。多可爱! 您瞧它! 每次我喂它面包,它都扑打着翅膀,啄起食来乖极了。它还会吻我,您瞧! 说着她把嘴凑向金丝雀,小鸟十分可爱地把嘴啄入她的芳唇,似乎能感到自己所享受的万般幸福。

　　让它也吻吻您。她说着把鸟儿递过来。小小的喙子沟通了从她的嘴到我的嘴之间的通道。轻轻的啄触犹如带来一阵淡淡的幽香,一丝享受温情的预感。

　　它的吻,我说,并不是完全没有贪求,它在寻找食物;仅是没有食物的爱抚,它会不满地退回。

　　它也从我嘴中吃东西。她说。——她真的用嘴唇喂了它一些面包屑,露出了天真无邪、充满爱怜之情的最最幸福的微笑。

　　我转过脸去,她不该这么做,不该用如此天真的无邪和无比幸福的场景来刺激我的想象力,把我这颗时常已被冷漠的生活轻摇入睡的心重新唤醒! ——为什么不! 她这么信赖我! 她知道,我多么爱她!

9 月 15 日

168　　真是见鬼，威廉，上帝竟然容许那些狗东西的存在，他们对世上还少许有些价值的东西不加关心，毫无感情。（Man möchte sich dem Teufel ergeben，Wilhelm，über all die Hunde，die Gott auf Erden duldet，ohne Sinn und Gefühl an dem Wenigen，was drauf noch was werth ist.）你知道那两棵胡桃树，那两棵我和洛特在可敬的牧师家做客时在底下坐过的美丽胡桃树。上帝知道（weis），它们曾给予我的心以极大的（grösten）安慰！它们把牧师家的院子变得多么幽深，多么凉爽！它们的枝杈（Aeste）那么美妙！连接它们的还有对多年前栽种这两棵树的可敬的牧师（zu den guten Kerls von Pfarrers）的回忆。一个乡村教师常向我们提到其中一个人的名字，他也是从自己的祖父（Grosvater）那里听来的，（und so ein ...）这据说是个非常好的人。每当我走到树下，对他的怀念总是非常神圣，心头总会涌上一种神秘的思念之情。我告诉你（Ich sage Dir），当我们昨天听到这两棵树被砍了时，那位乡村老师满眼泪花。——砍掉了！我气得简直要发狂（rasend），恨不得把砍下第一斧的那个狗东西杀了。如果我的院里有这么几棵树，不得不眼看着（ich muß so zusehn）其中一棵到了年限，就要死了，我会黯然神伤的（Ich, der ich könnte mich vertrauren）。亲爱的朋友（Schaz），可还有一点：这就是人的感情！全村的人都愤愤不平，我希望，牧师夫人会从黄油、鸡蛋和其他一些村民送来的东西（die Frau Pfarrern soll's an Butter und Eyern und übrigem Zutragen spüren）中感受到，她给当地老百姓造成了多大伤害。这个新牧师的老婆（Denn sie ist's, ...）（我们的老牧师已去世），一个骨瘦如柴、疾病缠身的女人（kränkliches Thier），有众多的理由对世界没有同情心，而人们也毫不同情她。这个自命不凡的蠢女人（Eine Frazze），居然还混身于（sich abgiebt）宗教经典（Canons）研究中，甚至还热衷于对基督教进行新式的道德批

9 月 15 日

真给气疯了,威廉,真有那么些人,对世上还少许有些价值的东西不加关心,毫无感情。(Man möchte rasend werden Wilhelm, daß es Menschen geben soll ohne Sinn und Gefühl an dem wenigen, was auf Erden noch einen Werth hat.)你知道那两棵胡桃树,那两棵我和洛特在可敬的牧师家做客时在底下坐过的美丽胡桃树。上帝知道(weiß),它们曾给予我的心以极大的(größten)安慰!它们把牧师家的院子变得多么幽深,多么凉爽!它们的枝杈(Äste)那么美妙!连接它们的还有对多年前栽种这两棵树的可敬的牧师(zu den ehrlichen Geistlichen)的回忆。一个乡村教师常向我们提到其中一个人的名字,他也是从自己的祖父(Großvater)那里听来的,(so ein ...)这据说是个非常好的人。每当我走到树下,对他的怀念总是非常神圣,心头总会涌上一种神秘的思念之情。我告诉你(Ich sage dir),当我们昨天听到这两棵树被砍了时,那位乡村老师满眼泪花。——砍掉了!我气得简直要发狂(toll),恨不得把砍下第一斧的那个狗东西杀了。如果我的院里有这么几棵树,不得不眼看着(ich muß zusehen)其中一棵到了年限,就要死了,我会黯然神伤的(Ich, der ich mich vertrauren könnte)。亲爱的朋友(Schatz),可还有一点:这就是人的感情!全村的人都愤愤不平,我希望,牧师夫人会从黄油、鸡蛋和其他一些村民送来的东西中感受到(die Frau Pfarrerinn soll es an Butter und Eyern und übrigem Zutrauen spüren),她给当地老百姓造成了多大伤害。这个新牧师的老婆(Denn sie ist es, ...)(我们的老牧师已去世),一个骨瘦如柴、疾病缠身的女人(kränkliches Geschöpf),有众多的理由对世界没有同情心,而人们也毫不同情她。这个自命不凡的蠢女人(Eine Närrinn),居然还混身于(sich abgibt)宗教经典(Kanons)研究中,甚至还热衷于对基督教进行新式的道德批判改革判改革（moralisch kritischen Reformation des Christenthums arbeitet），对拉瓦特尔①的狂热不以为然（zukt）。她的健康状况糟透了，所以在上帝的土地上感受不到欢乐（und auf Gottes Erdboden deswegen keine Freude）。也只有这样一个怪物才可能做出这等事，砍掉我心爱的胡桃树（So ein Ding war's auch allein，um meine Nußbäume abzuhauen）。你瞧，我真无法息怒。你想一下，原因是落叶会弄脏、弄潮她的院子，树木会遮住她的阳光，一旦胡桃成熟，孩子们会用石头去打（darnach），这些使她恼火，并会在她互相比较品评肯尼科特②、塞姆勒③和米夏厄里斯④时，打扰她专心一意的思考（Ueberlegungen）。当我看到村里的人，特别是上了年纪的人愤愤不平时，便问道：你们为什么任她为所欲为（sagt' ich：warum habt ihr's gelitten）？他们回答道：在这里，如果村长（der Schulz）想干什么，谁还有什么办法？

　　不过有一点倒也公平（... recht geschehn）。村长（der Schulz）和那位从未从他老婆那里捞到好处、不过这次想从（etwas haben wollte ...）她的疯狂念头中得到油水（so die Suppen）的牧师打算平分收益（dachtens ... zu theilen），这时（da erfuhr's ...），镇公所知道了此事，就说：送到这里来！并把树（die Bäume an den）卖给了出价最高的买主。树反正已经倒在地上！啊！我要是侯爵就好了！我多想把这牧师夫人、村长和镇公所的人……侯爵！——倘若我真是侯爵，哪里还会为我自己领地上的树木操心！

---

① 拉瓦特尔：瑞士牧师，曾与歌德为友。
② 肯尼科特：英国神学家。
③ 塞姆勒：德国神学家。
④ 米夏厄里斯：德国神学家、东方学家。

（moralischkritischen Reformation des Christenthumes arbeitet），对拉瓦特尔①的狂热不以为然（zuckt）。她的健康状况糟透了，所以在上帝的土地上感受不到欢乐（und deswegen auf Gottes Erdboden keine Freude）。也只有这样一个怪物才可能做出这等事，砍掉我心爱的胡桃树（So einer Kreatur war es auch alleine möglich, meine Nußbäume abzuhauen）。你瞧，我真无法息怒。你想一下，原因是落叶会弄脏、弄潮她的院子，树木会遮住她的阳光，一旦胡桃成熟，孩子们会用石头去打（dar nach），这些使她恼火，并会在她互相比较品评肯尼科特②、塞姆勒③和米夏厄里斯④时，打扰她专心一意的思考（Überlegungen）。当我看到村里的人，特别是上了年纪的人愤愤不平时，便问道：你们为什么任她为所欲为（sagte ich：Warum habt ihr es gelitten）？他们回答道：在这里，如果村长（der Schulze）想干什么，谁还有什么办法？

　不过有一点倒也公平（... recht geschehen）。村长（der Schulze）和那位从未从他老婆那里捞到好处、不过这次想从（was haben wollte ...）她的疯狂念头中得到油水（ohne dieß die Suppen）的牧师打算平分收益（dachten es ... zu theilen），这时（Da erfuhr es ...），镇公所知道了此事，就说：送到这里来！因为它对长着那两棵胡桃树的牧师院子具有古老的产权，并把树（sie an den）卖给了出价最高的买主。树反正已经倒在地上！啊！我要是侯爵就好了！我多想把这牧师夫人、村长和镇公所的人……侯爵！——倘若我真是侯爵，哪里还会为我自己领地上的树木操心！

171

① 拉瓦特尔：瑞士牧师，曾与歌德为友。
② 肯尼科特：英国神学家。
③ 塞姆勒：德国神学家。
④ 米夏厄里斯：德国神学家、东方学家。

10 月 10 日(am 10. Oktober.)

　　我只要看到她那双乌黑的眼睛,便满心欢喜! 使我不安的是(verdrüst),阿尔贝特看来并不那么幸福(beglükt zu seyn scheinet),不像他……希望的……不像我……所相信的……如果……我并不喜欢(gern)使用省略号,但我在这里除此以外没有办法表达(ausdrukken)自己的意思……不过,我想这也够清楚了。

10 月 10 日(am 10. Octbr.)

我只要看到她那双乌黑的眼睛,便满心欢喜! 使我不安的是
(verdrießt),阿尔贝特看来并不那么幸福(beglückt zu seyn
scheint),不像他……希望的……不像我……所相信的……如果……
我并不喜欢(gerne)使用省略号,但我在这里除此以外没有办法表达
(ausdrücken)自己的意思……不过,我想这也够清楚了。

10 月 12 日(am 12. Oktober.)

莪相已把我心中的荷马挤走。这个崇高的诗人把我带入一个怎样的世界！漫游在荒野莽原，卷裹于狂风呼啸(umsaußt)，狂风又在浓雾弥漫的朦胧月色中引入先人的幽灵。在这从山(vom Gebürge her)那边传来的森林呼号声中，可以听见夹杂着洞穴中幽灵们隐约的呻吟(Aechzen)，以及悲痛欲绝的姑娘在那四壁青苔覆盖、杂草丛生的坟墓旁为那高贵的战死者、她的情人哭诉(zu Tode gejammerten Mädgens, um die vier moosbedekten, grasbewachsnen Steine des edelgefallnen ihres Geliebten)。我看见白发苍苍的行吟诗人在荒野莽原上追寻着他祖先的足迹(Fustapfen)，唉，找到的只是他们的墓碑。然后(Und dann …)，他伤心地仰望(hinblikt)夜空中可爱的星星，见它正沉入波涛汹涌的大海，那往日的时光便在英雄心中栩栩如生地重现；那时，友好的星光(Stral)曾照亮了勇士们的险途，而月光也曾把他们戴着花环凯旋的(siegrükkehrendes)战船临照。我看出他额头上带有深深的忧伤(Wenn ich so den tiefen Kummer …)，见到这最后一位(so den lezten …)孤独的伟人疲惫不堪地向着坟墓蹒跚而去(zu wanken sehe)，一边从他逝者们时隐时现的幻影中不断吸取新的、疼痛灼人的欢乐(immer neue schmerzlich glühende Freuden …)，一边俯视着冰冷的土地和随风摇动的深草，大声喊出：漫游者将会到来，到来，他认识我的青春年华，并且会问：那位歌手在哪里(wo …)？芬戈那出色的(treflicher)儿子？他的脚步(Fustritt)将跨过我的坟头，他会在大地上徒劳地将我找寻。啊，朋友！我真想像一位高贵的武士，抽出宝剑，一下免去我这位君王(und meinen Fürsten)缓慢死去时的抽搐的痛苦(… der zükkenden Quaal …)，然后再让我的灵魂去追赶这位获得解放了的半神。

10月12日(am 12. Oct.)

莪相已把我心中的荷马挤走。这个崇高的诗人把我带入一个怎样的世界！漫游在荒野莽原，卷裹于狂风呼啸(umsaust)，狂风又在浓雾弥漫的朦胧月色中引入先人的幽灵。在这从山(vom Gebirge her)那边传来的森林呼号声中，可以听见夹杂着洞穴中幽灵们隐约的呻吟(Ächzen)，以及悲痛欲绝的姑娘在那四壁青苔覆盖、杂草丛生的坟墓旁为那高贵的战死者、她的情人哭诉(zu Tode sich jammernden Mädchens, um die vier moosbedeckten, grasbewachsenen Steine des Edelgefallnen ihres Geliebten)。我看见白发苍苍的行吟诗人在荒野莽原上追寻着他祖先的足迹(Fußstapfen)，唉，找到的只是他们的墓碑。然后(und dann ...)，他伤心地仰望(hinblickt)夜空中可爱的星星，见它正沉入波涛汹涌的大海，那往日的时光便在英雄心中栩栩如生地重现；那时，友好的星光(Strahl)曾照亮了勇士们的险途，而月光也曾把他们戴着花环凯旋的(siegrückkehrendes)战船临照。我看出他额头上带有深深的忧伤(Wenn ich den tiefen Kummer ...)，见到这最后一位(den letzten ...)孤独的伟人疲惫不堪地向着坟墓蹒跚而去(zuwanken sehe)，一边从他逝者们时隐时现的幻影中不断吸取新的、疼痛灼人的欢乐(immer neue schmerzlichglühende Freuden ...)，一边俯视着冰冷的土地和随风摇动的深草，大声喊出：漫游者将会到来，到来，他认识我的青春年华，并且会问：那位歌手在哪里(Wo ...)? 芬戈那出色的(trefflicher)儿子? 他的脚步(Fußtritt)将跨过我的坟头，他会在大地上徒劳地将我找寻。啊，朋友！我真想像一位高贵的武士，抽出宝剑，一下免去我这位君王(meinen Fürsten)缓慢死去时的抽搐的痛苦(... der zückenden Qual ...)，然后再让我的灵魂去追赶这位获得解放了的半神。

173

10 月 19 日(am 9. Oktober.)

啊,这个窟窿(Lükke)！我觉得胸口这儿有个可怕的窟窿(Diese entsezliche Lükke ...)！——我(ich)时常想,倘若(Wenn)你能把她紧贴(drükken)你的心口,只要一次,这整个窟窿(All diese Lükke ...)就会填住。

10 月 19 日(am 19. Oct.)

啊,这个窟窿(Lücke)! 我觉得胸口这儿有个可怕的窟窿(diese entsetzliche Lücke ...)! ——我(Ich)时常想,倘若(wenn)你能把她紧贴(drücken)你的心口,只要一次,这整个窟窿(diese ganze Lücke ...)就会填住。

10 月 26 日（am 26. Oktober.）

174　　是的，亲爱的朋友，我渐渐确信，确信，越来越确信，一个生命（Geschöpfs so wenig）存在的价值有限，极为有限。洛特的一个女友来看她，我去了（gieng）隔壁房间，拿起一本书，但读不进去，然后我又拿起笔来写。我听见她们轻声交谈，相互（einander insofern …）告诉一些无关紧要的琐事，城里的新闻：比如谁结婚了（wie diese heyrathet），谁病了，病得很重。她干咳得厉害（troknen Husten），脸上（zum Gesichte）颧骨凸了出来，时常晕倒，我敢说，她时间不多了。客人说。那个（Der）N. N. 病得一样厉害。洛特说。他已全身浮肿（Er ist schon geschwollen）。另一个说（sagte die andre）。我那活跃的想象力把我带到了这些可怜人的病榻旁（versezte mich an's Bette）：我看见他们如何挣扎，不愿同生命告别（den Rükken wandten），他们如何——威廉！而我的女士们（Weibgens）却谈论着这些，就像在谈论（redt）着一个陌生人的死亡。我环顾着四周，打量着房间（seh das Zimmer an），四处是洛特的衣服，桌上还放着她的耳环（hier ihre Ohrringe auf dem Tischgen），阿尔贝特的文件、家具，甚至还有这只墨水瓶（so gar diesem Dintenfaß），它们都已经是我十分熟悉的东西。我心里想到，瞧（Sieh），你现在对这个家庭意味着什么！意味着一切，你的朋友敬重你！你（Du）使他们高兴，而你自己也似乎觉得（Herzen scheint's），没有他们，你就不能存在。不过——如果你现在去了（giengst），如果你从这个圈中消失，他们会不会、又将多久会感到失去你给他们的生活（Schiksal）造成的缺口（Lükke）呢？多久（wie lang）？唉，人生无常，就是在他对自己的存在确定无疑的地方，在他心爱的人的回忆与心灵中留下了他生存的唯一真实印记（Eindruk）的地方，他也注定要湮没，消失，而且是如此的快！

10 月 26 日(am 26. Oct.)

是的,亲爱的朋友,我渐渐确信,确信,越来越确信,一个生命(Geschöpfes wenig)存在的价值有限,极为有限。洛特的一个女友来看她,我去了(ging)隔壁房间,拿起一本书,但读不进去,然后我又拿起笔来写。我听见她们轻声交谈,相互(einander ...)告诉一些无关紧要的琐事,城里的新闻:比如谁结婚了(Wie diese heirathet),谁病了,病得很重。她干咳得厉害(trocknen Husten),脸上(zum Gesicht)颧骨凸了出来,时常晕倒,我敢说,她时间不多了。客人说。那个(der)N. N. 病得一样厉害。洛特说。他已全身浮肿(Er ist geschwollen)。另一个说(sagte die andere)。我那活跃的想象力把我带到了这些可怜人的病榻旁(versetzte mich an's Bett):我看见他们如何挣扎,不愿同生命告别(den Rücken wandten),他们如何——威廉! 而我的女士们(Weibchen)却谈论着这些,就像在谈论(redet)着一个陌生人的死亡。我环顾着四周,打量着房间(sehe das Zimmer an),四处是洛特的衣服和阿尔贝特的文件,还有家具,甚至还有这只墨水瓶(sogar diesem Dintenfasse),它们都已经是我十分熟悉的东西。我心里想到,瞧(Siehe),你现在对这个家庭意味着什么! 意味着一切,你的朋友敬重你! 你(du)使他们高兴,而你自己也似乎觉得(Herzen scheint es),没有他们,你就不能存在。不过——如果你现在去了(gingst),如果你从这个圈中消失,他们会不会、又将多久会感到失去你给他们的生活(Schicksal)造成的缺口(Lücke)呢? 多久(wie lange)? 唉,人生无常,就是在他对自己的存在确定无疑的地方,在他心爱的人的回忆与心灵中留下了他生存的唯一真实印记(Eindruck)的地方,他也注定要湮没,消失,而且是如此的快!

10 月 27 日（am 27. Oktober.）

176　　　人与人之间竟然如此无情，我恨不能撕裂自己的胸脯，砸碎自己的脑袋。唉，要是我不带来爱情、欢乐、温暖（die Liebe und Freude und Wärme ...）和幸福，别人（der andre）也不会给我，而且，就算我心中充满幸福，（werd ich）也无法让一个站在我面前的冷漠软弱的人幸福（beglükken）。

10 月 27 日(am 27. Oct.)

　　人与人之间竟然如此无情,我恨不能撕裂自己的胸脯,砸碎自己　　177
的脑袋。唉,要是我不带来爱情、欢乐、温暖(die Liebe, Freude,
Wärme . . .)和幸福,别人(der andere)也不会给我,而且,就算我心
中充满幸福,(werde ich)也无法让一个站在我面前的冷漠软弱的人
幸福(beglücken)。

10 月 27 日晚

　　我多么富有,但被她的情感吞噬了一切。我多么富有,但没有她
一切都将化为乌有。

10 月 30 日(am 30. Oktober.)

我已有上百次地到了要拥抱她的地步(dem Punkte gestanden)！伟大的主知道(Weis)，一个人眼看(sehn)这么(so viel)心爱的东西在自己(vor sich)眼前晃动而不能伸手去抓时，心里是什么滋味。伸手去抓本是人类的自然本能，孩子们不就把手抓向他们喜欢的一切吗？——而我呢？

10 月 30 日(am 30. Octbr.)

我已有上百次地到了要拥抱她的地步(dem Puncte gestanden)！伟大的主知道(Weiß)，一个人眼看(sehen)这么(so viele)心爱的东西在自己(vor einem)眼前晃动而不能伸手去抓时,心里是什么滋味。伸手去抓本是人类的自然本能,孩子们不就把手抓向他们喜欢的一切吗? ——而我呢?

11 月 3 日 (am 3. November.)

　　上帝知道 (Weis Gott)，我上床时常常怀有这样的愿望，有时是
渴求 (Hofnung)，不要再醒来；早上睁开双眼，又见到太阳时，感到心
中愁闷。唉，如果我能乖张任性，就能把过失推给天气，推给第三者，
推给一件失败的事情，那么，我心头那不堪忍受的不满的重负就会减
轻一半。我多么不幸 (Whe mir)！我太真切地感到，一切的过错全
在于我自己——不，不是过错！够了，正是我心中隐藏着一切痛苦的
根源，正如当初隐藏着幸福的源泉一样 (Seligkeiten war)。当年，我
欣喜满怀地到处漂游，移步便有天堂相跟，有着一颗深情地拥抱整个
世界的心，难道我今天不是同一个人？可如今这颗心已经死去 (Und
das Herz ist jezo todt)，从中不再生出狂喜；我的眼睛已经干枯
(trokken)，感官再也受不到晶莹泪水的 (erquikkenden Thränen) 滋润，
额头 (Stirne) 上便聚起了可怕的皱纹。我痛苦万分，因为我已失去了生
命中的唯一欢乐，而这正是我用来创造周围世界的神圣的、使人振奋的
力量，它已消失！我从窗口遥望远处的山冈，看到晨曦刺破山上的迷
雾，洒在静静的草地上，缓缓的河流穿行在业已落去了叶子的柳树之
间，蜿蜒地向我淌来——啊！这幅美丽的自然图景恰似一幅漆画
(lakirt Bildgen) 在我面前凝固不动，这一切的 (all die Wonne) 欢乐都无
法激动我的心，使我感到一丁点幸福。我整个人在上帝面前站着，犹如
一眼干枯的水井，又像一只漏底的水桶 (verlechter Eymer)。我常常 (so
oft) 扑倒在地，祈求上帝赐予我眼泪，就像一个头顶是铁青的苍天、四
周是干涸的土地的农夫 (Akkersmann) 望天祈雨一样。

　　不过，唉，我感到 (Aber, ach ich fühls!)，尽管我们热烈地乞求，
上帝不会赐予 (giebt) 我们雨露和阳光！可为什么那令人想起就痛苦
难熬的过去时光如此幸福？那时因为我如此耐心地等候他的圣灵，
怀着内心的感激之情 (innig dankbarem Herzen aufnahm)，领受他
倾注在我身上的欢乐！

11 月 3 日(am 3. Nov.)

　　上帝知道(Weiß Gott)，我上床时常常怀有这样的愿望，有时是渴求(Hoffnung)，不要再醒来；早上睁开双眼，又见到太阳时，感到心中愁闷。唉，如果我能乖张任性，就能把过失推给天气，推给第三者，推给一件失败的事情，那么，我心头那不堪忍受的不满的重负就会减轻一半。我多么不幸(Wehe mir)！我太真切地感到，一切的过错全在于我自己——不，不是过错！够了，正是我心中隐藏着一切痛苦的根源，正如当初隐藏着幸福的源泉一样(Seligkeit)。当年，我欣喜满怀地到处漂游，移步便有天堂相跟，有着一颗深情地拥抱整个世界的心，难道我今天不是同一个人？可如今这颗心已经死去(Und dieß Herz ist jetzt todt)，从中不再生出狂喜；我的眼睛已经干枯(trocken)，感官再也受不到晶莹泪水的(erquickenden Thränen)滋润，额头(Stirn)上便聚起了可怕的皱纹。我痛苦万分，因为我已失去了生命中的唯一欢乐，而这正是我用来创造周围世界的神圣的、使人振奋的力量，它已消失！我从窗口遥望远处的山冈，看到晨曦刺破山上的迷雾，洒在静静的草地上，缓缓的河流穿行在业已落去了叶子的柳树之间，蜿蜒地向我淌来——啊！这幅美丽的自然图景恰似一幅漆画(lackirtes Bildchen)在我面前凝固不动，这一切的(alle die Wonne)欢乐都无法激动我的心，使我感到一丁点幸福。我整个人在上帝面前站着，犹如一眼干枯的水井，又像一只漏底的水桶(verlechzter Eimer)。我常常(oft)扑倒在地，祈求上帝赐予我眼泪，就像一个头顶是铁青的苍天、四周是干涸的土地的农夫(Ackersmann)望天祈雨一样。

　　不过，唉，我感到(Aber ach! ich fühls es)，尽管我们热烈地乞求，上帝不会赐予(gibt)我们雨露和阳光！可为什么那令人想起就痛苦难熬的过去时光如此幸福？那时因为我如此耐心地等候他的圣灵，怀着内心的感激之情(innigdankbarem Herzen aufnahm)，领受他倾注在我身上的欢乐！

179

11 月 8 日

她责备我没有节制（Exzesse）！啊（Ach），多么和蔼可亲！我没有节制（Exzesse），有时禁不住一杯（Glas）葡萄酒的诱惑，一喝就是一瓶。请您别这样（Thun Sie's nicht）！她说，想想洛特！想想！我说（sagt' ich），难道还需要您对我说这个？我在想！——我不用想（Ich denke nicht）！您无时无刻不在我心中（Seelen）。今天（Heut），我到您上次下马车的地方（Flekke）待了一会儿……她扯开话题（redte was anders），不让我继续讲下去。好朋友，我完了！她想怎样，就可以怎样处置我。

180

11 月 8 日

她责备我没有节制（Excesse）！啊（ach），多么和蔼可亲！我没有节制（Excesse），有时禁不住一杯（Glase）葡萄酒的诱惑，一喝就是一瓶。请您别这样（Thun Sie es nicht）！她说，想想洛特！想想！我说（sagte ich），难道还需要您对我说这个？我在想！——我不用想（ich denke nicht）！您无时无刻不在我心中（Seele）。今天（Heute），我到您上次下马车的地方（Flecke）待了一会儿……她扯开话题（redete was anders），不让我继续讲下去。好朋友，我完了！她想怎样，就可以怎样处置我。

181

11 月 15 日

　　谢谢你（Dir），威廉，谢谢你（Deinen）那真挚的同情，好意的忠告（Deinen wohlmeynenden Rath）。请你（Dich）别说了。让我忍受下去。尽管疲惫不堪，我还有足够的力量坚持下去（ich habe bey all meiner Müdseligkeit noch Kraft genug durchzusezzen）。我尊重宗教，这你知道（weist Du）。我觉得，它是疲乏困顿者的手杖，忍饥挨饿者的提神点心（Erquikkung）。只是——它一定能对每个人都有这样的作用吗？倘若你放眼大千世界，你会看到成千上万的人，宗教对他们并非如此（denen sie's nicht war）。将来也不会如此（sie's nicht seyn wird），不管他们是否听过布道。难道它对我必须如此（muß sie mir's denn seyn）？上帝之子自己不是也说，只有天父托付给自己的人，才能生活在他周围吗？如果我没有被交给他怎么办？如果（Wenn）现在天父要把我留在他身边，正是像我的心告诉我的那样，那该怎么办？我请你（Ich bitte Dich）别误解我的意思。不要把这些善意的字句看成某种讽刺。我对你袒露的是我的全部灵魂。否则的话，我宁愿沉默无语（Sonst wollt ich lieber），因为，对于这些别人和我一样（weis als ich）不甚了了的事我本不愿多说一句（ein Wort verliehre）。人的命运除了（Was ist's anders als Menschenschiksal）注定要受完他的那份罪（sein Maas），饮尽他的那杯酒之外，还有什么？既然天堂中的上帝用自己那肉身的嘴尝这杯酒也觉得太苦的话，为什么我该自诩己能（gros thun），装作它对我来说是一杯甜酒（als schmekte er mir süsse）？当我的整个生命在存在与虚无之间战栗（in dem schröklichen Augenblikke），当过去像道闪电（Bliz）照亮了未来黑暗的深渊，我身边的一切都在沉没，世界同我一起走向毁灭时，在这可怕的时刻，我为什么还要感到羞愧？这难道不是他的声音：我的上帝（Mein Gott），为什么

11 月 15 日

谢谢你（dir），威廉，谢谢你（deinen）那真挚的同情，好意的忠告（deinen wohlmeinenden Rath）。请你（dich）别说了。让我忍受下去。尽管疲惫不堪，我还有足够的力量坚持下去（ich habe bey aller meiner Mühseligkeit noch Kraft genug durchzusetzen）。我尊重宗教，这你知道（weißt du）。我觉得，它是疲乏困顿者的手杖，忍饥挨饿者的提神点心（Erquickung）。只是——它一定能对每个人都有这样的作用吗？倘若你放眼大千世界，你会看到成千上万的人，宗教对他们并非如此（denen sie es nicht war）。将来也不会如此（sie es nicht seyn wird），不管他们是否听过布道。难道它对我必须如此（muß sie mir es denn seyn）？上帝之子自己不是也说，只有天父托付给自己的人，才能生活在他周围吗？如果我没有被交给他怎么办？如果（wenn）现在天父要把我留在他身边，正是像我的心告诉我的那样，那该怎么办？我请你（Ich bitte dich）别误解我的意思。不要把这些善意的字句看成某种讽刺。我对你袒露的是我的全部灵魂。否则的话，我宁愿沉默无语（sonst wollte ich lieber），因为，对于这些别人和我一样（weiß als ich）不甚了了的事我本不愿多说一句（ein Wort verliere）。人的命运除了（Was ist es anders als Menschenschicksal）注定要受完他的那份罪（sein Maß），饮尽他的那杯酒之外，还有什么？既然天堂中的上帝用自己那肉身的嘴尝这杯酒也觉得太苦的话，为什么我该自诩己能（groß thun），装作它对我来说是一杯甜酒（als schmeckte er mir süß）？当我的整个生命在存在与虚无之间战栗（in dem schrecklichen Augenblicke），当过去像道闪电（Blitz）照亮了未来黑暗的深渊，我身边的一切都在沉没，世界同我一起走向毁灭时，在这可怕的时刻，我为什么还要感到羞愧？这难道不是他的声音：我的上帝（mein Gott），为什

182　　离弃我？①　这个创造物(Creatur)忧心忡忡,寂寂一身,不断坠落,奋争向上但徒劳无功,用尽内心的最后心力发出了这声叫喊。难道我该为表达这样的感情而感到羞愧(Und sollt ich mich des Ausdruks schämen),难道我该害怕这个能把天空像手帕一样卷起的人也难逃的这个时刻(sollte mir's vor dem Augenblikke bange seyn,da ihm der nicht entgieng ...)?

---

① 这是耶稣被钉上十字架,临死前发出的喊声。见《圣经·新约全书·马太福音》第二十七章。

离弃我？① 这个创造物(Kreatur)忧心忡忡，寂寂一身，不断坠落，奋　183
争向上但徒劳无功，用尽内心的最后心力发出了这声叫喊。难道我
该为表达这样的感情而感到羞愧（Und sollt'ich mich des
Ausdruckes schämen），难道我该害怕这个能把天空像手帕一样卷起
的人也难逃的这个时刻（sollte mir es vor dem Augenblicke bange
seyn，da ihm der nicht entging …）？

---

① 这是耶稣被钉上十字架，临死前发出的喊声。见《圣经·新约全书·马太福
　音》第二十七章。

11 月 21 日

　　她看不出，也感觉不到，她在酿造一种毒酒，它会把我同她都毁灭。而（Und）我则满心欢喜地把她置我于死地的这杯酒一饮而尽（schlurfe）。她常常友善地望着我，这柔和的目光（Blik）意味着什么？常常——不，不常常，不过有时的确这样。她怡然地接受了我感情的下意识流露（unwillkührlichen Ausdruk meines Gefühls），额头上显现出对我忍耐的同情。

　　昨天，当我离开时（weggieng），她握住我的手说：再见，亲爱的维特！亲爱的维特！这是她第一次叫我亲爱的（... hies），叫得我浑身震颤（und mir giengs durch Mark und Bein）。我把这句话重复了上百遍（Ich hab mir's hundertmal wiederholt），昨夜上床时（in's Bette），我自言自语，唠叨不停（schwazte），并脱口而出（sag ich）：晚安（gute Nacht），亲爱的维特！说完不禁对自己感到好笑。

11 月 21 日

她看不出，也感觉不到，她在酿造一种毒酒，它会把我同她都毁灭。而（und）我则满心欢喜地把她置我于死地的这杯酒一饮而尽（schlürfe）。她常常友善地望着我，这柔和的目光（Blick）意味着什么？常常——不，不常常，不过有时的确这样。她怡然地接受了我感情的下意识流露（unwillkührlichen Ausdruck meines Gefühles），额头上显现出对我忍耐的同情。

昨天，当我离开时（wegging），她握住我的手说：再见，亲爱的维特！亲爱的维特！这是她第一次叫我亲爱的（... hieß），叫得我浑身震颤（und es ging mir durch Mark und Bein）。我把这句话重复了上百遍（Ich habe es mir hundertmal wiederhohlt），昨夜上床时（zu Bette），我自言自语，唠叨不停（schwatzte），并脱口而出（sagte ich）：晚安（Gute Nacht），亲爱的维特！说完不禁对自己感到好笑。

11 月 22 日

我不能这么祈祷：让她成为我的！不过，我时常觉得她是我的。我不能这样祈祷：把她赐予我！因为她已属别人。我嘲弄自己的痛苦；可是，如果放弃努力，会有一连串相反的例子反对我的退缩。

11 月 24 日

　　她感觉到了我忍受的痛苦。今天（Heut），她的目光（Blik）深深地射入我的心。我去时她一人在家；我（Ich sagte）没说话，她凝视着我。我在她身上再也看不到可爱的妩媚，看不到闪烁的精神之光（treflichen Geistes）。这一切（all）都在我眼前消失不见。一种更美好的目光打动了我（Blik würkte auf mich），它充满了最深切的同情和最甜蜜的关怀（voll Ausdruk ... des süßten Mitleidens）。为什么我不能跪在她脚下（durft' ich ... zu Füssen）？为什么我不能（durft）搂住她的脖子，答以千百个亲吻？她避开身去，走向钢琴（Claviere），伴着琴声，用她那柔美的歌喉（süsser leiser Stimme）吟唱起一支和谐的曲子。我从未（Nie hab ich ... gesehn）见到她的嘴唇如此迷人，它似乎是渴求地翕张着，吮吸从乐器（Instrumente）中汩汩流出的每个甘美的（süsse）音符，而奇妙的（heimliche）回响就从她甜蜜的（süssen）口中发出。是啊，但愿我能清楚地向你描述这一情景！——我再也忍不住（widerstund），便低下头去发誓：嘴唇呀！上天的精灵在你上面漂浮，我永远不会斗胆给你一个亲吻（Nie will ich's wagen, einen Kuß euch einzudrücken）。——可是……我要……哈！你瞧，这就像矗立在我灵魂（Seelen）前的一道隔墙……这份幸福……然后（da）毁灭……去赎罪（die Sünde abzubüssen）——罪？

184

11 月 24 日

她感觉到了我忍受的痛苦。今天（Heute），她的目光（Blick）深深地射入我的心。我去时她一人在家；我（ich sagte）没说话，她凝视着我。我在她身上再也看不到可爱的妩媚，看不到闪烁的精神之光（trefflichen Geistes）。这一切（alles）都在我眼前消失不见。一种更美好的目光打动了我（Blick wirkte auf mich），它充满了最深切的同情和最甜蜜的关怀（voll Ausdruck . . . des süßesten Mitleidens）。为什么我不能跪在她脚下（durfte ich . . . zu Füßen）？为什么我不能（durfte）搂住她的脖子，答以千百个亲吻？她避开身去，走向钢琴（Clavier），伴着琴声，用她那柔美的歌喉（süßer leiser Stimme）吟唱起一支和谐的曲子。我从未（Nie habe ich . . . gesehen）见到她的嘴唇如此迷人，它似乎是渴求地翕张着，吮吸从乐器（Instrument）中汩汩流出的每个甘美的（süßen）音符，而奇妙的（himmlische）回响就从她纯净的（reinen）口中发出。是啊，但愿我能清楚地向你描述这一情景！——我再也忍不住（widerstand），便低下头去发誓：嘴唇呀！上天的精灵在你上面漂浮，我永远不会斗胆给你一个亲吻（nie will ich es wagen einen Kuß euch aufzudrücken）。——可是……我要……哈！你瞧，这就像矗立在我灵魂（Seele）前的一道隔墙……这份幸福……然后（dann）毁灭……去赎罪（diese Sünde abzubüßen）——罪？

185

11 月 26 日

　　我常对自己说：你的命运是独一无二的；赞美别人的幸福——还没有人受到这般折磨。然后我吟诵起一位古代诗人的作品，似乎觉得，窥见了自己的心。我不能不忍受众多痛苦！啊！难道在我之前已有人如此不幸？

11 月 30 日

我不该，不该复醒！不管我走到哪里，都会碰到使我心烦意乱的事。今天（Heut）！啊，命运（O Schiksal）！啊，人类！

中午时分我到了河边。我没有心思吃饭。四处一片荒凉（so öde），一阵又冷又湿的西风从山那边刮来，灰蒙蒙的雨云飘入了山谷。我看到远处（Von ferne seh ich）有一个人，身穿破旧的绿色外套（Rokke），在山石间爬动，像是在找草药。我走到他近旁，他听到脚步声便转过身来，模样十分引人注目（sah ich eine gar interessante Physiognomie），脸上的（darinn）主要表情是一种沉静的悲哀，但除此以外却透露出一种正直善良的性情（... einen graden Sinn ausdrükte）。他那黑色的头发卷成两团发髻，用簪子插住（gestekt），剩下的编成一条粗粗的辫子，拖在背后（den Rükken herunter hieng）。他的衣着显示出他是个出身卑微的人。我想（glaubt' ich），如果我对他的举动表示关注，他大概不会见怪，所以就问他，他在找什么？我找花。他长叹了一口气回答，不过找不到。这可不是找花的季节。我微笑着说道（sagt' ich）。花有的是（Es giebt so viel Blumen）。他一边说（sagt er），一边朝我走来，在我家的园子里有玫瑰和两种忍冬花。其中一种是我父亲给我的，它们长得像野草（wie's Unkraut），我已经找了两天，可就是找不着。这外边总有（haußen）花，黄的、蓝的和红的，那种矢车菊也长着一种美丽的小花（und das Tausend Güldenkraut hat ein schön Blümgen）。可我一朵也找不到。我觉察到有些古怪，便绕着弯子问道：您要花儿干什么（Was will er denn ...）？他脸上闪过一丝奇异的、抽搐的微笑。您可不要泄露我的秘密（Wenn er mich nicht verrathen will）。他一边说着（sagt er），一边把手指按在（drükte）嘴唇上，我答应送给我的心上人一束花（Schazze einen Straus）。这太好了！我说（sagt ich）。啊，他说（sagt' er），她有许多别的东西（andre Sachen），她很有钱。但她也

11 月 30 日

我不该,不该复醒! 不管我走到哪里,都会碰到使我心烦意乱的事。今天(Heute)! 啊,命运(o Schicksal)! 啊,人类!

中午时分我到了河边。我没有心思吃饭。四处一片荒凉(öde),一阵又冷又湿的西风从山那边刮来,灰蒙蒙的雨云飘入了山谷。我看到远处(Von fern sah'ich)有一个人,身穿破旧的绿色外套(Rocke),在山石间爬动,像是在找草药。我走到他近旁,他听到脚步声便转过身来,模样十分引人注目(sahe ich eine interessante Physiognomie),脸上的(darin)主要表情是一种沉静的悲哀,但除此以外却透露出一种正直善良的性情(… einen geraden Sinn ausdruckte)。他那黑色的头发卷成两团发髻,用簪子插住(gesteckt),剩下的编成一条粗粗的辫子,拖在背后(den Rücken herunter hing)。他的衣着显示出他是个出身卑微的人。我想(glaubte ich),如果我对他的举动表示关注,他大概不会见怪,所以就问他,他在找什么? 我找花。他长叹了一口气回答,不过找不到。这可不是找花的季节。我微笑着说道(sagte ich)。花有的是(Es gibt so viele Blumen)。他一边说(sagte er),一边朝我走来,在我家的园子里有玫瑰和两种忍冬花。其中一种是我父亲给我的,它们长得像野草(wie Unkraut),我已经找了两天,可就是找不着。这外边总有(haussen)花,黄的、蓝的和红的,那种矢车菊也长着一种美丽的小花(und das Tausendgüldenkraut hat ein schönes Blümchen)。可我一朵也找不到。我觉察到有些古怪,便绕着弯子问道:您要花儿干什么(Was will Er denn …)? 他脸上闪过一丝奇异的、抽搐的微笑。您可不要泄露我的秘密(Wenn Er mich nicht verrathen will)。他一边说着(sagte er),一边把手指按在(drückte)嘴唇上,我答应送给我的心上人一束花(Schatz einen Strauß)。这太好了! 我说(sagte ich)。啊,他说(sagte er),她有许多别的东西(andere

187

喜欢您的花朵（seinen Straus）。我应声道（versezt ich）。啊！他继续说，她有宝石和一顶王冠。她叫什么名字？如果联省共和国①雇我，他补充道（versezte er），我会是（wäre）另外一个人！是的，从前有一阵子，我（da mir's）过得很好！现在（Jezt ist's）我一切都完了。现在我是（ich bin nun ...）……他眼泪汪汪地仰天一看，这说明了一切（Ein nasser Blik zum Himmel drükte alles aus）。这么说，您曾经很幸福（glüklich）？我问（fragt）。唉，但愿（wollt）我能重新像以前一样！他说（sagt' er），那时我多么幸福（da war mir's so wohl），多么愉快，就像水中的鱼儿（ein Fisch）一样！海因里希！这时，一个老妇人叫着（rufte）循路走来，海因里希，你在哪里（wo stikst du）？我们（Wir）到处找你，快回家吃饭（Komm zum Essen）。这是您（euer）儿子？我迎上前去问道。是啊，我可怜的儿子！她回答道（versezte sie），上帝给我背上了一个沉重的十字架。他这样多久了（Wie lang ...）？我问（fragt）。他这样安静已有半年（halb Jahr）。她说，谢天谢地，他能这样。先前（Vorher），他有整整一年（ganz Jahr）发了狂，给锁上了链条，关在疯人院里。现在（Jezt）他不会伤害别人，只是一直念念不忘国王和皇帝（zu thun）。他曾是个善良文静的人，供养我，还写得一手好字，后来沉思不语，发了一次高烧（hitzig Fieber），过后就疯了，现在便是您见到的这个样子（wie sie ihn sehen）。如果要我讲给您听（Wenn ich ihm erzählen sollt），先生……我打断了她滔滔不绝的话，问道（ihren Strom von Erzählugen mit der Frage）：他夸耀说，自己有一阵子过得很不错，非常幸福，这是怎么一个时候？（was denn das für eine Zeit wäre von der er so rühmte, daß er so glüklich, so wohl darinn gewesen

188

---

① 联省共和国：指当时被视为特别富有的荷兰政府。

Sachen），她很有钱。但她也喜欢您的花朵（seinen Strauß）。我应声道（versetzte ich）。啊！他继续说，她有宝石和一顶王冠。她叫什么名字？如果联省共和国①雇我，他补充道（versetzte er），我会是（wär'）另外一个人！是的，从前有一阵子，我（da mir es）过得很好！现在（Jetzt ist es）我一切都完了。现在我是（Ich bin nun ...）……他眼泪汪汪地仰天一看，这说明了一切（Ein nasser Blick zum Himmel drückte alles aus）。这么说，您曾经很幸福（glücklich）？我问（fragte）。唉，但愿（wollte）我能重新像以前一样！他说（sagte er），那时我多么幸福（Da war mir es so wohl），多么愉快，就像水中的鱼儿（einem Fische）一样！海因里希！这时，一个老妇人叫着（rief）循路走来，海因里希，你在哪里（wo steckst du）？我们（wir）到处找你，快回家吃饭（komm zum Essen）。这是您（Euer）儿子？我迎上前去问道。是啊，我可怜的儿子！她回答道（versetzte sie），上帝给我背上了一个沉重的十字架。他这样多久了（Wie lange ...）？我问（fragte）。他这样安静已有半年（halbes Jahr）。她说，谢天谢地，他能这样。先前（vorher），他有整整一年（ganzes Jahr）发了狂，给锁上了链条，关在疯人院里。现在（Jetzt）他不会伤害别人，只是一直念念不忘国王和皇帝（zu schaffen）。他曾是个善良文静的人，供养我，还写得一手好字，后来沉思不语，发了一次高烧（hitziges Fieber），过后就疯了，现在便是您见到的这个样子（wie Sie ihn sehen）。如果要我讲给您听（Wenn ich Ihm erzählen sollte），先生……我打断了她滔滔不绝的话，问道（den Strom ihrer Worte mit der Frage）：他夸耀说，自己有一阵子过得很不错，非常幸福，这是怎么一个时候？（was war denn das für eine Zeit，von der er rühmt，daß er so glücklich，

189

---

① 联省共和国：指当时被视为特别富有的荷兰政府。

wäre.）这个傻瓜（thörige）！她带着怜悯的微笑大声说道，他指的是他发狂的那段时间，他一直夸耀。那时（Das ist die Zeit）他被人关在疯人院里，精神失常。这对我来说犹如一声炸雷。我朝她手中塞了一个钱币（ich drükte ihr ein Stük Geld ...），匆匆离她而去。

那时你是幸福的（glüklich）！我大声叫着，快步向城里走去，那时你（dir's）像水中游鱼一般快活！——天堂中的上帝！难道你这样决定了人的命运（Hast du das zum Schiksaal），他只有在获得理智之前（als eh sie ...）和失去理智之后才能幸福（glüklich）！——可怜的人！我多么羡慕（beneid）你的悒悒不欢和神志不清！你满怀希望地出去，替你的王后（Königin）采花（pflükken）——在冬天——因为找不到花朵儿忧伤，并且不明白为什么找不到。可我，也跑出家门，既无希望，又无目的（Zwek），最后怎样出来又怎么回去（kehr wieder）。你幻想着，如果联省共和国雇用你，你将成为怎样的人。幸福的人儿，你能把缺少幸福（Glükseligkeit）归于尘世的阻碍！你不觉得，不觉得你（Du fühlst nicht）不幸的原因是你破碎的心灵和被毁的头脑，世间任何国王都无力助你。

嘲笑一个求医去了最最遥远的温泉、反而加重了病情和使死亡更加临近的病人，蔑视一个为摆脱良心的谴责、解除心灵的痛苦而去朝拜圣墓的老人，这种人将不得善终！他用脚掌（Solen）在尚未开通的路上踏出的每一步，都给受惊的灵魂注入一滴缓解剂，坚持每一天的旅行（Tagreise），躺下时内心的苦恼会大大减轻（um viel Bedrängniß）。——你们这些坐在安乐椅上的空谈家（Ihr Wortkrämer），难道你们可以称这为疯狂——疯狂！啊，上帝，你看见了我的眼泪！你把人类创造得够可怜了，难道还要塞给他一些兄弟，让他们夺走他这仅有的一点东西（das bisgen Armuth），以及对你，对你这博施济众者的一点点（bisgen）信任！对医治百病的草根

so wohl darin gewesen sey?）这个傻瓜（thörichte）！她带着怜悯的微笑大声说道，他指的是他发狂的那段时间，他一直夸耀。那时（das ist die Zeit）他被人关在疯人院里，精神失常。这对我来说犹如一声炸雷。我朝她手中塞了一个钱币（ich drückte ihr ein Stück Geld ...），匆匆离她而去。

那时你是幸福的（glücklich）！我大声叫着，快步向城里走去，那时你（dir es）像水中游鱼一般快活！——天堂中的上帝！难道你这样决定了人的命运（hast du das zum Schicksale），他只有在获得理智之前（als ehe sie ...）和失去理智之后才能幸福（glüklich）！——可怜的人！我多么羡慕（beneide）你的悒悒不欢和神志不清！你满怀希望地出去，替你的王后（Königinn）采花（pflücken）——在冬天——因为找不到花朵儿忧伤，并且不明白为什么找不到。可我，也跑出家门，既无希望，又无目的（Zweck），最后怎样出来又怎么回去（kehre wieder）。你幻想着，如果联省共和国雇用你，你将成为怎样的人。幸福的人儿，你能把缺少幸福（Glückseligkeit）归于尘世的阻碍！你不觉得，不觉得你（du fühlst nicht）不幸的原因是你破碎的心灵和被毁的头脑，世间任何国王都无力助你。

嘲笑一个求医去了最最遥远的温泉、反而加重了病情和使死亡更加临近的病人，蔑视一个为摆脱良心的谴责、解除心灵的痛苦而去朝拜圣墓的老人，这种人将不得善终！他用脚掌（Sohlen）在尚未开通的路上踏出的每一步，都给受惊的灵魂注入一滴缓解剂，坚持每一天的旅行（Tagereise），躺下时内心的苦恼会大大减轻（um viele Bedrängnisse）。——你们这些坐在安乐椅上的空谈家（ihr Wortkrämer），难道你们可以称这为疯狂？——疯狂！啊，上帝，你看见了我的眼泪！你把人类创造得够可怜了，难道还要塞给他一些兄弟，让他们夺走他这仅有的一点东西（das bißchen Armuth），以及以及葡萄的眼泪（Thränen des Weinstoks）①的信任，不也就是对你的信任（was ist's，als Vertrauen zu dir）？因为我们相信你给我们身边的（umgiebt）万物注入了我们无时无刻不需要的治病去痛的力量（Lindrungskraft）。父亲啊，我未曾见过面的父亲，你曾充实了我的整个心灵，可现在又背过脸去不再认我，把我召回（Rufe）你身边去吧！别再良久沉默！你的（Dein）沉默使我这颗焦灼的（durstende）心无法再承受。——儿子出人意料地回家（rükkehrender）了，抱住父亲的脖子叫道（rief）：我回来了，父亲！不要生气，我中断了漫游，没有按照你的意愿长久地坚持。世界到处都一样，劳碌（auf Müh）才有报酬，工作才有欢乐；但这些对我有何意义？我只有和你在一起才感到幸福，我愿意在你的面前受苦和享乐（geniessen）。一个人，一个父亲，面对此情此景，难道还能发怒？而你，仁慈的天父，难道会把他从你的身边赶走？

① 葡萄的眼泪：指酒。

对你，对你这博施济众者的一点点（bißchen）信任！对医治百病的草根以及葡萄的眼泪（Thränen des Weinstockes）①的信任，不也就是对你的信任（was ist es als Vertrauen zu Dir）？因为我们相信你给我们身边的（umgibt）万物注入了我们无时无刻不需要的治病去痛的力量（Linderungskraft）。父亲啊，我未曾见过面的父亲，你曾充实了我的整个心灵，可现在又背过脸去不再认我，把我召回（rufe）你身边去吧！别再良久沉默！你的（dein）沉默使我这颗焦灼的（dürstende）心无法再承受。——儿子出人意料地回家（rückkehrender）了，抱住父亲的脖子叫道（riefe）：我回来了，父亲！不要生气，我中断了漫游，没有按照你的意愿长久地坚持。世界到处都一样，劳碌（auf Mühe）才有报酬，工作才有欢乐；但这些对我有何意义？我只有和你在一起才感到幸福，我愿意在你的面前受苦和享乐（genießen）。一个人，一个父亲，面对此情此景，难道还能发怒？而你，仁慈的天父，难道会把他从你的身边赶走？

① 葡萄的眼泪：指酒。

12 月 1 日 (am 1. Dez.)

威廉，我上次信中告诉你的那个人，那个幸福的不幸者 (glükliche Unglükliche)，曾是洛特父亲的秘书，他 (eine ungelükliche) 对她心怀一片痴情，先是埋藏在心里，后来被发现 (entdekte) 了，随即被解除了职务 (und aus dem Dienst geschikt wurde)，并由此发了疯。请你在读这些枯燥的 (troknen) 话时体味一下 (Fühle Kerl)，这个荒唐的故事怎样打动了我的心。阿尔贝特就是这样不动声色地告诉我，如同你 (dus') 现在大概读出的味道一样。

12 月 1 日(am 1. Dec.)

威廉，我上次信中告诉你的那个人，那个幸福的不幸者
(glückliche Unglückliche)，曾是洛特父亲的秘书，他(eine)对她心
怀一片痴情，先是埋藏在心里，后来被发现(entdeckte)了，随即被解
除了职务(und worüber er aus dem Dienst geschickt wurde)，并由此
发了疯。请你在读这些枯燥的(trocknen)话时体味一下(Fühle)，这
个荒唐的故事怎样打动了我的心。阿尔贝特就是这样不动声色地告
诉我，如同你(du sie)现在大概读出的味道一样。

12 月 4 日(am 4. Dez.)

192 　　我求你……你瞧(siehst du),我完了,我无法再忍受下去(Ich trag das all nicht länger)! 今天我在她那儿(Heut sas)……坐着(sas),她弹着钢琴,各种曲调(manchfaltige Melodien),全都美妙无比(und all den Ausdruk)! 全都! 全都! 你说怎么办? ……她的小妹妹(Schwestergen)坐在我膝上,打扮着(puzte)她的布娃娃。泪水涌入我的(Meine)眼眶。我低下头去,她的结婚戒指映入我的眼帘。——泪水流淌而下。——突然,她弹起了那支熟悉的仙乐般的(himmelsüsse)曲子,那么突然,一种慰藉的感觉流过我的心田;同时还有对往事(all des Vergangenen)、对以前听到这支曲调、对沉溺于阴郁烦恼中的时日(all der Zeiten)以及对破灭的希望的回忆。还有……我起身(gieng)在屋里来回走动,心头压抑,几近窒息(mein Herz erstikte unter all dem)。看在上帝的分上(Willen),我情绪激动,突然发作,冲到她跟前嚷道(sagt ich),看在上帝的分上,请您别再弹了(... Willen hören sie auf)! 她停下,直呆呆地望着我。维特,她微笑着说,笑容刺向我的心灵(Seele gieng),维特,您病得厉害,讨厌起自己最心爱的东西了。您走吧(sie),我求您(sie),去安静一下(sie)。我从她身边一下跑开,并且……上帝! 您看到了我的不幸,大概会让它结束。

12 月 4 日（am 4. Dec. ）

我求你……你瞧（Siehst du），我完了，我无法再忍受下去（Ich trag' es nicht länger）！今天我在她那儿（Heute saß）……坐着（saß），她弹着钢琴，各种曲调（mannichfaltige Melodieen），全都美妙无比（und all den Ausdruck）！全都！全都！你说怎么办？……她的小妹妹（Schwesterchen）坐在我膝上，打扮着（putzte）她的布娃娃。泪水涌入我的（meine）眼眶。我低下头去，她的结婚戒指映入我的眼帘。——泪水流淌而下。——突然，她弹起了那支熟悉的仙乐般的（himmelsüße）曲子，那么突然，一种慰藉的感觉流过我的心田；同时还有对往事（des Vergangenen）、对以前听到这支曲调、对沉溺于阴郁烦恼中的时日（der Zeiten）以及对破灭的希望的回忆。还有……我起身（ging）在屋里来回走动，心头压抑，几近窒息（mein Herz erstickte unter dem Zudringen）。看在上帝的分上（willen），我情绪激动，突然发作，冲到她跟前嚷道（sagte ich），看在上帝的分上，请您别再弹了（... willen hören Sie auf）！她停下，直呆呆地望着我。维特，她微笑着说，笑容刺向我的心灵（Seele ging），维特，您病得厉害，讨厌起自己最心爱的东西了。您走吧（Sie），我求您（Sie），去安静一下（Sie）。我从她身边一下跑开，并且……上帝！您看到了我的不幸，大概会让它结束。

193

12 月 6 日（am 6. Dez.）

　　她的倩影和我寸步不离！醒着，醒着，她都占据了我整个心灵！这里，倘若我合上（schliesse）眼睛，在我这汇聚了内视力的额头里，便出现了（stehen）她那乌黑的眸子。就在这里！我无法向你表达清楚（dir's nicht ausdrükken）。每当我闭上双眼（Mach ... zu），它们就会出现，像一片大海（wie ein Meer），像一道溪流，在我面前，在我心里，占据了我额头里（Stirne）的感官。

　　人究竟是什么，这个备受赞美的半神！当他最需要力量的时刻，不正是缺少力量（da eben die Kräfte）！当他在欢乐中翱翔或在痛苦中下沉时，他不都是渴望着遁身于无穷无尽（Unendlichen zu verliehren sehnte），然而又（wieder zu）被阻拦，被带回到迟钝和冷漠的意识中（Bewustseyn zurükgebracht）？

12 月 6 日 (am 6. Dec.)

她的倩影和我寸步不离！醒着，醒着，她都占据了我整个心灵！这里，倘若我合上(schließe)眼睛，在我这汇聚了内视力的额头里，便出现了(stehn)她那乌黑的眸子。就在这里！我无法向你表达清楚(dir es nicht ausdrücken)。每当我闭上双眼(Mache ... zu)，它们就会出现，像一片大海(少)，像一道溪流，在我面前，在我心里，占据了我额头里(Stirn)的感官。

人究竟是什么，这个备受赞美的半神！当他最需要力量的时刻，不正是缺少力量(eben da die Kräfte)！当他在欢乐中翱翔或在痛苦中下沉时，他不都是渴望着遁身于无穷无尽(Unendlichen zu verlieren sehnte)，然而又(zu)被阻拦，被带回到迟钝和冷漠的意识中(Bewußtseyn zurückgebracht)？

12月8日①

亲爱的威廉,我目前处于那些不幸的人也一定身处过的境况,人们相信,这些人是在被一个凶神四处驱赶。我时常感到被什么东西攫住不放。这不是害怕,也不是渴望,——是一种内在的和无名的癫狂,它威胁着要撕裂我的胸脯,扼住我的喉咙! 可怕呀! 可怕! 我只能在这严冬季节的骇人的夜色中游荡。

昨天晚上,我也不得不出去,突然碰到融雪的天气。我听见河水泛滥,小溪猛涨,洪水从瓦尔海姆方向直泻而下,淹没了我那可爱的山谷! 夜里十一时过后我跑出家门,只见汹涌的洪水从岩石上奔腾而下,在月光中急速旋转,淹没了农田、草地、树篱和其他一切东西,广阔的山谷顿时成了一个在狂风呼啸中怒涛澎湃的海洋,一幅可怕的图景! 而当月光重新出现,静卧乌云上方,眼前的洪水便在可怕和壮观的月光映射中更是咆哮不停,我胆战心惊,生出一种渴望! 我面对深渊,张开双臂,气喘不定。下去! 下去! 我沉醉于狂喜之中,真想让我的烦恼、我的悲伤像波涛一样奔腾而下,怒吼而去! 唉! 我却无力从地上抬起双腿,去结束这一切的忧伤! ——我的寿数未尽,我感觉到! 啊,威廉! 我多么想同这狂风一起去扯碎乌云,去拽住洪水,宁愿为此抛却生命! 哈! 难道这被囚禁的人,不会有一次得到这种狂喜?

我伤心地俯瞰那个地方,我曾和洛特在一次令人激动的散步时在那里的一棵柳树下小憩,它也被淹没了,我几乎已看不出柳树! 威廉! 我还想到她家的草地,以及猎庄的周围地区! 我又想到,我们的凉亭现在不知被急流毁成了什么样子! 想到这里,昔日的阳光照射进来,就像一个囚犯梦见了牧群、草场和荣耀。我立住了脚! ——我

---

① 版本一中有《12月8日》日记,版本二把该日记的内容放入之后的《编者致读者》这部分当中,并改成《12月12日》日记。

195

没有责备自己，竟想去死。我本该……

现在我坐在这里像个老太婆，从篱笆上拾取柴火，沿门乞讨着饭食，为的是苟延残喘，排遣那毫无乐趣的生命。

197

12 月 17 日①

　　怎么回事,我亲爱的朋友? 我竟对自己感到害怕! 难道我对她的爱不是最神圣、最纯洁和最具兄妹之情的爱? 难道我的灵魂中曾怀有一种该受惩罚的愿望? ——我不想保证——可现在,这些梦! 啊,那些把矛盾的作用归于陌生力量的人,感觉是多么正确! 这一夜! 说起来真让我发抖,我把她搂抱在自己的臂膀里,紧紧地贴在胸前,把无数的亲吻印在她情语绵绵的嘴上;我的目光沉湎在她双眼的朦胧醉意中! 主啊! 我现在还感受到这天堂般的幸福,由衷地追忆着这个灼人的欢乐,难道我该为此受罚? 洛特! 洛特! ——我完了! 我失魂落魄,八天来一直神志不清,眼中满是泪水。我在哪里都不舒服,又在哪里都舒服。我什么都不希望,什么都不要求。看来我还是走了的好。

---

① 版本一中有《12 月 17 日》日记,版本二把该日记的内容放入之后的《编者致读者》这部分当中,并改成《12 月 14 日》日记。

编者致读者

198　　　为了把我们的朋友在最后那离奇的日子里所经历的一切详尽地呈现给大家,我不得不有时展示他遗留下的一些书信,有时插入自己的叙述,而叙述的内容大多是我从洛特、阿尔贝特、维特的仆人以及其他见证人之口打听而来。

200　　　维特的热情逐渐损害到阿尔贝特和妻子之间的和睦,阿尔贝特是个本分的人,他爱自己的妻子,默默地忠于她,之后还把与她相敬如宾当成自己的分内事。有一点变得不同,虽然他不愿承认,但这点不同把他即将成为新郎的当下时光弄糟了:维特对洛特的依恋激起他内心里的某种反感情绪,这种依恋于他是对他权力的一种侵犯,是对他无声的谴责。日常事务繁杂、烦心,且薪水菲薄,一切都使阿尔贝特心绪愈加不宁,而维特的情况也让他成了一个郁郁寡欢的伴侣,因为心中的焦灼吞噬了他余下的精神力量、他的活力以及他的机智。因此,洛特最终也不可避免地被传染了,陷入一种忧郁的情绪之中,却让阿尔贝特以为,这是由于她对情人的激情日盛,让维特以为,这是她对丈夫怪异行为的深恶痛绝。两个朋友之间相互猜疑,以致同时在场都让彼此难以容忍。当维特在他妻子房间里时,阿尔贝特常常离开屋子。在洛特那里碰了几次壁之后,维特也注意到这一点,在几次失败的尝试之后,便专挑阿尔贝特忙于公务的时间来看望洛特。但由此又滋生了新的不快,夫妻两人之间的嫌隙越来越深,终于,阿尔贝特向他的妻子抛下几句干巴巴的话:为了让别人少说闲话,她应该设法减少维特来访的次数。

编者致读者

我多么希望，我们的朋友在最后那离奇的日子里，给我们留下足　199
够的手迹，这样，我就不需要以叙述打破他遗书的连续性。

我尽力从了解他的人嘴中收集准确的消息，他们讲的故事很简
单，各种说法直到一些个别细节都大致相同；只是对当事人的性情的
看法与评价不一。

我们所能做的，只是对这些通过不断努力打听到的事加以认真
叙述，并插入一些死者留下的信件，不放过找到的最小一张纸条。不
过即使这样，要发现个别行动的真实动机，也很困难，因为事情发生
在一些不同寻常的人中间。

愤怒和不快在维特的心中越扎越深，它们互相缠绕，渐而控制了
他整个身心。他精神的和谐被完全打破了，内心的激动和烦躁把他
天赋的力量搞得纷乱，造成了最坏的影响，最后他心力交瘁。为了摆
脱这种境况，他竭力挣扎，使出了比同以往一切灾难斗争更大的劲。
最后，心中的焦灼吞噬了他余下的精神力量、他的活力以及他的机
智。他成了一个郁郁寡欢的伴侣，变得不幸，越是不幸，就越发糊涂；
至少阿尔贝特的朋友们这样说。他们认定，维特对这样一个真诚稳
重、现在获得了渴望已久的幸福的人以及他那着眼于在将来保持这　201
个幸福的行为，都不能做出评价。他像一个一天就把全部财产挥霍
殆尽、到了晚上只能受苦挨饿的人。他们说，阿尔贝特在这么短的时
间里没有改变，他依然如旧，是维特一开始就认识的、非常看重和尊
敬的人。他爱洛特超过一切，为她骄傲，并希望人人都懂得视她为最
最可爱的人儿。他希望清除任何猜疑的迹象，他不愿哪怕是瞬间，以
任何清白无邪的方式同别人分享这个珍贵的宝贝。难道可以因此而
怪他？他们承认，当维特在他妻子身旁时，他常常离开屋子。但这不
是出于憎恨厌恶他的朋友，而仅仅是因为他感到，有他在场，维特会
感到拘谨。

202

　　洛特的父亲生了病，只能待在家里，他给洛特派来一辆马车，她坐车出了门。那是个美丽的冬日，初雪下得很大，盖满了整个地区。

　　维特第二天早上随后跟了过去，如果阿尔贝特不去接她，自己准备陪她回来。

　　晴朗的天气对他忧郁的情绪没多大作用，他心头沉重，许多悲哀的情景占据了脑海，痛苦的念头接踵而来。

　　他自己生活在永远的不满中，别人的情况也就变得更加可疑和混乱。他觉得自己妨碍了阿尔贝特和他妻子间融洽的关系，他责备着自己，但责备中又混杂了对那位丈夫的暗暗不满。

　　途中，他的思绪也落到这件事上。是的，是的，他自言自语，还暗自恨恨地咬牙，这就叫亲密的、友好的、温柔的和体贴关心的态度！这无言和持久的忠诚！这是厌倦和漠不关心！难道每一件无聊的公务对他来说不是都比自己忠实可爱的妻子有更大的吸引力？他占有了她，不错，他占有了她——这我知道，正如我还知道别的事一样；我已习惯于这个想法，他会让我发疯，会置我于死地。他对我的友谊难道无懈可击？他难道没有已经把我对洛特的依恋看作是对他权力的一种侵犯？把我对洛特的关心视为一种无声的谴责？我清楚地知道，我感觉到，他不喜欢看到我，他希望我离去，我的在场已对他造成了妨碍。

　　他不时停住自己匆匆的脚步，他不时静静地站住，像是要回转身去；但他依然继续往前走，一边想着，一边喃喃自语，最后不由自主地到了猎庄。

　　他走进门，问了老人和洛特的情况，发觉这里有些骚动。最大的男孩告诉他，对面瓦尔海姆出了一件事，一个农民被杀死了！这没有对他造成多大印象。——他走进屋中，看到洛特正在竭力说服父亲。老人不顾自己的病情，想到那里去，在现场调查此案。凶手还未查

204

明。有人早上在屋门口发现了死者，估计他是一个寡妇的雇工。这位寡妇先前另有一个雇工，他是愤愤不平地离开的。

听到这里，维特激动地跳了起来。竟有这样的事！他叫出了声，我一定要去看看，一刻也不能耽搁。他急忙赶往瓦尔海姆，往事记忆犹新，他马上就猜出，这事是他曾多次提起、被他很看重的那个人干的。

到那个停放尸体的小酒店去，他必须经过那两棵菩提树。到了这个以前那么心爱的地方，他大吃一惊。那个以前邻家孩子们常坐在上面玩耍的门槛，现在溅满了鲜血。爱情与忠诚是人类最美的情操，现在却变成了暴力和谋杀。粗壮的树干挺立在那里，落去了叶子，披上了严霜；笼罩在公墓矮墙上的美丽树篱，也已落尽叶子，盖着白雪的墓碑便从空隙中露了出来。

205

酒店前聚着全村的人。当他走近时，突然响起一阵喊叫。远处可以看到一群手拿武器的男人。大家都叫喊起来，凶手被带来了。维特也抬眼望去，再也没有疑问了。是的，正是那个拼命爱着那个寡妇的雇工，不久前，维特还遇见过他。他当时怨恨绵绵，满心绝望地四处徘徊。

看你干了些什么，不幸的人！维特叫嚷着朝那犯人走去。这人默默无言地看着他，好一会儿，才从容不迫地答道：谁也别想娶她，她也不能嫁给别人。人们把犯人带入酒店，维特急忙离去。

碰到这件可怕的、令人震惊的事，他心中的一切乱成一团。一时间，他像是被人从自己的悲哀、郁闷和无所谓的自暴自弃中拖扯而出，对雇工产生了无限的同情，继而感到一种难以表述的救他的热望。他觉得他太不幸了，他认为他虽是罪犯，但本身是无辜的。他设身处地，替他着想，确信能说服别人。他急欲马上能替他辩护，有力的辩护词已经脱口欲出。他匆匆赶回猎庄，半路上已忍不住把想对

206

208

行政官陈述的话低声说了出来。　　　　　　　　　　　　　　207

当他进屋时,发现阿尔贝特也在场,一时有些扫兴,但还是振作精神,性急地向行政官讲述自己的看法。他连连摇头。尽管维特讲得那么生动、热情和恳切,用上了一切替他辩解的话,但不难想象,行政官没有动心,漠然置之。而且,没让我们的朋友说完,他还激烈地反驳并指责他,这是在庇护一个杀人犯。他向他指出,如此办理,法令会被取消,国家的安全也会受损。他还补充道,他在这样一件事上,除了负起最大的责任,毫无其他办法;一切都必须照章行事,按规定的程序办理。

维特没有就此罢休,甚至提出这样的请求,倘若有人帮他逃跑,希望行政官能视而不见!这也遭到了拒绝。阿尔贝特最后也插话,不过站在老人一边。维特的意见遭到了否决。他心怀可怕的痛苦起身离开。在此之前,行政官对他多次讲道:不,他没救了!

这句话给了他多大的刺激,从他肯定是当天写下的一张纸上可以看出。这是以后在他的文稿中找到的:

你没救了,不幸的人!我明白,我们都没救了!

至于阿尔贝特最后当着行政官的面就那个犯人所讲的一番话,使维特非常反感。他甚至觉得里面有几句敏感的话是针对他讲的。经过反复的思考,他以自己的颖悟明白了这两个男人或许有理。尽管如此,要他承认或同意这点,似乎是要他背弃内心的自我。　　209

我们在他的文稿中找到一张与此有关的纸条,这或许能说明他同阿尔贝特的全部关系。

我反复对自己说,他善良、正派,但这有什么用?我五内如焚,无法做到公正。

那是个宜人的晚上,冰雪开始融化,洛特和阿尔贝特步行回家,半路上她不时左顾右盼,似乎是缺少维特的陪伴而惘然若失。阿尔在这段时间里，在这种情况下，维特弃世的决心在心中越来越占上风。他认为这是一直以来他所能做出的最好的打算，特别是他回到洛特身边以后。

但他还是告诫自己，行动不应太急、太快，而应怀着最好的信念和尽可能沉稳的决心完成这一步骤。

他的重重顾虑，他的自我矛盾，可以从一张纸条中看出。这是从他文稿中发现的，看来是写给威廉的一封信的开头，未署日期：

她的存在，她的命运，她对我的同情，从我枯死的心中挤走了最后的眼泪。

拉开帷幕，跨入幕后！这就是了结一切！为什么迟疑不决，畏缩不前？因为没人知道，幕后景象如何？因为不能重返尘世？这正是我们精神的特点，哪里我们不能确切地把握知悉，就担心在那里是一片混乱和黑暗。

在公使馆经历的懊恼，令他无法释怀。虽然他很少提及，这件事也已久远，但仍然可以感觉得到，这使他的荣誉遭受了无法弥补的伤害，该事件曾让他对一切日常事务和政治效应产生厌恶。结果，他任凭自己沉湎于古怪的情感和思维方式中——这些我们可以从他的信里看到——沉湎于无限制的激情中，通过这种方式，他把自己旺盛的精力消耗殆尽。他一味地同那个可亲可爱的人儿作令人悲哀的周旋，打扰她的宁静，既无目的，又无希望地不断耗费自身的活力，终于把自己逼向那个可怕的行动。

贝特开始谈他。他指责维特，同时也不忘公正。他提到了他那不幸的热情，并希望，尽可能让他离开。我希望这样，是为了我们的缘故。他说，另外，我求你，他继续说道，设法改变一下他对你的态度，减少他来拜访我们的次数。人们会注意的。我知道，已经有人到处说闲话了。洛特沉默不语。阿尔贝特似乎觉察到了她的沉默。至少从此再也不当着她的面提起维特。即使她谈到他，他也不接话头，或把话题引到别的事上。

　　维特为救那个不幸者所做的徒劳的尝试，是一盏行将熄灭的灯火最后发出的闪亮。他从此更深地陷入了痛苦与无所事事中，特别是当他听说，那人现在否认自己有罪，而他自己甚至也许会被传唤出庭当控诉他的证人时，气得几乎要发疯。

　　他在实际生活中遇到的种种不快，在公使馆的懊恼和其他一切的失败，以及所受的屈辱，这时一起在他心头上下翻腾。经历了这一切，他觉得自己有理由无所事事。他发现自己的一切出路均被切断，甚至已无力把握和处理日常生活事务。结果，他任凭自己沉湎于古怪的情感、思维方式以及无限制的激情中，一味地同那个可亲可爱的人儿作令人悲哀的周旋，打扰她的宁静，既无目的，又无希望地不断耗费自己的精力，越来越接近一个悲惨的结局。

　　这里，我们编入他的几封遗书，以作为他的迷惘和激情，他那无休止的企望与追求，以及他厌世的明证。

212

214

12月12日①

亲爱的威廉,我目前处于那些不幸的人也一定身处过的境况,人们相信,这些人是在被一个凶神四处驱赶。我时常感到被什么东西攫住不放。这不是害怕,也不是渴望,——是一种内在的和无名的癫狂,它威胁着要撕裂我的胸脯,扼住我的喉咙!可怕呀!可怕!我只能在这严冬季节的骇人的夜色中游荡。

213

昨天晚上,我也不得不出去,突然碰到融雪的天气。我听见河水泛滥,小溪猛涨,洪水从瓦尔海姆方向直泻而下,淹没了我那可爱的山谷!夜里十一时过后我跑出家门,只见汹涌的洪水从岩石上奔腾而下,在月光中急速旋转,淹没了农田、草地、树篱和其他一切东西,广阔的山谷顿时成了一个在狂风呼啸中怒涛澎湃的海洋,一幅可怕的图景!而当月光重新出现,静卧乌云上方,眼前的洪水便在可怕和壮观的月光映射中更是咆哮不停,我胆战心惊,生出一种渴望!我面对深渊,张开双臂,气喘不定。下去!下去!我沉醉于狂喜之中,真想让我的烦恼、我的悲伤像波涛一样奔腾而下,怒吼而去!唉!我却无力从地上抬起双腿,去结束这一切的忧伤!——我的寿数未尽,我感觉到!啊,威廉!我多么想同这狂风一起去扯碎乌云,去拽住洪水,宁愿为此抛却生命!哈!难道这被囚禁的人,不会有一次得到这种狂喜?

我伤心地俯瞰那个地方,我曾和洛特在一次令人激动的散步时在那里的一棵柳树下小憩,它也被淹没了,我几乎已看不出柳树!威廉!我还想到她家的草地,以及猎庄的周围地区!我又想到,我们的凉亭现在不知被急流毁成了什么样子!想到这里,昔日的阳光照射进来,就像一个囚犯梦见了牧群、草场和荣耀。我立住了脚!——我

215

---

① 版本二中的《12月12日》日记即版本一中《编者致读者》之前的《12月8日》日记。

没有责备自己,竟想去死。我本该……现在我坐在这里像个老太婆,从篱笆上拾取柴火,沿门乞讨着饭食,为的是苟延残喘,排遣那毫无乐趣的生命。

12 月 14 日①

怎么回事,我亲爱的朋友? 我竟对自己感到害怕! 难道我对她的爱不是最神圣、最纯洁和最具兄妹之情的爱? 难道我的灵魂中曾怀有一种该受惩罚的愿望? ——我不想保证——可现在,这些梦! 啊,那些把矛盾的作用归于陌生力量的人,感觉是多么正确! 这一夜! 说起来真让我发抖,我把她搂抱在自己的臂膀里,紧紧地贴在胸前,把无数的亲吻印在她情语绵绵的嘴上;我的目光沉湎在她双眼的朦胧醉意中! 主啊! 我现在还感受到这天堂般的幸福,由衷地追忆着这个灼人的欢乐,难道我该为此受罚? 洛特! 洛特! ——我完了! 我失魂落魄,八天来一直神志不清,眼中满是泪水。我在哪里都不舒服,又在哪里都舒服。我什么都不希望,什么都不要求。看来我还是走了的好。

在这段时间里,在这种情况下,维特想要弃世的决定在他内心日渐强烈。自从他回到洛特身边以来,这一直是他最后的前景和希望,但他还是告诫自己,行动不应太急、太快,而应怀着最好的信念和尽可能沉稳的决心完成这一步骤。

他的重重顾虑,他的自我矛盾,可以从一张纸条中看出。这是从他文稿中发现的,看来是写给威廉的一封信的开头,未署日期:

217

她的存在,她的命运,她对我的同情,从我枯死的心中挤走了最后的眼泪。

拉开帷幕,跨入幕后! 这就是了结一切! 为什么迟疑不决,畏缩不前? 因为没人知道,幕后景象如何? 因为不能重返尘世? 哪里我

---

① 版本二中的《12 月 14 日》日记即版本一中《编者致读者》之前的《12 月 17 日》日记。

们不能确切地把握知悉,就担心在那里是一片混乱和黑暗。

　　他与这个悲观的念头越来越感到可亲可近,决心也就变得坚定和不可动摇。下面这封给朋友的语意双关的信便是一个证明。

12 月 20 日

威廉，谢谢你的（Deiner）友情，谢谢你这样理解我的话，是的，你说得对（Ja Du hast recht）：我（Mir）看来还是走了（gienge）的好。你建议我回到（Rükkehr）你们那里去，这我不十分喜欢，至少我还想（möcht ich noch gern）绕道而行，特别是我们都希望天气还能持续寒冷，路也会好走一些。另外我（mir's）也非常高兴，你想来接我回去（mich abzuholen）；不过请再推迟（verzieh）两个星期，待接到我的信再（weitern）作打算。强摘的（gepflükt werde, eh es ...）果子吃不得。两个星期左右的时间可以办很多事。请告诉（Du sagen）我母亲，请（beten）她为自己的儿子祈祷，请她原谅我给她带来的一切烦恼（all des Verdrusses）。我本该给他们带去欢乐，却使他们悲伤，这正是我的命运（Schiksal）。再见，我最亲密的朋友（Leb wohl）！愿苍天赐予你（über Dich）一切幸福（Leb wohl）！

218

正是在圣诞节前的一个星期天，维特去看洛特，发现她独自一人（An eben dem Tage, es war der Sonntag vor Weihnachten, kam er

12 月 20 日

威廉,谢谢你的(deiner)友情,谢谢你这样理解我的话,是的,你说得对(Ja, du hast Recht):我(mir)看来还是走了(ginge)的好。你建议我回到(Rückkehr)你们那里去,这我不十分喜欢,至少我还想(möchte ich noch gerne)绕道而行,特别是我们都希望天气还能持续寒冷,路也会好走一些。另外我(mir es)也非常高兴,你想来接我回去(mich abzuhohlen);不过请再推迟(verziehe)两个星期,待接到我的信再(weiteren)作打算。强摘的(gepflückt werde, ehe es ...)果子吃不得。两个星期左右的时间可以办很多事。请告诉(du sagen)我母亲,请(bethen)她为自己的儿子祈祷,请她原谅我给她带来的一切烦恼(alles Verdrusses)。我本该给他们带去欢乐,却使他们悲伤,这正是我的命运(Schicksal)。再见,我最亲密的朋友(Lebwohl)! 愿苍天赐予你(über dich)一切幸福(Lebwohl)!

在这段时间里,洛特的心情如何,她对自己丈夫、对她不幸的朋友的想法如何,这些我们不敢妄下断语,虽然根据对她性格的了解,我们马上可以私下做出判断,特别是一颗美丽的女性的心灵可以替她设身处地思考、体会她的感情。

可以肯定的是,她自己下定决心,想尽一切办法疏远维特,如果她还有些迟疑不决,那是出于对朋友的一种真切和友好的爱护。她知道,这样会使维特多么难受,是的,这对他几乎不能想象。但她在这段时间中受到了比以往更多的压力,要认真对待此事;她的丈夫对这种关系完全保持沉默,同她对此一言不发一样。正因为如此,她觉得更有必要通过自己的行动向他证明,她与他想法一致。

维特在圣诞节前的一个星期天,写下了上引给朋友的最后那封信。正是在这天晚上,他去看洛特,发现她独自一人(An demselben

Abends zu Lotten, und fand sie allein.）。她正忙着整理一些准备在圣诞节分送给弟妹们的礼物。他说孩子们一定会非常高兴，回忆起以前把门突然打开（Oeffnung der Thüre），出现一棵挂满蜡烛、糖果和苹果的圣诞树，会使人欣喜若狂的情景（und die Erscheinung eines aufgepuzten Baums mit Wachslichtern, Zukkerwerk und Aepfeln, in paradisische Entzükkung sezte）。您也会（bescheert kriegen），洛特说着甜甜地一笑，以掩饰自己的窘迫，您也会得到礼物，一支小圣诞蜡烛（Wachsstökgen）或其他什么东西，如果您听话（geschikt sind）。您说听话，是什么意思（Und was heißen Sie geschikt seyn）？他叫出了声，我该怎么办？我能怎么办？亲爱的洛特！星期四晚上是圣诞夜（Weyhnachtsabend），她说，孩子们都会来，还有我父亲，到那时每个人都会得到自己那份礼物，您也来……但在这之前别来了。维特一下愣住了（stuzte）。我求您，她继续说，事已至此，为了我的安宁，我求您，不能这样，不能这样下去了。他把目光从她身上移开，在屋里来回走动（gieng in der ...），从牙缝中喃喃自语：不能这样下去了！洛特感到自己的这些话使他陷入了（worinn ihn diese Worte versezt hatten）一个可怕的（schröklichen）状态，便试图用各种提问来引开他的注意力，但毫无用处。不，洛特，他嚷道，我不会再来见您（wieder sehn）！为什么说这种话（versezte sie）？她问，维特，您可以，您应该来和我们见面，只是您要控制自己（nur mässigen）。唉，您为什么天生就这么容易激动，一旦接触到什么东西（das Sie einmal anfassen），感情就狂放不羁！我求您，她握住他的手继续说，请您克制自己（mässigen）！您的才智，您的学识（Wissenschaft），您的能力，这些能为您带来（bieten）多少各种各样的欢乐（Ergözzungen）！做个真正的男子汉，别再依恋一个除了对您表示同情什么都不能做的人儿（Geschöpfe）。他牙齿咬出了声音，阴

Tage als Werther den zuletzt eingeschalteten Brief an seinen Freund geschrieben, es war der Sonntag vor Weihnachten, kam er Abends zu Lotten und fand sie allein.）。她正忙着整理一些准备在圣诞节分送给弟妹们的礼物。他说孩子们一定会非常高兴，回忆起以前把门突然打开(Öffnung der Thür)，出现一棵挂满蜡烛、糖果和苹果的圣诞树，会使人欣喜若狂的情景(und die Erscheinung eines aufgeputzten Baumes mit Wachslichtern, Zuckerwerk und Äpfeln, in paradiesische Entzückung setzte)。您也会(beschert kriegen)，洛特说着甜甜地一笑，以掩饰自己的窘迫，您也会得到礼物，一支小圣诞蜡烛(Wachsstökchen)或其他什么东西，如果您听话(geschickt sind)。您说听话，是什么意思(Und was heissen Sie geschickt seyn)？他叫出了声，我该怎么办？我能怎么办？亲爱的洛特！星期四晚上是圣诞夜(Weihnachtsabend)，她说，孩子们都会来，还有我父亲，到那时每个人都会得到自己那份礼物，您也来……但在这之前别来了。维特一下愣住了(stutzte)。我求您，她继续说，事已至此，为了我的安宁，我求您，不能这样，不能这样下去了。他把目光从她身上移开，在屋里来回走动(und ging in der ...)，从牙缝中喃喃自语：不能这样下去了！洛特感到自己的这些话使他陷入了(worein ihn diese Worte versetzt hatten)一个可怕的(schrecklichen)状态，便试图用各种提问来引开他的注意力，但毫无用处。不，洛特，他嚷道，我不会再来见您(wiedersehen)！为什么说这种话(versetzte sie)？她问，维特，您可以，您应该来和我们见面，只是您要控制自己(nur mäßigen)。唉，您为什么天生就这么容易激动，一旦接触到什么东西(was Sie einmal anfassen)，感情就狂放不羁！我求您，她握住他的手继续说，请您克制自己(mäßigen)！您的才智，您的学识(Wissenschaften)，您的能力，这些能为您带来

221

郁地凝视着她。她握着他的手说：请冷静一下（Augenblik ruhigen Sinn），维特！难道您没有感到，您这是在自我欺骗，甘愿毁掉自身！为什么偏偏要我（Just mich）！维特！我这个有归属的人（andern）！为什么偏偏这样（Just das）！我担心，我担心，仅仅是因为不能得到我（besizzen），才使您的这个愿望如此强烈。他把自己的手从她的手中抽回，眼睛直瞪瞪地、不高兴地望着（Blikke）她。英明！他喊叫道，非常英明！这话大概是阿尔贝特讲的？有策略！非常有策略！谁都会这么说，她回答道（... versezte sie drauf），在这个广阔的世界中，难道没有一个姑娘（Mädgen）合您的心意？掌握住自己，去寻找吧。我向您发誓，您会找到她的；（Denn schon ...）我一直为您和为我们担心，您这段时间以来自寻烦恼。掌握住自己（Gewinnen Sie's über sich），去旅行一次（Eine Reise ...），这会、一定会使您消除烦恼的！去寻找，去发现一个值得您爱的人（all Ihrer Liebe），然后回来（kehren Sie zurük），让我们共享一种真正的友谊的幸福。

这些话可以让人印出来（drukken lassen），推荐给每个家庭教师。亲爱的洛特！请您再让我稍稍安静一下，一切都会解决！他冷笑着说。只是，维特，请您别在圣诞节之夜（Weyhnachtsabend）以前再来！他正要回答，阿尔贝特走进屋里。冷淡地互道晚安后（Man bot sich ... guten Abend），他们在屋子里有些尴尬地并肩来回踱步（gieng verlegen ...）。维特开始了（fieng）一个无关紧要的话题（Diskurs），但很快就无话可说，阿尔贝特也一样。然后他向自己妻子问一些事情（einigen Aufträgen），当听说事情尚未办妥后，对她说了几句就维特听来不仅是无情而且是粗暴的话（ihr spizze Reden (biethen)多少各种各样的欢乐(Ergetzungen)！做个真正的男子汉，别再依恋一个除了对您表示同情什么都不能做的人儿(Geschöpf)。他牙齿咬出了声音,阴郁地凝视着她。她握着他的手说:请冷静一下(Augenblick ruhigen Sinn),维特！难道您没有感到,您这是在自我欺骗,甘愿毁掉自身！为什么偏偏要我(just mich)！维特！我这个有归属的人(Andern)！为什么偏偏这样(just das)！我担心,我担心,仅仅是因为不能得到我(besitzen),才使您的这个愿望如此强烈。他把自己的手从她的手中抽回,眼睛直瞪瞪地、不高兴地望着(Blick)她。英明！他喊叫道,非常英明！这话大概是阿尔贝特讲的？有策略！非常有策略！谁都会这么说,她回答道(... versetzte sie drauf),在这个广阔的世界中,难道没有一个姑娘(Mädchen)合您的心意？掌握住自己,去寻找吧。我向您发誓,您会找到她的;(denn schon ...)我一直为您和为我们担心,您这段时间以来自寻烦恼。掌握住自己(Gewinnen Sie es über Sich),去旅行一次(eine Reise ...),这会、一定会使您消除烦恼的！去寻找,去发现一个值得您爱的人(Ihrer Liebe),然后回来(kehren Sie zurück),让我们共享一种真正的友谊的幸福。

　　这些话可以让人印出来(drucken lassen),推荐给每个家庭教师。亲爱的洛特！请您再让我稍稍安静一下,一切都会解决！他冷笑着说。只是,维特,请您别在圣诞节之夜(Weihnachtsabend)以前再来！他正要回答,阿尔贝特走进屋里。冷淡地互道晚安后(Man both sich ... Guten Abend),他们在屋子里有些尴尬地并肩来回踱步(ging verlegen ...)。维特开始了(fing)一个无关紧要的话题(Discurs),但很快就无话可说,阿尔贝特也一样。然后他向自己妻子问一些事情(gewissen Aufträgen),当听说事情尚未办妥后,对她说了几句就维特听来不仅是无情而且是粗暴的话(ihr einige Worte gab, die Werthern durch's Herz giengen)。

他欲离不能(gehn),一直挨到八点(Acht),心里愈加烦躁不安(der Unmuth ... an einander immer vermehrte),这时摆上了晚饭(gedekt wurde),他这才拿起帽子和手杖(Huth und Stok)。阿尔贝特请他留下,在他听来,这只是一种非认真的客套,便冷冷地谢过后离去(da ihm denn Albert ein unbedeutend Kompliment, ob er nicht mit ihnen vorlieb nehmen wollte? mit auf den Weg gab)。

他回到家中,从为他照路的仆人手中拿过蜡烛,独自走进(gieng allein)自己的房间,放声痛哭,愤怒地自言自语,在屋中激动地跑来跑去(gieng heftig ...),最后倒在床上(auf's Bette)。仆人在夜里十一点钟左右大着胆子走进屋里(gegen Eilf wagte hinein zu gehn),发现他和衣躺在床上,便问他,是否该替他脱去靴子(Stiefel),他允诺了,但让仆人第二天早晨不要进屋,直到他叫他(dem Diener verbot, des andern Morgens nicht in's Zimmer zu kommen, bis er ihm rufte)。

星期一清晨,这是 12 月 21 日,他给洛特写了下面这封信,这是他死后人们在他书桌上发现的。信已封好。有人把它交给了洛特。从情况来看,这封信是他断断续续写下的,我也将在这里分段引入(Absazweise hier einrükken will):

已经决定了,洛特,我要去死,我就在这将与你最后见面的(ich Dich zum lezten mal sehn werde)这天早上(an dem Morgen des Tags)写下(schreib ich Dir)此信,冷静而且没有浪漫的激情(... ohne romantische Ueberspannung gelassen)。当你(Du)读到这封信时,我亲爱的,冰冷的坟土已盖住了(dekt schon das kühle sagte，die Werthern kalt ja gar hart vorkamen）。他欲离不能（gehen），一直挨到八点（acht），心里愈加烦躁不安（sein Unmuth ... immer vermehrte），这时摆上了晚饭（gedeckt wurde），他这才拿起帽子和手杖（Hut und Stock）。阿尔贝特请他留下，在他听来，这只是一种非认真的客套，便冷冷地谢过后离去（Albert lud ihn zu bleiben，er aber，der nur ein unbedeutendes Compliment zu hören glaubte，dankte kalt dagegen und ging weg）。

他回到家中，从为他照路的仆人手中拿过蜡烛，独自走进（ging allein）自己的房间，放声痛哭，愤怒地自言自语，在屋中激动地跑来跑去（ging heftig ...），最后倒在床上（aufs Bette）。仆人在夜里十一点钟左右大着胆子走进屋里（gegen eilf wagte hinein zu gehen），发现他和衣躺在床上，便问他，是否该替他脱去靴子（Stiefeln），他允诺了，但让仆人第二天早晨不要进屋，直到他叫他（dem Bedienten verboth，den andern Morgen ins Zimmer zu kommen，bis er ihn rufen würde）。

星期一清晨，这是 12 月 21 日，他给洛特写了下面这封信，这是他死后人们在他书桌上发现的。信已封好。有人把它交给了洛特。从情况来看，这封信是他断断续续写下的，我也将在这里分段引入（Absatzweise hier einrücken will）：

已经决定了，洛特，我要去死，我就在这将与你最后见面的（ich dich zum letztenmale sehen werde）这天早上（an dem Morgen des Tages）写下（schreibe ich dir）此信，冷静而且没有浪漫的激情（... ohne romantische Überspannung gelassen）。当你（du）读到这封信时，我亲爱的，冰冷的坟土已盖住了（deckt schon das kühle Grab）这

Grab)这个焦躁不安和命运不幸的人(Unglüklichen)僵硬的躯体。我在自己生命的最后一刻(die lezten Augenblikke),不知道有什么能比同你(mit Dir)交谈更甜蜜(... keine grössere Süssigkeit weis)。我经历了一个可怕的(schrökliche)夜晚。唉!也是一个(sie ist's)仁慈的夜晚。是它坚定了、促成了我的决心(die meinen wankenden Entschluß befestiget):我要去死!昨天我不得不与你分手(Dir riß),愤懑不平,似乎一切(all all das nach ...)都撞上心头。我在你身边已毫无希望,毫无欢乐(freudloses Daseyn neben Dir),这个事实无情地揪住了我的心(mich anpakte)。——我一走进自己的房间,便疯了似的跪倒在地(ausser mir auf meine Knie),上帝啊!求你恩赐给我最后一点(lezte)来自苦涩眼泪的安慰!千百种计划(und tausend Anschläge),千百种前景在我心中翻腾而过,最后只剩下了它,坚定的、完整的、最后的(lezte)和唯一的念头:我要去死!——我躺下睡去,早晨在平静中苏醒(in all der Ruh des Erwachens),这个念头还十分坚定、十分强烈地在我心中:我要去死!——我决心为你牺牲自己(opfere für Dich)。这不是绝望,这是自信。是的,洛特!我为什么要隐瞒这点(warum sollt ich's verschweigen)?我们三人中的一个必须离去,我愿意做这个人!啊,我亲爱的!在我这颗破碎的心中曾不时闪现过这个疯狂的念头(... herum geschlichen),——杀死你的(Deinen)丈夫!——杀死你(Dich)——杀死我!——但愿真的如此(So sey's denn)!倘若你在夏日的某个美丽的傍晚,登上山冈,请你(Dich)回忆一下我,我常常从山谷下登上山冈,然后请你眺望(blikke nach)那边我的坟墓,看风儿怎样在太阳的余晖中(im Schein)把茂密的草儿吹动。我刚才开始(anfieng)写信时是平静的,现在(und nun),身边的一切(all)又栩栩如生,我像孩子般哭了(wein)起来。

个焦躁不安和命运不幸的人（Unglücklichen）僵硬的躯体。我在自
己生命的最后一刻（die letzten Augenblicke），不知道有什么能比同
你（mit Dir）交谈更甜蜜（... keine größere Süßigkeit weiß）。我经
历了一个可怕的（schreckliche）夜晚。唉！也是一个（Sie ist es）仁慈
的夜晚。是它坚定了、促成了我的决心（die meine Entschluß
befestigt）：我要去死！昨天我不得不与你分手（dir riß），愤懑不平，
似乎一切（alles das nach ...）都撞上心头。我在你身边已毫无希望，
毫无欢乐（freudeloses Daseyn neben dir），这个事实无情地揪住了我
的心（mich anpackte）。——我一走进自己的房间，便疯了似的跪倒
在地（außer mir auf meine Knie），上帝啊！求你恩赐给我最后一点
（letzte）来自苦涩眼泪的安慰！千百种计划（Tausend Anschläge），
千百种前景在我心中翻腾而过，最后只剩下了它，坚定的、完整的、最
后的（letzte）和唯一的念头：我要去死！——我躺下睡去，早晨在平
静中苏醒（in der Ruh des Erwachens），这个念头还十分坚定、十分
强烈地在我心中：我要去死！——我决心为你牺牲自己（opfre für
dich）。这不是绝望，这是自信。是的，洛特！我为什么要隐瞒这点
（warum sollte ich es verschweigen）？我们三人中的一个必须离去，
我愿意做这个人！啊，我亲爱的！在我这颗破碎的心中曾不时闪现
过这个疯狂的念头（... herumgeschlichen），——杀死你的（deinen）
丈夫！——杀死你（dich）——杀死我！——但愿真的如此（So sey
es）！倘若你在夏日的某个美丽的傍晚，登上山冈，请你（dich）回忆一
下我，我常常从山谷下登上山冈，然后请你眺望（blicke nach）那边我
的坟墓，看风儿怎样在太阳的余晖中（im Scheine）把茂密的草儿吹
动。我刚才开始（anfing）写信时是平静的，现在（nun nun），身边的
一切（alles）又栩栩如生，我像孩子般哭了（weine）起来。

　　将近十点，维特叫来了（rufte）仆人，一边穿衣服，一边对他说，他要出门几天，要他把衣服刷干净，整理好行装（zum Einpakken zurechte machen），还吩咐他把各处的账单结清（überall Contis zu fordern），讨回（abzuholen）几本借出的书并提前两个月（Monathe）把钱给一些他习惯于每月都接济的穷人。

226　　　他让人把饭送到房间，饭后骑马去看行政官，未遇上。他在花园里沉思地来回走动（gieng），像是要最后一次（zulezt）把种种伤心之事汇总起来，追忆一遍。

　　孩子们不让他安静，他们追着他，跳到他身上（an ihn hinauf），告诉他：明天，又一个明天，再过一天，（daß sie）他们就能从洛特那里拿到（holten）圣诞礼物，并向他讲述那些想象出的种种奇事。明天！他叫出了声，又一个明天！再过一天！——他深情地吻了他们大家，便想离去。这时，那个小男孩凑到他耳边要说些什么（als ihm der kleine noch was in's Ohr sagen wollte）。他向他透露，（daß die）那些哥哥们已经写好了美丽的贺年卡，这么大（so gros）！一张给爸爸，一张给阿尔贝特和洛特，还有一张给维特先生。不过他们要在新年的早上（sie des Neujahrstags früh）才拿出来。

　　这使他动了情。他给每个孩子一点东西，跳上马背（sezte sich zu Pferde），让他们替他向老人问好，眼含泪水，纵马而去。

将近十点,维特叫来了(rief)仆人,一边穿衣服,一边对他说,他要出门几天,要他把衣服刷干净,整理好行装(zum Einpacken zurecht machen),还吩咐他把各处的账单结清(überall Conto's zu fordern),讨回(abzuhohlen)几本借出的书并提前两个月(Monate)把钱给一些他习惯于每月都接济的穷人。

他让人把饭送到房间,饭后骑马去看行政官,未遇上。他在花园里沉思地来回走动(ging),像是要最后一次(zuletzt)把种种伤心之事汇总起来,追忆一遍。

孩子们不让他安静,他们追着他,跳到他身上(an ihm hinauf),告诉他:明天,又一个明天,再过一天,(sie)他们就能从洛特那里拿到(hohlten)圣诞礼物,并向他讲述那些想象出的种种奇事。明天!他叫出了声,又一个明天!再过一天!——他深情地吻了他们大家,便想离去。这时,那个小男孩凑到他耳边要说些什么(als ihm der Kleine noch etwas in das Ohr sagen wollte)。他向他透露,(die)那些哥哥们已经写好了美丽的贺年卡,这么大(so groß)!一张给爸爸,一张给阿尔贝特和洛特,还有一张给维特先生。不过他们要在新年的早上(sie am Neujahrstage früh)才拿出来。

这使他动了情。他给每个孩子一点东西,跳上马背(setzte sich zu Pferde),让他们替他向老人问好,眼含泪水,纵马而去。

近五点时(Gegen fünf)他回到家里,吩咐女仆照看一下壁炉中的火,以便能烧到深夜。他还让男用人(Den Bedienten)把书籍和内衣装入箱子(Koffer packen),把外衣缝入护套。接着,他大概写下了给洛特最后一封信的以下段落(folgenden Absatz seines letzten Briefes an Lotten):

你不会料到我来!你(du)以为,我会听话,直到圣诞之夜才

　　近五点时（Gegen fünfe）他回到家里，吩咐女仆照看一下壁炉中的火，以便能烧到深夜。他还让男用人（Dem Bedienten）把书籍和内衣装入箱子（Coffer pakken），把外衣缝入护套。接着，他大概写下了给洛特最后一封信的以下段落（folgenden Absaz seines lezten Briefes an Lotten）：

　　你不会料到我来！你（Du）以为，我会听话，直到圣诞之夜才来看你（Weyhnachtsabend Dich wieder sehn）。啊，洛特！我或是今天，或就永远不再来见你了。圣诞之夜你手中会拿着这封信（Weyhnachtsabend hältst Du dieses Papier in Deiner Hand），颤抖着，你那晶莹的泪水会把信润湿（benezt es mit Deinen lieben Thränen）。我要这样，我必须这样！啊，我决心已下，心中多么舒畅！

　　六点半，他前往阿尔贝特的居所，发现洛特独自一人待着，他的来访让她大吃一惊。在与丈夫谈话时她曾说过，圣诞夜之前维特不会再来了。于是，阿尔贝特立刻让人备马，他与妻子告别，并告诉她，他要骑马去邻近的一个官员处，了断几桩公事。尽管天气恶劣，他还是义无反顾地离开了家。洛特知道，因为不想在外面过夜，她的丈夫已经把公事推迟很久了。虽然双方并没有把这一点说破，但她非常理解这缄默背后的含义，想到这里，她觉得心中十分压抑。她正默默地独自坐着，内心变得柔软，她回忆过往，珍惜过往，她想到自己对丈夫的爱，但他已不再像当初承诺得那样带给她幸福，而是开始让她受折磨。

　　她的思绪又回到维特身上。她怪他，却无法恨他。从相识的最初一刻起，维特身上的某种神秘的特性对她来说就非常可贵，长时间的交往，一些共同经历的情景，都在她心中留下了不可磨灭的印象。

来看你（Weihnachtsabend dich wiedersehn）。啊，洛特！我或是今天，或就永远不再来见你了。圣诞之夜你手中会拿着这封信（Weihnachtsabend hältst du dieses Papier in deiner Hand），颤抖着，你那晶莹的泪水会把信润湿（benetzest es mit deinen lieben Thränen）。我要这样，我必须这样！啊，我决心已下，心中多么舒畅！

　　洛特这时的心情也不同寻常。上次同维特谈话后，她就感到同他分别心中会多么难受，而他必须离她而去，将会多么痛苦。

229

　　像是在无意中，她对阿尔贝特说起，维特在圣诞夜之前不会再来了。阿尔贝特骑马去邻近的一个官员处，了断几桩公事，必须在那过夜。

　　她现在独自一人，弟妹们都不在身边，便沉思默想起他们的关系。她意识到，自己已同丈夫永远结合在一起，她了解他的爱和忠诚，衷心地喜欢他。他的沉着，他的可靠，仿佛天生是一个诚实的女子建立自己幸福生活的依靠。她感到，他对她和孩子们将永远意味着什么。另一方面，维特对她来说如此可贵，从相识的最初一刻起，他们就觉得情趣相投，长时间的交往，一些共同经历的情景，在她心中留下了不可磨灭的印象。凡是她感到或者想到什么有趣的事，她都习惯于同他分享，他的离去，会对她整个一生造成一种不能再弥合的缺憾。啊，如果她能在这一瞬间把他变成自己的兄弟，她将多么幸福！她多么愿意把自己的一个女友许配给他，多么希望重建他和阿尔贝特的关系！

　　她把自己的女友们排着队想了一遍，在每个人身上都挑出了些毛病，找不到一个与他般配的人。

　　经过这些思考后，她才深深地、不由自主地感到，自己衷心地、暗压抑的内心终于使她潸然泪下,她渐渐陷入无声的忧郁之中,并且更深、更久地迷失其中。

230 　　她的心怦怦直跳,当她忽然听见维特上楼来,听到他询问她的声音。她真想让人告诉他她不在,当他跨进屋时,她试着从慌乱中强作镇定,她半怒半嗔地对他叫道:您没有遵守诺言。我没有做过任何保证。他回答说。那您至少也该尊重我的请求。她说,我求您是为了我们两个人的安宁。她这样说着话,暗自思忖,打算叫几位女友过来,好让她们做她与维特相谈的见证人,如此一来,晚上维特不得不送女友们回家,那么他便不能在此久留。他把她的几本书送还回来,她顺势问起另外几本,同时寻找聊天话题,期待着她的女友们都能出现,直到女仆回来,告诉她两位女友均请求原谅,一位因为有不速之客到访,另外一位不想在天气如此恶劣的情况下穿衣打扮、夜半出门。

　　她沉思片刻,让自己无辜的感情唤起内心的骄傲。虽然她知道阿尔贝特的顾虑(Sie bot Albertens Grillen Truz),但内心的纯洁使她变得坚定,于是她放弃了之前让女仆到房间一起待着的打算,转而走向钢琴弹了起来,过了一会儿,她缓过神来,内心重新平静下来,她便泰然自若地坐到维特身边的沙发上。您没有什么东西可以念吗?她问。他没有。那儿,在我书桌中(drinne in ..., fieng sie an),她又说道,有您译的(liegt ihre Uebersezzung)莪相的诗章,我还没读,因为总希望从您嘴中听到它们,可一直没找到机会(aber zeither sind Sie zu nichts mehr tauglich)。维特微笑着去拿(holte)诗稿。当他把它们拿在手中时(in die Hand nahm),心中一阵惊颤;当他看向诗稿时,眼眶中已涌满了(stunden)泪水,他坐下(er sezte),开始读道:

暗地希望着,把他留给自己,但同时又对自己说,她不能,也不允许保留他;她那纯洁、美丽,通常是洒脱和通达的性情感到一阵忧伤的压抑,失去了对幸福的展望。她的心收紧了,眼前一片黯淡的乌云。

就这样到了六点半,她忽然听见维特上楼,马上听出他的脚步声,他询问她的声音。她的心怦怦直跳。我们几乎可以说,在他到时发生这种情况,这是第一次。她真想让人告诉他她不在,当他跨进屋时,她激动而又慌张地对他叫道:您没有遵守诺言。我没有做过任何保证。他回答说。那您至少也该尊重我的请求。她说,我求您是为了我们两个人的安宁。

她不清楚,自己又说了些什么,也不清楚自己做了些什么,就派人去请自己的两个女友,免得同维特单独待在一起。他把带来的几本书放下,又问起另外几本书,而她则一会儿盼望女友们快来,一会儿又希望她们别来。女仆来回话,说两个女友都不能来,请求原谅。

她想让女仆带着活儿坐到隔壁屋子里去,转念又想到了别的事。维特在屋里来回踱步,她走到钢琴边,弹起一支法国舞曲,但调子不顺。她竭力控制住自己,泰然自若地坐到维特面前,这时,他已在自己平时习惯坐的那只沙发上坐下。您没有什么东西可以念吗?她问。他没有。那儿,在我书桌中(drin in ..., fing sie an),她又说道,有您译的(liegt Ihre Übersezzung)莪相的诗章,我还没读,因为总希望从您嘴中听到它们,可一直没找到机会(aber seither hat sichs nicht finden, nicht machen wollen)。维特微笑着去拿(hohlte)诗稿。当他把它们拿在手中时(in die Hände nahm),心中一阵惊颤;当他看向诗稿时,眼眶中已涌满了(standen)泪水,他坐下(Er setzte),开始读道:

232 　　夜空中朦胧的星儿，你在西边闪烁着美丽的光芒，从云朵中昂起（Hebst）你那闪光的头部，稳步迈向（Wandelst）你的山冈。你在这荒原上寻找（blikst）什么？那迅猛的风暴已经停息；远处传来山溪的潺潺水声；轰鸣的波涛在遥远的山崖边嬉戏；夜蛾的嗡嗡声传遍旷野田地（schwärmet über's Feld）。美丽的清辉，你在寻找什么？你微微一笑，缓步离去。波浪欢快地把你萦绕，沐浴着你的秀发。别了，幽静的光华。照耀吧，你这莪相心灵的光华！

　　光芒闪耀着出现了，我在里面望见了自己已逝的友人（geschiedene Freunde），他们聚集在罗拉平原上，就如在以往的时光中一样。——戈走来了，像一根潮湿的雾柱。簇拥他的是他的英雄们。还有，看哪！那些颂歌中的诗人（Und sieh die Barden des Gesangs）：满头白发的乌林（grauer Ullin）！身材魁梧的利诺（statlicher Ryno）！可爱的歌手阿尔品！还有你（Und du），歌喉幽怨的弥诺娜！——的朋友们，我们曾在塞尔玛山上的盛会中，大展歌喉（Gesangs），争胜不下。歌声犹如春风飘向山冈，吹弯了细语喃喃的小草（das schwach lispelnde Gras），可从那以来，你们怎么变成这样！

　　这时，娇美的弥诺娜走出，目光（Blik）低垂，眼含泪水。从山冈那边刮来的阵阵风儿，把她的秀发缓缓吹动（Ihr Haar floß schwer im unsteten Winde der von dem Hügel hersties），当她放开了美丽的歌喉，英雄们的心中更加忧伤（Düster wards ... erhub），因为（denn）他们已一次次地看过了萨尔加的坟墓，还有白衣少女可尔玛（weissen Colma）阴暗的住房。可尔玛孤独地留在了山上，柔声地歌唱；萨尔加答应要来，可四面（rings um ...）已是夜色茫茫。听一下可尔玛的歌声，她正独自一人，坐在山上。

夜空中朦胧的星儿，你在西边闪烁着美丽的光芒，从云朵中昂起（hebst）你那闪光的头部，稳步迈向（wandelst）你的山冈。你在这荒原上寻找（blickst）什么？那迅猛的风暴已经停息；远处传来山溪的潺潺水声；轰鸣的波涛在遥远的山崖边嬉戏；夜蛾的嗡嗡声传遍旷野田地（schwärmt übers Feld）。美丽的清辉，你在寻找什么？你微微一笑，缓步离去。波浪欢快地把你萦绕，沐浴着你的秀发。别了，幽静的光华。照耀吧，你这莪相心灵的光华！

光芒闪耀着出现了，我在里面望见了自己已逝的友人（geschiedenen Freunde），他们聚集在罗拉平原上，就如在以往的时光中一样。——戈走来了，像一根潮湿的雾柱。簇拥他的是他的英雄们。还有，看哪！那些颂歌中的诗人（und, siehe! die Barden des Gesanges）：满头白发的乌林（Grauer Ullin）！身材魁梧的利诺（stattlicher Ryno）！可爱的歌手阿尔品！还有你（und du），歌喉幽怨的弥诺娜！——我的朋友们，我们曾在塞尔玛山上的盛会中，大展歌喉（Gesanges），争胜不下。歌声犹如春风飘向山冈，吹弯了细语喃喃的小草（das schwachlispelnde Gras），可从那以来，你们怎么变成这样！

这时，娇美的弥诺娜走出，目光（Blick）低垂，眼含泪水。从山冈那边刮来的阵阵风儿，把她的秀发缓缓吹动（ihr Haar im unstäten Winde, der von dem Hügel herstieß），当她放开了美丽的歌喉，英雄们的心中更加忧伤（Düster ward's ... erhob），因为（Denn）他们已一次次地看过了萨尔加的坟墓，还有白衣少女可尔玛（weißen Colma）阴暗的住房。可尔玛孤独地留在了山上，柔声地歌唱；萨尔加答应要来，可四面（ringsum ...）已是夜色茫茫。听一下可尔玛的歌声，她正独自一人，坐在山上。

可尔玛

夜幕降临！——我独自一人，被抛弃在这狂风呼啸的山冈。风声在山中（im Gebürge）怒号，山洪（der Strohm）咆哮着冲下山岩。没有一间草棚能让我避雨（schüzt mich），我被遗弃（verlassen auf）在狂风呼啸的山上。

啊，月亮，从云雾中走出吧！夜空中的星儿，闪现吧！让一束光亮引我去我爱人打猎后歇息的地方。他的身边是松了弦的弯弓，他的周围是气喘不停的猎狗！可我只能孤独地坐在（sizzen）岩石上，坐在这杂草丛生的河岸边。河水和风暴喧啸狂鸣，我听不见爱人的一丝声音。

我的萨尔加为什么踌躇不安？难道他忘了自己的诺言？——这是岩石和树木，这是奔腾轰鸣的河水（Strohm）！你曾答应天一黑（Mit der Nacht）就到这里。啊！我的萨尔加，你迷途走向了何方？我要（wollt）离开父亲和兄弟，这两个高傲的人，同你一起逃离！我们的家族世代为仇，但我们不是敌人，啊，萨尔加！

啊，风儿，请别出声（Schweig eine Weile）！啊，河水（Strohm），请静一静！让我的声音越过山谷，让我那漫游者（Wandrer）听到我的声音！萨尔加！是我在呼唤你（Ich bin's die ruft）！这里是树木和岩石！萨尔加！我亲爱的！我在这里，你为什么（Warum）迟迟不来这里？

看（Sieh），月亮出来了，洪水（Die Fluth）在山谷中闪亮，灰色的岩石在山冈上突兀而起。但我在上面没有见到他的身影（Aber ich seh ihn nicht auf der Höhe），他的（Seine）狗儿没有跑在他身前报告他的来临。我只得坐在（sizzen）这里，孤苦伶仃。

可是，那边荒野上躺着的是谁？——我的爱人？我的兄弟？——说话呀，啊，我的朋友！他们不回答，我吓得魂不附体！啊，他们死了！他们的宝剑带着搏杀（vom Gefecht）的血痕！啊，我的兄

可尔玛

夜幕降临！——我独自一人，被抛弃在这狂风呼啸的山冈。风声在山中（im Gebirge）怒号，山洪（der Strom）咆哮着冲下山岩。没有一间草棚能让我避雨（schützt mich），我被遗弃（mich Verlaßne auf）在狂风呼啸的山上。

啊，月亮，从云雾中走出吧！夜空中的星儿，闪现吧！让一束光亮引我去我爱人打猎后歇息的地方。他的身边是松了弦的弯弓，他的周围是气喘不停的猎狗！可我只能孤独地坐在（sitzen）岩石上，坐在这杂草丛生的河岸边。河水和风暴喧啸狂鸣，我听不见爱人的一丝声音。

我的萨尔加为什么踌躇不安？难道他忘了自己的诺言？——这是岩石和树木，这是奔腾轰鸣的河水（Strom）！你曾答应天一黑（Mit einbrechender Nacht）就到这里。啊！我的萨尔加，你迷途走向了何方？我要（wollt'）离开父亲和兄弟，这两个高傲的人，同你一起逃离！我们的家族世代为仇，但我们不是敌人，啊，萨尔加！

啊，风儿，请别出声（Schweig' eine Weile）！啊，河水（Strom），请静一静！让我的声音越过山谷，让我那漫游者（Wanderer）听到我的声音！萨尔加！是我在呼唤你（ich bin's die ruft）！这里是树木和岩石！萨尔加！我亲爱的！我在这里，你为什么（warum）迟迟不来这里？

看（Sieh'），月亮出来了，洪水（die Fluth）在山谷中闪亮，灰色的岩石在山冈上突兀而起。但我在上面没有见到他的身影（aber ich seh' ihn nicht auf der Höhe），他的（seine）狗儿没有跑在他身前报告他的来临。我只得坐在（sitzen）这里，孤苦伶仃。

可是，那边荒野上躺着的是谁？——我的爱人？我的兄弟？——说话呀，啊，我的朋友！他们不回答，我吓得魂不附体！啊，他们死了！他们的宝剑带着搏杀（vom Gefechte）的血痕！啊，我的兄弟，我

235

弟,我的兄弟,你为何杀死了我的萨尔加? 啊,我的萨尔加,你为何杀死了我的兄弟? 你们俩都是我心爱的人! 啊,你是山边千中选一的英杰! 他是战场搏斗中使人畏惧的勇士(er war schröklich in der Schlacht)! 回答我,我亲爱的人,听(Hört)我的声音! 唉! 可他们沉默不语,永远沉默(Stumm vor ewig)! 他们的胸膛如同泥土一样冰冷(Kalt wie . . .)!

啊,从山冈的岩石,从那狂风呼啸的山顶说话呀,死者的英魂! 说话呀(Redet)! 我不会胆战心惊! ——你们去哪里安息? 我该在群山(Gebürges)的哪个洞穴中找到你们? ——我在风中听不到一点声音(vernehm ich im Wind),我在山上的风暴中听不见任何送来的回声。

我坐在(sizze)那里失声痛哭,流着眼泪等待天明。你们这些死者的朋友,掘好坟墓,可不要把墓穴封闭,要等我到来。我的生命如梦消逝,难道还该恋世(wie sollt ich zurük bleiben)? 我愿同我的朋友们一同住在这岩石轰鸣的溪水旁(an dem Strohme des klingenden Felsen);每当(Wenns)夜色降临山冈,风儿吹过荒野,我的灵魂要迎风而立,悼念我朋友的死亡。猎人会在他的小屋中听见我的声音,既怕又喜;要知道哀悼朋友的声音甜蜜无比,因为(den[n])他们两人对我来说都十分亲密!

这就是你的歌吗? 啊,弥诺娜,托尔曼娇美羞怯的女儿(Tormans sanfte . . .)。我们的眼泪为可尔玛而淌,我们的心灵更加悲伤。乌林抱着竖琴走来,替我们的阿尔品伴唱。——阿尔品的声音悦耳动听,利诺的心灵像是一束火光。可他们都已在窄小的屋中安息,他们的歌声已在塞尔玛渐渐消逝。有一次乌林狩猎归来,那时英雄们尚未阵亡(Einst kehrt Ullin von der Jagd zurük, eh noch die

的兄弟，你为何杀死了我的萨尔加？啊，我的萨尔加，你为何杀死了我的兄弟？你们俩都是我心爱的人！啊，你是山边千中选一的英杰！他是战场搏斗中使人畏惧的勇士（Er war schrecklich in der Schlacht）！回答我，我亲爱的人，听（hört）我的声音！唉！可他们沉默不语，永远沉默（stumm auf ewig）！他们的胸膛如同泥土一样冰冷（kalt, wie ...）！

啊，从山冈的岩石，从那狂风呼啸的山顶说话呀，死者的英魂！说话呀（redet）！我不会胆战心惊！——你们去哪里安息？我该在群山（Gebirges）的哪个洞穴中找到你们？——我在风中听不到一点声音（vernehme ich im Winde），我在山上的风暴中听不见任何送来的回声。

我坐在（sitze）那里失声痛哭，流着眼泪等待天明。你们这些死者的朋友，掘好坟墓，可不要把墓穴封闭，要等我到来。我的生命如梦消逝，难道还该恋世（wie sollt' ich zurück bleiben）？我愿同我的朋友们一同住在这岩石轰鸣的溪水旁（an dem Strome des klingenden Felsens）；每当（Wenn's）夜色降临山冈，风儿吹过荒野，我的灵魂要迎风而立，悼念我朋友的死亡。猎人会在他的小屋中听见我的声音，既怕又喜；要知道哀悼朋友的声音甜蜜无比，因为（denn）他们两人对我来说都十分亲密！

这就是你的歌吗？啊，弥诺娜，托尔曼娇美羞怯的女儿（Thormans sanft ...）。我们的眼泪为可尔玛而淌，我们的心灵更加悲伤。乌林抱着竖琴走来，替我们的阿尔品伴唱。——阿尔品的声音悦耳动听，利诺的心灵像是一束火光。可他们都已在窄小的屋中安息，他们的歌声已在塞尔玛渐渐消逝。有一次乌林狩猎归来，那时英雄们尚未阵亡（Einst kehrte Ullin zurük von der Jagd, ehe die Helden noch fielen）。他听见（Er hörte）他们在山上竞相歌唱。他

237

Helden fielen)。他听见(er hörte)他们在山上竞相歌唱。他们的(ihr Lied)歌声委婉，但是悲伤。他们悲叹着(sie klagten)这位英雄的领袖莫拉尔的死亡，赞颂他有芬戈的灵魂和奥斯卡的宝剑……可他还是倒地而亡。他的父亲失声痛哭，他的姐姐满眼泪花。英俊的莫拉尔的姐姐弥诺娜满眼泪花。她在乌林的歌声之前先已退去(Sie trat zurük vor Ullins Gesang)，好像西边的月亮，它预见了(voraussieht)暴风雨的来临，把自己美丽的脸蛋藏入云中。——我和乌林一起拨响琴弦，悲声歌唱。

们的(Ihr Lied)歌声委婉，但是悲伤。他们悲叹着(Sie klagten)这位英雄的领袖莫拉尔的死亡，赞颂他有芬戈的灵魂和奥斯卡的宝剑……可他还是倒地而亡。他的父亲失声痛哭，他的姐姐满眼泪花。英俊的莫拉尔的姐姐弥诺娜满眼泪花。她在乌林的歌声之前先已退去(Sie trat zurück vor Ullins Gesang)，好像西边的月亮，它预见了(voraus sieht)暴风雨的来临，把自己美丽的脸蛋藏入云中。——我和乌林一起拨响琴弦，悲声歌唱。

利诺

　　风雨已过,中午时分天气转晴,云开雾散。太阳不时闪现(die unbeständge Sonne),映照山冈。溪水泛着红光在峡谷中流淌(So röthlich fließt der Strohm des Bergs im Thale hin)。流水的低吟多么悦耳,但我听到的声音更加诱人。那是阿尔品的声音(Süß ist dein Murmeln Strohm, doch süsser die Stimme, die ich höre, Es ist Alpin's Stimme),他在为死者悲声诵唱。他低垂着衰老的头颅,带泪的眼睛通红。阿尔品,你这个杰出的(treflicher)歌手,为什么孑然一身,留在静寂的山上? 为什么悲声切切,像森林中的一阵风(wie ein Windstos im Wald),像远处海岸的一片浪?

利诺

　　风雨已过,中午时分天气转晴,云开雾散。太阳不时闪现(die unbeständige Sonne),映照山冈。溪水泛着红光在峡谷中流淌(Röthlich fließt der Strom des Berges im Thale hin)。流水的低吟多么悦耳,但我听到的声音更加诱人(Süß ist dein Murmeln Strom; doch süßer die Stimme),他在为死者悲声诵唱。他低垂着衰老的头颅,带泪的眼睛通红。阿尔品,你这个杰出的(trefflicher)歌手,为什么孑然一身,留在静寂的山上? 为什么悲声切切,像森林中的一阵风(wie ein Windstoß im Walde),像远处海岸的一片浪?

阿尔品

　　我的眼泪，利诺，为死者而流，我为墓中的（Grabs）逝者而唱。在山冈上，在荒野的儿子们中间，你是多么魁梧英俊。可是，你也将像莫拉尔一样战死。哀悼者也会坐在你的坟头上悲伤（und wird der traurende sizzen auf deinem Grabe），山岭会把你遗忘，你的弓会松去了弦挂在厅堂。

　　你跑得飞快，莫拉尔，像山上的快鹿，又如天边的夜火那样可怕（schreklich）。你的（dein）愤怒就像一阵风暴，你（Dein）战场上投出的宝剑就像荒野上一道闪电。你的（Deine）嗓音就像（glich）雨后森林（Walidstrohme）中的洪水咆哮，就像远处山冈上的雷声震鸣。多少人被你的胳膊击倒，被你愤怒的（deines Grimms）烈火吞噬。但是，当你从战场上归来（kehrtest），额头上洋溢着多少宁静（wie friedlich war deine Stirne）！你的（Dein）面容就像暴风雨过后（wenn sich das Brausen des Windes）的太阳，就像夜的月亮，你那平缓起伏的（Ruhig）胸膛犹如风雨停息后的湖泊。

　　可现在，你住处（Stäte）狭窄，屋子阴暗！我丈量一下（Mit drey Schritten meß）你的坟墓，只有三步。啊，你呀，你曾多么伟大（so gros warst）！四块顶上青苔密布的石头是对你唯一的纪念（Vier Steine mit mosigen Häuptern sind dein einzig Gedächtniß）。这里还有一棵（Ein）光秃无叶的树。几茎长草（lang Gras）在风中低语（das wispelt im Winde），向猎人的眼睛示意，这是伟大的莫拉尔的坟墓。你没有母亲为你哭泣，没有姑娘（Mädgen）为你洒下爱情的泪水。生养你的母亲已经下世，莫格兰的女儿已经阵亡（Gefallen）。

　　那撑着拐杖走来的是谁（Wer ist's）？他年事已高，满头白发（weis ist vor Alter），眼睛哭红。这是谁？这是你父亲，莫拉尔，这位（Der）父亲除了你没有其他儿子（keines Sohns ausser dir）。他听到了你战场上的呼叫（Rufe），听到你击溃了敌人；他听到了（Er hörte）

阿尔品

我的眼泪,利诺,为死者而流,我为墓中的(Grabes)逝者而唱。　
在山冈上,在荒野的儿子们中间,你是多么魁梧英俊。可是,你也将
像莫拉尔一样战死。哀悼者也会坐在你的坟头上悲伤(und auf
deinem Grabe der Traurende sitzen),山岭会把你遗忘,你的弓会松
去了弦挂在厅堂。

你跑得飞快,莫拉尔,像山上的快鹿,又如天边的夜火那样可怕
(schrecklich)。你的(Dein)愤怒就像一阵风暴,你(dein)战场上投
出的宝剑就像荒野上一道闪电。你的(deine)噪音就像(gleich)雨后
森林(Walidstrome)中的洪水咆哮,就像远处山冈上的雷声震鸣。多
少人被你的胳膊击倒,被你愤怒的(deines Grimmes)烈火吞噬。但
是,当你从战场上归来(wiederkehrtest),声音听上去多么平和(wie
friedlich war deine Stimme)! 你的(dein)面容就像暴风雨过后
(wenn sich des Windes Brausen)的太阳,就像夜的月亮,你那平缓起
伏(ruhig)的胸膛犹如风雨停息后的湖泊。

可现在,你住处(Stätte)狭窄,屋子阴暗! 我丈量一下(mit drey
Schritten mess')你的坟墓,只有三步。啊,你呀,你曾多么伟大(so
groß warst)! 四块顶上青苔密布的石头是对你唯一的纪念(vier
Steine mit moosigen Häuptern sind dein einziges Gedächtniß)。这里还
有一棵(ein)光秃无叶的树。几茎长草(langes Gras)在风中低语(das
im Winde wispelt),向猎人的眼睛示意,这是伟大的莫拉尔的坟墓。你
没有母亲为你哭泣,没有姑娘(Mädchen)为你洒下爱情的泪水。生养
你的母亲已经下世,莫格兰的女儿已经阵亡(gefallen)。

那撑着拐杖走来的是谁(Wer ist es)? 他年事已高,满头白发
(weiß ist vor Alter),眼睛哭红。这是谁? 这是你父亲,莫拉尔,这位
(der)父亲除了你没有其他儿子(keines Sohnes außer dir)。他听到
了你战场上的呼叫(Ruf'),听到你击溃了敌人;他听到了(er hörte)

莫拉尔的威名！啊！难道没有听到你已受伤？哭吧，莫拉尔的父亲！哭吧（Weine）！只是你的儿子听不见你的哭声。死者已深深睡去，枕头就在尘土之上（ihr Küssen von Staub）。他永远不会再留意你的声音，永远不会被你唤醒。啊，坟墓中何时会有一个黎明，对着沉睡中呼唤（bieten）：醒一醒！

240 别了，人间最高贵的人，你这个战场上的征服者！以后战场上将再不会见到（sehn）你的身影，你那宝剑的寒光再也不会照亮阴暗的森林。你没有留下儿子（hinterliesest keinen Sohn），可是，歌声会把你的名字留下，后世（Künftige Zeiten）会听到你，听到（hören sollen sie）战死的莫拉尔的美名。

英雄们哭声凄切，最响的是阿明肝肠痛断的哀鸣。他回想起（erinnert's an）死去的儿子（den Todt seines Sohns），他年正青春，命归黄泉（der fiel in den Tagen seiner Jugend）。名震四方的加马尔的君主卡莫尔坐在（sas nah）英雄旁，问："阿明，你为何这般悲怆（Warum schluchset）？有什么事让你痛哭流涕？歌声和着乐声这般悦耳，难道不让人心醉和愉悦（zu ergözzen）？它们好似轻柔的薄雾（Sind wie sanfter Nebel）从湖上升起，飘向山谷，把盛开的花朵（die blühenden Blumen）润湿。可太阳重显威力，雾气散尽（gangen）。你为什么如此悲凄，阿明，你这群水环绕的戈马岛的首领（Herr）？"

悲凄！我真是这样，原因也并非微不足道（die Ursach meines Wehs）。卡莫尔，你没有失去儿子，也没有失去花朵般的女儿；勇敢的科尔加还在，最美的姑娘（Mädgen）安妮拉也在。你的家庭枝繁叶茂。啊，卡莫尔，而我阿明是他家族中的最后一人（der lezte seines Stamms）。岛拉呀！你的床头如此阴暗！你在墓中昏睡长眠（Dumpf ist dein Schlaf in dem Grabe）。你何时才会用你那优美的歌喉歌唱着觉醒？吹吧，秋风，吹起来吧（Winde des Herbst），吹过莫拉尔的威名！啊！难道没有听到你已受伤？哭吧，莫拉尔的父亲！哭吧(weine)！只是你的儿子听不见你的哭声。死者已深深睡去，枕头就在尘土之上(ihr Kissen von Staube)。他永远不会再留意你的声音，永远不会被你唤醒。啊，坟墓中何时会有一个黎明，对着沉睡中呼唤(biethen)：醒一醒！

　　别了，人间最高贵的人，你这个战场上的征服者！以后战场上将再不会见到(sehen)你的身影，你那宝剑的寒光再也不会照亮阴暗的森林。你没有留下儿子(hinterließest keinen Sohn)，可是，歌声会把你的名字留下，后世(künftige Zeiten)会听到你，听到(hören)战死的莫拉尔的美名。

　　英雄们哭声凄切，最响的是阿明肝肠痛断的哀鸣。他回想起(erinnerte es an)死去的儿子(den Tod seines Sohnes)，他年正青春，命归黄泉(er fiel in den Tagen der Jugend)。名震四方的加马尔的君主卡莫尔坐在(saß nahe)英雄旁，问："阿明，你为何这般悲怆(Warum schluchzet)？有什么事让你痛哭流涕？歌声和着乐声这般悦耳，难道不让人心醉和愉悦(zu ergetzen)？它们好似轻柔的薄雾(sie sind wie sanfter Nebel)从湖上升起，飘向山谷，把盛开的花朵(die blühende Blumen)润湿。可太阳重显威力，雾气散尽(gegangen)。你为什么如此悲凄，阿明，你这群水环绕的戈马岛的首领(Herrscher)？"

　　悲凄！我真是这样，原因也并非微不足道(die Ursach meines Weh's)。卡莫尔，你没有失去儿子，也没有失去花朵般的女儿；勇敢的科尔加还在，最美的姑娘(Mädchen)安妮拉也在。你的家庭枝繁叶茂。啊，卡莫尔，而我阿明是他家族中的最后一人(der Letzte seines Stammes)。岛拉呀！你的床头如此阴暗！你在墓中昏睡长眠(dumpf ist dein Schlaf im Grabe)。你何时才会用你那优美的歌喉黑暗的荒原（Stürmt über die finstre Haide）！咆哮吧，林涛（Waldströhme）！怒吼吧，橡树梢头（in dem Gipfel）的狂风！啊，明月，请你从破碎的云层中走出，不时地现出你那苍白的脸膛！让我回忆起（Erinnere mich）我的孩子们死去的那个可怕夜晚（schröklichen Nacht）：强壮的阿林达尔倒下不起（Arindal der mächtige fiel），可爱的岛拉也辞世而别（Daura, dieliebe, vergieng）。

岛拉，我的女儿，你多么美丽，美丽如同弗拉山上的月亮，洁白如同飘落的雪花，可爱如同轻柔的微风！阿林达尔，你的弯弓强劲，你的长矛快疾，你的目光（Blik）如同波浪上的薄雾，你的盾牌犹如暴风雨中的一朵火云！战场上显赫一时的阿玛尔来向岛拉求亲，她很快就对他表示倾心（widerstand nicht lange）。朋友们怀有多么美好的（Schön）期望。

奥德戈的（Odgals）儿子埃拉特赫然而怒，因为他兄弟曾死在阿玛尔手中。他来了，扮作一个船夫。他的小船劈波斩浪非常轻巧（schön），他的卷发（Lokken）因为年纪已经发白，他严肃的脸膛十分镇定。他说（sagt er）："阿明的爱女，最美丽的姑娘（Mädgen）。不远的海中（Dort am Fels nicht fern in der See），岩礁上有一棵果树，艳红的果子向着这里闪闪发亮（wo die rothe Frucht vom Baume herblinkt）。阿玛尔在那里等着岛拉，我来（Ich komme）是为了带他的爱人越过波涛汹涌的海洋。"

她跟他去了（folgt），呼叫着阿玛尔，可回答她的只有岩石的回声，没有其他（Nichts）。"阿玛尔！我的爱人！我的爱人！你为什么要这样使我害怕？听啊，阿纳特的儿子，听啊！这是岛拉把你呼唤！"

埃拉特这个骗子，大笑着逃往陆地。她提高了（erhub）嗓音，呼歌唱着觉醒？吹吧，秋风，吹起来吧（Winde des Herbstes），吹过黑暗的荒原（stürmt über die finstere Haide）！咆哮吧，林涛（Waldströme）！怒吼吧，橡树梢头（im Gipfel）的狂风！啊，明月，请你从破碎的云层中走出，不时地现出你那苍白的脸膛！让我回忆起（Erinnre mich）我的孩子们死去的那个可怕夜晚（schrecklichen Nacht）：强壮的阿林达尔倒下不起（da Arindal, der Mächtige fiel），可爱的岛拉也辞世而别（Daura, die Liebe, verging）。

岛拉，我的女儿，你多么美丽，美丽如同弗拉山上的月亮，洁白如同飘落的雪花，可爱如同轻柔的微风！阿林达尔，你的弯弓强劲，你的长矛快疾，你的目光（Blick）如同波浪上的薄雾，你的盾牌犹如暴风雨中的一朵火云！战场上显赫一时的阿玛尔来向岛拉求亲，她很快就对他表示倾心（widerstund nicht lange）。朋友们怀有多么美好的（schön）期望。

243

奥德戈的（Odgalls）儿子埃拉特赫然而怒，因为他兄弟曾死在阿玛尔手中。他来了，扮作一个船夫。他的小船劈波斩浪非常轻巧（Schön），他的卷发（Locken）因为年纪已经发白，他严肃的脸膛十分镇定。他说（sagte er）："阿明的爱女，最美丽的姑娘（Mädchen）。不远的海中（dort am Felsen, nicht fern' in der See），岩礁上有一棵果树，阿玛尔在那里等着岛拉，我来（ich komme）是为了带他的爱人越过波涛汹涌的海洋。"

她跟他去了（folgt'），呼叫着阿玛尔，可回答她的只有岩石的回声，没有其他（nichts）。"阿玛尔！我的爱人！我的爱人！你为什么要这样使我害怕？听啊，阿纳特的儿子，听啊！这是岛拉把你呼唤！"

埃拉特这个骗子，大笑着逃往陆地。她提高了（erhob）嗓音，呼叫着她的父亲和兄弟："阿林达尔！阿明！难道没人来救岛拉？"

叫着她的父亲和兄弟："阿林达尔！阿明！难道没人来救岛拉？"

她的声音越过海洋，阿林达尔，我的儿子，从山冈上跃下，勇敢地追捕他的猎物。他的箭矢（Seine Pfeile）在腰间作响，他的强弓（Seinen Bogen）拿在手上，身边跑着五只黑灰色的猎狗（Fünf schwarzgraue Dokken）。他在岸边发现了大胆的埃拉特，把他抓住（faßt）并捆在橡树上，周身上下缠了又缠（Fest umflocht）。被绑者的呻吟声随风飘荡（er füllt mit Aechzen die Winde）。

阿林达尔驾着小船穿入波浪（Welle），要把岛拉救回。阿玛尔愤怒（Grimm）地赶来，射出了（drükt ab）他灰色的羽箭。箭声呼啸，射入了你的心脏。啊！阿林达尔，我的儿子！你替代埃拉特这个骗子，死于非命。小船到达（erreicht）岩礁边，他倒在上面气绝身亡。脚下是兄弟的鲜血在流淌，岛拉啊，你是多么悲伤（Welch war dein Jammer，o Daura，da zu deinen Füssen floß deines Bruders Blut）！

波浪打碎了小船，阿玛尔纵身跳入（stürzt）海洋，去救他的岛拉，或是去死亡。一阵飓风从山上刮下（Schnell stürmt ein Stos），击入海浪，他没身沉下，再也没有浮上。

我听到（hört）女儿孤身一人，在海浪拍击的岩礁上悲声呼号（Klage）。她叫声不断，哭声震天，可我作为父亲却无能为力（konnt）。我彻夜站在（stund）岸边，看见她在淡淡的月光里（Monds），听见（hört）她呼喊了（Schreyn）整整一夜。风声呼啸（Laut war der Wind），雨点啪啪地敲打在山岩的边上（Seite des Bergs）。天未破晓（eh der Morgen erschien），她的声音已经弱下，如同夜风渐渐消失在山岩间的草丛中。她带着满腔的悲痛死去，留下我阿明孑然一身！（dahin）我那战场上的（im Krieg）勇气已经失去，我在姑娘（Mädgen）中间的骄傲已经丧尽。

每当山中暴风骤雨来临，每当北风掀起巨浪，我就坐在（siz）轰鸣她的声音越过海洋,阿林达尔,我的儿子,从山冈上跃下,勇敢地追捕他的猎物。他的箭矢(seine Pfeile)在腰间作响,他的强弓(seinen Bogen)拿在手上,身边跑着五只黑灰色的猎狗(fünf schwarzgraue Docken)。他在岸边发现了大胆的埃拉特,把他抓住(faßte)并捆在橡树上,周身上下缠了又缠(fest umflocht)。被绑者的呻吟声随风飘荡(der Gefesselte füllte mit Ächzen die Winde)。

阿林达尔驾着小船穿入波浪(Wellen),要把岛拉救回。阿玛尔愤怒(Grimme)地赶来,射出了(drückt' ab)他灰色的羽箭。箭声呼啸,射入了你的心脏。啊!阿林达尔,我的儿子!你替代埃拉特这个骗子,死于非命。小船到达(erreichte)岩礁边,他倒在上面气绝身亡。脚下是兄弟的鲜血在流淌,岛拉啊,你是多么悲伤(Zu deinen Füßen floß deines Bruders Blut, welch war dein Jammer o Daura)!

波浪打碎了小船,阿玛尔纵身跳入(stürzte)海洋,去救他的岛拉,或是去死亡。一阵飓风从山上刮下(Schnell stürmte ein Stoß),击入海浪,他没身沉下,再也没有浮上。

我听到(hörte)女儿孤身一人,在海浪拍击的岩礁上悲声呼号(Klagen)。她叫声不断,哭声震天,可我作为父亲却无能为力(konnte)。我彻夜站在(stand)岸边,看见她在淡淡的月光里(Mondes),听见(hörte)她呼喊了(Schreyen)整整一夜。风声呼啸(laut war der Wind),雨点啪啪地敲打在山岩的边上(Seite des Berges)。天未破晓(ehe der Morgen erschien),她的声音已经弱下,如同夜风渐渐消失在山岩间的草丛中。她带着满腔的悲痛死去,留下我阿明了然一身!(Dahin)我那战场上的(im Kriege)勇气已经失去,我在姑娘(Mädchen)中间的骄傲已经丧尽。

每当山中暴风骤雨来临,每当北风掀起巨浪,我就坐在(sitze)轰

245

的岸边,遥望那可怕的(schröklichen)山崖。我常在下沉的月影里见到(Mond seh)孩子们的精灵,朦朦胧胧(halb dämmernd),哀伤地结伴同行。

　　洛特眼中泪如泉涌(Ein Strohm von Thränen),这疏解了她心头的压抑,却止住了维特的吟诵。他(er)抛开译稿,(und)抓住了她的一只手,声泪俱下。洛特把自己的脸埋入另一只手中,用手帕捂住双眼。两人的情绪(die Bewegung)激动得有些可怕。他们在这些崇高人物的命运中(in dem Schiksal)体会到了自己的(eigenes)不幸,他们的泪水流到了一处。维特的嘴唇和眼睛靠在洛特的手臂上,炽热灼人。她身上一阵战栗,想起身离去,但痛苦和同情像铅一样压在心头,使她动弹不得(es lag all der Schmerz, der Antheil betäubend wie Bley auf ihr)。她深吸了一口气,缓过神来(zu erholen),哽咽着恳求他继续往下念(bat ihn schluchsend, fortzufahren),恳求的声音犹如天乐! 维特颤抖着,心都要碎了。他捡起了(hub)诗稿,时断时续地念道(halb gebrochen):

　　你为何将我唤醒(wekst),春风? 你(du)抚爱着我说道:"我(ich)以天上的甘霖把你滋润!"可我凋谢的日子临近(nah),把我枝叶吹落的风暴已经来临(nah der Sturm)! 明天一位漫游者(der Wandrer)将要到来,他曾见过我的美丽年华。他会在旷野中把我四处寻找(rings wird sein Aug im Felde),但不会再找到我的身影……

246　　　这几句话以其全部的力量打动了这位不幸者(Unglüklichen)的心灵。他(er)扑倒在洛特身前,绝望万分(vollen Verzweiflung)。他抓住她的双手,按到(drukte)自己的眼睛上,又抵向自己的额头。

鸣的岸边,遥望那可怕的(schrecklichen)山崖。我常在下沉的月影里见到(Monde sehe)孩子们的精灵,朦朦胧胧(halbdämmernd),哀伤地结伴同行。

洛特眼中泪如泉涌(Ein Strom von Thränen),这疏解了她心头的压抑,却止住了维特的吟诵。他(Er)抛开译稿,(/)抓住了她的一只手,声泪俱下。洛特把自己的脸埋入另一只手中,用手帕捂住双眼。两人的情绪(Die Bewegung)激动得有些可怕。他们在这些崇高人物的命运中(in dem Schicksale)体会到了自己的(eignes)不幸,他们的泪水流到了一处。维特的嘴唇和眼睛靠在洛特的手臂上,炽热灼人。她身上一阵战栗,想起身离去,但痛苦和同情像铅一样压在心头,使她动弹不得(Schmerz und Antheil lagen betäubend wie Bley auf ihr)。她深吸了一口气,缓过神来(zu erhohlen),哽咽着恳求他继续往下念(bath ihn schluchzend, fortzufahren),恳求的声音犹如天乐!维特颤抖着,心都要碎了。他捡起了(hob)诗稿,时断时续地念道(halbgebrochen):

你为何将我唤醒(weckst),春风? 你(Du)抚爱着我说道:“我(Ich)以天上的甘霖把你滋润!”可我凋谢的日子临近(nahe),把我枝叶吹落的风暴已经来临(nahe der Sturm)! 明天一位漫游者(der Wanderer)将要到来,他曾见过我的美丽年华。他会在旷野中把我四处寻找(ringsum wird sein Auge im Felde),但不会再找到我的身影⋯⋯

这几句话以其全部的力量打动了这位不幸者(Unglücklichen)的心灵。他(Er)扑倒在洛特身前,绝望万分(vollsten Verzweifelung)。他抓住她的双手,按到(druckte)自己的眼睛上,又

247

她心中像是闪过一个预感，维特会有什么可怕的（schröklichen）意图。她神志迷乱，握紧（drukte）他的双手，压向（drukte）自己的胸脯，伤心而激动地向他俯下身子，两人滚烫的脸颊便碰到一起。世界在他们面前不复存在（vergieng）。他（er）用手臂抱住她，拥入怀中，发狂地在她那颤抖的、讷讷而语的唇上盖满了（dekte）自己的亲吻。维特！她用窒息的声音叫道，扭过头去。维特！她用无力的手儿把他从自己的胸前推开（drükte）。维特！她叫声克制，感情凝重（Gefühls）。他没有反抗（er widerstund nicht），让（lies）她挣开自己的手臂，举止失措，扑倒在她身前。她一下站起身来，心中慌乱，浑身颤抖，既爱又恨，说道：这是最后一次，维特！您再不会见到我了。她爱怜地向这个不幸的人深深望了（Blik）一眼，然后跑入隔壁房间，锁上了身后的房门。维特向她伸出（strekte）双臂，但没敢拉住她。他头枕沙发（auf dem Canapee），躺在地上，足有半小时之久，一阵响声才使他回过神来。那时女仆（Mädgen）准备开饭了（dekken wollte）。他在屋中来回走动（gieng）。当又剩下他独自一人时，他走到通向隔壁房间的门边，轻声叫道：洛特！洛特！再说一句话！一句告别的话！她没作声。他等着（er harrte），恳求着，又等着，而后猛地转过身子并叫道：别了，洛特，永别了（leb wohl）！

　　他到了城门口。守门人早已认识他，一言不发便让他出了城。那天雨雪交加（es stübte），直到夜里近十一点他才回家敲门。维特回家时，仆人发现，主人头上的帽子不见了。他未敢吭声（nichts zu sagen），帮他脱下衣服，一切都湿透了。后来，有人在一块临着山崖陡壁的岩石上找到了他的帽子（Huth）。人们觉得不可思议，他怎么能在一个又黑又湿的夜晚爬上那里，竟然没有摔下去。

　　他上了床，睡了很久。第二天早上，仆人听见他呼唤，把咖啡端抵向自己的额头。她心中像是闪过一个预感,维特会有什么可怕的(schrecklichen)意图。她神志迷乱,握紧(drückte)他的双手,压向(drückte)自己的胸脯,伤心而激动地向他俯下身子,两人滚烫的脸颊便碰到一起。世界在他们面前不复存在(verging)。他(Er)用手臂抱住她,拥入怀中,发狂地在她那颤抖的、讷讷而语的唇上盖满了(deckte)自己的亲吻。维特! 她用窒息的声音叫道,扭过头去。维特! 她用无力的手儿把他从自己的胸前推开(drückte)。维特! 她叫声克制,感情凝重(Gefühles)。他没有反抗(Er widerstand nicht),让(ließ)她挣开自己的手臂,举止失措,扑倒在她身前。她一下站起身来,心中慌乱,浑身颤抖,既爱又恨,说道:这是最后一次,维特! 您再不会见到我了。她爱怜地向这个不幸的人深深望了(Blick)一眼,然后跑入隔壁房间,锁上了身后的房门。维特向她伸出(streckte)双臂,但没敢拉住她。他头枕沙发(auf dem Kanapee),躺在地上,足有半小时之久,一阵响声才使他回过神来。那时女仆(Mädchen)准备开饭了(decken wollte)。他在屋中来回走动(ging)。当又剩下他独自一人时,他走到通向隔壁房间的门边,轻声叫道:洛特! 洛特! 再说一句话! 一句告别的话! 她没作声。他等着(Er harrte),恳求着,又等着,而后猛地转过身子并叫道:别了,洛特,永别了(lebe wohl)!

　　他到了城门口。守门人早已认识他,一言不发便让他出了城。那天雨雪交加(Es stübte),直到夜里近十一点他才回家敲门。维特回家时,仆人发现,主人头上的帽子不见了。他未敢吭声(nicht etwas zu sagen),帮他脱下衣服,一切都湿透了。后来,有人在一块临着山崖陡壁的岩石上找到了他的帽子(Hut)。人们觉得不可思议,他怎么能在一个又黑又湿的夜晚爬上那里,竟然没有摔下去。

　　他上了床,睡了很久。第二天早上,仆人听见他呼唤,把咖啡端给他时，看见他正在写着（schreiben）什么。他在给洛特的信中又写上下面的话：

　　最后一次，我最后一次睁开双眼（schlag ich diese Augen auf）。唉，它们（sie）不会再看见太阳了，一个阴沉迷茫的日子把它给遮住了。哀悼吧，自然！你的儿子、你的朋友、你的爱人已接近他生命的尾声。洛特，当一个人对自己说，这是最后一个早晨时（das ist der lezte Morgen），会有一种无可比拟的、最最接近朦胧梦幻的感觉（kommt's dem dämmernden Traume）。最后一个（Der lezte）！洛特，我简直不懂这个词（vor das Wort）：最后一个（der lezte）！我现在不是精神饱满地站在（Steh）这里，可明天我会伸展（lieg）四肢，瘫软无力地倒卧在地。死亡！它意味着什么（Was heist das）？看啊（Sieh），我们一旦谈到死，就像是在做梦。我曾目睹一些人死去（hab … sehen）；可是人类受到如此限制，对自己生存的开始和结束都一无所知。现在（Jezt）还有我的，你的！你的，啊，亲爱的！可再等片刻——分开，离别——也许是永远？——不，洛特，不。——我怎么能消逝？你怎么能消逝？我们都生存着！——消逝！——这意味着什么？这（das）又是一个词，一个毫无意义的声音，引不起我心中的任何感觉。死，洛特！被埋入（Eingescharrt）冰冷的泥土里，那么狭窄！那么阴暗！——我曾有一个女友（Freundin），在我那孤独无助的少年时代，她是我的一切。她去了，我随着她的遗体，站到墓旁，眼看着他们把棺木放下（Wie sie den Sarg …），沙沙有声地把绳子从棺材底下抽出拉上。然后有人抛下第一铲土，可怕的棺材发出一声沉闷的回响，响声越来越沉闷，越来越沉闷，直到最后墓穴全部填满！——我扑倒在墓旁——内心深处被攫住了（Ergriffen … mein innerstes）。我惊恐万分，心肝破碎，却不明白自己（ich wuste）发生

给他时,看见他正在写着(schreibend)什么。他在给洛特的信中又写上下面的话:

　　最后一次,我最后一次睁开双眼(schlage ich diese Augen auf)。唉,它们(Sie)不会再看见太阳了,一个阴沉迷茫的日子把它给遮住了。哀悼吧,自然! 你的儿子、你的朋友、你的爱人已接近他生命的尾声。洛特,当一个人对自己说,这是最后一个早晨时(das ist der letzte Morgen),会有一种无可比拟的、最最接近朦胧梦幻的感觉(kommt es dem dämmernden Traum)。最后一个(Der letzte)! 洛特,我简直不懂这个词(für das Wort):最后一个(der letzte)! 我现在不是精神饱满地站在(Stehe)这里,可明天我会伸展(liege)四肢,瘫软无力地倒卧在地。死亡! 它意味着什么(was heißt das)? 看啊(Siehe),我们一旦谈到死,就像是在做梦。我曾目睹一些人死去(habe … sehen);可是人类受到如此限制,对自己生存的开始和结束都一无所知。现在(Jetzt)还有我的,你的! 你的,啊,亲爱的! 可再等片刻——分开、离别——也许是永远? ——不,洛特,不。——我怎么能消逝? 你怎么能消逝? 我们都生存着! ——消逝! ——这意味着什么? 这(Das)又是一个词,一个毫无意义的声音,引不起我心中的任何感觉。死,洛特! 被埋入(eingescharrt)冰冷的泥土里,那么狭窄! 那么阴暗! ——我曾有一个女友(Freundinn),在我那孤独无助的少年时代,她是我的一切。她去了,我随着她的遗体,站到墓旁,眼看着他们把棺木放下(wie sie den Sarg …),沙沙有声地把绳子从棺材底下抽出拉上。然后有人抛下第一铲土,可怕的棺材发出一声沉闷的回响,响声越来越沉闷,越来越沉闷,直到最后墓穴全部填满! ——我扑倒在墓旁——内心深处被攫住了(ergriffen … mein Innerstes)。我惊恐万分,心肝破碎,却不明白自己(ich wußte)

了什么事——一会儿会发生什么事。——死亡！坟墓！我不懂这些词！

啊，原谅我吧（vergieb）！原谅我（vergieb）！昨天！那该是我生命的最后一刻（lezte Augenblik）。啊，你这个天使！第一次，完全是第一次，我心灵深处（innig innerstes）明白无疑地涌出这个幸福的感觉：她爱我！她爱我！从你嘴唇上传来的圣洁的烈焰，现在还在我唇上燃烧（ströhmte），我心中还一直存有新鲜的、温暖的欢乐。原谅我吧（Vergieb）！原谅我（vergieb）！

唉，我知道（wuste），你爱我，在最初几次含情脉脉的眼神中（Blikken），在第一次与你握手时（Händedruk）就知道了（wuste），可是，当我离开你，当我看到阿尔贝特在你身边时，我在焦灼的疑虑中重又感到沮丧（verzagt' ich）。

你还记得你送给（schiktest）我的那些花吗？那是你在一次令人失望的聚会中，不能同我说一句话，握一次手，作为补偿事后送给我的。啊，我在它们面前跪了半夜，它们把你的爱锁入了我的心田。可是，唉，这些印象（Eindrükke）渐渐消失，就像一个带着天国般的喜悦、受着圣灵明显的指引的信徒一样，他那领受了上帝恩惠的感情也会逐渐（allmählig）从灵魂中消逝。

一切都旋踵即逝。我昨天在你嘴唇上享受到的，在我心中感受到的生命之火，永远不会熄灭！她爱我！这只手臂曾把她搂抱（umfast），这两片嘴唇曾在她的嘴唇上颤抖，这张嘴曾在她的嘴边（am ihrigen ...）喃声细语。她（du）是我的！是的，洛特，永远是我的。

阿尔贝特是你丈夫，这又怎样？丈夫！我爱你，我想把你从他手中夺过来，这（das）难道对这个世界是罪孽？是罪孽？那好，我自己来惩罚罪犯（mich davor）；我（Ich hab）已经在天堂般的欢乐中领略发生了什么事——一会儿会发生什么事。——死亡！坟墓！我不懂这些词！

啊，原谅我吧（vergib）！原谅我（vergib）！昨天！那该是我生命的最后一刻（letzte Augenblick）。啊，你这个天使！第一次，完全是第一次，我心灵深处（Inniginnerstes）明白无疑地涌出这个幸福的感觉：她爱我！她爱我！从你嘴唇上传来的圣洁的烈焰，现在还在我唇上燃烧（strömte），我心中还一直存有新鲜的、温暖的欢乐。原谅我吧（Vergib）！原谅我（vergib）！

251

唉，我知道（wußte），你爱我，在最初几次含情脉脉的眼神中（Blicken），在第一次与你握手时（Händedruck）就知道了（wußte），可是，当我离开你，当我看到阿尔贝特在你身边时，我在焦灼的疑虑中重又感到沮丧（verzagte ich）。

你还记得你送给（schicktest）我的那些花吗？那是你在一次令人失望的聚会中，不能同我说一句话，握一次手，作为补偿事后送给我的。啊，我在它们面前跪了半夜，它们把你的爱锁入了我的心田。可是，唉，这些印象（Eindrücke）渐渐消失，就像一个带着天国般的喜悦、受着圣灵明显的指引的信徒一样，他那领受了上帝恩惠的感情也会逐渐（allmählich）从灵魂中消逝。

一切都旋踵即逝。但是（aber）我昨天在你嘴唇上享受到的，在我心中感受到的生命之火，永远不会熄灭！她爱我！这只手臂曾把她搂抱（umfaßt），这两片嘴唇曾在她的嘴唇上颤抖，这张嘴曾在她的嘴边（an dem ihrigen ...）喃声细语。她（Du）是我的！是的，洛特，永远是我的。

阿尔贝特是你丈夫，这又怎样？丈夫！我爱你，我想把你从他手中夺过来，这（Das）难道对这个世界是罪孽？是罪孽？那好，我自己来惩罚罪犯（mich dafür）；我（ich hab）已经在天堂般的欢乐中领略了（geschmekt）这个罪孽的滋味,已把生命的琼浆和力量吸入心中。从这一刻起（von dem Augenblikke）,你（du）是我的了! 我的（Mein）,啊,洛特! 我先走了! 去（Geh）见我的天父,去见你的天父! 我要对他倾诉不幸（dem will ich's Klagen）,他会给我安慰,等到你来,那时,我会飞身到你跟前,拉住你,并当着永恒的上帝的面,在永恒的拥抱中与你厮守一处。

　　我没有做梦,我没有妄想,越近（nah）坟墓,心中越亮（ward mir's heller）。我们会这样! 我们会重逢（wieder sehn）! 会见到（sehn）你的母亲! 我会见到她,会找到她,啊,在她面前倾吐衷肠（all mein Herz）! 你的母亲,就是你的（Dein）影子。

252　　近十一点时,维特问自己的仆人,阿尔贝特是否已经回来（zurük gekommen sey）。仆人说,他回家了,他看见（sehn）他骑马而过。于是,主人给了他一张没有入封的便条,内容如下（Drauf giebt ihm der Herr ein offenes Zettelgen des Inhalts）:

　　我打算出门旅行,您能把手枪（ihre Pistolen）借我用一下吗? 再见!

　　可爱的夫人昨天几乎一夜没睡,她的血液沸腾激荡,千百种情感扰乱了她的芳心。尽管竭力抵制,但维特拥抱她时激起的那烈焰还在她的胸中燃烧,过去那无拘无束、纯真无邪和自信不疑的日子如今在她眼中也倍加美好。但是,一想到将要面对丈夫那样的目光,她便不寒而栗,她甚至可以预知,若丈夫获悉维特的来访,定会半是生气半是玩笑地进行发问。之前,她从不伪装,从不撒谎,而现在她第一次觉得自己有必要非得这么做了。情不自禁和之后的窘迫处境使她了（geschmeckt）这个罪孽的滋味,已把生命的琼浆和力量吸入心中。从这一刻起（von diesem Augenblicke）,你（du）是我的了! 我的（mein）,啊,洛特! 我先走了! 去（gehe）见我的天父,去见你的天父! 我要对他倾诉不幸（Dem will ich's Klagen）,他会给我安慰,等到你来,那时,我会飞身到你跟前,拉住你,并当着永恒的上帝的面,在永恒的拥抱中与你厮守一处。

　　我没有做梦,我没有妄想,越近（Nahe）坟墓,心中越亮（wird mir es heller）。我们会这样! 我们会重逢（wieder sehn）! 会见到（sehen）你的母亲! 我会见到她,会找到她,啊,在她面前倾吐衷肠（mein ganzes Herz）! 你的母亲,就是你的（dein）影子。

　　近十一点时,维特问自己的仆人,阿尔贝特是否已经回来（zurück gekommen sey）。仆人说,他回家了,他看见（sehen）他骑马而过。于是,主人给了他一张没有入封的便条,内容如下（Darauf gibt ihm der Herr ein offnes Zettelchen des Inhalts）:

　　我打算出门旅行,您能把手枪（Ihre Pistolen）借我用一下吗? 再见!

　　可爱的夫人昨天几乎一夜没睡;她所担心的事,终于发生了,但以这种方式发生,这是她既未料及又未担心过的。她那往日如此轻快平静地流动的血液,如今沸腾激荡,千百种情感扰乱了她的芳心。是维特拥抱她时她在自己心中感到的烈焰还在燃烧? 还是她对他的莽撞无礼的怒气未消? 或是她把目前的境况与过去那无拘无束、纯真无邪和自信不疑的日子作了恼怒的比较后的结果? 她该如何面对自己的丈夫,如何向他坦白那一幕? 她完全可以对他坦诚相告,但还认为自己罪孽深重，尽管如此，对始作俑者她既恨不起来，又狠不下心来，发誓不再见他。

254

她流泪直到天亮，方能昏昏沉沉地入睡，所以当她丈夫归来之时，她才慌忙挣扎着起床、穿衣。也是平生第一次，丈夫的存在让她觉得备受煎熬，因为她担心丈夫会发现她那哭肿的双眼和彻夜未眠的倦容。想到这里，她愈发不知所措，只好紧紧拥抱他，以示欢迎他是没有那份勇气。他们已经很长一段时间相顾无言。难道该由她来首先打破沉默，即便是在不合适的时候，也让自己的丈夫意外地发现这一秘密？她担心，仅仅是维特来过这一消息，就会引起他心中的不快，更何况这个出人意料的灾难！她能否期待，她丈夫会完全以正确的眼光看待她，不带任何偏见地接受她？她能否希望，他能明白她的心灵？然而另一方面，她怎么能对自己的丈夫装假作伪？在他面前，她一直像一块水晶般的透明清澈，从未、也不可能隐瞒自己的任何情感。她前思后想，左右为难，陷入困境。同时，她的念头又一再回到维特身上。对她来说，维特已经完了。但她不能弃他不顾，可又——可惜！——必须让他自便。而他失去她后，便一无所有了。

255

她此刻还不十分清楚，他们夫妻间出现的僵局，现在如何沉重地压在她身上！他们两个都那么理智、善良，却为了一些隐秘的分歧而开始相互沉默，各人都想着自己的正确和对方的错误，情况便越弄越复杂，最后发展到这个地步，正是在这千钧一发的紧急关头，也不能解开这个疙瘩。倘若一种幸福的和睦使他们早一些重新接近，爱情和宽容在他们心中重新恢复，他们的心扉重新打开，那么，我们的朋友也许还能得救。

此外还有一种特殊的情况，如同我们从维特的信中得知，他从未隐瞒，他渴望离开这个世界。阿尔贝特为此常同他争论，在洛特和她丈夫间也不时谈起此事。阿尔贝特对这种行为异常憎恶，有时还一反常态冲动地表示，他很有理由怀疑，这种打算是认真的。他甚至还对此予以嘲笑，也曾把他的怀疑告诉洛特。这些一方面使她在想到那个悲惨景象时有所安心，另一方面又使她感到受了阻碍，向她丈夫诉说眼下折磨着她的忧虑。

阿尔贝特回来了。洛特有些窘迫地急迎上前。他心情不佳，因为事未办妥，碰上的邻区的那个官员，是个顽固不化、小肚鸡肠的家

256 回来。但这拥抱传达出的似乎并非惊喜，而更多的是惊慌和懊悔，正因如此，她反而引起了阿尔贝特的注意。后者在拆了一些信件、包裹之后，单刀直入地问妻子，家里是否无事发生，是否无人来访。她支支吾吾地回答说，维特昨晚来过，待了一个钟头。他倒是很会利用时间，阿尔贝特答道，便起身走到自己的房间去了，留下洛特一个人默默待了一刻钟。她所爱、所尊敬的丈夫的归来，在她心中引起一种新的感觉。她想起他的所有的好，他的高尚和他的爱情，她责怪自己竟如此回报他的善良。她受到一种神秘的吸引力，起身跟他过去，像往常一样，拿着手中的活，到他屋里去，并询问他是否需要些什么。他作了否定回答，便伏案写信，她也坐下，织补。他们俩就这样坐了一小时，之后阿尔贝特起身，在屋里走上走下几次，洛特跟他讲话，他要么简短作答，要么压根不回答，接着马上又伏身案边。她陷入悲哀中（so verfiel sie in eine Wehmuth），而她又竭力隐藏（verschlukken）自己的悲哀，把眼泪咽到肚子里去，这就更加可怕难受。

维特童仆的出现，使她陷入极度的窘境（versezte sie in die gröste Verlegenheit）。他交给阿尔贝特一张纸条（das Zettelgen），他则若无其事地（ganz kalt）转向妻子，对她说道：把手枪给他（gieb ihm）！——还对那个少年说（sagt er），我祝他旅途愉快（Ich laß ihm glükliche Reise wünschen）。这话对她来说犹如一声炸雷。她摇晃着身体站起（aufzustehn），她不知道自己在干些什么。她慢慢走到墙边，颤抖着取下武器（zitternd nahm sie sie herunter），擦去（puzte）灰尘，有些迟疑不决。要不是阿尔贝特以询问的眼光（Blik）——怎么了——（was denn das geben sollte?）催促她，她还会犹豫下去（noch lang gezögert）。她把这不祥之物（unglükliche Gewehr）交给少年，一言未发。当少年走出去后（Hause draus war），她收起了活儿，返回自己屋中，心里有着说不出的不安（In dem Zustand des unaussprechlichsten

伙,而路途不顺也使他上火动怒。

他问,家中有什么事。她急忙回答,维特昨晚来过。他又问, 257
是否有信,得到的回答是,有信和邮包放在他屋中。他去了那里,
留下夏洛特一人。她所爱和尊敬的丈夫的到来,在她心中引起一
种新的感觉。想到他的高尚,他的爱情和善良,她的心情平静下
来。她感到一种神秘的吸引力,跟他过去,便像往常一样,拿着手
中的活,到他屋里去。她看见他正忙着打开邮包,读着信。信中有
些话看来不那么令人愉快。她问了他几句。他作了简短回答,便
坐到书桌前写信。

他们俩就这样坐了一小时,洛特心中越来越沉闷。她感到,即使
在她丈夫心绪极好的情况下,也很难把压在心头的事向他表明。她
陷入悲哀中(sie verfiel in eine Wehmuth),而她又竭力隐藏
(verschlucken)自己的悲哀,把眼泪咽到肚子里去,这就更加可怕
难受。

维特童仆的出现,使她陷入极度的窘境(setzte sie in die größte
Verlegenheit)。他交给阿尔贝特一张纸条(das Zettelchen),他则若
无其事地(gelassen)转向妻子,对她说道:把手枪给他(gib
ihm)!——还对那个少年说(sagte er),我祝他旅途愉快(Ich lasse
ihm glückliche Reise wünschen)。这话对她来说犹如一声炸雷。她
摇晃着身体站起(aufzustehen),她不知道自己在干些什么。她慢慢
走到墙边,颤抖着取下武器(zitternd nahm sie das Gewehr
herunter),擦去(putzte)灰尘,有些迟疑不决,要不是阿尔贝特以询
问的眼光(Blick)催促她,她还会犹豫下去(noch lange gezögert)。
她把这不祥之物(unglückliche Werkzeug)交给少年,一言未发。当
少年走出去后(Hause hinaus war),她收起了活儿,返回自己屋中,心
里有着说不出的不安(In dem Zustande der unaussprechlichsten

Leidens)。她预感到了可怕的事情(Schröknisse)。她真想跪在丈夫脚下(im Begriff sich zu den Füssen),向他坦白一切(entdekken),昨天晚上的事情,她的过错和她的预感,但又感到,这样做不会有什么结果,而说服丈夫去维特那里一次的希望几近于无。晚饭摆上了(gedekt)桌,一个原本来问些什么、马上就走的要好的女友留了下来(und die Lotte nicht wegließ),这使席间的谈话变得轻松一些。她控制住自己,谈这说那,渐渐忘了自己的心事。

少年拿着手枪回到维特那里。听说枪是洛特交给他的,维特欢喜若狂(Entzükken abnahm),从他手中接下了枪。他让人拿来了面包(ein Brod)和葡萄酒,让这少年自己去吃饭(hies den Knaben zu Tisch gehn),然后坐下(sezte)写道:

它经过了你的手,你拭去了(geputzt)上面的灰尘,我把它吻了千万遍,因为你曾触摸过它!你呀(und du),天上的神灵,坚定了我的决心,你呀,洛特,你给了我武器!我曾希望从你手中迎接死神,现在迎接到了!哦!我问了我的童仆。当你(Du)把枪给他时,你人在发抖,你竟然没说一声再见!——唉!唉(Wehe! wehe)!没说一句再见!难道是由于那把你我永远连在一起的瞬间(Augenblicks),你把对我的心紧紧关闭(ewig an dich befestigte)?洛特,哪怕千年的时光也抹不掉这个印象(Eindruck)!而我却感到(und ich fühle es),你不可能恨一个如此炽热地爱你的人。

饭后,他让童仆打点(einpakken)好一切,撕毁了许多信稿,出去处理了几笔小小的债务。他回家后,再次冒雨出门,到了伯爵的花园里,徘徊走动,直到夜幕降临,才回到家中(kam mit einbrechender Nacht zurük),接着写道:

Ungewißheit）。她预感到了可怕的事情（Schrecknisse）。她真想跪在丈夫脚下（im Begriffe sich zu den Füßen），向他坦白一切（entdecken），昨天晚上的事情，她的过错和她的预感，但又感到，这样做不会有什么结果，而说服丈夫去维特那里一次的希望几近于无。晚饭摆上了（gedeckt）桌，一个原本来问些什么、马上就走的要好的女友留了下来（gleich gehen wollte-und blieb），这使席间的谈话变得轻松一些。她控制住自己，谈这说那，渐渐忘了自己的心事。

少年拿着手枪回到维特那里。听说枪是洛特交给他的，维特欢喜若狂（Entzücken abnahm），从他手中接下了枪。他让人拿来了面包（Brod）和葡萄酒，让这少年自己去吃饭（hieß den Knaben zu Tische gehen），然后坐下（setzte）写道：

　　它经过了你的手，你拭去了（gepuzt）上面的灰尘，我把它吻了千万遍，因为你曾触摸过它！你呀（Und du），天上的神灵，坚定了我的决心，你呀，洛特，你给了我武器！我曾希望从你手中迎接死神，现在迎接到了！哦！我问了我的童仆。当你（du）把枪给他时，你人在发抖，你竟然没说一声再见！——唉！唉（Weh! Weh）！没说一句再见！难道是由于那把你我永远连在一起的瞬间（Augenbliks），你把对我的心紧紧关闭（auf ewig an dich befestigte）？洛特，哪怕千年的时光也抹不掉这个印象（Eindruk）！而我却感到（Und ich fühl's），你不可能恨一个如此炽热地爱你的人。

　　饭后，他让童仆打点（einpacken）好一切，撕毁了许多信稿，出去处理了几笔小小的债务。他回家后，再次冒雨出门，到了伯爵的花园里，徘徊走动，直到夜幕降临，才回到家中（kam mit anbrechender Nacht zurück），接着写道：

　　威廉，我最后一次(leztenmale)看了(gesehn)田野、森林和天空，也同你再见(Leb wohl)！亲爱的妈妈，原谅我！威廉，请安慰她！愿上帝保佑你们！我的事都已料理好(all in Ordnung)。再见！我们再见时会更加欢乐。

260　　阿尔贝特，我对不住你，请原谅我(vergiebst mir)。我破坏了你家庭的和睦，造成了你们之间的猜疑。再见(Leb wohl)！我要结束这一切(ich will's enden)。啊，但愿你们由于我的死而幸福(glüklich wäret)！阿尔贝特！阿尔贝特！让那个天使幸福！上帝会为此替你祝福(Seegen)！

　　这天晚上，他在自己的文稿中翻腾了多时，撕去了许多，把它们扔进了壁炉(warf's in Ofen)，又封上几个寄给威廉(Wilhelmen)的邮包(Päkke)。它们包括一些短文(Aufsäzze)、杂感，其中一部分我已读过(gesehen habe)。十点左右他让仆人添旺了壁炉(im Ofen)，并送来一瓶葡萄酒(einen Schoppen Wein)，然后打发仆人去睡觉。这位仆人的房间同其他人的卧室一样，远在房子的后面。为了第二天一早就能听候差遣(früh bey der Hand)，他马上和衣而睡。他的主人讲，邮车在早上六点以前，就会停在门前。

　　威廉，我最后一次（letztenmale）看了（gesehen）田野、森林和天空，也同你再见（Lebe wohl）！亲爱的妈妈，原谅我！威廉，请安慰她！愿上帝保佑你们！我的事都已料理好（alle in Ordnung）。再见！我们再见时会更加欢乐。

　　阿尔贝特，我对不住你，请原谅我（vergibst mir）。我破坏了你家庭的和睦，造成了你们之间的猜疑。再见（Lebe wohl）！我要结束这一切（ich will es enden）。啊，但愿你们由于我的死而幸福（glücklich wäret）！阿尔贝特！阿尔贝特！让那个天使幸福！上帝会为此替你祝福（Segen）！

　　这天晚上，他在自己的文稿中翻腾了多时，撕去了许多，把它们扔进了壁炉（warf es in den Ofen），又封上几个寄给威廉（Wilhelm）的邮包（Päcke）。它们包括一些短文（Aufsätze）、杂感，其中一部分我已读过（gesehn habe）。十点左右他让仆人添旺了壁炉（Feuer），并送来一瓶葡萄酒（eine Flasche Wein），然后打发仆人去睡觉。这位仆人的房间同其他人的卧室一样，远在房子的后面。为了第二天一早就能听候差遣（frühe bey der Hand），他马上和衣而睡。他的主人讲，邮车在早上六点以前，就会停在门前。

261

夜里十一点后

四周一片沉寂，我的心灵也同样平静。感谢你（ich danke），上帝，在这最后的时刻（lezten Augenblikken）赐给我这些温暖，这份力量。

我踱步到窗前（an's Fenster），亲爱的，我看到（und seh und sehe），透过飞奔而去的云层，看到了永恒的太空中有一颗颗星星！不，你们不会坠落！永恒者（Der Ewige）会把你们、把我托在自己胸前。我看到了（sah）群星中最最可爱的北斗星。每当我（Wenn ich）夜间离开你，跨出你的大门，它总是高高悬在我的上空。我常常望着它，如痴如醉（Mit welcher Trunkenheit hab ...）！常常（Oft）高举双手，把它视为我当时幸福的象征和神圣的吉兆。还有……啊，洛特，什么东西会让我不想起你？不让我感到你就在我的周围（Umgiebst du）？难道我（und hab ich）不像一个孩子，把你圣洁的双手触动过的一切东西，都贪婪地抓向自己身边？

262　这张可爱的剪影画！我把它遗赠给你（dir's zurük），洛特，并求你珍重它。我曾千百次、千百次地在上面盖上了我的唇印（Küsse hab ich drauf gedrükt），每当我出门（ausgieng）或者回家时，我也曾千百次地向它致意。

我在给你父亲的一封短信中（Zettelgen），求他保护（schüzzen）我的遗体。教堂墓地后面向着田野的一角（Ekke），长着两棵菩提树，我希望（wünsch）在那里长眠。他能够，也会为他的朋友办这件事。请你也替我求（Bitt）他一下。我不会要求虔诚的基督徒，让他们的遗体躺在一个不幸者边上（neben einem armern Unglüklichen niederzulegen）①。唉，我真希望，你们把我埋在路边，或一个幽静的山谷里，好让祭司和利未人路过我的墓碑时能替我祝福（Levite vor

---

① 按基督教教规，自杀是叛教行为，故自杀者遗体不能葬入教会墓地。

夜里十一点后

四周一片沉寂，我的心灵也同样平静。感谢你（Ich danke），上帝，在这最后的时刻（lezten Augenblikken）赐给我这些温暖，这份力量。

我踱步到窗前（an das Fenster），亲爱的，我看到（und sehe，und sehe），透过飞奔而去的云层，看到了永恒的太空中有一颗颗星星！不，你们不会坠落！永恒者（der Ewige）会把你们、把我托在自己胸前。我看到了（sehe）群星中最最可爱的北斗星。每当我（Wann ich）夜间离开你，跨出你的大门，它总是高高悬在我的上空。我常常望着它，如痴如醉（mit welcher Trunkenheit habe …）！常常（oft）高举双手，把它视为我当时幸福的象征和神圣的吉兆。还有……啊，洛特，什么东西会让我不想起你？不让我感到你就在我的周围（Umgibst du）？难道我（und habe ich）不像一个孩子，把你圣洁的双手触动过的一切东西，都贪婪地抓向自己身边？

这张可爱的剪影画！我把它遗赠给你（dir es zurück），洛特，并求你珍重它。我曾千百次、千百次地在上面盖上了我的唇印（Küsse habe ich drauf gedrückt），每当我出门（ausging）或者回家时，我也曾千百次地向它致意。

我在给你父亲的一封短信中（Zettelchen），求他保护（schützen）我的遗体。教堂墓地后面向着田野的一角（Ecke），长着两棵苦提树，我希望（wünsche）在那里长眠。他能够，也会为他的朋友办这件事。请你也替我求（Bitte）他一下。我不会要求虔诚的基督徒，让他们的遗体躺在一个不幸者边上（neben einen armern Unglücklichen zu legen）①。唉，我真希望，你们把我埋在路边，或一个幽静的山谷里，好让祭司和利未人路过我的墓碑时能替我祝福（Levit vor dem

263

---

① 按基督教教规，自杀是叛教行为，故自杀者遗体不能葬入教会墓地。

dem bezeichnenden Steine sich segnend vorüberging),让撒玛利亚人洒下自己的一滴眼泪①。

这当儿,洛特,我毫无畏惧(schaudere nicht),抓住了冰冷可怕的(schröklichen)枪把,我将从中喝下死亡的佳酿! 是你把它授予我,我毫不犹豫。一切的一切(All! All!),我生命的全部心愿(so sind all die Wünsche)和希望都由此得到了满足! 我可以如此冷静,如此执拗地去敲打死亡的铁门。

洛特,但愿我能享受到为你去死(Für dich zu sterben)、为你献身的幸福(Glüks)! 我愿勇敢愉快地迎接死亡,只要我能以此给你的生活重新带来宁静和幸福。可是(aber),唉,只有少数高尚的人,愿为自己的亲人抛洒(vergiessen)自己的热血,用自己的生命去给他们的朋友鼓起新的、百倍的生活勇气。

洛特,我要穿着这身衣服入土,因为你曾触到过它们,使它们变得神圣。我也对你父亲提出了这项要求(Ich habe auch darum deinen Vater gebeten)。我的灵魂会在棺木上漂浮。别让人翻我的衣袋。这只粉红色的蝴蝶结,是我第一次在你弟妹中间见到你时,你戴在胸前的,——唉,为我千百次地吻这些孩子,向他们讲述(erzähl)他们这个不幸的朋友的遭遇(das Schiksal ihres unglüklichen Freunds)。这些可爱的孩子们! 他们似乎就在我身边。唉,我是多么依恋你,自从见到你的第一刻(Seit dem ersten Augenblicke),就已不能离你而去。让这只蝴蝶结与我同葬。那是你在我生日那天送给我的! 我当时怎样接受了这一切(all)! ——唉,我没想到,我会走到这一步! ——请镇静些! 我求你,镇静!

枪已上膛。——钟正敲十二下(es schlägt zwölfe)! 就这样

---

① 祭司、利未人及撒玛利亚人：典出《圣经·新约全书·路迦福音》第十章。

bezeichneten Steine sich segnend vorübergingen），让撒玛利亚人洒下自己的一滴眼泪①。

这当儿，洛特，我毫无畏惧（schaudre nicht），抓住了冰冷可怕的（schrecklichen）枪把，我将从中喝下死亡的佳酿！是你把它授予我，我毫不犹豫。一切的一切（All! all!），我生命的全部心愿（So sind alle die Wünsche）和希望都由此得到了满足！我可以如此冷静，如此执拗地去敲打死亡的铁门。

洛特，但愿我能享受到为你去死（für *dich* zu sterben）、为你献身的幸福（Glückes）！我愿勇敢愉快地迎接死亡，只要我能以此给你的生活重新带来宁静和幸福。可是（Aber），唉，只有少数高尚的人，愿为自己的亲人抛洒（vergießen）自己的热血，用自己的生命去给他们的朋友鼓起新的、百倍的生活勇气。

洛特，我要穿着这身衣服入土，因为你曾触到过它们，使它们变得神圣。我也对你父亲提出了这项要求（ich habe auch deinen Vater darum gebeten）。我的灵魂会在棺木上漂浮。别让人翻我的衣袋。这只粉红色的蝴蝶结，是我第一次在你弟妹中间见到你时，你戴在胸前的，——唉，为我千百次地吻这些孩子，向他们讲述（erzähle）他们这个不幸的朋友的遭遇（das Schicksal ihres unglücklichen Freundes）。这些可爱的孩子们！他们似乎就在我身边。唉，我是多么依恋你，自从见到你的第一刻（seit dem ersten Augenblicke），就已不能离你而去。让这只蝴蝶结与我同葬。那是你在我生日那天送给我的！我当时怎样接受了这一切（alles）！——唉，我没想到，我会走到这一步！——请镇静些！我求你，镇静！

---

① 祭司、利未人及撒玛利亚人：典出《圣经·新约全书·路迦福音》第十章。

了（So sey's denn）！洛特！洛特，再见（leb wohl）！再见（Leb wohl）！

一个邻居看见了火药的闪光（Blik），听到了枪响，但随后一切平静（still blieb），他没继续留意。

第二天清晨六点，仆人拿着灯进屋，（er）发现主人倒在地上，发现了手枪和鲜血。他叫了起来，抱住他，他没有回答，不过还在喘息（röchelt）。他跑去（lauft）叫医生（Aerzten），叫阿尔贝特。洛特听见（hörte）门铃声，浑身（all ihre Glieder）颤抖起来。她唤醒了（sie wekt）丈夫，两人起了床。仆人一边哭着，一边结巴地告诉他们消息，洛特就在阿尔贝特跟前昏倒在地。

当医生（Medikus）赶到这不幸的人（Unglüklichen）跟前时，发现他躺在地上已没救了，脉搏虽然还在跳动，四肢已经僵硬。他对着自己右眼上方的额头开了枪，已是脑浆迸裂（war herausgetrieben）。医生多余地（Ueberflusse）划开他胳膊上的一根血管放血，血流淌着，他还在呼吸（holte）。

从椅子扶手上的血迹来看（schliessen），他是坐在（sizzend）书桌前完成这件事的，然后（Dann）便倒在地上，抽搐着（konvulsivisch）身子在椅子周围滚动，最后，他（er）无力地面对（auf dem Rükken）窗子仰卧。他身穿完整的套装：靴子、蓝色燕尾服（Frak），配上黄色的背心。

整座房子，邻居及全城都被惊动了。阿尔贝特走了进来，维特已被人抬到床上（auf's Bett），额头（Stirne）被包扎起来，脸色同死人一般（schon wie eines Todten），四肢纹丝不动，但肺部（die Lunge）仍然发出可怕的喘息声，时轻时重。人们期望着他的生命早些结束。

枪已上膛。——钟正敲十二下（Es schlägt zwölfe）！就这样了　265
（So sey es denn）！洛特！洛特，再见（lebe wohl）！再见（lebe
wohl）！

一个邻居看见了火药的闪光（Blick），听到了枪响，但随后一切
平静（stille blieb），他没继续留意。

第二天清晨六点，仆人拿着灯进屋,（Er）发现主人倒在地上,发
现了手枪和鲜血。他叫了起来,抱住他,他没有回答,不过还在喘息
（röchelte）。他跑去（läuft）叫医生（Ärzten）,叫阿尔贝特。洛特听见
（hört）门铃声,浑身（alle ihre Glieder）颤抖起来。她唤醒了（Sie
weckt）丈夫,两人起了床。仆人一边哭着,一边结巴地告诉他们消
息,洛特就在阿尔贝特跟前昏倒在地。

当医生（Medicus）赶到这不幸的人（Unglücklichen）跟前时,发
现他躺在地上已没救了,脉搏虽然还在跳动,四肢已经僵硬。他对着
自己右眼上方的额头开了枪,已是脑浆迸裂（war heraus getrieben）。
医生多余地（Überfluß）划开他胳膊上的一根血管放血,血流淌着,他
还在呼吸（hohlte）。

从椅子扶手上的血迹来看（schließen）,他是坐在（sitzend）书桌
前完成这件事的,然后（dann）便倒在地上,抽搐着（convulsivisch）身
子在椅子周围滚动,最后,他（Er）无力地面对（auf dem Rücken）窗子
仰卧。他身穿完整的套装：靴子、蓝色燕尾服（Frack）,配上黄色的
背心。

整座房子,邻居及全城都被惊动了。阿尔贝特走了进来,维特已
被人抬到床上（auf das Bette）,额头（Stirn）被包扎起来,脸色同死人
一般（schien wie eines Todten）,四肢纹丝不动,但肺部（Die Lunge）
仍然发出可怕的喘息声,时轻时重。人们期望着他的生命早些结束。

昨夜的酒他只喝了一杯，书桌上摊开着一本《爱米丽雅·迦洛蒂》①。

关于阿尔贝特的震惊、洛特的悲痛，我不再多说了。

年迈的行政官闻讯急赶而来（hereingesprengt），流着眼泪（heissesten Thränen）吻着垂死的维特。他那几个年纪稍大的儿子们也随后跑来（nach ihm zu Fusse），扑倒在床边（dem Bette nieder im Ausdruk），流露出无法抑制的悲痛之情，吻着他的手和嘴唇。维特最喜欢的那个大孩子（der ältste）吻着他的嘴不肯再离去，直到他咽气，才被人用力拉开。他是在中午十二点左右咽气的。行政官的在场及他采取的措施，防止了人们的骚动（tischten einen Auflauf），夜里十一点不到，他让人把他葬在他自己选定的地方。老人（der Alte）和他的儿子们走在遗体后面，阿尔贝特没能来（vermochts nicht），洛特的生命让人担忧。几个工匠抬着维特，没有一个牧师为他送葬。

---

①《爱米丽雅·迦洛蒂》：德国作家莱辛的一部悲剧。

　　昨夜的酒他只喝了一杯，书桌上摊开着一本《爱米丽雅·迦洛蒂》①。

　　关于阿尔贝特的震惊、洛特的悲痛，我不再多说了。

　　年迈的行政官闻讯急赶而来（herein gesprengt），流着眼泪（heißesten Thränen）吻着垂死的维特。他那几个年纪稍大的儿子们也随后跑来（nach ihm zu Fuße），扑倒在床边（dem Bette nieder im Ausdrucke），流露出无法抑制的悲痛之情，吻着他的手和嘴唇。维特最喜欢的那个大孩子（der Älteste）吻着他的嘴不肯再离去，直到他咽气，才被人用力拉开。他是在中午十二点左右咽气的。行政官的在场及他采取的措施，防止了人们的骚动（tuschten einen Auflauf），夜里十一点不到，他让人把他葬在他自己选定的地方。老人（Der Alte）和他的儿子们走在遗体后面，阿尔贝特没能来（vermocht's nicht），洛特的生命让人担忧。几个工匠抬着维特，没有一个牧师为他送葬。

267

――――――――――

　　①《爱米丽雅·迦洛蒂》：德国作家莱辛的一部悲剧。

亲和力

Wahlverwandtschaften

高中甫　译

第一部

第一章

一个四月天的下午,爱德华①——我们这样称呼一位年富力强、家道殷实的男爵——在庭院里消磨了最美好的时刻,把新弄到的鲜枝嫁接到嫩干上;他把各种工具收拾到袋子里,满意地观察着他的劳动成果。这时园丁走了过来,为主人的令人赞赏的勤奋面露笑容。

你看到我的夫人了吗? 爱德华问道,这时他已准备动身。

在那边的新建筑里,园丁回答说,她在府邸对面岩壁旁边修建的庐舍今天就要完工。一切弄得漂亮极了,老爷您一定喜欢的。那儿的景致十分幽雅:下面是村庄,稍右的地方是教堂,越过教堂的塔尖还能望到远处,对面是府邸和庭院。

说得对,爱德华说,离这儿几步路远,我看到有人在劳作呢。

园丁接着说:还有,右边的山谷豁然展开,越过茂密的长有树木的草地直望到令人愉悦的远处。通往崖石的山径铺得十分雅致。尊敬的夫人很在行,在她手下工作令人高兴。

你到她那儿去,爱德华说,让她等着我。告诉她,我希望看看她的新作,为此自己也高兴高兴呢。

园丁匆匆离去,随之不久爱德华跟着前往。

爱德华走下平台,顺路查看温室和暖畦,一直走到水边。越过一条小径就是一条通向新建筑的山路,它在这儿分成两股岔道。一股穿过教堂墓地,几乎直达岩壁。他弃此而走向另一股岔道。这股岔道在左边稍远的地方穿过一片优美的树丛蜿蜒向上。在两股岔道重新汇合的地方,他在一条安放得体的长凳上坐了片刻。随后他走上山路,这条狭小的山路时而崎岖,时而坦缓,他登上了所有的台阶和

271

272

---

① 爱德华是男爵的第二个名字,他还有一个名字奥托,与本书的另一个主人公上尉同名。本部作品脚注均为译者注。

平台,最终到达庐舍。①

夏洛特在门前迎接了她的丈夫,让他坐在一个通过门窗能把幅幅犹如置于相框中的景色尽收眼底的地方。他满怀喜悦,希望春天不久会使万木竞荣。我只是想到一点,他说,我觉得庐舍有些过于狭小了。

对我们两个人来说,它够宽大的了。夏洛特回答说。

那当然,爱德华说,就是有一个第三者,地方也够用了。

为什么不呢? 夏洛特说,有一个第四者也够了。若有更多的人,那我们还准备了其他地方。

现在我们俩单独在这儿,无人打搅,爱德华说,心情都十分平静愉快,因此我得向你披露近来一些时候我的一件心事,这是我必须而也愿意告诉你的,可却一直没有能够。

我已经有些看出来了。夏洛特回答道。

我得承认,爱德华接着说,若不是明天早晨邮差会来催促我,若不是我们今天必须做出决定,那我也许还要沉默下去呢。

究竟是什么事? 夏洛特亲切地问道。

关于我们的上尉朋友的事,爱德华回答说:你知道他现在的可悲处境,和其他人一样,他并非由于自己的过失而落到这步田地。一个有着他那样的知识、才智和技能的人却无所事事,这该是多么痛苦。我不想再长时间克制我对他的愿望:我想请他到我们这里住一段时间。

这要好好地斟酌斟酌,得从多方面考虑。夏洛特回答说。

我准备把我的意见告诉你,爱德华对她说,在他的最后一封信里隐约地流露出了极为深沉的苦闷心情;这不是由于他缺少某种必需

---

① 极可能暗示卢梭《新爱洛伊斯》中那对恋人的"牧舍"。

之物,因为他完全知道自己约束自己,我已为他准备了必要的费用。他也不会因为从我这里接受什么而惴惴不安,我们俩人之间在有生之年里相互欠对方的太多了,无法计算出彼此贷借的情况究竟怎样。他无所事事,这才是他的痛苦。他所受的教育能每天每时给他人带来益处,这才是他惟一的乐趣,甚至是他的激情。把两只手插进怀里,或者继续攻读,再去学习本事,他不需要已经充分占有的东西了——够了,亲爱的,这是一种可悲的处境,他在自己的孤独中两倍、三倍地感觉到这种境况的痛苦。

我记得,夏洛特说,有好多地方向他提出过建议。我自己也曾为他给某些有作为的男友和女友写信,而就我所知,这也并不是没有效果的呀。

完全正确,爱德华回答说,但是,甚至这些不同的机会,这些建议,更给他带来了新的痛苦、新的不安。这其中没有一样是适合他的。他不是去干一番事业,是牺牲他的时间、他的思想、他的本性,这他是绝不肯的。我越是看到这一切,越是感觉到,让他到我们这儿来的愿望就越是迫切。

你对朋友的处境这样殷切地关怀,确实是你的可亲可爱之处;只是请允许我向你提出要求,为你,也为我们着想。

274

我已经想过了,爱德华说,与他接近只能给我们带来益处和愉快。关于费用方面是无需谈及的,如果他到我们这儿来住,无论怎样对我来说都是微不足道的;如果这同时我有什么特别要考虑的,那就是他的到来不会给我们造成哪怕是一点点最小的麻烦。他可以住在府邸的右厢,其余的一切都是现成的。这会给他带来多少好处,与他交往又会给我们带来什么样的快乐,是啊,什么样的益处啊!我早就想对田产和周围进行丈量,他会领导和办理此事的。一旦现在的承租人期满,就自己动手管理庄园,这是你的意愿。可这样一项工作是多么吃力啊！他这方面的一些知识能给我们带来多大的帮助啊！我越来越觉得我缺少这样一个人。当地的人有足够的知识，但他们的言谈却是混乱的，是不诚实的。来自城市和大学里的有学问的人，虽然头脑清晰，办事井井有条，但是他们缺乏实际的观察。我的这位朋友兼备两者之长，并且此中还会有上百种其他令我赏心的乐事，这与你也有关，我预见到有好多益处呢。我感谢你和颜悦色地听了我这一席话。现在你也要无拘无束、爽爽快快地把你要说的话都说出来，我不会中间插嘴的。

那好，夏洛特说，我开头先谈一点儿泛泛之见。男人们更多的想到个体，想到现实，这是有道理的，因为他们的使命要有所作为，要做出一番事业；女人们则相反，更多的是想到生活中彼此相互关联的一切，这同样也是有道理的，因为她们的命运，她们家庭的命运与这种彼此关联是休戚与共的，并且她们所要求的也正是这种联系。因此，让我们看看我们的现实，我们过去的生活吧，那你会向我承认，聘请上尉一事与我们的意愿、我们的计划、我们的安排并不相关。

我非常喜欢回忆我们早年的情况！在年轻的时候，我们彼此热烈地相爱，可我们被分离开来。你离开了我，因为你的父亲出于对财富的贪得无厌，把你同一个年岁相当大的有钱女人结合在一起；我离开了你，因为我没有什么好指望的，只得嫁给一个富裕的、我所不爱但却值得尊敬的男人。我们又都自由了，你更早一些，你的那位小母亲①似的妻子给你留下了一笔巨大的财产；我比你晚一些，正是你远游归来的时候。这样我们又在一起了。这回忆令我们欣然，我们爱做这样的回忆，我们能够不受干扰地共同生活了。你急于结婚，我却没有立即同意，因为我们的年纪差不多相同，作为妻子我是老了一

---

① 指爱德华已去世的前妻。

些,而作为丈夫你却不然。最终我不愿拒绝你,你像是把结婚看作你惟一的幸福。你要在我的身边得到恢复,摆脱掉你在宫廷、在军队、在旅行中的一切苦恼,要振作起来,享受人生;但是你只愿同我一个人在一起,这样,我把我惟一的一个女儿①送进寄宿学校,在那里她能受到多方面的教育,比在乡间要好;还不仅只她一个,就是我亲爱的外甥女奥狄莉,我也把她送到那里去了,她若是在我的指点之下,也许会成为一个操持家务的好手。这一切都经过你的同意,只有这样我们才能单独生活,只有这样我们才能不受干扰地享受我们从前渴望的、但却姗姗来迟的幸福。这样我们才来到我们的乡间居住。我照管内务,你负责外部和全局。我的布置处处是迎合你的,也仅是为你一个人而生活;至少有一段时间让我们试试看,按这种方式生活,我们能持续多久。

276

　　像你说的相互关联,这本来就是你们的本性,爱德华说,因此人们自然不能对你们所说的话言听计从,或者认定你们是有道理的;你的话到今天也还是有道理的。直到现在我们为我们的生活所做的安排是够好的了,可难道我们不应当在上面再建造点什么?难道不应当再进一步发展?我在庭院和你在花园所做的一切,难道只是为遁世隐居之用?

　　说得对! 夏洛特回答道,好极了! 只是我们不要把任何陌生的、有碍的东西弄进来! 你要考虑到,我们的计划,还有我们的消闲,在某种程度上,仅只与我们双方的共同生活相关。首先你应当把你的旅途日记按着顺序念给我听,借这个机会把某些与此有关的散页理出个头绪,在我的参加和帮助之下,从这些珍贵无比但却杂乱无章的本本里,整理出一份使我们和其他人喜爱的完整东西。我答应帮你

---

① 指夏洛特已去世的前夫所生之女,即本书中的露茜安。

誉清，我们想的是那么快乐，那么美好，那么惬意，那么亲切。在回忆中我们去漫游我们不曾共同看到的世界。是啊，开头部分已经做完了。到了晚间，你就再次吹起你的笛子，为我的琴声伴奏，还有邻居的彼此往来和相互拜访。从这一切之中，我为自己筹划出我在生活中渴求享受的第一个真正快乐的夏天。

爱德华摸摸额头，回答说：你对我说的是那么情真意切，那么通达明理。只是那个念头总是萦绕不散，我觉得上尉在场不会有任何妨碍，甚至能加速这一切的到来，更有生气。在漫游中他也与我同行了一段路，他也用不同的感受记录下来，我们可以共同利用它，那样才会整理出一份美好完整的东西呢。

让我坦率地对你说吧，夏洛特带有几分不耐地说道，我的感情与此事相悖，我有着一种不祥的预感。

你们女人大概都是用这种方式表明是不可征服的，爱德华回答说，先是通达明理，人们不能反对，随之是充满情爱，使人乐于顺从，然后是情真意切，使人不愿与你们为难，最后是预感不祥，使人惊恐不安。

我并不迷信，夏洛特说，我不看重这样一些幽暗的冲动，若它们仅仅是如此而已。但是它们大都是一些幸福和不幸的后果的不自觉的回忆，这些后果是我们从自己或别人的行动中经受过的。无论在哪一种情况下，再没有比一个第三者的介入关系更重要的了。我看到过一些朋友、姐妹、恋人、夫妻，他们的关系由于一个新来的人无意或有意的插足而完全改观，他们的位置完全颠倒了。

这是可能发生的，爱德华说，但只是发生在那些浑浑噩噩生活的人身上，而不是发生在那些阅历丰富、有自知之明的人身上。

自知之明，我最亲爱的，夏洛特说道，这是不足恃的武器，甚至在某些时候，对那些手持这一武器的人是一种危险的武器。从这些谈论中至少可以明了，我们不应当草率从事。再给我几天时间，不要现在就做出决定！

照这样的情况来看，爱德华回答说，就是再多一些日子也永远是草率从事哩。赞成和反对的理由我们都已彼此谈过了，现在应做出决断，最好的方法那就是我们抽签了。

我知道，夏洛特说，在狐疑不决的情况下，你喜欢以打赌或掷骰子的办法来做出决定，但此时用在这样一件严肃的事情上，我认为是一种罪过。

那我该给上尉写些什么呢？爱德华喊了起来，我得马上给他复信呐。

写封平安的、理智的、安慰他的信。夏洛特说。

这等于是没有写信。爱德华说。

在某些情况下，这是必要的，是友好的，泛泛地写点什么总比根本不写要好。

278

第二章

爱德华独自一人坐在自己的房间里。夏洛特再次提及他的生平遭际，他们双方的意愿和向往如何变为现实，这确实愉快地激发起他那热烈的情感。他在她的身边，与她在一起，感到如此幸福。这促使他想给上尉写一封友好的、同情的，但却是平淡而空洞的信。当他走到写字台前，把朋友的来信拿起再读一遍时，那位出色人物的可悲境况便又立即出现在眼前，这些日子令他苦恼的感情又都苏醒过来。把他的朋友弃置于这样一种令人忧虑的境地而不顾，这在他是不可能的。

爱德华不习惯于放弃。他是一个娇生惯养的独生子，双亲富有。年轻时，父母亲说服了他与一个年纪比他大得多的女人结婚，这是一桩奇怪但却带来极大利益的婚事。这个女人用多种方法博得他的欢心，用各种巨大的慷慨来回报他对她的善意。在她去世不久之后，他就成了自己的主人。在旅行期间自行其是，随心所欲，不企求什么过分的，但要求得很多，并且形形色色。他为人率直、慷慨、诚实，在某些情况下，甚至勇敢得很——在这个世界上有什么能不顺从他的愿望呢！

直到现在他事事如意，他已占有了夏洛特，这是他用一种顽强的、甚至是浪漫色彩的忠诚才最终赢得的。现在他觉得他第一次遭到了挫折，第一次遇到了障碍，偏偏是在他要把他青年时代的朋友招到自己身边的时候，在他要结束他那仿佛是隐居生活的时候。他烦闷、焦躁，几次拿起笔，几次又放了下来，因为他拿不定主意，不知该写些什么。他不想违背妻子的愿望，他又不能按她的要求去做。像他这样烦躁，怎能写出一封恬淡的信来呢？这是他完全做不到的。最最自然的办法就是他设法把事情推迟。他草草写了几句，请朋友原谅他这几天没有写信，原谅他今天写得这样简单，并允诺下次写一封有内容的、令人欣慰的信。

翌日，夏洛特利用去同一地点散步的机会，重新提起话头，或许她相信，要使一个人对某种意愿失去兴致，没有比常常絮叨一番更有把握的了。

爱德华却正希望老话重提。他用自己的方式和蔼而愉快地表述了自己的意见：像他这样一个敏感的人，即使他易于激动，即使他那热烈的欲望变得急不可耐，即使他的固执使人焦躁不安，那他也要使他的言辞借助对对方的一种体贴入微的顾惜而变得和缓，使人觉得他一直是和蔼可亲的，即便是人们认为他难以打交道。

这天早上，他先是用这种方式使夏洛特心情变得十分愉快，随之用优雅的言辞使她完全失去了常态，最后她竟然喊叫起来：你肯定是要我把拒绝给丈夫的给予情人。

至少，我亲爱的，她继续说，你也会发觉，你的愿望，你在流露出这种愿望时的兴奋心情，使我不无所动，不无所感。它逼使我向你承认，我直到现在对你也隐瞒了一件事情。我现在和你的处境相似，对自己同样在施加一种强力，这也正是我施加于你身上的那种强力呢。

这我倒愿意听听，爱德华说，我觉得，夫妇之间有时应当进行争论，因为这样彼此才能相互了解。

那么你应当知道，夏洛特说，奥狄莉同我的情况正如上尉同你的情况一样。这个可爱的孩子在寄宿学校里情绪极为抑郁，令我十分忧虑。我的女儿露茜安，她是为这个世界而生，为这个世界而学的；她学习语言、历史和其他知识，以及乐谱和变奏，像玩儿一样容易，她的天性活泼，记忆力强。可以这样说，她一切都不放在心上，可瞬间什么都能想起来。她风度轻盈，舞姿优雅，语言得体，人品出众，由于一种天生的主宰者的气质，成了她那个小圈子里的女王。学校的校长把她看作小小的女神，她只有在她的手下才能如此成长发展，她为她赢得了荣誉和信赖，会给学校招来另外一批年轻人。校长在她的信中和月报的头几页里总是为这样一个孩子的优秀出众大唱赞歌，我知道如何用散文把它更好地表达出来，可她最后提到奥狄莉时却完全相反，只是一再地表示歉意，总是说，一个长得如此秀丽的姑娘却不开朗，不愿表现出她的才能和智力。她的言外之意，同样对我来说也绝不是谜语，因为我在这个可爱的孩子身上看到了她母亲的整个性格，那是我极为珍贵的朋友，是在我身边长大的。她的女儿，若是我成为她的教育者和监护人的话，她一定能成为一个出色的人的。

281

但因为这不是我们计划中的事，人们也不应当把自己的生活过分地东拉西扯，总是把些新的事体弄到自己头上。这样我宁愿自己承受，甚至自己克制这种不愉快的感觉：我的女儿知道得很清楚，可怜的奥狄莉完全依赖我们，于是她利用自己的有利地位，傲慢地对待奥狄莉，因而把我们的一番好意毁掉不少。

但是有谁能如此有教养，不时而把他的优势以一种残忍的方式施加于他人身上呢？有谁能站位如此之高，在这样一种压迫下也不时而感到难过呢？通过这些考验，奥狄莉的价值增长了。但是自从我清楚了这种苦恼的状况之后，我一直在想方设法，把她安置到另一个环境中去。我时刻在等待一个答复，到那时我绝不迟疑。我的情况就是这样，我的亲爱的。你看得出来，在一颗诚实友爱的心中，我们双方都承担着同样的忧虑。让我们共同承受吧，因为它们彼此不能抵消啊！

我们都是些奇怪的人，爱德华微笑说，每当我们只是把使我们忧虑的事从眼前摆脱掉时，就以为事情解决了。在整体上我们能做出许多牺牲，可在局部上要我们放弃却成了一种我们很难忍受的要求。我的母亲就是这样。我年幼时生活在她的身边，她每时每刻都放心不下。骑马外出迟些归来，她就认为我遭到了不幸，遇雨挨淋，就认定我要发烧。我外出旅行，远远离开了她，她反觉得我几乎无所谓了。

　　我们再详细做一番观察,他继续说下去,我们两个人的行动是愚蠢的,不负责任的,把两个品格极为高贵的人,把两个与我们的心如此贴近的人,弃之于苦恼和压抑之中,只是为了使我们避开危险。如果说这不叫自私自利,那还能叫它什么呢!把奥狄莉叫来,让我去请上尉。以上帝的名义让我们试试吧! 282

　　若是这种危险只是对我们而言,那是可以冒点风险的,夏洛特疑虑地说,但是你认为上尉和奥狄莉同住在家里是可取的吗?一个男人,差不多与你一样的年纪,在这样的岁数时——我只是私下里说这种讨你喜欢的话——男人才懂得爱情,才会珍惜爱情,而何况像奥狄莉这样一个人品出众的姑娘呢?

　　我确实不知道,爱德华说,你为什么把奥狄莉抬得这样高!我只能这样来解释,她继承了你对她母亲的喜爱。她可爱,这是真的,我记得一年前,当时我和上尉归来,在你的姑妈家遇到她和你在一起时,上尉就提醒我注意她。她可爱,特别是那一双美丽的眼睛,但是我确实不记得她给我留下了什么印象。

　　你这一点是值得称赞的,夏洛特说,因为有我在场啊,不管她比我多么年轻,但是旧情难忘,我的在场对你有那么大的魅力,使你对妩媚的佳丽处之漠然。这也正是你的一种品德,因此我才欣喜地与你共同生活。

　　夏洛特说这些话时显得十分真诚,但确实也隐瞒了某些心曲。那就是在爱德华旅途归来时,她有意把奥狄莉引见给他,使她的这个可爱的养女能得到一个如意的佳偶,因为当时她对自己与爱德华的关系已不再是念念不忘了。上尉也是受了她的指使才要爱德华去注视奥狄莉的。但是爱德华却一往情深,对夏洛特爱得刻骨铭心。他目不转睛,一件他热切渴望的、经过一系列变故表面上看来像是永远 283

失去了的宝物,现在终于又有可能得到了。因此,他感到的只是幸福。

　　夫妇两人正准备步下新建的庐舍步向府邸时,一个仆人匆忙迎面走来,满脸笑容,还在下面就朝上喊道:老爷快到那边去! 米德勒①先生骑马已经到府邸的庭院了。他把我们大家喊到一起,要我们找您,问您是否有什么急事。是否有什么急事,他在我们后面喊叫,你们听见了吗? 快去,快去!

　　这个滑稽的人! 爱德华叫了出来夏洛特,他来的不正是时候吗? 赶快回去! 他吩咐仆人说,告诉他,有急事,非常急! 叫他下马。你去照顾他的马,把他带到大厅里,给他一份早点! 我们马上就来。

　　让我们抄近路吧! 他对妻子说,随即踏上穿过教堂墓地的小路,这条路他一向是避开的。他感到惊奇的是,就是对这块地方,夏洛特也怀着感情加以整修,把陈旧的墓碑尽可能保护好,把它们进行比对,和加以规整,使这儿成了一个赏心悦目、令人流连的舒适所在。

　　就是那些古老的墓石,也得到了她的青睐。她按照年代把它们依墙立了起来,砌入墙内或者加以妥善的安顿。教堂的高高墙脚因而显得别致。爱德华穿过小门走了进去,感到一种异样的惊奇。他握住夏洛特的手,眼里饱含泪水。

　　但是那个疯疯癫癫的客人登时使他俩一惊。他在府邸里安静不下来,于是策马穿过林子直到教堂墓地的大门口。他停在那儿,迎着他的朋友叫了起来:你们不是拿我开心吧? 真的有急事,那我就留到中午。不要强留我! 我今天还有好多事要办呢!

　　284　　您已经跑了这么远了,爱德华向他喊道,那就请进来吧。我们在一个庄重地方会面。您看,夏洛特把这个悲伤的地方布置得多美啊!

---

　　① 米德勒,德文为 Mittler,本意为中间人、调解人之意。

　　进这里面,骑在马上的米德勒说,既不能骑马,又不能乘车,徒步也不行。这里的人要安息在和平之中,我同他们没有什么交道可打。若是有一天把我拖到这里面来,那我也只好忍着了。是真的有急事?

　　对! 夏洛特说,真的有急事! 我们这对新夫妻第一次陷入困难和迷惘之中,一筹莫展了。

　　你们看来不像是这样,他说,但我还是愿意相信。你们若是捉弄我,那我今后可就不理你们了。跟在我后面,快走! 我的马该好好休息休息了。

　　不久,他们三人就在大厅里聚齐;饭菜已经准备停当,米德勒谈他今天的计划和要做的事。这个奇怪的人从前做过神职人员,他在那个职位上孜孜不倦,做得非常出色,善于调解争端,不管是家庭内部还是邻里之间。先是个别人,到后来整个教区和许多地主有了纠纷都来找他。在他任职期间,没有人离婚,没有来自他那里的龃龉事和诉讼案扯到地方法院纠缠不休。他早已发现,法律知识对他是多么必要。他用全副精力攻读法律,不久,他觉得自己已是一名十分精明干练的律师了。他的影响范围奇迹般地扩大开来。有人已经准备把他延请到首府去,以便从上面完成他在下面开始的事业。可当他获得了一笔可观的彩票收入后,便给自己买了一所适中的庄园,把土地出租,把庄园变成他的活动中心,确立了自己的志向。或者说,按照古老的习惯和兴趣,如果没有什么可排解可帮助的,那他绝不在一个家庭里停留。某些对姓名喜欢做迷信解释的人强调说,米德勒这个姓迫使他去履行所有使命中最奇怪不过的使命。

　　送上来了餐后甜点。这时客人一本正经地警告主人,不要再藏头藏尾拖延时间。因为喝完咖啡他立即就要动身。这对夫妻于是啰唆地把心事说了出来。可他一明白了事情的意义所在,就厌烦地从桌旁跳了起来,奔到窗前,叫人备马。

285

　　你们要不是不认识我,他喊道,那就是你们不理解我,或者你们居心不良。这难道是一场争论?这难道需要一种帮助?你们认为我在世上是给人出谋划策的?这是一个人所能干的最最愚蠢不过的事了。每个人自己拿主意,做他放心不下的事。主意对头,那他为自己的智慧和幸运而喜悦,如果事情办糟了,那我义不容辞。谁想摆脱一种不幸,那他总是知道该怎样去做;谁想得到比他已有的还要好的某种东西,那他就是一个真正的瞎子——是的,是的!你们只管笑好了——他是在演盲牛戏,他也许能摸索到什么,但是什么呢?你们想做,那就去做好了,这完全无关紧要!我见过,最理智的事情遭到失败,最愚蠢的却得到成功。不要绞尽脑汁了,就是事情以这样或那样的方式办糟了,那你们也不要去伤脑筋!到时派人去找我,我会给你们帮助,为你们效劳,你们的仆人,话到此为止!

　　他飞身上马,连咖啡也等不及喝了。

　　你看,夏洛特说,若是在两个至亲的人中间意见相左时,一个第三者是根本没有什么用处的。现在我们比先前更加惶惑,更加没有把握。

　　若不是上尉给爱德华的去信复了一封信,那夫妻两人大概还要犹豫一段时间。上尉决定接受提供给他的一个职位,尽管他根本不适合这项工作。那是要他去分担那些高贵的富人的百无聊赖,他们信任他,认为他能为他们消愁解闷。

　　爱德华对整个情况一目了然,十分清楚事情会到何种地步,甚至想的比这还要恶劣。难道我们能让我们的朋友陷入这样一种境地?他喊了起来,你不能这样残忍,夏洛特!

　　那个奇怪的人,我们的米德勒归根结底还是正确的。夏洛特说,所有这类事情都是一种冒险。结果如何,无人能预先看得出来。这种新的关系,可能有益于幸福,也会助长不幸。这无需我们为此做出什么特别的促进,或者犯下什么特别过失。我没有力量再长时间反对你了。让我们试试看吧!我惟一要向你请求的,是时间不要太长。请允许我,为他做出比过去更多的努力,热心地利用我的影响和我的关系,设法给他弄到一个适合他的性格、令他感到几分满意的职务。

爱德华用最优美的姿势向妻子表达了最热烈的感谢。他怀着轻松而喜悦的心情急切地去给他的朋友写信,提出建议。夏洛特在信尾处亲笔加上赞同的字句,以最友好的请求,希望他能同意。她挥动灵活的羽毛笔,写得殷切有礼,但却显得有匆忙之感,而这是她平素所不习惯的。写到最后在纸上滴下了一滴墨汁,这是轻易没有过的事情,她为此感到恼火,试图把它抹掉,却弄得墨渍更大了。

爱德华借此开了个玩笑,因为纸上还有地方,他就又加上了一句附笔:他的朋友应从墨渍处看出等待他的急迫心情,他应当像写这封信似的那样抓紧时间,急速上路。

信差走了,爱德华再三坚持要夏洛特立即把奥狄莉从寄宿学校里接回来,他认为除此无法更明确地表达他的谢意。

287

她请求把此事推迟一段时间,她想今天晚上激起爱德华对音乐的兴趣。夏洛特的钢琴弹得非常好,可是爱德华的笛子却吹得不怎么样。尽管他有时也花费不少精力,但他却没有耐心,缺少毅力,而这对这样一种技能的造就是不可缺少的。他觉得自己这部分吹奏得非常不均衡,有的地方吹得不错,也许只是快了一点;在另外一些地方,他又停顿下来,因为这些地方他不熟练。与他合作,把一个二重奏演奏到结束,这对任何人都是一个难题。但是夏洛特却知道怎样办,她停了下来,并再次随着他演奏下去。她一身而二任,是一个优秀的乐队指挥,又是一个聪明的家庭主妇。这两种人在总体上都善于保持节度,即使个别的快速经过句老是不符合节拍也罢。

第三章

上尉到了。他事先寄来一封非常练达的信，它使夏洛特全然安心了。他对自己、对自身的处境、对他的朋友的情况都一目了然，对一个愉快和喜悦的前景抱有信心。

头几个小时的谈话，像在多年不见的朋友之间惯有的那样，非常活跃，甚至几乎是谈得精疲力竭。近傍晚时分，夏洛特提议散步，到新建筑那儿去。上尉对周围环境十分中意，领略了穿过新路才能看到和享受到的美景。他有着一双有经验和易于满足的目光。虽然他对差强人意的地方能立刻看得出来，但是他不做时常发生的那类事情，诸如通过一种恶劣的玩笑，或是他的要求超过环境所许，或是提起他在某个地方看到过更为满意的，从而使主人感到尴尬。

他们到达了庐舍，它用假花和长春花极为有趣地装饰起来，间或有美丽的麦穗和其他农作物及果树的果实点缀其中，这一切为布置者的艺术思想大增光彩。尽管我的丈夫不喜欢为他庆祝生日或命名日，但我用这少许的花环庆祝一个三重的喜庆节日，那他今天总不会对我不悦吧。

一个三重的喜庆节日？爱德华叫了起来。

完全正确！夏洛特回答说，我们朋友的光临，我们当然要当作一个节日庆祝；再就是你们两人大概都没有想到，今天是你们的命名日。不是一个叫奥托，另一个也同样叫奥托吗？

两个朋友从小小的桌面上伸手相握。你使我想起了年轻时代的那段友谊，爱德华说，在儿童时代我们都叫奥托，当我们在寄宿学校一起生活时，曾发生了不少误会，于是我自愿把这个可爱的、响亮的名字让给他。

可你这样做根本并不是一种慷慨之举啊，上尉说，因为我记得十分清楚，你更喜欢爱德华这个名字，它从优美的嘴唇里说出来，格外悦耳中听呢。

他们三人围桌而坐，就在这儿夏洛特曾竭力反对这位朋友的到来。爱德华心满意足，他不愿使妻子想到那些时刻，但还是按捺不住，说道：给一个第四者，地方也是足够的。

就在这时候，他们听到了从府邸那边传过来的号角声，它像在应和与增强同在此处流连的朋友们的美好意愿和希望。他们默默地谛听，每一声都把他们带回内心深处，使他们在这样一种美好的聚会中感到双倍的幸福。

爱德华首先打破了寂静，他站了起来，走出庐舍。让我们马上把我们的朋友领到最高的地方上去，他对夏洛特说，这样他就不会认为，我们继承的财产和居留之地就仅是这片狭小的山谷了；上面会使目光更为无拘无束，心胸更为开阔自由。

那这次我们得攀登那条古旧崎岖难行的小径了，夏洛特说，但是我希望，以后走我开辟的通向高处的台阶和小道会好走些。

他们越过崖石，穿过树丛和灌木，到达最后一处高地。那上面并不平坦，但却形成绵延不断的肥沃的山脊。后面的村镇和府邸看不到了，底下是开阔的池塘，那边是起伏的丘陵，池塘环绕其间，最终处是峭崖陡壁，它垂直地截断了最后的水平面，在上方形成了非凡的形状。那儿是一个峡谷，一条湍急的小溪直流入池塘；一座磨坊半隐其中，与它的周围环境一起成了一处令人惬意的休息场所。目光所及，在整个半圆之内，低处、高地、灌木、森林，不断地更迭，变化万千，它们的新绿必将形成茂密丰郁的景色。一些地方的三五成群的大树，紧紧吸引住人们的目光。特别是近在鸟瞰景色的朋友们的脚下，一片白杨和梧桐①得天独厚地长在池塘中部的岸边。它们正值成长期，繁盛、秀丽、挺拔，向四下扩张开来。

---

① 白杨和梧桐，白杨是表示哀伤的树木，而梧桐被认为是不育的物种。

爱德华要他的朋友特别注意这片树木。他说道：这是我在青年
时候自己亲手种下的。那时它们都是小树，当年我父亲为了修建府
邸的大花园需要地基，在盛夏季节把它们拔出，我救了它们的命，移
栽到这里。毫无疑问，它们今年也新枝竞发再度表示它们的感激哩。

他们满意欢快地返了回来。府邸右厢的一所舒适宽大的住处供
给客人使用。他很快就把书籍、纸张和工具安排就绪，以便继续他所
习惯了的工作。但是爱德华却让他头几天不得安闲。他领他到处转
悠，时而骑马，时而步行，使他熟悉周围环境和田产；借此机会他随即
向他的朋友吐露了他长期以来的愿望，想更好地认识和更有效地利
用他的田产。

我们要做的第一件事，上尉说，那就是我要用磁针来测定方向。
这是一项容易而愉快的工作，即使它不是十分准确，总是有用处的，
对开头来说是可喜的。这件事也不需要多大的帮助就能动手去做，
并且肯定能完成。如果将来你想更精确地进行测量，现在这项工作
也是可供参考的。

上尉对这项工作十分内行。他带上必要的仪器立即开始工作。
他指导爱德华和几个帮他工作的猎人和农夫。白天进行得很顺利，
晚间和清晨他绘出图形，很快涂上深浅不同的颜色。爱德华从图纸
上极为清晰地看到了他的产业，仿佛一个新的造物从中成长起来一
样。他认为他现在才认识了它，似乎现在它才真正属于他。

经过这样一番通览，对周围地区，对某些设施有了更清楚的认
识，这远非通过个别的、根据偶然的印象所得到的认识可比，这样就
可以进行讨论了。

我们必须让我的妻子清楚才好。爱德华说。

别这样做！上尉说，他不愿意别人的见解妨碍自己。经验告诉
他，人们的观点各式各样，甚至借助最明智的陈述，也无法汇集到一

点上。别这样做！他说道，她会很容易感到惶惑呢。她跟那些只是出于爱好而从事这类工作的人一样，较之于事情做得怎样，她关心更多的是她做了什么。人们接触大自然，偏爱这些或那些地方；人们不敢去清除这些或那些障碍；人们缺少足够的胆量去牺牲某些东西；人们不能预先想到，会产生出什么，人们去试验，成功了，失败了，人们去改动，也许改动的是人们应该保留的，而保留的却是人们该改动的。这样到末了，留下的总是一个局部，它虽然使人喜欢，使人激动，却不是使人满意。

你坦率地向我承认吧，爱德华说，你对她所设计的不满意吧。

如果一个非常好的思想能得以实施的话，那没有什么可说的。她费尽气力在岩石间开了一条路，折磨自己攀登上去，如果你愿意的话，她也领每一个攀登山路的人受折磨。人们既无法并肩同步，又不能鱼贯而行，很少有什么自由，步伐的节奏随时都会被打断。这一切有什么不可以反对的呢？

那做一些改动容易吗？爱德华问。

很容易，上尉回答说，她只消把一个还不显眼的、由小块石头形成的崖角弄掉就行了。这样就成了一条通向高地的漂亮的弯道。同时用那些多余的石头，把这条路上狭窄的地段展宽，把破损的地方铺平。可这只是在我们中间私下说说而已。若是她知道了，她会惶惑不解和感到苦恼呢。再说，已成定局的事，就让它那样好了。若是想再花费些钱和精力的话，那从庐舍向上，翻越过高地，这之间还有许多可干的事，能做出不少令人赏心悦目的事呢。

两个朋友眼下有许多工作，但也欢快地畅谈对往昔的怀念，这时夏洛特经常是在座的。他们也准备，一旦下一步工作结束，就开始整理日记，用这种方法去再现昔日的时光。

除此而外，爱德华与夏洛特单独在一起时很少有什么话题可谈，

292

特别是自从上尉对她的花园设置提出指摘以来,这成了他的一件心事,他认为指摘是正确的。上尉私下对他说的,他一直缄口不语。但是当他看到他的妻子近来又忙于用小台阶和小径去铺设从庐舍通向高地的路时,他不再保持沉默了,于是委婉地把自己的新看法告诉她。

夏洛特吃惊地站在那儿。她聪明得很,立即看出来了,他的看法是正确的。但是,已成定局的,岂能更改,已经做了的只能如此;所做的,她认为做的符合她的愿望,是正确的,甚至被指责的每一处都是可爱的。她进行反驳,她维护她那小小的创造,她责备那些男人,他们出于一种开心,一种消遣,立即萌生好大喜功之念,马上去进行一项工作,而不想到一个如此庞大的计划所需的巨大费用。她激动起来,感到受了伤害,觉得苦恼;旧的她不能放弃,而新的她又不能完全拒绝;但是她当机立断,立即停止工作,她需要时间深思熟虑。

她失去了热切交谈的乐趣,因为男人们总是一道忙个不停,特别热心于艺术花园和玻璃暖房的整修。在此期间他们也依然继续习惯了的骑士般的活动,如狩猎、买马、交换马匹、驯马和驾车;这样一来夏洛特觉得一天比一天寂寞。她忙于书信往来,其中也有是为了上尉的缘故。这样,她从寄宿学校收到的消息就格外使她高兴和快乐了。

女校长的一封详尽来信,像通常一样,兴致勃勃地详细谈到了女儿的进步,信后有一段简短的附笔和一份出自学校一个男教员之手的附笺,这两份东西我们照录如下:

女校长的附笔

尊敬的夫人,关于奥狄莉我只能重复我在上一封信中所说的。我没有什么可责备她的,但我对她确实并不满意。如从前一样,她对其他人谦逊随和,乐于助人;但是这种忍让和顺从我并不喜欢。您最近寄给她一些钱和其他物品。钱,她没有用,那些物品,她也放在那里不动。她喜欢整齐、洁净,似乎也只有在这个意义上她才换衣服。对她在饮食方面的过分节制,我也不能加以称赞。我们的膳食并不丰盛,但它们引人食欲,益人健康,若是孩子们能都吃饱喝足,那是我最喜欢不过的了。经过考虑和斟酌摆在餐桌上的,都应该吃光才对。可是我们从没有使奥狄莉做到这点。甚至,她为避开一道甜食或餐后的一道点心,而去做女仆们疏忽了的某种事情。在这一切有关她的情况之中,有一点值得注意,她经常感到左边头痛,这是我后来才晓得的。现在虽然过去了,但可能是痛苦的、严重的。对这个美丽可爱的孩子就谈这么多吧。

男教员的附笔

294

我们出色的女校长习惯于让我阅看她写给学生的双亲或监护人的信,在这些信里她向他们通告了她对孩子们的观察。寄给夫人的信,我在读时总是怀着双倍的注意,感到双倍的欣喜。因为,一方面我们为您有这样一个女儿向您表示祝贺,她集所有那些优点于一身,将来定会出人头地;另一方面我也必须至少是同样的为您有这样一个养女向您表示我的赞美,她来到世上是为了他人的幸福,他人的满意,当然也是为了她自己的幸福。在对学生的看法上,我与我们如此敬重的女校长意见相左的,几乎惟有奥狄莉一个人。我这绝不是对这位才能出众的夫人有所责怪,说她要求人们应该对她的劳动成果能一眼看得清清楚楚。但是,有些果实深藏不露,它们才是真正的、坚实的,迟早能发展成为一个美丽的生命。您的养女肯定就是这样一个人。在我教授她的时间里,我看到她总是迈着同样的步子,缓缓地,缓缓地前进,永不后退。如果有一个孩子凡事都必须从头讲起,那她就是这样。凡是不按部就班的,她就不理解。对一件十分易于了解但与她毫不相关的事情,她无能为力,甚至是迟钝愚鲁。但如果人们能找到此中的联系,并向她讲清楚,那即使最困难的她也能领悟。

由于这种迟缓的前进,与她的同学相比,她落在了后面。那些人以一种全然不同的能力总是急速向前,所有的、甚至是互不关联的功课,他们都能轻易地理解,轻易地掌握,然后得心应手地加以利用。这样,在上一堂快速的课时,她就感到一无所学、一无所能了。有几门功课就是这个样子,虽然授课的都是优秀的老师,但却过于快速和缺乏耐心。人们对她的书法有怨言,抱怨她对文法规则缺乏理解力。我对这些责难做了进一步的观察:这是真的,她写得缓慢、僵硬,若是人们想这样说的话。但不是胆怯拘谨和不成形状。法语固非我的专长,可我循序渐进地教她时,她很容易就理解了。令人惊奇的是,她知道得很多,很正确。只是,一当问起她时,她好像什么都不明白了。

如果我该用一句总的评语来结束,我想说:她不是作为该受教育的人去学习,而是作为一个要去进行教育的人去学习,不是作为学生,而是作为未来的教师去学习。夫人,您也许感到奇怪,我本人作为一个教育者和教师,我在称赞一个人时,如果说把他看作是与我们教师一类的人,那可是没有比这更高的褒奖了。夫人,您远见卓识,才学渊博,会发觉在我这些浅陋、善意的字句里有可取之处。您将会证实,在这个孩子身上也可寄予厚望。我向您表示祝愿,夫人,并请允许我再给您写信,一俟我相信,有某些有意义和愉快的消息可供书呈的话。

夏洛特对这封附笔感到高兴。它的内容完全与她对奥狄莉的看法相符。她同时也忍不住露出一丝微笑,这位教师的关怀有些太热心了,一个教师对一个学生品德的观察通常是不会如此的。但她的思想方法一向平和,没有偏见,因而这样一种关系,如同其他许多情况一样,也就任其自然了。明达事理的人对奥狄莉的关心,她认为是可贵的。因为她从自己生活中深深懂得,在一个冷漠和敌意司空见惯的世界里,任何一种真正的倾慕都该受到高度珍视。

第四章

296　　　　一份地形图不久就完成了。在地图上,庄园和它周围的地区都以一种相当大的比例绘制出来,由于钢笔的线条和颜色,显得清晰易辨,一目了然。这是以上尉几次三角测量得出的准确数据为基础绘制的。这个埋头苦干的人所需的睡眠甚少,没有人像他这样,他白天经常忙于眼前的事务,因此晚间时时也有工作要做。

　　让我们着手剩下的工作吧,他对他的朋友说,对庄园加以记述,由此就可以对出租的估价以及其他事情做出安排。可是为此需要充分的准备工作,有一点我们得确认和规定下来:要把工作与生活分离开来!工作要求郑重其事,一丝不苟,而生活则可以随心所欲;工作要求按部就班,井然有序,而生活则经常是变化多端。是啊,这种矛盾是有其可爱之处和令人高兴的。如果你在一个方面有着信心,那在另一方面也就感到更为自由了,而不会由于两者的混淆,使这种信心由于这种自由而被剥夺和抵消。

　　爱德华觉察到在这些建议里有一种轻微的责备。他的天性并非不喜欢做事条理分明,但他却从来没有把他的文件分门别类整理得井井有条。那些需要他和其他人一道办理的、那些他个人就能解决的文件,都混在一起;这样一来,他也不能把事务和工作、消遣和娱乐完全区分得清清楚楚。现在他觉得轻而易举了,因为一个朋友承担了这项劳动,由第二个我来进行区别分类,而原来那个我是无法总为此分身的。

297　　　　他们在上尉住的那一厢设置了文件柜,用于存放当前的往来信函,还为过去的文件设置了一个资料柜。从形形色色的贮藏器具中,从一些房间、橱柜和匣箱里,把所有的文件、字据、报告都找了出来。这混乱的一团很快就被整理得井井有条,分门别类放进贴有标签的分格的柜子里。想找什么,找到的比所希望的还要完整。一位年迈的秘书前来帮忙,他在白天,甚至夜间也成小时地不离开写字台,可爱德华过去却对他一直不满。

　　我简直认不出他了,爱德华对他的朋友说,这个人多么能干,多么有用啊。——这是因为,上尉回答说,我们并没有叫他做什么新工作,他所完成的,只是他乐于做的旧工作。你看到了吧,他干得很出色,可一妨碍他,那他就什么也干不成了。

　　白天,两个朋友就用这种方式在一起度过;晚间,他俩也从不耽误,按时到夏洛特那儿聚会。若是没有来自邻近地区和庄园的客人登门拜访——经常是这样的情况,那么,谈话和阅读多半是围绕这样的题目:增进市民社会的幸福、利益和快乐。

　　夏洛特本来就习惯于利用眼前的时机,她看到了丈夫的满意心情,也觉得自己受益不少。家中的各种设备,本是自己早就希望的,但却一直没有能够筹办成,现在由于上尉的努力而得以实现。家庭药房一直只有很少的药品,现在充实起来了。夏洛特借助易于理解的书籍和交谈,能够比以往更经常、更有效地发挥她那勤恳和助人的本性。

　　由于考虑到一些常见的和经常出人意料的紧急情况,于是所有为救助溺水者而必需的药品都置办了,比某些靠近池塘、水流、水利设施的地方还要完备。在那些地方是一再发生这一类事故的。这项工作上尉操办得极为详尽。爱德华失口说了一句,在他的朋友的生活里,这样一个事故以奇异的方式开创了一个新的时代。上尉沉默不语,像要规避一次悲惨的回忆,于是爱德华随即住口了。夏洛特对此事的大致情况知道得也不少,就把那句话截断,转了个话题。

　　一天晚上,上尉说:所有这些预防性的措施是值得称赞的,可我们还缺少最最重要的,缺少一个能干的人,他知道该怎样使用这一切。我推荐一位我熟悉的外科军医,他现在要求的条件不高,这是一个在自己的专业里很出色的人物,就是在处理内科急症时,他做的也

298

比一个著名的医生更令我满意哩。在乡村常常感到最缺少的就是这样的应急救助。

爱德华立即写信，夫妇俩非常高兴，他们留下的一笔可自由使用的款项，现在能派最好的用场了。

这样一来，夏洛特也能够按自己的意思去利用上尉的知识和才能，开始对上尉的到来感到完全满意，对一切后果处之坦然了。她习惯于问一些问题，她愿意生活总是那么幸福快乐，因而对所有有害的、死亡的东西，她都惟恐避之不及。陶器上的铅白釉子、铜器上的绿锈，都引起她的某些疑惧。她为此求教，而这就自然而然地涉及物理和化学上的基本概念。

在一些偶然的、但却总是受欢迎的机会中，为了消遣，爱德华喜欢为在场的人朗读。他有着一副非常动听、低沉的嗓音，过去由于朗诵一些诗歌和演说家的作品而受到欢迎，有了名声。他朗诵时感情真挚，生动活泼。现在他选择的是另一些对象，朗诵的是另一些文章。一段时间以来，他朗诵的都是物理、化学和技术方面的优秀著作。

他有一些与常人不同的特点，也许这是他与更多的人相异之处，那就是在他朗诵的时候不能忍受有人看他朗诵的书。从前，在朗诵诗歌、戏剧、小说时，朗诵者和诗人、戏剧家、小说家一样，都怀有热切的意图，希望能产生应有的效果，为此就要引人惊奇，有意地停顿和激起期望。如果有一个第三者有意地用眼睛去扫描他所朗读的东西，那就自然不会达到预期的效果。因此，他朗诵时，总是习惯不要有人坐在他的背后。现在他们只有三个人，他的这种谨慎就成为不必要的了。由于现在他无需引起感情的激动和超乎想象力的惊奇，他本人也就不再去考虑，如何格外小心在意了。

可是有一天晚上，当他漫不经心地坐下朗读时，他发觉夏洛特在

299

看他朗读的书。他那旧有的焦躁登时发作了。他责备她，在某种程度上是不客气的：难道不应当把这种以及其他类似的坏习惯永远戒除掉吗！它们在社交场合是令人讨厌的！若是我给某个人朗读，那不就是等于我在亲口向他讲述什么吗？所写的、所印的都代替了我本人的思想，我本人的心灵；在我费力去朗读时，那就像在我的额头、在我的胸前敞开了一扇小窗户。若是那个我要把我的思想陈述给他的人，那个我要把我的感情传达给他的人，总是事先早就什么都知道了，那还要我有什么用呢？每当有人看我所朗诵的书，我总是觉得，我好像是被撕成了两片似的。

夏洛特的机敏之处是她不论在大小场合都善于把每种令人不快的、剧烈的、甚至是激动的言词加以缓解，把冗长的谈话打断，使乏味的交谈变得有生气。这次她也发挥了她的这样一种卓越的才干。她说道：若是我说明我在这一瞬间所想到的，那你一定会原谅我的过错。我听到你朗读亲和性，马上就忆及我的亲戚①，我的两个表兄弟，他们恰恰在这个时候给我带来了麻烦。我的注意力回到朗读上，我听到读的都是无生命的事物，我想弄清楚，于是向书上看了看。

这是一种比喻的讲法，它使你走神、慌乱，爱德华说，这里当然指的都是土壤和矿石，但人却是一个真正的纳尔齐斯②，到处都喜欢照镜子；他把自己当作整个世界的衬底。

是这样！上尉接着说，凡是在人自身之外的，他都这样去看待；他把他的智慧和他的愚蠢，他的意向和他的任性，都赋予动物、植物、诸种元素和诸多神灵。

我不愿使你们远离眼下的兴趣所在，夏洛特说，你们能否简短地

① 化学上的术语亲和性与亲戚在德文里是同一个词根。
② Narziß。希腊神话中的美少年，总是爱欣赏镜子中自己的倩影。

给我讲讲,这里所指的亲和力,究竟是什么呢?[1]

这我很乐意,上尉回答,他转身面对夏洛特说,当然啰,我尽可能把我十年前学到的、读过的讲清楚。至于在科学世界中,人们还是不是这样想,它是不是还符合新的学说,那我就说不准了。

够糟糕的了,人们现在,爱德华喊道,学的东西没有什么能用一辈子的了。我们的先辈,年轻时候学到的,能一直保持到晚年。可现在,若是我们不想完全落伍,那么每五年就得重新学习。

301　我们女人并不这么认真,夏洛特说,若是我坦率地说,那在我看来,只是涉及对字义的理解罢了;在社会上,没有比把一个陌生的、生造的字用错更为可笑的了。因此,我只想知道,这个词儿在何种意义上用于这些事物。究竟它与科学有什么联系,那是科学家的事,顺便说一下,就我所知,就是他们从来也难以取得一致的意见呢。

为了更快地进入正题,我们该从什么地方着手呢? 片刻沉默之后,爱德华向上尉问道。后者沉思少项,随即回答说:如果允许的话,不妨先从现象说起吧,不久我们就会说到正题的。

放心吧,我一定聚精会神地听。夏洛特说,同时把手中的工作放到一边。

上尉开始说:在所有我们能看到的自然物上,我们首先观察到,它们自身都有着一种联系。当我们把一些不言自明的东西说出来时,听起来未免感到奇怪。但是,只有我们对熟悉的完全理解了,我们才能彼此去探讨那些不熟悉的。

我想,爱德华打断他的话,举例说明对她和对我们都更好些。你想想水、油和水银,那你就会发现,它们各部分之间都有着一种统一

---

[1] 从这一段开始了一场关于化学和炼金术的交谈,借助亚里士多德的形而上学,退溯到字母的象征意义,精确地预示了小说的发展。

性，一种关联性。除非通过强力或其他限定方法，它们是不会放弃这种统一的。一旦除掉这种强力和其他限定方法，它们就又立即聚合到一起。

毫无疑问，夏洛特赞同地说，雨水能汇聚成河流。早在孩提时代，我们在玩弄水银时就感到惊奇，我们把水银分成一个一个小珠，再让它们重新滚动聚合到一起。

我可以顺便提一提一个重要之处，上尉补充说，即这种完全纯粹的、通过液体所决定并且总是通过球形表现出来的联系力。下落的水滴是圆的，您自己刚才也提到了水银珠；甚至一滴下落的熔化的铅，若是有时间完全凝固的话，那它落到地上也会是一个球状。

让我先说说，夏洛特说，看是不是能与您说到一处。正如每一种事物自身都有着一种联系力，它对其他事物来说，也有着一种关系。

这种关系根据事物的不同而不同，爱德华性急地接道，一旦它们以老朋友、老相识的身份相遇时，它们就很快走到一起，统一起来，彼此都没有什么改变，像酒和水混在一起一样。反之，它们则顽固地、彼此陌生地互不理睬，即使通过机械的混合和摩擦，也绝不能结合在一起，就像油和水，搅和在一起，但马上便彼此重新分离开来。

这种情形可不少，夏洛特说，在这种简单的形式里，人们也可以这样看他们所熟悉的人呢，特别是忆及人们生活于其中的团体。在世界上彼此对立的人群、阶级、各种职业，贵族和第三等级、士兵和平民，都与这些无灵魂的事物有着许多类似之处。

对呀！爱德华说，正如这一切通过道德和法律可以结合在一起一样，在我们的化学世界里也有触媒，它把互相排斥的结合在一起。

上尉插了一句：我们就用碱性盐来使油和水溶在一起。

您的讲解不要过于匆忙！夏洛特说，这样我也好表明我跟得上您的步子。现在我们不是谈到亲和力了吗？

302

完全正确,上尉回答,我们立即就能认识到它的全部力量和精确性了。那些相遇时彼此很快发生反应并相互发生影响的,我们称之为亲和。碱和酸,它们是彼此相对立的,也许正因为它们彼此对立之故,才最断然地相互寻求,相互捕捉,改变形态,构成一种新的物质,这种亲和性是够明显的。我们只需想一想石灰吧,它对所有的酸都表现出一种巨大的好感和一种强烈的结合欲!等我们的化学实验箱来了,我们可以给您做各种实验看,那是非常有趣的,比起语言、名称和术语来,这会给您一个更为明确的概念。

您听我说,夏洛特说,如果您称您的这种奇怪的事物是亲和,那我觉得它们并不是血统的亲和,更不是精神和灵魂的亲和。同样按这种方式,在人与人之间会产生真正的诚挚的友谊,因为相对立的特性会使一种内在的结合成为可能。我要等着看看,您让我亲眼看的这种神秘的作用是什么。我不想——,她把脸转向爱德华说,现在再继续妨碍你的朗读,为了更好地受到教育,我要聚精会神地恭听。

既然你请求我们给你讲,爱德华说,那你就不能这样轻易地算了,最错综复杂的事例才是最有趣的哩。只有在这类事例上人们才能认识到亲和的程度:密切的、强烈的、疏远的、无足轻重的关系。当亲和性发生分离的作用时,那才是饶有兴趣的呢。

分离是一个可悲的词儿,夏洛特说,遗憾的是现在人世间经常听到它,难道在自然科学里也是如此?

当然!爱德华说,甚至这是化学家的荣誉头衔的一个标志呢,人们称他们是分离的艺术家。

现在人们不再这样认为了,夏洛特说,这做得太对了。结合是一种更为伟大的艺术,一种更为伟大的功绩。一个结合的艺术家,在任何领域里都会受到欢迎。——因为你们业已谈到了,那就给我举一两个这样的例子吧!

　　现在我们马上就重新接触到我们刚才已经提到过的名字和讨论　　
过的东西了。上尉说，比如说，我们称之为石灰石的东西，是一种纯
度不同的石灰土，它同一种弱酸密切地结合在一起，这种弱酸是以一
种气体的形式而为我们所熟知的。如果人们把一块这样的石头放进
稀释了的硫酸之中，那这种酸立即同石灰石起反应，同它化合成为石
膏，而那种气体的弱酸则逃逸而去。这就产生了一种分解，一种新的
化合。人们认为有更多的理由来用亲和力这个词儿，因为它确实让
人看到了，一种关系优于另一种，一种关系被另一种取而代之。

　　请您原谅，夏洛特说，正如我原谅自然科学家一样。这儿我从不
把它看作是一种选择，而是视为一种必然，甚至认为这样说也勉强
呢，归根结底，这也许只是机遇而已。机遇造就了关系，正如机遇成
全了盗窃一样。如果你们谈到自然形体，那在我看来，这种选择仅仅
只是掌握在化学家的手里，是他把这些物质聚集在一起的。如果它
们能结合在一起，那是上帝的仁慈！谈到您提到的那个情况，我只是
为那可怜的空气中的酸素感到惋惜，因为它又不得不在无限之中到
处游荡了。

　　那就取决于它了，上尉说，它可以同水结合为矿泉水，成为健康
人和病人的清爽饮料。

　　石膏倒是满意了，夏洛特说，它已经完事了，成了一种物体，得到
了关心，而那个被驱逐出去的物质，还得经过一番磨难，直到重新找
到归宿。

　　也许我错了，爱德华微微一笑，否则在你的言辞背后就隐藏有一
种小小的狡猾的用心。你得承认这种狡黠吧！说到归宿，在你的眼
里，我是石灰石，被作为硫酸的上尉所捕捉，失去了你的青睐，变成了
一块呆钝的石膏。

　　如果良心使你这样观察你自己，夏洛特回答说，那我没有什么可

担心的。这种比喻是好玩的、有趣的，有谁不愿意玩类似这样的游戏！但是人毕竟比那些元素不知高出多少等级，若是他在这儿过于慷慨地使用和选择和亲和力这样美好的字眼儿，那他最好先用在他自己身上，借这个机会考虑一下这个词儿的价值。遗憾的是这类情况我太熟悉了，一种密切的、看来是不可分的两个人的结合，由于一个第三者的偶然介入就遭到破坏，先前结合得很好的一个被驱逐到没有着落的广袤之中。

那化学家们有情得多了，爱德华说，他们让一个第四者加入其中，使每一个都不落空。

是这样的！上尉说道，这样的情况是最有意义、最值得注意的。这种吸引，这种亲和，这种离弃，这种结合，像是通过十字交叉实实在在地表现出来。四者迄今一直是成对地结合在一起的，使它们相互接触，那迄今存在的结合便解体了，开始了重新的结合。在这种离弃和捕捉、逃逸和追求上，人们确实可以看到一种更高一级的目的，人们相信这样的物质有着一种意志和选择的本性，认为亲和力这个新造的词儿是完全有道理的。

请您给我描述一个这样的事例！夏洛特说。

这样的事例是不能用语言来表达的，上尉说，正如说过的，等我一给您做实验看，那一切就清晰明了，十分有趣了。现在我只能用一些您还没有概念的，可怕的新词来给您解释。人们必须对眼前这些表面上没有生机的，而内部却一直准备有所作为的物质有个印象，注意地观察，看它们彼此是如何寻求，如何吸引，如何捕捉，如何破坏，如何吞噬，如何咀嚼；随即从这种最密切的结合中重新出现一种再生的、新的、意想不到的形体；随后人们才相信它们有了一个永久的生命，甚至有感官和理智。这是因为我们的思想几乎不能真正的去观察它们，我们的理智几乎不能去理解它们之故。

我不否认,爱德华说,这些稀奇古怪的新造的词儿对那些不是通过感性的观察,不是借助概念而就能理解它们的人,确实是困难的,甚至是可笑的。可我们能够很容易用字母把我们刚才提到的关系表达出来。

如果您不认为这看起来是枯燥乏味的话,上尉说,那我们大概可以用符号简短地加以总结。您设想一个 A,它与 B 密切地结合在一起,通过多种手段和某些强力都不能把它和 B 分开;您再设想一个 C,它同样与一个 D 密不可分。现在您让这两对儿相互接触,这时 A 就投向 D,C 就投向 B,而人们不知道究竟是谁先离开谁,是谁先同另一个重新结合在一起的。

就是这样! 爱德华插了进来,直到我们亲眼看到这一切之前,我们把这个公式看作是一个比喻。从这个比喻中我们引导出一个学说,来直接地加以运用。夏洛特,你就想你是 A,我是你的 B,因为我只依附于你,紧跟你,就像 B 紧跟 A 一样。很明显上尉就是 C,这次他把我从你身边稍微扯远一些。若是你不该在虚无之中游荡的话,那你设法弄一个 D 来,就是十分公平的了;这毫无疑问是可爱的奥狄莉小姐,你自己不能再为反对她的到来进行辩解了。

好的! 夏洛特说,即使这个例子我觉得不完全适合我们的情况,那我也认为我们今天的聚会是一件幸事,我们之间的这种天然的、有选择的亲和力促使我向你们通告一个秘密。我这是说,今天下午,我决定把奥狄莉接回来;我一向忠实的女管家就要辞去工作,因为她要结婚了。这是从我这方面,也是为我的缘故;至于奥狄莉方面的原因,这封信你可以为我们读一读。我不会看你们读的信了,它的内容我自然已经熟悉。你读吧,读吧! 她一边说这番话,一边拿出一封信来,把它递给了爱德华。

307

第五章

校长的来信

尊敬的夫人，如果我今天写得很短，那是要请您原谅的，这是因为在正式的考试之后，要向所有的家长和监护人报告情况，看看在学生们身上，在过去的一年里，我们取得了什么样的成绩。我也可以写得短些，因为用少许的字句能说出更多的意思。您的女儿在任何意义上都证明她是出类拔萃的。附去的各种证书，她本人的信，这信中有她对得到奖励的描述，也同时表达了她对如此顺利的成功所感到的满意心情。这将使您得到一种宽慰，甚至是一种喜悦。但是我的喜悦却因此有所减少了，因为我看到，我们没有更多的理由把一位进步如此之快的学生滞留在我们这里。我请您允许，今后能自由地向您陈述一些我对她所抱有的最为有益的想法。关于奥狄莉，我的友好的助手另有专函。

男教师的信

关于奥狄莉的情况，我们尊敬的校长让我写信，部分是因为按照她的性格，去报告不得不报告的那些事令她难过，部分也是因为她本人需要一种谅解，这种谅解她宁愿借助我的笔来加以陈述。

我知道得很清楚，善良的奥狄莉很少有能力表现出她的内秀、她的才学，因此在正式考试之前，我就为她感到几分担心，而由于不可能有准备，这种担心就更大了。按照通常的方式能做到的，奥狄莉却对这种表面文章无能为力。考试的结果证实了我的忧虑是有道理的。她没有得到奖励，也成了没有被授予证书的学生之一。我还有什么可多说的呢？在书法上，奥狄莉写的字体如此之好，那是其他人所不及的，但是笔锋过于自由了些；在数学上，其他人算得更快，她善于解难题，可这次却没有表现出来；在法文上，在会话和解释上她超过了某些人；在历史上，对名字和年代，她不是那么得心应手；在地理上，对政治区划她缺乏关注；在音乐课上，她熟悉的旋律不多，而且简单，唱的时间不充分，又显得心绪不宁；在绘画上，她本来肯定会得到奖励的，她画的轮廓完美无缺，描绘时十分细心，显示出了才智，可惜她画得过于庞大，没有完成。

　　女学生们都退了下去，考试人员聚在一起进行商量，我们教员至少也能间或发表意见。我很快就发现，根本没有谈到奥狄莉，即使谈到，虽然不是带有不满，却十分冷淡。我希望通过对她的性格的一种坦率地说明，激起对她的某些同情，于是我以一种双倍的努力来表达我的观点，这一则是因为我确信我谈的是对的，再者，因为我本人在少年时代也曾处于同样一种可悲的境况之中。他们都注意听我讲，但是当我讲完时，主考人友好而简短地对我说：才能是前提，应该使它们得到发展、完善。这是一切教育的目的，是家长和监护人大声申明的、清楚不过的意愿，是安静的、似懂非懂的孩子们自己的意愿。考试的任务也同时是对老师和学生进行评定。根据您所谈的，我们对这个孩子怀有美好的希望，您对学生的才能有如此详细的观察，这当然值得称赞。如果您明年把这一切都变为成绩，那您和那位受到您宠爱的学生是不会得不到好评的。

　　由此而引起的是什么后果，我只能听之任之了，但是随后在现场又发生了一件更糟糕的事情，这是我未曾料及的。我们善良的女校长，她像一位善良的牧人一样，就连一只小羊也不愿丢失，或者如当下的情况，不愿看到其中一个出乖露丑。然而奥狄莉的情况却是如此。在先生们离开之后，她无法掩饰她的不快，对奥狄莉说：您告诉我，看在上帝的分上！一个人怎么能是这样一副蠢样子，而实际上你并不是这样？这时奥狄莉正站在窗前，其他的人则为得到的奖励而兴高采烈。奥狄莉十分安详地说：请您原谅，亲爱的母亲，我恰巧今天头又痛了，痛得比较厉害。——这别人可不知道！这位平素十分

309

体贴人的夫人说道，随即厌烦地转身而去。

　　这是真话，别人可不知道她的头痛，因为奥狄莉的脸上并没有表现出来，我也从没有看到她用手摸过额角。

　　这还不是所有的呢。尊敬的夫人，您的女儿，平常是活泼的正直的，可陶醉在今天的胜利中就失去了节制，变得傲慢起来。她拿着她的奖励和证书在房间里跳来跳去，并把它们掷在奥狄莉的面前。你今天真丢脸！她喊道。奥狄莉非常从容地回答：这还不是最后一次考试。——可你总会是最后一名！小姐喊了起来，随后跳着离去。

310

　　奥狄莉在其他任何人面前都显得泰然安详，只是在我面前不然。她脸上一种不同的颜色表现出了她在极力克制一种不快的、强烈的内心激动，左颊立刻变得绯红，而右颊却十分苍白。我看到这种情况，无法抑制我的关心。我把校长引到一边，严肃地同她谈了这件事情。这位出色的夫人认识到了她的错误。我们商谈了许久，为了不过于冗长繁琐，我把我们的决定和我们的请求向夫人禀呈：把奥狄莉接回，让她在您身边住一段时间。其理由您本人最为清楚不过。我说了许多关于这个善良孩子的情况，希望您能同意这种处理。一旦您的女儿，如我们所猜测的那样，离开了我们，我们是高兴看到奥狄莉返回学校的。

　　还有一点，我怕此后也许忘记：我从没有看到过，奥狄莉要求或者急迫地请求什么。相反，虽说并不常见，她也拒绝别人对她提出的要求。她这样做时，总是以一种姿势，理解了这种姿势的意义的人，是无法抗拒的。她把手掌向上举起，握紧放到胸前，身体稍稍前倾，用这样一种目光望着那些提出要求的人，使他们心甘情愿地放弃他们的要求或希望。如果您看到了这种姿势，尊敬的夫人——这在您那里是不会发生的——那请您想一想我所说的，并请对奥狄莉加以爱护吧。

爱德华读完了这封信，面带微笑，摇了摇头，对涉及的人和提及　
的事发表了评论。

够了！爱德华最后喊道，决定了，让她回来！事情由你来安排，
亲爱的，我们也可以把我们的建议提出来。我搬到府邸右厢上尉那
儿去，这是十分必要的了。早晨和晚上才是共同工作的好时光。你
和奥狄莉住在那边的最好房间里。

夏洛特表示满意，爱德华描述了他们未来的生活方式。说话中
间他喊道：轻微的左边头痛，这是来自这位外甥女的一种真正的友
好表示；我时常右边头痛。若是碰到一起，我们两人对面而坐，我支
着右胳膊，她支着左胳膊，把头按不同方向枕在手上，那可是一幅有
趣的对称画面。

上尉认为这是危险的。爱德华却反驳说：亲爱的朋友，您可要
在 D 面前小心吧！若是 C 把它扯开的话，那 B 该怎么办呢？

我想，夏洛特说，这事岂不是明摆着的吗？

当然了，爱德华说，它就回到它的 A 那儿去，这就是事情的开头
和结尾！他大声喊叫，跳了起来，把夏洛特紧紧抱在胸前。

第六章

　　奥狄莉乘坐的马车抵达了。夏洛特迎上去,这可爱的孩子急步走来,跪倒在地,抱住她的双膝。

　　别这样谦卑! 夏洛特说,她感到些许窘迫,要扶奥狄莉起来。这不是谦卑,奥狄莉说,她依然还是原来的姿势,我只是愿意回忆起我还没有您的膝盖高的那个时刻,愿意回忆起您对我的爱。

312

　　她站了起来,夏洛特热烈地拥抱她。她被介绍给两位男人,受到了同样的敬重,被当作客人加以款待。美丽在任何地方都是一个受欢迎的客人。她对谈话显得聚精会神,但她并不加入进去。

　　翌日清晨,爱德华对夏洛特说:这是一位吸引人的、谈吐优雅的姑娘。

　　谈吐优雅? 夏洛特微笑着说,她还一直没有开口呢。

　　是这样? 爱德华说,他装出思索的样子,这倒是奇怪了!

　　夏洛特给新来的奥狄莉轻微的暗示,该如何去料理家务。奥狄莉很快就看清了全部程序,甚至可以说,是感觉到的。要为大家做的,要为每一个人特别做的,她很容易就一清二楚,一切都按时办妥。她知道如何安排,并不发号施令,有人耽误了的,她就立刻自己把事情料理停当。

　　当她知道她还有多少时间是富余的,就请求夏洛特允许她把她的时间加以分配,准确地遵照行事。她按照夏洛特从男教员信中知道的那种方式进行工作。那就让她这样好了。只是有时夏洛特试着去鼓励她。她时常把一些用钝了的鹅毛笔放到奥狄莉的桌子上,为的是让她练习书法,写得灵活自如些,可这些笔却很快就又削尖了。

　　两个女人私下里规定,每当她俩单独在一起时就讲法文。奥狄莉是爱讲这种外国语的,把这种练习规定为一种义务,这使夏洛特得格外加以坚持。奥狄莉说的显然比她说的要多得多。特别令夏洛特感兴趣的,是她对整个寄宿学校的一次偶尔谈起的、但却是详尽和

313

有趣的描述。奥狄莉成了她的一个可爱的女伴，她希望将来奥狄莉
会成为她的一个可信赖的女友。

在这期间夏洛特把有关奥狄莉的旧信检翻出来，以便能忆起女
校长和男教员对这个善良的孩子所作的判断，好同奥狄莉本人的品
性加以比较。夏洛特认为，人的品性是不能很快认识的，为了知道期
待于他的是什么，在他身上能造就成什么，或者说，人们最终必须向
他承认和谅解的是什么，那人们必须同他生活在一起。

夏洛特在翻阅中虽然没有什么新的发现，但是某些熟知的却使
她觉得重要，引起她的注意。比如奥狄莉饮食上的节制确实令她感
到忧虑。

女人们所忙的最重要的事情是服装。夏洛特要求奥狄莉在服装
上更丰富多彩些，更多样化些。这个善良、勤劳的孩子立即剪裁从前
夏洛特送给她的衣服，不需要别人多大帮助，她就能很快完成，做得
十分好看得体。这些新的、合乎时尚的衣装提高了她的形象。一个
人使他人感到愉快也取决于衣着，如果她为她的得天独厚之处加一
番新的修饰的话，那么人们总是会相信，又看到了一个新人，一个妩
媚的人。

这样，她们从一开始就越来越令两个男人——我们用一个名副
其实的词来表达——赏心悦目了。如果说绿宝石①由于它的瑰丽的
色彩使人容光焕发，甚至对眼睛这个高贵的感官产生某些治疗功效
的话，那么人的秀美会以远为大得多的力量，对人的外部和内部感官
发生作用。谁看到这种秀美，都不会有什么不愉快之感，他对自己、
对世界心满意足了。

因此，奥狄莉的到来，以某种方式给每天的聚会增加了活力。两

---

① 绿宝石对眼疾有疗效，它同时也是爱神维纳斯的饰品。

个朋友更准时,甚至分秒不差到这儿聚会。无论是吃饭、喝茶还是散步,他俩都准时到达,绝不让人等待,他们并不急于离开饭桌,特别是在晚上。夏洛特注意到了这一点,于是暗中窥视他们。她试图发现是否是一个人在为另一个人提供机会,但是她并没有看到两个人有什么不同。他俩都兴致勃勃。在谈话时,他俩像是考虑过,如何能使奥狄莉参加进来,什么样的话题适合她,与她的见解、她的有关知识能否相适应。在朗读和讲述时,如果她离开了,就停下来,直到她返回来。他俩变得比以前更温顺,并且总的看来更健谈了。

作为回报,奥狄莉每天工作起来更为勤奋。她对这所住宅、对这些人、对整个情况了解得越多,她就越热心,对每道目光、每个动作、只言片语、一声响动,就理解得越快。她那安详的注意力和她的从容不迫的动作依然如故。她的行立坐卧、举手投足都显得不慌不忙,是一种永远不停地转换,一种永远令人快意的动作。还有,她步履轻盈,听不到她的走动声。

奥狄莉对家务的精通熟练,使夏洛特十分高兴。若有一点她觉得不完全相宜的,她并不对奥狄莉隐瞒。有一天她对她说:当有人从手里掉下什么东西时,我们很快弯腰把它拾起来,这当然是一种值得称道的举动。只是,与此同时要从更大的范围加以考虑,这样一种谦卑是对谁表示的。在夫人们面前,我不想给你做出什么样的规定。你年轻,对地位高和年龄大的人,理应这样去做;对与你同年纪的是一种礼貌,对比你年幼和比你低下的人,这样做表明了你的好心和善良;可作为一个女人,对男人用这种方式表明谦卑和顺从,那就不太合适了。

我要设法改正这种毛病,奥狄莉说,同时,如果我向您说明我为何会如此,那您或许对我的这种不合礼仪的举止会宽恕吧。人们教过我历史,我本应当都记住,但记得并不多,因为我不知道这对我有什么用处。可有一些个别事件却给我留下很深的印象,如下面发生的事情:当英格兰的查理一世①站在他的那些所谓的法官面前时,他携带的权杖上用黄金做的圆头柄失落到地上。通常,在这样的场合是由别人为他效劳的。他四下环顾,等待着这次也有人向他献这种小殷勤。可是没有一个人动,于是他自己躬下身来,把圆头柄拾起。我对此感到痛苦,从那个时候起,若是我看到有人从手中掉落什么东西的话,我不会不躬身拾起。当然这样做可能并不总是合乎礼仪,而我,她含着微笑继续说,又不能任何时候都讲我的这段历史,所以我今后要更多地克制自己呢。

在此期间,两个朋友所进行的美好的建筑工作没有中断,甚至他俩每天都有新的理由去考虑,去忙碌。

一天,他俩一起步行穿过村镇,他们不满地看到,村镇远不是那么有秩序和清洁,比起某些村镇落后得多了,那里的居民由于空间的宝贵,在这两方面下了很多工夫。

你记得吧,上尉说,我们在穿越瑞士的旅行途中,曾流露出愿望,去真正地美化一个称得上是乡村大花园的村镇。我们不是按照瑞士的建筑式样,而是要像瑞士那样井然有序和整齐清洁。这两方面可是大为有益的呢。

以这里为例,爱德华说,就很合适。府邸所在的山峦蜿蜒而下,直进入一个突出的岩角;村镇就在山峦对面相当规则的半圆形内建造起来;溪水从中间流过,为了防范溪水泛滥,这一家垒起石块,那一家插上木桩,而另一家用的是横梁,毗邻的又使用木板。没有一家所做的有益于他人,甚至带来了损害和不利。这条路走起来也不方便,时而向上,时而向下,时而涉水,时而登石。若是大家能亲自动手,不

316

---

① 英格兰查理一世(1600—1649),在内战中被克伦威尔俘获,被绞死。

需要多大花费,就能建立起一道半圆的围墙,把后面的路面垫高,直通到住房,整理出漂亮的空地,有了整洁的广场。用一项大型的可行的安排,把所有这些微不足道、不足挂齿的忧虑一下子从根上除掉。

让我们试试看! 上尉说,他用目光一掠整个地势,迅速地做出了判断。

我不愿意与平民和农夫打交道,若是我不能直截了当地向他们发号施令的话,爱德华说。

你说的并不是没有道理,上尉回答说,在我的一生中,类似的事情给我带来许多烦恼。一个人正确地权衡,为了赢得而必须做出牺牲,该是多么困难;为了达到目的,而又不拒绝使用手段,是多么困难! 许多人把手段和目的混淆起来,对手段感到满意,而眼中却没有目的。每种弊端,一经出现,便去就地医治,而不考虑它究竟源出何处,它的影响从何而来。因此出谋划策实感困难,特别是同那些在日常生活上通情达理,但却鼠目寸光的人打交道。还有,在一件公共设施上,一个人该有所得,另一个会有所失,若是设法去搞平衡,那就无法成事。所有公益事业,必须通过不受限制的权威才能得到促进。

在他俩站着交谈时,一个人过来行乞,他看来更多的是出于厚颜而不是由于饥寒。爱德华不高兴谈话被打断,感到不耐烦,在几次平和的拒绝无效之后,他就责备了他。可这个汉子却不满地嘟囔起来,甚至迈着小步离去时竟反唇相讥,说什么乞丐有乞丐的权利,人们可以拒绝施舍,但不可以对他进行侮辱,因为他和其他人一样,都是在上帝和官家的保护之下。这使爱德华几乎失去了控制。

上尉劝解他,随后说:让我们把这件事看作是一种要求吧,我们的乡村警察局也应把它的职权扩展到这儿来! 人们应当施舍,可如果不是由本人进行,特别不是在家里进行施舍的话,那就好了。一切

317

事情,也包括慈善事业在内,都应当有个节度,应按固定的形式进行。一种过分丰富的救济会把乞丐招来,而不是把他们打发走;相反,在旅行期间,在行车途中,那倒是可以掷给路旁偶尔陷入不幸的穷人以一笔令人惊喜的施舍,像是偶然飞来之福呢。村镇和府邸的地势使我们非常容易建造这样一个设施,我从前对此就有过考虑。

在村镇的一端有一家客店,在另一端住着一对好心的老夫妻。在这两个地方你必须存放一笔数目不大的钱。钱不给进入村镇的乞丐,而出村的才能得到点什么。因为这两处的房屋同位于通向府邸的路上,这样,到府邸乞讨的人,就让他们到这两个地方去。

走,爱德华说,我们马上去完成这件事,具体的事情我们以后总可以补办的。

他们到了店主那儿,到了那对老夫妻那儿,事情就办妥了。

我知道得很清楚,爱德华说,他俩重又一起踏上通向府邸的山路,世界上的事都取决于一个聪明的念头和一个坚定的决心。你对我妻子在庭院安排上的批评非常正确,也对我暗示了如何改进的办法,我都立即告诉了她,这点我不想对你隐瞒。

我能猜得出来,上尉说,但我不赞成。你会使她不知所措呢;她把一切事情都停了下来,在这惟一的事情上与我们发生了冲突。她避免提起这件事,也不再邀请我们到庐舍去,可她同奥狄莉在闲暇时间却到那儿去。

我们大可不必为此而感到不安,爱德华说,如果我坚信一件能做也应该做的事是好的,那我不看到它的完成是不会罢休的。我们一向是聪明的,善于引导。让我们把附有铜版画的描述英国公园的文章作为晚间的话题,然后再看看你绘制的庄园图吧!开头有个话题,开开玩笑,随之就会谈到正题上了。

两个人这样约定之后,就翻开了那些本本,里面画的是这一地带

318

和乡村面貌的略图,显示的都是天然形态下的情形;在另一些纸上画的是经过艺术加工的远景图,显示出这片产业进行利用和提高它的价值后的情况。有此为依据,对自己的产业,对属于自己的周围地区加以一番改造就很容易了。

以上尉所设计的规划图作为基础,就可以进行这项令人愉快的工作。只是夏洛特一度着手的那原先的计划,还不能完全摆脱掉。可他们发现了通向高地的一条好走的路;准备在一片令人愉快的小树林前,靠近山坡的上头建造一所憩园,使它与府邸遥相呼应,从府邸的窗户里可以望到,从那里也能把府邸和园林尽收眼底。

319　　上尉对这一切详加考虑,进行了测量,并且把那条村路、溪边的那道围墙和如何实施的办法提了出来。他说:开辟一条通向高地的便利之路,我所得到的石头正好够修建那道围墙之用。两项工作同时进行,用费更低,速度更快。

可是,我有些担心。夏洛特说,我们总得先有个打算,若是知道进行这样一项工程需要多少费用,那我们就可以把它分摊开来,即使不是按星期,至少可以按月计算嘛。钱由我来掌握,我负责支付,我自己记账。

你好像不怎么太信任我们,爱德华说。

在随意开支的事情上,不是太信任,夏洛特说,在这类随意的事情上我们比你们掌握得更好。

一切安排就绪,工作开始了。上尉总是在工程现场,夏洛特几乎每天都成了他办事严格、做事果断的见证人。他对她也有了进一步的了解,两人共同工作,共同完成某些事情,相处得轻松愉快。

工作如同跳舞一样;保持步调一致的人,彼此必定也成为相互不可缺少的人,必然从中产生出一种彼此怀有的好感之情。夏洛特自从对上尉有了进一步的了解之后,对他确实有了好感,一个最明显不过的证据就是，她任凭他把她修建的一个雅致的休息场所破坏，这是她在实施她原先的计划时建造和装饰起来的，可现在却与上尉的计划相抵触。她对此完全无所谓，没有丝毫不满之意。

第七章

320　　　夏洛特和上尉有了共同的工作,结果是爱德华同奥狄莉更多地聚在一起。一段时间以来,在他的心中早就对她有了一种暗暗的、友好的爱慕之情。她对任何人都是殷勤体贴、乐于助人,对他尤其如此,这使他的自爱之心得到满足。这样的事丝毫不成问题:他喜欢吃什么样的菜,她早已注意到了,他喝茶时习惯放多少糖以及类似的事都逃不过她的眼睛。特别是她小心在意地避免有穿堂风,因为爱德华对此十分过敏,他为此经常同总是觉得房间空气不够流通的妻子发生争执。奥狄莉同样对花草树木十分内行。凡是他喜欢的,她都精心侍弄,凡是他不耐烦的,她都竭力避免。这样一来,在很短时间内,她就像一位慈祥的守护神一样,成为他须臾不可缺少的人了。她不在他的眼前,他便感到闷闷不乐。此外,每当他俩单独在一起时,她的话也多了起来,显得更为坦率大方。

　　爱德华虽然年龄在增长,但仍保持着某些孩子气,这与奥狄莉的青年心性十分投机。他俩喜欢回忆他们早年相遇的时光,这种回忆一直追溯到爱德华对夏洛特钟情的年代。奥狄莉依然记得,他和夏洛特是宫廷里最漂亮的一对。当爱德华对她的记忆力竟能记得少年时代的事情表示怀疑时,她却坚持说,有一件事她记得清清楚楚宛如眼前:有一次他进来时,她躲进夏洛特的怀里,这不是因为畏惧,而是出于一种儿童的惊喜。她本来还想进一步补充说:因为他给她留下了十分生动的印象,因为她非常喜欢他。

321　　　由于这种情形,两个朋友从前所着手进行的某些事务,在一定程度上陷入了停顿状态。这样,他俩认为有必要重新弄出一份概要来,起草几份文件,写几封书信。为此他俩到了书记室,发现那位年老的书记正无事可做。他们开始工作,给书记安排了一大堆工作,而没有觉察到,这其中的某些事情通常是他们习惯亲自动手完成的。上尉着手起草一份文件,爱德华着手写第一封信。他俩构思起草,虽绞尽脑汁,却进展不大,爱德华更是一无所成,到最后他向上尉问起时间来了。

上尉忘记了给他那带秒针的表上弦,这是多年来绝无仅有的一次;他们发现,他们对时间已经开始觉得不是那么至关紧要了。

在男人们对他们的事务有了某种程度的松懈时,女人们的活动却多了起来。一个家庭通常从相关的成员和必然的状况中产生出的生活方式,自然也会把一种特殊的爱好,一种变化着的激情吸收进去,宛如放入一个容器那样。等到这种新的成分起了明显的发酵作用并冒着泡沫溢出边沿,那要经过一段相当长的时间。

在我们这四位朋友之间产生了一种极为愉快的相互爱慕之情。他们的情感坦然开放,一种共同的好感便油然而生。每一个人都觉得幸福,并为另一个人的幸福祝愿。

这样一种情况提高了人们的精神,而精神又使心胸开阔,所有他们做的和计划做的,都朝着无穷尽处的方向奔去。朋友们不再把他们的活动局限在住宅之内。他们的散步延伸到很远的地方,当爱德华和奥狄莉选择了一条小径在前面领路时,上尉和夏洛特跟在后面,两人津津有味地交谈,对某些新发现的场所,对某些意想不到的景色兴致盎然,两人从容不迫地尾随着前面行速甚快的那一对人的足迹。

322

一天,他们外出散步,穿过府邸右厢的大门,顺坡而下,直到那家客店,然后跨过那座桥,直向溪水走去。他们沿着溪水前行,顺着人们通常溯寻水源之路,一直走得很远。这河的岸边,一段是杂树丛生的阜丘,随之是一片崖石,再往前就无路可走了。

由于打猎,爱德华对这一带并不陌生,他同奥狄莉沿着一条覆满青草的小径继续前进,大概他知道,深藏在崖石中间的一座古老的磨坊就在前面不远。可走不多久,这条人迹罕至的小径就失去了痕迹,他俩在覆满青苔的乱石中间的一片浓密的树丛中迷失了道路。但时间并不长，因为磨坊的水轮声立即就告诉他们，所寻找的地方就在近旁。

他俩前行，登上一段峭壁，看到古旧、黝黑、奇怪的木房就在下面，掩映在陡峭的崖石和高大的树木之中。两人马上决定，穿过苔藓和乱石下山。爱德华在前头引路，他仰头上望，看到奥狄莉步履轻盈，毫无畏葸恐惧之意，在石头之间以极优美的姿态保持平衡，跟随着他。这时他相信他看到的是一个来自天国的仙女在他头上飘荡。当她有时站得不稳而抓住他伸出的手，甚至扶住他的肩膀时，他无法否认，触动他的是一个最最温柔的女性。他几乎希望，她打个趔趄，或者滑一下，这样他好把她抱在怀里，拥到胸前。但这种事他无论如何是不能做的，原因不止一个：他怕这是对她的侮辱，他怕这是对她的伤害。

这究竟意味着什么，我们马上就会知道了。他到了下面，在一棵大树下的一张乡间用的桌子旁，与她面对面坐下，向和善的磨坊主的妻子要了牛奶，并打发热情的磨坊主去迎接夏洛特和上尉。这时爱德华带着几分犹豫，开始说：

我有一个请求，亲爱的奥狄莉，即使您拒绝了我的请求，那也要请您原谅我！在您的衣服里面，有一个袖珍肖像挂在您的胸前，您不把它当作是秘密，也不必把它当作秘密。那是您父亲的肖像，这个诚实的人，您虽几乎不认识，但他在任何一种意义上都值得在您的心灵中占据一个位置。但是请您原谅我，这幅像太大了。这上面的金属，这上面的玻璃，每当您举起一个孩子，或把什么东西提起来时，每当马车摇晃时，当我们穿越树丛时，还有刚才，我们从崖石上下来时，都使我恐惧万分。某种预料不到的撞击，一个跌倒，一种碰撞，都会使您受到伤害、损伤呢。这种可能性使我惊恐不安。请您为了我，把这幅肖像解下来吧，不是从您的怀念中，不是从您的房间里。您把它放在您的房间里最美好最神圣的地方,只是别放在胸前。我觉得,也许是出于杞忧吧,那是太危险了!

奥狄莉沉默不语,在他说话的时候,她直视着面前,随后既不匆忙亦不踌躇地把目光更多地望向天空,而不是转向爱德华。她把项链解了下来,把相片取出,向自己的额头按了一按,就递给爱德华,并说道:您先拿着,到家后再给我!我真不知该怎样更好地向您表明,我是多么珍视您对我的关怀。

爱德华没敢把这幅肖像放在嘴上亲吻,但是他握住了她的手,并把它放在自己的眼睛上。这两只紧握的手也许是最美最美的手了。他觉得,仿佛他心上的一块石头已经落地,仿佛隔在他与奥狄莉之间的一堵墙已经坍塌。

夏洛特和上尉由磨坊主引导,沿着一条较为好走的小路抵达这里。他们相互致意、欢呼,休息了片刻,恢复了一下精力。在返归时,他们不想走同一条路,于是爱德华建议走小溪另一岸的一条石径。这条路颇使他们感到吃力,走过之后,那座池塘又呈现在眼前。穿过一片纵横交错的树林,向田野望去,就看到散落的村庄、市镇和农场,以及它们周围一片葱绿的沃野。他们先是到了位于高地中间树林深处的一座令人倍感亲切的小庄园。这儿无论是前瞻还是后望,富饶的景色都最为美丽不过。从并不陡峭的顶端,就能到达一片雅致的小树林。走出树林,就站在府邸对面的一块山崖上了。

他们不知不觉到达了这里,真是喜出望外!这是一次小型的周游世界啊。他们站在通向新建筑的地方,又向他们住处的窗户望去。

步下高地,他们到达庐舍,四个人才第一次坐在这里。他们异口同声表露出他们的愿望:把今天的这条走起来缓慢而且吃力的路加以改建,使人能愉快地并肩缓步而行,再没有比这更自然的了。每个人都提出建议,每个人都计算,如何把这条花费了他们数小时的路,改造成只消一个钟点即可返抵府邸的新路。人们在考虑,在小溪注入池塘的地方,即在磨坊下面修建一个缩短行程和增添景色的小桥。可夏洛特却对这种有创见的想象力泼冷水,她在考虑,这需要一笔多么大的开销啊。

325　　这也有办法,爱德华说,树林中那座小庄园,看起来固然很美,带来的收益却少得可怜。我们可以出让它,把这笔钱用在这项工程上。这样,我们就能在每次美好的散步之中愉快地享受一笔运用得当的资本所带来的乐趣了;何况,每当年终结算时,我们都为小庄园那笔可怜的收入感到不快呢。

　　夏洛特本人,作为精明的家庭主妇对此没有什么可反对的,这件事也早就提出过。现在上尉要制定出一项计划,在林农中间分割土地,而爱德华却想能有一个更简捷、更干脆的办法。现下那个佃户,曾提出过这样的建议,可以出让给他,分期付款;这样,他们也可以分期地把这项计划逐步完成。

　　这是一项合情合理、从容不迫的计划,自然得到了赞同。在这四个人的想象之中,似乎他们已经看到自己在这条新路上漫步呢,在它的近旁还可以指望看到一些舒适的休息地点和观赏风光的场所哩。

　　为了对这一切从细节上加以考虑,晚间他们在家立刻摊开了新绘制的地图。人们在观察他们走过的那条路,看它在哪些地段上还能加以改进。过去所制定的全盘计划被再次加以讨论,并把它同最新的想法结合起来。府邸对面的新房的建筑位置再次得到了赞同,环行路便修到那里终止。

　　奥狄莉对这一切都保持沉默,最后爱德华把一直摊在夏洛特面前的规划图转放到她的面前,同时请她发表意见;她注视有顷,他便亲切鼓励她,不要不说话,这一切还不是定局,这一切都还不算数呢。

　　我想,奥狄莉一边说,一边用手指向高地上那块最高的平地,把房子建到这儿。虽然从这里看不到府邸,因为它被一小片树林遮住,但是,若是所有的村庄和房屋都匿而不见,那人们在这儿会觉得自己是置身于另一个崭新的世界之中。池塘、磨坊、群峰、山峦、田野,这景色会格外美呢。我在今天路过时就注意到了。

她说得对! 爱德华喊道,怎么我们没有想到! 奥狄莉,不是吗,您的意思是这样吧? 他拿起了一支铅笔,在高山上画了长方形,划得又重又粗。

上尉看到一张精制的、洁净的地图被弄成这模样,不以为然,感到不悦;但他在轻轻地责备后就控制住了自己,开始考虑奥狄莉的意见。他说:奥狄莉说得对,为了喝一杯咖啡,品尝一顿鱼,人们不是愿意外出走一走吗? 这些东西平素在家里是引不起我们的食欲的。我们要求换一换口味,来点新奇的东西。老一辈人把府邸建造在这里是明智的,因为这儿避风,购买日常用品方便;在奥狄莉说的地方建造一所房屋,比起作为居住之用,更适合于社交聚会。在一年中的美好季节里,它使人能享受到多么惬意的时刻!

他们对这件事谈得越多,就觉得这事越发合适,爱德华无法隐藏他喜悦的心情,因为这个思想是奥狄莉说出来的。他是如此洋洋得意,仿佛是他自己想出来的。

326

第八章

　　上尉翌日一大早就去那个地点调查，先是设计出一份草图，四个人在现场做出决定。之后，他又画出一份详细的图样，并附有估价和所需一切材料的清单。必要的准备工作还是不少的。那项出售旧庄园的事情也开始进行。两个男人在一起有了新的工作。

327

　　上尉提醒爱德华注意，用举行新建筑奠基的仪式来庆祝夏洛特的生日，那该是令人高兴的，甚至也是应当的。无需多费口舌去使爱德华改掉反对这类庆祝活动的老习惯。因为他很快就想到了随后就是奥狄莉的生日，这同样是要好好庆祝一番的。

　　夏洛特觉得这项新的工程以及随之而来的种种事情，是巨大的、重要的，甚至几乎可以说是令人忧虑的。因此，她忙于对估价、时间和金钱的分配再次进行核查。白天，他们见面的时间少了，这样他们也就更渴望晚间聚在一起。

　　奥狄莉在此期间完全成了料理家务的女主人，她的举止文静、稳重，情况也必然会是如此。她的整个心思也更多地用在家庭和家务上，而不是想到外面的世界、户外的生活。爱德华不久就觉察到了，她随同出来到附近地区漫步，只是为了使大家高兴；她晚间较长时间逗留在室外，只是出于社交上的义务，即使如此，她有时也还是借口家务而返回室内。因此于是爱德华很快就做出安排，使每次共同漫步赶在日落之前返回家中，并开始他久已中断了的诗歌朗诵，特别是朗诵那些在朗诵时能表达出一种纯洁的、但却是激烈的爱情的诗歌。

　　他们晚间通常围着一张小桌，坐在固定的位置上：夏洛特坐在沙发上，奥狄莉坐在她对面的一张扶手椅上，两个男人分坐在两旁。奥狄莉坐在爱德华的右边，每当他朗诵时，就把灯推向这边。奥狄莉往前靠近一些，以便能看到爱德华朗诵的书，因为她更多地相信自己的眼睛，而不是别人的嘴唇。爱德华同样向前凑过去，以便使她看得舒服。他甚至经常停顿，比必要的停顿时间长得多，直到奥狄莉把这

328

页也看完，他才把这页书翻过去。

夏洛特和上尉把这一切看在眼里，时而相视一笑。但令两个人吃惊的是另一种迹象：奥狄莉有时也公开地表露出她对爱德华的暗中爱慕。

一天晚上，由于一次令人生厌的来访，四个人聚会的时间损失大半。爱德华提出建议，在一起再多待一会儿。他兴致勃勃地要吹笛子，这在他们聚会的日程上消失好长时间了。夏洛特寻找那份他俩通常一起演奏的奏鸣曲乐谱，她没有找到。经过些许犹豫，奥狄莉承认说，她把乐谱拿到她房间去了。

您能，您想为我的笛子伴奏？爱德华喊了起来，两眼由于喜悦而闪闪发亮。我想能的。奥狄莉说。她把乐谱取来，坐在钢琴旁。两个听众聚精会神倾听，他们惊奇的是，奥狄莉私下竟然如此完美地学会了这首乐曲，尤其令人诧异的是，她善于配合爱德华的演奏方式。"善于配合"并不是正确的表达。当夏洛特伴奏时，由于她机敏和灵活的能力，这里停一停，那里赶一赶，以便配合上她那时而吹奏得迟缓，时而匆忙的丈夫。奥狄莉听到过几次他们夫妇演奏这首奏鸣曲，她练习这首乐曲，好像仅只是为了给爱德华伴奏。这样，他的缺点也就变成她的缺点了。由此便重新产生出了一种在整体上是生动活泼的演奏方式，它虽然不合乎节奏，但听起来却令人极为舒服和愉快。就是作曲家本人，若是看到他的作品被以这样一种方式篡改，那他也只是会感到高兴。

上尉和夏洛特对这件奇妙的、意想不到的场景保持沉默，他俩有着这样一种感觉，就像是观察到一些经常是孩子气的行动，虽对这些事的值得忧虑的后果不以为然，但却不能加以责备，甚至，或许令人妒羡呢。这是因为他们两个人之间的爱慕之情也同样日益强烈，和那两个人一样；也许，由于两个人更严肃认真，更稳重从事，更有自制

329

力,也就变得更为危险。

　　上尉业已感觉到,一种无力抗拒的习惯要把他束缚在夏洛特的身边。他克制住自己,避开夏洛特经常去现场的那些时间。这样,他很早就起床,把所有事情都安排停当,然后就返回府邸他住的那一厢进行工作。开头几天,夏洛特认为事出偶然,她到凡是他可能在的地方去找他,后来她就理解他了,并也因此对他更加敬重。

　　上尉避免和夏洛特单独在一起,更努力地催促和加速这项工程,好为夏洛特即将到来的生日举办盛大的庆祝。他一方面从下往上,在村庄后面修建一条平坦的路,另一方面说为了采石也让人从上往下赶修,并把这项工作妥加安排,计算好,这条路的上下两段在最后一晚会合。在上面建造那所新房屋,地下室部分业已破土,虽说还没有挖掘,但一块漂亮的上面带有空格和顶盖的奠基石亦已凿好。

　　外部的工作,内心中那些琐细的、亲切的、充满神秘的意愿,或多或少受到压抑的情感,这一切,每当他们在一起时,就使得谈话变得不那么活跃。对此感到不快的爱德华,有一天晚上要上尉演奏小提琴,夏洛特伴奏。上尉不能拒绝大家的要求,这样,他们两人带着感情,愉快而流利地演奏了一首极难的乐曲,这使他俩,也使在旁聆听的另一对感到极大的喜悦。他们约定要更经常地进行这样的练习,更多地进行这样的演奏。

　　他们演奏得比我们好,奥狄莉!爱德华说,我们羡慕他们,但是我们大家都很高兴呢。

第九章

生日的这天到了,一切都已完成:那条沿着村路用来防水的堤墙加高了,经过教堂的那条路,它连着夏洛特所铺设的山径,不久就向上延伸到崖石,经过庐舍的左边,向左转了一个直角,把庐舍甩在下边,缓缓地直抵高地。

这一天来的人非常多。人们来到教堂,全教区的人都穿着节日的盛装聚在那里。做过祈祷之后,孩子们、青年人和成年男人依次走出教堂,随后是主人和他们的来客及随从,少女、年轻的女人和妇女走在最后。

在路的拐弯处修建了一处加高了的石头场地,上尉让夏洛特和客人们在此稍事休息。整条道路展现在他们的面前,向山上行进的男人队伍,迤逦尾随其后的妇女,从他们身边一一走过。风和日丽,这场面十分壮观。夏洛特感到惊喜,极为感动,她热烈地紧紧握住上尉的手。

他们随着缓缓前行的人群,现在人群围着未来的房屋形成了一个圆圈。房屋的主人,他的亲属和高贵的来宾,被邀请到下面去。在那儿,准备安放的奠基石立在一边,一个穿着整洁的泥瓦工,一手拿着灰镘,一手拿着锤子,用韵文发表了一篇优美的演说,这里我们用散文复述便减色得多了。

331

他开始说:建造房屋有三件事要加以注意:选择好正确的地点,打好地基,建造得完美。第一件,那是房主本人的事情,正如在城里由公爵和教区来确定房屋该建造在什么地方一样,在乡下,这种特权是属于地产主人的,他说:我的住宅应该建造在这里而不是别处。

爱德华和奥狄莉在听讲话时,相互之间没敢彼此相望,尽管他们面对面站得很近。

第三件,完成这个建筑是许多工人要操心的了,不参加这项工作的人为数不多啊。但是第二件,这是泥瓦工的事,我们敢说,这是整个工程的首要大事。这是一项严肃的工作,而我们的邀请也是严肃的;因为庆祝仪式要在下面举行。在这个狭小的坑里,承蒙诸位光临,作为我们这项神秘工作的见证人,我们深感荣幸。我们这就要把这块凿好的石头放上去,随后不久,这道用漂亮和高贵的人物装饰起来的地墙将被堵上,不能再通行了。

这块基石的角是这座房屋的真正的角,用它的直角标识出房屋的规矩,用它的水平和垂直位置标识墙壁的垂直和水平。我们可以顺利地把它放倒,它由于本身的重量会平稳地躺在那里。但这里也要有石灰,要有黏合物:在人世间,彼此性情相投的人,若再经法律的固定,那在一起就会更密切;形状相契合的石头之间也是如此,通过黏合的力量,它们联结得更紧。在劳动者之中无所事事,非适宜之举,因此你们不会不愿意在这儿与我们一道工作吧。

随后他把灰镘递给夏洛特,她把石灰抹在石头下面。其他人做了同样的工作,不久石头就沉了下去。之后夏洛特和其他人都用递过来的锤子在石头上敲了三下,为基石和地基的联结郑重地表示祝福。

泥瓦匠的工作,演讲者继续说道,虽然现在是在露天进行的,并不总是不被人看到的,但却是越来越被人看不到。按照规矩完成了的房基要被填实,甚至我们泥瓦工在白天所做的工作,到最后人们也几乎想不起我们。石匠和凿石工的劳动,那是人们一眼就能看到的,看到的很多;当刷墙工把我们双手所留下的痕迹完全抹掉,并把我们双手所留下的工作据为他们所有,在上面涂上一层灰浆,抹平,上色时,我们甚至还不得不表示满意呢。

这样,有谁比泥瓦匠更关心把自己工作做得正确无误,好使自己满意呢?有谁比他理由更充分地具有这样多的自我意识呢?当房屋建成,地面弄平,铺上石板,外面修饰完毕时,泥瓦匠透过所有外壳还

332

一直能看到内里,还能认得出那些井然有序地精心操作留下的接缝。整个建筑的存在和得到支撑,都有赖于它们呢。

一个人做了一件坏事,他必然害怕,不管他如何防范,事情总会暴露在光天化日之下;与此相同,那些暗中做了好事的人,必然也会有一天,他做的这些善举在违反本人的意愿下,会被众人所知。因此我们把这块基石同时也当作是纪念石。在这上面凿得深浅不同的空格里,应当放进各式各样的物品,为遥远的后世留下凭据。这些焊接起来的金属小盒装有文字资料,在这些金属板上刻着各式各样引人注意的东西,在这些漂亮的瓶子里装有陈年好酒,标上了它的酿造年代,还有各式各样的钱币,这都是今年铸造的。这一切都得自我们慷慨的房主。若是哪位来宾和在场的人愿意拿出些什么东西留给后世的话,那这里面还有空地方。

少顷,这位工匠环视四周,但正如在这种情况下经常会发生的那样,没有人有所准备,每个人都感到意外。终于有一个性格开朗的青年军官说话了,他说:若是我该把这个宝匣中还没有的某件东西放进去的话,那我就把我的军服上的两个纽扣割下,它们也许值得保留到后世。他说罢这样便做了。其他人也都做了类似的事情。女人们也不迟疑地把她们的小木梳放了进去,把小香水瓶和其他小装饰品也不加怜惜地拿了出来。只有奥狄莉在发呆,她心神专注地注视人们把东西拿出来,放到空格里去。直到爱德华向她说了一句亲切的话,才把她从这种神态中唤醒。她从颈上解下原是悬挂她父亲肖像的金项链,轻轻地放到其他一些小件宝物上面。爱德华随之稍显匆忙地提示,把严密合缝的顶盖打开,把东西装到里面。

那个年轻的工匠显得最忙,他又做出演说家的表情,继续说道:我们立下这块基石是永久的,是为了确保这所房屋的现在和未来的主人长远享有。我们把它像一件珍宝埋在这儿,与此同时我们会想

333

到人世间的事物，即使是最最牢固的，也会消亡；我们想到这样一种可能，这个封得牢牢的盖板会被重新打开，这种情形不外是说，现在我们尚未完成的一切都遭到毁坏。

334 　　但是，我们要把我们的思想从未来引回到现在！我们要把这座房屋建成。让我们在今天的奠基仪式之后，立即加快我们的工作，使每一个工人在我们的地基上继续工作，而不是无所事事。这建筑会迅速耸立起来，会很快竣工，从现在尚未安装的窗户里，房主人、他的亲属和他的客人能惬意地眺望这一带的风光，谨祝在场的诸位身体健康，干杯！

　　他把高脚杯中满满的酒一饮而尽，并把它掷向空中；摔毁人们欢乐时用的容器，这表明了一种极度的欢愉之情。但这次却发生了点意外：杯子没有落到地上，可这并不是出于奇迹。

　　这是缘于工程的进展，人们业已把对面角上的地基完全打好，开始砌墙；为工程的最终完成，搭好了脚手架，架子很高，比所需要的要高出许多。

　　为了这次庆祝仪式，人们特地在架子上铺了木板，一部分观众攀登到上面，工人们自然是捷足先登。酒杯飞了上去，被一个人接住，这个人把这看作是一个吉利的兆头。他把杯子向周围的人炫耀，但却不放手。人们看到杯子上刻有两个缠绕在一起的优雅好看的字母：E 和 O①。这是在爱德华青年时代为他烧制的酒杯之一。

　　脚手架上又空了，客人中一些最敏捷的人攀了上去，以便向四下眺望，他们对周围的景致赞不绝口。站在高处，只要是高出一层楼，有什么看不到呢？向前望去，许多新村庄呈现在眼前，河流的银带历

---

① 爱德华的第一个字母是 E，他的另一个名字奥托 Otto 的第一个字母是 O，而奥狄莉 Ottilie 的第一个字母也是 O。

历在目,甚至城市里的塔楼,其中一个亦隐约可见。背后,在草木葱
茏的丘陵之后,远山中的几座青色山峰巍然突起,附近的景色尽收眼
底。一个人喊道:只差把三个池塘连成一个湖了,那样景致就尽善
尽美了。

　　这是能做到的,上尉说,从前的时候,它们曾形成一个山湖。

　　只是我请求保留我的那些梧桐树和白杨树,爱德华说,它们长在
中间那个池塘旁是那么美丽、漂亮。您看,——他转向奥狄莉,引她
向前走了几步,指向山下,这些树是我亲手栽的呢。

　　它们大概有多少年了?奥狄莉问。差不多和您的年纪一样大,
爱德华说,是的,亲爱的孩子,我栽它们的时候,您还躺在摇篮里呢。

　　集会的人都重新返回府邸。在宴席结束之后,人们被邀请穿越
村庄,来一次散步,以便在这里也能看到新的设施。村民们遵照上尉
的提议,都聚集在自己家门之前。他们不是排列成行,而是按一家一
户地自然划分开来,有的人家做着晚间的工作,有的人家在新的木凳
上休息。一切都弄得整齐清洁,井井有条,这已成为他们感到愉快的
义务了,至少在每个星期天和节假日是这样。

　　四个人组成的相互怀有爱慕之情的小型聚会,经常被一种大型
的社交活动所中断,这是令人不悦的。当他们四个人又单独聚集在
大厅时,每个人都感到愉快。可是有一封信送到爱德华手上,通知明
天有新的客人到来,这使一种家庭般的感情受到了几分打搅。

　　正如我们所猜测的,爱德华向夏洛特喊道,伯爵是不会不来的,
他明天到。

　　这就是说,男爵夫人也不远了。夏洛特说。

　　肯定是不远了!爱德华回答,她明天也从她那里抵达。他们请
求住一夜,后天再动身继续旅行。

　　这我们就得做些准备了,奥狄莉!夏洛特说。

335

336

您有些什么吩咐呢？奥狄莉问。

夏洛特大体上做了些指示，奥狄莉便转身离去。

上尉问了问这两个人之间的关系，他仅是泛泛地知道一些。他俩早年热烈相爱，可他们都已分别结婚。一种双重的婚姻不会不使名望受到损害。他们想到离婚，这在男爵夫人是可能的，可伯爵却做不到。他们只得表面上分手，但仍保持着他们的关系。冬天他们不能在都城里相聚，夏季便外出旅行和到浴场来加以弥补。俩人的年纪比爱德华和夏洛特稍大，并且早年都是宫廷时期的朋友。他们一直保持着友好的关系，尽管他对他朋友的所作所为并不尽以为然。可是这次夏洛特对他们的到来却感到几分不宜，是什么原因呢？她仔细地想了想，这是因为奥狄莉的缘故。这个善良、纯洁的孩子是不该如此早就知道这一类事情的。

他们该晚来一两天才好，爱德华喊，这时奥狄莉又走了进来，等我们把出售旧庄园的事情办妥。契约已经写好，我这里有一份副本，但是我们还缺少第二份副本，我们的老文书现在病了。上尉表示自己来做，夏洛特也这样表示，但遭到了反对。交给我好了！奥狄莉急不可待地喊道。

您没法抄得完的。夏洛特说。

可后天早上我必须拿到手，东西不少，爱德华说。能完成。奥狄莉说，她把文件拿到手中。

337翌日清晨，他们从楼的高层上远望，看客人是否到来，以免耽误迎接。这时爱德华说：那边公路上有人骑马朝这儿来了，骑得那么慢，是谁？上尉更清楚地描述了骑者的形态。一定是他，爱德华说，你看这个人的细部比我看得清楚，与我看到这个人的整体轮廓完全相符。这是米德勒，可他怎么骑得这么慢？

这个人越来越近，确实是米德勒。他慢慢登上台阶，受到了亲切的欢迎。您为什么昨天不来? 爱德华朝他喊道。

　　我不喜欢热闹的节日,他回答说,可我今天来,是为了同你们一道安安静静地补庆我的朋友的生日。

　　您怎么能如此有闲? 爱德华诙谐地问。

　　如果我的拜访对你们是有价值的,那得归于我昨天所做的一番观察。我为一家人进行了调停,恢复了和平,在他们那儿我极为快乐地消磨了大半天,随后听到了这儿庆祝诞辰的活动。我暗自思忖:你只与那些你为他们缔造了和平的人在一起感到快乐,这终归该称之为是一种自私的行为。为什么你就不应与那些维护和爱惜和平的朋友们在一起快乐快乐呢? 说到做到! 我来到了这儿,按照我的想法来做。

　　昨天您在这儿看到的是一个大规模的聚会,可今天却只是一个小型的了。夏洛特说,您会看到伯爵和男爵夫人,他俩也曾给您带来过麻烦呢。

　　四个人已经围在这位奇怪而受欢迎的人身边,可他却用不耐烦的动作使自己从他们中间脱身出来,随即去寻他的帽子和马鞭,他说:每当我想休息休息、舒服舒服时,就总是有一个不吉利的星宿在我头上飘荡! 我为什么要违背我的性情呢! 我原本就不该来,现在我被赶走了。因为我不愿与那两个人待在同一个房顶之下。你们要小心,他俩除了灾难什么也带不来! 你们的本性就像发酵了的酵母,细菌会马上繁殖起来的。

　　他们试图安慰他,但没有用处。谁破坏了婚姻生活,他叫喊起来,谁用言词,甚至用行动埋葬了所有的道德社会的这个基础,那他就是在同我作对;或者,当我奈何不得他时,我就绝不跟他任何交道。婚姻是所有文明的肇始和顶峰。它使粗鲁变得温顺,最有教养的人没有比婚姻更好的机会,来表示他的温顺了。它是不可解除的,

338

因为它带来那么多的幸福，使一切个别的不幸都变得微不足道。人们谈论的不幸是什么呢？它是一种不时侵袭人的不耐和焦躁，可却偏说这是不幸。当这短暂的时刻一成为过去，那人们就会为这样一种长久的婚姻关系还依然存在而快乐地额手称庆。夫妇离异是绝没有充足的理由可言的。人的状况被置于如此极度的痛苦和高度的快乐之中，这使夫妇之间谁亏欠谁根本就不值一提。一笔无尽的债务，也只有通过永恒才能偿还。它有时也会是不愉快的，这我相信，可这也同样是正常的。难道我们不也是带着良知结婚的吗？我们经常喜欢摆脱这种良知，因为它比起我们成为一个丈夫或者一个妻子来更为令人不舒服呢。

他热烈地讲着，若不是驿车的号角声报告伯爵和男爵夫人的抵达，他还会长时间地讲下去呢。两位客人正如预料的那样，从两个方向同时进入府邸。当家中的人迎向他们时，米德勒避而不见，吩咐人把马带到客店那儿，他心绪恶劣地骑马而去。

第十章

　　客人们受到了欢迎，被引入室内。他们很高兴重新跨入这座住　　339
宅，踏入这些房间。过去他们曾在这里消磨过某些美好的日子，他们
有好长时间没有来过这里了。他们的到来使朋友们极为高兴。伯爵
和男爵夫人身材修长、俊美，他们的中年几乎比他们的青年时代更受
看，虽说他们的韶华时光已过，但是他们却以爱和关怀激起了一种令
人绝对信任的情感。这一对人现在的心情也十分高兴。他们的言谈
举止、待人接物落落大方，他们的欢快情绪，显得豁达的性情，立即博
得了人们的好感；他们文质彬彬，举措适度，而同时又不使人觉察到
有任何勉强之处。

　　这种影响随即就在这一次团体聚会中显现出来了。两位新到的
人，直接来自繁华的世界，这从他们的服饰、用品和他们周围的一切
事物上一眼就能够看得出来。他俩与我们这四位朋友以及他们乡村
式的、暗中爱慕的情况形成一种矛盾，可这矛盾很快就消失了，往昔
的怀念和现时的关怀交融在一起，一种热烈的交谈很快把所有的人
联结起来。

　　这种交谈的时间并不长，随后这几个人分成了两部分。女人们
返回到她们居住的那一厢，她们谈论某些她们私下里谈的事情，并开
始展示晨衣、帽子及类似用品的最新式样和剪裁方法，有着足够的话
题。这同时男人们谈论新式的旅行马车，察看马匹，并且立即就开始
了交易和交换。

　　直到晚饭时他们才又聚到了一起。大家都换了服装，就是在这　　340
点上，这对新来的人也显示出了他们的优越之处。他们的衣着新奇，
似乎从没有看到过，然而由于经常穿戴而习以为常并且舒适自然。

　　交谈是热烈的，话题经常变换，对在场的人来说，似乎没有什么
他们不感兴趣。他们使用法语，以免环立伺候的仆人听懂。兴之所
至，也谈到上层和中层社会的种种情况。惟有一个话题，谈论的时间

较其他要长得多,那就是夏洛特询及她青年时代的一位女友的情况。她感到几分诧异地听说,她的这位女友早就离婚了。

夏洛特说道:人们本来相信她那不在场的朋友必然是一帆风顺,必然是一切如意;可转瞬之间,却又听到,她的命运动荡不定,又得重新踏入或许还是不可靠的生活道路,这是令人不安的。

我的好人,伯爵回答说,若是我们为此感到吃惊的话,那原本是我们自己的过错。我们对尘世间的事,特别是对婚姻,都愿意它们持久不变。在后一点上,那些我们一再重复看到的喜剧诱使我们产生了与世界的进程不相一致的错误念头。在喜剧里,我们看到一种婚姻成了最终的目的,它经过多幕的障碍,在最后一幕这被延误了的夙愿才得以实现。这时幕落了,而我们也得到了瞬间的满足。但在世界上却是另一种样子。幕落之后还一直在演下去,若是幕再次升起,人们就不高兴看下去,不高兴听下去了。

事情绝对不会这样糟糕的,夏洛特莞尔一笑,因为人们看到,就是那些从这个舞台上下来的人也还是高兴再扮演一个角色的。

341　　对此是没有什么可反对的,伯爵说,人们愿意再扮演一个新的角色,可若是人们认识这个世界的话,那就会看到:在世界上运动着的如此多的事物之中,婚姻的这种绝对的、永恒的持久性显得有些僵化呢。我的一个朋友,他的思路敏捷,经常提出一些应当成为新的法律的建议。他坚持说:每次婚姻只应以五年为限。他说,五是一个美好的、神圣的奇数,而这个时期正好够相互认识、生儿育女、彼此离异之用,并且最最美好的是彼此再次谅解。他经常喊道:这第一段时间该是多么幸福呀! 至少有两年、三年的愉快生活。随后,有一方希望看到这种婚姻关系时间更长久地继续下去,随着越来越接近婚姻废除的期限,爱恋之情就会一再增长。那冷淡的、甚至是不满意的一方,会由于这样一种态度而和解、受到感动。这样,就如同人们在快乐的集会中忘却时间一样，他们也忘记了岁月的流逝。而当他们发觉期限已经过去时，他们却极为愉快地感到吃惊，这个期限已经不知不觉地延长了。

这话听起来是如此有趣、如此优雅，并且，也正如夏洛特所感觉到的，人们能自然而然地给这段笑谈以一种深刻的道德解释，可这一类的议论使她感到不快，特别是因为奥狄莉的缘故。她知道得很清楚，再没有比这样一种过分自由的谈话更危险的了，因为它把一种该受到惩罚或半受惩罚的事情说成是一种平常的、普通的，甚至是该得到称赞的。在这种谈话里，肯定有那些伤害夫妇关系的话。夏洛特试图以她灵活的方式转移话题，可她没有做到。令她感到遗憾的是，奥狄莉把一切都安排得周到齐全，无须她亲自起身照料。这个文静细心的孩子通过眼色和示意，就和管家相互会意，知道一切都极为顺利，尽管是一两个新来的、笨拙的仆人穿着号服在那里伺候。

342

伯爵没有觉察到夏洛特有意转移话题，于是仍然就这个题目继续发表自己的意见。平素他并不习惯在谈话中光火，可在这件事情上他却满腹怒气，与他的妻子分离是那么困难，这样，凡是与婚姻有关的，他都激烈地加以反对，然而这种结合却正是他自己同男爵夫人所渴望的。

那个朋友，他继续说道，他还有另一个法律上的建议：如果夫妻双方，或至少一方是第三次结婚，那这次婚姻就成为不可解除的了。因为有关的一方，无可辩驳地认为婚姻是不可缺少的。这同时也表明，他们双方在过去的婚姻结合上采取的是什么样的态度，他们是否有着某些品性，引起的离婚次数较比恶劣的品德引起的还多。这样人们就应相互了解；人们对待结婚和不结婚都应郑重其事，因为人们不知道，事情会发展到什么地步呢。

若是这样，一定会增加社会对此的关注了，爱德华说，因为现在，事实上，当我们结婚时并没有人更多地询及我们的品德和我们的缺点呢。

　　在这样一种安排上，男爵夫人微笑着插入说，我们亲爱的主人可说是已经幸福地升到第二阶段，并且为进入第三阶段做准备呢。

　　你们是幸运的，伯爵说，死神热心地做了教会监理会①向来不高兴做的事。

　　我们让死者安静吧。夏洛特带着半认真的表情说。

　　为什么？伯爵说道，谈起他们就会怀念他们。他们享得数年伉俪之福，留下了一笔庞大的财富，死者知足，生者满意。

　　男爵夫人忍不住长叹一声，说道，若是在这样的事情上，不以美好的年华为代价就好了。

　　说得对，伯爵说，若不是世上还至少展示出一种人所希望的结果，那人们该会怎样的绝望呢。孩子们不遵守他们所作的诺言，年轻人也很少遵守，而当他们遵守诺言时，世界却不遵守它所作的诺言了。

　　夏洛特为话题的转移感到高兴，她愉快地说：好啊，我们不久也得习惯于零零碎碎、断断续续地享受愉快的事情呢。

　　当然了，伯爵说，你们两人享受过美好的时光。我回忆起往昔，那时您和爱德华是宫廷中最漂亮的一对；今非昔比，再没有那样辉煌的岁月了，也没有那样出类拔萃的人物了。那时，每当你们两人跳舞时，所有的目光都转向你们，都追逐着你们，可你们两人却旁若无人，心中只有对方！

　　现在时过境迁，夏洛特说，我们只能怀着一种淡然的心情来听这些美好的言辞了。

----

　　① 教会监理会，在新教国家中最高的教会监理机构，司离婚事宜。

　　我经常在心里责备爱德华，伯爵说，他不是那么坚持，因为到最后他对他那奇怪的双亲屈服了；提前赢得十年的时间，这可不是一件小事呢。

　　我必须为爱德华说几句，男爵夫人插嘴说，夏洛特也不是完全没有过错的，从各方面来看不是完全无可指责的。尽管她心里爱着爱德华，也暗中把他看作是自己的丈夫，可她也经常折磨他，这使他在逼迫之下很容易做出不幸的决定，外出、远走、摆脱开她。这我是可以作证的。

　　爱德华向男爵夫人颔首，对她的辩解表示感激。

　　可现在我必须补充一点，她继续说，我要为夏洛特辩护：那时追求她的那个男人，早就向她表示了爱慕之情，而如果对那个人有进一步了解的话，肯定会认为他是一个可爱的人，比你们乐于向他人承认的要可爱得多。

344

　　亲爱的朋友，伯爵对男爵夫人兴高采烈地说，我们承认，他对您也不是完全无动于衷的，夏洛特对您比对其他人更担心呢。我觉得这是妇女身上的一个非常可爱的特点：她们对某一个男人的依恋，绝不会因某种分离受到妨碍而化为乌有，仍然会长时间持续下去。

　　这种良好的本性也许男人们更多，男爵夫人说，至少是在您身上，亲爱的伯爵，我注意到了，一个您过去爱慕过的女人，她有着一种主宰您的力量，这力量超过任何其他人。因此我看到了，您为这样一个女人进行辩护，为了取得某些效果花费了那么多的精力，这也许比您目前的任何一个女友向您要求的多得多呢。

　　对这样一种指责我只好听之任之了，伯爵说，可是对于夏洛特前一个丈夫，我却不能忍受，因为他给我拆散了一对佳偶，一对天造地设的情侣。他们一经结合，就既不惧五年之期，也不再需要第二次或第三次结婚。

我们试着要把我们失去的再找回来。夏洛特说。

那您必须赶快去做,伯爵说,您的第一次婚姻,他稍显亢奋地继续说下去,确实是一种令人憎恶的婚姻,并且,可惜的是,请原谅我用一个更生动的词来表达,是一种愚蠢的婚姻。这种婚姻毁灭了最温柔的关系,而仅仅只是为了粗俗的安全感,这至少是为一方带来了某些好处。大家都知道这是怎么回事,可人们觉得一结婚便了事,这样一方就和另一方一样,都可以走自己的路了。

345　　这时,一直想打断这种谈话的夏洛特果断地转移了话题,她成功了。交谈变得空泛,夫妻俩和上尉都能插上嘴,甚至奥狄莉也找到机会发表了意见。他们在极欢快的气氛中品尝了正餐后的水果。装饰华丽的果篮里盛满了水果,五颜六色;分别插在精美花瓶中的花束,激起了人们极大的兴趣。

他们也谈论到了花园里的新设施,在饭后随即进行了参观。奥狄莉借口家务而抽身返回,但她实际上是为了坐下来誊写文件。伯爵由上尉陪同,稍后夏洛特也加了进来。当他们到达高地时,上尉殷勤地跑下来取地图,这时伯爵对夏洛特说:我很喜欢这个人。他受到很好的系统的教育,做事认真,首尾一致。他在这儿的作为,若是在一个更大的范围里会起更大的作用。

夏洛特听到对上尉的称赞,心中感到愉快。但她仍镇静如常,平静和清晰地证实伯爵所说的话是正确的。可当伯爵继续说下去时,她就惶恐不安了。伯爵说:和他结识正是时候。我知道一个职位,这个人完全合适,我可以把他荐举给一个地位高的朋友,使他感到高兴,而我的朋友也会因此感激我。

这段话像是落在夏洛特头上的一声霹雳。伯爵没有发觉,那是因为女人在任何时刻都习惯于控制自己,在极端惊骇的情况下也总是保持表面上的镇静。可她再也听不清伯爵继续说的话了:某件事情，一当我心里有底，那我就马上着手去办。荐举信我已打好了腹稿，我要尽快把它写好。您给我准备一个骑马送信的人，今天晚上我就让他把信送走。

346

夏洛特内心感到撕裂般的痛苦。这样一个建议和她自己这样的感情，使她惊恐得说不出一句话来。伯爵兴致勃勃地继续谈个不停，谈到他为上尉安排的计划。这计划所带来的好处，那是一目了然的。这时，上尉返回高地，他在伯爵面前摊开了地图。夏洛特现在像是用异样的眼光注视着她即将失去的朋友！她朝两人躬身示意，随即离去，疾步下山，直至庐舍。还在半路上，泪水业已夺眶而出；她倒卧在这狭小的隐居之地的空间里，完全被一种痛苦、一种激情、一种绝望所主宰。在片刻之前，她还丝毫未预料到自己会是这样呢。

在另一边，爱德华和男爵夫人走近池塘。这个聪明颖悟的女人，在试探性的交谈中不久就觉察到，爱德华对奥狄莉的赞美过分了。于是她以一种自然而然的方式逐渐使他透露心曲，到最后她毫不怀疑，一种激情不仅是上路了，而且确确实实是到了目的地。

结了婚的女人，即使相互间并不相爱，也能默默无言地站在一起，特别是在反对年轻少女时会联合起来。她那熟谙世故的才能，使她很快就清楚了，这样的爱慕会带来什么后果。再说，她今天早上已同夏洛特谈到了奥狄莉，对这个孩子居留在乡间，特别是对她那安静的性格不以为然，并建议把奥狄莉送到她城里的一个女友家里。她的这位女友对自己惟一的女儿的教育十分尽心，并想寻找一个性格温顺的女伴，把她视为自己的第二个孩子，让她享受她女儿享受的一切。夏洛特答应考虑此事。

洞悉了爱德华的心愿，男爵夫人坚定了把这项建议付诸实现的决心，为了使事情进展得更快，她就愈加迎合爱德华的愿望。这个女人的自我控制能力比任何人都强，在极端特殊的场合下，这种自我控

347

制能力使我们惯于去矫饰地对待一件普通的事情,使我们倾向于,在我们有如此多的力量主宰自己的同时,也把这种统治的欲望施加到别人身上,以此通过我们表面上赢得的东西来弥补我们内心所缺少的,从而在某种程度上不受损失。

与这样一种心理经常连在一起的是一种暗中幸灾乐祸的感情,对别人的昏昏,对别人陷入不幸的懵然无知感到欣欣然。我们不仅仅为眼下的成功感到开心,同时也为他人未来的令人震惊的羞惭而乐不可支呢。男爵夫人邀请爱德华在收获葡萄的季节同夏洛特一道去她的庄园做客,而当爱德华问及他们可否带奥狄莉一道去时,她却以这样一种方式回答,使爱德华理解为有利于自己,她这样做是够险恶的了。

爱德华怀着一种狂喜,谈论起景色秀丽的环境,巨大的河流、山丘、崖石和葡萄园、古老的宫堡、水上泛舟,谈论起采摘葡萄和榨葡萄时的欢乐景象以及其他等。心地的纯洁无瑕业已使他预先就对那儿的印象感到了由衷的喜悦,而那儿的景色也定会在奥狄莉清新的思想上印下深刻的痕迹。就在这时候,奥狄莉走了过来,男爵夫人匆忙地对爱德华说,刚才谈到的秋天旅游一事绝不要向奥狄莉提起,因为预先以为会带来喜悦的事情,到时通常是会落空的。爱德华答应了她,并催促她快些去迎奥狄莉,可最终他却朝着这可爱的孩子疾跑起来,比男爵夫人早到好多步。在他整个身上都流露出了一种由衷的喜悦。他吻了她的手,递给她一束他在半路上摘的野花。男爵夫人看到这个场面,内心几乎是一阵揪痛。她并不认为,这种爱慕之情该受到惩罚,可即使如此,她也绝不会为那个出身寒微的少女得到如此垂青和宠爱而感到高兴。

当他们聚在一起进晚餐时,气氛变得完全异样了。伯爵在饭前已写好了信并交给信差送走,他把上尉整个晚上安排在自己身旁,同他交谈,以一种聪明和谦逊的方式对他进行愈来愈多的了解。坐在伯爵右侧的男爵夫人因此没有怎么讲话;爱德华也讲得很少,他先是感到口渴,随后由于激动,酒性大发,并把奥狄莉拉到自己的身旁,非常热烈地与她交谈。在另一边,夏洛特坐在上尉的身边,她难以掩饰,甚至完全不可能掩饰自己内心的不宁。

男爵夫人有足够的时间进行观察。她注意到了夏洛特的不快,可她以为这是因为爱德华同奥狄莉的关系的缘故,于是她轻易地得出结论,认为夏洛特也对自己丈夫的态度感到忧虑和苦恼。男爵夫人在考虑如何能更好地达到自己的目的。

就是在饭后,在这个小团体中也出现了一种分裂。伯爵想对上尉进行彻底的了解,可上尉是一个文静的人,毫不矫饰,甚至可说是寡言少语;为此,伯爵不得不多次兜圈子,设法知道他所希望知道的,他俩在大厅的一侧来回踱步。这时爱德华却因酒和渴望,同奥狄莉坐在一扇窗户旁谈笑风生。在大厅的另一侧,夏洛特和男爵夫人并肩默默地来回走动。她俩的沉默和百无聊赖最终使其他人失去了兴致。女人们返回她们居住的一厢,男人们回到另一厢。这一天就这样结束了。

第十一章

349　　　爱德华陪伯爵到他住的房间,随着谈兴的变浓而想同他多待一段时间。伯爵忘情于过去,萦回在脑海里的是夏洛特的妩媚绰约,他以一个鉴赏家的身份,对此怀着火热的情感加以赞美:一双秀足是大自然的伟大的恩赐。这种优美是无法泯灭的。我今天观察了她的行走姿态,真想去吻一吻她的鞋啊,这虽说有点野蛮,但却是古代撒尔马顿人①毕恭毕敬的表示,他们为了向一个所尊敬所热爱的人表示祝福,认为没有比饮尽盛在其鞋中的酒更好的方式了。②

　　在两个知心的男人之间,他们赞美的对象并不仅仅限于夏洛特的足尖。他们从夏洛特这个人回忆起旧日的故事和冒险,谈起了当时阻挠这对恋人会面的种种障碍,以及为克服这些障碍所花费的种种努力,所使用的种种手段,而这一切仅只是为了能够面对面说上一句他们彼此相爱而已。

　　你记得吧,伯爵继续说道,有一天,我们的那些至高无上的王公们去拜访他们的叔父,大家都聚集在宽大的宫殿里,我那时是多么友好无私地帮助你去进行一次冒险?白天在繁文缛节中过去了;晚间,至少有一部分时间该用来进行亲切的、无拘无束的交谈了。

　　您早就注意到了通向宫廷女眷住地的道路。爱德华说,我们幸运地到了我爱的人儿那里。

　　可她,伯爵说,考虑更多的是宫廷礼节,而不是我当时的满意心情。她把一个面目丑陋的女伴留在身旁,在你们眉目传情之际,我觉得命运对我太残忍了。

350　　　我昨天,当你们通知要来此地时,还同我的妻子想起这段往事,

---

① 古诺曼底民族的一支。书中所描写的这种风俗源于波兰。
② 这儿指的不是伊朗的游牧人,而是波兰人的习俗,这是一种骑士精神,也是表示对女性的尊重。

特别是我们返回的情形。爱德华说,我们找不到路,于是走到卫队住地的前庭,因为从那儿我们就可以找到归路。这样,我们不加任何思索,便穿了过去,认为像经过其他岗哨一样,一过了事。可一打开门我们惊得发呆! 路上都铺满了垫子,上面躺着一行行巨人般的卫兵,在呼呼酣睡。岗哨上一个惟一醒着的卫兵惊讶地望着我们,可我们血气方刚无所畏惧,非常坦然地跨过一双双脱在地上的军靴,那些鼾声如雷的恩纳克①孩子们一个也没有醒。

　　我真愿被绊倒,伯爵说,那就会弄出声来,我们该看到一种少见的复活场面了!

　　就在这时,府邸的钟声响了十二下。

　　已经是午夜了。伯爵微笑着说,现在正是时候。亲爱的男爵,我得请您帮帮我的忙。正像那时我带领您一样,今天您带领我。我答应了男爵夫人,还要去拜访她,我们已经好久没有见面,渴望私下有个会面的时间,没有比这更自然的了。您指点我怎样走,归路我自己可以找到,不管怎样,我是不会被靴子绊倒的。

　　我很高兴为您效劳,爱德华说,可有一点,三个女人的房间都在那一边。不知她们是否还聚在一起,或许我们会引起些麻烦,使人感到奇怪呢。

　　放心好了! 伯爵说,男爵夫人在等我。她这个时候肯定是一个人单独在自己的房间里。

　　这样,事情就容易多了,爱德华说,他拿了一盏灯为伯爵照亮,从一条秘密的楼梯走了下去,进入一条很长的过道。在过道的终端,爱德华打开一扇小门。他们沿着一条旋梯而上,在上面的一个狭窄的空地上,爱德华把灯递到伯爵手上,指点给他右边的一扇暗门。这扇

351

----

① Enak,传说中的巨人族,生活于迦南南部。见《圣经·旧约》中的《摩西记》。

门一动便马上开启,伯爵被接纳入内,把爱德华留在黑暗之中。

左边的另一扇门通到夏洛特的卧室。他听到讲话声,于是谛听起来。夏洛特在问她的女仆:奥狄莉已经睡了吗? ——没有,另一个回答说,她还在下面写字呢。——那你把夜间用的灯点上,夏洛特说,你自己去睡吧,已经很晚了。蜡烛我自己会熄灭的,我就要睡了。

爱德华惊喜地听到,奥狄莉还在抄写。她在为我做事! 他得意地想。他蜷缩起身子,透过黑暗,看到她坐在那里抄写,他相信自己走到了她的身边,看见她是怎样把身体转向他。他感到一种不可抗拒的要求,要再次待在她身边。可这儿没有路通向她住的夹层。①他发觉自己径直站在妻子的门前,在他的灵魂中出现了一种奇怪的错觉,把夏洛特和奥狄莉混淆起来了;他试着把门打开,可是他发现门已上锁。他轻轻地敲门,但夏洛特没有听到。

她在隔壁大房间里激动地来回走个不停,自从伯爵提出那个意想不到的建议以来,这件事就在她脑海里一再浮现,萦回不绝。上尉仿佛就站在她的面前。他还在这所房子里,他使散步变得有风趣,可他要离开,这一切就成了一片空虚! 像人们遇到这种事情设法安慰自己一样,她也自己安慰自己,她甚至都预想到了该说的那类令人痛苦的安慰话,如人们经常说的,时间能减轻这种痛苦。她诅咒这能减轻她痛苦的死气沉沉的时间。

352　　到最后,泪水就成了她格外希求的慰藉了,这种情况在她身上还是很少发生过。她投身到沙发上,一任痛苦播弄。爱德华站在门外不动,他再次敲了敲门,第三次敲得更响些,夜的寂静使夏洛特听到了,她为之一怔。她的第一个念头是,这很可能,也一定是上尉;第二个念头,则又认为这是不可能的。她以为是一种错觉,但她确实是听

---

① 介于一楼和二楼之间的楼层。

到了,她希望,同时也害怕听到。她走进卧室,轻轻地走到上锁的暗门。她责备自己怎么如此胆小。这完全可能是男爵夫人来要点什么!她自言自语,于是镇静地问,是谁?一个放轻了的声音回答:是我。——谁?夏洛特未能辨别出声音,问道。她觉得上尉的身影站在门前。一个稍微提高了的声音回答她:爱德华!她打开门,她的丈夫站在她的面前。他用一句玩笑话向她打了个招呼。而她也用同样的口吻回答他。他用一种谜一般的语言解释他这次谜一般的来访。我为什么要来呢?最后他说,我必须向你承认。我立了一个誓愿,今天晚上还要吻吻你的鞋子。

这你可是好久没有想到了。夏洛特说。那就更糟,爱德华说,并且也就更好!

她坐在一张扶手椅上,为的是使她那薄薄的透明睡衣避开他的目光。他伏身在她的面前,她无法拒绝不让他吻她的鞋子,当他把鞋拿到手上时,他握住她的脚,含情脉脉地把它按在自己的胸脯上。

夏洛特是这样一类的女人:生性节制,在夫妻关系上,从不故意地和竭力地继续保持情人的姿态。她从不去挑逗丈夫,甚至不去迎合丈夫的欲念,但也绝不冷淡和严峻,而总是像一个可爱的新娘,就是在夫妇间容许的事体上也是羞答答的。这样一来,今天晚上她在双重的意义上发现了爱德华。她多么希望丈夫走开,因为上尉的身影像是在责备她。但是,本该让爱德华离开这里的,却更加吸引他留在这里。在她的身上显示出了一种冲动。她哭泣起来。如果说一些人由于哭泣而失去风韵,那么我们通常认为是坚强和镇定的人,却因此而显得更加妩媚。爱德华如此可亲、可爱,又是如此迫切。他请求她,让他留在这里,但他并不强求;他时而郑重其事,时而诙谐戏谑地劝说她。他想的不是他有这样的权利,到最后他有意把蜡烛吹灭了。

在朦胧的寝灯的微光里,内心的渴望、幻想的力量立即就凌驾于

353

现实之上：爱德华认为他怀中抱的是奥狄莉，在夏洛特灵魂中飘忽不定的是上尉。真够奇怪了，飘忽得使不在身边的人和在身边的人混淆不清，令人兴奋和狂喜的混淆啊。

　　然而现实却不容把它那巨大的权利剥夺掉。他们夜里一部分时间消磨在聊天和戏谑之中，遗憾的是心不在焉，可也正因此而更加无拘无束。但是翌日清晨，当爱德华在妻子胸旁醒过来时，他觉得白昼在不祥地直视着他，他觉得太阳的照耀是在昭示一种罪行；他轻轻地从她身边溜走。当夏洛特醒来时，发觉自己孤身一人，这真够奇怪的了。

第十二章

　　早餐时他们重又聚在一起，一个细心的观察者能从每个人的举止中发现他们内心的思想和感情。伯爵和男爵夫人见面时满怀喜悦，这是一对情人久别重逢相互倾诉情怀的那种喜悦，夏洛特和爱德华则全然相反，面对上尉和奥狄莉，仿佛有羞愧疚悔之意。因为爱情生来就认为，只有它的权利是至高无上的，其他的权利在它面前都应退避三舍。奥狄莉像孩子似的高兴，照她这个样子，可以称她是天真无邪。上尉显得严肃，伯爵同他的谈话，激发了他身上一段时间以来静止和沉睡的一切，使他深有所感，认识到这里根本无法施展他的才能，基本上只是在一种半闲半工作的游荡中打发日子而已。等两个客人刚一离开，就又有了新的来访者，夏洛特觉得来的正是时候，她希望借此一散心中郁结的不快。然而爱德华却觉得不适当至极，他正加倍渴望能与奥狄莉待在一起。奥狄莉同样觉得来得不是时候，那份一大早就需要的文件还没有抄完。客人们很晚才离去，他们一走掉，奥狄莉便马上返回自己的房间。

　　已是傍晚时分。爱德华、夏洛特和上尉，在客人上车之前，陪同走了一段路。他们一致同意到池塘那边散步。爱德华用高价从远处购置的一条小船已经运到了。他们要试试，船是否灵活，是否易于驾驶。

　　小船拴在池塘中部的岸边，离那几颗古老的橡树不远。已准备好将来在这地方修建一个设施，成为一个靠岸点，大树底下建立一个像样的休息场地，在湖上行驶的船只就可以划到这儿停泊。

　　那一边的靠岸点修在哪儿最好呢？爱德华问，我想安排在我种了那些梧桐树的地方。

　　那有些太靠右了，上尉说，若是再靠下面一些，就离府邸近些，不过可以再考虑考虑。

　　上尉已经站在小船的尾端，拿起了一支桨。夏洛特上了船，爱德华同样上了船，抓起了另一支桨。可正当他想把船从岸边推开时，他想起了奥狄莉，想到这次水上之游会耽误他多少时间，谁知道什么时候才能返回呢？他当机立断，重新跳上岸，把另一支桨递给上尉，匆匆地表示歉意，随即赶回家里。

到家后，他听说奥狄莉把自己锁在屋里。她在抄写，她在为他做事，这使他感到快意，可他又觉得极为沮丧，因为他不能立刻就看到她。焦急之情时时都在增强。他在大厅里来回走动，设法控制自己的注意力，可怎么也做不到这点。他希望见到她，在夏洛特和上尉返回之前，单独见到她。夜已来临，蜡烛都点燃起来了。

奥狄莉终于来到了大厅，容光焕发，神采奕奕。为朋友效力的这种感情使她的整个存在超越了自身。她把原稿和抄件放在爱德华面前的桌子上。要我们对一遍吗？她莞尔一笑问道。爱德华不知该怎样回答才是。他看看她，看看抄好的文件。头几页写得非常认真，出自一位温柔的女性之手，但随后像是改变了字体，变得潇洒自如，可当他用目光掠过最后几页时，他惊讶至极！上帝！他喊叫起来，这是怎么啦？这简直就是我写的呀！他望着奥狄莉，又向抄件望去，特别是结尾部分，这完全像是他自己写的。奥狄莉一声不响，可她望着他，目光里流露出一种极为得意的神情。爱德华举起他的胳膊：你爱我！他喊了出来，奥狄莉，你爱我！他俩相互拥抱起来。是谁先拥抱谁，这是无法分辨出来的。

356　　从这一瞬间起，对爱德华来说，世界大为改观，他不再是原来的他，世界也不再是原来的世界。他俩站在那里，面对面，他握着她的手，他俩相互凝视着彼此的目光，准备再次拥抱。

夏洛特同上尉走了进来，他们为在外面逗留时间过久表示歉意，爱德华对此暗暗发笑。你们回来得太早了！他在心中对自己说。

他们坐在一起共进晚餐，今天来访的客人成了他们的谈资。爱德华兴致勃勃，谈到每一个人时，总是宽容大度，甚至是经常表示赞扬。夏洛特并不完全同意他的意见。她注意到了他的这种情绪，于是开玩笑说，平素他一向对不投合的人总是苛刻地评头品足，而今天却是这样的温和体谅。

爱德华怀着火一般的感情和诚挚的信念喊道：人只要完全真正地去爱一个人，那其余所有的人都会显得可爱！奥狄莉垂下双眼，夏洛特注视着面前。

上尉接过这句话说：在尊敬和敬仰的感情上，那也会发生类似的情况。一旦人们有机会对某个对象怀有这样的情感时，那他就能认识到世界上的珍贵的事物。

夏洛特不久就想回她的卧室去，为的是回忆这个晚间发生在她和上尉之间的事情。

当爱德华跳船上岸，把小舟推离陆地，听凭水这个动荡的元素去支配妻子和朋友之后，夏洛特就望着暮色苍茫中坐在自己面前的男人，为了他，她的心受了多少折磨啊。小船随着划动的双桨向前荡去。她感到一种深切的、罕有的悲哀。小舟的移动，船桨的击水声，吹拂水面的阵阵微风，芦苇的瑟瑟作响，迟归的飞鸟，天空中最初出现的群星的闪烁及其在水中的倒影，这一切在这万籁俱寂的夜晚都带有某种神秘的色彩。她觉得，这位朋友把她带到远远的地方，是为了把她甩掉，留下她孤身一人。在她内心，一种奇怪的悲恸油然而生，但她不能哭啊。

357

上尉在此期间向她描绘，根据他的看法，停泊点该怎样修建。他称赞小船的良好性能，一个人使用双桨就能轻松地划动和操纵。她自己就能学会，有时候独自一人在水面上荡舟，自己就是船夫和舵手，那该是一件赏心的快事。

在听到这番话的时候，即将分别之情就涌上这位女友的心头。

他说这话是有意的？她暗自思忖，难道他知道了？是猜到的？还是他偶尔说出这话，在不知不觉中预先宣告了我的命运？一种巨大的感伤，一种焦躁不安攫住了她。她请求他尽快靠岸，同她一道返回府邸。

这是上尉第一次泛舟湖面，尽管他从总的方面对湖的深度做了考察，但对个别地方还是不甚了了。天色变暗。他把船划上他认为是容易靠岸的地方，那儿离通向府邸的一条小径不远。当夏洛特怀着一种恐惧重复她要尽快上岸的愿望时，上尉划得有些偏离了这条路。他重新鼓足气力使船靠岸，但可惜船在离岸不多远的地方停住了。船搁浅了。他用力想把船退回去，但毫无用处。该怎么办？没有别的办法，只有涉水，水很浅，可以把夏洛特抱上岸。他很顺利地把这个可爱的包袱抱了过去，他强壮有力，没有摇晃，或者使她感到担心。但是她还是畏惧地搂住他的脖子。他把她抱得牢牢的，紧贴住自己。直至到了一块草坡地，他才把她放下。他感到迷惘混乱，心旌飘摇。她还搂着他的脖子，他再次用胳膊抱住她，在她的嘴唇上印下了一个热烈的吻。也就在这一瞬间他跪倒在她的脚下，吻着她的手，说道：夏洛特，您能原谅我吗？

上尉勇敢的一吻，使她恢复了自制，她几乎是想用吻回报他的。她握住他的手，但却没有把他扶起来。她弓身俯向他，把一只手放在他的肩上，说道：这一瞬间在我们的生活中开辟了一个时代，这是我们不能阻挡的。但是这个时代为我们所珍视，依存于我们。您注定要离开，亲爱的朋友，您就要离开了。伯爵准备改善您的命运。这使我喜悦，也使我痛苦。我本想表示缄默，直到事情成为现实，可是这一瞬间逼使我揭开这个秘密。谈到原谅，那只有当我们有勇气改变我们的处境时，我才能原谅您，原谅我自己，因为我们感情的改变并不取决于我们。她把他扶了起来，抓住他的胳膊，支撑住自己。他们就这样默默无言地返回府邸。

　　她现在站在她自己的卧室里，在这里她必然感到自己是爱德华的妻子，她也必须这样看待自己。在这重重的矛盾之中，她那刚强的、在生活里经受过各式各样磨炼的性格帮助了她。她向来贵于自知，善于自制，现在通过严肃的审视而取得了所希望的平衡，这在她也不再是件难事；是啊，她想起了爱德华那次深夜的来临，不由得自己对自己笑了起来。可是一种罕有的预感，一阵欢愉的恐惧般的战栗迅急地攫住了她，这种战栗随即消融在虔诚的愿望和希冀之中。她动情地跪了下来，她重复着她在神坛前对爱德华说的誓言。友谊、爱慕、弃绝，化成欢快的画面在她面前一一滑过。她觉得自己内心恢复了正常，不久一种甜蜜的疲倦攫住了她，她安静地沉入梦乡。

359

第十三章

在爱德华那面,情绪却完全是另一个样子。他没有想到去睡觉,根本就没有意识到要解衣就寝。他上千遍地吻着文件的抄写稿,吻着奥狄莉用孩子般的怯生生的手写的开头部分,他几乎不敢吻结尾部分,因为他相信,他看到的是自己写的。噢,这若是另一份文件就好了! 他暗中对自己说。这对于他是一种极好的保证,他那最高的愿望得到了满足。现在它就在自己的手中啊,尽管它会由于一个第三者的签字而遭到玷污,但他还是要一直把它拥在自己的心头。

下弦月升到了枝头,温煦的月夜诱人到旷野里去;爱德华到处乱走,他成了尘世中最不安静和最幸福的一个人。他穿越花园,这花园对他太狭窄了;他奔向田野,这田野对他太辽阔了。他返回府邸,站在奥狄莉的窗下。他坐在那儿的一个台阶上。墙和门闩,他自言自语,现在把我们分开,但是我们的心是分不开的,她若是站在我的面前,就会投入我的怀抱,我也会投入她的怀抱,这是肯定无疑的,除此别无其他。他的周围是一片沉寂,无声无息,是那样的恬静,连地底下那些勤奋动物的掘土声都清晰入耳,它们在黑夜和白天一样工作。他沉浸在自己幸福的梦想之中,终于入睡了,在太阳露出美丽的笑脸和晨雾散去之前,他一直没有醒来。

现在他醒了过来,发现自己是他的田庄上第一个早起的人。他觉得工人们来得太迟了。他们来了,可他觉得他们太少了,这项白天要做的工作太可怜了,满足不了他的愿望。他问,为什么没有更多的人来,人们答应他白天去找人。可就是再来一些人,要想加速完成他的计划,他觉得还是不够。忙碌不再使他感到喜悦。这一切要完成,是为了谁呢? 应当修建道路,使奥狄莉走得舒服;在一些地方应安放椅凳,使奥狄莉能够休息。他忙于去建筑那所新的房屋,这要赶在奥狄莉生日那天完成。爱德华的思想和行动不再有节制了。去爱,去被人爱,这种意识驱使他毫无节制。所有的房间、周围的一切,他瞧着都变了样儿。他不再觉得自己是在自己的家中。奥狄莉的存在把他的一切都吞噬得干干净净。他完全沉溺入奥狄莉之中,没有任何别样的思考去提醒他,没有良知去劝阻他。他天性中被抑制的一切,现在都如飞马脱缰,他的整个存在都涌向奥狄莉。

上尉观察到了这种狂热的举动,很想预防那可悲的后果。现在单方面由爱德华超出常规地加以催促的所有设施,原本是他打算与朋友们过一种安静愉快的生活用的。旧庄园的出售通过他已经成交,按照原来商定的办法,夏洛特把第一批付款已掌管起来。但是就在头一个星期,她就感到必须格外认真对待,要有比平素更多的耐心,要比往日更多地去注重计划。因为按照这种急迫的做法,那钱款很快就要用光。

多种工作并举,有许多工作要做。上尉怎能在这种情况下,弃夏洛特于不顾呢!他们商议并取得一致意见,他们宁愿自己去加速计划中的工作,为了工程的完成筹借一笔钱,把出售旧庄园买主尚未付的那笔款的交款日期作为偿还日期。这种权利的转让几乎不受什么损失;手头宽绰了,有足够的工人同时进行劳动,就能完成许多工作,肯定很快就能达到目的。爱德华对此表示赞同,因为这与他的愿望相符。

在此期间,夏洛特在内心中恪守她思考过和决定了的一切,上尉怀着同样的思想,坚毅地从旁对她加以支持。但正因如此,他们相互间的信赖更增加了。他们就爱德华的激情彼此交换意见,相互商量。夏洛特现在更多地去接近奥狄莉,更仔细地去对她进行观察。她对自己的心灵了解得越多,对这个少女的心灵就看得越透。她看到已无可救药,除非她把奥狄莉送走。

露茜安在寄宿学校得到了特别优秀的褒奖,夏洛特觉得这是一种再好不过的安排,因为露茜安的姑妈知道了消息,一定要把孩子接

361

去,带在自己的身边,把她引进社交圈子里去。这样奥狄莉就可以重返寄宿学校,上尉得到妥善的安排,也离开此地;一切就都会回到几个月之前的状态,甚至比那时更好。她希望她同爱德华的关系很快恢复原状,她私下里把这一切设想得那样一厢情愿,使她越来越强烈地陷入一种谵妄之中:能够重新回到早先的那种狭隘的状况中去,一种被强力分离的东西会重新进入樊笼之内。

　　爱德华在此期间觉得障碍重重,处处受阻。他不久就觉察到了,人们把他和奥狄莉分离开来,使他难以单独和她交谈,甚至阻止他去接近她,除非有多人在场;他对此感到恼火,这样一来,其他一些事情也令他怏怏不乐。当他有机会和奥狄莉说上几句话时,他不只是向她保证他对她的爱,而且也抱怨他的妻子和上尉。他没有发现,由于他对工程的催促,钱已告罄。他严厉地责备夏洛特和上尉,说他们对事情的处理违反了他们的第一个协定。其实,他是同意第二个协定的,甚至这第二个协定还是他本人倡议和竭力促成的。

　　仇恨是有偏见的,而爱情的偏见则更大。奥狄莉也对夏洛特和上尉抱有几分冷淡。有一次,当爱德华向奥狄莉抱怨上尉,说他作为一个朋友在这样一种关系上做得不尽正确时,奥狄莉竟不假思索地说:他对您不是那么诚实,这早就使我感到不快了。我听到有一次他对夏洛特说:但愿爱德华不用他的笛子来折磨我们!他吹得不好,这使听的人太难受了。您能想象得出,这话使我多么痛苦,因为我是那样喜欢为您伴奏。

　　她刚一说完,她的神志业已悄悄告诉她,她应该保持沉默才对,但话已经说出来了。爱德华的脸色大变。没有什么比这更令他恼火了。在他最心爱的需求上,他受到了攻击。他自知他有一种孩子式的追求,这样说绝没有丝毫的夸大。这种追求使他感到快乐和喜悦,朋友们该以爱护的态度对待才是。他没有想到,对一个第三者来说,

362

用一种不成熟的才能去伤害他的双耳,这是一种多么可怕的事情。他觉得自己受了侮辱,十分气愤,他不能再对此表示宽恕。他觉得他摆脱了所有的义务。

同奥狄莉待在一起,看到她,和她悄悄地说点什么,这种迫切感与日俱增。他决定给她写信,请求她同他秘密通信。他把这个意思简捷地写在一张纸条上,把它放到写字台上。正当仆人进房给他烫发时,一股风把纸条吹落在地。仆人为了试试火剪的热度,通常都是弯腰从地上找一小块纸头。这次他拿起了这张纸条,迅速地把它夹住,它一下子烧焦了。爱德华发现了仆人的错误,把纸条从他手中夺了过来。随后不久,他坐在那里又写了一遍。可这第二次重写,笔下就不完全一样了。他觉得有某些可斟酌可思考之处,但他还是顺利地完成了。在他能接近奥狄莉时,便马上把纸条塞到她的手中。

奥狄莉毫不延误地给了他答复。他没有读就把它放在背心的口袋里。当时的背心时兴短的式样,不便于装东西。纸条露了出来,落到地上,爱德华一点儿没有察觉。夏洛特看到之后拾了起来,用目光匆匆一掠,把它递给他。这是你写的什么吧,她说,也许你不愿意把它丢失呢。

他感到愕然。她这是在装假吧? 他想,她知道了纸条的内容。或许笔迹的相似使她弄错了? 他希望,最好是后一种情况。他受到了警告,双倍的警告,但是这些异样的、偶然的征兆——一种至高的存在通过这些征兆似乎在同我们交谈——却没有使他的激情理智起来。相反,这种激情一直把他引向远处,他对那些加于他身上的限制越来越感到不快。友好交往的兴趣不见了。他把心灵锁闭起来,当他不得不和朋友、妻子在一起时,他无法使自己早先对他们的爱慕之情在胸中重新萌发、重新活跃起来。他对自己进行了责备,可这种私下的自责使他不快,他试图用一种幽默的方式来帮助自己,但是由于他缺少爱,这种幽默也就缺少通常所有的那种风趣。

　　夏洛特的内心情感帮助她克服了所有的考验。她意识到那是她的严肃的决定,去放弃一种如此美好的、高贵的爱慕情感。

　　她多么希望去帮助那两个人啊! 她知道得很清楚,去医治这样一种痛苦,单靠一个人是不够的。她准备跟善良的奥狄莉谈谈这件事情,但是她不敢这样去做;她回想起自己的动摇,这阻止了她。她试图泛泛地表达自己对此事的看法,但这同样也适用于她自己羞于说出口的情况。她对奥狄莉做的每一个暗示,都返回到她自己的心上。她要提出警告,可她感觉到,她本人也正需要一种警告。

　　她默默地还一直想把两个相爱的人分开,可事情并没有因此好转。她有时说出一些暗示的话,但对奥狄莉不起作用;因为爱德华向奥狄莉证实了夏洛特对上尉的爱慕,使她确信夏洛特本人希望离婚,他现在考虑的是使离婚能以一种体面的方式实现。

　　奥狄莉觉得自己完全无辜,怀着这样的感情她在通向自己最最希求的幸福之路上前进,她只是在为爱德华而活着。借助对他的爱,增强了她做任何善事的愿望,为了他的缘故,她在自己的行动中感到格外喜悦,对其他人格外豁达,她发现自己是生活在地上的天堂里。

　　每个人能以自己的方式使日常生活继续下去。有的人在思考,有的人什么也不想,他们四个人就这样生活在一起。一切都仿佛在正常地进行,即便人们都处在异乎寻常的、非常危险的情况之中,也还是继续这样生活下去,似乎什么都没有发生。

第十四章

在此期间上尉收到了伯爵的来信，是一封含有双层意思的信，一层是指出一个美好的远景，前途不可限量；另一层则相反，纯为眼下着想，提出一项实在的提议，担任一个重要的宫廷事务方面的职务，职衔是少校，薪金可观，还有其他好处。因为种种不同的附带原因，有些情况尚不能明言。上尉向他的朋友也只是谈到了那些充满希望的远景，而对眼前可行的则没有透露。

他继续忙于当前的事务，并在暗中为他的离去使工作不受影响做准备。他现在自己也在安排，使某些事情能按时完成，以赶得上奥狄莉的生日。两个朋友虽然都没有明说，但很高兴在一起工作。爱德华现在非常满意，由于有了预付的钱款，现金多了起来，整个工程进展得极为迅速。

把三个池塘连成一个湖，上尉对此极想劝阻。因为这样一来，下边的那条堤坝要加固，中间的两条要挖掉，整个事情从各方面来看是重大的，是值得考虑的。可两项工作彼此关联，业已开始。来了一个年轻的建筑师，他是上尉从前的学生，正是所希望的。他一方面聘用能干的师傅，一方面把工程承包出去，这样就能推动工作，并使工程的完整性和持久性得到保证。上尉为此暗暗感到欣喜，即便他离开此地，工作也会照样进行。他有他的原则，当自己承担的事没有完成时，在他的位置有人接替之前他是不能放手的。他看不起那些因他们的离去而带来影响的人，于是就把属于他们工作范围里的事情弄得乱七八糟；作为没有教养的自私自利者，他们甚至希望把事情毁掉，使工作无法继续下去。

这样，人们一直努力工作，以便赶得上庆祝奥狄莉的生日，但是人们却不明言，也不完全坦率地承认此事。按照夏洛特的看法，她虽然毫无嫉妒之心，但这不应当成为一个喜庆节日。奥狄莉年轻，她的幸运的处境，她同这家人的关系，使她没有权利在一天里成为女王。

365

爱德华不愿谈及此事，因为这一切都出乎自然，到时会使人感到惊奇，令人高兴。

因此大家都默默地在这样的口实下取得了一致：在建成新居那天，要举行落成仪式，借此机会通知村民和朋友们前来庆祝，而不是为了其他什么原因。

爱德华的爱恋可是没有止境的。正如他渴望把自己奉献给奥狄莉一样，他对她的关注、馈赠、许诺也没有节制。他到那一天想送给奥狄莉几件礼品，夏洛特提出的一些建议，他觉得过于寒酸。他同为他管理服装的仆人商量，此人与买卖人和经营流行商品的商人有经常的联系，对选择最能令人高兴的礼品和采用最佳的呈献礼品的方式非常熟悉。他立即在城里订购了一个极为精致的箱子，箱上蒙有红色的羊皮，镶着钢钉，里面装着几件与这样一个箱子相称的礼品。

他还向爱德华提出另一个建议。家里存放了一套小型的焰火，一直没有机会燃放。可以再添置一些，到时一齐用。爱德华采纳了这个主意，那个人答应此事由他负责，但这件事要秘而不宣。

那个日子越来越近，上尉在此期间做了一些安全方面的安排，每当聚集来大批人时，这方面的工作十分必要。甚至会使一次节庆受到影响的乞讨或其他令人不快之事，他都要预先加以防范。

爱德华和他信赖的那位仆人，相反地却热心于燃放焰火一事。燃放的地点选在那些粗大的橡树前面靠近中间池塘的地方，人群应当留在对面的梧桐树下面，可以从适当的距离更安全更舒适地观看焰火的效果，欣赏水中的倒影，欣赏漂在水面上燃烧的浮动之物。

在另一个借口之下，爱德华派人把梧桐树下的空地加以清理，除掉那些灌木丛、杂草和苔藓，这样在干干净净的地面上才显示出这些树木的秀丽挺拔、高耸和庞大。爱德华对此极为欢欣。我栽植它们的时候，大约也是这个季节。有多少年头了呢？他自言自语。他一回到家里,就翻阅旧的日记,那是他父亲特别是住在乡间时,非常工整地写下来的。虽然栽植梧桐树一事里面不会提到,但是在这同一天家中发生了另一件大事——爱德华对此记得十分清楚——里面定会记载的。当爱德华看到这奇异至极的巧合时,他是那样的惊讶,那样的喜悦!栽植这些梧桐的那一天恰巧是奥狄莉的生日,栽植这些梧桐树的那一年又恰巧是奥狄莉的生年。

第十五章

　　爱德华终于盼到了他渴望的清晨,许多客人陆续到来了。这次发出的请帖一直送到周围很远的地方,那些没有出席奠基典礼的人——对那次奠基仪式人们一直津津乐道——大都不愿意错过第二次庆祝活动。

　　在宴会开始之前,木匠们奏着音乐出现在府邸的庭院里,抬着花环,花环是用许多颤动摇晃着的花和叶错落有致地编织而成的。他们向客人表示欢迎,并请求美丽的女宾们把她们的丝绸手帕和彩带赏给他们,作通常的装饰物。在客人们进餐之际,他们继续欢呼着游行,在村庄里他们停留了一段时间,同样也向妇女和姑娘们索求一些彩带,最后他们在一大群人的簇拥之下,来到了房屋落成的高地,那儿也有一大群人在等待着他们。

368

　　夏洛特在宴席之后,欢迎客人稍事停留,她不愿意把这个场面搞得太严肃太隆重。因此人们三两成群,既不讲究身份也无需顾及地位,从容不迫地前往高地。夏洛特带着奥狄莉显得迟疑不定,可她这样做,事情也并未如愿,因为奥狄莉确实成了最后一个上来的人。这样,仿佛喇叭和大鼓专为等她似的,仿佛仪式一等她到来就得马上开始似的。

　　按照上尉的指示,为了遮掩住房屋的粗糙外观,人们用碧绿的树枝和鲜花把房屋装饰起来。可是爱德华在不让上尉知晓的情况下,吩咐那位建筑师在房屋正面的前沿部分,用鲜花把日期标识出来。这还是说得过去的,上尉来得及阻止把奥狄莉的名字也标在门楣上。他以一种灵活的方式否定了这一项已开始的工作,把那些用鲜花拼成的字母放到一旁。

　　花环放上去了,周围很远的地方都能看得清清楚楚。彩带和手帕在空中猎猎飘动,所做的一个简单的演说大部分都随风而逝。仪式结束了,在房屋前用绿叶围成的平地上舞会开始了。一个英俊的木匠给爱德华领来一个窈窕的村姑,并邀请站在旁边的奥狄莉跳舞。随着这两对舞伴,人们纷纷起舞。爱德华很快交换了舞伴,他抓住奥狄莉,同她跳了一轮,青年人快活地混在人群之中,舞姿翩翩,上年纪的人在一旁观看。

在人们散开四下漫步之前,先约好了,在太阳落山时重新在梧桐树那儿会齐。爱德华第一个到了那里,布置一切,并和那位仆人商量好,要他同燃放焰火的人在一起,负责照料燃放事宜。

上尉对这些相应的准备并不满意,认为会出现人群拥挤的情况。他想同爱德华谈谈这个问题,可爱德华却迫不及待地请求上尉,把这部分庆祝的事交给他一个人来办。

369

人群拥上被截断了的堤坝,上面的草已被铲平。夕阳西沉,晚霞满天,人群期待着夜色变浓。梧桐树下备有饮料。这个地点真是好极了,想到将来从这里能领略到一个宽阔的、沿岸如此绚丽多姿的湖泊的景致,人们都感到十分喜悦。

一个恬静的夜晚,风已完全止息,这对夜间燃放焰火的庆祝活动极为有利,可就在这时突然响起了一声可怖的喊叫。一大段土块脱离坝身滑了下去,许多人堕入水中。那段土层由于越来越多的人拥来和蹬踏支持不住了。每个人都想占个最好的位置,没有人能向前或者退后。

每个人都蹦跳起来,奔了过去,可只能望着,无能为力,没有人能够挤得过去。除了几个准备援救的人以外,上尉也赶了过来。他立即把人群从堤坝驱到岸边,好腾出地方以利于把落水的人营救出来。不多一会儿,那些坠入水中的人一部分自己设法,另一部分借助别人的力量都又回到了地面上。只有一个孩子由于惊慌没有向岸靠近,反而离岸越来越远。看来他已经没有气力,只见一只手和一只脚在水面上露出过几次。不幸的是小船在对岸,里面装满了焰火,卸下来要费很长时间,那样营救就迟了。上尉当机立断,脱掉上衣,人们的目光都注视着他。他那强壮有力的躯体,使每个人都感到信赖可靠。当他跃身入水时,人群中迸发出一阵惊讶的喊叫。所有的眼睛都追逐着他,他的游泳技术十分熟练,他很快就游到孩子身边,把他带到堤坝旁,可孩子像是死了。

这期间小船划了过来,上尉登上了小船,仔细地观察孩子,看是否还能有救。外科医生赶到,接过被认为已经淹死的孩子。夏洛特走了过来,她请求上尉照顾好自己,回府邸去换衣服。他迟疑不决,直到一些稳重老成的人——事情发生时他们就在近旁,在营救落水者时也出了力——至为庄重地向他保证说,所有的人都已平安无事,他才离开。

夏洛特看见他返回家中,想到他需要茶、酒或其他东西,可东西都锁了起来,在这种情况下,他会不知所措。于是她匆匆穿过仍逗留在梧桐树下的三两成群的人。爱德华忙于劝说人们留在这里,很快他就要发出信号,开始燃放焰火。夏洛特走到他的身边,请他改期燃放,场合和时机都无法使人有心领略这种乐趣;她提醒他,他对救上来的孩子和下水救人的人应尽的义务。外科医生会尽他的职责的,爱德华说,他会把一切都安排妥当,而我们的催促与关心只会带来麻烦。

夏洛特坚持她的看法,她招呼奥狄莉,奥狄莉准备立即离开这里。爱德华抓住她的手,喊道:我们不要在医院里度过这一天!叫她到好心肠的护士那里去,这太多余了。就是没有我们,那些假死的人也会醒过来,那些落水的人也会把身上擦干的。

夏洛特一声不响地走开了。有几个人随她而去,另一些人尾随这些人也离开了这里;到最后人们争先恐后,都走光了。在梧桐树下只剩下爱德华和奥狄莉。他坚持留下来,奥狄莉急切地、畏怯地恳求他同她一道返回府邸。不，奥狄莉！他喊道，非凡的事必经艰难险阻之途，今天晚上的这件意外事故会使我们更快地结合在一起。你是我的！这话我已多次对你说过，向你起过誓，我们不需再说，再起誓了。这话现在该变为现实。

小船从另一岸划了过来。上面是那个仆人，他窘迫地问，那些焰火现在怎么办。燃放！他朝着他喊，奥狄莉，这是单为你一个人准备的，也应当你单独一个人看！请允许我坐在你的身旁，一同欣赏。他温顺有礼地在她身边坐了下来，丝毫没有动她。

火箭呼啸而起，花炮隆隆作响，火球腾空，火花在空中乱窜，爆炸声不绝于耳，火轮旋起泡沫般的火焰；开始时单个燃放，随之成双成对，后来一齐点燃，连绵不断，汇成一片。爱德华的胸膛在燃烧，他用欢快得意的目光追逐着这火的奇观。奥狄莉激动而柔弱的心绪，面对这呼啸着的倏忽之间产生和消逝的幻景，惊惶多于快乐。她羞怯地靠在爱德华的身上。这种靠近，这种信赖，使他感觉到，她是完全属于他的。

黑夜刚一重新恢复了它的权利，月亮就升了起来，为这两个返家的人照着小径。这时，一个身影，手里拿着帽子挡住了他们的归路，向他们乞请施舍，因为他错过了白天的庆祝活动。月亮照在他的脸上，爱德华认出了这是那个他曾遇见过向他强行乞讨的乞丐。但这时他感到是如此幸福，发不出火来，他也没有想到，特别是今天绝对禁止行乞。他在口袋里摸索了片刻，便掏出一枚金币。他多么愿意使每个人幸福，因为他的幸福无边无际。

この期间家里一切都进行得十分顺利，外科医生的才干，所需物品的齐备，夏洛特的从旁协助，由于这几方面的合作，孩子救活了。客人们散了，一则为了能从远处看焰火，二则在经过这场慌乱之后返回自己安静的家园。

372

那时,上尉迅速地换了衣服之后也参加了必要的救护工作,现在一切安静下来,剩下的只是他和夏洛特两个人。怀着信赖的友情他向夏洛特说,他很快就要动身了。她这一晚上经历得太多了,致使上尉的这一披露并没有给她留下更深的印象。她看到了,这个朋友是怎样牺牲自己,怎样去援救别人和被人援救。这神奇的经历似乎向她预示了一个意义非凡的、绝不是不幸福的未来。

爱德华同奥狄莉回到了家中,他同样也被告知上尉即将动身的消息。他猜想夏洛特早就知道详情,但是他考虑的是他自己,他有许多事情要做,顾不得对此感到不快。

相反,他聚精会神和满意地听到上尉去就任这个美好的受人尊敬的职位。他心中的秘密愿望不可遏止地渴求变为现实。他已经看到了上尉同夏洛特结合在一起,自己与奥狄莉成为夫妻。在这样一个节日里,人们给他的礼物还能有比这更宝贵的吗?

当奥狄莉一踏进自己的屋间,发现了她桌子上的那只贵重的小箱子时,她是多么惊讶啊!她马上把它打开。里面的一切包装得那么精致,排列得那样美观,她都不敢把它们相互分开,甚至不敢启封。薄纱、麻纱、丝绸、披肩和花边,一件比一件精美、细巧、珍贵,还有首饰。她当然理解赠送礼品的意图,她不止一次从头到脚打扮起来:这一切是如此昂贵和陌生,使她思想上不敢把它们归为己有。

第十六章

翌日清晨,上尉不见了,他给他的朋友们留下一封充满感激之情的书信。他在昨晚已同夏洛特简单地说了几句告别的话儿。她感觉到这是一次永久的别离,无可奈何,只能听之任之。在伯爵的第二封信里——上尉在最后把内容告诉了她——也提到了一件有关上尉的有益婚事的前景。尽管上尉对这一点并没有怎么看重,但她却认为事情已成定局,对他完全彻底地断了念头。

另外,她相信她施加于自己的强力,也能够要求于他人。她能够做到,其他人同样也能做到。在这个意义上,她开始同她的丈夫交谈。当她感觉到,事情必须一劳永逸地加以解决时,谈话就更为坦率和自信。

我们的朋友离开了我们,她说,我们俩又像从前一样了。我们现在是否要完全再回到旧日的状态,这完全取决于我们自己。

爱德华这时除了那些逢迎他的激情言词之外,什么也听不进去。他认为夏洛特的这番话指的是他俩婚前的那段寡居生活和以一种尽管是模糊的方式表达了一种离婚的希望。于是面带微笑回答说:为什么不呢?问题在于我们之间要相互理解。

当夏洛特说出下面一席话时,他才发觉他是在自己欺骗自己。把奥狄莉也送到另一个地方去,我们眼下只能这样选择;现在有两个机会改变她的处境,都是她所希望的。她可以返回寄宿学校,因为我的女儿已搬到她姑妈那里去了;她也可以到一个体面的家里去,给那家惟一的女儿做伴,享受一种与她地位相称的教育的所有好处。

可是,爱德华相当镇定地说,奥狄莉在我们这个充满友爱的环境里娇宠惯了,换个环境她会感到难以适应。

我们大家都任性惯了,夏洛特说,你也并不是最后的一个。现在是时候了,它要求我们反省,它在严肃地提醒我们,考虑我们这个小团体的全体成员的利益,同时不能拒绝做出某种牺牲。

374

　　为此而牺牲奥狄莉,爱德华说,至少我认为是不公平的,现下我们把她打发到陌生人那里去,那肯定会是这样的。上尉在这里碰到了好机会,我们心安地,甚至是高兴地让他离开我们。谁知道等待奥狄莉的是什么呢?为什么我们要这么匆忙呢?

　　等待我们的是什么,已相当清楚,夏洛特有几分激动地说,因为她想彻底摊牌,她继续说道,你爱奥狄莉,你喜欢与她在一起。在她那方面,爱慕和激情产生了,并得到了滋养。为什么我们不该把话挑明,说出我们每个小时都承认和熟知的事情呢?难道我们不该严肃地扪心自问,事情会发展到什么地步吗?

　　若是人们不能对此立即做出答复的话,爱德华说,他这时镇定起来,那毕竟可以说,我们决定先等待一段时间,看看未来会教给我们什么,当我们不能说出事情会怎样发展时,不妨这样做。

　　预见什么结果,夏洛特说,这不需要多高的智慧,不管情况怎样,我们总可以说,我们俩都不算年轻了,不该盲目地去走我们不愿走,或者不该走的路。没有人能再关心我们,我们必须成为我们自己的朋友、自己的老师。没有人希望我们把事情闹得不可收拾,没有人希望我们受到谴责,或者甚至成为笑柄。

　　你能怪罪我吗?爱德华无法对妻子这番坦率、诚恳的话做出回答,他说道,如果我关心奥狄莉的幸福,这你能责备我吗?你考虑的不是一种未来的幸福,你一直没有考虑到这点,而只是考虑眼前。你想一想,不要遮遮掩掩。你真的要把奥狄莉从我们这里送走,交到陌生人手里。我至少觉得,我不能这样残忍,把这样一种变化加到她的身上。

　　夏洛特十分清楚她丈夫遁词后面的决心。现在她才感到他离她已经太远了。她带着几分激动地喊道:如果奥狄莉把我们分开,如果她从我这里夺走一个丈夫,从孩子那里夺走一个父亲,那她能幸福吗？

　　我想，我们的孩子是会得到照顾的，爱德华说，面带微笑，可显得冷酷，但随后他又略微和蔼地补充了一句：谁会立刻就想到这上面去呢！

　　激情离这个地步太近了，夏洛特加重语气说，时间还来得及，不要拒绝我的好言相劝，不要拒绝我的帮助。在模糊不清的情况下，是要有一个目光清晰的人来发挥作用，来加以援救的。这次这个人就是我。亲爱的，最亲爱的爱德华，听我的话吧！难道你相信我会放弃我已获得的幸福，放弃最美好的权利，那么随随便便地放弃你吗？

　　谁这样说了？爱德华显出有几分窘迫地说。

　　你自己，夏洛特说，你要把奥狄莉留在身边，难道你不承认这必然的后果是什么吗？我不想逼迫你，但是，如果你不能克制自己，那你至少不能再长时间欺骗自己了。

　　爱德华觉得她是对的。若是一下子把心里早就想说的话都说出来，那说出来的话是可怕的。他说：我真的不懂，你打算怎样。他这样说，只是为了避开眼前的窘境。

376

　　我的意思是同你一道考虑这两个建议，夏洛特说，这两个建议都有许多益处。当我看到这个孩子现在的情况，那么回寄宿学校对她最为合适不过。当我考虑到她该成为一个怎样的人时，到那个家庭去就更有利得多，那里环境更大，接触面也更广些。她把这两种选择向她的丈夫做了详细的说明，并用下面的话作为结束：按照我的意见，我宁愿选择那位夫人的家庭，而不是寄宿学校。原因很多，特别是因为我不愿意那位青年教员对她的爱慕和激情再发展下去，他一直想赢得奥狄莉的欢心。

　　爱德华似乎对她的意见表示赞同，但这只是为了寻找拖延的办法。夏洛特准备当机立断，当爱德华没有直接表示异议时，她便立即抓住这个机会,说奥狄莉的启程时间就定在几天之内。夏洛特暗中早就把一切准备妥当了。

　　爱德华感到震惊,他发觉自己上当了,他妻子的这番情真意切的话是事先想好的,作了巧妙而周密的安排,为的是把他和他的幸福永远地分离开来。他表面上把这件事完全交给她处理,可内心却有自己的主意。为了赢得时间,为了避免奥狄莉一旦远离所带来的无法估计的灾难性后果,他决计离家出走。他不想使夏洛特事先对此一无所知,但他却设法蒙骗夏洛特,说他在奥狄莉动身时不想在场,甚至从这时起不想再见到她。夏洛特认为自己取得了胜利,于是事事都任他而为。他命令准备马匹,给仆人作了必要的指示,该怎样打点行装,如何跟随他前往。一切就绪之后,他坐了下来,开始写信。

377　爱德华致夏洛特

　　我亲爱的,我们所遭到的这场苦恼,可能医好,或者不能。我只是感到,如果我不想在目前陷入绝望之中,那我必须找到一段缓冲时间,为我,也为了我们大家。为此我要求自己做出我能做出的牺牲。我离开我的家庭,只有在更为有利的、更为平静的时机,才重返家园。在此期间你掌管这个家,但是同奥狄莉在一起。我要她与你在一起,而不是把她送到陌生人那里。你要关心她,像往常一样对待她,一如昔日,甚至要更亲密,更友好,更体贴。我答应不与奥狄莉秘密交往。最好让我对你们的生活在一段时间之内一无所知,我想这是最好的办法,你们对我也要这样。只是,我请求你,最衷心最迫切地请求你:不要设法把奥狄莉送到另一个地方去,不要把她送到一个新的环境中去!一出府邸,一出庭院,把她交给陌生人,那她就属于我的了,我就会把她占有。如果你尊重我的爱情,我的愿望,我的痛苦,如果你能对我的狂热、我的希冀表示好感,那我也不对康复抱有抗拒的心理，一旦它在我的身上出现的话。

　　这末尾的转折是顺笔而来，并不是出之本心。是啊，当他在纸上看到这句话时，他开始痛苦地哭了起来。他是要用某种方式放弃爱奥狄莉的幸福，甚至是避开爱奥狄莉而带来的不幸吗？现在他感觉到，他这是在做什么。他出走，这会怎么样呢？他无从知道。可现在他至少是不能再见到她了。不管他是否能再见到她，他怎能对此做出保证呢？但信已写好，马已停在门前；他每一瞬间都在害怕会在什么地方看到奥狄莉，这同时就会使他的决心化为泡影。他镇定下来，他想，他在任何时候都能返回，而通过这种远离，他的愿望恰恰能更进一步接近实现。相反，如果他留下来，他想到奥狄莉就会被挤出这个家门。他把信封好，奔下楼梯，飞身上马。

378

　　当他路经客店时，他看到那个乞丐坐在亭子里，他昨天给他的施舍可不菲呀。乞丐快乐地坐在那里吃午饭，在爱德华面前站了起来，毕恭毕敬地，甚至是崇拜地躬身敬礼。昨天，正当他挽住奥狄莉的胳膊时，这个乞丐出现在他的面前；这个人使他痛苦地想起他一生中的最幸福的时刻。这增加了他的痛苦，他抛之身后的感情使他无法忍受，他再次向乞丐望了一眼：哦，你这个值得羡慕的人！他喊道，你还能用昨天得到的施舍大饱口福，可我却不能再享有昨天的幸福了！

第十七章

当奥狄莉听到有人骑马外出时,她来到了窗前,还看得见是爱德华的背影。他没有见她,没有向她道声早安就离开了家,这使她感到诧异。她变得不安起来,当夏洛特带她同自己一道去散步,谈论起许多事情却只字不提她的丈夫时——这样做仿佛是故意的,她就越发思虑重重了。回来后在饭桌上只有两份餐具,这使她感到加倍惊讶。

平素的一些显得无足轻重的习惯,我们发现它们不存在了,是会感到不舒服的,而在一些重大的事情上,这样一种匮乏更令我们感到痛苦。爱德华和上尉都走了,夏洛特第一次亲自安排餐桌,这使奥狄莉觉得她像被罢黜了似的。两个女人相向而坐,夏洛特完全无拘无束地谈论起上尉的职位,谈到没有什么希望再见到他了。奥狄莉在这种处境里,惟一可宽解自己的是,她认为爱德华骑马尾追而去,为的是陪同他的朋友走一段路。

当她们刚一从餐桌旁起身时,就看到爱德华的旅行车停在窗下。夏洛特带有几分不悦地问起,是谁把它弄到这儿来的。有人回答她,是那个室内仆人,他在这儿还要装一些物品。奥狄莉强力使自己镇定下来,以掩饰她的惊奇和痛苦。

那个室内仆人走了进来,要取一些用品:主人的一个口杯和一对银匙,还有其他物件,这向奥狄莉表明是一次远行,是一次长时间的外出。夏洛特直截了当地拒绝了他的要求:她不明白他说这话是什么意思。因为凡是与主人有关的东西,一向都是由他掌管的。这个有心计的人本来是想单独同奥狄莉说几句话,为此想找个借口把奥狄莉引出房间。他请求原谅,并坚持他的要求,奥狄莉也表示愿意协助,可是夏洛特拒绝了,那个室内仆人只得离开,马车辚辚而去。

这对奥狄莉是一个可怕的时刻。她不懂,她不理解,但是她感觉到爱德华要长时间地从她的身边被夺走了。夏洛特也有着同样的感受,于是把奥狄莉一个人留在这里。我们不敢来描写奥狄莉的痛苦、她的泪水。她的悲戚是无止境的。她只是请求上帝,帮助她熬过这一天;她挨过这一天和这一夜,当她再度醒来时,她相信会变成另一个人。

她没有镇定下来,也没有沮丧不堪,但是在遭受这么大的痛苦之后留在这里,还有更多可担惊受怕的呢!当她的意识再度恢复时,她担心的第一件事是在两个男人远离之后,她会立刻被打发走。她不会想到爱德华留下的恐吓之词,正因为这一点她在夏洛特身边的居留方得以无虞;而夏洛特的举止也使她感到几分放心。夏洛特设法使这个善良的孩子有事可做,不愿意也很少让她离开自己;不管她是否知道,用言词去克制一种热烈的激情是不会有多大效果的,可是她懂得思考和意识的力量,因此,她和奥狄莉之间的一些事就成为她们的话题。

380

有一次,夏洛特借机淡定而有心计地谈起她的一种深刻的见解:那些陷入热恋困境中的人,借助我们从容不迫的帮助而得到摆脱,他们的谢忱是多么真诚啊!让我们欢快和热烈地完成男人们留下的没有完成的事业;我们准备用最美好的东西来迎接他们的归来,用我们的节制去保存和促进他们因其狂暴的、急躁的本性而欲毁掉的一切吧。她说这番话是经过深思熟虑并别有所指的,奥狄莉听到则觉得是一种巨大的安慰。

您谈到了节制,亲爱的姨妈,奥狄莉说道,那我不能不想到那些男人们的放纵,特别是在饮酒上。每当我看到,纯洁的理智、聪颖,对他人的珍惜,自身的文雅和可爱,在好多钟点里被丢得无踪无影,而代替这一切美好品质的——这是一个出色的男人所具有的——经常是灾难和混乱的发生,这时我总是感到忧虑和恐惧!一些事关重大的决定经常是在这样的情形下做出来的!

夏洛特赞同她的意见,可她没有把谈话继续下去;她感到十分不快,因为奥狄莉在这里想到的又是爱德华。他虽然不是习惯性的,但却经常借机饮酒取乐,用酒来提高谈话的兴致,振作精神。

在夏洛特的那番话里,奥狄莉又想起了那两个男人,特别是爱德华。当夏洛特谈到上尉即将结婚像是谈到了一件完全熟知和已经确定下来的事情时,她感到格外惊愕,这样一来整个事情就完全变样,与她按照爱德华先前做出保证时所想的不同了。由于这一切,奥狄莉对夏洛特的每一句话、每个眼色、每种行动、每个脚步越来越加以注意。奥狄莉变得聪明、敏感和多疑起来,而她自己却不觉得。

在此期间,夏洛特对她的整个环境的每个局部都用尖锐的目光详加审视,洒脱利落地处理这一切,这时她总是需要奥狄莉从旁协助。她把大手大脚的家庭支出加以缩减。是啊,当她仔细观察这一切时,她把这次爱情上的纠葛看作是一次幸运的转机。因为若是一直沿着那条路走下去的话,会轻易地陷入一种无节制的地步,这殷实富庶、美好幸福的家庭,来不及有时间去考虑,就会因这样一种蛮干的做法和不计后果的生活,即使不致崩溃,也要大为动摇。

正在施工中的花园设施,她没有去干预。她让那些为未来的建设打基础的工作继续下去,但基础一经完成便到此为止。这样,她丈夫回来时有足够的乐事可做。

在这些工作和意图上,她对那个建筑师的所作所为赞不绝口。在很短时间内,湖面在她面前拓宽了,新出现的湖岸栽植了树木和花草,修饰得丰富多彩。所建的那座房屋余下的扫尾工作全部完成,凡是所需之物都已备齐。她适时地把工程中止,以便爱德华能高兴地再度把工作继续下去。她做这一切时安然、快乐,而奥狄莉表面上也是如此,因为在这一切上,她观察到的只是爱德华不久将返归的征兆,而不是其他。除了这种观察之外,她对一切都毫无兴趣。

因此,成立起来的一个幼儿园使她极为高兴,把农民的孩子都召

集起来,让他们经常保持变得宽大了的花园的整洁。爱德华早就有　382
过这个念头。给孩子们做了一身漂亮的制服,傍晚时,在洗净手脸和
扫净尘土之后,让他们穿上。服装放在府邸里,交给一个最懂事最细
心的男孩管理,建筑师领导这一切。不久,孩子们都有了一种能力,
他们都非常听话,做起工作来真是煞有介事。当他们拿着铁剪、长柄
刀、铁耙、小铁锹、镐和扫帚走过来时,当另一些孩子拿着篮子尾随在
后把杂草和碎石弄到一旁时,当然就成了一支可爱的、令人快乐的队
伍。建筑师把这看作是装饰花园的一个部分,位置和活动安排得十
分得体,可奥狄莉却从中看到,这只是一种为了不久后欢迎返家主人
而举行的阅兵演习。

　　这件事激起了她的勇气和乐趣,要用类似的东西来迎接爱德华。
一段时间以来,人们一直设法鼓励村子里的姑娘们去从事缝纫、编
织、纺织和其他女人们做的工作。自从建立了那些设施,村庄的整洁
和面貌大为改观,之后,这些事也着手办了起来。奥狄莉也经常参
加,但只是出于兴之所至,偶然的机会居多。现在她想更完整、更有
计划地去做。但是她无法从一大堆女孩中组成一个合唱队,像那些
男孩一样。于是她按照她那善良的愿望,自己也不甚明了,就试着向
每一个女孩灌输对自己的家庭、双亲和姐妹的信赖之情,除此她想不
到别的。

　　她在这方面获得了很大的成功。有一个活泼的小姑娘,老是受
到埋怨,说她笨得很,在家什么都不干。奥狄莉不嫌弃她,对她特别
和蔼。她跟随在奥狄莉身边,若是奥狄莉允许的话,她就和奥狄莉一
起走路,一起跑步。小女孩变得有事可干,兴致勃勃,不知疲倦。对　383
这样一个妩媚的女主人的依赖仿佛成了她的一种需要。开头时,奥
狄莉只是容忍这个孩子的伴随,可随之她本人对她产生了依恋,到最
后她们已不再分开了。南妮到处都陪伴着她的女主人。

　　奥狄莉经常沿路去花园,她非常喜欢那些妍丽繁茂的花草果木。采集草莓和樱桃的季节都已经结束,可是南妮特别喜欢吃它们的晚熟的果实。另外一些果树,业已果实累累,秋季丰收在望。园丁经常想到主人,他见到奥狄莉时,没有一次不念叨几句。听这位善良老人说话,奥狄莉心里十分欢喜。他精通园艺,在奥狄莉面前不停地谈论爱德华。

　　奥狄莉看到爱德华春天嫁接的嫩枝现在长得十分茂盛,她高兴极了,园丁忧虑地说道:我只是希望,好心的主人能为此感到更多的乐趣。若是他秋天能在这里,那他会看到,从主人的父亲以来,在古老的府邸花园里还有一些多么宝贵的品种啊。现在的那些园艺师们,除了卡尔特①那些僧宅的主人修士外,都是不可信的。在他们的树谱上,纯粹都是些好听的名字。若是嫁接过来加以培育,到最后开花结果时就会发现,花这样一番气力,把这样的树栽在花园里是不值得的。

　　这个忠实的仆人,每当看到奥狄莉时,总是一再重复地问起主人归家之事,问起归家的日期。若是奥狄莉无法告诉他时,这个好心的人使她暗中不无忧虑地觉到,他认为她不信任他。这时,对事情一无所知的感情令她难堪,这样的感情就以这样的方式折磨着她。可她不能离开这些花坛苗圃。她播下的那些种子,他们共同栽植的一切,都长得花繁叶茂,除了南妮经常浇水外,无需有人再去照料。奥狄莉怀着一种什么样的情感去观看这些直到现在才迟迟开放的花朵啊!它们的绚丽和丰满该是在爱德华生日那天显露出来的呀,她多次许诺要庆祝这个节日,表达她的爱慕和感激之情! 可是想看到这个节日的希望不总是那么强烈了。怀疑和忧虑经常在向这个善良少女的

384

① 卡尔特是一个僧侣团,他们在巴黎有一座著名的园艺学校。

灵魂喃喃低语。

　　她同夏洛特之间,凡事也不再自然而然地和谐一致,因为两个女人的处境完全不同。当一切都停留在老地方,当人们回到井然有序的生活轨道时,那夏洛特便得到了目前的幸福,一个快乐的美好前景展现在她的面前。奥狄莉则相反,她失掉了一切,可以说一切都已失去;因为她是在爱德华身上才初次找到了生活和快乐,在眼下的处境里,她感到了一种无穷尽的空虚,这是她从前几乎未曾料到的。一颗在寻求的心,能感受到它所缺少的东西,一颗心,它失掉了什么,便能感受它缺少了什么。思念变成了烦恼和不安,习惯于期望和等待的女性情感要冲出它的樊笼,要有所作为,有所行动,也要为它的幸福出力呢。

　　奥狄莉没有放弃爱德华,她怎能够放弃呢? 尽管夏洛特聪明地、心中也不托底地认为事情已成定局,并坚定地设想,在她的丈夫和奥狄莉之间,一种友谊的、平静的关系是可能的。可奥狄莉在这些夜里,每当她把自己锁在屋里,便经常跪在打开了的礼品箱前,望着那些生日礼品,她还什么都没有使用,没有剪裁,没有缝制。随着太阳的升起,这善良的姑娘往往跑出房间——通常她是在这个房间里找到她的幸福的,奔向旷野,奔向荒郊,而这是她一向不感兴趣的地方。她也不敢在陆上停留。她跳进小船,直划到湖心,随后她拿出一部游记,让船随波逐流;她读了起来,沉入梦境,梦到陌生的地方,在那里找到了她的朋友;她的心还一直留在他的身旁,他的心也留在她的身旁,他们心心相印。

385

第十八章

　　那个行事乖张的人，我们业已熟悉了，就是米德勒。他在得知发生于朋友们之间的不幸消息之后，尽管没有一方吁请他的帮助，但是在这种情况下，他愿意来表示他的友情，运用他的才智，这是自然可以想见的。但是他觉得先拖一段时间是可取的，因为他知道得很清楚，帮助那些在道德上陷入迷惘的有教养的人，要比帮助那些没有受过教育的人困难得多。因此，他让他们有一段独处的时间，可到后来他自己不能再坚持下去了，于是匆忙地去寻找爱德华，他已经知道了他的去向。

　　他沿着通向一处景色宜人的山谷之路走去，谷底是一片碧绿可爱、丛林簇簇的草地，一条总是欢快的小溪，时而蜿蜒穿过，时而漫漾开来缓缓流淌。在平缓的丘陵上是肥沃的田地和一片整齐的果树。林庄散落在各处，整个风光呈现出一片和平景象，某些部分虽然不见得优美如画，但看起来却非常适于在此生活。

　　米德勒终于看到了一个整修得很好的农场，里面有一所整洁、简朴的住宅，四周环绕着一些园圃。他猜想，爱德华现时就住在这里，他没有猜错。

　　谈到这位孤独的朋友，我们现在只能说，他已完全平静地把自己交付给他的激情支配，他想出了种种计划，培植起种种希望。他不能否认，他渴望在这儿看到奥狄莉，他渴求把她带到这儿，把她诱到这儿，他也无法抗拒地去想其他允许的和不允许的事情。他的想象力在所有的可能性中徜徉。如果他在这儿不能占有她，不能合法地占有她，那他要把庄园的所有权奉献给她。她应当安静地、独立地生活，她应当幸福，若是一种自我折磨的想象力继续把他引导下去的话，她也许会同另一个人幸福地生活。

　　他的时光就这样在希望和痛苦，眼泪和欢乐，设想、计划和绝望之间的一种永不停息的动荡中流逝了。看到米德勒来，他并不感到

386

诧异。他早就在等待他的到来,因此他对他抱着半是欢迎、半是无所谓的态度。他认为他受夏洛特的指使而来,他自己早就准备好了各式各样的请求原谅、设法拖延之词,以及明确果断的建议。但他也希望再听到奥狄莉的消息,于是,他把米德勒当作上界来的使者,为他的到来而高兴。

当爱德华听到米德勒不是从那里来,而是出于自己的意愿,他便感到不悦,情绪变坏了。他把自己的心封闭起来,谈话一开始便索然无味。可米德勒知道得很清楚,一个充满情爱的心胸有着一种迫切的需求,要把它表白出来,要把他心中翻腾着的一切向朋友倾吐出来。为此在寒暄几句之后,他便欣然从扮演一个调解人的角色中摆脱出来,成为一个可信赖的朋友。

当他以友好的方式责备爱德华过这样一种孤独的生活时,爱德华说:噢,我不知道该怎样更愉快地去打发我的时间!我现在一直在思念她,一直在她心旁。我还有一种无比珍贵的长处,那就是我能够幻想:奥狄莉现在在什么地方,她在哪儿走路,在哪儿站立,在哪儿休息。我看到她在我的面前像往常一样忙碌、工作,自然总是做那些讨我喜欢的事情。但还不止如此;远离她,我怎么能感到幸福!我的幻想更为活跃,想到奥狄莉该怎样向我靠近。我用她的名字给自己写一些甜蜜的、亲昵的信,我复信,把它们保存在一块儿。我答应过,我不去接近她,我要遵守我的诺言。但是有什么束缚住她不来接近我呢?难道夏洛特残忍地要求她许诺和发誓,不给我写信,不让我知道一些消息?当然,这是可能的,但我认为这是闻所未闻和无法忍受的。若是她爱我,正如我相信我所知道的那样,她为什么不下决心,为什么不敢出逃,来投入我的怀抱?她该这样做,我不时在想,她能这样做。每当前厅里有什么响动时,我就向门那边望去。我想,我希望,那是她到来了。啊!这种可能成为不可能的了。可我在想象,

387

这种不可能应该成为可能。夜里,当我醒来时,投向卧室的一缕灯光摇曳不定,那该是她的倩影、她的灵魂、一种对她的预感飘逸而来,抓住了我。虽然只有瞬间,可我有了某种保证,她在思念我,她是我的。

　　这是我残留下来的惟一的喜悦。那时,我在她的身边,从没有梦到过她;可现在,身处异地,我们在梦中相会,令人惊异的是:自从我在这附近认识了另外一些可亲的人之后,她的倩影才出现在我的梦中,仿佛她要对我说:你看看这周围的人好了! 你会觉得没有比我更美更可爱的了。我的每一个梦里都有着她的身影,只要我与她在一起,一切都搅乱了,分不清了。先是我们在签署一项婚约,她的手和我的手,她的名字和我的名字,两者混在一起,两者缠绕在一起;这些充满欢乐的幻景、遐想也不是没有痛苦的。有时她做了些事,伤害了她在我心中的纯真的形象,这时我才感觉到,我是多么爱她,我的恐惧莫可名状。有时她一反常态,取笑我,折磨我;但她的面貌随即变了样子,她那秀丽的、圆圆的、妩媚的面庞拉长了:它成了另一个人的脸。我感到痛苦、失望,受到了伤害。

　　您不要笑,亲爱的米德勒,或者随您笑好了! 哦,我不会因这种眷恋,这种您认为是愚蠢的、疯狂的爱慕而感到羞愧。不,我还从没有爱过,现在才感受到爱是什么。在我认识她、爱上她,我的整个身心爱上她之前,我生活中的一切只不过是个序幕,只是在混日子,只是在打发时间。人们不会当面责备我,但却会在背后指手画脚,说我工作马虎,凡事都草率敷衍。可能是这样,但是我还一直没有找到施展才能的场合。我现在倒要看看,有哪个人的爱的才能超过我。

　　虽然这是一种悲戚的、痛苦的和充满泪水的才能,但是我觉得这在我是十分自然的,是固有的,难以把它再度放弃。

　　借助这番激烈的肺腑之言,爱德华感到轻松了;但是,他那种奇妙的处境中每一个单独的场景都立刻清楚地呈现在他的面前,这使他被痛苦的矛盾心理所主宰,泪水夺眶而出;这泪水,当他的心通过这番表露而变得软弱时,就更流个不停。

　　爱德华痛苦地倾吐了他的激情,这使米德勒看到自己无法达到他这次旅行的目的。即使如此,他那急迫的天性,他那无情的理智毫不为之所动,于是坦白率直地表示,他对此事不以为然。爱德华应当振作起来,应当考虑到男人的尊严,不应当忘记,在不幸之中保持镇定,冷静而体面地承受痛苦,这会给一个人带来最高的荣誉,会得到极高的评价、尊敬,并且会被当作典范。

　　爱德华被痛苦的感情所左右,他是如此激动,这一席话令他觉得空洞而乏味。幸福的人、快乐的人讲得倒好听。爱德华继续说道,但是,若是他看出,他使受苦的人无法忍受时,那他会感到羞愧的。应该有一种无止境的忍耐哪,可僵化了的快乐的人就不承认有一种无止境的痛苦。有这样的情况,是的,有这种情形! 每一种慰藉都是卑鄙的,每一种绝望都是义务。一个高贵的希腊人①,他善于描写英雄,可他从不拒绝让他的那些英雄在痛苦的压迫下恸哭流涕。他甚至用格言的形式说出:爱流泪的男人都是善良的。让所有心灵干枯、眼睛干枯的人离开我好了! 我诅咒那些幸福的人,不幸的人只能供他们开心取乐。不幸的人在肉体和精神痛苦的极端残忍的处境里还要保持高贵的举止,以博得幸福的人的赞赏,还有,到他死时再鼓掌叫好,就像一个斗牛士体面地在他们面前倒下去时那样。亲爱的米德勒,我感谢您的来访,如果现在您能去花园,去附近浏览一番,那表明是您对我的一种巨大的爱。我们回头再见面。我努力使自己更镇静些,更能像您那样。

　　米德勒宁愿转换话题,也不愿谈话到此中断,那不是他轻易能再

389

---

① 此处指荷马。

拾起来的。就是爱德华本人也觉得把话继续谈下去是合适的,他总归可能达到他的目的。

当然,爱德华说,您想您的,我想我的,您说您的,我说我的,这于事无补;可通过这番谈话,我本人现在才清楚,才下定决心,我该做出怎样的决定,我为什么做出这样的决定。我看到了我现在的生活和我未来的生活;我必须在痛苦和欢乐之间做出抉择。我的好人,您设法使我离婚吧,这离婚是多么必要,它已经成为一种事实了;您想办法把夏洛特的许诺带来,为什么我相信她会同意,这无需我多说了。您到她那儿去,可爱的人,您使我们大家得到安慰,您使我们大家得到幸福!

米德勒为之语塞。爱德华继续说道:我的命运和奥狄莉的命运是不能分开的,我们不会毁灭。您看这只杯子! 我们的名字都刻在上面。一个兴高采烈的人曾把它抛向高空。不会有人再用它饮酒了,它会落在石头上摔得粉碎。但是它被人接住了。我用高价钱把它重新买了回来,我用它喝酒,每天都喝。这是为了每天向我证明,凡是命运决定了的一切,都是毁灭不了的。

噢,我真感到难过,米德勒喊道,为了我的朋友,我什么都不得不忍受啊! 现在我又碰上了迷信,它在人类中危害最大,它令我憎恶。我们玩弄预言和梦境,以此使日常的生活变得煞是重要。但是,倘若生活本身变得确实不同凡响,倘若我们周围的一切都动荡和咆哮起来,风暴会由于那些幽灵而变得更为可怕。

生活中这些未知的东西,您就让它们去吧,爱德华喊道,置身于希望和恐惧之间,一颗可怜的心总是需要一颗星来指引的,即使他不能向它奔去,他也能望得到的。

我愿意自己这样去做,米德勒说,只要能起些作用的话。但我却老是发现,没有一个人去注意那些警告的征兆,只是对那些迎合自己的、表示许诺的征兆全神贯注,只是到了这个时候,对他们来说,信仰才变得栩栩如生起来。

米德勒发现自己要被引入昏暗的领域,在这里停留的时间越长,他就感到越不舒服。为此他有些心甘情愿地答应了爱德华要他去夏洛特那里的炽烈请求。在这个时刻他还能向爱德华说些什么呢?赢得时间,去摸清那两个女人的情况,按照他自己的思路去做,除此无其他可言。

他到了夏洛特那里,发现她像往常一样镇静和快乐。她很愿意把此前所发生的一切都告诉他,从爱德华那里他听到的只是后果。他小心翼翼地表述自己的看法,然而谈话的趋势却无法避免不去谈到离婚这个字眼,哪怕是顺便提及也罢。夏洛特把这些令人不快的事情向他一一说明,最后说到我必须相信,我必然希望,一切会恢复原状的,爱德华会重新回到我身边。怎么可能是别样呢?您看到我已经有了身孕。听到这话,米德勒是多么惊讶,多么诧异啊。这话投合他的思想,因此他也高兴起来。

您怀孕了,我没有听错吧?米德勒插问了一句。完全正确,夏洛特说。我千百次为这个消息祝福!他喊了起来,拍打着双手,我认为这个道理对一个男人的情感是最有力的。我看到多少婚姻都因此而加快,得到巩固,或重新和好!这样一个美好的消息胜似千言万语,这真是我们所能希望的最大的喜事。但是,他接着说,至于我,那我有许多理由为此感到懊丧呢。在这种情况下,我看得很清楚,我的虚荣心得不到赞扬了。我的活动得不到您的酬谢了。我本人就像那个医生,他是我的朋友,为了上帝的旨意,他为穷人治病时手到病除,可为那些酬谢优厚的有钱人治病时,却很少有什么效果。幸运的是,这儿的事情可以自己解决,我的努力、我的劝说都归于无效了。

夏洛特要求他把这个消息带给爱德华,并带去她写的一封信,看

391

392

看该做些什么,有什么需要筹划的。米德勒不愿意。一切都做了,他喊道,您写信吧!任何一个送信的人都和我一样。我必须到更需要我的地方去走走。只是为了表示祝贺我才会再来的,我来给孩子洗礼。

夏洛特像往常那样,这次也对他表示不满。他那急性子完成了某些善举,可他的匆忙却也应为许多事情的失败负责。没有人比他更易为一时的心血来潮所左右了。

夏洛特派的送信人到了爱德华那儿,他半感诧异地接待了这个信差。这封信可能什么也定不下来。他良久不敢拆开,当他看完了这封信时,惊愕地站在那里,结尾的那一段使他像石头般僵化发呆:

想想那天夜里的时刻,你像一个情人去偷偷地拜访你的妻子,不容抗拒地把她拥到你的身边,把她当作一个情人、一个未婚妻搂进你的怀抱。让我们为这个稀有的偶然举动而祝福上天的安排吧,在这个我们的幸福生活遭到解体和面临消亡威胁的时刻,它为我们的关系缔造了一条新的纽带。

从这个时刻起,在爱德华灵魂中所发生的一切是难以描述的。在这样一种窘境里,最终是那些古老的习惯、古老的倾向重又冒出头来,为的是毁灭时间,为的是充实生命的空间。狩猎和战争便是为高贵的人准备的这样一条出路。爱德华渴求外在的危险,以取得与内在的危险的平衡。他渴望毁灭,因为对于他来说,存在已变得不堪忍受。是啊,他想到,他不再存在了,并因此使他的情人、他的朋友幸福,他觉得这是一种慰藉。没有人能阻碍他的意志,他对他的决定秘而不宣。他按照种种规定,写下了他的遗嘱,他把田产留给奥狄莉,这使他有一种甜蜜之感。给夏洛特、给未生下来的孩子、给上尉、给他的仆人的遗产,他都在遗嘱上做了安排。此时,爆发了战争,正是他实行自己计划的有利时机。在他的青年时代,军队里的粗野和缺

乏教养给他带来了不少苦恼，为此他才退役。而现在随同一位统帅
去征战，却使他有了一种愉快的感觉。谈到这位统帅时，他只能这样
说：在他的指挥之下，死亡是可能的，而胜利却是肯定的。

　　奥狄莉知道夏洛特怀孕这个秘密之后，像爱德华一样惊愕，并且
更厉害。她反躬自省，她没有什么好说的，她不能有什么希望，也不
可以有什么愿望。她的日记能使我们对她的内心有所了解，我们将
披露其中某些段落。

第二部

第一章

　　在日常生活中,我们经常遇到那些我们在史诗中习惯称之为诗人的艺术技巧的东西,这就是,当主要人物远离了,不见了,无事可做了,那立刻就会有第二者、第三者,或迄今一直不被人注意的人来填补这个位置,他施展他的才干,值得我们同样地去重视,去关心,甚至去称赞和褒扬。

　　在上尉和爱德华远离之后,那位建筑师就这样显得一天比一天重要了;某些工程的安排和实施完全靠他一个人,在这方面他表现得十分细致、内行和勤奋,同时以某种方式使这两个女人,并且很善于使她们在平静、漫长的时间里得到娱乐。他仪表堂堂,令人信赖和喜爱,是一个真正的青年人,长得健壮、修长,谦恭而不显得畏葸,可亲而不显得缠人。他兴致勃勃地操持一切,因为他精于计算,不久他对整个家政都了如指掌,处处都能发挥良好的作用。通常都由他来接待外来客人,他知道对一位不速之客是否该表示拒绝,或是使两位妇女有所准备,而不至于引起不快。

　　在这些客人中间,有一天,一位年轻的法学家给他带来了不少麻烦。这个人是毗邻的一个贵族派来的,为的是谈一件事情,此事虽没有特殊的意义,却使夏洛特内心受到了触动。我们必须提到这件事,因为它给予不同的事情以推动;否则的话,这些事情或许要长时间无人过问呢。

　　我们想起夏洛特在教堂墓地所做的那些变动。所有的石碑都从原来的地方挪开,依次放到墙壁和教堂广场的墙基旁,腾出的地方被弄平了。除了一条宽大的通向教堂的道路外——这条路也经过教堂通向另一边的小门,其余的空地都种上了各式各样的苜蓿草,现在长得一片碧绿,繁花似锦。按照固定的次序,新的墓坑应当从教堂墓地的终端排起,可棺材入土之后,墓坑仍要填平并同样种上苜蓿草。没有人否认,这种安排使人们在星期天或节假日去教堂的路上,能够看到一种愉快和庄重的景色。甚至那个开头对此不以为然的墨守成规的老教士，当他在古老的菩提树下像菲莱蒙那样和他的鲍茜丝①坐在后门口休息时，映现在他眼前的不是一片起伏不平的墓地，而是一幅绚丽的彩毯，他也感到欣然。再说，这还给他的家计带来了好处，因为夏洛特把这块地的收益给了他。

尽管如此，教区里的一些人却对此举表示不满，因为标志他们先人安息之地的碑石被挪动了，这样一来仿佛怀念之情也随之烟消云散了似的；保管良好的碑石虽然标明了埋葬的是谁，却没有标明埋葬在什么地方，然而正像许多人所强调的，标明埋葬在什么地方才是重要的。

毗邻的这家人就持有这种看法。这家人在多年前为自己和他们的亲属给了教堂一笔不大的捐赠，从而在这片公共墓地上获得了一块地方。这个年轻的律师就是这家人派来的，为的是取消这笔捐赠，声明以后不再继续交付这笔款项，因为迄今一直履行的条件被单方面废除了，虽经种种抗议和反对均属无效。夏洛特是这一变动的主使人，她要亲自和这个年轻人谈话。他虽然十分活跃，但在陈述他和他的事主的理由时却并不十分专断，他所谈的确实有些地方值得考虑。

您看到，在简短的开场白里他说明他此次唐突拜访的理由之后，说道，您看到，最卑贱的和最高贵的人都看重埋葬他们亲人的地方的标识。就是一个最穷苦的农民，他埋葬了他的一个孩子，也会在坟上树立一个简陋的木质十字架，装饰上一个花环，使怀念之情至少保持像痛苦那样长久，即使这样一个标识像悲哀本身一样，会因时间而归

① 菲莱蒙和鲍茜丝，见奥维德《变形记》（第八章），是一对生活在牧歌中的老夫妻，他们勤劳、善良、忠贞不渝；他们也出现在歌德《浮士德》（第二部）中。

于消亡,那对他也是一种安慰呢。家境富裕的人用铁质的十字架,以某种方法把它固定和加以保护,使它常年保存下来。可就是这样,它们最终也要倒下和变得不易觉察,于是有钱的人就树立一块石碑,可以一代一代地保存下来,并且后世的人能加以修葺和整理。但是,与我们相关的并不是这些石碑,而是石碑下安息的人,是黄泉下的死者。问题不在于怀念,也不在于怀念的人本身,不在于回忆,而在于现实。我宁愿深情地拥抱坟茔中一位亲爱的死者,而不是墓碑上的名字,因为墓碑根本就没有什么价值可言;但是,它像一块界石一样,配偶、亲属、朋友,甚至在他们死后也围在这儿聚齐,而生者有权利,把陌生人和讨厌的人从他们所热爱的安息者旁边赶走和移掉。

397　　　因此,我认为我的事主有充分权利取消这笔捐赠,这样做是完全公平合理的,因为这个家庭的成员受到了伤害,而伤害他们的方式是无法补偿的。他们祭祀他们的亲人,将来有朝一日直接安息在他们身旁的令人感到安慰的希望,都不可能了,从而失去了这种甜蜜的感情。

这件事没有必要通过法律行动而引起不安,夏洛特回答说,我对我所做的安排没有丝毫的后悔,我愿为教堂因此遭到的损失给予赔偿。只是我必须向您坦率地表明,您的论据没有说服我。在我看来,一种最终的普遍的平等,这种纯洁的感情,至少是在死后,比起我们在人格上、依附上和生活关系上所形成的这种固执的、僵化的亘续更为令人感到安慰——您对此意下如何?她向建筑师提出了她的问题。

建筑师回答说:我在这样一类事情上,既不争论也不做出决定。您让我先把我的艺术见解、我的思想方式简单地表达出来吧。自从我们不再有幸把一个亲人的骨灰装在罐内拥在胸前以来,由于我们既非富有也非高兴地把遗体完整无缺放在一个巨大的雕花的石棺里保存，由于我们不能在教堂里为我们自己和我们的亲人找到安息之所，只能在外面寻一席之地，那我们就有一切理由，对您，亲爱的夫人，所采取的方式和方法表示赞同。如果一个教区的成员都顺次一个挨一个地埋葬在一起，那他们就是长眠在他们的亲人之中；如果有朝一日地球把我们都容纳进去的话，那我觉得，人们会把这些偶然出现的、逐渐颓败的土丘毫不迟疑地推平，这样使所有人上面的覆盖物变得轻松些，没有比这更自然、更干净的了。

而一点怀念的标识也没有，一点引起人们回忆的东西也不存在，所有这一切都这样消逝得无影无踪了？奥狄莉问道。

绝对不会！建筑师继续说道，不是摆脱怀念，而只是摆脱这个地方。人们为自己的存在能够延续下去，是可以寄期望于建筑师和雕刻家的，他们对此极为热心。因此，我的愿望是把这些构思精巧、制造优良的墓碑放在一个能永久保存下来的地方，而不是零散地、随意地乱放。甚至那些虔诚的人和高贵的人都放弃了死后安息于教堂里的特权，这样，人们至少可以在那里或在墓地周围的华丽厅堂里竖立墓碑和墓志铭。有设计出来的成千上万种形式，有装饰它们用的成千上万种花纹图案。

如果艺术家们真是这样才华横溢的话，夏洛特问，那您告诉我，为什么他们就不能摆脱一种小型的方尖碑、一种截头圆柱和一种骨灰罐的形式？我看到的总是成千上万次的重复，而不是您所夸耀的成千上万种发明。

在我们这里是这样的，建筑师回答她说，但不是所有地方都如此。再说，谈到发明和适当地加以利用，这本身就不是件小事。特别是在这种情况下，使一个庄重的对象变得令人愉悦，使一件伤怀之事弄得不至于令人悲戚，那是有某些困难的。有关各式各样纪念碑的式样，我已收集了许多，有机会我要拿出来给你们看看。但人的最美

398

的纪念碑却永远是他本人的肖像。它比任何其他方式都更能使人了
解他是一个怎样的人。这是乐谱上最美的歌词，不管它是多还是少。
只是这个肖像必须是在他最美好的年代绘成的，可人们通常容易错
过这个机会。没有人想到去保存他活着时的肖像，即使这样做了，也
用的是一种不完美的方式。一个死者刚一合眼就用石膏从他的脸上
拓下一个模型，根据这样一幅面部模型雕刻一个石像，人们称这是半
身像。但是根据这样一幅面部模型，把石像雕刻得栩栩如生，艺术家
却很少能做到这点！

399　　　　夏洛特说：也许您没有意识到，也没有想到，您把这场谈话完全
引到对我有利的方面来了。一个人的肖像是不依赖其他的，不管它
立于什么地方，它都是表明自己，我们不能要求它成为墓地的标志。
要我向您承认这样一种奇怪的感觉吗？我甚至对这些肖像有着一种
厌恶之感，因为我总是觉得它们在默默地责难，它们在暗示着某些遥
远的、久已逝去的东西，并使我想起，去切实地尊重现实该是一件多
么困难的事。只消想一想，人们看见并认识那么多的人，那就得承
认，对于他们来说，我们是多么不足挂齿，对于我们来说，他们是多么
微不足道，我们的心绪该是怎样的呀！我们遇见过有才能的人，却没
有同他交谈；我们遇见过学者，却没有向他求教；我们遇见过广见博
闻的旅行家，却没有使我们受益；我们遇见过可亲可爱的人，却没有
向他表示某种快慰之情。

　　遗憾的是，这一切不仅仅发生在我们的身边和我们的眼前。社
会和家庭对待其最可爱的成员如此，城市对待其最可尊敬的市民，人
民对待其最杰出的君侯，民族对待其最卓越的人物也是如此。

　　我听到有人问，为什么谈到死者好处时是那么直截了当，而谈论
生者时却总是那么小心谨慎？回答是这样的：因为我们对死者不再
怀有惧意了，而对于活着的人，他们在某个地方总会和我们不期而

遇。对他人的怀念之心竟是如此不纯，一个生者把他同死者的关系通过残留物生动活泼地保持下来，对此反倒认为是一种神圣的庄严之举，那多半只是一种自私自利的恶作剧而已。

第二章

400　　　由于这件事和与此相关的这场谈话，翌日，人们前往墓地，建筑师为墓地的装饰和美化提出了一些很好的建议。他也关心起教堂来了，这座建筑从一开始就引起了他的注意。

　　这座教堂已存在好多世纪了，是按照德国的式样和艺术匀称地建立起来的，装饰得十分精致。人们看得出，它的建筑师也就是邻近一座修道院的建筑师，此人在这座小型建筑上也显示了他的能力和爱好，它给参观者以庄重和愉快之感，尽管它内部的供新教徒礼拜用的新设施稍许减弱了它的宁静和肃穆。

　　建筑师没花费什么力气就从夏洛特那里拿到了一笔可观的钱，以便按照古代的式样对教堂的外观和内部加以修葺，使之与前面的墓地和谐一致。他本人心灵手巧，再把那几个参加修建房屋的工人留下，直到这项虔诚的工程结束为止。

　　在对这个建筑和周围环境以及附属建筑物进行检查时，在侧翼看到了一个很少被注意到的小教堂，匀称得体，装饰精巧，很花费了一番工夫。这使这位建筑家感到惊奇和高兴。小教堂内还保留下来一些旧日祭祀用的雕刻和绘画的残存物，某些圣像和用具标明了不同的宗教节日，而每一种节日都是以它特有的方式进行纪念的。

　　建筑师立即把小教堂列入他的计划之内，特别是把这个狭小的地方当作旧时及其风尚的一个纪念碑加以修复。他想到用自己的爱
401　好去装饰空荡荡的内部，同时可以施展一下他的绘画才能，这使他感到高兴。只是此事他得先对府邸里的人保守秘密。

　　首先他遵守诺言，向两位女人展示古时墓碑、骨灰罐以及其他与此相关物件的种种不同的复制品和图案设计。当他们在谈话中涉及北方民族的简朴的坟墓时，他便把他从坟墓中搜集来的某些兵器和器具拿出来。这些东西他都存放在非常整洁和便于携带的抽屉柜里和格层柜里，搁放在上面蒙有一层布的刻有花纹的木板上。这样一

来，由于他的保护，这些阴沉的古物便带有某种时尚物品的味道，人们观赏它们就像看到一个兜售时尚商品的小贩的小匣子似的，怀有一种喜悦之情。他既然开始展示，寂寞也要求有某种消遣，于是每天晚上他都带上他的一部分宝物露面。这些东西多半都是德意志中古时代的薄银币、厚铸币、印章和诸如此类的东西。所有这些物件都使人们对远古时代心驰神往，后来他拿出最早的印刷品、木刻制品以及最古老的铜器来为他的谈话助兴。他在教堂里每天都是依照这种风格绘制，其余的装饰同样采用的是古代的式样。这样一来，人们不禁要问问自己，是否还真的生活在现代，人们流连在一种完全异样的风俗、习惯、生活方式和信仰里，是否就不是一场梦呢？

　　按照这种方式做了一番准备之后，建筑师最后拿出来一个较大的纸夹，这产生了极好的效果。纸夹里虽然多半是一些人物的素描，但他们都是从原画上临摹下来的，完全保留着古代的性质，这令观赏者非常高兴！所有这些形象表现出了最纯洁的生命，即使人们不认为是高贵的，也必然被看作是善良的。欣然的庄重，对君临我们之上的一个令人敬重者的心甘情愿的臣服，在爱和希望中的默默献身，这一切在所有的面孔上，在所有的表情中都表达了出来。秃顶的老人，鬈发的儿童，活泼的少年，庄严的男人，神采奕奕的圣者，空中飘荡的天使，他们在一种纯真的满足之中，在一种虔诚的期待之中，显得幸福快乐。画中最平凡的也有着一种天堂生活的特色，画中的一项祭祀动作与每一个人的本性完全相符。

402

　　大多数人观望这样一个场所好像观望一个消逝了的黄金世纪，一个失去了的天堂。在这种情况下，也许只有奥狄莉才有置身于画上那些与她相似的人的行列之中的感觉。

　　这位建筑师自告奋勇，要在小教堂尖拱间的空地上以这些古画为样本画上画，借此在一个他度过一段美好时光的地方留下纪念，有谁会反对他这样做呢？他在说这番话时带有几丝伤感的情绪；因为从事态的发展上看很清楚，他不可能长久地留在这样一个如此美好的团体里，是啊，也许不久就要中止了。

在这些日子里，虽然没有那么多的事情发生，但却有足够多的机缘进行严肃的交谈。因此我们利用这个机会，透露一些奥狄莉记在她的日记里的事情吧。为此我们借助一个比喻作为过渡，我们在读到她的那些可爱的日记时必然想到的一个比喻——没有比这更为合适了。

我们听说过英国海军中有一种特殊的设备。皇家舰队的所有索具，从最坚实到最柔弱的，制造时都有一根红线从头贯穿到尾，不把整个绳索都拆开，这条红线是取不出来的。这样，哪怕是很短很短的一段，人们也能认得出它属于皇室。

与此相同，在奥狄莉的日记中贯穿着一条爱慕和忠诚的红线，它联结着一切，标志出整体。日记中的见解、观察，选择的格言及其他言词，完全是写日记者特有的，并且对她是有意义的。我们所挑选出和披露出的每一段文字本身都可以为此作证。

奥狄莉日记摘录

"如果一个人有时想到身后之事，将来能安息在他所爱的人身边，那便是他所能有的最愉快的想象了。同类相聚，这是一句多么真挚的话啊。"

"有好些纪念碑和墓碑能使我们更靠近远走高飞和辞世而去的人，但它们都缺少肖像所具有的意义。同所爱的肖像交谈，即使画得不像，那也是愉快的，如同和一个朋友争论有时感到愉快一样。人们会以一种快意的方式感受到，他们是两个人，并且确是不能分开的。"

"有时人们同一个在场的人交谈，把他当成同一幅肖像交谈时一样。他不需要说话，不需要注视我们，不需要对我们表示关心。我们看到他，我们感觉到我们同他的关系；甚至他无需做什么，无需感觉什么，我们同他的关系就能增长。他只消像一幅肖像那样对待我们就行了。"

"一个人对一幅他认识的人的肖像是绝不会感到满意的。因此我总是为那些肖像画家感到惋惜。一个人很少向人们要求不可能之事，然而却偏偏向画家们提出这样的要求。要求画家把每一个要画的人与人们的关系，他的爱憎都画到画里去；要求画家不仅仅只是表现对一个人的理解，而且表现每一个人对这个人是怎样理解的。这样一来，当这些艺术家逐渐变得执拗、冷漠和顽固时，我就觉得没有什么可奇怪的了。其实随便画家们去画好了，只要不会因此而缺少那些亲爱的、可敬重的人的画像就行。"

404

"建筑师收藏的兵器和古老的器具，这都是殉葬之物，埋在高高的山阜和崖石下面——向我们证实了，人们为了死后使他的身体保存下来所做的努力是多么无益啊，这样看是对的。然而我们却多么自相矛盾！建筑师承认，他本人发掘过先人的坟茔，可依然继续为后人制造墓碑。"

"可为什么要这样认真呢？难道我们的所作所为是为了永恒？我们不是晨起穿衣，夜间又重新脱掉？我们外出旅行不是还要回来？为什么我们不该希望安息在我们的人的身旁，即使是只有一个世纪的时间？"

"当人们看到这许许多多塌陷下去、遭到穿越教堂的人的脚步践踏的墓碑，看到坍塌在墓碑上的教堂时，一个人的生命死后在他的肖像里、在墓志铭里就像第二个生命那样出现了，并且他在此中比他原来在世时的生命还要久长。但即便是这个肖像，这第二个生命，迟早也要消亡的。对这些纪念碑如同对人一样，时间的权力不容剥夺。"

第三章

　　一个人如果去做他仅一知半解的事情，就会有一种非常愉快的感觉，当他去从事一项他从没有学过的艺术时，没有人会去斥责一个业余爱好者；若是一个艺术家越出他的本行而在相近的领域里获得一番乐趣时，那也不会有人责备他。

　　我们就是以这样公正的眼光来观察建筑师为了在小教堂画画而做的种种准备。颜料备妥，规模上有了安排，厚纸板上画出了画稿。他放弃了所有独出心裁的想法，完全以他的那些原图为准；只是把坐着的和空中飘浮着的人物在布局上做适当的调整，以使空间装饰能更有美感，这是他所关注的。

　　脚手架搭了起来，工作有了进展，已经完成的一些画引人注意，这使建筑师不能对夏洛特和奥狄莉的来访表示反对。在澄蓝天空的背景上，栩栩如生的天使的面孔，生动逼真的服饰，使她俩娱目畅怀，令她们恬静虔诚的品性激起了一种镇定自持的情感，起到了一种非常温和的作用。

　　两个女人登上脚手架，走到他的跟前。奥狄莉觉得，这里进行的一切是如此轻快和舒适，仿佛从早年学过的功课的收获中，她一下子成长起来了似的，于是便不知不觉地拿起画笔和颜料，按照指点，去描画一件多褶子的衣服。她描得整洁、熟练。

　　每当奥狄莉有事可做，心情舒展时，夏洛特是高兴的。于是她让他俩留在这里，自己走开，她要清理一下她自己的思想，要把自己那些不能告人的观察和忧虑私下里思考一番。

　　当普通人由于日常生活中的窘迫表现出一种极为畏葸的举止时，我们对此不能不露出一种同情的微笑；相反，我们往往怀着敬畏去观察这样一种心性，伟大命运的一粒种子播撒于其中；它必须等待种子萌发，不管从中得到的是善还是恶，是幸福还是灾难，都既不准许也不能够加速其到来。

爱德华通过夏洛特派到他隐居地送信的人对她作了答复，这答
复虽然是友好的、关切的，但其镇定和严肃程度远胜过亲密和友爱。
随后不久，爱德华就消失不见了，他的妻子得不到任何有关他的消
息，最后她偶然在报纸上发现了他的名字，列在那些在某次重大战役
中表现突出的人名当中，得到了褒奖。她现在明白他走上了一条什
么样的道路；她得知，他不畏危险，死里逃生，当即就懂得他还会甘冒
更大的危险，她完全可以猜想得出，在任何一种意义上，很难去阻止
他去做这样的事情。她独自一人，忧虑重重，思前想后，不管她怎样
反复掂量，都无法安下心来。

　　奥狄莉对这一切毫无所知，眼下她对那项画画的工作怀着巨大
的兴趣，并且很容易得到夏洛特的允许，按时到那儿继续工作。工程
进展得很迅速。蓝色的天空不久就画上了庄重的天国居民。借助这
样一种持续不断的练笔，等画最后一批肖像时，奥狄莉和建筑师已经
得心应手，画的那些人物看来好多了。即使那些只由建筑师一人画
的脸部，也逐渐有了一种完全特有的表情，它们全都和奥狄莉相似。
与这个美丽少女的接近，必然会在这个青年人的灵魂中留下鲜丽生
动的印象。在此之前，他心目中还是一片空白，没有一个令他倾心的
天然的或艺术的容貌。这样，他就逐渐把自己眼睛所见一丝不差地
用手表现出来，到后来甚至两者完全能和谐一致。在最后一批人物
的面孔之中，有一幅与奥狄莉惟妙惟肖，宛如她本人从云端里俯视
下界。

　　穹顶上的画已经结束了，四周墙上的画依其原有的简单的样子，
只是涂上一层浅褐色的颜料。在细细的柱子上和精美的雕饰上，则
涂上一层深褐色的颜料。在这类事情上总是要有中介的东西，于是
他们决定在联结天和地的地方画上花卉和累累的果实。奥狄莉在这
一领域里可是驾轻就熟，花园给她提供了最美的样板。花环画得绚

406

407

丽多彩,完成的时间比人们预计的要快得多。

　　但是这里一切都显得杂乱无章。搭脚手架用的木头堆放得乱七八糟,木板扔得到处皆是,坎坷不平的地面溅上了各式各样的颜料,弄得不像个样子。建筑师请求两位妇女给他八天的时间,在此之前不要进入小教堂。终于在一个美好的傍晚,他来请两位妇女前去参观,可他不希望陪同她们和给她们进行介绍。

　　他走了之后,夏洛特说:无论他多么想使我们惊喜,我现在却没有乐趣下楼。你单独一个人去吧,回来告诉我好了。他肯定完成了些令人高兴的东西。我先听你的描述,然后再去实地领略一番吧。

　　奥狄莉熟知夏洛特在某些事情上十分注意,避免感情激动,特别是不愿受到惊扰,于是当即一人独自前往,她四下寻找建筑师,可他却到处都不露面,看来是躲了起来。奥狄莉进入教堂,门敞开着。教堂的修缮工作早就结束,打扫得干干净净,并且举行过落成仪式了。她朝着小教堂的大门走去,沉重的、包有铁皮的大门轻易地在她面前打开了。她进入一个她熟悉的空间,一派意想不到的景象令她惊喜不止。

　　一缕森然、斑斓的光束透过高处惟一的窗户射入室内,这是因为窗户由各种颜色的玻璃雅致地拼凑而成。整个室内因此有着一种异样的色调和一种独特的气氛。穹顶和墙上的绚烂由于地面装饰的衬托显得尤为壮观,地面是以别致的形状,按一种漂亮的图案,用石膏把地抹平,把石砖连在一起铺设而成的。这些石砖和各种颜色的玻璃,建筑师早就暗地备妥,所以在很短时间内就完成了。还考虑到了休息的地方。在教堂用的那些陈旧物品中找到了一些雕刻得很美的椅子,原是供合唱队用的,于是把它们得当地安放在靠墙的地方。

　　奥狄莉面对这熟悉的局部和陌生的整体感到欣喜。她站在那里,踱来踱去,在看,在凝视。到后来她坐在一把椅子上,在她仰视和环顾的当儿,她觉得,仿佛她既是她自己,又不是她自己,仿佛她既感觉到自己,又感觉不到自己,仿佛这一切都在她的眼前消失了,她本人也消失了。当太阳离开了一直活跃地闪烁着光辉的窗户时,奥狄莉才醒了过来,匆忙赶回府邸。

　　她不掩饰这场惊喜是在什么样的特殊时刻发生的。这是爱德华诞辰的前夕。她当然希望与众不同地庆祝这个日子,为了这个节日,有什么地方不该大加装饰一新啊!可现在呢,秋日里各式各样的花儿没有采摘,向日葵还一直把它们的面孔仰向晴空,翠菊还一直文静谦恭地望着远处,即使把这些采摘下来结成花环,充其量也只能用来装饰一个地方,这个地方如果说不仅只是停留在一个艺术家的怪念头里,如果说它会有些什么用处的话,那么作一处公共墓地是最合适不过了。

　　她必定忆起那喧闹忙碌的日子,爱德华就是用这种忙碌来庆祝她的生日的。她必然想到那新建的房屋,在它的顶棚下面,他俩欢声笑语,彼此敞露心扉。是啊,那焰火的声音又在她的耳际响起,又在她的眼前出现。她越是觉得寂寞,她的想象力就越是丰富,但她也觉得因此而更为孤独。她不能再靠在他的胳膊上,也没有希望在他的身上再找到一种倚靠。

409

奥狄莉日记摘录

　　"我得记录下一位青年艺术家说的话:'像在一位工匠身上一样,在一个造型艺术家身上最清楚不过地表明,人往往对那些完全属于自己所有的东西,却占有得最少。他的作品离他而去,犹如鸟儿离开孵出它的巢儿一样。'"

　　"建筑艺术家与众不同,有着最奇妙不过的命运。为了建造房屋,他经常运用他的全部才智、他的所有爱好,但他本人却得离它们而去！王宫的富丽堂皇有赖于他，可他却不能共享；在教堂里他为自己和至圣至神划出一道界限；他不可再踏上他为令人肃然的隆重典礼而建造的台阶，这如同金匠只能从远处膜拜他用珐琅和宝石镶嵌起来的圣体一样。建筑艺术家把宫殿的钥匙交给富翁，好让他们打开舒适、安逸的大门，而他本人却享受不到。这样长此下去，艺术不是慢慢同艺术家隔绝开来了吗？他的作品岂不是像一个分了家产的孩子对父亲不再有什么用处一样吗？当艺术被规定只从事与公众有关，与既属于大家也属于艺术家的事情有关的工作时，那艺术该对自己有多大的促进啊！"

　　"古代民族的一个想法是严肃的，显得可怕。他们认为他们的先人在巨大的石窟中围着宝座，坐在那里默默地交谈。新来的人如果是一位贵人，那所有的人都得站起来，向他躬身表示欢迎。昨天，当我坐在小教堂，看到我坐的雕有花纹的椅子的对面还摆有许多椅子时，我觉得那种想法是可亲的，是美好的。'为什么你不能坐在这儿呢？'我暗自思忖，'一声不响地、内省地坐下来，长时间、长时间地坐着，直到朋友们前来，那时你朝他们站起来，友好地躬身致意，指给他们座位。'彩色玻璃使白昼变得朦胧，必须点上一盏长明灯，这样黑夜才不显得阴森。"

　　"不管人们怎样为自己辩解，人们在思想时总是在观看。我相信，人们做梦也只是使观看不至于中断。很可能是内心中的光亮会从我们心中照射出来，这使我们不再需要其他的光亮了。"

　　"岁月消逝了。风吹过留下的根茬，没有什么它再吹得动了。那些挺拔树木上的红色果实仿佛还能使我们忆起有生气的东西，这就像打谷者的劳作唤起了我们的思想，在这些割下来的谷穗中有许许多多多的养分和生命一样。"

410

第四章

　　发生了这样一些事件,于是产生了一种纠缠不休的人生无常、世事易逝的思想。此后奥狄莉得到消息,知道了爱德华投身于变化不定的战争,这该是多么奇怪啊。她不能不对事情进行观察判断,设想种种可能,遗憾的是她无法摆脱那些不吉利的念头。幸运的是人只能承受一定程度的不幸,超出这个限度,它就消亡了,或者无动于衷地被放到一边。有这种情况,恐惧和希望化为一体,彼此相互抵消,消逝在一种阴暗的麻木不仁的状态之中。否则的话,我们知道了那些身在远方的至亲至爱的人时刻都在危险之中,怎能依然如故,习以为常地继续我们的生活呢。

411

　　这真是天假其使,就在奥狄莉陷入孤独寂寞、百无聊赖的当儿,一队人马闯入了这平静之中。这使奥狄莉有足够的事情可做,无暇去沉思默想,并同时使她感到了自己的力量。

　　夏洛特的女儿露茜安刚从寄宿学校进入社会,刚踏进她姑妈的家门,就被一大群人包围了。她那讨人喜爱的样子确实博得了人们的好感,一个非常富有的青年人很快就产生了占有她的强烈愿望。他拥有巨大的财富,这使他有权利把任何优秀之物都据为己有。他似乎除了一位十全十美的妻子之外,一概不缺了。他要让世界妒羡他有这样一个女人,就如同妒羡其他东西一样。

　　家中发生的这件事,使夏洛特一直十分忙碌,她的思虑、她的书信往来都花在这件事上,只是还没有影响她去打听有关爱德华的一些新消息。这样一来,奥狄莉在最近一段时间多是一人独处。她知道露茜安要来这里,因此就在家里做些必要的准备。但露茜安来得如此之快,却没有人料到。在此之前一直在写信,商量,做些细致的安排,然而这场风暴一下子就闯入了府邸,压到奥狄莉头上。

　　女仆和用人,以及装载皮箱和包裹的车辆抵达了,家里多了两倍或三倍的人;现在客人出现了:姑妈带着露茜安和一些女友,未婚夫也同样有一些人陪同。前厅里堆满了皮箱、装大衣的口袋和其他皮制的行囊。把许多许多的小箱子和小盒子分拣出来花费了不少力气。行李和带来的用品仍一直没完没了。这期间大雨骤然而至,带来了一些麻烦。面对这乱糟糟的一切,奥狄莉毫不慌乱,做得井井有条,是啊,她那灵敏的才干大放异彩。给每个人都安排了住地,令每个人都感到舒适愉快,使每个人都得到了很好的照顾,他们都各得其所,不受妨碍。

经过一次长途跋涉之后,所有的人都想好好休息休息。未婚夫想接近他的岳母,向她表示他的敬意和他的良好意愿。可是露茜安却不肯安静下来,她曾幸运地被允许骑马兜风,现在有了机会,未婚夫带来些骏马。她飞身上马,不顾急风暴雨,不管雷鸣闪电,仿佛人活着就是为了把自己淋得透湿,然后再把自己弄干似的。若是她灵机一动,想下马步行,她也不管身上穿的是什么样的服装,脚上穿的是什么样的鞋。她要浏览一下她多次听到过的设施和建筑,在不能骑马的地方就步行。不久,一切她都看过了,并且也都加以评论了。她生性匆忙急切,不容人反驳;这样她周围的人便大有苦头可吃,受罪最多的是那些侍女,她们总是洗熨、拆缝个没完没了。

府邸周围的环境她刚看过,就又想起去拜访四邻,认为这是自己的义务。她不管是骑马还是乘车,速度都快得惊人,这样连地处相当远的毗邻人家都拜访到了。而回访也使府邸人来人往、络绎不绝,为了不致扑空,就事先把日子定好。

夏洛特和姑妈以及未婚夫的管家忙于商谈姻亲间有关的事情,而奥狄莉同她的手下人则忙于料理一切;尽管事情繁杂,她却处置得井然有序,使猎师、园丁、渔夫和小贩都各司其职。与此同时,露茜安却一直像一个燃烧着的彗星核,在她的后面跟随着一群人,拖着个长尾巴。与来访客人的通常交谈,很快就令她感到索然无味。她刚刚使一些年龄较大的人在牌桌上得到安闲,随即就又把一些好动的人招来——有谁能受到她那迷人的催促而不应允呢,不是跳舞,而是玩有趣的典当游戏,玩惩罚游戏,玩猜谜游戏。这一切,例如玩典当游戏时的赎当,全都以她本人为中心;另一方面,所有的人,特别是男人,不管他是一个什么样的人,都不会空无所得。她甚至成功地把几位年高德劭的人完全拉到了自己这边,因为她把他们恰巧在这段时间里的生日和命名日打听出来,进行特别的庆祝。她使用了一种独有的灵活手腕,使所有的人都得到了青睐,甚至每个人都认为自己最受优待。人的这种弱点,在这些人中间甚至年龄最大的人的身上,都最清楚不过地表现出来了。

这看来像是她的计划,把那些有地位、有名望、有荣誉或者重要的人物吸引到自己身边,毁坏他们的智慧和长处,使他们想方设法向这个任性的古怪女人争宠。那些年轻的人呢,也收获不少,每个人都得到了自己的那一部分,在属于自己的时间里,她知道如何去使他们快乐,把他们牢牢地掌握住。不久,她注意到了那位建筑师。他满头长长的黝黑鬈发,目光炯炯,无所顾忌,笔直而泰然自若地站在那里,保持着一定的距离,对所有的询问,回答得简短明了,并显出没有兴趣与他们为伍的神情。这终于使露茜安,一半是出于勉强,一半是出于狡黠,决定把他弄成一个中心人物,使他也成为她的追随者之一。

她带来那么多的行囊不是没有用的,甚至在她抵达之后还到了一些。她不断地变换自己的服装。高兴的话,白天三件、四件地换,从清晨到深夜,通常社交场合流行的服装换个不停。在此期间,她还要乔装打扮一番,装扮成农妇、渔妇、仙女或卖花女。她也不鄙弃去打扮成一个老妇,为的是戴老太婆的头巾能更娇嫩地显出她那青春的面容。凡此种种,她也确实把现实和幻境弄得混淆起来,使人们认

414

为自己成了这个女札尔尼可丝①的亲属和姻亲。

但她的这些化妆服装却主要是进行表演哑剧和舞蹈之用,在这样的场景中她扮演不同的脚色。她随从中的一位琴师用钢琴为她的表演进行少许必要的音乐伴奏;只需简短的沟通,他们即能配合得恰到好处。

一天,在一次热闹的舞会休息期间,根据她本人私下的吩咐,人们像是即兴似的,要求她进行一次表演。她装出一副为难和出乎意料的表情,与她惯常的做法不同,让人们长时间地不断请求。她显出不知演什么好,于是让人们为她选择,像给一个即兴表演者那样给她出题目。终于那个演奏钢琴的人——事先已同她约好——坐在钢琴前,开始弹奏一首挽歌,请求她扮演阿尔特米西亚②,这是她早就十分熟悉的角色。她告退片刻,随后便出场了。她化装成一个国王的孀妇,伴着哀婉悲怆的哀乐,迈着矜持的脚步,手捧着一个骨灰罐。在她身后,有人抬上来一块大黑板,一枝削好的粉笔放在金黄色的笔筒里。

415　她对她的一个崇拜者和追随者附耳说了几句,随之请求或者说是强求建筑师出场,甚至是硬把他拖了上来,让他以建筑师的身份画出哈利卡纳苏斯陵墓。同时要求他绝不是作为一个道具,而是作为一个认真的共同演出者。尽管建筑师显得十分窘迫——因为他那一身全黑的、紧凑的现代平民装束与那些罗纱、绉绸、流苏、珐琅饰物、璎珞和王冠形成了一种奇特的对比,但他立刻镇定下来,这使得他看起来就更加奇特。他郑重其事地站在巨大的、由两个童仆扶住的黑

① Saalnixe,有关札尔尼可丝的故事可能源于印度,公元 6 世纪传入欧洲,讲的是一个女人准备为死去的丈夫绝食殉情,可她食言,另结新欢。
② Altemisia(? —公元前 350),卡里亚国王莫索勒的王后,国王死后,她为他修建了宏伟的哈利卡纳苏斯陵墓,为古代七大奇观之一。

板前面,认真而精确地画了一个陵寝。尽管它看起来更适合伦巴第①国王而非卡里亚国王,但是它的比例匀称,各个部分画得庄重,饰物显得雅致,人们都饶有兴趣地看着它如何画成。一等到画毕,大家都惊奇地叫起好来。

在这整个时间里,建筑师几乎从没有把头转向女王,而是聚精会神地画画。最后,他在她面前躬身并示意他已完成了她的吩咐。这时她把骨灰罐朝他捧了过去,要求他把它画在陵寝的顶端。他照办了,尽管不大高兴,因为这骨灰罐与他所画的性质不符。至于露茜安呢,现在终于摆脱了焦急不耐。她原本的意图并不是要他画一幅精致的画,只需简单几笔勾勒出一幅看起来像一座陵墓的东西就够了,而把其余的时间用在她的身上,这样才符合她最终的目的和愿望。可他的做法却完全相反,使她陷入极端狼狈的境地。虽然她相当频繁地变换她的表情:她的哀痛、她的吩咐和暗示,她对慢慢画出来的陵墓表示出的赞赏,有几次她几乎把他扯了过来,好和她共同表演,可他却表现得十分生硬,她为了下台阶只好一再地捧起骨灰罐,把它抱在胸前,仰望天空。到最后,由于这种类似动作愈做愈甚,她看来更像埃菲苏斯②的遗孀,而非卡里亚王后了。这场表演拖了很长时间,那位向来有耐性的钢琴师,现在可不知该弹什么曲子才好了。感谢上帝,当看到骨灰罐画到陵墓顶端时,他便不由自主地,仿佛是女王要表达她的谢忱似的,弹起了一个快乐的主题。这样一来,这场表演就失去了它的意义,但却使观众喜笑颜开,立即分为两部分。一些人向露茜安表示他们对她出色的表演的赞叹,另一些人向建筑师表示他们对他精美的艺术绘画的钦佩。

416

---

① 昔时意大利北部的一个王国。
② Ephesus,见拉封丹的《童话和故事集》,埃菲苏斯的故事类同札尔尼可丝。

未婚夫特地同建筑师进行交谈。他说：我感到惋惜，这幅画不能长时间地保留下来。但至少请您允许我把它带回我的房间，并同您在这方面长谈一番。如果这使您感到愉快的话，建筑师说，那我可以把这类建筑和陵墓的精致绘画拿给您看。这幅画只是偶然想到的一种摹仿而已，画得比较匆忙。

奥狄莉站得离此不远，于是走到两人跟前，她对建筑师说：您不要错过向男爵先生展示您的收藏的机会，他是一位艺术和文物的爱好者，我希望你们能多多接近。

露茜安走了过来，问道：在谈什么呢？在谈这位先生收藏的艺术品，男爵回答说，他要找时间给我们看看呢。

他马上拿来好了！露茜安喊了起来，您马上拿来吧，不是吗？她妩媚地加了这一句，同时用双手亲切地抓住他。

现在不是时候。建筑师回答说。

417　什么呀！露茜安专断地说，您不服从女王的旨意？随之她撒娇地提出请求。

您不必固执了！奥狄莉声音不高地说。

建筑师鞠了一躬，随即离开，既没有表示许诺，也没有表示拒绝。

他刚一走开，露茜安便和一条赛狗在大厅里追逐起来。啊！她叫起来，突然扑到母亲身上，我是多么不幸啊！我没有把我的猴子带来。他们劝我不要带来，这只是他们图自己方便，可却把我的乐趣葬送了。我要人把它送来，派个人去替我把它带来。只要能看到它的画像我就感到高兴。我一定要人给它画个像，不让它离开我的身边。

也许我能安慰你，夏洛特说，我让人从图书馆给你取一本大画册来，那上面尽是猴子的奇奇怪怪的画像。露茜安高兴地叫了起来。对开本的画册拿来了，这些近似人类而借助画家的手笔更加酷似人类的可憎生物，给露茜安带来极大的乐趣。她在每一只猴子身上都找到了与某个熟人的相似之处，这使她开心极了。这个看起来不像姑父吗？她粗鲁地喊道，这个像首饰商 M，这个像神父 S，这个像那个人，这个——真是像极了。从根本上讲，这些猴子才是真正的因克罗扬勃勒①呢，把它们排除在上流的社交活动之外，简直不可理解。

她是在上流的社交场合讲这种话，可是没有人因此而怪罪她。由于对她的娇宠，人们已经习惯于容忍她所做的一切，后来甚至连她的不文雅行为也都容忍了。

奥狄莉在此期间同露茜安的未婚夫在交谈。她希望建筑师返回，这样他的那些庄重美观的收藏便能把大家从这场猴子的话题中解脱出来。她就是在这种期待之中同男爵谈话，并提醒他对一些事情加以注意。可是建筑师一直没有露面，而当他终于返回时，却消失在人群之中了。他什么也没带来，什么也没做，仿佛有什么问题似的。一瞬间奥狄莉感到——该怎么说呢？——嫌恶、气愤、惊愕。她为他说好话，她乐于看到那未婚夫能按他自己的意愿，过一个快乐的时辰。他对露茜安有着无尽的爱，可对她的举止似乎感到难堪。

到吃茶点的时候了，猴子的话题结束了。随后大家聚在一起玩各种游戏，甚至也跳舞，到最后，乐趣减退下来。坐一阵，再站起来玩下去，没有什么兴致了。像通常一样，这种活动延续到深夜。露茜安已经习惯于早晨晏起，夜晚不眠了。

这段时间在奥狄莉的日记里很少记有什么大事，相反却记的是些与生活相关和源于生活的格言和警句。其中大部分可能不是出于她本人的内省，大概是她从别人那里拿到个什么本子，把其中她喜爱的记了下来。有些涉及她的内心情感，是出自她本人的，这从那条它

___

① Incroyables，法文，字义为不可置信、非凡，此处系指那些在 1795 年至 1799 年间专门讲究衣着打扮的人。

们的红线上可以看得出来。

奥狄莉日记摘录

"我们都极为高兴地瞻望未来,这是因为我们想通过默默的希望,从动荡在未来之中的偶然那里,引导出对我们有利的东西。"

"在一个大型的社交团体中,我们觉得难以不去进行思考。把许多人聚集在一起的偶然,也会把我们的朋友带来。"

"不管人们如何喜欢隐居独处,可在转瞬之间就成了一个债务人或一个债权人。"

419

"当我们遇见一个欠我们情分的人时,我们就会想到,他应该感谢我们才是。可是当我们欠某个人的情分,遇见他时,却没有想到应该去感谢他,这种情况太多了!"

"倾吐心里话,这出自天性;听取别人说心里话,正如所说的,这出自教养。"

"在社交场合,如果一个人意识到他经常误解别人,那他是不会多讲话的。"

"在复述他人的言词时,如果他不理解其意,那会弄得面目全非。"

"谁在他人面前独自一人夸夸其谈,而不去取得听者好感,那定会激起反感。"

"说出来的每一句话,都会引起反面的意思。"

"驳斥和吹捧,两者都使一场谈话变得恶劣不堪。"

"最令人愉快的聚会是这样的:在这样的聚会中,成员之间彼此都怀有一种欣悦的仰慕之情。"

"一个人觉得什么可笑,借助这点,最能描绘出他的性格。"

"可笑的东西出于一种道德上的对比,这种对比是以一种对感官无伤大雅的方式把两者联结在一起的。"

　　"感性的人在不该笑的场合经常发笑。不管有什么使他激动,他都把他内心的喜悦表现出来。"

　　"感性的人觉得几乎所有的事情都是可笑的,理性的人觉得几乎没有什么是可笑的。"

　　"一个上了年纪仍竭力去博得少女青睐的人受到责难。可他说:'这是使自己重返青春的惟一手段,每个人都要这样做的。'"

　　"人们为自己的缺点受责备,受惩罚,并因这些缺点而忍耐所遭受的某些痛苦,但一当他们要克服这些缺点时,便感到焦躁不安了。"

　　"有一定的缺点,这对一个人的存在是必要的。如果老朋友的某些禀性都被克服掉了,我们会感到不舒服的。"

　　"当一个人做了某些与他的方法和方式相悖的事情时,人们要说:'他不久就要死去的。'"

420

　　"有哪些缺点我们可以保留下来,甚至在我们身上得到培养? 是那些讨他人喜欢而不是伤害他人的缺点。"

　　"激情是缺点还是德行,只是在变化的程度上不同而已。"

　　"我们的激情是真正的凤凰。老的自焚而死,而新的随即又从灰烬中生长出来。"

　　"巨大的激情是不治之症。能够医治它们的,却格外使它们变得危险。"

　　"激情借助表白而增强或减弱。对我们所爱的表示亲热或缄默,也许都不如走中间道路更受欢迎。"

第五章

　　露茜安在社交漩涡中鞭挞着生命的欢乐，把它一再驱向前去。追随她的人日益增多，这部分是因为她的行为刺激和吸引了某些人，部分是因为她善于借助殷勤和恩惠使他人紧随自己。她极为慷慨，姑妈和未婚夫对她的喜爱，使她一下子拥有那么多漂亮和贵重的东西。这样一来，她觉得仿佛不是她自己所有，仿佛她不认识这些堆积于她周围的东西的价值。她连瞬间的犹豫都没有，就解下一条贵重的围巾，把它给一个女人围上，因为她觉得同周围其他女人的穿戴相比，这个女人太寒酸了；她做这种事情时用的是一种调皮的机灵的方式，使别人无法拒绝这样一份礼物。在她的随从之中，有一个人经常拿着钱袋，负有委托，凡是她所到之处，都向一些年幼病残的人嘘寒问暖，给些施舍，以解燃眉之急。因此她在这一带博得了极好的名声，但这也给她带来了一些不便，因为许多穷苦人都慕名而来了。

　　有一个不幸的青年，面目英俊，极有教养，在一场战役中失去了右手。这虽然是光荣的，他却成了残废，因此他回避社交往来。露茜安以一种令人注目的、持久的、善良的态度对待他，这给她带来的名声比其他尤多。这个青年人为自己的残疾感到苦恼，新结识的每一个人总是要打听他致残的事，这使他极为厌烦，他宁愿隐居起来潜心读书、研究，不同社交活动有什么联系。

　　露茜安知道了这个青年的情况。她要他到这里来，先是参加小型的社交活动，然后参加大一些的，随之参加大型的。她对待他比对待其他人更体贴，善于通过一种过分的殷勤，使他感觉到他做出的牺牲是有价值的，她要设法使他的损失得到补偿。在宴会上，她一定要他坐在自己身边，为他用刀切好食物，使他只消用叉子就行了。若是年高德劭的人坐在她的身旁，他远离她而坐，她对他的关注便从餐桌的这一边直延伸到餐桌的那一边，奔忙不已的仆人就得代她去做由于她不在身旁而无法做的一切。后来她鼓励他用左手写字，他得把他的努力告诉她,使她不管是在近旁还是在远处,总是同他保持联系。这个青年不知自己会变得如何,但从这时起他确实是开始了一种新的生活。

也许人们会认为,露茜安的这种做法会使未婚夫感到不悦,然而恰恰相反。他认为她的这些努力是一种巨大的功绩,对此处之泰然。他清楚她那几乎是有些极端的个性,这种性格使她对那些哪怕是稍许感到尴尬的举动都会加以拒绝。她对待任何人都随意而为,每个人都可能被她碰撞,被她拉扯,或者被她调笑,但没有人可以对她采取同样的态度,没有人可以随意触摸她,也没有人用一种最勉强意义上的自由去对待她,而她却用这种自由去对待他人。这样,她使其他人对待自己保持在极端严格的道德界限之内,而她本人对待别人却似乎是在每一瞬间都越过了这条界限。

不管是对赞扬还是对责备,对爱慕还是对嫌恶,她都同样地听之任之;人们简直可以相信,这成了她的最高生活准则。当她用某些方法把人们拉到自己一边时,她又经常用她那对任何人都不留情面的恶毒的舌头对待他们,从而把事情毁掉。这样,她对她在邻近庄园的拜访,她对她和她的追随者在他人府邸和宅第中所受到的友好款待,在归途中没有一次不以最无所顾忌的方式使人们注意到,她只是对人类关系中那些可笑的方面抱有兴趣。譬如像这类事情:兄弟三人,他们相互礼让,不肯首先结婚,结果年纪很快就大了;一个矮小的年轻女人和一个高大的年迈男人成为配偶;或者相反,一个矮小的性情活泼的男人同一个呆钝的女巨人结为夫妇;在一家里,孩子多得无法插脚;可在另一家里,在大型的社交活动中却显得空荡荡的,因为这家人没有一个孩子;那些上了年纪的夫妇应当快些入土,这样在家里才会有人发出笑声,因为他们再不会去为法定继承人伤脑筋了;年轻的夫妇应当去旅行,因为家务对他们太不相称了。像对待人一样,

422

她也这样对待事物,对待建筑,对待家具和摆设,这些都成了她的谈
资笑料。墙饰特别引起她的嘲弄。从最古老的织花壁毯到最新式的
壁纸,从最受敬重的家庭画像到最粗糙的铜雕,没有一样不受到伤
害,没有一样不因她的调侃而似乎被扫荡一光,人们甚至感到奇怪,
在方圆五里之内居然还有东西存在。

在这种否定一切的努力中,也许不存在什么恶意,大概通常是一
种利己的戏谑促使她这样做,但是在她和奥狄莉的关系上却造成了
一种真正的敌意。可爱的奥狄莉的安静、不间断的操劳和努力,受到
了每个人的重视和赞扬,可露茜安对此极为蔑视。当谈到奥狄莉对
花园和暖房是如何尽心时,她加以嘲笑,装出奇怪的样子,无视眼下
正处于严冬季节,说什么现在既看不到花也看不到果实。不仅如此,
她还让人从现在开始就把许多绿叶嫩枝和一些甚至是刚刚发芽的花
木,都攀折下来,用于房间和桌上的每日装饰。奥狄莉和园丁极为不
悦地看到,他们寄予明年的希望,也许是寄予更长时间的希望,遭到
了破灭。

露茜安同样不乐于奥狄莉安静下来,去舒适地处理家务。她要
奥狄莉一同出游,乘雪橇,她要她一道去参加邻近庄园举行的舞会,
她要她不惧暴雪严寒,不惧夜间的风霜。温柔的奥狄莉吃了不少苦
头,但露茜安也什么都没有得到。因为尽管奥狄莉衣着非常简朴,可
她却是,或至少说在男人眼里是最美的。她有着一种娴静的魅力,使
所有的男人都集聚在她的身边,在大庭广众之中,不管她是坐在首位
还是居于末席,都是如此;甚至露茜安的未婚夫本人也经常同她交
谈,当他去从事某一项工作时也要听取她的意见要求她的帮助。

露茜安的未婚夫对建筑师有了进一步的认识,在欣赏他的收藏
时同他谈了许多历史方面的事情,在其他情况下也是如此,特别是在
参观小教堂时,对他的才能评价很高。男爵年轻、富有;他收藏艺术

品,他要从事建筑;他的兴趣是活跃的,但他的知识贫乏;在建筑师身上,他相信他找到了所需要的人,与这个人一道,他同时能达到不止一个目的。他把他的这个意图同他的未婚妻谈了;她称赞他,并对他的建议极为赞同。与其说她想按照自己的愿望去利用他的才能,她也许更多的是想把这个青年从奥狄莉身旁拉开,因为她相信,她看出了他对奥狄莉怀有好感。虽说他在她组织的那些即兴娱乐演出中表现得十分能干,在这些或那些活动中提供了某些帮助,可她相信的永远是她本人,认为自己懂得最好。然而她想出的那些主意通常都平淡无奇,为了把它付诸实现,一个伶俐的仆人的机智就足够了,能跟一位艺术家做得同样好。当她想到为某个人的生日或庆祝活动举行隆重的典礼时,那除了一个用来祭祀用的神坛,一个用来戴在石膏头像或活人头上的花环外,再想不到别的,她的想象力也就到此为止。

露茜安的未婚夫向奥狄莉询问了建筑师的家庭情况,她详细地告诉了他。她知道,夏洛特早些时候已经为他谋到了一个职位;若不是露茜安的到来,这个青年人在完成小教堂的工作之后早就离开了这里,因为所有的建筑工作在冬天都必然要停下来。因此,若是这个心灵手巧的艺术家找到一个新的庇护者,重新得到任用、鼓励,那自然是一件好事。

奥狄莉和建筑师的个人关系完全是纯洁的、落落大方的。他的在场令人感到愉快,充满活力,使奥狄莉有如在一位兄长近旁那样快乐、喜悦。她对他的情感停留在文静的、没有激情成分的表层上。因为在她的心里业已没有空间,它完全被对爱德华的爱所占据。只有无所不在的神才能同时和他共同占有它。

425

这期间,越进入严冬,气候越是恶劣,道路越是难行,因而在这样的社交中消磨日子就显得越是吸引人。在短暂的退潮之后,住宅里的客人有如涨潮的水，与日俱增，偏远处军营中的军官也慕名而来，其中有教养者给社交活动带来巨大的好处，而那些粗鲁者则带来不快。在客人中也有非军人，有一天，那位伯爵和男爵夫人出乎意外地来到了这里。

他俩的到来似乎要组成一个真正的宫廷似的。那些有地位有风度的人都围在伯爵身边，而妇女们则对男爵夫人优礼有加。看到他俩在一起，并且是那样亲昵，人们不久就不再感到有什么可惊奇的了，因为人们得知伯爵的妻子已经过世，只要时机允许，他俩就要结为夫妻。奥狄莉想起他们的第一次来访，想起那些涉及婚姻的离奇的谈话，想起那些涉及结合和分离、希望、期待、割舍和断念的谈话。这两个人那时还毫无希望可言，而现在站在她的面前，他们所希冀的幸福却如此之近。一念及此，她不由得从胸中发出一声长叹。

露茜安一听到伯爵是位音乐爱好者，于是就筹办了一次音乐会。她要自己弹吉他来为自己伴奏。事情就这样进行了。她的乐器弹得不错，唱得悦耳中听。可歌词是什么，人们却很少能听懂。一位德国美人唱歌用吉他伴奏，仿佛向来就是这个样子。但每个人都肯定地说，她唱得非常有表情。热烈的掌声使她十分得意，可在这样的场合却发生了一件奇怪的不幸之事。有一个诗人参加了这次活动，露茜安特别希望同他建立联系，渴求他为她写几首诗，因此她在这个晚上唱的多半是他写的作品。他像其他人一样，对她甚为客气，但她对他的期待可比这要多。她几次来到他的身边，却没有听到他有什么进一步的议论。她终于失去了耐心，于是打发她的一个崇拜者去探听一下，他听到用这样优美的歌声来演唱他那优美的诗歌是否感到喜悦。是我的诗？这位诗人惊奇地说，请您原谅，先生，他补充说道，我只听懂了一些字母，除此以外什么也没有听到。没有一次能完全听懂。当然,对这样一种友好的用意,没有表示感谢,这是我的失礼。那个人听了,一声不响,沉默无语。而诗人呢,他试图用几句悦耳的恭维话把事情了结。可露茜安的意图让人明显地看得出来,是想得到他为她写的诗。若不是太不礼貌了,他真会把字母抄写给她,让她随便看作是一首亲切的赞歌去配上任何一种现成的曲调好了。可他对这件事不想做出令人难堪的反应。不久之后她得知,就在当晚他却为奥狄莉喜爱的一首曲调配上了一首优美至极的诗,这首诗远非一般的应酬之作。

所有她这类的人,总是把他们的长处和短处混淆在一起。她现在想在朗诵中试试她的运气。她的记忆力很强,可她的朗诵却枯燥乏味,显得急迫匆忙,缺少激情。她朗诵谣曲、小说以及通常能用来朗诵的东西。她在朗诵时有一个不良的习惯,弄姿作态,用这种令人不快的方式把本来是叙事和抒情的东西同戏剧性混成一团,而不是密切地连在一起。

伯爵是一个目光犀利的人,他很快就对这一群人、对他们的爱好、对他们的热情和消遣有了认识。他用一种新的方式给露茜安安排了完全适合她的性格的表演,谁知这是幸运还是不幸呢。他说:我觉得这里有那么多身材匀称的人,他们肯定不会缺少模仿画中的行动与姿态的才能。他们还没有试过,把真正的名画用于表演吧?若是他们费些气力做出安排,这样的模仿会带来妙不可言的乐趣呢。

露茜安立即就明白了,这可是她最擅长的领域。她那漂亮的身材,丰满的体态,五官端正而令人印象深刻的面孔,淡褐色的发辫,细长的颈部,这一切都像是从画上拓下来似的。若是她知道,当她文静地站在那里要比她在走动的时候——在这种情况下,她会不自觉地流露出某些令人反感的不优雅的举动——看起来更美,那她会以更大的热心来做这种自然的绘画表演呢。

　　找出了一些著名的铜版画，先选出的是万·戴克①的《柏利撒》②。一个身材魁梧的上了年纪的人扮成坐在那里的双目失明的将军，建筑师模仿站在他面前的战士，他的表情关切而悲戚，看起来确实有些像。露茜安半是出于谦逊，挑选了背景处的一个青年女人来扮演，这个女人的姿态是从袋子里拿出大量施舍放到失明将军摊开来的手上，而另一个老妇像是在劝告她，拦阻她，说她给得太多了。另有一个给他许多施舍的女人，也没有忘记找人扮演。

　　人们对待这些画或另外一些画是非常认真的。建筑师进行安排时，伯爵给他做了一些指点。他立即布置了一个舞台，并为照明问题花费了一番心思。人们都已深深地卷入到筹备工作之中，这时才发现，这样一项活动需要一笔可观的费用，有许多必需之物，隆冬季节在乡间是弄不到的。为使工作得以顺利进行，露茜安让人几乎把她的全部衣服都拆剪开来，供做各种服装之用，其实那些服装都是艺术家们兴之所至信笔画出来的。

　　演出之夜到来了，表演在大量观众面前和大家的掌声中开始。庄严的音乐使人们的期待心情紧张起来。首先表演的是那个柏利撒。扮演者是那样合适，颜色分布的是那样恰当，照明是那样富于艺术性，这一切使人们真的相信是置身于另一个世界里，只是现实中的人物代替了虚幻中的人物，这激起了一种惶恐之感。

　　帷幕落了下来，由于观众要求而不得不一次又一次地拉起。幕间的音乐使观众十分惬意，一幅更为精彩的画使他们更为惊喜。这

---

① Van Dyk(1559—1641)，尼德兰画家。
② Belisar，拜占廷的一位将军，他被查士丁尼一世下令刺瞎双眼。

是普桑①的著名作品:《亚哈随鲁和以斯帖》②。这次露茜安考虑得很周全。她扮演晕倒的王后,这可使她的全部魅力得以施展,并且聪明地找了窈窕妩媚的少女做伺候她的宫女,当然这些人无论如何是不能和她比美的。奥狄莉像被排除出参加其他一些画的扮演一样,也被排除出这幅画的演出。他们从人们中间挑选了一位最强壮、最英俊的男人饰演国王,他坐在黄金宝座上,酷似宙斯,这使这幅画的模仿表演确实达到了无可比拟的尽善尽美的程度。

选演的第三幅画是泰堡③的《父辈的警劝》,有谁不熟悉我们的魏勒④所制作的这幅画的铜雕!一位高贵的、骑士风度的父亲坐在那里,两脚交叉重叠在一起,像是在规劝站在他面前的女儿。这个少女身材绰约,穿着上有褶皱的白缎衣服。虽说看到的只是背部,但是她的整个形象表明,她在使自己镇静下来。从父亲的表情和姿态看得出来,他的训诫并不激烈,并不令她羞愧难当。而母亲呢,她像是在掩饰少许的局促不安,望着一只酒杯,正准备把它一饮而尽。

这可是露茜安最光彩的机会了。她的发辫、她的头部的形状、她的颈部、她的背部是那样俊美,超出了一切想象。她的腰部纤细、轻盈,穿当代的仿古女服很少能显露出来,现在穿上古装充分展示了它的长处。建筑师为了使白缎衣服上的褶皱富有艺术性动了不少脑筋,使得这次生动的模仿毫无疑义地远远超过了原作,大家欣喜若狂。人们一再地提出要求,这样一个妩媚的形象,他们从背部看够了,要从正面再欣赏一番。这样一种极为自然的愿望越来越强烈,致

429

---

① Poussin(1594—1665),法国画家。
② 见《圣经·旧约》中的《以斯帖记》,亚哈随鲁是波斯国王,以斯帖是犹太美女,被亚哈随鲁立为王后。
③ Terburg(1617—1681),荷兰画家。
④ Wille(1715—1803),德国铜版画画家。

使一个滑稽的、没有耐性的怪家伙大声喊出了"Tournez sil vous plait"①，人们写信时，每写满一页后，在下面经常要注明的就是这句话。这激起了一片赞同声。但是表演者却非常清楚自己的长处所在，对这幅艺术作品的意义理解得透彻，认为不应当听从大家的要求。那位显得羞惭的女儿平静地站在那里，不使观众看到她面部的表情；父亲坐在那里，做出训诫的姿态；母亲的鼻子和眼睛朝着透明的酒杯，像是要喝掉酒似的，可杯中的酒并没有减少。对随后的小型模仿表演——挑选的是表现尼德兰的酒馆和市集场面的绘画——我们没有什么更多要说的了！

　　伯爵和男爵夫人动身了，他们答应，在他们结婚后的最初几个幸福的星期内再返回此地。夏洛特现在希望，经过这两个月的繁忙劳累之后，也同样把其他的客人摆脱掉。露茜安初做未婚妻时感情上的如痴如醉和青春的狂热会平静下来的，夏洛特对自己女儿的幸福并不担心，因为未婚夫把自己看作是世上最幸福的人。他家财万贯、性情温和，像是在以一种奇妙的方式为自己占有世界均为之倾倒的一个少女而自鸣得意。他有着一个完全独特的念头，把一切都与她联系起来，并且这一切只有通过她才与自己有关。若是一个新来的人没有立即注意到她，而是试图同他建立一种密切的关系——由于他的善良的特性，特别是一些上了年纪的人经常这样做，对她不予以特别的关怀，那他就会产生一种不愉快的感觉。建筑师的事情不久就得到了解决。新年时他跟随露茜安的未婚夫同行，与他一道在城里过狂欢节。露茜安在城里要再次演出那幅优美的名画，还有其他许许多多的事情，她要从中得到巨大的乐趣。尤其是为了使她高兴，所需的每一次费用，她的姑妈和未婚夫都毫不在意。

430

――――――――――――――

① 法语，请翻转过来。

　　人们该分手了，但不能采取一种平淡无奇的方式。一次，有人大声开玩笑说，夏洛特的冬天贮藏很快就要吃光了。这时，那个扮演柏利撒的贵客——家境富有，为露茜安的魅力所吸引，长久以来对她十分倾慕——信口喊道：那让我们按波兰的方式来办！你们到我那里，把我的也吃光吧！然后就这样轮下去。这样说了，也就这样做了。露茜安把事情定了下来。翌日，行装打点完毕，于是这群人就扑向另一座府第。那儿的房间足够用，但不够舒适，设备不全，这样就带来某些不便，然而这才使得露茜安感到真正的快乐呢！他们生活得越来越放纵、荒唐。在深雪中狩猎，或者挖空心思举办一些只是带来麻烦的活动。妇女和男人一样，很少被排除在外。他们打猎、骑马、乘雪橇，喧闹着从一个庄园到另一个庄园，后来一直到达靠近都城的地方。有关宫廷和城市中种种娱乐消遣的传闻和消息，给予他们的想象力以一个异样的天地，把露茜安和她的全部随从不停地拖进另一个异样的生活圈子里。这期间她的姑妈已经先行一步离去了。

431

奥狄莉日记摘录

　　"在世界上，对待一个人，他表现出是什么样子，那就以什么样子去对待他，但是他也必须有所表现才好。人们宁愿忍受那些令人不快的人，却不愿忍受那些无聊的人。"

　　"人们能够把任何东西强加给社会，但是不能把一种有后果的东西强加给它。"

　　"我们不熟悉那些朝我们走来的人，为了知道他们的情况，我们必须走到他们那儿去。"

　　"我们对来访的客人必然要评头论足，一旦他们离去，我们对他们的评论并不是非常亲切的，我觉得这几乎是十分自然的事，因为我们有权利按照我们的标准去衡量他们。甚至知事明理、公正不偏的人,在这种场合也禁不住说上一句苛刻的评论呢。”

“反过来,如果我们在别人那里逗留过,看到他们的环境、习惯以及他们无法避免的处境,看到他们是如何活动或者如何适应;那就必然会向我们显示出在多种意义上值得敬重的东西,而认为这些是可笑的,那就是不智之举和居心不良了。”

“借助我们所称的品行和美德,就可以得到只有通过暴力或者通过暴力也不能得到的东西。”

“同妇女的交际是美德的要素。”

“人们的品格和特性怎样才能和生活方式同存呢?”

432　　“特性必须通过生活方式才能真正地显示出来。每个人都想出名,只是这不应当令人不快。”

“一位有教养的军人,在生活和社交场合中有着极大的长处。”

“粗鲁的大兵是不会改变他们的本性的,可因为他们中大多数人,在强壮和孔武有力的背后隐蔽有一种善意,这样,在必要的情况下也可以和他们交往。”

“没有比非军人阶层中的一个呆钝的人更为可厌的了。人们是能够向他提出文雅的要求,因为他从没有被迫去做出粗鲁的举动。”

“当我们同那些对节度有着一种细腻情感的人生活在一起时,一旦遇到了某些失于检点的行为,就使我们为他们感到担心。我与夏洛特在一起生活就总有这种感觉,每当有人摇晃她坐的椅子时,我就担心,因为这是她所不能忍受的。”

“没有人会鼻子上架着一副眼镜进入一间内室,若是他知道我们妇女看到他会立即失去同他谈话的乐趣的话。”

“用信赖代替敬畏,这是令人可笑的。一个人不脱帽而鞠躬,鞠躬后再脱下帽子,若是他知道这是滑稽可笑的,他就不会这样做。”

"礼仪若是没有深刻的道德上的原因,那它就不会在外观上表现出来。正确的教育方法是使这种表现和这种原因同时得以灌输。"

"品德是一面镜子,每个人都在里面显现出来。"

"有一种心灵上的礼仪,它与爱有着亲缘关系。从这里面才会产生出外观上举止得体的最令人愉快的礼仪。"

"自愿的依附是最美好的感觉,没有爱是做不到这点的。"

"只要我们不自以为已经得到了所希望之物,那我们离我们所希望之物就不会很远了。"

"一个不自由的人却自以为是自由的,那么,没有人比他更是奴隶了。"

"一个人若声称自己是自由的,那他觉得在这一瞬间是受约束的。若是他敢于声称自己是受约束的,那他觉得自己是自由的。"

"面对另一个人的伟大优点,除了爱之外别无补救的方法。"

"一个出色的人受到傻瓜们的赏识,这是可怕的。"

"人们常说,对于仆人来说不存在英雄。这是因为只有英雄才识英雄,而仆人大概只知道重视与他同样的人。"

"天才也不会不死,对于一个庸才来说,最大的安慰莫过于此。"

"伟大的人总是通过一种弱点与他们所处的世纪连在一起。"

"我们习惯于把人看得过于危险,实际上并不那么严重。"

"傻瓜和精明人同样是无害的。只有半傻不傻和半精不精的人才是最危险的人。"

"除了借助艺术,人们很难有把握避开世界;除了借助艺术,人们很难有把握把自己同世界联结起来。"

"甚至在极度幸福和极度艰难的时刻,我们也需要艺术家。"

"艺术所从事的是困难与善。"

"看到困难的事轻易地得到了处理,会给我们留下一种不可能的印象。"

　　"困难越增长，我们离目的就越近。"

　　"播种并不像收获那样艰辛。"

第六章

露茜安的来访给夏洛特带来了巨大的麻烦,但她借此也得到了　434
补偿,她完全理解了她的女儿;对世界的认识使她得益匪浅。遇到露
茜安这样性格奇特的人,她这已不是第一次,但却从没有奇特到如此
程度。基于经验,她知道,这样的人通过生活,通过某些事情,通过双
亲的熏陶会成熟起来,会变得可亲可爱,他们的个性会有所收敛,他
们的狂热行动会获得一种明确的方向。作为母亲,她自然对那种令
他人感到不快的表现加以容忍,外人只是希望追随露茜安去吃喝玩
乐,或者至少是不会干涉她,但她却是对女儿有所希望的。

夏洛特在女儿动身之后遇到了一件特殊的、意想不到的麻烦事。
露茜安做了一件事,她的这番举动本不应受到责备,本应该受到赞
扬,但却因此而招致流言蜚语。露茜安似乎有这样的原则:不仅和
快乐的人一起共享快乐,而且也与悲哀的人一起分担悲哀。为了使
这种相互矛盾的精神得到施展,她有时使快乐的人苦恼,使悲哀的人
欢欣。在她到过的人家,她总询问有没有不能在社交场合露面的体
衰多病的人。她去他们的房间探望,自己充当医生,强迫他们服用她
的旅行药箱中的药效好的药剂,这个药箱她经常放在车上随身携带。
这样一种治疗方法,完全想象得出,成功或者失败全凭偶然。

在这种方式的慈善举动中,她显得十分残忍无情,不容别人置　435
喙,因为她坚信她的做法是出色的。但是有一次尝试,从道义方面来
看,她失败了。这给夏洛特带来了许多麻烦,因为它引起了不良的后
果,惹得人们议论纷纷。直到露茜安动身之后,她才听到,奥狄莉恰
巧也在场,她必须向夏洛特做详细的说明。

有一家名门望族的一个女儿可说是命乖运蹇,她对她的妹妹之
死有咎,为此她无法平静,无法恢复常态。她在自己的房间里,过着
勤劳而安静的生活。若是她的家人单个到她这儿来,她能忍受他们
的目光;可一旦有几个人在一起,她就立即猜疑起来,以为他们是在

议论她,在议论她的处境。面对任何一个单独的人,她表现得十分理智,并能滔滔不绝地谈个不停。

　　露茜安听说了这件事,随即私下里打定主意,只要她一到这家人那里,她就要创造一个奇迹,把这位少女重新引进社交界。她做得比通常更为细心、谨慎,设法自己一个人和这个女精神病人见面,并通过音乐赢得她的信赖。只是到最后,露茜安却疏忽了,正因为她要激起人们的注意,于是在一个晚上突然把这个美丽、苍白的少女带到了丰富多彩和富丽堂皇的社交场合。她错误地认为这位少女已有了充分的准备,若是那些宾客出于好奇和关切的举止不是那么拙劣的话,事情也许会一帆风顺。这些人围在病人四周,随之又避开了她,他们窃窃私语,交头接耳,使得她精神错乱,激动起来。她那脆弱的感情承受不了,于是她吓人地喊叫起来,跑了出去。这喊叫声就仿佛有一个怪物扑向她而引起惊骇一样。所有的人都为之一惊,向四下跑开。奥狄莉和几个人一道,把这个完全昏厥过去的姑娘护送到她自己的房间。

436　　　这期间,露茜安按照自己的方式行事,对大家提出了强烈的责难;可她丝毫没有去想,所有的过错全在她一个人身上,并且她也不因这次或那次失败而中止这类做法和行动。

　　从那时起,病人的病情日益加重,甚至恶化到这种程度:她的父母无法把这个可怜的孩子留在家里,只好把她送进一家公共医院。夏洛特没有别的办法,只有对那一家人采取一种特别体贴的态度,好多少减轻由于她女儿的原因所造成的痛苦。这件事给奥狄莉留下很深的印象。她为这个可怜的姑娘惋惜,她知道,就是对夏洛特她也不隐瞒,病人当初若是得到彻底的医治肯定会得到康复的。

　　由于此事的影响,人们经常谈论以往不愉快的事情便多于愉快的了。这样,奥狄莉对建筑师的那次小小的误会也成了话题;就是指那天晚上,尽管她那样恳切地请求,他却不把他的收藏拿出来。奥狄莉对建筑师的断然拒绝总是耿耿于怀,她不知道这究竟是为什么。她的这种情感是十分正常的,因为像奥狄莉这样一个少女提出的要求,像建筑师这样一个青年是不应当拒绝的。建筑师需要对她的轻微责备做出相当有说服力的辩解,请求她予以谅解。

　　如果您知道,他说,甚至一个有教养的人对待极为珍贵的艺术品是怎样粗心时,您就会原谅我不把我的收藏带到大庭广众面前了。没有人知道拿一枚奖章时要拿它的边缘,他们抚摸上面最精美的印记、最精细的底面,把最贵重的残片放在大拇指和食指之间翻来掉去,仿佛要用这种方法来考察它的艺术形状似的;他们不去想,应当用两只手拿起一张大的纸头,却是用一只手去抓起一幅无比珍贵的铜版画,一幅无法替代的图案,就像一个傲慢的政治家抓起一张报纸那样随便,仿佛把纸捏得皱巴巴就能预先对世界大事做出他的判断似的。没有人想到,只要有二十个人逐个地这样对待一幅艺术品,那到第二十一人时,便会没有什么可看的了。

　　我是不是有时也曾使您感到为难呢?奥狄莉问道,我是不是偶尔也不自觉地损坏了您的珍品呢?

　　从来不会的,建筑师回答说,从来不会的!您不可能这样做,您天生把一切都做得十分得体。

　　不管怎么样,奥狄莉说,将来在介绍礼仪的小书中,讲社交场合吃、喝时应有的礼节之后应加上一章,详细介绍人们在收藏艺术品的地方和博物馆应有的举止,那不是一件坏事。

　　当然,建筑师回答说,那样,艺术品的看管人和爱好者便更高兴把他们的稀世之珍拿出来供人欣赏了。

　　奥狄莉早就原谅了他,但是建筑师对她的责备却总是深感不安,一再申明,他非常愿意把他的收藏拿出来,非常愿意为朋友做些事

437

情。这使奥狄莉觉得,她伤害了他那脆弱的感情,为此深感内疚,觉得对不起他。因此,她对在这次谈话之后他提出的一项请求便不能简单地加以拒绝了。尽管她很快便在心中做了考虑,可当时却看不出怎样才能满足他的希望。

事情是这样的:由于露茜安的妒忌,奥狄莉被排除出名画表演,这点他明显地感受到了。夏洛特由于身体不适,只是断断续续地观看了这种社交娱乐中的一部分精彩节目,他同样也感到惋惜地注意到了。这次他要举办一次比以往更为华丽的表演,使奥狄莉得到敬重,使夏洛特得到消遣,以此表达他的谢忱,否则他是不会离开这里的。也许还有另一个他本人未意识到的秘密动机:他很难离开这座府邸,离开这个家庭。是啊,他不可能离开奥狄莉的眸子,在最近这段时间,他几乎完全靠奥狄莉娴静亲切的眼波来维持自己的生命。

庆祝圣诞的节日就要到了,他突然豁然开朗,那些名画表演脱胎于依照马槽圣婴图制造出的丰满人物,脱胎于人们在这个神圣时刻献给圣母和圣婴的那些虔诚演出中的人物,以表现了他们在寒微的处境中,如何先是受到牧人,随后受到国王们的尊敬。

他有条件把这样一幅画完全变为现实,他找到一个漂亮、活泼的男孩,也找到了一些牧童和牧女,但是没有奥狄莉,事情便无法进行下去。这位年轻的建筑师,要在他的思想里把奥狄莉抬高到扮演圣母的位置。若是她拒绝了,事情便告吹。奥狄莉对他的建议有些为难,让他去向夏洛特提出他的请求。夏洛特很高兴地表示同意,奥狄莉对贸然扮演圣母形象感到的畏怯不安,也由于她以一种亲切的方式加以劝说而得到了克服。建筑师日夜不停,以便圣诞之夜一切稳妥无误。

他确实是忙得日夜不停啊。他本来就食量不大,而现在奥狄莉在场,对他来说,就能代替饮食。为她工作,他便觉得他不需要睡眠;

为她忙碌,他便觉得他不需要吃饭。因此,到隆重的圣诞夜晚便一切都准备就绪。他也设法把一些音色优美的低音乐器集中到一起,用来作演出时的前奏和制造所希望的气氛。当幕布升起时,夏洛特确实为之一惊。为她表演的这幅画面,在世界上不知重复过多少次了,人们对它几乎没有什么新的印象可期待的。但是把画变成现实却有着它的特殊长处。整个场景与其说是暮色苍茫,不如说更像是一片夜色。然而周围的一切却十分清晰、历历在目。所有的光都从圣婴那儿发出,这确是一个绝妙的构思。艺术家利用了一种巧妙的照明装置,把它隐藏在台上被光束照亮的演员的阴影里,使之不为观众所察觉。快乐的女孩和男孩站在四周,他们清新活泼的面孔被台下的灯光照得十分清楚。还有天使,他们本身发出的光,由于圣光而显得暗淡,他们飘忽不定的形体在神转化为人的形体前面,显得凝聚和需求光亮。

439

　　幸运的是孩子在姿态最优美的时候沉沉入睡,这样人们在把目光停留在母亲身上时就不至于使欣赏者受到干扰。她优美无比地揭开一条纱巾,露出遮掩起来的圣婴。在这一瞬间,画面像是固定了,凝住了。从圣婴身体上发出的光华令人目眩,圣婴的精灵令人神往。周围的人恰在这时必须做出这样的动作,他们移开目光,随即怀着欣喜好奇又把目光投过去,较之于崇拜和敬畏来说,表现出的更多是惊异和喜悦。这一切都没有被忽略,几个老一些的人传达出了这样的表情。

　　奥狄莉的体形、姿态、表情、眼神超出了任何一个画家所能描绘出来的。感情丰富的鉴赏家,若是看了这个景象,会感到担心,怕它有丝毫移动;他会忧虑地感到,是否能再有这样令他叹服的东西。不幸的是没有一个能理解它的作用的人在场。只有建筑师一个人——他扮演一个颀长瘦削的牧人,从一群跪倒在地的人那里朝这儿张望,尽管他站的不是最佳位置,还是感到了最大的享受。有谁能描绘出新创造出来的天国王后的表情? 在得到一种巨大的不配享受的光荣,一种不可思议的无上幸福时那种最纯洁的谦卑,最可亲的恭顺,这一切都在她的表情中表现出来了。她所表达的是她自己设计出来的,这也是她自己的感受。

夏洛特十分喜欢这幅画,尤其是孩子们给她留下的印象很深。她的泪水夺眶而出,她耽于极为活跃的想象之中,不久她就能在怀中抱有像这个孩子一样的婴儿了。

幕布落了下来,这一则是为了使表演者稍事休息,二则是为了改变一下表演的姿势。艺术家已经想好了,把第一个夜间和清寒的画面转化为一个日间和华丽的画面,为此在四周备下了大量的灯,间歇时便点燃起来。

奥狄莉在半像是演戏的情况里一直保持着最大的镇定,除了夏洛特和少数家里人之外,没有人看到这种虔诚的艺术表演。因此,当她在间歇时听到来了一个陌生人,夏洛特正在客厅里亲切地招待他时,便感到有些惶恐。是谁呢? 没人能告诉她。为了不使表演受到干扰,她只好不去想这件事。蜡烛和灯都点了起来,她的周围灯光通明。幕布升了起来,观众都显出惊喜的表情。整个画面一片光明,代替完全消逝了的阴影的是一片绚丽,色彩斑斓。由于巧妙的选择,这些颜色显得柔和适度,十分悦目。透过长长的睫毛奥狄莉注意到了,有个男人坐在夏洛特的身边。她没有认出他来,但是她相信她听出是寄宿学校那个教员的声音。一种奇异的感情攫住了她。自从她听不到这位诚实的老师的声音以来,她经历了多少事情啊! 像迅急的闪电一样,她的欢乐和她的痛苦依次在她的灵魂前飞驰而过,激起了这样的询问:你能向他供认一切,表白一切吗? 你是多么的卑微以这种神圣的形象出现在他的面前。他过去看到的只是你的本来面目,现在看到的却是乔装打扮,这会引起他一种怎样奇怪的感觉呢?在她的心里,感情和思考以无比的快捷相互搏击起来。她的心拘谨不安,她的眼睛里充满泪水,可她得强制自己继续去表演一幅不动的画。当孩子开始动起来,艺术家看到该发出落幕的信号时,她感到多么快乐啊!

如果说这种不能向一位尊敬的朋友吐露的痛苦感情,在表演的最后瞬间已和其他的感情汇聚在一起,那么现在她已陷入更为狼狈的境地。她应当穿着这身陌生的服装和佩戴这样的饰物去见他吗?她应该去换衣服?她不做选择,她按后一种办法做了,并试着在此期间使自己振作起来,平静下来。当她终于穿着平日的服装去欢迎客人时,她才恢复了自我,一如往常。

第七章

建筑师深愿爱护他的两位女主人诸事如意,他终归是要离开她们的。因此当他看到受人尊敬的教师与她们为伴时,便觉得欣然。然而当他念及她们对他的深情厚谊时,尽管他生性谦和,但看到自己竟是这么快,甚至这么完全地被别人所取代,便感到些许痛苦。他过去总是一再地迟疑不决,现在他却急于离去。因为在他离去之后,她们对教师的看重,这种他不得不忍受的事,至少是不必再目睹眼见了。

在辞行时,两位妇女赠给他一件背心,这使他那半是悲哀的情感得到极大的快乐。他曾看到她们两人长时间织这件背心,当时他怀着一种暗暗的妒忌,不知将来哪一个幸运儿得到她们的赏赐。这样一件礼物是一位怀有爱意和敬重之心的男人所能得到的最最满意的馈赠。当他想到那纤细玉指不倦的劳作,便不能不感到得意。从事这样一件如此持久的劳作,她们的心是不会不流露出情意的。

女人们现在款待一个新的男人了,她们对他怀有好感,他在她们这里会得到好的照顾。女性一经有了自己内在的、不可改变的兴趣,那么世上便没有什么会使她们背叛它,然而在表面的交往关系上,她们倒是愿意使那些围在她们身边的男人称心。不管是接受还是拒绝,坚持还是屈服,她们都掌握着统治权,在遵守礼仪的圈子里,没有一个男人敢于避开它。

如果说建筑师似乎是按自己的乐趣和爱好,用他的才智给这两个女友带来了欢乐的话,为了达到这一目的,他所做和所说的,都是在这种意义上和根据这样的意图行事,那么教师在很短的时间内采用的却是另一种生活方式。他极善辞令,对人与人之间的关系,特别是涉及青少年教育的话题,更是侃侃而谈。这样一来,便出现了一种与迄今以来做法明显不同的对比,说得更清楚些,教师对前一阶段所做的一切并不完全赞同。

他对他抵达此地那天所看到的名画表演不表示任何意见。可当人们怀着得意的心情领他去参观教堂、小教堂以及与此相关的地方时，他便不能把他的看法和观点憋在心里了。在我看来，他说，我是根本不喜欢把神圣的东西同感官的东西靠近或者混淆起来的。弄出一块特别的地方，装饰一番，作为祭神之用，为的是培植和表达一种虔诚的情感，我不以为然。任何一种环境，哪怕是最普通的，都不应当使我们心中的神圣感情受到干扰。这种感情到处陪伴着我们，使任何一个地方都能成为祭祀的殿堂。我喜欢在人们用餐、聚会、演出和跳舞的地方举行家庭祈祷仪式。人的至高无上的最出色之处是无形无象，因此人们应当小心，除了在高尚的行动中显示自身之外，不要使自己成为别样的形象。

443

夏洛特对他的思想总的来说早已有所了解，现在她要在很短的时间内做更多的探究，于是她把那些孩子们都叫到大厅，让教师在他擅长的领域里一试身手。在建筑师动身之前，孩子们已然经过一番训导。他们身穿明快而整洁的制服，动作整齐，性格天真活泼，看起来都十分可爱。教师按照他的方式，对他们加以考察，通过某些提问和转换话题，不久就对孩子们的性情和能力了如指掌。在不到一个小时之内，不知不觉地，他便对他们进行了确实是重要的教育和促进。

您怎么做到这点的？夏洛特打发走孩子们之后问道，我非常注意地听了，这都是一些最熟悉不过的事情，可我不知道，怎样才能在这么短的时间内，通过这么多一来一往的问答，就能收到这样的效果。

也许人们应该把他们的技艺的长处当作是一种秘密，教师回答说，但是我不能对你们隐瞒这非常简单的准则。按照这个准则去做，人们就能做到这一点，获得更多的成绩。您抓住一个对象、一种材料、一个概念，不管人们称它是什么，把它抓得紧紧的，把它的各个部分都弄得清清楚楚，那您就容易借助谈话的方式，了解一群孩子心里想的是什么，什么是他们感兴趣的，应当向他们提供些什么。对您的问题的回答，不管是怎样的风马牛不相及，不管是怎样的离题万里，只要您的反问把精神和意义重新引入正题，只要您不移动您的立足点，到最后，孩子们必然会想到，了解到，并且肯定教育他们的人要的是什么，若是他被受他教育的人牵着走，若是他不能把他们牢牢地把握在他所需要的地点上，那就是他的最大错误。下次您不妨试一试，这会使您极为愉快的。

这倒是很妙，夏洛特说，良好的教育恰巧成了良好的生活方式的反面。在社会上，没有任何事情使人流连驻足，然而在受教育时，克服神驰意荡却成了教育的戒条。

对于教师和生活来说，纵有变换而心神专一，这是最美好的座右铭，假如能轻易地保持住这种值得称赞的平衡的话！教师说。当他还要继续说下去时，夏洛特叫他再次观察正列队活泼地穿过庭院的孩子。他看到孩子们穿着制服活动，感到满意。他说：男子汉应当从少年起就穿制服，因为他们必须习惯于共同行动，使自己消失在与他们同样的人之中，一道服从，一起劳作。任何一种样式的军服都能促进一种军人的思想，养成一种简捷的、一丝不苟的举止。所有的男孩生来就是士兵，人们只消看一看他们的战斗和打仗的游戏、他们的冲杀和攀登就清楚了。

您不会为此而责备我吧，奥狄莉说，我让我的那些女孩子不穿一模一样的服装。若是我把她们带到您的面前的话，我希望五色缤纷的衣着会使您感到快乐。

我完全赞同这种做法，教师说，女人的衣服完全应当绚丽多彩、多式多样，每个人应按自己的方式和方法，这样每个人才能知道什么对她更合适、更得体。还有一个更重要的理由,因为她们注定一生要独自活动和独自处事。

我觉得这真是奇谈怪论,夏洛特说,我们几乎从来不是为了我们自己。

哦,是这样的!教师回答说,女人对另外一些女人,肯定是这样的。人们观察作为一个恋人、一个未婚妻、一个妻子、一个主妇、一个母亲的女人,她们总是独处的,总是孤身一人,并且愿意这样。是的,在这种情况下,她甚至沾沾自喜。任何一个女人,从天性上说,都排斥其他女人,因为每一个女人被要求去做的,就是女性应尽自己的义务。男人就不是这样了。男人需要男人,如果没有的话,他会自己创造出第二个男人。女人能够永久地生活下去,而不去想创造和她同样的女人。

人们把真实的东西说成奇怪的,夏洛特说,这样到后来,奇怪的也就成了真实的。我从您的这番高论中得出最好的结论,女人同女人团结起来,也要采取共同行动,使男人的巨大长处不至于超过我们。是的,若是男人们彼此之间不是那么和谐一致的话,您对我们的轻微的幸灾乐祸心情想来不会怪罪吧,这种心情将来我们必然会感受得越来越深刻呢。

这位有头脑的人非常细心地考察奥狄莉对待她的那些女学生的方式,他对此极为赞赏:您让您的这些学生先学会眼下有用的东西,这非常正确。整洁能促使孩子们高兴地看重自己,如果她们受到鼓励,能快乐和自觉地从事她们所做的事,那一切都会成功。

除此之外,不注重表面和外观,看重内在和不可缺少的必需之物,也使他极为满意。若是人们肯于倾听的话,他说道,用很少几句话就可以说明整个教育的事情!

您不愿对我说说吗?奥狄莉亲切地问。

446

　　当然愿意,他回答说,可您不能泄露出是我说的。教育男孩成为奴仆,教育女孩去做母亲,这样便无处不宜了。

　　教育成母亲,奥狄莉说,这对女人还说得过去,即使不能成为母亲,她们也得准备去当看护;让我们的那些年轻男人去当奴仆,这却过于屈才了,看得出来,他们每一个人都认为自己能发号施令无所不能呢。

　　正因为如此我们才对他们缄口不语,教师说,人们进入生活,自己奉承自己,但是生活却不会讨好我们。这一点,归根结底人们是不得不承认的。可是有多少人心甘情愿去承认呢?对这些与我们没有关系的观察,我们不必谈了!

　　我称赞您是幸运的,您在您的学生身上采用了一种正确的做法。如果您那些最小的女孩抱着布娃娃进进出出,用碎布给它们缝制衣服,如果那些年纪大些的女孩能照料年幼的,并且自己动手帮忙做家务活,那么她们踏入生活的步子就不会太大了,一个这样的少女就会在她的丈夫那里找到她在离开双亲时所失去的东西。

　　但是在有教养的阶层里,这个任务非常复杂,我们必须顾及更高一层的、更敏感的、更细腻的关系,特别是社会方面的关系。因此我们应当对我们的学生施以外向的教育,这是必要的,是不可缺少的,只要不失之过度,那就会有益。人们想教育孩子们适应一个更广阔的天地,这样做很容易变得没有节制,眼睛里看不到内在天性本来的要求。教育者所能完成的,或者他们完不成的任务也就在于此。

　　在寄宿学校里,我们教给女学生的某些东西使我们担忧,因为经验告诉我,将来这些东西对她们很少有什么用处。当一个女人处于家庭主妇,处于母亲的地位,有什么不会马上被抛掉,有什么不会马上被忘却呢!

　　因为我既然献身于这项事业,便不能放弃我的虔诚的愿望,将来在社会上找到一位忠实的女助手，去教育我的学生，使她们获得独立地跨进自己从事活动的领域时所需要的知识。这样，我就能对自己说：在这个意义上，她们所受的教育算是完成了。当然，一种教育结束了，随之是另一种教育的开始，这种教育在我们生命的每一年里都存在，虽然不是受我们本人而是受环境所激发的。

奥狄莉觉得他的这一席话十分真切！在过去的这一年里，她受到了一种何等意想不到的激情的教育啊！每当她向周围、向不远的将来望去时，在她眼前浮动的一切有哪一样对她不是一种考验！

这个年轻人提到了女助手，一位内助，预先并不是没有考虑的。虽说他生性谦卑，但他却不能不用一种隐约的方式暗示出他的意图。他从某些情况和事情上得到了鼓励，想借助这次访问更接近他的目的。

寄宿学校的女校长已经上了年纪，她早就在她的男女同事之中物色一个能与她合作的人，最后她选择了这位教师，她对他充分信赖，付以重托。他应当同她一道领导这所学校，发挥他的才智，在她死后成为继承人和惟一的主管人。现在主要的问题是他必须找到一个志同道合的妻室。贤淑文静的奥狄莉就成了他心目中的对象。只是他有时疑虑重重，旋而又因某些与此相关的情况有了几分信心。露茜安离开了寄宿学校，奥狄莉能不受阻碍地返回学校了。他对她同爱德华的关系虽然也有耳闻，但他对类似事情并不重视，甚至这件事会有助于奥狄莉的返校呢。可如果没有得到一种特别的鼓励的话，那他是不会做出决断，不会迈出这一步，不会进行这样一次突然的访问的。伯爵和男爵夫人参观过这所寄宿学校，这些重要人物在某个团体的出现，从来是不会不留下后果的。

伯爵和男爵夫人经常被问及各式各样寄宿学校的价值，因为每个人都关心自己子女的教育。人们说了许多关于这所学校的好话，

448

于是他们两人决定对这所寄宿学校进行一番特殊的考察。他俩已经结婚，在这种新的情况下决定共同进行这项工作。可男爵夫人还别有所图。上一次她在夏洛特那里逗留时，曾同她就爱德华和奥狄莉的事情做了长谈。男爵夫人一再坚持：必须把奥狄莉打发走。她试着去鼓起夏洛特的勇气，不要老是怕爱德华的威胁。她们谈到了各种各样的出路，在谈及寄宿学校时，也谈到了这位教师对奥狄莉的爱慕。这更大程度地促使男爵夫人决定去进行这次计划中的访问。

她到了这所寄宿学校，认识了这位教师，进行了参观，谈到了奥狄莉。伯爵本人在最近一次访问中对奥狄莉有了较多的了解，高兴谈论到她。奥狄莉也接近他，甚至受到他的教诲，通过和他进行的内容丰富的谈话，她了解了那些直到现在她还感到陌生的事情。她在同爱德华的相处之中忘记了世界，而同伯爵的交往却使她觉得这世界才是美好的。任何一种吸引都是相互的。伯爵对奥狄莉怀有一种爱慕之心，他喜欢把她看作是自己的女儿。这样，对男爵夫人来说，奥狄莉又一次成了她的绊脚石，比第一次还要严重。天知道，她在这种激烈的情绪中，有什么反对奥狄莉的事情做不出来呢！现在她要通过一种婚姻使奥狄莉无害于她，这对做了妻子的女人足够了。

因此她聪明地用一种谨慎然而有效的方式鼓励教师，去府邸进行一次短暂的游览，不失时机地使他的计划和愿望得以实现。有关这些的计划和愿望，他并不对男爵夫人保守秘密。

女校长完全赞同他的这次旅行，他怀着美好的愿望上路了。他知道，奥狄莉对他并非没有好感。如果说在他们之间存在着地位上的某些差别的话，这一点通过符合时代的思想方式能十分轻易地消除。男爵夫人也使他想到，奥狄莉一直是一个穷苦的姑娘；而同一个富有的家族建立亲戚关系，这对任何人都没有什么裨益。因为一个家财万贯的人不会无谓地把一笔可观的数目给予一些关系较为疏远

449

的人,比起他们来,更亲近的人才有充分的权利去占有这笔财富。一个人享有巨大的特权,支配他的财富,这很少对他所心爱的人有利,这确实是奇怪的;然而正如事实所表明的,出于对传统的重视,这只是对那些在他死后会占有他的财富的人有利,即使这不是他本人的意愿。

　　在这次旅行中,教师感到自己和奥狄莉完全平等了。友好的款待更增加了他的希望。虽然他觉得奥狄莉对待自己不如往日那样坦率,但她已是一个成年人,一个有教养的人,而且可以说,从总的方面看来,奥狄莉比他过去所认识的更健谈了。人们信任地让他对他所擅长的某些东西进行考察,可当他要接近他的目的时,某种内心的羞怯却总是使他止步不前。

450

　　有一次夏洛特倒是给了他一个机会。在奥狄莉在场时,她对他说:唉,您对我们圈子里的一切都做了观察,您觉得奥狄莉怎样?您可以当她的面谈谈。

　　教师用十分敏锐的眼力和平静的言词,表达了他对奥狄莉的看法:她的举止更为活泼自由,她的言谈更为流畅豁达,她对世俗事物的观察目光更为犀利,她的行动更胜过她的言词。他觉得这些变化是她的长处,可他相信,若是她返回寄宿学校待一段时间,那会对她更为有益,能连贯地、彻底地和长久地掌握那些在社会上只是零散学到的、常常使她茫然而不是满足,甚至有时是延误了的知识。他不想对此谈得过多,奥狄莉本人知道得最为清楚不过,当时她是在什么样的系统学习期间中断了她的学业。

　　奥狄莉不能否认这点,但是她却不能承认她听这番话时的感受,因为她自己也几乎无法解释清楚。对她来说,每当她想到自己所爱的人时,在这个世界上就没有什么是不再相关联的了;她无法理解,没有他,还有什么能是休戚相关的了。

夏洛特用聪明的友好态度对他的提议作了答复。她说,她和奥狄莉意见一致,早就希望她能返回寄宿学校,不过,在这段时间里,有这样一个可爱的女友和助手在场,对她是不可缺少的。以后,只要奥狄莉有再回那里去的愿望,把她开始学的学完,把中断了的继续完成,夏洛特本人是不会阻拦的。

451　　教师高兴地接受了这个提议。奥狄莉不能对此表示反对,可这立即在她的思想上引起了惊恐。夏洛特想赢得时间,她希望,爱德华在她生下孩子之后会重新感到自己是一位幸运的父亲;随后,她可以肯定,一切会恢复如初,那时也就能用这种或那种方式来关心奥狄莉了。

在这样一次重要的、必然会引起参加者深思的谈话之后,往往会出现一段时间的平静,这看起来近似于一种大家都感到尴尬的场面。大家在客厅里来回踱步,教师翻阅书籍,最后翻到了露茜安走后还放在这里的那本大画册。当他看到里面都是猴子时,立刻把它合上了。这件事引起了一场谈话,在奥狄莉的日记里我们可以找到与此相关的一些痕迹。

奥狄莉日记摘录

"人们怎么想到去把那些可憎的猴子如此细心地画出来! 若是人们仅把它们看作是动物,那人们已经降低了自己的身份;若是人们沉溺于在这些猴子的面孔上寻找所熟悉的人,那可真是居心不良了。"

"一个人喜欢摆弄漫画和讽刺画,这完全是一种恶习。我感谢我们这位善良的老师,使我不受自然史的折磨。我对昆虫和甲虫从来就没有好感。"

"这次他向我承认,他也与我一样。'关于自然,'他说,'除了那些直接活跃在我们周围的,我们不应当认识它们。我们身边那些枝叶繁茂、开花结果的树木,我们路上遇到的每一种灌木,我们漫步踏过的每一根草茎,都和我们有着一种真正的关系。它们是我们真正的一奶同胞。那些鸟儿在我们的枝梢上跳来跳去,在我们的树叶间吟唱,是属于我们的,它们从小就同我们交谈,我们懂得它们的语言。人们问自己,是不是每一种从其所处环境中出来的新奇生物都会给我们留下某种可怖的印象? 这种印象只是由于习以为常变得迟钝了而已,要能忍受身边的猴子、鹦鹉和黑人,这可是一种光怪陆离、喧闹嘈杂的生活。'"

452

"有时候,一种对此类稀奇古怪事的好奇欲望左右了我,我就羡慕上那样的旅行家了,他看到这样奇奇怪怪的东西同另一些奇奇怪怪的东西每天都活跃地聚在一起,可这样一来他也变成了另外一个人。在椰子树下游荡,没有人是不受惩罚的,在大象和老虎出没的地方,人们的思想肯定会发生变化。"

"只有这样的自然科学家才是值得敬重的:他善于把那些最新奇、最罕见之物同它们的地方特色和毗邻的一切,每次都极为熟谙地向我们描绘出来。我多么想听洪堡兄弟①的讲述,哪怕只是一次也好!"

"一间博物标本室会使我们感到有如一座埃及坟墓,里面陈列着各式各样涂上香料的动植物标本。在充满神秘的幽冥之中忙忙碌碌,这对一个祭司倒是合适不过的。但是在普通的课程上却不应当列入这类东西,否则,我们身边的那些值得敬重的东西,就会因此而轻易地被排挤得无处容身。"

---

① Alexander von Humboldt(1769—1859)和 Wilhelm von Humboldt(1767—1835),与歌德同时代的自然科学以及人文科学学者。

　　"一个教师,若能唤起对一件惟一的善举、对一首惟一的好诗的感情,那他所做出的成绩,远比一个把自然形成的整个序列都按其名称和形状灌输给我们的老师要好得多,因为这整个结果不外是：人的形象是最优秀的,也是惟一酷似神的形象。这我们不学也能知道。"

453　　"对个别人来说,他可以自由地从事与他有关、使他快乐、对他有益的一切；但是人类最根本的研究是人。"

第八章

只有很少的人懂得去研究刚刚逝去的东西。我们不是被现实的强力所束缚，就是消逝在往昔之中，试图尽可能重新唤回和恢复那完全失去了的一切。甚至在阀阅人家，他们应当感谢他们的先人，可经常是更多地怀念祖父辈而非父辈。

一天，风和日丽，残冬行将消失，春天恍若来临，我们的这位教师穿越巨大、古老的府邸庭院，对高耸的菩提树所形成的林荫大道，对爱德华的父亲所规划的井然有序的种种设施赞叹不已，于是就有了这样一番感慨。这些草木完全按照当日栽植它们的人的意愿，长得叶茂枝荣。它们现在正是该受人称赞、给人享受的时候，却没有人谈起它们；几乎不再有人来到此地，爱好和花费都远远地转到其他方面去了。

返回之后，他向夏洛特发表了那番议论，她对此并非没有好感。生活在牵着我们不断向前，她回答说，我们以为我们是在自己行动，自己选择我们的事业、我们的乐趣；但我们若是仔细地观察，那其实都是时代的意向、时代的计划，我们是被迫去实施它们的。

确实如此，教师说，有谁能反抗环境的潮流呢？时代在不断前进，而处于时代中的思想、见解、偏见和爱好也在前进。如果一个儿辈的青少年时代恰好处于时代的转换当中，可以肯定地说，他同他的父亲不会有什么共同之点。如果说父亲生活在这样一个时代，人们乐于去占有，并使这笔财富得到保障，受到限制，得到约束，并且在与世界隔绝的情况下去巩固他的享受，那么儿子就会试图使自己延伸、扩张、开放，并且使封闭的敞开。

整个历史就像您所描述的父亲和儿子一样，夏洛特说，当初每一座小城都有它的城墙和护城河，每一座高贵人家的府第都建造在大泽之中，使那些小得可怜的官堡只有一座吊桥与外界相通，对这样的情况我们几乎没有什么概念了。现在呢，甚至更大的城市都拆除了

454

它们的城墙,连公侯们的宫殿都填平了它们四周的壕沟。城市只是成了一块块巨大的地方而已。人们在旅行中看到这种情况,会认为普遍的和平得到了保障,黄金的世纪来到了人间。没有人相信在一个与自由的土地毫无相似之处的园子里会有快乐可言,不应当有任何东西使人想起非自然,想起强制,我们要完全自由和不受限制地呼吸空气。我的朋友,您大概认为,人们会从这样一种状态返回到从前的另外一种状态吧?

为什么不呢?教师回答说,每一种状态都有它的麻烦之处,它在限制,它也在开放。这后一点以富庶为前提,并导致靡费。让我们看看你们的例子吧,这够明显的了。一旦出现匮乏的现象,就会立刻恢复自我限制。被迫去利用田产和土地的人们,会围着他们的庭院筑起墙来,为的是使他们的收益得到保证。这样就逐渐产生了观察事物的一种新的观点。有利就重新占了上风,甚至是家财万贯的人,到最后也要去利用一切。您相信我好了:您的儿子对全部花园设施都不会重视,而是返回牢固的院墙之内,返回到他的祖父栽植的高大的菩提树下,这是可能的。

455　　夏洛特听到会有一个儿子,心中暗暗感到高兴,并且因此原谅了教师对她所爱的美丽庭院所做的令人不悦的预言。她和蔼地回答说:我们两人现在的年纪还不足以去多次经历这样的矛盾情况;可当人们回顾他的青年时代时,就会忆起他们听到的老一辈人的埋怨声,再把国家和城市一道进行观察,那对您的这种见解是没有什么可反对的了。但是,难道人们应该克服这样一种自然进程吗?难道人们不能使父亲和儿子、双亲和子女和谐一致吗?您预言我会有一个男孩,这令我高兴,可他必定要恰恰同他的父亲发生冲突吗?若是他在同样的意义上继续父亲的事业的话,就一定要毁坏他的双亲所建造的一切,而不是去完成它,提高它吗?

对此也有一种理智的补救手段,教师说道,但是这种手段很少被人们采用。做父亲的要把儿子提升为同样的主人,让他一道去建造、去种植,允许他像自己一样,有着一种无害的专断。一种活动会纠缠到另一种活动之中,但是没有一种活动会联结在另一种活动上。一条嫩枝很容易也高兴与一根老树干连在一起,但是没有一条长成的枝干愿意再附在上面。

教师在他不得不告别时,很高兴能有偶然的机会说些令夏洛特愉快的话,借此加深她对自己的好感。他离开学校已经很久了。夏洛特临近分娩了,在奥狄莉有望做出任何决定之前,虽然他原想不这么早就动身返程,但是情况如此,他也只好迁就了。他怀着希冀和愿望重新返回女校长那里。

夏洛特分娩的日子临近了,她更多的时间待在自己的房间里。那些过去聚集在身边的妇女现在成了她密切的伴友。奥狄莉主持家务,她几乎不去想她在做些什么。她已对一切听之任之。她渴望为夏洛特、为孩子、为身在远方的爱德华尽心操劳。但是她看不出这有什么用。除了每天尽她的义务,没有什么能把她从一片迷惘之中拯救出来。

儿子顺利地来到了世上,所有的女人都肯定地说,这孩子长得完全像父亲。可是当奥狄莉向产妇表示祝贺和向孩子表示祝福时,她私下却感到不以为然。还在筹备她女儿的婚事时,夏洛特就痛切地感到丈夫不在所带来的不便,而现在儿子诞生了,父亲依然不在身边,他无法给孩子起个供人们以后称呼的名字。

在那些前来贺喜的友人之中,第一个来的是米德勒。他早就派人打听,以便孩子一生下来就马上能得到消息。他来到这里,显得十分愉快。有奥狄莉在场,他也几乎不掩饰他的得意神情。他大声地对夏洛特说,他是一个排忧解难的人。洗礼不应该长期推迟。那位

456

年迈的牧师，虽然老得一条腿已经跨进了坟墓，可通过他的祝福，把往昔和未来连在一起了。孩子应当名叫奥托，除了父亲和朋友的名字之外，没有别的更适合孩子了。[①] 为了摆脱和克服各种各样的考虑、异议、踌躇、停顿、自视高明、自命不凡、动摇犹豫、形形色色和莫衷一是，确实需要这样一个人的果断和催促。因为通常在这样的事情上，总是疑虑重重，随着一个疑虑的解决又有一个新的疑虑出现，总是想让各方面的关系都能面面俱到，出现的情况却总是适得其反。

457

米德勒办理所有的贺信和亲朋好友的书函，这些信件都立即处理、发出，因为他觉得，至关紧要的是把这件他认为对这个家庭意义重大的喜庆事告诉给其他人，即使那些持有恶意或飞短流长的人也同样。当然啰，直至现在所发生的爱情上的纠葛无法避开公众的耳目，但总归是那么回事，已经发生的一切只不过是给人们增加茶余饭后的谈资罢了。

洗礼的仪式应当是隆重的，但范围不宜大，时间宜短。人们到齐了，奥狄莉和米德勒是孩子的洗礼证人。那位老牧师在教会仆役的搀扶下，迈着缓慢的步子走了过来，举行祷告，奥狄莉把孩子放在手臂上。当她俯身看孩子时，他睁开了双眼。她大为惊愕，因为她相信她看到的是她自己的眼睛，如此酷似会使每个人感到吃惊。米德勒先是把孩子接了过去，同样一怔。他看到孩子竟然和上尉是那样惊人的相似，这他可从来没有看到过呢。

老态龙钟的好心牧师由于衰弱，无法用比通常更多的动作来完成这次洗礼仪式。在此期间，米德勒为眼前的景象所触动，想到他过

---

① 孩子洗礼命名奥托 Otto，这个名字也是他的两个"父亲"爱德华和上尉受洗的名字。Otto 中 Otto 这三个字母中也暗示出了他的两个"母亲"夏洛特 Charlotte 和奥狄莉 Ottilie，Otto 这四个字母隐藏着这四个人物在内。

去主持这类仪式的情形,并且有这样一种习惯:立即设身处地想到,自己该怎样去讲,该如何表达。他看到他四周的人虽为数不多,但均系高尚正直之辈,于是情不自禁地跃跃欲试。接近仪式的结尾时,他兴致勃勃地取代了牧师的位置,发表了一篇生动的讲话,表达他作为教父的义务和希望。当他从夏洛特的满意表情中看到了她的赞赏时,就更加兴高采烈地讲个不停。

458

　　善良的老牧师此时多么希望能坐下,可这位滔滔不绝的演说家却根本没有察觉到,他更少去想到,他就要招致一场大的灾难呢。他着重描述了在场的每一个人同孩子的关系,同时颇为注意奥狄莉的神态,随之他面向老牧师说道:您,我尊敬的老人,现在能够引用西蒙①说的话了:主啊,让你的仆人在和平中离去吧,因为我的眼睛已经看到这个家庭的救星。②

　　他正准备华丽地结束他的演讲,却看到手捧婴儿的老牧师,先好像头俯向孩子,随后就很快仰倒下去。人们立刻扶住了他,把他挽到一张扶手椅上,坐了下来。尽管进行了各种应急的救护,但人们不得不说,他已经死了。

　　生与死,棺材和摇篮竟是如此直接地看在眼里,印在脑海里。这并非出于什么想象力,而是亲眼看见这两种截然相反之物。这对于周围环立的人来说可是一项沉重的任务,越是感到惊愕,任务越是沉重。奥狄莉怀着某种妒羡,注视着这位长眠的老人。他的面部依然保持着慈祥、欣然的表情。她的灵魂已经死亡,可为什么这躯壳还得

---

①《圣经·新约》的《路加福音》里的中译名为西面。耶稣降生后八天,他前来祝福,见《路加福音》的第 2 章。

② 见《圣经·新约》中的《路加福音》第 2 章 29 节。新译本译为:"主啊,你已经实现了你的应许,如今可让你的仆人平安归去。我已亲眼看见你的拯救……"

保存下来呢？

　　如果说，日间发生的经常是令人不快的事，使她对无常、对诀别、对失落不得不进行一番观察的话，那么与此相反，夜里的奇妙幻象对她就是一种慰藉了。这些幻象向她证实了爱人的存在，巩固和活跃了她自身的生命。每当她晚间安息时，她就飘浮在睡眠与苏醒之间的甜蜜情感之中，她觉得，她仿佛在朝着一间非常明亮然而却光线柔和的房间里望去。她看到爱德华，非常清楚，可穿的衣服却不是她平素看到的那样，而是身着戎装。每次看到的姿态都不相同，但完全自由自在，一点也不显得做作，无论是站着、行走、躺着或骑在马上。这个形象，直到最细微处，都一如所愿地活动在她的面前，无需她使用一丁点儿力气，无需她去想，也无需去激发她的想象力。有时她也看到，在他四周有些东西围绕，特别是一些动荡不定的东西，看得不怎么清楚，比起明亮的背景要黯淡得多。她几乎无法分辨出那些隐隐约约的阴影，有时她觉得像人、像马、像树木、像群山。通常她都是在这种幻象之中入睡的，而当她经过一个安谧的夜晚，翌日清晨重新醒来时，她的精神为之一爽，她感到安慰。她心里确信，爱德华还活在世上，她和他的关系依然亲密无间。

第九章

春天来了,迟了些,但比往常来得迅速,显得更为生机盎然。奥狄莉在花园中看到了她预想的成果;一切都如期地萌芽、发绿、开花,那些在暖室和花畦中培植的,现在终于接触到了户外的充满生机的大自然。人们所做的,所照料的,不再仅是一种充满希望的劳作——像迄今所做的那样,而且成为一种愉快的享受。

由于露茜安的狂暴任性,栽在花盆中的某些花卉变得残缺不全,某些树冠的对称性遭到了破坏。为此,奥狄莉不得不去安慰那位园丁。她鼓励他,说一切不久就会恢复如初。可是园丁对他的工作有一种非常深厚的感情,一种非常纯洁的想法,这种安慰在他那里不会产生多大效果。一个园丁不可以因为其他爱好和癖性而分散自己的精力,同这一样,植物为了得到持久或者暂时的繁荣,它的平静的进程也不可以中断。植物和那些生性固执的人一样,如果人们能按它们的方式对待它们,那就能从它们那里得到一切。一瞥安闲的目光,一种默默的锲而不舍的精神,在每一个季节、每一个时刻做的事,这是对一个园丁的要求,也许对任何人的要求都不会比这更多。

460

这位善良的人有着这种特性,并且十分突出,因此奥狄莉也非常喜欢同他在一起工作。但是一段时间以来,他已不能再那样愉快地施展他的才能了。尽管对一切,不论是果园和菜园,还是旧式的花园,他都十分精通,他在那一种、这一种或另外一种园艺工作上都取得了成功;尽管他本人在栽培柑橘、球茎、石竹花、报春花方面都有一套本事,甚至能同大自然一争短长,可是新式的观赏树木和流行的花卉却使他感到几分陌生。那随着时代而来的,一望无垠的生物学领域,那些在这门学科里嗡嗡作响的陌生的名字,令他感到几分胆怯,这使他心绪恶劣。主人在前年购置了一些植物,当他看到某些价格昂贵的植物已经枯萎死去时,他认为这是无益的浪费和挥霍。对那些贩卖花草的园丁,他认为他们不够诚实,因此和他们没有什么特殊关系可言。

经过某些努力，他制订出了一个计划，奥狄莉对他这种做法极为称赞，但是这项计划是以爱德华返家为基础的。他不在，使人们在这样和那样的事情上日益感到不便。

随着植物日益根深叶茂，奥狄莉也日益感到自己被紧紧地束缚在此地了。恰好在一年之前，她来到了这里，她是一个陌生人，一个无足轻重的角色。从那时以来，有什么她不曾得到呢？可遗憾的是，从那时以来，有什么她又不曾失去呢？她以前从没有这样富有，也从没有这样贫乏。这两种感觉快速地更迭，不断地变换，甚至十分密切地交织在一起，使她不知如何是好，只得哪个出现就抓住哪个，关切地、热烈地抓住不放。

那些爱德华特别喜欢的，都使她格外操心，这完全可想而知。是啊，为什么她不该希望他不久就返回家园呢？为什么不该希望他当面为她在他不在时所做的种种操劳向她表示谢意呢？

她还用另一种完全不同的方式去为他效力。她出色地承担了护理孩子的工作。已经定下来用牛奶和水去喂养孩子，不把孩子交给奶妈，她就更成了孩子直接的保育员。孩子在这美好的季节应当多呼吸户外的空气。她自己特别喜欢抱他出来，抱着入睡的孩子在花卉中间信步而行，抱着孩子在幼嫩的草丛间徘徊流连；在他童年时，这些花儿会亲切地对他笑脸相迎，这些草丛将与他一道向高生长，去度过它们的青春年华。每当她四下环顾，她就不能不说，这孩子是生而逢辰啊。因为凡是目光所及之处，那里的一切几乎都将归他所有。这孩子在双亲的眼前长大成人，证实了一种更新的、快乐的结合，他是多么受人宠爱啊！

奥狄莉的这种感怀是那样纯洁，甚至觉得这一切都已成为千真万确的事实，她根本没有想到自己。晴朗的天空，明亮的阳光，此时此刻她豁然开朗。她的爱情,为了使之圆满,必须完全是无私的。是呀,在某些瞬间她相信她达到了这个高度。她祝愿她的朋友幸福,她相信她有能力舍弃他。只要她知道他幸福,她甚至能永远不见他。但是她打定主意,绝不委身于另一个男人。

为使秋日像春天一样绚丽,早就做好了安排。所有那些称为夏季的植物,所有那些在秋日还依然茂盛并能抗住霜寒傲然生长的花草,特别是紫菀,都撒下了种子,各种各样的都有,届时把它们移植到各处,会在地面上形成一个繁星密布的天空呢。

462

奥狄莉日记摘录

"我们读到的某种好思想,我们听到的某些引人注目的事情,都应记入我们的日记之中。若是我们也下些工夫,从我们朋友的书信中,把那些具有特色的观察、独到的见解、偶尔出现的隽言警语摘录下来,那我们会变得十分富有。人们把书信保存下来,从不是为了去再次读它;最后,出于谨慎,不使秘密外泄,就一下子把它们销毁。这样,对我们和其他人来说,那些最美好、最直接的生命气息就永不会再现了。我打算去补救这种损失。"

"时光荏苒,四季往复,新一年的童话又翻了开来。感谢上帝!我们重又翻到了最优美的一章。紫罗兰和银铃花像是标题或者题花。每当我们翻开生活之书看到它们时,总是给我们留下一种舒适愉快的印象。"

"我们责备那些在马路上游逛和乞讨的穷人,特别是那些未成年的穷人。可我们不是也注意到了,一旦有什么可做,他们便立刻去工作吗?大自然刚一打开它那仁慈的宝藏,孩子们为了有事可做便尾随其后。那时不再是乞讨了,每个人都向你递送一束花。还在你从睡梦中醒来之前,他们就把花采摘下来。这些恳求你接受他们的花束的人,是那样亲切地望着你,像他们的赠品一样。没有人显出寒酸可怜的样子,他们不会想到自己有什么权利去要求报答。"

"一年的时光为什么有时那么短暂,有时却又那么漫长!为什么它显得短暂,而在记忆里却又那么漫长!去年我就有这样的感觉,易逝的和持久的相互交织在一起,在花园比在其他地方格外明显。但是任何东西,不管它们是怎样匆匆而过,都不会不留下一丝痕迹,不会不留下与它相似之物。"

"冬日也有它的可爱之处。当树木像精灵般一览无余地矗立在我们面前时,我们便自信更为舒展自由了。它们现在什么也不是了,它们什么也不再掩盖了。春天,当蓓蕾生成和鲜花怒放时,我们便会变得焦急不耐,非到叶子长得茂密,非到景色形成,非到树木像一个形体那样拥向我们,我们是不会安静下来的。"

"一切完美的都必须是出类拔萃的,都必须与众不同,不可比拟。听夜莺的某些声音,它依然是鸟,可随后它就会超出它的同类,并向任何一种飞禽表明,什么叫做真正的歌唱。"

"一种没有爱情的生活,一种爱人不在身边的生活,就是一种'Comédie à tiroir'①,是一种恶劣的抽屉剧。人们一个接一个地把它们拉开,然后又一个接一个地推回去。出现了精彩和有价值的,可彼此却可怜地连在一起。任何地方都可以看作是开头,任何地方也可以当作是结束。"

---

① 法文,直译为抽屉式的喜剧,系指一种结构松散的喜剧。

第十章

夏洛特觉得快乐、幸福。她喜欢这个强壮的男孩,他那非常惹人喜爱的长相使她的目光和心思整小时地无暇他顾。通过这个孩子,她同这个世界,同她的产业有了一种新的关系。她早先的那种事业感又活跃起来,举目四望,目光所及之处,看到了她在去年所做的许多事情,这一切令她欣喜。为一种特有的感情所激励,她同奥狄莉和孩子一道登上那间庐舍。她把孩子像放在家庭祭坛上那样放在一张小桌子上,当她看到还有两个空位时,她忆起旧日的时光,一种新的希望,她的和奥狄莉的,就涌上心头。

年轻的姑娘在顾盼这个或那个青年时或许都感到羞怯,心中暗自思量,是否希望他做自己的丈夫。可是谁要想为自己的女儿或一个女学生物色一个配偶的话,他就得在更大的范围内加以观察。夏洛特在这一瞬间便是如此。她觉得上尉和奥狄莉之间的结合并不是没有可能,他们那个时候在这间庐舍里并肩而坐,谈笑风生。可这样一种有益的婚姻的前景随之又消逝了,此中的原因她不是不清楚。

464

夏洛特继续向高处登去,奥狄莉抱着孩子。夏洛特在沉思,在陆上也会出现覆舟之厄。若能最快地从中缓过劲来,振作起来,是美好的,值得称赞的。难道生活只是在于得益和受损?有谁不是有着计划而遭受挫折!有谁不是经常迈上一条道路而误入歧途!我们不是经常离开我们已认定的目标,转而想去达到一个更高的目标吗!旅人最大的烦恼是途中坏了一个车轮,可通过这种不愉快的偶然事件,却结识了一些对自己的一生有着影响的朋友,与他们建立了极为愉快的友谊和联系。命运在满足我们的愿望,但却以自己的方式,为的是能给予我们某些超越我们希望之上的东西。

就在这样或类似的沉思之中,夏洛特到达了高地上的新建筑。在这里,她的这些思想完全得到了证实。因为这周围比人们所能想到的要优美得多了。四周所有碍眼的琐细之物都被清除,景色的旖旎——大自然和时令所造就——洁净地展现开来,映入眼际。为了填空补缺和使彼此相离部分和谐地联结起来而栽植的幼嫩植物都已一片茵绿。

　　房子本身差不多可以住人了。尤其是从顶层的房间眺望,景色极为绚丽。向四周望得越久,发现的宜人景色就越多。在这里,在一天中的不同时刻,月亮和太阳带来的种种影响该是何等情景！在这里流连该是多么惬意的快事。建筑和创造的乐趣又在夏洛特身上油然而生,因为她看到已完成的还仅仅是初具规模！一个木匠、一个裱糊匠、一个能描金的画匠。这就够了。在很短的时间之内,房子已整修完毕。地下室和厨房很快便安排停当,因为此地远离府邸,所有的日常用品必须先行储备齐全。两个女人和孩子住在上层。这个住地仿佛成了一个新的中心点,由此到各处散步,有意想不到的乐趣。在风和日丽的天气,她们在高地上欢快地享受着自由和新鲜的空气。

　　沿着一条舒适的人行小径前往那片梧桐树林,这是奥狄莉最喜欢走的一条路,她有时一个人,有时带着孩子。这条小径直通向小船停泊的地方,人们经常从这里乘船到湖上泛游。她有时也高兴水上荡舟,但只能独自一人,不能带孩子,因为夏洛特感到几分担心。奥狄莉每天从不耽误去府邸花园看望那位园丁,非常高兴同他一道护理那些现在享受到自由空气的幼嫩的花草。

　　在这美好的时刻,一个英国人的来访使夏洛特甚为称心。此人在旅行期间认识了爱德华,见过几次面。爱德华向他谈了自己庄园中的许多美好景致,这令他十分好奇,急于参观这些美丽的设施。他带来了伯爵的一封介绍信,同时也带来了他的旅伴,一位安静的讨人喜欢的人。他有时和夏洛特、奥狄莉在一起,有时同园丁、猎人一道,但经常是和他的那位旅伴,有时也独自一人四下漫游。从他的议论中可以看出,他是这一类设施的爱好者和鉴赏者,他本人大概也从事过这一类工作。尽管他已上了年纪,但仍兴致勃勃,热心于能使生活增添色彩,赋予生活以意义的各种活动。

两位妇女当他在场时才能充分领略她们周围的一切。他那熟练的目光打量着每一种景致。尤为使他喜悦的是,他认出了以为是自然天成的东西,其实是人工雕凿的景致。

人们可以说,这花园借助他的评论而成长、充实。那些新的、生机勃发的花草树木会带来什么样的景致,他事先就了然于胸。凡是能显示出或带来某种美的地方,他无不细加观察。这儿,他指着一股泉水说,若加以净化就会点缀一大片树丛;这儿,他指着一个石洞说,若加以展宽就能成为一个理想的休息场所;只消把几株树伐倒,就能从这里眺望壮观的层崖叠石。他祝愿居住在这里的人幸福。还有某些遗留的工作要做,但他请她们不要匆忙,而是在以后的年代里,消受这建造和布置所带来的乐趣。

除了大家在一起交谈的时间之外,这个英国人也绝不是令人不快的。白天的大部分时间,他忙于把花园里如画的景致摄入他随身带的一个黑匣子里并进行绘制,以便借此使自己和别人能从他的旅行中获得一种美好的享受。多年以来,他在所有的名胜之地都这样做了,并因此而有了一批极为有趣和极为珍贵的收藏。他把他随身带来的一个巨大的皮箱拿给两位妇女看,有时借助画片,有时借助说明使她们得到消遣。在她们寂寞的时刻里,她们很高兴能如此惬意地漫游世界,浏览海岸、港口、群山、湖泊、江河、城市、古堡以及某些在历史上负有盛名的地方。

467

两个女人各有自己的独特兴趣。夏洛特对通常的、恰恰是那些历史名胜怀有喜爱之情,而奥狄莉主要是对爱德华经常讲过的地方格外留意。那些地方令他流连忘返,那些地方使他渴望再度登临,因为每一个人,不论是在近旁或在远方,都会发现某些地方吸引他,与他的性格相投。或者是因为第一个印象所致,或者是因为某些情况、习惯的原因,这些地方他特别喜爱,特别入迷。

因此奥狄莉问这位爵士,他最喜欢什么样的地方,若是他必须选择的话,他会把他的住宅建在哪儿。他当下拿出好几张风景优美的照片,把他在这些地方的经历,他对它们的喜爱和珍视,都兴致盎然地用发音清晰的法语一一述说。

对现在他通常住在哪里,他最想返回到什么地方的问题,他回答得十分直截了当,但却令两位妇女愕然:

我习惯处处为家,总的来说,没有比其他人为我建造、为我栽植、为我操持家务更为舒适便利的了。我并不向往回到我自己的庄园里去,一部分是出于政治上的原因,而主要是因为我儿子对于我给他安排的一切——我把一切都交给他,希望同他一道享受——弃之不顾,竟前往印度,他想在那里,像某些人那样,去更好地利用他的生命,或者说是去浪费他的生命。

我们的生命,已经浪费得太多、太多了,确实是这样的。本来我们开头就能在一个正常的情况下得到安适,可我们却总是向广阔的遥远之处去追求,总是把我们自己弄得不顺心。现在谁在享受我的房屋、我的花园、我的庭院? 不是我,也不是我的亲人,而是陌生的客人,好奇的人,不安静的旅游者。

468　虽说我们广有钱财,但家中亦不可能应有尽有,特别是在乡间,我们就缺少城市中某些经常必备之物。我们最热心渴求的书不在手头,那些我们最急需之物恰恰被忘掉了。我们布置家庭,却是为了再次出门远游。若是我们愿意和执意留在家里,那种种关系和激情,种种偶然和必然,以及其他等等却逼使我们远离家门。

爵士没有料到,他的这番话是如何深深地刺痛了这两位女友。一个人经常会陷入这样一种危险之中,即使他是在一个他通常熟悉其中种种关系的社交场合发表议论,也难免不如此!好心和不怀恶意的人,他们的这样一种偶然伤害,在夏洛特看来,并不是什么新奇之事。这个世界早已十分清楚地呈现在她的眼前,即使有人由于思虑不周和无意之中,迫使她把自己的目光望向这儿或那儿的令人不快之处,她也不会感到特别痛苦。奥狄莉不然,她处于一种半清醒的青年时代,较之于看到的,她更多地耽于想象;她可以,是啊,她必须把她的目光从她不想看也不要看的地方移开。爵士的这番由衷之言使奥狄莉陷入一种可怖的境地,因为它用暴力撕碎了她面前的那层温情脉脉的面纱。她觉得,迄今为止,她为这个家、为庭院、为花园、为园林以及整个周围环境所做的一切,都变得毫无价值,因为拥有这一切的那个人,不想去享受它,因为他也像眼前这个英国人一样,浪迹人间,并且偏偏到最危险的地方去,并且是受他的至亲至爱的人所逼。奥狄莉一向习惯于静听和缄默不语,但是这次她处于一种极为痛苦的境地,这位陌生人的滔滔不绝更加深了痛苦,而不是减轻,他依然带着一种特有的兴致和悠闲继续说个不停。

我相信,他说,我走的是一条正确的路,因为我总是把自己看作一个游人,他舍弃了许多,为的是更多的享受。我习惯于变动,是啊,这种变动已成为我的一种需要,就像人们在剧院里总是期待着一种新的布景那样,这正是因为已经有过许许多多的布景的缘故。我对最好和最坏的旅舍的期待是什么,我自己清楚得很,不管是怎样好还是怎样坏,反正没有一个地方我会感到习惯。最终呢,若是有那么个习惯的话,它完全取决于一种必然的禀性,或者完全取决于极为随意的偶然性。现在至少我没有什么可苦恼的了,东西放错了地方,或者丢失了,这都无所谓;一间天天住的房子坏了,我也不必让人去修理,人们打碎了我的一个心爱的杯子,一段时间里用别的杯子也不会感到不是滋味。我超脱了所有这一切,当我头顶上的房间开始着火时,

469

我手下的人泰然地打点好行装,我们从庭院动身到城里去。总之,有这么多的长处,若是我详细计算的话,那我到年终所花费的,绝不会比在家时多。

他的这番描述使奥狄莉的眼前出现了爱德华,他在荆棘丛生的路上挣扎着,匮乏、困苦,冒着风险,历尽艰难,躺在战场上,动荡不定,出生入死。他已习惯于无家无友,抛弃了一切,也就没有什么可丧失的了。所幸的是,这种聚会终于散了。奥狄莉找个地方,独自恸哭了一场。这种醒悟比任何一种鲁钝的痛苦更为有力地攫住了她,可她还要设法使这种醒悟更加透彻,如人们通常所做的那样,一旦人受到折磨时,他就要折磨自己。

她觉得爱德华的处境太悲惨,太痛苦了。她决定,不管付出什么样的代价,都要竭尽全力使他和夏洛特重归于好,而把她自己的痛苦和她的爱情埋藏在某一个幽静的地方,并借助某种劳作来克制它们。

470　　在这期间,爵士的旅伴是一个安静的、通达事理的人,也是一个细心的观察家。他注意到了这种谈话的不智,于是向他的朋友说明,爱德华的情况与他的谈话有着某些相似之处。爵士对这一家的情况一无所知,可是那个人却不同;他在旅行中感兴趣的是那些由于自然的和人为的关系而引起的特殊事件,是由于法律和为所欲为之间的冲突,由于感性和理性、激情和偏见之间的冲突所引起的异常事件;再说,他对这一家早已有所了解,事情是怎样发生的,现在的情况如何,他都清清楚楚。

爵士为此感到歉然,但并不因此而窘迫得不知所措。人们若是不想碰到这类情况,那在社交场合就得完全缄口不语,不仅仅是那些有分量的议论,就是最最琐碎的言谈也可能以一种不谐的方式与在场者的兴趣发生抵触。"我们今天晚上设法弥补,"爵士说,"不泛泛而谈。您把您的那些令人愉快的、有意义的轶闻趣事讲给我们听听,用您的皮箱里的东西和您的记忆来丰富我们的旅行！"

　　虽说有美好的意愿，可这次两位客人却没能成功地用一种不伤大雅的谈话使两位女友高兴起来。随后这位旅伴讲了一些奇怪的、有意义的、快乐的、感人的、恐怖的故事，这激起了她们的注意力和至为强烈的同情心。他想用一个虽说奇特却是缠绵的故事作为结束，可他没有料到，这个故事与他的听众正好密切相关啊。

离奇的邻家孩子①
一个故事

471

　　一个男孩和一个女孩，比邻而居，均出自名门望族。两人年纪相仿，有朝一日会成为夫妇，人们都是怀着这样美好的意愿，看着他俩一道成长，双方的父母也为日后这样一种结合感到喜悦。可不久人们就觉察到了，这种意愿看来要落空，在两个孩子的天性之间出现了一种奇怪的敌意。也许他们彼此太过于相似了。两人遇事自有主见，提出要求直截了当，做起事来坚决果断。两人各自受到小伙伴的喜爱和尊敬。每当他俩在一起时，总是成为对手，总是互不相让，总是相互作对；每逢两人见面时，他们不是为了一个目的而竞争，却总是斗来斗去。他俩都十分善良可爱，可彼此之间竟然怨恨不已，怀有恶意。

　　这种奇怪的关系还在儿童游戏时就已经表现出来了，而随着年

---

① 嵌入这个故事，显而易见，其功能是作为这部长篇小说情节的一种对照式的镜像。此类两个表面上相互敌对、实际上相互爱恋的男女之间的故事在当时并不罕见，如歌德同时代作家维兰特的小说《那喀索斯和那喀西莎》。故事的情节多半是一悲情开始以美满结束。有的评论家指出，在这类三角的纠葛中，起决定作用的是"亲和力"。这里要注意到是书中的主人公之一的上尉，他即有类似此故事中男主人公的遭际。

岁的增长越来越明显。一次,男孩子玩打仗游戏,分成两批人马。可这个倔强好胜的女孩自告奋勇当了一方的头领。她扑向对方,骁勇善战,猛烈无情;若不是她那惟一的对手勇敢坚定,到最后把这个女对手解除武装,抓作俘虏的话,那他的这支人马就会叫骂连声,四下溃逃。可就是这样,她还是拼命挣扎。他为了保护自己的眼睛和不伤害他的女对手,就扯下丝围巾,把她的双手反背起来,紧紧缚住。

472　　她为此绝不原谅他。是的,她暗地想方设法伤害他。早已对这种奇怪的欲望有所注意的双方父母,经过商量,决定把这相互敌对的两个人分开,而那个美好的愿望自然也就归于破灭。

　　男孩在新的环境里很快就显出卓尔不群,各门功课都名列前茅。根据他的监护人的愿望和他本人的爱好,他跻身军界。所到之处,他都得到人们的喜欢和尊敬。他那刚强的性格,似乎只是为了使他人得到安宁和快乐。他失去了那个大自然给他安排的惟一的对手,内心感到十分幸运,可究竟是什么原因,他并不清楚。

　　相反,那女孩却突然进入了一个全然不同的环境。她的年纪,她逐渐增长的教养,更多的是某种深沉的情感,使她远离男孩之间的那些她过去一向参加的激烈游戏。总的来说,她觉得若有所失,在她周围没有什么东西值得她去恨,可也没有什么人值得她去爱。

　　一个青年,比她过去那比邻而居的对头大几岁,有着地位、财产和权势,在社交场合受到喜爱,为女人们所垂青。他现在向她表露了一片爱慕之情。有这样一个朋友、一个情人、一个仆人向她大献殷勤,这在姑娘还是第一次。他在许多年龄比她长、教养比她高、容貌比她美、魅力比她大的女人当中单单喜欢上了她,这使她感到得意。他对她一往情深,但并不咄咄逼人。在许多不愉快的场合里,他都忠实地站在她的身边。他已经向她的双亲提出了求婚,这是从容的、充满期待的求婚,因为她还十分年轻。这一切使她对他产生了好感,而习惯的力量,表面上为社会所承认的那种关系,也必然促进了事情的发展。就这样她经常被称为他的未婚妻,到后来她本人也默认了。在她和那个人交换戒指时,不管是她还是任何人,都不会想到还需要什么考验,长期以来他一直被看作是她的未婚夫。

整个事情的发展过程是平静的,即使通过订婚,速度也没有加快。双方仍如以往一样,快乐地在一起相处,把这美好的年华当作是未来严峻生活的一个春天,尽情地加以享受。

在此期间,那位远离故土的人,学业上有了极高的造诣,登上了人生使命中的一个相称的阶梯。现在他趁度假之便,回家省亲。他又一次站在他那漂亮的女邻居面前,神态十分自然,却又异乎寻常。在最近一段时间里,她在内心只是培育自己友爱的、未婚妻般的感情,她同周围的一切都融洽无间。她相信自己是幸福的,从某种方式看确也如此。但是现在,经过这么长的时间,他又站在了她的面前,可这不是要她去恨,她已经无力去恨了。是啊,孩子时代的仇恨,原只不过是内在价值的一种隐晦的承认罢了,而现在它外化为惊奇而欣然的观察、快意的承认以及相互间半是心甘情愿半是勉为其难的必然接近。这一切双方都有同样的感觉。阔别必然促成长谈。甚至儿童时代那些不智之举也成为这两个青年人的愉快的回忆。他俩仿佛借助一种友好的、殷勤的行动来清除往日那些无谓的仇恨,坦率地承认他们昔时那些粗暴的误解。

从他这一方来看,一切都做得明智、得体。他的地位、他的处境、他的志向、他的抱负使他感到充实。他对这位妩媚的未婚妻的友谊只是怀着愉快的心情,把它当作是一种值得感激的赐予加以领受,绝不存在某种非分之想,或者为她而对未婚夫产生妒忌之心,何况他同他相处得十分友好哩。

而姑娘这一方则全然不同了。她像是大梦初醒。她同童年时邻

473

474

居的争斗，是她的初次的激情，这种激烈的争斗，借助反抗的形式，只是一种激烈的、像是天生的爱恋的一种表现。在她的记忆里浮现出来的，除了对他的自始至终的爱以外别无其他。她想起那时自己手执武器到处搜捕他的情形，不禁莞尔一笑。她忆起他解除了自己的武器，一种最快意的感情就油然而生。她想象着，他把她反缚起来，那是一种极大的快乐。她所做的一切，去伤害他，惹恼他，只不过是她要引起他对她注意的一种稚气的手段罢了。她诅咒那次分离，她哀叹自己的酣睡，她咒骂那呆钝的、昏昏然的习惯，正是因为这种习惯她才有了这样一个无足轻重的未婚夫。她变了，在双重意义上变了，是变得前进还是后退，这随人们去说好了。

若是有人对她的这种不可告人的感情能够理解和同情的话，那就不会对她进行责备。每当未婚夫和这位邻居站在一起时，人们就看得出，他俩根本无法相提并论。如果说，其中一个只是博得了你的某种程度的好感，那么另一个则激起了你的全部信赖之情。如果说你喜欢与前者交往，那你便希望另一个成为你的挚友。一旦遇到意外情况，需要有人做出牺牲，那人们对前者还会有所怀疑，对后者则可以完全放心。对这类事情的比较，女人们天生有着一种特殊的敏感，她们既有理由也有机会去培植这种敏感。

这种思想在美丽的未婚妻的内心深处暗暗地滋长，越来越甚；反之，对未婚夫有利的话，劝导和提醒她注意分寸、看重义务的言词则越来越少；也没有人向她说事已至此无法挽回的道理。这样一来，她那颗美丽的心，越来越变得偏颇。一方面，她被世俗和家庭，被未婚夫和自己的许诺牢牢地束缚；另一方面，那位奋发有为的青年人却对他的思想、他的计划和他的理想丝毫不加隐瞒，待她如一个诚实的、然而却说不上是亲昵的兄长。他率直地提到了他即将起程的事情。这时，仿佛她昔时孩子气的脾性连同所有的乖戾和粗暴重又苏醒过来,并且在生命的一个更高的阶梯上,怀着恶意,因而就变得更为严重、更为可怕。她决定一死了之,以此惩罚他的无情无义。她无法占有他,但至少也要同他的想象力、他的追悔结成伴侣,永世永生。让他摆脱不掉她死时的景象,让他不停地谴责自己:为什么竟不去了解她的思想,不去探宝,不去珍惜她的感情!

　　这种奇怪的疯狂念头无时无地不在。她用各种各样的形式把它掩饰起来。虽然人们觉得她有些异常,却没有人注意到或者足够聪明地发现她心底的真正原因。

　　在此期间亲朋好友都在准备欢度几个节日。几乎每天都有新奇和意想不到的安排。四周每一个风光秀丽的地方,几乎无不装饰一新,准备迎接众多的快乐游客。我们的这位青年游子在他启程之前也尽主人之谊,邀请这对年轻的未婚夫妇以及一些关系密切的亲朋做一次水上之游。人们登上一艘漂亮的、装饰华丽的大船。这是一艘游艇,上面有一间不大的客厅和几间舱室,在艇上如同在陆地一样舒适。

　　在音乐声中,船沿着大河驶去。日间由于天气炎热,人们都聚在底层,在那里做智力游戏和打牌取乐。我们这位年轻的主人感到无事可做,于是坐到舵旁,代替年迈的船主掌舵,船主在他旁边不久便沉入梦乡。船这时临近两岛之间河床狭窄的地段,平展的沙岸时而在这一侧,时而在另一侧伸过来,形成了一条危险的水道,需要这位掌舵人格外小心。这个谨慎而目光犀利的舵手,本想把船主唤醒,可他终于还是鼓起勇气,向狭窄的水道驶去。就在这一瞬间,他那妩媚动人的女对头,头上戴着花环出现在甲板上。她取下花环,扔向掌舵人。接着,留作纪念吧!她喊道。别打扰我!他冲着她喊,随手接住了花环。——我不再打扰你了,她喊道,你不会再见到我了!说完她就跑向船头,纵身跳进水里。一些人叫了起来:救人!救人!她要

476

淹死了。他恐怖至极，不知所措。嘈杂声把老船主惊醒，他想接过青年人手中的船舵，可这时不是换舵手的时候，船搁浅了。就在这同一瞬间，年轻人甩掉累赘的衣服，跳进水中，向他昔日的漂亮女对头游去。

水对于那些熟悉它并善于对待它的人来说，是一种可亲的元素。它载着他，这个熟练的泅水者驾驭着它。不久，他就追到前面那个被水冲走的美人身边。他抓住了她，把她托出水面，负着她游去。可一股激流把他俩猛然冲走，一直冲到离小岛和搁浅的船很远的地方。这里的河面又变得开阔了，河水也变得平缓了。此时他才振作起来，脱离了危险，恢复了镇定。那当口儿他无暇思考，只是机械地游动，

477 现在他抬头望向四周，拼力游到一块平坦的、灌木丛生的地方。那儿伸向河心，显得舒适宜人。他把美丽的姑娘带到旱地上，但是她已没有一丝气息。他绝望了，这时他眼前一亮，看到一条穿过树丛的人行小径。于是他重新背起这珍贵的包袱，走了不久就看到一所孤零零的房屋。他到了那里，遇到了好心人，那是一对年轻的夫妇。他们一看就知道发生了不幸和灾难。他略加思索，提出了他的要求，他们马上就照办了。他们燃起了一堆旺火，在床上铺了毛毯、兽皮以及其他取暖之物。当务之急是救人，为了使这美丽的、半僵的、赤裸的胴体苏醒过来，各种方法他们无不一一尝试。终于成功了。她睁开了双眼，看到了她的朋友，她伸出天使般的双臂，搂住了他的脖子。这样持续了很久很久。泪水涌出她的眼眶，这完成了她的康复。我现在又得到了你，你还离开我吗？她说。——永远不，他喊道，永远不！他不知道他还要说些什么，他还要做什么。你要保重，他加了一句，保重自己！要想到自己，为了你，也为了我。

她想到了自己，现在才注意到自己的处境。她在她的爱人、在她的拯救者面前没有什么好羞耻的。可她高兴让他离开，因为他得照

料一下自己，他浑身上下精湿，滴水不止。

　　那对青年夫妇经过商量，分别把他们的结婚礼服给这对青年人穿上，这套礼服还完好地挂在那儿。他们把这对青年人从头到脚、从里到外打扮起来，在很短时间之内，这对落难者不仅穿戴整齐，而且焕然一新。当他俩再度在一起时，两个人看起来光彩照人，彼此十分惊奇。怀着一种不可遏止的激情，他俩热烈地拥抱起来，为几乎难以辨认的打扮粲然微笑。青春的力量和爱情的欢愉，瞬间就使他们情欢意洽。所差的只是音乐，否则他们就翩翩起舞了。

　　从水里到陆地，从死亡到生存，从家庭圈子进入荒郊之地，由绝望而变为狂喜，由冷漠而变为爱恋、激情，这一切仅发生在瞬时之间，一个普通的头脑几乎无法理解。他会脑涨欲裂，或者一片茫然。承受这样一种出人意料的惊喜，只有心灵竭尽全力才能胜任。

　　他们忘情于你我，好久才想起留在船上的人对他们的忧虑和恐惧，想到再次和他们见面时，自己又怎能没有忧虑和恐惧！我们该逃走？还是该躲起来？男的说。我们应该待在一起。她说着就搂住了他的脖子。

　　那位当地人从他俩口里知道了船搁浅的消息，没有多问什么就奔向岸边。船顺利地自江面缓缓驶来，人们费了很大气力终于使船从搁浅处驶了出来。船上的人一路行来，希望能重新找到落水者，因此那位当地人一边呼叫一边招手，引起了船上的人的注意。他跑到船容易靠岸的地方。不停地一边喊叫一边招手。船终于向岸上靠了过来。当他们走下船来，出现了一个何等精彩的戏剧场面！这对相爱者的双亲首先冲到岸上，那位热恋中的未婚夫几乎昏厥过去。当这对青年穿着别致的衣服在树丛中出现时，他们的双亲简直不敢相信，他们亲爱的孩子已经得救。直到他们走近，仍几乎不敢相认。我看到的是谁？两位母亲喊出声来。我看到了什么呀？两位父亲叫

478

道。两位得救的人儿跪倒在他们面前。我们是你们的孩子呀！他俩喊道,是一对夫妻呀！——请原谅！姑娘说。请为我们祝福！青年叫道。请为我们祝福！两个人又一齐喊了起来。四周的人惊得瞠目结舌。为我们祝福！这第三次请求,又有谁能予以拒绝呢！

第十一章

讲故事的人说到这里停下了,或者不如说是讲完了。他这时已　479
经注意到,夏洛特极为激动不安。她站了起来,默默地做了个道歉的
动作,随即离开了房间。这故事她早就熟悉了。它就发生在上尉和
一个女邻居身上,虽然不完全像这位英国人所讲的那样,但主要事实
却没有变样,只是在个别地方做了较多的加工和润色。类似的事情,
一经众口流传和由一个才思敏捷而兴趣高雅的人讲述,往往都是
如此。

奥狄莉随着夏洛特走了出来,这也正是两位客人所希望的。这
回轮到爵士有所察觉了,也许又犯了一个错误,讲的是这一家所熟悉
的,或许甚至与她们有关呢。我们千万不要,他说道,再惹出不快的
事。我们在这儿受到盛情的款待,过得舒适惬意,可我们看来却没有
给两位女主人带来什么快乐;我们应当用一种恰当的方式向她们
告别。

我得承认,那位旅伴说,这儿有点儿什么在紧紧地吸引着我,不
弄清楚,不了解得更详细,我是不想离开这家人的。爵士,昨天当我
们带着手提暗箱穿过花园时,您在忙于选择一个风景如画的地点,没
有注意到您身边发生的事情。您离开了大路,向湖边一个人迹罕至
的地方走去,因为您觉得那对岸的景色绮丽。那时陪伴我的奥狄莉
突然站住了,不肯随同前往,却请求允许她坐船到那儿去。我同她一
齐坐上小船,这位楚楚动人的划船少女的熟练本领令我惊叹。我对　480
她说,在瑞士也有迷人的少女当船夫,从那以后我还从没有像今天这
样舒适地荡舟湖上;接着我情不自禁地问起,她为什么拒绝走那条小
径,因为在她的回避之中确实流露出某种畏怯的窘迫神情。如果您
不见笑的话,她友好地回答说,我可以向您透露,虽然我自己对此也
秘不可解。那条小路,我是从不走的,每次走时,都有一种独特的恐
怖感攫住我,这在其他任何地方我都不曾有过,我也无法解释是什么

缘故。因此我宁愿不走那条小路,避免引起这种感觉,尤其是,我一走上这条路,平素常犯的左边头痛便发作起来。我们上岸了,奥狄莉和您交谈起来。在此期间我去探究奥狄莉从远处向我清楚地指明的那个地点。我在那儿发现了石炭的明显迹象,这使我惊骇至极。这些迹象向我证实,在这儿稍加挖掘,就会在地底发现一个丰富的石炭矿。

请您原谅,爵士,我看到您在微笑,也清楚地知道,我对这类您不相信的事情的热衷,您只是以一个明哲之士和朋友的态度加以宽容。但是,如果不对这个美丽姑娘和这种钟摆振荡①详加研究,我不能离开此地。

每当谈到这种事情,爵士便提出反对意见,再次重复他的理由。那位旅伴总是谦逊和有耐性地听取,但最后依然坚持自己的见解、自己的希望。他也多次地解释,虽然这样的试验并非对每一个人都是成功的,但不能因此而放弃。相反,应更加认真更加彻底地进行研究,因为可以肯定地说,无机物之间的某些特性和亲缘关系,有机物和无机物的互相对抗以及有机物和无机物之间的某些特性和亲缘关系会显露出来,我们现在对此还一无所知。

他从随身带来的一个漂亮的小匣子里取出他的仪器:金环、硫铁矿石和其他金属材料。他把金属用线吊起来,悬在平放的金属上面开始做实验。爵士,您尽管幸灾乐祸好了,他说,我在您的脸上看到了这种表情,恨不得我的这些东西没有一样转动才好。可我的实验只不过是一个借口而已,等两位女士返回来,她们就会感到好奇,

---

① 在19世纪初,谢林著文提出了这种钟摆振荡现象,认为人对金属和水有一种特殊的感应。如果地下有金属和水,这样的人一走过便能感觉出来。用钟摆振荡的方法则能检验人是否有这种特殊的能力。在《歌德谈话录》中,歌德也谈到类似这种现象,他认为是人体的特异功能。

问我们在做什么奇怪的事情。

她们返了回来,夏洛特立即明白了这是怎么回事。我时常听到这类事情,她说,但从来没有看到什么效果。您现在既然已准备齐全,那就让我试试,看是否在我身上起作用。

她把线头提在手里,郑重其事,毫无杂念,始终握住这根线,但觉察不到有什么摇动。随后奥狄莉也来做实验。她提住钟摆,把它吊在平放的金属上面,比夏洛特更为平静,更为心安,更为无思无虑。可就在这一瞬间,悬吊着的金属薄片明显地旋转起来,变换下面的金属,转动的也就不一样,时而向一个方向,时而向另一个方向,时而做圆形运动,时而做椭圆形运动,或者沿着直线运动。这正是那位旅伴所期待的,甚至超出了他的期待。

爵士本人感到几分震惊,但是另一个人却由于快乐和好奇而不愿结束,请奥狄莉不断地重试和变换实验的各种花样。奥狄莉好心地满足了他的要求,后来她和颜悦色地请他不要再让她试下去了,因为她的头又痛了起来。他对此感到惊奇,甚至是狂喜,满腔热情地向她做出保证,说他能完全医好她的这种病症,若是她相信他的医疗方法的话。两个女人听了,有一会儿犹豫不决。但是夏洛特很快就懂得了他讲的是什么意思,婉转地拒绝了他的提议,因为她不能同意在她的周围做一件总是令她感到不安的事。

两位陌生人离开了这里,可他俩却以一种奇怪的方式,给她俩在不知不觉之中留下了好的印象,希望将来能在什么地方再度相逢。夏洛特利用天气晴好对邻居进行回访,这类事情几乎没完没了。附近的人家,近来都十分热情地向她表示关切,一些人是出于友好的情意,一些人仅只是因为风俗习惯。结束了这些回访之后,在家里,孩子的目光使她感到欢愉,这孩子确实招人疼爱,令人操心。他是个奇怪的、简直可以说是神奇的孩子,匀称的身材长得强壮,极为讨人喜

482

欢。尤其令人惊奇的是，孩子长得越来越显示出一种双重的酷似：脸部越来越像上尉，眼睛却越来越和奥狄莉难以区分。

由于这种奇特的相似之处，也许更多的是由于女性的柔情所致，对一个自己所爱的男人的孩子，虽说是另一个女人生的，也会怀着一种温柔的爱。对奥狄莉来说，她就是这成长中孩子的母亲，或者更准确地说，是另一种类型的母亲。每当夏洛特离开，奥狄莉就同孩子和侍女在一起。南妮一段时间以来早已回到她的双亲那里，她对这个男孩怀着妒忌，因为她的女主人似乎把全部的情意都用在他身上了。奥狄莉经常抱孩子到户外，习惯到远处散步。她随身带着奶瓶，需要时就给孩子喂奶。在这种时候，她很少不带一本书在身边。这样，她把孩子抱在怀里，一边读书，一边漫步，宛如一个沉思中优雅娴静的少女①。

---

① 原文为意大利文 Penserosa，意为沉思默想的女人。"沉思者"是古代画家一个十分喜爱的题材。

第十二章

战争的主要目的已经达到,爱德华胸前挂着勋章光荣地离开了 　483
军队。他立即返回那座小庄园,在那里他知道了有关他的家人的详
细消息。事先他就让人在她们不知道、不注意的情况下对她们详加
调查。他对这个安静的隐居之地极为满意,因为根据他的指示,在此
期间庄园增添了某些设施,做了某些修缮和改进。虽说住地不够宽
敞,但却通过内部装饰而主要是在舒适方便上弥补了设备和环境方
面的欠缺。

一向习惯于处事果断的爱德华,这时决定处理那件经过长时间
深思熟虑的事情。首先他召来少校①。朋友再度见面异常高兴。青
年时代的友谊有如亲缘关系一样,有着极大的长处,不管相互之间发
生了什么样的芥蒂和误会,也不会从根本上受到损害。一段时间之
后,旧的关系又会恢复如初。

爱德华兴高采烈地款待朋友,问起了他的情况,运气如何,是否
一切都如愿以偿。随后他半开玩笑地亲昵地问起,是否业已找到了
意中人,结成良缘。这位朋友十分严肃地予以否认。

我对你既不能也不会有所隐瞒,爱德华继续说道,我必须立即向
你说出我的想法和我的打算。你知道我对奥狄莉的热恋,你也早就
了解,就是因为她的缘故,我才去参加了这场战争。我不否认,我希
望了结我的一生,没有她,我的生命毫无价值可言。同时我也必须向
你承认,我下了这份狠心,认为事情是完全无望的。可同她在一起的
幸福是那样美好,那样值得向往,这使我不可能完全把它放弃。某些 　484
令人快慰的预感,某些令人高兴的迹象,坚定了我的信心、我的狂想;
奥狄莉会成为我的。一个玻璃杯上刻有我们两人名字的头一个字
母,在举行奠基典礼时它被抛向空中,却没有摔碎;它被接住了,重又

---

① 即第一部的上尉,已擢升为少校。

回到了我的手里。当我在这个寂寞的地方度过了那么长久的疑虑重重的时间之后,我对自己喊道:我要自己来代替这只玻璃杯去做一个征兆,看看我们的结合究竟可能还是不可能。于是我去参加战争,寻求死亡,我这样做不是出于疯狂,而是希望活下来。奥狄莉就是对我去战斗的褒奖。在敌军后方,在战壕里,在被包围的要塞中,她就是我希望获得的、希望占有的。我怀着热望,要创造奇迹,生存下来,这意思就是,去获得奥狄莉,而不是失掉她。这种情感引导着我,它帮助我摆脱了所有的危险。现在我觉得我达到了自己的目的,克服了重重的障碍,没有什么阻挡我了。奥狄莉是我的,而在这种思想和这种思想的实现之间还有什么,在我看来已变得无足轻重。

少校回答说:你用寥寥数语就勾销了人们反对你的做法的理由,但是这理由现在必须重复一遍:你同你夫人之间的关系的全部价值在呼唤你回头,这你自己去思量好了。你对她,你对你自己负有责任,对此你不应当懵然无知。当我一想到,你们有了一个儿子,那我必然要同时说,你们彼此永远属于对方。为了这个孩子的缘故,你们有责任共同生活,你们要共同为了他的教育和他的未来幸福而操劳一生。

若是做父母的自以为他们的存在对孩子是如此必不可少,爱德华回答说,那不过是他们的一种狂妄无知罢了。凡是生活着的一切,都能找到营养和帮助。如果一个儿子的青年时代因父亲早逝而生活得不是那么舒适和幸运的话,他也许正因此而能更快地获得有益于社会的知识,及时地认识到,他必须适应一切,而这是我们大家迟早都要学会的。这儿谈的根本不是什么我们富有,能养活更多孩子的问题,把这么多的财富用在一个人身上,这既不是义务,也不是好事。

当少校用一些话点明夏洛特的价值和爱德华同她很久以来就存在着的关系时,爱德华激烈地打断了他的话,说道:我们做了一件蠢事,这我看得很清楚。若是有谁到了一定年纪还要实现他从前青年时代的心愿和希望,那他就是在永远欺骗自己。因为人的每一个十年都有他特有的幸福,他特有的希望和前途。一个人由于环境或由于妄想而前进或后退,那他就太痛苦了! 我们做了一件蠢事,难道一辈子就这样下去了吗? 时代的风尚不肯许诺给我们的,难道我们就因此而顾虑重重地放弃? 在许许多多事情上,人们打消了他们的决心,停止了他们的行动,然而恰恰在这件事情上不应当如此,这关系到的是整体而不是局部,关系到的不是生活的这一个或那一个条件,而是生活的全部总和!

少校以一种同样雄辩和有力的方式向爱德华说明他同他的妻子、同他的家庭、同社会、同他的家业的种种不同关系,但是他无法激起爱德华对此的任何关心。

所有这一切,我的朋友,爱德华说,我在灵魂深处都想过了。在战争的喧嚣之中,当大地被持续不断的炮声震得颤抖时,当子弹啸叫着击倒我身边的伙伴,把我的战马射中,把我的帽子穿了个洞时,我想起了这一切;在布满繁星的天穹下面,在安静的篝火之旁,这一切在我的眼前浮动,随之所有与我有关的一切都出现在我的灵魂之前。我仔细地想过了这一切,感受到了这一切。我找到属于我的,我感到了满足,我不断重复这样的想法,永远这样。

486

在这样的时刻,我不能对你隐瞒,我也想起了你,你也是属于我所关心的人。长久以来,我们不是早就休戚相关了吗? 如果说我有负于你,那么现在是向你本利偿还的时候了。如果你有负于我,那么你将看到你能对我做出报答。我知道,你爱夏洛特,她值得你去爱。我知道,她对你并非无动于衷,那她为什么不应当认识你的价值呢,你从我这里把她带走吧,把奥狄莉领来给我! 那我们就成了地球上最最幸福的人了。

　　正因为你用如此高贵的礼物想使我动心，少校回答说，我就必须更谨慎、更郑重才是。你的建议，虽然我内心表示敬重，但它不会使事情迎刃而解，也许反而会更为棘手。事情牵涉到了你，也牵涉到了我，关系到命运，也关系到名声，关系到两个男子汉的名誉。他们直到现在没有污点，从未受到责难。可通过这样一种奇怪的交易——如果我们不想用别的字眼来称呼它的话——就会使我们陷入危险，在社会面前出乖露丑。

　　正因为我们没有任何污点，爱德华说，这就给予了我们也去受一次责难的权利。谁在他的整个一生中证明自己是个诚实可信的人，那他所做的交易就会诚实可信。若是换一个人去做，就会使人感到可疑。就我而言，经过我最近加于自身的考验，我曾为他人甘冒风险，不畏艰难，我觉得我也有权利为自己做点事情了。至于你和夏洛特，让未来决定好了。我的主意已定，你不能，也没有人能阻拦。如果有人向我伸出手来，那我也乐意伸出手去；若是人们任凭我们自己而不从旁相助，或者加以反对，那必然会发生极端之举，恐怕也只好听之任之了。

　　少校把尽可能长久地抵制爱德华的打算看作是自己的义务。为了反对他的朋友，他采用了一个聪明的手法，表面上看，他似乎是屈从了。他转移话头，谈到如何实现这次离婚和随后结婚的形式以及一些事务性的问题。于是就出现了某些令人不快的、棘手的、不合时宜的事，这使爱德华心绪恶劣至极。

　　我算看清了，他终于叫起来，我们所希望的，不仅仅得从我们敌人手里，而且也得从朋友手里夺取。我所想要的，我所不可缺少的，我要紧紧地盯在眼里，我要得到它，肯定能很快很利落地得到它。我知道得很清楚，这一类的关系，无所破便无所立，无所灭便无所生。这样的事情光靠冥思苦想不成。在理智面前，一切权利都是平等的。

当天平的一面翘起时,总得在另一面加上重量使它平衡才是。我的朋友,为了我,为了你自己,采取行动吧。为了我,为了你自己,把这团东西解开,理清,联结起来吧!不要为他人所左右。社会已经对我们有所议论了,它还会再度议论的。随后呢,正如通常那些不再令人感到新奇的事情一样,我们就被忘记了,对我们所做的也就无所谓了,对我们也就不再感兴趣了。

少校没有别的办法,最后只好随爱德华的便,任凭他把事情看作人所共知、十拿九稳的,任凭他谈一些细节的处理,甚至开心地谈论美好的未来。

随后爱德华严肃地说道:如果我们靠希望和期待,认为一切都会自行到手,那是一种该受惩罚的自欺。照这样下去,我们不可能救助自己,不可能恢复各方面的安宁。我怎么能使自己感到宽慰呢,因为我对所有的人有罪,可我是无辜地犯下这些罪行的!由于我的迫切要求,我说服了夏洛特,把你请到家中,随着这种变化,奥狄莉也出现在我的面前。此中发生的事情,我们无法主宰,但是使业已发生的事情变得无害,并引导使之利于我们的幸福,这却是我们能够主宰的。难道你愿意把目光从为我们展示出来的美妙可爱的前景移开吗?难道你愿意我,愿意我们大家都陷入一种可悲的断念之中吗?你只消想一想,事情必然是如此:我们回到旧日的状态,去忍受某些不适、不快和令人厌恶的东西,而一些美好和快乐的东西则无法从中产生,事情不就这样明摆着吗?如果你不来拜访我,不同我一起生活,难道你现在所处的顺利环境就能使你感到快乐?不,在事情业已发生之后,只会感到难受。夏洛特和我,连同我的产业一道,只能处在一种悲惨的境地。如果你和那些凡夫俗子一样,相信岁月和远离会使这些感情变得迟钝麻木,深深的痕迹会被抹去,那么在这些岁月中,人们恰恰不应当在痛苦和匮乏中熬煎,而应当在欢乐和幸福中度

488

过。最后,还有最重要的一点要说:如果说不管怎样,根据我们所处的内外环境,我们还是能够等待的话,可奥狄莉,一旦她离开我们的家庭,踏入社会,缺少我们的照料,在这个邪恶的、冷酷的世界里悲惨地东跌西撞,又会变得怎样呢? 如果你能给我描绘出在一个没有我、没有我们的环境中,奥狄莉能幸福地生活,那你就算是说出了一个论据,这比其他任何论据都更为有力,即使我不同意,即使它也不能使我屈服,我还是非常愿意重新加以审视和考虑的。

489

　　这个任务并非那么容易完成,至少少校对此想不出适当的答案。他只有一再重复地提醒,整个事情十分重大,十分复杂,从某种意义上看也十分危险。倘若去办的话,那至少必须慎之又慎,考虑再三。

　　爱德华表示同意,但有一个条件,那就是在他们对事情取得完全一致和采取最初一些步骤之前,他的朋友不能离开他。

第十三章

完全陌生和彼此冷漠的人，经过一段时间的共同生活就会互诉衷情，一种信赖感就会油然而生。我们的这两位朋友，他们再度同居一地，朝夕相处，彼此之间无所隐瞒，自然就更可想而知了。他们重温昔日的情景，少校据实相告，夏洛特早就准备在爱德华由旅途返归时，把奥狄莉介绍给爱德华，她同意这个可爱的姑娘那时同他结为夫妇。爱德华对这个情况的透露欣喜若狂，于是毫无顾忌地谈到夏洛特和少校彼此间的爱慕，他对此加以绘声绘色的描述，因为他觉得这对他也是感到惬意和有好处的。

少校对此既不能完全承认，也不能完全否认，但是爱德华却越来越坚定、越有把握。他把这一切想得不仅是可能的，而且是已经发生的。各方面只需同意，所希望的就能实现。离婚一事肯定可以办妥，随之各方的结合会相继而至，爱德华要同奥狄莉外出远游了。

在想象力所描绘的舒适快意之中，相爱的人，年轻的夫妇，到一个清新的世界去享受他们清新的爱情，到一个变幻不定的环境中去考验和证实一种长久的结合，恐怕没有比这更富有魅力的了。而少校和夏洛特在此期间呢，他们拥有全权，对所有的田产、财富以及地面上的设施加以管理，并且按照法律和公平的原则进行安排，使各方皆大欢喜。但有一点是全盘中的基础，他觉得这是最大的有利之处，就是孩子留在母亲身边，这样少校就会对孩子进行教育，按照他的观点进行引导，施展他的才能。洗礼时给孩子命名为奥托——与他和少校的名字相同，这可不是白起的啊。

490

爱德华觉得一切就绪，他一天也不能再等了，急于把事情付诸实现。他们在返回庄园的路上先是到了一座小镇，爱德华在这里有一所住宅。他本想留在这里，等待先行一步的少校返回。可他无法克制自己，想立刻回到家园，于是他陪着朋友穿过了这个地方。两人策马而行，在事关重大的交谈之中，不知不觉走了很远。

　　突然间他们望见了远方高地上的那座新居，他们还是首次看到它的红砖闪闪发光。一股不可抗拒的相思之情涌上爱德华的心头。他恨不得在今天晚上就把一切都办妥，在毗邻的一个小村庄里，他要躲一躲。少校先去夏洛特那里，把事情做必要的介绍，使她的谨慎为之一震，借助一种出乎意料的提议迫使她敞开心扉。因为爱德华把他的愿望也看作是她的愿望，他不相信其他，只相信，他这样做是迎合了她那强烈的愿望，希望从她那里尽快得到允诺，除此没有别的意愿。

491　　他欣喜地看到幸福的结局就在眼前。他要少校燃放几枚花炮，快速地把消息通知待在远处的他，若是天黑的话，就燃放一些焰火。

　　少校策马向府邸驶去。他没有找到夏洛特，得知她眼下住在高地上的新居里，可现在到邻近庄园做客去了，也许今天不能很快返回。他返回到那家客店，事先他就把马存放在那里了。

　　在此期间，爱德华被一种不可遏止的焦躁所驱使，偷偷地从他的匿身之处溜了出来，穿过寂静的、只有猎人和渔夫才熟悉的小径，奔向他的庄园，傍晚时分他来到了湖旁的丛林地带。湖水平静如镜，他第一次看到它如此澄明、洁净。

　　奥狄莉这天下午在湖边散步。她抱着孩子，习惯地边读书边走路。她来到了橡树旁的渡口。孩子已经入睡，她坐了下来，把他放在身边，继续读书。这本动人心弦的书令她爱不释手。她忘记了时间，没有去想上岸之后在陆上还要走一大段路才能回到新居那里。她忘情于书，忘情于自己，看起来那样妩媚动人，甚至连她周围的树木、草丛都活了起来，睁大了眼睛望着她，怀着妒羡和喜悦之情。这时西沉的太阳在她身后涂下了一缕红光，把她的面颊和双肩染成一片金黄。

　　爱德华一直顺利地潜行了很远，没有被人注意。他到了他的庄园，到了附近的地带，发现空无一人，于是大着胆子继续前行。终于，他穿过了橡树旁的丛林,看到了奥狄莉,她也看到了他。他向她飞奔而去,投身在她的脚下。一段长时间的沉默,他们在寻求握住对方的手。随后他用三言两语向她解释,他为什么,又是怎样回到了此地。他已把少校派到夏洛特那儿,他们共同的命运也许在这一瞬间已经决定了。他从不怀疑她的爱情,她也肯定不怀疑他的爱情。他恳求她的应允。她犹豫不定。他向她起誓,他要提出他昔日的权利,想把她拥入自己的怀里。她指了指身边的孩子。

492

　　爱德华看到孩子,感到愕然。伟大的主啊!他喊了起来,如果说我有理由怀疑我的妻子、我的朋友的话,那这个孩子便会成为反对他们的可怕的证人,这难道不是少校的模样吗?如此相像我还从没有见过。

　　不是这样!奥狄莉回答,所有的人都说孩子像我。——这是可能的吗?爱德华问,就在这一瞬间孩子睁开了双眼,目光是如此明亮,如此柔和。孩子那么懂事地望着这个世界,他仿佛认识眼前这两个人似的。爱德华扑倒在孩子身边,他又一次跪在奥狄莉面前。这是你!他喊道,是你的眼睛。啊!让我只看你的眼睛。让我抛一块布遮盖住那赋予这孩子以生命的不祥的时刻。丈夫和妻子各怀异心,陌生地拥抱在一起,热烈的相思亵渎了合法的结合,难道我该用这不幸的思想来使你那纯洁的灵魂受惊?或者说,我们已到了这种地步,因为我同夏洛特的关系必须结束,因为你会成为我的,为什么我不应当这样说呢?为什么我不应当说出这样严酷的字眼:这孩子生于双重的通奸!这孩子把我同我的妻子分开,把我的妻子同我分开,他本应该把我们结合在一起才是。尽管这孩子为我作证,尽管这双明亮的眼睛对着你的眼睛说:我即使在另一个人的怀抱里,也是属于你的。可奥狄莉,你能感觉到,真的能感觉到,我只有在你的怀抱里才能赎清我那次犯下的过失、那次犯下的罪恶!

听！他喊道，随即跳了起来，相信是听到了一声枪响，以为是少校发出的信号。可这是邻近山里一个猎人放了一枪。随之一片寂静，爱德华变得焦躁起来。

现在奥狄莉才发觉，太阳业已西沉，残阳最后从高处房屋的玻璃窗上反射出余晖。你快离开，爱德华！奥狄莉喊道，我们这么长时间不见面，这么长时间都忍耐了。要想一想，我们两人对不住夏洛特。由她来决定我们的命运吧，我们不要先她而自作主张。如果她允许的话，我会成为你的，她不同意，那我必须断绝这个念头。既然你相信，决定业已临近，那就让我们等待吧。你到村里去，少校估计会在那里。不知会发生什么事情需要解释呢。少校若谈判成功就用一响燃放的花炮声来通知你，这是真的吗？也许他现在还四下找你呢。我知道，他没有遇到夏洛特，他可能迎她去了，因为有人知道她去哪儿。各种情况都有可能发生！让我走吧！现在她一定回来了，在上面等着我和孩子呢。

奥狄莉说得匆忙急促。各种可能性她都考虑到了。在爱德华身旁，她是幸福的，可她感到，她现在必须离开他。我求你，我恳求你，亲爱的人！她说道，快回去，去等着少校！——我听从你的命令。爱德华说，他满怀深情地凝视着她，然后把她紧紧拥入怀抱。她用两臂抱住他，柔情地把他拥在她的胸前。希望像一颗星星从天而降，从他们头上落下。他们陷入谵念，他们相信彼此属于对方。他们第一次相互热烈而纵情地接吻，随后又不情愿地、痛苦地分开了。

太阳完全沉落。天色变得一片朦胧，湖畔散发着湿气。奥狄莉茫然地站在那里，随即动身上路。她朝着高处房屋望去，相信看到了高台上夏洛特的白色衣服。湖边的弯路很长，她熟悉夏洛特等待孩子时的那种焦急不耐。她越过那片梧桐树林，只有湖面把她同那条通向房屋的小径分了开来。她的思想和她的眼睛一样，早已飞到了那里。和孩子一道乘船而感到的担心,在这种急迫的心情中消失得无影无踪。她奔向小船,她没有察觉到她的心在狂跳不已,她的双脚摇晃不定,她的各种感官失去了作用。

她跳到船上,抓住桨,推船离岸。她得用力气,不断地用桨推船,她左臂抱着孩子,左手拿着书,右手拿着桨。她摇晃起来,跌倒在船上。桨脱手了,飞到另一侧。她要保持身体平衡,孩子和书从她手臂滑出,跌到另一侧,落进水里。她只抓住了孩子的衣服,但是她的不利的位置妨碍她站立起来。右手空了,但她无法使自己转过身站立起来。到最后她总算把孩子从水中拽出,可孩子的双目紧闭,已经停止了呼吸。

就在这一瞬间她的神志完全恢复了,可她的痛苦却是那么巨大。小船几乎到了湖心,船桨漂到了远处。她向岸边望去,空无一人,即便看到人,对她又有什么用处呢!她孤立无援,在这反复无常、孤僻乖戾的元素上面漂移。

她试着自己救助自己。她时常听到救助溺水者的办法。还在她过生日的那天晚上,她就亲身经历过这样的事情。她把孩子的衣服脱下来,用她的纱衣把孩子擦干。她敞开自己的怀,第一次在光天化日之下袒露出她的前胸,第一次把一个活着的生物拥到她那裸露出来的纯洁乳房之上。啊!他不是活的了。这不幸的孩子四肢僵冷,使她的胸脯发冷,直冷到内心深处。泪水从她的眼中不断地涌出,滴在僵硬的孩子上半身上,使得他仿佛有了温暖和生机。她不停地尝试,用围巾把孩子裹起来,抚摸,按摩,呼气,用亲吻,用泪水,用这些办法来代替她在这个僻静无人之处无法得到的救护。

一切都归于无效!孩子一动不动地躺在她的臂弯里,小船静静地停在湖面。但即使在这时,她那优美的情感也没有使她变得完全绝望。她仰望上苍,跪倒在船上,用双手把僵硬的孩子举过她那纯洁

495

的胸脯，他洁白晶莹，可惜也像大理石一样冰冷。她眼含泪水，抬头仰望，呼唤着上天的援救，如果世上到处都缺少慈悲的话，那么一颗温柔的心是希望在上界那里找到至高的恩惠。

她也不放弃向群星求援，它们已开始烁烁闪光。一阵轻风生起，把小船向梧桐树那边吹去。

第十四章

　　奥狄莉跑回新居,呼唤外科医生,把孩子交给他。这个遇见任何事情都镇静如常的人,按照通常的方法仔细地检查幼小的尸体。奥狄莉站在他的身旁帮忙,拿取需要的物品,她在设法,可她像是在另一个世界里游动,因为至大的灾难和至高的幸福改变了对一切事物的看法。经过全面仔细的检查之后,这个诚实的人摇了摇头,先是对她充满希望的问讯缄默不语,随后轻轻答了一个"不"字。她离开了夏洛特的卧室——这一切都在这里发生,她刚一踏进起居室,还没来得及走到沙发跟前,便心力交瘁,一头栽倒在地毯上。

　　就在这时候,夏洛特来到门前。外科医生恳切地请求周围的人留下别动,他去迎她,让她有所准备。可夏洛特已进入她的房间。她看到奥狄莉倒在地上,一个女仆哭喊着向她冲了过来,外科医生走了进来,她突然间什么都明白了。她怎能一下子就放弃希望呢！那位经验丰富、机智聪明的医生只是请她不要去看孩子。他起身离去,佯称用新的办法再试一次,以使她感到一丝安慰。夏洛特坐在沙发上,奥狄莉还倒在地上,但已移近到夏洛特的膝前,把她那俊美的头伏在夏洛特的膝上。那位医生朋友走进走出,表面上是在关怀孩子,实际上却在为两位妇女担心。就这样一直到了午夜,死一般的寂静越来越深沉。夏洛特不再装假了,她知道孩子绝不会再活过来。她要求去看一看孩子。孩子已用暖和的棉布干干净净地裹了起来,放在一个篮子里,人们把他放在沙发旁,夏洛特的身边。孩子只露出脸,躺在那里,安详而清秀。

　　这件不幸的事情很快就在村子里引起了震动,消息随即传到了那家客店。少校踏上他熟悉的道路,来到之后,先在房屋外转了转,拦住一个正奔向楼里取东西的仆人,了解了详细情况,并让他把外科医生叫来。医生来了,为他的老朋友的出现感到惊奇,他向他报告了现下的情况,并去通知夏洛特,使她对见面有所准备。他来到室内,

496

当即和夏洛特交谈,最后使她理解到,依照他的意思和想法,朋友的关怀和前来是不可少的。毋庸多说,她知道了,她的朋友就在门外,但已一切尽知,希望让他进来。

少校进入室内,夏洛特面带痛苦的微笑向他表示欢迎。他站在她的面前,她揭开盖在孩子尸体上的绿绸,借助蜡烛的暗淡光亮,他看到了他本人的一幅僵化了的肖像,心中不无一种神秘的惊悸。夏洛特指了指椅子,于是他俩相对而坐,默默无言,直至深夜。奥狄莉依然一动不动地伏在夏洛特的膝盖上,她的呼吸匀和,她入睡了,或者说好像入睡了。

晨光熹微,烛光已灭,两个朋友仿佛从一场昏沉沉的梦中醒来。夏洛特望着少校镇定地说道:我的朋友,告诉我,是什么样的天意使你来到这儿参加这场丧事?

少校轻声地回答,就像她那样轻声地问话一样,仿佛他们不想惊醒奥狄莉似的。他说:现在不是说话遮遮掩掩、拐弯抹角、慢慢腾腾的时候和场合。您现在的处境是如此令人震惊,使我为之前来的重大事情已失去了它的价值。

他非常平静和简短地向她陈述了爱德华派他前来的目的和使命,向她陈述了他本人到此的目的、他的自由的意愿和他自身的利益。这两方面的意见他都说得十分委婉,然而也十分率直。夏洛特安静地听他讲,似乎既不表示惊讶,亦不觉得反感。

少校讲完了,夏洛特回答的声音非常低微,他为了能听得清,把椅子往前挪了挪。她说:像这样的情况我还从没有遇到过,但是处于类似的境地我总是一再对自己说:明天会是什么样子?我非常清楚,现在许多人的命运掌握在我的手中。我该怎样去做,对此我毫无怀疑,并且不久我就要说出来。我同意离婚。我本该早就做出这样的决定,由于我的迟疑不决,由于我的反对,孩子死了,是我杀死了他。有些事情是由命运在顽强地主宰着。理智和道义,义务和所有神圣的一切同它对抗都是无济于事的。它认为是对的,那就会发生,我们认为是不对的也不行;我们可以表达出我们的要求,可终归是由它说了算。

　　我有什么可说的呢!命运本来把我的希望、我的意愿重新纳入轨道,可我却轻率地与它对抗。难道我本人没有想到奥狄莉和爱德华是一对佳偶吗?难道不是我本人设法使他俩接近吗?我的朋友,您本人不是也知道这项计划吗?我为什么不能把一个男人的任性与他真正的爱情区分开来?我为什么接受他的求婚?为什么不作为一个朋友使他和另一个女人幸福?您只消看看这个不幸的沉睡的人就够了!当她从她那半死的昏睡中醒来时,那一瞬间我会浑身颤抖的。若是她不能企望用自己的爱情去弥补由于她而丧失的一切,那她怎能活下去,怎能使自己得到安慰?她能够用倾慕和激情去爱他,使他重新得到一切。如果说爱情能忍受一切,那么爱情更能弥补一切。在这个时刻我本人是无需顾及的。

　　亲爱的少校,您悄悄地离去吧。您告诉爱德华,我同意离婚。我把整个事情交给他、您和米德勒处理,我对我的未来是不担心的,不管从哪种意义上说都没有问题。给我的任何文件,我都签署。但是不要要求我去协助,去考虑,去出主意。

　　少校站了起来。她从奥狄莉身上伸过手来。他用嘴唇吻了吻这可爱的手,随即轻轻地说:那么我可以希望什么呢?

　　让我不向您做出回答吧,夏洛特说,我们没有犯下该使我们变得不幸的过失,可我们也不应当得到在一起的幸福。

　　少校起身离去,内心为夏洛特深深地感到悲哀,却不怎么为死去的孩子感到难过。他觉得这样一种牺牲对各方面的幸福是必要的。他在想象奥狄莉两臂抱着她自己孩子的景象,这是对爱德华的损失

498

499　的最最完整的补偿；他在想象夏洛特胸前的一个儿子，有更多的理由认为这孩子比死去的那个更像他本人。

在返回客店的路上，这样一些迷人的希望和画面在他的灵魂深处浮现出来。他找到了爱德华，原来他整夜都留在户外等待少校，因为既没有燃放焰火也没有花炮向他通知事情成功的消息。他业已知道了那件不幸的事，他并不为这可怜的孩子感到难过；虽然他内心不完全承认，可他把这件事看作一种天意，它一下子扫清了在他幸福路上的任何障碍。少校很快把他妻子的决定告诉了他，并劝告他返回那个小镇，在那儿考虑和安排下一步要做的事。他听从了。

少校离开之后，夏洛特坐在那儿，陷入沉思之中，但只有几分钟的时间，奥狄莉就抬起头来，睁大了双眼，望着夏洛特。她先是从她的怀抱中立起身来，随后从地上站起，立在夏洛特的面前。

这是第二次了，这个美丽的姑娘面带一种不容抗拒的、优雅而严肃的表情，开始说道，这同样的事情，是我第二次遇到了。你曾经告诉过我，人们在一生当中经常以相似的方式遇到相似的事情，并且总是在关键的时刻。我发现这种看法是正确的。我必须向你吐露真情。在我母亲死后不久，那时我是一个小孩子，我把我的小椅子搬到你的身边，你当时坐在沙发上，就像现在这个样子。我的头靠在你的膝上，我没有睡，也没有醒，我在打瞌睡，周围发生的一切，我都知道，特别是讲的那些话，我听得清清楚楚。可我不能动，我说不出话来，即使我想那样去做，我也无法表示出来，我心里明白极了。那时你同一位女友谈到了我，你为我的命运难过，在这个世界上我成了一个可

500　怜的孤女。你描述了我寄人篱下会是怎样的处境，若不是一颗特殊的幸运之星在我的头顶上空升起，我真不知该是何等的悲惨。这些话我听得一清二楚，你对我的期望，你对我的要求，也许是太严格了，按照我有限的智力，我把你说的当成了法规，我长期以来按它生活，

就是你对我爱怜,为我操心,把我接到你家里的时候,我也依然按它做人,按它行事,此后的一段时期也是如此。

但是我滑出了正路,我破坏了我的法规,我甚至丧失了对这种法规的感情。在经过这样一场可怕的事情之后,你又一次指明了我的境况,这次比头一次更为悲惨。我躺在你的怀里,半僵不死;像是从一个陌生的世界,我又一次听到你那低微的声音就在我的身边。我了解了我所处的境况,我对我自己感到吃惊。但正如头一次一样,这次我在半死半睡之中也为我自己规定好了一条新的道路。

我下了决心,我过去是怎样想的,现在为什么做出这样的决定,都必须让你知道。我永远不会成为爱德华的人!上帝已经用一种可怕的方式睁开了我的双眼,我犯下了什么样的罪过啊!我要为此赎罪,没有人能改变我的这个主意!亲爱的,好心的人,采取你的行动吧。让少校回来,给他写信,让他什么也不要做。当他离开的时候,我是多么害怕啊,我连动都无法动。我想跳起来,想喊叫:你不该让他怀着这样罪恶的希望离去!

夏洛特看清了也感觉到了奥狄莉的处境,但是她希望通过时间和劝说使她改变主意。可当她刚说了几句暗示未来、暗示痛苦的减轻、暗示希望的话时,奥狄莉就大声叫了起来:不!你别想说服我,不要来欺骗我!当我知道你同意离婚之时,就是我在同一个湖里为我的过失和我的罪恶赎罪之日。

501

第十五章

在幸福、安定的相处之中，亲戚、朋友、家人，当他们在一起谈论——有着比必然和当然更多的原因——已发生或者将会发生的事情时，当他们彼此之间反复告知他们的打算、他们的行动、他们的作为时，虽说相互并不听取别人的劝告，可做起来，却急人所难的样子。与此相反，在重大的关头，特别是急需别人的支持、别人的鼓励的时候，却发现每个人都避犹不及，每个人都各干各的，每个人都以自己的方式去施加影响，而相互之间却掩饰个人所用的手段，只有结果、目的和赢得的成功才公之于众。

在如此多奇怪和不幸的事情发生之后，这两位妇女就笼罩在某种寂静的、严峻的气氛之中，然而这种严峻却是通过一种亲切诚挚和相互体贴表现出来的。夏洛特暗地把孩子葬在小教堂那里。他安息了，是一种预兆不祥的关系的第一个牺牲品。

夏洛特尽可能地恢复往常的生活，她首先发现，奥狄莉急需她的帮助。她这样去做，但不使奥狄莉有所察觉。她知道，这个天使般的姑娘是多么地爱着爱德华。她把灾难发生前的种种情景一一进行了回忆，那些情况她都一清二楚，一半是从奥狄莉那里，另一半是从少校那里知道的。

在奥狄莉这方面，她使夏洛特眼下的生活变得轻松。她是坦率的，甚至变得健谈起来，可她从不谈论当前或者前不久发生的事情。她总是在观察，在留意，她知道许多东西，现在都可以派上用场了。她为夏洛特解闷，她使她得到消遣。夏洛特这时则暗地里一直怀着希望，想看到她所珍爱的这一对人成为夫妻。

但奥狄莉却另有想法。她向夏洛特揭示了她生活途程上的秘密，她正从往日的樊篱，从她的顺从之中解脱出来。通过悔恨，通过决心，她感到自己已摆脱了那次过失、那个不幸的重负。她不再需要克制自己的那种强力。只有在完全断念的条件下，她才在心灵深处宽恕了自己，而这个条件对于未来是必不可少的。

　　一段时间就这样过去了。夏洛特觉得，房屋、花园、湖水、崖石、树林每天只是使她俩心中的悲哀之情翻新变样。显而易见，必须改换一下地方，可究竟怎样去做，却不那么容易做出决定。

　　两位妇女还要住在一起吗？爱德华先前的意愿似乎是这样要求的，他的声明，他的威胁是非这样做不可。这两个女人虽然都有着善良的意愿、充分的理智，并且竭尽全力，但却是在一种令人难堪的环境中相处，这点有谁看不出来呢？她们的交谈互存戒心，有时她们倒是高兴不要完全听懂对方的话，懂得一半就行了。可更多的时候，一句话就会造成误解，虽说不是由于理智，至少也是由于情感所致。她们惟恐伤害对方，然而恰恰这种恐惧是最易受伤害的，也是最易伤害人的。

　　谈到变换一下地方，彼此立即分开，至少分开一段时间，这样一来，那个老问题就又被提了出来：奥狄莉到哪儿去？那个有钱人家曾提出要奥狄莉陪伴一个大有希望继承遗产的女儿，但几次尝试都归于失败。男爵夫人最近那次见面时提过，近来又有信催促，要夏洛特把奥狄莉送到那里。现在夏洛特又一次提起此事，但奥狄莉断然拒绝前往，到那儿她会发现，那是一个人们通常称为是大世面的地方。

503

　　亲爱的姨妈，她说，为了表明我并不褊狭和固执，我想说说我在另一个场合所不想说的话。一个少有的不幸的人，即使他是无辜的，那也是被人以一种可怕的方式加以描绘了的。他的在场会激起所有那些看到他和发现他的人的一种恐怖感。每个人都想看看他身上的可怕之处，每个人都对他感到好奇，而同时又感到恐惧。这样，在一个发生灾难的家庭中，在一个发生不幸的城市里，每一个身居其中的人都会惊骇万分。在那里，白昼的日光不再那么明亮，星星也像是失去了它们的光辉。

对这样一些不幸的人，人们的轻率、愚蠢的强求和笨拙的好心，虽说也许都是可以谅解的，但造成的伤害却是多么大啊！我说这话，请您原谅。那时，露茜安把那个可怜的病姑娘从家中藏身的那个房间中拖出来，友好地对待她，好心地逼她去跳舞和做游戏，我和那个姑娘一道感到难以置信的痛苦。当那个可怜的姑娘感到恐惧，越来越害怕，最后逃开并昏厥倒地时，我看在场的人都惊愕万分，激动起来，每个人都开始对这个不幸的人产生了一种好奇之心。那当儿我没有想到，这样一种类似的命运在等待着我；可我那时的同情之心是真挚的、热烈的，到现在依然明显地可以感觉到，现在我可以把这种怜悯用在自己身上了，但我要避免自己陷入类似的处境之中。

亲爱的孩子，夏洛特说，可是没有哪个地方你能避开人们的目光啊。我们没有修道院，否则在那里可以为这样的感情找到一个避难所。

寂寞孤独并不是避难所，亲爱的姨妈，奥狄莉回答说，只有在我们勤奋工作的地方才能找到最珍贵的避难所。所有的赎罪和所有的匮乏绝不能使我们摆脱一种不祥的命运，若是它决心对我们进行追逐的话。若是在懒散的状态下，我成为大家所注视的人，那我感到厌恶，感到畏惧。若是人们看到我在快乐地工作，不懈地尽自己的义务，那我能忍受任何人的目光，因为我在神的面前无需感到羞愧。

如果我说得不错的话，夏洛特说，那你的意愿是返回寄宿学校去了。

是的，奥狄莉说，我不否认这点，如果说我们是在一条极为独特的道路上被教育出来的，那在一条普通的道路上去教育别人，我把这看成是一种幸运的使命。在历史上我们不是看到，一些人由于道德上的巨大不幸而隐遁于荒原吗？可就是在那里他们也不能像所希望的那样藏匿起来。他们被召回人世,为的是把那些陷入迷误的人引回到正路,有谁能比他们的现身说法做得更好呢! 他们负有使命去帮助那些不幸的人。有谁比他们更能做到这一点呢? 因为尘世的灾难对他们再也无能为力了!

你选择了一种独特的使命,夏洛特说,我不想阻拦你。也许,如我所希望的,这只是一个短时期。

我非常感谢您,奥狄莉说,感谢您同意我的这个尝试,同意我去体验。我并不十分自信,但我会成功的。在那个地方,我会回忆起我通过的那些考试,而那些考试同我在此后所体验的相比是多么渺小,多么微不足道啊。观察那些年幼学童的窘迫表情,看到他们孩子般痛苦的微微一笑,并轻轻地把他们从小小的迷惘中领出来,去做这一切,我该是多么欣喜啊。幸福的人不适于去管教幸福的人,人们获得的越多,对自己和对他人要求的也就越多,这是人类的天性。只有重新振作起来的不幸的人,才知道为自己和为他人去培养知足常乐的感情。

略加沉思之后,夏洛特终于说道:让我对你的打算提出一点反对意见吧,我认为这是极为重要的。不是关于你,是关于一个第三者。那位好心的、通情达理的、虔诚的教师的想法,你是知道的;在你所要走的那条路上,对他来说,你一天比一天变得珍贵,变得不可缺少。按照他的感情来看,没有你,他的生活不会愉快,若是他习惯了你的合作,那将来没有你,他就无法再从事他的事业。你开头是帮助了他,可到后来就折磨他了。

命运对我不是温和的,奥狄莉说,谁爱上了我,谁也许就没有什么好的盼头。像这位朋友这样好心,这样通情达理,那我希望在他身上也能产生一种对我的纯洁的感情。他会把我看成一个斩断尘缘的人;他也许只有献身神才能抵消他为自己和为他人所造成的巨大不

505

幸。这神就在我们四周，虽然看不到，却能保护我们免受各种巨大的不祥的力量的侵害。

这个可爱的孩子所说的这一切如此情真意切，夏洛特私下对此考虑再三。她进行了种种不同的观察，乃至最细微之处，看看奥狄莉同爱德华的接近是否仍有可能。但是，哪怕是极浮泛地提到此事，仅含有微乎其微的希望，最微不足道的暗示，都仿佛使奥狄莉反感异常，有一次她甚至毫不掩饰地径直说出了这点。

你决心，夏洛特对她说，放弃爱德华，做出的决定是如此坚定和不可改变。如果这样的话，那你就得避开与爱德华再度见面的危险。远离开心爱的人，我们的眷恋越是热烈，我们就似乎越能克制自己，我们把激情的全部力量，正像它向外扩展那样，不妨归向于心灵深处。但是，每当我们认为是可以缺少的，突然又出现在我们的面前，成为不可缺少的，我们很快就会从这种错误中被拉出来。你认为现在的情况怎样做最合适，就怎样去做。考虑一下，最好是改变你刚才做出的决定，但是要出于你的本心，出于你的自由的意志。你不要偶然地、出乎意料地再度陷入从前的处境，那将在你的内心引起一种分裂，而这是难以承受的。正如说过的，在你走这一步之前，在你离开我开始一种新的生活之前——这生活把你引向什么样的道路没有谁能知道，你要三思，是否你真的能永远放弃爱德华。如果你做出了决断，那我们齐心一致，就是他来找你，他来逼你，你也不要同他见面，不要跟他讲话。奥狄莉毫不思索，立即向夏洛特做出许诺，把她先前说过的话又说了一遍。

但是爱德华说过的那种威胁现在又在夏洛特的灵魂之中浮现出来；只有奥狄莉不离开夏洛特，那他才能舍弃奥狄莉。虽然从那以后，情况有了很大的变化，发生了那么多的事情，那句他脱口而出的话对随后发生的事件而言，可以看作是失去了作用。但是她即使是在最微不足道的意义上,既不敢也不打算做某些伤害他的事情。在这种情况下,应当让米德勒去探听一下爱德华的心意。

自从孩子死后,米德勒经常拜访夏洛特,虽然每次时间都很短促。这次不幸事件给了他很大的影响,使这对夫妇重归于好看来是不可能了。但是他按照自己的思想方法,总是怀着希望,他总是竭尽全力。奥狄莉的决心使他暗暗感到高兴。他相信,随着时间的推移,事情会得到缓解。他还总是想到夫妇破镜重圆,并把那些动荡不安的激情看作是对夫妻之间爱情和忠诚的考验。

夏洛特一开始就把奥狄莉的决定写信告诉了少校,并极为诚恳地请他劝阻爱德华不要采取任何行动,要平静下来,不能急躁,要安心等待,看这美丽的孩子的情绪能否恢复如初。对今后的事情和想法,她也把最重要的通知了他。现在她把这项棘手的任务交给米德勒,叫他让爱德华对情况的变化有所准备。但是米德勒却清楚地知道,与其对一件事情表示赞同,不如顺其自然,因此他劝说夏洛特,最好现在就把奥狄莉送到寄宿学校。

米德勒走后,她立即对奥狄莉的动身进行了准备。奥狄莉打点行装,夏洛特看得很清楚,她既不把那个漂亮的小箱子带上,也不从中取出任何东西。夏洛特默默无言,让这闷声不语的孩子自己决定。启程的日子到了。夏洛特的车子第一天应把奥狄莉送到一家有名的旅店,第二天再送到寄宿学校。南妮陪同并充当她的侍女。这个热情的女孩在夏洛特的儿子死后立即回到奥狄莉的身边;出于天性和倾慕,她像往昔一样依恋奥狄莉,甚至她的话也变得多了起来,仿佛要以此弥补她迄今为止所遭受的损失,并完全献身于她热爱的女主人。和奥狄莉一道同行,去领略异地的风光,这使她欣喜若狂,她直到现在还从来没有离开过自己的出生之地哩。得知了这个消息,她从府邸跑回村里,把她的幸福告诉给她的父母、她的亲朋,并同他们

507

一一告别。不幸的是,她也到了一家患有麻疹的病人家里,并立即觉察到受了传染。这次旅行不能推迟,奥狄莉本人催促动身。这条路她走过,认识她要在途中歇宿的那些旅店的主人。有府邸的车夫驾车,她没有什么好担心的。

夏洛特对此不表示异议,她在思想上也愿从这个环境中摆脱出来,她要做的只是把奥狄莉在府邸中住的那几间房屋加以整理,好为爱德华重新使用,把它们布置得完全像上尉来此之前的那个样子。重建昔日幸福的希望总是一再地在人们的心中点燃起来,夏洛特有理由也有必要再次怀有这样的希望。

第十六章

当米德勒到达爱德华那儿时,他发现他孤零零一个人,右臂支在桌上,头伏在右手上,显得十分痛苦。您的头痛病又在折磨您?米德勒问。是在折磨我,爱德华说,但这并不使我感到可恨,因为它使我想起了奥狄莉,也许她现在也在受头痛病的折磨。我在想,她把头伏在左臂上受的折磨比我更厉害。为什么我不应当像她那样去忍受呢?这种痛苦对我是有益的,我几乎可以说,是我所希望的。因为只有这样,她忍受痛苦的面容以及她的表情,才能更鲜明、更清晰、更生动地显现在我的灵魂之前;只有在痛苦之中,我们才能充分地感受到那些伟大的性格,为了去忍受痛苦,这些性格是必不可少的。

米德勒发现他的朋友已心灰意懒到这种程度,可他并不改变他的初衷。他一步一步地向爱德华原原本本地陈述了,奥狄莉返回寄宿学校这个念头是怎样在两位妇女那儿产生的,它又是怎样逐步成熟到确定下来。爱德华几乎没有表示反对。从他所说的寥寥可数的几句话中像是表明,他对一切都听之任之。他当前的痛苦似乎使他对一切都处之漠然。

米德勒刚一离开,剩下他一个人,他就立起身,在房间里走来走去。他不感到痛苦了,脑子里想个不停,不能自已。就在米德勒喋喋不休时,这位钟情人的想象力业已活跃起来。他仿佛看到了,奥狄莉正孤独地,或者说感到孤独地走在那条熟悉的路上,歇息在那家熟悉的客店里。他曾多次住在这家客店的房间里。他在想,他在考虑,或者不如说,他不是在考虑,他是在想,他在希望,他在要求。他必须见到她,必须同她谈话。为什么,做什么,因此会产生什么样的后果,那都无所谓。他不去抑制,他必须这样去做。

他派出自己信任的仆人,这个仆人立即打探到了奥狄莉动身的日子和时刻。这天,拂晓时分,爱德华就乘马驶向奥狄莉途中过夜的旅店。他很早就到了那里,甚感意外的女店主高兴地接待了他。爱

509

德华从前有恩于这一家人。女店主的儿子是个士兵,非常勇敢。有一次,他在战场上表现得非常出色,但只有爱德华一人在场。爱德华热心地把这件事一直报到统帅那里,克服了某些心怀不良的人的阻碍,为他争到了一枚勋章,她不知怎样报答他才好。她现在很快腾出了梳妆室,这同时也是她的更衣室和存放贵重物品的房间。但是他通知她,有一位小姐将抵达此地,她应当住在这里,给他在过道后面收拾一个房间就够了。这件事令女店主感到蹊跷,但是她觉得能有机会向她的恩人表明她的殷勤是十分快乐的。这位恩人对这件事是何等的关注和积极! 直到傍晚,这漫长的时间,爱德华是怀着一种什么样的感情熬过去的啊! 他观察那个房间的四周,他就要在这个房间里见到她了。他觉得这房间是天堂中的一个所在。此刻,他有什么想象不出呢? 是否该使奥狄莉感到意外的惊喜,是否该事先使她有所准备? 终于,后一种想法占了上风。他坐了下来,开始写信。她会收到这封信的。

510 爱德华致奥狄莉

在你读这封信的时候,我最最亲爱的,我就在你的近旁。你无须惊慌,无须害怕。我没有什么可使你畏惧的。我不会对你提出强求。在没有得到你的允许之前,你不会看到我。

在此之前,你要考虑你的处境,考虑我的处境。你没有采取决定性的步骤,对此我十分感谢你,这一步骤关系太重大了。你不要去做! 这儿,处于一个十字路口,你要三思:你能成为我的吗,你愿意成为我的吗? 噢,这样,你便是向我们大家表示了一种巨大的恩惠,对我更是一种无法估量的恩惠。

让我再见到你,满怀喜悦地再见到你吧。让我亲口提出这美好的问题:你愿意成为我的吗? 用你同样美好的问题来回答我吧。奥

狄莉,到我的怀抱中来吧! 你多次伏在我怀里,那里永远属于你!

　　他一面写,感情一面在翻腾不已,他极为渴望的正在临近,马上就要变为现实。她会从这个房门进来,她会读到这封信,她会真的出现在我的面前,像从前那样;她的倩影一直令我魂牵梦萦,她可还是一如从前? 她的体态、她的思想有什么变化? 他握笔手中,要写出他所想的一切。可这当儿马车已驶入庭院。他匆忙地添了一句:我听到了你抵达的声音。一会儿见!

　　他把信叠了起来,写好信封,来不及盖章就跳出那间屋子。他知道穿过那里就能到达庭院。可就在这一瞬间他想起表和印章还留在桌上。不能让她先看到它们。他又跳了回去,顺利地把这两件东西拿到手。这时他听到从前厅传来女店主的声音,她正朝这个房间走来,把它指点给客人。爱德华向屋门跑去,但是门关上了。钥匙在他进来时被震落到地上。锁里的弹簧已经落了下来,门锁上了。他像中了魔似的呆呆站在那里。他用力推门,但无济于事。噢,他多么希望能像一个幽灵那样从门缝中溜走啊! 毫无可能! 他把脸藏在门柱旁边。这时奥狄莉走了进来,女店主一看到他就退了出去。他也无法在奥狄莉面前掩盖自己的行藏,连一会儿的时间都不可能。于是他把身体转了过来,面朝着她。这对相爱的人就在这样一种罕见的情况下再次相对而立了。她平静而严肃地望着他,既没有上前,也没有退后。当他迈步向她靠近时,她倒退几步,直抵房门。他后退了。奥狄莉,他喊了起来,让我们冲破这可怕的沉默吧! 难道这相对而立的我们只是影子吗? 你要先听我说! 你现在在这儿看到了我,这是偶然。你身边有一封信,这是为你准备的。你读一读,我请求你,读一读! 那时你再决定,你该怎么去做。

　　她俯视那封信,略一沉思之后把它拿起,打开,阅看。她的表情

511

没有任何变化,读后,她把它轻轻地放在一旁。随后她把举向空中摊开的双手攥到一起,放在胸前,使身子只是稍许地前倾,注视着面前这个恳求着的急性人,用的是那样一种目光,竟使他不得不放弃他的要求,或者说他的希望。这种表情撕裂了他的心。他无法忍受她的目光、她的姿态。看来,若是他坚持留在这儿的话,她就会跪倒在地。他绝望地冲出门去,打发女店主来陪伴这孤独的少女。

他在前厅里踱来踱去。已是深夜了,那个房间里仍无声无息。终于女店主从里面走了出来,并顺手把房门锁上。这个善良的女人极为激动,她惶惑不安,不知该做些什么。最后在临走时,她把钥匙递给爱德华,他拒绝了。她留下蜡烛,离开了这里。

512　　爱德华陷入深深的悲伤之中,他倒在奥狄莉房门的门槛边,泪水打湿了门槛。这对相爱的人离得如此之近,但却是极端悲哀地度过了这漫长的一夜。

天亮了。车夫在备车,女店主打开了房门,进入室内。她看到奥狄莉穿着衣服睡在那里,她退了出来,面带同情的微笑向爱德华示意。两个人走到沉睡的奥狄莉面前。可就是这种景象爱德华也忍受不了。女店主不敢把安睡的姑娘唤醒,她面向她坐了下来。奥狄莉终于睁开了美丽的眼睛,立起身来。她拒绝用早点。爱德华走到她的面前,他恳切地求她,哪怕是说一句话,表明她的意愿。他发誓,他遵从她的意愿。但是她缄口不语。他再次诚挚而急迫地问她,她是否愿意成为他的。她低垂双目,轻轻地摇头,表示拒绝。这表情真是惹人爱怜!他问道,她是否要去寄宿学校。她冷漠地予以否认。但是当他问道,她是否要回到夏洛特身边时,她欣慰地颔首表示同意。爱德华奔到窗前,向车夫做了吩咐。她迅急地随他之后从房间跑出,冲下楼梯,进入车内。车夫驱车奔回府邸,爱德华骑马尾随,保持着一段距离。

第十七章

　　夏洛特看到奥狄莉乘车驶入府邸庭院,随后爱德华也骑马而至,感到诧异至极!她冲到了门口。奥狄莉下了车子,和爱德华一道走了过来。奥狄莉急迫而用力地抓住了这对夫妇的手,把它们拉在一起,随后跑回到自己的房间。爱德华扑身到夏洛特的面前,搂住她的脖子,泪水夺眶而出。他现在不能解释,他请她忍耐他,请她到奥狄莉那儿去帮助她。夏洛特向奥狄莉的房间跑去。她一踏入室内,心中就为之一惊。房间已清扫一空,徒留四壁,显得空荡而阴森。房间里的东西都已搬走,只剩下那个小箱子,没有上锁,因为不知道往哪儿存放,就在房间中央。奥狄莉倒卧在地上,把胳膊和头部伏在箱子上。夏洛特过来照料她,问她发生了什么事情,但是没有得到回答。

　　她叫女仆拿来饮料,叫她留在奥狄莉身边,自己跑去找爱德华。她在大厅里找到了他,可从他那里也不得要领。他伏身跪倒在她的面前,泪水打湿了她的双手,他逃回到自己的房间。夏洛特正要尾随前往,碰到了那个男仆。他就自己所知,把事情向她做了解释。其余的她完全可以想象得到,她立即果断地对当前急需的事情做了安排。奥狄莉的房间很快就重新安排停当。爱德华在他的房间里看到,一切,甚至一张纸头也都与他离开时完全一样。

　　三个人重又聚到一起,但是奥狄莉依然沉默不语,爱德华除了请求他的妻子忍耐之外,无能为力,他本人似乎没法忍耐下去了。夏洛特派人去请米德勒和少校。米德勒没有到,少校来了。爱德华向他倾诉了衷肠,连每一个细小的地方都向他坦白无遗,这样,夏洛特晓得发生了什么事,是什么使情况变得这样奇怪,是什么使得他们的情绪如此激动。

　　她用最亲密的态度同她的丈夫交谈。她除了请求在目前的情形下不要去惊动奥狄莉之外,也别无其他办法。爱德华感受到了他的妻子的价值、她的爱情和她的理智,但是对奥狄莉的爱恋已经完完全

513

全主宰了他。夏洛特给予他希望,答应同他离婚。他不相信,他已陷
入一种病态,希望和信念都已相继离他而去。他催逼夏洛特,要她答
应同少校结婚。一种类似精神错乱的烦恼攫住了他。夏洛特为了安
慰他,为了爱护他,他要求她做什么就做什么。只要奥狄莉愿意同爱
德华结合,她就同意与少校结婚。但是有一个重要的条件,那就是两
个男人共同外出旅行一段时间。少校为了自家庄园的事正要外出,
爱德华答应陪他一道旅行。于是开始进行准备,人们感到些许安慰,
至少有事可做了。

514

　　在此期间人们发现奥狄莉几乎不进饮食,并且一直坚持沉默。
人们一劝她,她就畏惧不安起来,于是只好听之任之。我们大多数人
不都有这样一种弱点吗? 即使我们是为某个人好,可也不愿意因此
而使他苦恼。夏洛特各种办法都想过了,最后她想到让那个教师从
寄宿学校到这儿来。他对奥狄莉有很大影响。奥狄莉没有去寄宿学
校虽然使他感到意外,但却表示得十分友好,他还一直没有得到
复信。

　　为了不使奥狄莉感到吃惊,大家当着她的面谈起了这个计划。
她像是并不赞成;她在沉思,最后仿佛打定了主意。她奔回到自己的
房间,就在傍晚之前,她给大家写了下面这封信。

奥狄莉致朋友们

　　我亲爱的朋友们,事情本身已是这样清楚,为什么还要我特别加
以说明呢? 我已滑出了我的道路,我不应当再陷下去。一个怀有敌
意的恶魔,它有着一种支配我的力量,似乎是在从外部阻止我这样去
做,但愿我的心也能重新与我保持一致。

　　我下的决心是纯正的,这就是要断绝对爱德华的痴念,远离开
他,不希望再见到他。可现在事情变得不同了,他违反他的意志站在

我的面前。我许诺过，绝不同他讲话。也许我对待这个诺言和对它 515
的解释过于刻板了。我沉默，在朋友面前我缄口不语，这是出于我眼
下的感情和良心，现在我已无话可说。经过深思熟虑做出的严厉的
誓言，也许令人感到畏惧，觉得不舒服。我为感情所逼，偶然地把它
加于自己身上。你们就让我这样坚持下去吧，我的心要我这样去做。
不要请另外的人来！不要逼我说话，不要逼我进更多的饮食，现在已
经够多了。用宽容和忍耐帮助我度过这段时间。我现在年轻，青春
会不知不觉地恢复。请容忍我在你们的身边，用你们的爱使我得到
欢乐，用你们的言谈使我得到教诲。但是我内心的一切，就让我随自
己的心意去做吧！

　　两个男人一直在准备的旅行取消了，因为少校要外出办理的那
件事务已经推迟。这正符合爱德华的心意！奥狄莉的这封信重又使
他激动起来，为她那令人欣慰、充满希望的言词所鼓舞，自信有理由
坚定不移地等待下去。他突然声称，他不准备外出。这多么愚蠢啊，
他喊道，那不可缺少的，至为重要的，虽说我们有失去的危险，但也许
还能保持住啊！若是有意地过于匆忙地抛弃，这不就是愚蠢吗？这
表明了人们的意志和选择能力。由于被愚蠢的傲慢所左右，我经常
过早几小时，甚至几天，甩开我的朋友，只是为了表明自己断然不受
那最后的、不可避免的期限的约束。但这次我要留下来。我为什么
要离开呢？难道她不是已经离开了我吗？我不想去握她的手，不想
把她拥入我的怀抱；甚至我不能这样去想，这使我战栗。她离我而
去，不是从我的身边，而是从我的头上啊。

　　他留了下来，他要这样，他必须这样。当他同她在一起时，他快
乐无比。甚至她也依然有这样的感觉。她也无法摆脱对这种幸福的 516
需求。像从前一样，在他们之间有着一种莫可言喻的、几乎是魔法般

的吸引力在起作用。他俩同住在一个屋顶之下，甚至无须想到，即使各做各的事情，被其他人拉来扯去，他俩也会相互靠近。如果他俩同在一个客厅里，那不要很长时间，他俩便会相对而立，并肩而坐。只有这种亲切的接近能使他俩得到安慰，完完全全的安慰。只要这种接近就够了，无须眼波顾盼，无须言语表情，无须接触抚摸，只要一种纯洁的相处。他们不是两个人，他们是一个人，在无知觉的、完美的幸福之中，对自己、对世界都感到心满意足。是的，若是有人把他俩中的一个留在楼房的一端，那另一个会逐渐地、不知不觉地移到那里去。对他们来说，生活是一个谜，他俩只有在一起时才能把它解开。

奥狄莉变得愉快了，泰然了，人们对她完全放心了。她很少离开大家，她只是要求单独用餐。除了南妮之外，不要别人伺候。

任何一个人平常所遇到的事情，一定会多次重复出现，比人们所相信的次数要多得多，这是因为他的天性在起着直接作用。品格、个性、爱好、倾向、地点、环境和习惯汇成一个整体。每一个人游荡在这个整体之内，像在一种元素之中，像在一种大气之中一样，只有在这里面他才感到舒适，感到快乐。某些人的变化曾引起那么多的抱怨，但使我们感到惊异的是，在多年之后，我们发现，他们没有任何改变，尽管经过无数次内部和外部的刺激，依然如故。

这样，我们这几位朋友的日常生活几乎又进入了旧日的轨道。517 奥狄莉依旧默默无言，总是用她的殷勤来显示她那乐于助人的品性，每个人也都按照自己的天性去做。这个家庭圈子用这种方式显现出了一幅虚假的旧日生活的景象，而那种迷惘是情有可原的，似乎一切照旧，一如从前。

秋日和夏天一样漫长，它把大家从户外召回到户内。果实累累，装点着大地，这是这个季节所特有的。它让人相信，仿佛这个秋天就是那第一个春天的秋天。春秋之间的那段时光已归于遗忘。鲜花盛开,是人们在那初春日子里种下的;果实现已成熟,而那时还只是发芽开花。

少校时来时去,米德勒经常露面。人们多半晚饭后聚在一起。爱德华一如往常,给大家朗读。若是人们想说的话,那么他的朗读比任何时候都更热烈,充满感情,甚至更愉快。他好像要借助这种快乐和这种感情,使奥狄莉再度活跃起来,打破她的沉默。朗读时他像过去那样坐着,使奥狄莉能够看到,若是她不看的话,若是他不能肯定她在用眼睛追随他所念的,他就变得不安,精神无法集中。

前段时间引起的一切不愉快、不舒服的感情都不存在了。没有一个人对他人有衔恨之心,任何一种形式的怨恨都已消失。夏洛特弹钢琴,少校用提琴伴奏,奥狄莉奏弦乐器,爱德华用笛子伴奏,就像从前在一起时那样。爱德华的生日临近了,去年没有能够庆祝,这次也不举办隆重的活动,准备在平静的、亲切的欢乐气氛里祝贺一番。对此大家半是意会半是言传,彼此取得了一致的意见。这个日子愈临近,在奥狄莉身上那种节日的喜庆情绪就愈多。可她的这种变化,人们直到现在更多的是感觉到,而不是观察到。她在花园里经常查看那些花草,她向园丁暗示,要注意保养好各种各样的夏季花卉。她特别留恋紫菀花,在这个季节,这种花开得特别繁茂。

518

第十八章

朋友们在暗中细心观察到的最重要的一件事,是奥狄莉第一次打开了爱德华赠给她的那个箱子。她从中选出不同的衣料,加以剪裁,足够做一套完整的服装。南妮帮助她把其余的重新放回箱子里,可怎么也关不上箱子。虽然从其中取出了一部分衣料,但箱子毕竟装得太满了。南妮这个贪心的青年姑娘看得眼红,特别是她看到服装上所需的细小用料准备得那么周全,鞋、袜子、绣有格言的袜带、手套以及其他东西都还剩在那儿。她请求奥狄莉把余下的东西给她一些。奥狄莉拒绝了,但她立即拉开衣柜上的一个抽屉,让这个孩子自己挑选。南妮匆忙而笨拙地抓了一些,随即拿着这些东西跑了出去,好在邻里面前展示,并向她们夸耀她的幸福。

最后奥狄莉总算把所有东西装了进去,随之她打开箱盖上的一个暗格。她把爱德华写给她的便笺和书信,一些从前散步时采摘下来留作纪念的业已枯萎了的花朵,她所爱的人儿的一缕鬈发以及其他东西藏在里面。还有一件东西她也放了进去,那是她父亲的相片。她把这一切都装好锁了起来,然后把小巧的钥匙重新系到金项链上,戴到脖子上,垂在胸前。

这期间朋友们心中的某些希望活跃起来了。夏洛特肯定,奥狄莉在爱德华生日那天会重新开口。因为她一直在暗地里忙个不停,流露出一种愉快得意的神情,面带微笑;某个人把某些美好和令人喜悦的东西藏匿起来,不使心爱的人知道,脸上泛出的就是这样一种微笑。然而没有人知道,奥狄莉在某些时候十分衰弱,当她出现在大家面前时,只是由于一种精神力量才得以支持下来。

米德勒这段时间经常来,并且比通常停留的时间更长些。这个顽固的人只知道,到了一定时候,铁也会熔化。奥狄莉的沉默和她的拒绝,他认为这对他的计划有利。到现在为止,夫妻间的离婚一事没有做出任何进一步的安排。他希望用某种别的有利方式来决定这个善良姑娘的命运。他留心听,他避让,他让他们明白自己的心意,并按自己的方式做得极为聪明。

但是,每当他找到机会,就他认为是十分重要的话题发表议论时,他便经常控制不住自己了。他多年独身生活,当他同其他人在一起时,他对他们通常只是采取就事论事的态度。若是他在朋友中间打开了话匣子,那正如我们经常看到的,他的言谈便滔滔不绝,无所顾忌,不管对他人是有所伤害还是有所帮助,是有益还是有损,这就要碰巧了,谁也料不到会是怎样。

在爱德华生日的前夕,夏洛特和少校坐在一起,等候骑马外出的爱德华,米德勒在房间里来回踱步。奥狄莉留在自己的房间里,在规整第二天用的衣饰。她指点南妮,女孩完全懂得她的意思,伶俐地遵照这些默默无言的指示去做。

米德勒正好遇到了一个他喜爱的话题。他经常强调,在教育儿童和指导民众方面,没有什么比禁令、颁布的法律和规则更笨拙和更野蛮的了。人是喜欢活动的,他说,若是叫他懂得什么是被禁止的,他就会立即跟着去做,去行动,去执行。就我个人而言,在我的范围之内,我宁愿容忍错误和罪过,直到我能找到与这些错误和罪过相对立的道德,而不是摆脱掉错误,却看不到用正确的来代替它。人确实喜欢行善,做符合目的的事,只要他能够的话,他就做得到。他做这些事情,是因为他必须有事可做,他没有更多地考虑,这不会比他由于百无聊赖和无所事事而做出种种愚蠢可笑的恶作剧时考虑得更多。

听到儿童教育中不断地重复十诫,这令我反感极了。你应当尊敬父母。这第四诫还算是个符合情理的、命令式的诫条。若是孩子们真的铭记在心,那他们就会天天遵守它。可这第五诫,该怎么说它呢?你不应当杀人。这好像是说某个人对杀人有着乐趣似的!某个

520

人恨一个人，他易于发怒，性情暴躁，由于这个原因或某些原因，其后果便可能是偶尔杀人。但是向孩子说，不要去行凶杀人，这不成了一种野蛮的学校吗？应当这样讲：爱护他人生命，避开可能有害于他的事情，冒自己生命的危险去拯救他。若是你伤害他，那你就要想到，你在伤害你自己。这是诫条，是有教养、有理性的民族之间的诫条，这也是讲授宗教教义时在"这是什么？"中可怜地提到了那么一点点儿的诫条。

还有第六诫，我觉得太可憎了！竟是些什么呢？这是用危险的神秘的东西去刺激那些天真无邪的孩子的好奇心，去挑逗他们的想象力，去想那些稀奇古怪的画面和幻象。而这正是人们要用强力加以排除掉的！这类东西不应当在教堂和教徒面前喋喋不休，应当由一个秘密法庭进行严厉的惩治，这样做才对呢。

正在这一瞬间奥狄莉走了进来。你不应当奸淫。米德勒继续说
521　道，这多么粗野，多么下流！若是这样讲，听起来便全然不同了：你应当敬畏婚姻，当你看到一对夫妻相爱时，你应当为此喜悦，就像你对风和日丽的天气感到幸福一样。若是在他们的关系中出现了某些阴云的话，你要设法使它变得明朗，你应当设法去缓解和劝慰，使他们清楚彼此的长处，用高尚的、毫不利己的热情，去促进他人的幸福，使他们感到，从每一种义务之中，特别是从使男人和女人不可分离的结合之中，会产生一种什么样的幸福！

夏洛特如坐针毡，当她确信，米德勒并不知道，他是在什么场合，在讲什么话时，就觉得这种情况尤为可怕了。她尚未能及时打断他的话，就看到奥狄莉改变了姿态，从房间走了出去。

您不必给我们讲第七诫了，夏洛特带着勉强的笑容说。其余所有的，米德勒说，都是以这一诫为基础的，我只要拯救出这一诫就行了。

南妮一声惊叫,冲了进来。她呼喊:她死了! 小姐死了! 你们快来啊! 你们快来啊!

当奥狄莉摇晃着回到自己房间时,那些明晨要穿戴的衣服、饰物都摊放在一些椅子上,南妮在注视着这些东西。她羡慕地走来走去,欢叫起来:您看,亲爱的小姐,这是新娘的装饰,您穿上太合适了!

奥狄莉一听到这句话,便瘫倒在沙发上。南妮看到她的女主人面色惨白,身体僵直。她跑向夏洛特那里。人们来了,那位医生朋友也匆忙赶来。他认为这是心力衰竭。他让人端来滋补的肉汁。奥狄莉厌恶地加以拒绝,是啊,当有人把碗送到她的嘴边时,她几乎抽搐起来。医生严肃而急迫地问南妮,这是怎么回事,奥狄莉今天吃过什么。女孩张口结舌,他又重复了一遍问话。女孩供认,奥狄莉什么也没有吃。

医生觉得南妮比平素显得惊慌,于是他把她拖到隔壁房间。夏洛特也随后而至。这个姑娘两膝跪地,她坦白说,奥狄莉很长一段时间以来就很少进食了。奥狄莉要她把自己的饭菜吃掉。这件事她不敢说出来,因为她的女主人恳求她,威吓她,她天真地补充说,也因为这些饭菜很好吃。

少校和米德勒走了进来,他俩看到夏洛特正在帮医生的忙。面色苍白的、天使般的奥狄莉坐在沙发的一角上,看起来神志清醒,人们劝她躺下,她拒绝了,但是示意人们把那个小箱子拿过来。她把双脚放在箱子上,处于一种半卧的舒适姿态。她仿佛是诀别似的,向周围的人流露出温柔的眷恋之情,流露出爱、感激、谢罪和诚挚的诀别之意。

爱德华从马上下来,一听到这个情况,立即冲进房间。他倒在她身边,握起她的手,无声的泪水把奥狄莉的手打湿。他就这样良久地动也不动。终于他喊道:难道我就再听不到你的声音了吗? 难道你不想活下来同我说一句话吗？好！好！我随你而去，那我们会用另一种语言说话！

　　她用力握紧他的手，充满生机、充满情意地凝望着他。她深深地吸了口气，嘴唇优美地默默动了动：答应我，活下去！她说得极为吃力，但表情温柔端庄。说完她便倒了下去。我答应你！他冲着她说，这声音随她而去，她已辞别了人世。

　　这是一个充满泪水的夜晚，继而善后事宜落在了夏洛特身上，少校和米德勒从旁协助。爱德华的情况令人忧虑。当他刚从绝望中有所恢复，思想有几分清醒时，就坚持不让人把奥狄莉的遗体送到府邸外边，要伺候她，照料她，像待一个活人那样。因为她没有死，她不可能死。人们只好依从他，至少他不让做的就不做好了。但他也没有要求去看奥狄莉的遗体。

　　这时又有一件令人诧异的事使朋友们为之一惊，又有一件令人忧虑的事使他们陷入忙乱之中。南妮受到了医生的激烈申斥、恫吓，人家逼她说实话，她说了实话却又受到一顿责骂，于是她逃跑了。找了好久才终于又找到她，她显得惶惶不安。她的父母把她带回家，可无论怎样好言安抚都不起作用，只好把她关了起来，因为她威胁说还要逃掉。

　　人们逐渐使爱德华从极度的绝望之中摆脱出来，但这只是给他带来不幸。因为他清楚，他确切地知道，他永远失去了生活的幸福。这时人们才敢于向他说明，该把她安葬在小教堂里，仍然留在活着的人中间是不妥的，她总得有个和平的、安静的场所啊。然而人们很难得到他的同意把遗体进行殡葬。只有在这样的条件下方可：把她放在一个敞口的棺材里，上面扣一个玻璃罩，并点上一盏长明灯。最后他只好如此将就，显得无可奈何，对一切听之任之了。

　　人们给死者优美的遗体穿戴上她为自己准备的衣服饰物，把用紫菀花扎成的花冠戴在她的头上,宛如悲哀的群星在不祥地闪着光辉。为了装饰灵柩、教堂和小教堂,把花园里所有的花都采了来。花园顿时显得荒凉,仿佛严冬已把所有的欢乐都从花园中根绝了似的。清早,她被放在敞口的棺材里从府邸中抬了出来,朝霞又一次映红了这天使般的容颜。送葬的人围在抬灵柩的人四周,没有人愿走在前头,也没有人愿尾随在后,人人都围在她的身旁,人人都要最后一次瞻仰她的遗容。儿童、男人、妇女,没有一个不悲恸。那些最直接感受到损失的姑娘们尤为哀伤。

524

　　南妮没有在场。人们拦阻了她,或者说没有把殡葬的日期和时刻告诉她,她被看管在父母家中的一间通向庭院的房子里。但当她一听到钟声,便马上知道出了什么事。那个看管她的女人出于好奇,离开她去看送葬的人群。南妮从窗户中逃出,来到一条过道,从那里爬上顶棚,因为她发现所有的门都已锁了起来。

　　正好这时,送葬的队伍蹒跚地穿过村庄,踏上了那条清扫干净、撒满树叶的道路。南妮朝下清楚地看到了她的女主人,比随在队伍后面的人看得更实在、更清楚、更完整。她高离地面,如同被抬在云端里或波浪上一样,她好像在朝南妮示意,而南妮精神恍惚,摇晃起来,竟梦幻般坠落下来。

　　随着一声惊叫,人群四下奔散。抬灵柩的人由于拥挤和骚乱不得不把灵柩放下。南妮就倒在灵柩旁,似乎四肢都跌断了。人们把她搀扶起来。不知是出于偶然还是一种天意,人们把她靠在尸体旁边。是啊,她像是用她生命之余来看望她的女主人似的。她那跌断的四肢刚一碰到奥狄莉的衣服,她那无力的手刚一触到奥狄莉交叉放在胸前的双手,这个女孩便跳了起来,先把双手举向上天,两眼仰望苍穹,随即跪倒在棺材前,流露出虔诚欣喜的表情,直视着她的女主人。

　　最后她像着魔似的一跃而起，怀着神圣般的喜悦喊叫：是的，她宽恕了我！没有人能宽恕我，我自己也不能宽恕我自己。上帝通过她的目光、她的表情、她的嘴，宽恕了我。现在她又那么安详、那么温柔地躺在那里了，可你们都看到了，她是怎样立起身来，双手合十为我祝福，看到了她是那么仁慈地望着我！你们大家都听到了，你们是证人，她对我说：你得到了宽恕！在你们中间我不再是一个凶手，她原谅了我，上帝原谅了我，没有人能再责骂我了。

　　人们拥在四周，惊愕万分，他们在听，在看，面面相觑，几乎没有人知道该怎么办。把她抬去安息吧！姑娘说，她该做的都已做了，她该受的痛苦都已受了，她不能再待在我们中间。灵柩又抬了起来，继续前进。南妮尾随在后，队伍到了教堂，到了小教堂。

　　奥狄莉的棺材停放下来了，在它的前面是孩子的棺材，在她的脚下是那个小箱子，它放在一个坚实的大橡木箱子里。得找一个照看灵柩的女人，因为奥狄莉的尸体这时躺在玻璃罩下还是那么楚楚动人。南妮不肯把这个差使让给别人，她要独自一个人干，不需要别人陪伴，她愿殷勤地照看那初次点燃的长明灯。她的这个要求是如此迫切和固执，人们只好依她，这也是为了避免在她的情感上引起一种更大的伤害，这确实是让人担心的。

　　但是她独自一人待着的时间并不长，因为夜幕刚刚降临，当跳动着的灯光施展它的威力，把明亮的光华四下扩散开来时，门被打开了。那位建筑师走进小教堂，装饰得虔诚庄重的四壁在柔和的光线里显得古色古香，充满不祥，他几乎相信，它们正迎面向他扑来。

　　南妮坐在棺材的一侧，她马上认出了他。她默默无言地指了指去世的女主人，于是他站在棺材的另一侧，一个富有青春朝气和温文尔雅的青年，显得木然、呆滞，陷入深思，双臂下垂，双手合在一起，悲痛地扭结起来，头和目光俯向死者。

　　他曾一度这样站在柏利撒①的面前，而现在他身不由己地又做出了同样的姿势。可这次这个姿势却是多么自然啊！在这儿，某些珍贵无比的东西已从其顶峰跌落下来。如果就柏利撒而言，人们为一个人身上的勇敢、智慧、权势、地位和才能的无可挽回的丧失而感到惋惜的话，如果说，民族和公侯在关键时刻不可缺少的美德并没有受到重视，甚至莫如说受到摈斥、受到责难的话，那么在这里，一个女性那么多的贤淑德行，不久前刚从她的天性深深的底层中召唤出来，旋即又被她那无情的手毁掉了。这些罕有的、优美的、可亲的德行，它们的温和的影响，在任何时候都欢快地拥抱这饥渴的世界，而失去它们使人怀念，令人悲痛。

　　年轻的建筑师一言不发，南妮也良久地沉默无语。当她看到他泪如雨下，当他在痛苦中显得完全失去自持时，她同他说了那么多的话，谈到了真实和力量，谈到了善和安宁。他为她流利的言谈感到惊奇，他自己也镇定下来，他觉得他那美丽的女友浮现在他的面前，是在一个更高的境界里生活、工作。他拭干泪水，缓和了他的悲痛，跪在那里向奥狄莉告别，热烈地握了握南妮的手，向她辞行。就在当天夜里，他骑马离开此地，没有去看望任何人。

　　医生那天夜里在教堂待了一宿，他没有让姑娘知道。翌日清晨，他去看望她，发现她显得高兴和精神焕发，他感到有些迷惑不解。他原想，她会告诉他夜里她和奥狄莉的交谈，告诉他类似这样的一些幻象。但是不然，她现在十分自然，平静，神志清醒。她非常精确地回忆起从前的时光、从前的事情。在她的谈话中，除了葬礼上发生的那件事之外，完全没有越出常情，都是可信和真实的。对葬礼上那件事，她乐于不断地重复：奥狄莉是怎样立起身来，怎样祈福，怎样原

① 见本书的第二部第五章。

谅了她,她因此才获得了永久的安宁。

527　　　奥狄莉的遗容宛然若生,依然那样秀丽,这吸引了许多人前来。远近的居民都要来瞻仰一番,每个人都愿意从南妮嘴里听那不可置信的事情。有些人对此加以嘲讽,大多数人抱怀疑态度,只有少数人信以为真。

　　任何一种需求,当它得不到真正的满足时,便被逼上信仰之路。大家亲眼看见南妮四肢跌断,可她一经接触到奥狄莉虔诚的遗体便霍然痊愈。既然如此,那为什么类似这样一种幸福在其他人身上不会发生呢?那些温柔的母亲先是偷偷地把患有某种疑难症的孩子带来,她们相信病会一下子治好。这种虔信与日俱增,到最后,老弱病残没有一个人不想在这个地方寻求慰藉和缓解痛苦。涌来的人越来越多,后来只得把小教堂锁起来,连大教堂除祈祷的时间外也一并关闭。

　　爱德华不敢再到死者那儿去。他无目的地生活,泪水似乎已经枯竭,痛苦对他再也无能为力。他对谈话的兴致,对饮食的兴趣逐日减少。他只用那只杯子啜饮少许,提提精神,可这杯子的预言却毫不灵验。他依然那样欣喜地观察杯子上扭结在一起的那两个标志他和奥狄莉名字的字母,他那郑重的目光像是在表明,就是现在他依然希冀两个人的结合。对于幸运的人来说,任何一种微末小事都能使他得到幸福,任何一种偶然都是一种良机。可对于不幸的人来说,就是那些最无关紧要的琐事也会汇聚起来给他造成伤害,带来毁灭。事情就是这样。有一天,当爱德华把这只爱如至宝的杯子举到嘴边时,他发现有些异样,于是惊愕地把它放下。杯子是同样的,可不是那一只了。他发现上面的一个小小的标志没有了。他追问仆人,仆人只好承认,不久前那只杯子打碎了,只好找出一只同样的来,也是爱德华青年时代的。爱德华没有发火,这件事表明了他的命运。这种譬喻多么使他感动啊！它深深地压迫着他。从现在起，他连饮水也厌恶起来，他似乎决心不进饮食，不言不语。

　　但是，他越来越感到不安，他又要求吃些食物，他又开始讲话了。啊！有一次他对少校说，少校现在很少离开他的身边，我的整个追求只不过是模仿，一种谬误的努力罢了，我是多么不幸啊！对她来说是极乐，对我却是至痛。为了这种极乐我被迫承受这种至痛。我必须随她而去，就在这条路上随她而去。但是我的天性和我的诺言却把我阻拦。去模仿不可模仿的，这是一项可怕的任务。我的好友，我看得很清楚，做任何事情都需要才能，即使是去殉难也如此。

　　在这样一种绝望的情况下，我们应该想到爱德华的妻子、朋友、医生所做出的努力。一段时间以来，他们心急如焚。到最后人们发现他已经死了。米德勒是第一个发现这可悲事情的人。他喊来医生并按照他通常的做法，对死者所处的环境加以仔细的观察。夏洛特急忙跑了过来。她心里怀疑这是自杀。她埋怨自己，埋怨他人，太马虎大意了，真不可原谅。但是，医生用自然方面的理由，米德勒用道德方面的理由，向她很快证实，事情并非如此。爱德华对他的死是完全没有料到的。他把奥狄莉的遗物一直细心地收藏起来。死前，他在一个安静的时刻，把这些东西从一个小匣里、从信夹里取出摊了开来：一缕鬈发、一些花朵——这是在幸福的时刻采摘下来的、一些她写给他的便笺，从第一张直到最后一张。那第一张当他的妻子交给他时就突然产生了一种不祥的预感。这表明他绝非有意要舍弃这一切而自寻短见。睹物伤情，这使他前不久那颗一直动荡不宁的心处于一种不受侵扰的宁静之中。这样他就在对女圣徒的思念之中安息了，这种死可以称之是快乐的。夏洛特把他安葬在奥狄莉身旁，并规定不许任何人再安葬在这座小教堂的穹顶下面。在这样一个条件下，她向教会和学校，向神职人员和教师捐赠了一笔数目可观的钱。

529

　　这两个相爱的人就这样并卧长眠。和平在他们墓穴的上空飘荡，欢愉的、与他们相似的天使画像从穹顶俯视着他们。倘若有朝一日他俩再度苏醒过来，那该是一个怎样欢乐的时刻啊。

（2015 年 4 月 20 日校毕）
（2016 年 2 月末再次校阅毕）

中篇小说

Novelle

黄明嘉　译

532

清晨,秋日浓雾笼罩着侯爵官殿大院的广阔空间,透过闪亮的雾霭,依稀见出了一队猎人,有骑马的,有站立的,动作有些杂乱。近处那些人的匆忙活动清晰可辨,有的在放长或缩短马镫,有的挎上猎枪和子弹袋,有的把獾皮背包弄正。这时,猎犬们已失去耐性了,绷紧皮带急于要把拦住它们的主人向前拖。此处和彼处的马匹,或受烈性所驱,或受骑手策励,动作也变得勇猛起来。骑手们并不否认自己在这明暗参半的环境中所彰显的某种虚荣。众人静等侯爵的来临,侯爵因为与年轻的妻子告别而耽搁太久。

他们二位不久前才举行婚礼,但已感受到琴瑟和谐的幸福。两人的性格均活泼好动,彼此都乐于参与对方所好所愿之事。侯爵之父也经历过和利用过这样的时段,事实清楚地表明,政府成员都同样忙碌度日,各按其风格参与同一活动,先有所获,后有所享。

如何玉成这样的好事,这几天已让人看出端倪。那个主市场刚好商旅云集,将其称为博览会亦无不可。昨天,侯爵偕夫人骑马穿过拥塞不堪、堆积如山的货物,他要让夫人注意,山地和平原如何恰恰在此间进行那令人快慰的物物交换;要让她就地专注于这些地区市场的活跃。

当侯爵这几天与臣属一味谈论那些气势逼人的商品,尤其与财政部长持续操劳之际,那位管理猎区的主要官员获得了建议之权。根据他的介绍,人们实在无法抵挡这样的诱惑:在风和日丽的秋日外出狩猎——这次狩猎已推迟至今,为自己也为众多到来的外地人开启一个特殊的罕见的节庆。

侯爵夫人不愿随行。那些人打算深入山区腹地,意欲通过一次突兀的"征战"惊扰林间平静的居民。

侯爵离别时没有忘记向妻子建议,嘱咐她在伯父弗里德里希侯爵的陪伴下做一次散步式的骑行。我给你,他说,留下霍诺里奥,他

533

534

是宫廷贵族之子,马厩工作人员,由他照料一切;言毕,又下马给一个
受过良好教育的小伙子分派必要的任务,旋即便与客人和扈从消失
在人们的视野。

　　侯爵夫人在宫殿大院中向下朝丈夫挥挥手帕,然后步入后面的
房间。此地视野开阔,可纵目眺望山景,那委实比宫殿本身好看——
宫殿位于河畔不远的高处,所以从后面房间观看,前面和后面都能提
供各色各样的旖旎景致。侯爵夫人发现了那只高质量的望远镜,是
昨天傍晚有人把它搁在那里的。当时人们闲聊着,目光掠过灌木丛、
山丘和森林顶梢,眺望远古的家族宫殿废墟,但见它沐浴着夕阳余
晖,奇异地高高耸立着,那或明或暗、硕大无朋的废墟板块让人彻悟
何为古代文物。今晨,能放大实物的望远镜同样呈现了颇为醒目、层
林尽染的斑斓秋色。那林林总总的树木历经悠久的岁月,在废墟之
间顽强地生长着,没有什么能阻碍或摧折它们。漂亮的侯爵夫人把
望远镜对准更远处的岩石地面,那里显得有些荒凉,此为行猎队伍必
经之地;她耐心地期待这一时刻,而且没有欺骗自己,因为她闪亮的
明眸从清晰和有放大功能的望远镜里分明认出了侯爵和马厩总管;
在她停止回望的那一刻,尽管猜测多于所见,但还是按捺不住再次挥
动了手帕。

　　名叫弗里德里希的侯爵伯父禀报,他带着画师进来了。画师的
臂弯夹着一个大公文包。亲爱的堂妹,精神矍铄的侯爵老先生说,这
儿呈上家族旧宫殿外观图,此图是为了从各个不同的侧面生动展示
这个巨大的防卫城堡是怎样与岁月和风化对抗的,此处和彼此的破
屋是怎样被侵蚀、最终坍塌成荒凉废墟的。现在我们已经做了一些
事,以便让人涉足这荒野之地;更多的事就免了吧,无须让每个漫游
人、让每个访客惊诧和欣喜呀。

　　侯爵一面解释各张图纸,一面继续说道,看这儿,穿过环形外墙

沿着这条狭窄的小路向上走,就来到原宫殿前面了。迎面是一堵山崖,此为这一带山岭中最坚硬的岩石。在它的上面现在有一座砌好的塔楼,但谁都说不清,大自然从何时停止了工作,人工技艺和手工业是从何时开始工作的。远处的左边,我们看到的是附属的城墙,还有内墙和外墙之间的回廊,它们似倾斜的梯地向下延伸。我讲的也许不恰当,因为原本这里是一片森林环绕着远古的山巅。150 年以来,森林未遭斧斫之灾,所以四处乔木参天。诸位拥向城墙边,会遇到各种大树挡道,有光滑的槭树,粗糙的橡树,修长的云杉连同它的根系,我们须避之绕行,明智地走小路。诸位请看,我们的大师把这些极富特色的东西画在纸上了,画得多高明啊! 各种树干和树根在断壁残垣之间盘结,粗枝伸进空隙,相互纠缠,画面对这些树的分辨,真是一目了然啊! 此荒废之地既偶然也绝无仅有,让人看到那早成历史陈迹的人力同永生的持续起作用的大自然所进行的严峻搏斗。

　　他呈上另一张图,继续说道:诸位觉得宫殿大院如何? 由于古旧的大门塔楼崩塌,不能通行,所以很久很久以来无人进过大院了。我们设法从旁边接近它,破墙,炸拱顶,这样才辟出了一条便捷而秘密的小道。大院里面无需清理。这儿是天然形成的平坦的岩顶,但壮硕的林木在各处都觅到了扎根的机缘;它们缓慢而坚毅地生长着,将枝柯伸进宫殿通道。想当年,骑士们在此来回驰骋;是啊,树木破门钻窗甚至侵入拱顶大厅了。我们无意将其逐出,因为它们成了此间的主人,并且一直要做主人呢。清除了层层堆积的树叶,我们终于见到这一片也许是旷世未有、神奇无比的山顶平地的真面目了。

　　做完这些后,当场还有一事引起我们的关注:在向上通往主塔楼的台阶上,一棵槭树生了根并长成了大树,要登上城垛,畅目神游,就得费劲从此树旁挤过去。但,小憩荫下会十分惬意,因为此树高度超群,昂首天外。

536

我们要感谢这位诚实而能干的艺术家,他用这些图画让我们对这一切确信无疑,真值得称道呀。我们似有亲临现场之感。他把每天、把这个季节最美好的时刻全用于绘事了,他耗费数周时光围着这些东西转悠啊。在这个角落,为他和守卫者——守卫者是我们为他加派的——布置了一个小而舒适的居处。尊贵的侯爵夫人,您可别以为,他在居处为自己准备了一幅多么美丽的眺望地区、宫殿和废墟的全景呀。现在,一切都画得如此精妙,特色鲜明,这样,他就能十分方便实施修葺项目了。我们要按图装饰花园大厅,谁都不会轻视我们有规可循的花圃、亭榭和阴凉的走廊,谁都希望在实地观察老的与新的事物,僵化、坚定和不可摧毁之物与清新、灵活和不可抗拒之物时做出自己的思考。

霍诺里奥进屋禀报,说马匹都牵到前面来了。侯爵夫人转头对伯父说:那就让我们骑马上去,您得让我真真实实看一看您在图中指给我看的东西。我到这里来一直听人在说这个计划啊,现在我要亲眼看看所讲述的模拟图上对我们似乎有点虚幻的东西。——现在还不行,尊贵的侯爵夫人,侯爵伯父答道,您在此所见的都必将变为现实;有些事在开始阶段停下来了;只有当人工技艺无愧于大自然时,它才能完美实现呀。——那我们至少也得骑行到上面去,也许就到山脚下吧;今天我兴致极高,想走得远一点看世界呢。——悉听尊便,侯爵伯父答道,那您就让我们骑马穿越市区吧。侯爵夫人接着说,可要经过大市场哟,那里有无数个售货棚,它们呈现的是小城野营风貌呢。看样子,周围地区所有家庭的需求和职业全都外显似的,全都聚集到这个中心点而昭然于世了。细心的观察者会发现,人们所做的、所要的是什么;瞬间就能想明白,这里不需要花钱,每笔生意只通过物物交换就能搞定。事实也果真如此。自从侯爵昨天给了我大致了解这些事情的机会,我就一直很开心,一直在想象这个山地与平原接壤之处，二者如何明确表达自己所需要、所希望的东西。正如山地居民善于把木料加工成千百种物件，把生铁制成形形色色的日用品，平原居民也对他们提供各种各样的货品，人们几乎分辨不出这些货品的质地和用途呢。

我知道，侯爵伯父道，我侄子尤其重视这些事情，因为恰恰在这个季节，关键就是多收进少支出；促进这事，最终会有利于国家整个预算值，也有利于最小的家庭经济。请您原谅，尊贵的侯爵夫人，我从不喜欢骑马穿越市场和展览会，那样会步步受阻，无法动弹，而且在我的脑海会重新浮现那场无妄之灾的熊熊烈火，我仿佛看见偌大的商品堆放区在烈火中化为乌有，而我也立即陷入燃眉之急的窘境。我几乎不能——

多么美好的时刻，您别让我们耽误好吗，侯爵夫人插话了，因为这个威严的男人曾多次描述那场灾祸而惊吓了她。彼时侯爵伯父在做一次大的旅行，晚间下榻在市场上一家最好的酒店。市场也因为主展会而拥塞不堪。他疲惫至极，躺在床上，不料夜间被呐喊声和向他居室翻腾而来的烈火惊醒，令他毛骨悚然。

侯爵夫人急忙骑上她的宝马，带领着这位不情愿的陪伴者下坡到前门去，而非上坡去后门。不愿与她并辔而行的人，也就不愿跟随，所以她要带领。霍诺里奥平日渴望打猎，现在也只好留下来，悉心为她服务了。

正如预料的那样，他们在市场上步履维艰。不过，昨天丈夫一番睿智的话使她对每次停步都很开心。我在复习呢，她说，复习我昨天的"功课"。这种必然性在考验我们的耐心呀。事实上，大量的人群已拥到骑行者们身边来了，他们只能缓辔前行。民众满心欢喜，瞧着青春年少的侯爵夫人；在如此众多微笑的脸上，流露出那种显而易见的愉悦，那是他们瞅见国家第一夫人也是最亮丽最优雅女人时的心态。

在岩石、云杉和红松之间围篱构建其居处的山民们混乱地站在一起了,平原居民从丘陵、河谷低地和草原来,还有来自小城镇的手艺人,他们全部麇集于此了。侯爵夫人在静观一会儿后对陪同者说,这些人不管来自何方,怎么全都要了那么多不必要的制衣布料、头巾、亚麻布和绸带呢,好像男女两情相悦还嫌女的臃肿得不够、嫌男的钱包鼓得不够似的。

这,就只好由他们了,伯父答道,哪里的人面对富足,哪里的人就有福呀;要是他们因丰裕而过分打扮,那就是洪福齐天啦。俊俏的侯爵夫人朝他鼓掌叫好。

他们如此这般,慢慢地来到一个通往上城的开阔广场,在众多货物摊和杂货摊的尽头,映入眼帘的是一幢较大的木板房。他们刚一瞥见此房,就听见一声震耳欲聋的咆哮。好像是快要到点,给观赏的野生动物喂食了。那头狮子让人听见它在林间和荒漠发出那声震四野的怒吼,于是众马战栗,而骑乘者们也绕不开这样一种说法:荒漠之王就是要面对受过良好教育的世人那平和的本性及活动做如此恐怖的自我宣告。他们向动物表演戏台靠近,是不可能忽略那些五彩巨幅油画的,油画以浓重的色彩和有力的形态描摹来自异国他乡的动物;于是,平和的国家公民实在按捺不住对其一睹为快的情趣。画上那只大虎狂怒地扑向一个黑人,作欲将其撕碎状;一只狮子威严地站立着,似乎对眼前的食物不屑一顾;画上除威猛强势的动物外,其他花花绿绿的奇异动物并未引起他们过多的关注。

侯爵夫人说,我们在回程途中,要下马就近观赏这些罕见的"客人"——伯父答道,人总想通过恐怖之事让自己兴奋起来,这很好。里面这只虎安卧在笼子里,它在此地也必定会狂怒扑向某个黑人,让人猜想,笼子里也发生了同类事。人世间,谋害和打击犹嫌不足,还

540

有火灾、死亡，对此，说唱艺人必然会在街头巷尾一再复述。善良的人们情愿被吓住，然后才感到，能自由呼吸是多么美好，是多么值得赞颂啊。

　　尽管对这类恐怖情景心有余悸，但当他们走出城门，进入一个令人心旷神怡的地方时，恐怖之事就全被忘却了。道路先是沿着河岸延伸。此河水面狭窄，仅可载轻舟，但往后逐渐变成一条名声显赫的巨川，为远方的地域带来蓬勃生机。河水暂且在此缓缓流淌，流经众多被精心照料的果园和游乐大花园。侯爵夫人一干人置身于这人烟稠密的开阔之地，向四周逐一环视；然后，被矮树丛、又被一片小林接纳，绝美的地形地貌使其目光受限，但也消除了视觉的疲劳。一个走势渐高的草场谷地亲切地迎接他们，这草场不久前被割了第二次草，看似丝绒一般。它接受上面一股突然爆涌的泉水滋润。他们又朝着更高的更开阔的立足点走去，钻出森林，再顺着一条明晰可见的狭路才成功抵达此点，终于看到此次"朝圣"目的地啦，就是那耸峙于林木蓊郁之山巅的旧宫殿啊。不过，中间隔着一丛丛新生的树木，它离旧宫殿还有点远。朝后看——人不返回就根本到不了这里，他们在高大树木的偶然空隙中看到左边的侯爵宫殿了，它沐浴着旭日的光辉；也看到该市较高的精美建筑，它们无不披上轻纱似的雾霭。他们马上又朝右看下城，看那条蜿蜒的河流，连同河边的磨坊和草地。河对岸是一片宽广的膏腴之乡。

541

　　这些人已经对景色看了个够，但意犹未足，正如我们在这样的高处举目四望时更加习惯于要有一个更开阔、少阻挡的眺望处。于是他们就向上骑，来到一处宽敞的岩石平地。面对他们的就是那体量极大的旧宫殿废墟了，亦即那绿树掩映的山顶；但山麓古木稀少；他们穿过岩石平地，前面便是最陡峭、最难逾越的一侧了。自蛮荒时代以来，那些巨石历经一次次变化而未受触动，怡然坚挺，基础牢固，层层叠叠。其中塌落下来的乱石累积，或者崩解成碎石或大石板，似乎在向胆大的人显示凛然不可侵犯的神色。然而，陡峭和险峻似乎又在默许青年攀登。冲击和占领它，对于年轻的四肢百体而言，诚为一种享受。侯爵夫人跃跃欲试，霍诺里奥迅速做出相帮的姿态；侯爵伯父亦是，虽则更为随便；他对此事只能将就将就，但又不愿显示自己老迈无力。马匹都拴在岩壁旁的树丛下，侯爵夫人决意逐步登上那个地点，那里是个巨岩平地，可眺望远景。现在人虽转而进入鸟瞰境域，然远方的风景依旧，宛如一幅幅画卷，令人目不暇接。

　　太阳快要升至最高点了，散发着清丽无比之光。侯爵宫殿连同其各个部分、主要建筑、侧翼厢房、拱顶和塔楼尽显辉煌壮丽；他们轻而易举就看到上城和下城里面，连同上城的周边地区；借助望远镜，甚至能区分市场上的各个摊点。这个大有神益的工具，霍诺里奥总习惯于用带系牢，带在身边；他们上上下下远观那条河流，看此岸被山岭梯地分隔的地带，观彼岸平地与山丘交错的沃野；居民点不计其数，因为很久以来，人们对于从此间高处发现的居民点的数目总是争论不休。

　　爽朗的静谧充溢着辽阔的天宇，一如中午时分常有的情形。老人们说，此时潘神①在睡眠，自然万类悉数敛声静气，不得惊醒潘神。

　　侯爵夫人说，我登上如此高的地方极目四顾，已不是第一次了。清朗的大自然如此纯净，安宁，给人的印象，似乎世间不可能存在令人不快之事；可是当重返人的居室，不管居室高低宽窄，总会发生纠纷、争吵、调解与和好之事。

　　霍诺里奥这时正用望远镜朝城市看，不禁大声嚷叫起来：你们看呀！看呀！市场烧起来啦！他们都朝那边看过去，发现了少许烟

---

① 潘神，译作"潘恩"，又称为牧神。古希腊神话中森林畜牧之神。——译注

雾。大白天看火,会降低火势烈度。烈火在继续蔓延! 他们一边喊,一边用望远镜看;侯爵夫人眼力好,凭肉眼就发现了这场灾难;他们慢慢看清那火红炽热的烈焰,腾空而起的浓烟。侯爵伯父说:我们回去吧! 大事不好;我一直害怕第二次遭遇这样的灾祸啊。他们下坡朝坐骑走去,侯爵夫人对老先生说:请您回城去吧,要快,带上马夫;请把霍诺里奥留给我,我们马上就来。伯父觉得此话有理,也很必要,于是急匆匆地——只要地面许可——越过荒芜的岩坡骑下去了。

当侯爵夫人上马坐定,霍诺里奥说:殿下,请骑得慢一点噢,我求您啦。城里和宫殿里,消防队都随时待命,他们不会被突如其来的非常事件搞得晕头转向的。这儿的地面很糟糕,碎石短草,快骑很不安全;反正,待我们进城时,火已被扑灭了。侯爵夫人不信,她看到烟雾弥漫,就误以为自己看到了突亮的闪电,听到了一声炸雷,接着在她的脑海里闪现一幅幅可怕的图景。那是杰出的伯父一再讲述他所经历的年市火灾在她心版上留下至深的印痕。

543

那次事件委实可怕,令人惊骇,受逼迫,以至一辈子都会对这类反复出现的灾难留下惶恐的预感和想象。当夜间在搭建了许多货棚的大市场上突发火灾并席卷一家家商号时,人们还来不及把睡在那些简易棚里和睡在旁侧的人从梦乡中唤醒。伯父作为外乡人,抵达此地时已疲倦不堪,刚刚入睡即被惊醒。他跃向窗边,瞅着一切都发出恐怖的光,火苗连火苗,左右跳荡着的火舌向他窜来。被反光映红的市场房舍似已灼热,随时大有着燃焚烧之势;下方的烈火无可阻挡,木板噼啪作响,长木条发出爆裂声,亚麻布飞起来了,其碎片——周边被烧成锯齿状,黑糊糊的——在高空四处飘荡,宛如恶魔在其中完全成形,趾高气扬地手舞足蹈,吞噬着,并且想从这里和那里的炽热中重露狰狞。然后,人人发出尖叫,抢救手边的财物;店里的伙计们与店主竭力将着燃的货包拖走,从冒火的货架上拽下一些东西塞进木箱,但最终均付之一炬。有些人指望烧到身边来了的大火停止片刻,下意识地举目四顾,可就在这时,他们本身连同自己的全部财物已被焚化;这一侧火光熊熊,另一侧还处于沉沉黑夜。固执者、意志坚强者狂怒地抵抗狂怒之敌,其代价是烧焦了眉毛和头发,某些财物方才得救。令人遗憾的是,此刻在侯爵夫人那美好的精神世界面前,那种杂乱和纷扰又重新活跃起来。上午那爽朗的视域似被云雾缭绕,她的两眼阴暗了,森林和草地也呈现一种不可思议的惊恐之色。

　　他们骑行进入幽静的山谷——并未在意谷地那提神的清凉,刚刚沿着近处那欢乐流淌的溪涧下行了几步,侯爵夫人就在草地山谷的矮树丛下发现了一个奇特的东西,她立马就认出,那是一只老虎!正如她不久前在画上看到的那样,老虎迎面扑过来了!她刚才还在忙于回忆那些恐怖的情景,可眼前的此情此景,其恐怖对她而言,真是无可名状、无以复加了!夫人,逃啊!霍诺里奥喊道,快逃啊!她调转马头,朝他们刚才从那里下来的陡坡逃去。小伙子迎向猛兽,他确信距离够近的时候,就拔出手枪射击,可惜这一枪未击中目标;老虎跃向旁侧,马儿受惊,发怒的猛虎向上追,直逼侯爵夫人而来。她尽马儿所能,疾速地上了陡峻的石头路段,也不大担心这温顺的牲口——还不习惯这样的劳累——受不住她。马儿硬挺着,接受正遭威逼的女骑手的驱策,踏着斜坡上众多碎石艰难前行,终因过劳,力竭倒地。美貌的女士果断而机敏,倒地后立即起身,马儿也站起来了。然而老虎已近在咫尺,虽则不是那么快速,似乎是崎岖的地面,尖利的石头妨碍了它的推进。只是因为霍诺里奥紧随它身后飞驰而来,继而在它身边不疾不徐地向上骑,这似乎重新招惹和刺激起它的力量来。这两个竞赛者同时到达侯爵夫人倚马而立的那个地方。骑乘者猫腰射出第二枪,击中猛兽的头部,猛兽遂应声倒地。那大虫伸展的长度更让人看出它的威力和可怕,不过现在仅余皮囊横卧在地了。霍诺里奥跳下马,跪在老虎身上,止住它的最后挣扎,右手拿着已拔出来的捕鹿器。小伙子长得很帅,侯爵夫人经常看见他在长矛和木马表演中纵马飞奔的英姿。在赛马场上,他在急驰中举枪击中木桩上土耳其人头部,而且恰好精准地打中穆斯林缠头布下的前额;在狂奔中用闪亮的马刀刺穿了地上黑人的头颅。在此类表演和比赛中,他堪称技艺娴熟,何乐而不为呢? 现在此时此地,技艺和兴致,这二者正好拿出来好好显摆显摆呢。

　　就给它最后一枪吧,侯爵夫人道,我担心,它还会用利爪给您添麻烦的。——请原谅! 小伙子答道,它哪还有气啊,我可不愿让虎皮腐烂发臭,它应该在明年冬季您的雪橇上闪闪发光啊——您可别犯罪呀! 侯爵夫人说,人内心深处的善良都应在这样的时刻发扬啊。——霍诺里奥嚷道,我过去也没有现在善良呀,所以我在考虑最令人高兴的事,我眼中只有这张虎皮,看着它怎样陪您开心呢。——那我也许总会想起这个瘆人的时刻,她回答说。——这可是个无辜的胜利标志啊,小伙子涨红了脸回道,就像在胜利者面前展示被击垮之敌的武器一样嘛。——我将会记起您的勇敢和机敏,但我不能再多做一事,让您一辈子指望我的感谢和侯爵的恩惠。起来吧;猛兽已无生命迹象,我们还是想想别的事吧;首先,您得给我站起来! ——我既然已经跪下,小伙子说,就不想再起来了,请让我在这个时刻确信您对我的恩惠和厚爱吧。我经常请求您高贵的丈夫,让我休假,让我享受一次远程旅游的好处。谁有幸在尊处共餐,得到您的礼遇,被准许娱乐您尊贵的社交圈,那谁就必定是见过世面的。旅游者从各地潮水般地涌来,当人们谈到某个城市和某大洲某个重要的地方,都会问到尊处的家人,问他是否到过那些地方。除非他见过

546

这一切，否则别人就不会相信他的见解了。现在的情况是，人们好像只替代别人去了解世情似的。

　　站起来！侯爵夫人重复说，我可不愿违背我丈夫的信念而希望和企求某种事情。假如我没有搞错，这就是他为何对您先抑后扬的原因了。他的目的，是要看见您逐渐成熟，变成自立的高尚者，这样的人在外面也要像在宫殿中一样，为自己为侯爵增光。所以我想，您的行为就是一本受欢迎的旅行护照，年轻人拿着它可以走遍世界呢。

　　小伙子的脸上掠过一丝悲伤，而非青春愉悦，对此，侯爵夫人未及察觉，也未给他的感情留转圜余地，原因是有个女人急冲冲上山直奔这群人来了，手里还牵着一个男孩。霍诺里奥边想边站起，就在这当口，那女人就一把鼻涕一把眼泪，大喊大叫地扑倒在虎尸上了。这个行动，以及她那虽则整齐干净但却花哨奇异的服装，让人立马就猜出，她就是这只被击毙老虎的驯兽师和护理人。那黑眼黑发的小男孩到底要怎样呢？他手里拿着笛子，像母亲一样哭着，虽不是嚎啕大哭，却也很动感情。他跪在母亲身边。

　　这悲伤女人在激情强烈爆发后，接着便是一长串话语——虽然断断续续、哽咽，犹如小溪分段从梯级岩石上倾泻。这没有矫饰、简短和不连贯的语言十分打动人心，若想把它译成我们的方言，那是徒劳的，但大致内容我们还是清楚的：他们把你杀死了，可怜的动物呀！下此毒手并非危急所迫啊！你温顺，喜欢静静待着等我们，因为你脚掌痛，爪子失去力量了！你缺少形成力量的阳光呀。你曾是同类中最美丽的，有谁见过一只威严的老虎如此庄严地伸展肢体睡眠，就像你躺在这里一样。你死了，再也起不来了。当你每天在晨光中醒来，张开大口，伸出红舌，你就像在对我们微笑；即使吼叫，也是游戏似地从一个女人手里、从一个孩子的指缝里接过食物啊！在你的途程上，我们陪伴你多么长久啊！你的社群对我们多么重要多么有益啊！我们！原本你是从很会吃的人那里得到食物的，是从强者那里得到清凉饮料的，可是，这事永不复返了！可怜啊！唉！

　　她还没有哭诉完，但见一些骑手从宫殿旁的半山腰向下飞驰而来，一眼就看出这是侯爵的狩猎队，侯爵本人走在最前面。他们在后面的深山老林打猎，望见了升腾的大火浓烟，于是越过山涧峡谷——一如他们强劲地逐猎——径直朝那显露火灾迹象的伤心地进发，进入这一片满是石头的林间空地，不意发现这群显得十分怪异的人，不禁发愣，呆视。刚刚认出这些人的时候，他们默然无语，待缓过神来，这些人才用寥寥数语说穿了那光凭眼面前光景无法弄清之事。如此，侯爵面临这个闻所未闻的罕见事件，他被骑手们和急急步行赶来的人们围在中间。怎么办？侯爵绝非犹豫不决之辈，他正忙于发指示，组织实施；可这时又有一条大汉挤进人圈中。此人穿的衣服与那个女人和孩子无异，也很花哨，怪异。原来一家人聚到一起了，脸上全都写满了哀痛和慌乱。这男人定了定神，立于侯爵面前——两人的间距恰好能显现他对侯爵的敬畏，说道：现在不是抱怨的时候；哎呀，侯爵大人啊，强悍的猎手啊，那头狮子也跑啦，也是朝山里跑的。请保护它吧，请发慈悲吧，别让它和这只好端端的老虎一样死掉啊。

　　狮子也跑了？侯爵问，你发现它的踪迹了？——是的，大人！下面有个农民爬到树上自救——不是迫不得已，给我指示从这里继续朝左上方走，可我瞥见这一大队人马，于是既好奇又想求助，就急忙赶到这里来了。侯爵命令道，这就是说，狩猎队必须朝这方向走；你们给枪装上子弹，谨慎行事；若是把狮子赶进深山老林，也不是什么坏事；但说到底，男子汉呀，我们保护不了你们的这头狮子；你们为什么不当心让它逃走了呢？——那人回答说，着火了呀，我们紧张得大气都不敢出，火迅速蔓延，但离我们还远，再说，我们有足够的消防用水；岂料火药爆炸，把火扔到我们身边了，又从我们头顶飞过，于是慌

548

不择路,躲避,所以就成倒霉蛋了。

　　侯爵还在忙于指示和布置,然而,当发现有一个人从上方旧官殿策马奔驰而至,一副急如星火的样子,这一瞬间,一切似乎又全部停摆了。大家立即认出他是受雇的守卫人,负责看守画师的画坊,他的居室就在画坊里面,他还负责监管工人呢。他气喘吁吁跳下马,简要禀报:在上面高大环形围墙后面,那头狮子在晒太阳,躺在一棵百年山毛榉树干底下,神态很平静。在说最后几句话的时候,他很是气恼:昨天我干吗把猎枪扛进城叫人擦拭呢,否则狮子就再也站不起来了,狮皮就是我的了,对这,我就会自鸣得意、合情合理地夸耀一辈子啦。

　　在这里也显出侯爵的军事经验来了,因为他在各次事件中已经看出,来自多方面不可回避的恶事在哪。所以他说,如果我们保护你们的狮子,那你们给我什么保证,使它对我国内的臣民不造成伤害呢?

　　那位父亲急忙回答说,我的妻子和孩子自告奋勇去驯服它,安心饲养它,直到我把铁皮包的木箱运上去,再把它毫发无损地弄回来。

　　小男孩似乎想吹一吹他的笛子,这个乐器与人们平时习惯于称之为柔和甜美的长笛类似,但笛的吹口很短,形同哨子;谁知它竟能吹出优雅无比的妙音。侯爵此时问守卫者,狮子是怎么跑上去的,后者答曰:是穿过那条狭路上去的,此路两边都砌了墙,向来是唯一通道,以后也是唯一;此外还有两条步行小径,我们做了这样的处理和改变,以至于人除了走第一条小路休想到达魔术官殿。将老官殿改建成魔术官殿,这是弗里德里希侯爵的心智和情趣使然。

　　侯爵寻找着孩子,见他还一直在柔美地吹着前奏;然后略作思考,转身对霍诺里奥吩咐:你今天干了很多事情,再完满了结今日之事吧。你要走那条窄路,准备好猎枪,但,除非你们吓退不了狮子,此外别开枪;狮子若想下山,你们至多点一堆火吓唬吓唬;其余的事,就由他们夫妻俩负责好了。言毕,霍诺里奥就急于着手执行命令了。

男孩紧随自己的旋律,但这也谈不上什么旋律,只是无规则的音列罢了,也许正因为如此才那么动人心弦吧。当父亲以诚实的激情开始并持续演说之时,围观者无不被他那歌唱一般的激动所陶醉:

上帝赐予侯爵以智慧,也赐予他一个认知吧,亦即认知凡上帝造物都是智慧的,各有各的特性。你们看那岩石屹立不动,抵御着风化和日晒,古树装饰着岩顶,它头顶冠冕远眺四方;倘若某块石头落下来,它也不愿保持原样而碎裂成许多小块,铺在斜坡的一侧。这些小石块也不愿意原封不动地待着,而是勇于跳下深谷,被小溪接纳。小溪将其运至大河,它们不是抗拒,不是有棱有角不顺从,而是迅速找到光滑、极深的路径,经过一条又一条河流,最终抵达大海,在那里,巨型海洋生物四处游弋,小型生物在深处群聚。

可是,被各星球永远永远赞颂的造物主,有谁赞颂他的光荣呢!你们为何盯住远方环视?还是近观这蜜蜂吧,它在晚秋还辛勤采蜜并且构筑蜂巢,诚为建筑大师的帮工啊;你们瞧这蚂蚁!它认识路,从不迷途,它用草茎、泥土碎屑和松针筑穴,向高处建,最后封顶,岂料竟是徒劳,因为马儿践踏,把一切刨了个底朝天,你们看呀!马蹄踩碎它的木梁,折散它的板条,这马还无辜地打着响鼻,不愿停歇呢;因为造物主把马变成风和风暴的伴侣,所以它驮载着男人到他想去、女人到她渴望去的地方去。在棕榈丛林里,狮子现身了;它迈着威严的步伐穿越荒漠,在那里统治所有的动物,没有任何敌手。然而,人知道怎样驯服它,所以这残暴无比的动物对上帝所造的长相类似的人怀有敬畏。天使也是按照人的模样造的,他们为上帝和上帝的使

551　徒服务。但以理①在狮穴毫不畏怯,他坚定不移,信心百倍,野蛮的狮吼没有中断他虔诚的歌唱。

小男孩时不时以悠扬的笛声为父亲那毫不矫饰、热情洋溢的演讲做伴奏;父亲讲话一结束,他就以纯净明亮的嗓音和调控自如的节奏开始歌唱,父亲则拿着笛子和谐地吹奏着。小男孩如是歌唱:

我从兽穴、从此间要塞壕沟
听见先知者的歌唱,
天使浮现,令先知者神清气爽,
这善良人怎会恐惧不安?
雌狮和雄狮,
一再偎依在他身旁,
是啊,温柔而虔诚的歌曲
令它们欣喜若狂!

父亲继续吹笛为诗伴奏,母亲时不时以第二声部参与合唱。
但给人印象殊深的是,小男孩这时把这首诗和诗行打乱,变成了另一种格式,但内容依旧,只是诗中的情感更为强烈,令人振奋:

天使们上下飘飞,
唱着歌儿,提振我们精神,
何等的天籁之音,
在这壕沟,在这兽洞,

_____

① 但以理,《旧约》中四大先知之一,《旧约》中有《但以理书》一篇。——译注

小孩怎会恐慌不宁？
这温柔而虔诚之歌呀，
屏障灾祸，勿使灾祸靠近，
天使们飞去飞来，
美事已经注定。

接着，一家三口有力而颂扬地唱起来：

永恒统治着世界，
它的目光掠过大海汪洋；
狮子会变羔羊，
波涛涌退。
锃亮之剑在砍杀中变僵；
实现了信仰的希望；
创造奇迹的是爱，
爱在祈祷中显露真相。

552

大家都静静地听着，倾听着，只有当歌声停止时，人们才发觉并大致看出歌声给人留下的印象。人人都像得到抚慰，内心深受感动。侯爵似乎只在此刻才不去理睬那场不久前咄咄逼人的灾难。他俯视着妻子，她倚在他身上，忍不住抽出绣花手帕抹眼泪。过去的分分秒秒给她的青春胸怀造成压力，现在感到如释重负了，浑身舒坦。人群中寂然无声，大家似乎全都忘却了下面的火灾及上面重现一头狮子所造成的危险。狮子歇息在那里，让人揪心啊。

侯爵招手，让人把马牵过来靠近一些，这重新引起人群中的骚动；然后他转身对那个女人说：你们在与逃脱的狮子相遇时，真相信能用你们和孩子的歌唱、再借助笛声稳住狮子,然后再把它毫发无损地重新关进笼子里吗?他们回答说,保证能办到。于是,侯爵指定守卫者给他们指路,带着少数几个人匆匆离去,侯爵夫人领着余下的扈从慢慢跟随。那母子俩由手执猎枪的守卫者陪同,向越来越陡峻的山岭攀登。

尚未进入那条通往宫殿的狭路路口,他们就发现猎人们在忙着堆干树枝了,以便在迫不得已的情况下点燃火堆。——这没有必要,那女人说,没有这个准行,心诚则灵啊。

往前走,他们瞅见霍诺里奥坐在一块墙砖上放哨,怀里抱着双筒猎枪,似在冷静应对任何的不测。对于走近的人们,他好像视而未见,又像陷于沉思似的,心不在焉地环视四周。那女人同他搭讪,求他别叫人点火,他对这话显得有点漫不经心。她依然兴致勃勃说下去,后又嚷嚷:帅小伙子,你把我的老虎打死了,我不咒你;但求保护我的狮子,善良的小伙子呀,我为你祈神赐福啦!

霍诺里奥呆视着前方太阳在其运行轨道上开始沉落。那女人喊道,你在欣赏落日暮景呀,你真有福噢,那边还有许多事要做呢;快点,别耽误啦。你会战胜的,但你先要战胜自己。于是,小伙子脸上露出微笑。那女人继续登山,又忍不住朝落在她身后的小伙子看一眼,小伙子两颊绯红,她觉得自己从未见过这么英俊的后生。

守卫者说:既然你们确信你们的小孩能够引诱和稳住狮子,我们对此事就十拿九稳。因为这猛兽就躺在紧靠那座被打穿的拱门旁边,通过拱门我们可进入宫殿大院——正门倒塌被掩埋掉了,孩子把狮子引诱进来时,我不费吹灰之力可把拱门洞封闭,小孩则趁机爬上一个小旋梯,从狮子身边溜走。我们都躲起来,但我要站在有利的位置上,我的子弹随时会给孩子提供援助。

这么麻烦,真没必要。上帝与艺术、虔诚与幸运必能尽力为之。

守卫者回答说：但愿如此，但我知道自己的责任。我先领着你们走
一条难走的陡峭小路，爬到正对拱门洞的破屋废墟上，小孩可下到动
物表演的地方，在那里把狮子吸引进来。果不其然，守卫者和小孩的
母亲躲在上面俯视，看着孩子从小旋梯下到明朗的院落，旋即躲进对
面一个小洞穴。他的笛声清晰可闻，但渐渐地、渐渐地听不大清，最
终归于沉寂。这停顿间歇让人满怀期待，这人间的奇特案例使守卫
者这个以逢凶化吉而闻名的老猎手憋闷得透不过气来。他内心自言
自语，还不如他亲自去面对那凶残的野兽呢；反观孩子的母亲和颜悦
色，躬身聆听着，外人看不出她有丝毫的慌乱。

　　总算重闻笛声了，孩子从洞穴出来了。他目光炯炯而显满足感。
狮子跟在他身后，走得缓慢，似有几分倦意，时不时想要躺下来的样
子；可孩子领着它走了半圈，穿过落红稍许、霜叶斑斓的树木，直到孩
子在落日余晖中，在那透过废墟缺口映照进来的晚霞中，容光焕发地
席地而坐，并再次开始演唱那首安抚人心的歌曲。歌曲的重复我们
是无法回避的：

　　　我从兽穴、从此间要塞壕沟
　　　听见先知者的歌唱，
　　　天使浮现，令先知者神清气爽，
　　　这善良人怎会恐惧不安？
　　　雌狮和雄狮，
　　　一再偎依在他身旁，
　　　是啊，温柔而虔诚的歌曲
　　　令它们欣喜若狂！

　　此际，狮子紧挨着孩子躺下，还将它厚重的右前爪伸到孩子的怀

554

里;孩子一面继续唱一面动作优美地抚摸,立即发现一棵尖刺扎在狮子的右前爪里,他细心地予以拔除,并含笑取下脖子上的丝绸花围巾包扎可怕的伤口。母亲喜不自胜,伸开双臂,身子后仰,若不是守卫者伸手狠狠抓了她一把、提醒她危险尚未过去,那她就以习惯的方式鼓掌叫好了。

555

小孩先试唱几句,然后满怀荣耀地续唱下去:

永恒统治着世界,
它的目光掠过大海汪洋;
狮子会变羔羊,
波涛涌退。
锃亮之剑在砍杀中变僵;
实现了信仰的希望;
创造奇迹的是爱,
爱在祈祷中显露真相。

人们有可能如是思考:在一个如此狂怒的动物、森林暴君和动物界独裁者的特性中,能感觉到有某些情绪的表达,即表达友谊和感恩的满足,这里发生之事可资证明。孩子被神化了的形象,真像一个强有力、胜果累累的征服者,那狮子虽不像被征服者,因为它的力量潜藏于内心,却像被驯服者,即把自己托付给自己的平和意志的被驯服者。孩子继续吹笛和唱歌,按他自己的风格又补充了新的交叉韵诗行:

极乐天使乐意
同好孩子一起考虑,

遏制恶念，
发扬善举。
善良的思想和旋律
誓把森林暴君
置于可爱儿子柔弱的膝下，
把它紧紧吸引，迷住。 556

小散文

Kleine Prosa

黄明嘉　译

558

犹太人布道
Judenpredigt

559

　　非犹太人①说什么,我们有国王、皇帝、权杖、王冠,那我也要证明书中记载的:我们也有国王、皇帝、权杖、王冠。可是,我们在什么地方拥有我们的皇帝呢?我告诉你们②,是在浩淼而恐怖的红海上。三十万年将会过去③,届时会有一位伟人脚蹬带马刺的马靴急忙出发去跨越浩淼而恐怖的红海。他手执号角,什么号角呢?就是可吹出嘟嘟声响的号角④啊。他一吹号,在十万年里死去的犹太人就全都来到红海边。对这事,你们怎么看呢:那将是一大奇观⑤啊,这,我要对你们说说:伟人会骑上一匹雪白的高头大马,当三十九万九千犹太人骑上这匹大马,而且全都有座位,那是何等壮观啊;那些非犹太人也想骑上去,但已找不到位置。对此,你们怎么看呢?会出现何等伟大的奇观呢,我要告诉你们:当所有的犹太人骑上白马之时,白马翘起它那根硕大无朋的尾巴⑥;非犹太人心想,我们骑不上马背,但可骑上马尾啊,然后全都骑上去了;当他们坐好、大白马跨越浩淼而恐怖的红海时,马尾却垂了下来,于是,非犹太人悉数跌落在浩淼而恐怖的红海里了。

　　对此,你们怎么看呢?

---

① 原文 Goyen,意为非犹太人(Nichtjuden)。此词源于 goj(Volk),复数:Gojim。
② 原文 äch = euch,你们。
③ 此句的语法为第二将来时,句型为 werden + 第二分词 + haben/sein。句中 wäre = werden。
④ 原文 Düt-Horn = Horn zum Tuten,意为吹出嘟嘟声的号角。
⑤ 原文 Wonnder = Wunder,意为奇迹,奇观。
⑥ 原文 Wätel = Wedel,Schwanz,尾巴。

阿里安内致韦蒂
Arianne an Wetty

560

　　韦蒂,我反驳不了瓦尔特,但我要发誓担保说:他是没有道理的,他的想法可能使他心满意足,我要是对此也满意,我便是瓦尔特了。不,韦蒂,我们的情感要比别人肤浅①的认知深刻,他们可能会温文尔雅地用自豪和自私来解释这情感。爱情与生命和呼吸类似,我理所当然把空气吸入体内,你难道能把这称为自私么? 可我又把空气吐出了。请你告诉我,当你沐浴春之阳光,胸腔的呼吸因心情舒畅而增强,这时吐气难道不比吸气更快乐么? 因为吸气要用力,而吐气则很平和;有时,当整个身心陶醉,致使我们吸入满腔的春之空气,那也只是为了重新把它从肺部呼出罢了。爱情亦如是,他们认为生命与没有生命是一码事。噢,我的女友,没有生命的东西是没有吸引力的,从它的涡流中产生不了气场,亦即能把我们卷走的气场。最冷漠的感官是视觉②,人的感觉才产生认知,所以我断言,与一个满怀深情的人相处,人就绝不会只要③赏心悦目的东西。一颗宝石,它是无生命自然界里的至珍,但它是死的东西;不厌其烦地观赏它,也只能算作冷漠吧;为了对郁金香有好感,就得做个荷兰人,然后,对这水精的好感也是十分的淡漠。

　　今天清晨,我对此有了一番特殊的体悟。

561

　　我亲爱的,我认为视觉是对其他感官的一种准备,因为嗅觉是享受,听觉和味觉也是,视觉却不是。然而,"想拥有"我所谈论的东西,

---

① 原文 superfiziell,意即表面(oberflächlich)。
② 赫尔德(Herder)的论文《论语言的起源》中有一句话:"视觉是个最冷漠的感官。"此文借用赫氏这论点作为反驳手段。在这方面,要特别提及 18 世纪法国哲学家狄德罗、布丰、康狄拉克、霍尔巴赫,他们对人的感官做过深入的分析。
③ Ansprache = Anspruch(要求)。

这不是贪心；"爱"一朵郁金香、一颗宝石或杜卡登①的人才贪心。至于我,不能回答我的东西就免谈了。

　　向你的瓦尔特致意,对他说,我们还是朋友。再见。

　　在一间小房里,她与她的 W. 在同一张桌边做同一件事,就是给您写信。但写信的情感的确是不一样的。您得有所准备,肯定会收到一封出自他笔端的信,信中无疑会有种种想法,会有被人称之为责难的话语,它们皆由那支笔怱然而匆遽地从纸上讨来。我不知他在写什么,但我可以猜到。那样的信与您写的信一样——您可能已揣想过,他会把我也牵扯进来的,都不是那种餐后小吃,能配我们的胃口,能让我们的头脑和血液安静下来。他现在感觉到的东西,我早就感觉到了。我同情他,就像我同情一个我意欲减轻其巨痛的病人一样,这同情会产生令人不快的后果。我倒是心平气和的,他则心意浮动,但也有一段时间我比他现在还要浮动不安呢。反正,这样的时间将会在他内心掀起风暴,那么这时间——假如他聪明的话——便是另一剂良药,它更有效。这剂良药会被找到的。

　　我含情脉脉的女友啊,看到你那充溢情感的可爱愿景变得如此暗淡,我不禁黯然神伤,苦痛逾恒。变暗淡了吗? 噢,希望犹存,日子会过下去的。逝去了! 青春岁月一去不返,美丽花朵绚丽难再,可是我们还不得不再次体验:女孩归女孩,在她们,男人只是个男人罢了。我的天啊,对这个真理,您那位可怜的情人同我一样有着活生生的感受。他对于您的信,不会有半点儿讶异,与我一样。他是个好

----

① 原文 Dukaten,14 至 19 世纪欧洲通用的金币名。

人,对于 Ca-O① 在这方面的执着,他是十分感佩的。我们彼此相知有素。我也被抛弃了。我的不幸让我付出痛苦和眼泪的代价。可我亏欠您委实太多,未及感谢。您让我偎依在您胸前寻求一切安慰,一名孤寂者所企盼的安慰;因为我失去了那位妩媚可人的×××,她曾沉醉于激情的拥抱,在我怀中颤抖。内莉是个甜美的姑娘,是我曾经爱过的唯一女友。在那间朦胧的小房里,我们那些亲热的时刻已悄然溜走,这让我相信,倘若内莉依在另一个人的臂弯里将我遗忘,那我也必须原谅她。而您,也这样忘记了我,这是当然的;我的朋友是我的后继者,对此我也高兴;但您希望从他那里得到永恒之爱,这令我遗憾。我想,您本该更详尽了解自己的心迹才对。

现在,这些都过去了,您的情人罢手了。情况不久会有好转。您将会看到,当初他怎样变成一个道貌岸然的男友与您相处,正如我现在与您相处一样。你们将牢固而圣洁地形成一种美好的心灵关系,因为绝交的情人便是最佳的朋友,倘若适当加以调处的话。

现在您不缺男友了。不过您要当心,并非所有的情人都那么有耐心。请您常想想过去,以便对未来不抱什么奢望。如果说您那间小室是频频看见我俩欢乐迷醉的见证者,那我毫不怀疑,它也见证过我朋友在那里常有的欢愉;如果说这个可爱的浪漫的洞天福地未来也将成为某个新情人的欢悦场所,那么,受骗的福人就不要自夸一间闺房能给我们提供比现时享受更多的东西了。

再见了,我亲爱的女友。

---

① Ca-O 这个名字从手稿中无法破解,过去有人猜测是指康斯坦策·布莱特科普夫(Constanze Breitkopf),若属实,就产生一句俏皮话:“constantia”——O Beständigkeit。(“康斯坦提亚”,噢,真是执着。)

笑对于情感比寒冷对于五月更怀敌意。

感觉到的不佳总比来自理性的妥善要好。

正如确切的表达给演说者增添翅膀，音乐也给情感增添双翼。

和谐有别于规则，旋律有别于表演。

整个大自然是一种旋律，其中蕴含着极度的和谐。

我满足；我快乐！这我感觉到了。然而我的欢愉之全部内涵是一种沸反盈天的渴望，即对我未拥有、未认知之物的渴望。

人是什么
Über das was man ist

564

莱辛微不足道；可是，他想成为什么人就成为什么人。

内心自觉自愿地接受美好事物，其激励作用总比强加给它要大很多。你既然"收养了"某位朋友的观念或见解，那么，在你无法克制对严厉的苛责警句心生厌恶时就不会斤斤计较了。是的，贵族上层的家庭教师被人仇视，乃是大自然的一个永恒的基本律则。

瑞士景色的描述
Beschreibung einer Schweizer Landschaft

565

阿尔卑斯山近在眼前,明亮清晰
山前沿的雪与雪白的山沟
山梁上的冷杉
对面山岭与一排排冷杉
阳光下冷杉的黑影清晰可辨
深绿色的湖水
白云之间
所有云层之上
明暗切割分明
确定暗处和亮处
被森林覆盖的阴暗山顶与山顶上飘浮的亮丽云彩的
鲜明对比
湖水比高处的雾霭亮
比低处的雾霭暗
山上被砍伐的灌木
由于雪与水的作用,成块成块的草坪坠落
崖畔粘住许多碎石
云杉之根当草坪保不住时
云杉从山崖坠落
坠落的大多是小云杉和半大的云杉
由于水的冲刷有植被的岩块和带条纹的岩块坠落
草坪滑落,坚固的山崖露出真容
山上云杉的深处是山毛榉树、槭树和胡桃树。

第三次朝圣
1775 年 7 月拜谒埃尔温墓

Dritte Wallfahrt

nach Erwins Grabe im Juli 1775

566

准备

　　我又伫立在你的坟茔和不朽生命的墓碑前了,你内心的永恒生命就萦绕在你墓碑的上方呀,神圣的埃尔温! 谢天谢地,我一如既往,还是那么强健,还是那么被你这位伟人所感动。不过,比起当初,我现时的感动更加特别、更加专有,这是因了你的存在。噢,这是何等的幸福! 忆当年,出于孩提的乖巧,我曾不遗余力地崇敬那些自己并无什么感觉的对象,甚至自骗自,满怀爱心和担忧,用石灰去涂抹和粉饰那没有力量、没有真实感的东西。此刻,多少浓雾飘降在我眼前,可你并未从我内心消逝。给万类增添生命活力的爱啊! 她与你真正同在,她好像在说,你怕光,所以逃进雾霭。

祈祷

　　你,一流人才,生气勃勃,从降生到发挥才智,你没有被"汇编",没有被"修补"。站在你面前,犹如面对气势磅礴、水花四溅的莱茵河瀑布①之狂泻;犹如面对终年积雪的山岭之闪亮巅峰;犹如面对爽朗而广阔的湖面之旖旎以及像你所在的云雾缭绕的山崖和凄凉山谷之苍劲,啊,灰色的哥达山②! 灵魂宛如直面伟大的创意思维而激动,而激动的灵魂便孕育着创造力。创造力在诗歌中讷讷而语,在纸上大笔书写对创造者的崇拜,反复思考永恒的生命以及包罗万象的、永

567　不熄灭的情感——过去在、此刻在并且永在的情感。

---

① 莱茵河瀑布位于瑞士沙夫豪森州。

② 全名为圣哥达山(Sankt Gotthard),在瑞士境内的阿尔卑斯山地带。

第一停留点

我要写，因为我快乐；我在此频频写作，读过拙作的诸君若血管里流动着纯洁的鲜血，双眸澄澈明亮，也就会同样感到愉悦。但愿我的朋友们全都舒心惬意，正如我在柔风中。清晨的微风越过这座面目失真之城①的万千屋脊，迎面向我、向身处教堂长廊上的我轻轻吹拂。

第二停留点

我来到更高的空间，向下眺望秀美的平畴阔野。此际，内心充溢着对祖国、对爱情②永恒的情感。

当时，我曾写下掩饰真挚情怀的篇什，少量读者③全然不明其意，唯见内中善良灵魂飘闪的星火，那令人快慰的星火。这幸福委实难以言宣，事实上也没有披露过。那是谈论一座建筑物的文章，说得有点神奇奥妙，用谜团掩盖事实，对尺寸比例含糊其词，却也诗意盎然！我现在的情况也好不到哪里去。这就是你我的命运。漫天遍地在转变观念，面对上帝那广袤无垠的世界！死死盯住那些被裱糊在所有民众小小头脑中的碎布片。

第三停留点

富于创意的艺术家们，感情丰赡的行家里手们，我身边若拥有你们该多好啊！在我短暂的漫游中，我发现了你们诸多东西，却未发现现存的你们。倘若此文日后到你们手里，就让它成为你们的滋补剂，

---

① 指鸟瞰式的观察方式。
② 原文 Liebwärts，系指歌德对莉莉·舍内曼(Lili Schönemann)的忆念。
③ 歌德的文章初始几乎不被重视。

以抵御人们肤浅地、乐此不疲地纠缠那无关宏旨的中庸。你们本该来此,怀着爱心想念我。

568

　　对无数人而言,世界是个古董箱,许多名画变戏法似的消失了,种种印象肤浅地单个地存留着,存留在无数人的心灵里,故此,他们极易受外人评判的引导,心甘情愿把种种印象整理成另外的模样或将其位移,反反复复让别人决定那些印象的价值。

　　由于伦茨的到来①,写作祈祷在此中断了,由情感过渡到谈话,在谈话中抵达其余的停留点。每走一步,我就更加相信:艺术家内心的创造力乃是对社会状况、衡量标准和相关之物的强化的感觉,由此方能催生出独立的作品,一如其他的创造物由其独特的萌发之力而产生。

---

① 参阅伦茨致赫尔德函(Jakob Michael Reinhold Lenz an Caroline Herder,1775 年 7 月 13 日):"歌德在我这里,他在教堂高处平台上等了我半个小时。"

从雪松到海索草①，以色列和犹太国所罗门王关于植物的金玉良言

Salomons Königs von Israel und Juda güldne Worte von der Zeder bis zum Issop

一

　　黎巴嫩山上有一株壮美的雪松，它面对美颜的碧空彰显力量；它笔直挺立，玉树临风，于是，荆棘被激怒了，围着它高喊：对自己的身材洋洋得意，傲慢的家伙，也让你吃吃苦头！当劲风拂动它强大的枝桠、全国弥漫着树脂芬芳之时，荆棘出来反它了，嚷道：目空一切的家伙，让你倒霉去吧！天国的圣者啊，它的狂妄如海涛一样澎湃，你灭了它吧！

二

　　一株雪松在冷杉中间生长，冷杉们与它分享着雨露阳光。雪松长着长着就高出冷杉们一头，能环视远方的山谷。冷杉们于是嚷嚷：你现在这么趾高气扬，这难道就是你表达的谢意吗？想当初你那么矮小，是我们把你养大的！雪松颇为不屑，道：我只同促进我生长的人说话。

三

　　雪松周围长着灌木。从海上来了一些汉子，用斧头砍断了雪松的根，于是响起一片欢呼：上帝如此惩罚傲慢之徒，上帝如此使强者屈服！

---

① 原文 Issop＝Ysop，意为海索草，一种药用和香料植物，犹太人每逢宗教仪式就用它做清洁剂。

四

雪松倒下，却打垮了欢呼者。欢呼者被焚于它的干柴枝下。

五

570

雪松倒下，高呼：以前我挺立，我还将挺立！男人们将它竖起，做了国王舰船上的桅杆，风帆在桅杆上飘扬，给王室带来俄斐①的财宝。

六

一株雪松幼苗亭亭玉立，快速生长，大有超越其他同伴之势。同伴无不对它嫉妒。一位英雄过来将它砍伐，削截枝条做了抵抗巨人的长矛。这时它的弟兄们说：可惜呀！真可惜！

七

橡树②说：雪松呀，我很像你！雪松说：傻瓜！我正想说我像你哩。

八

两棵桦树争论：谁与雪松最相像。雪松道：你们，桦树就是桦树！

九

形似兄弟的冷杉林对雪松说：我们很快乐，我们数量多，你形只

---

① 《旧约全书》所载的阿拉伯南部产金之地，与所罗门国王有商贸往来。
② 橡树是自由和力量的象征。

影单。雪松说：我离开此山便有很多兄弟。

十

　　一片森林被砍伐，众鸟惦记它们的居处，四处乱飞，抱怨：君主到底是何目的！森林啊！美丽的森林！我们的小巢！这时从国都飞来一只鹦鹉，说："目的"兄弟们！我也不知是何目的呀。

十一

　　一位姑娘从玫瑰灌木上摘下玫瑰，编成花环戴在头上，这让雪松不爽，道：为何不从我的嫩枝上摘。玫瑰灌木更觉自豪，说：还是让她摘我的吧！

571

十二

　　漫游人在橡树下午休后醒来，伸展四肢，站起来想继续前行。橡树对他嚷嚷，忘恩负义的人啊！我不是给你遮阴了么，可你现在对我不屑一顾！漫游人回头望了望，微笑道：你！给我遮了阴！

十三

　　风儿在小草上嬉戏，小草是以快乐无比，喊叫道：我也在此间存在啊，我虽小却美丽，我是小草！雪松以上帝的名义诉说小草。

十四

　　林间的河流把上上下下的冷杉冲下山谷，一起被冲下的还有灌木丛、幼株、草和橡树。一位预言家站在岩石上边看边叫：在上帝面前一切平等。

十五

雪松说：哈哈，谁想折断我的嫩枝，就必须登高！我说过，玫瑰有刺。

家庭舞会
德意志民族的一个故事①

572

Der Hausball
Eine Deutsche Nationalgeschichte

致读者

　　从我们祖国的首都②传来最新的文献资讯让所有的人一致确信，最美好的日子已然破晓③，朝霞满天。尽管我们距离那些地方山遥水远，但我们也愿意相信那是真的。因为一群粗野的太阳崇拜者④在欢迎"天空女皇"来临时的热情欢呼以及深入四肢百体的狂喜均不逊于维也纳人，他们对约瑟夫二世那皇恩浩荡之统治的首批光束的崇敬方式委实粗野。我们希望皇上和诸位能拥有这个最美好的日子。可是，眼下的时机却有点类似于那个早晨，从所有深渊和溪涧腾起雾霭，似在宣布下一刻太阳的莅临。在诸多模糊难辨的传单⑤中，我们手头也有一张，虽难读，但内容有趣，足供消遣之娱，故将其摘录，以飨读者。

　　有一类人，他们谈不上对大人物有什么影响，大人物也不会关注他们日子过得快活不快活。这类人中，有一个房东突发奇想，在二月份⑥

---

① "民族的故事"（Nationalgeschichte），这个说法类似于"民族的戏剧"（Nationaltheater），具有讽刺意味。
② 指维也纳，哈布斯堡王朝的首都。
③ 这是欧洲启蒙运动对自身的理解，这里指约瑟夫二世的统治。他从 1780 年起成为哈布斯堡王朝的独裁统治者，提出一个现代化改革的专制纲领，史称"约瑟夫主义"（Josephinismus）。
④ 指查拉图斯特拉的追随者。查拉图斯特拉（Zoroaster = Zarathustra）是古波斯拜火教的创立者，其追随者在欧洲被视为"太阳崇拜者"。
⑤ 哈布斯堡王朝在约瑟夫二世统治时期放松了对书刊的审查，促成新闻出版业的繁荣，但宣传小册子和传单印刷质量差，难于识辨。
⑥ 原文 Hornung，意即 2 月（Februar）。

举办一次舞会，入场券需订购。他说，他并非想以此获利，而只想让好友们在他的住处聚一聚，乐一乐。

他请求警方应允此事，并且也获得了许可。

573　此君有很多熟人，在市民中声誉尚可。在很短的时间里，就有大批男女报名参加舞会。可是他的住处湫隘，又堆放了各种家具，拥塞不堪，不可能在此招待那么多的客人。他环顾四周，见此房后面还有个多功能大房间，至今堆放着柴火、家用容器和诸如此类的杂物，于是叫人把这些东西搬到别处，尽量把地面弄清洁，把墙壁刷干净，如此，这个舞会场地就按他的方式收拾得很妥当了。

参加舞会者每人缴两个古尔盾①。舞会承办人保证，舞厅照明好，乐队阵营齐，还精心准备夜宵，咖啡、茶和汽水一应俱全。化装舞会服装可任穿一件，只是不能戴假面，以免房东为此担责和受罚。如此这般，参加的人数确定为 106 人，承办人手里也就握有 212 古尔盾现款。可就在这时，突然出了一个大的乱子，使整个舞会有胎死腹中之虞。

半年前，某个老奸巨猾的高利贷者借给我们尊贵的房东 100 古尔盾，房东必须立字据还他 150 古尔盾。房东此前送给他一只假货手表，可这礼物是不能抵债的。于是引发债主上诉，由上诉直至敦促官方拘留债务人。债主很警觉，得悉债务人手头有大笔现款，遂催促法院听差命他偿还。当债务人正要带女仆出门去市场，就被法院听差堵在了门口，告知：若眼下拿不出 150 古尔盾，就对他宣布拘留。

我们推测，读者诸君对这一事件会有具体的想象，即某人兜里揣着 212 古尔盾，拿出 150 古尔盾即可免除拘留，所以，我们无须对此赘述，就放弃彰显文笔优美的长处吧；且只说此人经过内心斗争，一

574

---

① 原文 Gulden，德奥旧时金银币名，不同的地方价值不一样。

把眼泪一把鼻涕,还是交出了这笔钱,临时又加付了一笔打折的费用,计 43 古尔盾。

　　我们可爱的房东正绝望至极地坐在椅子上,此刻恰好有个小伙子恭恭敬敬地进来,向他要六张舞会入场券。小伙子谦恭地把一个苏维因①放在桌子角上,拿好六张券,也没有好好听舞场行为规则和允许化装等事就告辞了。

　　就在这个倒霉蛋房东遭法院听差"劫掠"之际,由那个年轻的花花公子所支付的亮丽的苏维因又使他恢复了神志,他本已心灰意冷。他数了数自己的钱,共计 31 古尔盾 40 克罗伊茨②。区区这点钱管什么用呢? 他一面咕哝,一面思谋着。要是能借到办舞会的钱该多好啊! 假如此间贷款不是很难,那我就向某人借 50 古尔盾,用我的脸面担保,立字据双倍偿还。

　　不一会儿,又有两个快活的小伙子进了屋,询问参加舞会的事;接着他们付款,他给入场券,允许他们穿化装服跳舞。两人匆匆离去。这样的宾客,他当然希望多多益善。

　　幸运又在向我们的房东③微笑了,它激励着他的才智,使他滋生如何进一步自救的新想法和新创意。他突发奇想,反正人人穿化装服参加舞会,他也就用不着穿那件镶金丝条带的礼服了,他本来是考虑穿这礼服打扮打扮自己的,除了给礼服配鼻烟盒④,还配手表和鞋子上的装饰带扣;现在他变了主意,想把礼服及配件抵押给邻居当铺老板,巴望得到足够支出的钱款。他于是叫来女仆,并把这些东西交到她手里。房东说,你尽快去吧。她身手敏捷地出了门,岂料一不小

575

---

　　① 原文 Souveraind'or,哈布斯堡王朝的金币名。
　　② 原文 Kr. 意即 Kreuzer(十字辅币)。
　　③ 原文 Patron = Hausherr(房东)。
　　④ 原文 Dose = Schnupftabaksdose(鼻烟盒)。

心从黑黢黢的楼梯上摔下去了。可怕的叫喊声让邻里都知道她出了事，结果是腿部严重扭伤。在房东尚不知情的情况下，就有人匆忙下去把女仆扶起坐好了。房东从人们怜悯的手中接过女仆，连忙问典当物品的下落。这下他可倒霉了！那些东西因女仆被惊吓而从她手里丢掉了，现已难觅踪影。那件礼服他倒是瞅见了，有个人正把它塞进大衣准备偷走哩。他怒不可遏，打了那个强盗；同时大喊大叫向围观者要其余的物件，将他们视为小偷。那些人于是牢骚满腹，由牢骚而责骂。若非一位刚好路经此地的律师①——房东的好友——介入并平息了众怒，此事恐怕会以群殴告终。

　　我们的舞会大师向刚到的律师诉说这次事故，情绪激烈，且悲伤难抑。小孩们被好奇心驱使来这边看热闹，以为舞会大师那慷慨激昂的言词系醉酒所致，于是发嘘声对他嘲笑。这两个朋友不得已只好去上面的屋里。在此，房东把这次事件详告律师，末了向他出示那件礼服，说只在朋友间这样作价，就借 60 古尔盾吧，期限仅八天。那位朋友想了想，终于同意，但条件是免费给他及其家人发舞会入场券。朋友催他给票，他担心给票过多而有所醒悟，脑海浮现场地逼仄、人满为患的画面，但迫于无奈又不得不同意朋友的要求。他走到小箱子边，以为三四张券即可打发，不意此人狮子大开口，不但为自己，还为他老婆、七个孩子、三个仆人、一个妹妹及妹夫、几个家丁、甚至一些熟人要票，共计三十六张。他听朋友历数②要票的人，心里很是不爽，但因为自己势单力薄而有所忌惮，更兼律师给的 60 古尔盾全是小硬币③，这在他那既厌恶又害怕的心理层面上不啻为雪上加

576

---

① 原文 Prokurator，意为律师（Rechtsanwalt）。
② 原文 darzählen = aufzählen（列举）。
③ 原文 Groschen，小硬币，不同地区价值不同。

霜。他拿着这大把大把的零钱，由一个老仆人陪同——因为女仆不良于行——走进一家家食品香料店、小商品店和糕点店，给这家付款，向那家赊账，还在一个他熟悉的修道院订购了葡萄酒。下午，一位被免职的宫廷厨师偕夫人来了，是为夜宵作必要准备的。他们很快就把大量的吃食归拢，给家禽煺毛，备好待烤的肉块及火腿，忙着烘焙大堆大堆的糕饼和酥皮点心。由于女仆有病，男仆又笨手笨脚，这就迫使我们的房东先生系上围裙亲力亲为，一会儿到东、一会儿到西帮忙。时间已过午夜二时，平底锅还从没空闲过。年迈的女厨迄至此时忙得苦不堪言，不料这时有人把她喊到另一边，她急忙告诉房东先生那手柄很烫，也确实烫着他那双嫩手了，黄油溅到火里，霎时，其余的油脂也燃烧起来，噼噼啪啪地炸响，他扔掉锅子，惊惶地瞅着燃烧的煤烟子，那是烟囱①清扫得不彻底的残余。他感到一切玩完了。严厉的警方和精细的消防规章都会向他不安分的想入非非问责。他听到敲击声，见房子被包围，消防水在他耳畔滴落。见消防人员在倾力喷水灭火，他就知道大批送来待客的储备食品要么会烧光要么会打水漂。

果断的厨娘这时叫来扫烟囱的人，给了他一个杜卡登②作“封口费”，又喊来一个后生，让他站在湿漉漉的软垫③上，把燃烧的煤炱和冒浓烟的垃圾一股脑儿扔到下方灶内，一下子就把这场无妄之灾平息了。 577

接下来的工作是清洁厨房，恢复秩序，这同样让我们的房东先生既惊且愤，以至大约在早晨6时半才瘫倒在床，朦胧进入梦乡。至于他的睡眠状态，还是留给我们的读者去想象吧。

① 原文 Össe，意为烟囱（Schornstein）。
② 原文 Dukaten，14 至 19 世纪，欧洲通用的金币。
③ 原文 Pfuhl，意为软垫（Kissen）。

梅加普拉逊[①]的儿辈之旅
Reise der Söhne Megaprazons

578

一

第一章
梅加普拉逊的儿辈经受严峻考验

　　旅行进展顺利,数天之中风力强劲,这条装备齐全的小船的船帆被风吹得胀鼓鼓。卓尔不凡的兄弟们各自忙碌着,冀盼尽快见到陆地。此前,他们每天的旅程大多有太阳相伴。埃庇斯特蒙[②]此刻坐在舵轮边,仔细审视着罗盘和地图;巴汝奇[③]在织网,希望从海中捕到美味的鱼;欧费蒙[④]拿着写字板,好像在写首次登陆拟用的讲话稿;阿尔吉德斯[⑤]坐在船前部,手执长矛,窥伺着那些时不时跟着小船游弋的海豚;阿尔西弗伦[⑥]在晾晒海产植物;小弟欧梯歇斯[⑦]正躺在软垫上睡安稳觉。

　　埃庇斯特蒙嚷道,把小弟叫醒! 到我这儿集中,暂停手里的活计,我有要事相告;接着又喊,哎,欧梯歇斯,你好醒啦! 你们都坐下吧,围成一圈。

　　兄弟们都听长兄的吩咐,围坐在他身边。长得帅气的欧梯歇斯立马站起来,瞪着大大的蓝眼睛,旋即在兄弟中坐下了。

　　埃庇斯特蒙继续说,罗盘和地图表明,我们的旅程到了一个重要579 地点,已到父亲在告别时所标出的纬度了。现在,我要转告父亲当时托付给我们的任务。兄弟们交头接耳,道:咱们正急于知道哩。

---

① 梅加普拉逊(Megaprazon),此名源于波斯语,常出现在古希腊文本中。
②③④⑤⑥⑦ 儿辈的名字部分借用法国作家弗朗索瓦·拉伯雷(François Rabelais,1485—1553)的长篇小说《巨人传》(*Gargantua et Pantagrue*,有人译为《卡冈都亚与庞大固埃》,五卷本,1532—1564),比如埃庇斯特蒙(希腊文意谓"理智之人")、巴汝奇(希腊文意谓"机智之人")、欧费蒙("口才好的人")、阿尔吉德斯("强者")、阿尔西弗伦("勇者")、欧梯歇斯("幸运者")。

　　埃庇斯特蒙解开上衣,从胸口取出一个折叠的花绸巾,看得出里面包着某个东西,绦带和流苏从四面垂下并变成许多活结,颇富艺术性,外观色泽绚丽可爱。

　　埃庇斯特蒙说,依父亲的告诫,每人解开自己的活结! 言罢便让绸巾在兄弟们中传递,每人亲吻它并独自解开某个活结。长兄亲吻最后被解开的活结,摊开绸巾,取出一封信,继而展信阅读者。

　　此信是梅加普拉逊写给儿辈的,信上说,祝你们快乐幸福,你们要有勇气,要快乐地尽力而为! 上苍赐给我大量的财产,如果我没有为父争光的子嗣,那这些财富对我就是一种负担。你们个个运气好,各具特殊禀赋,我对你们从小各按其本性悉心培育,让你们什么都不缺,还适时地给老大娶了妻。你们都成了诚实而勇敢的人。现在我给你们搞齐了装备去远游,这必会使你们显身扬名,光宗耀祖。那些岛屿和陆地奇异而美丽,相当著名,我曾祖父庞大固埃造访过其中一部分,发现过一部分,那是帕庇曼恩岛①、帕培非古恩岛②、灯笼岛③和圣瓶神谕宣示所④,至于其他的地域和民族,我要守口如瓶。奇怪的是,那些地方虽闻名遐迩,却不为人熟悉,似乎正日渐被遗忘。欧洲各国人民纷纷驾船出海作发现之旅,走遍大洋各地,可是我们在地图上居然找不到那些岛屿的名称,对它们的初原认知付之阙如,这是我们亏欠孜孜不倦的曾祖父的地方。要么因为最著名的新航海家未涉足彼处,要么因为他们对初始的发现没有记挂在心,故未给予命名,亦未给群岛更名,对那里各族的风俗习惯也只做了粗略的观察,而对时代变迁的余痕未予关注。儿子们,辉煌的拾遗补阙的工作就

580

────────────────

① 原文 Papimanen,意为崇拜罗马教皇的人,贬义(manisch,狂躁)。
② 原文 Papefiguen,意为鄙视罗马教皇的人,该词源于猥亵的姿态(der Fica)。
③④ 庞大固埃在海上旅行时,二者是最后的停留地。

留给你们了,它将重振曾祖父的声威,也为你们赢得不朽的荣名。你们的这条小船打造得十分精美,装备一应俱全,你们万事俱备。因为我在你们启程前就为每个人考虑过,在异乡以不同方式做到闲适自安,经由各种途径获得当地人的恩惠;所以我曾劝告你们要仔细考虑,船上除口粮、弹药和船用设备外还需装些什么,需带哪些货物和救急物资。你们经过周密考虑,抬到船上的木箱不止一只,我没有问里面装的是什么。——末了你们还要旅行费用,我就让你们把六个小桶带到船上,要你们精心保管。然后,你们在我的祝福声中,在你们的母亲和妻子抛洒热泪之时驶离,并且满心希望,日后顺风顺水地返归家园。

我希望你们顺利走完那一段穿越远洋的枯燥旅程,抵达群岛,盼望你们在群岛上受到友好的接待,就像我曾祖父当年的际遇。即使我现在会让你们暂时伤心,那也请孩子们原谅——这也是为你们好。

埃庞斯特蒙顿了顿,兄弟们洗耳恭听。

我肯定会让你们难过的,还是直说了吧,那些小桶里没有钱。

兄弟们异口同声大叫:没有钱呀?! 小桶里没有钱,埃庞斯特蒙以半响的声音重复道,信纸也掉落到地上。他们面面相觑,默然无语,每个人以自己特有腔调重复:没有钱! 没有钱吗?

581　　埃庞斯特蒙拾起信纸接着念:没有钱! 你们会脱口而出,硬是管不住嘴,苛责你们的父亲。请稍安毋躁! 静心想一想,就会对老爸给你们施行的善举拍手称快。我屋里的钱多的是,留待你们返家时给。但你们要向世人显示,你们值得拥有老爸留给你们的这笔财富。

埃庞斯特蒙还念了半个小时,因为信很长,包涵种种卓拔的观念、精当的评论、有益的训诫和美好的前瞻。但内中没有什么东西会把儿辈的注意力拘守在父亲的言辞上。兄弟之间滔滔雄辩消逝了,个个进入内心世界,都在思考自己要做什么,期待什么。

父亲的目的已在信中挑明，但老大读信的余兴未了。个个都在默默估量着那笔财富，那是自然的赐予，都觉得自己够富有的了。有几个兄弟认为既备有货物和救急物资，这已很好了，并预先决定如何使用。当长兄把信叠好，余者便开始高谈阔论起来，在就寝之前，相互诉说彼此的计划和设想，或反驳，或赞同，或杜撰，或编造危险和尴尬，闲聊至深夜方罢，他们承认，在整个旅途上，还从未聊得如此投机。

第二章
发现两个岛屿，引发争论，通过多数票调解

翌日清晨，欧梯歇斯醒来还未向兄弟们道一声"早安"，就嚷嚷开了：我看见陆地啦！——在哪？兄弟们大声问。他说，在那里，并用手指着北方。这个小帅哥比兄长们，不，比任何人具有更锐利的先天感官。无论何处，他就是人们所缺的那只望远镜。埃庞斯特蒙问小弟，你既然看见了，就讲讲看到了啥。小弟说，我看到了两个岛，右边的一个狭长，平坦，中部似乎是山地；左边的一个显得狭窄些，山要高些。——这就对啦！埃庞斯特蒙如是说着，一面喊兄弟们过来看地图。你们瞧呀，右边这个岛是帕庞曼恩岛，一个虔诚而善良的民族之岛，但愿我们在彼处受到善意的接待，一如当年曾祖父庞大固埃的待遇。遵父命，我们应先在此岛登岸，用鲜果、无花果、桃、葡萄这些岛上四季常有之物祛劳提神，喝喝清新的优质水，尝尝可口的葡萄酒。用美味的蔬菜如花椰菜、木立花椰菜、洋蓟和起绒草提升我们的生命活力。你们须知，托上帝的洪福，大地上不仅每时每刻都有优良的果实成熟，而且连杂草和飞廉也会变成细嫩多汁的食品。——他们高呼：福地啊！富庶之地！得到丰厚报酬的民众啊！幸运的旅者在这人间天堂无不受到良好的接待。——等我们在此岛养精蓄锐、恢复

582

体力后再顺路造访左边的岛，就是总被咒骂的不幸的帕培非古恩岛啦，那里植被稀疏，可就是这稀疏的植被也遭到凶神恶煞的破坏和耗尽。巴汝奇叫道，别对我们谈这个岛啦！别谈他的芜菁甘蓝和球茎甘蓝，别提那些让我们倒胃口、惹我们生气的女人啦。

话题于是又引导到在帕庞曼恩岛上可觅到快乐幸福的生活上。他们希望从曾祖父的日记中读到他的际遇，他所受到的神一般的尊崇以及类似的令人心悦的事件。

583　在此期间，欧梯歇斯不时眺望二岛。当其他兄弟也看到时，他已对二者做过精细的、愈益精细的区分，因为船离它们越来越近了。他在对二岛做长时观察和比较后高声嚷道：各位兄长，肯定存在一个错误，我眼前的两个岛与长兄对它们的描述根本不相符合，我认为恰恰是把二者弄颠倒了。我想我的观察没有错。

小弟，你什么意思？兄长们一个接一个问。

欧梯歇斯接着说，我们迎面驶去的右岛是个狭长而低平的地域，只有少数山丘，我看是荒无人烟，既没发现高处的森林，也没看到低地的树木，没有村落，没有果园，没有秧苗，连正好向阳的山岗上也没有牧群。

埃庞斯特蒙道，这真不可理喻。——欧梯歇斯又说：我看见四处只有巨大的石块，我不敢妄说那是城堡还是石壁。我们正在朝这个没有什么"苗头"的海岸驶去，这令我无限遗憾。

那么，左边那岛呢？阿尔吉德斯问。——它像一小片天空，一仙境乐土，是最善于持家的妩媚无比的诸神之居所。一切皆绿，一切皆被垦殖，连犄角旮旯儿皆被利用。你们总看见山岩中汩汩流出的泉水在推磨、浇灌草地并形成池沼了吧。也看见山岩上的灌木丛、山脊上的林莽、地上的房舍，葡萄园，宽广的耕地和平畴了吧，正如我所见和愿意见到的那样。

众兄长愣住了，真伤脑筋！巴汝奇终于嚷道：咱半打聪明的兄弟咋就在这个抄写错误上浪费那么多的时间而无其他作为呢？抄写人把地图上两个岛的名字搞混淆了，说那个是帕庞曼恩岛，这个是帕培非古恩岛。若非小弟眼尖，咱们还会在概念上犯天大的错误哩。咱们去幸福岛，不去这个该死的岛，调整航向，去那可望得到丰裕物资的地方吧。

584

埃庇斯特蒙不想立即责怪地图上的大谬，还提出许多证明地图精确性的证据。然而，对其他兄弟们而言，事关重大，此乃满足口腹之欲的事，个个都要捍卫。有人说，当下风力强劲，我们可不费吹灰之力到达二岛；风要是静止下来，恐难从第一岛去第二岛了。也有人坚持说，我们必须把可靠的当成不可靠，还是去富庶之岛吧。

埃庇斯特蒙对多数票让了步，这是父亲定下的规矩。

巴汝奇说，我毫不怀疑，我的意见是对的，地图把岛名弄混淆了。让咱们去帕庞曼恩岛乐和乐和。咱们得小心，做好必要准备。

他走到一只木箱边，开箱拿出许多衣裳。当他脱衣、像在做化装游行准备时，兄弟们全都用奇怪的眼神瞅他，忍俊不禁。他穿上紫色长筒袜①，鞋子上有银质大带扣装饰，一袭黑丝绸服，还搭配一件小披肩。他把头发弄成圆圆的鬈曲状，然后把一顶压扁了的、饰以紫色和金色彩带的礼帽抓在手上向兄弟们恭敬行礼，兄弟们笑翻了天。

他不慌不忙，再次走到木箱边拿出一件带白色翻领和白色口袋盖的红制服，左胸上有个白色大十字标记②。他要阿尔吉德斯穿上，后者不肯穿，他于是煞有介事地说道起来：鄙人不知诸位从家里带出什么宝贝打包保存在木箱里。当时父亲叫我们放聪明些，这样我

585

① 大主教服装的传统组合件。
② 这套服装大致相当于马耳他骑士团的骑士服。

们就招人待见啦。我这就告诉诸位,我装的大多是旧衣服,希望对我们有点绵薄的贡献。我把三个破产的剧团老板、两个被解职的修道院僧侣、六个王公显贵的仆人和七个旧货商的东西卖了个空,也就只拿我的剩物同他们交换啦,把我的赝品全甩掉啦。我精心扩充和补足了我的衣帽间,把它弄得干干净净,还点香薰过呢。

二

帕庇曼人讲述邻岛发生之事

尽管那次灾难使我们苦不堪言,可过了一些时候,我们似乎把发生在邻岛那些神奇而恐怖的自然事件忘却了。莫拿希曼人①的那个奇异大岛,想必你们有所耳闻。此岛位于朝北的方位,离我们仅一天旅程。

埃庇斯特蒙说,我们没有听说过。我们某祖先企图在这海上有所发现,这让我更觉神奇。请给我们讲讲你对此岛所知晓的情况吧,好让我们做出判断,看值不值得花力气去那里探知岛上的状况。

帕庇曼人回道,那个岛很难找到了。

它难道陆沉了? 阿尔西弗伦问。

它悄无声息地消失了,那人说。

怎么会? 兄弟们几乎异口同声问。

那人接着说,莫拿希曼岛是我们群岛中最美最奇最有名的一个,人们合理地把它分为三部分,习惯上只说国都、陡峭海岸和平地。国都——世界奇迹——位于山地前沿,此处与海岸一起对国都进行美化。你们要是瞅见国都的地基,保准怀疑国都是建在城墙上还是建

---

① 原文 die Monarchomanen,意为君主政体的拥护者(Anhänger der Monarchie)。

在山岩上。自然之手给予人的帮助实在太多太频繁了。你们若看到国都的建筑物，就会相信所有的神庙对称地聚集一处，那是为了吸引民众来此朝圣。你们要是远观它的山巅和城垛，必会想起，那些巨人在此做了第二次登天的准备。人们可将它称为一座城，不，可称之为一个王国。国王在此庄严登基，在国王看来，世间无人与他比肩。

离此处不远，陡峭的海岸开始延伸，大自然的鬼斧神工也不断地来此大力臂助。人们在此砌上石料，旨在将山岩连接起来。海岸的高处开出阶梯式凹槽，用骡马运来沃土，葡萄、柠檬和酸橙等植物在此茂盛生长，因海岸阳光充足。王国的富翁在此修建豪华的宫殿居住，靠岸的水手们瞧见它们，无不为之惊叹得目瞪口呆。

第三部分也是最大的一部分，大多为平原和富饶的耕地，农夫在此精耕细作。

一部古老的王国法律规定，农民因为辛苦劳作可廉价享用一部分劳动果实，但是禁止农民饱食，违者重罚。这样，此岛就成为世间至乐之岛了。农民干活的兴趣和欲望强烈；贵人大多胃纳欠佳，但他们总有足够的办法来刺激味蕾；国王为所欲为，抑或认为他总可以干点啥。

然而，这种"天国"极乐被一种完全意想不到的方式摧毁了，尽管人们早就对此有所猜测，自然科学家当然心知肚明，因为此岛是在古代地火的伟力作用下从海里升起来的。悠长的岁月过去了，但此岛的古代遗痕犹存，且屡见不鲜：熔岩，浮石，温泉，类似的标识难以缕述。此岛必深受地震之苦，这是常事。白天四处可见地表蒸气升腾，夜间可见火花闪烁。岛民的活泼性格让人自然而然归结为土地的火热特性使然。

数年中，那岛在午间频发地震。终于，位于平原和陡峭海岸间的巨大火山爆发了。数月中此邻岛变成了不毛之地；岛的最深处受到

587

震动,继而全岛被火山灰覆盖。

从我们海滨往那边看,白天见烟雾,夜间见火焰。黑暗中,远方地平线上熊熊燃烧的天空在浮荡,大海波激浪涌,气势非凡,狂风恐怖地怒吼,那情景真令人不寒而栗。

我们刚在夜里听见瘆人的噼啪巨响,看见天空和大海好像全在火中燃烧;清晨又瞅见一大块陆地向我们岛漂移过来,我们惊恐得无以复加,这,你们当能想象。我们当即确信,那是"陡峭海岸"朝我们漂来了,并立马就认出那些宫殿、城墙和花园,真担心它在我们海岸的近处沉没——我们的海岸多沙土,海水不深——。所幸这时刮起一阵大风,将它朝北边推去了。照一个水手所讲,人们看见它一会儿在这里,一会儿在那里,还没固定下来呢。

未久,我们获知,在那个令人惊悚之夜,莫拿希曼岛分裂成三部分,相互激烈冲撞,另外两部分,亦即国都和平原,也同样在海上四处漂移,被风暴推动而萍踪无定,犹如无舵之船。上述的平原地块,我们从未见到过;至于国都,数天前我们倒是在东北方天际线上真真切切地看见了①。

可以想见,这一席话在我们旅人的内心掀起了波澜。寻访这一重地的各个板块——他们的祖先当年从旁经过,近在咫尺却未发现它们,寻访世界最奇特的地理状态,这个行动太重要了,而且可望给他们带来多方的利益和荣誉呢。有人对他们指着远方地平线上硕大的蓝色板块说那就是"国都";令他们特别高兴的是,在远处西面方向看到了高高的海岸,帕庇曼人即刻认出那是"陡峭海岸",它似乎在顺

---

① 此句可能是将1792年干涉别国内政之战争前后的政治格局编成了比喻性的密码。在这场战争中,信奉天主教的哈布斯堡王朝、法国君主政体和法国贵族结为同盟。

利地慢慢朝"国都"方向漂移。这拨旅行者一致决定前往,看能否在半途截住那美丽的"陡峭海岸",深入其社会,抑或在其华丽宫殿中找到一条通往"国都"的道路。他们与帕庇曼人道别,给他们留下几个玫瑰花环、披肩和圆形小画框①,帕庇曼人对此心满意足,怀着极其敬畏和感激之情收下这些赠品。

三

兄弟们平静地坐在一起,闲谈所经历的奇特的新鲜事以及所获知的新奇事,后来话题转到皮格迈俄族与鹤群的大战上②。他们就二者争斗的原因以及皮格迈俄族顽强斗争可能引起的后果各抒己见。个个激情难抑,以至兄弟们——我们一直以为他们是团结一致的——立即就分成两派,彼此唇枪舌剑,其激烈程度无以复加。阿尔吉德斯、阿尔西弗伦和欧梯歇斯声称,那些侏儒是一帮丑陋无比之徒,但自然界里,一物定然是为另一物被创造出来的③。草原上小草和杂草丛生,以便让牛食用,牛又被贵人合理地吃掉,情况大抵如此;大自然赠予侏儒一笔有利于鹤群福祉的财产,既然鹤群享用了所谓的"可食之金"④而变得如此完美,那笔财产就更加不容否定了。

余者持反对意见,断言:这些以自然及自然目的为由而举出的

---

① 披肩和小画框,原文是 Scabulier und Agnus Dei。Scabulier = Skabulier,披肩,是僧侣骑士服的一部分。Agnus Dei,意为装在圆形小框内的小画像,一面是耶稣像,一面是圣徒画像。

② 此题材源于荷马史诗《伊利亚特》。皮格迈俄族是神话中的侏儒族,住在俄刻阿诺斯河畔,每年有鹤群飞来同他们大战。歌德在《浮士德》中有所描述(见该书第二部中《古典的瓦尔普吉斯之夜》);拉伯雷的小说《巨人传》里也有涉及(见该书的第 2 章)。

③ 暗指物理神学的创世观,尤盛行于 18 世纪。

④ 歌德《童话》中的童话题材。

证据并无多少说服力，反而正好说明一物的创造不是为了另一物，因为一物觉得被另一物利用是很惬意的。

这些有节制的论点没有交流很久，谈话就变得激烈起来，两派起先用表面的理由、用暗示的刻薄讥讽极力为自己的观点辩护；接着，兄弟们就犯了头晕病，头晕得很厉害①。其言行举止丝毫不见温文尔雅和包容的影子，相互打断对方，提高嗓门，拍桌子泄愤，按捺不住对骂。曾几何时，人们就不得不担心，这条小船眼看就要变成悲伤的敌对场所了。

由于舌战正酣，所以他们竟未察觉另一条船停在了他们旁边。此船的大小与他们的小船相仿，但船形迥异。一个宛如来自海中的声音朝他们呼喊，这着实让他们大吃一惊：我的先生们，这是怎么啦，同舟共济的汉子怎么闹得如此势不两立？

"口水仗"暂时偃旗息鼓，单单是那个人现身之奇特，更兼那令人敬畏之外表就阻止了他们重启争端。有人叫他做裁决人，各方还没有来得及给他讲清争吵的原因，就竭力想把他拉拢到自己一边。他微笑着，要他们暂且听他说几句话，他们依从了他，他就说：此事至关重要，请诸位允许我明早再发表意见如何。在就寝之前，请诸位同我一起喝瓶马德拉酒②，我身边带着的，非常地道。这酒对诸位的健康必定有益。共胞所生的兄弟们听了此话，对葡萄酒并不排斥的他们也愿意喝一点再去睡觉，顺便再讨论一下物资匮乏的问题。那个陌生人善于文雅地劝酒，盛情难却，兄弟们只好一杯一杯地回敬。喝完最后一杯，个个已悄没声息，物我两忘，还没有铺好卧榻，就仰面八

---

① 兄弟间接下来的争论是《德国移民闲谈录》中卡尔与枢密顾问 S. 争论法国大革命之影响的摹本。
② 产自马德拉岛的葡萄酒。

又地倒头便睡了，睡得很香，直到翌日红日东升尚在梦中；但终于被朝曦的灿烂和温热唤醒。他们瞅见那个陌生的邻居在他船上忙着修理什么，于是相互致意问安。那人含笑地记起昨晚那场争吵，而兄弟们几乎是有意遗忘。当那人慢慢唤起他们的回忆，回忆起他是如何发现他们的情形，兄弟们便羞愧难当了。那人继续说，昨晚我把我的药物掺兑在马德拉葡萄酒里给你们喝了。现在我觉得这药物已失去价值了。但你们可以幸运地说，你们很快就摆脱了一种如今让无数人深受其苦，不，简直让他们发疯的忧愁！

591

一个兄弟问，我们生病了？真是奇怪。陌生人道：我可以拍胸担保地讲：你们全都被传染了。我与你们邂逅，正当你们陷于严重危机之时。

阿尔西弗伦问，这是什么病呢？我也是多少懂点药剂的。

陌生人说，此乃时代狂热症。有些人将其称之为时代的冲动，他们觉得这样说更确切些；另一些人称之为新闻报业的狂热，我也不反对这种提法。这是一种凶险的传染病，它甚至可以通过空气传播呢。我敢打赌，昨晚你们在岛屿漂移的氛围中，就被此病给缠住了。

病症是什么样的呢？阿尔西弗伦问。

陌生人回道：病症很特别，够凄惨的。人即刻就忘记了他最亲近的社会关系，连对自己最真实最明显的长处也做了误判。人牺牲了一切，包括自己的好爱和发表意见的激情，于是发表意见就成了最大的激情。如无他人帮助，他处理此事一般是很困难的，于是，意见就固定在脑海中，变成一根轴，盲目的疯狂就围着这根轴转；于是，人就忘记了那些平时使国家和自己两蒙其益的事务，对父母兄弟姐妹也视若无睹；可上述亲人在他未掉落此陷阱前全都是和蔼的，理性的。

592　　**四**

　　兄弟们刚刚处于差强人意的状态——这,我们已瞧见,就立马感觉到他们有一种缺失,即缺失快乐度日和了此一生的最佳之物。阿尔吉德斯以己度人,猜到其余兄弟的想法,说:兄弟们,尽管我们的境遇很好,比旅行者非常希望的还要好,但我们断不可被人指责,说我们对命运和对我们的主人忘恩负义。让我们爽性承认,在这皇宫里,在这丰盛的宴席上我们有某种缺失,那么这种缺失在我们获得其他境遇的恩惠愈多就愈是令人难以忍受。所谓其他境遇,系指在旅途上,在业务和商务驻地以及其他一些让男人们忙于思索如何行动的事体。让我们暂且忘掉我们那可爱的生活女游伴吧,去感受现实的美对我们须臾不可或缺。我们重新踏上陆地,生活在一个屋檐下,被厅堂四壁封锁,这时会立即发觉我们缺失的是什么,那就是女主人的亲切眼神以及和我们亲密相握的手。

　　巴汝奇说,我曾以最文雅的方式就这点问过老主人,他起先不愿听文绉绉的话,我就改用直截了当的方式询问,但我一无所获。他否认宫中还有女人,说国王的情妇同国王走了,妇女也都随情妇出走,余者被杀或逃离。

　　埃庇斯特蒙说,老主人说的不是真话。悲惨的余者,就是那些阻挡我们进城堡者,他们是勇士的尸体①。他甚至还说什么没有除掉任何人,也没活埋任何人哩。

593　　　巴汝奇说,我相信他说的话,我从远处观察过皇宫及侧翼厢房,并把事实联系起来思考。靠右边是从海里垂直升起的高崖,那里有座建筑物,我看它既华丽又坚固,一条走廊把它与"国都"连为一体,

---

① 可能是暗指瑞士近卫军,他们在 1792 年 8 月 10 日抵抗巴黎暴民对巴黎旧皇宫杜伊勒里宫的冲击时全部战死。

那走廊迂回曲折。老人似乎想把一切指给我们看,但又总让我们避开右边。我打赌,右边有座宝库,开启宝库便有很多宝物在等待我们。

兄弟们一致认为要找到一条通往宝库的路。为了不引人注意,遂遣巴汝奇和阿尔弗西伦去探寻,他们不到一小时便带回喜讯。他俩朝那个方向走,发现一些被裱糊的小门,不用钥匙,只需用手一推便开。两人进入几个很大的前厅,欲再前行却心生疑虑,于是,就返回向兄弟们报告所见的情况。

瑞士书简
Briefe aus der Schweiz

594

第一部

数年前,当我们被告知下列信件的抄件,有人就断言,说它们是从维特的草稿中找到的;并且想知道,维特在结识洛特前是否到过瑞士。信的原件我们从未见过,再说,我们也不应抢在读者的感觉和判定之前下断语。但不管怎样,读者还是可以读一读这寥寥数页书简的,读时也许不会无动于衷吧。①

当我再次阅读自己的那些描述,是多么让我讨厌啊! 只是,你的建议、指令和吩咐才使我应命而为。在我看到那些东西之前,我也读过不少对它们所做描述的文字。它们给我制造出某种情景,或者说纯然是某种概念? 我的想象力欲说明它们,但这是徒劳;我们心灵想做点思考,但也是白费心机。那么,我现在伫立着注视这些奇事怪事,又当如何? 我什么也思考不出,什么也感觉不出,而我是多么愿意思考和感觉出某种东西啊。壮美的当代激励着我的兴致,敦促我行动,可我能做什么,到底做什么呢! 于是我坐下来做写与描写之事了;于是我就对它们做描写了! 这骗了我的朋友,让他相信我在做某事,而他也在注视和阅读某事。——

瑞士人很自由吗? 身居被封闭的城市②,这些富有的市民很自由吗? 居住在危岩和山崖旁边的那些可怜人很自由吗? 他们对人显

595

示自己无所不能,尤其是当他们灵魂中保存着一个古老的童话时! 他们曾摆脱一个暴君③,可做暂时性的自由思考;可爱的太阳经由一

---

① 此段文字紧接《青年维特的痛苦》中编者的报道。
② 指四周有城墙的城市。
③ 暗指威廉·退尔的传说以及 14 世纪首批瑞士州反抗哈布斯堡王朝而获得的独立。

种特殊的再生从压迫能手那里再为他们制造出一群小暴君。他们喋喋不休地复述这些古老的童话，真让人听得腻烦：他们获得自由并且保持自由；于是坐在城墙后面，深受习惯、法律、搬弄是非①和市侩习气的束缚，当他们有半年时间犹如土拨鼠被白雪困住，也会坐在室外的岩石上，不遗余力地侈谈自由。

呸！这样一种受到恶劣逼迫的人造物，这样一座黑糊糊的小城，这样的木瓦片屋顶和石堆，它们在秀美的大自然中显得多寒碜啊！大大小小的石头压在屋顶上，大风就不致把简陋屋顶从头上掀走，掀走的是垃圾和破烂！那些受惊的愚妄之徒啊！——我只要在某处再碰到人，就立即逃离，逃离他们蹩脚的造物。

人有如此多的精神潜质，但在生活中得不到施展，只能留待美好的未来与和谐的人生了。在这一点上，我们的看法一致，我的朋友。但我的另类怪念头总也抛不开，纵然你老说我是个狂人也罢。同样，我们也感到了对肉体素质的制裁。在这种人生里，我们不得不放弃发展这种素质：这跟苍蝇的情形定然无异②。当白云从我头顶高高飘过，它是在引诱我一道远飞他乡，一如它平时所为；每当白云从我身边飞过，我便屡陷危机：盼望它将我从危岩之巅带走。我感觉到的是怎样的一种欲望啊：坠入无尽的空域，在恐怖的深渊上空飘浮，在不可企及的山崖上栖居。当雄鹰在我下方昏暗的蓝色低空盘旋，盘旋于岩石和林莽之上，当它与雌鹰结伴环绕山巅——它把自己的

596

---

① 原文 Fraubasereien，瑞士成语，与德语 Tratsch, Klatsch 相当：饶舌，搬弄是非。
② 参阅《维特》8 月 18 日信。

窠巢和雏鹰托付于此——做柔情脉脉、和睦一致的大回旋，我不禁张嘴大口大口地呼吸，那是怎样的一种诉求啊！难道我一直应该立于高峻的山岩，在那里如紧贴平地般地爬向高处，勉力达到目标后又畏葸地紧紧抓住自己，因惧怕返回而战栗，因担心掉落而发抖？

　　我们与生俱来的特性多奇怪呀！是何种不确定的追求在我们内心涌动？想象力与肉体情绪的相互作用多奇怪呀！我青春时代的种种特点又冒出来了。当我朝前面一条漫漫长路走去，旁侧若有树枝摇晃，我就用手去抓，恰似抓住一支投枪。我掷出投枪，却不知掷向何人何物。岂料这时有一支箭朝我飞来，正中我的心脏；我用手捂胸，感到一种难以言宣的甜蜜，不多时，我又恢复我的自然状态了。这种现象来自何处？该叫它什么？它为何总伴随同样的情景、同样的肢体动作和同样的感觉反复出现？

　　有人对我说，在途中见到过我的人都对我不大满意。这点我愿意相信，因为他们当中也没有一个让我满意的呀！我不明白怎么会是这样！社交聚会使我感到压抑，彬彬有礼让我不舒服。他们所讲的我不感兴趣；他们指给我看的，我既不显出冷漠，也不会有别样的激动。我观看一幅风景画，内心就滋生一种莫名的躁动不安，鞋内的脚趾就抽搐起来，像要刨地似的；手指也出现痉挛。我咬紧牙关，机灵也罢，笨拙也罢，反正我要竭力从社交中逃走，去面对壮丽的大自然，投身于一个令人不爽的处所，试图用我的眼睛将自然捉住，看透，然后把自然现在的模样乱画在一张小纸片上，这画虽然什么也没有表现，但对我有无限的价值，因为它让我忆及那一幸福的时刻，彼时的欢愉让我产生了这幅粗制滥造的习作。这种从艺术到自然、又从自然回归艺术的特殊追求到底意味着什么呢？是指作为艺术家的我为何缺乏坚持不懈的韧性吗？喊我来享受，可我为何抓不住这享受呢？最近有人送我一篮水果，水果漂亮的外观让我喜不自胜，华贵，丰富，形形色色的多样性和相似性！我实在按捺不住要伸手去拿草莓、桃子和无花果。视觉和内部感官的享受肯定更高级，对人更有价值，倘若饥渴的人们以为，自然创造出种种奇迹就是为了满足其口腹之欲，那么，这享受兴许便是自然的目的所在了。费迪南德来了，发现我在观赏，他认为我说得有理，然后一面微笑，一面深深叹息说：是啊，我们不配去破坏这些靓丽的自然物，破坏就太可惜了！请允许我把它们送给我女友吧。看见水果篮被端走，我是多么开心啊！我是多么爱费迪南德啊！我是多么感谢他在我内心引发的那种情愫，感谢他给我指出的那种前景。是的，我应该认识美，欣悦地观赏美，努力提升我们自身去接近美及其天性；为达此目的，我们应大公无私，不应将美独占，而应将美传播，将美献给那些爱我们、对我们很重要的人们。

598

　　别老是讲我们青年的不是！要我们一下丢掉这个习气，一下抛弃那个习气，可是，种种习气大多具有助人混世的功能啊。这不，我关注一个少男，不是发觉他有一点儿虚荣么！可是，人若把所有的虚荣抛却，人这种生物会多么可怜！我怎么会产生这个想法呢，我正要告诉你：前天，一个小伙子来此和我们作伴，我和费迪南德对他很反感，此人的弱点暴露无遗，头脑空虚也显而易见，但精心修饰的仪表夺人眼球。我们只是勉强留他，但无论何处，他受到的接待都比我们好。姑且不讲他别的愚行，就说他里面穿的那件红缎子马甲吧，颈部裁剪得有点像勋章绶带似的。对这种蠢事，我们毫不隐讳地做了挖苦；他倒也受得住，还说出马甲的最大优点，没准儿心里还在讥笑我们呢。因为店主夫妇、马车夫、男仆女仆、甚至一些行人全都接受了这虚假装饰的骗，所以他们对他比对我们客气，总是优先给他服务。让我们最感屈辱的还是，整座房子里最标致的女孩们全都偷眼朝他瞟视。由于他的高贵作派，酒菜的价格被抬高了。末了，费迪南德和他各自付账，与他破费一样多。那么，谁是游戏中的傻瓜呢？他肯定不是。

在此间的炉灶上可以看到一点美的东西、使人高兴的东西，那是象征道德格言的。你看到的是一幅富于教义的画，它尤其针对我在说教。画上，一匹马的后脚被绳子拴在木桩上，马在四周吃草，其范围受到绳子的限制。画的下方写着：让我得到微薄的食物吧。我的境遇也将会变成这样，倘若我回家顺从别人的意志——宛如马在磨坊里，履行我的义务并以此获得被精心算计的生活费用，恰似此间炉灶上的那匹马。是的，我会返家，等我值得花精力去做的事，大概就是去攀登高峰，去山谷流浪，去看蔚蓝的苍穹，去观察自然所赋予的东西。自然是因为那永恒、静默、丰裕、无情感和神圣的必然性而存在的啊。而身居小镇的我们不得不确保可怜的生活需求，此外便是让一切屈从于混乱不堪的专横跋扈，我们还将其称为自由哩。

我登上了富尔卡隘口①的哥达山峰！这一崇高、无可比拟的自然景观将永驻我的心田；是啊，我读过罗马史，其目的是要活生生地感受我是个多么可悲的穷光蛋。

我从来没有像最近几天那样心知肚明，以至在局限中仍觉快慰，与任何人一样的快慰。那是当我知道有一种生动活泼的、无需延续到明天的工作之时，这工作只要求当下的勤奋和明确性，无需瞻前顾后。在我，凡手工艺人均为至乐之人，他要干的工作，已明白告知；他

---

① 原文 Furka，为阿尔卑斯山的隘口，它连接瑞士的乌里州和瓦利斯州。

能干的事已成定局;他无需考虑别人对他有何要求,干活不用思考,也不吃力,不匆忙,但需要专心和爱心,正如鸟儿营巢、蜜蜂造窝一样。他比兽类仅高一级,是个完整的人。我多么嫉妒在旋盘旁干活的陶工①、在刨台后干活的木工啊!

我不喜欢务农,对于人的这个首要的必需的事务,我很反感;人模仿自然到处撒种,冀盼在特殊的土地上产出特殊的果实。但现在很难办到了;杂草疯长,严寒的潮湿伤害幼苗,更兼冰雪摧残。可怜的农夫整年期盼,像期盼从云间掉下纸牌,看他的赌注是赢是输②。这种不确定、模棱两可的状态大概已与人合宜,因为我们愚钝,不知自己从何处来,亦不知何往。纵然人把他的辛劳全交给了偶然,但当形势不妙时,牧师仍有机会感念他的神明,而把平民百姓之原罪与自然事件挂钩。 600

对费迪南德,我没有什么好责备的! 一种可爱的冒险已在期待我了。冒险? 我为何使用这个愚蠢的字眼呢。人的温柔个性把他人吸引到身边,就此本性而言,没有所谓冒险的东西。我们的市民生活,我们的虚伪关系才是冒险,才是猛兽。我们对其相知甚稔,觉得它们就像是叔叔和阿姨一样的亲戚!

我们被引领到图窦先生那里。在这个家庭,我们感觉十分快乐。富足、活泼、开放而善良的家人带着孩子无忧无虑、体面地享受着度日的快慰,也享受着清幽环境带来的福分。我们青年不必像在许多

---

① 类似的描写参阅歌德《日记》(1794 年 1 月 14 日):"人们见到每一个一动不动坐在陶工旋盘旁干活的人,他一会儿做成一只罐,一会儿做成一只碗,完全按他的意愿造,对他便心生妒意。"

② 原文 Paroli,意为赌注(Einsatz im Glückspiel)。

死板的家庭里那样,为了讨老人喜欢而在赌桌上故意输牌。老人们很愿意同我们凑在一起,父母和阿姨们参加我们的小赌局,其间,偶然、智力和玩笑一一杂呈。我必须再次提及埃莱奥诺雷①,这家的二女儿,我对她的形象一直历历在目:颀长而娇嫩的身材,高雅的教养,爽朗的眼神,无血色的肌肤——这种肤色在这个年龄段的女孩子身上与其说有点吓人倒不如说很有魅力,因为这表示一种可治愈的疾患——总之,她是个十分令人愉快的丽人。她总是一副欢欣而活泼的样子,我很乐意与她共处。没隔多久,不,我要说旋即在第一个晚上,她就与我作伴,坐到我身边来了。我们做游戏,有时游戏把我俩分开,但过后她又有意来找我了。我高兴,开朗。旅行,美好天气,此地,这一切使我的心绪变得无限欢悦,我简直要说,这是一种全部释放的欢悦;我逢人就提她,介绍她,连费迪南德似乎也忘记了他的可人儿。我们变着花样不停地做游戏,最后终于玩起结婚来了,这游戏够有趣的。男女双方的姓名分别放到两顶礼帽中,然后抽签结婚。抽出的每一对,都由一人在社交聚会上做诗。凡参加聚会者,包括这家的父母和阿姨们都必须把名字放入帽中,还包括社交圈内为我们所熟知的人物。为了凑足更多的人数,我们也把政界和文学界的名人姓名扔到帽子里。游戏开始,立马就抽出几对要人。并非人人都能即刻做出诗来;她、费迪南德、我和其中一个阿姨,我们分担聚会秘书处的工作——这个阿姨会优雅地作法文诗哩,上场作诗的,大多有很好的灵感,诗还算过得去;尤其是他们天然去雕饰的气质相当出众,或念一个快乐但欠涵义的成语,或讲一个并无讽刺意味的玩笑,或对每个人表示良好祝愿。当人们认可除我们的诗之外就数他女儿的诗最好时,父亲开怀大笑了,因高兴而显出奕奕神采,过分的掌声

601

---

① 与《青年维特的痛苦》中主人公更早的一次恋爱题材相关联。

使他有如身临九霄。我们不吝赞美之词，就像人们赞扬大出意料之事一样，就像诗作者博得我们好感时所夸赞的一样。终于轮到我抽签了，上天为我作主，我脸上有光：俄国女皇被抽出来做我的生活伴侣了，这时，没有人比俄国女皇渺小。人们笑声朗朗，而埃莱奥诺雷声称，这么高档的绝配，咱们聚会得卖力①才行。与会者都搜索枯肠，好几支鹅毛笔都咬烂了。埃莱奥诺雷最先把诗写完，但是想最后朗诵；妈妈和那个阿姨根本写不出什么；爸爸勉为其难；费迪南德狡黠；阿姨矜持；但人们还是从这一切看出他们的友好和善意。终于轮到埃莱奥诺雷了，但见她深深地呼吸着，其开朗奔放的范儿不见了踪影，她不是在朗诵诗，而是悄声嗫嚅着，然后就把诗塞给我而面对他人，我顿时错愕莫名：爱的花蕾因了她的至美和谦逊而凋谢了！在我，似乎整个春季蓦然将其花卉朝我身上摇落了。个个默然，费迪南德倒是依然头脑清醒，嚷叫着：好啊，很好！说他得到一首近于皇家的诗作。父亲道，只要我们理解就好；有人要求我再朗诵一遍。此前，我双眼一直盯在这些珍贵的文辞上面，可此际从头到脚都在发抖。费迪南德发觉我的窘态，便夺过诗吟诵起来；她不让他读毕就去抽别的签了。这游戏没有持续很久，然后饭菜就端上桌了。

602

　　我该不该这样做？我告诉你那么多的事情，可谓无话不谈，现在对你隐瞒某事，这好吗？当我告诉你那么多的小事让你开心，除你之外，谁都读不到那些小事，你对我怀有特殊的厚爱，难道我会对你隐瞒某个重要之事吗？抑或，我隐瞒是因为这事可能会让你对我造成错误的、恶劣的印象吗？不！你对我的了解胜过我对自己的了解。假如我隐瞒了，你也会对这事、对你不相信我会做的这事做出合理的

----

① 原文为 angreifen，意为卖力干（= anstrengen，ins Zeug legen）。

解释；假如我该受责备，你就不会宽恕我；假如我的怪脾气引我脱离正道，你就会指引和带领我。

艺术品倘若真实，倘若直接表现内涵宏富的自然，给每个藏家和喜欢艺术的人提供最大的乐趣，那么，我的欣慰和迷醉就归属于这类艺术品了。那些以行家里手自诩的人并不总是与我同调；但，只要我快乐，他们内行又与我何干？假如活生生的自然不能给视觉造成生动的印象，那样的画作在我面前就是不牢靠的，就无从再往自己脸上贴金，遇到那些得益于人的才智而变美的艺术画品就无从自鸣得意了。难道不是这样吗？我向你承认，迄今我对自然的喜爱和对艺术的热衷均基于：我所见到的自然和艺术是如此这般的美丽，辉煌，令人狂喜；艺术家竭力模仿自然，难臻完美的模仿几乎就像完美的典范令我倾倒。令人感到涵义丰赡的艺术品就是令我心醉神迷之作。我不能忍受那种冷峻的气质，它被局限在某种风格贫乏、某种劳而无功的范围内。所以，你看到我的喜悦和爱好迄今只针对那样的艺术品：它们的自然题材是我所熟悉的，我能用自己的经历体验与其进行对比。乡间，凡生活于斯、活动于斯的东西，花卉，水果，哥特式教堂，自然传神的画像，凡此种种我均会识辨，感知，甚至——如果你希望的话——能作评价。诚实的 M*** 以我的本性气质为乐，同我玩笑，我呢，对此毫不介意。在这门功课上，他远远优于我①。我宁愿忍受别人那颇富教益的讥诮，也不要别人那徒劳无益的赞扬。M 已然察知什么东西首先引我瞩目，我俩彼此知根知底，后来他对我毫不讳言，说那些使我神魂颠倒的事体中尚有某些东西颇值得珍视，它们首先给我揭示这个时代。我暂且把这搁置一边，必须直入正题，纵然我的笔写起来有些拐弯抹角；出于信任，我把这正题告诉你，尽管略带几

---

① 原文 übersieht mich，意为优于我（übertrifft mich）。

分勉强。我瞧见你待在你的小屋内,在小花园里一面吸着烟斗一面展信阅读。你的思想能随我进入这个自由的、色泽斑斓的世界吗？你的想象力对社会环境和现状都明明白白吗？每当我发觉当下的你,你会对我这个不在场的朋友宽容么？

604

我的那位从事艺术创作的朋友在对我有了更深入的了解后,认为我有资格观赏级别更高的画作;他面带神秘兮兮的表情,搬来一只大木箱,开箱为我展示一幅真人大小的达那厄①画像,但见黄金之雨落入她怀中。我惊异于她肢体优美,姿态娴雅,柔情大方,性感风趣;然而我只是立于画前观看罢了,并未引发我内心的愉悦和那种无以言说的情欲。我朋友对我说,此画对艺术的贡献多多。他因为讲得入了迷,故未察觉我的冷淡,继续兴致勃勃地以此幅杰作为例对我叙说意大利画派的长处。观看此画没有使我快乐,反倒让我心神不安起来。怎么搞的！我自言自语,我们见识有限的人遇到何等尴尬的窘困啊？一块长满苔藓的岩石,一川瀑布则会吸引我的眼球良久,它们的高处和低处,明暗对比,颜色和非纯正色,反光,这一切悉数被画在我的脑海中,只要我愿意,它们就会以快乐的摹本形式生动活泼地再现在我面前;而对于自然赋予的人体杰作、肢体结构的关联和情调,我则不甚了了,压根儿没有概念。我的想象力不能活脱脱地想象出那秀美的肢体结构,纵然艺术给我呈现它,我也既无感觉,又不能对画做出评价。不！我不想过久地停留在这愚钝的状态下,我决意把人的形态深深印入脑海,恰似将葡萄和桃子的形态印入。

605

我于是撺掇费迪南德下湖游泳;这位年轻朋友的身材实在漂亮！身体各部多匀称啊！这形体多丰满、青春多亮丽、于我多有益啊！这

---

① 达那厄(Danae),古希腊神话中国王阿克里西奥之女,宙斯神的情人;宙斯化作降下的金雨与她接近,是造型艺术喜爱的题材。

自然之人的完美范式丰富了我的想象力！此刻，我伴随如此美妙的人物栖息在丛林、草地和高山；我将其视为跟踪公猪的阿多尼斯①和在泉中顾影自恋的纳尔齐斯②。

可惜我还缺少一个阻挡他、后又对他的死表示哀悼的维纳斯；缺少一个美丽的厄科，厄科消逝前还对那冷酷的少年投去一瞥；于是我下定决心，无论如何要观赏一个处于自然状态的少女，一如观赏我的朋友费迪南德。我们来到日内瓦。我寻思，在这个通都大邑出个价钱，何愁找不到委身于男人的少女？难道其中没有一个够美、够心甘情愿的让我大饱眼福么？我向一位临时勤务员打听，他只是以一种聪明的方式慢慢吞吞地靠近我，我当然没有告诉他自己的意图，他可能在想，这家伙到底要干啥，因为我宁可让他觉得我放荡，也不让他觉得我可笑。夜晚，他把我带到一个老妪那里，老妪接待我时显得小心翼翼，顾虑重重，道：为小年轻服务，这无论在哪都很危险，遑论在日内瓦；我立即对她挑明，我要的是何服务。我的童话成功了，因为我胸有成竹地撒了谎，谎称我是画家，曾画过很多风景画，现在想通过描绘山林水泽之美丽女神来提升我的画作，并增其英雄气概。我告诉她一些奇事怪事，她有生之年大概从未听到过。她摇头，确定无疑地对我说，很难满足我的愿望，一个自尊的女孩不是轻而易举就能做出这样的决定的。她想知道我出什么价钱。什么？我嚷道，价钱还说得过去吧，自尊的女孩为一个来自异乡的男子服务就不愿意裸体呈现在他眼前吗？老妪回道，不可能，她要下很大决心，即便她很漂亮也是这样，我想再看看能为您做点什么，您，有教养的小帅哥，我

---

① 阿多尼斯（Adonis），古希腊神话中爱神阿弗洛狄特所恋的美少年，后被一头公猪咬死。
② 纳尔齐斯（Narciß），古希腊神话中的美少年，因为与泉中的自身影像发生恋爱，憔悴而变成水仙花。

得为您费力劳神呀。

　　她拍了拍我的肩膀，弹了弹我的脸颊：啊！她脱口而出嚷嚷，一个画家，多有福啊，看这样的场面，年纪轻轻，倒也不装腔作势。她为我预订次日，然后我们分了手。

　　今天我与费迪南德不可避免要参加一个盛大的社交活动，晚间则要面对那场猎艳奇遇，这势必会产生很大矛盾。我很了解这类该死的社交聚会，老太婆们要别人同她们游戏，要年轻人同她们眉来眼去；再就是听学者演讲，对神职人员阿谀奉承，给贵族老爷让座。灯火辉煌，却几乎照不出一个像模像样的人物来，那些人虽着盛装，却俗不可耐。我应该讲法语吗？说外语者样子总是傻傻的，想怎么假装就怎么假装，因为是老生常谈，尽说些普通之事，粗俗之事，且说得结结巴巴。什么东西把傻瓜和思想宏富者区分开来呢，那就是后者能快速、灵活而奇特地抓住当代的敏感事物并能轻易表达出来；傻瓜每逢这样的场合则搬来被打上标签的套话空话以应付场面，一如我们说外语时所为。今天我要心平气和地忍耐数小时的恶劣玩笑了，展望那个特殊场面就要忍耐，那场面正等着我哩。

　　我经受住了那次猎艳奇事的考验，完全成全甚至超出我的愿望。但我不知道，我是否应该对此高兴抑或自责。我们天生不就是为了怀纯洁之心观赏美、无私地弘扬善么？你什么也别担心，且听我说：我没有什么好自责的，那次观赏并没有使我乱了方寸，但我的想象力被激活了，热血沸腾了。啊！我若面对一个硕大的冰堆该有多好，那我就冷却下来了！我从聚会溜出来，裹上大衣，忐忑地去到老妪那里。您的绘画包呢？她大声问——这次我没带，今天只想用眼睛研究——您搞这么贵的研究，得出手大方才行，今天别想讨便宜就开溜呀。女孩要价＊＊＊；我出了力，您给我也不能少于＊＊。（你原谅我吧，我没有认这个价）您也可以得到您想要的服务。我希望，您应该对我预先的张罗夸奖夸奖才是；这样的眼福您还没享受过呢，还有……，抚摸是免费的。

接着，她把我带进一个小间，里面摆放着雅致的家具，地板上铺着洁净的地毯，在类似于壁龛的地方摆了一张整洁的小床，床首的一侧是装有立镜的梳妆台，床尾有一个小圆桌，桌上放着三分枝的枝型灯架，燃着亮丽的烛光。壁炉的火已熄灭，此前已把小室弄得暖暖和和的。老妪给我指了指床对面的那个紧靠壁炉的单人沙发就走了。没多久，从对面一扇门里走出一个女子，她身材高挑秀美，长相标致。她的连衣裙非同寻常。她似乎发现了我，把黑色大衣一扔就坐到梳妆台前，从头上取下罩住脸的宽大便帽，露出漂亮匀称的脸蛋，大鬈曲的褐色头发从肩膀垂落。她开始脱衣①；一件一件地脱，我此时的感觉多么奇怪啊！天然人体脱去怪异服饰的包裹，这对我而言颇为陌生，我要说，几乎给我造成一种不寒而栗的印象。啊！我的朋友，我们的见解、成见、机构、法律和奇特理念等等，不也是如此吗？当怪异、不当和不真实的情况不再属于我们，当我们某些真实的本性赤裸裸地暴露出来，我们不是很害怕么？我们颤抖，因外部强制而扭曲自己而羞愧，但绝非以一种怪异的、调和的方式，至少，我们已感厌恶。我向你坦白，我很难适应一丝不挂的美妙肉体，正像朋友 L.②一样。

608

---

① 以下情景伴随窥私癖和观察，吸取了情色文学的一个核心表达模式，用"画家与模特儿"和床上裸女表达情色绘画艺术和圣像学传统。

② 从上下文的关联看，可以猜测 L. 系指林道（Heinrich Julius von Lindau）。歌德 1775 年首次赴瑞士旅游在拉瓦特家结识林道。林道是黑森军官，1777 年在北美阵亡。

如果上天让他当莫哈伏克斯部落①的头领，他也很难适应自己的环境。我们在女人那里看到了什么？什么样的女人让我们喜欢？我们怎么把所有的概念搞得混乱不堪了？一只鞋外貌很美，于是我们就叫：多漂亮的一只小脚啊！一件紧身胸衣颇雅致，于是我们就赞不绝口地称颂杨柳细腰。

　　因为我没有能力给你一一缕述那令人惊艳的系列情景——它们让我瞧见了那个甜姐儿的高雅和彬彬有礼，所以只给你写写我的一些思考。当然啦，情绪的波动还是接连不断，只不过那些波动似经过研习得来。她因脱衣而展魅力，当最后一件脱下时，她的确很美，很美。她站立着，犹如雅典娜站立在帕里斯②面前。她又谦恭地爬到床上，赤裸着，尝试着摆各种睡姿，终于像睡着了。她在媚态的睡姿中停歇了一会儿，我只有惊异和钦佩的份儿。一个激情之梦总算使她惴惴不安起来，她深深叹息，猛然一改睡态，又格格不吐地说出一个情人的名字，好像向情人伸出一双玉臂。来吧！她终于用一种可以听见的柔声喊道，来吧，我的朋友，到我臂弯里来吧，要么，我真的睡着啦。这一瞬，她抓起被缝合的丝绸被盖在身上，只露出那张"最可爱的脸蛋"。

609

---

① 原文 Mohawks，北美印第安人部落。
② 暗示希腊神话中帕里斯的"裁定"：赫拉、雅典娜和阿弗洛狄特都认为自己是最美的女人，为金苹果争吵（金苹果上刻有"送给最美的女神"），宙斯要她们找特洛伊王子帕里斯做"最美"的裁决，结果帕里斯把金苹果判给了阿弗洛狄特。原文中，Minerva 这个名字就是指雅典娜（Athene）。

良妇——本年妇女日历铜版画上不淑娘儿们的对立形象

Die guten Frauen, als Gegenbilder der bösen Weiber, auf den Kupfern des diesjährigen Damenalmanachs

亨丽埃特和阿米多洛在花园中散步已有一些时候了。夏日俱乐部惯常在此花园聚会。往往是他俩来得最早。他们两情相悦,彼此关爱,在纯洁而文明的交往中增进那最心仪的愿望:日后不断联络感情。

活泼的亨丽埃特一见远处阿玛莉朝亭榭走来,就急忙趋前向女友问安。此前,阿玛莉坐在前厅的桌边阅读。桌上摆放着杂志、报纸和其他新闻资料。

某些夜晚,阿玛莉在此以阅读度过闲暇时光,不被聚会上人们东游西荡、赌博筹码的噼啪声响和大厅里赌徒们的喧嚷谈笑打扰。她寡言少语,除非对某些见解提出己见。亨丽埃特则总是絮絮叨叨,对一切满意,赞颂之词常不离口。

出版商的一位朋友,亦即被我们称为辛克莱先生,朝她俩走来。

您有何新闻? 亨丽埃特朝他嚷嚷。

您大概估计不到,辛克莱一面说一面拿出公文包,即便我告诉您,这是今年妇女挂历上的铜版画,那您也猜不出画上的内容;我再往下说,向您透露这是十二幅表现女人的铜版画——

原来如此! 亨丽埃特打断他,道:您不给我们机敏的头脑留任何余地。甚至,如果我没搞错,您这是在对我搞恶作剧,因为您晓得我喜欢猜音节字谜和谜语,喜欢对别人的想法彻底问个明白。啊,原来是十二个女人呀,要么说事件,要么暗示什么,要么,是涉及女性荣誉的东西?

辛克莱默然,微笑;阿玛莉不动声色,朝他瞄一眼,显出她那具有代表性的高雅而讥诮的神色,潜台词是:瞧他那张脸,就知他公文包里藏着对我们女人的歪道道儿。大老爷们一旦发现贬损我们,至少看似贬损我们的东西,就会大做文章。

辛克莱:阿玛莉,您一下子就变严肃了,大有怨恨的苗头呀,我简直不敢给您展示画作了。

亨丽埃特:只管拿出来瞧瞧!

辛克莱:都是些漫画。

亨丽埃特:我特别喜欢漫画。

辛克莱:都是些不淑女人的摹本。

亨丽埃特:我们可不是这样的女人! 我们不大会把画上那些讨厌的姐妹挂记在心,正如不把社交聚会上哪些姐妹当回事儿一样。

辛克莱:要我把……?

亨丽埃特:就爽快点吧!

她一把夺过辛氏公文包,抽出画幅,将六张画纸①摊在桌上,快速浏览着,把画纸挪来挪去,就像人们摊开算命纸牌②的动作。真棒! 她叫喊道,我根据生活实情能叫出她们来! 这一位,鼻子下面抹鼻烟的手指,真像 S. 女士,今晚我们会看到她;与猫待在一起的这位,长相活像我的大姨妈;拿着毛线团的这位③,有点类似我们那位年迈的制女帽的女工。这些丑陋的人物都有个原型,不比男人的原型少,这位猫着腰的药剂师我在某处见过,拿毛线团的这个男子也见过。铜版画很有趣,刻得真漂亮。

阿玛莉朝画上投去冷漠的一瞥,旋即移开目光,平和地说:您在画上寻找相似性呢。丑丑相似,美美雷同。我们的心灵避丑而趋美。

辛克莱:想象力与戏谑二者,其研究丑的计划多于研究美。从

612

---

① 六张画纸,每张上有两幅画。

② 原文 die Karte schlägt ＝ das Blatt zum Wahrsagen auflegt。

③ 丈夫为妻子拿毛线,让妻子把毛线绕成线团。

丑中可搞出累累成果,弄美的东西则一事无成。

阿米多洛探身在窗口,从远处听到他们谈话,说:弄丑的让我们有所得,弄美的就毁了我们!他没有到桌边来,而径直进了邻室。

俱乐部的社交各有各的时代,社交的兴趣时浓时淡,人际关系时起时伏。我们俱乐部今夏恰逢其盛。成员大多有教养,至少也属中不溜儿,说得过去。他们彼此尊重对方的优点,对方的短处则讳莫如深,不予置评。人人找到各自的消遣娱乐,而一般性的交谈方式能使他们乐意留下来参与。

赛通先生偕夫人刚到,此前他因商务和政务出过差。赛通先生拥有良好的人际交往;然而,每逢重大的聚会,他大多只充当一个受欢迎的龙勃列玩家①而已。他的夫人和蔼可亲,一位忠诚的贤良主妇,享有丈夫百分之百的信任。她自感幸福,因为她可以自由而快乐地享受感性生活。对她而言,主妇的"家庭男友"②不可或缺,而娱乐消遣恰好给她的"德行懿范"提供了弹性空间。

我们把读者当成俱乐部的陌生宾客对待,怀着亲密的情感,乐意让他们很快同社交聚会熟悉起来。作家应给我们描绘笔下的人物及其行为,撰写谈话者应要言不烦,用通俗的描写使读者尽快明了所述之事。

赛通走到桌边来观看铜版画了。

亨丽埃特对他劝说,这里发生了赞成和反对漫画的争论,您站在哪一边呢?——我是赞成的。我要问:这儿每张漫画不都具有难以抵御的魅力么?

阿玛莉:针对某些缺席者的诽谤,不都具有不可思议的吸引

---

① 原文 Lombrespieler,Lombre 为一种纸牌。
② 指情人。

力么？

亨丽埃特：这样的画作不是给人留下难以磨灭的印象么？

阿玛莉：这恰恰是我厌恶它们的原因所在。令人厌恶的东西造成不可磨灭的印象，不正好是世间常常迫害我们、使优质食物变质、使美味饮料变得不可饮用的东西么？

亨丽埃特：哎，赛通，您说话呀！

赛通：我建议做个比较。画为何比我们本身要好一些呢？我们的心灵似乎也有两面性，彼此相互依存。明与暗、善与恶、高与低、尊与卑，如此等等，不一而足，它们都是人性的组分，只是所占的份额不同而已。某个画家画了雪白、光辉、美丽的天使之后又突发奇想画个黑、暗、丑的魔鬼，我怎么会责怪这位画家呢？

阿玛莉：只要丑化艺术之友不把属于优秀领域之物拽进他的范围，那就没什么好反对的。

赛通：他们这样做，我认为是完全正确的。然而，美化艺术之友也把那些几乎不属于他们的东西拉到身边了。

阿玛莉：我永不原谅那些丑化者。他们在我面前对优秀人物形象做了如此的歪曲，可耻！我行我素。在我心中，伟大的皮特①毫无疑问是一把扫秃了的扫帚，而那个在许多人看来值得尊重的福克斯②则是一头饱食终日的猪。

614

亨丽埃特：还是我所说的，这类百丑图给人造成不可磨灭的印象。我不否认，我有时内心以此为乐，把这些幽灵呼唤起来，它们便

---

① 威廉·皮特（William Pitt，1759—1806），自 1783 年起任英国首相，执行反拿破仑政策。

② 查理·詹姆斯·福克斯（Charles James Fox，1749—1806），威廉·皮特的政敌，法国大革命的追随者，在本文问世的 1800 年前后，依然赞成同拿破仑达成谅解。——在英国新闻界，漫画早已成为媒体的政治斗争手段。

更显丑陋了。

辛克莱：我的女士们，不要搞一般性的争论了，还是再看看这些不大高明的画作吧。

赛通：这儿画的是对狗的宠爱，画不是特别招人喜欢。

阿玛莉：随它去了，我特别讨厌这类动物。

辛克莱：先讨厌漫画，后讨厌狗！

阿玛莉：为什么不可以？动物就是人的漫画形象嘛。

赛通：您大概是想起了某位旅客①所说的城市街区之事吧。他发现城里有那么多的狗，那么多半傻的沉默无语的人。有没有这种可能：狂吠狂躁之狗所呈现的常态对这一代人造成了某种影响。

辛克莱：跟动物打交道，肯定是我们激情和爱好的一个来源呀。

阿玛莉：那是在理性静默之时——按我们德语表达的理性，理性面对狗们肯定悄然无语。

辛克莱：所幸，像赛通太太那样爱狗，在我们社交圈内还没有第二个。她特别宠她那条乖巧的"疾如风"②。

赛通：我和我妻子都觉得这个造化活物非常可爱，也很重要。

赛通太太在远处竖起手指，示意丈夫讲话要当心。

赛通：辛克莱，这个证明了您刚才所说的，这类造化活物是爱好的来源。小乖乖（他如此向妻子喊道），我可以讲讲我们俩的故事吗？这故事不会让我们丢脸。

他太太给了一个亲切的手势，表示同意他讲，他于是就讲了起来：我们俩相亲相爱，当我们预见可以成家，就打算结婚，总算有了

615

---

① 1792 年匿名出版的《街区速写》虽不是谈论狗，但对城市的迷乱作了点评："许多人沉默无语，要么说些类似犬吠鸡鸣的话。"

② 原文 Windspiel = Windhund，一种头小、身长、奔跑速度极快的狗。

可靠的愿景；只是，我还得出差一次，耽误的时间比我预期的要久。启程时，我把"疾如风"留下。平时我带它去她那里，有时狗狗就待在她那里。这次它完全属于她了，成了她活泼的伴侣。狗狗期待着我的归来。它这时无论在家还是在我们经常一起散步的林荫道上都不再是消遣，而像在寻找我。它从灌木丛中跃出，就像宣告我回归似的。可爱的狗狗就这样误以为我在现场，误会了好一阵子。就在我要回的当口，我的归期又双倍延迟了，结果狗狗就死掉了，好可怜啊。

赛通太太：亲爱的老公！你讲得确实好，中规中矩，合情合理。

赛通：小乖乖，你怎么管我都行。这时我女友的居室显得空荡荡了，她也无兴致散步了。之前，她给我写信，狗狗总是躺在她身边，它成了她的必需，就像新教教徒的画中那只狗一样①。信也就写不顺畅了。偶尔有个年轻后生会来顶替四脚伴侣的位置，在家里，在散步的林荫道上。够了，你们爱怎么想就怎么想吧，事情反正是很危险的。

赛通太太：你只管随便讲，一个真实的故事若不夸大就少有讲述的价值了。

赛通：我俩有一个共同的朋友，此人身体发育欠佳，但很得我们的赏识，觉得他个性沉静，人情通达，会开导人。他时不时拜访她并察觉到一种变化："小乖乖"沉默寡言了。于是他在某天牵着一条"疾如风"进了屋，此犬跟第一条一模一样。这朋友礼貌而亲热地喊她，陪着他的"礼物"不期而至，一副受宠的模样——仿佛从坟墓中再生。她一见这阵势，那颗敏感的心就默默自责起来，这一切促使她蓦然把我的形象活生生地拉到她身边了。于是，这位年轻但深谙世故的"代理者"被一种善意的方式疏远了；而另一位受宠者成了恒久的陪伴。

616

---

① 在圣像画传统中，每四个新教教徒中就有一个被配给一只狗。

我回来再将我的情人拥入怀中，这时以为这犬比第一只还要好；但它对我却像对陌生人一样狂吠，令我错愕不已。现代犬肯定不像古代犬有那么好的记忆力！我如是大叫，奥德修斯多年后仍被他的家人认了出来，而这条狗在短时内就把我遗忘了。她打断我说，可是这狗以一种特殊的方式保护了你的珀涅罗珀①，她一面向我保证揭开这个谜，谜很快揭开了。一贯的、令人快慰的信赖缔造了我们联姻的幸福。

赛通太太：故事就讲到这里打止吧！你要是觉得合适，我就去散步一小时；你呢，还是去打龙勃列牌吧。

他向她点头说"行"，她就挽着"家庭男友"的胳膊朝大门走去了。他在她身后喊：小乖乖，牵着狗狗去吧！聚会者全部报以微笑，当他察觉这一句随口说出的话竟如此贴切，也就跟着众人微笑起来。对此，人人内心都有些许幸灾乐祸的感觉。

辛克莱：您讲了一条狗，所幸此狗巩固了一次婚姻；我来讲另一条狗，但这狗的影响是破坏性的。我也爱过，也出门旅行过，让女友留下。不同的只是，我女友还不知道我想拥有她的想法。我终于回来了，所经历的许多事情还历历在目。正如旅行归来的人惯常所为，我也喜欢讲旅途见闻，希望引起女友的特殊兴趣。我当着众人的面，把我的经历和快乐讲给她听，可我发现她正兴致勃勃在忙着玩狗。她这样做，要么是出于违抗，违抗的意识会撺掇女性为之，要么是因为某种令人不快的偶然？够了，狗的可爱特性，玩狗的优雅娱乐，对狗的依恋情感并以此消磨时光，这就是她用以娱乐一个男人的唯一交流——这个男人，多年来将广袤的世界纳入内心。我结巴着，沉默

---

① 参阅荷马史诗《奥德赛》第二十三卷，珀涅罗珀并非即刻就认出归家的丈夫奥德修斯。

着,然后就换话题,也就谈我不在家时一直奉献给她的事体。我感到郁闷,走开了。这举动有些不当;但不走开会更郁闷。够了,我们的关系自此越来越冷淡,既然此事最终破裂,那我必须——至少在我内心——把第一罪责归咎于那条狗。

阿米多洛从邻室出来参加聚会了,他听了这个故事便说:若有人把这类爱社交的动物对人施加的影响以故事形式讲出来,那肯定可以出一本奇特的文集了。我盼望这样的文集问世。所以我来讲一条小狗怎样导致一次悲剧的奇事:

费朗和卡尔达诺,这两位贵族自青年时代起就情深谊厚,两人同在宫廷服务,后又同在军中任军官,甚至共同经受过许多冒险的考验,彼此颇为投契。卡尔达诺在女人处寻欢,费朗则以赌博为乐,前者的快乐凭借轻浮和胆大妄为,后者则以审慎和精细撞大运。

卡尔达诺在某个暧昧关系破裂时随意给女方留下一只漂亮的小狮子狗,然后又买一条同类的小狗赠给另一位女士,也恰逢他与她分道扬镳之际。从此,他就有意在告别每个情妇时留给对方一条小狮子狗。费朗对这种滑稽剧知之甚稔,只是每次都没怎么留意。

两个朋友长时暌隔,待到费朗结婚并生活在其庄园时,两人才重聚一处。

卡尔达诺分别在费朗和邻人那里度过了一些时日,也在某地勾留一年有余,他在那里有很多朋友和亲戚。

费朗一次见到妻子身边有一条逗人喜爱的小狮子狗,就抱起它,异常欢喜,不停地抚摸,自然也问她从哪里得到这犬。回答是从卡尔达诺那里! 猛然间,对昔日时光和事件的回忆给了他沉重一击,他想起那是卡尔达诺朝三暮四、厚颜无耻的标识,他作为丈夫深受伤害,于是怒不可遏,对小狮子狗也是从爱抚转而动粗,把它重重摔到地上,狗狗嗷嗷嗥叫,妻子惊恐,然后他愤然离开。此事导致两人决斗

618

和其他恶果,尽管未离婚,但达成和平分居协议。家庭破裂了,这便是故事的结局。

欧伊拉丽走进聚会时,这个故事尚未讲完。此女无论走到哪里都颇受青睐,她是为俱乐部增光添彩的美女之一,是个有教养的才女,幸福快乐的女作家。

有人把这些不淑女人画呈现到她面前,说这是某位机敏的艺术家以此亵渎女性的作品,所以有人要求她关怀优秀的姐妹们。

619

阿玛莉说:设计这些可爱的图画保准就把日历美化啰!某人或某位作家保准就不乏幽默,把这位造型艺术家的图画系列拆开来用语言表达啰!

辛克莱身为出版家的朋友既不能让图画作废,又不能否认此处或彼处需要对图画作解释。是啊,一张漫画没有解释是不行的,一解释画就立马"活"了。不管画家多么努力表现幽默,可是他自己从不现身在幽默现场。一幅漫画没有说明文字就有点儿"哑",只有通过语言才成漫画。

阿玛莉:那就请阁下用语言讲讲这幅小画是什么意思吧!一个女人在沙发椅上睡着了,好像是在写作之后;另一个人站在旁边给她递送盒子或瓶子,在那里哭,这表现的是什么呢?

辛克莱:噢,要我当讲解员吗?女士们的意识里好像既不反对漫画又不反对漫画讲解员似的。有人对我说过,这里画的是一位女作家,她惯于夜间写作,让婢女给她拿着墨水瓶,这乖女孩被迫保持这个姿势,即便女主人困倦难耐而进入梦乡,她也要做这个无用功。女作家的用意是,醒来时很快就能接续此前的思路和想象,也能即刻找到笔和墨水。

阿尔蓬同欧伊拉丽一道来此,他是个勤于思考的艺术家,对这画的表现颇不以为然,道:若要表现这种事情,必须持另一种态度。

亨丽埃特：那就请您赶快为我们重构此画吧。

阿尔蓬：请先让我仔细地观看这个题材。某人在写作时墨水瓶 620
无处摆放而让人替他拿着，这是很自然的事。所以，布朗通①的祖母
在纳瓦拉王后坐在轿里写故事的时候为王后拿过墨水瓶，我们现在
读之依旧兴味盎然。某人在床上写作让人替他拿墨水瓶也有异曲同
工之妙。够了，漂亮的亨丽埃特，您那么喜欢问，喜欢猜，您说说看，
画家在处理此题材时首先该做什么？

亨丽埃特：他必须把桌子撤掉，让睡觉者的身边没有任何可放
墨水瓶的物件。

阿尔蓬：说得好！我倒愿意让她坐在一个带软垫的沙发椅上，
如果我没记错，人们平时管这种沙发椅叫安乐椅，这椅靠近壁炉，这
样从前面就看到她们了。

可以假设她在膝上写东西，因为谁料定别人不舒服自己也会不
舒服，纸和笔掉落怀里，一个靓丽的女孩立于一旁，厌烦地拿着墨
水瓶。

亨丽埃特：有道理！这儿，我们看到桌上有个墨水瓶，所以不明
白，女孩拿着墨水瓶究为哪般。她看似在抹泪，为何要这样，这无关
紧要的情节真匪夷所思。

辛克莱：我谅解这位画家，他在此处给解释者留下想象的余地。

阿尔蓬：他八成是在对挂在墙上的那两个没有头脑的汉子做幽
默练习。窃以为，他恰恰在此情况下走上了歧路：把互不相属的艺
术混淆起来了。如果不懂已被解释的铜版画，那就别搞需要解释的

---

① 布朗通(Pierre de Brantôme，1540—1614)，法国军人，编年史家。原名皮埃
　尔·德·布尔代耶，少年时代在纳瓦拉王后玛格丽特的宫中度过，所撰《皮埃
　尔·德·布尔代耶回忆录》颇有价值，在此书第6章中讲述了一个与此文相
　符的远亲故事。

621　铜版画了。我甚至不反对画家搞戏谑性的表现实验，尽管我觉得这殊非易易，但他可以倾力独创。我会容忍他从画中人物的嘴里说出解释性的文字和解说铭文，只是，他要力求将其变成自己的注释者。

辛克莱：您要是承认了一种幽默画，那您也会承认这种画只有对被告知者和了解情况的人才具有娱乐功能和魅力。我们为什么不感谢注释者呢？他让我们理解了那个发生在我们眼前的内涵丰富的游戏啊。

阿尔蓬：一幅画若不能自我解释，那我就不反对对它做解释；但解释要尽量简短扼要。大凡戏谑只针对被告知者，所以，大凡戏谑作品不会被所有人理解。从远古的时代和地域产生并传到我们这里的戏谑作品，我们对它们几乎破译不了。可不是！于是就有人作注释了，比如注释拉伯雷和胡底布拉①。某位作家针对某戏谑作品拟写一篇戏谑评论，对这位作家该说些什么呢？戏谑在它的源头就已陷于说笑话的危机了，到第二第三环节，它就变得更糟了。

辛克莱：我多么希望咱们不在这里争论，而是到朋友出版商那里去寻求帮助。他曾希望对这些画做解释：它们是如何产生的，如何受人喜爱的。

阿米多洛：（从房间出来）我听见，这些受诟病的画一直让我们聚会忙得不可开交，它们要是赏心悦目的话，我打赌，早就被搁置一边不争论了。

阿玛莉：我同意扔到一边去，永远！必须敦促出版商弃用。一打或超过一打的可恨而丑陋的娘儿们！还竟然放到妇女挂历上！难

---

① 17世纪和18世纪，萨谬尔·巴特勒（Samuel Butler）曾多次对拉伯雷的讽刺小说《巨人传》和胡底布拉（Hudibra）的戏谑叙事诗进行过评论，因为这些作品的讽刺性暗示很难懂。

道此人不明白,这样做会使他企业破产吗? 哪个情郎敢让他的丽人、622
哪个丈夫会让他的妻子、哪个父亲敢让女儿喜欢这样的日历呢? 翻
开一看,她们就恶心,所见都是为她们所不齿的丑妇啊!

　　阿米多洛:我凭良心要做个提议:对可恶之人的描绘也不是什
么首创,我们在许多精美的日历上都见识过了。诚实的科多维奇①
对小型月历上矫揉造作、堕落、野蛮和无聊的图画做过卓越的评述;
那么,他自己画了什么呢? 他用可爱的对抗可恨的,亦即用平和发展
的健康的自然、符合目的的教化、忠诚的坚守和对价值与美的情感追
求等图画去对抗。您让我们去做超出出版商希望的事吧,我们就是
要对着干呢。既然这位画家此次选择了阴暗面,那么,作家——倘若
我可以说出自己的愿望——这位女作家就应去到光明面,如此,事情
才完整。我不想再迟疑,欧伊拉丽,您把我的提议和愿望广而告之
吧。您就承担描写良妇的任务吧! 创造出与这些铜版画相反的形象
吧! 用您笔端的魔力,不是解释,而是毁灭这些小画。

　　辛克莱:欧伊拉丽,您就干吧! 劳您大驾啦! 赶快答应吧。

　　欧伊拉丽:作家答应这事易于反掌,因为他们希望做力所能及
之事。我本人的经历使我变得格外小心。即便我在这么短的时间里
发现面前有如此多的闲情逸致,但接受这样的任务还是疑虑重重。
说出对我们有利的话,本属某男的事,是某个热情似火、具有爱心的
小伙子的事。陈述有利之事的时候,狂热不可或缺,而谁拥有狂热、
对男性有利的狂热呢?

　　阿米多洛:在这件事上,我认为见识、公正和处事的柔性更受

---

① 科多维奇(Daniel Chodovieki,1762—1801),18 世纪晚期德国最著名的印刷
　业版画家和插图画家,1778 年至 1780 年出版《月历铜版画》十二幅,配有利
　希滕贝格(Georg Christoph Lichtenberg,1742—1799)的释文。

欢迎。

623　　　辛克莱：我们宁愿听某人对良妇发表高论，而不是听这位女作家，她昨天讲的童话让我们欣喜若狂，也证明她的优秀是无可比拟的。

　　欧伊拉丽：那不是我讲的童话！

　　辛克莱：不是您讲的？

　　阿米多洛：我可以证明不是。

　　辛克莱：但总是某个女辈。

　　欧伊拉丽：某位女友。

　　辛克莱：难道有两个欧伊拉丽？

　　欧伊拉丽：谁知道有多少个更优秀的呢？

　　阿米多洛：您想对聚会者讲讲您告诉过我的那件事吗？人人都好奇，想听听那个让人欣悦的童话是以何种特殊方式产生的。

　　欧伊拉丽：我在旅行中结识了一位女士，对她，我十分赞赏。她的境遇特殊，讲起来真一言难尽。一个小伙子为她做了很多事情，最后伸手与她相握，获得了她的芳心。小心谨慎的她又惊又喜，在婚前就给他提供了做丈夫的权利。新近发生的事情迫使未婚夫离她而去。她身处孤寂的乡间寓所，她忧心忡忡，心烦意乱，但也面临初为人母的幸福。她习惯于每天给我写信，凡是发生的事均一一相告。后来她也没有什么好担惊受怕的了，只需忍耐即可。但我从她的信里发觉，她老是把已经发生和可能发生之事带到不安的情感里。我于是下定决心给她写了一封很严肃的信，指出她对自己和胎儿负有责任，在胎儿存在之初自己心情抑郁，这对胎儿的养育不利。我鼓励她要自制，偶尔也给她寄几本童话，都是她想要的读物。她的目的是624　要摆脱那些苦不堪言的想法。此目的与这些幻想的童话作品一拍即合，真是奇特。由于她不能完全摆脱对自己命运的忧思，所以就用离奇怪诞的人物来表现那使她黯然神伤的往事和令她恐惧的未来；用令人忧虑的情状来表现她及其家人的际遇，表现爱慕、激情、迷惘以及既可爱又哀怨的母性情愫，全都以虚写实，那些虚无缥缈的形象排成罕见的色泽斑驳的队列从读者面前走过。她如此这般以执笔写作度日，甚至消磨掉夜间部分时间。

阿玛莉：写作时大概很难叫人笔墨伺候了吧。

欧伊拉丽：最奇特的书简系列就这样产生了，都是我当时收到的信札；文笔生动而怪异，颇具童话色彩。后来我再也得不到她本人的消息了，有时真替她担忧。她后来所有的状况，包括分娩、对婴儿的宠爱、欢愉、初为人母的愿景和担心，都成了另一世界的事了。未婚夫的归来才把她从窘境中拽出来。她结婚的那一天，童话就该结束了。这童话除个别内容外全出自她的手笔，正像您昨天听到的那样，因为她境遇奇特，绝无仅有，故童话具有特殊魅力。境遇出童话嘛！

聚会者惊异于这个故事，其表现不一而足，连赛通先生也把玩龙勃列牌的位子让给了他人，蹭到这边来打听谈话内容了。有人大略告之，谈的是关于一个童话，它源于一个人的自白，一种病态情感的、平凡而离奇的自白，也有点儿无病呻吟的意味。

赛通说，据我所知，日记体文章已日趋式微，这本是可惜的事。二十年前，日记体还大行其道呢。"小乖乖"们诉诸笔墨，记下其情感状况，觉得如获至宝哩。我想起一位可爱的人儿，在她，记日记的习惯几乎变成悲剧了。她是家庭教师，从青年时代起就养成每天记日记的习惯，成了不可或缺工作，成年后亦未间断，还把这习惯带到婚后的生活里。她对日记也不格外保密，也无保密的理由，所以有时会对女伴们和丈夫朗读其中的文段。无人要看全部日记啊。

时光荏苒，这时也轮到她拥有"家庭男友"了。

她平时每天准时做纸上告白,婚后依旧,记叙了新的恋情故事。从爱意渐浓的首次冲动到这种习惯无日无之,总之,这激越的爱情被忠实地全程记录下来。一次,她老公偶然走到写字台边读到上面摊开的一页日记,读时并未生疑,也无任何目的。她索性把日记交给老公作特殊读物看。我们可以想见,她老公肯定抽空反反复复地拜读了,岂料他最后抛开日记时还感到十分欣慰哩,原因是他心里终于有了底,觉得以某种巧妙的方式把那个危险的客人赶走还来得及。

亨丽埃特:我朋友的意思是应该谈良妇的,可转瞬之间又谈起这种娘儿们来了,她们起码算不上良妇呀。

赛通:干吗老是好呀坏的!我们难道不能对自己也对别人将就将就吗,就像大自然创造出我们那样,就像人人都能通过教育变好一样。

阿米多洛:倘若有人把到此为止所讲的发生在我们生活中的故事搜集并写出来,我认为是件令人快意之事,也并非没有用处。描绘人性的轻柔笔锋是值得保留的,但描写奇事怪事它则无能为力。小说家不会用轻柔笔法,因为它的重要性微不足道,逸闻奇事的收集者也不会用它,因为它不戏谑,不煽情;唯独喜欢静观并理解人性的人才愿意接受它。

辛克莱:确实是!我们以前要是想搞这样一部可圈可点的作品,那就立马与那位朋友、即妇女日历出版商携手同行了,那就可以找出一打故事来表现即便不算顶尖优秀、但肯定是贤良的妇人了,好同恶妇抗衡了。

阿玛莉:我特别希望有人把这类案例收集起来,宣传女人虽无创造却主持家政。尤其当这位画家在这里塑造出昂贵的(耗资巨大的)家妇娘儿们而有损我们女性的时候,更应该去收集了。

赛通:美丽的阿玛莉,我可以马上给您提供一个这样的例子。

阿玛莉:请讲!讲的时候要像男人们通常夸赞女人那样,出发点是夸赞,可别指责呀。

赛通:这一次,我起码不用担心自己会把用意搞颠倒了,我不讲恶妇。

某个年轻的农夫租用了一家口碑甚好的乡村旅店,旅店的市口好。但凡店主都会有许多个性特点,此人个性的突出之点是快乐。因为他从青年时代起就在旅店酒吧里待过,好不快活,所以就首选了一个快乐的、每天大部分光阴在酒吧里度过的职业。他无忧无虑,行为端正,其快乐个性在顾客中声名远播,没多久,他的店就常常顾客盈门,来他处聚晤。

627

他此前娶了个年轻的女子为妻,妻子天性沉静,精心照管家务,对家颇依恋,很爱丈夫;但她又不得不暗自责怪丈夫,因为丈夫管钱不够仔细。对于金钱,她很是敬畏,深感金钱的价值。手里有钱才能过日子啊。若非她性格天生爽气,就压根儿不舍得做任何投资。对女人而言,有点儿吝啬也无妨;她憎恶的是挥霍浪费。如果说慷慨大度是与男子汉相称的美德,那么,把钱捏得很紧就是女人的美德了。此为自然的造化,我们的评价应从整体上符合自然呀。

这位常怀忧虑的女管家名叫玛格丽特,她对丈夫最不满意的地方,就是他有时卖掉牲口饲料从车夫和企业家手里拿到大笔欠款数了数就搁在桌子上,然后撸到一个小篮子里,再从中支出,钱也不包成卷,也不计数。她虽多次提醒也无济于事。她心里清楚,即便丈夫不挥霍,有些钱在混乱情况下也会不明不白地丢失。她很想纠正丈夫,这愿望十分强烈。看到经她整理的小钱和被疏忽的大钱无序摆放,她就心烦,于是产生一种冲动,不惜冒险一试身手,让丈夫睁开眼睛看看这种生活方式的弊端。她想让丈夫看到她手里有很多钱,为此她耍了特殊手腕。她早就发觉丈夫把数过的钱长时间地放在桌

628　上，以后就不再数，于是在丈夫取钱之前给烛台底座上抹上油脂，再笨拙地将烛台置于放杜卡登①的地方——她对这种货币有着特别亲切的情感，她拿到一张杜卡登和几枚小硬币，对于首次"钓鱼"她很称心，如是反复"偷"钱。为达到善意的目的而出此下策，这是否没有良心？每逢内心纠结，最后她倒坦然，这主要因为她认为；这手段不应视为"偷"，她并没有用手偷啊。她的"私房钱"日渐增多，尤其当家庭经营的所有现款经由她手严控之后。

将近一年光景，她一直在实施自己的计划，期间也仔细观察过丈夫，未察觉他有什么异样，直到最终他情绪突然变得极度恶劣。她设法用甜言蜜语诱他道出原因，并很快探知，是丈夫陷于严重的窘困所致。原来，他在给供货商付了最后一笔款项后本来还应剩余付房租的钱，可现在分文不剩，还得罪了房东。他全凭脑子计算，很少记账，所以弄不清怎么会出现这种反常情况。

玛格丽特接着数落丈夫的行为方式，讲他怎么收钱，怎么支出，也责怪他粗心大意；即便把丈夫的善良与大方考虑在内，但他因草率造成的让他背负沉重压力的后果还是不可原谅的。

玛格丽特也不愿让丈夫久陷困局，终于又让他高兴起来，这是她的荣幸。恰逢丈夫过生日，她拿来满满一小篮硬币卷，这让丈夫惊愕

629　不已——她平时在丈夫过生日时习惯性地送实用性礼物②。她把不同的硬币做特殊包装，每一卷钱币都有标注，字体虽稚拙，但写得很仔细。丈夫瞧着面前他所缺的这笔钱，不由得大为诧异。妻子让他确信，这钱本来就是他的，继而详告她何时、怎么拿到这钱，她从中抽出多少，她又努力节省了多少。丈夫由忧转喜。结果自然是丈夫把

---

① 原文 Dukaten，欧洲 14 世纪至 19 世纪通用的金币名。
② 原文 anzubinden ＝ zubeschenken。

收入支出之事全部交由她办,他自己只管像往常一样倾力打理业务即可。从这天起,钱就再也不经丈夫的手了。妻子十分荣幸地执掌财务,她没有误收过一枚法国假银币①,连品相不好的小硬币②也没误收过。她主持家政,这是她实干和精明导致的合理结果。

辛克莱:这意味着,精细周到、爱与忠最终还是为了当家。既然人们认为女人统治欲强,那男人还有多少权力呢?

阿玛莉:瞧,我们又受人指责啦,指责随赞扬跛行而至啦。

阿米多洛:善良的欧伊拉丽,说说您的看法吧。我确信从您的大作里已经看出,您并不怎么在乎对女性的指责。

欧伊拉丽:如果这是指责的话,那我就希望女性要以自己的品行去回击这种指责;我们在多大程度上拥有统治权,对此我不愿原谅我们自己。正因为我们也是人,所以才有统治欲;这里所使用的统治概念,除了以自己的方式自由行动、尽可能享受生活外,难道还有别的涵义吗?每个粗俗的人都任性地要这个,每个有教养的人都坦率地要这个,只不过我们追求这个也许更活跃一些,因为自然、传统和法律似乎在亏待我们,男人们则受优待。男人占有之物,我们也必欲获取;固守我们经奋斗而得之物比固守经继承而得之物更顽强。

赛通:那女人就别抱怨啦。在当今世界上,她们所继承的比男人甚至还多。我断言,现在变成完美男人比变成完美女人还难。"他应是你的主宰",这格言乃野蛮时代的套话,早就一去一返了。倘若否认妇女拥有平等权利,男人就不能完美地发展;女人发展了,天平就保持平衡了;女人若接受教育的能力更强些,那么天平就倾斜,对

630

---

① 原文 Laubtaler,法国古银币,以月桂果做边饰,在德语国家流通。
② 原文 Sechser,小硬币,价值相当于六个十字币(1300 年至 1900 年德、奥、匈等国的辅币)。

她们有利了。

阿米多洛：在文明开化的国家，从整体上说，女人必占优势。在男女相互影响中，男人必日趋女性化而失去自我，因为男人的优点不是存在于适当的力量中，而是存在于被束缚的力量中。相反，女人从男人处接受了某些东西，她就占上风了；如果女人持之以恒地提升自身的其他长处，那么，一个令人难以想象的角色就出世了。

赛通：我没有做过如此深入的观察。我认为，女人的统治既然是众所周知的事实，那她就必须统治；所以，我在结识某个女人时，留意的只是，她在何处统治，我就以此为前提。

阿玛莉：那您就发现您的前提啰。

赛通：为什么不呢。那些忙于同经历体验打交道的物理学家之流，一般而言，日子过得并不怎么潇洒。我总发现那些天生被创造出来从事获取与维持的女性才是家庭的主宰；漂亮且受过稍许表面教育的女人是大范围的主宰，受过深入教育的女人统治着小圈子。

阿玛莉：就是说，分三个等级啰。

辛克莱：我想，她们都受到足够的尊重。当然，并非所有的女人都随她们一道被创造出来，比如还有第四等级，对此我们最好免谈，以免再遭物议，说我们随赞美又搞责难了。

亨丽埃特：那第四等级就靠猜了。您就别卖关子啦。

辛克莱：行，前面三个等级是实打实的，家庭，大圈子，小圈子。

亨丽埃特：我们的工作范围在哪？

辛克莱：多的是；我脑子里冒出一个相反的概念来了。

亨丽埃特：不工作！咋回事？一个不干活的女人能统治吗？

辛克莱：为什么不能？

亨丽埃特：怎么统治？

辛克莱：通过否定！谁坚持不懈地否定个性和生活准则，谁就拥有比人们想象的还要大的强权。

　　阿玛莉：我担心，我们又要老调重弹啦，听大老爷们谈话的口气总是这样，尤其当他们嘴里叼着烟斗说话的时候。

　　亨丽埃特：随它去吧，阿玛莉，这种看法无害，没有比它更无害的东西了。某人要是知道了其他人对我们的看法，此人就永远是赢家了。现在就讲讲这些否定的人吧，她们会咋样？

　　辛克莱：我在此毫无保留地讲一讲。在我们亲爱的祖国，这样的人很少，在法国根本没有，原因是在我们这里和在法国，女人享有那值得称道的自由。而在女人大受限制的国度，这样的女人就司空见惯，她们对外人的礼节真是吓人，公开的娱乐少得可怜。在某个邻国①，女人还有一个特殊的称谓哩。民众、通达人情者，甚至医生都用此称谓指称女人哩。

　　亨丽埃特：快说出这称谓吧，我猜不出啊。

　　辛克莱：硬要我讲出来的话：人们管她们叫 Schälke②。

　　亨丽埃特：这可真够特别的。

　　辛克莱：那是一个时代，人们怀着极大的认同感读瑞士相面术家的残稿③。您还记得书中有关 Schälke 的论述吗？

　　亨丽埃特：有可能，但没引起我特别注意。也许我是从一般意义上理解 Schälke 这个词了，所以，那个文段我只浏览了一遍。

　　辛克莱：这个词一般意义当然是指对别人开玩笑、搞恶作剧，但此处系指女人由于那常常隐藏在病态形式中的冷漠、冷酷和矜持而

632

---

① 指瑞士。

② 意为狡猾，恶作剧。见后文解释。这个单词的单数为 der Schalk，复数为 die Schälke。

③ 指拉瓦特尔（Johann Caspar Lavater）的《为促进人类认知和人类之爱的相面术残稿》（1775—1778），内中附带对 Schalkheit（恶作剧，狡猾）做了评论。

使她所依靠的人伤心，吃苦头。这种女人在这个国家常见。我有几次对当地人夸奖这个或那个女人漂亮，当地人却不以为然，反驳我说：她是 Schalk！我甚至听说，某女士吃足了婢女的苦头，医生回答她说：那是个 Schalk，对付这样的女人很难。

阿玛莉起身走开了。

亨丽埃特：我觉得这有点儿特别。

辛克莱：我也是，所以我当时在一篇论文里把这种一半是道德、一半是身体疾患症状做过综述。我把它辟为专论 Schalk 的一章，作为论述人类学的一部分，文章迄今还严格保密呢。

亨丽埃特：您能不能把文章给我们看看，您既然知道一些好故事，我们从中也能分明看出何谓 Schalk，那这些故事将来就该载入最新的中篇小说集了。

633　辛克莱：做这些好是好，可我的计划被耽误了，所以才来这里；在这个思想丰富的社团里，我想说动某人为这些日历铜版画写篇文章，或者为我们推荐某人，可委托这人担当此任，而不要指责、甚至毁灭这些画。没有铜版画，没有这些画的解说，我也能混下去。我要是把今晚在此所谈论、所讲述的东西形诸笔墨，那我就拥有一种与我寻求、但未觅到的东西等价等效了。

阿米多洛：（再次从他时进时出的那个房间走出来）我抢在您的计划之前行动了。我对出版商朋友的这件事并不陌生。这里所谈的，我都记在纸上了，只需再誊清誊清。如果欧伊拉丽愿意对整体做优美的文字润色，那我们就不是通过内容，而是通过话语同不淑女人们达成和解了——我们的画家大概想羞辱一下她们的粗暴个性。

亨丽埃特：阿米多洛，我不责备您友好的作为，但我希望您不要把谈话原原本本地记录下来。存在着某些恶例啊。我们如此快意如此信任地共同生活着，不存在什么可怕之事，怕只怕知道社团里有某些人关注着记录着,而且很快印制出来,把一种支离破碎的失真走样的娱乐带给读者。

阿米多洛安慰亨丽埃特,向她承诺,无论如何只写一本关于有可能发生的小故事的书,公开发行。

欧伊拉丽没有被说服去编辑这位快手所做的记录,她不愿从自己正忙于写作的童话上分散精力。记录仍留在大老爷们的手里,他们会尽力从记忆中完善此记录,并且将它——很有可能会这样——交给良妇们阅读,让她们铭记在心。

叙事诗

Epen

黄明嘉　译

636

永远流浪的犹太人

Der ewige Jude

637

第一片段①

子夜，我顿时躁动不安，

从床上一跃而起，疯子一般。

内心从未充溢如此的深情，

决意歌唱那位旅人。

他阅历的奇迹堪称无数，

包括渎神者幼稚地讥讽——

讥讽我们那难于理喻的天主。

但历朝历代的奇迹都在一个点上②发生。

可惜我即刻难觅诗才，

不能把字斟句酌、轻松愉悦的韵句写出。

但良机不可错失，

因为这是强烈的欲望，亦是责任驱使。

亲爱的读者，我真心地称你为兄弟，

以我对你的了解，想必你愿意

就地获得一匹租用的驽马③。

深夜里我手中没有羽毛笔，

暂且抓起扫帚柄④代替，

---

① 被冠上此标题的誊清稿包括 1—72 诗行。所谓"残稿"，歌德使用的字眼是"碎片"（Fetzen），可理解为叙事诗里的"歌"（Gesang），也表明此诗"碎片化"的特点。

② 现象"集中"在一个点上的推测，在虔信主义教派（17/18 世纪德国新教的一个教派）中得到证明。此处也可想象为一种渎神的暗示，即暗示"阿基米德"支点；阿图尔·亨克尔指出，青年歌德的诗中，"点"（Punkt）有着性的含义。

③ 原文 Ludergaul，意为"租用的次马"（schlechtes Mietpferd），译为"驽马"，比喻没有才能，即所谓"驽才"。

④ 暗示使用双行韵诗（Knittelvers）这一叙事诗格律。

所以，灵感赋予我的

乃是费解的语言，但愿还能投你所喜。

在古代圣地巴勒斯坦，

有一位鞋匠享有盛名，

盖因在腐败不堪的教会时代，

他却保持心地虔诚。

他一半是犹太教徒①，一半似隶属卫理公会②，

又像亨胡特兄弟会成员③，更多属分裂主义教派④。

因为：他所遭受的痛苦与磨难难以缕述。

638　这个十足的怪人

个性特立独行，

因而与笨伯和傻瓜等同。

很久以前的教士们

总维持他们原先的作派，

就像某人最后

受命担任某职那样，

任职之前像蚂蚁一般辛勤，

如小蛇一样灵动；

可一旦穿上教士法衣，

---

① 原文 Essener，耶稣时代的犹太教派，恪守清心寡欲的教团教规。

② 原文 Methodist，源于18世纪英国圣公教会的新教信仰复兴运动。

③ 原文 Herrenhuter，虔信主义"兄弟会"，由辛策多夫伯爵1722年创建于萨克森亨胡特城。

④ 原文 Separatist，从官方宗教分裂出来的教派之信徒。

则安坐沙发椅，惬意无比。
我以生命起誓：
倘若有人赐给使徒圣保罗一个教区，
保罗就会饱食终日，无所用心，
无异于其他教士同仁。

那鞋匠与同道者
亲眼所见稀奇古怪之事和种种征兆，
可谓无日无之。
见某人为金钱而布道，
恰似鬼使神差，
人们对布道首肯，却心忧患病的耶路撒冷。
布道坛和祭坛之上，
既无摩西①，亦无亚伦②，
做弥撒
就好比寻常事，
在世事进程中，弥撒已届晚年，老态龙钟。

"啊，不幸的巴比伦城，
我主将它从大地上消除，
将其置于藏污纳垢之所煎烤，
然后把它的王座赐给我们。"

———————————

① 摩西(Moses)，犹太教之鼻祖，希伯来人之大先知和订律者，约生于公元前
　1500 年。
② 亚伦(Aaron)，摩西之兄。

一些人如是歌唱，潜行至某处相聚，
分享着这种思想，那爱的烈焰。
对神庙里的事，

639　　他们竟目瞪口呆，颇觉无聊。
所幸，好东西
人人都能轮到，
别人说着难懂的语言，
自己跟诵一遍就行。
在教堂里，最先和最后讲话的，
都是被擢拔居高位的人。
你们快改变信仰吧，而且要郑重其事，
你们就合合分分吧，
反正，一个罪人和其他人一样，
啊，根本就不可怕。

至伟之人也是人的孩子，
至伟之脑却大不相同。
唯其如此，他们才反其道而行，
不屑与凡夫俗子为伍，
不愿像他们用脚行走，而用头走路。
但凡别人崇敬的，他们则鄙夷。
激怒平庸者的东西
反被旷达无羁之士景慕。
但他们言行有度，
对于亵渎上帝，礼赞垃圾，
任何时候都不姑息。

——

教士们声震四野地高喊，

世界末日已到。

有罪的族类啊，快改变信仰。

那个犹太人却说，

早就听说过世界末日，可我并不担忧。

——

在我们的时代，也要有

区分英才的本领。

从高屋华堂到芦苇蓬户，

要分清里面的香槟、勃艮第葡萄酒和卡普①。

——

天父坐在御座上

把爱子呼唤。

想必喊了两三次，

儿子才穿越星辰，

踉踉跄跄趋前问天父

有何吩咐。

天父问他躲在何处——

我在彼处闪亮的星儿上②

帮助一个孕妇。

天父大怒，

你尽干蠢事，

640

① 出产于非洲好望角的葡萄酒。
② 此处为想象，即想象某些星辰上住着人。

还是去看看尘世，
这样才妥当。
你有着人道血统，
去把身陷困境的人们帮一帮。

————

当某个担惊受怕的心灵乞求我的救助，
当我以冒火的眼神瞅着某个罪人，
你感受不到我那深入骨髓和灵魂的情愫。

————

他飞跃而下
近观广袤尘世，
看或远或近的海洋陆地，
这时，回忆使他激动不已。
他已长久没有感知
尘世的人们向他敞开襟怀。
在全速的飞行中，
他被尘世氛围的魅力吸引，
也察觉在人世至纯的幸福中
包含痛苦的惩戒。
他忆及那个瞬间：
他从悲恸的坟丘
对死者做告别的俯视，
他开始自言自语：

641　尘世啊，我万分地欢迎你，
我为凡界所有的弟兄祈福，

在三千年之后①,又首次倾洒

狂喜的热泪,

从我永不悒郁的眼中。

啊,我的族类呀,我是多么怀念你,

而你,也衷心地高举双臂,

怀着深切的愿望向我祈求。

我来啦,我要让你得到同情和帮助。

啊,人世呀,你充斥着荒唐不经的纷扰,

挤满了支撑着秩序的谬误幽灵,

你,欢愉与悲怆的链环,

你,生我养我直至送我入土的母亲。

纵然我也是创世的造物,

但从整体上对你并无别样的理悟。

你在你模糊的观念里漂浮,

你摆脱那观念,向我出世之日靠拢。

对那蛇之贪婪②你怕得发抖

并竭力加以摆脱,

你也的确摆脱过,但又重新被缠住。

这,召唤我从星辰的厅堂下凡,

让我不能安憩天主之怀。

现在,我第二次向你走来啦!

我播种,欲收获。

---

① 根据上帝创世的转世论年代计算,一千年相当于一个创造日。耶稣的出世安
排在创造太阳后的第四天。

② 可能暗示赫耳墨斯(医神)的手杖,杖上缠有一蛇,为医学象征;同时又象征丘
比特与土地女神雷亚的神秘婚礼。

———

他静静地待在山上，
这是他初来乍到时
恶魔撒旦之友做出的安排，
并将世间的丰盈
与壮丽指给他看。

他贪婪地环顾四方，
他的眼似在把他欺骗；
在他，世界处处依旧
宛如初时混浊不堪，
但旧世界①的天主在丽日璀璨之时
将他辉煌塑造，
所以他自命不凡，毫不畏葸，
认定自己便是此间当之无愧的主宰。
世界不善不恶，不伟大，不渺小，
可竟然如此龌龊。
然而，他把这想法塞进谁的脑袋，
也就把天国一并塞进。
救世主呐喊：
我的话语点燃的光亮在哪里！
多么不幸啊，我看不到自己精心编织的
从天堂到尘世的联系。
使徒和殉教者都去了哪里，

642

———

① 指耶稣出世前。

他们悉数源自我的血统。
我派遣的精灵去了哪里，
我全然察觉不到他的痛苦。
永无止境的贪求没有从世间溜走，
它用半曲的双手偷取
那该死的里脊肉干，
奸诈地谋求利益，
把本属良田沃野的邻人之
欢愉糟践成了忧郁，
它不让自然的可爱生命进入干涸的内心。
君侯不把自己和奴隶封闭在大理石屋内，
他内心策划出迷途的羔羊，甚至恶狼，
为满足穷奢极欲
对人们敲骨吸髓地榨取，
无尽的奢华找到支撑的力量，
并以我的名义
将穷人孩子的面包献给大腹便便的富翁。
我急需的金质标志①
因为这懒惰的酒鬼而辱骂我。

他对这些地方已深感厌倦，
此间的人们痛苦万状。
他们只拥戴十字架和基督，
却恰恰忘记了他及其苦难。

643

---

① 指教士所用的珍贵十字架。

他来到另一个地方，
在这里他也仅仅是个教会标识，
人们没有发觉
这里还有一个神明存在。
未久，当有人宣布了他的消息，
所有的发酵面包便一扫而空，
人们担心面包
会像马兹糕点①一样行俏。
这是一位乡村神父告诉他的，
他与该神父在商路②上邂逅。
此人床上有一个胖妇，
孩子多，收入颇丰③。
于是，上帝让他去天堂休息，
这或许是件有益的事体。
我主巧妙地探询他的情况，
几次三番从基督谈起。
此人对基督总是
敬佩得五体投地。
可天主分明看出
他并非发自内心，
而是站在基督的脑门上，
恰似钉在墙上的一块木雕。

---

① 原文 Mazkuchen，是一种未经发酵的面包，犹太人按传统在"逾越节"时吃。
② 原文 auf hohem Weg，意为商道（hohe Straße），指从法兰克福中经爱森纳赫
　和莱比锡直达布雷斯劳的商道。
③ 收入源于农民的捐税。

没隔多久,他们①临近那座城市,
教堂尖塔已映入眼帘。
陪伴者说:
此地是一切愿望的港湾,可靠而安宁,
不愧为本国的都城。
人们维护正义,促进宗教,
犹如塞尔托斯的矿泉水
密封在壶里四处倾销。

644

他们越来越近,
可耶稣怎么也瞧不见他的人,
于是内心的信任微乎其微,
就像他当年走向那棵无花果树,
继续走呀走,
想到它的枝桠下瞧一瞧。

二人来到城门下
一个陌生人走到基督面前,
此人面相高贵,服饰简朴,
说:这位先生大概来自远方。
登记员又问他叫什么名字,
基督语气谦卑,答道:
孩子们,我是人的儿子。
然后气定神闲离开。
他的话语力无穷,

---

① 指耶稣及其陪伴者,即乡村神父。

登记员似有喜色,伫立未动,
守卫者不明基督何意,
都缄口不问二人的职业。
基督从他们面前径直走过。
那些人因为要在检查册上登记
才彼此讨论各种问题。
那汉子说话怎么那样奇怪,
是不是在取笑我们?
说什么他是人的儿子!
这伙人思索良久,蓦然,
一个喝烧酒的军士说:
你们何苦大伤脑筋,
他父亲没准就姓"人"哩。

基督对陪伴者说,
请带我到你们熟悉的
神父那里去吧,
就是你们管他叫主教的那位。
这话惹怒了陪同的神父,
心想,他是嫌我地位太低。
645　此君心机不敏,
觉察不出同路人是何方神圣,
还以为对方身份低微。
但他仍有可爱之处,
他自忖,大凡来此转悠者,
无非是想讨点旅费。

二人来到主教寓所，
房舍大体维持原样。
宗教改革也要"进膳"，
没收了主教的全部家产，
目的是栽培新主教。
新主教也只对事理
胡诌一气，少扮鬼脸。
他们急速敲门，
基督并不意识自己的唐突。
厨娘旋即开门，
从围裙里滚落一颗卷心菜，
她说男主人在修道院，
无法与他交谈。
基督问修道院在哪？
厨娘不悦，答道：
你们就是知道，又有何用，
那里谁都不去。
基督说，我就是想知道，
他断定厨娘的良心不会拒绝，
他早就深谙打开少妇心结的良方，
厨娘于是据实以告；基督去了，
读者诸君即将知晓①。

————

熟知天父的犹太人和异教徒

————

① 依据汉斯·萨克斯(Hans Sachs)的寓言和逸闻的套话。

在惨遭火刑之前，身在何方？

——

646　从青年时代起，我就听命于
严苛的圣洁人生。

——

噢，朋友，那人真蠢，
他把上帝想象成与他一样。

秘密
Die Geheimnisse

647

残稿

一曲神奇的歌谣已为你们备好，
但愿你们喜欢，并把大伙儿召拢。
这条路穿越山谷，
一会儿目光受阻，一会儿视域开阔；
当此路渐入丛林，
你们别以为迷路。
我们受够了拘束，
想及时走近目标。

谁都休想凭所有的感官
就可破解此曲：
在此，许多人必定获益良多，
大地母亲带来绚丽花朵，
有些人会目光忧郁地逃离，
另一些人则流连忘返，神色欢愉。
人人都按各自的喜好而享受，
这泉水为众多的旅人畅流。

——

他受崇高动机的激励，
在这一天做长途跋涉，有些疲惫，
马库斯兄弟①俨如虔诚的旅者，
拄杖走过一条条道路，

———————

① 原文 Bruder，相当于 Klosterbruder ＝ Mönch，意为僧侣。

在艳丽的傍晚来到一个山谷，
意欲得到些许饮料和食物；
也满心希望
觅到一个了无旅人的过夜宿处。

648　　他直面陡峭的山岭，
见山旁有条若隐若现的小路，
于是紧跟这蜿蜒小径，
在山岩间盘旋攀登，
未久即发现自己超然于山谷之上。
阳光绚烂，再度亲切地对他照耀。
他见山顶近在咫尺，
不禁快慰无限。

落日依然壮丽地
端坐在玄秘的云间，
他蓄力向高处攀登，
巴望自己的辛劳在彼处得到报偿。
他喃喃自语：现已确定无疑，
近处有人迹显现！
他登高，聆听，犹如再度降生，
钟声鸣响在耳畔。

登上山巅，
见近处有个微呈弧形的山谷。
他那双不动声色的眼睛闪着愉悦的光亮，

因为他蓦然望见
林莽前的绿草间有幢漂亮的建筑，
残阳最后一抹余晖落在屋上。
他赶紧穿过被露水滋润的草地
奔向那对他闪光的修道院。

迎面走近这寂静的所在，
他的心灵充溢着宁静和期盼，
但见一幅神秘的图画，
悬挂在锁闭的小门门拱上。
他伫立，思索，小声嗫嚅着
心中油然而生的虔诚话语。
他伫立着，再三考量那图画究为何意？
此时，太阳沉落，钟声止息！

他端详着图画，图画被描绘得十分富丽，　　　649
它代表着对所有世人的安慰和希冀，
无数的贤人对它负有义务，
无数的心灵对它热烈祈求，
它消灭残酷的死神暴力，
在胜利的旗帜上飘飞。
似有一种饮料渗入他乏力的四肢百体，
他凝视画上的十字架，继而俯首静思。

他新奇地察觉此间产生的某种救赎，
对半个世界的那种信仰，他感同身受，

但贯注于心的,却是全新的理念,
一如那画在他眼前所展现:
被玫瑰花紧密缠绕的十字架①,
可这玫瑰花儿是谁添加?
使生硬木制的十字架,
显得刚柔并济。

画中,天幕上薄云飘飞,银光闪闪,
玫瑰十字架似也随之向上飘荡;
中间涌现一个神圣生命
从一个点上放射出三道金光。
画上没有语言揭示
这秘密的蕴涵。
在愈益苍茫的暮色中,
他伫立,思索,精神无比昂扬。

当邈远苍穹上的群星向他眨巴着明眸,
他终于上前叩门。
门启,有个人高兴地接待他,
那人张开双臂,欣然将他拥抱。
他告知对方自己从何而来,
即来自远方,受更高生灵的派遣。
那人闻听颇讶异。正如将陌生人当客人对待一样,
那人对他这位使者也尊重有加。

---

① 歌德此叙事诗讲述一个"玫瑰十字架"秘密教团的故事。详见文后的评注。

人们蜂拥而至,打探消息,　　　　　　　　　　　650
无不被神秘的力量感动,
个个静气敛声,生怕打扰这位稀客。
稀客的每句话感染力强,引起众人的共鸣。
他似乎借童稚之口,
讲出深奥的睿智教义,
其表情之坦诚、纯洁,
宛若外星人。

末了,一个白发老翁嚷道:欢迎啊,欢迎,
你的使命正好带来抚慰和愿景!
纵然你的丰采振奋我等的心灵,
但你瞧,我们个个心情憋闷,
既恐且忧,人心浮动。
在这重要时刻,我们的围墙接纳了
你这位异乡客
好与我们一同悲悯:

唉,将我们团结在此地的那个人,
被我们称为父、为友、为首领,与我们相知甚稔、
为人生点燃光亮和勇气的那个人,
将不久于人世永别我们,
他不久前亲自宣告了此事,
但不愿说出永别的方式和具体时辰:
如此,这既定的离别对于我们
堪称神秘莫测,也让我们扼腕剧痛。

你瞧我们个个白发苍苍，
一如大自然向我们发出休息的指令：
但凡对人世过早断念的年轻人，
我们一概不接纳。
在经历人生的欢乐与重负、
风儿不再为我们扬帆之后，
我们被允许荣幸地在此登陆，
真是欣慰啊，为自己觅到这安全的港湾。

651　　那位志行高洁之士带领我们来此，
他的心中安居着上帝的宁静；
我陪伴他走过人生的旅程，
对往昔时代了然于胸；
他为自己准备好忍耐孤寂的时间，
向我们宣示他的告别近在眼前。
这人怎么啦，他为何白白舍弃生命，
而不再过更美好的未来人生？

这也许是我惟一的要求！
我为何硬要打消这个心愿？
多少人已在我之前走掉！
我惟独对此人的抱怨最为辛酸！
若在平时，你也会受他亲切接见！
他只把房舍托付给了我们，
其继任者尚未任命，
但精神上已然同我们作别！

他每天只花少量时间讲述，
比往常讲得更加动情；
从他口中我们听出并惊异于
他的出言谨慎；
我们洗耳恭听，以便后世不忘
那些翔实可靠、哪怕是细微末节的信息；
我们也找人认真记录，
让他的记忆精确而真实地保存。

我本想亲自叙说诸多事体，
而不是像这时一味静听；
细微末节我不会遗忘，
一切我都记忆犹新；
我悉心聆听，但坦白承认
我一直不满意的是：
一切事情都由我来转述，
它们从我口中听起来更华丽动人。

作为第三者，我讲得更多更自由：
一位智者早就对母亲预告了他的降生，
在他受洗庆典时，一颗星星①
在夜空辉煌地指引，
一只雄鹰张开双翼
降落在院内的鸽群中；

652

---

① 暗指传说中耶稣诞生时的"伯利恒星"(Stern von Bethlehen)。

雄鹰不似平时狂怒地冲击和伤害，
而是温情地邀鸽群和睦与共。

那个人谦逊地向我们隐瞒，
他孩提时如何制服那条蝰蛇①，
他发现毒蛇紧靠妹妹的手臂，
将入睡的妹妹紧紧缠绕。
保姆丢下婴儿落荒而逃；
他却用又稳又准的双手把长虫掐死。
母亲过来，欣喜而颤抖地
看到儿子的作为和女儿的活命。

他同样隐瞒
一股清泉从干涸的岩峰向他的长剑涌出，
泉如小溪，掀起浪花
向山下流泻，直奔深涧。
而泉水涌出之初，
水量剧增，澄澈得银光闪闪。
陪伴者眼睁睁瞧着这奇迹，
竟不敢在口干难耐时饮泉止渴。

大自然若抬举某人，
此人就万事顺遂，这不足为奇，

① 宙斯的夫人赫拉（Hera）遣二蛇欲杀死尚在摇篮中的赫拉克勒斯（Herakles，古希腊勇士），这小孩将二蛇掐死。

别人便称颂那隐于他内心的创世者的力量，
创世者对此荣誉报以淡淡的回音。
可是，当某人经受住最严苛的
人生考验，战胜了自己，
那就有人欣然把他引荐给其他人，
说：这就是他，这就是他的特立独行！

人的力量皆欲突进致远，
在四处寻求生存并发挥作用，
但人世的潮流从四面八方
对其制约和阻挡，裹胁我们前行：
智者在与内心风暴和与外界进行斗争中
听到一句匪夷所思的话：
从束缚所有生灵的暴力中
解放出来，这样的人方为超人。

早年他心灵教诲他的东西，
我实在不敢恭维说那是他的德行。
他对父亲的叱责也很尊重，
父亲粗暴无情地
要他为父效命，给他压担子，他都遵命，
甚至满心喜欢地屈从。
宛如迷途的孤儿，
为讨得一个小小的救济物而逆来顺受！

他不得不陪同武士开赴战场，

无论暴风骤雨抑或丽日当空,他都先徒步,
后照看马匹,准备餐饮,
为每个老战士服务竭力尽心。
每时每刻,不分昼夜地
充当信使,快速穿越丛林;
仅仅为他人而活,这已成习惯,
似乎只有劳苦才能给他带来欢欣。

在同顽敌的战斗中,
他寻找并拾起落在地上的箭矢;
又急忙去拾野草,
用野草包扎伤者的伤口,
妙手所及,伤口霍然痊愈,
病者对他的医术无不欢迎:
谁都要对他高看一眼!
唯独父亲对儿并不看重。

654　　犹如一只帆船未载沉重的物件,
行色匆匆地驶向一个又一个港口,
他也举重若轻,纵然身背父辈的教义重负,
那教义彻头彻尾就是"听从";
正像快乐把儿童拉走、荣誉把青年引开,
外人的意志也拽着他前行。
父亲思谋着对他做新的考验,但徒劳无功,
凡父要求的,儿必称善盲从。

末了，父亲终于对己克制，
主动承认了儿的价值，
老人的粗暴遂不见踪影，
小伙子被解除细琐的杂役，
乃弃匕首而佩长剑壮游，
经过考验，仗剑出游的他加入一个教团，
凭他的出身，
加入之事也理所当然。

我本可对你连做几天报道，
报道那令听者深感诧异的实情，
孙辈们日后定将他的生平事迹
与至珍的史实相提并论。
寓言和诗歌中令情感
难以置信但又赏心悦目之事
均可在此听闻，且欣忭认同
并怀双倍的欢愉将其当真。

你若问我那人的姓名，那个被审慎的眼光选中、
在此被述及的那人的大名
——我虽经常、却从未足够充分地对他称颂，
他身边发生那么多的事体实难置信，
那圣洁之人名叫胡曼努斯，在我，
他是智者、是至善之人。
正如君侯们所言，
你也应通过他的祖先去了解他的族群。

655　　　白发老者言罢,他本来还可多讲,
　　　　因为此君满腹神奇怪诞
　　　　让我等还可高兴数周,
　　　　享受的他口才带来的慰安。
　　　　然而他戛然而止,
　　　　有悖这位稀客高涨的心绪。
　　　　其余的僧侣兄弟走开又回来,
　　　　总想从老翁嘴里掏出话语。

　　　　稀客马库斯美美享受了老者的讲述,
　　　　继而对老者和屋主们鞠躬致谢,
　　　　还向他们讨碗水喝,
　　　　水也递给他了,他一饮而尽。
　　　　接着他被引领至一大厅,
　　　　厅内呈现一派奇特景象。
　　　　他在彼处见到了什么,这个不应隐瞒,
　　　　我要对你们认真描述。

　　　　此间没有炫目的装饰,
　　　　一个轮廓分明的十字拱顶高耸,
　　　　还见墙边依次摆放着十三把椅子。
　　　　人在此处犹如置身于唱诗班的圣坛。
　　　　那些椅子有能工巧匠的精美雕刻,
　　　　每一把前面放着一个斜面小桌。
　　　　稀客感受到这里的谦恭与虔诚、
　　　　生活的宁静以及喜好交游的人生。

他看到挂在椅子上端的盾形徽章，
每一块分属一把椅子。
徽章并非在此炫耀祖辈的荣光
但都经过挑选，意味深长。
马库斯兄弟想急于知道
徽章隐藏何种奥秘。
正中一块徽章标记
他瞧了又瞧，那是十字架加玫瑰枝条。

心灵从一个物件移到另一物件，　　　　　　656
不由自主地滋生许多幻象，
许多盾形徽章的上方悬着头盔，
四处还可见长剑长枪，
用那些在战场上拾到的武器
将此间美化装扮：
其中有域外的武器和战旗，
而且，我看得真切，还有锁链和镣铐！

兄弟们在各自的椅前跪下，
捶胸表示悔恨，转而默祷，
口里唱着短曲，
短曲滋养着虔诚的欢悦。
精诚团结的兄弟们继而手画十字
互祝睡眠安好，睡眠不应被想象力打扰。
其他人就寝了，只有马库斯
同几个人留在厅内观看。

马库斯虽疲倦至极,但还是强打精神,
因为有些图像将他强烈吸引:
这里,他看到一条飞龙①,
它在烈焰中满足了渴望;
这里,他看到熊的血盆大口里有一只手臂,
手臂上鲜血淋漓;
这两个盾形徽章挂在玫瑰十字架旁边,
与十字架的间距相等。

白发老者再次亲切地同他攀谈:
你依循一条条神奇小路来此
被这些图画迷住而在此勾留,
直到你获悉众多英雄的作为
以及这里难于猜透的秘密。
我们对你信任,把此间的情况向你披露;
你一定猜到这里曾经发生过的灾难人生
以及失去的或通过斗争而获得的东西。

657　但你别以为老者只讲陈年往事,
这里现在还引发许多事端,
凡你亲眼所见,其含义一言难尽。
一条条走廊被地毯覆盖,你若愿意,
就请做好穿越的准备:

---

① 原文 einen feuerfarben Drachen,动物学译为斑螈或飞龙。它在中世纪的炼丹术中是水银的象征,代表纯洁。

噢,朋友,你来这里才穿过第一道门槛,
亲切接待你的地方才是前院。
我觉得,很值得你再往里面看看。

我们这位朋友在寂静的小间小睡一会儿,
后被低沉的钟声唤醒,
他以永不倦怠的快速动作振作起精神,
这天之骄子紧跟虔诚的呼唤。
他赶紧穿衣,急忙跨过门槛,
他的心早已飞向教堂,
顺从而宁静地接受祈祷的激励。
他按动城堡的门把手,发现已被锁闭。

此刻,他听见
空洞的青铜把手上接连响了三声,
有异于时钟和教堂钟的敲击,
还有一种笛声杂糅其中,
这响声奇特,很难解释,
它荡漾开来,令他无限欢欣,
两种肃穆诱人的和美之声
似通过歌唱相互汇融。

他急冲冲奔向窗边,在那里也许能看到
使他迷惘、又让他奇妙感动的事情;
但见遥远的东方晨光熹微,
天际飘来淡淡的幽香。

难道他真该相信他的双眼？——
一束奇异之光穿过花园：
三位少男手擎火炬
快速穿过走廊，转身而逝。

658   他分明看到白衣闪光，
衣服简洁合体，
卷发的头部戴着花环，
腰带上有玫瑰缠绕；
看样子，他们是从夜间舞会而来，
快乐的辛劳使其精神昂扬，益发俊美，
刺激他们匆遽离去，火炬熄灭，
犹如星星消逝在远方。

莱涅克狐

十二歌

Reineke Fuchs

In zwölf Gesängen

第一歌

　　圣灵降临节①,佳节来临,原野、森林

　　生机盎然,一派葱绿,在山丘、高地、灌木和树篱,

　　活泼的鸟儿把欢乐之曲练习。

　　馥郁芬芳谷底,

　　繁花竞放草地,

　　苍穹丽日朗照,

　　大地多彩绚丽。

　　诺培尔②大王召集朝臣,臣属们

　　应召匆忙赶赴,场面壮观无比。众多

　　得意的同伴来自各地,

　　有仙鹤吕特克③,松鸦马卡特④和所有封疆大吏。

　　因为大王与其所有的重臣爱卿

　　要维持朝廷的庄严华贵,

　　故命令所有人

　　赶快上朝,不论职位高低,

　　谁都不许缺席! 可有一位偏偏没到,

---

① 圣灵降临节,在复活节后第七个星期日。自中世纪早期始,上自王公下至庶
　民均集会庆祝此节日。

② 原文 Nobel,源于拉丁文 nobilis,意谓高贵;狮为百兽之王。

③ 原文 Lütke,为 Ludolf 或 Ludwig 之爱称。

④ 原文 Markart,源于 Markwart,意即守卫国境者。

就是莱涅克狐①,这个败类! 他因罪行累累,
所以刻意回避。正如问心有愧者害怕
白昼和阳光,这狐狸也怕见集会的衮衮诸公。
大家都控告他,谁没受过他的压和欺。
被他宽恕的只有一位,就是他侄儿格林巴特②獾。

伊塞格林③狼开始告状,在所有的
亲戚、保护者和朋友陪同下,
他走到大王面前,禀报如下讼词:
仁慈的国王陛下! 请垂听我的申诉。
陛下高贵伟大,人人尊敬,为每个人
主持公道,恩德遍施,也请怜恤在下我,我蒙受
奇耻大辱,受莱涅克欺负。
尤其请怜恤我妻子,
她常被莱涅克调戏,请可怜我的孩子常受他伤害。
唉! 他用屎尿、腐臭垃圾玷污他们,
使我家三个孩子饱受失明的痛苦。
尽管他的罪行早已公诸于众,
而且也定下日期来审理这类申诉,
可他在法庭上起誓说自己无罪,为己辩护,
旋即又改变主意,
急忙逃回他的居处,这事

660

---

① 原文 Reineke,Reginhard 或 Reinhard 之爱称,意为"足智多谋者"。
② 原文 Grimbart,意即"头盔闪亮者"(der Helmglänzende),獾子头部两边有两
　条白线,像头盔的带子,故名。
③ 原文 Isegrim,意为铁盔。

站在我身边的人全知道。
陛下,此人给我制造的痛苦,
哪怕我滔滔不绝,几个星期也诉说不完。
即使把根特①盛产的亚麻布
全变成羊皮纸,他的罪愆也罄纸难书。
这些我暂且不表,但我妻子所受的侮辱
使我有如万箭穿心,无论如何我要为她复仇。

当伊塞格林伤心诉说之时,
一个名叫瓦克洛斯②的小狗用法语③
向大王陈情,诉说他当时一贫如洗,多么可怜,
仅存一根小香肠藏在越冬灌木丛
竟被莱涅克侵吞! 这时雄猫欣泽④
愤然跳出来申辩:高贵的君王啊,
有谁更应该控诉这坏蛋造成的损害,
唯有大王一人! 我敢说,在这个群体中
无论老幼,没有一个比陛下更怕这个
罪犯! 但瓦克洛斯的控告无多大意义,
因为发生这争端已过去多年:
那根香肠本是我的! 我本该当时控告。
我外出行猎;夜间半路上
把一家磨坊搜遍,趁老板娘进入梦乡,

661

---

① 根特市是佛兰德(今比利时)的纺织业中心。
② 原文 Wackerlos,为 Frisch drauflos 的省略,嗾狗之语:快上!
③ 法语被认为是上流人物使用的语言。
④ 原文 Hinze,Heinrich 的爱称。

我轻手轻脚偷了这跟香肠；这个我不隐瞒；
退一步讲，即便瓦克洛斯拥有那根香肠的权利，
那也要感谢我的辛劳。

豹子开言道：诉苦搞得口干舌燥，这有何用！
效果甚微，本来，莱涅克的罪恶已够昭彰。
他是小偷，凶手！我敢断言。
确实，诸位皆知，他，无恶不作的坏蛋。
全体贵族，乃至高贵的国王
难道愿意失财，跌份？这家伙只要
得到一块肥阉鸡肉也会笑。
容我再禀报他昨天对兰朋①兔所干的勾当，
兔子就站在这里，这个谁都不愿伤害的老实人。
莱涅克伪装纯良，要把所有的赞美诗
以及属于神父助手的种种事务教给兰朋，
他们相对而坐，开始念 credo②。
可莱涅克不放弃老一套伎俩，
不顾我们大王的国内和平安全诏令，
伸利爪揪住兰朋，阴险地生拉硬拽这个正直男。
我经过那条马路，听两人唱诗，刚刚开始
忽又停唱，我听着听着觉得蹊跷，过去一看，
恰好认出是莱涅克，正揪住兰朋的颈项。
真的，我若不是凑巧打那里经过，

---

① 原文 Lampen，为 Lamprecht 的简称，意为"国内知名者"。
② 拉丁文，意为"宗教信仰的声明"。

他定叫兰朋的小命丧。
兔子就在这里！请陛下查验他的伤。
这个老实人，谁都
不忍心伤害。我们的君王
及诸位先生如果对此事不管，听任大王的和平
和法律文书被一个窃贼讥笑，
那么，大王及王子王孙日后恐怕会
受到维护公平正义之士的责难。

伊塞格林接着说，可能会是这样。　　　　　　　662
莱涅克对我们永远干不出什么好事。噢！
他早一点死掉就好啦，和平的人们就大喜过望；
这次饶了他，不久他又会
壮着胆子去迷惑那些还不明就里的良善。

莱涅克之侄獾子这时发言，大胆地
为莱涅克辩护，尽管他叔叔虚伪的恶名远扬。
他说，伊塞格林先生，古话说得好：
仇人嘴里好话少。因此我大叔也不
指望你说他的好。可这也无关紧要。
假如他也像你一样来朝廷，并且
获大王恩宠，那你就一定后悔
不该旧事重提，不该说出这等谗言。
可是你闭口不提
你自己对他当初所干的丑事。
在座的很多人知道，

你们当初相互结盟,彼此许愿

生活中做平等伙伴,这点我必须点穿。

有一次,在冬天,他为你冒了很大

风险。有个车夫,车上装了鱼,

驶过路边,你闻到鱼腥,无论如何

要尝尝车上的珍馐美馔;可惜手中无钱,

于是游说我大叔,叫他直挺挺躺在路上装死,

老天爷啊,那可是胆大包天的

冒险!诸位请注意,看他怎样把鱼弄到手。

车夫过来,瞧见车辙里躺着的大叔,

急忙拔出宝剑朝他砍了一剑;聪明的大叔

纹丝不动,好像死了一般;车夫于是

把他扔到车上,以为捞到了一张狐皮,欢喜无限。

663　确实,我大叔为伊塞格林敢做敢当,那车夫

继续赶路,莱涅克将鱼一条条从车上扔下。

伊塞格林从远处溜过来,把鱼吃个精光。

莱涅克不愿再待在车上,就起身

跳下,也想尝尝猎获的美味,

可伊塞格林已全部独吞;

他塞得过饱,差一点把肚皮撑破,只剩些鱼骨鱼刺

留给朋友。

还有一件事,我要对陛下启奏:

莱涅克得知一农户这天宰了一头肥猪,

吊在钩子上;他对狼实话实说:

咱俩同去,有利共享,

有危同当。可到头来,吃苦冒险全由我大叔一人扛。

我大叔从窗户爬进去，
把共有的猎物费劲地扔给狼；不巧
附近有几条狗，嗅出屋内的大叔，
就扑过来狠揪他的皮毛，他负伤而逃，
赶紧去找伊塞格林诉苦
并要得到那份猎物。这时伊塞格林说：我已把
最美味的一块肉留给你啦，
你就过来给我好好啃吧，
你会觉得味道美不可言！
狼就把"肉"拿出来，原来是屠夫用来
吊挂猪肉的木头钩子；而美味的猪排
已被贪婪不义的狼全部吃光。
莱涅克气得说不出话，他有何想法，
陛下自己忖度吧。大王陛下，
狼对我大叔所犯之罪
肯定超过百次！
我就不一一缕述。倘若莱涅克本人被召见，
他就会为自己辩护周全。
仁慈的大王，高贵的君主，
容我再说几句。陛下和在座诸公
都听得出，伊塞格林的话是何等愚蠢，
他伤害了自己的妻子及其名誉，
他本该竭力捍卫才是。当然，
事情已过去七年了，那时我大叔
把大部分的爱和忠诚献给了美貌的

664

吉瑞蒙特①夫人,此事发生在夜间舞会上;
据我所知,伊塞格林出门旅行了。
夫人亲切有礼,百依百顺地委身于大叔,
那还有什么话好说? 况且她对此从未抱怨过,
而且活得很潇洒,伊塞格林干吗大肆渲染?
他要是聪明,还是别提为好,说出来只会丢脸。
獾子继续说:现在再谈兔子的童话故事!
那全是废话。假如学生不用心听讲,考试不及格,
老师难道不应对他有点惩罚;
对孩子不处罚,听任轻浮
和恶习发展,青少年怎么成长?
至于小狗控诉,说他在冬天在树篱后面
丢失了香肠;这事他还是闷在肚里为妙;
因为我们都听说香肠是偷来的,
怎么来的就怎么去呗,谁能责怪我大叔
从窃贼那里拿走他偷来的财物?
出身名门的贵族对窃贼应表示
深恶痛绝。是呀,我大叔当时即便把他吊死
也情有可原。但放了他,是为了尊崇大王;
因为只有大王才能判处他人死刑。
可我大叔得不到别人一点点谢意,
尽管他是那样的正直,阻止了犯罪。
自从大王颁布和平诏令以来,
谁都比不上我大叔的表现。他改变生活习惯,

---

① 意为 Gieremund,意谓"贪心"。

每天只吃一餐，像隐士一样清心寡欲，
贴身只穿一件动物毛做的忏悔者长袍，
早已戒绝野味和家禽肉食。
这话是去过他家的人昨天告诉我的。
他已离开马勒帕吐斯①城堡，另建
隐庐安居，由于忍受饥渴，由于严格地忏悔，
他已变得十分消瘦，脸色惨白，诸位将有目共睹。
大家在此控告他，对他又有什么损害？
他若来此行使自己的申辩权利，定叫这些人丢尽颜面。

665

格林巴特獾说完，公鸡亨宁②带着家眷
来了，让众人颇感惊异。凄惨的棺架上
被抬来的是只无头无颈的鸡，
那是克拉策芙丝，最会生蛋的母鸡。
唉，可怜她鲜血淋漓，又是莱涅克所为！
大王应对此知悉。当勇敢的亨宁容颜悲戚地
出现在大王面前时，还有两只同样哀恸的公鸡
陪他同来，一只叫
克列阳特③，在荷兰和法国，再也找不到
比他更好的雄鸡；另一只是为了给他助威，
名叫康塔特④，是个坦率而大胆的伙伴。
他俩手执点燃的蜡烛，作为被害的克拉策芙丝的弟兄，

① 原文 Malepartus，源于法文 mal pertuis，意为"邪恶之洞"。
② 原文 Henning，为 Johannes 的爱称，与 Hahn(雄鸡)发音相似。
③ 原文 Kreyant，源于法文 Crier，意为"啼鸣者"。
④ 原文 Kantart，源于拉丁文 Cantare，意为"歌唱者"。

针对凶手鸣冤叫屈！抬棺架的是两只年幼的公鸡，
老远就听见他们哀号悲泣。
亨宁说，我们控诉这无可弥补的损失，
仁慈的君主，大王！请可怜我和孩子们
所受的伤害。陛下在此看见了莱涅克的胡作非为！
当严冬过去，绿叶和百花唤起
我们的欢悦情愫，我为我的家族庆幸，
一家子与我共度美好的时光！
666　　十个小儿子，十四个小女儿，都活得
快快乐乐；我妻子，杰出的母鸡，
只消一个夏天就把他们抚养大，
且个个强健，心满意足，待在安全的地方
每天饮食无忧，
那院子属于富有的神父，有围墙保护，
外加六条大狗，那家中勇敢的伴侣，
狗们喜欢我的孩子，保卫其生命安全。
可莱涅克这个贼，对我们过太平幸福的日子、
对没有让他的阴谋得逞很是恼恨。
他总在夜间绕墙潜行，到门口偷听；
但狗们总能发觉；他只好逃离！狗们
终于有一次抓住了他，一齐把他痛打一顿，
他自救逃跑了，让我们获得一时的安宁。
可是，听我讲！没隔多久，他又来了，
装成隐士，带着盖印的文书，这我认识；
看到文书上有大王御玺；上面写着
大王对禽兽颁布的治安条文。

他又告诉我：他已做了隐修士，

遗憾地认了罪，所以现在谁都不必怕他，

他已立下严格的赎罪誓愿，已对天主起誓，

从此戒绝肉食。他还让我看了他的修士服

和披肩；还出示修道院院长

颁给他的证书，为了让我确信，

又撩开修士服，让我看里面用动物毛织的衣服，

然后告别，说道：

托上帝保佑，祝你平安！我今天很忙！

要按时在早晨七时、九时和傍晚①做祈祷。

他一边走，一边念，却挖空心思

打坏主意，思谋着如何灭了我们。

我心欢悦，立马告诉孩子们

大王下诏书的喜讯，他们个个雀跃，

因为莱涅克做了隐修士，所以我们今后

不再担惊受怕。我们一同

走出墙外，庆幸获得的自由。

岂料大祸临头，他阴险地藏在灌木丛中，

突然跳出来，猛力撞开我们的门，

揪住我最好看的儿子拖走，他尝到这次美味，我们也无计可施；

他一再这样下手；猎人和家犬

都无法日夜保全我们免受他奸计的侵害。

如此这般，他几乎夺去我所有的子女，

667

---

① 原文 Septe，直译七时祈祷；None，直译九时祈祷；Vesper，直译晚祷。时间大约在 13 时、15 时至 18 时之间。

二十个只剩五个，余者全被他掠走。
啊，请陛下可怜我的悲痛！他昨天咬死
我的女儿，狗们抢出了她的遗体。
瞧啊，她就躺在这里！莱涅克所为，啊！
请大王垂怜！

大王开言道：格林巴特獾，你过来瞅瞅，
隐修士就这样斋戒，就这样证明他忏悔！
我要是再活一年，定叫他后悔不迭！
但空谈无益！伤心的亨宁，你听着：
凡给死者应有的哀礼，对你女儿一样也不会少。
我派人为她的灵魂做弥撒，
举行隆重的安葬仪式；然后
我们与在座诸位考虑如何惩办凶手。

大王下令为死者做安魂弥撒，
大家从"我将在主面前漫游"开始唱，唱了
全部的赞美诗，我本来还可以讲
谁唱的 Lektion，谁唱的 Responsen①，
但这样讲太冗长，就此打止吧。
遗体被葬在墓中，上面有漂亮的大理石墓碑，
打磨得像玻璃一样光洁，凿制成正方形，
又大又厚，上面的字迹十分清晰：
克拉策芙丝，亨宁之女，最佳雌鸡，

---

① Lektion，Responsen 是做弥撒时的圣经诵读，交替的歌唱。

窝里下蛋颇多,善于扒土觅食,
可怜惨遭莱涅克杀害,长眠于此!
世人应知恶狐之虚伪邪恶
并为死者哀悼。此为墓碑上的诔词。

大王召集绝顶聪明的廷臣
商议如何惩罚罪恶,
这昭著的罪恶就呈示在大王及臣属面前。
最后议定:派遣一位使者
去到狡猾的罪犯那里,通知他
不管愿意与否不得再逃避,
在下次君臣集会的开庭日
必须前来朝廷报到。

褐熊布劳恩①被任命为使者,大王
对他说:我,你的君主,着你
竭力完成使命! 你务必小心谨慎,
盖因莱涅克伪饰,刁恶,一切奸计
他会无所不用其极,他会尽一切可能
奉承你,欺骗你,愚弄你。
但褐熊信心满满,答道:
谅他不敢,请大王放心! 他若
胆大妄为,竟敢对我不恭,
瞧,我就狠狠报复,叫他非来不可,若做不到这点,

---

① Braun,意为褐色。

我对天起誓,愿天主惩罚我。

第二歌

　　布劳恩于是神气舞扬,朝山那边进发,
越过广袤的荒漠,
来到那山前,莱涅克习惯于在此行猎取乐,
昨天打猎还来过;
布劳恩继续赶往马勒帕吐斯城堡,
那里有莱涅克
漂亮的建筑群落。他的所有宫殿城堡
以马勒帕吐斯为最佳。

669　他一干坏事,就在此间藏躲。
布劳恩到达城堡,发觉大门
紧锁。他走到门前,略作思考,
然后高声叫道:大叔①,你可在家?
大王的传令使者布劳恩来啦。
大王发誓,定要你到朝中的
法庭受审,派我来叫你,
你好去弄清是非曲直,不得拒绝,
否则你命难保;你若赖在深宫,
将受绞首和车裂酷刑,所以请择上策,
跟我一同前往,否则会撞大祸。

　　对这番话,莱涅克从头至尾听得仔细,

---

　　① 这一普遍采用的称呼,不一定都表明是亲戚关系。

他躺着默然思考：
得好好报复一下这个大言不惭的家伙，能报复该多好！
让我好好想一想。他走进寓所深处
那城堡的角落，那里建造得很巧妙。
洞穴很多，更兼各种
又窄又长的甬道，还有多扇门可根据时间和应急
或开或关。一旦知道有人上门
找他算账，那里便是他最佳的遁逃薮。
以前有些可怜的动物头脑简单，
常常陷于曲曲折折的迷宫，成了这强盗中意的猎物。
莱涅克听完布劳恩的这番话，便精明算计，惟恐
除使者外还有人在暗中埋伏。

当他确信褐熊只是单独前来，
就狡黠的走出，道：尊敬的大叔，
欢迎啊！真对不起！我刚才在做晚祷，
让你久等了。大驾光临，我很感激，
上朝对我定有好处，真心希望如此。
大叔，你无论何时来，我都欢迎！
不过，那个命令你来的人倒要受责怪，
因为路远，又难走，噢，我的天！瞧你热成这个样！
全身皮毛湿透，气喘吁吁，
难道强权的大王就不能派别的使者，
偏偏派一个他最赏识、最高贵的人来？
不过，你来对我好处多多，请你
在大王的朝廷替我美言，那里有人对我恶意中伤。

670

尽管我身陷困境,还是决心

明天上朝,这主意一直没变。

只是,若叫我今天去,实难应命。

遗憾得很,我吃了一种食物,吃得太多,

肚子剧痛难忍。

布劳恩问:你吃了啥东西,大叔?

狐狸答:讲出来对你又有何用?

我生活清贫,但能忍耐,

穷人岂能与伯爵相比! 我和家人

有时找不到什么好吃的,

不得不吃蜂蜜,这东西总能找到。

但我也只在不得已的情况下吃;现在我肚子发胀,

硬着头皮吞咽,会胀到什么程度呢?

若能回避不吃,它就远离我的味蕾。

布劳恩说,哎呀! 我听到什么了! 大叔!

哎呀! 别人对蜂蜜求之不得,你咋就鄙夷不屑?

我必须说,其他食品都不及蜂蜜好,

至少我这样认为;噢,请帮我弄点,不叫你后悔!

我会为你效力。莱涅克说,你这是在取笑我。

褐熊发誓说,不,是真话,我是认真的。

赤狐答道,既如此,我可以为你效劳,

671

因为农民吕斯特菲尔就住在山麓,

他有蜂蜜! 你和你的家人肯定还没有

见过如此多的好东西。此际,布劳恩熊

对这中意的食品已馋涎欲滴:

他嚷嚷，噢，赶快带我去吧，我已按捺不住。
帮我弄点蜜，即使吃得不够饱也没关系。
狐说，那咱们走吧，蜂蜜少不了你的。
今日我虽不良于行，但我对你心仪已久，
这份爱戴使我酸痛的脚步也变得轻捷。
在我所有的亲朋中，像你这样受我尊敬的
还没有第二位！走吧！你会
在朝廷君臣集会上为我说项，
好让我对仇敌的暴力和控告羞辱一番，出出气。
蜂蜜今日我让你吃个饱，只要你能消受。
——这坏蛋的末尾一句系指愤怒的农民对他痛殴。

莱涅克走在前面，布劳恩盲目跟随，
狐狸自忖：要是办得到，我今天就带你
去见见"市面"，让你尝尝苦蜜。
他们走到吕斯特菲尔的院子里；褐熊大喜。
可这是空欢喜，傻瓜常用愿望骗自己。

夜幕降临，莱涅克知道：吕斯特菲尔这时
通常在房里睡大觉，
他是木匠，一个能干的师傅。
院中放着一段橡树树干，他锯开树干，
已把两个大楔子打进锯缝里，前端
已锯裂七八十厘米①，莱涅克见此场面，

---

① 原文 Elle，旧时德国长度单位，约合 55—80 厘米。

便对褐熊说：大叔,树里有好多好多蜂蜜,
比你猜想的还要多,现在把你的嘴
伸进去吧,尽量伸进去些。不过我劝你
别贪心吃太多,那样对你不利。
熊说：你当我是饭桶? 不是的!
凡事都有个度,适度就好。于是,
熊就中了圈套,把头直至耳根伸进夹缝里,

672　　还伸进两个前爪。这时,莱涅克开始用力
连抽带拽把两个楔子拔出来,这样,褐熊的头脚被夹住
无法动弹;骂人和说好话都无济于事,
布劳恩手忙脚乱,尽管这大叔强壮而勇敢,
还是被侄辈设计捉牢。
褐熊大声咆哮,用后面两腿狠扒怒蹬。
吵闹声震天响,惊动了吕斯特菲尔。
咋回事? 师傅寻思,便操起一把斧子,
若有人害他,他也有武器应对。

这时,布劳恩惊恐至极,树干裂缝
紧紧把他夹住,他抽拽痛得要命,高声震吼,
但再使劲也白搭;他以为
自己再也出不来了,莱涅克幸灾乐祸也这么想。
但见吕斯特菲尔从远处大步流星赶过来,
莱涅克嚷道:布劳恩,你怎么样? 要节制,少吃点哟!
你说说,味道如何? 木匠过来招待你啦,
饭后还会送你一小口酒,愿你好好享受!
说完,他就回马勒帕吐斯城堡去了。

吕斯特菲尔赶来，一看到熊
就去喊那些还在酒店宴饮的农民，
来，他喊，一头熊在我家院子被捉住，
我说的是真话。他们于是跟着他跑过来。
个个急如星火，尽快找武器抵御，
第一个手执铁叉，第二个拿钉耙，
第三第四个分别手握长矛和尖锄
跳将过来，第五个的武器是一根木桩，
连神父和教堂司事也操起家伙，
神父的厨娘名叫尤特太太，
她善制粗麦糊，厨艺无人能比，她也不甘人后，
拿起白天纺纱用的绕线杆，
要给倒霉的褐熊"清洗"一下皮毛。褐熊
身陷恐怖的灾难，听到沸反盈天的喧嚣，
便使出全力从夹缝中拔出头；脸上直至耳根的皮毛
全留在树干夹缝里，
谁都没见过比他更惨的野兽！确实！
他耳朵上血流如注。拔出头来又当如何？
两只脚还夹在树缝里。他又快又猛
拔出脚来，可脚爪上的皮和毛被褪光在树缝里。
这可不是莱涅克希望他尝到的甜蜜；
这次出门真晦气，成了布劳恩的忧伤之行，
胡子上、双脚上也在流血，他不能站，
不能爬，更不能走。吕斯特菲尔赶来把他揍，
跟木匠同来的人，一起向他发动攻击，
欲置他于死地。那神父

673

手持长棍,远远地朝他打,

打得他在地上翻来覆去。众人步步紧逼,

一些人拿长矛,一些人拿斧头,

铁匠拿铁锤铁钳,有人拿铁锹,

还有人拿铁铲,众人一齐打,边喊边揍,

打得他又痛又怕,吓出了屎尿,在脏物中翻滚不迭。

大伙对他只管打,没一个自甘落后。

弯腿施洛培,阔鼻鲁多夫

下手最狠;格洛尔特用患有鸡爪风的双手

挥舞木连枷打,身边还有他姐夫

674　胖子库克莱,他俩打的频率最高;

阿贝尔·夸克和尤特太太也少不了掺和;

塔尔克·洛顿·库克斯掷背篓击打可怜的熊。

不光是上面提到的人,还有好多男女

全都赶来要断送褐熊的命。

库克莱嚷得最凶,此人自视甚高:

后城门旁边的维丽格特露德太太(知名度高)

是他的母亲,但父亲一直籍籍无名。

农民们认为,他的父亲可能就是

拾穗者黑皮桑德尔,此人独处时,

倒有些盛气凌人。

石头密集飞来,

从四面八方对绝望的布劳恩折磨。

吕斯特菲尔的弟弟这时一跃而起,

挥舞又长又粗的木棍猛击褐熊头部,

致其耳聋眼花;褐熊也因此跳将起来,

疯狂地冲入女人堆里,把娘们冲得

东倒西歪,或倒地或叫喊,其中有几个跌入河中。

水很深,神父于是大叫,说:

你们看呀,厨娘尤特太太落水啦,她穿着皮衣,

绕线杆在这里,啊! 男子汉快救她呀! 我拿

两桶啤酒犒劳你们的仁慈恩德。

大家以为熊已死,撂下他不管,

赶快到水边搭救落水者,终于把五个女人拉上岸。

这时,黑熊趁男人们在岸边忙活,

就急忙爬进河里以避祸,

剧痛钻心,他发出低沉的吼声。

他绝无泅水之念,只望结束生命。

岂料身体浮上来,被河水浮载着往下漂,

农民全都看着他漂走,

大叫:这真叫我们无地自容!

675

遂愤然责怪起那些娘们:

她们还不如留在家里好;你们看呀,熊游水

跑掉啦,又跑去看那段树干,

发现里面还留有熊头上脚上的皮毛,

讥笑道:你肯定还会

再造访我们,咱们有你耳朵做抵押哩。

他们取笑熊所受的伤害,反观那熊

躲过灾难也就很开心了。他咒骂

打他的农民,悲叹耳痛脚痛,

破口大骂出卖他的莱涅克。他一面祷告

一面继续向下漂,波激浪涌的河水推着他

在短时间内就走完一里的路程，
然后他爬上这边的河岸，上气不接下气，
太阳从未见过如此遭罪的兽！
他想，自己活不过明天，会暴亡。
他嚎叫：噢，莱涅克，你，虚情假意的叛徒！
无所不为的混蛋！同时又想起打他的农民，
还想起那段树干，并咒骂莱涅克的阴谋。

莱涅克狐经过深思熟虑，
在领他大叔见了"市面"、给他弄蜂蜜吃之后，
又熟门熟路去找鸡吃，他抓到一只，
拖着这猎物匆匆沿河岸走，
一下子就吃掉；又急忙去干别的勾当，
沿河岸走呀走，喝了一点水，心想：
啊，我好开心，总算把笨熊引到农家院落！
我打赌，吕斯特菲尔肯定给他尝到了斧头的滋味。
这熊老是与我敌对，我总算报了仇，
我管他叫大叔，可他现在死在那段树干里了。
对这，我活一天就要开心一天。
他再也控告不了、伤害不了我！——他一面转悠，
一面从岸边看过去，不意发现熊在那里打滚。
见熊竟死里逃生，他心里真像打翻五味瓶。
他大叫：吕斯特菲尔，你这懒鬼，马大哈！
这样的熊肉你都瞧不上眼，这膘肥的美味，
多少老实人艳羡而不可得，却轻而易举
落到你手里，可是，为酬谢你的招待，

这正直的熊只给你留下一件抵押品！他做如是想，
是在他看见熊忧伤、疲惫、流血的当口。
终于，他对熊喊道：大叔，我又找到你了？
你是否有什么东西遗忘在吕斯特菲尔哪里？告诉我，
我会转告他你现在何处。可我要说，
你一定偷了他许多蜜，
或者，你可曾老实付给他钱？这是咋回事？
唉，你怎么挂彩了？这副模样可不怎么光鲜！
是不是蜂蜜味道不好？你付出高昂代价，
本来可以买很多呀！大叔，快点告诉我，
你最近献身于哪个教团，
开始头戴红方帽？当上修道院院长了？
保准是理发师给你理了光头，连耳朵也剪了去，
满头浓密头发全没了，我瞧你脸上的皮
和"手套"都不见了，你把它们搁哪儿了？
褐熊硬着头皮听这一大堆挖苦话，
却因为疼痛回不了嘴，
真是六神无主，无计可施。为了不再听尖刻的讥诮，
他又爬进河里，顺着湍急的河水
向下漂，在一处浅平的岸边上了岸。他躺在那里
病恹恹，惨不忍睹，嚎啕大哭，自言自语：
但愿把我打死得了，我走不动了，
回不到大王的朝廷了，
莱涅克恶毒叛友，让我丢脸，滞留河滩。
我若绝处逢生，定叫莱涅克后悔莫及！
他于是振作精神，强忍剧痛，

677

拖着病体走了四天，终于返归朝廷。

大王一见褐熊惨状，

就大声嚷嚷：仁慈的天主啊！我还认出这是布劳恩？

怎么弄成这个破烂样？布劳恩答道：

陛下瞅我受此灾难，敬请垂怜，全是因为

罪犯莱涅克对我无耻出卖！大王一听就光火：

对这罪行，我一定严惩不贷。

像布劳恩这样的绅士，岂容莱涅克玷辱？

对啊，我以我的名誉和王冠起誓，

布劳恩的正当要求，全都由莱涅克赔偿。

我若自食其言，今后誓不再佩宝剑！

大王于是下令，召集顾问和参议会议，

考虑对罪犯立即做出惩处决定。

大家建言，只要大王愿意，

可以再一次传唤莱涅克到庭，

他可以针对法律起诉和指控维护自己的权利。

可派雄猫欣泽速去，给莱涅克传递消息，

因为雄猫聪明伶俐。大家一致如是建议。

大王与臣属取得一致，

大王对欣泽说，大家的意见你要铭记！

如果等到他第三次被传唤，那会对他

及其家族造成永劫不复的伤害。

他要是明智，就及时上朝，你对他把话说重些；

由他去藐视别人吧，你的忠告他还不得不听。

可是欣泽回答：

这件事无论成败，我总要去找他，但又不知如何着手？

成与不成，对我无所谓，不过我想，

派另一个人去更有利，因为我个儿矮小。

布劳恩那么魁梧强劲，尚且无奈他何，

678

我有什么本事把他搞定？噢，请陛下原谅。

大王答道：你说服不了朕。人们看见

许多矮子满腹经纶，而许多大个子

反倒胸无韬略。你虽不像巨人，

却博识淹通。雄猫见势只好说：

遵旨！我若在道路右手边看到某个征兆①，

此行定会马到成功。

第三歌

雄猫欣泽走了一程，

望见远处一只马丁鸟②，就喊：

高贵之鸟，你好！噢，请调转翅膀，

飞到我右边来！那鸟飞来了，

却停在左边一棵树上鸣叫。

欣泽郁闷异常，以为自己的霉运将到。

但他还是壮着胆子，像许多人惯常所为，

---

① 右手边出现某个征兆（比如有鸟飞），便是吉兆；征兆出现在左手边，就是凶兆。

② 原文 Martin-Vogel，这里指的不是鹅，而是乌鸦，16 世纪拉丁文写成 corvus，乌鸦自古希腊罗马文化以来被视为预言鸟。

径直朝马勒帕吐斯走去，并发现
莱涅克就坐在家门口，于是向莱涅克问候：
愿富有、善良的上帝赐予你幸福的良宵！
你若拒不跟我上朝，你就小命难保；
大王还叫我转告：
你须同原告到庭诉讼，否则你全家受罚责难逃。
莱涅克说：
欢迎光临，亲爱的贤侄，
我希望你享受天主对你的赐福。
可在他那背信弃义的内心，才不这么想呢，
他想出新诡计，要再次羞辱使者，
打发他回朝。他总把雄猫
称为侄儿，说：贤侄，究竟给你
弄点什么吃的才好呢？肚子饱才睡得香；
这次我做东，明日白天咱俩再
一起上朝，我以为这样比较好。在我的亲戚中，

679　　没有一个让我放心。
嘴馋的熊趾高气扬把我找，
他力大脾气躁，诸多原因使我
不敢同他走。这次我愿跟你去，
理所当然了。明日一大早
咱俩就上路；我觉得此为上策。
欣泽回话说：我们现在就走吧，
随便走走停停，这样多好。
郊野有月光照耀，道路很干爽。
莱涅克说：我认为夜间行路很危险，

有些人白天向你亲切问安,夜里就可能
拦路打劫,不会有好事临头。
欣泽回话:请问
我留在这里有什么好吃的? 莱涅克说:
我们自奉菲薄,但,你若留下来,
我就拿出新鲜的蜂蜜招待,挑最纯净的给你。
雄猫嘟囔着回道,我从不吃那东西,
你家里如果什么都没有,就弄只老鼠来吃吃!
这是招待我最好的食物,把蜂蜜省下来给其他人吧。
莱涅克说,你这么爱吃老鼠? 你说的是真话,
我就为你效劳。我邻居是神父,
他家院子里有个粮仓,仓里的老鼠
多得用车也装不完;我听神父抱怨,
老鼠搞得他日夜心烦意乱。
雄猫不加思索就说:请你帮个忙,
带我去捉老鼠,我对鼠肉情有独钟,与其他野味相比,
鼠味最佳。莱涅克道:
确实,你会在我这儿享用一顿盛宴。
既然知道用什么招待你,那咱们就别再耽搁了。

欣泽相信了他,跟着他来到神父的粮仓,
迎面是一堵土墙。莱涅克昨天灵巧地

把墙挖穿,趁神父熟睡钻洞而入,
偷了他最好的公鸡。神父的宠儿小马丁
决意报复;他在洞口狡黠地拴上一根绳,
并打上活扣;希望窃贼再来时替公鸡报仇。

莱涅克发现这绳子就心里有数,道:

亲爱的贤侄,正对着洞钻进去吧,

你去捉鼠,我在外面望风,黑暗中

你会捉到成堆的老鼠,噢,你听鼠们叫得多欢!

你吃饱了就出来,我在这儿等。

今晚咱俩不分手,明早再上路,边走边说说笑笑,

就不觉路远。

雄猫说:你认为从这里钻进去很安全?

有些神父也有坏心眼。

流氓狐狸回答:这种事谁说得清?

你就这么笨? 那咱就回吧,

我妻子会觉得有面子,会热情招待你,

为你烹美食,

即使鼠肉没上席,咱俩也可痛痛快快打牙祭。

莱涅克的讥笑使雄猫自感羞愧,

于是跳进洞口,被套上活扣。

莱涅克的宾客就如此接受了恶意的款待。

欣泽发觉有绳子套在脖子上,

怔悚不已,手忙脚乱,

使劲猛跳,绳子越拉越紧了。

他悲苦地朝莱涅克喊救命,莱涅克在洞外

听到,幸灾乐祸地对洞口说:

681

欣泽,鼠味如何? 我相信,你会觉得

肥嫩可口。

小马丁只要知道你吃他的野味,

一定还会给你送上芥末,他是个彬彬有礼的男孩。

宫中用餐时也这么欢唱？我听着就起了疑心。
我若把伊塞格林送进这洞口，就像
把你送进这活扣，那他对我的恶行
就全部遭到报应！莱涅克继续作恶，没有消停，
不光是偷盗，
通奸，抢掠，凶杀，背叛，这些他都不认为是罪。
他刚刚想出一个主意，
要去拜访标致的吉瑞蒙特，意图有二：
希望从她那里探悉，伊塞格林到底控告他什么罪，
第二，这流氓又想重蹈前科，
伊塞格林已上朝，他正想利用此良机。
母狼对这个下作的狐狸心生爱慕，
惹起公狼妒火中烧，这已确定无疑。
他走进狼太太的居室，见她不在，
就不多不少只说两句话：你们好！继子继女！
亲切地向孩子们点点头，就赶忙去干他常干的勾当了。
吉瑞蒙特太太翌日拂晓回来，问道：
没有人来过这里找我？
莱涅克教父刚走了不多久，他想找你。
他管我们全都叫继子继女。
吉瑞蒙特嚷嚷：我要这家伙为此付出代价！
于是立马赶过去报复，
她知道他去的地方，找到他，怒声呵斥：
你说的什么话？你当着我孩子们的面，
说了些什么没良心的骂人话？
你必须忏悔，她怒气冲冲地说，给他看

凶巴巴的脸色，揪他胡子，咬他，
他感到她的牙齿好厉害，于是躲开，
她敏捷地后追，如此，又惹出一段风流故事——
这附近有座荒废的城堡，
他俩都匆忙奔了进去；由于年深日久，
塔楼边的一堵墙已开裂。
莱涅克钻裂缝，硬挤才挤进；
母狼身子粗壮，而裂缝很窄，
她匆忙把头塞进，挤、塞、突、扯，
意欲跟进，岂料被卡住，卡得越来越紧，进退无据。
莱涅克看在眼里，便兜了一段弯路，
从另一侧跑过来跟她缠绵一番。
可她嘴不饶人，叱责莱涅克：你干的勾当
乃流氓、窃贼所为！莱涅克反唇相讥：
原先从来不是，现在可能是。

像莱涅克这样抛下老婆与他人偷欢
也不怎么光彩，但对于坏人而言全无所谓。
母狼终于从墙缝中挣脱出来，
可莱涅克已溜开，走自己的老路去了。
狼太太本想维护自己的正义，
保全自己的尊严，没想到竟吃了两次亏。

让我们再回头看欣泽。可怜他
发觉自己被套住，习惯性发出猫的悲鸣。
小马丁听到，便从床上一跃而起。

上天保佑！我在幸运的时刻
在洞上系了一根绳；窃贼已抓到！我想，
可以跟他算那笔鸡账了。小马丁如是欢呼，
急忙点燃蜡烛（家人都已入睡），
叫起他的父母和全体仆从；
他高喊：逮住狐狸啦！咱们得好好侍候他。

683

一家老小全来了，连神父也起身
披了件大衣；他的厨娘点两支蜡烛
在前面引路，小马丁匆忙地
操起一根木棍朝雄猫
的身子和头部猛揍，竟打落了他一只眼珠。
大家一齐打；神父手执尖齿叉
急急赶来，欲戳死强盗。
欣泽自忖：小命毕矣，
遂愤然、果断地钻进神父的裤裆狠抓猛咬，
伤他下身，无情地报伤目之仇。
神父大叫一声倒地，失去知觉了。
厨娘未经思考便破口大骂：这是魔鬼
为了捉弄她玩的把戏①。她反复
起誓：只要她的主人遇难呈祥，
她愿把自己一点财产全部抛弃。
甚至发誓：假如她拥有大量黄金，
也情愿失去而不后悔。她就这样
为主人受辱和重伤而恸哭。

---

① 厨娘是神父的情妇，见神父下身受伤，非常着急。

最后，大家哀号不迭，把神父抬到床上。
欣泽被套在绳子上，大家都把他遗忘了。

欣泽见自己形只影单陷于困境，
遭痛殴，受重伤，离死神不远，
求生的欲望使他抓住绳子猛咬，
我会大难不死吗？他如是想。
他真的把绳子咬断了，他是何等开心！
他赶快离开这伤心地，
匆忙跳出洞口，急行在回朝的大道，
于翌日上午抵达。

684　　他愤愤自责：这定是魔鬼
通过莱涅克这邪恶叛徒行奸计将你制服。
你蒙羞受辱而归，瞎了一只眼，
遭毒打，真羞愧难当，无地自容呀！

大王怒不可遏，他要处死
那个十恶不赦的叛徒。
他于是召集会议，大臣和谋士
悉数来到，他问：怎样才能
让那个罪行累累的犯人最终出庭受审？
在场者对莱涅克的指控真是车载斗量。
这时，格林巴特獾启奏：在此法庭上，
这么多贵族想起莱涅克的罪恶，
但是，自由人的权利谁都不应剥夺，

所以要第三次传唤他到庭①。如果传唤了
他还不到，法庭就定他有罪。
大王说：朕担心，你们当中无人
敢第三次去传唤那个刁钻的家伙。
谁有多余的眼睛？谁有足够的胆量？
因了这恶毒的叛徒之故
而不顾生命和健康孤注一掷，最终
仍不能把他召来？我想你们无人敢试。

獾子高声回答：大王陛下，如果命令我
做此事，我愿即刻衔命前往，不管有何情况。
陛下是想当众委派我去，
还是算我自告奋勇？只管吩咐。
大王乃下令：那你就去吧，所有的控告
你都听到了，所以要明智行事：
那家伙实在危险。格林巴特回禀道：
我必须冒险一次，但愿能把他弄回。
他就这样出发了，前往马勒帕吐斯城堡。
他瞧见莱涅克同妻儿待在一起，便说：
莱涅克大叔，你好！你是学者，
贤明睿智，但令我们惊异的是
你对大王的召令竟那样漠视，不，竟那样讽刺。
难道你没觉得，当下各方对你的
指控和流言蜚语多如牛毛。奉劝你

685

----

① 根据德国中世纪法律，凡不听从第三次传唤者，均不受法律保护。

跟我一道上朝,再拖延下去不是办法。
大量的指控已呈报大王,
今天就是对你做第三次传召,
你再不出庭就定你罪,届时大王
就率臣仆来此包围你,
攻打马勒帕吐斯城堡;
你和你妻子儿女、财产和生命全都保不了。
你逃脱不了大王的手心;所以,
最好还是跟我上朝! 再说你也不乏
诡辩之才,随时能以此自保;
以前即便在开庭之日
你也屡次经受冒险的考验,
那些考验远甚于此次,你却总能
涉险脱身,反让敌手蒙羞。

格林巴特言罢,莱涅克就说:
贤侄,你叫我去朝廷
维护自己的权益,这建议很好。我希望
大王对我开恩,他知道我对他多么有用;
但他也明白,我因此得罪了别人。
朝廷无我就无法维持,我就是
犯了十倍的重罪,我也知道
能即刻面见大王,向他一解释,
他就会怒气顿消。当然啦,
那么多人陪侍大王左右,参加会议,
可总不能让大王称心满意;他们相聚时

既无见识，又无良策。只要我在场，
所有的会议都由我的才智作决议。
每逢大王和臣属会商棘手的大事，
思谋良策，惟莱涅克独出机杼。

因此许多人嫉妒我。遗憾的是我怕他们，
因为他们发誓杀我，朝中
尽是小人当道，使我不得开心颜。
他们十多个人，人多势众，我岂能
以寡敌众？所以我一直犹豫不决。
不过，我还是觉得跟你上朝
为自己辩护为好；这会给我带来更大的荣誉，
胜过因犹豫而把妻儿置于焦虑
和危险的境地；那样我们全家都要毁灭。
对我而言，大王强大无比，不管怎样，
大王一声令下，我就得照办。我们可以试试，
也许能同仇敌签订善意的条款。

莱涅克之后又说：爱妻埃尔梅林①，好好看护孩子吧，
（我拜托你），尤其是对最小的
莱因哈特，他生有一口漂亮的牙齿，我希望
他长得像爸爸；还有罗塞尔②，
这个小淘气，我多么喜欢。噢，我不在家，
你要好好疼爱他们！为你考虑起见，

① 原文 Ermelyn，源于 Helmelin，意为白鼬。
② 原文 Rossel，源于 Rüssel，意为大鼻子，或猪嘴巴。

我会平安归来。听我的话吧。
他于是与同伴格林巴特离家，
告别妻子和两个儿子，匆匆上路。
使母狐难过的是，他未经商量就抛妻别子远去。

两人还没走出一个小时的路程，
莱涅克就对格林巴特说：至尊的贤侄，
至亲的好友，我不得不向你坦白，
我害怕得全身发抖。
我实在摆脱不掉恐惧不安的想法：
此刻我在与死神相向而行；
眼前浮现自己曾犯下的诸多罪恶。
唉！内心深感不安啊，这，你无法想象。

687　让我忏悔吧！请你倾听！这附近
找不到别的神父，我把心事和盘托出，
就不致在面对大王时心绪恶劣。
格林巴特说：首先你要发誓戒抢戒偷，
不再搞恶劣背叛和惯耍阴谋，
否则忏悔对你无用。莱涅克说，
这我知道，就让我开始吧，你且仔细聆听。
Confiteor tibi Pater et Mater①，我曾对
水獭、雄猫和其他人作恶多端，
如今坦白并甘愿忏悔。
獾子说，你说德语吧，好让我听懂。

---

① 拉丁文"我向你忏悔，吾主与吾母"，基督教礼拜仪式的忏悔开头语。

莱涅克道：我对现在活着的动物当然有罪，

这个，我岂能否定。

我曾让褐熊大叔夹在树干锯缝中被擒，

致其头部血流如注，并遭毒打；

我带欣泽去捉老鼠，他被套在绳扣上，

痛苦不堪，还失去一只眼睛。

亨宁状告我也很在理，我抢夺他的子女，

不论大小，见到就拖走

以饱口福。

就是对大王我也不留情，曾大胆

对他乃至王后施诡计，

王后很久以后才克服那痛苦。此外，我还得招认：

我曾不遗余力，侮辱过伊塞格林狼。

要全部讲出来，没有那么多时间。我总以

玩笑口吻喊他大叔，但我们并非亲戚。

有一次，马上快六年了，他来埃勒玛尔①修道院

看我，我住在那里，他请我帮忙，

因为他也想当修士，他认为

干这一行适合于他，他便去敲钟。

钟声使他欢悦无比！我当即把他的

两个前爪同钟绳绑在一起，他心满意足，

以扯绳敲钟自娱，好像在学习敲钟似的。

然而，他的技艺使他声名狼藉，

因为他乱敲一气，发疯似的。人们

688

---

① 原文 Elkmar，是 Elemar 之误，教区名，位于佛兰德与西兰之边界。

从大街小巷仓皇奔涌而至，
以为发生了什么大的灾难。
人们发现是他，不等自行解释，
就说他想获教士地位，
蜂拥而至的人群差点把他打死。
可这傻瓜还不改初衷，求我
帮他削发，剃出秃顶；
我就把他头顶上的头发烫焦，
头皮被烫得起了皱。就这样，
我常常给他敲打敲打，让他丢脸。
我教他捕鱼，这事也让他吃尽苦头。
还有一次他跟我去于利希，
我们溜进神父的居处，神父富甲一方。
他有一间储藏室，内有美味火腿，
还放着好些肥嫩的长条熏板肉，
木桶装着刚刚腌制的咸肉。
伊塞格林总算在石墙上
扒开一条裂缝，正好容他缓慢钻进，
我将他往里推，欲望也在驱使他。
他一见丰富的食物便无法自制，
吃得过饱，肚皮胀鼓鼓，
破缝死死卡住他退不出来。
唉，他抱怨不忠的裂缝：
让饥者进，却不让饱者出。
我于是在村中大肆喧哗，
好惊动村民来寻狼的踪迹。

我自己溜进神父的居室,见神父正在用餐,
一只肥阉鸡正好被端到他面前,
烤的香喷喷,我一口咬住,旋即叼走。
神父急忙追我,不料撞翻了摆满酒菜的餐桌。

689

神父勃然震怒,高喊:
打呀,揍呀,抓住呀,戳死呀,
他摔倒在水塘里才降了火气(他没有看见水塘)。
众人前来,齐声喊打! 我逃之夭夭,他们尾随,
认定我罪恶滔天。神父喊得最凶:
好一个大胆的蠡贼! 竟抢走我桌上的鸡!
我在前面直奔储藏室,不情愿地
把烧鸡撂在地上,因为跑着跑着嫌它太重,
就这样,他们再也找不到我,
却发现了鸡。神父拾起它,
同时看见狼在储藏室,众人也都眼见。
神父大声对众人喊:快过来,给我上!
另一个窃贼、一只狼落在我们手里啦。
让他跑掉,我们就会挨骂、
整个于利希地区人人会嘲笑,
这有损我们的名誉。
狼正在思谋对策,一阵痛殴已像雨点般打到
他身上及疼痛的伤口。
众人声嘶力竭地叫喊,其他农民
过来把他打翻在地,打得他半死不活,
他一生还从未受过这样的苦。
他怎样为神父付出熏板肉和火腿的代价,

这个被谁画到画布上,那才真是稀世丹青。
人们急吼吼拽着他,越过各种障碍物
扔到大街上,他已无生命迹象。
此前他已把自身弄得污浊不堪,人们索性
把他当垃圾抛到村外。他躺在污泥沟里,
那些人都当他死了。他在这可耻的昏厥中
躺了多久,直到他清醒意识到自己的惨状,
这个我不得而知。
690　最后他怎么逃出去的,我也从未获悉。
大概一年后,他发誓,说要
对我永远忠诚,效犬马之劳,
不过这没有维持多久。
他为何要对我发誓,我心里最清楚,
无非是想饱餐一顿鸡肉罢了。
为了巧妙地诓骗他,我认真地给他描述
一根横木,晚间总有一只公鸡
和七只母鸡栖息在上面。我于是在夜间
悄悄带他前往,时间已过十二点,
窗子这时还开着(我知道),护窗板
用一根很轻的木条支撑着,我假装要进去,
却紧缩一下身子,让大叔先入。
我说,尽管放心进去吧,想得到
就得手脚麻利,快! 你会找到肥母鸡。
他小心翼翼地爬进去,四处轻轻触摸一番,
末了很生气,说:
噢,你是怎么带我来的,我一根鸡毛

也没碰着。我说：习惯于蹲在前面的鸡
此前已被我抓走,其余的蹲在后面了。
你只管努力向前,脚下留神。
我们走的那根横木,当然很窄,我总让他
走在前,我殿后,我猫腰
退到窗边,溜出,拉下支撑木条,护窗板
啪的一声关上了,狼大惊,浑身发抖,
扑通一声从窄横木上跌落。
睡在火炉边的人被惊醒。
他们嚷叫:什么东西从窗口掉进来了?
一个个慌忙爬起,赶紧点燃灯火。
瞧见狼躲在角落里,就狠狠地
给他一顿毒打;我不知他是如何脱身的。

我还要向你坦白:我经常与吉瑞蒙特太太
幽会,也公开拜访,当然,这种事
现在不应再有,噢,没有这种事该多好!
因为,她一辈子也难摆脱这件丑闻。

凡我能想起的、使我心灵痛苦的,
现在都已向你忏悔,
请赦免我罪! 我求你,
你叫我赎罪,哪怕最严重的罪,
我都照办,心怀谦卑。

格林巴特遇到这种情况知道怎么应对。

691

他摘下路边一根小树枝,道：大叔,
你现在拿这根树枝
击打后背三次,然后
照我给你做的样子,越过树枝跳三次；
再温柔地亲吻树枝,以示顺从。
我就命令你这样赎罪,然后
赦免你一切罪恶,免除一切处罚,
哪怕你罪恶累累,也以天主的名义一概宽恕。

莱涅克自愿做了忏悔,
格林巴特说：大叔,你要行善呀,
表明你在悔过,你要唱赞美诗,
勤去教堂；在规定的日子里要守斋；
有人问路,你要指点；对穷人要乐于
布施,你要对我起誓放弃不良的生活,
戒绝偷抢、背叛和恶意诱惑。
如此,你定获天主的恩宠。
莱涅克说：我愿这样做,我发誓。
692　忏悔于是结束,他们继续
赶路去大王朝廷。虔诚的格林巴特和狐狸
穿越黑土沃野,看到大路右边
有座修道院,修女们朝朝暮暮在那里
敬奉天主,还在院子里养了
不少的公鸡、母鸡和美丽的阉鸡,
鸡们有时到墙外分散觅食。
莱涅克隔三岔五来光顾。他这时对格林巴特说：

咱们沿院墙走吧，这样抄近路；
可他心里挂记的，是那些户外放养的母鸡。
他领着他的"忏悔神父"走近鸡群，
这无赖转动着贪婪的眼珠。
他特别看重一只公鸡，幼小而肥壮，
落在鸡群后面，他目不转睛地盯着，
从背后猛蹿过去，吓得小公鸡洒落一地鸡毛。

格林巴特激愤不已，斥责他旧病复发。
干吗这样？倒霉的大叔，为了一只鸡，
难道刚忏悔又要犯罪？
莱涅克接口说：我把这称为漂亮的懊悔！
只不过是脑海一闪念而已！尊贵的贤侄呀，
请你恳请上帝，愿他大发慈悲，饶恕我罪。
我永不再犯，金盆洗手。他俩
绕修道院回大路，必经
一座小窄桥，莱涅克又回望那些母鸡，
情难自禁。假如有人砍下他的头，
他的头也会朝鸡群飞，这就叫欲壑难填。

格林巴特见此就喊：大叔，你又
朝哪看野眼？你啊，丑八怪饭桶！
莱涅克回道：贤侄，你错怪我了，
你先别急，别打扰我祈祷；
让我念一遍主祷文，鸡与鹅的灵魂
需要这个；我自恃聪明，

从神圣修女身边偷走了好些家禽。
格林巴特无语。莱涅克只要
望见鸡,就一直不转头。
他俩总算回到正路上,离宫廷很近了。
莱涅克望见大王的城堡,
郁闷异常,因为他受到别人强烈指控。

第四歌

官中众人听到
莱涅克果真回来,
就一窝蜂地过来看热闹。众人中,无论职位尊卑,
对他友善的少,差不多都要对他控告。
但莱涅克认为,这没有什么大不了;
至少也要装作无所谓。但见他在獾子陪同下
壮着胆子,风度翩翩,沿大路走来,
那泰然自若、无所畏惧的作派,
宛如大王的亲生儿子,一身清白无辜。
他走到诺培尔大王面前,立于宫殿
贵族群中,故作镇静。
他开始启奏:尊贵的大王,仁慈的君主,
你高贵伟大,名誉和尊严,冠绝天下。
因此我求你,今天公正地听我申辩。
尊贵的陛下从未有过
比我还忠诚的臣子,这,我可以斗胆断言。
我知道宫中有许多人因此对我嫉恨,
倘若陛下认为仇敌的谎言可信

——诚如他们所愿，

那我就失去了陛下的亲善。

幸而陛下对所有的参奏考虑周全，

既听原告也听被告，尽管他们

在背后诬告我很多，但我内心释然。我想：

陛下深知我忠心耿耿，我是因为忠诚而被冤枉。

大王回话：住口！别奉承，别废话，那有何用场，　　　694

你罪恶昭彰，等着审判。

朕曾发誓，命百兽维持和平，

你可曾遵守？雄鸡就在这里！你把他的

孩子一个接一个抢走，

你，虚伪可恶的小偷，

辱没朕的威望，伤害朕的臣下，

我觉得，这就是你要证明

对朕是多么的敬爱。

可怜的欣泽失去了健康！负伤的布劳恩

从痛苦中复原将是多么缓慢！

对你，朕也不再斥责，因为原告很多，

罪证如山，你罪责难逃。

莱涅克回话：仁慈的陛下，布劳恩带着流血的秃顶脑袋

回来，难道我该因此受罚？他可是自己要放胆去

吃吕斯特菲尔的蜂蜜啊；纵然那些愚蠢的农夫

揍他，他也有强壮的四肢抵挡呀，

他落水之前受农夫打骂，

他身为壮汉，本可为所受的屈辱合理复仇呀。
再说欣泽雄猫，我热情欢迎他，
盛情款待，可他贼性难改，
无论我怎样好心警告，
他还是在夜间溜进神父家里，于是吃尽苦头，
他的愚行，难道就成了我该罚的罪愆？
如要罚我，岂不是辱没大王的华冠！
陛下尽可随心所欲
对待和处分我，但事实胜过雄辩，
不管结果对我有利还是有害。

695   就是挖眼睛、上绞架、下油锅、砍脑袋，
我都毫无怨尤！
人人置身在你的掌握中和强权下，
陛下的强权威势，弱者岂能抵抗？
但你杀我，那也没有多少好处。
不管怎样，我老老实实听候审判。

这时公羊贝林①开口说话：时候到了，
让我们告状！伊塞格林狼及其亲戚，
欣泽雄猫、布劳恩熊和百兽结队而来，
还有驴子波尔德魏因②、兔子兰朋、
小狗瓦克洛斯、猛犬雷英③、母山羊默特克④、

---

① 原文 Bellin，源于拉丁文 Belare，意为哞哞叫。
② 原文 Boldewein，或 Bolduin，意为勇敢的朋友。
③ 原文 Ryn，本意不明。
④ 原文 Metke，低地德语 Mette，即母山羊。

公山羊赫尔门①，外加松鼠、黄鼠狼、
银鼠。公牛和马也没有置身事外；
此外还可看到荒野兽类：
雄鹿、小鹿、海狸波克尔特②，另有貂、
野兔、野猪彼此拥挤着赶来，
鹳鸟巴托尔特③、樫鸟玛尔特、仙鹤吕特克
也飞了过来。出席诉讼的还有鸭子迪布克④，
白鹅阿尔海德⑤和其他动物。
伤心的公鸡亨宁带着少数几个孩子
大声喊冤；到庭的还有不计其数的
鸟类和兽类。
大家一齐攻击狐狸，希望现在
声讨其罪，看他受惩处。
他们簇拥到大王面前，言辞激烈，
不断地控诉，新账老账
一股脑儿摊出。在帝王御座前开庭，
还从未听到过如此多的控诉。
莱涅克伫立彼处，巧妙应对，
一发言就妙语连珠，
开脱罪责，好像出言有据，
善于翻云覆雨、巧言令色地辩诬。

---

① 原文 Hermen，意为愚蠢。
② 原文 Bockert，源于 Bockhart，意为学者。
③ 原文 Bartold，意为统治者。
④ 原文 Dybbke，源于 Tideberta，意为向民众炫耀者。
⑤ 原文 Alheid，源于 Adelheid，意为高贵者。

696　　　听他讲话的人无不惊奇，而且
　　　　　觉得他清白无辜。
　　　　　他甚至还保留权利，进一步申诉。
　　　　　但最后毕竟有正直之士
　　　　　挺身而出，提出证据驳斥莱涅克，
　　　　　莱涅克之罪遂水落石出。终于有了结果！
　　　　　在大王议事厅内，大家一致决议：
　　　　　莱涅克罪大恶极，判处死刑。
　　　　　将他逮捕、绑缚、绞死。
　　　　　以可耻的死刑抵销他的罪孽。

　　　　　此际，莱涅克只得认命，他那三寸不烂之舌
　　　　　没起多大作用。是大王
　　　　　亲自下的判决令。
　　　　　在那些人逮住他绑缚他的时候，
　　　　　这个恶劣罪犯眼前浮现了可悲的末日惨景。

　　　　　当莱涅克经判决依法被捆，
　　　　　他的仇敌正跃跃欲试赶紧押他去刑场时，
　　　　　他的朋友和亲戚无不悲伤而惊惶，
　　　　　比如猴子马丁、格林巴特獾和众多狐亲狐戚。
　　　　　他们听到判决心有不甘，其悲恸情怀
　　　　　超出人们的想象。盖因莱涅克属一等重臣，
　　　　　可现在其名誉地位剥夺尽净，
　　　　　最终还判了极刑，此情此景，
　　　　　怎能不激起至爱亲朋的满腔愤懑。他们集合

纷纷向大王告辞,离开宫廷。

如此多的骑士离他而去,
大王颇感郁闷。
显然,大批亲朋退场
是因为对莱涅克的判决表示不满。
于是,大王对他的一个亲信说:
莱涅克当然很坏,只是,要考虑
他亲戚中有许多人对朝廷有用。
再看那伊塞格林、布劳恩和雄猫欣泽
正围着被缚者忙活,想依王命
快快押送丢脸的仇敌去就刑。
他们急不可待,盯着远处的绞架。
这当口,雄猫开腔对狼说:
伊塞格林阁下,你好好想想,当时
莱涅克无所不用其极,对令兄仇恨不已,
致令兄亡命绞架。他带令兄去行刑时心花怒放,
你可别耽误现在复仇的好时光。
布劳恩阁下,请想想:他卑鄙地出卖你,
在吕斯特菲尔的院子里,
他无情无义把你送到暴民手里,
挨打,受伤,蒙羞,凡此种种无人不晓。
你们要当心,要和衷共济,
他今天要是从我们身边逃逸,
这家伙就会再耍小聪明,施诡计,无法无天,
咱们就再也没有酣畅淋漓复仇的机会。

697

咱们赶快押他去刑场,报复他对大家所犯之罪。

伊塞格林说:空谈何益? 快给我
找一根结实的绳子来,早点结束他的痛苦。
他们就这样谈论狐狸,朝大路走去。

可莱涅克只听不说;但最终还是开了腔:
你们既然这么痛恨我,要置我于死地,
可又找不到最终的解决办法,真是古怪离奇!
欣泽一定有办法找跟结实的绳子来,
因为他在溜进神父家里吃老鼠、不能体面脱身时,
就已经试过这玩意。
伊塞格林啊,你和布劳恩急吼吼
送大叔去就刑,还满以为会如愿以偿哩。

698　　大王和宫中所有的臣属全都起立
看判决的执行;王后也由侍女陪同
加入观看的队伍。
他们身后涌动着富翁和贫者的人流,
无人不巴望莱涅克快点死掉,都想看他的下场。
伊塞格林这时正同亲朋说话,
告诫他们要互相紧靠,
对被缚的狡狐保持高度警惕;
他们一直担心这狡黠的家伙可能会设法逃命。
狼特别命令他妻:你要用生命保证,
给我留心,帮我揪住这坏蛋。

他要是跑掉了，我们这些人就颜面丢尽。
他又对布劳恩说：请记住他当初是怎么取笑你，
你现在好叫他还债，利上加利。
欣泽你爬上去，协助我在上面绑紧绳子，
我去搬梯子，
不消几分钟，就把这流氓做掉。
布劳恩答道：你放心搬梯子去，我一定逮住他。

莱涅克道：瞧你们！这么忙活，
要弄死你们大叔！你们本该
保卫和庇护他才是，他身陷危难，
你们应怜悯才对。
我想求你们宽恕，但这对我又有何用？
伊塞格林对我恨之入骨，叫他老婆揪住我，
挡我逃生之路。
他老婆如顾念旧情，就不会加害于我。
可是，既然死到临头，我倒希望快点一走了之。
我父亲也曾遭难，
但最后走的爽快，当然临终时没今天这么大的排场。
你们若对我宽恕的时间长一点，
那你们就有好戏看。
熊说：你们听听，这坏蛋多傲慢。
竖梯子，再往上！他的末日到啦！

莱涅克诚惶诚恐，心想：噢，我要
在浩劫中快快想出翻盘的新招，

使大王对我开恩，免我一死，
让这三个暴徒空欢喜，失颜面，
我要挖空心思，死马当做活马医！
生死攸关，燃眉之急，
我如何摆脱厄运？
所有的坏事猬集我身，大王愠怒，
友朋星散，而仇敌张狂。
我此前的确没干过什么好事，
对大王的权威、对他顾问的意见很少尊重。
我罪过甚多，但仍希望把颓势扭转。
只要我获准发言，凭我能言善辩，
他们就不能绞死我。我不能放弃这希望。

莱涅克在梯子上转头对大众
高喊：我瞅见死神就在眼前，我逃不脱它的魔掌。
我只求诸位一件：
在我离世之前，至少听我罗唆数言。
我情愿当着大家的面，真心真意
开诚布公做最后一次忏悔，老实承认
我所干的一切坏事，以免将来
把我偷偷摸摸、未被揭露的
这样那样的罪行冤枉到别人头上，为我受过。
这样，我在最后还防止了一些不幸，
我希望上帝会眷顾我，对我宽恕。

许多人觉得，人之将死，其言也善，就私下里说：

这请求不算过分,只是时限太短! 他们求大王,
大王也恩准。莱涅克紧张的心情顿时
舒缓,并指望结局圆满。
他马上利用这千载难逢的良机,说: 700
Spiritus Domini①,救救我吧!
在这聚会的群体中,我看无人没受过我的伤害。
想当初,我还幼小
刚刚断奶,就受贪欲驱使,
走到羔羊和山羊群中,它们正伴着畜群
分散在原野上漫游。
听到哞哞的叫声,
我很喜欢,勾起大啖美食的欲念,
而且很快就尝到了滋味。我咬死一只羊羔,
舐它的血,味道真鲜,继之
又咬死四只最小的山羊,活剥生吞,
我还进一步练习捕猎本领。
鸟类、鸡、鸭、鹅,只要被我发现,
我绝不手软,有好多被我弄死,来不及吃
就将他们埋在沙堆里面。

之后,某年冬天在莱茵河畔,
我结识了伊塞格林,也真是有缘。他当时在林中窥伺,
马上就给我打保票,说我源自他的家族,
甚至看我手相,算出我属几等亲,我未表示意见。

---

① 拉丁文,意为天主的圣灵。

我们结盟，相互起誓结为忠诚的伙伴。
很遗憾，我却因此惹出许多祸端。
我们一同在各地转悠，他偷大的，
我偷小的。约定凡偷来的都属两人共有。
但这并非公平的公有，只由他任性分摊；
我从未得到一半。我经历的情况还有更糟的：
每当他抢到一头小牛，或掠到一只公羊，
每当我发现他坐享丰富的美餐、
大嚼刚刚被弄死的母山羊，
或每当我看到一只公山羊在他的利爪下挣扎，

701

他就朝我奸笑，装作愁苦样，
叽里咕噜地威胁我，
把我赶走，这样，我的一份就属于他的了。
我的情况总如此，即使肉块大得让他心满意足，我也休想分食。
更有甚者，当我们共同捉到一头公牛
或弄到一头母牛，
他妻子和七个孩子就一拥而上
扑向猎物，把我挤开，我眼睁睁瞧着他们饱餐，
自己连一根肋骨也吃不到；肋骨
被他们啃得溜光。这一切我只得忍受！
可天主保佑，我并未因此挨饿，
因为我有一大笔财宝在暗中维持生计。
那是真金白银，我密藏在
保险的地方；它足够我享用，即使用车
搬运七次，那财宝也装运不完。

一说到财宝，大王就竖起耳朵细听，
他欠了欠身，问：你几时弄到手的？
告诉我，我指的是财宝。莱涅克说：
这秘密我不对陛下隐瞒，隐瞒对我有什么好？
这贵重之物我又带不走。
遵陛下之命，我愿如实禀报：
因为总有一天财会露白，无论愿意与否，
我却不想隐瞒这个天大的秘密了。
财宝实为偷盗转移而得。事情的缘起，有许多人曾起誓谋反，
欲刺杀陛下。如果当时
不施计谋把这些财宝盗走转移，
那弑君的惨祸就已发生。
仁慈的君主啊，请注意！陛下的生命和福祉
全系于此财宝。遗憾的是，有人盗取它，
却使我的生身父亲陷于绝境，让他过早地
走完悲怆的人生旅程，万劫不复；
仁慈的君主，可这事对陛下有利啊。

702

听了这番危言耸听的话语，王后大为惊愕。
盘根错节的秘密，包括弑君，
反叛，财宝，以及他所说的一切。
她叫嚷道：莱涅克，我奉劝你好好考虑！
摆在你面前的是漫长的归天之路，
要忏悔，放下灵魂的包袱；
讲真话，给我讲清弑君之事。
大王补充说：谁都不许开口，

现在让莱涅克下来，靠近朕，
因为事关朕本身，让朕听个分明。

莱涅克听罢，颇觉安慰，
怀着对仇敌的满腔怨恨，
从梯子上爬下来，
旋即走到大王和王后身边。
他们关切地问他，到底是咋回事体。

这时他已准备好新的弥天大谎。
他寻思，我若重获大王和王后的恩宠，
加之我的计谋得逞，
我就把那些欲置我于死地的冤家仇人
通通消灭，我也就置诸死地而后生。
这对我确实是个意外的大好事。
在我看来，人需要扯谎，而且要扯得不着边际。

王后不耐烦，又问莱涅克：
你要对我们讲清，事情到底咋样？
要说真话，放下灵魂包袱。
703　莱涅克回答道：我乐意向君主禀报。
如今我必死无疑，这无法改变，
在临终时让灵魂背包袱
招致永劫不复的惩罚，岂不愚蠢？
我还是坦白为妙，遗憾的是，我这样做
就不得不告发我的至亲好友。

唉,这怎能怪我,是地狱的痛苦威胁着我。

大王听罢,心情变得沉重起来,说:
你说的可是真话?
莱涅克假装正经,答道:
我当然是个罪人,但我确无半句虚言,
我对陛下说谎,于我何益? 要是那样,
我会诅咒自己永入地狱。陛下很清楚,
决议已经做出,我死定了,死神临头又何必说谎,
说谎无论如何对我毫无帮助。
莱涅克战战兢兢地说完,形容沮丧。

王后说:他的悒郁令我同情,
陛下就对他大发慈悲吧,我求你,陛下!
陛下你想呀,根据他的坦白,
我们会祛灾除祸,
我们宁可听听事情的缘由。
请下令叫大家雅静,叫他公开披露。

大王下旨,全场鸦雀无声。
于是,莱涅克说:仁慈的大王既然愿意听,
那我就向陛下启奏。我的汇报虽无
书面文字,却很诚实周详,
陛下可获悉弑君谋反的阴谋。
我在此不想包庇任何人。

704　　**第五歌**

现在请听莱涅克的诡计,听他怎样采用翻云覆雨手段
掩盖己罪,中伤他人。
他编造无稽的谎言,谩骂已逝的
先父,大肆诽谤獾子
这个一直为他效命的挚友。
他满口胡言乱语,旨在使他
取信于人,对原告实施报复。

他说,我父亲当时十分有幸,偷窥
发现了埃默里希①大王的财宝;
然而,这发现没有给他带来什么好。
他因了这笔财富而自视甚高,不再瞧得起侪辈,
极度蔑视伙伴,意欲再结交高朋贵友。
于是他打发雄猫去荒僻的阿登
寻找布劳恩熊,带话说他会忠于布劳恩,
说他要邀请布劳恩来佛兰德并奉他为王。

布劳恩看到请柬,高兴万分;
乃不辞辛劳,大胆地朝佛兰德疾速赶来,
因为他脑子里早就有此想法。
他找到我父,两人相见颇为欢洽,
又派人去请伊塞格林和谋士格林巴特;
然后四人密谋大事。

---

① 原文 Emmrich,又作 Ermanarich,东哥特国王,中世纪英雄传说中的人物。

第五位欣泽雄猫也掺和进来。

他们聚会议事的地方是个小村庄，

名叫许夫特①，恰好位于许夫特地区和根特之间。

黢黑的漫漫长夜掩护着这次会议，人在做，天不知！

是我父亲这恶魔靠这笔该死的黄金　　　　　　　　705

把这些人牢牢掌控在手中。

他们决议弑君，共同起誓结为牢不可破的永恒同盟。

五人凭伊塞格林的头颅起誓②，拥立布劳恩为王，

并庄严承诺让他在亚琛登基，

带上帝国的金王冠。

若大王的亲朋中有人反对，

就由我父亲对其游说

或行贿收买，未果则立马驱逐。

我得知此事，是因为格林巴特

有一天上午喝了酒很开心，变得絮絮叨叨，

这蠢货竟把秘密全对他老婆泄露，

又叮嘱老婆别捅出去，他以为这样就妥了。

他老婆不久遇到我妻，先叫我妻

必须提三王③之名，立下庄重誓言，

还要以名誉和忠诚担保，无论如何

不对他人吐露一字，然后向我妻全部揭秘。

我妻也未恪守诺言，

---

① 原文 Ifte，也作 Hyfte，是根特（比利时）附近的一个村庄。
② 古人常凭圣徒遗物起誓，此处为挖苦话。
③ 耶稣诞生时到伯利恒朝拜的东方三贤士。

未久,一见到我就讲了她听来的消息;
还给我举出一个标记,我依此可鉴别消息的真伪。
然而,我却因此经历了更坏的际遇。
我想起青蛙的故事。青蛙呱呱呱的叫声
终于上达天庭,传到天主耳中。
蛙们在各处享受自由之后,
就想拥有一个皇帝,意欲过一种被约束的生活。
上帝闻言就遣鹳鸟不断地
去迫害,仇恨,使蛙们不得安宁,
对它们毫不手软,这些傻瓜开始抱怨,
可惜为时已晚:因为已受君主的强制。

莱涅克对集会者高谈阔论,禽兽
个个洗耳恭听,他接着说:
706　瞧啊,我真替大家担忧,生怕那事成真。
大王啊,我为陛下操心,希望得到你更多的奖赏。
布劳恩的阴谋我知之甚稔,此人本性狡诈,
劣迹斑斑,我是从最坏处担心。
他若做了君主,我们就同归于尽。
我们的大王出身高贵,强大,仁慈,
我暗自思忖,倘若把一头熊、这愚蠢的废物
抬上高位,那就是一次悲惨的改朝换代。
我考虑了几个星期,并竭力阻止此事发生。

首先,我也心知肚明,如果我父亲
手中握有这笔财宝,他就会纠集大批人士,

定然赢得这场斗争。果如此,我们就失去大王陛下了。
我所关心的,无非就是探知
藏宝之地,以便将财宝秘密转走。
每当我父亲、这老奸巨猾之人进郊野
入林莽,我都尾随,不管日夜,不顾寒暑,
不论晴雨,
侦探他的行踪。

有一次,我匍匐在地,苦苦思索
怎样才能发现那早已烂熟于心的财宝。
这时果然瞅见父亲从一小洞中钻出,
在石头堆里站起,终于从深处走出来,
我悄悄地躲在那里;他以为就他一个人在,
环顾四周,见远近的确无人,
便开始干他的活计。诸位,可听好了。
之后他用沙土把小洞堵死,且手法灵巧,
弄得跟其他地面一个样。
若非某人亲眼所见,任谁都看不出破绽。
他离开之前,用尾巴娴熟地
把他立足的地方清扫,
用嘴消除痕迹。这些本领,我在那一天
首次从狡猾的父亲那里学来。
他施诡计,弄噱头,搞恶作剧,样样精通。
他干完活就匆匆离去。当时我想,
那诱人的财宝是否就藏在附近?
我急冲冲过去,想把秘密揭开。

707

只消片刻，我就用脚爪把洞口扒开。
急不可待向里面爬去，当即发现了贵重物，
那么多的纯银赤金！今日在场的诸公，年龄最长者
保准也没见过如此多的财宝。
于是，我与我妻开始忙活；我们不分日夜
又抬又拖，没有车辆，
费力劳神，苦不堪言。
我妻埃尔梅林硬撑到最后，我俩总算
把财宝搬到我们认为
比较安全的地方。在此期间，我父亲
天天同那些背叛我们大王的人混在一起。
他们做出了什么决议，诸位听了定会摄魄震魂。

布劳恩和伊塞格林立即向许多州县
发送公开檄文，招募雇佣兵，要他们成批
速来，由布劳恩分配工作，
甚至预先发饷，以示待遇优渥。
彼时我父亲在各地转悠，出示檄文，
还以为他的财宝安全无虞，
可到头来，他与同伙遍寻未果，分文未取。

他任劳任怨，行色匆匆，
奔波在易北河与莱茵河之间，
物色并招收了一批雇佣兵。
金钱使他说话掷地有声。

夏季终于来临,我父亲
回到他的同伙那里,逢人必讲他的担忧、焦虑
和危难,尤其爱讲
他在萨克森①高耸的城堡前险些丧命,
那里的猎人带着犬马,天天对他追踪,　　　　　　　　708
他好不容易才从危急中全身而返。

他于是兴高采烈给四个叛徒看名单,
是他用金钱和许诺招募来的士兵。
这信息让布劳恩乐不可支,五人一道看,
上书:伊塞格林的亲族中,
将有一千两百名勇士来此会合,个个长得龇牙咧嘴。
此外,雄猫和熊的家族,全被布劳恩网罗,
而在萨克森和图林根也是应者云集。
熊、狼和獾们无不表示加盟举事,
但须满足他们一个条件:
预支一个月军饷,这样,一声令下,
他们就全力以赴。
这图谋被我所阻,永远感谢天主!

我父亲把一切安排妥当之后,就急忙
赶赴郊野,想再看看他的财宝。
这才开始他的苦恼;他于是掘地刨土,
可挖来挖去,什么也找不到。徒耗精力,白费心机,

---

① 本诗中提到的萨克森,均指下萨克森州。

财宝不翼而飞。他绝望了，
恼羞成怒，竟自缢身亡——
我日夜思之，痛苦不堪。

我殚精竭虑阻止了这一恶行，
却反受其害；但我并不后悔。
可是，贪婪的伊塞格林和布劳恩
却在大王身边辅佐。莱涅克啊，
你这可怜虫，你献出生身父亲
救大王，又有什么好报！
牺牲自己只为延续陛下的生命，
这种人到哪里去找？

709　此际，大王和王后因为想得到这笔财宝，
于是走向一侧呼唤莱涅克
找他谈话，急切地问：
你说说，你的财宝在哪？我们想知道。
莱涅克轻言细语问道：大王既然判了我死刑，
我告诉大王财宝，这对我有什么用？
我的仇敌、窃贼、凶手
以谎言蒙蔽陛下，他们要弄死我，
大王对他们却信任有加。

王后回道：不！绝不这样！
我的夫君饶你一命，过去的事一笔勾销。
他很自制，不再发怒。但希望你以后
聪明行事，对大王尽忠效命。

莱涅克说：仁慈的王后,你叫大王
当着你的面许个愿,表示对我开恩,
无论如何不再计较我所有的罪行与过错,
以及我引起大王所有的不快,
那么,当代没有哪个大王能像他一样
获得如此多的财富——由我的忠诚所献,
财富委实丰厚! 我告诉藏宝之地,王后啊,你会瞠目结舌。

大王回答：别相信他,如果他谈
偷盗、撒谎和抢劫,那倒可信,
因为比他还大的骗子旷古未有。
王后说：确实,他一辈子迄今
未得到别人多少信任;可如今你想想,
他斥责獾子和生身父亲
并揭发其弑君阴谋,
他如果存心,就会包庇他们而
诿过于其他兽类,他不会犯傻扯这样的弥天大谎。

710

大王答曰：你这样认为吗? 既然你认为
不会由此酿成更大的祸殃——那真是万幸,
那朕就照办,由朕来免除莱涅克的
罪行及对他的控告。
朕就信他一次,最后一次! 他应念及
这是朕凭着王冠发的誓! 如果日后
他再作奸犯科,扯谎诬骗,那就叫他永远悔恨;
不管是谁,哪怕只是十等亲,

也难逃干系,谁也逃不出
朕手心,都会倒霉受辱,
严惩不贷。

莱涅克见大王回心转意竟如此之快,
就壮着胆子说:仁慈的君主,
那些故事,其真实性若不是在几天后揭晓,
我会这么愚蠢地说给陛下听吗?

大王信以为真,就赦免
他父亲的叛国罪和他本人所有的罪行。
对此,莱涅克高兴得有如心临九霄;在这黄道吉日,
他逃脱了仇敌的暴力和自己的厄运。

他开言道:高贵的大王,仁慈的君主,
你屈尊降贵,为我做了这一切,
愿上帝答谢陛下和王后,我也一定铭刻心坎,
永远知恩图报。
在所有的国家里,在太阳底下,
我对谁都不像对大王和王后那么情愿地
献出瑰宝。陛下对我
宅心仁厚! 为报此恩,
我甘愿把埃默里希国王的财宝
原封不动地献给陛下和王后。
我现在告诉陛下藏宝的地方,我说真话。
请听好! 佛兰德东部有一片荒野,其中

711

有一孤立的丛林，名叫许斯特卢①，请记住这名字，
还有一泓清泉，名叫克列克尔波伦②，要知道
二者相距不远。这地方终年
阒寂无人，只有猫头鹰和鸱鸮栖息，
我就把财宝埋在该处。
这地方叫克列克尔波伦，陛下要记住
并利用这标记。
你偕王后同去；若派使者
去取宝，没有一个靠得住。
我不能作此建议，
否则损失不可弥补。
陛下必须亲力亲为。过了克列克尔波伦
就看到两颗小桦树！请记住！
其中一棵离泉水不远；仁慈的大王，
你就直奔小桦树，树下就埋着财宝。
陛下只管去挖，去扒！先看见
树根上的青苔，然后即刻就看到
富甲天下的首饰、黄金，
无不精巧美观，还有埃默里希的
王冠。布劳恩的野心若得逞，这王冠就被他戴上
弹冠相庆了。陛下会瞅见王冠上许多饰物、宝石
和黄金工艺品；现在再也造不出这些东西了，
谁买得起呀？

---

① 原文 Hüsterlo，指佛兰德的胡斯特罗（Husterlo）。
② 原文 Kreckelborn，源于 Krekelput，意为清凉的泉水。

噢！仁慈的大王，你见这么多财宝聚在一起，
我敢肯定，你会很得意地想到在下我。
莱涅克，诚实的狐狸，是你如此聪明地
藏宝于青苔下，噢，不论你在何处，愿你
永远幸福！这个伪君子如是说着。

大王道：那你得陪朕走一趟。
朕独自前往怎能找到那地方？朕曾
听人说起亚琛、吕蒂希①、科林②和巴黎，
可是，许斯特卢，一辈子都没听人提及，
克列克尔波伦也是；朕难道不担心
你再次扯谎，捏造出这些地名？

莱涅克听罢大王这番审慎的说辞，
心里很不高兴，说道：我并没叫陛下出远门，
好像要到约旦河畔去寻找似的。陛下为何
对我疑虑重重？
首先我还是坚持说：这些地方在佛兰德都能找到。
不信，就让我们问问其他几个；其中某位
会使人确信有克列克尔波伦！许斯特卢！
那就是我说的地名。
他即刻呼唤兰朋兔，兰朋浑身战栗，迟疑不前。
莱涅克嚷嚷：放心过来吧，大王要问你，

712

① 原文 Lüttich，指吕贝克（Lübeck）。
② 原文 Cöllin，即科隆（Köln）。

你就说实话，以你最近的宣誓和义务担保，

你可知道许斯特卢、克列克尔波伦在哪？

说给我们听听。

兰朋说：这我知道，克列克尔波伦

在荒野里，靠近许斯特卢，人们管那丛林

叫许斯特卢，驼子西蒙①当年长期盘桓于此，

纠集大胆的同伙铸造假币。

每逢我身陷绝境、躲避雷英猛犬，

就常去那里，深受饥寒交迫之苦。

莱涅克于是说：你可以退回原处了，回到那些人当中去了，

你已向大王作了翔实的汇报。

大王对莱涅克说：朕刚才性急，

怀疑你的话，请别见怪，

但现在你得安排带朕去那边。

莱涅克说：今日与大王同行，随大王赴佛兰德，

我真万分荣幸；

但这会使陛下获罪。

有件事我本想再隐瞒下去，

尽管羞愧，现在还非说不可。

不久前，伊塞格林意欲获得修士圣职，

但他的目的不是侍奉天主，而是孝敬肠胃；

他几乎把修道院吃光榨尽，给他六份饭食

他还意犹未足，还是喊饿，叫苦，

713

---

① 影射教会机构和受俸神职人员的商业活动。

我见他又瘦又病，终于对他可怜起来，
并诚心帮他逃走了。他毕竟是我的近亲。
我因此获罪，竟被革出教门。
现在我刻不容缓，要凭陛下的智慧和意志
去救赎我的灵魂。明天日出之前，
我去罗马朝圣，
以求恩宠和赦免，
再从那里渡海①，这样，我将涤除罪恶归来。
届时也就可以荣幸地陪侍大王前往。
但如果今天去，
谁都会有微词：大王刚判了莱涅克死刑，
怎么现在又与莱涅克共事？
况且莱涅克已被罗马教皇革出教门！
仁慈的君主啊，你明白此理，还是作罢吧。

大王回答：真的，朕没有想到这点，
你已被革出教门，如带你一起去，
朕会受到责备。
兰朋或其他某一位可陪我去泉边。
莱涅克，你设法从革出教门这件事中解脱，
朕认为很好，有益。朕恩准你假，
明天及时启程，我可不愿阻挡你朝圣，
因为朕觉得你想弃恶从善。
上帝为你的意图祝福，让你完成此次旅程。

---

① 渡地中海前往圣地巴勒斯坦。

第六歌

莱涅克就这样重获狮王的恩宠。
大王在一个庄严的场地露脸,
站在石头上居高临下,
命令百兽静默,各按出身和地位
在草地上坐等。莱涅克立于王后身边,
大王神色凝重,开始训话。

各位禽兽,不论贫富和大小,所有的宫廷贵族
以及王族成员,全都听朕发言!
莱涅克现落在朕手中。不久前曾考虑
把他绞死,可是他在宫里把许多秘密揭穿,
所以朕信了他,经再三考虑,朕又对他开恩。
夫人王后也多方为他说项,
朕只好对他原谅,完全与他和解,
他的身家性命和财产,一概听凭自由。
朕的治安法令将对其保护。
现在朕以你们的生命为凭证,命令全体:
今后你们无论何时何地,不分昼夜,若遇到莱涅克带着妻儿
都要对他表示敬意。
此外,若有人再告他的状,朕一概不予受理;
纵然他干了坏事,那也时过境迁,他会
改过自新,这可以肯定,因为他明天要及时
带着手杖和行囊虔诚地去罗马朝圣,
再从罗马渡海;他表示,他的罪行若不彻底赦免,誓不返回。

欣泽转身对布劳恩和伊塞格林愤然道：

咱们前功尽弃了！他高喊：噢，我远远离开

这地方就好！莱涅克又得宠了；

715　　他会不择手段，把我们仁一起做掉。

我已失去一只眼，恐怕另一只也难保！

布劳恩说：我觉得现在若想出个好主意，这主意才千金难买。

伊塞格林讲：这事很蹊跷！咱们

直接去找大王说道说道。他愤怨难平，立即同布劳恩

走到大王和王后面前，讲了莱涅克的

很多坏话，且言辞激烈。这时大王发话了：

你们没听见？朕已经接纳了他，对他再次开恩。

大王说时怒不可遏，即刻命人把这两个

逮捕、捆绑和关押起来；因为他想起

莱涅克对他说过他们的反叛阴谋。

如此这般，莱涅克的事彻底翻盘。

他跳出险境，而原告反而受屈丢脸；

他甚至施计操纵某人

从布劳恩身上剥下一块熊皮，一尺长，一尺宽，

给他做了旅行袋，

他去朝圣，这样似乎就不缺什么物件。

他又向王后求情，给他做四只鞋，说：

仁慈的王后，你既然承认我是你的朝圣者，

就请帮助我完成这次旅行。

伊塞格林有四只鞋很结实，

叫他让出两只给我在路上穿穿也无妨；
仁慈的王后，请转托大王给我弄来；
另外，吉瑞蒙特太太把她的一双让给我也没什么不当，
因为她是家庭妇女，大多待在室内。

王后觉得此要求合理，他们
可以各让出一双！她很赏脸地说。
莱涅克表示感谢，高兴地对王后鞠躬，道：
有了四只结实的鞋子，我就不再迟疑了。
我朝圣修成的善果
定与你一起分享！你和我仁慈的大王，
我们在朝圣时有义务
为你们及所有帮助过我们的人祈祷。愿天主奖赏你的仁厚！

716

这样，伊塞格林被剥去前面两脚的狼皮，伤及骨头，
人们对他老婆吉瑞蒙特也毫不留情，
她不得不牺牲后面两脚的皮子。

这两个失去了脚皮和脚爪，
可怜巴巴地同布劳恩躺在一起，想一死了之；
那个伪君子弄到了鞋子和行囊，
便走过来特别对母狼挖苦一番：
亲爱的，善良的，你瞧，你的鞋穿在我脚上
多么的雅致，我希望这鞋耐穿。
你们处心积虑要灭了我，
可我也没闲着；我成功了。

你们有过欢乐，可现在
欢乐终于轮到我；世情如此，人要懂得自制。
我此番出门，将心怀感激，天天念及
至爱亲朋；你们乐意送鞋给我，
我不会让你们后悔；我若获得赦免，
会与你们分享，我这就赴罗马并渡海去争取。

吉瑞蒙特太太躺着，剧痛难耐，几乎
说不出话，但还是抚摸着身子悲叹：
愿天主保佑你万事如意并惩罚我们的罪孽。
伊塞格林与布劳恩躺在一起默不作声。
他俩惨不忍睹，被捆绑，受了伤，
还要听仇人挖苦风凉话。欣泽雄猫不在场，
对那个家伙莱涅克也真想训斥警告一番。

翌日上午，伪君子忙着给亲戚们"出让"的鞋子上油，
继而匆匆去大王那里辞行，说：
陛下的臣仆已准备好踏上神圣旅途，
请陛下开恩，命你的神父
为我点赞，让我信心满满地启程，
为我的取与舍祈神降福！
于是大王任命公羊做神父助手，
要他掌管一切宗教事务，
大王还任命他为书记，人们叫他贝林。
大王这时命人宣贝林前来，
对贝林说：你替朕对莱涅克念几句经文，

717

为他的旅行祝福，

他打算去罗马，再从那里渡海。

你给他挂上行囊，交给他手杖。

贝林接言：大王，我相信

陛下听别人说过，莱涅克被革出教门，现仍未解脱，

主教若知道我做此事，

必将为难我，叫我吃苦头，他有权惩处我。

对莱涅克本人，我并不管什么是非曲直。

当然，若有人居间调停，

使"Ohnegrund"①主教大人不责怪我，使修道院"Losefund"②院长

和教区"Dechart Rapiamus"③教长不对此事发火，

那我就遵旨，为他祝福。

大王说：你说话像作诗似的，什么意思？

噜哩噜苏一大套，我们却不明就里，

你如不知好歹，不给莱涅克念经文，

朕就找魔鬼去。大教堂主教与朕何干？

莱涅克去罗马朝圣，难道你想阻拦？

贝林心虚搔搔耳后根；他怕大王光火发狂，

便即刻找出书中有关经文对朝圣者念，但听者不闻其详。

不管怎样，此举还是有用，谁都可以想象。

718

---

① 原文 Ohnegrund，意为无理由，平白无故。

② 原文 Losefund，意为好色，色鬼。

③ 原文 Dechart Rapiamus，拉丁文，意为"让我们去抢掠"，盗匪之谓。以上三个
人名都是对天主教神职人员的嘲讽。

念好祝福经文，交给他手杖和行囊，
朝圣者已准备停当，去朝圣也得会装。
但见这虚伪的恶棍涕泗滂沱，
沾湿了胡须，痛彻心扉的懊悔模样。
当然，使他痛心的，是他只伤害了三个，
没有让全部仇人倒霉遭殃。

他起立，请求在场所有人虔诚地
为他祈祷。在准备快快启程之时，
他感到自己有罪并有所畏惧。
大王说：莱涅克，你为何如此匆忙？
莱涅克答道：为善，绝不能耽搁。我向陛下请假，
吉利时辰已到，仁慈的陛下，让我出游吧。
大王道：朕准你假。他于是命令
宫中全体贵族为这个虚伪的朝圣者
送上一程。布劳恩和伊塞格林这时
却被缚躺着，叫苦呻吟。

莱涅克就如此重获大王的青睐，
很有尊严地离开王宫，
携行囊手杖，煞有介事地去圣墓参拜。
其实他要真到那里也无甚可干，就像亚琛的五月树①，
他完全是另有所图。他已成功地

---

① 亚琛五月树，出处不详。可能暗示法国大革命的自由树(参见《赫尔曼与多萝西娅》)。

揪住大王的亚麻胡子和蜡鼻子，

将其愚弄了一场；所有的原告

都得跟在他身后走，毕恭毕敬为他送行。　　　　　　　　　719

但他不会放弃诡计，所以分别时又说：

仁慈的大王，当心别让那两个叛徒

逃掉，要把他们绑紧关押在牢中。

他们若获自由，断不会停止作恶，

那会危及陛下生命，大王，望深思！

他就这样离去，装得沉静而虔诚，

而且很单纯，仿佛心无旁骛。

大王这时起身回宫，

全体百兽尾随，

他们此前已送别莱涅克一程；

这个无赖装出诚惶诚恐、悽悽惨惨的样子，

果真打动某些善良人的怜悯心，

兰朋兔忧伤尤甚。

坏蛋说：亲爱的兰朋，咱们难道就此分手？

你和公羊今日若是愿意，

就再送我一程！你们的陪伴便是对我最大的善行。

你们，令人快慰的伙伴，诚实人，

谁不念你们的好，这使我感到光荣。

你们笃信宗教，具有圣洁德行，

过日子自奉俭约，与我从前当修士一样，

满足于吃卷心菜，习惯于以青草和树叶充饥，从不要

面包，肉食和山珍海味。

两个弱者就这样被他的夸赞迷惑住。
两人跟他去到他的居处。一见
马勒帕吐斯城堡，莱涅克就对公羊说：
贝林，你就待在外面吧，青草和菜蔬
任由你享用；此间山地
盛产多种植物，它们有益于健康，且味道鲜美。
我带兰朋进去，你也拜托他
去安慰安慰我妻，她很忧愁，
720　若听到我要去朝圣，定会绝望。
狡狐用甜言蜜语把两人灌得晕头转向。
他带兰朋入内，见母狐
躺在孩子们身边，忧心如焚：
因为她不相信莱涅克还会从宫中
返家。现在见他带着行囊手杖
颇觉怪异，便问：莱因哈特，亲爱的，
告诉我，你的情况怎样？碰到什么事了？
他说：我被判刑，被抓，被押，
可是大王宽大为怀，又释放了我。
我作为朝圣者离开，而布劳恩和伊塞格林
被留下做人质。然后大王
又把兰朋交给我作为赔偿，任由我们处置。
大王最后明白无误地告诉我：
是兰朋把我出卖。那么，他受严惩
真是活该。他应赔偿我一切损失。
兰朋听到这咄咄逼人的话语，
吓得手足无措，欲自救，想急忙逃走，

讵料此刻莱涅克飞快堵住大门，这杀人凶手
一把揪住可怜兰朋的头颈，兰朋凄惨地
大呼救命：啊，贝林快救我！我完了！朝圣者
要杀我！但他没能喊多久，因为莱涅克
旋即咬断了他的喉管。狐狸就如此接待了他的宾客。
他对家人说：来吧，咱们快吃，兔子肥嫩
味美。这蠢货的确是首次给了我好处，
我早就发誓要好好治一治他。
现在完事了，让叛徒们去告吧！
莱涅克与妻儿很快
剥掉兔皮并快活地吃起兔肉。
母狐大快朵颐，一次次嚷叫：
感谢大王和王后！托他们的福，
我们才吃到这样的美餐，愿上帝酬谢他们！　　　　721
莱涅克说：你们尽管吃吧，这次管够，
把肚皮填饱，以后我会设法多弄些来。
因为不管谁惹我莱涅克，想伤害我，
我就必定叫他们承担后果。

母狐埃尔梅林太太说：我想问问，你是怎么
脱险的？他答道：要讲清我怎样巧妙地让大王
改变主意，怎样欺骗大王伉俪，
几个小时才能讲完。
确实，我与大王的情谊薄如纸，
不可能久持。
一旦他获悉实情，势必怒火中烧，

我若再落入他手,花再多的银子
也救不了,他定然追缉我,设法抓我。
我再也不指望大王的仁慈了,这,我心明似镜。
他必定要绞死我,我们非逃命不能自救。

我们逃往施瓦本! 那里无人认识我们;
我们入乡随俗。上天保佑! 那里
有美食和无数好东西。
有鸡、鹅、家兔、野兔、糖、椰枣、
无花果、葡萄干及各种大小的鸟类,
那里的人们用奶油和鸡蛋烘制面包,
那边的水纯净清澈,空气清爽宜人,
有足够多的鱼类,有叫加利仁①的,
有叫普鲁斯②、加鲁斯③和阿纳斯④的,谁能叫全啊?
这都是合我口味的鱼! 我用不着
钻到深水里去抓取;我从前在那边隐修,
经常吃。可不是嘛,夫人,咱们若要
安享太平,就非得去那边不可,你得陪我去呀。
722　现在你总懂我了吧! 此番大王成全我,我得以
再次逃脱,是得益于我用奇珍异宝诓骗了他。
我答应给他进贡埃默里希大王那诱人的财宝,
还说出藏宝之地是克列克尔波伦。他们若去

---

① ② ③ ④ 加利仁,原文 Gallinen;普鲁斯,原文 Pullus;加鲁斯,原文 Gallus;阿纳斯,
原文 Anas。这四个词均为拉丁文,意思分别是母鸡、雏鸡、雄鸡和鸭,以拉丁
文的禽类名代替鱼类名。此处将家禽称为鱼类,是讽刺教士不守清规(天主
教教规规定神职人员小斋不吃禽类的血肉)。

那里寻宝将空留遗憾，
掘地三尺也是徒劳，什么也捞不到。
这样，大王自知受骗，必定气冲牛斗。
我脱身之前想出了怎样的骗术，
你可以想见了；那堪称性命攸关！
我从未遇到比这还凶险的危机，
比这还严苛的忧愁，
总之不希望再遇到。我绝不听人劝说
重返宫廷，让我再落入
大王手中，我好不容易把我的大拇指从他的嘴里抽出来，
这真需要极致的圆滑机巧。

狐太太伤感地说：这可怎么办呀？
我们到那边也是人地生疏，
而在这边一切随心所欲，你毕竟是
那些粗野蠢货的首领；
可你要去那边冒风险，有这个必要吗？
真是的，寻求无把握的，舍弃确定可靠的，
这既不可取，又不光彩。
咱们生活于此，笃定得很！这城堡固若金汤！
即便大王率兵前来包围并全力
封锁大道，我们也还有那么多的
侧门和秘密通道，
供我们幸运逃脱。这，你更清楚，无需我说；
他用实力和暴力逼我们就范
没那么容易，这一层我并不放在心上。

可是,你发誓要漂洋过海,
却让我心寒,我几乎崩溃,结果会怎样?

723　　　莱涅克回答:亲爱的夫人,别担心!
你就听我的,记住:与其丢命,不如发誓!
这是一位智者在忏悔椅上对我说的。
被迫发誓也无关宏旨,对我
了无妨碍! 我指的是发誓,你懂的。
还是照你所说的办吧,我就留在家里。
真的,在罗马我也没有多少东西要寻求,
即便我发誓十次,也从不想去看耶路撒冷。
待在你身边,自然要舒适很多。
我觉得他乡总不及家乡好。
大王硬要让我不痛快,那我必须未雨绸缪。
对我而言,他过于强大,但我能
再次将他戏耍一番,把系铃铛的小丑花帽
扣到他头上。此举若成功,他就发觉
这比他给我制造麻烦还要糟。
我发誓要对他这么干!

贝林等得不耐烦,在门口骂起来:
兰朋,你还想不想回? 出来吧,我们好走啦!
莱涅克闻声,赶忙出来说:我亲爱的,
兰朋请你原谅他;
兰朋在里面正与他夫人,也就是埃尔梅林婶婶
玩得正开心,这点,你应乐见其成。

请你先慢慢走,因为埃尔梅林婶婶
不让兰朋马上走,你别败坏他俩的雅兴。

贝林回答说:我听见叫喊声,咋回事?
听见兰朋叫我:贝林,救命!救命!
你对他干了什么坏事情?聪明的莱涅克回道:
你好好听我讲,我在家谈起我曾发誓去朝圣,
我妻对此很绝望,
她怕得要死,就在我们面前发了头晕病,
兰朋见此十分惊惧,心乱如麻,
于是大叫:帮帮忙,贝林,贝林!噢,别磨蹭了,
否则我婶婶活不成!
贝林说:据我所闻,兰朋叫得很瘆人。　　　　　　724
伪君子发誓:我没伤他一根汗毛;
我宁可自己逢凶也不让兰朋遭殃。
莱涅克接着说:昨日大王请我
回家后写几封信,
谈谈我对一些
重要事情的看法。
贤侄,你带着这些信回吧;我已写好,
好事都说在信里,对大王提出了最高明的建议。
兰朋欢愉无极,我欣然听见他同婶婶聊天,
追忆往昔旧情。他俩谈兴多浓啊,毫不厌倦!
两人吃吃喝喝,彼此取乐,而我这时在给大王写信。

贝林说:亲爱的莱因哈特,你得把书信

藏好；现缺一个口袋装信。
我若把封漆弄坏，就会大祸临头。
莱涅克说：这个，我有办法。我想，用布劳恩熊皮
做的那个行囊正好适用。
它很厚实，正好藏信。
你会因为带信而得到大王的酬谢，
大王会体面地接待你，三倍地欢迎。
公羊贝林信以为真，这当口莱涅克
又很快进屋，抓起行囊，急忙将遇害的
兰朋的脑袋塞在里面，一面寻思
怎样防止可怜的贝林把口袋打开。

他走出来便说：你只把袋子挂在脖子上就行，
贤侄，可别心血来潮偷看信；
那样的好奇心很害人，
信件我已藏好，你千万别动，
725　连打开口袋也不准！我打的结
十分巧妙，我跟大王有什么要事商定，
就打这样的结；大王若像往常看到
皮带这样扣着，你就会得到他的恩宠，
就被视为可靠的使臣。

你面见大王，若想在他身边
更有信誉，你就让他记住，
说你对信件提出过慎重的建议，
甚至协助过我写信；这样你就名利双赢。

贝林喜得合不拢嘴，一蹦三尺高，跳来跳去，
说：莱涅克！贤良的主人，现在我知道你爱我，
给我面子，我将在宫廷贵族面前
受表彰，他们会夸奖我提出那么好的建言，
写出那么隽雅的辞藻。当然，
我不像你会写信，可他们以为是我所写。
对你，真感激不尽。跟你来此，
真三生有幸！你还有什么要关照？
兰朋现在要不要跟我一起走？

那坏蛋说：不行！你得听我的！现在还不行！
你且先慢慢走，等我把一些要事
嘱托他办理之后，他随后就来。
贝林说：愿上帝保佑你，那我就走啦。
他赶紧离去，并在中午时分抵达宫廷。

大王见到他，又瞅见那只行囊，
便问：贝林，告诉朕，你从哪里来？
莱涅克在哪里？你带着行囊是何意？
贝林答道：仁慈的大王，
莱涅克拜托我给陛下
捎来两封书信，信是我们两个
共同构思。陛下会敏锐发觉
一些大事是经我俩共同商讨，至于内容，我也出过主意。
信在袋子里，是他打的结。
大王立即下令宣召海狸，

他是大王的公证员和书记，大家叫他波克尔特，
其职责是给大王念重要文件，他懂多种语言。
大王也派人宣召欣泽，他也应出席。
波克尔特与同僚欣泽一同把结
打开，抽出竟是被害兔子的头，不由大惊，叫道：
这就叫书信！ 岂非咄咄怪事！ 谁写的？ 谁能解释？
这是兰朋的头呀，谁不认识啊。

大王和王后惊诧莫名。大王低下头，道：
哼，莱涅克！ 朕要是再逮住你！
大王和王后郁闷无比。
莱涅克骗了朕！ 大王嚷道，啊，悔不该
当初听信了他卑鄙的谎言！ 他高喊，
百兽吓得乱了方寸，惶惑至极。
大王的近亲卢帕杜斯①开言道：
真是的！ 我不懂陛下为何如此伤心，
王后也是。抛开这些想法吧，
鼓起勇气！ 否则陛下要丢面子。
陛下不是君主吗？ 在场的谁敢抗命！

大王答道：正因为这样，你就不必奇怪
寡人为何内心悒郁。只怪朕犯了错，
那个无耻叛徒施诡计说动朕
去惩罚朕的朋友。布劳恩和伊塞格林

---

① 原文 Lupardus，与 Leopard 同义，意为豹子。

因被他中伤而倒台；朕岂能不由衷悔恨！
朕如此虐待朝中最优秀的贵族，
对骗子却偏听偏信，更兼朕轻率行事，
朕还有何颜面。

我过于性急依从了王后，她上了当，
为莱涅克求情；噢，朕当时坚定一些就好！
现在悔之晚矣，所有的建议全是徒劳！
卢帕杜斯说：大王陛下，听我一劝，
别再伤心了！过去发生的不幸还可和解，
你就把公羊作为对熊、狼和母狼的赔偿，
因为贝林公然大胆承认，说他出主意
杀死了兰朋；现在让他来还债！
然后我们共同去讨伐莱涅克，
如果把他生擒，就从快绞杀。
再让他开口，他又会胡诌，开脱，
而免受刑罚。
我打包票，熊和狼定会接受和解。

这些话让大王很是中听；他对卢帕杜斯说：
阁下的建议正合朕意。现在事急，替朕
把两位贵族接来：让他们再次体面地
坐在朕身边辅佐。也给朕把
凡是上过朝的兽类通通召来；
让他们知道莱涅克如何行骗，
怎样脱逃，又怎样与贝林合谋杀死兰朋。
大家对狼和熊要心怀敬畏，

正如你建议的那样，朕要把叛徒贝林
和他的亲族永远交给我的两位贵族作赔偿。

卢帕杜斯急事急办，直接找到
布劳恩和伊塞格林这两个囚徒
并给他们松了绑，说，请听我劝慰！
我给你们带来大王的圣旨，大王保障你们的人身自由
和永恒的安宁。请二位明白我的意思，
大王亏待了你们，他对此深表遗憾
并让我将此转告，希望你们满意；
你们可永远接受贝林连同他的一族
乃至所有亲戚作赔偿；
728　也可径直攻击他们，不论在林间
或在旷野，他们任由你们处置。
此外，仁慈的大王还恩准你们随便采用什么方式打击
莱涅克，是他出卖了你们。
你们无论在何处碰到他、他的妻儿和所有亲戚
都可将其缉捕，谁也不准阻拦。
我以大王的名义对你们宣布这珍贵的自由。
大王和所有继任的君主一概对此信守不渝！
只是，你们要忘记过去不愉快的际遇，
对大王宣誓效忠，你们可荣耀地做这件事，
他永远不再伤害你们，我劝你们接受此建议。
赔偿就这样作了决定：公羊必须
拿羊头来还债，他的所有亲戚
一直将受伊塞格林强族的追缉。

于是,永恒的仇恨从此开始,狼群持续、
肆无忌惮、寡廉鲜耻地对羊羔和绵羊施暴逞凶。
他们说正义在他们一边,
他们怒气难消,永远不肯和解。
大王因为给布劳恩和伊塞格林恢复名誉,
就把会议延长十二天;他要
公开显示,他与两位达成和解是何等真诚。

第七歌

此时,王宫装饰得富丽堂皇,
骑士纷纷莅临,无数飞禽
随百兽而至,个个崇敬
好了伤疤忘了痛的布劳恩和伊塞格林,
昔日只是匆匆聚晤的贵宾
此刻享受着节庆的气氛,宫内鼓号齐鸣,
宫舞风神超迈。

729

人人想要之物全部备好,绰绰有余提供。
一个个使者被派到各地邀请宾客,
百鸟百兽纷纷启程,成双成对
匆忙赶路,日夜兼程。

可是谎称去朝圣的莱涅克狐
却躺在家中窥伺风向,
他不打算前往宫廷,不指望谁对他有好感。这坏蛋的最爱,
莫过于按老套做法搞阴谋。
大王宫中,美不胜收的歌声盈耳,

美酒佳肴满目琳琅，悉数端给宾客品尝。
还有骑士比武，击剑，
人人载歌载舞
与自己的舞伴同欢，
其间箫笛的妙音萦绕。
大王在大厅里亲切地俯视，
他喜欢这样的喧嚣排场，看着真是心花怒放。

不知不觉已过去八天，大王
正与他的头等重臣们共享盛宴，
他端坐在王后身边，讵料家兔满身鲜血
来到大王面前，悲戚地禀报：

陛下！大王陛下！在座诸公，敬请对我垂怜！
诸位很难听到像我这样忍受莱涅克
如此恶毒的背叛，如此凶残的暴行。
昨日早上六点钟，我从马勒帕吐斯城堡前
路过，见莱涅克在城门口端坐，
我只想平平安安地通过。他一袭朝圣者的衣着，
似在做晨祷功课。
我想加快步伐
速来陛下的宫殿。
他一见我就起身走到我面前，
我以为他是来向我问安，谁知他伸出利爪
死死揪住我。利爪揪住我的两耳，
我心想这下可要玩儿完。

那爪子又长又尖厉，他猛然把我按倒在地。

好在我体轻，幸而摆脱逃生。

他依旧叽里咕噜地追我，誓把我再抓住。

我默不作声只管逃，可怜我的一只耳朵留在他手中，

因此我满头鲜血回了宫。

瞧我头上四个洞！陛下就明白，

他打我打得多么凶，我差点儿丧了命。

请想想这种灾难，请想想陛下颁布的确保旅行安全令！

倘若这盗匪拦路打劫，

谁还愿旅游？谁还愿来宫廷？

他刚讲完，那饶舌的乌鸦梅克瑙①就进来说：

尊敬的君主，仁慈的大王！

我给陛下带来一个噩耗，由于恐惧和悲伤，

我不能多讲，讲出来

会使我心碎，我今天碰到的事情真是惨。

我妻莎菲涅贝②和我今晨

一同外出，莱涅克躺在荒野里装死，

他两眼上翻，张着嘴巴，

舌头伸出来老长，我吓得大叫起来，他却纹丝不动，

我为他悲泣，高喊：

噢！可怜啊！可悲！我反复悲悼。

唉，他死了！我多么伤心！多么难受！

---

① 原文 Merknau，为 merke genau 的缩写，意为密切注意。

② 原文 Scharfenebbe ＝ Scharfschnäbelige，意为嘴巴尖利。

我妻也悲从中来；两人齐声痛哭。
我抚摸着他的腹部和脑袋；我妻
也向他走近，靠近他下巴，看他是否
还有一口气；只是，我妻白白细听了一场；
我俩断定他死了。现在请细听这场惨祸。

妻子忧伤，毫无防备，把长喙
凑近那恶魔的嘴边，恶魔发觉了，
便狠狠地把她咬住并咬下她的头。
我受的惊吓，不说也罢：噢，可怜呀！可怜！
我又喊又叫，他猛然跳起又要把我抓，
我缩成一团，慌忙躲避，
稍一迟疑，也同样在劫难逃。
情急之下我挣脱了凶手的利爪，赶紧飞到树上！
否则我的小命就没啦！
我瞅见妻子在恶棍的爪下，
善良的她一下子就被他吃完。
我看那恶棍又馋又饥，好像还想吃几只，
连一只脚、一根小骨头也没剩下。
这样的悲境，令人毛骨悚然！
他吃罢就急忙走掉，我却怎么也不舍得离开，
难抑内心的哀痛，飞到出事的地点，
仅发现我妻的血迹和几根羽毛。
我带了羽毛来，作为他暴行的罪证。
可怜我吧，仁慈的君主！这次
若饶了这个叛徒，不果断给他应得的判处，

731

不强调陛下的保障和平与安全诏令，
陛下必将招致物议，就会落败，
有道是：有权处罚而不处罚，以至
人人皆可为王，当权者对这样的行为难辞其咎。
这有损陛下的尊严，望陛下三思。

官廷显贵听了善良的家兔
和乌鸦的控诉。这时，狮王诺培尔大怒，
叫嚷：以朕的真诚起誓，
坚决惩办这个无赖，以儆效尤！
有人竟嘲讽朕的和平安全法令，是可忍孰不可忍！
朕当时过于轻信这流氓，让他逃掉，
还把他当成朝圣者允许他走，眼睁睁见他
告别此地，像是去罗马。这个骗子
真把我们骗惨了！他轻而易举就骗取了
王后为他说情！王后又将朕说服，
如今让他闲适自安，逍遥法外。
不过今后，听妇人之言而痛悔不已者
还会大有人在。若再让
这个歹徒不受制裁，我们真羞愧难当。
此人一向很坏，本性难改。在座诸公，你们
一起想想，怎样将他缉拿归案！
严肃对待此事，何愁抓他不到。

伊塞格林和布劳恩闻听大王的发言颇觉快慰，
我们终有报仇雪恨之日！两人如是思忖，

732

但未敢说出口,他们看到大王
心烦意乱,怒发冲冠。
末了,王后说:仁慈的君王,
请息怒,别轻易发誓,这有损
陛下的声威和话语的力量。
因为我们还没弄清事实真相,
还先得听被告的供述。如能宣他到庭,
反对莱涅克的人就只好闭嘴。
原告被告双方都要听,因为有些亡命徒
为了掩盖其罪而恶人先告状。我认为
莱涅克聪明,善解人意,
没有歪心,总为陛下的利益着想,
纵然现在适得其反。
他的计策值得听从,尽管他一生
有许多令人诟病的地方。此外,还要考虑他的家族
凝聚力强。操之过急,
事态不会有好的转圜。
再说,作为权倾天下的君王,
陛下决定的东西何愁得不到执行呢。
733　　卢帕杜斯接口说:陛下听了许多人的说辞,
也听听这个人的口供吧。他会到庭,然后
陛下做出裁定并立即执行。估计
在座诸公以及高贵的王后也这样想。

伊塞格林说:人人都以为自己献计最高明!
卢帕杜斯阁下,请听我说。即便现在

莱涅克在此推翻了这两人的指控，
我也可以证明他该当死罪，这易于反掌。
只是，在我们抓到他之前，
我一句话也不讲。你难道忘了，他怎样
用财宝诓骗大王？说什么他在克列克尔波伦附近
的许斯特卢找到了财宝，
还有更多的弥天大谎。
谁没被他骗啊，我和布劳恩被他蹂躏摧残；
我要豁出命来与他干到底。这个骗子就这样
在荒野胡作非为，行凶抢劫，四处流窜，
如果大王和卢帕杜斯觉得他这样很好，
那就任其所为吧。可话又说回来，他若真心上朝，
早就该来啦。大王的使者赶赴各地
诚邀宾客，他却躲在家里静观风向。

大王说：那我们还老等在这里干吗？
你们个个要准备好(这是命令！)
第六天随朕出征。朕倒要看看
此案的结局。在座诸公意下如何？
难道此人最终还能毁灭国家不成？
诸位作好充分准备，披上甲胄，
手执弓箭、长矛和其他武器，
彰显英勇无畏气概！个个为朕去显身扬名，
因为朕要在战场上打造骑士。
拿下马勒帕吐斯城堡，凡他家拥有的
一律查抄。众人高呼：遵命！

大王和群臣就如此计划

攻打马勒帕吐斯城堡和惩办狐狸。可是，

参加过朝廷会议的格林巴特却偷偷离开，

急忙去给莱涅克报信；

他伤心地走着，独自悲叹：

唉，这可怎么得了，大叔！

我们全族当然同情你，你是全族首领！

从前你为我们出庭抗辩，我们全都安然无恙，

你和你的辩才无人能敌。

他来到城堡，见莱涅克坐在门外，

他刚刚抓到两只小鸽子；

小鸽子离巢学飞，

可羽毛未丰，跌落，

再也飞不起来，于是被莱涅克捕获；

因为他经常在四周行猎。他此刻见

格林巴特从远处走来，就等着欢迎他，说：

贤侄，欢迎你，胜过欢迎我全族的人！

为何走得这样急？瞧你气喘吁吁！有什么新闻？

格林巴特答道：我来报告

可不是什么好的消息，你瞧，我这不担惊受怕地跑来了；

生命和财产这下全完了！我瞅见大王满面怒容；

他发誓把你捉拿，让你不得好死。

他命令众人全副武装，披坚执锐，

弓、剑、枪炮和战车齐备，

于第六天前来攻打此地。

你成了众矢之的,望及时考虑!
伊塞格林和布劳恩同狮王重归于好,
好过我与你的亲密。随它去吧,他们
要怎样就怎样。伊塞格林破口大骂你,
说你是最可恨的凶手和强盗,他就这样说动了大王,
大王还升任他为元帅呢;你数周之后便见分晓。
家兔曾去过王宫,加上乌鸦,他们都控告你,
且言辞激愤。若狮王这次抓到你,
你就命在旦夕啦! 我不得不为你担心呀。

狐狸问:没别的了? 我对这些
根本不在乎。不管大王及其智囊团
一而再、再而三地发誓又发令,
我只要去王宫,就能把他们全摆平。
他们总是议来议去,可从未见诸行动。
亲爱的贤侄,任由他们去吧。请跟我来,
看我用什么招待你。我刚才抓到两只鸽子,
又嫩又肥。这是我最爱的美食!
因为容易消化,只管往下吞咽,
小骨头也味美无比! 入口即化,
半奶半血,这清淡的食物于我最宜。
我妻的口味与我无异。走吧,她会
殷勤招待我和你。只是,千万别告诉你的来意!
任何区区小事都会使她心意浮动,
给她添堵。
明天我跟你一同上朝,亲爱的贤侄,

我希望你能尽亲戚应尽的义务帮我的忙。

獾子道：为了你的目的，我愿以生命和财产担责。

莱涅克说：那我永志不忘。我活得长久些，对你有好处！

獾子说：你尽管放心地去会会他们，

坚定地维护自己的权益，他们会听你声辩的！

哪怕是卢帕杜斯也同意在你未做

充分辩护前不应惩罚你，王后也有此意。

你要审时度势，因势利导。

736　莱涅克说：你放心吧，一切都会迎刃而解。

光火的大王一旦听我讲话，就会改变主意，

终归会对我有利。

于是两人进屋，主妇贤惠相迎，

倾其所有款待。

两人分享乳鸽，颇觉味美，

各吃一份显得太少。假若家里还有，

肯定要吃半打。

莱涅克对獾子说：我的孩子都很棒，

无疑是人见人爱，你说是不是。

罗塞尔和小莱因哈特，你喜欢不喜欢？

他们日后会使我族人丁兴旺，

现已慢慢成长起来，让我从早到晚高兴得没完。

这个抓一公鸡，那个抓一小鸡，

还会勇敢地泅水捉鸭子。

我也经常打发他们去行猎，

但首先教他们学会乖巧伶俐，小心翼翼，

学会怎样机灵地躲避绳套、

猎人和猎犬以自保。

当他们在本性问题上开了窍,

再对他们做应有的训导,那他们就可每天

去觅食,带猎物回来,家中就无匮乏之虞了。

他们很像我,爱玩狂怒的游戏。

一旦他们开始玩,其他动物就吃大亏,

敌手被他们掐住咽喉,就挣扎不了多久。

这就是莱涅克的本质和惯技。他们抓得快,

跳得稳,我觉得真是了不起!

格林巴特獾说:孩子们称心如意,又善于

协助父母维持家业,你真有面子,应该高兴。

我知道族中有这样的后辈,

打心里喜欢,祝族运昌隆。

莱涅克说道:今天就谈到这里,

我们睡觉去,大家都累了,獾子更甚。

他们下榻于大厅,厅内铺满

厚厚的干草树叶,他们睡在一起。

可莱涅克惊恐得夜不能寐;他觉得此事

需用良策应对,一直冥思苦想到拂晓。

他从卧榻一跃而起,对妻说:

巴林巴特请我一起上朝,

你可别难过,就放心待在家里。

有人告我,但事情总会有转机,

你呢,只管好城堡就妥了。

埃尔梅林太太说:你竟胆敢

737

再次上朝，去那个人言可畏、人说你恶的地方，
我感到十分怪异！
你非去不可吗？我弄不明白。你还是想想陈年往事吧。
莱涅克回答得很洒脱：这当然不是闹着玩的！
怀恨我的人很多，我深陷困局，
天下事错综复杂，
人经历这事那事，实难预料，
误以为到手的，会突然失却。
还是让我去吧，在那边我要有所作为。
你放心，我恳求你，没必要
自寻烦恼。你等着吧！我的小宝贝，
只要事情顺利，你会看到，我五六天后就回。
说罢，就在格林巴特獾的陪同下离家走了。

第八歌

格林巴特和莱涅克一起穿越荒野，
在直通王宫的路上走着，
莱涅克说：不管情况如何，
738　我预感这次出门会有最好的结果。
亲爱的贤侄，你听我说！自从上次
在你面前忏悔之后，我本性未改又犯科：
请听我讲当时忘记讲的那些大大小小的事。

我从熊身上弄到很大一块皮，公狼和母狼
又把他们的鞋子让给了我，我总算出了一口恶气。
这些事全凭我撒谎办成，我懂得怎样

激怒大王,同时把大王骗得晕头转向:

因为我给他讲了一个童话,编造了一笔财宝。

我意犹未足,又杀了兰朋,

叫贝林把死者的头背回;

大王怒视贝林,贝林不得不为此承担后果。

还有家兔,我狠狠揪住他的耳后根,

使他几乎命丧黄泉,结果他逃掉了,

这让我怏怏不乐。我还要坦白,乌鸦的

控告并非没有道理,我把他妻莎菲涅贝

吃掉了。这都是我上次忏悔之后所干的事。

上次忏悔还忘了一样,现在说给你听,

你会知道我干得多么狡猾。

当时我因不愿担责,

就把事情推给狼。我们一同行走

在卡其斯和埃尔沃丁恩①之间的某地,看到

远处一匹母马带着小马,母子

都黑得像乌鸦。小马可能只有四个月大。

伊塞格林饥饿难忍,便求我:

你给我前去探问,看母马能否把小马卖给我们?

她要什么价? 我于是走过去,壮着胆子问:

亲爱的马太太,我知道小马是你的,想问问你肯不肯卖它? 739

她回答道:卖呀,只要你出高价。

至于售价,你可自己去看,

就写在我后腿脚下。这时,我已觉察到她的用心。

① 卡其斯、埃尔沃丁恩均为佛兰德地区的村庄名。

便回道：我得向你坦白，
我本想学会看书写字，但事与愿违，我是睁眼瞎。
再者，也不是我本人要买你的小马，是伊塞格林
想摸摸情况，是他派我来的。

母马回道：那就让他过来吧，也让他知道知道。
我返回，伊塞格林站在那里等我。
我说：你想饱餐一顿，就自己去吧，母马会把
小马交给你；
她后腿脚下写着价码，
她叫你去查。
可恨我把有些事情耽误了，
原因就在于我没学会读和写。大叔，
你就去试试吧，也许你懂那标价。

伊塞格林说：哼，还有什么字我不认识的！真是笑话！
我通晓德文、拉丁文、意大利文、甚至法文，
曾在爱尔福特就读，
师从贤人、学问大家，
与法学大师们一道，
质疑问难，作学术评价，
并正式获得法学学士衔，不管你找来什么书稿，
我读起来就像念自己名字一样。所以今日之事，
非我莫属啦。
你留下，我过去认认，倒要看个究竟。

他一去就问母马，小马卖什么价？
便宜点吧。她回道：你去看价码呀，
就写在我后腿脚下。　　　　　　　　　　　　　　　　740
狼说：让我瞧瞧！她说：行！
她从草丛中扬起后腿，那蹄子刚被
钉上马掌，上有六颗钉，她踢中狼的脑袋，
精准得毫厘不差，狼倒地不起，
死一般昏厥过去。母马迅疾逃离现场。
狼就这么负伤躺着良久，
一个小时过去，他才活了过来，
像狗一样嚎叫。我走到他身边问：
大叔，母马在哪？小马的味道咋样？
你吃饱了却忘了我，这可不怎么地道，
是我给你报的信呀。
饭后小睡美滋滋的吧，告诉我，
蹄子下到底写的啥？阁下是大学问家呀。

唉！他回答：你咋嘲笑我？这次我倒大霉了！
即便顽石也可怜我呀。
那长腿母马啊，但愿她遭刽子手报复！
她脚上打了马掌，那就是文字！
新铁钉子！我头上有六处伤口啊。

狼险些丢了命。莱涅克说，现在我全部忏悔了，
贤侄，请宽恕我的罪过！
去朝中如何交代，这很棘手；可是

我发现了良心，洗涤了罪愆。
请告诉我，我怎样改过自新以求圣恩。

格林巴特说：我认为你又犯了罪。
死者不能复生，
他们要还活着，当然好办。所以，大叔，
我顾念死神临近并威胁你，在这恐怖时刻，
身为天主的仆人，愿宽恕你的罪行。
但他们要施暴缉捕你，我从最坏处替你担心。
别人想起兔头，就怎么也忘不了你！
你知道，激怒大王乃是大不敬罪，
这给你造成的损失很严重，不是你轻率的思考所能估计。

狡狐回道：这有什么，等于拔掉一根汗毛！
我告诉你，人在世上混，全凭各人的本领。
人不可能总像在修道院那么神圣，这个你该懂。
做蜂蜜生意，有时也不免舔舔手指头①。
是兰朋过分地引诱我，他在我眼前一个劲儿
又跳又蹦，我喜欢他胖嘟嘟的肉体，
也就顾不得什么友情；我对贝林不大感兴趣。
我犯了罪，他们受损。
但他们也真笨，在那些事情上
总显得那么粗鲁、迟钝。难道我还要讲那么多的礼数、装斯文？
我就不大喜欢礼仪之类。我从宫中

741

---

① 德国成语，相当于我国谚语："常在河边天，哪有不湿鞋。"

惊慌逃出来，教他们这样那样，
可总也教不会，我必须承认：

谁都应爱邻人，可我对他们
就是看不上眼，死的已死，如你所言，
让我们还是说说别的事情。这年头危机四伏，
高高在上者是何情形？这可不许讲；
可我们旁观者清，不过也只好闷在心中。

我们也知道，大王也抢掠，和某些人一样；
他本人不出面，便叫熊和狼去抢，
并认为此乃天经地义。
真话无人敢对他讲，真话即邪恶，
连忏悔神父及其助手也三缄其口！为何？
因为他们有福同享，哪怕是为了弄到一件上装。
某人若挺身而出对其控告，此人就是空忙，
无异于浪费时光，还不如去找别的新活儿干干。
你所拥有的，若被豪强夺去，
那丢了也就丢了，不要再想。
别人又不怎么听控告，到头来，控告也就不了了之，成无头公案。
狮子是我们的君王，他抢占一切，
并认为这符合他的尊严和威望。
他常把我们称作他的臣仆。真的，我们似乎就是他的。

贤侄，我还可以讲下去吗？高贵的大王
特别宠幸那些拿财物孝敬他、善于见风使舵的人，

742

这点我看得最分明。狼和熊当了大王的顾问，
伤害了很多人。他们又偷又抢；
所以得到了大王的垂青。
谁都看出这个，但又都不说破，甚至还
盼望自己也轮到这样的好事情。
现在受宠陪于君侧的，已超过四人，
他们成了朝中栋梁，宠臣。
可怜的小鬼如莱涅克之流，偷了个把小鸡，
他们就齐声喊打，追捕，
异口同声要判他死刑。
小盗被绞杀，大盗获特权，
大盗掌握城堡和国家。
你瞧，贤侄，我现在看穿了，思来想去
还是就这样玩自己的游戏吧。我也常
暗自思忖，这肯定没错，很多人不都这样嘛！
当然，良心也有萌动之时，向我指出在邈远处
上帝在发怒，有末日审判，这让我要想想结局，
想一想不义之财尽管数量少也得偿还，
于是感到后悔，但维持的时间并不久长。
是啊，做个大善人对你有什么好处，
这年头，至善者也被民众说短道长。
743　群众对一切会寻根究底，
他们不轻易忘掉任何人，杜撰这样那样的谣言；
社会上没有多少良善，其中只有少数人才配
拥有善良而公正的君王。
他们无论过去还是现在都在唱"邪恶啊，邪恶"，

尽管知道大小君王所谓的善，

也不屑于参加议论，闭口不讲。

可是，我觉得最糟的事，莫过于这种

揪住人心的迷狂：以为人人

陶醉于强烈欲望，谁都可以在世上称王。

还是那些把妻儿调教得服服帖帖、

善于约束倔强女仆的人反倒能安享

中庸人生的快慰，而傻瓜们却在浪掷生命时光。

这世道怎样才能变好啊？个个肆无忌惮，

都想用暴力去胁迫他人。

如此，我们在邪恶的泥淖里越陷越深。

诽谤、欺骗、背叛、盗窃、伪誓、

抢掠和凶杀，听到的全是这些勾当，

虚伪的预言家和伪君子

寡廉鲜耻，欺世盗名。

就这样活下去吧！谁要是诚心地做醒世劝诫，

人们会压根儿不为所动，会说：罪孽委实深重，

正如此处和彼处众多学者所说教的那样。

那么，神父本人就应规避犯罪。

人人以邪恶的榜样原谅自己，完全像

猿猴一样生来就爱模仿，

因为猿猴不思考，不选择，逆来顺受。

当然，牧师本应表现得好一些才是！

他们可以干某些事情，只要偷偷摸摸干就行：

但他们不怜恤我们这些普通教徒，
744　　在我们眼前举止乖张，
好像我们瞎了眼似的，可我们看得心明眼亮。
他们向上帝的宣誓既不讨正人君子的欢喜，
又不能使从事俗务的"原罪者"高兴。

因为，在阿尔卑斯山那边①，神父通常
都有情妇；此间，神父违教犯罪也
不在少数。有人对我说，他们与结婚的夫妻一样
也有子女，而且对子女的养育
尽心竭力，还要让他们出人头地。
这帮子女到后来也不再考虑自己的出身，
对别人未遑多让，高视阔步，旁若无人，
俨如贵族子弟，自以为
他们的事情合法合理。过去人们对神父的子女
一向不大尊重，可现在都叫他们太太老爷。
金钱万能是理所当然，
神父不利用村庄和磨坊敛钱、
不提高关税和利息，这样的诸侯之国实在鲜见。
他们颠倒了世界，全体教徒都在学坏：
原因是人们看清了神父的面目，于是个个仿效违规，
被盲目误导而脱离正轨。
是啊，谁见过虔诚的神父干过所谓的善事，
谁见过他们借用楷模建造神圣的教堂？

---

① 指意大利。

谁还按神圣教规生活？人们作恶日甚一日。
世风日下，世界岂能变好？

再听我说下去。一个人若是非婚所生，
那就安之若素，还有什么别的办法？
我就这么认为，你懂的。这样的人
倘若言行谦卑，不以虚荣的举止
惹怒他人，他就不会引人瞩目；如果还对他们
说三道四就有欠公允。我们认为
出身不能决定高贵和善良，也不会使人丢脸。
但是，美德和罪恶，则是区别人的分水岭。
善良而学识渊博的神父，
理当受人尊重；而行为不端的，则为世人做出坏榜样，
他若进行善的说教，普通教徒总归会说：
他言善而施恶，我等何以适从？
他对教会也根本未做善事，只是逢人便讲：
捐善款建教堂；末了还强调：
我奉劝亲爱的教友慷慨捐资，
倘若你们想获恩宠和赦免！
可是他自己却捐的很少，甚至一毛不拔。
为一己私利，他巴不得教堂倒塌掉。
这样的人把锦衣玉食作为最佳的生活享受。
而对世俗琐事则斤斤计较，
怎会真心去唱赞美诗、去祈祷？
善良的神父应时刻勤勉地侍奉天主，
应有益于教会行善，通过树立榜样

745

引导普通教徒步入救赎之路的正道。

对于修道士，我也很了解，他们一贯假装
喃喃祝祷，但总去巴结富翁，
设法奉承，最喜欢作客豪门。
人家请一个，马上就去第二个，然后
接二连三。谁在修道院能说会道，
谁就在教团高升，
充任神学和哲学讲师、督察、或升任长老。
别人都得靠边站。伙食也不平等。
有些人在夜间也要唱诗、念经，围着墓地转，
另一些人却待遇优渥，
食不厌精，休息静养。

746　　至于教皇使节、修道院院长、祭司、教长、
妇女教团和修女，那也说来话长。
到处盛行的准则是：把你的给我，我的还是我的。
恪守教团教规、过圣洁日子的寥若晨星，
顶多不超过七人。
所以，宗教界不虚弱衰败才怪。

獾子说：大叔！我觉得奇怪，你在为别人的罪
忏悔，这于你何益？我以为你为自己忏悔就行了，
干吗为教会之事操心，说三道四？
让各人背自己的包袱，他在本阶层中
怎样努力尽其义务，这要由他自己去回答。

谁都离不开自己的阶层，

无论老幼，无论在外界还是在修道院里。

你对各种事情讲得太多，最终会

把我引入迷途。你对世界的实情

以及各种事物的关联，的确了然于胸。

没有人比你更适宜当神父。我要同其他

信徒一起对你忏悔，聆听你的教益，

领会你的智慧。这理所当然！我必须承认：

我们中的大多数迟钝粗鲁，且度日维艰。

他们如此这般抵近了大王的官殿，

莱涅克道：危险了！留神点儿！

这时他们不意邂逅猴子马丁，此君

刚好出发去罗马；马丁向两位致候，对狐狸说：

亲爱的大叔，拿出勇气来！

他尽管知悉一切，却明知故问，

莱涅克答道：唉，这几天我又走了"好运"！

又有几个盗贼诬告我，

且不管是哪几个，主要是乌鸦伙同家兔，

前者失去了老婆，后者丢了一只耳朵。

747

这与我何干？我只要亲自

与大王面谈，就叫他俩好看！

可恨我的最大阻力在于：依旧被教皇逐斥在教门外。

现在对此事握有全权的是

辅佐大王的圣堂祭司。

我之所以被革出教门，

全是伊塞格林惹的祸。他那时当了修道士，
住在埃尔克马修道院，但后又逃走，
发誓不再过那种生活。他被管得很严，
但他不能持久守斋，也不能坚持诵经。
我于是帮他逃之夭夭。我现在追悔莫及，
因为他在大王面前进谗言，一直设法伤害我。
我是否要去罗马？若去，我的家人
多难受！因为伊塞格林不会善罢甘休，
要对我家人下毒手。还有许多人
对我不怀好意，也盯住我的家小。
若能恢复教籍，我日子就好过了，
就可舒心地在宫中撞大运了。

马丁说：我能帮你，真巧！我正要
去罗马，可为你施巧计，
我不让别人欺负你！身为主教秘书，
我想我可以办到。我设法把圣堂祭司
传召到罗马，要同他斗一斗。
大叔，瞧我去操办，我知道如何引导，
让他们取消判决，保准你得到赦免，
并把赦免文书带给你；你的仇敌
将空欢喜一场，花了冤枉钱，又白白费了力。
因为我懂在罗马做事的流程，知道
该做什么，不该做什么。我叔父西蒙[①]

[①]《新约·使徒行传》第 8 章第 19 页上记载西蒙使银钱买圣灵而受到彼得斥
责。西蒙(Simon)一词，意即买卖圣物或圣职。

在罗马既有声望又有势力，他帮助肯掏大钱的人。

沙尔克风①是个人物！格赖弗楚②博士，

还有文德曼特尔③及洛塞风④，他们全是我的朋友。

我预先送钱给他们；你瞧，这样我就在那边

博得了好名声。他们口里虽然引经据典，

但心里却贪图钱财。不管事情如何曲折，

我使大钱即可摆平。

你只要带钱去，就获宽大；没有钱，

那门就关上了。你且安心留在国内吧，

你的事让我去办，让我去解开死结。

你放心上朝去，去找吕克瑙⑤太太，

她是我妻子，国王陛下喜欢她，

王后也喜欢，她为人机敏，善解人意。

你去找她吧，她聪明，且肯为朋友帮忙。

你也会碰到很多亲戚，但他们不是都能派用场。

我妻子身边还有两个妹妹和我的三个小儿郎，

此外还有一些你的家族成员，

他们都准备按你的心愿为你效力帮忙。

你的权利如果遭拒，就请看我的本事了。

有人压迫你，就赶快通知我。

748

---

① 原文 Schalkefund，复合词，Schalk 意为狡猾者，fund 在中部高地德语中意为狡诈。

② 原文 Greifzu，意为出手抓拿。

③ 原文 Wendemantel，意为见风使舵者。

④ 原文 Losefund，复合词，Lose 意为轻浮任性，fund 意为狡诈。

⑤ 原文 Rücknau＝rieche genau，意为嗅觉灵。

我会让全国、包括国王和所有的男女老少
全被革出教外。我要颁发送一道禁令，
一律不许再唱赞美诗、再做弥撒、洗礼
和安葬。请你放心吧，大叔！

教皇年老多病，不再视事，
也不大受人尊重。现在教廷
执掌大权者是俄内格愚格①大主教，
这条汉子年富力强，行事果断，性格火暴，
他有个情人，我认识的，我托她
749　带封信给他，她想干什么，总会设法办成。
大主教的秘书帕尔泰②，此人最懂新旧货币，
大主教的同僚霍尔歇格瑙③是内廷侍臣，
施莱芬文登④是公证员，
拥有两个法学⑤学士学衔，再待上
一年光景，他就会完全掌握文案。
那里还有两名法官，一个叫莫内塔⑥，
一个叫多纳留斯⑦，他俩一审就成铁案。

---

① 原文 Ohnegenüge，意为贪得无厌，欲壑难填。
② 原文 Partey，意为派别，党派。
③ 原文 Horchegenau，意为包打听。
④ 原文 Schleifen und Wenden，意为办事拖沓的跟风派。
⑤ 指罗马法和教会法。
⑥ 原文 Moneta，拉丁文，意为钱，货币。
⑦ 原文 Donarius，源于拉丁文 donare(馈赠)，意即受贿。

我就这样在罗马大搞阴谋诡计，
教皇却懵然不知,这全靠结朋友拉关系！
通过他们可以免罪,使人恢复教籍。
至尊的大叔,请放心！因为大王早知道,
对你,我不会置之不顾,
我会把你的问题搞清楚,我有这个能力。
再说,大王也考虑到,猴子和狐狸的
许多亲戚能给他出锦囊妙计。
不管情况如何,肯定对你有所裨益。

莱涅克说:这让我吃了一颗定心丸,此次我若
脱身,绝对忘不了你。
莱涅克只带着格林巴特,未让猴子随行,
就这样走向人人对他恼恨的宫廷。

第九歌

莱涅克回到王宫,思谋着如何推翻正威胁着他的
种种指控;可一见那么多的仇敌
聚在一起,都要对他报仇雪恨,
欲置他于死地,他就一下子泄了气。
这时他满腹狐疑,但还是壮着胆子
穿过高官显宦群体,在格林巴特的陪伴下
径直朝王座走去。格林巴特对他耳语:
别怕,莱涅克,这次你要切记:
幸运不会让笨伯分享,勇者要迎难而上,
以冒险为乐,冒险方能助勇者遇难呈祥。

750

莱涅克道：你说的是至理名言，我对你的无上安慰
万分感激，我若再获自由，
绝对忘不了你。他环顾四周，见人群中
有不少亲戚，但施恩者稀。他曾对他们中的大多数
以恶相报，对水獭、海狸
以及大大小小的兽群，其流氓本性展露无遗。
但，他还是发现王宫里有足够多的朋友。

莱涅克跪拜在王座前，郑重禀报：
但愿全知全能的天主
保佑我的大王，也不吝保佑
我的王后，愿天主将智慧和良谋赐予二位，
以辨明是非，因为当下
大行其道的世风很虚伪。
许多人表里不一，啊，要是人人脑门上
写着他内心所思就好了，愿大王明鉴！
陛下可以看出我没撒谎，我随时准备
侍奉大王。
恶人拼命告我的状，要害我，
要剥夺陛下给我的恩宠，好像我
没资格接受似的，可我熟知大王
恪遵正义，谁都休想诱惑大王
罔顾人间公道，今后也一样。
751　这当口，大家全拥过来想听莱涅克
讲些什么，对他的大胆，不得不为之错愕。
他的罪行尽人皆知，怎么还想狡辩开脱？

大王斥责道：莱涅克，你这个歹徒！你的废话
再也救不了你，也帮不了你掩饰
谎言和欺骗，你的末日已到。
朕以为，你已证明了对朕的所谓忠诚，
以家兔和乌鸦为例就已足够！
可你还到处搞背信弃义，
干坏事既巧妙又虚伪，但，以后休想再干。
你恶贯满盈，朕不再费口舌骂你。

莱涅克心想：这可怎么办？噢，回到自己家里
该多好！到哪里能想出对策来啊？
不管怎样，我必须挺住，要绞尽脑汁试试。

众人听莱涅克讲：
强大的国王，高贵的君主！
陛下若觉得我罪该万死，这看法
就有失偏颇；所以我求陛下
先听我申诉。我素来为陛下出谋划策。
别人临危就躲，我则守在陛下身边，
现在这些人趁我远离之机插进来
进谗言害我。高贵的大王，
你且听我讲完再断案；
我如有错，自然要自己承担。
陛下很少顾念我，可我对大王的维护真是无微不至，心细如发，
在国内各地布置岗哨拱卫陛下。
陛下你想呀，我要是知道

自己犯了大罪小罪，还敢来宫廷吗？

752

犯了罪就会回避大王，也会避开仇敌，
即使给我世间所有的财宝也休想把我
从自己的城堡里骗来，我待在
自己的地盘上多逍遥自在。我现在不知
自己有什么罪，才敢来此地。
之前我正在我城堡门前守卫，我侄子送来通知
要我上朝。我曾重新考虑
怎样让自己恢复教籍并与马丁商议。
马丁对我神圣发誓，要帮我解决这个难题。
他说：他将去罗马，这事就全包在他身上，
说你放心上朝，教籍问题会解决的。
陛下你瞧，马丁就这么劝我，他肯定有办法，
因为杰出的主教俄内格愚格常用得着他，
他在法律事务方面已侍奉主教五年。
我因马丁之故来这里，发觉控告我的状子如山堆积。
家兔奥格勒①中伤我，可是，我莱涅克
现就站在这里，你出来同我对质呀？
背后控告不在场的人当然很容易，
但，在判决之前，也应该听听被告的申辩才对，
这些虚伪的家伙利用我的诚信！
乌鸦带着家兔享用我的珍馐美味。
前日大清早家兔碰到我，向我殷勤问安，
正值我在城堡做晨祷，

---

① 原文 Äugler，意为频送秋波者。

他告诉我他要上朝，我说

愿上帝保佑你。可他悲叹道：

我好饿好累！我好意问他，是否想吃东西？

他说，那我真要谢谢你。我于是说：

我乐意请客，一面带他进屋，即刻奉上

樱桃和黄油，我通常在星期三戒绝肉食。

他大啖面包、黄油和水果，肚皮撑饱。

753

我最小的儿子来到桌前，看桌上

有没有剩余的食物——小孩都嘴馋。

这孩子伸手去抓，岂料家兔

猛然朝他掌掴，

打的他嘴唇和牙齿鲜血淋漓；

我另一个儿子莱因哈特见状，

就上去掐住奥格勒的咽喉，尽显身手为弟弟报仇。

此乃事实真相，不差分毫。我毫不迟疑

奔过去申斥孩子，使劲开拉兄弟俩。

奥格勒若失掉了什么，那也是咎由自取，

就那样还算便宜了他，

讲得难听点，兄弟俩真想了结他的小命。

现在他居然对我这样报答！

说我扯掉了他的一只耳朵；

他享受尊荣的同时也留下了一个印记。

乌鸦也来找我，向我诉苦，说他老婆

死了。其实，他老婆是吃多了胀死的，

她把一条大鱼连鱼骨鱼刺全部吞下。

乌鸦最清楚事情发生在什么地方。可是他说，
是我杀害了他老婆,他怎么不说是他自己呢,
倘若认真地审问他,由我来审,他也许
又是另一番说法。
因为乌鸦会飞到空中,我们不可能跳得那么高呀。

若有人想利用这些违法行为惩罚我,
那也得有证人、要有正直、有效的证人才行。
控告高贵人士,也应如此。我就等着。
如果没有证人,也还有别的办法。
来嘛! 我准备决斗①! 请决定日期和地点。
然后,值得尊重的对手与我立马现身生死决斗场,
各方行使自己的权利,
谁赢,荣誉就归谁。
这在法律上一向通行,我也不要求更好的办法。

754 众人伫立倾听,对莱涅克
居然如此倨傲惊诧万分。
乌鸦与家兔十分惧怕,遂退出
官殿,不敢再置一词。
他们边走边说:再跟他打官司,实不可取。
就是使出浑身解数,
我们也得不到什么好结果。谁见过那些事?
单独在场的,只有我们和这无赖,谁能证明?
最终还是我们吃亏。他罪行累累,

---

① 中古的神明审判,有一种决斗审判,让原告同被告决斗,败者被认为有罪。

只等刽子手来治他,那他就活该!
他要同我们决斗? 搞决斗我们要倒霉。
不要,咱们别搞。我们对他知根知底,
他虚伪、机敏、厚颜、狡猾。你我五个人
也对付不了他,我们决斗定会付出高昂代价。

伊塞格林和布劳恩瞧见这两个溜出宫廷,
这败坏了他们的心绪,他们很不高兴。
这时大王发话:
还有谁要告状,站出来! 让我们听听!
昨日个那么多人咄咄逼人,现在
却只见被告在此! 告状的人呢?

莱涅克说:情况总是这样;有人控告
这个那个,可被告来了,原告却龟缩在家里。
乌鸦和家兔这些叛徒真不要脸,
一心想侮辱、损害和惩罚我,
可他们又向我表示歉意,我就原谅了他们;现在我来了,
他们有顾虑,所以退避三舍,
也不害臊! 陛下你瞧,偏听偏信,
让无耻的小人诬告那暂离朝廷的侍臣
是多么的危险;
他们颠倒是非,为忠良的臣属所不齿。
至于其他人,只管对我表示遗憾好了,我并不十分在意。
大王发话:听朕讲,你这胆大包天的逆臣,
到底为何对兰朋下此毒手?

755

他是忠心为朕传递文件的啊,你从实招来。
你犯了那么多的罪,朕不是全都饶了你?
你从朕手里接过行囊和手杖,有此装备,
本该去罗马再渡海;你享有一切,
朕盼望你改恶从善。可朕开头就听到你怎样残害了兰朋,
朕觉得你本性难改;贝林还不得不
替你当了回使者,把兔头放在行囊里背来,
还公然说什么,他给朕捎的是书信,是你们共同
构思所写,他还提了最好的建议。
可里面装的是兔头,你们合伙
不折不扣地将朕嘲笑。朕即刻把
贝林当人质,他丢了命活该,现在轮到你了。

莱涅克说:什么? 兰朋死了? 贝林
我再也见不到了? 怎么会? 啊,我倒不如死了好!
我的财宝、那无价之宝也随他俩丢掉了!
因为我托他们向陛下敬献
那举世无双的珍宝,
谁料公羊竟然杀了兰朋,夺了陛下的珍宝!
在估计不到潜藏着危险和奸计的地方,就是要提防啊。

大王气急败坏,不等莱涅克讲完,
就转身回到室内,他对莱涅克的话
听得不甚分明,只想治他死罪。
陛下见王后与吕克瑙太太正待在室内。
这母猴颇受大王及王后宠幸,

这，就有助于莱涅克摆脱困境了。

母猴颇有学识，聪慧，又善言词，

她不管在哪里露脸，都备受瞩目和尊重。

发觉大王不悦，她便审慎而言：

仁慈的陛下，你有时顺应我的请求

而不后悔；即便发怒也不计较

我的鲁莽，让我说出人微言轻的意见。

这一次也请耐心听我直言，

因为这关涉我们本族！谁会六亲不认呢？

莱涅克不管怎样也是我的亲戚，

在我看来，他态度端正，这点不得不承认；

他既然自己来投案，他的事

我就从最好的方面加以考虑。

他的父亲蒙荷陛下先父的知遇之恩，却也因此

遭到失德的奸佞陷害，

那些虚情假意的原告！

可他父亲总让这帮小人失颜面。

一旦水落石出，真相大白，人们立即明白，

原来是阴险、嫉妒之辈硬是把

他的功绩说成滔天罪恶。

他于是在宫中一直享有崇高威望，

远非当下布劳恩和伊塞格林可以比肩。

人们指望这两个人排忧解难，

他们的事也经常听人说起，

可是他们不大懂法律，这从他们的建议

和生活中即可看出。

756

大王回答说：朕恼恨莱涅克这个盗贼，

他不久前灭了兰朋，误导了贝林，比以前更狂妄；

他抵赖一切，对外吹嘘他是忠臣义士，

可大家一齐对他提出强烈指控，

且证据确凿，证明

他如何伤害朕的可靠随从，如何以偷盗、

抢掠和凶杀危害国家社稷、残害忠良。

是可忍孰不可忍！

凡此种种，你怎么会感到奇怪呢？

母猴未敢苟同，道：

在任何情况下，明智地任事、敢提建议的人

很少，能做到这点，

就该受到信任，然而，嫉贤妒能的人

会暗中伤害，他们人数一多，

就公然跳出来发难。莱涅克

已多次遇到这样的事，就在大家沉默不语，无所适从之时，

是莱涅克给陛下建良言献妙策，

这一点，他们无法抹杀。

757　陛下还记得最近发生的事吗？那男子

和那条蛇来到陛下面前申诉，可谁都不能

调解他们的纠纷，

莱涅克却能，当时陛下当众表扬了他。

大王略作思考，回道：

这事朕还记得，却忘了

事情的关联，朕仿佛觉得事情很复杂。

你若记得就讲给朕听，
也让朕高兴高兴。
母猴答话：吾王既然下令，遵旨。

正好两年了，仁慈的大王，有条长虫来到陛下面前，
情绪暴躁，控告一农夫不服法律裁决，
农夫已两次败诉。长虫把农夫带上
陛下的法庭，用大套言辞陈述案情。

蛇要从篱笆上一个洞钻进去，
岂料洞口外装有绳套被套住，
活扣越拉越紧，蛇差一点丢了命。
凑巧有个行人打这里经过，
蛇惊惶不安地叫道：
请可怜可怜我吧，把我放出来吧！
我求你啦！那男子说：我愿意救你，
你的不幸真是可怜。不过你要对我发誓，
绝不伤害我；蛇乐于
发誓，诚恳之至：
绝不伤害救命恩人。
那男子于是把蛇放了出来。

他俩一道走了一些时辰，
蛇这时感到饥饿难忍，遂向男子猛蹿过去，
想将其缠死吞下。可怜的男子情急之下挣脱，
嚷道：这就是你对我的报答？我活该如此？

758

你不是发过至诚的誓言？蛇说：
遗憾的是饥饿逼迫，无以自救，
事急顾不得法律，此乃至理名言。

男子答道：那就请暂时饶了我，
等走到有人的地方，让别人不偏不倚来判决。
蛇说：我愿再忍一会儿。

他们继续前行，见水面上飞着乌鸦普夫吕克包伊特尔①
和他的儿子，人们管他儿子叫夸克勒②。
蛇把这父子俩叫到身边说：
来，听我说事！乌鸦认真听完，
即刻做出判决：吃掉男子。他希望
自己也分得一份。蛇听了高兴至极，
现在我胜诉了，谁也不能对我责怪。
男子回道：不，我并未完全败诉，
强盗岂能判人死罪？就凭一人判决？
我要求走法律程序，进一步审理，
把案子摆到四人、十人面前听取意见。

蛇说：那我们走吧！走着走着，这时
狼和熊与他们不期而遇，大家会聚一起。
男子置身于这五个同伙之中

---

① 原文 Pflückebeutel，意为扒窃钱包。
② 原文 Quackeler，意为饶舌者，唠叨。

感到很危险,忧心忡忡,

蛇、狼、熊和乌鸦父子围着他,

令他悚惧,狼和熊立马达成一致

下判决:蛇可以杀死男子,因为难忍的饥饿

顾不得法律,事急可以解除誓约。

他们都想剥夺男子的生命,

男子是以惊恐至极。

但见那蛇发出咝咝声向他猛扑过来,

口涎飞溅,他战战兢兢躲闪一旁,

高喊:你,丧尽天良的东西! 谁让你来

主宰我的生命? 蛇说:你听到

判决者已判了两次,两次你都败诉。

男子回道:他们本身就偷盗,抢掠,

我不承认他们,我们要去见大王。

大王判决我一定服从,我若败诉,

不管多惨我也认。

狼和熊讥讽道:你不妨这样试试,

但只有蛇胜诉,不会有别的结果。

他们寻思,宫中全体贵族也会

像他们一样判决。于是,蛇等一干人神情笃定地带着男子

来到陛下面前。

狼一家子来了三个,他有两个孩子,

一个叫埃特鲍赫①,另一个叫尼梅萨特②,

759

---

① 原文 Eitelbauch,意为空腹。

② 原文 Nimmersatt,意为老是吃不饱。

兄弟俩给那男子添了很多麻烦。他们的来意
无非是也想吃到一份。贪得无厌的家伙
在陛下面前大闹宫殿,其粗野作派令人侧目。
陛下把这两个野小子赶走了。
那男子恳请陛下开恩,讲述
蛇如何忘恩负义,背弃誓言,欲将他弄死!
所以乞求陛下救命。
那蛇也不抵赖,说是极度饥饿使然,
事急顾不得法律。

仁慈的大王当时优柔寡断,觉得此事
有点儿蹊跷,实难断案。
要判处那位乐于助人的善良男子,
陛下又于心不忍,但此外也顾念蛇的
极度饥饿。陛下乃召集群臣会商。
可惜大多数人的意见对男子不利,
盖因他们意欲大快朵颐,故要帮蛇说话。
陛下又遣人宣召莱涅克,因为那一拨朝臣
虽有说词,却无能依法断案。
莱涅克上朝听了诉讼,陛下把审判大权
交到他手里,他怎么判就怎么定。

莱涅克经慎重考虑,说:我觉得有必要
先调查现场,我要看看蛇
怎样被农夫发现,如此方可断案。
于是有人把蛇重新放到原地的绳套里,

760

就像农夫当时在篱边见到的那样。

莱涅克说：在这里，你们双方都
恢复了原状，谁也没赢，谁也没败。
我觉得这才显得公正。
男子若愿意，就把蛇再从活套中放出去；
若不愿意，就让蛇吊挂在那里，
然后自由自在走他的路，去干别的营生。
既然蛇忘恩负义，
那么，男子理当自行选择。我觉得
此为法律的真谛。谁有更好的高见，请讲。

陛下和朝廷顾问当时对莱涅克的判决十分满意，
莱涅克受表彰，农夫谢陛下。
人人称赞莱涅克聪明，连王后也由衷赞佩。
人们也议论纷纷，说如果打仗倒也用得着
伊塞格林和布劳恩，对这二位，
远近无人不惧。哪里有吃的，他们就赶到哪里。
他们身强力壮又胆大，这谁都否认不了。
但他们有勇无谋，出不了主意，
常常仅以体健力大而盼顾自雄。
可一上战场，短兵相接，就甘拜下风，
在家时的豪勇消失得无影无踪。
在外面，他们喜欢匍匐隐蔽，一旦
激烈交火，就得有人拽着他们上前，
他们并不比别人高明。

761

熊和狼横行乡里,鱼肉百姓,大火烧了谁家的房,
他们不大放心上,反而趁火打劫。
他们不怜悯任何人,
只顾塞饱自己的肚皮,
把一只只生鸡蛋滋溜滋溜地啜饮吞下,
却把蛋壳留给穷人,还认为这分配公平。
反观莱涅克及其狐族,他们
极富才智韬略。仁慈的大王,
莱涅克虽有错处,但也不是顽石不化。
其他的朝臣,无人堪担陛下优秀的智囊。
所以我求陛下宽恕他。

大王回答道:对此朕要考虑考虑。案子
已宣告判决,正如你所说,蛇受到惩罚。
可莱涅克本质就坏,他如何能改恶从善?
跟他订约,终归会受他欺骗;
他耍花招,狡黠,谁能对付得了?
在他,狼、熊、公猫、家兔和乌鸦
都不够机敏,他让这些人全受损、丢脸。
这个失去一只耳朵,那个瞎了一只眼,第三个
又被他夺了命! 朕真不明白,对这样的恶棍,
你怎么还百般替他说情、为他的案子申辩?
母猴答道:仁慈的大王,我不能否认
他们狐族高贵伟大,望陛下三思。

大王起身走到室外,众人

伫立在此静候,他见人群中
有许多莱涅克的近亲,他们来此
目的是保卫族亲莱涅克,这家族真是
人多势众。大王见另一边
是莱涅克的仇敌:宫中似分为两派势力。

大王开言道:莱涅克,朕问你,你还能
开脱你的罪行么?你伙同贝林
杀害虔诚的兰朋,你们胆大妄为,
还把他的头塞在袋子里,诡称书信。
你们这不是在嘲弄朕么?朕已惩处贝林,
治了他的罪。同样的命运在等着你。

莱涅克道:我好冤呀,噢,我还不如死了好!
陛下听我说,事已至此,
我有罪就杀我吧,杀了我
我就永无报仇雪冤之日了。
毫无信义的贝林侵吞了
我的无价之宝,我们凡人从未见过那么珍稀的宝贝呀。
唉,这财宝竟要了兰朋的命啊!我拜托他俩
给陛下献宝,岂料这稀世奇珍被贝林夺去了。
要是再找到这宝物该多好!恐怕再也
无人能找到,财宝湮没无闻了。

母猴接口说:干吗这样绝望?
只要财宝在世,就有希望找到。

我们从早到晚努力找,向俗人僧人
勤打探。可是也请你讲讲到底是何财宝?

763　　莱涅克说:它们很贵重,踪迹难觅了;
到了谁的手里,定会珍藏不露。我夫人
埃尔梅林是多么痛惜啊! 她永远不会原谅我了。
因为她劝我不要把珍宝交给他们俩。
可眼下有人编造谣言控告我,
我要维权,等候判决,
如判我无罪,我就去周游列国,
哪怕舍命也在所不惜去觅宝。

第十歌

狡黠的雄辩家接着说,噢,我的大王!
至尊的君主,请允许我当着朋友的面陈述
我原定献给陛下的是何奇珍异宝。
纵然陛下不能马上得到,但我的心意总值得称道。
大王说,那你就讲,要讲得要言不烦。

莱涅克悲从中来,道:
幸福和荣誉全丢了! 陛下听我禀明一切。
头一件宝物是一枚戒指。
我把它交给贝林,拜托他呈送大王。
这纯金戒指以惊人的技艺打造,
他本应在吾王的宝库大放异彩。
在戒指的内圈上
镂铸出一些字母;那意义特殊的

三个希伯来文单词,在国内,

人们难释其义;

只有特里尔①的阿布里翁②大师能看懂。

此君是犹太人,博学,通晓从普瓦图③到吕讷堡④

通用的所有方言和国语,

尤其精通各种草药和宝石。

我把戒指拿给他看,他说这里面

隐藏着至珍之物,那三个刻铸的名字

是虔诚者塞特⑤在寻觅怜悯之油时

从天堂带至人间;谁把此戒带在手上,就能逢凶化吉,不受雷电

和魔术损伤。

大师还讲,他已读懂:带戒者

即便遭遇酷寒也不致冻死,

而且必然安度晚年。

戒指的外层镶有一颗发光的红宝石,

夜间也能熠熠生辉,能照出各种物件。

宝石有种种奇效:能治病,

摸一摸它,百病皆祛,

千难万险皆克,戴戒者绝不被死神征服。

大师还发现宝石的神力:

戴戒指能安全地周游各地,

764

---

① 德国莱茵兰-普法尔茨的城市名。
② 人名系虚构。
③ 法国西部地名。
④ 德国下萨克森州城市名。
⑤ 原文 Sett,为亚当之子。

水火无伤,不会遭逮捕,不会被出卖,
敌人的暴力能悉数躲避。
只要冷静地瞄一眼宝石,就能在战斗中
以一当百,甚至克敌更多。
宝石的神效还能化解毒药
和一切有害的毒汁。
它也能消除仇恨,有些人
尽管不会立即喜欢戴戒的人,
但不久就会改变态度。

这枚戒指是我从先父的宝库中找到
并欲呈送大王,
宝石的神力谁能通通说尽啊?
我自知不配
戴这样的贵重物,觉得
它应属于九五之尊的贵人——
我们的福祉和财产全都仰仗这位至尊,
我有心捍卫他的生命,使其消灾祛祸。
765　此外,我还拜托公羊贝林将梳子和镜子
敬献王后,也好让王后想到鄙人。
这两件是我一次从先父的宝库中
拿来玩耍的,可它们却是举世无双的
绝美的工艺品。噢,我夫人不知尝试过多少次欲占为己有,
拥有它们,她就不再觊觎世间别的财物。
我俩为此发生过争吵,但我不为所动。
我经过慎重考虑,这次要把镜子和梳子

献给我仁慈的王后,王后总是

慨然对我施恩,保我平安无虞,

还常常替我美言;

她出身名门,高贵,真可谓人有美德气自华,

其言行证明狐族那古老的遗风犹存,

王后的母道懿范堪与这镜梳相称!

只可惜她未亲眼得见,镜与梳就不知去向。

现在来谈梳子。艺匠取材于高贵动物

豹子的遗骨,这种豹栖息在印度和天堂之间。

其皮毛色泽斑斓,豹不管走到何方,

通体都散发馥郁的芳香,所以,

动物们不论在哪条路上都喜欢跟踪他的足迹;

因为它们都承认

闻香使其健康。

精美的梳子就是用豹子的骨殖精雕细刻而成,

它光亮如银,纯净得无以言表,

其香味超过丁香和肉桂。

豹子死后,这香气便移至骨内,

故香气持久,骨也永不腐朽。

它还能驱逐瘟疫,使人不致中毒。

在梳子背面,能看到精美的图画,

那是雅致的、交织着金饰的植物卷须花纹,

嵌有红蓝青天宝石。中间部分巧妙地

刻有一段故事①：特洛伊的帕里斯
某天坐在泉边，瞅着身边三位女神——
他们分别名叫帕拉斯、朱诺和维纳斯——
争论不休，个个都想独占那个
目前仍属三人共有的金苹果。
她们终于一致同意让帕里斯裁决，
把金苹果判给最美的美人。

青年帕里斯极其慎重地端详着美女。
朱诺对他说：你若认为我最美
让我得到苹果，你就会成为富甲天下的人；
帕拉斯对小伙子说：你仔细想想，把苹果给我，
你就会成为天下最强大的人，
提起你的大名，不管敌友，
无人不惧三分。
维纳斯说：力量又怎样？财富又如何？
你父亲不是普里阿摩斯皇帝么？你兄弟赫克特
在国内不是有钱有势么？
特洛伊城不是也没有让他的军队守住？
你们不是也没有征服近处的国家、远方的民族？
你若夸我最美，把金苹果裁定给我，
你就因为拥有世间的至宝而欢欣。
这至宝即是一个卓越的女子，最美的绝代佳人，
她贤良，高贵，聪慧，谁有资格对她赞美？

---

① 镜子与梳子的故事源于荷马史诗《伊利亚特》。

给我苹果,你就能占有希腊王后,
我指的是海伦娜,这位宝中之宝的美女。

他把苹果判给了维纳斯,当众赞美她是最美的美女,
她于是帮他拐走美丽的王后,
亦即墨涅拉俄斯之妻,并带回特洛伊做了他的夫人。
人们在梳子的中部就看到这个故事的浮雕,
浮雕周围还配有精彩的文字说明,
读一读即明白故事内容。

767

请陛下再听我谈镜子! 此镜非玻璃,
而是一块绿宝石,透亮,标致!
什么都被照的一清二楚,哪怕相隔数里远,
也不管白天还是黑夜;若某人脸上有个不雅的瑕疵,
或眼睛里有斑点,只消揽镜自照,一切缺陷
和外来的损伤顷刻间化为乌有。
我失去镜子,恼恨不已,这何足怪?
镜框用珍贵的木料制成,
名叫塞提姆木①,
木质坚硬,有光泽,
不被虫蛀,比黄金贵重,只有乌檀木可与之相比。
从前,在克罗帕德斯皇帝治下,有一个能工巧匠
用此木制作了一匹神马,
骑上它,不需一小时能行百里。

---

① 埃及一种带刺的硬木。

现在我无从细说此事，
因为开天辟地以来尚无类似的神马①。

周围的镜框，总宽度为一尺半，
上面装饰着精美的雕刻，
每段雕刻的下方都有一行行金字
加以适当说明。我要简短地
说说那些故事。第一个故事说的是嫉妒之马②。
此马要与鹿赛跑，
但它落后，很痛苦，
于是赶紧对一个牧人说：
你若爽快地听命于我，就交好运。
768　你骑上来，我带你向前奔，
刚才有一只鹿在那边林子里藏了起来，
你可将鹿捕获；
鹿肉、鹿皮和鹿角很值钱，你可出售。
骑上来吧，我们去追！
"我正想斗胆一试！"牧人边说边骑上，猛追赶。
不久就看到了鹿，他们紧跟。
鹿比他们快，马在后奔得很累，
于是对牧人说：你下来，我累了，需要休息。
不行！牧人回道，你得听我的，
否则叫你尝尝我踢马刺的滋味，

---

① 飞翔的木马题材源自东方的童话传话。
② 参阅《伊索寓言》。

是你自己叫我骑上来的,牧人如是对马威逼。
陛下你瞧,恶意伤害别人的人却导致自己
痛苦和不幸,最终得到报应。

此外,我还要告诉陛下镜子上面画了什么:
一匹驴和一条狗在富翁家当差,
当然是狗狗受宠,
它与主人共同进餐,一起吃鱼吃肉,
舒坦地偎依在恩主的怀里休憩,
恩主总赏给它最好的面包吃,它为了
报答主恩,就摇摇尾巴,舐舐主子。

波尔德温驴眼瞅着狗狗享福,
内心颇为酸楚,自言自语:主人怎么想的,
对这懒狗竟如此厚爱?
狗在他身上跳来跳去,甚至还舐他胡须!
我呢,必须干累活驮袋子。
叫狗来试试,哪怕五只十只狗,
一年也不及我一个月干得多!
可是主人给它最好的东西吃,而让我光吃麦秆,
让我睡在硬邦邦的地上,
人们不管赶我骑我到哪里,
总是挖苦我。我不能也不愿
再受窝囊气,我也要讨主人的欢喜。

驴子如是说着,正巧主人从路上走来,

769

它于是翘起尾巴、竖起身子朝主人蹦过去，
并大叫大嚷，放声高唱，舔他胡须，
学狗的样子亲他的脸，却在他脸上拱出几个肿包。
主人心惊，躲开，大喊：啊！给我把这驴抓起来，
打死它！家奴赶来对它一顿暴打，
把它赶进驴棚，它依旧是匹驴子。

驴族中现在还有一些驴子
眼红别人的幸福，而它们自己却未变好，
这样的驴子一旦富裕起来，
说实在的，他比猪用汤勺喝汤
也高明不了多少。驴子现在还是驮袋子，
用麦秆作床铺，用蓟草作食料。
即便改变对他们的待遇，他们还是一仍旧贯。
哪里由驴统治，哪里就民生凋敝，
因为它们只顾私利，此外还关心什么？

我的大王，还请听我再讲，
但愿我不会惹陛下不悦。
镜框上还有美丽的图画及解说，
说明我父亲当时怎样与欣泽结盟，外出冒险，

770

怎样神圣发誓：有难同当，有福同享。
当他们一道前行，发现不远的路上
有猎人和猎犬，欣泽雄猫说：
出个好主意，就是无价宝！我的老父说：
我有锦囊妙计。我们要谨记誓言，

团结一致,此为至要。

欣泽回道:不论情况如何,

我只知一计,我决意用它,

说罢便急不可待跳到树上逃命,

躲避残暴的猎犬,丢下他大叔不管。

我父亲这时茕茕孑立,惊恐不安;

猎人追来了,欣泽说:怎么啦,大叔?

到了这个份上,就打开你的锦囊吧!

既然囊中装满妙计,现在不用,更待何时。

猎人号角声声,彼此呼唤。

我父亲跑,猎犬也跑,猎猎地紧追。

他吓得直冒冷汗,屎尿不禁,

后来才略觉轻松,逃出敌人的围捕。

陛下你听到了你最信任的至亲欣泽

竟然如此卑鄙地背弃了我父亲。先父那时命悬一线,

猎犬速度极快,要不是他蓦然

想起一个洞穴并钻入其中——敌人无从找到——

他早就一命呜呼。

类似欣泽如此对待先父的坏蛋

大有人在,叫我如何对他们尊敬和喜欢?

我已对他们饶恕了一半,可还是余恨难消。

这一切,镜子上都刻有图文说明。

此外,在镜框上还可看到一段关于狼的奇闻,

说明狼怎样准备报答他所受的大恩。

771

他在草原上发现一匹马,马身上只剩下骨架。

他饥肠辘辘,便贪婪地啃,

岂料一根尖骨横梗住咽喉;

他悚惧异常,痛苦不堪,

遂打发一个个使者延医治疗,

可无论他出多高的酬金,医生全都无计可施。

直到最后,一只鹤自告奋勇前来救急,

他头戴一顶红帽。病者对他哀求:

请快快给我祛除病痛,取出骨头,你要多少酬金都行。

那只鹤信以为真,就连头带嘴一起

钻进狼喉,将骨头取了出来。

痛死我啦! 狼吼道,你伤着我啦! 痛啊!

再也不能这样了! 今天暂且饶了你,

要是另一个人,我就不客气。

鹤回道:你该知足了,给你治愈了,

给我酬金吧,是我该拿的,我给你帮了大忙。

狼说:瞧你这傻瓜说的,我痛苦,

你倒要酬金,全忘了我刚才给你的恩典,

你把头和嘴伸进我口里,我不是没有伤害你、放你出去了?

你个捣蛋鬼不是弄得我好痛么?

要谈报酬,我倒真要向你索取哩。

狡猾之徒对待仆人一贯如此。

这些故事和许多精致的雕刻

——呈现在镜框四周。

有些是雕刻的饰物,有些是金字。　　　　　　　　772
我自觉渺小,不配拥有这贵重的宝石,
故欲呈献王后,想以此
表达我对陛下和王后的敬意。
当我把镜子托人带走时,我那两个懂礼的男孩
十分伤感。他们平时面对镜子跳跃游戏,
喜欢看镜中的自己,看垂在身后的小尾巴,
对自己的小嘴嬉笑。
遗憾的是,当我凭诚信把宝物郑重托付给狼和贝林时,
我没有估计到诚实的兰朋会死。
我把他俩当老实人,
认为世上没有比他俩更好的朋友。
让我们诅咒凶手!我想知道
谁将宝物藏匿,谁是凶手,凶手终归无可遁逃。
也许在座诸位有一两个人知道
宝物在何处,兰朋怎样被杀了。

唉,我仁慈的大王,你日理万机,
不可能记得所有的事体;
可是,就在这里,先父尽心侍奉先王,
这事你也许还记得起。
先王当时卧病在床,是我父亲救了他一命。
可陛下说,我和先父从未替陛下做过什么好事。
且听我再讲。在先王的宫中,
我父亲是经验丰富的御医,
颇孚人望。他善于从病者的小便中

高明地确诊出疾患；他协助上天治愈了
先王的眼疾和其他四肢百体的顽症。
他熟悉催吐剂的效能，亦善牙科，
能轻而易举拔掉疼痛的牙齿。
我愿相信，陛下已忘掉这些，
因为陛下当时只有三岁，忘掉也不足为奇。
那时正值冬季，先王缠绵病榻，巨痛难忍，

773　　要由人背扶。他命手下把此地至罗马之间的医生全都喊来，
但个个束手无策，最后才派人请先父。
先父接到急报，就去探视先王的凶疾。

先王的病令我父亲十分悲伤，他说：大王，
仁慈的君主，我宁愿以自己的生命作赌注
救治陛下，请陛下把小便置于玻璃瓶中
让我查验，大王依从了先父，
只是唉声叹气，说他的病越拖越凶。
幸运的是，先王霍然病愈，这在镜框上有所描绘。
我父亲慎重地说：
陛下若想康复，就要毫不迟疑打定主意
吃下一只狼肝，这狼至少要有七岁；
必须把狼肝全部吃下
不可剩余，因为这关系到陛下的生命。
陛下的小便里全是血呀，请速做决定！

群体中狼也在座，他听了先父的话怫然不悦。
先王对狼说：这话你听到了，

狼先生,你听着,为了朕的康复,
你不会拒绝献出你的肝脏吧。
狼回道:我还不到五岁呢! 对陛下有何用?
我父亲说:全是废话! 这挡不住我们,
我这就看看你的肝,说罢当场
把狼拽进厨房取肝,并证明此肝合用。
先王即刻把肝吃下,就在这一瞬,
他的病痛和疾苦全无踪影。
他对我父亲千谢万谢。此后,官中不论谁见到先父,
必定问安,叫声"大夫"。谁都忘不了那神奇的事情。

就这样,我父亲适时地来到大王身边佐政。
先王对他很是尊重,这个我最清楚。
他当着全体贵族的面,给先父戴上一顶
红帽,帽子上有一根金质的别针。
大家从此对他都高看一眼。可惜

774

到了先王的儿辈一代情况就起了变化,
先父的美德再也无人想起;被提拔的
都是些欲壑难填的无赖,他们只考虑
利益和好处,而把正义和明智置诸脑后。
奴仆当上了官老爷,穷人难免要付出代价。
他们一旦得势,就会胡乱残害百姓,
不再顾念自己的出身。
不管什么活动,他们只考虑从中渔利。
众多这样的歹徒围在大人物的身边,
他们对别的请求一概不加理会,除非

拿厚礼孝敬。
他们若邀约别人，
那意思就是：拿来！一而再、再而三地拿来！

这类贪婪的狼把美食只留给自己享用，
但，要他们哪怕付出微小的牺牲
去救先王的性命，他们也顾虑重重。
这条狼就不愿献肝为先王效命！
肝又算得了什么！恕我直言！只要让
先王和他的贵妃保全性命，就是牺牲
二十条狼的性命，这损失又何足挂齿。
孬种岂能生出好东西？
大王对幼年时代的事情已经遗忘，
但我记忆犹新，就像昨天发生一样。
这故事就画在镜框上，此乃先父遗愿，
还用宝石和金质的植物卷须装饰。
为寻觅此镜，我愿搭上身家性命。

大王说：莱涅克，朕听了你讲的一切，
明白了你的意思。
775　你父亲在宫中很是了得，做了那么多的
善事，这也许是很久很久的事情，
朕想不起来，也无人对朕提起。
可是你同别人的争执斗殴，朕倒时有耳闻。
没有一样你不插手，至少朕听别人这样讲；
如果说那些事是他们冤枉了你，属于"老皇历"的话，

那朕也想听听别人讲了你什么好话,但好话实难听到。

莱涅克答道:我可以当着陛下的面
对此做出解释,因为事涉我本人。
我曾对陛下做过好事! 这并非在责难陛下;
上天保佑我! 我认为,为陛下效犬马之劳,
此乃臣仆的本分。下面我要讲的
故事,陛下一定没有完全忘记。
彼时我与伊塞格林侥幸地猎获了一头猪,
猪叫唤,我俩把它咬死了。
这时陛下来了,大声叹气,
说王后也跟在身后,
谁稍许分点食物给陛下,就等于在帮陛下和王后了。
陛下当时说:从你们的所得中分点儿出来吧。
伊塞格林说:好! 但只在胡须下咕哝一句,
谁也听不分明。我则说:
君王! 哪怕是一大群猪,也都是献给陛下的。
请问叫谁来分? 陛下说叫狼分。
伊塞格林喜不自禁,就按他的老习惯
只分给陛下四分之一,
真是厚颜、放肆,
又分四分之一给了王后,其余的一半归他,
他狼吞虎咽;递给我的,
除猪耳朵外,还有猪鼻子和半个猪肺;
其余全留给他自己。这些陛下都亲眼所见。
他对我们一点也不大气。我的大王,这你是知道的。

陛下很快吃完自己的一份,我发觉
陛下并未吃饱,可伊塞格林视若无睹,
他只顾自己大吃大嚼,一点也不肯分给陛下。
这当口,陛下猛然用前爪扇了他一记耳光,
擦破了他的皮,他满头鲜血逃走,

776

头上还长出肿包,痛得他大声哀号。
陛下朝他喊:给我滚回来,你要懂得羞耻!
下回再分东西,要识相点,否则给你颜色看。
快滚开,给我们再去弄点吃的。
我说:大王! 这是你的命令? 我愿跟他一起去弄。
我知道我能弄到吃的。陛下很满意。
那时伊塞格林笨手笨脚,他流着血,长吁短叹,
对我哭泣,但我催他快走,与我一道去捕猎。
我们捉到一头小牛! 是陛下爱吃的。我们拖回来,
小牛很肥嫩。陛下乐了,说了许多好话表扬我。
说遇到困难派我出去办事是明智之举,
还吩咐我:牛肉就由你分! 我就说:一半归陛下,
一半归王后;心、肝、肺等内脏
理当归王子王孙;我拿牛脚,是我爱啃的;
牛头归狼,牛头也是一道美味啊。

陛下听了,说:你讲讲,是谁教你如此分配的,
这符合宫廷礼仪,朕想知道。
我答:我的老师近在眼前,他秃顶鲜红,流着血,
是他让我茅塞顿开啊。
他今天早晨怎样分配猪肉,

我看得很仔细,我就学会了分配的精义;
小牛或小猪,我现在觉得很容易分,不致弄错。

伤天害理,寡廉鲜耻,贪得无厌,这劣根性使狼吃尽苦头。
跟他相似的家伙不知凡几!
他们把丰饶的庄园物产连同采邑领主一并鲸吞,
轻而易举地破坏万众福祉,出手毫不留情。
国家豢养这种败类必将祸国,此祸指日可期了!
陛下你瞧! 我一贯这样景仰陛下,　　　　　　　　777
凡我拥有的,凡我所得的,
我都愿意献给大王和王后。
不管我拥有的是多是少,总让陛下得大头。
陛下想到小牛和猪,就会认清真相:
侠肝义胆的忠诚何在。在这方面,
伊塞格林焉能与莱涅克相提并论? 可是,
他居然当上最高统领,
欺压他人,威风凛凛,
而对陛下的利益漠然置之,唯独关心把一点一滴的利益
收入囊中。当然,现在他同布劳恩
拥有话语权,而莱涅克则人微言轻。

大王! 有人控告我,这是事实,我并不回避,
我必须奉陪到底。请允许我说这句话:
这儿,谁要证明我有罪,就带证人来,
坚持实事求是。他若败诉,
就要拿财产、耳朵和生命作法律的抵押品,

我也会这样。这种案例在法律上迄今一直通行，
所有的事实，不管人们赞成或反对，都要
依此方式做实事求是的审理裁决，请允许我这样要求！

大王说：无论如何，法律途径
朕不愿也不能堵塞，我一向不喜欢那样做。
你参与杀害兰朋，确实有很大嫌疑，
兰朋是个正直的使者！朕对他钟爱有加，
不愿失去他，当贝林把他那血淋淋的
头从旅行袋里取出时，
朕不禁悲恸至极；
万恶的贝林也就当场伏了法。
现在你可对此事再依法辩护。
至于朕本人，对莱涅克一概宽恕，

778　　因为遇到许多危急情况他都站在朕一边。
如果有谁控告，我们愿意倾听，
但要提出行为端正的证人，
正派地对莱涅克起诉，
他现在在此候审。

莱涅克道：仁慈的君主！我对陛下万分感激。
陛下不偏听偏信，让人人享有法律的恩惠。
请让我问心无愧地声明，我与贝林兰朋分手时
多么伤心；我觉得、我预感到
他俩会有所不测。对他们，我真的是满腔温情，好喜欢的。

莱涅克如此狡谲地美化他杜撰的故事和话语。
人人信了他；那些所谓的财宝，被他说得天花乱坠，
还装得一本正经，似乎句句都是实情。
有人甚至还安慰他哩。大王也被他骗，
起了爱宝之心，巴不得将宝据为己有。
他对莱涅克说：你该满足了，你可以走遍天涯
去寻那丢失的财宝了，要尽力去找，
若需要帮忙，朕定会助你一臂之力。
莱涅克回道：我深知陛下的隆恩，真感激莫名。
陛下这番话鼓舞了我，使我有了希望。
陛下最高的使命是惩办抢劫和凶案，
案情我虽不明，但终有水落石出大白于天下之时。
我要殚精竭虑去寻宝，夜以继日地奔波，
逢人便打听。
一旦探知宝物的下落、而我个人势单力薄
无法弄回，我就向陛下求援，
有大王臂助，事情就十拿九稳。
侥幸地把宝物献给陛下，我的一番辛苦
也就得到了报偿，且证明了我的忠诚。

大王听了满心欢喜，莱涅克把谎言
编造得天衣无缝，故大王
对他所讲的无不表示首肯；
其他各位也坚信不疑。莱涅克现在
可以启程去寻宝了，去哪都行，谁都不得过问。

779　　　　伊塞格林再也按捺不住,咬牙切齿地说:

仁慈的大王! 你又信了这个贼,

他难道不是再三再四地骗了陛下?

这,谁不感到惊奇!

陛下没有看出这个流氓既蒙了你又伤了大家?

他从来不说真话,挖空心思撒谎。

我可不让他就这么轻易溜掉。陛下应当知晓呀,

他是无赖,伪善。我知道他犯的三宗大罪。

他不能溜,咱们要同他斗。

他要我们找证人,这有何用?

就是证人在此给法庭作证,

又有何效果? 他照样胡作非为。

况且证人往往难找,难道这个罪犯

就一如既往施恶犯事,

谁还敢说话? 谁不被他诽谤,谁不怕他三分。

陛下、陛下一家和我们都有同感。

今儿个我得抓住他,不让他轻易逃掉。

我要跟他在法庭上见,让他去辩护吧。

第十一歌

伊塞格林狼控告说:陛下会明白!

仁慈的大王,莱涅克一向耍无赖手腕,

至今未改,满口无耻谰言

对我和我族谩骂,总让我蒙羞受屈。

我妻受他的侮辱更甚,有口难言。

比如,有一次他游说我妻越沼泽进池塘,

对她许诺,这一天她会捕到很多鱼,

只消把尾巴浸入水中悬吊,   780

鱼儿就会紧紧咬住。那么多的鱼,就是四个人同吃也吃不完。

她于是涉水到水池另一端,

此处近水闸,蓄水较深,

他叫我妻把尾巴悬于水中。向晚时分,

寒气凛冽,竟至结冰。

我妻几乎撑不下去,未久,她尾巴被冻在冰里,

动弹不得;还以为鱼儿太重,捕鱼真的成功。

莱涅克这臭不要脸的窃贼见状——他干了些什么,

我不便启齿——反正他过来制服了我妻,令我痛惜。

现在他赖不掉! 陛下你瞧,我与他势不两立,

鉴于他的罪行,今天我们两个要拼掉一个。

他再也不能自圆其说。我也是偶然打山坡路边走过才碰巧

看见他对我妻施恶,

听到我妻高呼救命,可怜受骗的她

被冰死死卡住无法反抗。

我赶过来,眼睁睁面对发生的一切!

我撕心裂肺,人没死掉已算是奇闻。

我对狐狸当头棒喝:莱涅克,你干啥! 他听到我来了

就一溜烟逃走了。我好伤心,不得不在冰水里

挨冻,奋力破冰解救妻子。

但援救很不顺利! 她用力拉扯,

但还有四分之一的尾巴卡在冰里。

她大声啼哭,农民们循声赶来

一见是我们就呼朋唤友,

急忙奔过堤坝,手执长枪利斧,
甚至女人们也操起纺纱卷线杆,喊声震天:
逮住他们! 只管狠揍!
我从未受过那样的惊吓,吉瑞蒙特也是。
我俩费尽移山心力才仅以身免,
因拼命奔跑,全身皮毛发热冒烟。但见一个小伙子,
这个麻烦的家伙,步履矫健,挥动一杆长枪朝我们刺来,
逼得我们走投无路。
若非夜色掩护,此命毕矣。
那些妖婆娘们还叫个不停,说我们吃了
他们的羊,恨不得打死我们,
在我们身后咒着,骂着。我们不得不转身
又从岸上跳到水里,旋即溜进苇丛,此际,
天黑了,农民不敢再追,遂各自打道回府。
我们几乎是捡回了一条命。仁慈的大王,你瞧,
现在我谈的就是他强暴、凶杀和背信三宗罪,
我的大王啊,定要对他严惩不贷呀。

大王听罢,回道:这事要依法究办,
但我们也要听听莱涅克的申辩。
莱涅克说:若情况属实,
那我就名誉扫地,但我有上帝的仁慈保佑,
人们不会相信事实果真如此。但我也不否认
我教过她捕鱼,也给她指点过
走水路去池塘的捷径。
她听到我说鱼,就急吼吼奔过去,

781

而把方法、适度和窍门置诸脑后，

她被冻住，是因为她在那里坐得太久，

若及时抽出尾巴，

就收获颇丰，足足美餐一顿了。

欲望太大反受苦，

人心不足必吃亏。

贪欲重就活得很累，无法满足就愁肠百结。

对此，身陷冰冻的吉瑞蒙特太太有亲身体悟。

我的一片苦心，她却恩将仇报。

我诚心帮她，竟自尝苦果！

我上前想尽力拽她上来，

可她太沉，就在我竭力施救时，

被伊塞格林发现。他沿着池岸向这边走来，

站在岸上粗野叫骂。

我听到这美妙的"祝福"，确实惊呆了。

他怒气冲冲，疯狂呐喊，

把恐怖的诅咒劈头盖脸地朝我扔过来。

我寻思，还是逃开吧，别再等了，

等着坏事，走为上计。刚才已够呛，

他恨不得撕碎我哩。一块骨头，两狗

相争撕咬，必有一方落败。

所以我认为，避开他的怒火

躲开他的狂暴，乃为上策。

他过去的凶悍现在也没改，他岂能抵赖？

去问他老婆吧。对付这个撒谎大王

我有什么办法？

782

他见老婆被冻住，一面破口大骂，
一面过来帮她脱险。
农民们跟在他们身后追，这倒是不幸中之大幸，
因为运动活血，她不致老是受冻。
还有什么好说？用弥天大谎咒骂自己的老婆
这可是卑劣行径。
陛下去问问她本人，她就站在这里，
如果他说的是真，
他老婆就不会不站出来指控。
同时，我请求对我宽限一星期，
我好同朋友们商议商议，看看对狼及其控告
该用什么说词答辩。

吉瑞蒙特太太回答道：你的本质和行为，
无非就是耍无赖，这，我们心明眼亮，
再就是撒谎、欺骗、卑鄙、伪装和执拗。
你油嘴滑舌，谁信谁最终
783　遭殃，你脸皮厚，总说些
乱七八糟的胡言。我在井边就领教过了。
井边有两个吊桶，你坐在其中一个吊桶里
落到井下去了，我也不知你为何这般？
这时你再也上不来了，
叫苦连天。早晨我来井边，
问：谁把你弄下去的？你说：亲爱的太太，
你来得正好：我什么好处都可以给你，
请你坐到上面那只桶里下来，下面的鱼儿

让你吃个够。
你信誓旦旦说什么,你吃了好多鱼,肚子胀得发痛,
我信了你的话,就成倒霉蛋了。
我上当受骗,谁叫我那么蠢,爬到桶里向下沉,
另一只桶就往上升,你与我打了个照面,
我好生奇怪,吃了一惊,问:
你倒是说说,这是咋回事情? 你说:
上上下下,这就是世情。我俩也是这样。
这可是天道轮回,一些人沉沦,
一些人高升,就看各人的造化。
你从桶里跳出匆忙逃走;
我呢,心中忧愤,坐在井里不得已
等了一天,而且当晚在脱身之前还挨了打。
有几个农民来井边,发现我在下面。
我肚子很饿,悲恐交集,心绪堪怜。
农民们相互交谈,说道:瞧,下面桶里
坐着仇敌,他吃了我们的羊,
把他弄上来。其中一个说:我已准备好,
在井栏杆边迎接,要他还清羊羔的债!
他怎样迎接我,说起来真伤心!
一阵毒打雨点般落在我身上,
我一生没遇到过比这天还惨的时光,
好不容易才死里逃生。

784

莱涅克说:你仔细琢磨那后果,
保准觉得那一阵痛殴对你,真可谓受益匪浅。

就我个人而言，并不愿尝那滋味。
事情明摆着，我们两个必有一个受皮肉之苦，
两人不可能同时逃生。
牢记教训，对你大有裨益，以后就不会
轻信别人，重蹈覆辙。世界到处有陷阱。

伊塞格林回道：没错儿，还需要别的证据吗？
没有人比这个狠毒的背信者害我更苦。
我再补充一件事。有一次在萨克森，
他领我进入猴群，使我丢尽脸面。
他劝我爬进一个山洞，
他事先明知进去凶多吉少。
我若不是赶紧逃出来，眼睛和耳朵全没了。
他预先说了一番冠冕堂皇的话，
说什么我会碰到他的伯母，指的是母猴。
我逃了出来，这让他很不高兴。他一肚子坏水，
要把我送进那阴森的巢穴，彼处真是地狱。

莱涅克当着朝中所有贵族的面，道：
伊塞格林语无伦次，好像神志不清。
他谈母猴，要谈就谈个明白。
两年前，他怀着穷奢极欲的想法
去萨克森那个地方，我跟随他去。
这是事实，其余则是扯谎。他说的不是猴，
而是长尾猴群；我从未承认长尾猴
是我的伯母。猴子马丁及其夫人

吕克瑙才是我的亲戚。我尊她为婶婶，　　　　　　　　785
尊他为叔叔，并以此自豪。他是公证员，
精通法律。但伊塞格林所说的那些动物
简直是对我的嘲弄，我与他们无关，
他们从来不是我的什么亲；
一个个好像是冥府魔鬼。我当时
叫她伯母，也是经过慎重考虑。
叫她伯母又没少掉我一根汗毛。我不否认这个。
我受到她盛情款待，否则我要把她掐死。

诸位听好了！我们离开正路
来到山背后，发现那里有个
阴暗的山洞，又长又深，伊塞格林和往常一样
感到不适，又犯了饥饿病。谁见过
他有肚皮饱饱、心满意足的时候？
我于是对他说：洞里一定有充足的食物，
我相信，里面的住民愿意与我们分享
他们的所有，我们来得正是时候。
伊塞格林回答：大叔，我就等在这棵树下，
你更善于结交朋友，他们要是给你吃的，
可得告诉我呀！这坏蛋盘算着要我去冒险，
他则静观事态的发展；我就进洞去，
穿行于曲里拐弯、似无尽头的通道，不禁毛骨悚然。
接下来我看到的东西——那种恐怖，就是给我
再多的赤金，我一辈子也不愿再看到！
这是怎样的一个巢穴啊！

大大小小奇丑无比的动物满坑满谷！
母猴也在场，我暗自寻思，这是个魔鬼。
嘴巴阔大，长着瘆人的獠牙，
手脚的指甲老长，背后拖着一根长长的尾巴：

786　我平生未见过如此吓人的恶煞！
那些讨厌的黑孩子恶形怪状，
就像一拨小幽灵似的。
母猴盯着我看，看得我心里直发怵，
心想：从这里逃出去该多好！
她比伊塞格林还高大，孩子们
也几乎同样魁梧。
我瞧见丑陋的一窝后代睡在烂草堆里，
满身沾着粪便，直到耳后根，
散发的臭气比地狱秽气还难闻。
说句大实话：我怎会喜欢那个鬼地方，
只碍于他们人多，我就孤身一个，
他们个个面露狰狞。
我内心盘算如何找条出路脱险，
于是亲切地向她致候——当然是假意，
装得很客气。伯母！我这样叫她，
又称孩子们为兄弟。不吝客套寒暄：
仁慈的上帝保佑你们长命福气，
这些是你的孩子？当然！我不该问这个，
我多么喜欢他们啊：我的天！他们多快乐，
他们多漂亮！个个像王子一般，
你配得上我无尽地夸赞，生下这么多

威严的后代，使我们族类繁衍，
对此，我乐不可支，欣慰无限。
今天有缘结识这些小叔叔们，真三生有幸。
我若遇困难，需要这些亲戚帮忙噢。

我阿谀的话儿说了一箩筐——当然是曲意奉承，
她也对我以礼相待，
称我为大叔，装着相知有素的模样，
尽管这疯癫婆不属我的亲族，
但这次叫她伯母也没吃什么亏。
期间我被吓得汗流浃背，她却亲热地说：
莱涅克，高贵的亲戚，我万分欢迎你！
你感觉惬意吗？你大驾光临，
我今生今世都不会忘。今后还请你
把睿智的观念教给我的孩儿，
以便他们日后光宗耀祖。
我就这样听她说话，我只用寥寥数语——
也就是叫她伯母，假意恭维——
竟得到丰厚报偿。我多想跑到外面去啊，
可她盛情挽留，说，我的大叔，
还没招待你呢，不要走！留下吧，让我们款待款待。
她拿来的食品真多，我现在也说不完全；
我感到蹊跷，她怎么能弄到这么多的东西。
鱼啊，小鹿啊，还有其他上等野味，
我吃了一些，堪称美馔佳肴。
我吃得已经够饱，但她额外还给我一份，

787

拿出一块鹿肉叫我带回给我的家小，
我就借机与他道别。
这时她又说：你要常来看我呀，
我嘴上答应，心里却想着赶紧开溜。
在洞里所见所闻，真叫人恶心，
我几乎是捡回一条命。我拼命外逃，
快速穿过通道，直奔那棵树旁的洞口。
见伊塞格林躺在地上哼唧呻吟，我问：
大叔，你怎么啦？他说：我不舒服！
我饿呀，必死无疑了。
我怜恤他，就把带出来的美味烧烤给他。
他像饿死鬼一般胡嚼乱吞，
对我感谢不迭。现在他竟把这事忘了！
他吃完开腔说道：告诉我，
谁在洞里？洞里如何？是坏是好？
我给他讲了大实话，让他知悉详情。
我说那巢穴凶险，但存有很多美食。
788　你若真想弄点享用享用，大胆进去也未尝不可。
但第一要着，是处处小心，别讲真话。
为满足你饱餐的心愿，就千万别吐真言！
我一再对他叮嘱，谁要是不明智，满口大实话，
谁就必遭迫害，
不管到哪都得靠边站，别人却受重用。
我于是叫他进去，告诫他：不管见到啥，
只拣他们爱听的讲，这样他们
才会善待你。

仁慈的大王,君主,这是我掏心窝的肺腑之言。
但他之后反其道而行之,因而
吃了大亏,那也活该。他本该听从我的。
瞧他虽白发苍苍,但很难发现他头脑里
有什么智慧。这种家伙
忽视智慧和缜密思考,
粗人蠢货不懂智慧的价值。
纵然我诚心诚意一再提醒他别讲真话,
可他还是犟头倔脑顶撞我说,
他自己知道该怎么做。
他就这样走进山洞,在洞里倒了大霉。

那凶神恶煞似的母猴坐在后面,
他见了,就以为魔鬼现身了! 再看那拨孩子!
于是仓皇大叫:救命! 都是些什么动物啊,如此丑陋!
这都是你的孩儿? 怎么都像地狱小鬼?
去把他们淹死吧,这样顶好,免得他们
在人间繁殖! 若是我的孩子
我就把他们一个个绞死。用他们
去捉小鬼倒好,只消带他们去沼泽地,绑缚在芦苇上。
这些长相奇丑、龌龊不堪的小子!
是啊,他们就该叫沼猿,此名贴切。
母猴当即答话,愤愤不平:
哪个魔鬼把你这位使者派到我们这里来的?
谁唤你来此,对我们恶语相加?
我的孩儿好看难看,跟你有什么相干?

789

莱涅克刚离开这里，

此君阅历丰富，洞达世情；他明确表示，我的孩儿

个个漂亮，懂礼，富有教养，

并欣然认了这门亲戚。

这一切，都是他一小时前

就在此地亲口对我们讲的。

你不像莱涅克喜欢我的孩子，可又没有谁

请你来呀。伊塞格林，你应当明白。

他立马向她要东西吃，说：

拿出来吧，否则我帮你找，罗唆什么？

他于是动手，硬讨强索她储存的食物，这下麻烦就大了。

她朝他猛扑过来，利爪

抓破他的皮肉，对他死劲生拉硬拽。

孩子们也学样，一阵狠揪猛咬，

他号叫着，血流满面，

招架不住，便仓皇逃出洞口。

我见他被咬被抓，皮肉外翻，惨不忍睹，

一只耳朵被扯破，鼻子流着血，

简直被折磨得遍体鳞伤，

体无完肤，毛皮蓬乱如麻。他出来时，我问：

你讲实话了？他答：

怎么认为就怎么说呗。

可恨的妖婆欺人太甚，

她若来外头，我要好好跟她算账！

莱涅克，你说是不？你见过那些

孩子了？那么丑，那么凶。
因为我实话实说，
才招她嫉恨，落得如此下场。在那洞里，真痛苦不堪啊。

我对他说，你疯啦？叫你别那样，要放聪明些。 790
（你该这样说）我衷心问候你，
亲爱的伯母，你好吗？可爱的孩子们
也都好？见到大大小小的侄儿
我真开心。可伊塞格林说：
要我管那妖婆叫伯母？称那些丑八怪孩子为侄儿？
让他们见鬼去吧！我被这样的亲戚搞得胆战心惊了。
呸！一群恶心的家伙！我再也不要看到他们。
因此我才受到恶报。大王陛下，请公断，
他说我背叛他，是否有理？让他来说说，
当时的情况是不是像我讲的那样？

伊塞格林断然说道：这次争端真的
不是用空话就能解决的。我们吵什么？
有理终归有理，谁有理，最后总会见分晓。
莱涅克，你认为你有理，就大胆站出来。
咱们来一次决斗，是非便可了断。
你会滔滔不绝地讲我在猴子家门口
如何饥饿难当，说您怎样忠心捎吃的给我，
亏你说得出口！你带给我的
只是根骨头，肉许是你自己吃了。
你不论在哪，总是讥笑我，肆无忌惮，

毁我名誉。你散布无耻谎言，

使我蒙受嫌疑，好像我有谋反弑君之心；

而你又大言不惭，对大王吹嘘什么财宝，

大王要得到那些东西，恐怕比登天还难！

你侮辱我妻，本该向我忏悔。

我就为这些告你！旧恨新仇，

我要跟你决斗，我再说一遍：你啊，

791　叛徒、窃贼，凶手！我们决斗，以命搏命，

暂且搁置辱骂和争吵。

我依照挑战者的老规矩行事，

向你扔出一只手套①，你拾起作为凭证。

那我们就立即动手。这事，大王陛下听到了，

在座诸公也都听到，我希望诸位

当合法决斗的证人。你别想溜，

事情最后终会了结，咱们等着瞧。

莱涅克自忖：这，事关生命财产啊，

他身强力壮，我个儿小，此次有可能、

有可能——斗不过，一切谋略计策

难以奏效了。但，且慢，

我仔细想了想，觉得我还是处上风，

他不是已失去前爪了？

这蠢货若不冷静，终将事与愿违，

不管他想出什么招。

---

① 掷手套是一种挑战姿态，若对手拾起手套，或扔下自己的一只，即表示应战。

莱涅克对狼说：我认为

你自己就是叛徒，伊塞格林，

你处心积虑控告我，但都是你编造。

你要决斗吗？我奉陪，绝不动摇。

早就想跟你干了！这儿，我的手套！

大王收下他俩慨然交出的担保物，

说：你们都要向朕保证，

明天决斗不能不到，朕瞧双方

都有些慌乱，你们所讲的，谁能全听懂！

伊塞格林的担保人是布劳恩熊和欣泽雄猫；

为莱涅克作保的，是马丁猴之子、表弟莫涅克①和侄子格林
巴特。

吕克瑙太太②说：莱涅克，你务必镇定自若，

头脑清醒！我丈夫、也就是你叔现在去罗马，

他曾教过我一段祈祷文，

那是修道院院长施卢克奥夫所作，写在一张条子上

交给我丈夫，他总对我丈夫示好。

院长说：此祈祷文对参加决斗的汉子

有奇效；须在早晨空腹时念，这样

就可保这天平安无事，免死免伤，祛除痛苦。

792

---

① 原文 Monecke，源于意大利文 Monna，意即猴。
② 母猴在以下的决斗准备中充当教师爷角色。正如荷马史诗《伊利亚特》中阿
　基利的备战一样。

贤侄，请放心，我会在明天适当的时候给你读，
届时你赴决斗场就一身轻松，了无挂碍。
狐狸说：亲爱的婶婶，衷心谢你，绝不忘你；
但对此事帮助至大者，莫过于我的随机应变和正义。

莱涅克的朋友们通宵聚在一起，说说笑笑，
以驱散他内心的愁烦。吕克瑙太太尤其
忙个不停，张罗着叫人赶紧把莱涅克
头尾间和胸腹间的毛剃光，
并抹上兽脂和油膏，莱涅克这样就显得
脚力强劲，肥壮；她还说：
听我的话，好好考虑你要干的事，
也要听智友建议，这对你最为有益。
你要多喝水，憋住小便，到明天进决斗场
再拉出来，用尿把你那毛茸茸的尾巴浸透，
设法用尾巴去击打对方，
用尿浸湿他眼睛，使其视力模糊，
这办法最好，如此，你就能
方便行事，而于对手大有妨碍。
初始你装成害怕的样子，
加快步伐逆风而逃，
他若紧追，你就搅起灰尘，让脏物和沙尘
眯住他眼，你跃向一旁，
观察他的每个动作，他揉眼时
你就利用这大好时机，再次把辛辣尿液
浸湿他眼，叫他完全失明，

793

进退维谷，胜利就是你的了。

亲爱的贤侄，你小睡一会儿，时间一到

我们会叫醒你。我这就给你念我提过的神圣祷词，

以增强你的力量。

她把手置于他头顶，口中念念有词：

Nekräst negibaul geid sum namteflih dundna mein tedachs!①

祝你好运！保险了！侄子格林巴特也念了一遍；

然后领他去睡觉，他睡得很安稳。

太阳东升，水獭和獾子

过来唤醒表兄，向他亲切问安，

道：好好备战！水獭拿来

一只小鸭交给他说：

吃吧，这是我在堤坝附近的徐纳布罗特②

大费周章才捉到的，送给你。

请随意享用，表兄！

莱涅克好开心，说：这可是一笔好定金，

岂能轻易抛弃。你如此顾念我，

愿上帝给你厚报！他美美地吃下小鸭，

又喝了好多水，继而与亲戚们

走进决斗场。那是一块平坦的沙地，决斗在此展开。

---

① 此诗为歌德杜撰，念起来像拉丁文，倒过来读的意思是：毋害人而应助人，应
　增强笃信之徒的力量。

② 原文 Hünerbrot，可能是堤坝附近的村庄名。

794 **第十二歌**

大王见决斗场边的莱涅克

全身被剃得光溜溜,并用油和润滑脂

层层涂抹,便笑得前仰后合。

大王嚷道:狐狸,谁教你这样做的?

怪不得人们叫你莱涅克狐,

名至实归,你一向滑头调皮,

无论何处,你都知道找个洞穴妥善自保。

莱涅克对大王深度鞠躬,又特别

向王后俯身行礼,然后昂首阔步

进入决斗场。狼与他的亲戚已先到,

他们冀盼狐狸落得个可耻下场。

狐狸已听到他们撂下许多恼怒话和恫吓语。

决斗场的看守黎恩克斯①和卢帕杜斯

拿出圣人的遗骨②,狼与狐对遗物起誓,

慎重对待必须执行的决斗。

伊塞格林言辞激愤,目光灼人,

骂莱涅克是叛徒、窃贼、凶手,说他恶贯满盈,

在施暴强奸时当场被捉,

他事事弄虚作假,这关涉无数生命!

莱涅克即刻发誓反驳,

---

① 原文 Lynx,拉丁文,德文为 Luchs,意为大山猫,猞猁。
② 古人决斗前要对圣人的遗物或遗骨起誓。

说他根本不知这些罪行,伊塞格林
向来扯谎,作伪证,意欲弄假成真,
却从未得逞,至少这次也是。
这当口,决斗场看守说:你们各自
尽自己的本分,是非马上即可分清。
大大小小的来宾纷纷离开决斗场,被关进场内的
只有他们俩。母猴急忙
对狐耳语:记住我的吩咐,勿忘我的忠告!
莱涅克爽性作答:你的良苦用心
使我勇气倍增,请放心! 我也不会

795

忘记勇气和计谋,此二者使我经常
从深陷其中的严峻危难中脱险,
每当我敢以生命为赌注
获取了这样或那样至今尚未偿付之物,
我都幸免于难,难道今天就对付不了
这个坏蛋? 我一心盼望他及其一族
丢颜面,而我给我族长脸。
不管他撒什么谎,我都要报复。
他们俩这时被留在场中,众人好奇地观望。
伊塞格林狂怒,张牙舞爪,
大步流星地朝莱涅克冲来。
莱涅克比他体轻,躲开了他的冲击,
并急忙撒出辛辣的尿液,把毛茸茸的
尾巴濡湿,再把尾巴放在灰沙中拖曳,
尾巴上就沾满了沙尘。
伊塞格林心想,他又在故伎重演!

就在此际，狡狐扬尾击打他的眼睛，

使他耳聋目眩，

狐施此技也不是头一次，此前已有众多动物

体验过辛辣尿液的孽力。

本文开卷已说过，狼的孩子们因此而失明，

现在又想给狼父颜色看。狐狸

给对手抹上"眼药水"后跃向一旁，

逆风搅起尘沙，把许多尘沙卷到

狼的眼睛里，他揉呀擦呀，

忙中添乱，越揉越糟，益增痛楚。

莱涅克继而熟巧地挥尾击打，

致其视力丧失殆尽。

狼的处境不妙！盖因狡狐正在大展一技之长。

当他瞅见敌手两眼滴泪难受，

796　　就疾步猛冲过去一顿暴打，

又抓又咬，不断抹"眼药水"。

狼已步履沉重，神智半失，这时，

莱涅克就放肆地对狼嘲讽起来：

狼先生，以前你吞噬了多少无辜的羔羊，

一辈子吃掉了多少无罪的动物；我希望

他们日后能安稳度日；

无论如何，你总得让他们安享清福呀，

总得接受他们报答的祝福呀。

你若这样忏悔，再静候你的末日，

你的灵魂就得救了。你这次

逃不出我手掌，你必须哀求我，与我和解，

那我就怜恤你，饶你一命。

莱涅克一面急匆匆地说着，一面死死掐住对方的
咽喉，以期将其制服。
但伊塞格林力气比他大，更兼拼命挣扎，
就三下两下挣脱了他。莱涅克就抓他脸，
狠命地抓，竟把他的一只眼睛抠了出来，
鲜血从他鼻子上流下。
莱涅克高喊：我正要这样，我如愿以偿！
狼鲜血淋漓，本来就沮丧，加之失去一只眼，
这使他极度发狂，遂忘却伤痛
扑向莱涅克，把他按倒在地上。
莱涅克这下懵了，再聪明也于事无补。
伊塞格林飞快地抓住他一只前爪——当手使用的前爪——
进而用利齿死死咬住这爪，
莱涅克躺在地上，忧心如焚，生怕此刻
会失去这只手，于是绞尽脑汁，冒出一个个应急的念头。
伊塞格林发出低沉的喉音，瓮声瓮气地吼叫：

窃贼，你的大限到了，要么投降，
要么让我打死，以清算你搞欺骗的劣迹斑斑。
现在跟你算账，任你怎么扬灰、
撒尿、剃毛、涂油，全是徒劳，只能反受其害！
你对我干了那么多坏事，诓骗我，弄瞎我一只眼，
今天你怎么也逃不掉，投降吧，否则我咬啦！

797

莱涅克暗想：当下的局势对我不利，如何是好？
我不投降，他就要结果我性命；投降
又会让我背骂名。是啊，我也活该，
我待他太恶，伤害太甚。
于是他试图用甜言蜜语来缓和敌手的情绪。
他对狼说：亲爱的大叔！我乐意立即
做你的采邑封臣，凡我拥有的，都悉数敬献给你。
我愿做朝圣者，为你去拜谒圣墓，
瞻仰圣地和所有的教堂，给你带回
很多免罪符。这对你的灵魂解救
大有好处；也是为了你的父母，以便他们
在天之灵为此善举而欢欣。谁不需要你啊？
我尊敬你，把你当成教皇。我现在起誓，说出珍贵的
神圣誓言：从今以后，
我和我的亲族全部归你辖制，
无论何时都为你效命。我发誓！
我没有答应给大王的，现在都给你，
倘蒙笑纳，日后你必成国君。
我长于捕猎，凡猎获之物全部送交于你。
鹅、鸡、鸭、鱼，
都让你和你的妻小先挑，我只浅尝辄止。
此外，我会百般殷勤，为你的生命安全
出谋划策，让你免灾避祸。
我聪明能干，你身强力壮，
咱俩可成大业。我们必须团结，
一武一文，谁能战胜？

但，若彼此相斗，就会酿成大祸，两败俱伤。
我若能体面地避免决斗，
就绝不会出此下策；可挑战的是你，
我为了面子不得不勉力应战。
但我在决斗中有礼有节，
没有使出全部力量；我想，你应怜恤
你大叔，这才是你的最大荣光。
我若真恨你，那结果就不是现在这个样。
你受的是轻伤，我失手伤了
你的眼睛，深感歉疚。
好在我知晓一种药物可以疗伤，
我教给你，你会谢我。
你虽然少了一只眼，只要身体其他部位康复就好，
况且你还有方便处：睡觉时
只需关上一扇窗①，我们则要关上两扇。
为了与你讲和，我叫我的亲戚
立刻向你鞠躬致谢，还叫我的妻小
当着大王和全体在场者的面
向你乞求，乞求你对我大发慈悲，
保全我性命。然后我公开承认
我说了假话，用谎言侮辱了你，
在很多场合骗了你。我发誓保证：
你干了什么坏事我全不知道，从现在起，
永远不起意伤害你。

_____

① 闭一只眼。

我都这样赎罪了,你还能提
什么更高要求?
你打死我,对你又有什么好?
打死我,你就会一直提心吊胆,以防范我的亲戚和朋友。
反之,你宽恕我,光鲜体面地
离开决斗场,那谁都会觉得你高贵,明智,
因为没有谁会比讲恕道的人更能抬高自己。
799　机不可失,你好自为之。
再说了,我现在是死是活
对我都无所谓。

狼回应道:骗人的狐狸,你又打歪主意,
想再次脱逃! 然而,在你穷途末路之时,
就是把黄金打造的世界拱手送我,
我也放过你。你屡次对我发誓,都是空头支票,
你,好个伪君子! 我若放了你,
保准连个蛋壳也捞不到。
我并不在乎你的什么亲戚,
他们有本事就冲我来,我等着。
我会思考怎样不失礼节地
对付他们的敌意。你,幸灾乐祸的家伙!
我若相信你的誓言而放了你,
还不知你会怎样讥笑我。
不知你底细的人都会受骗上当。
可恨的窃贼,你胡说什么今天怜恤我,
可是,你没有从我脸上抠掉一只眼?

你这混蛋！你没有让我受了二十处的皮外伤？
你占了上风，岂容我有喘息的机会？
我受伤受辱还要对你宽恕、同情，
这样做岂不愚蠢？
叛徒啊，你使我和我妻受屈遭殃，
我要你拿命来抵偿！

狼如是说着，狡狐就在这当口
冷不防把另一前爪伸到对方的胯下，
揪住敏感部位猛力拽拉
——我也不好意思细说，狼痛得张开血盆大口
震天哀号。
莱涅克趁机飞快从狼的利齿间抽出那只前爪，
旋即用两只前爪掐住狼，越掐越紧，
对狼又拖又拽，狼拼命地咆哮喊叫，
竟致口吐鲜血，疼痛钻心，
大汗淋漓，浸透皮毛，
因惊吓而粪便失禁。
狐狸大喜，认为胜利可期。
他一直用双手和牙齿控驭着狼，
狼饱受逼迫，经受无以复加的苦痛，
只得自甘落败，鲜血从眼睛流到脸上，
倒地晕了过去。此情此景，就是拿丰厚的金子
来换，狐狸也不会要。他把狼越揪越紧，
拖、拽、按、压、咬、抓，
各技兼施，让众人瞅见那可怜家伙的惨状，

800

闻听他那沉闷的哀号，眼揪着他在尘埃和自己的屎尿中
野性未除地抽搐、滚翻。

狼的朋友们号啕大哭，纷纷请求大王：
如果大王同意，就结果这场决斗吧。
大王回答说：既然大家都有此意，
都愿意这样办，那，朕无异议。

于是大王命令决斗场的两位看守
黎恩克斯和卢帕杜斯进围栏
去通知决斗者，对获胜的
莱涅克说：你们已经斗够了，大王希望
你们停止决斗，结束争执。
又告诉他，大王要求你把对手
交给他，饶败者一命。
因为决斗中一方殒命
对双方都有损害。你已获胜！
大大小小的来者均已目睹，
高贵人士也为你鼓掌，
他们都被你永远争取过来了。

莱涅克说：我对此表示感谢，
我愿遵从大王的旨意，这也是我的本分。
我胜利了，再也没有更多的要求！
惟请大王应允一件：
请让我征询一下我的朋友，同他们商量一下；

他的朋友们即刻高喊：
遂大王的心愿，我们都认为妥善。
他们成堆地拥向胜利者，
包括所有的亲戚，獾子、猴子、
水獭和海狸，还有貂、黄鼠狼、
银鼠、松鼠以及许多以前敌视他、
不愿提他名字的动物，现在也都
化敌为友，纷纷向他走来。
还有一些从前告他的，现在也都
成了他的亲戚，他们带着妻子儿女，
大的、中的、小的甚至最小的，都来
向他示好，奉承他，简直没完没了。

世道人情永远如此。人们对幸运者说：
祝你长命百岁！幸运者有成堆的朋友。
可谁要是倒霉，谁就该忍气吞声！
这里的情况亦如此。人人都想
与胜利者套近乎，为他吹笛的有之，
唱歌的有之，为他吹喇叭和敲鼓的有之。
莱涅克的朋友们对他讲：
你该高兴了，这个时刻，
你已抬高了自己和你一族的地位！
瞧你处下风时，我们都很悲伤，
但形势陡变，真是绝妙好戏。
莱涅克说：我如愿以偿，多谢朋友。
他们喧闹不已，

由莱涅克和决斗场两位看守领头
走到大王御座前，莱涅克跪下。
大王叫他平身，并当着所有在场的人说：
你今天表现神勇，已光荣完成你的任务，
所以朕判你无罪，
过去对你的判罚都一笔勾销。待伊塞格林伤愈，
朕即与贵族们会商对此予以说明。
今日之事到此结束。

802　　莱涅克谦卑地说道：仁慈的陛下，
听从你的劝告是必须的，是非常有益的。陛下最清楚，
我来时告我的人多如过江之鲫，他们为我的劲敌狼
说谎开脱，向他讨好卖乖；狼一心要打倒我，
他险些用暴力将我制服；其他的人则帮腔叫嚷，
说要把我钉在十字架上！他们与他沆瀣一气，
讨他欢心，要把我处死。
因为他们看到，他在大王身边的
待遇比我好，谁都没有考虑
以后的结局，也不去想事实的真相究为何样。
我把这些人比做狗倒很贴切，他们惯于
成群结队站在厨房门口，希望
好心的厨子顾念他们，赏他们几根骨头。
等候的群狗看见其中一条狗
从厨子那里抢到一块熟肉，
可惜这狗逃得不够快，于是招致不幸。
厨子从后面用开水浇，

烫伤了狗尾；但此狗不肯把肉块丢下。
他混进狗群中，狗们交口称赞：
瞧啊，厨子惟独对他好！
瞧啊，厨子给他一块多美味的肉！
那只狗回答说：你们理解得很片面，你们从前面看，
看到这块精美的肉自然中意，因而夸赞我；
可是从后面看我——你们若固执己见还会夸我有福，
他们于是从后面看，看到他被烫得好恐怖，
毛发脱落，皮肤起皱，
看着便个个胆战心寒，
都不敢进厨房，全落荒而逃，丢下他不管。
陛下，我指的是贪婪之徒。他们得势之时，
谁都想巴结他们做朋友，
都呆望着他们口里衔着的肉。
谁不顺从他们，必遭报复。
他们即便干坏事也必须对其赞许。
这样就助长他们作恶的气焰。
不计后果者，大都如此，
可是这类人往往难逃法网，
他们的权势会落得个悲惨的下场。
没有谁会再喜欢他们，他们身体两边的毛
全都落光。以前大大小小的良朋挚友
全都星散，将他们抛弃，使之成为光杆。
宛如这些狗们看见同伴受伤，被烫坏半个身子
就离开他一样。

803

仁慈的大王，你会明白，为何人们谈论莱涅克
从未有过这样的议论，为何没有哪个朋友因我而羞愧。
陛下的仁慈我感激不尽，只要得知
陛下的心愿，我一定乐意将其实现。

大王回道：多言无益，
一切我都听到，朕懂你的意思。
朕要再看见你和从前一样，以贵族身份
参与朝政机要，
让你担当重任，随时出席枢密会议。
如此，朕完全恢复了你的荣誉和权力，
希望你莫负朕意。
你若将才智和贤德结合起来，
就能助朕改良一切，
朕朝中岂能少你，
你成了人上之人，
无人能提出比你还高明的韬略大计。
今后再有谁对你控告，
朕会一概置之不理。你要一直
替朕代言，朕封你为帝国宰相，以行使职权，
朕把御玺交给你。
凡你所奏所为，均正式生效——
这样，莱涅克理所当然
一跃而获至高恩宠。
凡是他倡议的、决定的，不管是福是祸，
一律遵照执行。

莱涅克谢大王,说道:高贵的君主,

陛下给了我太多的荣誉,我没齿不忘。

我希望自己保持理智,这,陛下看着吧。

至于狼的情况,我们最近有所耳闻。

804

那天他遭败绩,躺在决斗场里,凄凄惨惨,

他妻子和朋友走到他身边,外加雄猫

欣泽、褐熊布劳恩、孩子、仆人和亲戚,

他们个个长吁短叹,把他放到担架上——

担架上垫了些干草给他保暖,抬出场地。

有人给他验伤,伤口多达二十六处;

来了许多外科大夫,立即给他

裹上绷带,给他滴眼药水。

他四肢已瘫痪。医生给他耳朵里

抹上草药,他因此大打喷嚏,以至后面漏出粪便。

郎中齐声说,我们要给他涂油膏,洗涤,

以此安慰狼族悲伤的亲戚;

又小心翼翼把他放上床,他睡去,但不久即醒,

烦躁气闷,心事重重,耻辱和痛苦

一齐涌上心头,乃放声恸哭,几近绝望。

吉瑞蒙特细心看护他,心情抑郁,

心里念叨着丈夫吃的大亏,怀着撕心裂肺的苦痛

站在那里,为自己、孩子和朋友们感到难过,

眼睁睁瞧着受苦的丈夫再也撑不下去,

丈夫痛得发狂,那是扼腕巨痛啊,结局能不悲惨。

莱涅克乐滋滋的,对朋友们说说笑笑,

听朋友们对自己吹捧、赞扬，
遂趾高气扬回家。仁慈的大王
派随员护送，临别时亲切地说：
你快去快回呀！狐狸扑通一声在御座前跪下，
道：我衷心感谢陛下和仁慈的王后，
感谢大王的顾问和全体贵族。我的大王啊，
愿上帝赐予你更多的荣耀，以后大王想怎样就怎样，
我全照办。我真心敬爱大王，这是我应尽的义务。
现在，如蒙恩准，我回家一趟
看望我的妻小，他们等着我，很伤感。

大王回答说：只管回吧，你再也不用怕什么。
莱涅克就这样以受到殊宠之人的身份离去。
狐党之中，懂得这种诀窍的很多，
他们并不全部蓄红胡子，但大家都安全无虞。

莱涅克与其一族四十位亲戚
傲然离开宫廷，对受到的尊重，无不自鸣得意。
莱涅克作为首领走在前面，余者跟从。
他装出喜不自胜的派头，觉得
自己的尾巴粗了许多。他已获得大王的恩宠，
重返枢密院，于是思谋着如何利用职权：
我要让我喜欢的人捞到好处，让朋友们沾光享福。
他自忖，尊崇智慧比尊崇黄金还重要。

如此这般，莱涅克由狐的朋党前呼后拥，

805

继续朝他的马勒帕吐斯城堡进发。

他感谢大家，这些人对他很友善，在他存亡危急之秋都站在他
一边，

他表示要为他们效力。大家于是分手，
各自回家。他回到家中，
见妻子埃尔梅林安然无恙，妻子欣然迎候，
问他遇到什么麻烦，又如何摆脱窘境。
莱涅克说：我成功了，又受到
大王的宠爱，擢拔，一如既往复进枢密院，
咱们整个狐族光耀门楣了。大王
当着众人的面，高声任命我
做帝国宰相，并将御玺交付我。
凡是我莱涅克处理的事，所写的奏本，
都被视为永远生效。大王要大家把这铭记于心！
只消几分钟，我就把狼教训了一通，
他不再控告我了。他眼睛瞎了，身体伤了，
他的全族都受唾骂；我总算出了一口恶气！
今后，伊塞格林对世人没有什么用场了，我俩决斗，
我把他打垮了。我看他很难康复，
可这于我何干？我永远是他的上级，
凡支持他的那些同伙全都归我掌控节制。

莱涅克的妻子志得意满，两个孩子
听到父亲升了官也不由自主勇气倍增。
他们相互说道：现在我们过得很快活，
又受大家尊敬，我们要考虑

806

把我们的城堡修得更牢,以便平安度日。

现在莱涅克安享尊荣!愿人人
改变信仰,亦即改信智慧,避免邪恶,崇尚道德!
这便是本诗的精义。诗人在本诗中
杂糅着寓言和真理,以便你们区分
善恶,尊崇智慧,也让购买此书的读者
每天从世俗人情中获取教益。
因为世情在书中是这样,将来还会是这样。
叙述莱涅克本性和事迹的这首诗
就到此结束。
愿上帝助我们获得永恒的崇高。阿门!

赫尔曼与多萝西娅
Hermann und Dorothea

卡利俄珀①
命运与同情

我从未见过市场和街巷如此冷清！

城市如同被清扫过，死绝了一般！

估计全体居民中留下的不足五十人。

好奇心真是不得了，瞧，人人都朝那边奔涌，

去看那凄惨可怜的大队难民。

他们要花一个小时才能到达那边的马路，

还甘冒中午炎热的尘埃前行。

我可不愿离座去看善良难民的惨况，

他们携带被抢出的财产离乡背井，

遗憾地告别了莱茵河对岸②美丽的故土，

来我们这边，穿越丰饶的山谷

和曲折的小径，在这幸福的一隅流浪。

妻啊，你做得对，你以慈善之心打发儿子出去

送旧衣裳和吃的喝的，

周济那些可怜的人们。

因为布施本来就是富人的事情。

这小子还真会赶车！有驭马的本领！

新车的确好看，可以

宽舒地坐四人，车夫自有他的驾座。

---

① 卡利俄珀是司叙事诗和悲剧的缪斯女神。本叙事诗分为九歌，每一歌标题上
　方附一个缪斯的名字，缪斯女神有九位，刚好与九歌相匹配，不一定与内容有
　关。这是仿照希腊历史之父希罗多德撰写《史书》的做法。
② 指莱茵河左岸的普鲁士、普法尔茨或莱茵黑森地区。

这回他独自赶车；拐起弯来举重若轻！
"金狮"饭店的老板如是对妻说道。
他坐在市场旁边的门廊下，颇觉欢欣。

808　　　聪明、善解人意的妻子答道：
孩子他爸，我本不愿把你的旧衣送人，
它们有时还可穿用，花钱不一定能买到，
但今天我乐意拿出些好上衣和衬衣赠送，
因为我听说那些老的小的赤裸着走路。
你能原谅我吗？你的衣柜被"洗劫"一空。
尤其那件有印度花卉图案的晨服长袍——
印花布面料精细，衬里为上等法兰绒——
我也送掉了；它薄而旧，已不时兴。

优越的一家之主报以微笑，道：
那件旧长袍我也不舍得拱手奉送，
东印度公司的布料再难寻觅。
送就送吧！我也不再穿它。如今男士外出，
总得穿长大衣，波兰式上装①，
足蹬长靴，而便帽便鞋已弃置不用。

你看！妻说，那儿有几个人已回来，
他们跟着去看了难民，想必难民队伍已无踪影。
瞧，他们鞋子上满是灰尘！个个脸色

———————————
① 毛皮镶边的紧身上装。

通通红！手帕擦汗汗涔涔。
这么酷热的天，跑得那么远，我可不愿
去看热闹！真的，我听人讲讲就行。

善良的老爸加强语气回应：
这种天气少有，但有利于收成，
我们要颗粒归仓，要像收进的干草一样干燥粮食。
天空晴朗，不见一片浮云，
上午的风啊，真凉爽宜人。
天气不会有变！麦子已经熟透。
明天开镰收割，确保粮库丰盈。

　　809

他这样说着，三五成群的男女越来越多，
全部经由市场回到家中；
那位邻家富翁，当地头号商人，
也带着他的儿女们
乘坐敞篷马车（此为兰道产品①）
向着他那位于市场一侧、
翻修一新的寓所快速归来。
大街小巷热闹了，因为小城人气旺盛。
人们倾力开设了好多工厂，外加许多手工作坊。

安逸的夫妇就这样坐在门廊下，
闲话过往民众，放松心情。

①"兰道"马车，一种产于兰道（巴伐利亚）的四座带车篷的马车。

终于,庄重的主妇说:
瞧! 那边神父来了,同来的还有邻人
药店老板,他们会把外面听见的
令人不快的一切告诉我们。

两人亲切地走拢来,向这对夫妇问安,
然后在门廊下的木凳上落座。
他们掸去脚上的灰尘,掏出手帕扇风,
相互寒暄后,药店老板
首先开了腔,听口气有些怂然:
810　　人类总是这个样! 邻居发生不幸
却个个幸灾乐祸,冷眼旁观!
发生大火,个个跑去看冲天烈焰。
罪犯被押赴刑场,
大伙儿也跟在后面。
现在大家都外出看难民遭殃,
谁都想不到,也许下一刻或将来
同样的命运会落到自己头上。
我认为这种轻浮不可恕,但人类本性就这样。

高贵且善解人意的神父继而把话讲。
此君是为小城增添光彩的人,年富力强,
深谙世故人情,亦知听者的心理需求。
那部给我们揭示人类命运及信念的《圣经》,
其高尚的价值他烂熟于胸,
对世俗的优秀读物亦相知甚稔。

他说：大自然慈母赐予人的那些

无害的本能，我不愿责难，

因为，但凡智性和理性无能玉成之事，常由

无可阻挡的快乐癖好带领我们完成。

倘若好奇心不以强烈的刺激吸引人，

那你们说说，人怎知世间事物

彼此的关联？人首先追求新鲜的，

孜孜矻矻寻求有益的；

最后才渴求善，善使人变得珍贵和高尚。

轻浮是人年轻时一个快乐的伙伴，

它使人看不出潜藏的危险；而痛苦之灾一过，

就把创伤遗忘，风过不留痕。

待到成熟之年，　　　　　　　　　　　　　　811

从快乐的意识里滋生稳定的理智，

无论幸与不幸，都能奋发有为，

他就理当受到赞扬。

因为他做了善事，使损失得到补偿。

主妇失去了耐心，于是亲切地说，

你们看到了什么，都给我们讲讲，愿闻其详。

药店老板着重回答：

讲我看到的一切，会使我沉痛异常，

那各色各样的惨状，谁能讲得周全！

我们还没走到草地，就老远望见

尘土飞扬，难民队伍从一个山丘走到另一个山岗，

首尾难辨,人海茫茫,
当我们抵达横贯山谷的公路,
但见难民人车拥塞,喧闹纷乱不堪。
大批可怜人从我们身边走过,
我们设身处地体验痛苦的流亡好辛酸,
慌忙中捡回一条命好庆幸。
那边的景象着实凄凉。一个家庭
必备的物品,好家长总要将其放到适当的地方,
以备不时之需,它们实用,不可或缺,
可现在却胡乱堆放在
车辆上,跟着主人仓皇逃难。
柜子上摆着筛子和羊毛毯,
揉面钵里搁垫褥,镜子上放被单,
唉! 正像我们二十年前火灾时所见,
危险夺去人的一切理智,
只抓次要的,丢下贵重的,

812　　这些难民也考虑不周,
尽搬些无谓之物,增加牛马负担:
什么旧木桶、鹅舍、鸟笼、旧木板,
连妇女儿童也拖带包裹、气喘吁吁把路赶,
篮里桶里塞满劳什子物件,
人啊,对财产,什么也不肯抛散。
拥挤的队伍就这样行走在尘封的公路上,
无序杂乱,牵着孱弱的牲口,
有的想慢点儿走,有的竭力朝前赶。
这时,拥挤的妇孺群里发出一声惨叫,

夹杂牛羊哞哞，众狗汪汪，
那负载过重的车辆的被褥上，老者和病人高坐，
晃晃悠悠，长吁短叹。
那嘎嘎作响的车轮出了轨，偏离了方向，
越过公路边缘翻落到路边的侧沟里，
车上的人被远远抛到田野上，
发出恐怖的叫喊，所幸生命无恙。
随后箱子滚落，掉在马车旁。
看到那些人跌落下去，真以为会被
箱柜砸死，落个粉身碎骨的惨烈下场。
就这样，马车破损了，跌落的人无人帮忙救助，
其他的难民自顾自匆忙从旁走过，
被汹涌的人流裹挟朝前赶。
我们急奔过去，发现了那些老弱病残。
这样的人即便居家卧床，也难耐长时的苦痛，
何况眼下躺在地上，呻吟、哀泣、受伤。
更兼烈日炙烤，灰尘呛人，呼吸不畅。

813

那位很有人情味的一家之主受到感动，接口说：
但愿赫尔曼遇到他们，提供衣食，使之复原。
我不愿去看，见惨况我会黯然神伤。
我们初闻大祸的消息就深为感动，
拿出了富余的食品
给一些人增加体力，这样我们也心安。
可是，让我们不要再想这种惨景，
因为惊恐会马上侵蚀人心，

我认为心忧比灾祸本身还可憎。
请诸位去后面小坐,走吧,去那间凉爽的后堂,
那里太阳晒不着,热风透不过厚墙。
老妈妈会给我们拿出
一瓶八三年陈酿①,让咱们消愁解烦。
这儿不是喝酒的好地方,苍蝇会在酒杯边乱撞。
于是,他们进去同享清凉。

主妇小心翼翼端上清凉的上等葡萄酒,
雕花玻璃酒瓶置于锃亮的锡盘上,
加上喝莱茵葡萄酒专用的绿色高脚玻璃杯。
三人如是围坐在打蜡的
棕色圆台边,台脚坚固粗壮。
主人与神父立即高兴地碰一杯,
唯独第三者举着杯子若有所思,没有动弹。
主人催他饮酒,话语亲切:

邻居老爷子,趁凉快,喝吧! 我们托上帝洪福
才幸免于难,上帝将来还会保佑我们,一如既往。
814　谁看不出啊,上帝自那次恐怖的无妄之灾
严厉惩戒我们后,总在取悦和
庇佑我侪,就像人保护自己
那重于四肢百体的眼珠,
难道他今后对我们的呵护和帮助不再?

———————————

① 1783 年酿制的葡萄酒。

人遇危难方知上帝万能。
他通过勤劳的市民
把这座繁荣的小城重建起来,并赐给千万个祝福,
难道他现在又要加以破坏,让我们前功尽弃?

卓越的神父接口欢悦而温和地说:
信仰不动摇,秉持此信仰,
得意时它使人明智而自信;失意时
它给人无上慰安,激发至美的希望。

拥有男人明智思想的主人说:
每逢我经商归来走到莱茵河畔,
对它的汹涌大潮发出几多问候和惊叹!
在我,莱茵河永远伟大,它提升我的情操和思想。
但我不可想象,它那可爱的河岸
即将成为抵御法兰西人的壁垒,
宽阔的河床将成为阻挡一切的堑壕。
你们看着吧,我们有大自然、有勇敢的德国人
和天主拱卫,谁还会愚蠢地灰心沮丧?
战斗者已疲于奔命,一切都预兆和平,
但愿长久盼望的节庆
在我们教堂里举办,大钟与管风琴齐鸣,
号声嘹亮,伴唱着崇高的颂歌①——

---

① 原文 Te Deum,意为"伟大的天主啊,我们赞颂你",早期基督教颂歌,是基督
　教礼拜仪式的一部分。

815　　　　神父啊,但愿我的赫尔曼也在这天手牵新娘
　　　　　　果断地去祭坛边见你,
　　　　　　那么,这个举国同庆的欢乐佳节
　　　　　　也是我家大喜的纪念!
　　　　　　可是,我不喜欢看这小子在家活泼好动,
　　　　　　出外却磨磨蹭蹭,一副羞涩模样,
　　　　　　不愿在人群中抛头露脸,
　　　　　　甚至避开与年轻姑娘交往,
　　　　　　连年轻人喜爱的欢悦舞蹈,他也不涉足其间。

　　　　　　他一面说一面听,听见嘚嘚的马蹄声
　　　　　　由远而近,也听见车轮驶来的隆隆声响,
　　　　　　说话间马车就疾速、轰然停在了门廊下。

忒耳西科瑞①
赫尔曼

　　　　　　当身材好的儿子走进室内,
　　　　　　神父用锐利的目光把他打量,
　　　　　　那双探究的眼睛端详他的身姿和举动,
　　　　　　解密他的面部表情易如反掌。
　　　　　　神父然后微笑,亲切地对他讲:
　　　　　　您回来完全变了个样!
　　　　　　从未见过您这样快乐,目光如此活泛。
　　　　　　您高高兴兴回家,看得出已把赠品

---

① 司舞蹈和基塔拉琴(有七至十八根弦的古希腊弦乐器)音乐的缪斯女神。

向那些可怜人发放,并接受了他们的祝福。

儿子从容回答,话语严肃:　　　　　　　　　　　　816
我的行为是否值得称许,我不知道;
但我的心命令我这样做,现在我来详细禀报:
妈妈,您翻找旧衣服,挑选了很久,
包裹迟迟才打完,
葡萄酒、啤酒也慢慢地小心包扎好,
待我来到城门前上了公路,
见一群难民带着妻儿
朝我这个方向退回,说大队人马已经走远了。
我加速与他们靠拢,灵巧地驾车赶赴下个村,
听说他们今天在那里过夜歇宿。
当我驶上一条新公路,
一辆马车映入眼帘——马车用结实木料打造,
由两匹外国种高头大马拉车——
旁边跟着一位姑娘,步履矫健,
手执一根长棍控制强壮的牲口。
她驭马有术,进退自如,
见到我,姑娘就走近我的马,镇定自若对我说:
我们并不都是这么惨,像您今天在路上所见。
我还不习惯向陌生人乞讨,
他们只为了打发穷人才勉强施舍;
我这是迫不得已才开口。在这麦秆上
躺着一位富家太太,她刚刚分娩,
我用车好不容易将她搭救,

若迟来一步，她就性命难保。
现在新生儿赤条条躺在她的怀抱。
我们即使赶到今天打算去的前村过夜，
找到一起逃难的人，他们却什么也帮不了；
817　何况，我担心他们已远走。
您如果住在附近，有什么衣裳和多余的食品，
就请行行善吧，捐给可怜的落难人。

她言罢，面色苍白的产妇从麦秆上
抬起身子望着我。我说：
常有天上的神仙告诉好心人
要他们感知可怜袍泽面临的苦境，
正因为如此，我母亲预感到你们的不幸，
就交给我一个包，要我立即送给急需衣服的人。
我解开绳结，把我父亲的长袍给了产妇，
外加衬衫和被单。
她欣然道谢，大声说：福人不信
还会有奇迹发生，因为只有在患难中
方知上帝的手掌在引导善人行善。
上帝通过您施与我们的善，但愿也同样施恩于您。
我瞅见产妇抚摸各样衣裳，神色怡然，
特别爱摸长袍那柔软的法兰绒夹里。
姑娘对她说，我们赶紧去那个村吧，
大家已在那边歇息过夜，
我马上准备好婴儿的所有衣衫。
姑娘还向我致意，说了些发自肺腑的感谢话，

然后赶车离去；
我留在那里拉住马，心里很纠结，
考虑是否快马加鞭赶赴那个村
把食物分给难民，还是在这里就地把物品
全部交给她，由她去合理分发。 818
我很快打定主意，跟在她身后
很快追上她，急忙说：
好姑娘，车上不仅有母亲交给我的衣裳，
叫我分给缺少衣服的人，
还有好多食品和饮料
装在车上的箱子里，数量可观。
此刻我情愿将这些赠品交到你手里，
我的任务也就圆满完成。
你分发这些东西会很用心，我分发则很随意。
姑娘说：我会尽量忠实可靠地处置您的赠品，
让最急需的人皆大欢喜。
她说完，我就很快打开车上的箱子，
拿出分量很重的火腿，还有很多面包
和瓶装葡萄酒、啤酒，
一股脑儿交给她；
我真想再给她多些，无奈箱子已空。
她把一切堆在产妇脚边，继续赶车上路。
我则驾车疾驰回城。

赫尔曼言毕，那位饶舌的邻居
接口嚷道：兵荒马乱的年头

居家过独身生活，
无家室之累，这种人才有福气！
我现在感觉有福，真不愿为许多破事
做什么爸爸，为妻儿操心牵挂。
我常常想去逃难，已收拾好
贵重物品、古钱币及先母的项链，
这些东西都未出售。
当然，还有许多来之不易的物件要保留。
即使我苦心收集的药草和树根
虽不值大钱，也不愿丢掉。
如果助理药剂师留下，我就了无挂碍离家出走。
保住了现金和身体，也就保住一切了。
单身逃难最轻松。

819

邻居老爷子啊，年轻的赫尔曼答话毫不含糊：
我绝不可能有您这样的想法，我要责怪您的话。
一个人无论幸与不幸，若只考虑自己，
不懂得或从未想过与他人同甘共苦，
这种人还值得尊敬吗？
我今天不同往日，倒情愿决定结婚，
因为许多好姑娘需要丈夫的保护；
丈夫面临不幸，也需要妻子的安抚。

父亲微笑道：说得很中听！
这番理智的话，你很少对我说起过。

善良的母亲趁机插嘴：

敢情是！儿呀，你讲得好，你父母就是榜样。

我们相中对方，不是在快乐之时，

而是在悲伤的辰光。那是

星期一早晨——我记忆犹新，因为前一天

发生恐怖的火灾，烧光了我们这座小城——

已有二十年了。像今天一样，那是个星期天，

那季节天干物燥，城里缺水。

众人身着节日盛装

外出散步，分散在附近各个村庄，进入酒店和磨坊。

不意城市边缘失火，风助火势，

迅速蔓延大街小巷。

烧毁了满是谷物的粮仓，　　　　　　　　　820

各条大街、市场，还有附近我娘家及这里的婆家

一并毁于火海。

我们没怎么逃。那悲凉的一夜，我坐了个通宵，

坐在城郊的牧场上，

照看着被褥和木箱；

最终累极进入梦乡。清晨太阳升起前

降下的凉气将我唤醒，

惟见烟雾、灼红一片、空墙和烟囱。

心里真郁冈。太阳升起

比往常更壮丽，它将勇气灌注我心间。

我急忙站起，催促自己

去看我家房屋所在的地方，看我特别喜爱的鸡是否还活着，

毕竟那时童心未泯。

当我爬上我家房屋和院子的瓦砾堆，
那里还在冒烟，呆望着夷为废墟的居处，
这时你也从另一侧登上来查看现场。
你的一匹马被埋在马厩里，横梁和废料
还烟雾腾腾，却不见马儿的踪影。
我们相对而立，疑虑，悲伤，
皆因分隔我们两家院落的墙壁倾塌。
然后，你抓住我的手，说：
小丽斯，你怎么来这里？ 快快走开！ 要烧坏鞋底，
瓦砾很烫，我的厚靴子也已烧焦。
你抱起我，走过你家的院子，
带拱顶的房屋烧没了，但大门还竖在那里；

821　它是所有一切的唯一残留。
你把我放下，吻我，我不让，
你说的亲切话意味深长：
你瞧，房屋倒塌了，请留下帮我修复，
我也帮你父亲修建。
我不懂你的意思，直到你请你母亲
去见先父，很快就说妥了这桩幸福的婚事。
现在我还记得那烧毁一半的横梁，
但令我高兴的是，眼前总浮现那一轮朝阳升起时的辉煌，
因为那个日子把丈夫赐给了我，又在火灾破坏后
头几年让年轻的我得到了宝贝心肝。
我的赫尔曼呀，在这悲伤的年头
你想找个姑娘，有勇气在战乱中和废墟上
求婚，妈要好好地把你夸奖夸奖。

父亲立即神气活现：

孩子他妈，你的意见值得称赞，讲的故事句句是真，

因为一切皆目击身经。

但是，过日子好了还想更好，并非每个人

都要从一无所有开始过一生，

都要像我们一样吃苦遭罪。

噢，这种人多有福：他从父母手里继承

一份丰厚家产，再锦上添花，繁荣发展。

万事开头难，而经营家业难上加难，

需要的东西很多，而物价一天天上涨，

人就要打算赚更多的财产。

所以，我的赫尔曼呀，希望你快点

给我娶一个妆奁丰盈的新娘；

因为正直的男子就该配个有钱的对象。

若称心的娘子带着满箱满篮的实用嫁妆

进门，那才叫人欣慰无限。

你妈妈多年来为你妹妹准备了很多

结实的上等料子服装，

教父送给你妹妹各种银器，

我从书桌里拣出稀有金币，

这一切都不是白做，都是为了让她拥有

这些嫁妆，

而使那个选中她的小伙子喜欢。

是啊，我知道一个新娘在家里

看着厨房和房间里摆放着她的餐具和床上用品

她的心情该是何等舒畅。

822

我也乐见我家新娘陪嫁丰富；
穷媳妇总归会受丈夫轻视，
被看成提着包袱进门做仆人的女郎。
男人们总是不公正，所谓的爱情时代一去不返。
你若从邻居那幢绿房子里快点儿娶回一个媳妇，
就会让我晚年无上荣光。
那家的主人相当有钱：他的商业和工厂
使他一天比一天富；商人哪个不唯利是图。
他的后代全是女儿，由三女平分财产。
我知道大小姐已出嫁，二小姐三小姐
尚未许配，但这两个名媛大概不久也会名花有主。
我要是你，就不会迟疑至今，
定会娶其中一个。就像我娶你妈妈那样。

儿子谦和地回答着急的爸：
我也和您一样，真想从邻家选一个姑娘。
823　我们在一起长大，早先在市场旁的喷泉边玩耍，
我常保护她们不受粗野男孩的欺压。
可那是陈年往事，姑娘长大了
就待在家里，不再去做粗俗的嬉戏。
她们肯定有教养！我有时也顾念
儿时的情谊，按您的心意去她们那里；
可是，同她们交往我从未感觉快意。
因为她们老是指责我，我只得隐忍受气：
说我上衣太长，围巾粗糙，
颜色鄙俗，头发剪得不好，卷得不得体。

终于,我也着意打扮成店员一样。
那些店员每逢星期天去她们家里,
在夏季系上一条混纺丝绸围巾。
可我还是很快发觉,她们总是取笑我。
我很敏感,自尊心受了伤,
尤其令我伤心的是,她们误解了
我对她们、特别对最小的敏欣所怀的好意。
这是最后一次,发生在复活节我去她们那里的时候。
我穿了新大衣,就是现在挂在上面衣柜里的那件,
头发也理得像其他小青年一样。
我进了门,她们就窃笑,没想到是在笑我。
敏欣弹钢琴,她爸爸也在场,
他叫女儿歌唱,兴高采烈。
歌词里唱的什么,有些我不大懂,
我老是听到唱帕米娜、塔米诺①,
但我也不能老是沉默,一旦她唱完,
我就问歌词,问那两个人物。
大家都不开口,只是微笑,可她父亲却道:
我的朋友,你只知亚当和夏娃,对吗?
这时谁都忍不住,姑娘们笑出了声,
小伙子们跟着起哄,老爸捧腹。
我窘得帽子都掉落,而她们
继续弹琴歌唱,但嗤笑声总是不断。
我恼羞成怒,急忙回家,

824

---

① 帕米娜和塔米诺,是莫扎特歌剧《魔笛》(1791)中的一对恋人。

把大衣挂进橱里，双手使劲乱揪头发，
发誓再也不进她们家。
我这样做也没有错，因为她们虚荣无情义。
我听说，在她们那儿，还总叫我塔米诺。

母亲说道：赫尔曼，你别总对那些孩子
生气，她们毕竟是孩子。
敏欣确实好，总为你着想，
最近还打听你，你应选她为妻！

儿子顾虑重重：那次烦恼的造访
深深烙印在我心底，我真不愿
再听她弹琴歌唱。
父亲一跃而起，气急败坏，道：
瞧你这人真无聊！我常讲，
你唯一感兴趣的是赶马和种庄稼，
干的全是富贵人家奴仆的活茬。
你老爸就缺一个男丁，
能让他在别人面前长脸受夸。
你妈早就用空头支票愚弄咱。
你在校读书、写字、学习均不如人，
成绩总是最后一名。

825　　当然！因你年轻的心里
没有荣誉感，没有上进心。
假如你爷爷像我对你一样地关心我，
送我进学堂，受教于师长，

那，我现在岂只是个金狮楼老板。

儿子起身，默默走向门口，
悄无声息，慢慢吞吞。只是，父怒难消，
朝儿子大叫：滚开！我还不知你脾气犟！
继续干你的行当去吧，别再讨我责骂了；
可是，你休想把土里土气的姑娘
带进家门做我儿媳，那种下贱货我们不要！
我久历人世，知如何与人交往，
懂得怎样招待绅士淑女，让他们
满意而归；也会恭维新客户，使他们开心。
因此，我也要找个能干的儿媳妇做帮手，
使我无限的艰辛变得甜蜜；
她也要给我弹弹钢琴，我也要让全城第一流人物
来我家欢乐聚会，
就像隔壁邻居周末聚会一样。
这时儿子轻转门把手走出房门。

塔利亚①
市民

谦和的儿子就这样避开了激烈的争论，
可父亲还是老一套论调：
人性中没有的总归没有，我衷心希望
我儿子不要和我一样，他应胜我一筹。

---

① 司喜剧的文艺女神。

可是,我这心底热切的愿望怕难以实现。

家庭和城市如不顺应时势和外国潮流,

826 大家如果没有维持、革新和改善的兴趣与思考,

那么,家会如何,城将怎样?

人岂能像破土而出的野菌,

在其滋生地快速腐烂,

未留下丝毫生前活动的痕迹!

看一个家庭,立即便知主人的思想,

正如人们走进这座小城,就能对当局的政绩予以判断。

哪里的塔楼和城墙破败,

沟渠里垃圾堆满,街巷中污物遍地,

石头从缝中滚落而未复原,

房屋梁柱腐朽而等不到更新的资助,

哪里的管理就糟不可言。

为政上层若不讲秩序和清洁,

那里的市民就极易养成邋遢和松垮的习惯,

正如乞丐习惯于褴褛的衣衫。

所以我想让赫尔曼立即去旅游,

至少也得看看斯特拉斯堡、法兰克福,

还有那令人倍感亲切、建筑整齐而明快的曼海姆。

见过通都大邑的人

将来就不会停止对故乡城市——哪怕它很小——

的整顿美化。

外地人不是对我们改建的城门、

粉刷得雪白的塔楼和焕然一新的教堂赞不绝口吗?

我们的石子路,不是人见人夸吗?那水量丰富、

布局合理的地下水道不是有口皆碑吗？
它们既便利又安全，
发生火灾可立即扑灭。

827

这一桩桩一件件不都是那次火灾后取得的成就？
我曾六次当选市议员，负责公共建筑，
受到善良市民的拥戴和衷心感谢，
感谢我辛勤的劳绩，感谢我实现了正直之士
未竟的项目计划。
现在市议会的每个议员都热情高涨，
个个勤政实干，那条新公路
已决定开工，它将把本城与主干公路连接。
可是我担心青年们不肯一起行动！
他们有的只图欢娱和时髦打扮，
有的只蹲在家里，在炉边空想。
我担心赫尔曼依然故我，也是这个样。

善良而明理的母亲马上说：
孩子他爸，你总是把儿子冤枉！
况且要实现你良好的愿望也很难。
我们不能按自己的想法去塑造孩子，
而要像上帝将他们赐给我们那样加以呵护抚爱。
给他们提供最佳教育，使其自由发展。
人的禀赋不同，各人只有按各自的方式生活
才快乐才妥善。我不让我的赫尔曼受指责，
因为我知道，他将有资格继承家产，
成为市民和农夫的楷模，做杰出的老板，

料他日后在市议会里也不落人后。
可您每天责骂他,今天也不例外,
孩子很可怜,他心中的勇气都给你骂没了。
她说罢就赶紧离开去追儿子,
想在某个地方找到他再好言安慰,
让他高兴起来。
他是个好儿子,值得母亲如此善待。

828　她一走开,父亲就微笑着说:
女人和孩子都是怪种,
都喜欢任性地活着,
别人还只能一味赞赏和迁就。
古人这句至理名言永远适用,永不过时:
不进则退!

药店老板慎重地说:
邻居先生,我很赞成这个说法。只要时兴而又
花费不大,我总寻求更好的东西。
可是,想有所作为,把药店里外翻新,
没有充足财力又怎么行?
市民处处受限,明知是好事
却无能为力,钱包太瘪,
开销太大,因此处处受阻。
我本愿意做些事,无奈担心
改建的费用高,何况身处乱世危局!
我早就想给药房穿上时髦新装,
让窗口装上大玻璃亮闪闪;

可是谁能比得上那位富商,他财力雄厚,
还懂得让财富最大化的窍门。
瞧那边他的房子,崭新的! 绿色底子
配上白色漩涡形花饰,多么富丽堂皇!
硕大的窗玻璃亮闪闪,
使市场上的其他屋宇黯淡无光。
想当年,我的"天使"药店、你的"金狮"酒馆
在火灾后也是最漂亮的所在。
我的花园在这一带很有名,
过路人无不驻足观望,透过红色栏杆
观赏石雕的乞丐和彩色的侏儒。
美丽的人造山洞——现在自是蒙尘颓败——
当年我在洞里给人递上咖啡,
谁不为镶嵌熠熠生辉的精美贝壳
击节赞赏:内行人观看那些方铅矿石和珊瑚,
个个情难自禁,目夺神摇。
客厅里的绘画,观者也叹为观止。
画里的盛装绅士淑女蹀躞园中,
纤纤素手执着献来的鲜花。
可现在还有谁人光顾! 我的心绪恶劣,
几乎杜门不出,盖因一切都要改,
都要符合他们的趣味,
木板和木凳要漆成白色,
一切须光滑简洁;
人们不再喜欢雕刻和镀金的物件,
进口的木料最值钱。

829

我也愿意置办一些新物件，

更换家具，与时俱进，

可就是弄一件最小的，也担惊受怕，

现在谁有能力付得起工钱？

最近我打算把药店招牌上画的天使米迦勒①

以及盘在他脚下的恶龙重新镀金，

可索价令人咋舌，我只能让天使

一仍旧贯——灰头土脸。

830　**欧忒耳佩②**

母与子

男士们如此神侃神聊，

母亲则离开他们，先在家门前寻子。

那条石凳是儿子常坐的地方，

见他不在，妈妈就去了马房，

看他是否在亲自照料那几匹骏马，

他买回它们还是些马驹，不放心让别人管。

仆人对妈妈说：他进园子去了。

妈妈于是

离开马厩和那造型别致的粮仓

走进园子，它一直延伸到城墙边。

她穿行其中，一面对各种植物观赏，

扶正那些支撑苹果树和梨树的木桩，

---

① 医术守护神。

② 司抒情诗和笛声音乐的女神。

树枝上头果实累累；

她又从长势旺盛的白菜上拿掉一些毛虫，

身为劳动妇女，她每走一步都不肯徒劳无功。

就这样走到长园的尽头，

直走到被香忍冬①覆盖的凉亭，

走到现在，园中仍未见儿子的踪影，

凉亭亦空空如也。

但见那扇小门、由凉亭那边凿破城墙开出的

小门虚掩。破墙这事当时乃经由他家的先祖、即尊

敬的市长特许。

她十分方便地越过干涸的壕沟，

走进那边公路旁用栅栏围起的葡萄园，

该园坡面向阳，有陡峭小径通向上方。

她迈步攀登，一面欣赏

一串串微露于叶下的丰硕葡萄。

她沿着用天然石块铺砌的石阶拾级而上，

高高的小道上覆盖着绿荫，

棚架上垂挂着水晶葡萄和麝香葡萄，

还有特大粒的青中泛红的品种，

均作为宴客的饭后甜食而栽种。

山上其他地方种着一种

果实较小的葡萄，用它们酿造上等葡萄酒。

她再往上走，已欣然想到秋季欢庆的节日。

届时当地人欢悦地采摘葡萄，

831

---

① 一种植物名。

把榨取的果汁收集在桶里；
晚上处处燃放烟花，
亮光闪烁，噼啪作响，尽情欢庆丰收。
她呼唤儿子两三次，但听到的只是
从小城塔楼传来饶舌的回声，
她走着走着，心里不禁有些忐忑。
外出寻子，这事对她有点儿怪异，
因为儿子从未远离她，
出门也会打招呼，他生怕慈母挂念，
担心他发生意外。
妈妈一直希望在路上碰到他。
因为葡萄园上面和下面的门
全都敞开，她于是走进田间，
那广阔的田园覆盖着山岭的后脊。
她仍旧走在自家的土地上，
欣然望着自家的庄稼，那低垂多姿的麦穗，
整块田地上翻滚着金色麦浪。
她在田埂小径上行走，
望见了山丘上那棵大梨树，
那是他家田地的界标。
这梨树是谁栽的，已无从稽考。
这一带远处都可望见它，
所结的梨子名闻遐迩。
832　割麦的人习惯于在此梨树下午餐，
牧童也喜欢在树荫下看护畜群。
天然石头和草地就是他们的坐凳。

妈妈没有看错，赫尔曼就坐在那里休憩，
他手托腮帮，背对母亲，好似
眺望对面的群山。
母亲悄悄走过去，轻拍一下他的肩膀。
他迅即转身，母亲瞧见他泪眼汪汪。

他愕然说道：妈，你吓了我一大跳！
具有高尚情操的小伙子急忙擦干眼泪。
怎么？你哭啦，儿子？母亲惊异答话。
这可真不像你！我从没见你哭天抹泪。
说说吧，什么事让你不开心？
什么事促使你到梨树下独坐哀泣？

这优秀青年竭力自控，说：
现在对流离失所之人的疾苦漠不关心，
这样的人真是铁石心肠；
这年头对自己的和对祖国的福祉麻木不仁，
这种人就是没有头脑。
我今日所见所闻，让我大为感动；
因此才出来观看眼前四周这壮丽辽阔、
丰饶山丘的景色。
金色麦穗低垂，等待开镰收割，
丰硕的水果让我们期许着满库盈仓。
可是，唉！大敌当前！我们虽有莱茵河汹涌的潮水
保卫，唉！可对于那些军队、像暴风骤雨
袭来的军队，潮水和山岭又有何用！

他们从各地招募青年

甚至老年,奋力推进,前赴后继,不惧牺牲,

833　德国人还敢待在家里?

还指望能逃过那咄咄逼人的灾祸?

亲爱的妈妈,我告诉你,上次从市民中征兵,

他们不要我并请我谅解,

今天想来,真使我气闷。

是的,我是家中的独子,

加之家大业大,生意要紧。

可是,与其在家坐等灾难和奴役降临,

还不如上前线抗敌,岂不更好?

是啊,这是理智告诉我的话,

我内心激荡着勇气和动力,誓为祖国而生,

为祖国而死,为别人做个好榜样。

确实,德国青年的力量若汇聚一处,

在边境团结御侮,绝不向外敌屈服,

噢,他们就不可能践踏我们的美丽国土,

不可能当着我们的面消耗我国的物产,

奴役我们的男子,抢走我们的妇女!

妈妈,你瞧,我已下定决心,

要立即践行我认为合理的、理所当然的事情;

考虑过多,选择的路径也不一定是最好。

妈妈,我不再回家了! 我从这里径直

进城,将我的双手和丹心献给军旅,

为国效命。

让爸爸去说吧,看我心中到底有没有荣誉感,

有没有上进心!

善解人意的慈母
悄然倾洒热泪,提示道:
儿呀,你内心情绪起了变化,
你不像昨天和往常一样对妈说话,
你到底想要怎样,爽气地讲吧!　　　　　　　　　　　834
如果第三者听你这样说,
他肯定对你大加赞赏,
赞赏你的决定至为高尚,
他会被你的慷慨陈词迷惑。
可妈对你只有责备。你知道,我对你更了解。
你隐瞒真心,想的完全是另一回事。
我知道,不是战鼓和军号在呼唤你,
你也不是贪图穿上军装向姑娘们炫耀,
因为你的本性虽则刚勇诚实,
却宜于妥善管家,默默种地。
所以你要坦白告诉我:什么东西
促使你下此决心?

儿子认真地说:
您错了,妈妈。一天不同于一天,
青年人会成熟,变成男子汉。
动荡纷扰的生活使某些青年堕落,
倒是在平静中更有利于他们成熟,进而有所作为。
我一如既往,现在也平静,

所以在内心培育了一颗憎恶不公和不义的心，
对世间的事物颇能分清，
劳动又把我手脚锻炼得十分强劲。
恕我大胆断言，我说的句句是真。
噢，妈妈，您指责我也不无道理，
您抓住了我半真的话语和一半的伪装。
因为我承认，我之所以要离开爸爸这个家
并非因为迫在眉睫的危难，
也不是出于为国效力、拼命杀敌的崇高理想。
那些话只是说说而已，只是为了对您
隐瞒我那撕心裂肺的情感，

835　　噢，妈妈，任由我吧！因为我心中怀有
徒劳的愿望，那就让我虚度此生吧。
我很明白：若不是所有人为整体奋斗，
光凭个人奉献，那只会贻害自身。

说下去吧，善解人意的母亲接着说：
大大小小的问题，对我和盘托出吧；
男人都急躁，思想总走极端，
一遇障碍，就容易出轨；
女人却很机灵，能想办法
委婉曲折地达到目的。
快告诉我，你为何如此激动？
我从未见过你这样热血沸腾，泪若泉涌。

这善良的小伙子沉湎于悲痛，

倒在母亲的怀里嚎啕大哭,然后伤感地说:
的确,爸爸的话让我好伤心,
可我不是他所说的那个样,今天不是,永远不是。
尊敬父母是我最心仪之事,
我觉得任何人都没有我生身父母那样贤达聪明,
在我懵懂无知的童年,父母就对我严格管教。
当我的玩伴常对我以怨报德,
朝我扔石子,殴打我,我也不报复,
大多忍气吞声;
可是,当他们嘲笑我父亲,那是在星期天,当
我父亲迈着威严的步伐走出教堂,他们
嘲笑他帽子上的带子,长袍上的花卉——长袍
今天已捐赠,当时他器宇轩昂地穿着——
我便怒不可遏,紧握双拳冲过去
与他们打斗拼命,
那时盲目行动,不计后果,
打得他们鼻孔流血,大声哀号,
几乎逃不过我愤怒的拳打脚踢。
就这样我慢慢长大,也常受爸爸的气。
他上次在市议会开会动了肝火,
同僚之间争吵、搞阴谋,
他不怪别人竟拿我出气,对我反复申斥。
妈妈常常怜恤我,因为我忍耐太多,
总顾念父母的恩德。
父母一心为后辈积攒财富,
为了孩子而节俭,自奉菲薄。

836

可是,唉! 单为日后享受而节省,
就是家财万贯也不能使人幸福;
单是良田千顷,庄园连片,
也不能使人快乐!
原因是父母日渐衰迈,儿子也随之长大,
一味操心未来而无眼前的快乐。
您看看下面那美丽富饶的田园
多迷人,还有葡萄园、菜园,
那边的粮仓和马厩,好一个成堆成堆的财产!
可我又看见那后面的房子,山墙上
那扇窗向我们显示屋顶下我的小阁楼,
我回忆过往,多少夜晚我等待月亮升起,
多少早晨我又等待红日东升——睡眠好时
我只睡很少几个小时就够。
唉! 我那些时候感觉好寂寞,一如
房间、院落和园子
以及山丘上绵延的美丽田园;
我面前所有的一切全都荒凉:因为我缺少一个妻子。

837   慈母通情达理,道:
儿子,你所希望的,无非就是娶个新娘到家,
让夜晚成为你一半的美好人生,
白天的劳动你会觉得更自由自主,
这正是爸妈所愿,我们总在
劝你催你选个姑娘,
可我明白、我的心也在对我说:

若时机未到，目前没有合适的，
那就等将来再挑选。
但是，若娶个不当的，那才最可怕。
儿呀，如果要我讲，我认为你已选好；
怪不得你神不守舍，比平时多愁善感。
你直说吧，我们心里已经有底：
你看中的，就是那个逃难的姑娘。

亲爱的妈妈，您说对了！儿子答得很直爽。
是啊，就是她！今天，我若不把她当新娘
领回家，她就走远了，也许就永远消失在我面前，
消失在兵荒马乱和悲惨的流浪中。
果如此，妈妈，家业兴旺和
年年五谷丰登
对我全是枉然！
是的，我对住惯的房子和家园已经生厌，
唉！即便母爱对我这个可怜人也无以慰安。
因为我觉得，男女的爱情纽带
会消解父母之爱；不仅姑娘跟从丈夫
把父母丢在一边，
而且小伙子看见他惟一所爱的姑娘远走
也会对父母不问不管。
所以，您还是让我走吧，不管绝望把我推向何方。
爸爸已说出决绝的话语：
我若执意把那姑娘带回，
他就不让进门，父亲的家就不再是我的家。

838

明智的慈母连忙回答：
两个男人像岩石一样对峙！
傲然屹立,谁也不向对方让步！
我告诉你,儿子,我心里还抱有希望。
姑娘虽穷,但只要为人善良,端庄,
爸也会让你订婚,
即便他对可怜的姑娘
曾严词拒绝。
他说出的有些话,是他性格暴躁使然,
并不实行照办,对拒绝之事也会认可。
不过他要听好话,这也理所应当,
就因为他是爸爸！ 我们也知道,
他在酒席上言辞激烈,怀疑别人的理由,
可酒后火气渐消。
是酒精的作用引发他火爆的脾气,
听不进别人的话,只听自己,凭自我感觉。
现天色向晚,你爸爸和朋友们相谈甚欢,
许多话题已转换,
我也知道,当他醉意消散,
他就觉得不该对别人不公和傲慢,
转而变得宽容和善。
走！ 咱们当机立断,这样才能成功,
咱们需借助还在他那里聚晤的朋友,
尤其是那位尊敬的神父愿为我们帮忙。

她如是匆忙地说着,一面从石凳上起身

拉起坐着的儿子，儿子欣然跟随。

母子二人默默下山，考虑着重要的计划。

波吕许谟尼亚[1]
世界公民[2]

那三位依然聚在一起聊天，

神父、药店老板在饭店主人家里；

话题也是老调重弹，

海阔天空地神聊，涉及面宽。

杰出的神父接着说出他的高见：

我无意反驳您。我知道，

人，总是力求改善；正如我们所见，

人总是努力上进，至少寻求新鲜。

可也不要过分！因为除了这种情感

大自然还赐予我们顽固守旧的爱好，

即喜欢那些长久养成的习惯。

凡符合自然、理性的状态均为善。

人的愿望甚多，但真正需要的很少，

因为人生苦短，凡人的命运受到局限。

我从不责备那种人：

他孜孜不倦，萍踪无定，

勇敢而艰辛地漂洋过海，

---

① 司舞蹈和歌咏的女神。

② 此标题系指在难民中维持秩序的"乡长"。第五歌和第六歌在此标题下得到
综述，与第三歌和第四歌在"市民"标题下说事形成对比。

走遍世间小径大道，
高兴地看着自己和家人身边
那堆积如山的资财；
至于那安详沉着的公民，我也对他尊重。
他闲适自安地对待祖产，
不违农时把地耕种。
但土地并非年年有变化，
新栽的树木也不是
倏忽枝桠参天，繁花似锦，
不，这样的人需要耐心，
840　　　也需要宁静致远的纯洁心灵和正直的理性。
因为，他只有少数的种子托付给大地化育，
只有少数的牲畜供他饲养繁殖，
他一心考虑的，只在实用方面。
被大自然赋予如此心性的人真福分不浅！
他供养我们大众；再就是小城镇市民，
他农商并举，我也祝他安康好运！
他没有农民受局限的那种可怕压力，
也没有物欲横流的大城市居民那种郁闷。
大城市居民，尤其是他们的妻女，
虽财力菲薄，却惯于仿效
位高者和富翁。
有鉴于此，我对令郎默默地苦干，
对他将来选定志同道合的佳偶，
送上永恒的祝福！

他说话时,母子俩一同进了屋,
她牵着儿的手,把他带到丈夫面前。
孩子他爸,她说,我们平时闲谈
常常想到,将来赫尔曼相中未婚妻的
那个日子会让我们欣慰无极!
我们作父母的曾反复为他考虑,饶嘴多舌地
为他挑这个姑娘,选那个对象。
如今,这个好日子来啦! 上天已把新娘
带给他看,他心里主意已定。
当时我们不是说过让他自行挑选吗?
你不是希望他对姑娘应该有
愉快的感觉吗? 这个时刻现已来临!
这不,他感觉到了,他选了,
并做出男子汉的决定了。
就是那个他所邂逅的异乡姑娘啊。
你就给他把婚事定下吧,
否则他就要按他发过的誓言终身不娶了。
儿子说:爸爸,请您定下吧! 我的心　　　　841
做了精细而可靠的挑选;这姑娘
配得上做您的儿媳。

父亲默然。这当口,神父快速站起
插嘴道:人的一生及其命运
就决定于一瞬之间。
凡事都需长时商量,但做决定只在一瞬,
只有明智的人才能抓住正确的抉择。

选择时最危险的莫过于,只考虑无关宏旨的次要
且思绪混乱。
赫尔曼很纯洁,我年轻时就了解他,
从孩提时代起他不伸手要这要那,
他要的是与他相称的东西,并一以贯之。
您长久盼望之事,如今突然而至,
请切莫惊惧。
的确,赫尔曼现在不是您所希望的那个样子,
因为我们所希望的又被希望掩盖,
而恩赐以其特殊的姿态自天而降①。
十分清楚,是那位姑娘首先
感动了贤明的令郎。
初恋女子向他伸出玉手,
免除他内心单相思的煎熬,
他真是有福啊!
这不,我瞧他脸色便知,他的命运已定。
真心的爱慕把青涩小伙子立马变成了男子汉。
他矢志不移,您若再拒此事,
我担心,他的大好年华将在悲苦人生中流逝。

842　　药店老板早已准备脱口而出,
此时慎重道:
这一回让我们来行中庸之道!

---

① 指多萝西娅(Dorothea),这名字的意思是"上帝馈赠之女性"。

欲速则不达！此乃奥古斯都大帝①的箴言。
我正想为芳邻效劳，
为他的利益,贡献我区区的理智：
年轻人尤其需要有人指引，
让我前去对那姑娘考察一番，
向她生活于其中、对她了解的那个
群体探询。
别人骗我没那么容易,我善断别人的话语是假是真。

儿子急忙②答道：
劳您大驾,邻居老爷子,请您去打听打听。
但我还希望,神父先生也与您同行；
两位卓越的男士是无可争议的见证人。
噢,爸爸！那姑娘来此地
不是为了在各处转悠求艳遇，
也不是施巧计诱惑毫无经验的小年轻。
不,是毁灭一切的野蛮战争
破坏了人世,彻底动摇了某些坚固体系，
也使可怜巴巴的姑娘离乡背井。
一些出身高贵的俊男不也在苦难中流浪？
甚至王公诸侯也易服逃走,国王也被流放。
唉！身为姐妹中翘楚的她

---

① 奥古斯都(公元前 63 年—公元 14 年),罗马帝国开国皇帝,古代杰出的政
治家。
② 原文为 mit geflügelten Worten,直译为"用长翅膀的话语",此为荷马惯
用语。

被驱离桑梓,四处流亡。
她罔顾自己的不幸,虽无助却助人,不吝支援。
充斥世间的痛苦和灾难委实深重,
能否出现不幸中之一幸,
让我偎依在可靠妻子的臂弯,
于战乱中偷安地享受欢愉,
一如您在无妄之灾后所获得的欣悦?

843   父亲意味深长地开口说话:
噢,儿子,你的舌头今天怎会松动,
它多年卡在口里,很少动弹!
如今我不得不体验当父亲的压力:
儿子的强烈愿望,母亲总要百般姑息,
四邻也会施与同情,
反而对父亲或丈夫一味呵责。
我无意反对你们大伙;反对又有何用?
我已预见到抵制和掉泪。
你们去调查吧,以上帝的名义
把姑娘带回;未果,他就死了这条心。

父亲言罢,儿子喜形于色,嚷嚷:
不等天黑就给您送个顶尖优秀的儿媳来,
心地聪慧的男子多想得到她啊。
我也希望那位好姑娘开心。
是的,她会永远感谢我的,感谢我让你们
又做了她的父母。明智的子女都

希望有这样的双亲。
我可不能再犹豫；我立即
去套马，领友人去寻情人芳踪，
任由他们凭才智处理。
我向您发誓，我完全遵照他们的决定，
姑娘若不属于我，我就不再与她相见。
他说完走了出去，其余的人
做了理性思考，快速商定了大事。

赫尔曼立马去到马厩，那些骏马
静立彼处，急急地嚼着精细的燕麦
以及产自上等牧场的干草。
他风风火火给其中一匹装上锃亮的嚼子，
又将皮带穿进美观镀银的带扣，
再系紧又长又宽的缰绳，

844

然后将马牵到院中。顺从的仆人已
轻拉辕杠，拽马车上前。
他们测定好，用干净的绳子
把善于轻巧拉车的马匹连接到辕杠横木上。
赫尔曼手执马鞭，入座，把马车驶到门廊下，
两位友人在宽舒的座位上坐好，
马车就快速行驶起来，石砌的道路、
城墙和精致的塔楼纷纷后退。
赫尔曼就这样驶上那条熟悉的公路，
一刻未停，快马加鞭，上坡下坡。
当他望见那村子的塔楼，

花园环抱的房舍已近在咫尺，
他暗自思忖，就把马车停在此间。

村前有一宽阔的绿地广场，
蓊郁的菩提大树投下浓荫，
这棵菩提树在此已扎根数百年。
此广场是农民和附近城市居民的游乐场。
菩提树下有个浅浅的泉池，
拾级而下，便见几条石凳
置于泉池四周，泉水不断喷涌，
清冽的泉水被很低的池壁容纳，汲水十分方便。
赫尔曼决定将马车
停在树荫下，完事后便说：
朋友们，下车吧，去探询
那姑娘是否值得我求婚。
我对此深信不疑，你们不会有新奇的发现。
假若我一人单独做这事，我就赶紧进村，
三言两语就把那女孩搞定，从而决定我的命运。
845   你们会从众人中立马认出她来，
因为她的身材，女辈中无人能及。
我再告诉你们她那整洁服饰的特征：
红色连衣裙前襟衬托着丰乳，
黑色胸衣紧紧贴身。
衬衣的领口镶边打着细褶子，干净利落、
雅致地围着圆圆的下颌，
妩媚的鹅蛋脸流露出洒脱爽朗的神情，

粗大的发辫用银针紧紧盘绕；
前襟下面是蓝色百褶裙，
走起路来围着她秀美的脚踝。
可我还有话要讲，我祈求你们：
别跟那姑娘面谈，别让她识破意图，
只去询问他人，听他们说些什么。
你们如得到足够的令我父母放心的消息，
就回到我这里来，我们再从长计议。
这是我在来这里的路上想出的主意。

他说完，两位友人就向村里走去，
见那边园子、粮仓和房子到处挤满人群，
宽阔的大街上停着一辆辆手推车，
男人们照管着哞哞叫的牛羊和拉车的马匹，
女人们忙着在矮树篱上晾晒衣物，
孩子们在溪水中噼啪戏水。
这两个被派出的"探子"环视左右，
看是否有赫尔曼所讲的那姑娘身影；
可女人中没有一个与这靓女相像。
不多时，人群拥挤得更凶，汉子们
因车辆之事气势逼人地争吵起来，女人们
也嚷叫着涉足其间。
但见一位老者迈着庄重的步伐快速走近，
走向叫骂的人群；他以长辈的威严
喝令他们住口，于是叫骂声即刻停歇。
他大声说：难道灾祸还没有把我们压够，

846

让我们总算懂得要相互忍让，
相互包涵，即便不是每个人都行为检点？
幸福的人的确不易相处，可是患难
难道还没教会你们
别再像以前兄弟阋墙？
在异乡要相互帮衬，
你们拥有的东西，要拿出来大伙分享，
如此才能获得他人的同情。

老者言毕，众人默然，
恢复平和心态的人们彼此包容，打理着牲口和车辆。
神父闻听老者的言辞，
便见出了这位身处异乡的乡长那深沉的胸怀襟抱，
于是走到他身边，郑重地说：
老爷子，说得真好！当民众一天天过着幸福的日子，
广袤的大地供养着他们
并年年月月更换着他们所企盼的礼物，
一切都自然而然地进行，人人觉得
自己最优秀最聪明；这时，他们能平等相处，
最理性的人也被视为常人：
因为所发生的一切，均静悄悄地、自然而然地各行其道；
可是，当灾难破坏了生活的常轨，
摧毁房屋建筑，破坏庭院田地，
把男男女女赶出住惯的居所，
迫使他们走上歧路，日夜担惊受怕：
唉！这时，他们就四下环顾，寻找

847

贤达明理之人，

贤达明理者发表的崇议宏论不再是徒劳无功。

老爷子，您一下子就安抚了众人的情绪，

您一定是难民的乡长。

告诉我吧，是不是？

真的，在我看来，您今天犹如远古的领袖，

率领流离的民众穿越大漠。

刚才我寻思，我是在跟约书亚或跟摩西①交谈。

乡长眼神严肃，答道：

我们这个时代真像是宗教和世俗史书上

所载的罕见时代。

这年头活过了昨天和今天

就像已活过多年：诸事猬集呀。

我稍作回想，头上已是白发苍苍；

可我的精力还算旺盛，

噢，我们可以把自己比做那些古人：

他们在荆棘火中②的严峻时刻看到了

耶和华的使者；耶和华也在云中和火中

---

① 《圣经·旧约》中，约书亚（Josua）与摩西（Moses）为犹太人领袖，带领犹太民众到达上帝应许之地（das Gelobte Land），亦即迦南（Kanaan），今属巴勒斯坦。

② 《旧约·出埃及记》第 3 章第 2 节："耶和华的使者在荆棘火焰中向摩西显现。"

向我们现身①。
当神父还想继续与乡长交谈，
想听听他本人及其手下的命运，
这时，神父的同伴急忙对他耳语：
再跟他谈下去，把话题引到姑娘身上。
我呢，去四处转悠找她，
一旦找到就回。神父对他点头，
这"探子"就穿过矮树篱、院子和粮仓寻人去了。

848　克利俄②
时代

神父向乡长问起
同乡的百姓受过什么苦，离家已多久，
老者回答：我们受苦的日子已不短，
已饱尝岁月的艰辛；
更为可怕的是，我们最美的希望已成泡影。
想当时，有如新生的太阳透出第一缕曙光，
我们听到了所谓万民共享的人权、
激动人心的自由以及值得赞美的平等。
有谁能否认，当初他的心不疾速跳荡，
他自由的胸怀无纯洁搏动！
人人希望为自己而活。

---

①《旧约·出埃及记》第 13 章第 21 节："日间耶和华在云中领他们的路，夜间在
　火柱中照耀他们。"
② 司历史的文艺女神。

那掌握在懒汉和自私之徒手里、
束缚许多国家的桎梏，
似已解除。
在那紧迫的时日，
各国民众无不翘首遥望
世界首都①。——它早已获此美名，
现在比任何时候更当之无愧。
最先宣告这福音的那些人
不是与世界最高的伟人齐名？
世人的勇气、精神和言论不是与日俱增？

我们作为邻国，初始兴奋莫名，
继而战端开启，法国武装部队愈益迫近。
但似乎只为友好。
事实确也如此，因为他们都有高尚的灵魂。
他们兴致勃勃地竖起形象生动的自由树②，
向大家许诺，人皆享有自己的权利，
拥有自己的政府。
于是，男女老幼无不高兴万分，
围着新的旗帜快乐舞蹈。
强壮的法国人
以火热活泼的舞姿立马征服男人的灵魂，
又以迷人的温存俘获女子的芳心。

849

———————

① 指巴黎。
② 自由树树干，革命者用彩带和雅各宾人帽加以装饰，竖立于公众广场。

耗费甚巨的战争之压力
对我们反倒不重，
就因为我们看到远方飘着希望，
那希望把我们的目光引向新辟的路径。

啊，当情郎拥着未婚妻翩翩起舞，
等待着联姻佳期，
那时节何等快乐！
当人们看到人的最高理想
近在眼前，触手可及，
那时节何等瑰丽！
人人畅所欲言，老中青年
满怀高尚情感，高谈阔论。

岂料不久就天昏地暗，
那帮道德败坏之徒争夺统治红利，
搜刮不义之财。
他们相互残杀，压迫新邻国同胞，
派来大批的贪官污吏，
上层大人物在此
穷奢极欲，大肆掠夺，
下层小头目同样抢劫、挥霍。
大家忧心的只是，我们明天还剩什么。
灾难无以复加，欺压日甚一日，
申冤的呐喊无人理会，因为他们是时下的主宰。
再镇定自若的人也难纾愤懑。

大家一心对所有遭受的欺凌、
对双重受骗所造成的损失发誓报仇雪恨。
后来,幸运转到德国一边,
法国兵仓皇后撤逃遁。
唉,这时我们才体验战争的可悲命运!
胜利者宽宏大量,至少表面如此,
他同情战败者,将其当做自己人,
每天为他们帮忙,供给财物,
可逃兵不懂规矩,肆无忌惮,
只求保命,只顾尽快把财物吃尽用光,
继之情绪狂躁,
心生绝望,干起了犯罪勾当。
对他们而言,已不存在什么神圣,见什么就抢,
兽欲导致强暴妇女,情欲变成恐怖。
他们阅历死亡无数,故残酷地
享受最后余生。鲜血和惨叫
他们倒是喜闻乐见。

我们男子汉怒不可遏,
决意为失去之物复仇,保卫仅有的余留。
敌兵仓皇逃窜,脸色煞白,眼神恐慌,
这鼓舞众人拿起武器。
冲锋的警钟响个不停,
虽面临危险,但愤怒难消,无暇顾及,于是,
种田的和平工具顷刻变成武器,
单杈和镰刀滴着鲜血,

我们的力量所向披靡,对敌毫不留情。
到处可见:一边是怒气冲天,一边是邪恶,怯懦。
人们置身于可鄙的混乱,我对这些

851　永远不想再见! 狂暴的野兽反倒比这好看。
还是别谈什么自由,好像真能自治似的!
一旦限制被取消,被法律击退到犄角旮旯的
种种邪恶又死灰复燃。

了不起,老先生! 神父加重语气回道:
即使您错看了人类,我也不责怪您;
因为你自混乱开始受邪恶之害无可胜计!
但是,当您回顾那些悲苦的日子,
您也会承认,善,以及那些潜藏于人心的超凡品格
也频频被您发现。
若非危险的刺激、苦难的逼迫,
那些人就显示不出天使的本相和保护他人的
守护神面目。

庄严的乡长微笑道:
您的一番良言提醒了我,就像房屋被焚时
人们常提醒伤心的房主
注意废墟中有无零散被融化的金银,
金银的数量虽少,却也贵重;
变穷了的人挖到失物也很欣慰。
因此我高兴地想起几件凡人善举,
我对它们还记忆犹新。

是的，我不否认，我见过

敌对的人们为救城市之灾而达成和解；

也见过朋友、父母和儿童

因爱而做出非凡的举动；

见过小伙子突变为成熟的男子汉，白发老翁

返老还童，稚儿彰显青壮年气概，

甚至连通常被称为柔弱的女性

也表现出英勇、强势和时代精神。　　　　　　　　852

首先让我介绍一位志行高洁的女子以及

此超卓女子施行的义举。

当时她与几个小姑娘单独留在大宅里，

因为男人们都已出征抗敌。

一群迷路的无赖兵痞冲进来抢掠，

又立即闯入女孩的房中，

发现那妩媚可爱的女子

和那些还不如说是孩子的小姑娘，

乃兽性大发，冷酷无情地扑向

被吓得浑身哆嗦的小姑娘们和心高气傲的女子。

此女从一个敌兵的腰侧夺下军刀①，

狠命将其砍倒，在她脚下淌血；

----

① 在危急情况下拿起武器的妇女，属于 18 世纪德国诗歌宝库中的人物形象，比
　　如施莱格尔的《赫尔曼》与克洛卜施托克《赫尔曼与图斯涅尔达》(1752) 中的
　　图斯涅尔达，还有传统的反抗的妇女形象，圣象学中以尤蒂特为代表，文学中
　　以布伦希尔德(《尼伯龙族之歌》)、科洛琳达(塔索：《被解放的耶路撒冷》)为
　　代表，后者在歌德的《威廉·迈斯特的学习年代》中被主人公视为偶像化的
　　(希腊神话中的)亚马逊族女战士。

继而凭着刚勇，奋力搏击，解救了小姑娘们；
又砍伤其中四个盗匪，他们总算捡回一条命逃逸。
然后她锁上院子大门，手执武器，等待救援。

神父听了对这女子的赞美，
心里又为朋友滋生一个希望。
正想继续追问：现在她在何方？
是否也跟民众一起悲伤逃难？

就在此时，药店老板急忙赶来，
扯了扯神父的袖口，耳语：
我从几百人中总算找到了那个姑娘，
与所描述的一个样！您可亲自去看，
请乡长一同前往，我们是以得闻其详。
他们转身，不意乡长已被手下叫走，
有事需要他去协商。
于是神父就跟药店老板
走到篱笆的缺口处，药店老板滑头滑脑地指着说：
瞧见小妮子了①？她已把婴儿包好，
旧棉衣和蓝被单
我看得一清二楚，
是赫尔曼打包给她送去的东西。
她利用这些赠品，用得又快又好，

① 下文对多萝西娅的描写，比如"她坐着""她坐在苹果树下"，是复制对圣母玛利亚形象的描写模式。

这是明显的证据，其他证据也全都吻合：
红色连衣裙前襟衬托着丰乳①，
黑色胸衣紧紧贴身，
衬衣的领口镶边打着细褶子，干净利落、
雅致地围着圆圆的下颌，
妩媚的鹅蛋脸流露出洒脱爽朗的神情，
粗大的发辫用银针紧紧盘绕，
她虽坐着，但还是看出她颀长的身材，
她穿的百褶蓝裙，从胸部
飘垂到秀美的脚踝。
确定无疑，就是她呀。让我们前去打听
看她是不是温良贤德，善于持家。

神父打量坐着的女子，说道：
她讨小伙子欢喜，对此我毫不感到惊奇，
阅历丰富的男子看到她也会觉得称意，
被大自然母亲赋予美貌的女人何等福气！
她无论何时何地都会遇到钦羡的目光。
当助人为乐的品格与俏丽的姿容集于一身，
那么，人人都愿与之接近，都愿在其身边逗留。
我向您担保，赫尔曼找到了一个好姑娘。
她会让他未来过得美满，
会始终不渝以女性力量支撑他度过一生。

---

① 以下六行诗，是对第五歌中描绘多萝西娅形象的重复，七、八、九行稍作改动，这是学习荷马史诗中的重复法。

如此完美的身姿一定保有纯洁的心灵,
精力充沛的青春预示着快乐的暮年。

854   药店老板有点儿怀疑,说:
不可以貌取人呀！我不相信外表,
我想起一则屡试不爽的民谚:
没有吃完三桶盐①,
别轻信新交的人。只有时间才让你确知
你们相处得如何,友谊能否长存。
因此先向老实的人们打听,
他们了解她,会把情况告诉我们。

神父接口说,我很钦佩稳重的人;
我们又不是为自己求亲！为别人着想就得心存疑问。
于是他迎面走向那位正直的乡长,
乡长因为有事又向马路这边走来。
聪明的神父小心翼翼对他说:
向您打听一点情况,我们看见一位姑娘,
她坐在附近园内的苹果树下,
用旧棉布替孩子们做衣裳,那棉布
许是别人赠给她的。
我们喜欢她,她像个正派姑娘。
就您对她所知,请见告,我们探问是出于好心。

———————————

① 意即与人共餐,引申为相处之意。吃完三桶盐,极言相处时间之久。

乡长朝园子里看了看，然后走过来说：
你们已经知道她了，我刚才
给你们讲过那女子的侠义行为，
持剑保护了自己和同伴——
就是这姑娘！
你们瞧，她生来精力充沛，体魄健美。
她有个老亲戚
在城里遭难，家产岌岌可危，
竟至忧患而死。她看护这老人直到临终。
她的未婚夫牺牲，令姑娘创巨痛深，
她只是默默忍受。
那高尚青年追求高贵的自由，
崇高的理想刚燃出火花
就远赴巴黎，要在那里反抗专横和阴谋，
就像在国内一样。可惜不久罹难。
老人言罢，这两人向他辞别并道谢，
神父掏出一块金币（数小时前，他看见成堆的
难民从他面前走过，便慈善地捐出了钱包里
的银币）交给乡长，说：
请把这点钱分给困难的人们，
但愿上帝将这点捐赠变多变大！
乡长婉拒道：我们已
抢救出许多金钱、衣服和用品，
希望不等这些东西用完，我们就已返乡。

神父把钱塞到他手里，说：

855

这年头谁都不吝施与，
谁都不拒慷慨的馈赠！
而且谁都不知他安然拥有之物能维持多久；
人失却赖以为生的田园，
无人知晓在异乡还要漂泊到何年。

药店老板连忙插话：的确是！
我要是兜里有钱，不论多少
都要奉送，你们当中定有许多人需要。
可我也不能让您空手而归，尽管我
力不从心，也要略表心意。
他一面说，一面从皮带上取下刺绣的皮荷包，
那里面装着烟草，
他斯斯文文地打开小包，并分了分烟草，
可供人抽上几烟斗。
他又补了一句：小意思，不成敬意。乡长道：
好烟草总受旅人的欢迎。
药店老板顺势对卡纳斯特洛①烟草夸赞一番。
神父把老板拉走，两人告别了乡长。
咱们赶快！神父说，小伙子已等得心焦，
让他尽快听到佳音吧。
他们急冲冲过去，发现他
倚在菩提树下的马车上，那马儿

856

---

① 原文 Canastro，是委内瑞拉所产的上等烟草。Canastro 为西班牙语，意为藤
篮，因为此烟草装在柳条篮子里出口，故名。

在怒踏青草。
他拉紧缰头,伫立,沉思,发愣,
直到他俩过来叫他,给他快乐信号。
药店老板老远就说起话来,
到了小伙子身边,神父捏住他手
打断他的话头,自己说:
祝你好运,年轻人! 你的慧眼,
你的诚心做出了正确选择!
祝福你和你的青春佳偶!
她配得上你,所以,快调转车头
去村子的拐角处
向她求婚,赶快把好姑娘接回家。

小伙子不为所动,听到使者说出
自天而降的佳音,竟毫无欢喜的表情,
反而长吁短叹,道:我们匆匆驱车前来,
说不定会丢尽颜面扫兴而归。
我在这里等你们,产生了忧愁、猜疑、
惶惑以及使爱恋之心受伤的种种妄念。
你们以为我们富有,姑娘贫穷落难,
到她那里一说,她就跟我们走?
若不是本该受穷,贫穷反而使人自豪。
那姑娘很知足又勤奋,其旷达襟怀
容得下整个世界。
你们以为,如此俏丽贤德的美女
长大成人就从未吸引过俊男?

至今还情窦未开？
还是别忙着赶车过去；宁可丢脸，
也要慢慢拨转马头回家。我担心
已有某个青年占据了她的心，诚实的姑娘
已答应那福人终身不渝。
唉！要是那样，我再向她求婚岂不难为情。

神父正欲开口好言劝慰，不料
药店老板饶舌插嘴：
我们这一辈人从前可没有这样的尴尬，
什么事都按各自的方式进行。
若父母替儿子相中一个儿媳，
就先把家里一位好友请来
做媒人，去到对方家里。
媒人须打扮得衣冠楚楚，
挑个礼拜天，饭后去拜访那体面的市民，
见面时先泛泛寒暄，
然后心照不宣，巧舌如簧地把话题转，
在大套拐弯抹角后，最后才说起这家人的"千金"，
同时大夸委托他来的那户人家及其儿子，
聪明人一听就知道了此人的来意。机智的来者
也立刻看出对方的心愿，这样就可继续商谈。
提亲若遭拒，也不怎么难堪。
一旦谈成，那户人家每逢喜庆都会
把媒人当作上宾；
结为伉俪的一对也终身不忘此事，因为

857

是机巧的媒人最先缔结了金玉良缘。
可眼下不时兴这一套，一如其他公序良俗；
现在是人人自寻对象。
让他们去碰碰钉子吧，是自己双手备好的钉子，
在姑娘面前丢脸献丑！

不管怎样！小伙子不大理睬他的唠叨，　　　　858
暗下决心：
我要亲自前去，从姑娘口中
探知我的命运，我对她抱有
男对女的最大信任。
我知道她说的都是好话理智话，
哪怕是最后一面我也要见她。我要
再去看看她那坦率的乌黑明眸，
我要把她紧紧拥抱，我多么渴望拥抱
她的丰胸和双肩，就让我再欣然见她一次，
再次欣赏她的芳唇。若从她嘴里说声同意并给个吻，
就会使我永远幸福；说声不同意，就毁我一生。
你们让我独自去吧！不用等我。
你们回到父母哪里，让他们知道，
儿子没搞错，姑娘很匹配。
让我一人去！你们走小道，越过山丘，
从梨树旁边我家的葡萄园下去。
我会抄近路回家，噢，但愿把可爱的人儿
高高兴兴地带回来！但也有可能
独自灰溜溜、闷闷不乐走那条小道归家。

他说罢就把缰绳交给神父，
神父会意，执缰控驭着喷沫的马。
他快速登车，坐上驭者的位置。

可胆小的药店老板还在犹豫不上车，说什么：
朋友，我把我的灵魂、精神和情感一股脑儿托付给您啦，
859　倘若操纵世俗缰绳的神职人员之手
对驭马之术过分自负，
那我这贱躯百体恐难保全。
聪明的神父微笑道：
你就坐上来吧，把你的肉体和灵魂放心地交给我，
我操纵缰绳早就娴熟，
眼睛也训练有素，最难转的弯子也不在话下。
想当年我陪年轻的男爵去斯特拉斯堡，
我们在那里坐车习以为常，每天
都由我驾驶，车声辚辚穿过回声阵阵的城门，
驰过尘土飞扬的道路，直抵远方的牧场和菩提树森林，
穿行于彼处安步度日的民众中。
药店老板半信半疑地登上马车，
坐在车上，好像要随时准备跳下似的。
马儿恋栈，疾速回奔。
强劲马蹄下，尘埃滚滚。
小伙子久久伫立，望着卷起的尘土
忽又飘散，他脑子一片空白，茫然。

埃拉托①

多萝西娅

恰似漫游人在落日之前
对行将消逝的太阳再凝眸远望，
继而在阴暗的树丛里，在山岩旁
观赏那飘忽不定的夕阳丽影，目光无论投向何方，
这丽影总是散发金光，摇曳着五彩斑斓。
同样，赫尔曼的眼前，也总有意中人的倩影
在温柔地飘荡，宛如随田间小道翩然而至。
他蓦然从梦幻中惊醒，扭头　　　　　　　　860
朝村中踽踽独行，令他惊诧不已的是，
迎面走来的竟是那靓女的颀长身影。
他盯视着，确认并非幻影，正是她本人。
但见她两手拎着大罐小罐，
匆匆来泉边汲水。
他欣然迎面走去，她的神色给了他
力量和勇气，于是对错愕的姑娘说：
热心的姑娘，我见你又忙个不停，
服务他人，为他们汲水以提神？
你为何独自来很远的水井，
可其他人满足于饮村中的水。
当然，此水有特殊功效，味道甘甜。
你是不是特为被你抢救的女病人取用？

---

① 司恋歌的文艺女神。

好姑娘立刻向他亲切问安，说：

我远道来此泉边，真的不虚此行，

因为我又碰到您这位对我们慷慨施舍的好人；

施主的风度与那些赠品一样令人心悦。

您亲自去看看那些受了你恩惠的人吧，

并感受所有受惠者对您的真挚谢忱。

我为何要来这一泓终年流淌的清泉汲水，

您且听我道来：

有人不注意，把村中水弄得混浊不堪，

为村民供水的水源因牛马在其中涉水，

加之有人在此浣衣，

所以村里所有的水池和水井全被污染。

他们只图自己

861　　一时的方便，哪管后果和未来。

她如是说着，一面与小伙子走下

宽阔的石阶；二人在井边

小石栏上坐下。她猫腰汲水，

他也手执另一只罐躬身相帮。

二人看着自己的影像在映着湛蓝天空的

泉中荡漾，相互点头，亲切致意。

让我喝一口，小伙子朗笑道，

于是她递上水罐。接着，两人

亲密的依罐小憩。她对友伴说：

你说说，我咋会在这里见到你，你无车无马，

离我当初见你的地方又很远，你怎么来的？

赫尔曼若有所思,低头看地面,然后举目
亲切而安详地凝视她双眼,
他自我感觉平和,安慰,却不能
对她示爱;她的眼神也无爱意流露,
只有理性之光闪耀,似要求他理性作答。
他立马镇定下来,亲切地对姑娘说:
我的孩子,你听好,我回答你的问题。
我来这里就是因为你呀! 干吗还要隐瞒?
我与亲爱的双亲欢乐度日,
忠实协助他们管理财产和家务,
我是独子,而我家的事务繁杂,
所有的田地都由我耕种。父亲辛勤地
经营饭店,勤劳的母亲
从总体上关心怎样把家庭经济搞活。
你也一定理解,我家的雇工
要么粗心,要么耍滑,
让我母亲苦不堪言,
迫不得已总是换人,可惜总是以错换错。
所以,我母亲早就希望家里有个姑娘
不但用手而且用心帮她料理家务,
以代替她早已死去的女儿。
今天我见你赶车,快活而娴熟,
见你双臂结实,身体健康,
又听你说话通情达理,我深受感动,
我于是急忙回家,把你这个异乡人
向父母和朋友做了如实的夸赞。

862

我来这里就是告诉你

他们和我一样的心愿——恕我口齿木讷。

她接口说：请继续说下去，不要有顾虑；

您没有羞辱我，我应感谢您。

您就直说吧，不会使我惊异：

是想雇我当使女，服侍您双亲，

照料您锦衣玉食的家庭。

您认为找到了我这个能干的女孩，

干活灵巧，性情文雅。

您的提议很简洁，我的回答也干脆。

行啊，我跟您走，听从命运的呼唤。

我已尽了义务，把那位产妇

交给了她的家人，家人对她获救十分庆幸；

难民大多数已团圆，余者也即将与家人会聚。

大家都在想不久即可返乡，总习惯于自我安慰。

863　可是，我在这悲惨的日子不愿用轻率的希望自骗自，

悲惨的日子还在后头，

因为世界的纽带已解开，我们面临

登峰造极的灾难，

谁能把那纽带重新系上！

我心甘情愿

在名门望族当使女糊口，

接受贤明主妇的监督。

时下对流浪女的名声，真是人言人殊。

等我把水罐交给朋友，请那些善良人

为我祝福，

那，我就跟您走。
去吧，您得去看看他们，从他们那里接走我。

小伙子美滋滋地听到顺从的姑娘表决心，
他却有些踌躇不定：现在是否要把真话向她挑明，
转念一想，还是觉得最好让她去幻想，
先把她领回家再说，到家再求婚。
唉！他看到姑娘手指上戴着金戒；
他想让她对金戒做出说明，自己只管倾听。

她继续说，咱们回去吧！女孩子
在泉边耽搁太久，难免被人议论，
不过，同您在泉边闲聊很是开心。
他俩于是站起，再次欣赏水中倒影。
那种甜蜜的渴望紧紧攫住他们。

然后，她默默拎起两个水罐
走上石级，赫尔曼紧随意中人身后。
他想帮她拎一个以减轻她的重负，
她说不必，拎两个两边重量平衡。
先生以后可对我发号施令，眼下不可为我代劳。
您别这样严肃瞅我，好像我的命运十分可疑！
女人按其天职要及时学会侍候人，
只有通过侍候最后才会管家，
才能得到理应得到的家庭权利。
女孩很早就服侍父母兄弟，

她的一生永远是走来走去，
送这送那，为他人作嫁。
她若习惯于任何生活方式，而且任劳任怨，
不论黑夜白天
从不怠惰，精益求精做针线活，
那么，她就有福！
做母亲的确要具备一切美德，
生病时被婴儿吵醒
还得喂奶，既辛苦又担心，
二十个男人合在一起也难耐这份苦劳。
男人们虽不该做这些，但应有感激体谅之心。

她说罢，就同友伴赫尔曼
穿过园子，来到粮仓的打谷场边。
产妇躺在那里，她放心地留下她与其女儿做伴，
女儿们都是经她搭救，她们是美丽纯洁的化身。
两人进屋，乡长在另一侧一手牵一个孩儿
也走了进来。这是与母亲走散的两个孩子，
是乡长在蜂拥的人群中找到，
他们欢喜雀跃，向亲爱的母亲问安，
为新添一个小弟弟——不知名的玩伴——而高兴异常。

865　他们又朝多萝西娅蹦过去，亲切地向她问候，
跟她要面包和水果，特别要水喝。
她依次给他们递水，孩子们喝了，
产妇、女儿们和乡长也都畅饮。
大伙全都神清气爽，对清凉好水赞不绝口。

此水略带酸味,很提神,对人体有益。

姑娘此刻目光严肃,说:
朋友们,我把水罐递到你们嘴边,
让泉水滋润你们的心田,
这也许是最后一次了。
今后,当你们在大热天喝饮料解渴,
在树荫下歇息,享受纯净的泉水,
就请想到我和我的殷勤。
我是出于爱心为此,并非为了戚谊。
你们对我的好意,我也一生铭记。
我虽不愿离开你们,但此番逃难,不管是谁
对别人与其说是安慰还不如说是累赘。
如果回不了故乡,
在异地他乡漂泊,大家总归会各自离散。
诸位请看这位青年,我们应感谢他的馈赠,
他施舍过孩子的衣服和大受欢迎的食品。
他来此地,是要雇我去他家里,
侍候他富有高贵的双亲。
我没有拒绝,女孩儿到哪里还不是侍候别人,
对女孩儿来说,待在家里被侍候反倒是个负担。
因此我愿跟他去,他显得很理智,
想必他父母也是,这与富人的身份相宜。
亲爱的女友,再见,
这活泼的婴儿如此健康地看着你,
你因此笑得合不拢嘴,

866　　　　当你怀抱五彩襁褓中的小宝宝，
　　　　　　请记住这位捐赠襁布的善良青年。
　　　　　　往后他还会供我衣食。
　　　　　　她扭头对乡长说：您啊，了不起的老爷子，
　　　　　　我对您感激不尽，在很多事情上，您待我有如父亲。

　　　　　　接着，她在善良的产妇面前跪下，
　　　　　　吻着流泪的妇人，听着她轻声的祝福。
　　　　　　德高望重的乡长对赫尔曼说：
　　　　　　噢，朋友，你堪称善于谋划的老板，
　　　　　　想找个能人去帮助料理家政；
　　　　　　我常常看到，人们在买卖时对牛、马和羊
　　　　　　看得相当仔细，
　　　　　　可是雇用人却不辨良莠，
　　　　　　全凭运气和侥幸。
　　　　　　使用能干善良的，什么都有了；
　　　　　　使用一个开始就乱来的，一切事情必定搞糟。
　　　　　　过于匆忙做决定，悔之晚矣。
　　　　　　看来您善于识人，因为您选中
　　　　　　一个诚实的姑娘
　　　　　　到贵府侍奉二老和您。
　　　　　　好好收留她吧。由她协管家务，
　　　　　　您就等于添了个妹妹，您父母就添了个女儿。

　　　　　　这时来了好多人，都是产妇的近亲，
　　　　　　送来很多东西，还告知他们找到了更好的住处。

众人听了姑娘的决定，
用意味深长的目光和心中特有的想法
祝福赫尔曼。
有人交头接耳，说：
如果主人变成新郎，姑娘便有了依靠。
赫尔曼抓住她的手，对她说：
我们走吧，天色向晚，小城又远。
女人们于是小声絮叨着，拥抱多萝西娅。
赫尔曼拉她走，她还拜托那些人转致问候。
孩子们又哭又吵，
拉住她的衣裳，不肯放走第二个亲娘。
女人一个接一个出来制止：
孩子们，别闹！她进城给你们
取好多好吃的甜面包来，是小弟弟
不久前由仙鹤驮着经过一家糕点店①
给你们订购的。
你们很快就会看到她带回很多好吃的，全由漂亮的金纸袋包装。
孩子们这才放她走。赫尔曼牵着她
好不容易才摆脱众人的拥抱和远远挥动的手帕。

墨尔波墨涅②
赫尔曼与多萝西娅

两个人就这样走着，朝着西沉的太阳，

---

① 德国民间传说，出生的婴儿由仙鹤带来，还给孩子们捎来糖果点心。犹如我
　国说麒麟送子。
② 司悲剧的文艺女神。

夕阳深藏在孕育着雷雨的云层里，
从这边或那边的雾霭中露出看似炽热的目光，
田野上空闪着预兆不吉的光亮。
赫尔曼说：但愿气势逼人的天气
别带来冰雹和豪雨，
否则美好的收成无望。
他俩望着摇曳的麦穗
几乎与穿行于其中的他们一样高，
心情无比舒畅。
姑娘对带领她的友伴讲：
好人呀，许多难民在露天受风雨熬煎，
我却托您的福，获得安身的好运，
令我铭感终身。
868　请您先指教，让我熟悉您的双亲，
以便日后全心全意侍奉，
因为了解了主人，把他认为最重要、
且决心要办的事记挂在心，
他就易于满足，遂心。
所以请告诉我，我如何得父母欢心？

善良而明智的青年回答：
噢，聪慧的姑娘，你首先向我打听
父母的性情，我十分赞同！
我呢，家事就是我的事。
我从早到晚在田里和葡萄园里忙个不停，
至于侍奉父母，我虽尽力，但迄今徒劳，

对母亲倒满意，她很懂我心。
你若关心家务，把家务权当是自己的，
她就会把你视为最佳帮佣。
父亲则不然，他喜欢表面文章。
好姑娘呀，
我这样对外披露父亲的不是，
你千万别以为我冷漠无情。
是的，我向你起誓，今天是我头一次口无遮拦，
吐露实情。其实，我一向不喜欢多嘴，
是你使我产生对你无限信任。
我的好父亲在生活上有点爱面子，
喜欢别人表面上对他爱戴和尊敬。
于是，不良的仆人善于利用这点
讨他欢喜，而他对好的仆人反倒会生气。

姑娘加快步伐，动作轻盈，
走过变阴暗的小路，一面快活地说：
我真希望让二老都称心。
您母亲的性格有些像我。
至于注重表面，我打小就不陌生。
我们的邻邦法国人

十分注重礼节，无论贵族、市民
还是农民，守礼是家中每个人的本分。
我们德国，孩子们也都养成习惯，
每天早晨向父母问安，亲吻他们的手，
行屈膝礼，一天到晚恪守德行。

但凡我学过的，从少时起习以为常的，
发自我内心的——我都要向您父亲显示表明。
可现在谁告诉我：对您这个独子，
我未来的主人，我该怎样侍奉？

她如是说着，二人不觉已走到那棵梨树下。
满月从天上泻下迷人的光华，
夜幕降临，万物沐浴着夕阳最后的余晖，
明如白昼的月光和黑夜的暗影
一团团一块块分明呈现在他们眼前。
在这棵美观的梨树荫下，
赫尔曼听到她的亲切问话自然高兴，
梨树荫下乃是他最钟爱之地，它见证他
今天为流亡的女友倾洒过热泪。
他俩这时坐在树下休息，
情郎握着姑娘的手，说：
这事就让你的心告诉你，心里怎么想，你就全听凭心意。
尽管时机十分有利，但他不敢再说下去，
唯恐遭对方拒绝。
唉，他碰到她手上的戒指，那令人痛苦的标记。
二人就这样默然并肩而坐。
姑娘然后开腔说话：
澄明的月色多美！像白昼一样清丽。
我分明看到城中的屋宇和院落，
还有山墙上的那扇窗，我感觉数得出
有多少块窗玻璃。

强作镇静的小伙子答道： 870
你看见的就是我家的住处，
我正要带你下去，进我们的居所，
那扇窗就是我阁楼房间所在，
现在房间要调换，阁楼也许要让给你。
这些农田都是我家的，庄稼成熟了，明天就收割。
届时我们在这树荫下午膳，休息。
我们穿过葡萄园和园子下去吧，
你瞧，一场大雷雨要来了，
电光闪闪，妩媚的满月即将被吞没。
于是二人起身向下面的农田走去。
穿越麦粒饱满的田间，欣赏清朗的夜色，
他们来到葡萄园，走进幽暗之中。

葡萄荫下的小径，一级级石阶用天然石块铺成，
他领她拾级而下。
她走得颇慢，双手搭在他肩，
月亮透过叶丛，借着摇曳不定的银光窥视他俩。
可月亮旋即被乌云遮蔽，二人被抛进黑暗。
他小心地支撑着双手搭在他肩上的姑娘，
因为她不熟悉路径和粗糙的石级，
一步踏空扭了脚，险些倒在地上。
稳重的小伙子机敏地伸出臂膀
一把将恋人抱起；她轻轻地倒在他肩上，
胸贴着胸，脸挨着脸。他却呆立
像尊大理石像，被严肃的意志阻挡，

没进一步把她抱紧,只把重力顶杠。
就这样,他也感到重荷的愉悦,心胸的温暖
以及向他唇边飘散过来的呼吸清香。
他以男子汉气概承载着那女子英雄般颀长的身体。

871 然而她隐瞒了疼痛,竟满口诙谐腔:
迷信的人常讲,
去别人家,在离门不远处扭了脚,
这意味着晦气和厌烦,
本来,我多么希望有个好吉兆!
我们暂且停一停吧,免得父母责怪,
你怎么带回一个跛脚女佣,说你这人真差劲。

乌拉妮娅①
前景

缪斯,你们喜欢优待真挚的爱情,
至今引领这优秀青年在爱情路上前行,
尚未订婚,就把那姑娘送进他怀中,
往后还请玉成这对有情人姻缘。
请立即拨开涌起在他们上方的云雾!
首先还请谈谈现在家中发生的事情。

母亲第三次焦急地走进男人们的房间,
她刚刚不久才离开他们。
这时她说雷雨将近,月亮陡然昏暗,

---

① 司天文星象的文艺女神。

又讲儿子在外和在夜间的危险。
还激烈责怪那两位朋友没跟姑娘搭腔，
没替儿子求婚就急不可待地与儿子分手。
父亲烦闷，说：你别火上浇油！　　　　　　　　872
你没看见，我们自己也在等，等着见分晓。

那位邻居安闲地坐在那里，说：
遇到不安的时刻，我总要感谢
我的先父，他在我幼时给我铲除
一切烦躁之根，一丝也不残留。
我很快学会了等待，超过所有的贤人。
神父答话：说说令尊有何窍门？
邻居说，这个我愿奉告，人人都会记住。
小时候，我有一次在星期天
很不耐烦，急切地等一部马车
送我们去菩提树下的泉边。
马车却没有来，我奔来奔去，像只黄鼠狼，
从楼上到楼下，从窗边到门边，
两手痒痒，乱抓桌子，
双脚跺地，咚咚咚乱跑，几乎落泪。
先父镇定自若，把这一切看在眼里；最后，
当我闹腾得过于荒唐，他平和地抓住我手，
领我到窗边，说出发人深省的话：
你瞧见对面那家木匠工场了吗？
今天停工，明天开门，到时候刨子和锯子
忙个不停，从早忙到晚。

可是你想想，有朝一日某个上午

师徒忙着

为你打造一口棺材，并熟练而快速完工，

他们赶紧把这木板"房"抬来，

先把不耐烦的人收进——耐心者留到最后，

还准备马上加盖一个压抑的"屋顶"。

873　我的脑海浮现出那一切情景，

瞅见木板拼起来，黑漆已备好，

我这才耐心静候马车。

现在，若有人等得心焦，猴急地四处乱撞，

我就拿棺材说事。

神父微笑，道：

令人震颤的死亡情景

对智者不是恐怖，对虔诚者不是结束。

这情景把智者逼回生活中，教他如何行事，

让虔诚者在哀愁中增强希望，

以获得未来的拯救。

对二者而言，死即是生。令尊对

敏感的孩子指出死即真死，此说不当。

对青年应指出高尚成熟的老年之价值，

而对死者应示以青春，如此，

二者就对永恒轮回感到欣悦，

人生中的生命就完美无缺！

此际，门开了，美好的一对出现了。

新娘的身高与新郎相差无几，
客人们对此颇吃惊，慈爱的双亲也诧异。
可不，现在二人一同跨进门槛，
门儿显得太窄，容不下一对大高个儿。
赫尔曼忙不迭地向父母介绍女孩：
你们在家希望见到的女孩来啦。
亲爱的爸爸，好好接待她吧，她当之无愧；
亲爱的妈妈，你拿全部的家务事考考她，
这样你们就可看出，她留在你们身边多么合适。
接着他又把神父拽到一边，说：
尊敬的神父，快帮我解除这个忧虑吧，
解开我怕解开的这个结吧。

874

因为我没有向姑娘求婚，
她以为到我家是来做女佣的，我担心
一旦我们提亲，她就会反感，逃走。
要尽快决定！她不能老是误会，
我也再容不得模棱两可。
快拿出您那一向为我们所钦佩的智慧来。
神父即刻转身面对大家。
只可惜，此前父亲的一番话
败坏了姑娘的心绪。
父亲本是好心，语言活泼风趣，道：
是啊，这让我很开心，我的孩子。我看到
我儿子也有他父亲当年的情趣，可喜可贺。
我那时常带着那个最美的姑娘去跳舞，最后
娶回作妻，就是你们的妈妈。

从男人挑选姑娘就看出
他的精神状态如何,他是否懂得自身的价值。
您大概无需多久就能做出决定?
因为我觉得,追他也不是那么困难。

赫尔曼粗略听了个大概,急得
浑身发抖。蓦然,众人鸦雀无声。

可姑娘绝非凡庸之辈,她察觉
话中带刺,心灵受到伤害,
站立着,脸颊绯红,直红到耳根,
但她忍耐自制并
立即回应老人,也不完全隐瞒痛苦:
我相信,您的儿子没有安排我受这样的接待!
875　他对我说过父亲——卓越的市民——的性情,
我知道,我对面的您是个有教养的人,
能睿智地同每个人相处,依据各人的禀性。
可现在看来,您对刚踏进门槛、
准备侍应您的贫女没有足够的同情;
否则您不会以辛辣的讽刺
向我挑明,我的命与您的和您儿子的命
相差何等悬殊。
是的,我很贫苦,进门只带了个小包袱,
而您府上应有尽有,家人快乐无忧,
可我有自知之明,整个关系我看得分明,
您却对刚进门的我极尽挖苦之能事,

恨不得马上撵我走，
这，难道是高尚德行？

赫尔曼惶恐不安，向神父示意
要他从中斡旋，尽快消除误会。
聪明的神父快速过来，见姑娘
内心烦恼，痛楚难抑，热泪盈眶。
他的才智命令他暂不排忧解纷，
而要对姑娘激动的心考察一番，
于是对她说了一番试探的话：
噢，异乡姑娘，你到陌生人家里帮佣，
匆忙做出决定，肯定没仔细想好
进主人家要听使唤。什么意思？
因为一成交，就决定整年的命运，
一声答应，就得忍耐许多事情。
帮佣的最难之处还不是种种劳苦，
不是永远在催逼你的工作，不是留下辛酸的汗水，
因为勤勉的主人与下人一同吃苦，
难的是要忍受主人的脾气，比如无端指责，
他自己还没想明白就要你这样那样，
还要忍耐主妇易怒的暴躁，
还有小孩们的粗野和骄纵，
这些都难隐忍，但你一定要按时而迅捷地
完成任务，断不可怏然停工。
我看你应付这些还不是很机敏，
父亲的玩笑话就深深刺伤你。

876

其实，一个姑娘喜欢某个后生，
捉弄姑娘一下也很平常。

神父言罢，姑娘觉得他说得也中肯，
但她再也把持不住，让强烈的情感流露出来，
胸部剧烈起伏，发出一声浩叹，
洒泪如雨。她立马回答：
这贤达的老爷子劝告受苦的我们，
却不懂得，冷淡的话语很难
把命运加之于我们的烦恼从心中消除。
你们幸福快乐，开开玩笑对你们无妨，
可对于病者，轻轻的触碰也感疼痛，
我即便伪装得很好，那也无济于事，
倒不如说出来，免得日后更加痛苦，
或迫我陷于惨景，暗暗将我吞噬。
让我回去吧！我不能在府上停留，
我要离开，去寻找那些可悲的难民。

877　我只顾选择更好的，却把他们丢在苦难中。
这是我坚定的决心！并向诸位告白，
否则将成为我心中长年累月挥之不去的块垒。
父亲的讥诮深深刺伤我，并非因为
我有违女佣身份的傲慢与敏感，
而是因为我心中真正滋生了对令郎的爱慕。
他今天似成了我的救星。
他刚与我在公路上分手，我就对他无时不在念中。
我自忖，他心里也许有了意中人，

那被相中的姑娘多么有福。
后在泉边又遇到他，我心仪他玉树临风的姿容，
感到非常快乐，在我，他宛如一个天使。
他要雇我当女佣，我非常乐意跟他走。
来这里的路上，我的心当然也在恭维我（这我承认），
将来我若成了家中不可或缺的支柱，
说不定也能跟他结婚。
不过，唉！跟暗恋的人毗邻而居，
我现在才知，那真是走上了畏途。
贫女即便最能干，
也同富家子弟有天大的鸿沟。
我想说的都说了，你们别误解我的心。
偶然的话语伤了人，反使我头脑清醒。
因为，若不是这样，我就得捂住我的心愿，
硬是等着他把新娘娶回；
到那时，我，情何以堪，如何忍受住内心的巨痛！
所幸我已被警醒，心中的秘密被揭穿，

878

这个伤痛还可治愈。
我就讲到这里打止。我不能再在府上待下去，
至于表白的爱慕和那愚蠢的希望，
我感到既羞且惧。
我要走了，被低垂的乌云笼罩的弥天黑夜，
隆隆的雷声（我听到），
以及外间的倾盆大雨
和呼啸的风暴，
都不能把我阻挡。

在悲惨的流亡中,在敌兵追击时,
这一切我都已目击身经。
现在我要再次出走,一如我早就习惯,
被时代漩涡裹胁着同一切告别。
再见! 恕我不能久留;此事休矣!

她说完就扭头走向大门,
臂弯夹着她带来的小包袱。
可母亲伸双臂将她拖住,
紧抱她的身体,吃惊而惶惑地大叫:
你说呀,你这是何意? 干嘛无谓地落泪?
不,我不放你;你是我儿的未婚妻。
但父亲反感,伫立在那里。
他望着哭泣的姑娘,悻悻而言:
这是我极度宽容所致,
一天结束时还发生这种不快!
令我最难堪的莫过于妇人的眼泪。
激烈的争吵是事情混乱的开端,
其实稍用点理智即可迎刃而解。
我真讨厌再看到这奇怪的开场戏。
让它自行了结吧,我要睡觉去了。
他飞快转身,急冲冲朝寝室走,
那里有婚床,他习惯的休息处。
879　可儿子拦住他,恳求他道:
爸爸别急,别对姑娘生气!
造成纷乱的过错,必须由我承担;

而朋友搞的所谓调解，反而乱上添乱。
您说话呀，尊敬的神父！我把事情托付给您，
请别再加重焦虑和愠怒，要促使事情圆满结局！
您若幸灾乐祸，而不诉诸智慧，
我以后就不再尊敬您。

尊敬的神父微笑道：
是什么智慧引得这位好姑娘
做出美妙的告白，向我们倾吐心曲？
你的忧愁不是很快变为狂喜？
还是你自己说吧！何须外人解释？
赫尔曼于是上前，亲切地对她说：
别后悔落下的眼泪和短暂的痛苦；
因为它们成全了我的幸福，我希望也成全你的。
当时我到泉边，不是要雇用你这个异乡好姑娘
做女佣，而是为了向你求婚。
但是，唉！我羞怯的目光看不透
你心中的爱慕；当你在平静泉水的倒影中
向他致意，他从你眼神中
只看到友情。
只要能把你带回家，便得到一半幸福，
现请你为我把幸福补全！噢，为我祝福吧！
姑娘深情地望着赫尔曼，
不回避拥抱和接吻这绝顶的欢愉。
对有情人而言，这是久已盼望的
未来人生幸福的保证，

880

这幸福现在已显得绵延无穷。

神父已向其余的人说明了原委，
姑娘这时走到父亲面前
诚恳而温雅地鞠了一躬，
吻着他缩回去的手，说：
您一定要原谅错愕的姑娘，
她先流痛苦之泪，现在又抛洒喜泪，
噢，请恕我彼时和此刻的感情，
让我沉醉在重新赐予我的幸福中！
我先惹您生气，那是我在纷乱中犯的错，
但愿是最后一次！女佣有义务
忠诚地侍奉您二老，现在，这侍奉由我做女儿的来完成。

父亲于是忍住眼泪，立即拥抱她。
母亲亲昵地过来，热情地将她亲吻，
两手相握，两人含泪无语。

善良而理智的神父赶忙上前
先抓住父亲的手，脱下订婚戒指
（套在胖乎乎的手指上，脱下不易），
又取下母亲的戒指，给小两口订婚；
他说：两只金戒再次履行使命：
缔结坚实的良缘，像二老当初的联姻。
这青年打心底爱姑娘，
姑娘也承认，他是她心仪的未婚夫。

因此，我根据双亲的意愿，朋友的见证，
在此给你们订下婚约，为你们的未来祝福。　　　　　881
那位邻居立即鞠躬道贺。
可是，当神父把一只金戒
戴到姑娘的手指上的时候，
看到她手上已有一只，甚惊异；
以前赫尔曼在泉边也见过，他不无担心。
神父于是亲切地、半开玩笑地说：
怎么？你是第二次订婚？但愿第一个未婚夫
不会到祭坛前提出异议！

她回答道：噢，让我花点时间谈谈
那段回忆！那个好青年真令人难忘，
他临别时送我这只戒指，从此一去不返。
促使他去巴黎的原因
是对自由的热爱，
以及想在变化一新的制度下工作。
岂料他最后竟死在狱中。
这一切他似有预见。
他说：祝你幸福，我走啦；时下，
世间一切在动荡，一切在分崩离析，
连最稳定的国家，其基本国法也解体，
财产脱离原主，
友朋离散，爱人劳燕分飞，
我在此离开你，何日何地重逢——
有谁知？这话也许就是遗言。

常言道,人在世间,只不过是陌生过客。

现在比任何时候更是过客。

土地已不属于我们,财产在流转;

古老的圣器融化成金银,

一切在变,有形的世界似要退回到

混乱和黑夜中消解,然后再建立新世界。

你不要对我变心,若有朝一日我们在世界的废墟上重逢,

我们就已是更新的族类,

经改造,得自由,不受命运主宰。

882　度尽当下劫波者,还受什么束缚!

可是,倘若我们不能侥幸

逃过重重危难,不能再度欢悦相拥,

噢,那就请把我的浮影保存在你的记忆中。

你要以同样的勇气对待幸或不幸!

若有新的居所和新的良缘吸引你,

那你就心怀感激,享受赐予的命运。

你要爱具有爱心的人,感激善良的人。

只管轻捷地迈开灵活的腿脚,

因为有再度受损的双重痛苦在暗中潜伏。

这个日子对你是神圣的;但不要把生命

看得高于另一种财富,所有的财富都靠不住。

他如是对我说着,高尚的人就此永别。

我失去了一切,千万次想起他的告诫。

现在也是,因为爱情在此

重新给我幸福,为我开启无比美好的愿景。

噢,请原谅,我优秀的男友,即使挽着

你的臂膀偎依，我仍旧浑身战栗！
宛如终于上了岸的船夫，
路上最坚实的土地还觉得摇晃。

她说罢，就并排戴上了两枚戒指。
未婚夫内心激动，充溢着高贵的阳刚之气，说：
在举世动荡之际，多萝西娅啊，
愿我们的结合更加牢固！我们要坚定，持久，
把持自我，坚守美好的产业。
时局动荡，人心浮动，
这就加剧灾难，使灾难绵延；
而心志坚定者会创造自己的世界。
德国人不宜继续引导　　　　　　　　　　　　　883
这恐怖的运动，也不宜左右摇摆。
这就是我们的主张，让我们如是声明！
为上帝和法律、为父母和妻儿去战斗，
团结一致，抗敌捐躯，
像这种果敢的国民将永远受人赞颂。
你是我的，我的更是我的，
对于我的，我绝不心怀哀愁和忧虑，
而要用勇气和力量加以保卫和享有。
无论现在还是将来，如有敌来犯，
我就武装自己，拿起武器抵抗。
有你照料家庭，服侍慈爱的双亲，
噢，那我就了无牵挂，挺起胸膛迎击敌人。
如果人同此心，以暴制暴，
我们就安享太平。

阿喀琉斯

Achilleïs

884

第一歌

威猛的烈焰再度

腾空而起,特洛伊的城垣

在黑夜里红光闪烁;

一层层叠起的巨大柴堆

燃尽坍塌,散发最后一阵

炽热。赫克特①的遗骸此刻从柴堆上坠落,

这位至尊的特洛伊人从此灰飞烟灭。

阿喀琉斯②在营帐前起身离座,

他在此度过漫漫长夜,一宵无眠,看远处烈火熊熊

及火势的不断变化,

目不转睛望着普里阿摩斯③家族那被红光映照的宫阙。

他内心深处对死者的余恨未消,

是此人杀害了他的挚友④,此人总算葬身火堆,化作一缕青烟。

当吞噬一切的烈火渐次减弱,

黎明女神厄俄斯用玫瑰手指⑤装点着

大地海洋,使恐怖的烈火黯然失色,

这时,魁伟的阿喀琉斯深情而温和地

---

① 特洛伊主将,英雄。

② 希腊英雄,骁勇善战的将领。

③ 赫克特之父。

④ 指阿喀琉斯的挚友帕特罗克洛斯。

⑤ 黎明女神厄俄斯,荷马史诗中将其称为"有玫瑰手指者"。

转身面对安提罗科斯①，说出分量极重的话语：
这一天必将到来：届时，从特洛伊城废墟
升起的浓烟被色雷斯区的大风劲吹，
将绵长的伊达山及加尔加霍斯高原遮蔽；
但我看不到这一天了！唤起民众的厄俄斯
曾找我一起收捡帕特罗克洛斯的遗骨，　　　　　　　　　885
她现在也找赫克特的弟兄们做同样的善事。
亲爱的安提罗科斯啊，她也会马上找你，
要你怀着悲痛去安葬我朋友的遗体。
但愿如此！现在我们只考虑务必完成的任务：
在高峻的海岸建立
一座壮丽的坟茔，以纪念我和我的挚友帕特罗克洛斯，
也为世间万族、为未来千代竖起一道丰碑。

精壮的弥米弥杜纳②战士们已为我辛勤地
在四周挖土运土，就像在修筑抗御敌人来犯的高垒。
他们忙着圈定大的范围。
为了我，这工程得加速进行！这群人甘愿为我效劳，
但我还催促他们一锹一锹地向上堆土，
我的催促也许能提高一半效率；
但愿不久骨灰坛装着我的时候，
工程业已竣工。

---

① 阿喀琉斯的朋友涅斯托尔之子。
② 希腊地名。

他如是说着，又穿过一排排帐篷，
同这个和那个招手，把其他人喊到一起。
众人立即兴奋起来，
高高兴兴地拿起铁铲、锄头等工具，金属撞击之声清晰可闻，
还有人拿木桩和撬石杠杆，
蜂拥而出军营，
在平缓的上坡路上急急行走，默然无语，
犹如准备一场奇袭，欲突入防御薄弱的敌之都城，
故选择夜间寂静的时候走，个个步履轻捷，
静气敛声，似在丈量脚步。这静默的行动
乃是对这项严肃任务和对国王痛苦的尊重。

886　未久，他们来到惊涛拍击的岩岸之山脊，
眼前展现浩瀚的海洋。
厄俄斯在神圣清晨的
远方雾霭中对他们亲切凝视，
使他们个个疲劳顿消，神清气爽，
大家立马冲进去挖土，抢着干活，
在早已被踩实的地上掘土，
铁铲将泥块抛出，
一部分人用筐装土抬上去，
还有人用头盔和盾牌运输，
甚至有人用衣角代替装运工具兜土。

季节女神①此刻猛然打开天国的小门，

---

① 原文 Horen，意为奥林波斯山的守门女神，或季节女神。

太阳神乘骑的烈马嘶鸣着站立起来，
该神即刻照亮了那些虔诚的
居住在最远端的世界边民①。
没隔多久，太阳神又抖动着红光闪闪的卷发，
在伊达山②的丛林中升起，以照亮哭诉的特洛伊人
和硬朗的阿开亚人③。

这时，季节女神们升至太空，来到
宙斯·克洛尼翁④的圣殿，此为她们永恒的拜谒之地。
一进门就遇到匆匆忙忙的跛子赫菲斯托斯⑤。
跛子逗她们，说：
你们这些狐狸精啊！高兴的就快干，等待的就磨蹭！
通通听我的！
我遵父旨造此殿，
完全按照缪斯至圣歌中的规格，
你们别吝啬金银、青铜和锃亮的金属。
在我竣工之时，此殿必称完美才行，
它能经受时间的考验，因为此间无锈蚀，

---

① 原文 Aethiopen，意为传说中世界边缘上的民族。
② 此山位于特洛伊城附近。
③ 古希腊人有各种不同的称谓，如阿开亚人（因古代希腊被称为阿开亚）、丹内阿人、亚各斯人等。
④ 原文 Zeus Kronions，宙斯是希腊神话中最高之神，是克洛尼翁与列依阿之子。
⑤ 原文 Hephaistos，火神和锻造神。宙斯与赫拉争吵，赫菲斯托斯站在母亲一边，宙斯就把他从奥林波斯神山扔到利姆诺斯岛上，从此，这位锻造神成了跛腿。

又纤尘不染——灰尘是四处奔波的凡人的伴侣，

灰尘到不了此间。

凡是创造性技艺所能达到的，我都已达到。

此殿高高的穹顶稳如磐石，

光滑的地面吸引造访者的脚步。

君主不管在何处统治，须有御座跟随。

887　　犹如猎犬追逐猎人。

我于是打造出活动的金童，

宙斯来时，由金童撑扶；

我还打造出美女，只可惜她们全无生命！

派给你们女神的任务，

就是在无生命的形象上散发生命的魅力。

开始干吧！别吝惜什么，从"圣油杯"中

铸出爱的魅力，让我们对此工作满意，

也让诸神开心，一如既往再把我夸赞和奖励。

机灵的女神们莞尔，

亲切地朝老者点头示意，

于是浇铸出奢靡的生命和辉煌，

此类物件凡人不配享用，诸神对它们则喜不自胜。

赫菲斯托斯匆忙走到门口，

他一心惦记工作，只有工作才能使他精神振奋。

这时赫拉①由帕拉斯·雅典娜②陪同，边走边谈，

---

① 原文 Hera 或 Here，宙斯的姨妹和夫人。

② 原文 Pallas Athene，战争与和平女神。

与赫菲斯托斯迎面相遇。
神圣的赫拉瞧见儿子,立即把他拦住,说:
儿啊,你制造武器①,保护那些人免死,
不管哪个女神求你,你都使出浑身解数,
这样做会让你自满的荣誉行将失去。
那个日子即将来临:魁伟的阿喀琉斯
必定折戟沉沙,此为凡人的大限;
头盔救不了他,铠甲救不了,宽厚的盾牌也无效,
倘若阴森的黑夜与死神把他否定掉。

工艺神赫菲斯托斯答道:
噢,母亲,你为何嘲笑我
向忒提斯②表现我的勤勉并打造了那些武器?
尘世男人的铁砧造不出与我比肩的器物,
甚至神祇用我的器械也打造不出。
那铠甲非常合体,宛如为英雄添翼,
刀枪不入,而且华丽,堪称惊艳的奇迹。
因为神明给予人的,皆为祝福的礼品,
与敌人的赠品迥异;保留敌人的赠物无异于毁灭。
若非浮波斯③打掉帕特罗克洛斯的头盔,
解开他的铠甲,以至这位英雄裸露身体而

888

---

① 希腊英雄阿喀琉斯的挚友帕特罗克洛斯阵亡后,赫菲斯托斯曾为阿喀琉斯打
　造过武器装备。
② 原文 Thetis,阿喀琉斯的母亲。
③ 原文 Phöbos,太阳神阿波罗的绰号。

战死疆场①，

那我就确信他会幸运地胜利而归。

可事已至此，倘若命运弄人，绝妙的武器

也保护不了，即便阿吉斯②也无济于事，

它只会把众神从悲伤的日子吓走。

可这与我何干！

谁锻造武器，

谁就准备战争，断不可有欣赏齐特尔琴③妙音之念。

他如是说着，边走边咕哝，众女神发出笑声。

其他众神进了宙斯的大厅。

阿尔忒弥斯④来了，她以前在伊达山泉边

猎获一头鹿，此鹿强壮无比，她对那支胜利之箭沾沾自喜。

来者还有卓尔不群的勒托⑤，由众神的信使伊里斯

和赫尔迈阿斯陪着。

---

① 荷马史诗《伊利亚特》以"阿喀琉斯的愤怒"开头，其愤怒的原因是希腊联军统
帅阿伽门农抢走了这位英雄的女俘，阿喀琉斯于是心生怨恨，率部退出战场，
希腊联军是以惨败。特洛伊英雄赫克特率众反攻，阿伽门农向阿喀琉斯求援
并道歉，但后者仍拒绝参战。后来阿喀琉斯的挚友帕特罗克洛斯穿上他的铠
甲出战，不幸被赫克特杀死。再者，希腊联军与特洛伊交战，都有天上众神参
与，众神各助一方，往往决定胜负。太阳神阿波罗庇护和支持特洛伊人，他隐
身在浓雾中，打掉帕特罗克洛斯的战盔，解开他肩上的肩带和身上的铠甲，让
赫克特刺中其腹部而亡。
② 原文 Aegis，宙斯的盾牌。
③ 原文 Zither，古代乐器。
④ 原文 Artemis，狩猎女神。
⑤ 勒托总受阿波罗和阿尔忒弥斯的接待，赫拉因而厌恶。

赫拉总是厌恶勒托，可她们二位一样，气质温柔。
阿波罗跟着母亲赫拉，母亲对儿子钟爱有加。
阿瑞斯①迈着有力而灵活的步伐来了，这赳赳武夫
对谁都不友善，唯独受风情万种的女神基普里斯②的控制。
频送秋波的阿弗洛狄忒来得稍晚一点，
她在清晨时刻很不情愿同恋人离别，
她千娇百媚，慵懒乏力，似乎夜间睡眠不足，
于是沉下身子，倒在御座的扶手中间。

大厅亮起柔和的灯光。每当远方刮起太空狂飙，
就在宣告宙斯即将莅临。
他果然很快就从高屋华堂来到
聚会处，由赫菲斯托斯打造的人物撑扶着，
庄严地朝巧夺天工的金质御座走去；
落座后，余者鹄立，鞠躬，
然后才分散坐下。

889

青春神祇匆匆前来，为斟酒尽力，个个机敏，
还有妩媚的女神及赫柏③，
都在四周敬献长生不老的琼浆玉液，
满盏满杯，但不溢出，让诸神品尝。
盖尼墨得斯④只给宙斯斟酒，此人

---

① 原文 Ares，战神。
② 原文 Kypris，是爱神阿弗洛狄忒（Aphrodite）的绰号。
③ 宙斯与赫拉之女，她为众神聚会献长生不老酒。
④ 凡人中最美者，被宙斯封为众神的掌酒官。

童稚般的眸子漾出青春伊始时的肃穆眼波，
很讨宙斯的欢心。
众神如是静享无尽的天国极乐。

忒提斯①来了，这女神眼神忧郁，
身材颀长丰满，是涅柔斯的女儿。
她立马扭头对赫拉说：
女神，别背着脸接见我！
你要学会公正！
我已向那些居住在凡界冥国里的人们
——他们围坐在克洛诺斯②身边，或立于冥国斯梯克斯河畔，
都是些当初发过伪誓的迟到的复仇者——发誓：
我来此，不是阻拦我儿子，不是让他逃脱命运的定数，
远离那个悲惨的日子，
不，是不遏制的悲痛将我从海中紫晶宫
逐上来，看看在奥林波斯神山的高处
能否让我痛苦不堪的担忧稍稍缓解。
我儿不再呼唤我，他挺立海岸
遗忘了我，只一心想念那位朋友，
朋友已先他而去，去了哈迪斯③那幽暗的住地。
我儿是自愿去追随那朋友的暗影。
是的，我见不到儿子了，跟他说不上话了。

---

① 原文 Thetis，阿喀琉斯的母亲，海神涅柔斯（Nereus）之女。
② 时间之神，宙斯之父。
③ 冥王。

即便母子一同悲诉那铁定的痛苦，又有何益？

赫拉猛然转身，目光可怖，
满怀厌恶地说出伤人的话语：
你，伪善者，你与生下你的大海一样深不可测！　　　　　　　　890
我该相信你吗？或该用亲切的目光迎接你？
你成千倍地伤害我，不久前
你把我的一批高贵武士葬送，仅仅为了
讨好你儿子那不可容忍、极不理智的想法。
你以为我不了解你，以为我不会记起
当初的情形。
那时宙斯为了让你当新娘而下去，
离开我这个夫人和姨妹，可你，涅柔斯之女
却觊觎天国女王的位置，
宙斯被你的高傲激怒而返回，
泰坦巨神①的预言吓坏了宙斯，预言宙斯将从
该死的婚床上诞生一个极度危险的儿子，
普罗米修斯②很懂这个预言！
你同凡人生了一个"幻影"怪物、毁灭地球的"巨蛇"龙，
倘若一位神明生下他，那谁来保障太空诸神的安全？
正像那个要毁灭人世，这个要毁灭上苍呀。
但我从未见你走近，好让开心的宙斯
对你招手并轻抚你的脸颊；

① 原文 Titan，因反抗宙斯，被宙斯推入地狱。
② 原文 Prometheus，希腊神话中的英雄，泰坦之子，他从诸神处盗火给了人间。

是的，宙斯这位恐怖者准许一切，却亏待我。
无法满足的情欲从未在男人内心枯萎！①

忒提斯——其父是颇具预言天赋的涅柔斯——回道：
残酷啊，你都说了些啥！仇恨之箭啊！
你毫不体恤一位母亲的痛苦，
这一切痛苦中的巨痛。
这位母亲无限忧伤，她到处诉说儿子那即将降临的命运。
你从未体验过
这种肆虐在凡人之妇和不朽女神内心的悲苦。
因为宙斯所生的俊俏儿子都住在你附近，
他们青春常驻，精力充沛，高贵之子令你心悦；
可是那一天，宙斯一怒之下将忠心耿耿的赫菲斯托斯
扔到下面的利姆诺斯岛上，也是因你之故。
你在惶恐的悲恸中涕泪交加。
你漂亮的儿子脚部受了伤，恰似大地之子躺在地上。
当时你向阴暗海岛的山林水泽仙女们呼救，
又请来帕安②医疗，你自己也亲自照料。
是啊，你现在对跛脚儿子的残疾还是很难受。
每当他忙前忙后，亲热地为众神送酒，摇摇晃晃
端着酒杯，生怕美酒溅出，

891

---

① 宙斯的夫人赫拉这段独白的意思是：宙斯曾爱上忒提斯，但普罗米修斯预言，他们结合会生下一个篡夺其父王位的儿子。于是宙斯违背忒提斯的意愿，让她同凡人珀琉斯结婚，生下阿喀琉斯。赫拉成了阿喀琉斯的敌人，所以把后者比喻成"幻影"怪物、"巨蛇"龙。
② 众神的医生。

快乐的众神便笑声不断，

惟独你表情严肃，对子关切。

今天，当死神即将在我的儿子、那魁梧壮美、无与伦比的儿子

的眼前降临，

我并不企求在此聚会上减轻我的痛苦，

因为我年迈的老父

——研究未来的预言家涅柔斯——

当年在你们这些永恒的众神

降临皮利翁山去搞林中聚会

以庆祝我被迫拥抱一个凡人的节庆之时，

就已确定无疑地宣布了那个不吉利的时辰。

他还预言我漂亮的儿子

会强于父亲，这都是命运的定数，

同时预言那悲惨的日子会提前到来。

所以，匆遽的岁月从我眼前

不可阻挡地流逝，

将我儿子朝冥王那黑黝黝的小门逼近，

人为的技艺和计谋有何用？

有净化作用的烈火有何用？

女人的裙衫有何用①？无限追求荣誉的欲望和命运的纽带啊，

将这个高尚无比的汉子拖入战争。

他经历那惨痛的时光行将结束，

我知道这崇高命运的大限。

892

---

① 忒提斯曾把阿喀琉斯塞进女人的裙衫内，目的是阻止他去征战；奥德修斯发
　现了裙衫内的阿喀琉斯。

他那确保的荣誉永存，然而克仁①的武器
确实在向他步步进逼，
即便宙斯也无法搭救。
忒提斯如是边走边说，然后坐到勒托身边，
勒托相对于其他神祇具有母道之心。
忒提斯发现她同样痛苦多多。

宙斯肃然转身面对哀诉的忒提斯，和善如父地开言道：
女儿啊，难道我总要闻听你激烈的中伤言辞！
就像某个泰坦神发怒
对统治奥林波斯山的诸神脱口而出。
你自己宣布儿子生命的了结，这是不是绝望、愚蠢？
希望总与生命联姻。讨人欢喜的女神啊，
你在许多忠实的精灵面前显得十分可爱，
你与凡人共度了变化无定的时光。
奥林波斯山没有对你关闭，
但冥王哈迪斯那恐怖的居所也对你开放。
当你，妩媚的人儿，以迎合的姿态
向坚强的命运靠拢，命运就对你微笑。
你把阿德梅托斯夫人②那个看不透的夜晚
还给你不可征服的儿子，好吗？

①　黑夜和死亡之女魔。
②　阿德梅托斯夫人即阿尔切斯特（Alkestis），她代替丈夫进入冥府，不料被赫拉
　　克勒斯（Herakles）从死神魔掌中救出。

普洛忒西拉俄斯①不是走出来拥抱悲恸欲绝的妻子了吗？

普洛塞耳皮那②听到下面俄耳甫斯的歌唱以及不可抑制的渴望，

不就心慈手软了吗？

大胆的阿斯科利皮奥斯③起死回生，

他的神力不是顺应了我的闪电光束了吗？

生者对死者都抱有希望，

何况这个生龙活虎的人正在享受阳光呀，

你咋就绝望了？

生命的界限没有圈定，

神明、甚至凡人也能击退死神。

所以，你别在我面前垂头丧气！

对别人的恶行，你要充耳不闻。

往往是病者把宣布病者不久于人世的医生埋葬，

病者康复，享受阳光的欢愉。

波塞冬④在航行越过毁灭性的苏尔特⑤后，

不是猛撞船龙骨、劈开船舱板，

手舵立即沉没，

那海神将被船员死死抓住的破船残体

893

---

① 原文 Protesilaus，第一个牺牲于特洛伊城前的希腊人。他从冥府短时被释放，与妻相会。

② 原文 Persephone，冥府女掌门人，她被俄耳甫斯（Orpheus）的歌声所感动，释放其妻欧律狄刻（Euridike）。

③ 原文 Asklepios，医神。

④ 原文 Poseidon，海神。

⑤ 原文 Syrt，非洲危险的海岸深渊。

分散在惊涛骇浪中，决意让大家同归于尽。可一位强大神明救
起了很多人。
所以我想，没有哪个神明或女神
能确定谁从特洛伊战场返归家庭。

宙斯说罢就沉默无语；可这时
赫拉从座位上霍然起身，宛如海上升起一座高山，
在那崇高的顶峰，正孕育一场太空暴风雨，
这不可一世的女神勃然大怒，盛气凌人，
神色威严，道：
持这种想法的人多么可怕，导致人心浮动！
说这番骗人言辞是何居心？
是刺激我，抑或你自娱自乐？
我发怒就是给天国丢脸吗？
我简直无法相信，你这样说是经过慎重考虑。
你对我发过誓，要攻陷特洛伊！而命运
也向大家示意向该城进击，那么，阿喀琉斯就必死无疑！
他在希腊人中出类拔萃，是诸神的当之无愧的宠儿。
谁阻挡急急奔向最终目标的命运，谁就必将化为尘埃，
894　　马匹踏碎他的身躯，神圣而坚强的战车之轮将他碾成齑粉。
所以，我毫不在意你引起我们多少疑虑，
但绝不给那些屈服于痛苦的懦夫打气助威。
可我还有话要对你说，你须铭记：
众神和凡人一直讨厌恣意专断，
不管它是以行动证明，抑或用语言表述。
尽管我们处于高位，但在永恒的诸神中，最永恒者

非忒弥斯①莫属。

当你的王国有朝一日——不管多晚到来——

屈服于泰坦巨神的超强力量时，

忒弥斯依然持久统驭。

宙斯不为所动，爽性回道：

你说话明智，但行动愚蠢，

不论尘世和天国，倘若统治者的同伴的

言论和行为站在仇敌一边，

那就很卑鄙。话语是即将行动的先声。

我必须向你指出这个，不管中听不中听，

你啊，心烦意乱的人！

你今天还在分裂仍统治着凡界的宙斯家族王国；

那你就果断下去吧，去期待泰坦们的那一天吧。

我寻思，那一天离太空之光还远得很哩。

对在座的其他人我也预言，冲击特洛伊城墙

并不意味死亡逼近，

开始冲吧！保卫特洛伊的人也在保卫阿喀琉斯，

要是其他人杀害受眷顾的丹内阿人②中这个最优秀的人，

我认为这对他们是件伤心透顶之事。

他如是说着，一面从王座起身回他的居处。

勒托和忒提斯也离座去厅堂的后面，

渴盼彼此倾诉心中的寂寞与悲欢，

895

---

① 原文 Themis，正义女神。

② 希腊人的别称。

但无人倾听她们。
崇高的赫拉转身呼唤阿瑞斯：
儿啊，你在想啥，恣意专横者在促使别人打仗，
让一部分人立即、另一部分人带着变化无定的侥幸
享受着战争的快愉。
你思想中不管确立什么目标，
也只是瞬间之力，只是愤怒和无尽的哀痛罢了。
所以我想，你还是立即投身到特洛伊人当中
同阿喀琉斯作战。阿喀琉斯总算霉运临头了。
命运让他死于众神之手，他死得并非没有价值。

可是，怀着高尚和敬畏之心的阿瑞斯回道：
母亲，别这样命令我，因为完成此事
与一个神明的身份不符。
但愿对胜利的渴望会驱使凡人相互残杀，
我的任务是激发他们离开远方宁静的居处——
他们在那里自由自在，美满度日，
辛勤地获取刻瑞斯①的赠品和食物——
我由奥萨②陪同去敦促他们，
说远方战乱已在你们耳畔响起，你们四周
已有战斗风暴呼啸，以此激发他们的情绪。
于是，再也没有什么障碍阻挡他们，遂怀着勇气和激情，
渴望冲锋陷阵，乃至渴望做死的冒险。

---

① 原文 Ceres，农神。
② 拟人化，指谣言。

我这就下去，去呼吁黎明女神之子门农①

及埃塞俄比亚民众，

还有男人们讨厌的亚马逊族。

他一面说，一面转身欲走；但爱神阿弗洛狄忒

抓住他并盯视他的眼睛，带着迷人的微笑说：

蛮子，你冲下去吧！把最后一批民众呼吁起来

参加这场为了一个女人的战斗吧②。

你干，我不拦你！这一场为了女人中最美女人的战斗

比任何为了抢占财富的战斗更有价值。

但你别激怒埃塞俄比亚人，

因为他们经常用花冠装饰诸神那精致而虔诚的节庆，

对于善良者，我总施与最美的馈赠、永久的爱的享受

和不断繁衍子嗣的环境。

倘若你把那不像女性的亚马逊蛮族动员起来

参加殊死战斗，我就为之庆幸；

因为我讨厌她们粗野，她们不参加

男人美好的结社，她们缺乏

驯养马匹的女人、缺乏纯洁的魅力和女人首饰。

她如是说着，目送匆匆而去的战神阿瑞斯；

又灵活地转头，遥望阿波罗走的路径，

896

---

① 原文 Mennon，埃塞俄比亚国王。

② 特洛伊王子帕里斯把金苹果判给了阿弗洛狄忒，认为她是世上最美的女人。帕里斯在阿弗洛狄忒的帮助下，诱拐了希腊国王墨涅拉俄斯的妻子、"绝代佳人"海伦王后。国王的哥哥阿伽门农为此联合希腊各部落十万大军围攻特洛伊城。

阿波罗从奥林波斯山下到繁荣的大地，
继而跨海，避开所有的岛屿，
匆匆来到锡姆伯拉谷①。那里有座
庄严肃穆的寺庙。大众在和平时刻渴望节庆，
特洛伊城的民众在该寺川流不息；
可现在空空如也，既无庆典，又无竞赛。
智慧而灵巧的阿弗洛狄忒女神发现阿波罗在那里，
就打算与他会面，因为她有满腹心事倾诉。

严肃的帕拉斯·雅典娜对赫拉说：
女神，你别生我的气，我这就下去，
支持霉运即将临头的那个人。
如此美丽的生命不值得在恼怒中了结。
我愿向你坦白，面对过去和现在的英雄群体，
我始终心仪阿喀琉斯；
是的，我恨不能与他灵肉结合，
雅典娜应该做阿弗洛狄忒的事情。
正像阿喀琉斯怀着强烈的关爱拥抱挚友，
我也要这样拥抱阿喀琉斯。
正如他那样对挚友悲号，
我也将在他阵亡时为这位凡人恸哭。
唉！尘世中这个美好的形象就要过早地陨落了！
尘世正普天同乐呀。
这漂亮的身躯、壮美的生命结构

897

---

① 阿喀琉斯阵亡之地，在特洛伊城北部。

就要在吞噬的烈火中化为乌有了，

这高尚的少年尚未长成壮年呀，

人世间多么需要一个具有君主气度的汉子啊。

这少年人的愤怒、破坏性的狂野欲望，

终于被证明是一种强大的创意思维，

它决定着一种万众遵循的规则。

这完美之人不再像冲锋杀敌的阿瑞斯，

后者只满足于打仗和杀人的战场！

不，他像效力于向下慈善救济的至高之神，

不再破坏，而是建设城市，

将过剩的公民引向远方的海滨，

海滨和海峡于是有新民集聚，

那是渴望着空间和食物的新民。

而他却在自建坟墓。我不能也不该

把我心爱之人从冥王的门口送回，

他已在彼处打探和徘徊良久，并执意随挚友而去。

那扇门开着，与他近在咫尺，掩映在夜色中。

雅典娜如是说着，吃惊地

朝遥远的太空望下去，见一神祇在彼处，许多凡人在哭泣。

赫拉拍了拍雅典娜的肩膀，回答说：

女儿啊，我分担那些让你揪心的痛苦，

因为我们在许多方面想法一致，对阿喀琉斯的看法雷同，

我回避这个男子汉的拥抱，你也反感这种拥抱。

但我更加敬重这个威严的男子汉。

许多女人希望拥有一个懦夫，像金发安喀塞斯①，

898

或像恩底弥翁②，后者只是当陪睡者而被爱。

你呀，宙斯的自尊的女儿，要自制啊，

下去找阿喀琉斯，将神圣的生命灌注其内心，

以便他成为凡人中最幸福的人，只一心挂念未来的荣誉。

让时间之手赐给他永生。

雅典娜用金脚掌迅速地美化双脚，

金脚掌承载她穿过无垠太空，越过汪洋大海，

就这样走出广宇，犹如下面的一阵风，

飞快降落在斯卡曼德罗斯平原③，来到那座老远就望见的坟茔。

她先不看特洛伊城宫阙，

也不看平静的原野——

原野在圣河桑瑟斯无尽流淌的

波光浪影与西摩伊斯河那干涸多石的宽阔河床之间

沿石岸延展开去，

她也不浏览成队的船只、成排的帐篷，

不环视忙碌在军营中的人头攒动，

她转头面向大海，映入眼帘的是西革昂山余脉的海岬。

她看到了精力充沛的阿喀琉斯

正在对忙碌的密尔弥冬战士们发号施令。

---

① 原文 Anchises，特洛伊英雄。

② 原文 Endymion，月神塞勒涅（Selene）的情人。

③ 特洛伊城墙前的平原，是希腊联军与特洛伊人交战的战场，桑瑟斯河、西摩伊斯河流贯其间。

犹如勤劳的群蚁在森林深处活动
受到步履匆匆的猎人惊扰，
将它们长时精心积聚的堆物踩散，
这快乐的人群也分散为一堆堆，一伙伙，
每一堆聚集着成百上千的战士，
在外围四周向坟墓垒土，
越垒越高，　　　　　　　　　　　　　　　　899
阿喀琉斯立于杯型地面，被包在中间。
雅典娜走到他身后不远处，
这回女神变成了安提罗科斯，
但不完全像，变得比安提罗科斯更漂亮。
阿喀琉斯立即转身，见到朋友真高兴万分，
走过去握手，说：
亲爱的，你是来帮我促进这件严肃的工作吗？
这批年轻人勤奋得很，竣工指日可待。
你瞧！围墙已砌得很高，超过一半，
碎石加泥土的圆锥物，向上逐渐收缩，
这件事他们会帮我完成；建议你把中间
保护骨灰盒的盖顶建好。
瞧这儿！我挑出两块大石板，是挖土时
找到的大家伙；保准是闹地震的波塞东
从高山上把它们拽出扔到这海边来了，
上面还覆盖着砾石和泥土。
你把两块大石板弄上去，用它们并排建一个结实的顶盖！
下面放骨灰盒，秘密保存到地老天荒。
凹陷的空间用泥土填满，

直到完工的锥形物自身支撑，
成为未来人类的纪念碑。

阿喀琉斯如是说着，眼波澄澈的宙斯之女雅典娜
仍紧握他的双手，
这双手，即便自以为无人能敌的汉子在战斗中也惧怕接近，
她以女神亲切的力度紧紧握着，说出优美可人的话语：
亲爱的，你建之物总会由你的最后一人完成，
要么是我，要么是其他人，谁知道呢。
还是让我们快快离开这拥挤的人群，
900　　登上围墙那高耸的脊背四处走走，
从那里可看到汪洋、大地和远方的群岛。
她这么一说，就牵动了阿喀琉斯的心。
她拉着他的手朝上走，俩人于是
漫步在不断升高的围墙边缘。

女神那双目光流盼的碧眼望着大海，又说起亲热诱人的话来：
朝岸边驶来的是些什么帆船，那么多，一只只，一排排，接连
不断？
我想，这些船不可能马上靠近这神圣的海岸，
因为早晨会从海岸刮去一阵逆风阻挡。

魁梧的阿喀琉斯回道：
如果我的眼光没有出错，
这幅五彩斑斓的帆船图景就没骗我，

这是冒险的、渴望财富的腓尼基人①

从群岛向阿开亚人的军队运来受欢迎的

食品，这支军队很久没有补给，

缺少酒类、干果和家禽肉食。

是啊，船队会靠岸的，

在迫在眉睫的战役打响之前，

它们会给武士们解乏增力。

碧眼女神回答道：确实！

在此海岸建立瞭望台，引导部下观察远洋来船

或在夜间点火指引航海者不出错

因为他的眼界最为开阔，眼界从未空洞无物；

但见一艘海船邂逅劈波斩浪的船队并在其后跟随，

确实！一个来自世界边缘的壮汉

用空船装运产自最偏远的高加索费西斯河的粒金，

交换货物后又产生横渡汪洋的渴望。

他总是引人瞩目，无论走向何方。

他驾船穿越辽阔的达达尼尔海峡之海潮，

抵达宙斯的摇篮地②和埃及的巨川，

继而又滋生要看利比亚海湾的欲念，甚至要去

地球的极点看太阳神那匹向下奔来的骏马，

最后才想到返归家园。

他满载着许多类似沿海地区所供的货物，

901

---

① 腓尼基，地中海东岸古国。

② 宙斯出生于克列塔岛。

所到之处无不大受青睐。

我想,此人即便沉沦在永是黑夜、永是被可恶的雾霾统治的

下界也受人景仰。

有的男子汉果敢,追求冒险,

勇闯远洋,驾船欣然抵达此地,

向同伴指着远处的坟茔问,那是何种标志。

阿喀琉斯目光灼然,开心地回道:

你讲得多聪明,不愧为睿智绝顶之父所生!

不仅思考当下所见,

而且预见未来,俨如神圣的先知。

我喜欢聆听你的高论,

在我内心重生那长久缺失的狂喜。

也许将来有某人乘风破浪来此

见壮丽的坟茔会对船员说:

埋骨于此者,绝非阿开亚人中的泛泛之辈,

他们①的后退之路被命运女神峻拒,

众多的士兵为他们筑起这高峻的墓茔。

对啊,不要说泛泛之辈,女神激动地回应道。

他②望着远处的山巅,满怀欣喜地叫嚷:

瞧啊! 那是一通壮丽的纪念碑,此碑

属于无与伦比、绝无仅有、伟大的阿喀琉斯!

---

① 指阿喀琉斯及其挚友帕特罗克洛斯。
② 女神化为安提罗斯科的形象,所以用"他"。

阿喀琉斯早就摆脱尘世命运女神的跋扈专横。
我告诉你，诸神对某个
热爱真理的"先知"揭示着未来：
你的荣誉将远播遐迩，　　　　　　　　　　902
太阳神乘骑骏马从世界边缘
经山巅直到他晚间下马的地方，
是的，但凡白昼所及之处，无不响彻你的荣名，
万民景仰你那卓尔不凡的选择，即选择
短暂的却光前裕后的生命。
你的选择弥足珍贵。
年纪轻轻辞别世间，
在冥国畅游也永葆青春。
对来者而言，他永远风华绝代，永被铭刻心版。
当年我父亲、年迈皓首的斗士涅斯托尔气绝之时
有谁为他痛哭？甚至其子
亦未洒落一滴泪水，这位凡人楷模
就如此这般平静地了此一生。
而你，冀盼伴随昔日光荣业迹而成就此番大业的阵亡青年，
将引起来者无尽的倾慕与哀思，
人人都期盼他死而复生。

接着，阿喀琉斯深表赞同：
的确，人珍爱生命，视若至宝，
唯其如此，人们才无比尊重偏要弃绝生命之人。
存在着超卓而通达的智慧美德，
也存在着忠诚美德，义务美德，

博爱美德，
然而没有哪一种美德
能像这样一种坚强的信念受人尊崇：
不向死神屈服，即便面对黑夜与死亡之神，
也敢于向其暴力英勇挑战。
值得未来世世代代敬佩的
还有这样的人：当耻辱和痛苦迫近时，
能果断地将青铜锐器对准自己脆弱的身躯。
荣誉随之而来，也并非他之所愿；
他从绝望的手里拿到绚丽的、
永不凋谢的胜利花环。

他如是说着，帕拉斯·雅典娜答道：
903　　说得很得体，这便是人生的际遇。
微不足道的人也鄙视死神的威胁。
一个仆人在战斗中也堂堂正正站在国王一边。
尘世也在传扬那位家庭妇女的荣誉：
文静的妻子阿尔切斯特甘愿为丈夫阿德梅托斯献出生命，
人们一直将她与英雄好汉相提并论。
然而没有任何人的命运比这个人更庄严伟大：
此人在无数男人的战斗中无疑是领袖群伦者，
是在此不断战斗的
阿开亚人和小亚细亚人后裔中的第一人。
摩涅莫绪涅①同女儿们宁可忘记

---

① 原文 Mnemosyne，回忆女神，缪斯之母。

诸神最初为巩固宙斯王国而进行的那些战斗——

彼时，大地、天空和海洋无不被卷入剧烈动荡；

也宁可遗忘阿耳戈船①的英雄之无畏英勇

和超级力量，

却不能忘记这个战场和这个海岸宣告继续战斗十年的

巅峰业迹。

在这场庄严的战斗中，

整个希腊为之震荡，

其精兵强将

跨海而来，向特洛伊的盟友、

亦即"末人"蛮子发出挑战，

战斗中，你是命定的第一人，命定的民众领袖。

将来，当安详的汉子们将花环聚集一处，

聆听安全海港里坐在石板上休息的歌唱者唱吟

船员的工作、与惊涛骇浪的搏斗；

抑或在奥林波斯神宙斯或太阳神的辉煌庙宇四周

所举行的神圣节日聚会上，

歌者最先颂扬诸神，继而把赞美献给幸运的胜利者，

这时，你的荣名总是从歌者口中第一个说出。

当下，你提升了众人的胸襟气度，

所有的男士把荣誉汇集于你一身。

904

阿喀琉斯目光肃然，爽性答道：

你说得千真万确，你小子可谓世事洞达。

---

① 系指到海外寻找金羊毛的英雄们所乘的船名。

这条汉子在世时，渴盼蜂拥的人群

因他而聚，这使他激动；

也不忘歌手用他的名字编织的歌咏花环，

这让他高兴；

但更令他快慰的是，在世或死后

分享高尚之士那与他几乎同调的理念。

因为在我看来，世间没有什么比埃阿斯①

在战斗结束、克敌制胜、精疲力竭的欢悦良宵

同我握手更珍贵的东西。

诚然，人生苦短，若有所成，当值得庆贺，

可从早到晚安居华堂，饫甘餍肥，

畅饮醇醪，还有歌者吟唱往昔和未来的事体。

但是，这个男人命中注定不会忘记那一天：

彼时，宙斯对智慧的雅佩提顿②愤怒不已，

赫菲斯托斯为他铸造出潘多拉③形象。

彼时有了决议，要让地球上的凡人

无可避免地受苦遭殃，

太阳照耀也只是为了给人以幻想的希望，

纵然通天灿烂，那令人振作的万丈光芒也是欺骗，

因为人的内心总流泻着冥王哈迪斯——平静家园

的破坏者——的河川，

更兼忌妒、统治欲和无限占有

---

① 原文 Ajax，希腊英雄，特拉莫斯之子。

② 原文 Iapetiden，指普罗米修斯。

③ 宙斯怨恨盗火给人类的普罗米修斯，于是让赫菲斯托斯创造出潘多拉这个
　女人。

那广布于世的财富、人群和女人的野心，　　　　　　　905
这一切把看似圣洁的痛苦和危难带进人们的家园。
驾船漂洋过海者、赶牛开沟种地者，
何处是他们的安乐之乡？
危险与人相伴，无处不在，堤喀①和最老的莫伊伦②
搅得大地海洋不得安宁。
所以，我要对你说：最幸运的人要想着
随时准备战斗，人人应像武士
随时准备同太阳的眷顾告别。

雅典娜莞尔，答曰：
咱们还是不谈论这些吧！凡人的每次谈话
不管多么明智，但总无法猜出
那琢磨不透的未来谜语。
所以，我还是想想我为何而来，
我的来意是想问你，能否给我弄点什么吃的东西，
能否给你的战士们提供迫切需要的食物。

身材伟岸的阿喀琉斯答道，快活又认真：
你真聪明，提醒我必做之事。
我不饿不渴，
又无庆贺快乐时光的世俗欲求，
然而却未给予这些千辛万苦、老实干活的人

---

① 幸运女神。
② 命运女神。

提供恢复体力的食品。
要求手下卖力干活,
就必须拿出农神的滋养众生的赠品,
以增强他们的精力。
所以,我的朋友,你快下去,
送足够的面包和酒类去促进这项工程。
傍晚,他们面前要有肉食飘香
是刚宰杀好的牲畜热气肉。
他如是大声说着,下属一听,
就彼此会心一笑,
再辛苦的活计也不在话下,精神为之一爽。

906 雅典娜下去了,女神步脚如飞,
立马来到山脚下,来到密尔弥冬人的营帐右侧,
那里守备森严,
为崇高的阿喀琉斯卸下一堆堆货物。
一直小心翼翼的汉子们被女神惊动,
他们在保管丰富的大地出产的珍品,
并准备随时提交给战斗的士兵。
女神呼喊保管员,以命令的口吻说:
快干吧! 还磨蹭什么,快把面包和酒
这些求之不得的食物饮料送给上面干重活的人!
他们今天不会聚到帐篷边谈笑风生,
帐篷边炉火不断,在准备每天的膳食。
你们,懒鬼们,快干呀! 快把肚皮急需之物
送给辛勤劳作的人呀!
你们经常缩减和亏欠

许诺给士兵的食物。
我估摸,阿喀琉斯统帅会将怒火
降到你们头上,
他可不是因为你们才把士兵带来此地。
女神如是说着,那些人只得遵命,
内心虽有不悦,但还是赶紧
将大量的食物由马骡驮着送了上去。

评　注

青年维特的痛苦
——1774 年稿和 1787 年稿平行对照版本评注

对《青年维特的痛苦》译事的几点说明

《青年维特的痛苦》是对歌德原著 *Die Leiden des jungen Werther* 的新译,且根据作者本人 1774 年的初版和 1787 年的修改版本做了中文对照译本,两个版本的异同——从字句到篇章——一目了然。

1.1. 有关译名

Die Leiden des jungen Werther 一书的中文译名在百余年的时间里、辗转于众多译者手中经过了《完舍》——《乌陆特陆之不幸》——《威特之怨》——《幼年桓尔丹儿底悲哀》——《少年维特之烦恼》——《青年维特的烦恼》——《青年维特之痛苦》——《青年维特之烦闷》——《少年维特的烦恼》——《青年维特之烦恼》等演变历程。每一个译名的出现不仅带着时代的烙印,更传达出译者对这一作品的理解。

1922 年,著名文学家和翻译家郭沫若翻译并发表了《少年维特之烦恼》,并由此引发了德国文学在德国的第一次翻译高潮。郭译之后出现了一批译本,基本都以《少年维特之烦恼》命名。在这些译作中,郭沫若的译本极富文采与情致,所以流传最广,最受欢迎。同时,也有一些学者认为郭译存在很多问题,且《少年维特之烦恼》这一译名不合适,于是另起炉灶、着手重译,如郑振铎于 1925 年 12 月在其《文学大纲——18 世纪的德国文学》中将该书译为《青年维特的烦恼》;张威廉在其《德国文学大纲》(中华书局,1926 年)中将此著作译名为《青年维特之痛苦》;李金发译于 1928 年的该书片段名为《青年维特之烦闷》。从新中国成立到"文化大革命"的十七年,该作品几乎没有新译。沉寂一段时间之后,在新一代的翻译家的努力下,其译作如雨后春笋般竞相而出:1981 年,杨武能译《少年维特的烦恼》;1982

年，侯浚吉发表同名译作；1993 年胡其鼎将该书译为《青年维特之烦恼》，但出版社以"少年维特"在图书市场颇为流行、改用新名没有把握等种种理由在出版的时候改名为《少年维特的烦恼》；无独有偶，1994 年卫茂平译为《青年维特之烦恼》的译本在出版时因出版社考虑了其自身的"生存压力"被偷梁换柱为《少年维特之烦恼》，1996 年和 1997 年再版的时候才改回《青年维特之烦恼》。此外，许多著名译者如韩耀成、钱春绮、董问樵等纷纷推出《少年维特之烦恼》的译本。①

　　可见，这部书信体小说之前多被译为《少年维特之烦恼》，而我们此译将"少年"改为"青年"、"烦恼"改为"痛苦"，自当有一番解释。

　　熟悉德语的读者都了解，德语中的"jung"有年轻、年少之意，抛开作品内容来说，译成"少年"或"青年"似乎都未尝不可，那么"青年说"和"少年说"各执一词的症结究竟在哪里呢？

　　译者认为，以郭沫若为代表的"少年说"的观点源于对《维特》浪漫解读。歌德的这部作品虽诞生于狂飙突进时期，但不可否认其在欧洲文学浪漫主义发展史上有着传承之功。"五四"新文学运动之后，该作品在中国的流传中更是带着以情为主的浪漫主义特征。主情主义浓厚的郭沫若在该作品的翻译过程中充分肯定了男女性爱自由，随着译本的传播，在一定程度上造就了一代人对这部小说的浪漫解读，因为它恰好迎合了当时的青年一代争取个性解放、恋爱自由和冲破礼教罗网的强烈愿望。诚然，"少年"一词在五四时期尚有"年青"的意思。鲁迅《集外集·序言》中就有"将少年时代的作品尽力删除"的说法。这里的"少年"显然同现代汉语中的"少年"语义颉颃。

---

① 就译名问题，卫茂平曾在北岳文艺出版社于 1996 年再版的《青年维特之烦恼》的《译后记》中专门谈到，并撰文《歌德〈维特〉民国时期汉译考——兼论其书名汉译同浪漫主义的关系》，于 2004 年 3 月发表在《四川外语学院学报》第 20 卷第 2 期上。

但是，不仅在"少年"的这种用法逐渐成为过去的二三十年代，岁月荏苒，直到今天，各种重译还书名依旧，"少年"二字为何具有如此大的魔力？原因在于，"少年"在汉语文化中意味着无限的美好、浪漫、易逝与弥足珍贵，有诗为证："少年情怀总是诗"；"四时最好是三月，一去不回唯少年"；"老夫聊发少年狂，左牵黄，右擎苍"；"少年听雨阁楼上，红烛昏罗帐"；"少年不识愁滋味，为赋新词强说愁"……更有译自歌德的诗句"哪个少男不钟情，哪个少女不怀春"。殆无疑问，"少年"一词因含注天真无邪、情窦初开等意象，比起"青年"一词，更能拨动新文学运动后千千万万个追求朴素率真，主张情感自然流露的青年读者。在"维特热"的年代，甚至不少文艺青年自命为"青衣黄裤少年"，苦苦寻觅自己生命中的夏洛特。郭译当时之所以一版再版，大放光彩，与此译名恐怕不无关系。这使以后许多译者很难摆脱他的影响。或许也有人知道，这种译法有抗于原文，但为了适应郭译塑就的读者口味，人们顺理成章地袭用了旧译。

　　然而，何为少年？《现代汉语词典》的释义是："人十岁左右到十五六岁的阶段。"维特难道是这样一位少年？显然不。他是个受过高等教育、离家独立谋生并雇有童仆的青年人。再看汉译"少年"所依据的德语原文"jung"。这个词外延较大，一般指十二到二十五岁这一年龄段的人[1]。由此可见，汉译"少年"对原文作了不当的限定。把"jung"译为"少年"，不仅与小说主人公的年龄不符，而且与小说不少重要情节及描述相悖。谓予不信，请看书中第一编5月17日信中的一例。杨武能先生译为："可叹啊，我青年时代的女友已经死了！"侯浚吉先生的译文是："唉，我青年时代的女友已经离开！"[2]这两种

---

[1] 可参见 1983 年版 Meyers Grosses Standardlexikon „Jugend" 条目。
[2] 这里的"青年"，原文为"Jugend"。

译文都无可挑剔。可联系书名来看就不同了。"少年"维特难道可以回忆"青年"维特的往事？这不合逻辑。

此外，这里暗含一种误导作用：由少年一词为译文定下的基调，往往会使阅读失于肤浅。因为这个译名容易使人把目光围于书中那个纯洁感人的恋爱故事以及主人公真性情的涌动和喷薄，由此忽略小说中许多深刻的人生见解及哲理探讨。而这正是贯穿歌德整个创作的一条红线，是满怀社会理想的青年人观察人生的结果，又是未历人世沧桑，心理体验不足的少年人无法感悟的。

基于这种浪漫读法，结合小说感伤的爱情主题，有些译者和评家甚而进一步将"维特"转换成"歌德"，刻意把主人公的爱情故事与歌德的生平故事联系起来，企图证实作家流于笔端的浪漫多情。颇具典型意义的还有钱天佑译《少年维特之烦恼》的"小引"。文曰：

> 哥德的本身，是一位风流多情的公子，他一生的遭遇，简直可以说完全是罗曼史……就是他年迈致仕，退休林泉，以七十多岁的高龄，还和一个乡下小姑娘恋爱。在他著作《少年维特之烦恼》时，他所要好的女性，据说已有以下八个……

"罗曼"与"浪漫"为同一西文的两种汉译。此处透露出的同样是中国读者对《维特》一书的着眼点。风流偶觉，艳史不断。这应该也是那一代读者对浪漫的、"风流多情的"歌德的印象。由《维特》一书引发的关于歌德的风流韵事，曾激励一些译者、评家去索隐这"八个"以及之后"更多个"与歌德关系暧昧的女子，进而说明恋爱是歌德创作的原动力，中国的歌德研究不免沾上一阵俗气。将维特简单粗暴地等同于歌德，这种把文学创作导回生平事实的实证方法，在一定程度上阻碍了对作品的艺术性和思想性的探讨，使《维特》研究在中国一度浮于肤浅的表层,缺乏新锐之气。

　　看来,对"少年"或"青年"译名的挑选,一方面同译名的准确与否有关,另一方面的却牵涉作品的内容和主题。"少年"给人无限遐想,为此,有译者和读者宁愿忽略"少年"一说与书中主人公生理年龄不符的漏洞,陶醉在梦幻般的情感天堂里,最后使阅读流于肤廓,失之偏颇。对于"少年"《维特》我们就长时期只能望其庭泽,不能窥其堂奥。基于上述思考,我们本着学者求真的态度与译者忠实的立场,让写实的、理性的"青年"在浪漫的、感性的"少年"的阴影下踯躅而出。这或许对我们更全面地理解《维特》,甚至重估《维特》有所助益。

　　至于"烦恼"和"痛苦"之于爱情而言,似乎可做同日而语。但该作品除了包含爱情主题,同时具有浓厚的宗教色彩和哲学思想。说起"烦恼"二字,德文中常常会用到"Kummer"一词,更有"Liebeskummer"——"爱情的烦恼"这个耳熟能详的惯用语。而"Leiden"一词的意思是"痛苦",而非简单的"烦恼"。从词源上看,"Leiden"单数的拉丁词根为"passio",在基督教文化语境中特指耶稣受难,而 Leiden 作为动词也表示"受苦、受难"。有学者从作品原文中"痛苦"一词出发,认为歌德选择了该词的复数,既表达了俗人的痛苦,又影射了耶稣基督的受难,以此展示歌德如何通过宗教话语来表达和升华人的情感,表达对人性的礼赞,并认为《维特》是第一部用德语写成的泛神论(乃至无神论)的受难史。[①] 在《维特》以前,受难仅限于戏剧或史诗中对英雄或君主等高贵人物的塑造,《维特》在小说——现代市民史诗——这一题材中第一次表现了市民的受难。耶稣受难是遵从天父的旨意救赎人类,并以此向人类展示神的圣爱,而

---

① 此处请参见谷裕:《隐匿的神学——启蒙前后的德语文学》,华东师范大学出版社,2011 年,第 145—153 页。

维特的受难归根结底是在现实中受压抑的市民青年的自我实现和自我救赎。小说《维特》最大的伦理挑战在于,维特的"受难"是以自杀形式结束了自己的生命,这不仅以文学形式渲染了人的激情,而且美化了人的犯罪行为。因为自杀在基督教伦理中属于最严重的犯罪,它意味着人自行结束神赋予的生命,是人傲和渎神的表现,是信仰丧失导致的必然结果。小说故事情节的设置给我们提供了神学、伦理学、思想史等领域的更多探讨的可能性,若是将这个故事单纯地理解为"爱情的烦恼",岂非一叶障目不见泰山?

　　基于上述考虑,我们不将就采纳已沿用近百年的旧译书名,改译为《青年维特的痛苦》,并作此说明,以就教于前辈、同行及读者。

1.2. 有关两个版本

　　眼前这本《青年维特的痛苦》译自法兰克福德国经典作家出版社1994 年的对照版本,中文同样采取对照格式。法兰克福 1994 年版的《青年维特的痛苦》包含产生于 1774 年和 1787 年的两个版本,即版本一和版本二,或称第一稿和第二稿。此译所本德语原书关于《维特》的"评注"中,有如下说明:

　　《青年维特的痛苦》的文本史(Textgschichte)很复杂。这部小说于 1774 年在莱比锡出版商外甘特(Weygand)处首次出版,同年再版两次。一些印刷错误在再版本中得到更正。1775 年,外甘特再次出版发行"真实版本 2"(die "zweyte ächte Auflage"),并为此找来了歌德(未保存)的原稿。此处首次收录了 1771 年 7 月 13 日信函的中间段落(参见:针对第 76 页第 18—21 行的注解[vgl. Stellenkommentar zu S. 76, 18—21])。这个版本中,歌德在全书两章节的前面分别写了四行诗作箴言。同样还是 1775 年,柏林书商克里斯蒂安·弗里德里希·黑穆布格(Christian Friedrich Himburg)的出版社第一次发行了《J. W. 歌腾的著作》(*J. W. Goethens Schriften*)——实属盗版，这个盗版在其第一部分把《维特》弄成了一个改动容易、符合柏林语言使用习惯的文稿。黑穆布格版本在 1777 年至 1779 年之间重版了好几次；在重印的版次中，那些一开始就存在的为数众多的印刷错误反而更加多了。显然，黑穆布格 1779 年的《维特》与第一个版本(Erstausgabe)出入颇大。1782 年，歌德让人根据这个文本制作了一个副本，当时歌德郑重决定为修订这部小说做安排。作者将自己的修改加入到这个手稿中，同时他却保留了大部分黑穆布格与初版(Erstdruck)不符的改动。如此产生的"手稿 H"(Handschrift H)成了 1787 年莱比锡格申(Göschen)出版社发行的《歌德的著作》(*Goethe's Schriften*)第一卷的付印样稿。

我们第一稿的印刷以汉娜·费舍尔-拉姆贝格(Hanna Fischer-Lamberg)出版社的第一个版本(Erstausgabe)为基础。(载：《青年歌德》，第 4 卷，第 105—187 页[in：Der junge Goethe，Bd. 4，S. 105—187])。从这个版本吸收而来的修订之处，注释(Stellenkommentar)里都一一作了标示。第二稿的印刷则以学术版(Akademie-Ausgabe)为依据：《青年维特的痛苦》，第一、二稿，爱尔纳·默尔克尔(Erna Merker)修订，1954 年。这个版本的基础是"手稿 H"(Handschrift H)。考虑到两个文稿的差别尤其表现在正字法的细节方面，对照版本——与该版本的通常使用惯例不一致——放弃了校准。①

对照文本的设置使两个文稿都具有了自由发展的余地，这是单

---

① 引自本卷德语原书的"评注"(第 909—972 页)。本文其他引文(楷体)，均出于此，不再另注。

独连贯的样稿文本所不具备的。这种自由发展的余地和印刷产生的空白间隔当然很容易区分，空白间隔应与样稿的印刷图相符：在单独连贯的文本中，段落的开始都要缩进；新段落的起始处（信函），段落左对齐，不缩进。一封信函中阳性韵脚的缩进（stumpfe Absätze）、更大的空格或者文本的空白，都通过平行对照的方式呈现出来。

总的来说，两个版本大同小异；具体来说，不同之处包括文法的更新、内容的增删、视角的转换、敏感措辞的改写等。

在两稿的对照印刷版本中，第一稿和第二稿都分别采用其初版样式，保留了当时的正字法惯例，这样一来，对照版本将两稿的异同直截了当地呈现出来。虽然只隔了短短十二年时间，但歌德从语音和正字法、句法和词汇量方面对文稿进行了及时而有效的更新，这一点显而易见。而且，早在 1779 年出现的黑穆布格（Himburgscher Raubdruck）盗版《维特》就已提醒歌德要更新文稿，这个盗版之后成了歌德修订《维特》的样文。柏林出版商进一步用读者熟知的语言形式取代了文稿中的南德方言。歌德本人"打算全面沿用阿德隆正字法（Adelungische Rechtschreibung）"（an Göschen，2.7.1786），这意味着，歌德支持将标准德语作为书面语言进行规范，正如词典编撰学家、语言学家约翰·克里斯托弗·阿德隆（Johann Christoph Adelung）在其著作《论德语文体》（Über den deutschen Styl，1785）中所建议的那样。

歌德在第二稿中对文法的改动具体可以分为以下几类：

1. 第一稿中省略掉的元音 e（位于词尾或词中）在第二稿里大多被补上：如将"leg"改成"lege"、"eigner"改成"eigener"。但也有例外,如省略了元音 e 的形容词"nähern"仍然保持该形式。

2. 更新一些词汇的旧式变形形式:如将"tischten"改成"tuschten"(第 266/267 页,第 6 行),"gewest"改成"gewesen"(第 104/105,第 2 行),"verstund"改成"verstand"(第 44/45 页,第 3 行)。

3. 第二稿中,歌德对使用的狂飙突进时期典型的去首音法(Aphäresis)的地方进行了几乎过半的删改。在此过程中,句子的节奏有时会通过将代词完整拼出(Ausschreibung des Pronomens)或者完全省略代词(Tilgung des Pronomens)而发生改变,如此,句法上的调整就很有必要了,比如将原来的"und mir giengs durch Mark und Bein"改写成"und es ging mir durch Mark und Bein"(第 182/183,第 14 行及以下)。

4. 用常见的复合词取代诗学上不确定的(poetisch-unbestimmt)简单词,比如将"tragen"换作"ertragen",将"find"换作"befinde"(第 12/13 页,第 6 和 22 行)。

5. 通常意义上的粗话如"Kerl"(家伙)或者"Hund"(家伙;畜生)也消失不见。方言表达让步于标准语,如多处用"Junge"(男孩子)代替"Bub(e)"(小子)或者用"eine Flasche(一瓶)"代替"einen Schoppen"(第 260/261 页,第 11 行)。

6. 常用的代词"all"同样被删除、取代或者变形:原来的"Das war all gut"(一切都好)变成了"Das war alles gut"(第 142/143 页,第 34 行及以下/35 行及以下)。

7. 一些外来词被德语化,"passirt"转换成"widerfahren"(第 30/31 页,第 31 行)或者译作"geschehen"(第 54/55 页,第 14 行),"statuirt"转换成"angenommen"(第 76/77 页,第 12/11 行)。

8. 整个报告被修订了很多处,出现了重要的语义变化

(eingreifende semantische Veränderungen)。作为对照："Sie hatte ihrem Manne im Diskurs gesagt"（第 226 页，第 34 行）和"Es war wie im Vorübergehen in Alberts Gegenwart gesagt worden"（第 229 页，第 1 行及以下）或者，不久之后，"eine stille Melancholie ＜…＞"（第 228 页，第 20 行）和"Druck einer Schwermuth ＜…＞"（第 229 页，第 36 行）。

　　由此可见，正字法上的和文体上的介入改变了文本的意义。尤其引人注目的是在与贵族论战的第二部分/第二编的开头，由于弃用了粗俗表达，论战整体上已显得温和多了。

　　内容上来讲，歌德的修订首先是对文本的扩展，尤涉第二编。小说开篇伊始的文本改动虽然微小，但端倪可察，且改动之处对叙述逻辑产生很大的影响。尤为典型的是插入了对小说具有重要作用的窗前场景（Fensterszene）（第 52/53 页，第 36 行及以下）：在之前的文本中，"克洛普施托克！"（Klopstock!）的名字不带任何注释地建立起一个熟悉的文学氛围，对维特与洛特的关系意义重大。此时，歌德通过让其主人公想起那壮丽的颂歌（herrliche Ode）这一方式，明确指出了这是引文，对于已改变的接受状况歌德这样回应：第一稿中设定的感伤主义话语（Diskurs der Empfindsamkeit），只能让人们联想到与特定读物相关的原型，仅用诗人的名字做关键词是不够的（第 54 页，第 2 行）。如此，对引文特征的暗示产生了，这一暗示传达出远比克洛普施托克的颂歌更多的含义，同时限制了因此而开启的话语。最后，男女主人公于此情此景下对曾阅读过的文学文本发出不谋而合的感叹，双方为此而感动不已，该场景在第一稿中只是作为一个简单的事实出现，而如今让人很容易往心理学上——如果不是社会学或者教育政策方面——去理解：维特的叙述明显流露出，诗人的神现是连接双方共有之回忆的预设。

插入乡下青年的故事无疑扩大了文本的规模，同时，这个故事和有关洛特之父的那个疯癫的书记员的插曲一起，成为贯穿全书的维特命运的映照。若疯癫和谋杀都是走向自杀的其他可能手段，那么包含在维特自杀场景中的那种闻所未闻的攻击特性得到了凸显。（"洛特的生命让人担忧"；第267页，第9行）。在第二稿中，歌德"将阿尔贝特（Alberten）设置成富有激情的少年、读者不会误解的角色"（写给凯斯特纳的信［An Kestner, 2.5.1783］）。这句话明确点出了此处谈及的策略。通过心理化的手段，第一稿中有关角色认同的呈现（Identifikationsangebot）被视为无效，读者也被迫进行平行阅读（eine doppelte Lektüre）。在此过程中，改变的不仅是阿尔贝特的，更重要的是小说主人公和写信人维特的角色设置。这进而意味着，涉及三个主要人物的三角关系中的整个人物设置都要重新确定。为了更好地设置阿尔贝特这个角色，不仅对维特的角色有所损害，尤其还要牺牲洛特这一角色：之前她的形象由倾慕者的叙述而建立起来，她仅是叙述的投影，如今她从他的叙述中被释放出来，成为故事情节的独立承担者。譬如，在维特自杀前一天洛特的行为态度在心理学上被赋予某种动机，以至于如今无法再否认她对这个灾难负有连带责任。

然而，这涉及的不仅仅是心理学；作为编撰者，歌德确实始终致力于寻找一切由平行阅读（eine doppelte Lektüre）原则而产生的可能性，来扩展第一稿初具的规模。这一点在插入金丝雀插曲的地方显得尤为强烈（第167页第10行—第169页第2行），维特在该插曲中将洛特的行为举止阐释为"天真的无邪"（himmlische Unschuld），然而洛特显而易见的卖弄风情和金丝雀场景明白无误的内容呈现

(参见：第 167 页第 33 行)都使维特的阐释不攻自破。

故事情节在视角方面的扩散主要是通过编者的越权而得以实现的。在《编者致读者》的开篇(第 199 页第 6—20 行)，编者竭力试图说明，他将成功地做到以下两点：呈现"当事人的性情"(die Sinnesarten der handlenden Personen)，排除一切障碍辨别当事人行为的"动机"(Triebfedern)。紧接着，角色翻转，编者成了诊断者("愤怒和不快……"；第 199 页第 21 行及以下)，他不仅处在他那死去了的朋友的对立面，也是其他角色的对立面。文本谨慎地利用了编者在叙事维度上庞大的扩充，且在两个极端之间游戏般地变动，从这一端的简单报告到另一端的全知全能式的叙述。在此过程中，有更多第一稿的读者发声：不只维特的心声，就连"阿尔贝特的朋友们"所说的话都被详尽地引用(第 199 页第 33 行—第 201 页第 17 行)。在瓦尔海姆(Wahlheim)自杀的那个早晨通过一个叙述者的视角用好几页篇幅呈现出来(第 201 页第 18 行—第 205 页第 36 行)，该叙述者必须陪伴维特走过他最后的寂寞旅程，只有这样才能以叙述者的视角来报告整个事件，而紧接着之后(第 207 页第 25—30 行)又一个编者插入进来，承担着一个受限的角色。正如所诺，他甚至提供出"找到的最小一张纸条"(第 199 页第 16 行)，并把它作为分析维特精神状态的凭据，而他的分析并不强求其他读者必须认同。

第一稿到第二稿的改动清晰可见，修订的基本策略也被提及——让人疑惑的是，结果却包含多层意义。小说在语言上作了净化处理，即使当时文学史上流行的阅读方式已在叙述层面与狂飙突进时期有所不同，而且整体上根据业已肇始的古典文学(Klassik)进行了调整，其说明意义(Erklärungswert)似乎仍然是有限的。相对于两个《维特》文本，这种阅读方式从根本上来说很冗赘。因为它以文学时期的概念(Epochenbegriffe)为前提，这些概念的标准和大致形式基本是从歌德的文学作品中引申而出的。为此，讨论一部小说的修改文本或许更有意义，而且这部小说从一开始就是个由无数文字和图片组成的修改文本（参见：《释义》[Zur Deutung]）。关键在于，较晚的《维特》版本完全保留了小说的这一基本特征，它充分考虑到第一稿的接受者所进行的阅读，且它本身就产生于创造性地文本再阅读（Wieder-Lesen des Textes）。

　　《维特》第二稿在文学圈子里更多地只是被顺带提起，至于它背后的用意却几乎无人赏识。尽管如此，它的文本设计对之后的影响史（Wirkungsgeschichte），至少在德国，产生了必不可少的联系。对歌德本人来说，有关他的第一部小说的工作已告结束；在意大利之行期间，他对身为《维特》作者这一角色已感兴趣索然，特别是仅仅重复本国读者群所熟知的接受模式。后来，歌德几乎再也没有着手修订文本，即使他必须一如既往地在那些多少有点名气的访客面前高谈阔论、一一作答。他自己更是极少主动地提及这部小说。在其传记作品《诗与真》（Dichtung und Wahrheit）中，《青年维特的痛苦》仅是作为夹杂个人真实和创作成分的自传中的一个事件（ein Datum der persönlichen und schriftstellerischen Autobiographie）被毫无粉饰地记录（historisieren）下来；老年歌德最终把它看作一份有关超个人、超历史的病理学的档案（Dokument einer überindividuellen und metahistorischen Pathologie）。作者本人坚决地要将文本做个了结，然而同时对这部作品思想上的潜能（Sinnpotenzial）的发掘却层出不穷、与日俱新，即便通过修改也不易使这种富有活力的潜能从此静默。

有关《维特》的诗与真

在《青年维特的痛苦》中，歌德对主人公维特的人物设定时同样使用虚虚实实、真假参半的手法，巧妙地将已有的事实与创作的灵感结合起来，杂糅自身当时的真情实感，模糊了真实与虚构的界限，赋予了作品触动心弦、令人唏嘘的美学效果。"天衣无缝"的衔接技术自然是大师手笔的体现，适时出现的恰当素材则是成就这个经典故事必不可少的条件。1772 年 5 月至 9 月，歌德在维茨拉（Wetzlar）逗留，期间与夏洛特·布芙（Charlotte Buff）及其未婚夫约翰·克里斯蒂安·凯斯特纳（Johann Christian Kestner）建立了友谊关系。1772 年 10 月 29 日，卡尔·威廉·耶路撒冷（Karl Wilhelm Jerusalem）自杀，歌德马上通过凯斯特纳得到一份有关该事件详细的书面报告。有关这起发生在维茨拉的自杀事件造成的后果，凯斯特纳曾在写于 1772 年 11 月 2 日的书信中描述过，歌德正是以此为蓝本来构思小说结局的。

1.1.《维特》风波或曰《维特》第二稿的由来

《维特》一经出版，舆论哗然，洛阳纸贵。"维特热"先后在欧洲各地如火如荼，持续升温，不少青年人把维特当成崇拜的偶像，争先效仿维特的穿着打扮、行为举止，甚而如维特般结束自己的生命。因此，《维特》亦遭到同时代人的批评与诟病，其中不少宗教人士对其进行大肆批判，他们指责《维特》不道德、不敬神、反基督；社会人士批判《维特》导致了青年人竞相自杀的浪潮，称其是一本名副其实的邪书，有的地区甚至以"美化自杀"为由，将《维特》列为禁书。这些批判、指摘自然为歌德带来不少非议，迫使他有时不得不为自己辩护。比如，《歌德谈话录》中曾记载了歌德于 1830 年 3 月 17 日跟爱克曼讲起，他是如何对英国主教骂《维特》不道德进行反击的：

（歌德：）"……在谈话中他（英国德比郡主教博里斯托勋爵）就《少年维特》向我说起教来，想刺痛我的良心，说我不该让人走向自杀。他骂《维特》是一部极不道德的该受天谴的书。我高声对他说：'住嘴！你对我的可怜的《维特》竟说出这样的话来。那么我问你，世间有些大人物用大笔一挥就把十万人送到战场，其中就有八万人断送了性命，要他们互相怂恿杀人放火和劫掠。你对这种大人物该怎么说呢？在看到这些残暴行为之后，你却感谢上帝，唱起《颂圣诗》来。你还用地狱惩罚的恐怖来说教，把你的教区里孱弱可怜的人们折磨到精神失常，终于关进疯人院去过一辈子愁惨生活！还不仅如此，你还用你们的违反理性的传统教义，在你的基督教听众灵魂里播下怀疑种子来毒害他们，迫使这些摇摆不定的灵魂堕入迷途，除了死以外找不到出路！对于这一切，你对自己该怎么说，你该受什么惩罚呢？现在你却把一个作家拖过来盘问，想对一部被某些心地褊狭的人曲解了的作品横加斥责，而这部作品至多也不过使这个世界甩脱十来个毫无用处的蠢人，他们没有更好的事可做，只好自己吹熄生命的残焰。我自以为这是替人类立了一个大功，值得你感谢。现在你竟然想把这点战功说成是罪行，而你们这批王宫僧侣老爷却容许自己犯那样严重的罪行！'……"①

歌德觉得自己在某种程度上被读者的过度解读剥夺了权利，尽管如此，身为作者他仍不可避免地要采取一些缓和措施。歌德在修改第二稿时曾特意为该书的两部分各写了一首箴言诗，第二首以此作结："要像个男人，切莫步入我的后尘。"在 1787 年发表的版本中，

① ［德］爱克曼：《歌德谈话录》，朱光潜译，华东师范大学出版社，2015 年，第 232—233 页。

歌德竭力拉开自身与主人公之间的距离，以说明自杀对于作者本人来说是荒谬的。

这本拿破仑自称读了七遍、远征时仍然带在身边的小书，不仅曾长时间的颇受争议，歌德在小说出版之后也很快就表示，该作品取得的成功、特别是他的作者身份对于他本人并非幸事。小说成为百年不衰的文学盛事，体现读者对作品接受的活力，对于作者来说，这种活力似乎建立在错误的基础之上。但作品一旦公之于世，人们如何解读它，是否会产生误读，显然不是作者能操控的。这种烦恼也属司空见惯。《维特》被放入一个狭窄的圈子，被解读成维茨拉（Wetzlar）各种关系的影射小说，并以其产生的广泛影响使文学上的公开事件（die literarische Öffentlichkeit）以前所未有的方式极端化。作为读物的《维特》具有无比惊人的标识潜力（identifikatorisches Potential），可以被任意与事实对号入座。与故事直接相关的凯斯特纳夫妇表示，歌德虚实参半的写作方法使他们的生活陷入尴尬，人们按照小说内容揣测他们与歌德之间的关系，他们遭人非议、名誉受损，是歌德创作这部小说的受害者。促使歌德二易其稿的原因还在于故事原型人物——洛特与阿尔贝特——对小说情节描写的激烈反应。

在起草于 1774 年 9 月或者 10 月的一封书信中，约翰·克里斯蒂安·凯斯特纳（Johann Christian Kestner）看到"真实的人物……受到糟蹋"，他提出不同看法，认为作者将"刻画自然，以把事实带入这幅画卷"的意图"并未实现"。"如果洛特真如他在小说中刻画的那般，那其中有很多场景都让真正的洛特汗颜。"此外，凯斯特纳看穿了人物设置的逻辑，他对"阿尔贝特这个可怜的角色"颇为不满："您一定要把他描写成一个蠢货吗？这样您就可以很自豪地出来说，你们看啊,'我'是怎样的一个家伙!"歌德在改写这部小说的时候还是再次征求了凯斯特纳的意见,但是凯斯特纳对故事细节的不满并没有被歌德纳入考虑范围。

　　在《维特》初版四十多年之后,据记载,女主人公的最重要原型人物、已六十三岁的夏洛特·凯斯特纳于魏玛和歌德再次相见,虽然"有关歌德和洛特①重逢的材料实在太少了,只有洛特在事后写给儿子的一封信中透露了一些端倪"②,德国著名作家托马斯·曼——歌德的崇拜者——仍"不遗余力地搜集有关资料,凭他的渊博的学识,精辟的见解"用同样虚实相间的笔触写成歌德小说(或曰维特小说)《绿蒂在魏玛》。"《绿蒂在魏玛》是一部小说,不是人物传记,……不过,托马斯·曼的写作态度是十分谨严的,……有关实质性的东西,决不胡编乱造,而且还详加考订,做到有根有据。"③在这本真真假假的书中,作者借已是花甲之年的洛特之口道出《维特》给歌德、给夏洛特·凯斯特纳夫妇带来的烦扰:

　　(夏绿蒂对女儿小绿蒂说)"歌德在他的《回忆录》中诉说过这种灾难,说他经常不断地受到人们好奇心的折磨,追问他谁是真正的绿蒂,她住在什么地方,即使隐姓埋名也没法保护他不被他们跟踪追击,纠缠不休——我相信,他把它称为一种真正的苦刑……他从来没想到我们也和他一样不得不忍受好奇心的灾难,而归根结蒂,这种灾难是他加到我们头上的,是他加到你那去世的好心肠的父亲和我的

---

① Lotte 原译为绿蒂,现出于规范考虑,这里改译为洛特。
② [德]托马斯·曼:《绿蒂在魏玛》,侯浚吉译,上海译文出版社,1989 年,译者前言,第 1 页。
③ 同上,译者前言,第 9 页。

头上的，用他那艺术虚构和真人真事混淆在一起的邪恶的写法……"①

为了免受朋友的谴责，为使自己与维特保持足够的距离，歌德在修改《维特》时试图重塑整个结构，以期引导读者解读的方向，尽量消弭误解。然而，作者从 1781 年开始计划修订制作新版，这项工作进行得却尤为迟滞。直到出版商格申（Göschen）打算推出一个新版《歌德作品集》（Goethes Schriften），该集子须由作者授权，并选出有代表性的重要作品，歌德此时才重新拾起搁置已久的手稿，最终于 1786 年夏天在卡尔斯巴特（Karlsbad）逗留期间完成改写工作。

作为《维特》的作者，似乎歌德本人对那种"病态心情"也不能时时免疫，他说：

"我像鹈鹕一样，是用自己的心血把那部作品哺育出来的。其中有大量的出自我自己心胸中的东西，大量的情感和思想，足够写一部比此书还长十倍的长篇小说。我经常说，自从此书出版之后，我只重读过一遍，我当心以后不要再读它，它简直是一堆火箭弹！一看到它，我心里就感到不自在，生怕重新感到当初产生这部作品时那种病态心情。"②

但对于这本书的创作和它的价值，歌德也曾发自肺腑地表示：

---

① ［德］托马斯·曼：《绿蒂在魏玛》，侯浚吉译，上海译文出版社，1989 年，第 15—16 页。
② ［德］爱克曼：《歌德谈话录》，朱光潜译，华东师范大学出版社，2015 年，第 19 页。

　　"使我感到切肤之痛的、迫使我进行创作的、导致产生《维特》的那种心情，无宁是一些直接关系到个人的情况。原来我生活过，恋爱过，苦痛过，关键就在这里。"

　　"至于人们谈得很多的'维特时代'，如果仔细研究一下，它当然与一般世界文化过程无关，它只涉及每个个别的人，个人生来就有自由本能，却处在陈腐世界的狭窄圈套里，要学会适应它。幸运遭到阻挠，活动受到限制，愿望得不到满足，这些都不是某个特殊时代的，而是每个人都碰得着的不幸事件。假如一个人在他的生平不经过觉得《维特》就是为他自己写的那么一个阶段，那倒很可惜了。"①

1.2. 维特的原型之一——青年耶路撒冷的真实故事②

　　青年耶路撒冷在当地逗留期间一直郁郁寡欢。据说是由于他在这里所担任职位的缘故，而且，最初（在巴森海姆伯爵家［bei Graf Bassenheim］）他想进入上流社会的愿望遭到很不光彩的拒绝。或者，特别是因为布伦瑞克（Braunschweigisch）的公使，他甫一到达，耶路撒冷就在众目睽睽之下跟他大吵了一架，但耶路撒冷也因此为自己招来宫廷的训斥以及其他烦心的后果。耶路撒冷早就跟熟人讲过，他希望自己在本地的事务不了了之，他希望离开这里，并一直为此而做出种种努力。

　　让耶路撒冷不开心的更重要原因在于不幸的爱情。他爱上了普法尔茨的书记官海尔特（des pfältz. Sekret. Herd）之妻。她对他的殷勤并无回应，加上她的丈夫对此醋意大发，因此，这段恋情彻底扰

---

① ［德］爱克曼：《歌德谈话录》，朱光潜译，华东师范大学出版社，2015 年，第20—21 页。
② 参见德文原文注释第 909—916 页。

乱了耶路撒冷内心的平静与安宁。他经常逃避与人交往，不爱与别人共同消遣、打发时间，喜欢独自在月光下漫步，经常一个人走很远的路，以此放纵自己沉湎于无望的爱情、任凭无边无际的烦恼袭来。有一天夜里，他在森林里迷了路，还好最终遇到一些农民为他指路，他才得以在凌晨两点钟回到家里。

耶路撒冷独自承受爱情的烦恼，不与人言，甚至对最可靠的朋友吉尔曼斯艾格（Kielmansegge）也绝口不提那位海尔特夫人。他不停地读小说，自称，几乎没有哪一本小说是他没有读过的了。越可怕的悲剧，越受他青睐。此外，他也带着极大的热情阅读哲学作品，并对其中的问题苦思冥想、刨穷根究底。他还写了不少哲学论文，吉尔曼斯艾格读后表示，他的观点非常另类；他甚至在其中一篇很特别的文章里为自杀辩护。他经常反驳吉尔曼斯艾格，向他抱怨人之理解力的逼仄、局限，至少他本人深受其苦。比如，每当他谈到自己想了解却不得知的事物、他无法解释的东西时，便不禁悲从中来……门德尔松（Mendelsohn）的《裴多篇》（Phädon）是他最喜欢的读物；就自杀这部分的内容来说，他对门德尔松不满意；值得一提的是，他相信灵魂的不朽，且自杀是不朽灵魂所允许的行为。他发奋地阅读莱布尼茨（Leibnitz）的作品……

而歌德在小说中是如何描写维特的呢？

他在实际生活中遇到的种种不快，在公使馆的懊恼和其他一切的失败，以及所受的屈辱，这时一起在他心头上下翻腾。经历了这一切，他觉得自己有理由无所事事。他发现自己的一切出路均被切断，甚至已无力把握和处理日常生活事务。结果，他任凭自己沉湎于古怪的情感、思维方式以及无限制的激情中，一味地同那个可亲可爱的人儿作令人悲哀的周旋，打扰她的宁静，既无目的，又无希望地不断耗费自己的精力，越来越接近一个悲惨的结局。

这里，我们编入他的几封遗书，以作为他的迷惘和激情，他那无休止的企望与追求，以及他厌世的明证。

据说，海尔特和他的妻子之间发生了某些不快，海尔特的一位女友利用耶路撒冷的事情挑拨离间，以致海尔特之后禁止耶路撒冷再到他家来。这些材料都被歌德杂糅进了维特的故事里，成为维特走向自我毁灭的导火索。关于耶路撒冷的自杀事件，歌德甚至从凯斯特纳的信中摘引了一些颇具特色的、叙述上的细节和表达，比如请求借凯斯特纳手枪的原文如下：

这天下午（周三），耶路撒冷一个人在海尔特家，究竟发生了什么，无人知晓；但也许这就是接下来所发生事情的原因所在。——晚上，天刚擦黑的时候，耶路撒冷来到嘎本海姆（Garbenheim），进入他通常去的那家旅馆，询问楼上的房间里是否没人。回答：无人，他上去了，很快又下来了，然后出去到院子里，向左走，不一会儿又回来了，之后进入花园；天已经完全黑了，他在那里待了很长时间，直到旅馆的女主人提醒他，他才起身出来，一言不发地快步从她身边经过，从院子里出去，跃入右侧。

……

周四 ＜……＞ 中午他在家吃饭，但吃得很少，只有一点汤。一点钟的时候他让人送了张便条给我＜……＞。我收到便条的时候大概是三点半（1/2 4 Uhr）：

"我打算出门旅行，您能把手枪借我用一下吗？耶（J.）"

我对耶路撒冷所知不多，不算了解，与他也并无特别的交情，所以，收到纸条后我马上礼貌地回应，把手枪借给了他。

　　整个下午耶路撒冷自顾自地忙碌着，同屋的人们听到他在房间里来来回回、进进出出，他还特意去了结了几笔小债务。……

　　仆人进屋想帮耶路撒冷脱靴子，但他说稍后还会出门。他真的这么做了，他步履匆匆，走街串巷，一路上将帽檐压得低低的，几乎盖住眼睛，他也不看任何人。在这段时间里，也有人看到他长久地伫立河边，站在一个随时有可能跌下去的危险地方。

　　据仆人说，他快九点时回到家，吩咐仆人再往炉子里加点柴，因为他一时半会儿还不会上床睡觉，于是还让仆人给他倒了杯葡萄酒。为了第二天一早就能听候差遣，尽心服侍主人的仆人和衣而卧，睡觉去了。

　　……耶路撒冷撕毁了很多信件，我当时亲眼看见了扔在书桌下面的纸张碎片。他又写了两封信，一封是给亲戚的，另一封给海尔特。信未送出，依旧留在桌上，所以之后那天早上医生赶到时看到了第一封信的内容：

　　"亲爱的父亲，亲爱的母亲，亲爱的姐妹们和姐妹夫们，请原谅您不幸的儿子和兄弟；上帝，上帝保佑你们！"

　　在第二封信中，他请求海尔特原谅他，是他打扰了海尔特平静、幸福的婚姻生活，导致他们夫妻之间生出嫌隙。起初，他对海尔特的妻子产生好感，但并未越雷池半步。之后，他不可抑制地期待，有朝一日可以亲吻她。信写了三页长，他以此作结："一点钟了。我们生生世世都将重逢。"（据推测，他写完信后就马上开枪自杀了。）

　　……

　　一切准备就绪，将近一点钟，他对着自己右眼上方的额头开了枪。事后，人们没有找到子弹。当时，屋里没有人听到枪声，只有方济各会古阿迪安神父看到了火药的闪光，因为随后一切安静如旧，他便没有特别留意。……

　　看来他是坐在书桌前的靠背椅上自杀的,椅子的坐垫和扶手上血迹斑斑。之后,他从椅子上摔落,地上有大片的血污。他肯定在地上的血泊中打滚了,椅子周围和他背心的前面都是血。他似乎先是脸朝地躺着,然后挣扎着绕过椅子,爬到窗户边,最终精疲力竭仰面朝天躺在那里,留下大片血迹。(他身穿完整的套装:靴子、蓝色燕尾服,搭配黄色的背心。)

　　清晨6点钟,仆人来到主人房间里,打算叫他起床。灯已燃尽,屋里很黑,他模模糊糊看到耶路撒冷躺在地上,并触摸到一些湿湿的东西,猜想主人大概是呕吐了,直到他发现地上那把沾满血污的手枪,才知事有不妙,惊呼道:"上帝啊,我的先生,您做了什么?"仆人摇晃着耶路撒冷的身体,却没有得到回答,只听到他沉重的喘息声。仆人赶紧跑去叫医生,医生很快赶来,但已于事无补。海尔德博士告诉我,他赶到时,耶路撒冷躺在地上,脉搏还在跳动,然而没救了,他四肢已僵硬,因为头部伤势太重、脑浆迸裂。他在耶路撒冷的胳膊上划开一根血管放血,但纯属徒劳。⋯⋯

　　有关自杀事件的谣言很快传播开来,举城皆惊。我直到9点钟才听说这件事,并且马上想到了我的枪,我不知道自己当时有多么惊骇!我马上更衣,前往耶路撒冷处。他已被人抬到床上,额头也包扎起来了,脸色同死人一般,四肢纹丝不动,只有肺部还在翕动,他还在可怕地喘息着,时轻时重。人们期望着他的生命早些结束。

　　昨夜的酒他只喝了一杯。到处都是书籍和他自己写的文章。书桌上摊开着一本《爱米丽雅·迦洛蒂》;旁边是一份一指厚的四开本手稿,与哲学相关,第一部分或者叫第一封信已经拟好了标题:《论自由》,涉及受道德约束的自由。我翻了翻书稿,想看看是否有与他自杀相关的内容,但是并没有找到蛛丝马迹。因为我当时深受触动、极为震惊,竟然没有联想到摊开在桌上的《爱米丽雅·迦洛蒂》中的场景。

　　快 12 点的时候他咽气了。晚上 10 点 45 分(3/4 11 Uhr)他被安静地下葬在教堂墓地,陪伴他的只有为数不多的几个人和十二只灯笼(12 Lanternen)。理发店的伙计们抬着他的遗体,十字架走在前面,没有一个神职人员为他送葬。

　　足足一年之后,即 1774 年 1 月,歌德才打算将这一事件写成小说,首次下笔是 2 月份乘火车的时候。3 月初,歌德就已完成初稿了。5 月份,稿子到了出版商外甘特(Verleger Weygand)那里。毫无疑问,《青年维特的痛苦》是在几周之内创作完成的。歌德在其自述中曾思虑周密地提出心流和灵感的概念(die Topoi des Schaffensrausches und der Inspiration)。对此他还宣称,他是在没有任何框架、没做任何前期准备工作的情况下完成这部作品的。如果硬要说有(书面的)提纲,那不过是些很久前写下的草稿,依稀可辨对小说结尾处动机描写的不同段落:

　　它们经过了她的手,她拭去了上面的灰尘,我把它们吻了千万遍,因为你们被她触摸过。你啊,天上的神灵,坚定了我的决心。而她递给了我武器,我曾希望从她手中迎接死神,现在愿望终于成真了。我的童仆说,当她把枪递给他时她在颤抖。……阿尔贝特站在书桌前,头都没回地对妻子说:把枪给他,她站起身,他说:我祝他旅行愉快,她拿来枪支,小心翼翼地拭去灰尘,迟疑着,颤抖着……

　　在我面前的这个肉色蝴蝶结,是我第一次见到她时她戴在胸前的,她满怀深情地将它赠予我。这个蝴蝶结啊! 哎,当初我没想到,我会走到这一步。我求你,冷静些!

　　《维特》甫一出版便成了文学轰动事件，小说很快就俘获了大批读者。这种势头持续保持，歌德在世时就已重印过五十次，且经由法语（1775 年）、英语（1779 年）和意大利语（1781 年）翻译传播到欧洲各国。单从印刷量上来看，《维特》是歌德最成功的作品。这样的成功是歌德借助其创作灵感，将生活中真实的素材——耶路撒冷自杀事件——与自身的真情实感结合起来，成就了感人至深、影响深远的文学故事。歌德本人的文艺观在此起着重要作用：

　　"世界是那样广阔丰富，生活是那样丰富多彩，你不会缺乏做诗的动因。但是写出来的必须全是应景即兴的诗，也就是说，现实生活必须提供诗的机缘，有提供诗的材料。一个特殊具体的情景通过诗人的处理，就变成带有普遍性和诗意的东西。我的全部的诗都是应景即兴的诗，来自现实生活，从现实生活中获得坚实的基础。我一向瞧不起空中楼阁的诗。"①

1.3. 有关《维特》的箴言诗两首

　　早在 1775 年外甘特（Weygand）于莱比锡出版发行的"真实版本 2"（die "zweyte ächte Auflage"）中，歌德就曾在全书两章节的前面各写了四行诗作箴言，试图以此介入，调控读者对这本小说的接受。第一首四行诗为回应小说在受众中获得意料之外的成功，却又在字

---

① ［德］爱克曼：《歌德谈话录》，朱光潜译，华东师范大学出版社，2015 年，第 7 页（耶拿，1823 年 9 月 18 日，对青年诗人的忠告）。原文对应景即兴的诗（Gelegenheitsgedichte）作如下注：Gelegenheitsgedichte 照字面译是"应机缘而写的诗"，类似我国诗中的"即兴诗"，不过"即兴"侧重诗人的主观兴致，歌德则主要是从客观情境出发。姑译为"应景即兴的诗"，以求主客两面俱到。这一段话扼要地说明了歌德的现实主义文艺观点。

里行间流露出对改变维特的个人命运无计可施：

> 哪个少男不钟情，
> 哪个少女不怀春；
> 哦，那最神圣的欲望，
> 为何会让人如此悲伤？

第二首箴言诗则不加修饰地命令读者，直接与一个个的读者（特别是年少的读者）进行对话：

> 你为他哭泣，你爱他至深，亲爱的读者，
> 你要为他抹掉记忆中的辱羞；
> 看呐，他的灵魂在其深渊中向你招手：
> 要像个男人，切莫步入我的后尘。

类似的矛盾感情还特别体现在歌德面对《维特》评论者（*Werther*-Kritiker）时的反应上。对尼克莱（Nicolai）的戏仿之作——《青年维特的欢乐》（*Freuden des jungen Werthers*）歌德写过几首讽刺诗，其中有的公开发表了，有的没有发表，而是后来任其在魏玛的圈子（im Weimarer Kreis）里传播。

1.4. 对《维特》的模仿之作

《维特》一经出版，对它的模仿之作（Wertheriade）便随之出现，各种文学形式应有尽有，包括小说、戏剧、歌剧、电影等，其中有的是借助故事本身、故事背景、小说题材等对原著进行模仿的作品，有的是对原著调侃、嘲讽、批判、戏拟的讽刺滑稽作品，或曰戏仿之作

(Parodie)。这部小说甚至丰富了画家、版画家等艺术家们的想象力，由此先后产生一批艺术作品。笔者将《维特》作品搜集整理，供对《维特》及其模仿之作有更多兴趣的读者、研究者参考，按年份排列如下：

1775：Christoph Friedrich Nicolai，*Freuden des jungen Werthers*；
　　　August Friedrich von Goué，*Masuren oder der junge Werther. Ein Trauerspiel aus dem Illyrischen*；
　　　Carl Ernst von Reitzenstein，*Lotte bei Werthers Grabe*；
　　　Jakob Michael Jakob Michael，*Briefe über die Moralität der Leiden des jungen Werthers*，entstanden 1774/75.

1776：Ernst August Anton von Göchhausen，*Das Werther-Fieber, ein unvollendetes Familienstück*；
　　　Jakob Michael Jakob Michael，*Der Waldbruder, ein Pendant zu Werthers Leiden*（Fragment eines Briefromans）；
　　　Johann Martin Miller，*Siegwart, eine Klostergeschichte*.

1780：Herbert Croft，*Love and Madness, a Story too true, in a series of letters between Parties whose names could perhaps be mentioned were they less known or less lamented*.

1811：Heinrich von Kleist，*Der Neue（glücklichere）Werther*.

1818：Achim von Arnim，*Die zerbrochene Postkutsche*. Text zu einer komischen Operette.

1847：Johann Nestroy，*Werthers Leiden und seine verlorengegangene Lotte*.

1892：Jules Massenet，*Werther*（Oper）.

1910：André Calmettes，*Werther*（Verfilmung）.

1912：Arnold Mendelssohn, *Drei Madrigale nach Worten des jungen Werthers* (Madrigale für gemischten Chor).

1913：Hans Carossa, *Doktor Bürgers Ende. Letzte Blätter eines Tagebuchs*;

　　　Reinhard Goering, *Jung Schuk*.

1929：Joseph Goebbels, *Michael – ein deutsches Schicksal*.

1938：Max Ophüls, *Werther* (Verfilmung).

1939：Thomas Mann, *Lotte in Weimar*.

1949：Karl Heinz Stroux, *Begegnung mit Werther* (Verfilmung).

1951：Jerome D. Salinger, *Der Fänger im Roggen*.

1972：Ulrich Plenzdorf, *Die neuen Leiden des jungen W.*.

1977：Egon Günther, *Die Leiden des jungen Werther* (Verfilmung).

2003：Dana Bönisch, *Rocktage*.

2012：Maximilian Hecker, *The Rise and Fall of Maximilian Hecker*.

《亲和力》评注

作品生成史

　　歌德在 1808 年 4 月 11 日的《日记》中第一次提到《亲和力》："给 973
短篇小故事写提纲,特别是《亲和力》和《五十岁的男人》。"这儿谈到
的计划还只是一些短小的故事,歌德要把它们插入到他的《维廉·迈
斯特的漫游年代》。但《亲和力》却很顺利地扩展成一部长篇小说的
规模。1808 年 5 月 1 日歌德写下了这样的字句,他"向宫廷参议迈尔
讲述了《亲和力》的第一部"。5 月中他抵达他每年都要前往的卡尔
斯巴德浴场;6 月初他开始口授,到 7 月 25 日完成这部长篇小说的第
一稿,共有十八章。歌德亲自加了小注,他向玛丽安·封·埃本贝格
朗诵了这部长篇,直至"奥获莉致朋友的信",从这个注释可以猜测
到,在这第一次稿中业已规划好的情节的发展进程。但在此后的一
段时间,由于个人的事情和政治局势的动荡,《亲和力》的写作陷入停
顿。歌德在 1809 年 1 月 16 日致埃本贝格的信中无奈地写道:"从那
以后几乎是一事无成。"直到 1809 年 4 月中歌德才又重新拾起手稿。
战争和法国军队的占领,歌德已不可能前往波希尼亚旅行,于是他转
去耶拿。在那儿他 5 月 26 日的日记出人意料地表明,《亲和力》的作
者开始写第三部了。素材如何分配,歌德在什么时候最终决定把这
部长篇分为两部,还无从猜测。1809 年 7 月 28 日他在写给妻子的信 974
中称,小说的第一批印张在印刷厂里。随后几个星期他的工作在继
续,而与此同时在对他的手稿和第一批印好的书稿进行修改。9 月
20 日第一部已印毕,在 10 月 9 日歌德收到了完整的样书。他也在
此之前写了一份广告词,1809 年 9 月 4 日发表在《知识阶层晨报》
全文如下:

简讯

　　我们获得一部作品的第一手消息,它将在米夏埃利斯一交易会
出售,由科塔出版社出版:

《亲和力》
一部长篇小说
歌德著
分上下两部

　　这表明，作者持续的物理学研究促使他选用了这样一个奇怪的标题。他注意到了，在自然科学中，人们十分频繁地使用伦理学上的譬喻，以此把那远离人类知识范围的东西拉得更近一些；这样他也想把一个伦理上的事件用一个化学上的譬喻词带回到它世界精神源头上去。更在意的是，毕竟一切都仅是一种本性而已，就是在穿越愉悦的理性自由的王国也会不停地留下阴郁的激情的必然性之踪迹，而这种必然性只有借助一只更高的手，或许在这种生活中，才能完全消逝。

歌德谈《亲和力》

歌德,1808 年 6 月 1 日,日记：

> 口授《亲和力》的前两章。······
> 晚间在家,《亲和力》的框架。

歌德致约翰·弗里德里希·科塔,1808 年 7 月 26 日：

> 为了完成一部长篇小说,我这次利用了我的闲暇和我的幽默感,这部长篇有可能是一两部篇幅不长的集子。这期间它是我优先要做的,我希望将来有好的结果。长篇小说就是一种令人愉悦被广泛理解的,也使作家感到惬意的体裁,这种形式我对它有着极大的乐趣,远比我此前所说的要多得多。

弗里德里希·威廉·里默尔,1808 年 8 月 28 日,日记：

> 歌德生日,与他谈最新的长篇小说,特别是谈及他的那一部。
> 他谈到,他的新长篇小说《亲和力》的主题是：象征地、冷静地去表现社会关系及其冲突。

歌德致卡尔·弗里德里希·封·莱因哈特,1809 年 2 月 21 日：

> 因为你对待我可爱的奥蒂莉是如此真诚、善意和友好,也公正地对待爱德华——爱德华这个人物我觉得至少是异常珍贵的,因为他无条件地去爱,这样你肯定能从这部长篇的第二部分的基本色调找得到同样多的基本色彩,与之持平,第一部已经赢得了你的好感。

歌德致卡尔·弗里德里希·策尔特,1809 年 6 月 1 日:

前往卡尔斯巴特一事尚不在考虑之列;我现在耶拿,在这儿我试图去写完一部长篇小说。去年我在波希米亚山区构思并已经开始落笔。或许我就在这一年付梓,我现在非常急迫,因为这是我与我的外界朋友们的又一次完整地进行对话。我希望你能从中发现我的基本方式和老的方法。我在里面放进去许多东西,或许这些公开的秘密会给你带来快乐。

歌德致夏洛特·封·施泰因,1809 年 6 月 6 日:

一些困难我都已克服了,在这十四天里我既不左顾又不右盼;这次奇妙的运作是藏而不露。当然这属于最后一次的契合,我不想把它称之为最后一次的精心之作,更不想称之为巨大的内心的和谐,如这样这部作品就会是和谐的了。

歌德致弗里德里希·威廉·里默尔,1809 年 7 月 24 日:

在自然科学里(例如《亲和力》,这是伟大的贝格曼所发现和所运用的)道德的象征是极为机智的,更易与诗歌,甚至与社会结合,胜于所有其他,这些甚至是数学,人类学也是,只是区别在于,那一些属于情感,而这一些属于理智。

980　歌德致约翰·弗里德里希·科塔,1809 年 8 月 22 日:

我最宝贵的博士先生,我怀着一些满意之情向你告知,长篇小说的第一部分大概在 8 月就会交付给报界了,如果一切能如此前至今顺利的话,那第二部在米迦勒节①就能完成。因此我现在寄给你一份小型广告,我希望在《晨报》上刊出。为进一步推广起见,或许它被知识阶层的刊物《汇报》刊登出来;这同时我恳求,不要让这部作品的任何段落印制出来。因为工作在交叉地进行,我不希望脱节,甚至那些在第二部中有些看来已经完成了的也是如此。

歌德致卡尔·弗里德里希·封·策尔特,1809 年 8 月 26 日:

在你也遇到我的新长篇小说时,你会对它友好的。我坚信,那幅透明的和不透明的面纱不会妨碍你窥视到原本是被意向了的形象。

歌德致贝蒂娜·布伦塔诺,1809 年 9 月 10 日:

我现在耶拿,面对那些吵吵嚷嚷的亲朋好友,我真不知道我该选择哪些。我现在的情况就只有这些。

如果有人们告诉你我的那本小书,并且你已经到手的话,那请对它友好些。我自己拿不准,它会变成什么样子。

歌德致弗里德里希·莱因哈特,1809 年 9 月 13 日:

我在这儿停留还有七周都多了,我觉得自己就像那些怀孕的女

---

① 米迦勒节,系纪念天使米迦勒的节日,西方教会定在 9 月 29 日,东正教定在 11 月 8 日。米迦勒节是基督教和伊斯兰教的天使长之一,在《圣经》中称米迦勒,在《古兰经》中称米卡依来。

人一样,没有任何其他愿望,只要孩子能生下来就好,其他的随便好了。这次分娩大约在 10 月中旬,届时我就会交付给你的。

981　　歌德致克里斯蒂安·封·歌德,1809 年 9 月 15 日:

我将寄给你一本小书,但只有在下列条件下方可:
1. 读时关起房门。
2. 不要任何人得知你读过这本书。
3. 我在下星期三会再次得到此书。
4. 在这同时你给我写点什么,就是你私下阅读时发生的情况。

歌德致约翰·弗里德里希·科塔,1809 年 10 月 1 日:

长篇小说的清样不久你就会收到,我希望这两小卷首先是给你,随后给读者带来快乐。有些东西是放进去的,如我所希望,它们要求读者去进行一再地观察。……

歌德致卡尔·路德维希·封·克内伯尔,1809 年 10 月 21 日:

我的小说的第二部分就不寄给你了,你会对我进行远比第一部分还要厉害的斥骂。如果从其他方面得到此书的话,那我是无辜的了。可怜的作家必须忍受那么多的痛苦,事情的发生恰恰是他们本人送出的样书给他们带来很大的苦恼。

歌德致约翰·弗里德里希·罗赫利茨,1809 年 11 月 15 日:

美和善的朋友们对这部作品说句安慰的话,那这是合乎情理的,它至少是暗示出这是一种持续的正直的努力,在某种意义上它使我付出了代价。真的,当我考虑到这部作品完成时所处的境遇时,我觉得这是一个奇迹,它竟然都写在纸上。

自从它印制出来,我没有从头到尾读过,这样一种考验,我习惯是推到以后才做。一部印好的作品就像是墙上的一幅干燥的湿壁画,对它没有什么更多可做的了。就我在思想上还游移不定的,和借助你的意见我能忆起的,我可能再加上几条阴影线,这是为了联结和谐的缘故。但因为这不可行,我就以此来安慰自己:普通的读者发现不了类似的缺点,而有艺术教养的人,他在提出要求时,就能自己去补全和完成这部作品。

982

歌德致玛丽安·封·埃本贝格,1809 年 12 月 21 日:

我现在很勤奋,致力于用我的《亲和力》与我的同乡变得亲近,可我真的不知道,他们怎么对待此事。

歌德致卡尔·弗里德里希·封·莱因哈特,1809 年 12 月 31 日:

读者,特别是德国的读者是一种示范性的愚蠢的漫画,它真的自以是一种形式的主管当局,由市政府所任命,在生活和在阅读上能对那些或这些它不喜欢的东西做出裁决。对此进行抗拒的,除了一种沉默的坚持别无其他。我对这部长篇小说的影响感到高兴,这种影响将在一两年间,对某些人再次阅读时会起作用的。如果不去关注这本小书引发起的某些责难和喊叫声,而是把它当作是想象力面前的一种不可改变的事实的话,如果人们看到,无论意愿或厌恶都无法改变的话,那就勉为其难最终把这个故事看作是一个尚可理解的孩子,就像历史上几年后人们让一个老国王被处决和一个新国王的加冕一样。创作出来的和已发生的都坚持自己的权利。

983　苏尔比茨·博伊塞雷与歌德谈话,1815 年 10 月 5 日:

　　半路上我们谈起《亲和力》。他强调,他是迅速地和不停地招来灾难的。星星都已升起;他谈到他与奥狄莉的关系,他是如何地爱她,她是如何使他陷入不幸。到最后在他的谈话里变得几乎是谜一般地惩罚性的了。

歌德致斯坦尼斯劳斯·曹佩尔,1821 年 9 月 7 日:

　　读者从来就不会理解,真正的诗人,作为伪装起来的赎罪神父,致力于去证明这样的后果:事业的堕落性和思想的危险性。可去发现这一点,那需要一种远比通常期待的更高级的文化。谁没有做他自己的赎罪神父,那他就不能听取这类赎罪说教。
　　这部展开来的小书,其文字十分简单,它表达的是基督的语言:谁看一个女人,谁就去追求她。我不知道,是否有某人在某地在这种释义上重新认识她。

歌德,《四季笔记(1809 年卷)》,1822 年 12 月或 1823 年 1 月:

　　现在谈诗艺创作,我在 5 月底创作《亲和力》,我很早就在进行第一次构思了,从那以后就一直在进行思考。没有人不会在这部长篇小说中看到一道深深的激情的伤口,怯于去把它愈合,一颗心害怕把它康复。早在几年之前主要的思想已确定下来,只是写的时候铺展开来,规模一再地扩大,已经要超越这种艺术种类了。到最后终于做了这么多的前期工作之后做出了决定,开始去付印,去掉一些疑虑,一种是把握住,另一种是固定下来。

歌德与约翰·彼得·埃克曼谈话,1827 年 1 月 27 日:

　　尽管佐尔格承认,《亲和力》中的事实源出之所有人物的天性,但他还是责备爱德华这个人物。

　　"我不能责怪他,"歌德说,"他不喜欢爱德华,我本人也不喜欢他,但是为了说出事实,我必须这样去表现他,此外他在多方面是真实的,因为在上层社会中有不少这样的人,在他们身上一样,都会出现这种执迷顽固的性格。"

984

歌德与约翰·彼得·埃克曼谈话,1827 年 5 月 6 日:

　　我有意谈到她,在表现一种自始至终的观念的唯一一部大型作品,那大概就是《亲和力》了。这部作品因此而便于理解;但我不是想说,它会因此而变得更好些! 其实我的意见是:**一部诗作越是莫测高深,凭理智越是无法理解,就越好**。

简论《亲和力》——代译后记

　　歌德一生写了三部长篇小说，一部是他在狂飙突进时代，仅用四周就完成了的《青年维特的痛苦》（1774 年），一部是他 1796 年和 1829 年先后完成的《维廉·迈斯特的学习年代》和《维廉·迈斯特的漫游时代》，第三部则是这部《亲和力》。

　　《亲和力》这个标题是令人感到奇怪的，它是 1775 年瑞典化学家托本·柏格曼（Torben Bergmann）一本化学著作的名字，1782 年由德国人海因·塔博尔（Hein Tabor）译成德文为：Wahlverwandtschaften。按德文的字面上意思是选择性的亲缘关系，化学上的术语是亲和力。歌德对亲和力这个术语是熟知的，他在解剖学和颜色学的著作就曾经用过这个化学术语，但这次他却用这个术语作为他这部小说的标题。为什么呢？他在 1809 年收到《亲和力》完整样书，他在此前为书的发行写了一份广告词，发表在 1809 年 9 月 4 日的《知识阶层晨报》，其中道出了他采用这个标题的初衷："作者持续的物理学研究促使他选用了这样一个奇怪的标题。他注意到了，在自然科学中，人们十分频繁地使用伦理学上的譬喻，以此把那些远离人类知识范围的东西拉得更近一些；这样他也想把一个伦理上的事件用一个化学上的譬喻词带回到它的精神世界源头上去。更在意的是，毕竟一切都仅是一种本性（Natur）而已……"这表明，他要借助一种化学上的譬喻来表达他这本小说的伦理学的内容。也正如他在与里默尔的一次谈话中所阐明的："象征地、冷静地去表现社会关系及其冲突。"

　　歌德的每一首诗，每一部戏剧，每一部小说，都有着自身的影子，是他精神的一种折射，情感的一种外化，都是他的"巨幅自白的片断"。德国哲学家和文学史家狄尔泰（Dilthey）在《体验与诗》一书中多次指出："歌德独有的禀赋是，把他个人的经历在其完整的内涵中

表达出来。"①在另一处他径直下了这样的断语："直到 1796 年完成
《维廉·迈斯特的学习年代》完稿为止，他的所有文学作品都产生于
他的个人经历。"②从歌德的萨森海姆时代的诗歌、《青年维特的痛
苦》、戏剧《克拉维戈》《塔索》《潘多拉》《罗马哀歌》《激情三步曲》（即
三首诗歌：《致马林巴德哀歌》《致维特》和《和解》）等，自然也包括这
部《亲和力》在内，都是如他本人所说：是他的"巨幅自白片断"，"我
的生活碎片"，"我的生活的痕迹"。③

　　《亲和力》折射出歌德怎样的一段感情经历呢？ 1807 年，歌德在
耶拿再次见到了业已十八岁的美丽少女米娜·赫茨利布。还在她八
岁时，他就已经认识她，她是耶拿出版家弗罗曼的养女。歌德十分喜
欢这个出落得娇媚、典雅的美少女；在她八岁时，他曾像父亲一样疼
爱她，而现在一度有过的父女情谊却不可遏制地发展成一种爱情。
他在那时写给她的几首十四行诗就倾诉了他对她的爱恋，在其中的
一首题为《成长》中写道：

　　　　你还是个可爱的小孩，跟我一块
　　　　春天早晨跳跃着走向草场和园圃。
　　　　对这样一个小女儿，我要父亲般照顾，
　　　　为她建造个幸福的住宅！

　　　　当你对世界略知梗概，你的乐趣就是家务。

---

① ［德］狄尔泰：《体验与诗》，胡其鼎译，生活·读书·新知三联书店，2003 年
　版，第 196 页。
② 同上书，第 200 页。
③ 歌德致策尔特（Zelter）1815 年 1 月 23 日信。可参见法兰克福版
　（Frankfurter Ausgabe）《歌德全集》，第 34 卷，第 400 页。

有这样一个姊妹，我感到安舒。
我会信赖她，像她把我信赖。

而今什么也止不住美丽的成长；
我心中感到汹涌的热恋。
我可去拥抱她，使痛苦稍歇？
……①

　　但歌德的这种热恋是注定激不出火花的；从歌德方面而言，他也年近花甲，就在此前一年1806年10月与已经同居十八年之久的武尔皮乌斯正式结婚；他的理智，他的道德感、责任感，遏止住了激情的冲击。而另一方面，美貌贤淑端庄的米娜·赫茨利布对歌德有的只是对父亲般的爱慕和对著名诗人的敬仰，对这位"亲爱的老先生"没有流露出任何爱的表示。此后，除了她在致一位闺密的信中谈及了歌德，就再没有留下涉及歌德的言辞了。② 但歌德则不然。"汹涌的热恋"波浪停息之后不能不留下涟漪，激情平复之后不能不留下痕迹。对于常人来说，这些涟漪、痕迹只不过残存在记忆里，但对歌德这样伟大的诗人来说，他留给后世，不仅是几首十四行诗，而且还是

① 引自[德]歌德：《成长》，绿原译，《漫游者的夜歌》，冯至等译，上海三联书店，2015年版，第198页。
② 米娜·赫茨利布曾在一封信中写道："他（指歌德）总是那样神采奕奕和乐于交际，使一个人感到无法形容的愉悦，但在他近旁也会变得痛苦。……，有些晚间我在思考，我在这个晚上又从他嘴里说出多少金子般的词句，我在想，这个人能是怎样的人，……我的泪水夺眶而出，我只能以此来安慰自己，不是所有的人都生在一个平台阶上的，而每个人只能听任命运摆布……"。转引自泽勒（Astrid Seele）：《歌德身边的女人》，柏林，2006年版，第116页。

有他称之他最好的作品的《亲和力》①。歌德在他 1809 年的《四季笔记》中在谈及《亲和力》不无悲怆之情地写道："《潘多拉》和《亲和力》一样，表达了匮乏的痛苦之情。"他还曾进一步透露了他的心曲："没有人会在这部长篇小说中会看不到一道深深的激情的伤口，这伤口害怕愈合，这颗心畏惧康复。"②

　　然而，生活、经历、材料并非就能造就出一个伟大的作家，并非就能创作出一部伟大的作品。一位卓越的作家必须能超越自身，摆脱直观，他才能真正地把握现实，驾驭生活。席勒有一段话谈得精辟："有两点是属于艺术家的：他超越现实，他停留在感官世界之内。这两者结合之处就是审美艺术。"（1794 年 9 月 14 日致歌德信）歌德的伟大就在于他清醒地、有意识地把这两点融合在一起，既不把自己拘禁于感官世界之内，也不用想象去代替真实，去代替经历。这句话的前半句说的是作者感情的真实，经历的真实而后半句说明了作者对直观的提升，对生活的提炼。歌德赋予这部作品的更多的自身经历之外的内涵。有的批评家称它是成熟的、成长起来的《青年维特的痛苦》。比起《青年维特的痛苦》，这部《亲和力》的容量更大了，立意更高了，发掘得更深了。如果说《青年维特的痛苦》一书更多的是激起人们情感的共鸣，那么《亲和力》更多的是激起人们理智上的思考。读者能为维特的遭际一洒同情之泪，而《亲和力》主人公爱德华和奥狄莉的爱情悲剧却把读者逼上一条反思之路。

---

① 德国作家亨利希·劳伯（Heinrich Laube）1820 年的一篇日记叙述这样一件趣事："一位夫人向歌德读起《亲和力》时表示，我完全不赞同这本书，歌德先生；它确实是不道德的，我对书中的任何一个女人都没有好感。……歌德十分严肃地沉默片刻，最后深情地说道：'我感到遗憾，它是我写得最好的书。'"可参见法兰克福版《歌德全集》，第 33 卷，第 729 页。
② 可参见法兰克福版《歌德全集》，第 17 卷，第 226 页。

　　这部小说的情节并不复杂：一对青年时代的恋人奥托·爱德华和夏洛特为家庭和环境所逼,分别与自己不爱的人结婚。中年时他们各自的配偶亡故,俩人的夙愿得遂,终成眷属。夫妻二人隐居一座偏僻的庄园,过着一种平静近似冷寂、安宁近似乏味的生活。出于友谊和亲情,爱德华将自己的好友,一个上尉,夏洛特将自己寄宿学校生活和学习的外甥女奥狄莉,请到庄园。随着这一男一女两位客人的进入,原来安定的生活起了变化,一个一直稳定的结合体在亲和力的作用下开始解体了,显现出十字交叉的现象,出现新的结合。爱德华越来越热烈地爱上了奥狄莉,而上尉和夏洛特之间也相互产生了爱情。上尉克制自己的感情,毅然决然离去；但爱德华和奥狄莉却越陷越深,不能自己。爱德华向夏洛特提出离婚的请求。时夏洛特怀孕在身,她认为这是联结她和丈夫的一条新的纽带,不同意丈夫请求。爱德华于是离家出走,去参加当时爆发的一场战争,想以生命的毁灭来解脱心灵的痛苦。夏洛特生了一个男孩,这个孩子的生命孕育于爱德华热恋奥狄莉、夏洛特倾心于上尉之时。书中有这样一个情节：在他们夫妻做爱时,都把对方想象为自己所爱的人,因此孩子的脸部酷似上尉,而眼睛却与奥狄莉一样。用爱德华的话来说,孩子是双重通奸的产物。爱德华活过了战争,返回家园,他认为这是一种天意,决心离婚。他对奥狄莉的爱更加热烈。奥狄莉对爱德华的爱也更加痴心。为了达到目的,他焦急地把上尉(此时已擢升为少校)请来,要使各方如愿以偿。夏洛特为了爱德华的幸福,同意离婚,但不同意他对自己的安排。这时奥狄莉由于激动,精神恍惚,在护理孩子时不慎失手,孩子掉入湖中溺毙。她深感罪愆之大,认为这是上帝对自己的滑出轨道的惩罚,决心舍弃爱情。夏洛特看到孩子已死,认为纽带已断,不惜同上尉结婚,以成全她所爱的爱德华与她怜惜的奥狄莉。但奥狄莉由于内心的负罪感,外界的刺激,决心以死赎罪,绝食而亡；而爱德华几天以后亦殉情死去。夏洛特把他俩葬在一起。"倘若有朝一日他俩再度苏醒过来，那该是一个怎样欢乐的时刻啊。"小说就在这样一句话中结束。歌德在完成这部小说不久，在1809年12月与里默尔的一次谈话中，他强调指出："情欲必须成为主宰者，但它通过道德的本性受到惩罚，而本性本身通过死亡才能得到自由。"①歌德的这句话为小说的结尾做了形象化的诠释。

歌德在另一次与里默尔谈及《亲和力》这部小说时说道："象征地、冷静地去表现社会关系及其冲突"。他要求读者在阅读时要不断地重复地进行观察②，因为他在小说里"放进去许多东西，有些是隐藏在里面的"，小说中有一层是"透明的和不透明的面纱"。③《亲和力》是一个爱情悲剧，一个社会性的、伦理的悲剧，展示出人的本性力量与传统的道德观念之间的一种悲剧性较量。作者运用象征、寓意和对比的表现手法隐晦曲折地表达出自己的意图。

《亲和力》反映出的是世纪交替时代的德国。法国大革命的爆发，德意志神圣罗马帝国的解体，这一系列的重大历史事件必然给时代以推动，给社会带来变化，给人们的思想情感打下印记。书中贵族出身的爱德华和夏洛特从精神到身体，破除了旧式容克贵族和宗教加予他们身上的束缚，成为新兴阶级的一代人。他们承袭下来的庄园在被他们进行改造革新。上尉、爱德华和夏洛特实行一系列对庄园的测量、规划，改造道路，引进和利用先进技术，整理环境，建造湖堤，延聘外科医生，甚至是对乞丐进行管理等。这座陈旧老式的庄园

① 可参见汉堡版（Hamburger Ausgabe）《歌德选集》，第6卷，第640页。
② 参见歌德1809年10月1日致科塔（Cotta）的信。可参见汉堡版《歌德选集》，第6卷，第639页。
③ 见歌德1809年6月1日致策尔特（Zelter）的信，1809年8月26日致策尔特的信。可参见汉堡版《歌德选集》，第6卷，第638—639页。

正在变成一个新兴的,富有生机勃勃的宜居宜留之地。一切都理性化了,秩序化了。这种新的变化是由新人所激发、所领导和所进行的,它呈现的是人与自然和环境所进行的较量。而重要的,也是作品的核心所在,是新人的思想感情的变化和变化的思想感情与传统秩序和道德的冲突和博弈。人的本性如果得不到满足或是升华,那么在任何时代,与现存的秩序和既定的道德规范都会处于一种对立的状态,而在时代发生急剧变革时,这种对立就尤为尖锐、强烈。《亲和力》中的这种冲突,有着时代的深深的烙印,受变革中的社会影响所制约。人的本性的一种最为强势的外化表现便是爱的激情,它与因袭的旧有婚姻制度和伦理道德产生剧烈的对抗。主人公爱德华青年时代屈服于秩序和传统的束缚,被迫牺牲了自己的爱情,事隔十余年他终于与所爱的夏洛特结婚了。这种婚姻对爱德华说来,与其说是爱情,毋宁是对自己曾一度屈服制度的一种复仇,是对自己青年时代愿望的一种补偿。这次婚姻与其说是幸福,更多地是对自己的一种抚慰,一种激情逝去的平静。这种心态,一旦受到外界的刺激,就必然引起变化,原有的平衡便遭到破坏,于是出现了一种"亲和力"。因此,上尉和奥狄莉的到来所引起的变故就十分自然了。原有的统一物分解,形成了新的组合,新的结合体。爱德华爱上了奥狄莉,他的思想和情感业已资产阶级化了,他不再恪守青年时代加于他身上的陈规陋习和传统的伦理,他的目光是向前而不是回顾。他对少校说:"若是有谁到了一定年纪还要实现他从前青年时代的心愿和希望,那他就是在永远欺骗自己。因为人的每一个十年都有他特有的幸福,他特有的希望和前途。"(第二部,第十二章)原有的激情失去动力和营养,很快就萎缩、消亡,为新的激情所取代。因此,当上尉和奥狄莉来到庄园后,不仅爱德华热烈地爱上了奥狄莉,夏洛特和上尉之间也产生了爱慕之情。在这个交叉的爱情中,上尉和夏洛特克制了情感的冲击,理智占了上风,他们能够断念,重新获得了自由。而爱德华则截然不同,他的心,他的灵魂,他整个存在都被对奥狄莉的爱所左右,甚至达到迷信的歧路(如刻有他俩名字的第一个字母的玻璃杯),他敢于理直气壮地向传统道德和宗教的权威发出挑战,甚至不惜到战场上寻求死亡,以此来解脱自己,来进行抗议。奥狄莉是一个内向型的美丽少女,她对爱德华之爱表现得不是外露、恣意,但却更执着,更深沉,更不由自主,像一个梦中游人一样,滑出了正常轨道,被本性的力量所主宰。毋需去思想,去意念,她所做的一切都是为了爱德华。伦理道德和宗教习俗只能使她本性力量被遏制,却无法使它灭绝。当夏洛特生下一个孩子时,奥狄莉的爱的激情曾一度平息下来:"她的爱情,为了使之圆满,必须完全是无私的。……她祝愿她的朋友幸福,她相信她有能力舍弃他。"(第二部,第九章)当孩子因自己的过失,而落湖溺亡时,她对愿意与爱德华离婚而成全他们的爱情的夏洛特斩钉截铁地说:"当我知道你同意离婚之时,就是我在同一个湖里为我的过失和我的罪恶赎罪之日。"(第二部,第十四章)她在致朋友们的信中写道:"我决心是纯正的,就是要斩断对爱德华的痴念,远离开他。"她经过深思熟虑做出誓言:"不要逼我说话,不要逼我进更多的饮食。"(第二部,第十七章)

　　庄园的生活,似乎又恢复了常态,虽然爱德华和奥狄莉相互间的爱情受到了压抑,但两人心心相印,心有灵犀的情景却无时无地地流露出来:"他俩同住在一个屋顶之下,甚至无须想到,即使各做各的事情,被其他人拉来扯去,他俩也会相互靠近。如果他俩同在一个客厅里,那不要很长时间,他俩便会相对而立,并肩而坐。只有这种亲切的接触能使他俩得到安慰,完完全全的安慰。……无须眼浓顾盼,无须言语表情,无须接触抚摸,只要一种纯洁的相处。他们不是两个人,他们是一个人……对他们说来,生活是一个谜,他俩只有在一起时才能把它解开。"(第二部,第十七章)理性压抑下的爱的激情,本性的无法遏制的顽强的外化,这种紧张的矛盾心态,一旦受到外界的强烈刺激,必然是悲剧性的结局。然而当那位从前的神职人员,现在专事排解工作的米德勒来府上亲自劝说爱德华和奥狄莉时,他讲起了十诫,在谈到第六诫的"你不应当奸淫"时,他说:"你应当敬畏婚姻,当你看到一对夫妇相爱时,你应当为此喜悦……若是在他们婚姻的关系中出现了某些阴云的话,你要设法使它变得明朗,你应当设法去缓解和劝慰……用高尚的、毫不利己的热情,去促进他人的幸福……"(第二部,第十八章)一听到这些言词,奥狄莉的精神崩溃了,她原本脆弱的生命受到了最后的致命一击,只有死亡才能让她解脱,这是本性在强大的秩序和宗教的力量下的一种悲剧性的毁灭。

在《亲和力》中,爱的激情所冲击的,或者说扼杀爱的激情的,是受现存秩序所维护、受宗教所保护的婚姻制度。这是一个什么样的制度呢? 书中的米德勒曾激昂慷慨、洋洋洒洒地发表了一通议论:"婚姻是所有文明的肇始和顶峰……它是不可解除的,因为它带来那么多的幸福,使一切个别的不幸都更变得微不足道。人们谈论的不幸是什么呢? 它是一种不时侵袭人的不耐和焦躁,可却偏说是不幸。当这短暂的时刻一成为过去,那人们就会为这样一种长久的婚姻关系还依然存在而快乐地额手称庆。夫妇离异是绝没有充足的理由可言的。人的状况被置于如此极度的痛苦和高度的快乐之中,这使夫妇之间谁亏欠谁根本就不值一提。一笔无尽的债务,也只有通过永恒才能偿还。"(第一部,第九章)很显然,这种婚姻的基础不是爱情,它的目的不是幸福,而是一种沉重的义务。就是这种鄙夷幸福、蔑视爱情、扼杀人性的陈腐之论,即使在新阶级兴起时期仍有着不可忽视的统治力量。

在新旧时代交替时间,这种违反自然、有悖人性的婚姻观受到了强烈冲击。19世纪初在德国，文学作品中婚姻几乎成为重要的题材。在此时崛起的浪漫作家的笔下，对传统道德的否定，对婚姻制度的批判，对感官快乐的追求，都成为重要的主题。弗·施莱格尔(F. Schlegel)的《卢琴德》、他妻子多萝西娅(Dorothea)的《弗洛伦婷》、蒂克(Tieck)的《威廉·洛威尔》、布伦塔诺的(Brentano)的《戈德威，或母亲的不像》等莫不如是。这些作品也无一例外，虽都受到保守派的攻击，但也得到思想激进人士的赞扬。浪漫派的新教神学家卓有名声的施莱尔马赫(Schleiermacher)在为弗·施莱格尔的《卢琴德》辩护的文章《关于〈卢琴德的书信〉》(1800)中写道："人身上的一切精神不都是从一种本能的、模糊不清的内在冲动开始的吗？不都是逐渐通过自发行为和习惯发展成一种明确的意识，一种自身圆满的行吗？……那么，为什么爱情要不同于其他一切呢？难道作为人生最高性能的爱情，经过第一次最轻微的感情尝试，就能达到圆满的成功吗？……同一定对象发生的关系只能是偶然的，最初常常只是一种幻想，而且永远是一阵过眼烟云，正像当时的感情一样倏忽短暂，它不久就让位于另一种更明确更深的情感了……按照事物的本性来说，情况也一定是这样，在爱情上既想保持忠实又想建立永久性的关系，乃是一种危险而又空的幻想。"在另一篇文章中，这位哲学家提出了这样的观点："如果让三四对夫妇聚在一起，并且允许互换配偶，那么真正的好姻缘就会出现。"①这在当时，甚至在今天，都可说是惊世骇俗之谈。然而我们不能把它看成是一种淫乱观点，施莱尔马赫是以人的本性为出发点，从理性的角度对现行受到宗教保护的婚姻制度提出诘难的。为了从更大范围了解当时欧洲文艺主潮的浪

① 转引自勃兰兑斯：《十九世纪文学主流》，人民文学出版社，1988年版，第二卷，第95—96、79页。

漫派对待婚姻的态度。我们不妨以法国浪漫派作家乔治·桑和英国浪漫派诗人雪莱为例。乔治·桑在她早期的小说《雅克》(1834)中通过主人公说:"婚姻是古往今来最可憎的制度之一。我不怀疑,如果人类在正义和理性的轨道上前进一步的话,这个制度就会被废除,那时将代之一种更合乎人性的,其神圣性由此而少见结合。"①主人公雅克为了不妨碍自己妻子与另一个男人的爱情而自杀,指责那种合法而没有爱情的婚姻"比猪猡的恋爱还要低劣,还要粗野"②。

　　粗略地了解浪漫主义对婚姻、爱情、性爱所持的观点,将有助于我们理解歌德的这部作品。在《亲和力》中歌德处理的是与浪漫派作家同样的题材。他对传统的受宗教维护的婚姻制度虽然不像浪漫派那样激烈地加以抨击,彻底地予以否定,但也持严厉的批判态度。他在 1830 年 4 月 7 日与米勒(Friedrich von Müller)的一次谈话中说道:"尽管婚姻是非自然的,它的神圣概念是基督教一项这样的文化成就和有着不可估量的价值。"③这句话中的非自然这个词,歌德用的是 unnatürlich,是由 Natur 所衍生的形容词,有不人性的、不自然的、不正当的意义。在这个引文表明尽管他尊重婚姻制度,但是他认为它是不自然的。《亲和力》的作者,对婚姻制度的激烈维护者米德勒的发表的高谈阔论并没有表示赞许,也没有表现鄙夷,只是冷静地旁观;同样他对书中的另一个人物伯爵,一个与米德勒的婚姻观截然相反的人物——他追求情爱的自由,与一个有夫之妇公开地厮守一起——公然宣扬婚姻应以五年为期,人一生可结婚三次的言论,无论是其人之放荡不羁,还是其言词之惊世骇俗,作者都没表现出厌恶或

① 转引自《十九世纪文学主流》第二卷,第 100 页。
② 柳鸣九等:《法国文学史》(中),人民文学出版社,2007 年版,第 366 页。
③ 引自多贝尔(Richard Dobel):《歌德引语词典》,奥格斯堡,1991 年版,第 143 页。

激动之情，只是一种冷淡，一种漠然。

《亲和力》中的伯爵这一形象明显地表现了与他与浪漫派作家笔下人物的亲缘关系，而当我们对这部作品的四位主人公的遭际和结局进行仔细观察时，就发现在爱情观和婚姻观上歌德与浪漫派作家的分歧和争论。他要表达自己的观点，自己的观念，于是他如他在与埃克曼在谈及《亲和力》时说道："我自觉地去表现一种强力的观念的唯一长篇作品也许是我的《亲和力》。"（1827 年 5 有 6 日）这里就涉及断念的问题。对浪漫派作家而言，他们以放荡的形式宣泄自己的情爱，不受任何传统道德和社会习俗的束缚，没有断念，没有克制，一任欲望和激情的驱使。他们作品里的人物是这样，他们的人生也多如此，像乔治·桑、雪莱等人，他们生活的放荡不羁、处事的特立独行，人们早已熟知，德国的浪漫派作家多半如此，且有过之。在德国浪漫派作家曾发生一桩有名的风流公案：奥·施莱格尔迷上了已婚的才女卡洛琳，卡洛琳离婚之后与他成婚。几年之后她与谢林相爱，难舍难分，奥·施莱格尔爽快地与她离婚。在她与谢林结婚之后，三人依然保持友好关系。在浪漫派作家的圈子里，三角恋，甚至是四角恋，追求已婚的妇女，动辄离婚，几乎成为一种时尚。歌德则不然。从意大利归来之后，断念即成了他作品所要表达的一个重要的思想，与他那些狂飙突进时期的作品相比较，区别明显可见。在《葛兹》《普罗米修斯》《青年维特的痛苦》中，颂扬的是叛逆，是抗争，是感性的激烈的迸发；而进入古典文学时代的歌德，理性得到了提升，断念便成为激情的主宰，在《在陶里斯的伊菲革涅亚》《塔索》《维廉·迈斯特》等作品中得到了充分的表现。在激情与现存秩序、婚姻制度的冲突中，浪漫派作家以感性的宣泄方式，以理性的断念方式，为人的本性、激情找到了一条途径。歌德在《亲和力》中一方面表明了他同传统道德婚姻制度的分野，另一方面也表明他与浪漫派的分歧。

　　在歌德看来,断念是对社会限制的承认,是对人的自我限制的肯定。社会在任何时候都必然要对个人进行约束、限制;包括情欲在内的人的本性在不同时间程度不同地与社会的规范和习俗发生冲突。歌德认为人只有通过断念,才能取得同社会秩序的和解,重新赢得自由,最终在道德上得以自我完成。1807 年 10 月 31 日,歌德在致埃希施泰特(Heinrich Eichstädt)的信中写道:"有什么与断念不相关,有谁不得不断念,有什么地方不得不呢?"这是一个自我教育、自我克制的过程,更是人的本性的一种提升的过程,是一种高尚和自愿的自制、限制。如前所述,歌德称,《亲和力》是他有意表达一种观念的一部作品,而这种观念就是断念。

　　歌德的这部以婚姻和婚姻破裂为题材的作品,一出现便立即引起了异乎寻常的反响,一些人热烈欢迎,一些人困惑不解,也激起一种道德上的愤怒。埃本伯格(Marianne von Eybenberg)在 1810 年 2 月 24 日致信歌德,描述了出版后的情景:"我从没有听到人们如此剧烈,如此惊恐和如此愚蠢、如此荒谬地谈论这部小说了。那些书商从没有看到过如此抢购的情形,有如在一场饥荒中发生在面包坊前那样……"①歌德的朋友,音乐家策尔特把它与海顿的音乐相比,他向歌德谈起他读这部作品的感受:使他血液流动,使他的手指变长使他的眼睛看到目光尚未发触到东西,使他的灵魂脱出来奔向自由(见策尔特 1809 年 10 月 27 日致歌德的信)。有趣的是,一些浪漫派文人表示出了极大的热情,一些天主教精神强烈的作家相信从小说的最后几章中奥狄莉之死及其奇迹现象的出现,能够得出有利于他们浪漫派观点的结论。维尔纳(Zacharias Werner)在 1811 年 4 月 23

────────────

① 引自汉堡版《歌德选集》,第 6 卷,第 690 页。

日致友人的信中把他皈依天主教原因归于歌德的这部《亲和力》,他说,这部作品使他从有害的歧途中找到了正道①。富凯(Friedrich Fouqué)对歌德的这部小说赞扬备至,他在一封信中写道:"我觉得,这位年迈的大师还从没有创作出这样出色的东西……我还从没有被他这样吸引。……若是我在他面前躬身并怀着平静的心情说:'亲爱的老爹,你比我们所有其他在今天从事诗歌艺术的人加在一起还要多得多',这话决不过分。"②

　　上述言论出自一些人私人书信。当时在报刊发表的赞扬评论中,有几篇见解精辟,并且也得到歌德本人赞许,比如美学家左尔格(Solger)的《论歌德的〈亲和力〉》。他称赞《亲和力》是一部悲剧小说,而悲剧按他的美学原则是"今天艺术的顶峰",这部作品的价值在于"包含了时代中所有重要的和特殊的东西,如同古代的史诗一样,在几个世纪之后,人们能从中勾画出一幅我们现在日常生活的完整图面"③。另一位评论家阿伯肯(Abeken),他指出歌德处理的是与其他作家相同的题材,但正是由于"悲剧原则"和"道德倾向"而使他具有特色,"直到秘密的最深处都一目了然,别具一格和充满了内在的神圣的生活。"④

　　虽然歌德的作品从《青年维特的痛苦》始都受到攻击,但惟有《亲和力》的出版受到的最为激烈。哲学家雅各比,也是歌德的一个朋友,在1810年1月12日给一位朋友的信中尖厉地写道:"在整部小说里没有一个人物能博得人们好感……那个幻想中的通奸——这是这部作品的关键所在……尤为可厌,尤为令人作呕。……特别使我

---

① 参见汉堡版《歌德选集》,第6卷,第664—665页。
② 引自汉堡版《歌德选集》,第6卷,第661页。
③ 参见并引自汉堡版《歌德选集》,第6卷,第652—657页。
④ 参见并引自汉堡版《歌德选集》,第6卷,第645页。

愤怒的是,在结尾处那个从肉体转向精神的虚假变化……这是丑恶的情欲升天。"①一个保守的作家雷伯格(August Wilhelm Rehberg)在1810年1月发表了一篇评论——这篇评论文章后被文学史家舍雷尔(Wilhelm Scherer)看作那个时代反对歌德的文章中最有分量的——他赞扬歌德的其他作品,《亲和力》却极力贬低,他称用爱德华、奥狄莉、夏洛特、上尉这些人物来写一部悲剧,"那作者是在嘲弄自己,或者在嘲弄读者,写出这样一类的言情读物那是要以自己的声望来做补偿的"②。到歌德晚年,普斯特库亨(J. F. W. Pustkuchen)、门采尔(Wolfgang Menzel)等歌德反对者竞相对歌德发起攻击。门采尔1824年的文章《歌德和席勒》就从道德角度出发对《亲和力》进行攻击。

进入20世纪,在多不可胜数的评论歌德的书和文章中必然要说及《亲和力》,也有大量的专论。这其中著名的有瓦尔特·本雅明的《歌德的〈亲和力〉》(1924)、托马斯·曼的《谈歌德的〈亲和力〉》(1925)。

而用精神分析学的观点来研究《亲和力》,也是20世纪以来的一个趋势。这里不仅涉及弗洛伊德本人,前面提到的本雅明、托马斯·曼在他们的文章里都接触到这部作品的精神分析的问题。

自20世纪50年代以来,在众多歌德的著作中,如柯尔夫(Hermann August Korff)五卷本的《歌德时代的精神》、施泰格(Emil

---

① 参见并引自汉堡版《歌德选集》,第6卷,第663页。
② 雷伯格发表在1810年1月《哈勒文学汇报》(*Hallischen Allgemeinen Literatur-Zeitung*)上的这篇评论题为"《亲和力》——歌德的一部小说"。可参见海因茨(Jutta Heinz):"完完全全唯物主义的"或者……。载:许恩(Helmut Hühn)主编,《歌德的"亲和力"——作品和研究》,柏林/纽约,2010年版,第447—448页。

Staiger)的三卷本的《歌德》。这里我要稍做介绍的是 20 世纪后期出版的两部影响广泛的两部歌德传。一本是弗里顿塔尔(Richard Friedthal)的《歌德传》。他建议读者,应当把《亲和力》看成一部提升了的或者出之一位老人经验而写出的《维特》。在谈到这部作品对小说艺术的贡献时,他认为它在歌德所建立和活动于其中的实验场中,是一部实验性小说,并且为此后的实验小说开了先河,还提及这是一种心理和化学的尝试。康拉迪(Karl Otto Conrady)的两卷本《歌德传》,也指出《亲和力》是一部实验性小说,它不再提供对和错、正确与谬误、罪过和道德的规范。因为如此,作者书中引用歌德 1829 年 2 月 9 日与艾克曼的谈话:"《亲和力》中藏有很多东西,某一个人一次性阅读是不能体会到的。"

　　较详细地介绍《亲和力》在两个世纪的接受,那是要专文来加以论述。限于篇幅,我只能此处稍作提及,这也许有助于读者对这部作品的思考和理解。

高中甫　2016 年 5 月

中篇小说评注

文本缘起

1054 1797 年,歌德首次研究这部中篇小说的题材。在《赫尔曼与多萝西娅》竣稿之后不久,他在是年 3 月 23 日的《日记》中写道:"又产生写一篇叙事诗的想法,下午至席勒处谈及此事。"嗣后他以《狩猎》为题,继续紧跟这个想法并同席勒通信讨论,于是写出了一个提纲,歌德斟酌再三,决定以叙事诗的形式写《狩猎》。1797 年 6 月 26 日,席勒对此深表赞同:"我认为这将是此诗与《赫尔曼与多萝西娅》得以并驾齐驱的先决条件。"然而,歌德却将此诗的写作束之高阁,这有点令人费解。

  直到 1826 年秋,也就是歌德在写作《威廉·迈斯特的漫游年代》和编辑他与席勒通信录的过程中,他才重拾老的想法并决定以散文
1055 的形式处理那个题材。促使他这样做的一个具有决定意义的推动力,显然是他这时阅读过詹姆斯·F. 库珀(James Fenimore Cooper)的长篇小说《拓荒者》(*The Pioneers*,1823 年出版,1824 年出了德文版)。库珀在其中描写伊丽莎白受到一只豹的威胁,后被人所救,这显然成了这部中篇小说里猎虎的复制样品。

1060 1826 年 10 月 9 日,歌德开始该文本的写作,就在当月 17 日,"这部中篇小说第一稿竣稿"并交给约翰誊清。歌德 11 月做了修改,1827 年 1 月,与爱克曼[①]一起详细讨论了此稿,2 月间再做修改,终于在 1827 年 9 月将其提交给歌德出版商科塔(Cotta)付印,耶拿的语文学家哥特林(Göttling)在正字法和标点等方面对书稿做了审阅,1828 年 1 月 19 日至 2 月 12 日,完成了对约翰誊清稿的最终编辑,于1828 年复活节展销会由科塔出版社正式出版。

---

① 爱克曼(Johnn Peter Eckermann,1792—1854),歌德的文学助手。

歌德自述

1826 年 10 月 22 日，歌德致函威廉·封·洪堡：　　　　　　　1061

　　您大概还记得我在写完《赫尔曼与多萝西娅》后马上打算写的那首叙事诗吧：在一次现代狩猎中，虎与狮被牵涉进来。当时您劝我不要写，我也就放弃了。现在呢，我在研究旧草稿时又萌生那个计划并且按捺不住用散文来写，因为散文这个文学类别能让许多神奇的东西在其中传播。

1827 年 1 月 15 日，歌德同约翰·彼得·爱克曼的谈话：　　　　1062

　　30 年前我就想写这个题材，打那时起，我脑子里一直装着这个东西。现在写起来感觉很奇妙。当初在写完《赫尔曼与多萝西娅》后立即想用叙事诗和六音步诗来处理这个题材，为此还草拟了一个详细的提纲，如今当我重新来写此题材时，却找不到原来的提纲了，我真庆幸手里没有那个老提纲，否则真要把我弄糊涂了。故事发展的情节虽然没有变，但细节完全变了。本来考虑用六音步叙事诗来写，那就与这种散文处理方式南辕北辙了。

1827 年 1 月 18 日，歌德与约翰·彼得·爱克曼的谈话：　　　　1063

　　为了给这部中篇小说的情节进展打个比方，请你设想一种从根部长出来的绿色植物，一时间从粗壮的秆茎两侧长出生机勃勃的绿叶，最后绽开一朵花……绿叶全是花的陪衬，没有花，绿叶就不值得去花力气了。……这个中篇旨在表现，用爱和虔诚比用暴力常常更能制服桀骜不驯和难以控驭的东西。孩子和狮子所体现的这一美好主旨激发我写了这部小说。这就是思想内涵，就是那朵花。……

1827 年 1 月 29 日，歌德与约翰·彼得·爱克曼的谈话：

"您知道吗"，歌德说道，"我们想把它称为中篇小说（die
Novelle）；因为一部中篇小说不外乎是一个所发生的闻所未闻的事
件。这是原本的概念，可是在德国，在中篇小说标题下所发生的许多
事情根本就不是中篇小说，而只是叙事作品，或者您叫它别的什么。"

文本阐释

　　本文标题不叫"一部中篇小说",而直呼"中篇小说",时人不明就 1068
里,某人遂将此标题改为"童与狮",以掩盖歌德对毕德迈耶尔派①中
篇小说创作艺术(Novellistik)的不满。当时无数的书籍、期刊和杂
志连篇累牍刊载"闻所未闻的事件"(参阅歌德与爱克曼的谈话,1827
年1月25日),以满足渴望阅读的大众对流言蜚语和轰动事件的娱
乐需求。人们对"中篇小说"的理解就是:凡是对读者新鲜有趣的东
西,都可称为"中篇小说"。歌德在标题中省去"一部"两字,意在对毕
德迈耶尔派中篇小说创作的繁荣提出异议,也是对中篇小说自卜伽
丘(Boccaccio)②和塞万提斯(Cervantes)③以来的"高端"文学传统的
反叛——中篇小说一直被理解为"中等篇幅"的娱乐性文体。

　　传统意义上中篇小说要求"真实"和"现实",对于这个文学诉求,
歌德也有自己的想法。他的突出贡献在于,把"写实"的东西变成具
有思想内涵的东西,诚如他对爱克曼所说,把展示部写实的"绿叶"变
成新的思想内涵之"花"。这个文本中的"花"是什么? 就是孩子和狮
子所体现的主旨。

　　此中篇描写侯爵及侯爵夫人一干人某天外出行猎在途中所见所
遇所忆所思,重点则是驯狮。在吹笛小孩隆重登场时,展现或暗示了
丰富的神秘资料来源。作者把古老的历史引入"现代"语境中,让古
老的神话、传统和圣徒典故错合地汇聚一处。那个小孩完全是根据

---

① 毕德迈耶尔派,1814—1848年德国复辟时期表现资产阶级脱离政治、追求宁
　静和享乐、自鸣得意的文艺流派。
② 卜伽丘(1313—1357),文艺复兴时期意大利人文主义作家,代表作为《十
　日谈》。
③ 塞万提斯(1547—1616),文艺复兴时期西班牙现实主义小说家,欧洲近代现
　实主义小说创作的先驱,《堂吉诃德》为其代表作。

耶稣的救世预言,平和地与狮为伴,文中还提及身处狮洞中的但以理①;小孩的音乐让人想起俄耳甫斯②;他吹笛让人想起哈墨恩的捕鼠人③,也明显暗示莫扎特/施康内德的《魔笛》;小孩对受伤狮子的护理则来源于安德罗克勒斯的古老圣徒传说。凡此种种都使小说具有传奇和神秘色彩,作者这样写,明显是在抵制所谓"写真实"的诉求,而仅仅让小孩对狮子的诱惑、抚慰和制服变为可能。"孩子被神化了的形象,真像一个强有力、胜果累累的征服者,那狮子虽不像被征服者,因为它的力量潜藏于内心,却像把自己托付给自己的平和意志的被驯服者。"小说的幸运结局:抑制了暴力敌对,实现了人与自然的神秘和解。小孩的唱词:"创造奇迹的是爱,爱在祈祷中显露真相",这是特殊形式的乌托邦媒介,它体现的不是一种内容,而是一种调解不可避免的矛盾之原则。

　　这原则或可计入歌德的"遗愿"之列,如果没有这个先入之见,此文本的接受史是不可想象的。人们在经历世界大战和法西斯主义后,19世纪和20世纪早期的"歌德宗教"得以"复兴",被老年歌德视为"遗愿"(亦即"世界观")的东西,郑重地载入这本"题词纪念册"里,诚如歌德1827年1月18日与爱克曼的谈话:"这个中篇旨在表现,用爱和虔诚比用暴力常常更能制服桀骜不驯和难以控驭的东西。"

---

① 但以理,《旧约》中四大先知之一,《旧约》中有《但以理书》一篇。
② 俄耳甫斯,古希腊神话中的歌手,诗人。
③ 哈墨恩的捕鼠人,中世纪传说,一个捕鼠人用笛声诱出哈墨恩城所有的老鼠,其后又拐骗该城所有的孩子。

小散文评注

犹太人布道

《犹太人布道》源自犹太人的圣徒传说。说的是救世主将在世界 1086
末日骑上一匹驴子现身：他会把犹太人拉到驴背上，而信仰不同的
人只允许骑在驴子的臀部上。他们来到一座桥上——桥跨越红
海——，桥断了，不同信仰者落水溺毙，唯犹太人得救。《犹太人布
道》把民间传说变成了犹太民族一篇滑稽的辩护词，通过一个熟悉法
兰克福犹太土语的犹太发言人的口吻陈述。

歌德是否是此文的作者，人们是有怀疑的。此文是根据奥塞尔
斯(Friederike Oesers)的一份抄写稿写出的，此抄写稿在她的遗著中
被发现，1856年首次登载于《魏玛星期日周刊》(第五十期，418页)，
她在抄写稿上注明了歌德的作者身份。还有一位佚名抄写者的手稿
存于莱比锡大学图书馆，上面未注明作者，文章细节与上文所说的那
一篇有出入。

说歌德是作者，有以下几点依据：他有研究《旧约全书》和希伯
来语的浓厚兴趣，此其一；他同法兰克福的犹太文化多有接触，此其
二；第三，他对法兰克福犹太人居住区内通行的犹太方言有所了解，
有时还将犹太方言与法兰克福方言混杂使用。至于他对犹太方言掌
握到何种程度，没有确切的评估。

作者的写作意图可能是给莱比锡的读者表现一种具有异域情调
的语言文字游戏，不怎么顾及语言的缜密性，只在意通过语言"异化"
给读者带来滑稽和愉悦。

阿里安内致韦蒂

1088　　　　此文以草稿本流传下来,草稿载于夏洛特·封·施泰因(Charlotte von Stein)的遗著。草稿本现存于斯特拉斯堡大学图书馆,它包括歌德从斯特拉斯堡寄出的一些信札原稿。由此可以判断,此文写于 1770 年春。可将其视为一部书信体长篇小说的片断。

　　　　18 世纪中叶,书信体长篇小说是资产阶级文学具有代表性的媒介。在"感伤主义"(Empfindsamkeit)的旗号下,提供了表达自我的工具。歌德以阿里安内致韦蒂的两通书信加入了这一讨论。

1089　　　　阿里安内的书信与青年歌德的私人信札不同,也与青年维特的书简有异,它们不再强调那种很容易被当成直接表达情感的感觉,而是做一点类似于感觉分析(Empfindungs-Analyse)的推理。这首先适合于第一封信,它吸收了 18 世纪自然哲学和人类学的成果,也明显受法国哲学家们的影响——歌德在斯特拉斯堡求学时对这些哲人的文章十分熟悉(参阅《歌德自传——诗与真》,第二卷)。此信要驳斥"瓦尔特"的论点:爱情的动机被归结为"自豪与自私"。驳斥的手段是借用以人类学为基础的感情与感觉理论。感情和感官被理解为一个活生生的人的表达媒介,他享受着自己的感性生活。假如像视觉一样只做静观,感性生活就不会产生。这思路甚至可向感觉现象学延伸。

　　　　第二封信说明的是,阿里安内宣布的感觉论如何在严格被控制的感情与玩世不恭的享乐主义之间摇摆。从神化在情感动态中受约束、希望长久维持的友谊到揭露只在瞬间享受中实现的、不可能持久的爱情,是此信的鲜明特色。从此信中人们可以看出,符合欧洲书信长篇小说传统的三角恋爱对歌德构思《青年维特的痛苦》提供了框架结构。阿里安内对韦蒂夸耀自己曾拥有许多情人,这说明情感靠不住,而当前的情色享受只是一种借口,亦即借伤感的回忆来反思情感。《阿里内安致韦蒂》书简以几个人物的紧张关系打开了文学上一种自我批评视角，这种批评的距离感表明歌德对感伤主义的讨论所做的贡献。

人是什么

　　　此文的两个片段在拉瓦特尔（Lavater）的日记、即记载他到埃姆斯旅行的日记中流传下来。两个片段与《阿里安内致韦蒂》的结构十分近似。但它们不是长篇小说的片断，因为拉瓦特尔表明的日期是1774 年 7 月 15 日："巴塞多夫……给我们念了歌德的美文《人是什么》：莱辛微不足道，可是，他想成为什么人就能成为什么人。"

　　对莱辛的评论给读者提供了一种指向性，即有可能是对以下格言的评论："有志即能；才长人志！"（Man kann，was man will；Man will，was man kann！）此格言源于克里斯托夫·考夫曼（Christoph Kaufmann，1753—1795），此君在拉瓦特尔的交际圈内被尊为"上帝的侦探"，也是卢梭的追随者。歌德此评论的要点不仅与文学批评属性相联系，还明显暗示希腊神话中的海神普洛透斯（Proteus），他能变成各种形态。

　　此文第二段的理智判断是影射当时有关教育改革的争论。因此，歌德将此文交给了巴塞多夫，歌德对巴塞多夫的教学法体系是持怀疑态度的。

瑞士景色的描述

　　此文登在一个大幅对开本的右边，左边是相配的速写。短文有　　1092
可能是为了备忘，以便满足日后做彩画说明之需。紧扣从利吉山眺
望卢塞恩湖的景色。1775 年 6 月 19 日，歌德的瑞士之旅图文版
出版。

第三次朝圣——1775 年 7 月拜谒埃尔温墓

1093　　题解：歌德的论文《论德意志建筑艺术。D. M. 埃尔温尼·施泰因巴赫》(*Von deutscher Baukunst. D. M. Ervinia Steinbach*)被辑录在赫尔德尔文集《论德意志风格和艺术》(*Von deutscher Art und Kunst*)中，于 1773 年出版。歌德此论文是他在文学领域的"首次朝圣"；"第二次朝圣"发生在 1775 年 5 月 24 日至 26 日在斯特拉斯堡勾留之际，是时，歌德与施托尔贝格(Stolberg)兄弟正在赴瑞士旅途中。"第三次朝圣，1775 年 7 月拜谒埃尔温墓"写于当年 7 月 13 日，此时歌德从瑞士旅行归来，中途逗留斯特拉斯堡。作者在该市大教堂钟楼平台上写就此文，一面等候他的朋友伦茨。

　　文中写了三个"停留点"，它们从地形地貌角度与大教堂的两个长廊和高空平台发生关联。逐步攀登、向愈益遥远的地方眺望，与"面目失真之城"愈益疏离，这决定了此文的布局谋篇和层层递进的文气。同时还借用了朝圣小册子和祈祷文的文学属性。歌德 1775 年 6 月 15 日拜谒朝圣地"玛利亚隐居处"，这时他已注意到有关朝圣的文献资料了。

　　从内容和修辞角度看，此文重拾了《论德意志建筑艺术》的主题，重复着一种赞颂的位移，即从赞颂创世主转而赞颂人造物的造物主。提出：艺术家内心的创造力乃是对社会状况、衡量标准和相关之物的强化的感觉。瑞士心理学家荣格提出："人类心理是全部科学和艺术的子宫。"他用心理研究解释艺术作品的形成。歌德与荣格可谓不谋而合。

从雪松到海索草，以色列和犹太国所罗门王关于植物的金玉良言

　　歌德此寓言文本手稿是在拉洛施（Sophie La Roche）的遗著中流传下来的，1861 年首次发表，属私人印制。但在此前，阿尼姆（Achim von Arnim）根据布伦塔诺（Bettina von Brentano）那份不太准确的抄写稿已将歌德此寓言的一部分发表在其《隐士报》（*Zeitung für Einsiedler*）上了，时为 1808 年 4 月 12 日。

　　此文写作的具体日期已不可考。拉洛施遗著指明是写于歌德滞留法兰克福那段时间，即 1775 年 10 月之前。1774 年 12 月 1 日，歌德收到杂志《虹》（Iris）第一期及刊发的雅各比（Johann Georg Jacobi）的论文《诗艺。论诗歌的真实性》（Dichtkunst. Von der poetischen Wahrheit）。作者在此文中详细论述了动植物寓言的"圣经"属性。歌德极有可能受雅各比论文的启发而撰写自己的植物寓言。雅各比说："动植物具有感觉、生命、能力和喜好，它们的这类情状被诗人开发出来并加以提升。诗人将它们悄无声息的运动和简单的叫喊变成了人性的表达。我的女读者们若问何为寓言，我就用发生在从雪松到海索草、从森林之王到蚂蚁间的事情来解释。"雅各比的以下数语可能促使歌德定下此寓言的标题："他（所罗门）撰写三千《箴言》，一千零五首《雅歌》，他写诗，从各种树木，从黎巴嫩山上的雪松一直写到从墙里长出的海索草。"

　　在这个寓言文本里，首先可以看出它源于《圣经》中流传下来的荆棘寓言："黎巴嫩山里的荆棘派人去山中的雪松那里，告诉它：把你女儿给我儿子做老婆！黎巴嫩山上的野兽爬到荆棘上将其踩死。"歌德寓言的语言简明扼要，这是对《旧约全书》的摹仿。从最大的植物到最小的植物，一方面给人的印象是形式上的完整；另一方面，某些单个文段的意义又是开放的。奔放无羁的文体风格所表现的植物主题全都围绕所罗门、巨人的神秘时代、洛可可主题（戴花环的女孩、鹦鹉）和狂飙突进主题（漫游人），此外，也是明显对"维特的痛苦"的

回忆（被砍伐的树木、小草、林中溪流）。雪松是文章中最大、最自豪的树木、作为此寓言的核心形象总在各种局面中出现，令人联想"木秀于林，风必摧之"的命运，但也绝不可将其理解为伟人的代表，更不能将其比喻为天才人物。从整体上说，此寓言也不是对"自然"新的理解。恰恰是有意识地对传统文学式样作游戏式的变形、对其潜能的探索才是此寓言（所谓"金玉良言"）的魅力所在。

家庭舞会——德意志民族的一个故事

　　此散文残篇极有可能是歌德对一个匿名发表于 1781 年的同名中篇小说《家庭舞会》(Der Hausball. Eine Erzählung v. V. ＊＊＊, Wien) 的加工改编。此文导入性的第一段和结尾段均为歌德所写，此外，他只对秘书赛德尔抄写的文稿本做些小的修改。然后，《家庭舞会》就以此形式发表在格希豪森 (Göchhausen) 编辑的《梯福尔特报》(Tieffurter Journal) 上，这是一本在魏玛宫廷范围内流传的通报，每期印数有限。

　　歌德对原文作改编，目的是适应魏玛宫廷对文学的期许。看得出歌德是在履行一项义务，花了少量时间，添写了数页文字。故事开放性的结尾不妨看成是作者对伪君子型的主人公的奚落，彰显的是人们熟知的喜剧及其人物类型的文学机制，读者完全可以预测这个家庭滑稽戏的进一步发展。

　　特别令人瞩目的是，文章开头着重写人们对"约瑟夫主义"(Josephinismus，见注释) 的欢迎。尽管新主及其热情的臣仆们希望拥有"最美好的日子"，然而这"希望"里隐藏着作者的讽刺，且看作者怎样在使用"朝霞"——启蒙的标志——这个比喻。当作者把那些以"粗野的方式"欢迎新主的维也纳人与外域粗野的太阳崇拜者相提并论，那么上文所宣示的"启蒙"就情况不妙。再者，文中的"雾霭"和"模糊难辨"等语也在隐约暗示，"最美好的日子"并非那么容易到来。

1097

梅加普拉逊的儿辈之旅

　　1792 年 11 月,歌德在《远征法兰西》(*Campagne in Frankreich*)一文中,报导了他写作讽刺性的"旅行小说"(Reise-Roman)以及不久便中断写作的情况:

　　　　自从那场革命的野蛮特性把我弄得心神不安,我就开始写一部奇特的作品,即写七个性格各异的兄弟所做的一次旅行。每人以各自的方式为整体服务,冒险而富有童话趣味,令人眼花缭乱。前景和意图被隐藏起来,是对我们本身现状的一种比喻。有人请我朗读作品,我也爽快答应,拿着本子走上前台。没隔多久,我就发现无人喜欢。于是我就把我的旅游一家人安顿在某个海港,也把续写之事束之高阁了。

　　那次"朗读"发生在彭佩尔福特(Pempelfort),歌德路经此地是在征讨革命的法兰西的回程途中,时为 1792 年 11 月 6 日,继而在雅各比(Friedrich Heinrich Jacobi)的家里做客,直到 12 月 4 日。他此前 11 月 2 日曾在塔拉巴赫(Trarbach)停留,由于手稿纸产自附近一家造纸厂,所以可判定此文稿片断极有可能写于 1792 年 11 月。它首版于 1837 年,被辑入爱克曼(Eckermann)和穆斯库鲁斯(Ch. Th. Musculus)编辑的歌德遗著《歌德诗歌散文作品》(Goethe's poetische und prosaische Werke)第二卷,第一部。

　　18 世纪 90 年代,歌德的许多作品力图对法国革命表明态度,而带讽刺性、甚至有点怪异的《梅加普拉逊的儿辈之旅》一文足以为此目的之助。它将现实做荒诞不经的变换,又同直接的政治动因保持距离。通过比喻性的陌生化途径对事件进行分析,表达作者的批判立场。在这方面,歌德尤其借鉴法国作家拉伯雷(François Rabelais, 1483—1553)的长篇小说《巨人传》(*Gargantua*

et Pantagruel，也有人译为《卡冈都亚与庞大固埃》）的范式。《巨人传》的核心是对马丁·路德发动的宗教改革及其影响所进行的争论。歌德直接与《巨人传》的第四部发生关联（第四部写主人公庞大固埃和巴汝奇等人在旅行中遇到无数骇人听闻之事）。这意味着将拉伯雷所写的情状现实化："帕庇曼人"一度制服了"帕培非古恩人"；在庞大固埃的描述中，"帕庇曼人"国一度是天堂，"帕培非古恩人"国是荒芜的沙漠；可现实中发生的情况刚好相反：蔑视罗马皇帝、经过改革的帕培非古恩人安享田园牧歌般的生活，而崇拜罗马教皇的天主教徒们则栖身在荒岛上。

在此文本中，兄弟们从回忆庞大固埃的历险中产生了期待，而叙述者给这种期待绘制了一张欧洲地图。从此间"新鲜水果"、"味美的蔬菜"与彼处"芜菁甘蓝"和"球茎甘蓝"的对比中以及从气象学的对比中，可以看出叙述者指的是意大利和德国；而第三岛，即"莫拿希曼人"岛明显指的是革命前后的法兰西，但此岛"悄无声息地消失了"，它在其旧秩序的倾覆中碎裂成漂移的板块。此处用岛屿漂移这个古老的童话题材做比喻，用一分为三的岛屿形象（国都，陡峭海岸，平原）比喻革命前后现实政治的进程："陡峭海岸"（贵族）在地震灾难后立即向"帕庇曼人"岛漂近，取向"朝北"，即朝向哈布斯堡王朝，但"没有固定下来"。后来"国都"（国王）再次现身，几乎又与"陡峭海岸"联合。歌德的构思具有典型意义的还是"平原"（第三等级的领地），它在视域中消失了。然而，值得研究的恰恰就是这个旧秩序的碎裂板块（革命后的法兰西），看它在无"国都"和"陡峭海岸"的情况下能否存在。这种把政治事件翻译成空间论题的比喻显然有悖于当时欧洲政治地理。法国领土的完整性根本未受革命的侵害，国家权力状况只是产生了变化。可以用火山爆发这一自然灾害比喻"政治景观"的急剧变化，但火山爆发的结果是此岛一分为三，而不是把最底层翻到最上层。尽管早就预告了此地有"深层地震"灾难,"岛民的活泼性格"打上了火山的烙印,然而"革命"的自然事件并未从根本上触动革命前的领土划分。所以,"莫拿希曼人"岛的论题只固定在"古老的王国法律"中,此法律规定了权力分配和财产,作为呈现"天堂般极乐"状况的这种体制,它所规定的东西,就是国王和贵族寄生般的社会地位,那么,推翻这种体制就是合理的。

作者显然不愿意得出这样的结论,他所肯定的,是自然赋予的永恒的统治神话,当然也就谈不上去批判维护天然权力的诉求了。"国都"与"陡峭海岸"分明显示所谓的自然统治结构,被戴上强烈的自然光环,旨在让它具备一种神秘的崇高性,但又让它以地质巨变的方式毁灭。这虽与作者的讽刺意向吻合,但又是矛盾的。所以,作者的比喻和"翻译"是不成功的,因为在破旧立新过程中,新东西从整体上不可理喻,脱离了文本论题。

简陋的文本似要做宏大叙事,这要求实在过高。作者几乎想把每个比喻"翻译"成政治概念,雅各比及其社交圈对歌德怀着"心神不安"的意图而写作表示拒绝。

瑞士书简

1111

歌德在《诗与真》第十九卷中报导,由于瑞士读者的不满,他就搁笔不续写《维特的旅行片断》了;本来,"意向中的续写"是"写到他渐入烦恼之时,而有兴趣研究人性的人想必十分欢迎这点。"歌德报导的真实性令人质疑,因为此文写于1796年,是歌德为席勒主编的杂志《时序》所撰的稿件。1796年12月2日,歌德答应给席勒供稿,说:

因为我知道对贵刊第三期提供不了什么稿件,于是遍寻旧作,发现都是些个人的和即兴的东西,有点怪异,不可用。但为了表明我的美好愿望,遂寄来瑞士之旅这一主观之作;请斟酌,看是否可用。也许,若看出它是一篇感情激越的童话,没准儿是可用的。

所谓的"瑞士之旅"即指本文《瑞士书简》(1779)。席勒将标题改为《哥达山旅次书简》(Briefe auf einer Reise nach Gotthardt),载《时序》杂志1796年第八期。这些信件报导歌德1779年瑞士之旅,首版于1808年,此即《瑞士书简,第一部》,全系歌德杜撰,歌德所说的"童话",此之谓也。

《瑞士书简,第一部》是歌德自传文章的副产,同时又给小说《青年维特的痛苦》(1774)补加了一个前期发生的故事。《维特》出版离这时已有二十余年,对该作的修改也将近十年。这期间,也不排除作者对读者的兴趣冷静地做了估计和分析。但从《瑞士书简》冷静的报导语气看,它有别于《维特》那情感强烈的书信文风,出版人导言没有说明这些书信是否真的出自维特,抑或经过编辑加工。《书简》亦未迎合《维特》读者的好奇心:想获悉主人公更多的情况。我们还记得《维特》第一封信里那个"可怜的莱奥诺雷",她在《书简》里终于成了一个具体的人物形象,但也仅是"维特痛苦"的一个漂亮的注脚罢了,正如对她所描述的:与首次同洛特邂逅类似,在文学社交聚会过程中滋生了相互爱慕的情愫。小说那个文段所暗示的东西,在这里有意回避了——此乃维特对于已向他表白的爱情不予回应的策略。

《瑞士书简》有个主题是写信人在第一封信中对写作所做的思考,他以"描写"为例,说明现实与描写现实之间的矛盾关系:描写不仅落后于现实,而且现实阵地早就被读过的东西——类似"旅行指南"——所占领,从而封闭了人们直接的感受。《书简》关注的另一个主题是造型艺术与"自然"的关系。第六封信进一步阐发第一封信中的思考并提出一个具有决定意义的问题:"这种从艺术到自然、又从自然返归艺术的特殊追求到底意味着什么呢?"

对造型艺术的静观有别于对自然的直接感受,"视觉的和内部感官的享受"是作为文明的进步而加以阐释的,但这又显出一种尴尬:"喊我来享受,可是我为何抓取不到这享受呢?"原来是艺术和自然那被人做了调处的关系阻碍了直接"抓取"。观赏一幅风景画令写信人感到紧张,若他脱离社交去观赏壮美的大自然,就会创作出许多画作;当水果装进礼品篮子里送给情人(这礼品既是自然又是艺术)具有社会功能时,纵然按捺不住想抓取,但也只能欣赏其"美妙的外观"而不许食用和破坏。写信人"对自然的喜爱和对艺术的热衷是基于:所见到的自然和艺术完美,辉煌,令人狂喜;艺术家对自然的模仿令他倾倒,义涵丰赡的艺术品令他心醉神迷,这种艺术题材是他所熟悉的,真实的。"

在维特看来,艺术的"视觉情欲"与肉体的(性的)天性之间的联系是颇成疑问的。观看达那厄裸体画恰恰势必导致写信人戴着画家的假面具出场,给自己呈现现实的裸女图像。男友费迪南德的裸体则另当别论,他撺掇男友下湖游泳,从男性胴体上发现了"一个完美的人之典范",费迪南德显然变成一个典型的艺术形象了,相反,面对裸体妓女,却给维特造成"几乎是毛骨悚然的印象"。从这不同的反应是否能推断《书简》的"同性恋义涵",这也是难下断语的。女人的身体从一开始就有"某种价值",而维特抵御任何形式的贪婪,当然也难抑心中的激动;在这方面,艺术恰恰是"粗野的"自然之呈现。所以,当少女的身体被遮盖时才显出她"最可爱的脸蛋。"

维特的报导也许可用心理分析概念来研究,《书简》将主题置于更广阔的艺术理论视域中,其思考的媒介是造型艺术和肉体对象,所暗示的,就是从基本原则上对"赤裸裸的"现实状况进行探讨。

良妇——本年妇女日历铜版画上不淑娘儿们的对立形象

1118　　1800 年 5 月 6 日,歌德《日记》载:"在科塔家,谈妇女日历上新铜版画。"事涉出版商的请求,他请歌德对柏林画家兼素描图画家卡特尔(Franz Catel)的十二幅铜版画做评论,也以此为科塔的《女士袖珍手册》(*Taschenbuch für Damen*)做预选铺垫。歌德接受此任务不是很情愿,一则因为铜版画本身不合他的旨趣,再则因为他对当代十分受青睐的,尤其通过利希滕贝格(Georg Christoph Lichtenberg)的学术论文使绘画解说一跃而成为一种文学形式持保留态度。只是为了给科塔帮忙,歌德才承应撰写的任务。

　　他于 6 月 16 日收到卡特尔对铜版画的解说,在 6 月 25 日至 27 日间口授《良妇》,并于 7 月 9 日将手稿寄给出版商,并附上一封态度十分保留的信:"尊敬的科塔先生,您收到这篇随信寄来的短文,是论铜版画的。我本希望文章写得更活泼、内涵更丰富、娱乐性更强一些,但因要在规定的时间内脱稿,故论述未能如我所愿。不管论述效果如何,唯愿至少达到这一目的:使这些铜版画所造成的不良影响得到一定程度的弱化。"

　　所以,《良妇》应理解为歌德的即兴之作。他在 1805 年 11 月 25 日致科塔函中再次确认:"铜版画与诗歌,一般都是相互讽刺,滑稽模仿。"这种保留态度成了歌德这篇文章的论述原则,标题和附标题就明示对这些蹩脚画的不满。歌德也不具体谈论卡特尔的每幅画,其中几幅也只附带提及,仅对其中两幅做了描述。文章没有逐一评论画幅,而在总体上对这种艺术形式进行讽刺模仿。俱乐部的聚会者们就绘画进行交谈,对漫画的疑难问题作思考,但都无兴趣关注画家和出版商谋取利益的社会功能。所以最后这些画好像"被毁灭了"似的。离题的话比比皆是,取代了对画的"解说",谈话好像是作者策划和安排的:由此看出,"解说"从一开始就没有必要。

　　以谈话形式撰写研究性文章,加上讨论和场景要素,这在 18 世纪颇流行，比如施莱格尔的《论诗歌的谈话》（*Gespräch über Poesie*），歌德的论文《收藏家及其亲友》（*Der Sammler und die Seinigen*）也利用了这种论述形式，其艺术手法以讽刺见长，不过，歌德对文中各色人物只做稍许讽刺，其间插入一些逸闻趣事和小故事，尤其多次提到狗和"家庭男友"（情人），这些与喜剧氛围特别契合。

　　此文最先载于《1801 年女士袖珍手册》（*Taschenbuch für Damen auf das Jahr 1801*），书中附铜版画。1817 年收入 13 卷本《歌德文集》（出版人科塔），在此版本和其后的各种版本中，根据歌德的要求，标题均改为《良妇》。

叙事诗评注

永远流浪的犹太人

一、本诗缘起

这篇叙事诗残稿写于 1774 年春夏之间。拉瓦特尔（Lavater）的《日记》对此有所记载。是年 6 月 28 日，拉瓦特尔从威斯巴登去施瓦尔巴赫，当天的日记记载，他在旅途上阅读歌德"许多关于'永远流浪的犹太人'之事，是用双行韵诗写就的奇事。"

歌德后来多次回忆撰写《永远流浪的犹太人》的计划，并且在自传《诗与真》里提出整部诗的构想，但此方案很难与这部残稿一致。

相传，安思维鲁斯（Ahasverus）——即永远流浪的犹太人——的传奇故事首先在 1223 年由巴勒斯坦的基督教朝圣者谈及。13 世纪，这传奇已在欧洲广泛流传，有意、英、法各种原始资料记载；到 15 世纪，它在伊比亚利半岛已家喻户晓。对青年歌德具有决定意义的原始资料是 1602 年被诵读的德国民间读本：《名为安思维鲁斯的犹太人之中短篇故事》，此外，他父亲藏书室藏有舒特（Johann Jacob Schuldt）的《犹太人奇事》1—4 部分，此书 1714 年出版于莱比锡，在第五卷第十三章中，对"被臆测在世界各地流浪的犹太人安思维鲁斯"做了报导。歌德使用了父亲的藏书。

歌德在《诗与真》第十五卷中说："凡属我欣然接纳之事，我总想以诗的形式即刻表现出来，所以我突发奇想，把'永远流浪的犹太人'的故事写成叙事诗——这故事通过民间读本早已给我留下殊深的印象——，以便凭借这一线索，按己意把宗教史和教会史中的突出之点加以陈述。"

二、"永远流浪的犹太人"的故事

歌德在《诗与真》第十五卷中，对这个故事作了如下的报导：

据传说，耶路撒冷有一个名叫安思维鲁斯的鞋匠，他敬爱耶稣，人品高尚。他有个露天作坊，由于他喜欢同过路的人们交谈，开玩笑，所以近邻和其他市民都爱在他的作坊逗留，法利赛人和萨都泽人也进来搭讪，连救世主耶稣有时也由门徒陪同在他那里盘桓。他虽极度倾慕耶稣，但对这位高人的思想并不十分理解，甚至自不量力游说耶稣改变思维方式，要他不要带领那些抛弃工作的"游手好闲"之徒聚集乡间，因为聚集一处的民众易生祸端。

听了他的话，耶稣极力把自己高尚的见地和目的向他说教，但对这个粗人不起作用。当耶稣声誉日隆成了公众人物时，总听到这个心地善良的工匠讲些越来越尖刻激烈的言辞。可是，不幸之事还是真的发生了，耶稣被捕判刑了。那个表面上像是叛卖了耶稣的犹大和其他门徒都曾劝说耶稣宣布自己是民众的元首和摄政者，但耶稣不为所动，一再犹疑。犹大拟用暴力胁迫耶稣当机立断。若非耶稣自动屈降，子弟们的行动就成功了。犹大的这番话使安思维鲁斯愈益激愤，安思维鲁斯强烈斥责犹大，致使犹大这可怜的使徒别无他途，只有仓皇自缢了事。

当耶稣被人带着去就刑、途径鞋匠作坊时，发生了那为人熟知的一幕：受难的耶稣背负十字架，因不堪其重而跌倒。西雷纳人西蒙被迫背着十字架继续走。在这当口，安思维鲁斯出现在耶稣面前，对耶稣非但不同情，反而叱责非难，唠叨着他以前的警告，自以为他爱耶稣，便有权利这样做。耶稣一言不答。可爱的女信徒维罗妮卡用手巾遮盖了耶稣的脸，鞋匠揭开手巾，发现耶稣绝非眼下遭难的神色，而是神采奕奕，呈现天国生命的容颜。鞋匠被这异象所迷眩，转过头去，听见耶稣说：你到世间去流浪吧，直到你再次见到我这副模样。愕然惊骇的安思维鲁斯这才慢慢回过神来。人们全都拥向刑场，万人空巷，耶路撒冷在安思维鲁斯眼中显得荒寂寥落，动乱和憧憬驱使他远离该城，开始流浪生涯。

三、阐释

歌德在《诗与真》中，回忆童年时十分喜爱克洛卜施托克（F. G. Klopstock，1724—1803）的长诗《救世主》（*Messias*），等到歌德引领年轻一代对守旧的文学传统进行突破时，他对《救世主》那只有宗教激情的内容就感到不满了，于是对克洛卜施托克的模式进行革新，在《永远流浪的犹太人》中，他把英雄史诗与救世故事结合起来，而且在庄严中加进讽刺和诙谐。在诗的格律上，他没有采用克氏的六音步韵诗，而是采用双行韵诗。可以看出，歌德在此诗中进行着大胆的革新实验。

从此诗残篇的标题看，诗的主人公似乎应是那个鞋匠安思维鲁斯，但歌德并未着重写他，只是凭借鞋匠"心地虔诚"地敬爱耶稣、"在腐败不堪的教会时代"保持高尚人格这一线索，"按己意把宗教史和教会史的突出之点加以陈述"。

什么是歌德表达的"突出之点"呢？

——人世的黑暗

"人世呀，你充斥着荒唐不经的纷扰/挤满了支撑秩序的谬误幽灵/你，欢愉与悲怆的链环/……（君侯）为满足穷奢极欲/对人们敲骨吸髓地榨取"。

——教会的腐败

（教士）"为金钱而布道/……布道坛和祭坛之上，/既无摩西，亦无亚伦，/做弥撒/就好比寻常事，/在世事进程中，弥撒已届晚年，老态龙钟。"/（乡间神父）"床上有一个胖妇，/孩子多，收入颇丰。"/（教士）"一旦穿上教士法衣，/则安坐沙发椅，惬意无比。"（倘若赐给使徒保罗一个教区）"保罗就会饱食终日，无所用心"。/"新主教也只对事理/胡诌一气"。（信徒则是）"别人说着难懂的语言/自己跟诵一遍就行。"

——救世情怀

　　这是此诗的着重点。耶稣基督衔天父之命下凡,要帮助"身陷困境的人们",他"有着人道血统",诗中最有趣的地方,是基督来到城门下,登记员问他叫什么名字,他答非所问,语气谦卑:"我是人的儿子。"登记员,守门人和那位面相高贵的陌生人深以为怪,不料一个喝烧酒的军士说:"你们何苦大伤脑筋,他父亲没准就姓'人'哩。"基督见人间丑恶,遂大声疾呼:"我的话语点燃的光亮在哪里! /多么不幸啊,我看不到自己精心编织的/从天堂到尘世的联系。/使徒和殉教者都去了哪里!",进而表述自己的救世情怀:"尘世啊,我万分欢迎你/我为凡界所有的弟兄祝福。/……啊,我的族类呀,我是多么的怀念你,/而你,也是衷心地高举双臂,/怀着深切的愿望向我祈求。/我来啦,我要让你得到同情和帮助。"

秘密

一、本诗缘起

　　歌德叙事诗《秘密》残稿讲述的是"玫瑰十字架"秘密教团的故事。"玫瑰十字架"的传说源自约翰·瓦伦丁·安德烈埃（Johann Valentin Andreae，1586—1654），他讲述一个穷骑士在远程旅游中获得了东方有关微观世界与宏观世界之关联的秘密知识，返回德国后创建了一个孤傲而闭塞的宗教团体。安德烈埃的通神论思想及其秘密社团在欧洲得到广泛传播，其影响明显表现在 17 世纪实用主义改革的各种观念中，比如莱布尼茨成立科学院的计划，科梅尼乌斯的万有学科规划等，而且，玫瑰十字架教团的象征及其纲领——宗教不同信仰的融合——给予 18 世纪的秘密结社以极大推动，例如共济会成员（Freimaurer）。歌德的友人尼科莱（Nicolai）和赫尔德（Herder）也试图讲清这种关联。

　　歌德此诗残稿写于 1784 年 8 月至 9 月和 1785 年 3 月至 4 月。其构思深受赫尔德哲学的影响。歌德向赫尔德和夏洛特·封·施泰因（Charlotte von Stein）不断报告写作的进展。由于写作计划过于庞大，故写作十分困难，但此残稿还是在 1789 年歌德文集第八卷中发表了。关于叙事诗《秘密》的构思，歌德 1816 年 4 月 24 日在回答柯尼斯堡大学学生们的询问中已作解释，载《知识界晨报》。1815 年 8 月 3 日他对苏尔皮茨·博伊塞雷（Sulpiz Boisserée）谈及此诗："《秘密》这首诗，'开始写得过于庞大——十二骑士代表十二宗教，而且有意让它们复杂纷繁，看起来俨如童话，反过来说，又像现实'。"

二、歌德自述

　　1784 年 8 月 8 日，歌德致赫尔德夫妇：

　　今天，在此地与米尔豪森之间，我们装载过重的马车断了轴，我们不得不在此下榻,于是我立即尝试,看那一首我已答应写的诗如何写,这里寄奉的是诗的开头部分,以此代替向你们问安。这并非开头部分的全部,我几乎没有时间把它们誊抄下来……,随信附寄的这些诗行,请尽快转交封·施泰因夫人。

1784 年 8 月 8 日,歌德致施泰因夫人:

我不同以往,对你老是重复"我爱你"的话,取而代之的是,通过赫尔德夫妇寄给你我今晨写出的诗行。在此地与米尔豪森之间,马车的轴折断了,我们不得已在此下榻。为了让自己有事可做,也为了避免心绪难平地思念你,我写出了那一首答应写的诗的开头部分。我把它寄至赫尔德夫妇处,你从他们那里收取吧。

1785 年 3 月 28 日,歌德致克内贝尔(Karl Ludwig von Knebel):

我又重新忙于写我的大部头诗歌了,已写完第四十行了。这还只写到发生在前院里的事呢。对我的处境而言,这个写作计划委实庞大。我在此期间将继续写下去,看看还能写到什么程度。

1832 年 1 月 27 日,歌德致策尔特(Karl Friedrich Zelter):

我把十字架当成人和诗人加以崇敬和美化,我在我的八行诗节中业已证明这点。

三、阐释

与《永远流浪的犹太人》残稿一样,歌德《秘密》残稿也涉及宗教史命题。在 1783 年和 1784 年，赫尔德打算把这命题写进他的著作《有关人类历史哲学的观念》，甚至要歌德做他的助手。赫氏此作从未完整出版过，但其核心理念，亦即预示未来的普世的人道主义幻景并未失去魅力。歌德对此着迷，遂着手创作一部构思宏大的教团诗。他拾取神话学、自然哲学和神秘科学之类的东西，这些东西与基督教的基本理念架构相一致。

歌德从安德烈埃的著作里知道了克里斯蒂安·罗森克劳伊茨的故事以及他创建的兄弟会教团；也从同代侪辈有关秘密团体的文献中获取了新的信息，比如莱辛的有关共济会成员的谈话（《Ernst und Falk》，1778/1780），赫尔德有关圣庙骑士团、共济会及十字架教团的信札（《Briefe über Templer，Freimäurer und Rosenkreuzer》，1782）。

此残稿的中心人物是濒临死亡的胡曼努斯（Humanus），这个名字似与"人"和"人道"有关。他把教团成员团结在一起，是被他们称之为父、为友、为首领的人物，他将不久于人世，教团成员们悲伤逾恒。歌德打算用杜撰的"十二骑士"来讲述胡曼努斯的生平事迹。"十二骑士"代表世界上相互补充的各种宗教。马库斯被选为胡曼努斯的继任人。与其说马库斯是中世纪的僧侣，还不如说他像 18 世纪秘密社团中一个受过启蒙的人。这两个人物的地位标志着为宗教奠基的人道主义与政治上被强调的宽容与平等的融合。作者的创作思维模式，以及诸如民族和宗教保持永久和平的设想，无一不是乌托邦，但它抚慰人心，属当时古典主义作家的规范。可惜的只是，马库斯的所见所闻，只到修道院的"前院"为止，未能进一步深入堂奥，情节戛然而止，留给读者一部"谜团一样的作品"（歌德语）。

莱涅克狐十二歌

一、本诗缘起

1182

《莱涅克狐》的素材,歌德早年就已熟知。1765 年 10 月 13 日,他在给妹妹科纳利娅的信中有所暗示。1782 年 2 月 19 日,歌德在日记中记叙,有人在魏玛宫廷朗诵了《莱涅克狐》,借用了出版于 1752 年的约翰·克里斯托夫·戈特舍德(Johann Christoph Gottsched,1700—1766)的散文译本。

歌德用叙事诗(das Epos)对《莱涅克狐》进行改编,这事发生在 1793 年。改编可能是受约翰·戈特弗里德·赫尔德(Johann Gottfried Herder,1744—1803)的学术论文《纪念几位老一辈德国诗人》(*Andenken an einige ältere deutsche Dichter*,1793)的启发和激励。赫尔德在文中就《莱涅克狐》写道:

书中的一切都是层层递进的叙事故事,它没有一处停止和中断过。那些动物以其既定的性格行事,并且不断变着花样。诗的大部分写莱涅克狐,他一直是"主轮",驱动其他一切运动起来并保持运动,以狐狸的超凡特性赋予全诗以愈益强烈的旨趣。人们读到的乃是另一部"世俗寓言",一部各色人等、各个阶层、各种激情和各种性格的"世俗寓言"。诗中引人瞩目的,是作者对人、宫廷、氏族和各种事件的相知甚稔,以至读者一直以为站在一面珍贵的镜子前,看着狐狸就对着镜子舒舒服服地撒谎诓骗。狐遇到最大危机的那些场景自然是最富于教益的、最有兴味的,一切都是精巧安排,毫不牵强;狐的机灵特性不仅帮助莱涅克摆脱困境,对诗人歌德也大有助益,即帮助他写出本诗那轻灵、潇洒、富于内涵的文句……

从容不迫的优雅贯穿全诗。可惜,狐狸的不道德与幸灾乐祸在可笑的世俗人情中屡见不鲜,使得此书超越某个狭隘的、单一的、固定不变的道德;叙事诗或悲剧若最终凑成单一的定理,那就一定是很乏味、很低劣的。

　　1793 年 1 月,歌德从征战法国归来后,便根据戈特舍德的散文译本开始用六音步韵诗译《莱涅克狐》。1793 年 5 月 2 日,他告诉雅各比(Friedrich Heinrich Jacobi):"《莱涅克》已完成,分为十二歌,约四千五百行六音步诗……"。朋友们对他的写作很关心,赫尔德欣然说道:"歌德相当成功地用诗写成《莱涅克狐》,此为德意志民族,乃至自荷马以降世界各民族的首部、也是最伟大的一部叙事诗"(1793 年 5 月初致格莱姆,Johann Wilhelm Ludwig Gleim)。歌德对文稿和韵律再次审校,1793 年 5 月将文稿带到美因茨军营中:"我简直再也离不开宿营帐篷,对莱涅克作修改……"(1793 年 6 月 15 日致赫尔德,于马恩波伦军营)。是年 7 月 2 日,歌德说:"我多么希望向和平缪斯表示敬意啊! 凡是可能的事,我都做了。我对莱涅克做了彻底而精心的打扮"(致克内贝尔,Karl Ludwig Knebel)。回魏玛后,他于 9 月底对文稿做了最后一次修改。1794 年春,《莱涅克狐》出版于柏林,收集在翁格尔(Johann Friedrich Unger)编辑的两卷本《新文集中》。

二、莱涅克的故事溯源

　　莱涅克狐的故事源远流长,首先要提从法国民间传说产生的《列那的离奇故事》(*Roman de Renart*)。这是产生于 1174 年至 1250 年之间的文集,包括 27 个门类,均为无名作者所写,中心主题是狼与狐的争斗。13 世纪和 14 世纪,出现了佛兰德人的各种加工改编,从中又产生这个题材的别样的传统版本《列那的故事》(*Reinaerts Historie*),于 1479 年在豪达(荷兰)、1485 年在代尔夫特(荷兰)出版。这本所谓的《代尔夫特散文》也是歌德写作时的参考书,但他主要参阅的是 1498 年在吕贝克出版的《莱涅克狐》(*Reineke de vos*)。此书是用低地德语和双行韵诗写就的,作者佚名。佚名作者利用了成书于 14 世纪晚期的一本变体诗,作者是阿尔克摩尔(Hinrich von Alckmer)。不过此诗现在只存残篇。16 世纪和 17 世纪,又出现众多的改编版本,题材进入民间话本流传。17 世纪和 18 世纪,在对中世纪各文本重新改编的众多版本中,特别值得一提的是哈克曼(Friedrich August Hackmann)的版本,它于 1711 年在吕贝克出版,它是戈特舍德做散文改编的基础。

三、歌德自述

1793 年 9 月 26 日,歌德致维兰德(Christoph Martin Wieland):

随信寄奉的《莱涅克狐》三歌,本来是想在得到你——亲爱的先生和兄长——认可之前誊清和再次审阅的,但我这个人做事大多要慢几拍,所以就将信笔涂鸦的稿子寄奉。烦劳阁下手握批评之笔审阅,明示需进一步修改处,并告知我是否应加快出版此作,抑或让它再过一个夏天以期成熟? 请原谅我行使旧的权利,在我,这权利不可或缺。你知道,我对阁下的意见和认可是何等重视。

1793 年 11 月 18 日,歌德致雅各比:

《莱涅克狐》行将付梓,希望它能娱乐阁下。对于此诗,我是殚精竭虑,务使其具备必须具备的优美。若非人生苦短,我还会把它搁置一阵。但它要走了,我也就脱身了。

1794 年 6 月 28 日,歌德致卡尔布(Charlotte von Kalb):

亲爱的女友,这儿是恶棍莱涅克。期盼能有好的反响。因为这个狐族在我们各朝各代,尤其在各共和政体中备受尊崇,不可或缺,所以,没有什么比认识狐族的祖先更合情合理了。

四、阐释

此诗的故事是以对狐狸莱涅克的控告和判决为中心线索,让猫、狼、熊、獾、兔等形象逐一出场,展现了动物世界的尔虞我诈、勾心斗角的宏大场面。诗中的主人公莱涅克狐机灵狡诈,作恶的智力超群,不但欺压弱小如兔、羊、鸡、狗等,而且戏耍豪强如狼、熊。他有一个天大的本事,就是撒谎,在身临绝境之际,用弥天大谎诓骗了兽国大王、王后和贵族,在与死敌狼的决斗中,用母猴口授的机密战而胜之,从而逃脱了死刑,最后反被大王任命为帝国宰相。

这是一则用诗的语言写就的象征性寓言,反映当时的社会现实,表达了作者的理想。通篇是对无知的君主、贪婪的贵族和虚伪的神职人员的冷嘲热讽,让这些人组成一个穿上禽兽衣裳的百丑图。在当时的社会,只有像莱涅克这样的流氓恶棍才能生存,才能无往不胜。歌德曾混迹于官场,诗中所写,想必都是他目击身经、且深恶痛绝的事体。正如他在致友人信中所说:"这儿是恶棍莱涅克……这个狐族在我们各朝各代,尤其在各共和政体中备受尊崇,不可或缺,所以,没有什么比认识狐族的祖先更合情合理了。"啊,狡狐原来是为政当道者的"祖先",可谓一语中的!

在利益和权力斗争中,莱涅克大多茕茕孑立,四面楚歌,成为众矢之的,他为何无往不胜呢?单凭个人智慧不可能任何时候都涉险过关,还须借助外力。第一次死刑危机有獾子挺身而出为其辩护;第二次死刑危机,他先抛出"藏宝"诱饵迷惑狮王,得以从绞刑架上逃脱,继而提出"谋反"大案,引起狮王警觉。这固然体现狡狐的智慧,抓住统治者的利益心理得以摆脱危局,但王后和母猴对他的帮助也是他最后成功的要素。王后经常替他说好话;母猴学识渊博,善言词,其丈夫地位显赫,所以她的话分量很重。母猴通过王后在大王面前为莱涅克求情,而且在狼要求与狐决斗的关键时刻为狡狐支招,致使莱涅克战而胜之。说明莱涅克受到他所代表的社会阶层的支持。

莱涅克的"生存哲学"是建立在他对那个金字塔式的社会结构"看透了"的基础上。对于最高统治者狮王,他也洞见其"抢掠"本相:"我们都知道,大王也抢掠,和某些人一样;他本人不出面,便叫熊和狼去抢。"所以他设计"藏宝"的骗局,正中大王的下怀;对于以熊和狼为代表的第二等级,他也"看得太清楚",他们"见风使舵","又偷又抢","拿财物孝敬大王",故受大王青睐,当上顾问陪侍君侧,成了朝中栋梁。而对"可怜的小鬼如莱涅克之流,偷了个把小鸡,他们就齐声喊打,追捕,异口同声要判他死刑。""小盗被绞杀,大盗获特权"的社会现实使他愤怒满腔,所以他对熊和狼的斗争十分坚决,且有勇有谋。对于以狗、猫、公羊、家兔、乌鸦等代表的社会弱势下层,他也毫不手软,采取"通吃"策略,打破了利益格局的平衡,故而引起众怒。

对于普遍的社会风气,狐狸的认识是:"诽谤、欺骗、背叛、盗窃、伪誓、抢劫和凶杀,听到的全是这些勾当。""金钱万能是理所当然,神父不利用村庄和磨坊敛钱、……这样的诸侯之国实在鲜见。""做个大善人对你有什么好处,这年头,至善者也被民众说短道长。……杜撰这样那样的谣言",人们"浪掷生命时光。这世道怎样才能变好?"听其言,似乎都在证明狡狐"作恶有理",他"就这样玩自己的游戏",游戏人生!

歌德的这部叙事诗,既是翻译,又是创作,他自己说是"介于翻译与改编之间"。说是翻译,它的确是根据戈特舍德的散文译本忠实地译成了诗歌,情节的发展、各次事件、各种对话全部保留;说是创作,意即歌德利用旧素材作诗,采用扬抑抑格六音步诗体。但歌德并未拘泥于古法,而是根据德语的特点比较自由地加以利用,旨在让诗句朗朗上口,悦耳动听。

末了,谈谈此诗的翻译。有道是:翻译难,译诗更难,译格律难上加难。译者在译文中努力保持原诗的外在形式,即基本保持译文与原文行与行的对应,但对于扬抑抑格六音步诗的格律,在翻译时难以做到亦步亦趋,一般采用译界前辈以顿代步的方法。译者考虑更多的,是如何把叙事诗的故事译好,如何让各色人等的个性鲜活起来。

赫尔曼与多萝西娅

一、本诗缘起

1195

　　歌德何时萌生撰写《赫尔曼与多萝西娅》的计划，具体时间已无从稽考。1796 年 10 月 28 日，席勒（Friedrich Schiller）在致克尔纳（Johann Gottfried Körner）的信中说：作者的"这个想法……已酝酿多年了。"歌德可能是从 1732 年一个宣传小册子中获得这首叙事诗素材，更有可能是从出版于 1734 年的《从萨尔茨堡大主教领地被驱逐的路德教徒流亡全史》（作者格金，Gerhard Gottlieb Günther Göcking）一书知道了以下轶事（大意）：

　　人们从萨尔茨堡的一个少女那里也感受到上帝的神奇指引。这姑娘出于宗教原因离开了父母，在逃亡途中竟然美妙地与人结了婚，她跟随被逐的新教教徒们途径厄廷地区时，一位来自阿尔特米尔的富有的市民之子问他，是否愿意去他父亲那里当女佣，姑娘答应了。父亲此前总催儿子成家，这时，他对父亲说，他已看中这个姑娘，要跟她结婚。父亲就结婚事征求姑娘意见，姑娘以为在跟她开玩笑，于是儿子对姑娘说，他是真心愿意的；姑娘回答，若是真心，她就同意。小伙子给了她结婚信物，她则拿出随身携带的 200 杜卡登作为陪嫁钱，婚事就这样敲定了。

　　1796 年 7 月初，歌德致席勒信中说：他心里已有"一首市民牧歌"，是年 9 月在耶拿开始动笔写作。席勒对歌德的写作印象殊深："写作就在我眼皮下进行，他下笔轻而易举，快捷，在我看来，真不可思议，连续 9 天，每天写 150 行。"（1796 年 10 月 28 日，席勒致克尔纳）歌德于 10 月返魏玛，1797 年 1 月 8 日，他定下"此叙事诗最后章节的写作提纲"，但直到 3 月才重新提笔，他在 3 月 15 日的日记中写道："作品已提前竣稿。"接着开始从头至尾修改，参与修改的人有席勒、洪堡（Wilhelm vom Humboldt）、伯蒂格（Karl August Böttiger）、福斯（Johann Heinrich Voß）等，歌德自己主要修改六音步诗的韵律。1796 年 11 月，歌德开始与菲韦格商谈出版事宜，1797 年 1 月，他向菲韦格要求 1 000 金塔勒特高稿酬。1797 年 10 月该书出版，书名为《1798 年袖珍本，赫尔曼与多萝西娅，J.W.歌德著》。

二、主人公的名字和标题索解

赫尔曼（Hermann）这个名字令人想起 18 世纪被公布为"祖国英雄"的舍鲁斯克·赫尔曼（Hermann den Cherusker）。自从洛恩施泰因（Daniel Caspar von Lohenstein）的长篇小说《阿尔米尼乌斯》（*Arminius*，1689/1690）问世以来，有关这位英雄的文学题材层出不穷，诗歌有施莱格尔（Johann Elias Schlegel）的悲剧《赫尔曼》（1743），克洛卜施托克（Friedrich Gottlieb Klopstock）的日耳曼人战歌集《赫尔曼战役》（1767），《赫尔曼与王公诸侯》（1784）和《赫尔曼之死》（1787）。

女主人公多萝西娅（Dorothea）这个名字在希腊文中意即"上帝赠予的女子"，是一圣女的名字，她属十四位解危济困者之列，被尊为解除分娩阵痛者，产妇的庇护人，其圣像学标志是剑。

这部叙事诗分为九歌，每一歌标题上方附上一个缪斯的名字。缪斯女神有九位，刚好与九歌相匹配。就是说，每歌的标题都是双标题。这是仿照希腊历史之父希罗多德（Herodot，公元前 5 世纪）撰写《史书》的做法，希罗多德把《史书》分为九歌，并与希腊神话中的九位缪斯相联系。但歌德这样做的时候，文本的写作已完成，这就让人产生怀疑，每个缪斯的传统司职与各歌之间是否存在严格的内容关联。即便像克利俄这位司历史的文艺女神有助于表现革命，但大多数女神与内容无涉。从原则上可作如下理解：与其说缪斯之名是用来对叙述之事作评注的，还不如说只用它们作陪衬——滑稽叙事诗的传统——，即讽刺性地衬托小市民环境与其"英雄"的疏离。

三、此诗成功的奥秘

在歌德作品中，人们普遍爱读的有两部，一是书简体小说《青年维特的痛苦》，另一部是叙事诗《赫尔曼与多萝西娅》。关于后者，歌德 1825 年 1 月 18 日对其文学助手爱克曼（Johann Peter Eckermann）说："我的长诗中，《赫尔曼与多萝西娅》是我迄今最满意的唯一一部，读它总能引起内心的共鸣……从形式上看，它回归田园牧歌的原始状态了。"

此作不仅受德国国内读者的青睐，而且蜚声国外，英、法、意、丹等国出了译本，1822 年还出版了歌德"尤其喜爱的"拉丁文本。

此诗成功的奥秘就在于，让德国读者感受到他们的基本需要、亦即安全需要和身份认同的需要得到了极大的满足。1798 年 1 月 3 日，歌德对席勒承认："此诗就素材而言，我替德国人表达了他们的意愿，所以他们异常满足。"他从作品的影响力和顾及读者的愿望出发而写作，其"文以载道"的倾向昭然若揭。关键是，作品一方面为思想意识，包括市民的自我责任、爱国传统、坚韧的定力以及抵御外侮的自卫精神等正名；另一方面为私有财产辩护。1893 年，在一部日耳曼专题论著中提道：此诗是"有关德国市民道德、家庭和私有财产等德国精神核心的叙事诗"，它树立了乱世中新一代的市民形象。

歌德把 18 世纪 30 年代的一个故事从时间上拉长到 1789 年法国革命后的一段时间，把故事发生地从萨尔茨堡搬到德国莱茵河右岸的一个小城。而在莱茵河对岸，法国革命军已进入德国国土。这样，作品就反映了德国市民社会和以此为特征的小邦分离主义的那个时代，即以小城里的家史和绅士史续写了人类命运的编年史。法国革命这样的世界性事件对小城的地方豪绅、即作品中的饭店老板、药店老板和神父不可能没有触动，他们已感知远方的风暴在他们精心营造的日常生活中投下阴影，但又不能对事物的进程做出符合实际的估计。作者不是在历史"发生"的地方重构历史，而是在人与人的矛盾中、人与现实、家庭愿望和经济愿望的矛盾中寻找历史，即所谓向下的述史，从小角度反映大时代。

此诗的两位主人公没有传统叙事诗中的单义性和严格的归属性。赫尔曼是莱茵河右岸某地的"金狮"饭店老板的儿子，性格沉静厚道，被追求名誉金钱的父亲视为迟钝、内向和固执，但因他热心于劳动，故又被寄予振兴更大家业的厚望；多萝西娅是个"善良的姑娘"，莱茵河左岸的革命激流使她失去居所、故乡和未婚夫，到远方流浪。但不幸中之大幸，是得到了赫尔曼的爱慕，最终克服阻力，两人缔结良缘。

身为新一代的市民，赫尔曼虽无非凡的业绩，但他的思想和行为也并非乏善可陈：他对难民有深切的同情心，给他们赠送衣服和食品；在"择妻"问题上与父亲发生分歧和争论。父亲看重女方丰厚的嫁妆，要儿子选择富有的邻家之女，好给他挣"面子"。但赫尔曼不从，他在意真实的感情和两情相悦的爱情，看中了身边只带着一个小包袱的逃难女，欣赏她那驾轻就熟的劳动技巧，丰丽健美的身材，以及善良、刚勇和助人为乐的品性。甚至请神父和邻居亲赴难民驻地，实地探询多萝西娅的为人，得知她曾面对兵痞毫不怯懦，夺敌剑以自救并保护几个小姑娘，还悉心照顾产妇。总之，他看重对方的人品。作者也通过母亲的口对赫尔曼那一番"英雄式"的（堂吉诃德式的）豪言壮语做了揶揄，赫尔曼最终承认自己说了假话，承认自己感到寂寞的原因是："我缺少一个妻子"。娶妻过宁静生活，这就是赫尔曼所追求的人生幸福，展现了乱世中的纯人性。

　　歌德称此诗为"牧歌"，其创作主旨就是表达市民社会追求平和宁静的生活态度，在日常平淡的市民生活中发觉和展现美，而这种美在此诗中是通过对暴力的否定和对宁静生活的肯定来体现的。

　　多萝西娅的前未婚夫追求自由正义，并为此理想亲赴巴黎，结果惨死狱中。这是对法国大革命暴力的否定。耐人寻味的是，在全诗的结尾，作者将多萝西娅对原有恋情的回忆与赫尔曼对获得爱情的陈述放在一起，表述两种截然不同的理想：赫尔曼的市民理想，多萝西娅前未婚夫的理想化的理想。后者虽然高贵，但不可能获得人世的幸福。此诗最后是赫尔曼一段独白，充分表现歌德心中的市民理想：一是市民要坚守美好的产业，亦即私有财产；二是反对暴力，当敌人来犯时要以暴抗暴；三是德国人不能左右摇摆，用诗中神父的话说，就是行"中庸之道"，要创造适合自己的世界；四是市民价值观的整合，对内要承担对父母妻儿的家庭责任，对外则有维护市民社会和谐的义务，亦即对现存的社会价值和国家政治的认同。

　　如果将此诗与稍早完稿的《威廉·迈斯特的学习年代》（1795—1796）作比较，可以看出歌德不同的思想维度。与那位执着于追求生命意义、承担社会使命的迈斯特相比，赫尔曼毫无浪漫主义的雄奇瑰丽无疑更具平凡色彩，如上所述，这个平淡无奇的市民子弟所体现的更是符合现实的宁静家园里的德国市民形象。

　　最后谈此诗的翻译。卞之琳先生对英语格律诗的中文翻译定下的原则是：以顿代步，韵式依原诗亦步亦趋。此原则也可供德语诗歌翻译参考。对歌德此六音步诗《赫尔曼与多萝西娅》，译者尽己所能采用了译界前辈以顿代步的做法，并力求保持原诗和译诗外在形式的基本一致，即一行对一行，即便跨行的诗句也基本维持原样，但未能达到亦步亦趋符合原韵。这是要向读者说明并请求原谅的。

阿喀琉斯

一、本诗缘起

歌德在与席勒的书信往来中曾讨论过各种文学形式的特点,在此过程中,歌德 1797 年 12 月重读荷马史诗《伊利亚特》(*Iliad*,有人译《伊利亚围城记》)。12 月 23 日,他给席勒寄去论文《论叙事诗和戏剧诗》。并首次谈到《阿喀琉斯》的写作计划:

最后,我还要谈谈我在思考时给自己提出的一项特殊任务,亦即研究:在赫克特死亡与希腊人撤离特洛伊海岸这二者中间是否还应有一首叙事诗? 我猜想应该有。原因是:一则因为不再有逆行性的东西,一切均毫无阻挡地向前发展;再则因为一切具有某种延缓作用的事件把兴趣分散到多个人物身上,尽管人物多,但个体命运类似。我觉得阿喀琉斯之死是个壮丽的悲剧题材。

在荷马的两部史诗(《伊利亚特》,《奥德赛》)之间缺少一个连接部分,或叫过渡部分,这部分是可得到补充的。这种猜测在古典语文学讨论中并不新鲜。然而,歌德在与席勒进行这方面讨论的第一封信中,对于以何种形式处理这个题材却明显表现出游移不定。1797年 12 月 27 日,歌德对席勒再次谈到这点:"阿喀琉斯之死,加上他所处的各种环境,可以允许或可以要求用叙事诗处理,因为此题材十分广阔。但问题也就来了:是否偏偏要用叙事诗的形式来处理这个悲剧题材呢? 对此赞同和反对的意见会很多。至于效果,一直写新题材的改革者总是占优势的,因为,如无反常的兴趣就很难赢得时代的掌声。"在嗣后数月中,歌德向多部关于特洛伊战争的史书和研究荷马的语文著作请教。1798 年 5 月 16 日,他从总体上感到自己的考虑并无不妥:"……我对阿喀琉斯叙事诗的首个意见是正确的。如果我想在处理方式上做点什么,那我必须坚持初衷……阿喀琉斯乃悲剧

题材，由于跨度大，所以用叙事诗来表述。"（致席勒函）

　　直到 1799 年 3 月 10 日，歌德才开始写构思提纲，到 3 月 12 日，已口授最先的 187 诗行。第一歌的其余部分完成于 3 月 22 日至 5 月 4 日。歌德本来计划写共有八歌的叙事诗，但除第一歌外，余者均未写出。福斯（Johann Heinrich Voß）和里默尔（Friedrich Wilhelm Riemer）对第一歌做了韵律方面的审校后，歌德将此残稿发表在 1808 年《歌德文集》第八卷中。

二、歌德自述

　　1799 年 3 月 16 日致席勒（Friedirch Schiller）：

　　关于阿喀琉斯叙事诗，我已有撰写五歌的动机。已写出第一歌的 180 行六音步诗。因为一个完全特殊的决定，我硬是把诗句逼了出来。开头成功了，往后就不用怕了。

　　1799 年 3 月 22 日致克内贝尔（Karl Ludwig von Knebel）：

　　阿喀琉斯叙事诗，我早就想写了。通过对荷马史诗的年份及荷马史诗的自由诗形式之构成的争论，我的写作计划获得了新的生命和兴趣。我从特洛伊城陷落开始写起，阿喀琉斯之死是我的下一个题材，我还将做更为深广的拓展。

三、《阿喀琉斯》第一歌阐释

　　第一歌并未正面写希腊英雄阿喀琉斯叱咤风云、所向披靡的英雄业迹，而是以浓墨重彩着重描写英雄的内心世界。

　　《伊利亚特》诗中描述，阿喀琉斯因希腊联军统帅阿伽门农抢走他的女俘而对其怨恨,遂率领所部退出战场,导致特洛伊英雄赫克特趁势反攻获胜。阿伽门农无奈向阿喀琉斯赔礼道歉,但后者仍拒绝参战。后来阿喀琉斯的挚友帕特罗克洛斯穿上他的铠甲出战,不幸被赫克托耳杀死。阿喀琉斯怒不可遏,为了替帕特罗克洛斯报仇,他与阿伽门农重新和解,重上战场,致特洛伊人屡遭败绩。最后,阿喀琉斯与赫克托耳决战,结果后者被阿喀琉斯杀死。阿喀琉斯率部最后冲击特洛伊城,杀人无数,阿波罗神庇护特洛伊人,遂对着阿喀琉斯的脚踵射出一箭,应验了阿喀琉斯母亲的预言,说儿子将死于特洛伊中央城门前的阿波罗神箭。

第一歌将这个故事情节几乎全部隐去了,仅在诗的开头写了阿喀琉斯竟夜"余恨未消地"看着宿敌赫克托耳葬身于柴火堆的下场。

接下来,歌德的笔锋立即转入英雄的内心:"这一天必将到来:届时,从特洛伊城废墟升起的浓烟被色雷斯区的大风劲吹,将绵长的伊达山和加尔加霍斯高原遮蔽;但我看不到这一天了!"

于是诗中大段大段地描写阿喀琉斯敦促其部下赶修坟茔:"以纪念我和我的挚友帕特罗克洛斯,也为世间万族、为未来千代竖起一道丰碑。"歌德这样写,实为"反常的兴趣",换言之,他是在歌颂英雄的"失败"。而败因仅仅是英雄自愿地决意追随好友帕特罗克洛斯的幽灵暗影,是无限追求荣誉的欲望和命运的定数。

此诗以很大篇幅描述阿喀琉斯与赫拉(宙斯的姨妹和夫人)、阿佛洛狄忒(爱神)和雅典娜(战争与和平女神)的人际关系,从各个侧面表现英雄本色。

根据荷马史诗《伊利亚特》,特洛伊战争的起因缘于"不和的金苹果"。阿喀琉斯的父母(珀琉斯,忒提斯)结婚时请众神赴宴,却遗漏了不和女神厄里斯,她在筵席上扔下一个金苹果,上面刻着"送给最美丽的女神"。赫拉、阿佛洛狄忒和雅典娜都认为自己最美而发生争吵,宙斯就要她们去找特洛伊王子帕里斯作"美"的裁定人,帕里斯将金苹果判给了阿佛洛狄忒。不久,帕里斯到希腊斯巴达做客,在阿佛洛狄忒的帮助下,诱拐了国王墨涅拉俄斯的妻子、"绝代佳人"海伦王后。因此,墨涅拉俄斯的哥哥阿伽门农联合希腊各部落,动员十万大军、一千多条战舰围攻特洛伊城。天上众神各助一方。赫拉、雅典娜帮助希腊人,阿佛洛狄忒、太阳神阿波罗庇护特洛伊人。

　　诗中,赫拉对阿喀琉斯的情感最为复杂。最高神宙斯曾爱过阿喀琉斯的母亲忒提斯,但普罗米修斯预言,他俩结合会生下一个篡夺父亲王位的儿子,于是宙斯违背忒提斯的意愿,让她同凡人珀琉斯结婚,生下阿喀琉斯。由于赫拉嫉妒忒提斯,所以迁怒于阿喀琉斯,把阿喀琉斯比喻成"幻影"怪物和"巨蛇"龙。赫拉对自己残废的儿子赫菲斯托斯百般疼爱,却对霉运临头的阿喀琉斯冷酷无情,一点也不体恤阿喀琉斯之母即将失子的巨痛,并将其斥为"懦弱",而她绝不为懦弱"助威打气"。当宙斯责怪忒提斯在儿子还"生龙活虎地享受阳光"时就绝望、并说"神祇或凡人都能击退死神"、进攻特洛伊"并非意味着死亡逼近"之时,赫拉顿时怒气冲天,斥责宙斯"恣意专断","骗人","造成人心浮动"。从行动上看,她责备儿子、锻造神赫菲斯托斯为阿喀琉斯制造武器,以保护他免死。她说儿子这样做会立马丢失荣誉,因为黑夜与死神恶魔对阿喀琉斯否定,头盔、铠甲、盾牌等一无用处,他逃不出"凡人的大限";更有甚者,她竟然唆使儿子、战神阿瑞斯隐身到特洛伊人当中同阿喀琉斯作战(阿瑞斯认为此举不符合神明的身份,拒绝母命),让阿喀琉斯"不无价值地丧命于众神之手"。无情归无情,敌意归敌意,但赫拉还是认为阿喀琉斯是"希腊人中的出类拔萃者,诸神的当之无愧的宠儿"。她对雅典娜说:"我回避这个男子汉的拥抱","但我更加敬重这个威严的男子汉",又讲"许多女人希望拥有一个懦夫",可阿喀琉斯绝非此类,所以她叫雅典娜下凡去找阿喀琉斯，"将神圣的生命灌注其内心，以便他成为凡人中最幸福的人，只一心挂念未来的荣誉，让时间之手赐给他永生"。

爱神阿佛洛狄忒认为"这一场为了女人中最美女人的战斗比任何为了占有财富的战斗更有价值"，希望战神下去"把最后一批民众呼吁起来参加这场为了一个女人的战斗"，又说："对于善良者，我总施与最美的馈赠、永久的爱的享受和不断繁衍子嗣的环境。"她支持和庇护特洛伊人。但在此诗中，她与阿喀琉斯的人际关系语焉不详。

此诗重点描写雅典娜对阿喀琉斯的景慕，认为他是"命定的领袖群伦的"民族英雄。她对赫拉说："我愿向你坦白，面对过去和现在的英雄群体，我始终心仪阿喀琉斯。"接着她沉痛悲叹英雄将过早地辞别人世："唉！尘世中这个美好的形象就要过早地陨落了！"，"唉！这高尚的少男还未长成壮年呀，人世间多么需要一个具有君主气度的汉字啊！"

就在阿喀琉斯敦促手下士兵为自己赶建坟茔之际，雅典娜化为安提罗科斯（阿喀琉斯的朋友之子）的形象下凡给予支持。于是他俩得以倾吐衷曲，就生死、荣辱、美德、信念、未来等话题作惺惺相惜的对话。雅典娜对阿喀琉斯的"未来"作如是评价："你的荣誉将远播遐迩……万民景仰你那卓尔不凡的选择，即选择短暂的、却光前裕后的生命，……年纪轻轻辞别世间，在冥国畅游也永葆青春，对来者而言，他永远风华绝代，永被铭刻心版。"阿喀琉斯赞同，说："人珍爱生命……唯其如此，人们才无比尊重偏要弃绝生命之人。"

关于美德，阿喀琉斯的看法是："存在着超卓而通达的智慧美德，也存在着忠诚美德，义务美德，博爱美德，然而没有哪一种美德能像这样一种坚强的信念受人尊崇：不向死神屈服，即便面对黑夜与死亡之神，也敢于向其暴力英勇挑战。……值得未来的世世代代敬佩的还有这样的人：当耻辱和痛苦迫近时，能果断地将青铜锐气对准自己脆弱的身躯。……他从绝望的手里拿到绚丽的、永不凋谢的胜利花环。"

阿喀琉斯和雅典娜的自白，是否也可将其视为歌德本人的英雄观、生死观和荣辱观呢？

编后记

　　第八卷所收，按文学类别来说，均为歌德的叙事作品。各位译者的分工如下：卫茂平译《青年维特的痛苦》1787 年版，胡一帆译 1774 年版并完成该部小说的评注及统稿。《亲和力》的翻译及评注由高中甫承担。本书余下部分，包括"中篇小说""小散文"和"叙事诗"的翻译和评注，均由黄明嘉完成。

　　《青年维特的痛苦》一般译为《少年维特之烦恼》。改名缘由，本书"评注"中已有解释，不再赘述。在目前流行的 1787 年版《维特》之前，歌德有过一本所谓"原始维特"，即 1774 年版《维特》，这里首次推出汉译。法兰克福版《维特》的两个版本，采取对开排印的方式，以便读者比照阅读，此处汉译循例而成。因两个版本之间的差异，往往无法通过翻译表明，我们时常保留原文，以供明鉴。

　　该卷所附对于歌德著作的"评注"，大多根据德语原著的相关材料，由译者改写或编译而成；保留其中部分的页边码（原书页码），意在为读者查阅提供方便。这些"评注"时常也含译者本人的译后心得，特此说明。

　　高中甫和黄明嘉都是德语界令人尊敬的前辈学人。本书能在他们的支持下得以完成，编者深感荣幸。谨致深深的谢意！

　　黄艺和吴鹏对本卷人名、地名和作品名的翻译进行审阅；吴鹏还审订本卷《维特》以及"中篇小说""小散文"和"叙事诗"的译文。谨一并致谢！

卫茂平

2018 年 4 月补记

2018 年 11 月修订